PŁOMIENNA
KORONA

ELŻBIETA CHEREZIŃSKA

PŁOMIENNA
KORONA

ZYSK I S-KA
WYDAWNICTWO

Copyright © Elżbieta Cherezińska, 2017
All rights reserved

Opieka redakcyjna
Magdalena Wójcik
Elżbieta Żukowska
Tadeusz Zysk

Projekt graficzny okładki
Tobiasz Zysk

Wydanie I

ISBN 978-83-8116-058-2

ZYSK I S-KA
WYDAWNICTWO

ul. Wielka 10, 61-774 Poznań
tel. 61 853 27 51, 61 853 27 67, faks 61 852 63 26
Dział handlowy, tel./faks 61 855 06 90
sklep@zysk.com.pl
www.zysk.com.pl

Druk i oprawa

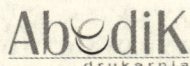

PROLOG

Akka 1291

GERLAND potknął się i upadając, uderzył odkrytą głową w coś twardego. Usłyszał brzęk odbijającego się od kamieni żelaza; zrozumiał, że to jego miecz. Dotarło do niego, że miecz spada schodami w dół wieży, a on sam leży u ich szczytu, tarasując drogę tym, którzy biegną za nim. Wieża Przeklęta, najważniejszy punkt oporu krzyżowców w Akce. Zdobywana i tracona, zasypywana przez sułtańskie mangonele gradem kamieni. Broniona po bratersku przez wszystkich zakonnych braci. Templariuszy, joannitów i tych kilku Krzyżaków, którzy wpadli do Akki tuż przed piekłem, jakie rozpętał Al-Aszraf, przyprowadzając pod mury twierdzy ponad dwieście tysięcy saraceńskich wojowników. Przed apokalipsą zapowiadaną nie przez trąby, lecz przez bicie w kocioł wielki jak machina oblężnicza. Gerland chciał się podnieść, ale ramiona odmówiły mu posłuszeństwa. Usłyszał przeciągły, niski świst i wiedział, że to pocisk ze śmiertelnym greckim ogniem, który za chwilę rozbije się o mury, jak setki innych, miotanych przez wojska sułtana od czterdziestu dni. Rozbije się i oblepi wszystko płonącą mazią, której nie ugasi woda, a bez trudu rozniesie ją płonący wiatr.

To ma być koniec? — przemknęło mu przez myśl i szarpnął nim lęk nie o zakonnych, a o rodzonych braci. — Czy Koendert żyje? Gdzie jest Henry i co z jego dziećmi?

Dotarło do niego, że ostatni raz widział najstarszego brata i jego synów dzień przed początkiem szturmu na Akkę. Czterdzieści, nie, pięćdziesiąt dni. Cała wieczność. Henry umacniał bramę ich rodzinnego domu przy placu Cypryjskim, a jego chłopcy bawili się z psem na wewnętrznym dziedzińcu. Na widok Gerlanda młodszy zerwał się i stanął na baczność, kładąc dłoń na piersi.

Nie pójdziesz w moje ślady, chłopcze — pomyślał, nie mogąc złapać tchu. — Nie zdążysz złożyć przysięgi. *Nie masz domu i rodziny. Twymi braćmi rycerze zakonu. Tylko mistrzowi winieneś posłuszeństwo* — powtórzył joannita w Gerlandzie, a on sam osunął się i stracił przytomność.

Wielki kocioł, ulubiony bęben sułtana, odezwał się znów upiornym, niskim tonem uderzeń, dając znać, że mamelucy ruszają do kolejnego natarcia. Po chwili zawtórowały mu trąby.

KOENDERT jechał konno wąskimi uliczkami Akki jako pierwszy w dwunastce templariuszy przedzierających się za swym mistrzem, Fra' Wilhelmem, w stronę płonącej Wieży Przeklętej. W zadymionym powietrzu rozbrzmiewały upiorne dźwięki trąb. Noc rozjarzały setki pożarów, których nie miał już kto gasić. Przy Bramie Świętego Antoniego szpitalnicy odpierali kolejny atak gotowych na wszystko mameluków. Samobójczy zastęp, zwany Sztyletem Mroku, ukochany oddział sułtana Al-Aszrafa, tego, który odrzucił wszelkie rokowania, mówiąc, iż zaspokoi go tylko bezwarunkowe poddanie Akki, a to nie wchodziło w grę.

Nie złożycie broni, póki nad polem walki powiewa sztandar z krzyżem. Nie poddacie się, a wzięci przemocą w niewolę wybierzecie nie wykup, lecz śmierć — powtórzył templariusz w Koendercie i choć ten, przez wypełniający ulice Akki gęsty gryzący dym, nie mógł zobaczyć nigdzie chorągwi zakonu, widział jednak białą płachtę płaszcza wielkiego mistrza przed sobą i to wystarczyło, by jechał za nim. Choćby w mrok.

Pod murami domów, w których jeszcze przed dwoma miesiącami rozbrzmiewało życie, muzyka, gwar, płacz i śmiech, leżały stosy trupów. Handlarze wonnościami i kupcy sukienni przemieszani z chudymi poganiaczami mułów i farbiarzami z przedmieść. Bogacze i biedacy spleceniu w śmiertelnym uścisku. Nienaturalnie wykręcone ciała dzieci z roztrzaskanymi czaszkami, wyrzucone przez oszalałe matki z płonących pięter. Na wpół obnażeni chłopcy i dziewczęta, ofiary gwałtów po pierwszym szturmie sułtańskich wojsk. Ich ojcowie z przerąbanymi na pół czaszkami; nieskuteczni obrońcy swych dzieci. Starcy w drogocennych szatach, z wybitymi zębami i wyłupionymi oczami. Koendert patrzył na nich wszystkich i nie widział ich. Czas przerażenia i płaczu miał już za sobą, od dnia, gdy zobaczył swój dawny dom.

To było tydzień wcześniej, pod ostrzałem stu mangoneli z wiadomością od Fra' Wilhelma dla Fra' Jana, przedzierał się nieopodal placu Cypryjskiego. Pieszo, bo konie stawały dęba w upiornym świście kamieni miotanych przez al-Mansurę i Gadaban, dwie najstraszliwsze z machin oblężniczych, jakie rzucił na Akkę sułtan. Po drodze zamajaczyły mu ruiny domu, w którym on i Gerland przyszli na świat. Strzaskane pociskami piętro. Wypalony ogród. Fontanna z kamiennym stojącym lwem. Koendert miał rozkaz, by bezzwłocznie dostarczyć wiadomość mistrzowi joannitów, ale skręcił w bramę rezydencji, która kiedyś, nim złożył zakonne śluby, była jego domem. Wbiegł na podwórze.

„Henry, gdzie jesteś?" — krzyknął chrapliwie, a dźwięk odbił się echem w studni dziedzińca. „Henry!" — powtórzył, podchodząc do fontanny, i głos uwiązł mu w gardle.

Garniec greckiego ognia rozbił się na murze sąsiedniej posesji, oświetlając upiornie fioletowym płomieniem dziedziniec. W mętnych wodach fontanny kołysały się ciała. Dwaj synowie Henry'ego przecięci na pół. On sam, do góry plecami, leżał przerzucony przez kamienną krawędź fontanny. Koendert skoczył ku bratu kierowany jakąś naiwną nadzieją, że Henry tylko zasłabł na widok swoich dzieci. Ale gdy szarpnął ciałem brata, przewracając go na wznak, sam aż się zachwiał. Z rozprutego brzucha Henry'ego wylały się wnętrzności. Koendert puścił ciało i zatoczył się, upadając na kolana.

To nieprawda — pomyślał gorączkowo — zwiódł mnie oślepiony greckim ogniem wzrok.

Rozkaz Fra' Wilhelma. Musi iść. Nie, musi biec. Poderwał się, a nad jego głową prześlizgnął się wysoki wibrujący dźwięk. Kolejny atak Saracenów — zrozumiał i ruszył ku bramie. Ale potknął się o truchło psa i oprzytomniał. Wściekle zawrócił ku fontannie.

Przez chwilę próbował omijać wzrokiem chłopców, ale ich rozkawałkowane ciała kołysały się na wodzie bezbronnie i nie mógł na to nie patrzeć. Doskoczył do zwłok starszego brata. Rozchylił mu koszulę. Tak, krzyżowy orzeł ze złota, srebra i czarnego dębu leżał na piersi Henry'ego.

Jedyne, co zostanie po naszym rodzie — pomyślał wściekle Koendert i nie zastanawiając się, zerwał rodowy klejnot z szyi brata, schował do sakwy i wybiegł z dziedzińca domu, z którym od tej chwili nie łączyło go nic.

Ruszył przed siebie, w stronę cytadeli, gdzie spodziewał się odnaleźć mistrza szpitalników. Po drodze mijał rannych, którzy jęczeli, ale nie prosili o pomoc, i umarłych, którzy nie potrzebowali już niczego. Biegł, opłakując Henry'ego i jego synów, powtarzając jak psalm słowa przysięgi: *Nie masz rodziny poza zakonnymi braćmi...*

Ach tak. Musiało stać się to wszystko, by zrozumiał, że przysiąg nie rzuca się na wiatr.

I dzisiaj, tydzień po tym, jak zobaczył ich w fontannie, jechał jako pierwszy wśród dwunastu jeszcze zdolnych do walki braci za Fra`Wilhelmem ku płonącej Wieży Przeklętej. Na odsiecz broniącym się w niej joannitom, starając się nie myśleć, czy znajdzie wśród nich żywego Gerlanda. Swego bliźniaka. Połówkę orzecha. Bo każdy, za którego będzie walczył, to jego brat.

Do niemilknących uderzeń wielkiego bębna i wtórujących im trąb dołączyła szarża setek małych, przenośnych bębnów.

Odliczają czas, jaki pozostał do końca naszego świata — pomyślał Koendert.

Od strony cytadeli uniósł się najpierw słup ognia, a potem potępieńczy krzyk.

GERLANDA obudził swąd i piekielne gorąco. Poderwał się i upadł, noga odmówiła mu posłuszeństwa. Na klęczkach zerwał z siebie płaszcz. Głowa, tak! Ten swąd nie pochodził z płaszcza. Tliły się jego włosy. Wyszarpnął bukłak zza pasa i polał rozpaloną czaszkę wodą. Nie było jej wiele, ale od razu mu ulżyło. Krople spłynęły po poparzonej głowie. I wtedy usłyszał z dołu wieży krzyk.

— Fra`Jan! — Rozpoznał w jednej chwili głos wielkiego mistrza szpitalników.

Podniósł się, kuśtykając na zdrowej nodze i przytrzymując się ściany, schodził w dół. Mijał ciała braci wykrzywione w śmiertelnych spazmach. Konrad. Gwidon. Jan. Czwartego z nich nie poznał, bo grecki ogień polizał mu twarz i ta zamieniła się w czarną bryłę. Kręciło mu się głowie, z trudem łapał przesycone pyłem powietrze, wydawało mu się, że nawet gardło ma poparzone. U dołu schodów leżał jego miecz. Gerland schylił się po oręż, a gdy chwytał rękojeść, zobaczył, że skórę dłoni ma spękaną i czerwoną jak żywa krew. Zamiast bólu czuł kłucie, jakby coś chciało mu przewiercić dłoń na wylot. Już słyszał odgłosy walczących przy wejściu do wieży. Rozróżniał gardłowe okrzyki mameluków i komendy Fra`Jana. To dodało mu sił. Z ostatnich stopni zbiegł i wtedy zdał sobie sprawę, że to rozkaz wzywający do odwrotu.

Dostrzegł mistrza. Wokół niego było ledwie czterech, może pięciu rycerzy i ścisk napierających mameluków. Kilkanaście białych turbanów samych dowódców.

To koniec — przebiegło przez głowę Gerlanda po raz kolejny tego dnia.

— Do świątyni, bracia świętego Jana! — krzyknął mistrz i próbował własną piersią utorować im drogę.

Po obu jego bokach, jak tarcze, stanęli bracia. Gerland mocniej ścisnął miecz i ruszył za mistrzem, osłaniając go. Mamelucy rzucili się ku nim jak hieny na krwawiącą antylopę i nacisnęli ze wszystkich sił. Gerland ciął ich z prawej i lewej, ale dostał cios w plecy i odwrócił się. Szedł tyłem, osłaniając ranę; opierając się o bok idącego przed nim brata. Nie miał pojęcia którego. Wolframa czy Gerberta, mniejsza z tym. Osłaniał się wyłącznie mieczem, raz po raz tnąc nim na oślep. Przeszli ledwie kilka kroków, gdy mnich, o którego ramię się wspierał, upadł, krzycząc:

— Jezu Chryste, zmiłuj się!

Gerland wyminął leżącego. Tak, to był Gerbert, jeszcze żył. Postraszył mieczem Saracena w usmolonym turbanie, który rzucił się ku niemu z jataganem. Ten, nie zważając na przewagę długiego miecza Gerlanda, zamiast cofnąć się, uchylił tylko głowę przed sztychem.

W tej samej chwili Gerland usłyszał chrapliwy głos Fra' Jana i zrozumiał, że ma wielkiego mistrza wprost ze swymi plecami. Szybko spojrzał w bok.

— Na głowę świętego Jana Chrzciciela! Zostało nas tylko dwóch! — krzyknął.

— Trzymaj się, chłopcze! — zacharczał wielki mistrz. — Czterech jeźdźców na pysznych rumakach jedzie naprzeciw nam!

— Apokalipsa — odpowiedział Gerland, tnąc przez twarz skaczącego ku nim smagłego wojownika.

— Nie, synu! Odsiecz templariuszy! Czterech braci jedzie uratować nas dwóch! — zaśmiał się strasznie Fra' Jan.

— „I zobaczyli płonącą bestię"! — krzyknął Gerland na widok rozbryzgującego się nad ich głowami dzbana z greckim ogniem.

Odwrócił się i z całych sił pchnął mistrza Jana przed siebie w stronę nadjeżdżającego templariusza. Zdołał poznać jeźdźca. Swego brata bliźniaka, Koenderta. Sam nie zdążył uskoczyć. Bryzg płonącego oleju ziemnego opadł mu na uniesioną ku niebu twarz.

Do nieustannego dźwięku trąb, setek małych i jednego olbrzymiego bębna dołączyły wysokie dźwięki cymbałów.

KOENDERT przeżegnał się i wstał od zwłok wielkiego mistrza templariuszy, Wilhelma z Beaujeu, który trafiony ostatnią saraceńską strzałą prosto w serce skonał na rękach marszałka zakonu.

— Jak z moim bratem? — spytał, pocierając zmęczone oczy.

— Nie wiem, czy dożyje świtu — odpowiedział mu opiekujący się rannymi zakonnik. — Ma okropnie poparzoną twarz, a jego kolczugę przebiło mnóstwo strzał. Idź do Fra`Piotra, pytał o ciebie kolejny raz.

— Co tak cicho? — Dopiero teraz Koendert zauważył, że coś się zmieniło.

Spojrzał w okno. Akka wciąż płonęła dziesiątkami pojedynczych ogni, a morze zwielokrotniało ich połyskliwy blask. Po ciemnych wodach sunął sznur mniejszych i większych statków odpływających w kierunku Cypru. W porcie panował tłok; okręty podnosiły żagle, a na pokład próbowało wejść po stokroć więcej ludzi, niż mogły pomieścić. Dostrzegł piękny żagiel „Włóczni Chrystusa", najlepszej jednostki, jaką kiedykolwiek posiadali templariusze.

— Marszałek Piotr wynegocjował z sułtanem korzystne warunki kapitulacji. Dlatego przestali grać sygnały bojowe — bezbarwnie odpowiedział zakonnik i ponaglił: — Idź do niego.

— Idę — skinął głową Koendert i raz jeszcze spojrzał na port.

Gdy wchodził do celi Piotra, usłyszał grom. W pierwszej chwili pomyślał, że to kolejny szturm, ale chwilę później niebo rozdarła błyskawica.

— Chwała Panu! — powiedział towarzyszący Fra`Piotrowi sędziwy Tybald, komandor templariuszy. — Burza ugasi pożary!

— I zatopi okręty z uciekinierami, które ruszyły na Cypr — kwaśno skwitował Koendert.

— Jedni umrą tej nocy od ognia, inni od wody — sucho dodał Fra`Piotr i przeżegnał się. Czerwony krzyż na jego płaszczu przecinały bure smugi zaschniętej krwi.

— Bracia — marszałek zwrócił się do komandora i Koenderta — jest źle. Wynegocjowałem z wysłannikami sułtana Al-Aszrafa zawieszenie broni, po to, by dać czas mieszkańcom Akki na ucieczkę drogą morską, ale obawiam się, że ani sułtan, ani jego emirowie nie będą chcieli dotrzymać warunków, które ustaliliśmy. Na okrętach nie ma miejsca dla rycerzy zakonnych. Bracia joannici mają kilka miejsc na pokładzie „Fal Jordanu", popłynie tam ich wielki mistrz, ciężko ranny Fra`Jan, którego przed śmiercią ocalił twój bliźniaczy brat, Koendercie. Jak on się czuje?

— Gerland ma się nieźle. Wyjdzie z tego z twarzą — bez drgnienia w głosie skłamał Koendert.

— Wszystko w rękach Pana — odrzekł Fra`Piotr i stuknął palcami w blat stołu.

Zawtórował mu grzmot. Marszałek spojrzał najpierw w rozjaśniane błyskawicami okno celi, a potem na nich. Jego głos zabrzmiał kategorycznie.

— Ty, komandorze Tybaldzie, odpłyniesz ze skarbcem zakonu na Cypr, jak tylko ustanie sztorm. Nie protestuj! — uniósł głos i dłoń. — Wszyscy ślubowaliśmy posłuszeństwo, a teraz, gdy mistrz Wilhelm nie żyje, winieneś posłuch mnie. Bracia służebni już wnoszą na pokład „Włóczni Chrystusa" skrzynie, ale, wybaczcie, to tylko maskarada. W tych kufrach nie ma nic godnego uwagi. Wiem, że nawet w tej śmiertelnej chwili wrogowie zakonu patrzą nam na ręce, więc niech widzą, a nie zobaczą. Prawdziwy skarb zakonu kazałem ukryć w ładowniach „Słonego Serca". To godny zaufania, choć niepozorny statek. I na jego pokład jako strażnik naszej spuścizny wsiądziesz ty, komandorze Tybaldzie. Zabierzesz ze sobą tylu rannych templariuszy, ilu zdoła pomieścić kapitan, oraz niewielką, osobistą straż... — Fra`Piotr przeniósł wzrok na Koenderta, kończąc: — i jego.

— Nie! — żachnął się ostro Koendert. — Nie opuszczę Akki żywy. Tu się urodziłem i tu zginę.

— A kto ci wbił do głowy, że bohaterstwo polega na tym, by polec? — znów uniósł głos marszałek. — Czasami trudniej jest żyć. I taki właśnie jest mój rozkaz. Jesteś jedynym bratem z Księżycowego Oddziału, który przeżył oblężenie Akki. Wszyscy inni zginęli.

Koendert wciągnął głośno powietrze. Nie miał pojęcia.

— Zostałeś nam tylko ty — potwierdził Fra`Piotr. — Ty, który znasz sekrety asasynów. Ty, który umiałeś porozumiewać się ze Starcem z Gór.

Umiałem nim być — pomyślał Koendert. — Podszywać się pod jego ludzi, preparować trucizny i odtrutki. Pisać zaszyfrowane wiadomości po łacinie i arabsku, które ofiary znajdowały noc przed śmiercią przy swym łóżku. — Spojrzał w oczy marszałka. — Czy on o tym wie? Czy też wiedział tylko mistrz Wilhelm?

Fra`Piotr nie spuścił oczu i mierzyli się wzrokiem przez krótką chwilę. Potem marszałek wolno przymknął powieki, jakby wyrażał zgodę.

— Zakon Ubogich Rycerzy Świątyni będzie cię potrzebował, bracie Koendercie. Jesteś naszym żyjącym skarbem. Wiedzą zaklętą w ciele i umyśle. Dlatego musisz przetrwać, a dzisiaj jedynym sposobem na to wydaje się wejście na pokład „Słonego Serca". I tak brzmi mój ostatni rozkaz.

— Jestem posłuszny — powiedział Koendert i skłonił się przed Fra`Piotrem.

Sztorm trwał całą noc i kolejny dzień; dopiero po zmierzchu morze uspokoiło się na tyle, że kapitan odważył się podnieść żagle. W porcie, jedynym miejscu Akki, do którego nie dotarli oblegający twierdzę Saraceni, rozpętało się piekło. Kadłuby okrętów strzaskanych poprzedniej nocy przez fale tarasowały wyjście. Na wodzie unosiły się fragmenty kufrów i skrzyń, które kilka dni wcześniej pełne były jeszcze wszelakiego, ładowanego w pośpiechu na statki, dobra, a między nimi trupy ludzi zmiecionych przez sztorm z pokładów. Niektórzy z nich żyli jeszcze, uczepieni strzępów drewna walczyli z falami, ale nie było nikogo, kto mógłby im pomóc, bo tłumy zbite na nabrzeżu walczyły zażarcie o miejsce na pokładzie ocalałych okrętów. „Włócznia Chrystusa" przepełniona ponad miarę odbijała od brzegu, a z niego skakali desperaci próbujący dopłynąć do statku i wyżebrać wejście na pokład. Odpływające żony zawodzeniem żegnały zostających na brzegu mężów, jakby już opłakiwały zmarłych. Ranni porzuceni przy zarwanym pomoście błagali o wodę. Dzieci biegały w bezładzie i nawoływały zaginionych w sztormie rodziców po włosku, francusku, niemiecku i arabsku. Należący do szpitalników smukły kadłub „Fal Jordanu" kołysał się jeszcze na cumie, ale jego pokład już był pełen i dało się słyszeć gniewne okrzyki kapitana, który kazał wciągać trap, mimo kłębiących się przed nim setek uciekinierów próbujących wejść na statek.

W ten rozświetlany jedynie blaskiem pochodni apokaliptyczny tłum równym krokiem weszła kolumna templariuszy. Dwunastu braci pod wodzą marszałka, Fra`Piotra, osłaniało nosze z siedmioma rannymi. Koendert niósł swego brata, Gerlanda.

— Dlaczego mistrz szpitalników, Fra`Jan, nie popłynął na ich flagowym okręcie? — spytał marszałka szeptem komandor i wskazał połyskujący na nocnym morzu żagiel „Fal Jordanu".

— Z tych samych przyczyn, dla których nasz skarb jest pod pokładem „Słonego Serca", a nie „Włóczni Chrystusa" — odpowiedział mu półgębkiem Piotr. — Poza tym joannitów zostało zbyt mało, nie mogli zapewnić swemu mistrzowi ochrony na pokładzie. Wy to zrobicie. — Odwrócił się do Koenderta i zmierzył go wzrokiem. — Będziesz bronił mistrza Jana tak, jakby to był twój brat.

— Tak jest — odpowiedział Koendert i na jego twarzy drgnęła bruzda, jak echo kłótni, którą stoczyli rano.

Krzyczeli na siebie. Gdy padł rozkaz wymarszu, Koendert powiedział, że nie odpłynie bez brata. „To są twoi bracia!" — odpowiedział mu marszałek, pokazując rannych templariuszy. — „Gerland nie dożyje kolejnego dnia! Biorąc go na pokład, kradniesz miejsce dla któregoś z nich". Nim skończyli się kłócić, skonał brat Robert, bohater pierwszego nocnego wypadu za mury, ten, który omal nie zniszczył Gadabana, największej saraceńskiej mangoneli. Fra`Piotr skapitulował i pozwolił Koendertowi zabrać bliźniaka.

Weszli po chwiejnym trapie. Nosze z mistrzem szpitalników, Gerlandem i pięcioma rannymi templariuszami już bezpiecznie ulokowano na pokładzie. Fra`Piotr przyzwał do siebie kapitana „Słonego Serca", Koenderta i komandora Tybalda, by wydać im ostatnie polecenia. Tłum odpędzony od odbijającego już weneckiego statku dostrzegł żagiel podnoszony na „Słonym Sercu" i z błagalnym wyciem rzucił się ku nim. Templariusze z oddziału osłaniającego ich przemarsz stanęli z wyciągniętymi mieczami przed trapem.

— Mamy przeciążone ładownie. Ani jednego pasażera więcej — powiedział twardo kapitan. — Bo nie dam gwarancji, że przeprowadzę „Serce" na Cypr. Musimy odbijać.

W tej samej chwili przez biegnący ku nim tłum przedarł się wysoki, chudy rycerz w poszarpanym płaszczu zakonnym. Trzema długimi susami przesadził trap.

— Al-Aszraf zerwał warunki zawieszenia broni! — krzyknął z wysiłkiem. — Minerzy znów robią podkopy pod wieże i podkładają ładunki… sułtan wpuścił do miasta mameluków, a ci zaczęli gwałcić…

— Mszczą się wszystkie podeptane przez nas rozejmy — przeżegnał się z trwogą Tybald. — Grzechy wrażych mistrzów zakonnych, których rozkazów słuchaliśmy…

— Nie czas na rachunek sumienia. Odpływajcie — zacisnął szczęki Fra`Piotr. — Wracam do Akki walczyć nie o zwycięstwo, ale o honor Zakonu Ubogich Rycerzy Chrystusa. Rozkazy znacie. Każdy z nich pozostaje w mocy. Ty, komandorze Tybaldzie, jesteś teraz głową zakonu.

A ty, Fra`Piotrze, swoją zostawisz w Akce — pomyślał Koendert, patrząc na wyprostowane plecy odchodzącego w pośpiechu marszałka templariuszy.

— Wciągać trap! — rozkazał kapitan.

Tłum na nabrzeżu zawył rozpaczliwie. Koendert chciał się odwrócić, nie patrzeć na tych nieszczęśników, którym nie mógł pomóc, ale ktoś z obwiązaną brudną szmatą głową przyciągnął jego wzrok. W pierwszej chwili myślał, że to szpitalnik, brat Thomas, przełożony konwentu Gerlanda. Widział go przedtem raz czy dwa. Ale zaraz potem zrozumiał, że tamten był młodszy, nie miał siwej, równo przyciętej brody i utykający w tłumie nieszczęśnik musi być bratem z innego zgromadzenia. Może to rycerz od Świętego Łazarza? Ponoć wszyscy oni polegli, broniąc Baszty Trędowatych. A jeśli ten tutaj jest ostatnim żyjącym bratem swego zakonu? Zamiast płaszcza miał na plecach poszarpany strzęp, Koendert nie widział jego zakonnych znaków. Nie zastanawiając się, rzucił się ku wciągającym trap marynarzom.

— Zatrzymać się! — wrzasnął tak strasznie, że przysiedli i posłuchali rozkazu. — Na brzegu został jeden z naszych!

Koendert wiedział, że ma na to nie więcej niż chwilę. Nie zastanawiając się, zbiegł po trapie i przepychając przez tłum wyciągających ku nim ręce kobiet i rannych, podbiegł do rycerza z siwą brodą. Pchnął go przed sobą w stronę „Słonego Serca".

— W tej chwili na pokład! — krzyknął do niego, jakby się znali. — Jak mogłeś tak opóźnić rejs?!

— Bracie! Panie! — Jakaś kobiecina uchwyciła się ramienia Koenderta. — Weź moją córkę. Piękna i młoda! To jeszcze dziewica! Weź ją na Cypr! Ocal!...

Otrząsnął się, udając, że nie słyszy i nie widzi.

— Weź to... będziesz bogaty jak sułtan! — Kobiecina wpychała mu w ręce okutą srebrem skrzynkę. — Weź to i moją małą Melisandę...

Koendert pchnął krzyżowca na trap i wskoczył za nim jednym długim susem.

— Odbijamy! — zawołał i stanął twarzą w twarz ze wściekłym kapitanem.

Ten splunął w bok i nic nie powiedział. W żagiel „Słonego Serca" uderzył wiatr. Koendert otarł czoło i spojrzał na Akkę. Ponad majestatyczną świątynią górującą nad najpiękniejszym portem morskim, jaki znał, wzniósł się oślepiający słup pożogi. W tym samym momencie grad ogni greckich zalał miasto, które rozjarzyło się setką rozsianych pożarów. Tłum na nabrzeżu zamarł i odwrócił się od odpływającego statku, patrząc na to samo co on. Na ostatnie chwile Królestwa Jerozolimy. Pokład pod jego stopami zakołysał się.

Ktoś dotknął ramienia Koenderta. Templariusz się ocknął. Stał przy nim siwobrody, starszy rycerz zakonny z obwiązaną głową.

— Ocaliłeś mi życie, bracie — powiedział z twardym akcentem. — Jestem twoim dłużnikiem. Ja i mój zakon, bo ratując wielkiego mistrza, ochroniłeś naszą świętą regułę.

Koendert przyjrzał mu się z uwagą. Zmęczona twarz starszego mężczyzny była ściągnięta bólem. Wyszeptał, patrząc na płonącą Akkę:

— Przysięgam, a tyś mi świadkiem, templariuszu, że za klęskę w Ziemi Świętej weźmiemy krwawy odwet na niewiernych w Prusach.

— Kim ty jesteś? — zapytał Koendert, czując nieprzyjemny skurcz serca.

— Konrad von Feuchtwangen, wielki mistrz Zakonu Szpitala Najświętszej Marii Panny — odpowiedział ocalony.

Krzyżak — pomyślał z niesmakiem Koendert i przemknęło mu przez głowę, że lepiej by zrobił, ratując dziewiczą Melisandę. Na głos powiedział:

— Niewierni w Prusach nie mają nic wspólnego z upadkiem Akki. Odwet trzeba brać na tym, kto zadał nam klęskę.

— Ziemia Święta jest na lata stracona dla krzyżowców — odpowiedział spokojnie Feuchtwangen. — Akka była ostatnim bastionem, a on na naszych oczach padł, choć wszyscy, ramię w ramię, stanęliśmy do finałowej bitwy. Rycerze zakonni muszą swój wzrok skierować tam, gdzie będą mieli z kim walczyć, bo idea świętej wojny nie zginie, póki my żyjemy. Wspomnisz me słowa, templariuszu. Za twój wyczyn zawsze będzie dla ciebie miejsce w naszych szeregach.

Koendert wzruszył ramionami i zszedł pod pokład do rannych.

GERLAND ocknął się, nie mając pojęcia, gdzie jest. Wokół niego panował półmrok, w którym odzywały się pojękiwania rannych. Przez chwilę pomyślał, że wciąż leży u szczytu schodów Wieży Przeklętej, ale zaraz po tym przypomniał sobie, że wydostał się z niej. Dotarło do niego, że nie słyszy upiornych uderzeń wielkiego bębna i wtórujących mu trąb. Pamięć wróciła do niego wraz z potwornym bólem poparzonej twarzy. Grecki ogień, mistrz Jan i jego brat bliźniak na czarnym koniu.

— Nie śpisz? — usłyszał szept Koenderta. — Lepiej dla ciebie, byś spał. Dam ci coś, co uśmierzy ból.

— Haszysz? Wsadź go sobie wiesz gdzie. Jeszcze nie jest ze mną tak źle, żebym musiał palić saraceńskie...

— Cicho — skarcił go brat. — Nie chwal się, że wiesz, co przy sobie mam, bo każdy ranny da się za to posiekać.

— Każdy, kto wie, kim jesteś, domyśli się, co masz w sakwach — odgryzł się Gerland.

— Zamilcz. Jeszcze dzisiaj dopłyniemy na Cypr. — Koendert ściszył głos i mówił wprost do ucha brata. — Twój mistrz, Fra' Jan, jest z nami, tu, pod pokładem, lecz nikt mu nie daje szans na przeżycie. Ocaliłeś go przed greckim ogniem, ale dosięgły go saraceńskie strzały podczas odwrotu. Ciii... to nie były zatrute ostrza, więc ja nie mogę mu pomóc. Zwykłe bełty, Jan ma uszkodzone płuco. Musimy zastanowić się, co dalej.

— Co dalej — Gerland powtórzył jak echo za Koendertem. — Nie wiem, co z Henrym... on i chłopcy...

Koendert wyjął coś z sakwy. Przed oczyma Gerlanda zamajaczył jakiś niewielki przedmiot. Joannita przez chwilę nie wiedział, co to jest, albo raczej nie chciał dopuścić tej myśli do siebie. Srebrne skrzydła, złoty krzyż i tarcza z czarnego dębu na piersi orła. Zaklęta w ich klejnocie rodowym pamięć o wydarzeniach sprzed niemal stu pięćdziesięciu lat, przekazywana synom z pokolenia na pokolenie.

— Henry nie żyje. Jego synowie też — brat sucho potwierdził to, co właśnie dotarło do Gerlanda. — Na nas skończy się ród, bo ani ty, ani ja nie będziemy mieć dzieci. Chyba że zamierzasz złamać śluby...

— Nie — szepnął samymi ustami Gerland.

— Posłuchaj. Z całego rodu Bastów przeżyliśmy tylko my dwaj i musimy zrobić to, czego nie zrobili ojcowie naszych ojców. W tej ładowni, oprócz rannych, jest skarbiec mojego zakonu. Wszystko to, czego mistrz Wilhelm nie zdążył przed śmiercią wyekspediować na Cypr...

— Wilhelm z Beaujeu nie żyje? Kto jest waszym mistrzem?...

— Ciii... Fra' Piotr powierzył dowodzenie staremu Tybaldowi, komandorowi zakonu. Płynie razem z nami. Ale kto obejmie władzę na Cyprze, tego nie wiem i nie to mnie teraz obchodzi, lecz skrzynie, które są w tej ładowni. Ten miecz jest w jednej z nich.

— Miecz — szepnął Gerland i wystraszył się. — Chyba nie zamierzasz rozbijać kłódek? Zbiegnie się załoga, złapią cię, oskarżą o kradzież...

— To nie kradzież, dobrze o tym wiesz. Bastowie nie powinni godzić się na to, by miecz, wobec którego mieli zobowiązanie, trafił do skarbca templariuszy.

— Kiedyś był u szpitalników...

— Ani ty, ani ja nie mieliśmy na to wpływu — wściekle syknął Koendert. — Gerland, nie kłóćmy się. Nie mamy na to czasu. Umiem otwierać zamki tak, by nikt nie wiedział, że przy nich grzebano.

Księżycowy Oddział — pomyślał Gerland.

Tak, słyszał nieco o ukrytych przed innymi zadaniach swego brata. Nie wszystko, bo Koendert nie mówił o tym prawie nic, ale w Akce szeptano o templariuszach z tajnego oddziału, którzy utrzymywali kontakty między swymi przełożonymi a asasynami i ich legendarnym Starcem z Gór.

— Więc zrób to, co do nas należy — powiedział bratu. — A czego ja nie zrobię tymi poparzonymi palcami.

KOENDERT stał na pokładzie „Słonego Serca", gdy wpływali do portu. Tuż przed nimi zacumował genueński statek i gdy tylko rzucili kotwicę, jego kapitan podzielił się mrożącą krew w żyłach wiadomością: marszałek Piotr został ścięty przez sułtana Al-Aszrafa. Świątynia wysadzona w powietrze wraz z ostatnimi broniącymi się templariuszami. Pod jej kamiennymi prochami zginęli obrońcy i oblegający. Kobiety i dzieci pognane na targ niewolników. Torosa, Bejrut, Hajfa, Sydon i Tyr opuszczone przez krzyżowców, którzy wraz z ludnością cywilną szukali schronienia na pozbawionej wody wyspie Arwad. Wojska sułtana zasypywały kanały irygacyjne i studnie, wycinały sady i paliły ogrody, by wziąć pragnieniem i głodem pozostałych przy życiu mieszkańców.

— Dokonało się — zrobił znak krzyża Tybald.

Koendert patrzył na zielony, kwitnący Cypr. Na witające ich na nabrzeżu kobiety i dzieci. Handlarzy ciągnących wózki z pomarańczowymi ciastkami, figami i chałwą. Sprzedawców wina głośno zachwalających ukryty w dzbanach towar: „Róża Jerycha! Wino słodkie jak dziewica, różowe jak pączki jej piersi! Kto raz spróbuje..."

— Muszę odejść, komandorze — powiedział do stojącego przy nim Tybalda.

— Wiem — odpowiedział ten i Koendert się zdziwił. Spodziewał się raczej protestu, przypominania o ślubach i powoływania na przysięgę posłuszeństwa.

A może stary komandor wie, co zrobiłem? — przebiegło mu przez głowę i siłą powstrzymał się, by mimowolnie nie dotknąć rękojeści miecza. Okręcił ją starą skórą, by nie przyciągała wzroku, ale może Tybald widział kiedyś ten oręż?

— Fra`Piotr chciał, byś pozostał przy życiu. Ty jeden znasz tajemnice asasynów i...

— Nie jesteśmy sami — przerwał mu Koendert, wskazując głową Feuchtwangena, mistrza krzyżackiego, który z uwagą się w nich wpatrywał. — Przejdźmy na rufę, komandorze.

Gdy stanęli w odosobnionym miejscu Tybald wskazał na spienioną wodę za statkiem.

— Każdy chce po sobie pozostawić ślad — powiedział. — Ale po niektórych ślad powinien się urwać, Koendercie. Nie wiem, co dalej będzie z zakonem. Mamy możnych protektorów i dość bogactw, by przetrwać trudne lata, ale nie mam żadnej pewności, ile czasu potrwa zryw rycerstwa do następnej krucjaty. Jedno, czego jestem pewien, to że czekają nas ciężkie chwile. Chciałbym, żebyś się ukrył, razem z wiedzą, którą posiadasz. Żeby zaginął po tobie ślad, aż do momentu, gdy przyjdziemy po ciebie.

— Jakaś zagubiona komandoria na obrzeżach cesarstwa? — spytał Koendert, czując, iż jego rodowa misja nagle może połączyć się z zadaniem, jakie stawia mu Tybald.

Komandor pokręcił głową.

— Wolałbym, żebyś ukrył się głębiej.

— Nie rozumiem.

Tybald odwrócił się i kładąc dłoń na ramieniu Koenderta, powiedział poważnie:

— Za chwilę, w obecności wszystkich, zdejmę z ciebie zakonne śluby. Ale to nie będzie prawdziwe. To będzie jak wiesz co...

— Wiem. Szkolono mnie do tej gry po wielekroć — odpowiedział Koendert, patrząc w oczy starego komandora.

Ten skinął głową i kontynuował:

— Zabierzesz swego brata pod pretekstem leczenia. Jeśli Gerland przeżyje, wtajemniczysz go we wszystko, co wiesz, nauczysz tego, co sam potrafisz, tak aby było was dwóch.

— A jeśli nie przeżyje?

— Przejmiesz jego imię i zgłosisz się do jakiejkolwiek komandorii Zakonu Szpitalników Świętego Jana. Staniesz się nim na tak długo, jak będzie trzeba. W razie prawdziwego zagrożenia, gdybyś nie miał dostępu do wysokich stopniem braci zakonnych, szukaj pomocy u najwyższych duchownych prowincji, w której będziesz przebywał. A my znajdziemy cię, gdy nadejdzie czas powrotu do Ziemi Świętej. Posłańca rozpoznasz po...

— Wiem, po czym — skinął głową Koendert i spytał prowokacyjnie. — A jeśli to ja umrę pierwszy?

— No cóż — ciężko odpowiedział komandor. — Wtedy on zrobi to, czego ty nie zdążysz.

— A co, jeżeli posłaniec nigdy nie nadejdzie?

Tybald westchnął i potarł krzaczaste brwi.

— Wtedy twój ślad naprawdę rozpłynie się w wodzie — powiedział z namysłem. — Ale wierzę, że tak się nie stanie. A w dowód swej wiary chcę ci coś dać w depozyt.

Komandor wyjął z sakwy owinięty w purpurowy jedwab przedmiot.

— Schowaj to dobrze — powiedział, wkładając mu go w dłoń. — Pamiętasz opowieść o najświetniejszych czasach Królestwa Jerozolimy? O trzech kluczach do skarbca, w którym trzymano koronę królewską?

— Jeden klucz miał patriarcha, drugi mistrz szpitalników, a trzeci nasz wielki mistrz — wyrecytował Koendert. — Na znak równości obu wielkich zakonów i uznania ich wkładu w utworzenie królestwa.

— Tak — kiwnął głową Tybald. — Ty i Gerland jesteście jak żywy symbol tamtych złotych czasów. Templariusz i szpitalnik, bracia dwóch reguł z jednego łona i krwi.

— Dajesz mi klucz do skarbca królestwa? — zapytał wstrząśnięty Koendert.

— Nie, synu — smutno powiedział stary komandor. — Daję ci formę, w którą wlewano żelazo, by uformować klucz. A teraz wracajmy, muszę wobec wszystkich zwolnić cię z przysięgi.

GERLAND siedział na końskim grzbiecie i mocno trzymał stopy w strzemionach, dociskając nogi do boków wierzchowca. Tylko to było pewne, reszta wydawała się mocno wątpliwa. Wodze owinął wokół zabandażowanych dłoni, bo nie był w stanie ich utrzymać. Poparzoną głowę miał owiniętą płótnem, którego luźne zawoje osłaniały mu twarz, tak że widać spod nich było tylko oczy, a na plecach, zamiast spalonego w Akce płaszcza zakonnego, wisiał mu cienki, drogocenny, zdobiony kwiatami jedwab.

— Saracen! — krzyknął na jego widok umorusany ulicznik i podniósł wrzask pośród zgrai dzieciarni żebrzącej u portowej bramy.

W rękach gówniarzy migiem znalazły się kamienie, bryły gliny i końskie łajno.

— Zabić Saracena!

W tej samej chwili dojechał do niego Koendert i dzieci zamarły na widok jego brata.

— Wielki templariusz ma w niewoli wszawego Saracena! — wydarł się ten, który pierwszy chciał rzucać w niego kamieniem.

— To jaki emir abo sułtan! — pociągnął nosem drugi.

— Templariusze przegrali w Akce! — wrogo zawył najwyższy i podnosząc rękę z grudką gliny, zrobił krok w ich stronę.

Koendert spojrzał na wyrostka i chłopak w jednej chwili opuścił ramię, odwrócił się i uciekł.

— Pospieszmy się — rzucił do Gerlanda. — Zapłaciłem za dwa miejsca na statku płynącym na Sycylię.

Ruszyli, manewrując między przechodniami i wózkami ulicznych handlarzy.

— Przebrałeś mnie jak małpę. Co ci wpadło do głowy, by kupować mi płaszcz w kwieciste wzory? — wściekł się Gerland.

— Nie miałem czasu wybierać — wzruszył ramionami Koendert. — I, tak po prawdzie, nie kupiłem go. A jak będziesz marudził, to przebiorę cię za arabską nałożnicę. Zasłony od czubka głowy do stóp ukryją wszystkie poparzenia.

— Templariusz i nałożnica — prychnął Gerland. — Trudno o mniej rzucających się w oczy podróżnych. Dlaczego nie zdjąłeś zakonnego płaszcza, skoro Tybald uwolnił cię od ślubów?

— Bo kapitan statku, którym płyniemy, dał się przekonać tylko na templariusza. Ma kwity zastawne w naszej komandorii w Palermo i liczy, że pomogę mu przedłużyć spłatę.

— A pomożesz? — zapytał Gerland, choć wystarczyło spojrzeć na brata, by poznać odpowiedź.

Na pokładzie byli głównie kupcy. Kapitan przywitał ich wylewnie, choć nie powstrzymał się od pytania o jego barwny płaszcz.

— Brat Gerland jest poparzony greckim ogniem. — O dziwo, Koendert powiedział prawdę. — Musi używać przewiewnych ubrań i osłaniać przed słońcem twarz.

— Brat Gerland! — niemal nabożnie jęknął kapitan. — Jak nasz sycylijski święty! Nasz dobry brat z Polski!

— Tak, tak — uciął szybko Gerland. — Nasz... to jest mój ojciec też znał tę legendę i też modlił się do świętego Gerlanda.

— O dar scalania rozbitych przyjaźni! — rozpromienił się kapitan. — Święty Gerland nigdy nie odmawia swych łask, więc pewnie i ty, bracie rycerzu, masz moc...

— A tobie jak na imię, panie? — wtrącił się twardo Koendert.

— Matteo, szanowny bracie!

— Więc to ty, kapitanie, napisałeś jedną z ksiąg Ewangelii i tobie przyjdzie zginąć męczeńską śmiercią? — kpiąco zaśmiał się Koendert.

Kapitan umilkł urażony, ale tylko na chwilę.

— W każdej sycylijskiej gospodzie dostaniecie nocleg za pół ceny, jak brat Gerland powie swe imię. Choć ten płaszcz kwiecisty może nie budzić zaufania wieśniaków, bo nasz święty był ubogi. Proszę tędy, do kajuty braci — wskazał wąskie schody pod pokład. — Dokwaterowałem wam brata z zakonu rycerzy Najświętszej Marii Panny.

— Płaciłem za kajutę dla dwóch osób! — wściekł się Koendert i nie zauważywszy belki, uderzył w nią głową. Zaklął podle.

— Płaciłeś za dwie osoby w kajucie — spokojnie odpowiedział kapitan — a w niej są cztery miejsca. Nie dokwaterowałem wam czwartego, bo nie ma więcej braci rycerzy na pokładzie. Bardzo proszę — uchylił skrzypiące drzwi i zachichotał. — Oto wasze gniazdko! Można rzec, mała komandoria na moim skromnym statku!

KOENDERT wyszedł na pokład, gdy tylko Gerland zasnął w kajucie. Zabrał ze sobą sakwę i miecz, bo nie ufał mistrzowi krzyżackiemu. Miał przeczucie, że trzeci pasażer, bezczelnie wciśnięty im przez kapitana, chętnie przeszukałby ich bagaże.

Feuchtwangen natychmiast zjawił się przy nim.

— I znów Pan skrzyżował nasze drogi! — zagadnął.

— Nasz Pan ma w krzyżowaniu wprawę — półgębkiem odpowiedział Koendert.

— Czyżbyś wraz z uwolnieniem od ślubów zakonnych stracił wiarę?

— Przeciwnie. Właśnie ją wyznałem.

— Nie jesteś rozmowny, mój wybawco — przysunął się jeszcze bliżej mistrz.

Koendert nie odpowiedział. Mylił się, myśląc, że to wystarczy.

— Masz jakieś plany? — spytał Feuchtwangen, opierając się o burtę. — Mówią, że krzyżowcem nie przestaje się być nigdy.

— Byłeś świadkiem, że zdjęto ze mnie śluby — burknął Koendert.

— W Ziemi Świętej byłem świadkiem wielu zadziwiających wydarzeń — odpowiedział zagadkowo Feuchtwangen. — Na pokładzie „Słonego Serca" też.

Daje mi do zrozumienia, że wie, o czym rozmawiałem z Fra` Tybaldem. Albo że widział, jak otwierałem skrzynie, szukając miecza. Albo po prostu bierze mnie pod włos — pomyślał Koendert i znów nie odpowiedział na insynuacje.

Feuchtwangen nie dawał za wygraną. Milczał tylko chwilę, a potem podjął:

— Słyszałeś pewnie o moim poprzedniku, mistrzu von Schwanden? Tym, który przyprowadził hufiec naszych braci do Akki.

— A potem pokłonił się przed Fra` Janem, mistrzem szpitalników, i porzuciwszy wasz zakon, wstąpił do nich? — zadrwił Koendert. — Słyszałem. W każdym z garnizonów śmiano się z tego przy dzbanie wina.

— Jedni się śmieją, inni widzą głębsze znaczenia zdarzeń — wzruszył lekko ramionami Feuchtwangen. — Chcę ci przez to powiedzieć, byłe templariuszu, że w moim zakonie jest miejsce dla ciebie. Zwłaszcza w tych niespokojnych czasach, które przed nami.

— Żadne czasy nie były spokojne — burknął na odczepnego Koendert.

— Ale te, co nadchodzą, dla niektórych będą naprawdę niebezpieczne. — W głosie Krzyżaka zabrzmiało coś, co wydawało się groźbą. Mistrz odwrócił się, oparł plecami o burtę i patrzył mu wprost w oczy, mówiąc:

— Z Akki ocalało niewielu, jak ty i dzięki tobie ja. Wasz ostatni mistrz, Wilhelm, i marszałek Piotr, który dał głowę, i ci wszyscy templariusze, którzy honorowo polegli, broniąc ostatniej twierdzy w Królestwie Jerozolimskim przed niewiernymi... Ich już nie ma i nie przemówią w swoimi imieniu. Za nich będą mówić ci, którzy przetrwali. Olbrzymie, niewyobrażalne bogactwo poszło na wyprawy krzyżowe i co? I przepadło. Nie sądzisz, Koendercie, że ktoś zacznie pytać, co stało się z tymi skarbami? Tysiące chrześcijan wrzucały datki do skarbony, której zawartość miała przyczynić się do odzyskania Grobu Pańskiego... a ten i ostatnia twierdza znów we wrażych rękach niewiernych...

— Papież zwoła kolejną krucjatę — splunął do wody Koendert. Dość już miał tego gadania.

— Zapewne — kiwnął głową mistrz. — Ale czy papieża stać na to, by słał krzyżowców na pewną śmierć? W miejsce, które dla chrześcijaństwa stracone?

— Nic nie jest stracone! — syknął Koendert.

— Czyżby? Skoro najlepiej wyszkoleni wojownicy chrześcijańskiego świata nie dali rady ich obronić, to kto się tego podejmie? — Feuchtwangen zaczął się śmiać. — Najlepiej wyszkoleni i najbogatsi! Panowie Ziemi Świętej, templariusze, rycerze zakonu świątyni!...

Koendert chciał go uderzyć w twarz za kpinę, ale powstrzymał się.

W oczach świata nie jestem już templariuszem — pomyślał i tylko zacisnął szczęki.

— O bohaterstwie twojego brata i twoim krążą legendy — spokojnie podjął werbunek Feuchtwangen. — Te o tobie są szczególnie intrygujące, bo niektórzy są skłonni wierzyć, że templariusze stworzyli tajne bractwo, które kontaktowało się z najgroźniejszymi zabójcami Wschodu, tymi, których zwą hasziszija.

— To plotki — skrzywił się Koendert. — Ostatni imam asasynów został zamordowany przez sułtana Bajbarsa kilkanaście lat przed moim narodzeniem. Nasłuchałeś się głupot, Konradzie von Feuchtwangen.

— Możliwe — westchnął smutno mistrz. — Ale opowieści o twojej odwadze na pewno nie były przesadzone. Sam jej doświadczyłem na nabrzeżu.

— Bo się pomyliłem! — uderzył dłonią w burtę wściekły Koendert. — Myślałem, że jesteś ostatnim żyjącym bratem od Świętego Łazarza!

— A więc twymi rękami ocalił mnie Pan — spokojnie odpowiedział Krzyżak.

Wypchnę go za burtę! — pomyślał Koendert, ale w tej samej chwili zjawił się przy nich kapitan.

Wymienił grzeczności z Feuchtwangenem i postał z nimi chwilę, wystarczająco długo, by Koendert się uspokoił.

— Dla templariuszy umarłeś — zaczął Krzyżak, gdy tylko kapitan się oddalił. — Dlatego mówię „Łazarzu, wstań" i proszę, pójdź za mną. Czuję w tobie wielką chęć wzięcia odwetu na niewiernych, wielką potrzebę wyrównania rachunków. A ja ci mogę to zapewnić. Prusy to istna Ziemia Obiecana dla nowych krzyżowców! Niekończące się puszcze. Mokradła, bagna, rzeki meandrujące na ziemi i pod ziemią. A zamieszkujący je poganie czczą wyjątkowo krwawych bożków i dręczą wyznawców Chrystusa na setki wyrafinowanych sposobów. To Dzicy, którzy słuchają tylko Starców z Gór!...

— Z gór? — przyłapał go na łgarstwie Koendert. — A ja słyszałem, że Prusy to nizinny kraj.

— Starców Siwobrodych — poprawił się z uśmiechem Feuchtwangen. — Pomyliło mi się z wiesz kim.

— Nie wiem — udał durnia Koendert i wyszczerzył do wielkiego mistrza zęby w uśmiechu. — Tak, dla templariuszy umarłem, ale nie pójdę do was. Pójdę do szpitalników.

— Skoro zamiast walczyć, wolisz opiekować się chorymi, twoja wola. Pamiętaj, że właśnie opuściłeś Ziemię Świętą i swoich Saracenów. W pięknych, chrześcijańskich królestwach naszego świata nie ma pogan, z którymi mógłbyś walczyć. Poza Prusami. I pozwól, że dodam coś jeszcze. Nie musisz podejmować decyzji dzisiaj. Będę na ciebie czekał.

— Dziękuję za pouczenie — Koendert starał się zapanować nad gniewem. — Mam teraz inne plany.

— Rozumiem.

Nic nie rozumiesz, Krzyżaku — żachnął się w duszy Koendert. — Jesteś pewnie młodszym synem rodu Feuchtwangenów. Twój starszy brat obejmie po ojcu schedę i nazwisko, które da swym potomkom, a oni przeniosą je przez wieki, aż do skończenia świata. A z rodu Bastów zostaliśmy tylko my dwaj, Gerland i ja. Henry i jego synowie, którzy mieli nieść rodową pamięć, zostali w zgliszczach domu przy placu Cypryjskim. A na nas dwóch spoczął obowiązek wypełnienia przysięgi, którą przed niemal stu pięćdziesięciu laty złożył polskiemu księciu nasz przodek na murach Krak des Chevaliers, najwspanialszej twierdzy krzyżowców, jaką widział świat. I nie ma już nikogo, kto mógłby nas w tym zadaniu wyręczyć. Dla spokoju dusz wszystkich naszych przodków musimy zrobić to my. Albo ten z nas, który przeżyje.

Koendert zostawił wielkiego mistrza krzyżackiego i przeszedł na rufę okrętu. Długo patrzył na spieniony ślad na wodzie.

I

<u>1306</u>

ARCYBISKUP JAKUB ŚWINKA bez słowa zatrzymał konia. Patrzył na ścianę lasu, nad którym wieloma cienkimi smużkami unosił się dym. Gdyby zamknął oczy, przy chłodzie jesiennego powietrza mógł się przez chwilę łudzić, że to, co czuje, jest wonią wypalanych pól.

Dojechaliśmy do celu — pomyślał. — Gdzieś pomiędzy tymi drzewami spadł ognisty deszcz.

Towarzyszył mu kanonik Janisław, ten sam, z którym był na szczycie wieży katedry gnieźnieńskiej w tę nieodległą noc, gdy z nieba, jak w dniu apokalipsy, leciały płonące kamienie. Janisław zsiadł z konia i podszedł do arcybiskupa. Bez słowa pomógł mu zejść z siodła. Uwiązali wierzchowce do pni młodych brzóz, bezlistnych o tej porze roku, i ramię w ramię ruszyli w las. Janisław szybko odnalazł wąską ścieżkę, taką, której używają wieśniacy szukający grzybów. Kilka razy przecięła ją drożyna wydeptana przez zwierzęta chodzące do wodopoju.

Najwyraźniej sarny i jelenie wybierają inne drogi niż ludzie — pomyślał arcybiskup. — Choć piją z tego samego źródła.

Było jesienne popołudnie i chylące się ku zachodowi słońce nisko prześwietlało korony i pnie iglastych drzew. W jego świetle raz po raz majaczyła, niczym senny obraz, smużka dymu. Jakub wciągnął żywiczne powietrze. Tak. Woń niedawnego pożaru wciąż była wyrazista. Pachniało czymś jeszcze, czego nie potrafił nazwać.

Po kilkuset krokach obaj z Janisławem przystanęli bez słowa. Jakubowi zakręciło się w głowie i musiał oprzeć się o chropowaty pień świerku. Las, zieleniejący jeszcze przed chwilą ciemnymi koronami drzew, jak za dotknięciem niewidzialnej ręki zamienił się w pogorzelisko. Na wprost nich, jakby ktoś wyznaczył linię, zaczynała się wypalona do cna ziemia ze sterczącymi z niej kikutami drzew.

Boże — pomyślał z grozą Jakub — Twoja wszechmoc bywa przerażająca.

Janisław przeżegnał się i obaj ruszyli dalej, ostrożnie stąpając wśród popieliska. Arcybiskup z trwogą patrzył na zwęglone pnie, które stały, choć ogień wydarł z nich życiodajne soki. Na poszyciu, które odpowiadało suchym chrzęstem w miejscu, gdzie stawiał stopy. Czarny mech wydał mu się czymś nierealnym w swej grozie. Uszli kilkadziesiąt kroków i stanęli nad brzegiem owalnego zagłębienia, nie większego od małego stawu. Z jego głębi unosił się bezwonny dym, a może raczej gęsta mgła? Postąpili jeszcze kilka kroków, ale zbocze było grząskie i Jakub zapadł się po kostki. Janisław pomógł mu się wydostać. Spojrzeli na siebie, skinęli głowami i młody kanonik, zostawiwszy arcybiskupa na górze, sam ostrożnie zszedł w dół.

Widzieliśmy ognistą kulę lecącą z przestworzy ku ziemi i widzieliśmy deszcz ognistych kamieni — pomyślał Jakub. — Jeśli Bóg zrzucił coś z nieba, powinniśmy to odnaleźć.

Mgła przysłoniła wysoką sylwetkę Janisława, ale Jakub wciąż słyszał kanonika. Uniósł głowę, wciągając w nozdrza unoszącą się wokół woń. To nie kadzidło, nie żywica, więc co? — zastanawiał się. W tej samej chwili, kilkadziesiąt kroków dalej od miejsca, w którym zszedł Janisław, z głębi dołu wyłoniła się postać. Długobrody stary mężczyzna wyszedł z oparów. Za nim drugi i trzeci, wszyscy nieśli na plecach skórzane worki.

Starcy Siwobrodzi — z trwogą zrozumiał Jakub Świnka. — Słynący z okrucieństwa kapłani boga o trzech twarzach.

Arcybiskupowi przemknęło przez głowę, że powinien być gotów na śmierć. Oddychał szybko, a dłoń mimowolnie powędrowała mu do serca. Trzej Starcy wyszli na brzeg zagłębienia i otworzyli worki, zaglądając do nich, jakby chcieli się upewnić, że to, co niosą, nadal tam jest. A potem zawiązali je szczelnie i nie mówiąc nic, ruszyli w las. Idący na przedzie spojrzał na Jakuba, ale nie zatrzymał na nim wzroku, jakby ten był zwęglonym pniem drzewa.

Oni mnie nie widzą — dotarło do Jakuba i ta myśl przeraziła go, zamiast przynieść ulgę.

Kapłani Trzygłowa zniknęli między wypalonymi drzewami i w tej samej chwili Jakub usłyszał cichy szelest. Z dołu wychynął lis. Stanął, węsząc, uniósł pysk i wbiegł między kikuty drzew. Teraz z mgły unoszącej się nad miejscem, z którego wcześniej wyszli Starcy, długim susem wyskoczył wilk. I on wietrzył przez chwilę, a potem potruchtał prosto na Jakuba. Arcybiskup zacisnął palce na wełnie płaszcza. Drapieżnik minął go tak blisko, że arcybiskup poczuł woń jego sierści, a mimo to wilk nie zatrzymał się ani na moment.

On też mnie nie widzi — ze zdumieniem pomyślał Jakub.

Po długiej chwili z dołu wyszedł Janisław. Płaszcz kanonika uwalany był popiołem. Podszedł do Jakuba, bez słowa wyciągnął i otworzył dłoń. Leżał na niej kamień z nieba pulsujący pod skorupą skały płomiennym blaskiem żelaza niewykutego w ziemskiej kuźni. Jakub dotknął go i poczuł ciepło.

Kamień odrzucony przez Budującego — pomyślał — niech stanie się kamieniem węgielnym.

WŁADYSŁAW skrył się w Smoczej Jamie. Nikogo ze sobą nie zabrał i nikomu nie powiedział, dokąd idzie. Chciał być sam. Opłakać stratę pierworodnego w miejscu, w którym nikt go nie zobaczy. Nawet Jadwiga. A może zwłaszcza ona. Jakże płakać przy żonie, która wydała na świat czworo jego dzieci? Każde wspomnienie zmarłego syna sprawiało, że dla Jadwigi Stefan umierał na nowo, więc od dnia jego zgonu, chcąc oszczędzić żałości żonie, milczał. Nie umiał też rozmawiać z młodszym synem, z Władkiem juniorem, bo sześciolatek w kółko pytał „dlaczego?". „Bóg tak chciał" — odpowiadał Władysław, a chłopak na to: „Ale dlaczego chciał Stefana?".

— Nie wiem synu. Nic nie wiem — wyszeptał w mroku jaskini to, czego nie mógł powiedzieć chłopcu.

Bo przecież ojciec i książę musi znać odpowiedzi na wszystkie pytania. A on nie znał. Lata wygnania, rozłąki, tułaczki. Powrót do Królestwa. Zryw rycerstwa i prostych ludzi, którzy poszli za nim, zrzucając czeskie rządy. Bitwa o Wawel i narodziny Elżbiety tu, w Smoczej Jamie, w chwili gdy zdobył zamek. I wiadomość o śmierci ostatniego Przemyślidy, Václava III, po której krakowscy mieszczanie pękli i otworzyli przed Władkiem bramy miasta. To wszystko ułożyło się w ciąg zdarzeń, który z siłą sztormowej fali wyniósł go znów na szczyt. Władysław, książę kujawski, sandomierski i krakowski. Gdy słyszał, jak odźwierny zapowiada każde jego wejście do sali przyjęć, cierpła mu skóra na karku. Tyle lat na to czekał! Książę krakowski... A teraz lęk niewidzialną obręczą ściska mu pierś, bo nikt inny w Królestwie nie wie lepiej od niego, że z każdego szczytu można spaść, a każdą godność utracić. Czym była śmierć pierworodnego, jeśli nie zapłatą za Kraków?

Usłyszał jakieś szuranie przy wejściu do jamy.

Kiedyś gnieździli się w niej trędowaci — przypomniał sobie i od razu wstał, bo skóra za uszami natychmiast zaczęła go swędzieć. Złapał pochodnię.

Usłyszał zduszony głos i łamaną polszczyznę:

— ...tak, to było tu... ostrożności proszę, żeby nogi nie połamane...

— Kopasz? — Władek rozpoznał głos i wyskoczył zza załomu jaskini. — A co ty tu robisz?!

— Jezu! Fejedelem Làszló! — odpowiedział równie zaskoczony Węgier.

Władek uniósł pochodnię i zobaczył dowódcę węgierskich łuczników w towarzystwie kobiety, która raczej nie była damą.

— Januszku, mów do mnie po polsku — upomniała łucznika i wskazała na Władka. — A to kto? Strażnik Smoczej Jamy?

— Zamknij się — syknął do niej Kopasz i skłonił się przed Władkiem. — Wybacz, książę, ale nie spodziewałem się ciebie tutaj. Szukałem ustronnego miejsca z moją panią i...

— Przestań mówić po węgiersku — zezłościła się na Kopasza jego towarzyszka. — Pożegnaj tego pana i prowadź mnie do miejsca, gdzie się narodziła nasza księżniczka Elżbieta. Obiecywałeś, że mi wszystko pokażesz, a teraz spotkałeś jakiegoś węgierskiego znajomka i już nic się dla ciebie nie liczy! Oszukałeś mnie! — weszła na wysokie i pisklive tony.

Kopasz był zmieszany. Władek syknął do niego po węgiersku:

— Nie mów jej, kim jestem. I na drugi raz nie sprowadzaj dziwek do Smoczej Jamy, bo to nie burdel!

— To nie jest nierządnica, książę — bąknął. — Nie płacę jej za usługi. Robi to dla bohatera, za darmo.

Władek skinął głową i wepchnął Kopaszowi w dłoń pochodnię.

— Żebyście nóg nie połamali — powiedział i nie oglądając się za siebie, ruszył do wyjścia. Prawda, jeszcze nie wyrównał rachunków z Madziarami. Pieniądze się go nie trzymają, nawet teraz, gdy po powrocie do Małej Polski osłania swemu węgierskiemu druhowi, Amadejowi Abie, transporty cennej miedzi na północ. Obaj czerpią z tego dochód, ale co zrobić, jak wydatków tyle? Wojsk jeszcze rozpuścić nie może. Rabować nie pozwolił, bo jaki byłby z niego książę, gdyby swe ziemie zdobywał ludzką krzywdą. Z zaciężnymi, nawet tak wiernymi jak Madziarzy, lepiej omijać wiecznie niewygodny temat pieniędzy. No przecież zapłaci, jak tylko dostanie wpływy z żup w Wieliczce. Gerlach de Culpen, wójt wielicki, to szwagier Muskaty, psiakrew. Pewnie na polecenie biskupa opóźnia zapłatę.

Fryczko czekał na niego z Rulką. Klacz stała cierpliwie.

— Na zamek, mój książę, bo cię tam szukają — powitał go, poprawiając klaczy popręg.

— Daj mi swój płaszcz — machnął ręką Władysław.

— Księciu zimno? — zmartwił się giermek, zdejmując kaptur.

— W Smoczej Jamie zawsze ciągnie.

— A ty skąd wiesz, skoro nigdy ze mną nie wchodzisz, tylko Rulki pilnujesz? — Spojrzał na Fryczka uważnie i wziął jego kaptur. Rozdrażniło go ponad miarę, że Smocza Jama, którą traktuje jak coś sekretnego, swojego, nagle może stać się miejscem pielgrzymek, niczym bazylika na Lateranie. Wspomnienie ciżby ciekawskich przybyszów wstrząsnęło nim.

Spiął na ramieniu płaszcz Fryczka. Giermkowi okrycie sięgało ledwie kolan, Władkowi do kostek. Naciągnął kaptur na oczy i rozkazał:

— Wskakuj na Rulkę. Będziesz udawał książęcego giermka.

— Ale ja jestem książęcym giermkiem — nie zrozumiał intencji Władka Fryczko.

— To ty nie będziesz udawał! — gniewnie warknął Władysław. — Ja będę udawał.

— Kogo? — Fryczko przestąpił z nogi na nogę.

Rulka parsknęła i lekko uderzyła go łbem w ramię.

— Twojego pachołka, Fryczko! — twardo zaśmiał się książę.

— Chcę popatrzeć na Kraków z dołu. Co dzień oglądam miasto ze szczytu wawelskiego wzgórza, chcę wejść między domy kupców i kramy.

Giermek nieśmiało popuszczał sprzączki przy strzemionach, wydłużając je. Skłonił niezdarnie głową, jakby przepraszał, choć właściwie Władek nie wiedział, czy przeprasza jego, czy Rulkę.

— Książę — powiedział niepewnie. — Ja obiecywałem panu wojewodzie, że będę księcia strzegł przed nierozważnymi decyzjami...

— A komu ty służysz? Wojewodzie czy mnie? Wskakuj na siodło, ale już.

Władek położył dłoń na szyi swej klaczy i Rulka z Fryczkiem na grzbiecie ruszyła. Dobrą miał myśl o poranku, gdy wciągnął na grzbiet znoszony, skórzany kaftan zamiast książęcej tuniki. I równie dobrą, gdy Fryczkowi zakazał zakładania książęcych barw. Strażnicy przy bramie prześlizgnęli się po nich obojętnym wzrokiem i po chwili wmieszani w miejską ciżbę przeciskali się zaułkami.

— Tłum jak na przedmieściach Rzymu, mój panie! — zaśmiał się z grzbietu Rulki Fryczko.

— Nie mów do mnie „panie" — syknął Władek, łypiąc spod kaptura.

— Tak jest, mój... — ugryzł się w język giermek.

Wokół rynku stały domy krakowskich mieszczan. Z zewnątrz ich fasady zdawały się niewyszukane, ciężkie i toporne o małych, wąskich niczym otwory strzelnicze, oknach. Boczny wjazd prowadzący do jednego z nich był otwarty. Zatarasował go wyładowany po brzegi wóz, z którego wyprzężono już konie. Władek wstrzymał Rulkę i nim Fryczko zdążył się zorientować, wślizgnął się w gardziel bramy i przywarł do burty wozu. Chciał popatrzeć. A było na co! Dopiero stąd zobaczył, że niepozorna fasada od strony rynku jest tylko przednią częścią budynku. Ta, od strony podwórza miała drewniane, podwieszone na trzech kondygnacjach galeryjki, które wąskim przejściem biegły na przeciwległą stronę budynku. Drewniane, okute drzwiczki wiodły do pomieszczeń mieszkalnych albo kantorów kupieckich. Aż tyle ich? — przetarł oczy.

Drugie, okalające podwórze skrzydło domu wyglądało jak forteca. Gruby mur sprawiał wrażenie odpornego na ogień. Co było wybudowane ponad bramą, nie mógł dojrzeć, ale masywny strop nie pozostawiał złudzeń. Władek zrobił krok dalej, pomyślał, że skoro na podwórzu pusto, może wejdzie i obejrzy to z bliska, ale powstrzymał go kobiecy głos z galerii na piętrze.

— Johannesie! Gdzieś ty? Johannesie?

Władek zobaczył przechylającą się przez balustradę młodą kobietę w niezwiązanym pod brodą czepku i zarzuconym na nocną koszulę futrze. Jak na komendę otworzyły się jedne, drugie i trzecie drzwiczki na wyższych piętrach galerii. Wyjrzały z nich stare baby, niczym ciekawskie ptaki z dziupli.

Skrzypnęły małe okute żelazem drzwiczki na parterze przeciwległego skrzydła i wychynął z nich brzuchaty mężczyzna.

— Co jest, Cunla? — odkrzyknął. — Nie widzisz, że towar przyjmuję?

Dopiero teraz Władziu dostrzegł, iż od bramy do piwnicy budynku, z którego wyszedł ów Johannes, biegnie pochyła, podobna do koryta kładka. Jak na komendę podwójne odrzwia piwnicy zostały otwarte od środka przez wyglądających na siłaczy pachołków.

U góry rozpłakało się dziecko. Kilkuletni maluch pociągnął za koszulę Cunlę, kupcową.

— Widzę, ale goniec z wójtostwa przyszedł — krzyknęła, biorąc dzieciaka na ręce. — Wójt Albert pilnie wzywa.

— Że też nie miał kiedy! — podrapał się za uchem Johannes. — Przecież wójt wie, że cały tydzień odbieramy dostawy, co wstrzymane były, jak ten piekielny Karzeł siedział nam na karku. Ach! — machnął ręką i rozejrzał się. — Peter! Peeeter, do mnie!

Barczysty parobek skoczył do kupca, a ten zaczął go instruować:

— Wyładunku dopilnuj. Sukno do suchego składziku, żeby wełna wilgocią nie naciągła, płótna flandryjskie na pięterko, a pierze weź zostaw pod ręką, bo już żem je Grubej Ofce zakontraktował. Jedwabiu powinny być trzy bele, to do mnie, do kantorka, muszę sprawdzić, czy się wzory zgadzają z zamówieniem, a nie tak jak ostatnio, com chciał szerokie pasy, a przywieźli wąskie...

— Johannesie! — nieśmiało krzyknęła kupcowa. — Goniec mówił, że to pilne!

Kupiec nie ruszył się z miejsca, tylko parobkowi paluchem pokazywał.

— Beczki z winem zatoczcie do mojej piwniczki, węgrzyn tera tanio stoi, bo książę pan drogę na Spisz otworzył, nie będziem sprzedawać. Z Cunlą wypiję, stać mnie. Cunla! — zadarł głowę. — Idę przecież! Król każe, sługa musi — roześmiał się tubalnie.

„Król" Albert i piekielny Karzeł. Wójt krakowski, znalzł się pan! A do tego wójt wielicki, szwagier biskupa Muskaty. Wszystko sitwa. Jeden drugiemu tyłka strzeże — pomyślał Władek i zacisnął szczęki aż do bólu. — Czy ten Johannes i jego Cunla byli w orszaku mieszczan otwierających przed nim bramy? Nie pamiętał. Tamci, odziani w futra i kosztowne szaty, chylili przed nim głowy, ale przecież nigdy nie miał złudzeń, by uwierzyć, że za ich hołdem stoi coś więcej niż własny interes. Władek wycofał się na uliczkę. Odnalazł niespokojnego Fryczka i klepnąwszy Rulkę w szyję, rzucił przez zęby:

— Na zamek.

Prowadząc klacz, przy boku własnego giermka, mińdlił w ustach kwaśny smak kupieckiego imperium. Kto pan, kto sługa, psiamać — pomyślał. — Nie jestem mściwy. Ale ślepy też nie. W tym jednym domu jest tyle towarów, że zysk z ich sprzedaży starczyłby mi na opłacenie Węgrów. Wojska, z którym zdobyłem Kraków! Psiamać... Kopasz z dziewuchą kryje się po Smoczej Jamie, bo go nie stać na przyzwoity burdel, a ten tu będzie ze swoją Cunlą węgrzyna pił beczkami, bo mu się nie opłaca sprzedawać. Nie jestem mściwy... — powtarzał sobie, by ochłonąć.

— Zamek i miasto, odwieczny spór. Miasto z jego zasobnością powinno być pniem, który wieńczy wspaniała korona książęcej siedziby. Ale to wszystko postawione na głowie! Korona ze słabym pniem zeschnie, lecz na Boga, pień nie może być potężniejszy od korony!

Za jego plecami jedne po drugich zaczynały swą grę kościelne dzwony. Zamiast go uspokoić, wzburzyły krew, przypominając o wrażym biskupie krakowskim, Janie Muskacie. Ten ptaszek najchętniej wykrzykiwałby swe trele, rozpierając się na uschniętych gałęziach korony. Sługus Przemyślidów, starosta krakowski, któremu się marzyło zostać prymasem Węgier! Zrobię z tym wszystkim porządek — pomyślał Władek. — Bo to ja jestem księciem krakowskim, a nie biskup Muskata czy wójt Albert.

Wyszli przez bramę miejską i poczuł chłód ciągnący znad Wisły. Zachmurzyło się.

— Zsiadaj, Fryczko! — zażądał. — Jedziemy na zamek. Nie mogę ci konia prowadzić, bo nie uchodzi.

— Tak jest, mój panie! — Giermek zręcznie zeskoczył z siodła. — Kaptur?... A nie, niech sobie książę mój kaptur zostawi... na deszcz idzie... co ma mi księcia zmoczyć, powiedzą, że nie upilnowałem...

Nim dotarli do pierwszych straży, dostrzegł ich spieszący dokądś Paweł Ogończyk. Zamachał i dobiegł do nich.

— Książę! Książę! Szukam cię, panie, od rana! — wysapał.

— Nie biegaj tak, bo herbową rogacinę zgubisz. — Władysław pochylił się w siodle i klepnął go w pierś.

— Jak mam nie biegać, kiedy swego księcia szukam i znaleźć nie mogę? — z trudem łapał oddech Ogończyk. — Książę krakowski nie może tak sobie znikać bez śladu! To jest niepoważne. Fryczko!

— Przestań, Pawełek, bo mi się znudzisz, jak tak ciągle będziesz marudził, i Ogończyka zamienię na Lisa. Lisowie nie zrzędzą.

Straż bramna wyprężyła się na baczność na widok Władysława.

— Mój książę szybko się w krakowskich panach zakochał — pokręcił głową Paweł. — Mikołaj Lis, Pakosław Lis, wszędzie Lisy. A widział książę lisa bez ogona?

Władek zeskoczył z siodła, a Fryczko oddał Rulkę stajennemu.

— Szukałeś mnie, żeby o futerkach rozprawiać? — przerwał Ogończykowi i przysłonił oczy dłonią. W głębi dziedzińca jego młodszy syn wściekle dźgał drewnianym mieczem słomianego chochoła.

To nie jest mój młodszy syn, ale jedyny syn — poprawił się w myślach książę.

— Nauczyciela mu trzeba — powiedział głośno, wskazując na Władka juniora. — Kogoś statecznego.

— To ja się nie nadam — stwierdził Pawełek. — Zresztą, jak sądzę, my zaraz ruszymy.

— Ruszymy? — powtórzył za nim Władysław. — A dokąd?

— No przecież mówiłem, że szukam księcia od rana — przewrócił oczyma Ogończyk. — Posłowie wrócili. Wojewoda Wierzbięta zwołał książęcą radę. Siedzą i czekają niecierpliwie, bo rada jest, a księcia nie ma.

— To gdzie ta rada czeka? — spytał nieuważnie Władysław i zatrzymał się w pół kroku, widząc, że jego syn tak się zapamiętał w dźganiu chochoła, że mieczyk złamał.

— No tam, gdzie zawsze! W sali przyjęć! — sapnął Pawełek.

— Zawsze? — zakpił książę. — Od miesiąca, mój Ogończyku, ledwie od miesiąca. Szybko się do Krakowa przyzwyczaiłeś. Czekaj chwilę, zaraz wrócę!

— Nie, panie! — jęknął Ogończyk, ale książę już był przy synu.

— Władziu! Miecz, nawet drewniany, to nie zabawka! — skarcił chłopca.

— Ja się nie bawię — odburknął dzieciak. — Ja się mszczę.

— No to teraz będziesz się mścił gołymi pięściami, bo oręż złamałeś — skwitował Władek i choć zrobiło mu się małego żal, nie wyciągnął ręki, by go pogłaskać. Wystraszył się, że chłopak zada mu to niewygodne pytanie — „dlaczego?".

— No, to popraw się i weź się w garść — powiedział. — Ja muszę iść na spotkanie rady. Rady księstwa.

Władek junior popatrzył na ojca burymi, upartymi oczami. Wydął usta i wzruszył ramionami.

— To idź sobie — burknął niegrzecznie.

Po kim on jest taki uparty? — zastanowił się Władek. — Chyba po Jadwini.

— Książę kujawski, sandomierski i krakowski, Władysław! — krzyknął herold, nim Władek wszedł do sali. Fryczko zatrzymał go przed drzwiami i zabrał mu swój kaptur, a Paweł Ogończyk okrył plecy Władka książęcym płaszczem. Półorzeł z prawej, a półlew z lewej strony otoczyły go herbowym uściskiem. Wyprostował się.

— Książę kujawski, sandomierski i krakowski, Władysław! — po raz drugi zawołał herold i Władek przeszedł pod rzeźbionym w kamieniu tympanonem.

Poczuł dumę, wzruszenie i lęk. Idąc na swoje miejsce, patrzył po zgromadzonych. Na tle najmożniejszych panów Małej Polski:

Bogoriów, Lisów, Toporczyków i Gryfitów, jego kujawscy druhowie banici wyglądali jak ubodzy krewni.

Nawet urzędów dla moich nie mam — pomyślał sucho. — A tutejszym nie zabiorę, bo bez nich bym Krakowa nie zdobył. Ani nie utrzymał.

Herbowy półorzeł półlew na połach płaszcza poruszył się, jak zwykle w dwie różne strony jednocześnie.

— Pomianowie! Wilk i Dobiesław! — krzyknął książę, otwierając ramiona. — I Przybysław. Wróciliście z Kujaw i Pomorza? Ogończyk, Ogończyk! Mówiłeś, że posłowie przybyli, a nie powiedziałeś, że moi ukochani druhowie. Moi rycerze najlepsi!

Ściskał ich kolejno, łowiąc jakieś niezrozumiałe znaki, które mu dawał Ogończyk.

— Siadajcie przy mnie, no już! — zachęcił ich i sam zajął miejsce na książęcym krześle. — Wojewodo krakowski, przesuń się, proszę. Niech tu Przybysław siada i mówi, co u moich bratanków. A ty, kasztelanie, wpuść mi tu bliżej Pomianów, bo wrócili z Pomorza. Mówcie!

— Książę — zaczął Wilk.

— A nakarmili was? — wtrącił Władek.

— Nakarmili — skinęli głowami druhowie. — Książę...

— A dawno przyjechaliście?

— O świcie — powiedział Przybysław. — I bez zwłoki musimy ci przekazać...

— No to wina, podczaszy! — przerwał mu szerokim gestem Władysław. — Moi umiłowani druhowie wrócili! Lej węgrzyna — zaśmiał się — w końcu po coś otworzyliśmy szlak na Spisz!

Pawełek Ogończyk wyrwał z rąk podczaszego kielich i podając Władkowi, szepnął najciszej:

— Nie nazywaj nas, książę, przy panach krakowskich umiłowanymi rycerzami, bo się wścieknął...

— Prawda — głośno potwierdził książę, a w duchu dodał: „Pilnować się muszę".

— Książę, na Pomorzu kłopoty — szybko, na jednym tchu, powiedział Wilk, i Władek wiedział, że już nie ma co przeciągać.

Trzeba to usłyszeć — pomyślał i przeżegnał się. Uniósł brwi, zachęcając Wilka, by mówił.

— Na wieść o śmierci ostatniego Przemyślidy biskup kamieński najechał ziemię sławieńską. Piotr Święca, starosta Pomorza...

— Z nadania Václava — skrzywił się Władysław.

— A z czyjego miał być, jak nasz książę był wyklętym banitą? — zaśmiał się Bolebor, szczery jak każdy Doliwa.

— Święca chciał bronić Pomorza przed biskupem kamieńskim, ale gotówki nie miał, bo sobie rezydencje stawia — mówił dalej Wilk. — Poprosił o pożyczkę Gerwarda, biskupa włocławskiego, ten mu jej odmówił, no to Święca zarekwirował mu dobra i konflikt gotowy.

— A tam — odetchnął Władysław. — O pieniądze poszło, to się jakoś odkręci.

— Od pieniędzy się zaczęło, panie, ale poszło już znacznie dalej — dopowiedział Dobiesław, brat Wilka. — Krzyżacy napuścili na biskupa kamieńskiego margrabiów brandenburskich. Tak, tych, których złupiliśmy przed naszą banicją. Otto ze Strzałą i Waldemar już robią zaciągi. Pomorzanie się boją, że im kraj stanie w ogniu, więc gdy ja do nich z poselstwem, że książę wrócił, baronowie Pomorza mówią: „Dobrze. Jeśli Władysław chce być naszym księciem, niech przybędzie i nas wesprze". A gdańszczanie ciągle na księcia obrażeni za przywileje dla lubeckich kupców sprzed lat. Gadają, że im się lubeczanie zalęgli jak lisy w kurniku i na księcia, gdzie mogą, to jątrzą.

— Nie chcę słuchać o krnąbrnych mieszczanach — przerwał mu Władek i dopytał niespokojnie: — A Święca co?

— Święca też mówi, że kolano zegnie, jeśli książę...

— ...pomoże — sam sobie dokończył Władysław. — Co w Starszej Polsce?

— Głogowczyk.

— Uparty czarny orzeł — przygryzł wargę książę. — A baronowie?

— Nic się nie zmieniło — poważnie powiedział Dobiesław. — Nadal nie widzą w tobie swego księcia.

— Po co ci Starsza Polska, gdy masz nas, wierną Małą Polskę! — żachnął się wojewoda Wierzbięta, a jego herbowy siwy gryf uderzył skrzydłami, jakby chciał wzlecieć. Wierzbięta przytrzymał bestię.

— Zaremba, biskup poznański, cię wyklął! — przypomniał mu sędzia krakowski, Pakosław Lis.

— A Muskata, biskup krakowski, powitał chlebem i solą — odgryzł się Władek.

— Sam z nim walczyłem, panie, najemnicy Muskaty dobra rodowe mi spalili — surowo odpowiedział Lis. — Szelma jednak schylił kark przed tobą. A poznański klątwy nie cofnął.

— Papież Bonifacy zdjął ze mnie to świństwo, Zaremba mi niepotrzebny. Ale Starsza Polska tak. Nie oddam jej Głogowczykowi! — stanowczo powiedział książę.

Jezu — pomyślał — znów wchodzę do tej samej wody. Brandenburczycy, książę Głogowa, odwróceni ode mnie tyłem baronowie Starszej Polski. Co jeszcze?

— A moi bratankowie? — zapytał Przybysława. — Jakie masz wieści od kujawskich braci?

— Dziwne, książę. Spotkałem się tylko z Kazimierzem i Przemkiem. Obaj twierdzą, że Leszek powinien być przy tobie. Ponoć trzy lata temu przekazał im władzę nad ziemiami i ruszył na Węgry, do ciebie.

Władysław odstawił kielich i spojrzał po obecnych.

— Książę inowrocławski pojechał na Węgry? Nie mógł się z nami rozminąć.

— To samo powiedziałem kujawskim braciom.

— Psiakrew. Zginął w drodze? Leszek? Nie wierzę. On miał więcej oleju w głowie niż jego młodsi bracia. Nie możemy stracić Leszka. Lisie — podniósł głowę na panów krakowskich.

— Który? — spytali Mikołaj i Pakosław.

— Każdy — odpowiedział Władek. — Zarządźcie poszukiwania. Mój bratanek, książę Inowrocławia, nie mógł rozwiać się w powietrzu. Jeśli trafił w ręce jakichś pogranicznych zbójów, zażądają okupu.

— O ile żyje — ponuro rzucił Bolebor Doliwa. — Bo nos mi mówi, że jak młody książę wyjechał trzy lata temu i od tej pory nikt po okup się nie zgłosił, to on pewnie zimny trup.

— Przestań — syknął Władek. — Leszek jest nam teraz potrzebny, on zawsze był głową swych młodszych braci, a księstwo inowrocławskie jest bramą Pomorza.

— Pomorza w opałach — przypomniał Doliwa. — A jakby Brandenburczycy zdobyli Pomorze, to się jego inowrocławską, kulawą bramą wleją do Małej Polski. Po dwóch młodszych kujawskich braciach przejadą się jak nóż po smalcu i wpadną wprost do Starszej Polski. No, Zarembowie pewnie nie zapomnieli, żeś przed banicją ich rodowca z wojewodstwa pomorskiego na rzecz Święcy zdjął. Można by rzec, żeś sam, mój książę, Święców wywyższył, zanim zrobił to Václav. Chyba że co było przed wygnaniem, nie liczy się?

Władysław zawsze dzielił na pół wszystko, co mówili Doliwowie, bo oni w herbie mieli trzy róże, ale na języku same kolce. Taka prawda.

Uniósł węgrzyna i popatrzył na trunek pobłyskujący w kielichu. A potem na smugę światła sączącą się z wąskiego okna. Tańczyły w niej drobinki kurzu. Na surowej, kamiennej ścianie wisiała stara chorągiew księcia krakowskiego Bolesława. Sam ją wyciągnął i kazał wieszać, bo nie życzył sobie patrzeć na ozdoby zostawione na Wawelu przez Czechów. Ale za to palatium powinien być im wdzięczny — rozejrzał się. Obszerne i wygodne. Nowa wieża też.

Natknął się na wbite w niego oczy małopolskich panów.

— Są jakieś inne wieści? — skrzywił się. — Jakieś dobre? — uściślił, bo nikt się nie rwał do odpowiedzi.

— Habsburgowie pod Pragą — z ociąganiem powiedział wojewoda sandomierski, Wojciech Bogoria.

— To mi nie przeszkadza. Z Albrechtem Habsburgiem byłem w sojuszu. Tak, to się nawet nadaje na dobrą wiadomość — uśmiechnął się Władek do obecnych.

Tylko Doliwa odwzajemnił uśmiech, mówiąc:

— Ciekawe, czy jak Habsburg zajmie tron po Przemyślidach, to się od razu, po Václavach, nazwie królem Polski.

— Zwariowałeś? A niby jakim prawem?

— Zbójeckim prawem silniejszego — spokojnie odpowiedział Bolebor.

— Książę — odezwał się kasztelan krakowski, Mikołaj Lis. — Nikt z nas nie chce, żeby Bolebor Doliwa miał rację, ale musimy wziąć pod uwagę, co mówi. Gdy Václav II wystąpił z roszczeniami do tronu polskiego, kierował się zapisem księżnej Gryfiny, co najmniej wątpliwym od strony prawnej i małżeństwem z córką króla Przemysła, Rikissą. Jedno i drugie było do obalenia, ale siła czeskich wojsk już nie. A jego syn, ten młodzian Vašek, gdy objął tron po ojcu, po prostu, prawem dziedziczenia, nazwał się władcą Królestwa Polskiego. Jeśli więc po nim na króla Czech ukoronuje się Habsburg, to kto powstrzyma jego zaciężne hufce przed przywłaszczeniem sobie naszej korony?

Władek zacisnął szczęki. Śmierć obu ostatnich Przemyślidów pomogła mu odbić Małą Polskę. Na pytanie wojewody „kto powstrzyma" powinien odpowiedzieć „my", ale kolejka tych, których zbrojne zapędy na kraj musi odeprzeć, rosła. Brandenburczycy. Biskup kamieński. Głogowczyk.

— Mój sojusz z Albrechtem Habsburgiem skierowany był przeciw Przemyślidom — powiedział przez zęby Władek. — Skoro oni nie żyją, to i sojusz nieaktualny.

— Tak może być — potwierdził wojewoda.

— A Albrecht ma sześciu synów — wtrącił niezawodny w mówieniu najgorszej prawdy Doliwa. — Gdzieś ich musi upchnąć. Opuszczony tron czeski to dla niego zbyt łakomy kąsek, by odpuścił. Wżeni synalka w córki Václava, te powiedzą, że tron polski dziedziczą po tatku, i kłopoty gotowe. Zamiast się cieszyć, że uzurpatorzy czescy pomarli...

— No nie zamierzam żałować! — przerwał mu czarne wizje Władek. Dość miał już tego. Uderzył pięścią w stół tak mocno, że pierścień boleśnie zranił mu palec. — Prędzej dam na mszę za spokój ich duszy i trzy dziękczynne, że usunęli się z mojej drogi, uwalniając tron Królestwa od skazy obcego władcy!

Połami jego płaszcza targnął w lewą stronę półlew, w prawą półorzeł. Władek położył zaciśniętą dłoń na sercu. Spod herbowego pierścienia płynęła krew. Półlew zlizał ją zimnym, szorstkim jęzorem. Na widok uwolnionej bestii kasztelan krakowski klęknął. Za nim wojewoda i inni. Pochylili kornie głowy przed majestatem Małego Księcia.

A on zamiast wściekłości i gniewu poczuł, jak pierścień lęku wokół jego piersi pęka. Zaczął się śmiać. Podnieśli głowy i patrzyli na niego, nie rozumiejąc, co się stało, aż w końcu Bogoria zapytał niespokojnie:

— Książę, co ci?

— Nic, mój wojewodo, nic! — parsknął Władysław. — Znów wszystko jest jak kiedyś, jak dawniej. Z każdej strony „Pod wiatr!". Zbierajcie wojska. Czas ruszyć na północ, odebrać przysięgi wierności od moich bratanków i Święcy. A potem? Jak Bóg da.

HENRYK Z LIPY zajmował wysokie miejsce między zgromadzonymi w Wielkiej Sali praskiego zamku baronami. Obradom przewodniczył Jan IV, biskup Pragi, z Konradem I, biskupem Ołomuńca przy boku. Panowie Czech zajęli miejsca w dwóch siedzących naprzeciw siebie szeregach, zgodnie ze stronnictwami. Henryk z Lipy, ze swym przyjacielem, Janem z Vartemberka, trzymał głosy Ronovców z północnych i zachodnich Czech, jednomyślnie zebrane pod znakiem dwóch skrzyżowanych pni lipy. Ich główny konkurent, Vilém Zajíc z Valdeka, siedział naprzeciwko, a przy nim rząd panów z Bechyne i Lemberka.

Jedni drugich mierzyli spod zmrużonych powiek, jakby każdy każdemu chciał zadać pytanie: „Tyś zabił króla? Tyś to zrobił?".

Henryk z Lipy nikogo nie chciał pytać, ale mierzył czeskich baronów spojrzeniem równie uważnym, jak oni jego. Chorągiew z czarną, płomienistą orlicą zwinięto i przewiązano kirem tak, że drapieżna ptaszyca wyglądała niczym owinięta w powijaki z własnych lśniących niegdyś skrzydeł. Dzisiaj biła od niej rozpaczliwa niemoc, tak jak z kaplicy Wszystkich Świętych wciąż szedł smród spalenizny. Odnowiono Wielką Salę, ale kaplica nadal ziała śladami pożaru. Tak, Henryk znał zamkowe plotki; słyszał, jak giermkowie, stajenni i panny służące powtarzają, że ogień podłożył Michał Zaremba, stróż królowej Rikissy. Nie znosił Zaremby, ale nie był wioskowym głupkiem, by wierzyć w takie brednie.

— Oto osierocony tron! — gromko zaczął Jan IV, biskup praski. — I odarte z pana królestwo! Baronowie Czech! Zmierzyć się musimy z wyborem nowego króla!...

— I wojskami Habsburgów pod Pragą — mruknął pan z Lipy.

Biskup nie dosłyszał i ciągnął dalej:

— Procedować nam przyjdzie trzy możliwości. Jedna, że należy zmienić czeskie zwyczaje i dopuścić kobiety do dziedziczenia tronu. Nasz król Václav II zostawił po sobie trzy córki, a syn jego Václav III — trzy rodzone siostry.

Baronowie zaszemrali. Henryk łowił ich głosy i słyszał wyłącznie to, o czym wiedział — święte oburzenie na myśl, że tron mógłby przejść na dziedziczki.

Jan IV przeczesał palcami pasma siwych włosów na łysiejącej czaszce i podjął wywód:

— Druga możliwość to przyznać, że o obsadzeniu tronu praskiego decyduje król niemiecki, Albrecht Habsburg, w myśl prawa opuszczonego lenna. Ten Habsburg, którego wojska mamy pod Pragą, jak mi przed chwilą podpowiadał pan z Lipy, sądząc zapewne, że niedowidzę habsburskich taborów ani tych spośród was, którzy do nich chadzają!

Henryk z Lipy nie drgnął. Nie spojrzał na Jana IV, biskupa Pragi. Siedział wyprostowany, patrząc wprost przed siebie, czyli na Tobiasa, i widział, jak na smagłe policzki barczystego pana z Bechyne wychodzą ciemnoczerwone rumieńce. Takie same zakwitły na twarzy jego brata, Zbynka.

Nie tylko mnie dogryza biskup Pragi — pomyślał i skonstatował jednocześnie — dlaczego nie wiedziałem, że chłopcy z Bechyne układają się z Habsburgami? A jeśli oni, to kto jeszcze? Nie poruszając głową, zerknął na Markvarta i Hermana, braci z Lemberka. Obaj spuścili oczy. Jak mogłem o nich nie pomyśleć? — skarcił się Henryk z Lipy. — Przecież ci dwaj zawsze ciągną ku silniejszemu.

Jan IV odczekał chwilę, wyraźnie zadowolony, że jego słowa zmieszały niektórych obecnych, i dokończył tryumfalnie:

— Trzecia zaś rzecz jest taka, iż uznajemy, że o wyborze i wezwaniu na tron nowego króla zdecydujemy my, duchowni, dostojnicy i baronowie Czech!

Po Wielkiej Sali przetoczyły się głosy, szybko przechodzące w okrzyki:

— My, my, my zdecydujemy!

— Kto, jak nie my!

— Nie będzie nam obcy…

Henryk odczekał chwilę i wstał pierwszy, mówiąc:

— Wybór władcy na opuszczony tron musi zostać w naszych rękach, bo gdy zabrakło Przemyślidów, to my, panowie Czech, jesteśmy strażnikami Królestwa. My, sól tej ziemi…

— My!

— My!

— My! — poparli go wszyscy. Z jego szeregu i z naprzeciwka.

— Kim był legendarny Premysl, założyciel dynastii? — głośno ciągnął Henryk z Lipy. — Zwykłym oraczem. Dlaczego więc któryś z nas nie ma być godzien, by dać początek nowemu rodowi czeskich królów?

Okrzyki uwięzły im w gardłach. Henryk mało się nie roześmiał. Siłą utrzymał kamienną twarz i potoczył wzrokiem po zebranych. Odezwał się jego druh, Jan z Vartemberka:

— Są wśród nas tacy, których wszyscy szanujemy.

Biskup Jan IV pobladł, zacisnął chude szczęki i odpowiedział natychmiast:

— Premysla Oracza na męża i władcę wskazała księżniczka Libusza! Wszyscy znamy tę samą historię, Henryku z Lipy, ale wy najwyraźniej zapomnieliście o jej początku. To Libusza była spadkobierczynią swego ojca, a my, Czesi, mamy aż trzy dziedziczki!

Przeszarżowałem — zdążył pomyśleć pan z Lipy, gdy usłyszał, jak Jan IV wzywa:

— Prawowite spadkobierczynie ostatnich królów: Anna, Eliška i Małgorzata!

W tej samej chwili pachołkowie otworzyli drzwi Wielkiej Sali i do środka weszły trzy księżniczki.

Przeszarżowałem i nie doceniłem przeciwnika — zaklął w duchu Henryk i usiadł. Jego druh, Jan z Vartemberka, zerknął na niego, jakby chciał spytać: „Co, u licha?".

Tymczasem trzy Przemyślidki stanęły przed biskupem Pragi i zastygły w niskim ukłonie.

Przez całe ich życie nie widziałem, by tak mocno zginały kolana — pomyślał Henryk z Lipy. — Psiakrew, nie jest dobrze.

— Baronowie Czech! — zawołał Jan IV. — Oto one! Szesnastoletnia Anna, wydana za życia ojca za księcia Henryka z Karyntii. Dziesięcioletnia Małgorzata, zaręczona przez Václava z księciem wrocławskim, brzeskim i legnickim, Bolesławem. I czternastoletnia, gotowa do małżeństwa Eliška, jedyna niezamężna, a już do sakramentu zdolna dziedziczka. Oto one! Nie sól tej ziemi, lecz jej kwiat! Prawdziwa krew Przemyślidów.

Wszystkie trzy ubrano w złote suknie i jednakowe płaszcze z płomienistą orlicą. To wystarczyło Henrykowi z Lipy, by pojął, że Jan IV jest groźnym przeciwnikiem, który do tej rozgrywki przygotował się perfekcyjnie.

Anna była szczupła pod dopasowaną suknią. Jej ciemne włosy skrywała nałęczka, a na niej diadem wysadzany rubinami. Rodowy płaszcz nadawał jej dostojeństwa. Małgorzata drobniutka o złotych lokach wymykających się spod zdobionej perłami siatki i wijących się wokół bladej twarzy. I na tle tych dwóch dziewcząt, średnia wiekiem Eliška, wydawała się niemal ogromna, a płaszcz zamiast dodawać jej sylwetce zwiewności, czynił ją przysadzistą. Pucołowate policzki, wydęte usta i niemożliwie jasne oczy sprawiały, że była podobna do matki, wiecznie ciężarnej Guty von Habsburg.

— Oto one! — powtórzył tryumfalnie Jan IV.

Dziewczęta wyprostowały się z ukłonu i tak, jak stały, każda z nich zwróciła się w jedną stronę. Niewielka Małgorzata ku obu biskupom. Anna ku stojącym przy Vilémie Zajícu panom. A Eliška ku Henrykowi z Lipy i jego Ronovcom. Ich oczy spotkały się. W bladych źrenicach Przemyślidki lśnił dawny gniew. Henryk w jednej chwili przypomniał sobie wszystkie ich starcia, gdy mała Eliška, zwana przez księżnę Gryfinę „Knedlicą", dokuczała Rikissie, nim Václav ją poślubił. Przypomniał sobie pokłady złości, jakimi Eliška potrafiła ciskać. Ale teraz zobaczył w jej oczach coś jeszcze, coś, czego u córki Václava nigdy nie widział. Lęk? Niemą prośbę? Nie potrafił tego rozgryźć, zresztą Jan IV nie dał mu czasu, bo na jego znak księżniczki, tak jak stały, padły na kolana.

Panowie Czech zaszemrali. Nie życzyli sobie tych dziewcząt na tronie, ale nie chcieli też, by księżniczki klęczały przed nimi. One zaś powiedziały jednocześnie, jakby recytowały lekcję:

— Oto my, dziedziczki króla Václava II i króla Václava III, błagamy was na klęczkach, baronowie królestwa! Błagamy, byście wzięli pod uwagę stary, cesarski przywilej, który mówi, że córki mogą być sukcesorkami, gdy król nie pozostawi syna...

— Jaki przywilej? — krzyknął Henryk z Lipy.

Mała Małgorzata struchlała na jego krzyk, a Anny nie było słychać.

— ...nie pozbawiajcie nas ojcowizny! — dokończyła sama Eliška.

— Jaki przywilej, pytam się?! — powtórzył rozjuszony Henryk.

— Cesarski — syknęła Eliška, podnosząc wysoko głowę i patrząc mu znów prosto w oczy.

— Precedens *Privilegium minus* — powiedział biskup Jan — wydany ongiś przez cesarza Fryderyka dla Austrii...

— Równie dobrze możemy podeprzeć się prawem sukcesyjnym królestwa Anglii! — lekceważąco krzyknął Jan z Vartemberka.

— Albo Kastylii! — dorzucił pogardliwie Henryk z Lipy. — To nie jest czeskie prawo!

— To nie jest nasze prawo! — zawołali za nim Ronovcy i w Wielkiej Sali praskiego zamku zapanował tumult. Baronowie zrywali się z miejsc jeden za drugim, wykrzykując swój sprzeciw dla prawa, które miałoby zrównać córki z synami władcy. W tym zamieszaniu Henryk poczuł nagle, że ktoś łapie go za kraj płaszcza. To była Eliška.

— Panie — wycedziła przez zęby, a jej policzki pokryły się nierównymi plamami rumieńca. — Ja będę Libuszą, a ty bądź Oraczem. Stań za moim prawem, a wskażę ciebie...

— Cisza! — ryknął potężnie Jan IV. — Na Boga, uspokójcie się! Wróćcie na miejsca!

— Libusza była najmłodszą córką swego ojca — syknął szybko do Eliški Henryk. — Wybrano ją, bo kmiecie uznali, że jest najmądrzejszą z sióstr i jako jedyna może sprawować władzę...

— Tak jak ja... — wyszeptała do niego Eliška.

— Na miejsca! — krzyczał Jan IV i Henryk dostrzegł, że wszyscy usiedli i tylko on stoi. Eliška nie wiadomo kiedy puściła jego płaszcz, ale wciąż nie przestała się w niego wyczekująco wpatrywać.

Boże, co ja narobiłem z tym Premyslem Oraczem — skarcił się w duchu. — Ale oni mieli to zaplanowane... trzy złote suknie... trzy płaszcze z orlicą... księżniczki czekające na znak pod drzwiami... dałem się ograć biskupowi jak szczenię... I teraz Knedlica wpatruje się we mnie, jakby od mojego „tak" zależała przyszłość Czech...

— Jeśli wyprowadzę cię suchą nogą przez bagno, podarujesz mi tego ogiera z czarną grzywą? — nachylił się do jego ucha Jan z Vartemberka.

— Dam ci, co zechcesz, tylko posprzątaj po mnie, druhu! — błagalnie jęknął Henryk.

Knedlica wciąż klęcząca przed nimi usłyszała to i czerwone plamy rozlały się z jej policzków na czoło i szyję. Jan z Vartemberka, niewysoki, ale obdarzony pięknym i poważnym jak na jego dwadzieścia parę lat obliczem, wstał i rozłożywszy ramiona, zaczął:

— Najważniejsze, by Królestwo Czech nie zginało przed nikim kolan! Wstańcie, pierwsze damy Pragi. Nam, baronom, nie zależy na waszym pohańbieniu, tylko na szczęściu Królestwa!

Eliška poderwała się pierwsza. Jan z Vartemberka zgrabnym, dworskim gestem pochylił się ku niej, podając ramię, by mogła się unieść. Szepnął do niej tak cicho, jak potrafił:

— Pan z Lipy nie może być twoim Oraczem. Ma żonę.

Knedlica posłała Henrykowi wściekłe spojrzenie, a on skłonił się przed nią grzecznie.

— Oto przed nami złoto Przemyślidów! — z uśmiechem ciągnął Jan. — Trzy królewskie córy. Dziewica, nikomu jeszcze nieobiecana, Eliška! Dziewica zaręczona, Małgorzata! I... — Jan zawiesił głos, na co Anna odwróciła się ku niemu i zaprzeczyła ruchem głowy.

— I nie dziewica, lecz przed Bogiem zaślubiona księciu Karyntii, Henrykowi, mężatka, Anna! Czyż to nie jest nasza perła w koronie, baronowie Czech? Stateczny książę Karyntii, jako mąż Anny, nie wydaje się wam dobrym kandydatem na króla?

Panowie zaszemrali i rozzuchwalony Jan dodał:

— Mówią, że książę Henryk chętnie słucha rad możnych baronów!

— Jest i drugi kandydat — wszedł mu w zdanie Konrad I, biskup ołomuniecki. — Narzeczony księżniczki Małgorzaty, książę na Legnicy, Brzegu i Wrocławiu, Bolesław! I tak się składa, że książę ów jest w Pradze i możemy wysłuchać jego racji!

— Możemy — krzyknął Henryk z Lipy. — Ale czy chcemy? To piętnastolatek, gołowąs. Taki ma być król?

— Można inaczej potraktować wyzwanie, które postawił przed nami Pan — odezwał się po raz pierwszy stateczny Vilém Zajíc. — Ani książę na Legnicy, Brzegu i Wrocławiu, ani książę Karyntii nie stawią czoła wojskom Habsburgów, które w kleszcze wzięły Pragę. Lecz gdybyśmy synowi króla Albrechta zaproponowali rękę naszej jedynej wolnej księżniczki, Eliški, to i wilk byłby syty, i Czechy ocalone!

— A skąd pewność, Vilémie, że Karyntczyk nie stawi oporu Habsburgowi? — krzyknął Henryk z Lipy. — Jeśli wesprzemy męża Anny, to najstarsza z córek zmarłego króla, z naszą i Boga pomocą, obejmie tron.

— Habsburg potężniejszy — spokojnie orzekł Zajíc. — Wystarczy wyjrzeć z murów zamku praskiego, by zobaczyć, jaka potęga stoi pod miastem. Chcesz podpalić Czechy, panie z Lipy?

— Już płoną — odpowiedział. — A ja chcę ugasić pożar tak, by jak największa część naszej dumy ocalała z pożogi.

— Naszej czy twojej, Henryku z Ronovców? — zawołała Eliška. — Panowie, czy ja jedna widzę, że dawny chorąży mego ojca ma ambicje wybujałe ponad stan?

— Pani — żachnął się Henryk z Lipy. — Nie słuchaj bajek o małżeństwie twoim i syna Habsburga! Nawet najbardziej przekupny papież nie da zgody na ślub kuzynów. Albrecht Habsburg jest bratem twojej matki, jego synowie to najbliżsi krewni. To grzech.

— Grzech — powtórzyła za nim czternastoletnia Knedlica i to słowo zabrzmiało w jej ustach złowróżbnie.

— Ja popieram kandydaturę Henryka z Karyntii, którą złożył Jan z Vartemberka — szybko krzyknął pan z Lipy, by oddalić od siebie obraz tej dziewczyny, która chciała od niego czegoś, czego nie mógł jej dać.

— I my! — zawołali jego rodowcy.

— Przedstawmy królowi Albrechtowi Habsburgowi ofertę małżeńską! — próbował przekrzyczeć ich Vilém.

— W określonych warunkach papież mógłby na to przystać — bez przekonania powiedział biskup.

— Może papież tak, ale Habsburgowie nie! — ponad ich głosami przedarł się Henryk z Lipy. — Wiem, że Rudolf, syn Albrechta, już skierował własną propozycję!

— Do kogo? — zawołał w cichnącym tłumie Jan IV.

— Do królowej wdowy, Eliški Reički — dobitnie odpowiedział pan z Lipy. — Do Rikissy.

Knedlica pobladła i zacisnęła powieki.

— Nie daruję ci tego — szepnęła bezgłośnie. — Ani jej.

RIKISSA przekładała w skupieniu ciężkie karty *Dziejów Czech w dwunastu obrazach*. Na ostatnim był ojciec Václava, Premysl Ottokar II. Złoty król. Przy jego boku boska Kunegundis. Premysl wyciągniętym w górę ramieniem pozdrawia cały świat i idzie w kierunku audytorium. Twarze zgromadzonych są niemal złowieszcze. To sejm Rzeszy, znała tę historię. Podpis pod ilustracją głosił: „Król zachęcił wszystkie ludy słowiańskie, by pod jego berłem obroniły się przed potęgą cesarstwa". Iluminator uchwycił więc króla w ostatniej chwili tryumfu, gdy ten był bliski wyboru na króla Niemiec. A przecież tak się nie stało, Premysl Ottokar przepadł w głosowaniu, a potem wplątał się w wojny, z których nie wyszedł cało. Ale tak twórca księgi każe potomnym zapamiętać go w chwili chwały. Jest i inna karta, której Rikissa zawsze przygląda się z uwagą. Na niej mężczyzna niemal dwakroć potężniejszy od ludzi, którzy stoją przy nim. Jego oczy ciskają gromy. Podpis głosi: „Złowrogi Bolesław Chrobry zajął tron praski gwałtem i przemocą, a potem uciskał lud". A przecież to polski król chciał wyrwać Czechów z jarzma cesarskiego poddaństwa. To on pierwszy zamarzył o tym, by wszystkie ludy słowiańskie utworzyły wielkie imperium. Ale kronikarz nie o tym chce pamiętać. I kolejna po Chrobrym karta. Na niej ciemnooki młodzieniec mieczem wskazuje kierunek hufcom ciągnącym za nim wojsk. „Sprawiedliwy książę Brzetysław odebrał Polakom relikwie świętego Wojciecha i zwrócił je do Pragi". Prażanie nie chcieli nauk Wojciecha. Wypędzili swego biskupa. Za poduszczeniem władcy wymordowali całą jego rodzinę. A imię księcia Brzetysława w Poznaniu, w którym się urodziła, po ponad dwustu latach wciąż wymawiano z przerażeniem. „Sprawiedliwy książę" wyczekał na śmierć króla Bolesława, a potem jechał, palił, rabował i uprowadzał w niewolę. Nie oszczędził kościołów, a ukoronowaniem jego wyprawy był brutalny rabunek królewskiego skarbca i gnieźnieńskiej katedry. Kradzież świętych szczątków. Grabież do gołej ziemi, o której pisali kronikarze, i „dzikie zwierzęta założyły swoje legowiska" w katedrze arcybiskupiej.

Tak, Rikissa zawsze zatrzymywała się na dłużej nad kartami Brzetysława i Bolesława, obracając je w palcach z prawej i lewej strony, i rozważając, jak różnie można opowiedzieć te same historie.

Pozbierała karty. Na wierzchu ułożyła pierwszą. Piękna Libusza o połyskujących złotą farbą warkoczach, wskazuje swym ludziom młodego oracza. On już ją widzi, zdążył odesłać woły i wetknąć w zoraną ziemię pęd leszczyny, a ta pod pędzlem iluminatora zakwitła.

To pouczająca historia — pomyślała Rikissa, gładząc palcami warkocze Libuszy. — Zwłaszcza ta jej część, której nie ma na obrazie. W pamięci ludzi ma zostać młoda władczyni wybierająca sobie prostego stanem, lecz rozważnego męża. Ale w tej przypowieści jest i historia kmieci, niezadowolonych z kobiecych rządów, przymuszających Libuszę do wyboru męża, nie po to, by miała potomstwo, lecz by nie władała sama, by powierzyła rządzenie mężczyźnie. Kronikarz jak zwykle zadbał o dobrą, pogodną pamięć. Kmiecie na obrazku uśmiechają się radośnie i patrzą na tego, którego wskazała ich pani.

Gdyby iluminator uchwycił Libuszę rok później? — pomyślała. — Pewnie miałaby brzuch wzdęty ciążą, złote warkocze schowane pod skromną chustą i linie goryczy wyżłobione wzdłuż zaciętych ust.

Cicho uchyliły się drzwi komnaty i wślizgnęła się przez nie Kalina.

— Rikisso, Agnieszka się obudziła. Trzy lwy jej pilnują — powiedziała. — Uczeszę cię i możemy iść.

— Dobrze — skinęła głową Rikissa.

Kalina zręcznie porządkowała drobiazgi na stoliku królowej. Przetarła kościany grzebień, przygotowała szpile i siatkę do włosów. Przejechała pieszczotliwym gestem po rozpuszczonych splotach Rikissy.

— Co robiłaś? — zainteresowała się czule.

— Uczyłam się — uśmiechnęła się do niej Rikissa i zamknęła księgę. — Są jakieś wieści od Michała Zaremby?

Kalina na moment zastygła w bezruchu.

— Nie ma — odpowiedziała po chwili i zanurzyła grzebień w jej włosach. — Pewniej bym się czuła, gdyby w tej... — Kalina szukała właściwego słowa — ...eskapadzie towarzyszył wam ktoś tak pewny jak Michał. Na Henryka z Lipy chwilowo nie możemy liczyć.

— Nie możemy — spokojnie odpowiedziała Rikissa i poddała się łagodnym ruchom grzebienia. Zręczne palce Kaliny już zaczęły układać jej włosy w dwa zwinięte nad uszami warkocze. — Ale nie martw się, zmieniłam plany. Poprosiłam braci Habsburgów, by to oni w przebraniu przyszli do nas, a nie my do nich. Tak więc eskapada oznacza tylko zejście schodami w dół.

— I zgodzili się? — uniosła brwi Kalina.

Rikissa uśmiechnęła się w odpowiedzi. Kalina zwinnie opięła warkocze siatką i przyszpiliła ją do włosów.

— Naprawdę nie chcesz się przebrać? — spytała, kończąc.

— Nie zamierzam się specjalnie stroić na to spotkanie. Nie chcę stworzyć mylnego wrażenia, że zabiegam o to małżeństwo. To oni muszą się przebrać, by niepostrzeżenie dostać się do Pragi — mrugnęła do Kaliny.

— Dlatego dziwię się, że na to przystali. Gdyby ktoś ich rozpoznał, pochwycił... To śmiertelnie niebezpieczne, królowo. Nie czujesz w tym podstępu?

— Gramy w dworską grę, Kalino, a każda z nich rządzi się swoimi zasadami — bez cienia uśmiechu odpowiedziała piastunce Rikissa.

— Zawsze mówiłaś, że dworskie gry są głupie.

— Mylisz się. Nigdy nie powiedziałam tego na głos. Ale masz rację, tak o nich myślę. — Przyjrzała się Kalinie z troską. — Martwisz się. O Michała Zarembę, że nie ma od niego wieści.

— A ty nie? — W głosie Kaliny zadrżała bezsilność. — Pojechał sam, bez oddziału zbrojnych. Na granicy rozboje i gwałty. Sama nie wiem... — Piastunka okręciła się i usiadła bezradnie, chowając twarz w dłoniach.

— Wiesz — powiedziała cicho Rikissa i chwyciła jej dłoń, odciągając ją od twarzy. — Ty akurat wiesz, że nie może mu się przydarzyć nic, czego by sam nie chciał. A ja wiem, że będzie chciał znów nas zobaczyć. Ciebie i mnie. I małą Agnieszkę. Wróci. Jestem pewna, że wróci.

— Przepraszam — wyszeptała Kalina. — Przepraszam cię. To ja powinnam być dla ciebie podporą w tych trudnych chwilach. — Zerwała się tak szybko, aż jej zielona suknia zatańczyła. — Już jestem gotowa, znów możesz na mnie liczyć.

— Na pewno? — spytała Rikissa, wstając.

— Na pewno — potwierdziła Kalina.

— Za chwilę się okaże — poważnie powiedziała osiemnastoletnia królowa. — Powiedz mi zatem prawdę, Kalino. Jak to jest możliwe, że wciąż wyglądasz tak samo jak w dniu, w którym jako niemowlę ujrzałam cię po raz pierwszy? Twoje ciemne włosy nie zmieniły barwy, policzki nie straciły rumieńców, a podbródek ostrości. Jak to jest możliwe, co?

W oczach Kaliny zadrżała iskra wesołości, ale piastunka powstrzymała się i odpowiedziała Rikissie z równą powagą:

— To raczej ty się wytłumacz, pani. Pamięć zwykłych ludzi nie sięga tak daleko.

Wpadły sobie w ramiona z czułością, która jak promień słońca przed burzą trwała tylko chwilę. Rikissa, nie puszczając Kaliny, odsunęła się na długość ramion.

— Królowe muszą mieć dobrą pamięć, by nie zapomnieć o przeszłych pokoleniach i nie popełnić ich błędów — powiedziała.

— A piastunki zawsze wydają się piękniejsze, niż są w istocie, bo tak wspominamy dzieciństwo. — Kalina wsunęła niepokorny kosmyk Rikissy pod złotą siatkę na jej włosach i pocałowała ją w policzek. — Ale nie martw się! Gdy nadejdzie armia zmarszczek, wyjmę swą tarczę i obronię cię.

Rikissa z małą Agnieszką na ręku, rodowymi trzema lwami u kolan i Kaliną za plecami siedziała na wielkim, rzeźbionym tronie. To była jedna z niewielu rzeczy, jakie kazała sobie przywieźć z Poznania, gdy baronowie Starszej Polski wydali ją za Václava II. Jej nieżyjący mąż nie znosił tego mebla. Mawiał, że jest potworny. Istotnie, jego nogi były czterema wielkimi łapami lwów. Z wezgłowia wyciągały szyje ni to węże, ni smoki, a siedzący ramiona opierał o smukłe grzbiety jeleni. Ale dla Rikissy najważniejsze w tronie były rzeźbione słupki wspierające podłokietniki. Tylko nadzwyczaj bystre oko mogło dostrzec, że pochodzą z zupełnie innego mebla. Te dwa słupki tronowe jej matka i imienniczka, Rikissa Valdemarsdotter, przywiozła ze swego domu rodzinnego w dalekiej Szwecji, za zimnym morzem. A ojciec, zakochany w matce bez pamięci, kazał dorobić do słupków tron, by ukochana żona mogła w nim siedzieć i trzymać w dłoniach to, co przypominało jej rodzinną siedzibę. W Poznaniu powtarzano z nabożeństwem, że matka urodziła ją, siedząc na tym tronie.

Agnieszka była nadzwyczaj grzecznym dzieckiem. Skończyła już rok i cztery miesiące. Potrafiła chodzić i gonić się z trzema lwami, nie tracąc przy tym równowagi, ale gdy należało, siedziała spokojnie. Umiała też gaworzyć bez ustanku, płakać i śmiać się, lecz gdy Rikissie zależało na cichym dziecku, Agnieszka milczała. Kalina ubrała małą w prostą, długą sukienkę z błękitnej materii. Rikissa miała na sobie suknię w kolorze zimnego morza z tamtego dnia, gdy jej ojciec zaślubiał fale Bałtyku. To była noc zimowa, a ona, jego córka, starsza niż dzisiaj jej Agnieszka, czekała z Michałem Zarembą na brzegu.

Zaufany odźwierny wpuścił gości. Jeden średniego wzrostu, drugi imponująco wysoki, obaj byli w sukniach pielgrzymów, z kosturami, na których wspierali dłonie niewystarczająco spękane i brudne.

Dobrze, że zdjęli rodowe pierścienie — pochwaliła ich w myślach, gdy ściągali kaptury.

Spojrzała na ich osłonięte twarze jednocześnie i od razu oddzieliła ich od siebie.

Piękny i bestia — przebiegło jej przez głowę.

Trzy lwy ciekawie wstały spod nóg tronu i podchodząc do

przybyszów, obwąchały ich. Nie drgnęli. Lwy też zastygły w wyczekującym napięciu.

Václav II, mój nieżyjący mąż, był najpiękniejszym mężczyzną, jakiego spotkałam w życiu. I najokrutniejszym człowiekiem, z którym przyszło mi być — pomyślała, patrząc na braci Habsburgów. — Który z nich przedstawi się jako mój przyszły małżonek?

— Pani — skłonił się niższy, piękny niczym cherubin, nie mogąc oderwać od niej spojrzenia głęboko niebieskich oczu.

— Królowo — odezwał się ten wysoki o twarzy, w której wszystko było brzydkie tak nieznośnie, że razem tworzyło frapujący obraz. Duży nos. Wystająca dolna warga. Kwadratowy podbródek. Szeroko rozstawione oczy. Ciemne włosy sztywno odstające od czaszki. — Jestem Rudolf Habsburg, najstarszy syn Albrechta, króla Niemiec.

— Jak się czujesz w tym przebraniu, Rudolfie? — zapytała.

— Niczym pielgrzym, który wyruszył na wyprawę do nieznanych sobie sanktuariów i po tygodniach wyczerpującej wędrówki stanął przed wizerunkiem Marii Panny z Dzieciątkiem — odpowiedział Rudolf.

— Przywdziałeś strój pielgrzyma — odpowiedziała mu. — Ale jesteś jak krzyżowiec. Przybyłeś z mieczem w ręku i armią za plecami. Dzieciątko może się was wystraszyć.

Agnieszka, rozumna ponad wiek, wystraszyła się. I zapłakała.

— Armia jest tylko po to, by chronić Madonnę i Dziecię — powiedział, a jego ciemne, lekko skośne oczy zalśniły.

— Rudolfie Habsburgu. Jeśli chcesz zostać moim mężem, nie kłam. Ty i ja jesteśmy wystarczająco dorośli, by mówić sobie prawdę. Jestem królową wdową, dość rozumną, by nie uzależniać swego życia od polityki. I dostatecznie bogatą, by nie musieć wchodzić do gry, która oznacza kłopoty. Podaj mi powód, dla którego mam się z tobą związać.

— Podam ci trzy — odpowiedział Rudolf. — Odpowiedzialność, duma, rozsądek, moja pani.

— Tylko ten trzeci jest prawdziwy, Rudolfie.

— Na początek wystarczy — odpowiedział, a na jego brzydkiej twarzy pojawiło się coś, niczym uśmiech.

— Zatem witaj, mój narzeczony — powstała.

Przez nieziemsko piękną twarz jego brata, Fryderyka, przebiegł skurcz. Rudolf wyprostował się, wyciągając ku niej długie ramię.

— Witaj, moje sanktuarium.

Agnieszka w jej ramionach roześmiała się najczystszym dziecięcym uśmiechem. Rikissa dotknęła dłoni Rudolfa palcami. Poczuła ciepło.

On lewą ręką odrzucił poły pielgrzymiego płaszcza i uwolnił czerwonego, wspiętego lwa Habsburgów, który czaił się skryty na jego ramieniu. Jej trzy rodowe lwy skoczyły ku niemu i rozpętała się walka. Koty warczały, skacząc na siebie. Lwy Rikissy, niczym polujące stado, otoczyły wspiętego lwa Habsburga z trzech stron. Wbijały się w jego czerwony grzbiet i boki, bijąc ogonami o posadzkę. Puszczały go tylko po to, by po chwili znów skoczyć i zanurzyć kły w purpurowej sierści. On obnażał zęby i warczał gardłowo. Nieoczekiwanie trzy lwy odskoczyły od niego, przysiadły, potem położyły się i warkot zamienił się w mruczenie. Herbowe bestie Rikissy przymknęły oczy i ułożyły łby na łapach.

Ona też na chwilę zmrużyła oczy. Pod przymkniętymi powiekami przesunął jej się obraz Libuszy wskazującej Oracza. Nie było na nim rozpromienionych kmieci. Libusza stała sama, na pustym polu. Tylko ona i Oracz, gdzieś daleko na linii horyzontu. Gdy otworzyła oczy, brzydki niczym bestia Rudolf czule uśmiechał się do jej córki, Agnieszki.

WŁADYSŁAW z orszakiem urzędników i hufcem wojska jechał z Krakowa przez Sieradz i Łęczycę ku rodzinnemu Brześciowi Kujawskiemu. Oficjalnie i w majestacie obejmował władzę wszędzie tam, gdzie ją sprawował przed wygnaniem. Tam, gdzie ją przed siedmioma laty utracił. Późna jesień była sucha i chłodna, na razie nie spowalniały ich zwykłe o tej porze błota, bo nocami chwytał pierwszy mróz. Witały go tłumy. W każdej wsi, przez którą przejeżdżali, sołtys i proboszcz, chleb i sól. Chłopi z żonami i dziećkarnią przebrani w odświętne sukmany i pasiaki. Woły wyszorowane jak na sprzedaż, z jarzmem przybranym jałowcem.

— Książę powrócił! — krzyczeli, a jego w gardle dławiło od łez.

Rulka zwalniała majestatycznie, on unosił w górę ramię i pozdrawiał.

— Książę nam błogosławi! — wołały kobiety, klękając na zamarzniętej glebie.

Jezu — myślał w takich chwilach — ja jeszcze niedawno byłem księciem wyklętym, czy to możliwe, że nikt tutaj tego nie wie?

Mieszkańcy Sieradza i Łęczycy witali go daleko przed bramami swych miast, by wprowadzić swego księcia uroczystym pochodem. Jakże daleko im było do zamożności krakowian.

Może wierność kończy się wraz z bogactwem? — myślał Władysław, dziękując im za uznanie swej władzy. — A jeśli tak, to ile trzeba mieć w skrzyni i komorze, by przestać cenić lojalność wobec swego pana?

Czekało na niego i rycerstwo pod herbowymi, spłowiałymi chorągwiami. Godzięby, Pomianowie, Powały, Doliwowie, Rolice, Leszczyce. Każdy ród miał w swych szeregach puste miejsca znaczone kirem żałoby.

— Poległ w wojnie z Czechami.

— Zabity przez wojska starosty.

— Nie zgiął kolana przed Przemyślidą i musiał zbiec z rodziną, dziećmi i starcami.

— Z tułaczki nie wrócił. Na obczyźnie pomarł.

Przy trakcie kawał za Łęczycą natknęli się na błąkającą się po lesie dziewuszkę. Z początku wystraszona, zaszyła się w kolczastym krzewie głogu, ale Pawełek idący w przedniej straży kazał dziecko wyciągnąć i gdy nadjechał Władysław, mała stała już na gościńcu w otoczeniu jego rycerzy.

— Nie bój się — powiedział Ogończyk i wskazał na niego. — To orszak księcia, a nie rozbójnicze wojsko.

Dziewczynka mogła mieć dziesięć lat, nie więcej. Na nogach zniszczone, ale porządne skórzane buty. Sukienka poszarpana i brudna, lecz z dobrego sukna. Ciemne oczy mocno odbijały się od bladej twarzy i potarganych bardzo jasnych włosów.

— Ktoś ty? — spytał Władek, pochylając się z siodła.

— Sierota — powiedziała i zapatrzyła się na niego i Rulkę.

— Jak cię zwą?

— Borutka. A ciebie, panie?

Zaśmiał się. Jego synowie, nie... teraz już tylko syn, też jest krnąbrny.

Paweł Ogończyk chciał się odezwać, ale wstrzymał go ruchem dłoni i sam się przedstawił dziecku.

— Władysław, książę kujawski, krakowski, sandomierski. Teraz także łęczycki i sieradzki.

Ciemne oczy Borutki rozwarły się szeroko i otworzyła usta, jakby nie dowierzała. Szybko odwróciła się od niego, najbliżej był Pakosław Lis, dopadła do jego konia jednym susem i spytała:

— Rycerzu, prawda? Nie kłamiecie mnie? To jest książę Władysław?

— Prawda, dziecko! — roześmiał się Lis.

Dziewczynka zwróciła się do Władka, unosząc ręce; w czarnych oczach zalśniły łzy.

— Mój tatko mówił, że książę powróci niczym w majestacie król — wyszeptała, poruszając palcami. — Mój tatko powtarzał to, dzień i noc, i wykrzykiwał nawet, gdy umierał... gdy rycerze Czarnej Orlicy spalili nasz dom... gdy mateczka i siostrzyczki skwierczały w płomieniach...

Władek poczuł się niezręcznie. Jeszcze gorzej, niż gdy witali go ustrojeni chłopi, woły i kury w rządku. Dziewczynka wpiła się w niego spojrzeniem czarnych źrenic.

— Jesteś sama, Borutko? — Zamrugał, bo do oczu znów cisnęły mu się łzy. — Całą rodzinę Czesi zabili?

— Nikogo nie mam. — Pokiwała głową na boki.

Władek spojrzał na Pawła Ogończyka. Na Lisów, Bogoriów, Doliwów. Podjął decyzję. Odchrząknął i powiedział:

— Twój ojciec miał rację. Wróciłem z wygnania. I skoro twego rodziciela nie ma, a poległ, walcząc w mojej sprawie, to teraz ja muszę ci go zastąpić. Mam syna trochę młodszego od ciebie i dwie córki. Jedną starszą, drugą całkiem taką, ledwie urodzoną. Pojedziesz z nami, Borutko.

Widział, jak Ogończyk przewraca oczami, ale co z tego? Jest księciem i musi to na siebie wziąć.

— Znajdę ci jakiś dobry dom, kogoś, kto cię przygarnie i wychowa... — spojrzał na swoich rycerzy. Żaden nie wyglądał na gotowego do przygarniania znalezionej na trakcie sieroty. Wziął wdech i dokończył twardo: — A jak nie znajdę, to cię zabiorę do Krakowa. Moja żona zna się na dzieciach i wychowywaniu. Tylko na razie jesteśmy w długiej podróży i musisz uzbroić się w cierpliwość, by znieść jej trudy.

— Wszystko zniosę, mój książę! — powiedziała, rozpromieniając się.

— Fryczko! — Władek zawołał giermka. — Ulokuj Borutkę na wozie taborowym. I nakarm, bo dzieci zawsze się karmi. I może odziej, bo też się odziewa... hmm...

— Ale my nie mamy na wozie sukienek dla dziewczynki w tym wieku — odważył się sprzeciwić Pawełek. — Ani dla żadnej innej dziewczynki.

— No to coś wymyśl! — krzyknął książę. — Jedziemy!

Każda historia była osobna, a wszystkie podobne. Gdzie mógł, przywracał na urzędy, kompensował nadaniami, by wiedzieli, że wierność zawsze zostanie wynagrodzona. Wysłuchiwał opowieści, dziękował, chwalił, podnosił na duchu, a nocami, gdy szedł na spoczynek, nie mógł zasnąć, jakby wciąż patrzyły na niego ich oczy. Wierne, oddane, lojalne.

To mnie przeraża bardziej niż zgiełk bitewny — myślał, przewracając się z boku na bok. Zaciskał drobne pięści i mówił sobie: Władek, tego lud oczekuje od władców, więc nie maż się i rób, co należy. Inaczej znów się zawiodą na tobie.

Biskup włocławski, Gerward Leszczyc, czekał na niego u wrót swej katedry i ceremonialnie poprowadził do ołtarza. Co trzy kroki stukał pastorałem w posadzkę i wołał:

— Wrócił książę Władysław!

— Niech żyje! — odpowiadali zgromadzeni.

Msza, wyznanie wierności i wiary, błogosławieństwo. Radośnie skandujący tłum, gdy w pochodzie wychodzili z katedry. I pełna już teraz, po objęciu dawnych ziem, tytulatura:

— Władysław, książę krakowski, sandomierski, sieradzki, łęczycki, brzeski. Zwierzchni książę Kujaw!

Zamieniana przez wiwatujących na krótkie:

— Nasz ksią-żę! Nasz ksią-żę!

— Słyszysz, panie? — spytał go Gerward. — Po sześciu latach czeskich rządów najważniejszym dla ludu znów stało się, że książę jest nasz. Z tej ziemi. Za coś jednak możemy być Przemyślidom wdzięczni — puścił do Władka niemal łobuzerskie oko.

— Sakra biskupia ci służy — odpowiedział książę. — Kiedyśmy się ostatni raz widzieli, byłeś jeszcze proboszczem. Cieszę się, że to ty dostąpiłeś tej godności, Leszczycu. Twoi rodowcy nigdy mnie nie zawiedli. Moja żona, księżna Jadwiga, przekazuje ci wyrazy szacunku.

Gerward był w wieku Władka, sporo po czterdziestce, ale całkowicie łysa czaszka i gładkie, okrągłe policzki nadawały mu niemal dziecięcy wygląd. Ciemne oczy żywo lśniły w twarzy, która zdawała się otwarta i pozbawiona ukrytych zamiarów. Był słusznej tuszy, ale poruszał się zwinnie, niczym tłusty kocur. Z tym dobrodusznym obrazem kłócił się tylko głos biskupa. Donośny, ostry i dźwięczny.

Spod katedry szli wśród wiwatującego tłumu. Dostrzegł Fryczka, który dawał mu znaki, wskazując na ciemno ubranego chłopaczka przy swoim boku. Chłopaczek skakał i machał do niego.

O rany! — zrozumiał zaskoczony Władysław. — To Borutka. A może to i lepiej, że Fryczko przebrał ją za chłopca? Jakoś nie wypada, żeby mała dziewczynka pałętała się przy orszaku księcia. Jak znajdę jej dom i rodzinę, to się znów przebierze. Tylko rodzina musiałaby być jakaś pewna, żeby dziewuszki nie zmarnowali — pomyślał i pomachał Fryczkowi i małej.

Przeszli do siedziby Gerwarda i Władek musiał przyznać, że jest imponująca. Uczta, którą na jego cześć wydał biskup, też była iście książęca, każdy kielich i patera na stole nosiły dumnie znak brogu, herbu Leszczyców.

Moi Leszczyce to była taka rycerska biedota — pomyślał Władek, oglądając kielich — ale Gerward na biskupstwie najwyraźniej ciągnie ród w górę.

— Biskupie, nie wziąłbyś pod opiekę sieroty? — postanowił najpierw załatwić sprawę Borutki.

— Sieroty? — współczująco powiedział Leszczyc i jego usta natychmiast przybrały kształt drżącej podkówki, jakby los wszystkich wyrzutków królestwa był mu bliski. — A z jakiego rodu?

— Nie pamiętam — szczerze wyznał Władysław. — Rycerskiego jakiegoś…

— Leszczyce, Pałuki, to biorę od ręki, bo to jakbym swojemu pomógł.

— Chyba ani jedno, ani drugie, bo sierota nikogo z mojego orszaku nie znała… Ojciec zginął w walkach z wojskami Václava, dom spalili, matkę, dzieci jakieś małe pomarły…

— Stawiam też na podupadające rody. Na własnych ziemiach zawsze znajdę dla swoich kilka dochodowych probostw do obsadzenia — dorzucił Gerward.

— Na probostwo to nie — skrzywił się Władek — bo sierota ma dziesięć lat i to dziewuszka…

— Dziewuszka?! — fuknął biskup. — A na co mi dziewuszka! Chłopca to bym wziął.

Księcia przytkało.

— Do szkoły katedralnej! — wyprowadził go z konsternacji Gerward. — Na naukę. Warto mieć własną ręką wyszkolone sługi. Ale bo ja wiem? Może do kuchni bym skierował tę księcia sierotę?

— Nie, nie trzeba — wycofał się Władysław. Jakoś mu się Borutka z kuchnią nie kojarzyła. Tak jej szumnie obiecał opiekę, a teraz ma ją dać biskupowi do garów?

Jak na zawołanie zaczęto wnosić kolejne potrawy, coraz wymyślniejsze. Kucharz na Wawelu i to ten, co został po Przemyślidach, w kuchni dworskiej dobrze obeznany, nie gotował im takich pyszności. Gdy słudzy biskupa podali półmiski z gęsim pasztetem i do niego dwa wina do wyboru, Władka język zaświerzbił:

— Dobrze się gospodarzy na biskupstwie włocławskim?

— Pan Bóg darzy, a i herb wspiera — rozpogodził dziecinne oblicze Gerward i wyjaśnił: — My, Leszczyce, nosimy znak brogu, więc modlę się do Pana, by bróg nigdy nie był pusty.

— Dziesięcina wystarcza na potrzeby diecezji? — drążył Władek.

— Och, z niej samej w tych ciężkich czasach bym nie wyżył — westchnął Gerward, poruszając grubymi palcami jak kocur. — Ale wykształciłem dobrych zarządców i tylko takim powierzam w zarząd biskupie majątki. Uczyłem się od cystersów, bo zna książę przysłowie, że ci potrafią z jednej morgi zebrać cztery, a wycisnąć piątą. Skupuję podupadłe dobra, bo Pan Bóg ma serce tylko do synów marnotrawnych, a nie marnotrawnych gospodarzy. No, ale co będziemy o mnie — uśmiechnął się dobrotliwie.

— Trochę będziemy — poważnie powiedział Władysław. — Ponoć Święcy nie chciałeś pożyczyć na obronę ziemi sławieńskiej.

— Dobry Panie! — rozłożył pulchne dłonie Gerward. — A to nicpoń, że śmiał takie rzeczy wygadywać! On, który mnie najechał, spichrze zajął, dobra moje spustoszył. — W oczach Gerwarda zalśniły łzy.

— Spichrze zajął na opłacenie wojska, które miało Pomorza bronić — surowo potwierdził Władek.

Gerward kręcił głową i sprawiał wrażenie do głębi zranionego dziecka. Wyjął z rękawa chusteczkę, otarł oczy i starannie złożył bieluteńkie płótno w kostkę. Władziu zdążył dostrzec wyhaftowany misternie cieniutką srebrną nicią herbowy bróg w rąbku chusteczki.

— No, biskupie — polubownie powiedział książę, bo już zrobiło mu się Gerwarda żal. — Na obronę kraju, sprawę wspólną, a nie na prywatę Święca ci dobra musiał zająć. Pogódźcie się — poprosił, przybierając ojcowski ton.

— Nie — twardo odrzekł biskup. — Nie powiedział ci mój brat, dlaczego Święca własnych dóbr nie ruszył, tylko na moje ręką podniósł?

— Coś tam Przezdrzew wspomniał — skrzywił się Władek.

— Jak tylko wspomniał, to mu kości porachuję, niewdzięcznikowi! — żachnął się Gerward i krzyknął donośnie: — Stasiu, podejdź proszę, żebym miał świadka, gdy z naszym ukochanym księciem rozmawiam.

Zwinnym ruchem między biesiadującymi prześlizgnął się ku nim mężczyzna o połowę szczuplejszy od Gerwarda, ale nadzwyczaj do niego podobny. I także łysy.

— Trzeci z mych braci, Stanisław Leszczyc, prepozyt kruszwickiej kapituły — przedstawił go Gerward i wtajemniczył. — Stasiu, usiądź, za pozwoleniem księcia, o Święcy mówimy.

Gruby kocur i kocurek na dorobku — pomyślał rozbawiony na chwilę Władysław i skinął Stanisławowi, że może spocząć przy nich.

— Sprawa jest kluczowa i zupełnie zmienia obraz rzeczy — podjął Gerward. — Młody Piotr Święca od Václava dostał wielkie nadania ziemskie, on teraz pierwszy pan na Pomorzu i wyobraź sobie, mój książę, że siedzibę sobie w Nowem nad Wisłą stawia. Budowa zakrojona tak, jakby to miał być książęcy gród! Zamek, a i chodzą słuchy, własny kościół z nekropolią rodu. Fury z drewnem, a powiem ci, na nich same dęby i modrzewie, do tego piękne okrąglaki z Wisły wyławiane, piaseczek pod zaprawę bielutki, bloki piaskowca...

Stasiu kiwał głową, potwierdzając każde ze słów brata, a Gerwardowi wyliczającemu te wszystkie dobra oczy lśniły jak kupcowi sukiennemu macającemu zamorskie jedwabie. Władek przerwał mu:

— Dobrze, dobrze. Rozumiem. Ale bądź człowiekiem, Gerwardzie, i pomyśl. Gdybyś ty akurat siedzibę biskupią budował, tak wspaniałą jak ta, w której mnie gościsz, i pech by chciał, że w tym samym czasie miałbyś, powiedzmy, najazd tatarski...

— Tu Tatarzy nie docierają — wtrącił się biskup, a jego brat szybko potwierdził.

— No to krzyżacki — sprytnie zagiął go Władek. — I potrzebowałbyś gotówki na wojsko, by ziemi bronić, a całą miałbyś zaangażowaną w budowę, to gdzie byś szukał wsparcia? Przecież kraju spustoszyć byś nie dał. Broniłbyś.

— Broniłbym — przyznał Gerward spolegliwie i natychmiast dodał chytrze: — Ale w życiu bym nie pozwolił sobie na władowanie całej posiadanej gotówki w budowę. U mnie zawsze musi być rezerwa na wypadek wojny.

— No właśnie — przełknął to jakoś Władysław. — Więc powiedzmy, że użyczyłeś tej rezerwy Święcy.

— Nie, mój książę. Nie użyczyłem mu, bo on był niegospodarny.

Stasiu Leszczyc, prepozyt kruszwicki, najpierw pokręcił głową, by po chwili przytaknąć bratu.

— Kto to widział, wszystko na drewno, kamień i robotników przeznaczyć? To jeden grzech. A drugi, że on mnie najechał i gwałtem wziął.

— To pierwsze to błąd, nie grzech — polubownie zaczął Władysław.

Głowa młodszego Leszczyca znieruchomiała. Nie wiedział, komu ma teraz potakiwać.

— Książę, nie ujmując ci niczego — łagodnie jak dziecko podjął biskup — z nas dwóch to ja jestem osobą duchowną i ja się na grzechach lepiej znam. I to ja w imieniu Chrystusa mogę je odpuszczać lub nie.

— Więc odpuść Święcy, prosi cię twój książę.

— Nie odpuszczę — uparł się biskup i zaraz uśmiechnął wspaniałomyślnie. — Ale gdybyś ty nieco gotówki potrzebował, to ci pożyczę. Na dobrych warunkach.

Dobrych dla mnie czy dla siebie? — jęknął w duszy Władek, bo już czuł, że Gerwarda i jego miłości do dóbr doczesnych lekceważyć nie można. Zaproponowanej pożyczki też nie.

Stasiu uśmiechał się, jakby to on sam księciu gotówki miał użyczyć. Władek odpuścił na razie sprawę Święcy, by nie wchodzić na grząski grunt. Poprosił, by mu Gerward zrelacjonował sprawę biskupa kamieńskiego.

— Henryk von Wachholtz, szelma! — pokiwał głową Leszczyc. — Jego biskupstwo podlega wyłącznie pod papieża, arcybiskup Świnka nie ma nad nim żadnej władzy, a Wachholtzowi zamarzyło się i kościelne imperium, i władza świecka. Od dawna miał chrapkę na Pomorze i skorzystał z zamętu po śmierci Václavów. Kiedy uzbierał wojsko, nikt nie wie, dość, że jego ludzie błyskawicznie szli z Kamienia Pomorskiego na wschód. Ponoć wśród nich widziano i morskich rycerzyków, i najemnych zbójów, takich, których się rekrutuje i z Wolina, i z Rugii, i z tych wszystkich podejrzanych portowych dziur. Święca pobić ich nie dał rady, ale zatrzymał na granicy ziemi słupskiej.

— Więc doceniasz Święcę — podchwycił Władek i pożałował, bo biskup znów przybrał minę obrażonego dziecka. Książę szybko zmienił temat. — Dziwne jest, że Brandenburczycy tak szybko na biskupa kamieńskiego ruszyli.

— I wypalili mu kraj do gołej ziemi — uzupełnił Gerward. — Katedrę zniszczyli, siedzibę mu spalili, ile tam dobra poszło na zmarnowanie, Bóg jeden raczy wiedzieć i skarbnik Wachholtza! Ja ci powiem, książę, ty słusznie się dziwisz. Co Brandenburczycy mają do Pomorza? Dlaczego biskupa kamieńskiego w jego zapędach tak krwawo poskromili? Tajemnicza to sprawa, o której nikt nic mówić nie chce. A na dodatek margrabiowie we własnych osobach w czasie najazdu się nie pojawili.

— To w ich stylu — potarł czoło Władysław. — Nikt ich nie widział i zawsze mogą powiedzieć, że to łupieski wypad nikomu nieznanych łotrzyków, którzy podszyli się pod czerwone orły. Ale skoro mówisz, że biskupa do cna spalili, to tak, jakby chcieli mu coś udowodnić, a nie ograbić z majątku.

— Kto wie, mój książę, jakie tam między sobą porachunki mieli. Może biskup się u nich zapożyczył i nie spłacił? — zastanowił się Gerward i pokręcił głową. — Ale ja bym o czymś takim wiedział, bo jak ktoś ma kłopoty finansowe, to zawsze najpierw znajdzie drogę do mnie.

— Nie wnikałbym w ich sprawy — z uwagą powiedział Władysław — gdyby nie to, że wkroczyli na mój teren. Pomorze musi w całości wrócić do Królestwa. Z ziemią sławieńską włącznie. Wyślę cichych ludzi, niech powęszą. Z moimi bratankami się widziałeś? Co z Leszkiem?

— Po Leszku słuch zaginął, odkąd ruszył szukać ciebie, mój książę. A z młodymi, Przemkiem i Kaźkiem, się widziałem. Po pożyczkę byli.

— Oni też?

— Takie czasy — rozłożył ręce Gerward. — Wino księciu smakuje? Mozelskie. Z Gdańska sprowadzam.

— Wolę węgrzyna — pociągnął łyk z kielicha — ale twoje wino wspaniałe, dziękuję.

— Węgrzyna ostatnio nie mieli — zastanowił się Gerward. — A dziwne, skoro książę szlak na Spisz otworzył. Zresztą z tymi drogami kupieckimi to się porobiło, odkąd Litwini drogę na Włodzimierz zajęli i karawany łupią. Ponoć najbezpieczniej teraz wozić Wisłą, ale to znów trzeba się krzyżackim miastom opłacać...

— Pomówmy o moich bratankach — zdecydowanie przerwał mu Władysław.

— A tak, nasi kujawscy bracia! Tu też nam się Stasiu przyda, bo on sprawy zna z bliska, w końcu z Kruszwicą związany...

— To go w końcu do głosu dopuść, mój Gerwardzie — roześmiał się Władek.

— Jak będzie trzeba, dopuszczę — poważnie odrzekł biskup. — Taką mam zasadę, „wychowanie przez słuchanie mądrzejszych", prawda, Stasiu?

— Prawda, bracie biskupie — przytaknął młodszy Leszczyc, patrząc na starszego jak mały kot, którego kocur uczy polowania.

— Moich Doliwów byś musiał tego, Gerwardzie, nauczyć — powiedział Władek, zapominając, że to jemu żona wypomina, iż „nie słucha rad".

Biskup włocławski podjął sprawę kujawskich braci.

— Jak ciebie nie było, twoi bratankowie mieli wojnę z twym bratem, Siemowitem, wybacz, książę, pijakiem...

— No przecież wiem! — zezłościł się Władysław. — Pijak i sługus Krzyżaków, a potem Przemyślidów. Ale się nawrócił! Moją władzę zwierzchnią uznał!

— Twoją władzę, owszem, a z nawróceniem, czas pokaże. — Pokiwał głową biskup. — A u nas było tak: Leszek musiał walczyć z pijakiem Siemowitem, żartów nie było, łby leciały. Pożyczek na wojnę nabrał, ziemię michałowską Krzyżakom zastawił, a potem zniknął, do ciebie pojechał. Dopożyczyłem Przemkowi i Kaziowi pieniędzy na spłatę Krzyżaków, ale wtedy jak raz wybuchł bunt przeciw Czechom, to znasz z opowiadań. Przemek się przyłączył, kasztelanię kruszwicką mu spustoszyli. Gotówka, co ją ode mnie wziął na spłaty, poszła! — Gerward chwycił się za serce, ale ponieważ Władek nie reagował, więc sapnął parę razy i mówił dalej: — I owszem, na wieść, żeś, książę, wrócił, twój brat Siemowit poddał się twej zwierzchności, ale kujawscy chłopcy, poharatani, a też wierni, z niczym zostali.

— Nie całkiem z niczym — podpowiedział ponuro Stanisław. — Bo z długami.

Gerward ciągnął:

— Gnieżdżą się na Inowrocławiu i Gniewkowie. Tam ziemia dobra, ale źle uprawiana i zysk z niej mizerny. Trochę by można z gospodarki leśnej wyciągnąć, ale najpierw zainwestować trzeba, a oni nie mają z czego. Stratni są, nie ma co. A jeszcze ich Krzyżacy duszą o zwrot pożyczek Leszka. A tu ani Leszka, ani pieniędzy skąd wziąć nie mają.

— Mówiłeś, żeś im pożyczył.

— Pożyczyłem, ale boję się, czy zwrócą! — Oblicze biskupa w jednej chwili przybrało ten niezwykły wygląd, który upodabniał go do głęboko pokrzywdzonego dziecka. — Poza tym to twoi rodzeni, bratankowie. Trzeba ich jakoś w Królestwie uposażyć!

— Gerwardzie — żachnął się Władysław. — Bratankowie, prawda, ale mam bratanków i po Siemowicie. Jednemu dali nawet moje imię.

— Garbatemu — podpowiedział Stasiu Leszczyc.

— Trzy lata ma, garb jak dynia, wołają go Włodko Garbus — dodał mściwie Gerward.

— Nieprawda — odważnie sprzeciwił się bratu Stanisław. — Wołają go Garbacz.

— Zabiję Siemowita — wściekł się Władysław. — A inne dzieciaki jak nazwał?

— Starszego Leszek, a najmłodszego Bolesław — szybko powiedział prepozyt kruszwicki. — Żadnemu z tych nic nie dolega. Chłopcy jak malowanie. Wiem, bo na chrzciny prosili. Gerwarda nie mieli śmiałości, to do mnie, jakbym nie wiedział, że chcieli się przez brata biskupowi przypodobać.

— No to znasz prawdę o swoim bracie Siemowicie. Václavovi się w pas kłaniał, Krzyżakom wysługiwał, a garbatemu dzieciakowi dał twoje imię — zawzięcie podsumował biskup. — I tak powiem, mój książę: owszem, masz po nim bratanków, ale póki co to drobiazg, dzieciaki po parę lat mają, a przy ojcu pijaku nie wiadomo, czy dorosłości dożyją, więc by nie mnożyć kłopotów, proponuję na razie się nimi nie przejmować.

— Dobrze — przeżuł "Włodko Garbacza" Władysław. — Wróćmy do moich wiernych bratanków, zwanych kujawskimi braćmi.

Gerward przytaknął i kocim ruchem pogładził się po lśniącej łysinie.

— To tylko przypomnę — powiedział — jak Leszek karnie oddał ci Gdańsk i Tczew, rezygnując z własnych ambicji.

— To nie były jego ambicje, Gerwardzie, tylko Czarnej Salomei, piekielnej gryfiej wdowy, jego matki — gwałtownie zaprzeczył Władek. — Ta kobieta o niczym innym nie gada jak o morskiej soli, która płynie w żyłach jej synów. Szczuła Leszka latami, ale masz rację, chłopak oprzytomniał, jak mu do rozumu przemówiłem. Co masz na myśli, mówiąc, że trzeba kujawskich braci uposażyć?

— Gdybym był na twoim miejscu, mój panie, dałbym im jakiś urząd zacny, odpowiedni do książęcego urodzenia znaczeniem i dochodem. Coś, co zaspokoi ich niewielkie jak na Piastowiczów ambicje, a tobie da ten pożytek, że lojalnych i oddanych będziesz miał w nich ludzi. Kiedyś kolejni władcy Pomorza wywyższali Święców, może teraz czas na twych bratanków?

Ten znowu swoje! — pomyślał Władek i krzyknął:

— Nie mogę Święców odsunąć od władzy! Nawet jeśli im nie ufam, zrozum, biskupie, że baronowie Pomorza służą najpierw Święcom, a dopiero potem Królestwu! Ja dla nich jestem obcy. Bez rodu Święców Pomorze nie zegnie przede mną karku!

— Rozumiem, rozumiem — zrobił młynka palcami biskup. — W takim razie może trzeba nieco rozrzedzić ich władzę, co? Zostawić Święcom, choć ja uważam, że jesteś dla nich zbyt hojny, ich rodowe domeny wokół Słupska, Gdańska i Tczewa, a kujawskim braciom dać południowe Pomorze. Na przykład Świecie — oświadczył Gerward i dumny z pomysłu zaplótł pulchne palce na piersi.

— Świecie — powtórzył po nim Stasiu Leszczyc i dodał sentencjonalnie: — Wierność wynagrodzona.

— I biedę przestaliby klepać — dorzucił biskup. — Jak po pożyczkę byli, to żal było patrzeć. Buty znoszone, płaszcze wypłowiałe.

— Namiestnicy południowego Pomorza — powiedział z namysłem Władek. — Brzmi bardzo godnie.

— Nawet Czarna Salomea powinna czuć się tym usatysfakcjonowana — podpowiedział Gerward.

— Z nas dwóch, biskupie, to ja jestem osobą świecką i wiem więcej niż ty o usatysfakcjonowaniu kobiety — odciął mu się Władysław. — Gryfiej wdowy nic poniżej tytułu książąt Pomorza dla synków nie zaspokoi. Ale nie o nią chodzi, tylko o Kaźka, Przemka i Leszka.

— Leszka nie ma — przypomniał grzecznie Stasiu Leszczyc.

— Ale wróci. Nie wierzę, że zginął. Książę, nawet ubogiej dzielnicy, nie może przepaść bez wieści. Znajdziemy go prędzej czy później.

— Wolałbym prędzej, bo i mnie Leszek co nieco zalega — zafrasował się Gerward. — Pod zastaw, ale przyznaję, wolałbym spłatę...

Władysław pozwolił się Gerwardowi rozwodzić o tym, jak mało wyciąga z dzierżawy zastawionych ziem Leszka i puszczając mimo uszu utyskiwania biskupa, zastanowił się nad jego propozycją. Namiestnicy Południowego Pomorza. Trochę to będzie kosztem pomorskich rycerzy i pewnie się wzburzą, że ich nikt o zdanie nie spytał, ale prawda jest taka, że to nie Kujawianie, którzy stracili majątki za czasów Václava, bo byli wierni swemu księciu. Pomorzanie się do walki z Czechami nie rwali. Przyjęli Václava jako króla, bo tak im Święcowie kazali.

— Postanowione — oznajmił. — Powiadomcie moich bratanków. Ruszam na Pomorze, będę się ze Święcami układał. Niech Kaźko i Przemko przyjadą do Gdańska, tam wszystko baronom Pomorza ogłosimy.

— Wspaniała decyzja. Najlepsza — pochwalił Gerward przyjęcie przez Władka własnego pomysłu. — Przy okazji książę Święcom pokaże, że nie są tak wszechwładni, jak im się zdaje. To dobre na początek rokowań, osłabić przeciwnika. Bardzo dobre. Słyszysz, Stasiu? Zapamiętaj tę lekcję.

— Zapamiętam, bracie biskupie — kornie przytaknął młodszy Leszczyc.

— No dobrze, poszedłem ci na rękę, Gerwardzie, w sprawie kujawskich braci, teraz ty zrób coś dla mnie — powiedział Władysław.

— Co tylko w mojej mocy — rozpromienił się biskup.

— Odpuść Święcy co nieco w sprawie długu. A ty, Stanisławie — Władek zwrócił się do młodszego Leszczyca — to też zapamiętaj. Tak się robi przy negocjacjach. Coś odbierasz, ale dajesz coś innego.

Mina młodego kocurka wskazywała, że nie wie, czy wolno mu przyjmować nauki od kogokolwiek innego niż brat. Ten zaś zafrasował się wyraźnie, mówiąc:

— To już akurat nie jest w mojej mocy, książę, bo sprawę gwałtów i długu Święcy oddałem pod sąd. Pod niezawisły sąd — pokiwał głową. — Tak więc zdać się tu musimy na sprawiedliwy wyrok.

A niech go! — zaklął w duchu Władysław. — Cwany, tłusty kocur!

Gerward musiał dostrzec wściekłość księcia i natychmiast powiedział:

— Ale, jak rzekłeś, mój panie. Gdy coś się odbiera, warto dać coś w zamian. I mam dla ciebie niezwykłej wartości prezent. Ziemia nakielska. Ten kawałek Starszej Polski graniczący z Pomorzem, odcinający od ziem pomorskich posiadłości twego zaciętego wroga, księcia Głogowa. Tak się składa, że ja, Leszczyc, zawsze dobrze żyję z Pałukami. Siostrę naszą też wydaliśmy za Pałukę. A ich ród siedzi na ziemi nakielskiej i zamierza wypowiedzieć posłuszeństwo Głogowczykowi, by tobie, mój książę, złożyć przysięgę wierności.

Władek poczuł wiatr w skrzydłach herbowego półlwa. Nareszcie coś zaczyna się układać. Ziemia nakielska będzie jak klin wbity w czarny łeb Głogowczyka. Z uznaniem popatrzył na Gerwarda. Pazerny, owszem, ale strateg z niego niezły.

HENRYK książę Głogowa i Starszej Polski stał w poznańskiej katedrze i patrzył, jak pomocnicy mistrza kamieniarskiego, Aldonusa z Brunszwiku, umieszczają wielki posąg króla Przemysła na cokole w jego grobowej kaplicy. Byli sprawni, niczym zgrana w boju drużyna zbrojna i cisi jak bracia zakonni. Przed wejściem do kaplicy czekała księżna Rikissa. Oczywiście kamienna księżna, wciąż jeszcze przysłonięta płachtą szarego płótna. Usłyszał cichy odgłos kroków i rozpoznał swego syna, Henryka Młodszego.

— Panie ojcze — dotknął jego ramienia chłopak. — Biskup Andrzej Zaremba prosił o posłuchanie.

— Poczeka — sucho stwierdził Henryk.

— To król? Naprawdę tak wyglądał? — spytał syn, robiąc kilka kroków ku posągowi.

Pomocnicy Aldonusa skończyli ustawiać rzeźbę i teraz omiatali ją z pyłu długimi miotłami z piór. Henryk uważnie przyjrzał się jego dziełu.

— Nie, synu. Król był niższy, szczuplejszy i znacznie bardziej ludzki. Nos miał nieco mniejszy, usta pełniejsze. Ale posąg to nie lustro z polerowanego srebra.

— Nie rozumiem, ojcze.

— Jego zadaniem nie jest oddawanie rzeczywistej urody człowieka, lecz ducha, który nim władał. A duch króla Przemysła był wielki, godny i dumny.

— Ach tak — skinął głową Henryk Młodszy.

— W posągu króla, synu, przeglądać ma się całe Królestwo. Widzieć i czuć dumę z przynależności. Maluczcy, którzy przyjdą do katedry, mają patrząc na posąg, wzruszać się i oddawać swą wierność następcy Przemysła.

— Czyli tobie, ojcze.

— Jeszcze nie — szepnął Henryk i zobaczył obłoczek pary, który uniósł się z jego ust i rozwiał w powietrzu.

— Jak to nie? — zdziwił się jego syn. — Przecież objąłeś księstwo, a nasze czarno-białe chorągwie powiewają na poznańskim zamku.

— Objąłem księstwo, ale nie zdobyłem jeszcze Królestwa, synu. A dopiero jako król będę prawdziwym następcą Przemysła.

Ludzie Aldonusa podeszli do figury księżnej Rikissy i zdjęli z niej zasłonę. Młody Henryk aż jęknął.

— Ależ piękna! Czy ona?...

— Ona tak właśnie wyglądała — kiwnął głową Henryk. — Nie była królową, zmarła, nim Przemysł sięgnął po koronę. Jej posąg nie ma oddawać majestatu władczyni, ale prawdziwą kobietę, panią serca Przemysła, jego największą miłość.

Aldonus wyczarował w kamieniu dostojne fałdy płaszcza, ukrywające smukłą kibić księżnej. Jej wysokie czoło, elegancko wydłużoną głowę, sploty włosów ujęte pod książęcym diademem. Dłoń, którą księżna przytrzymywała płaszcz na piersi, miała smukłe kamienne palce, a jej usta rozchylały się w uśmiechu.

— Jeśli, jak mówisz, księżna tak właśnie wyglądała, to była przepiękna.

— Była — potwierdził Henryk.

— Jakie miała włosy?

— Bardzo jasne, jak każda dama. Prócz twej matki — dodał. — Ale ona ma urodę po matce, księżnej Montferratu.

— A jej córka, królowa Rikissa? — W głosie syna zabrzmiała ciekawość chłopca.

— Jasne. Ale już o nią nie pytaj. Wdowa po Václavie nie zostanie twą żoną. Poślubiła Rudolfa Habsburga. Czas minął.

— Przepraszam, byłem głupi — jęknął syn.

— Byłeś — przytaknął ojciec.

Gdy wjechali do Poznania po śmierci Václava, Henryk zaproponował w rozmowie z biskupem Zarembą, by jego syn, czternastoletni wówczas, pojął za żonę Rikissę wdowę. Ten pomysł był doskonały i sprawiedliwy, a Henryk wysoko cenił rzeczy prawe. Rikissie, koronowanej królowej Polski i Czech, pozwoliłby wrócić do Poznania w chwale, a jego synowi w przyszłości otworzyłyby drogę do korony. Niestety, Zaremba się wahał, baronowie się wahali i Rikissa wyszła za Habsburga. To, że młody Henryk buntował się, iż ma poślubić wdowę, nie miało żadnego znaczenia. Nie oni zdecydowali w tej grze, lecz silniejsi od nich. Henryka jednak nurtowało, dlaczego baronowie nie podchwycili wówczas tak dobrej idei. Czy kierował nimi lęk, że powracająca do Poznania Rikissa rozprawi się po latach z odpowiedzialnymi za śmierć jej ojca? Nie z tymi, którzy go zabili, lecz z tymi, co swego króla nie umieli strzec. To jedna z wielu tajemnic Starszej Polski, którą powinien zawczasu rozwikłać.

— Zapamiętaj, synu — odezwał się po chwili. — Jeśli spełnią się moje plany i zdobędę koronę, po śmierci chcę spocząć tu.

— A nie na Śląsku, wśród przodków?

— Nie, chłopcze. Tu leżą moi królewscy przodkowie. Król nawet po śmierci jest własnością Królestwa. — Zamilkł na chwilę. — Gdybym jednak nie doczekał koronacji, przewieź me ciało do Lubiąża, do klasztoru.

— Ojcze, nie myśl o takich rzeczach…

— Zamilcz! — krzyknął Henryk, a jego głos odbił się od sklepień katedry. — Bo uznam, że mój pierworodny nie ma w sobie krzty zadatków na wielkiego władcę! Władca musi myśleć o sobie w życiu, ale i wiedzieć, co będzie z nim po śmierci! Jeśli tego nie zrozumiesz, zostaniesz tylko dzielnicowym książątkiem.

— Dobrze, ojcze — zbyt pospiesznie zgodził się z nim młody Henryk.

— Dlaczego trzymam cię przy sobie w Poznaniu?

— Żebym uczył się sprawowania władzy — odpowiedział.

— By tutejsi baronowie przywykli, żeś moim następcą — wyprostował ważność spraw Henryk. — Ale owszem, masz się i przy mnie uczyć. Idziemy.

— Przypomnę, ojcze, że biskup Zaremba prosił o spotkanie. Jego pałac jest przecież przy katedrze.

Henryk zacisnął szczęki; miał ochotę chwycić syna za szyję i dusić. Chłopak z trudem się uczy.

Opanował gniew i wyjaśnił cierpliwie:

— Biskup poznański prosi o spotkanie, to znaczy, że przybędzie do nas, na zamek, gdy go zaproszę, a nie, że my odwiedzimy go przy okazji wizyty w katedrze, nawet jeśli, jak mówisz, to tuż obok. Andrzej Zaremba musi wiedzieć, że w Starszej Polsce włada książę, nie biskup.

— Rozumiem, wybacz, że się wyrwałem — skłonił mu się syn.

— Jesteś młody, a młodość ma swe prawa — powiedział, jak mu się zdawało łagodnie. — Ale naiwność i dobroduszność jest cnotą tylko u maluczkich. U książąt to wada.

Przed katedrą czekał na nich oddział Mroczka Wezenborga, osobista straż książąt, odkąd zajęli Poznań i Henryk mianował brata Mroczka, Bogusza, starostą Starszej Polski. Ubrani jednakowo, w barwy, które Henryk wprowadził do Poznania, jako swe nowe znaki herbowe: biel i czerń. Tuniki białe z przodu, zdobione czernią śląskiego orła, i czarne z tyłu, z białym dla odmiany, królewskim orłem na plecach. Giermek przytrzymał mu wierzchowca, a Henryk, nie po raz pierwszy, poczuł ukłucie bólu w plecach, gdy wsiadał na grzbiet konia. Skrzywił się, ale nie jęknął. Jeszcze tego brakowało, by książę okazywał słabość.

Miał ich wiele, choć nie wiedział o nich nikt. W zimnych i mokrych porach roku dokuczały mu rwące bóle stawów. Palce u stóp czasami odmawiały mu posłuszeństwa, potrzebował wtedy czasu, by rozruszać nogi i nadać swemu chodowi naturalny rytm. I twarz, jego maska, jak ją nazywał w myślach, która z roku na rok stawała się nią coraz dosłowniej. Miał wrażenie, że skóra wtapiała mu się w kości czaszki. Po trudnych, pełnych spotkań i zadań dniach, wieczorami czuł gwałtowny ból, wydawało mu się wtedy, że skóra na jego twarzy pęka niczym stary, suchy pergamin. Dotykał się, obmacywał twarz, ale nigdzie nie znajdował śladów pęknięć, więc z czasem przyjął do wiadomości, że to iluzja, którą zwodzi go szatan.

Nie jestem jeszcze taki stary — myślał. — Mam pięćdziesiąt lat, to wiele, ale jeszcze nie wiek podeszły. Czterech synów, cztery córki i znów brzemienna żona.

Na wspomnienie wypukłego brzucha Matyldy poczuł ciepło. Tak, w jej alkowie, w jej wonnych dłoniach, opuszczały go dolegliwości. Skóra twarzy miękła niczym rozgrzany wosk i przestawała boleć. Matylda z Brunszwiku wciąż była piękna, mimo swych trzydziestu lat albo właśnie dzięki nim. Wielbił w niej damę, a pożądał jako żony. Wiedli życia osobne; ona ze swym dworem w Głogowie, on wiecznie w drodze lub na wojnie, a jednak każde z ich spotkań było owocne. Płodność Matyldy imponowała mu tak samo jak jej takt, dobre wychowanie i znajomość niemieckiej poezji. Podczas ostatnich wspólnych dni, na głogowskim zamku, Matylda recytowała mu poemat o Siedmiu Pieczęciach. Nieco trudny, jak na dworskie wiersze, ale wyrafinowany. Potem pili jej ulubione złote mozelskie wino i kochali się przy dźwięku lutni dochodzącym z sąsiedniej komnaty. Tak, mógłby leżeć z głową na jej piersi, nie wychodzić z jej łoża, gdyby nie to, że kochankiem bywał, a władcą Starszej Polski był. A ta ziemia, jak żadna inna, była wymagająca. Zatem pojechał do Głogowa na święta, spędził z żoną kilka nocy i dni, zasiał w jej brzuchu ziarno kolejnego dziecka i tu, w dalekim Poznaniu, czekał na wieść: córka czy syn? Wolałby córkę, czterech synów to i tak dużo do obdzielenia, a każde dziewczę to może być zięć i sojusznik. Albo dobry klasztor.

Na zamku, w Okrągłej Sali, spotkał się ze swym kanclerzem, Fryderykiem von Buntensee. Z uznaniem spojrzał na pracę szwaczek, którym kazał naprawić uszkodzone gobeliny króla Przemysła, te ze scenami z *Pieśni o królu Arturze*, co je Władysław kazał zdjąć, gdy po śmierci króla zajął zamek. Dzisiaj znów wyglądały niemal jak nowe i nie znać na nich dziur, które wygryzły szczury.

— Panie — powitał go kanclerz. — Mam dużo wieści.

— Mów — skinął głową książę i wskazał swemu synowi miejsce, które ma zająć.

— Skontaktowaliśmy się z biskupem krakowskim, Janem Muskatą, i biskupem wrocławskim, Henrykiem z Wierzbna, jak kazałeś. Muskata wykazuje wielką wolę współpracy.

— Nic dziwnego. Jego nienawiść do księcia Łokietka jest legendarna.

— Ojcze — wyrwał się Henryk Młodszy. — Czy mogę o coś spytać?

— Skoro już nam przerwałeś, pytaj.

— Nigdy nie pozwalałeś, by nazywano księcia Władysława Karłem, a teraz sam powiedziałeś o nim Łokietek.

Henryk już drugi raz tego dnia poczuł wobec syna złość. Jak to możliwe, że piętnastoletni książę nie czuje różnicy? Fryderyk von Buntensee spojrzał na niego pytająco, i Henryk z ulgą skinął mu głową, by wyjaśnił dzieciakowi, w czym rzecz.

— Jak ci wiadomo, młody panie, książę Władysław przed wielu laty...

— Przed siedemnastu laty — z naciskiem przerwał mu Henryk. Każdy rok od tamtego dnia liczył się dla niego podwójnie, jak mógłby nie wiedzieć, ile ich minęło?

— Przed siedemnastu laty Władysław zabił w bitwie twego stryja, księcia Przemka...

— Który był najdoskonalszym rycerzem, jaki wyrósł w naszym rodzie — uzupełnił Henryk.

— Tak jest — przytaknął kanclerz. — I twój ojciec nie życzy sobie, by o człowieku, który pozbawił życia jego wspaniałego brata, mówiono „Karzeł", bo karzeł nie mógł zabić tak świetnego rycerza, jakim był Przemko. Ale czym innym jest pogardliwie miano „Karła", jakim wielu obdarza księcia Władysława, a czym innym...

— Przydomek „Łokietek", jaki on sam przyjął — twardo dopowiedział Henryk. — Bo to jego osobista decyzja, która sankcjonuje fakt, iż jest niskim mężczyzną. Rozumiesz?

Syn skinął głową, ale jego oczy zdradzały brak pewności.

— Weź się za siebie — ryknął na niego Henryk — bo inaczej tobie potomni nadadzą przydomek „Głupi"!

Uspokoił się w jednej chwili, gdy to powiedział. Tak, rzeczy trzeba nazywać po imieniu, bez upiększeń. Szkoda, że zrobił to tak późno. Gdyby nie fakt, iż nie ufał biskupowi Zarembię, posłałby syna do szkoły przy jego katedrze, na prawach zwykłego ucznia.

— Co z Muskatą? — wrócił do rozmowy bez chwili zwłoki.

— Chce rozmawiać, choć moi wysłannicy odnieśli wrażenie, że biskup Krakowa wciąż sonduje Czechów.

— Traktuje nas jako drugie, gorsze rozwiązanie, w razie gdyby nie udało mu się z nimi? Wobec tego usztywnij nasze stanowisko. Przemyślidzi nie żyją, a Habsburgowie wciąż walczą. Albo Muskata uzna, iż jestem jego najważniejszym sojusznikiem przeciw Władysławowi, albo zasugeruj mu, że nic od nas nie dostanie.

— Rozumiem. Biskup Wrocławia z kolei przyjął postawę wyczekującą. Zdaje się, że obiecuje sobie wiele po młodym księciu wrocławskim Bolesławie, zięciu, jak wiemy, zmarłego Przemyślidy.

— Zięciu! — prychnął Henryk. — Małżeństwo wciąż nieskonsumowane, bo królewna Małgorzata ma ledwie dziesięć lat, a pan młody w wieku tego tu — wskazał palcem na swego syna. — Dobrze, poczekajmy, jak się sprawy rozwiną. Zachowaj biskupa wrocławskiego w życzliwej uwadze. Czy moje pieczęcie gotowe?

— Tak, już pokażę — zerwał się z miejsca kanclerz i podsunął Henrykowi okutą srebrem skrzynkę.

Otworzył ją, ale Henryk przytrzymał wieko i opuścił.

— Co to jest? — Stuknął palcem w srebrną różę na wieku.

— Kwiat — odpowiedział Buntensee.

— Widzę — zdenerwował się książę. — Mówiłem ci, że wszystkie przedmioty, które wiążą się z mą władzą, mają być zdobione orłem.

— Tak, wybacz — pokłonił się Fryderyk. — Wybacz, w tej skrzynce przyszły od rzemieślnika i nie zdążyłem jej zmienić. Naprawię to.

Henryk skinął mu głową i sam wyjął z wnętrza pieczęć. Tak, była taka, jak chciał. Wielkością przewyższała każdą z książęcych, bo kazał wzorować ją na królewskiej pieczęci Przemysła. Na niej on, władca w majestacie, na tronie. W dłoni trzyma gałąź oliwną, bo sprowadzi na kraj pokój. Na głowie ma mitrę, nie koronę i tylko ona różni jego wizerunek od obrazu króla.

— Majestatyczna — pochwalił. — Monety też już dostarczono z Głogowa?

— Nie, panie. Mennica jeszcze nie skończyła bicia, ale będą takie, jak sobie życzyłeś. Na każdej książę z mieczem w prawej i koroną w lewej dłoni.

— „Waleczny pretendent" — powiedział zdanie, które przyświecało mu, gdy tworzył ten obraz.

Nigdy nie pozwoliłby sobie na wizerunek w koronie na głowie, póki naprawdę jej nie zdobędzie. W jego oczach to byłoby świętokradztwo.

— Coś jeszcze? — spytał kanclerza.

— Na dzisiaj wszystko, panie. Bogusz Wezenborg, twój starosta, ma kilka spraw.

— Jakich?

— Pogranicze w ogniu, Brandenburczycy umacniają się w kasztelaniach zajętych po śmierci króla i wyraźnie prą na wschód.

— Co jeszcze? — skrzywił się Henryk. Twarz zaczynała mu dokuczać.

— Książę Łokietek minął już Włocławek, gdzie spotkał się biskupem Gerwardem.

— Wiem, mówimy o tym od tygodnia. Lutek Pakosławic śledzi jego ruchy i jak dotąd nic nie wskazuje, by podróż księcia była wymierzona przeciw Starszej Polsce.

— Zgadza się, mój książę, ale na północy zwiadowcy obserwują poruszenie wśród rycerstwa.

— Które rody? — zaniepokoił się Henryk.

— Pałukowie z ziemi nakielskiej.

Syknął i zagryzł zęby. Rwanie w krzyżu dopadło go tak nagle, że nie zdołał się powstrzymać.

— Spotkam się z Wezenborgiem wieczorem — powiedział z trudem. — Teraz muszę przyjąć biskupa Zarembę. Wołaj go i zostań, gdy będę z nim mówił.

Nim kanclerz wprowadził biskupa, Henryk skinął na sługę i kazał sobie podać mocnego, czerwonego wina. Tłumiło ból.

— Książę Henryku! — powitał go Andrzej Zaremba po chwili.

— Biskupie — skinął mu głową sztywno. — Spocznij. Co cię sprowadza?

Zaremba zamrugał i potarł dłonią gładko wygoloną brodę. To był sposób Henryka na dumnego biskupa: brał go krótko, nie dopuszczał do spoufaleń.

— Książę Łokietek spiskuje z biskupem Gerwardem.

Przyszedł oznajmić mi jako nowinę to, o czym wszyscy wiedzą? — pomyślał z niesmakiem Henryk. — Gerward Leszczyc od dawna jest zausznikiem księcia.

— Co tym razem? — spytał krótko.

— Obawiam się, że Pomorze — z namaszczeniem odrzekł Zaremba. — Władysław wyraźnie kieruje się do Gdańska, a jeśli umocni tam swoje wpływy, to trudno będzie nam…

— Nam? — złapał go za słowo Henryk. — Ja nie zamierzam walczyć z nim o Pomorze.

— Starsza Polska bez Pomorza to jak statek bez żagli! Książę, wiesz przecież, że Przemysł odnowił Królestwo dzięki zaślubinom Księstwa z morzem! Rozumiem, że póki umacniałeś swą władzę w Poznaniu, nie miałeś głowy do spraw pomorskich, lecz teraz...

— Przyjmij do wiadomości, Andrzeju Zarembo — powiedział Henryk powoli, bo walczył z bólem. — Pomorze jest dzisiaj poza naszym zasięgiem. Wejście tam to konflikt i z Łokietkiem, i z Brandenburgią.

— Lecz jako Dziedzic Królestwa... — próbował przebić się ze swymi racjami Zaremba.

— Zamierzam oprzeć Królestwo o Starszą Polskę i Śląsk.

— Tam urzędy przejęli obcy. Śląsk jest niemal niemiecki! — wyrwało się Zarembie.

— Śląsk jest śląski — wysyczał przez zęby Henryk.

Szybko wziął łyk wina i czekał, aż skurcz bólu mu przejdzie. Widział, jak biskup czerwienieje na twarzy, jak stara się powściągnąć emocje.

Piekielni Zarembowie — pomyślał Henryk. — Wciąż im się wydaje, że to oni władają Starszą Polską. Potrzebują morza, bo mają tam swe majątki, z czasów gdy jeden z nich był wojewodą pomorskim, i nie pogodzili się z tym, że teraz na Pomorzu władają możni Święcowie. Rybogryf i półlew za murem to takie same tajemnicze herbowe bestie. Ni to, ni tamto. Nie znoszę tajemnic, bo kryją się za nimi matactwa.

— Chcę tylko powiedzieć — odezwał się Andrzej po chwili — że powinieneś mieć świadomość, książę, iż rycerstwo Starszej Polski nieprzychylnym okiem patrzy na to, iż otoczyłeś się niemieckimi urzędnikami. A jeśli w istocie twe plany zmierzają do zajęcia Śląska, nie wiem, czy znajdzie to zrozumienie wśród naszych.

Henryk przełknął kolejny łyk wina i wreszcie puściła mu bolesna sztywność szczęki.

— Naszych? Co przez to rozumiesz? — powiedział ostro. — Jeśli chcesz powiedzieć, że Zarembowie wypowiedzą mi posłuszeństwo, to wiedz, że czasy Przemysła się skończyły. Ja nie dopuszczę, by wasz ród rządził księstwem z ukrycia! Myślisz, że nie rozumiem twego herbu?

Andrzej Zaremba zbladł, a Henryk natarł na niego jeszcze mocniej.

— Półlew za murem! To znak ludzi działających z ukrycia, takich, co jedno mówią, inne robią! Rozgryzłem was, Zarembowie!

Biskup poznański wstał i skłonił mu się sztywno.

— Czas na mnie, książę. Żałuję, że nie chcesz słuchać mych rad. A jeśli chodzi o nasz ród, źle nas oceniłeś, panie. Wiedz zatem, że Zarembowie od zarania dziejów byli Strażnikami Królestwa.

— Rozgryzłem was! — powtórzył swoje Henryk.
— Nie, panie — zimno oświadczył biskup. — Żegnam.

W Henryku wezbrała długo tłumiona złość. Andrzej Zaremba zatrzymał się przy wyjściu z Okrągłej Sali, odwrócił i powoli omiótł wzrokiem wiszące na ścianie gobeliny. Na końcu zatrzymał spojrzenie na nim i powiedział spokojnie:

— Niejeden połamał sobie zęby, próbując zranić półlwa za murem.

Henryk wbił palce w podłokietniki krzesła i wciągnął powietrze. Czuł, jakby zaraz miała pęknąć mu żuchwa. Wytrzymał. Gdy biskup zniknął, siłą rozwarł szczęki i wlał w usta resztę wina.

RIKISSA po ślubie z Rudolfem znów zamieszkała na zamku praskim. Te wszystkie lata po pożarze, gdy dwór rezydował w obszernym i wygodnym domu złotnika Konrada, odsunęły od niej złe wspomnienia związane z okrutnym zachowaniem Václava. Teraz wróciła na zamek, ale Rudolf zdecydował, że nie zajmą pałacu, bo ten wciąż był w remoncie, ale nowe pomieszczenia wokół Białej Wieży. Odetchnęła z ulgą. Dobrze rozpocząć nowe życie w innym miejscu.

Ich ślub był wystawny. Albrecht Habsburg pragnął pokazać Czechom, na co go stać. Wielodniowe uczty, podczas których siedziała między Rudolfem a jego ojcem. Obaj jedli niewiele, pili jeszcze mniej, ale słudzy ciągnęli z niekończącym się korowodem półmisków. Pieczone udźce sarny, obłożone boczkiem. Rumiane prosiaki na piramidach z jabłek. Gulasze podawane z wyrazistym węgierskim winem. Pasztety. Półgęski. Przepiórki. Kluseczki. I od nowa. Ryby zapiekane pod kożuchem śmietany. Jaja smażone na wędzonym boczku. Pieczona dziczyzna przekładana kurczętami. Zawiesiste zupy z kaczymi udkami. Kluseczki.

Eliška, córka Václava, odmówiła udziału w weselu. Mała Małgorzata wyjechała z Pragi pod opieką swego młodego narzeczonego, Bolesława, księcia Legnicy, Brzegu i Wrocławia. Najstarsza z jej pasierbic, Anna, wraz z mężem, księciem Karyntii, opuściła Czechy.

Rikissa sądziła, że Karyntczyk, mając wsparcie w baronach czeskich, którzy chcieli na tronie władcy ulegającego ich wpływom, podejmie walkę z Habsburgami. Tak się nie stało.

Od dnia, w którym ogłoszono, że Rudolf Habsburg pojmie za żonę ją, królową wdowę po Václavie II, tumult możnych ucichł. Ugięli się pod potęgą niemieckiego króla. I czym prędzej przystąpili do rokowań. W połowie ich długiego wesela wszystko było gotowe.

Albrecht I Habsburg uroczyście potwierdził baronom czeskim wszystkie przywileje, z obu starych Złotych Bulli. Żadna z nich nie mówiła o dziedziczeniu w linii żeńskiej, więc jasne było, dlaczego Eliška, Małgorzata i Anna odrzuciły weselne zaproszenie.

— Karyncki książę nie będzie mógł ubiegać się o tron — powiedział Rudolf, pochylając się ku niej, gdy biskup Jan IV odczytywał treść postanowień.

Wiem, mój dobry, brzydki książę — pomyślała o tym, czego jej nowy mąż nie powiedział. Znała bulle na pamięć i rozumiała każdy z ich zapisów. Najbardziej ten, że po śmierci króla panowie Czech będą mieli prawo wybrać sobie nowego władcę. Tron czeski nie musi być dziedziczny. Póki panowali Przemyślidzi, nikt tego nie podnosił, ale ich czas się skończył. Popatrzyła na Rudolfa. Na jego ostry profil. Duży nos, wystający podbródek. Choć był nieładny, czuła, że to dobry człowiek.

Jeśli urodzę ci syna, a pragniesz tego, Rudolfie, nikt nie zagwarantuje, że zostanie następcą — pomyślała, a on poczuł jej spojrzenie na sobie i odwrócił ku niej głowę. Uśmiechnął się i nieśmiało położył dłoń na jej dłoni.

— Mówi się, że wybór arcybiskupa Moguncji coraz bliższy — powiedział do niej krzepiąco.

— Niech Bóg da — odpowiedziała.

Koronatorem czeskich królów mógł być tylko arcypasterz moguncki. Poprzedni zmarł i wakans przeciągał się. To sprawiało, że Rudolf nie mógł zostać koronowany w katedrze Świętego Wita.

— Mój ojciec rozważa, czy wobec tego nie powinienem się koronować najpierw na króla Polski — powiedział Rudolf.

Poczuła w sercu ukłucie. Michał Zaremba pojechał z tajemnym poselstwem do arcybiskupa Świnki i baronów Starszej Polski, ale nie wrócił. Opanowała emocje.

— Mój panie, korona Królestwa Polskiego, która należała do mego ojca, a potem spoczęła na skroniach mego pierwszego męża, Václava, nie jest dodatkiem do korony czeskiej — powiedziała chłodno.

— Wiem, moja królowo — łagodnie odpowiedział Rudolf. — Ale powiedz, nie chciałabyś panować i w kraju swego urodzenia?

— Ja już jestem podwójną królową, mężu — odrzekła grzecznie.

— Koronowano mnie świętą koroną Piastów i nikt nie może mi jej odebrać. Ale czy baronowie Królestwa obdarzyliby nią ciebie? Nie wiem. Południe już przyjęło rządy księcia Władysława. W Starszej Polsce wciąż włada książę Głogowa. Piastowie nie wymarli, jak Przemyślidzi.

— A ten arcybiskup gnieźnieński? — spytał Rudolf. — Koronator polskich królów. Jaki on jest?

— Prawy, Rudolfie — odpowiedziała, patrząc mu w oczy Rikissa. — To człowiek bezgranicznie oddany Królestwu.

— Podejmę z nim rozmowy, gdy uporządkuję sprawy w Czechach. Żadnych gwałtów, bo widzę, że sobie tego nie życzysz.

— Nie życzę — potwierdziła i spytała otwarcie: — A ty? Powiedz mi, Rudolfie, czego ty pragniesz.

— Ja nie jestem pazerny. Wychowałem się w licznej rodzinie. Siedmiu braci, pięć sióstr, a byłoby nas więcej, gdyby pozostałe rodzeństwo przeżyło. To przyzwyczaja do skromności — uśmiechnął się zakłopotany. — Oddam tytuł księcia Austrii, by mógł go odziedziczyć Fryderyk lub inny z moich braci, zależnie jak nasz pan ojciec wskaże. Mnie on już niepotrzebny, gdy jestem królem Czech.

— A polska korona? Pytałeś mnie o nią — nacisnęła Rikissa.

— Pytałem, bo mój pan ojciec ma szerokie plany, ale myślałem o tobie, Rikisso. O tym, że chciałabyś poważniej pomyśleć o Królestwie Polskim. — Popatrzył na nią, a gdy nie spuściła oczu, wydał się speszony. — No, ale nie będę naciskał, skoro nie chcesz…

— Tego nie powiedziałam, Rudolfie. — Uścisnęła mu mocno palce i odwróciła się.

Nie chciała, by jej emocje były tak widoczne na twarzy jak jego. A gdy zwróciła się z powrotem ku sali, biskup Jan IV skończył czytanie zapisów.

Słudzy szybko uprzątnęli stoły. Rudolf podał jej rękę i oboje powstali. Wiedziała, co teraz będzie, choć do tej pory hołd lenny oglądała tylko na kartach ksiąg. Tam wasal klękał przed swym seniorem, ale iluminatorzy pokazywali tylko ich dwóch, co najwyżej dodawali biskupa za plecami władcy. Nigdy nie było klękających królowych.

Albrecht I Habsburg pozostał na tronie. Rudolf puścił jej ramię i podszedł do króla. Najpierw ukłonił się i wyglądało to, jakby syn oddawał szacunek ojcu.

Nie myl, Rikisso, tego, co chcesz zobaczyć, z tym, co naprawdę widzisz — skarciła się w duchu.

Rudolf klęknął na jedno kolano, a Albrecht uniósł głowę i przez chwilę uważnie studiował twarze wszystkich zgromadzonych. Jego jedyne oko było czujne jak u łownego ptaka. Rudolf wyciągnął złożone ręce do ojca, a ten zamknął je w swoich wielkich dłoniach. Zagrały trąby.

— Składam ci hołd, przysięgam wierność i posłuszeństwo — powiedział poważnie jej mąż.

— A ja przysięgam cię bronić — odpowiedział groźnie król Niemiec — i daję ci w lenno Królestwo Czech.

Znów zagrały trąby. Albrechtowi podano skromną koronę, którą włożył na skronie syna.

Korona Przemyślidów jest znacznie piękniejsza — pomyślała Rikissa. — I w dniu, gdy nowy arcybiskup Moguncji włoży ci ją na skronie, mężu, nie będzie z tobą Albrechta, króla Niemiec. Klękniesz w katedrze Świętego Wita tylko przed Bogiem Ojcem.

— Niech żyje król! — zawołano. — Król Czech Rudolf I Habsburg!

Rudolf wstał z kolan, zwrócił się twarzą ku wiwatującym i wyciągnął ku niej rękę. Rikissa zobaczyła utkwione w sobie drapieżne oko teścia.

Czeka, aż klęknę — pomyślała.

Wolno, majestatycznie ruszyła ku mężowi. Gdy stanęła przed Albrechtem, o pół kroku od wyciągniętej dłoni Rudolfa, złożyła królowi Niemiec dworski ukłon. I nie skłaniając głowy, uśmiechnęła się do niego promiennie. Naprawdę najlepiej, jak potrafiła.

Oko Albrechta w pierwszej chwili znieruchomiało. W drugiej zaczęło mierzyć ją natarczywie. W trzeciej spojrzał wymownie na posadzkę, pokazując jej, co ma zrobić. Rikissa zręcznie wypięła zimową różę z zapony płaszcza i położyła na posadzce w miejscu, które wskazał jej Albrecht. Była na to przygotowana, on nie. Zmarszczył brew, zaskoczony, a ona prostując się z ukłonu, powiedziała głośno i dźwięcznie:

— Królowa Polski i Czech wita cię kwiatami, panie!

— Niech żyje królowa Rikissa! Eliška Rejčka! — zawołano z sali.

Albrecht wstał, podniósł różę, uniósł, pokazując zgromadzonym, a potem wczepił w naramienną broszę z habsburskim lwem. Rudolf chwycił jej dłoń i oboje zwrócili się ku zebranym.

— Król Czech Rudolf I Habsburg wraz z królową Alzbetą Rejčką! Niechaj Bóg błogosławi! — zawołał Jan IV i Rikissa była mu wdzięczna, że na jego niemłodej twarzy nie położył się nawet cień niechęci, choć dobrze wiedziała, że sprzyjał zupełnie innemu rozwiązaniu sprawy.

Albrecht przysunął się do nich i łypiąc jednym okiem, szepnął:

— Habsburski lew pożera różę.

— Lwy nie żywią się kwiatami — odpowiedziała z uśmiechem.

— Wiem, bo w herbie noszę trzy drapieżniki.

— Podwójna królowa i trzy lwy — powiedział całkiem głośno Habsburg. Krzyki wiwatujących i tak zagłuszały ich rozmowę. — Pierwszym był Václav, drugim mój syn, kto będzie trzecim lwem?

— Niech żyje królowa Rikissa! — ponad innymi okrzykami wybił się głos Henryka z Lipy.

— Pokochałam twego syna od pierwszego wejrzenia — odpowiedziała Rikissa. — Chcę, by był moim drugim i ostatnim mężem.

— To dziwne. Jesteś najpiękniejszą damą, jaką widziały me oczy, bo musisz wiedzieć, że kiedyś używałem obu, a mimo to mówisz, że zakochałaś się w Rudolfie. Nie musisz kłamać i nie musisz go kochać. I tak jesteście małżeństwem, a on jest równie brzydki jak ja — powiedział Albrecht.

— Królu niemiecki, znałeś Václava? — spytała.

— Tak — potwierdził.

— Więc wiesz, że był urodziwym mężczyzną i okropnym człowiekiem. Jestem szczęśliwa, że z twym synem będzie odwrotnie.

Przerwali, bo biskup uciszył zebranych i wezwał panów Czech do złożenia hołdu królewskiej parze. Albrecht usunął się, a ona i Rudolf wrócili na trony.

Henryk z Lipy kroczył ku nim pierwszy, jak pan udzielny, z orszakiem Ronovców z północy i zachodu. Znała ich. Hynek z Dube był burgrabią praskiego zamku jeszcze za Václava. Hynacek, wielki Puta z dwoma synami, Albrecht z Benešem to była północ. Obok nich szli panowie z zachodu. Możny Rajmund z Lichtenburka z Henrykiem, pierwszym synem. Albrecht z Seeberka, Vilém z Landstejna i kolejni, wszyscy pod znakiem skrzyżowanych pni lipy, znaku Ronovców. Za Ronovcami szli Markvartice, którzy niegdyś nosili w herbie kroczącą lwicę, ale za czasów starego króla Premysla Ottokara II, który pieczętował się wspiętym lwem, przegrali wojnę baronów z królem i odtąd używali znaku czarnej, złotem znaczonej tarczy. Pierwszym wśród nich był druh Henryka z Lipy, młody Jan z Vartemberka. Niewysoki, uderzająco ładny. Przy nim młodziutki chłopczyk, jego syn Vanek, równie urodziwy jak ojciec. Za Markvaticami kolejne rody. Obrażony Vilém Zajic z Valdeka, który klękając, nie pokłonił głowy, a jedynie skinął. Benek z Michalovic, Tobias, Petr, kolejni. Korowód czeskich baronów godzących się na króla Habsburga. Patrzyła na nich, Rudolfa, jego ojca króla Niemiec i siebie samą, jakby byli trzynastą kartą *Dziejów Czech*.

— Jesteś pani gwarantką dzisiejszej przysięgi — powiedział do niej na stronie Henryk z Lipy, gdy było po wszystkim.

Rozejrzała się. Rudolf i jego ojciec rozmawiali z biskupem Janem IV.

— Gwarantką czy zakładniczką, Henryku? — spytała.

— Powiedziałeś, że twoje stronnictwo poprze Karyntczyka i staniemy po przeciwnych stronach — przypomniała mu ich rozmowę sprzed tygodni.

— Pamiętam wszystko, co mówiłem, królowo — odrzekł, patrząc jej w oczy. — Nie chcę, by polityka stanęła między nami, tak jak nie chciałem, by Habsburgowie zdusili nas wojną. Mówię tylko, że jeśli Rudolf dotrzyma tego, co dzisiaj przyrzekł, wszyscy będziemy służyć królowi. I tobie — dodał szybko. — Oni przez wzgląd na królestwo, a ja... przez wszystko, co nas łączy — zaczerwienił się na wspomnienie. — Jak się ma mała Agnieszka?

— Agnieszka miewa się doskonale — odezwał się Rudolf, który podszedł do nich nieoczekiwanie. — To cudowne dziecko. Czy wiesz, Henryku z Lipy, że ona już mówi do mnie „tato"?

— Masz rację, królu. To dziecko jest cudowne od chwili narodzin — odpowiedział pan z Lipy, czerwieniąc się jeszcze bardziej, po czym skłonił się i odszedł.

— Czy jest na praskim dworze ktoś, kto nie wielbiłby mej żony? — zapytał Rudolf.

— To dobrze, gdy poddani darzą królową szacunkiem i miłością należną władczyni — odpowiedziała, patrząc, jak czerwony lew na jego tunice pręży się.

Trzy lwy zostawiła z Agnieszką i Kaliną. Rudolf nie miał nic przeciwko nim, ale pomyślała, że lepiej dla nowego króla, by oswajał poddanych z jego bestią.

Dotknęła palcem lwiej grzywy. Mruknął.

— Jest łasy na twe pieszczoty, pani — powiedział cicho Rudolf. — I znudzony uroczystością dworską. Ja też — szepnął, pochylając się do jej ucha. — Wesele ciągnie się ponad miarę długo.

— Król Niemiec... — zaczęła Rikissa.

— Tak, chciał olśnić Czechów, ale to już ostatni dzień uczt. Jutro mój ojciec wyjeżdża.

— Wraz z wojskiem?

— Naturalnie. Czas zacząć normalne życie królów.

Był od niej dużo wyższy, gdy chciał mówić tylko do niej, pochylał się. Jego sztywne włosy dotykały jej policzka.

Normalne życie — pomyślała. Do tej pory nie weszli do wspólnego łoża. Nikt od nich nie wymagał pokładzin, ona nie była dziewicą, lecz wdową i matką, a on przed nią miał żonę i dzieci, które zmarły, przychodząc na świat. Czuła, że póki ciągną się kolejne dni nużących uczt,

Rudolf nie będzie nastawał na noc poślubną. A teraz sam powiedział „czas zacząć normalne życie królów".

— Nie miałem wiele okazji z racji na te uroczystości — mówił dalej — lecz już pobieżnie zapoznałem się ze stanem skarbu królestwa. Nie jest dobrze, moja pani. Batalia o tron węgierski, walki o utrzymanie Polski i niefrasobliwość twego młodego pasierba mocno nadszarpnęły finanse. Do tego wiele dóbr koronnych rozgrabiono zaraz po tragicznej śmierci Vaška. Muszę przywrócić koronie dochody.

— Nie wiedziałam, że jesteś takim gospodarzem, panie — odrzekła i myśl, że chodziło mu o łoże, odbiegła od niej falą ulgi.

— Okaże się, czy nim będę — powiedział grzecznie. — Potrzebowałbym i twojej znajomości tutejszych stosunków. Dlaczego akurat Bavor ze Strakonic nie przybył na dzisiejsze zaprzysiężenie? Wiem, że popierał przejęcie tronu przez którąś z twych pasierbic, ale Zajączek również, a mimo to przyszedł.

Roześmiała się.

— Nie mów „Zajączek" na Viléma Zajíca z Valdeka. On strasznie poważnie podchodzi do swego nazwiska. To ci jego przyjaźni nie przysporzy.

— Nie wszystko rozumiem po czesku — przepraszająco powiedział Rudolf. — Ale ty mnie nauczysz.

— Znam wiele języków — powiedziała w zadumie. — Wielu mnie nauczono.

Przyjrzał jej się badawczo, więc zaczęła mu tłumaczyć meandry tutejszego dworu.

— Przemyślidzi jak żaden znany mi ród panujący dbali o dzieci władców pochodzące z nieprawego łoża, mój królu. Synów lokowali na dobrych urzędach, córki wydawali porządnie za mąż.

— Wiem, poznałem Mikołaja, księcia opawskiego.

— Był jeszcze Jan, proboszcz Wyszehradu, ale już nie żyje. Matką obu była dama dworu pierwszej żony mego teścia, Agnieszka z Kuenringu. Prócz chłopców urodziła królowi i dziewczynki. I Bavor jest właśnie synem nieślubnej królewskiej córki. Stąd jego wysokie mniemanie o sobie.

— Teraz rozumiem.

— Mój pierwszy mąż też miał nieślubne dzieci — powiedziała Rikissa. — Choć Bóg raczy wiedzieć, ile ich naprawdę było! Wszystkim dziewczynkom dawał na imię Anežka lub Eliška, tak zresztą jak i kochankom, bo mawiał, że to najpiękniejsze imiona. Jego syna z nieprawego łoża pewnie poznasz wkrótce, to Jan Volek, bardzo roztropny człowiek. Tradycja rodowa nakazuje, by wziął probostwo wyszehradzkie po poprzedniku...

— Rikisso — przerwał jej, kładąc dłoń na ramieniu. — Żyłaś tu, na praskim zamku, między tymi wszystkimi kochankami, konkubinami, bękartami...

— To nie jest wina dzieci — zaprotestowała.

— Tak, racja. Ale te kobiety... ty jesteś taka młoda... jak zniosłaś takie życie?

Odwróciła się ku niemu i nie bacząc na to, że mogą na nich patrzeć wszyscy baronowie, Albrecht i cały dwór, wspięła się na palce i pocałowała go. Schylił się, ale nie zdążył. Nie sięgnęła do ust. Pocałowała go w wystającą brodę.

— Tamto życie spłynęło po mnie jak deszcz, Rudolfie. Dawno, w innym kraju i w innym życiu, obiecałam mojej matce, że nie pozwolę, by zło wtargnęło we mnie, nawet jeśli będzie obecne przy mnie.

Noc, która nastała potem, była ich pierwszą, małżeńską nocą. Po wyuzdaniu Václava Rudolf wydał jej się nieśmiałym młodzieńcem. W nocnej koszuli położył się przy niej, a słudzy nakryli ich, przygasili większe światła i dyskretnie wyszli. Leżeli tak obok siebie długą chwilę, aż odważył się złapać ją za rękę. Palce miał spocone i chłodne.

— Kochałem moją żonę, Blanche — powiedział przepraszająco. — Bardzo cierpiałem, gdy umarła.

— Siostrę króla Francji, Filipa IV Pięknego — odezwała się, by nie mówić banalnego „współczuję".

— Tak. Była piękna i dobra — powiedział i znów milczeli chwilę.

Uścisnęła jego chłodne palce.

— Ale... — odezwał się, odwzajemniając jej uścisk — nie była urodziwsza niż ty, pani.

Nie odpowiedziała.

— Słyszałem, co mówił mój ojciec, i zgadzam się z nim. Ty jesteś najpiękniejszą damą, jaką spotkałem.

— A słyszałeś, co mu odpowiedziałam? — zapytała. — O tobie?

Rudolf uniósł się ostrożnie i wspierając na ramieniu, pochylił nad nią. W słabym blasku dwóch świec, jakie zostawili pokojowcy, jego twarz nabrała dzikich, wschodnich rysów.

— Naprawdę nie przerażam cię? — spytał szeptem.

Pogładziła go po policzku. Przesunęła palcem po nosie.

— Nie, mój panie — odrzekła.

Potem zamknęła oczy i choć nie przywoływała wspomnienia, pojawił się w nim Henryk z Lipy w dniu, w którym zjawił się nieproszony w jej komnacie i został z nią, gdy rodziła Agnieszkę.

Wydanie na świat dziecka może być intymniejsze, niż jego poczęcie — pomyślała.

WŁADYSŁAW błogosławił lśniącą łysą czaszkę biskupa włocławskiego Gerwarda, ilekroć o nim pomyślał. Pomysł z ziemią nakielską i namiestnictwem dla kujawskich braci był zaiste piekielnie dobry. Póki Głogowczyk trzyma w szponach swego czarnego orła Starszą Polskę, droga z Małej Polski na Pomorze wieść musiała przez księstwo inowrocławskie, czyli dobra jego właśnie wywyższonych bratanków. A mając teraz pod sobą ziemię nakielską, zyskiwał drugą drogę na Pomorze.

Pałuki nosili w herbie topór z krzyżem i prawda, byli jednakowo pobożni, jak bitni. Kasztelan Trojan z Łekna, Henryk z Rynarzewa, Świętosław z Wąsoczy i ich dalsi krewni zgięli przed nim kolana, pochylili głowy, a miejscowy proboszcz śpiewał przy tym psalm, jakby to było wezwanie bojowe.

— Takie coś to ja lubię — powiedział Władysław do Pawełka Ogończyka, a ten zdążył mu szepnąć:

— Ja też, mój książę. Tylko znów się przed Bogoriami i Lisami nie wygadaj, że teraz najlepsi są rycerze z Pałuk.

— Za kogo ty mnie masz, Ogończyk? — żachnął się Władek.

— Tego Świętosława to zabierzemy ze sobą na Pomorze — wyjawił druhowi swój pomysł po chwili. — Warto będzie mieć tam kogoś, kto na Święców z bliska popatrzy.

— No pewnie. I, jak rozumiem, już książę Pałukom obiecał jakiś urząd dla Świętosława? — dopytał Ogończyk, marszcząc dziwnie brwi.

— Obiecałem — potwierdził Władysław. — Ziemia nakielska warta nagrody.

Pawełek nie odpowiedział, ale też Władek nie był ciekaw, co miał na myśli, robiąc taką minę.

— Borutki byśmy im nie zostawili? — spytał po chwili. — Pałęta się przy taborze.

— Tutaj? — skrzywił się Władek.

— Mówiłeś, książę, że ziemia nakielska warta nagrody — mściwie przypomniał Ogończyk.

— Ale spójrz, gdzie tu warunki dla dziecka, i to dla dziewczynki. Same lasy. Co ona tu będzie robiła?

— Przypomnę, żeśmy ją z lasu wzięli, książę.

— Ty jej nie lubisz, Ogończyk? — zaciekawił się książę. — Fryczko na nią nie narzeka. Przy koniach mu pomaga. Zobacz, jaka bystra! — pokazał Władysław, bo jak na zawołanie Borutka pojawiła się przy zbierającym się do drogi taborze.

W ciemnym, chłopięcym ubraniu wyglądała jak pański pachołek.

Musi być z dobrego rodu, bo to przecież widać — pomyślał Władek. — Rysy ma szlachetne, plecy proste i taka jest zwinna, taka szybka.

Z przyjemnością patrzył, jak biega między wozami, roznosząc według życzenia Fryczka jakieś tobołki. Wracając, żeby z pustymi rękami nie latać, skopek mleka z obory pomogła przynieść, a po chwili pojawiła się przy wyprowadzanych ze stajni luzakach, które mu kasztelan nakielski podarował, by książęcy orszak mógł szybko dotrzeć na Pomorze.

— Widzisz, Ogończyk — pokazał mu Władek. — Zobacz ty, jaką mała ma rękę do koni.

Borutka pomagała koniuszemu wiązać je, by mogły iść za wozem. Służba kończyła ładowanie prowiantu.

— Jezu! — jęknął jakiś gruby sługa w barwach Doliwów, pochylając się nad skopkiem. — Mleko skwaśniało!

— Nie może być! — wyskoczyła ku niemu gospodyni Pałuków. — Toż z rannego udoju! Pokaż mi, bo nie wierzę!

Kolebiącym się krokiem ruszyła do sługi Doliwów, a ten jej podetknął skopek pod nos. Borutka mignęła przy nich, ciekawska jak każde dziecko. Zajrzała gospodyni przez ramię.

— No i co lament robisz, gamoniu? — krzyknęła baba na sługę. — Mleko jak malowanie, jeszcze ciepłe!

— Ale przed chwilą było kwaśne, przysięgam! — jęknął sługa.

— Sam jesteś kwaśny, gamoniu z trzema kwiatkami na piersi! — wzięła się pod boki gospodyni i wielkim biustem niemal natarła na równie duży brzuch Doliwczyka. — Na mleku się nie znasz!

— A znam się, bom ja syn mleczarki! — odparł atak sługa. — Najlepsze twarogi na Kujawach to moja mateczka robi!

— Mleko świeżuchne! — oświadczyła gospodyni Pałuków i zawołała: — Kto na świadka, że słodziutkie?

Borutka, Fryczko i kilku ze służby przecisnęło się ku nim, zaczęli próbować.

— Słodziutkie! — wesoło pisnęła Borutka.

— A nie pchać tu się! — przejęła komendę gospodyni. — Bo wszystko wychlają, a to dla księcia pana! Naszego księcia... niech mu Matka Boska błogosławi i święci Pańscy i aniołki!

— Amen! — wrzasnął Fryczko. — Kończyć ładowanie, bo książę nie będzie do południa z wyjazdem czekał.

Słudzy rozpierzchli się do swoich zadań i po chwili orszak był gotów. Książę pozdrowił Pałuków i ruszyli.

— Z Bogiem! — pożegnał ich kasztelan Trojan.

— Z Bogiem — odpowiedział z grzbietu Rulki Władysław.

Ledwie ruszyli, jak z tyłu dało się słyszeć rżenie koni i przekleństwa koniuszego.

— Staaać! Staaać! Luzaki się splątały!

— Jedziemy — zarządził Władysław. — Fryczko, weź Borutkę i dopilnujcie, by tabory ruszyły. Ja już czasu nie mam. Święcowie czekają.

Następnego dnia wieczorem, gdy stanęli obozem pod Świeciem, oczekiwali na niego cisi ludzie pod wodzą Borwina, których z Włocławka posłał na Pomorze. Przyjął ich w książęcym namiocie.

— Książę — pokłonił mu się Borwin. — Prawda to, że margrabiów podczas najazdu nie było, bo oni zajęci wojną z księciem Mikołajem Werle. Dobra biskupa kamieńskiego spustoszyli ich ludzie z Nowej Marchii, pod rozkazami Wedlów. Ale teraz, gdy tereny zajęte przez Brandenburczyków sięgnęły granic ziemi słupskiej, margrabiowie wysłali do biskupa kamieńskiego posłów.

— Po co?

— By udobruchać Wachholtza.

— Jesteś pewien? — zaniepokoił się Władysław.

— Tak mówią, książę — pokłonił się Borwin. — Posłowie nie mają pełnomocnictw do rozmów o cofnięciu się Brandenburczyków z zajętych terenów. Ich zadaniem jest tak prowadzić negocjacje, by Wachholtz nie obłożył margrabiów klątwą.

— Źle — powiedział Władysław. — Bardzo źle. Bo jak im zależy, żeby ich biskup nie wyklął, mimo iż mu katedrę spalili i z ziemi nie chcą ustąpić, to znaczy, że mają w ręku jakieś mocniejsze niż miecz i pożoga argumenty.

— Coś musi być na rzeczy, książę — potwierdził wódz cichych ludzi. — Nie robi się z tego krzyku, ale dowiedziałem się, że margrabiowie wycofują się z Miśni.

— Z Miśni? — włączył się Bogoria. — Miśnię im dał Przemyślida.

— Potrzebujemy wywiadowców na praskim dworze i u margrabiów.

— Jednych i drugich — podpowiedział Doliwa. — I tych z Salzwedel, i tych ze Stendal.

— Jest jeszcze jeden dwór, na którym krzyżują się wieści od obu brandenburskich linii — podpowiedział Borwin. — Szczeciński zamek księżnej Mechtyldy Askańskiej.

— Możesz tam dotrzeć? — zainteresował się Władysław.

— Jeśli dostanę trochę więcej srebra, mogę — odpowiedział Borwin.

— Dostaniesz — skinął głową Władysław i pomyślał, że pożyczka od Gerwarda zjawiła się w samą porę. — Pakosławie! — zwrócił się do Lisa. — Tobie powierzam obmyślenie, kogo posłać do Pragi.

— Najlepiej to by było Muskatę — rzucił wesoło Bolebor Doliwa.

— Szczerość ma swoje granice — skarcił go Władysław. — Nie wiem, co by musiało się stać, by biskup krakowski zaczął chodzić pod moimi barwami.

— Cud — podpowiedział Bolebor.

Władek machnął ręką. Był znużony. Podziękował Borwinowi i wyprawił go, a sam pociągnął Pawełka.

— Przejdźmy się, Ogończyku. Chcę zaczerpnąć świeżego powietrza.

Przed namiotem książęcym wartę pełnili Pomianowie. Wielkie pochodnie rozjaśniały nocne ciemności; na niebie ani księżyca, ani gwiazd nie było. Zimne, późnojesienne powietrze rzeźwiło Władka. Obóz kładł się do snu. Przed większymi namiotami giermkowie stali przy ogniskach, pociągając grzane w kociołkach piwo; przed mniejszymi panował spokój.

— Skaranie boskie z tą dziewuchą! — rozdarł nocną ciszę głos Fryczka.

— Ciekawe, o kogo mu chodzi? — wrednie zapytał Ogończyk.

— Zostaw go, ty półdiable! — darł się Fryczko. — Zostaw, bo tak cię spiorę, że własna matka nie pozna!

— Ja nie mam mamusi! — odpowiedziała mu piskliwie z ciemności Borutka. — Ani tatusia!

Władek miał dziwne wrażenie, że głos dziewczynki idzie z góry, ale po chwili wszystko się wyjaśniło, gdy na środek obozowiska, z ciemnych czeluści nocy, wjechała Borutka na karym podjezdku. Siedziała na oklep, wczepiając palce w końską grzywę. Zrobiła piękne kółko i stanęła przed Władysławem i Ogończykiem. Za nią w krąg światła wbiegł zasapany Fryczko.

— Mój dobrodziej książę! — pisnęła na jego widok i zręcznie zeskoczyła z podjezdka.

Ciemne oczy Borutki lśniły, a rozpuszczone jasne włosy otoczyły jej twarzyczkę niemal anielską poświatą.

— On się do mnie przyczepił, książę! — powiedziała wesoło.

— Kto, dziecko? Fryczko?

— Nie, mój książę! Ten konik się przyczepił!

— Ja z nią nie mogę — oświadczył Fryczko. — Ja się na opiekuna nie najmowałem, ja jestem osobistym giermkiem księcia pana i przypomnę, że przeszedłem przy księcia boku cały szlak bojowy przed wygnaniem, na wygnaniu i po wygnaniu.

— Nie chwal się — upomniał go Władek. — Borutka też swoje w życiu przeszła. Sierota.

Mała przysunęła się do niego przymilnie.

— Sierota, proszę księcia — przytaknęła. — A konik się sam przyczepił. Co ja chciałam od taboru odejść, to on rżał tak nieszczęśliwie, jakby za mną płakał.

— Rżał? — spytał Fryczka Władysław.

— No rżał, ale...

— Co „ale"? — poważnie spytał Władek.

— Koniuszy nie pozwolił, a ta diablica nie posłuchała i sama sobie odwiązała podjezdka.

— Nie mów tak na nią, pewnie jej przykro — podjudził Pawełek.

— Koniuszy komu służy? Mnie. A ja mówię, że skoro z Borutki taka zdolna dziewczynka, że na oklep i bez ogłowia potrafiła nieszkolonym podjezdkiem równiutkie kółko zatoczyć, to znak, że szkoda jej, by na wozie jak ranni i stare baby jeździła. Idź, Fryczko, i uspokój koniuszego. A Borutce trzeba jakieś siodło i resztę...

— Ja sobie zorganizuję, książę! — pisnęła szczęśliwa dziewczynka.

— Już ty lepiej nie organizuj, bo rano się okaże, że pół obozu uprzęży nie znajdzie, a drugie pół nie pozna własnych siodeł — zagderał Fryczko.

— No, dobrze — przeciągnął się zadowolony z rozwiązania sporu Władysław. — Możesz mi później mleko do namiotu przynieść — rzucił znikającej w ciemności Borutce i odwrócił się do Ogończyka. — Smaku mi tym mlekiem rano narobili. Nie wydaje ci się, Pawełku, że Fryczko się starzeje? Zrzędliwy jakiś się robi ostatnio.

— Nikomu lat nie ubywa — wzruszył ramionami Ogończyk.
— A Fryczka to byś mógł w końcu pasować, mój książę. Już dawno zasłużył.

Uszli parę kroków i usłyszeli rżenie koni i podniesione męskie głosy.

— Kto tam przyjechał? — Paweł wskazał na ruch przed książęcym namiotem.

Ruszyli w stronę chorągwi z półorłem i półlwem, ale nim zobaczyli gości, usłyszeli ich.

— ...mówię wam, co widziałem! Wilczyca, a za nią cztery młode, szły stadem, to znaczy matka na przedzie, łeb do góry, węszy na boki o tak, prawo, lewo, góra, dół, trop bada, a szczenięta truchtają za nią, ustawione nie w rządek i nie dwójkami, tylko jakby dwa tu, a dwa tam...

— Jałbrzyk! — poznał gadułę Władek.

— Mój pan! — klęknął przed nim młody Pomian. — Mój książę! Widzę, że wyprawa jak zawsze księciu służy! Rumieńca mój pan dostał i włos taki rozwiany!

— Księżna Jadwiga cię przysłała? — zaniepokoił się Władek.

— Tak, księżna pani kazała powiedzieć, że biskup Muskata zniknął. Przed swoją siedzibą zostawił straże, a sam rozwiał się w powietrzu. Nikt nie wie, dokąd pojechał, a księżna obawia się, że ruszył do Pragi.

— Muskata — syknął książę i zagarnął Jałbrzyka do namiotu.

— Pani nasza posłała ludzi, żeby wyśledzili, gdzie biskup się udał, ale że go nie ma, tośmy się dowiedzieli dobrych kilka dni po tym, jak wyjechał, więc i ludzie mają zadanie utrudnione. Pani najpierw nie chciała, żeby Strasz dowodził, coś go książę ustanowił wodzem wawelskiej najemnej, ale Bogoria przekonał panią, że to nie jest głupi pomysł, tyle że nazwę trzeba zmienić, tak aby nie wskazywała, że to najemnicy księcia. Wtedy, jak powiedział Bogoria, jakby Strasz ze swymi zabijakami narobił kłopotów, to nie będzie tak wprost na księcia. Barwy im kazał zdjąć, znaczy półorły półlwy, i Strasz nazwał swoich Smoczą Kompanią i ruszył. O, widzę, że tu ciepełko, ogień w koszu ładnie dopilnowany, mogę spocząć?

Do namiotu wślizgnęła się Borutka z dzbankiem mleka. Polała do kubków i podała.

— Miodu nie ma? — stęknął Jałbrzyk. — Ja kwaśnego mleka nie lubię.

Władek pociągnął łyk.

— Borutka! Coś ty nam tu podała?

— Mleko — potulnie odpowiedziała dziewczynka. — Jak mój dobrodziej prosił.

— Ale ja nie chciałem kwaśnego mleka — skrzywił się Władek.

— Rano było dobre — wzruszyła ramionami Borutka. — Nie wiedziałam...

— Ty się, dziewczyno, ucz — poważnie powiedział Ogończyk. — Podczaszy, nim poda księciu kielich, musi sam spróbować. Oczywiście nie z pańskiego kielicha, ale nalać sobie trochę, na boku.

— Ja nie wiedziałam — bezradnie pisnęła Borutka. — Ja się poprawię.

— Nie łaj jej — upomniał Pawełka Władek. — Wszystkiego się tu przy nas nauczy.

— A co to za dziewczynka? Włosy białe, oko czarne, ubrana jak chłopiec — zaciekawił się Jałbrzyk i swoim zwyczajem powiedział, co widzi. — Buty ma do końskiej jazdy, jak nie wytykając nikomu, paniątko...

— A skąd ty masz takie buty? — zaciekawił się Ogończyk.

— Dostałam. Od jednego pana — odcięła się Borutka.

— A od jakiego?

— Ja się na panach nie znam. Miał trzy kwiatki na płaszczu.

— Doliwa by coś dał za darmo? — drążył Ogończyk. — Zmyślasz.

— Nie za darmo. Ja temu miłemu panu pomogłam. — Oczy Borutki błysnęły dość gniewnie. — I ja się nie wypytuję, skąd pan Paweł Ogończyk ma to czy tamto, bo mnie matula mówiła, że takie coś to wścibstwo.

— Bardzo dobrze, Borutka! — pochwalił ją Władek. — Zabieraj kwaśne mleko i idź spać.

— Zaraz pójdę, dobry książę, tylko jeszcze siodło księciu wyczyszczę, bo wstyd, żeby mój pan jeździł na takim i Rulka też nie lubi.

— To Fryczko nie zadbał o siodło? — zdziwił się Władek.

— Nie, książę. Fryczko już śpi. Ale jakby czegoś książę dobrodziej potrzebował, to ja będę się kręciła w pobliżu. — Grzecznie ukłoniła się dziewczynka i wyszła.

— Poleję miodu — powiedział Ogończyk, gdy zostali sami. — Żadna to ujma.

— Fryczko już śpi — pokiwał głową Władek. — A ty mówiłeś, że powinienem go pasować.

Rokowania ze Święcami były trudne. Panowie z rybogryfem na chorągwi, rozpuszczani od czasów Mściwoja, wyrośli niemal na udzielnych książąt Wschodniego Pomorza.

Uwadze Władka nie umknęło, że o ile bestia na piersi starego wojewody pomorskiego była jak dawniej pół gryfem, pół rybą, o tyle jego syn Piotr, którego Václav II ożenił z Czeszką i uczynił starostą całego Pomorza, nosi bestię będącą w istocie gryfem, jedynie ze śladem rybiego kiedyś ogona.

Książęce ambicje biją z niego — pomyślał Władek, a głośno spytał:

— Powiedz mi, Piotrze Święco, dlaczego Václav, który starostami mianował wyłącznie Czechów i na dodatek zmieniał ich na urzędzie co rok, tobie powierzył całe Pomorze i to bez terminu?

— Przemyślida wiedział, że Pomorzem nie można władać bez Święców — hardo odpowiedział Piotr.

Władek nie zaczynałby tak obcesowo, gdyby nie to, że jego ludzie po nadzorem Boguszy Leszczyca, krewnego biskupa Gerwarda, wcześniej wynegocjowali ze Święcami zręby porozumienia, w końcu się na dyplomacji znał. Odkąd wrócił, nic innego nie robił, tylko układał się z tymi, którzy pod jego nieobecność przyjęli zwierzchność Przemyślidów. Wiedział, na ile może sobie pozwolić, a gdzie odpuścić.

— My, Pomorzanie, nie obaliliśmy twej władzy, książę — powiedział dumnie stary Święca. — Nie przyzwaliśmy na tron innego władcy, jak baronowie Starszej Polski, co zawezwali sobie Głogowczyka.

— Uległość przed potęgą Przemyślidów to co innego — dodał Piotr.

Jak się ma czeska żona? — miał na końcu języka Władek, ale zwyciężył w nim dyplomata.

— Jeśli zaś żywisz do nas, książę, osobistą urazę, winiąc nasz ród za jego udział w rozwodzie świętej pamięci księcia Mściwoja z twą matką, Eufrozyną, to wiedz, książę, że plotki o naszej roli w książęcym romansie są wyolbrzymione.

— Sulisława nie była waszą krewną? — nie mógł się powstrzymać od złośliwości Władysław.

— Była — uczciwie przyznał stary. — Ale ona nie chciała iść za Mściwoja. Nie chciała być księżną.

— No dobra, nie męcz się, wojewodo! — roześmiał się Władek. — Księżna Eufrozyna, pokój niech będzie jej duszy, była moją matką, ale rozumiem każdego mężczyznę, który chciał się z nią rozwieść. I nie rozumiem żadnego, który brał ją za żonę! To nie Eufrozyna stoi między nami, ale sprawy pomorskie. Nie może tak być, żeby jeden ród władał całą ziemią. Mój teść, książę kaliski Bolesław, tak w swoim księstwie rozpuścił Zarembów i wszyscy wiemy, jak to się skończyło. Ja się uczę na błędach, a najlepiej się uczę na cudzych błędach, Święco. I dlatego likwiduję urząd starosty pomorskiego.

Na policzki obu Święców wyszły rumieńce.

To z emocji — pomyślał Władek. — Co innego usłyszeć prawdę na głos, od księcia, co innego w czasie negocjacji, od urzędników.

— Tak musi być — dodał poważnie. — Ale potwierdzam, że godność wojewody gdańskiego i słupskiego zostanie przy tobie, Święco — wskazał na seniora.

Ten odetchnął z ulgą.

— Ciebie, Piotrze Święco, też nie ukrzywdzę. Urząd starosty likwiduję, bo to nie jest nasza, polska praktyka! — uniósł się Władysław. — Piotrze, zostaniesz w moim imieniu namiestnikiem ziemi tczewskiej, gdańskiej i słupskiej. A południowym Pomorzem ze Świecia zarządzać będą moi bratankowie, to już wiesz.

— Wiem, książę — zagryzł wargi Święca.

— To nie mało! — przypomniał mu Władek, bo wydawało się, że pomorski baron czuje się ukrzywdzony.

— Wiem, książę — powtórzył Święca. — I dziękuję za zaufanie.

— Proszę. Wojewodę tczewskiego ci przywiozłem — dorzucił Władek.

— Tego w warunkach nie było! — żachnął się Święca.

— Bo to niespodzianka — uśmiechnął się książę. — Świętosław z rodu Pałuków. Ziemia nakielska oddała się pod me rozkazy. To brama na Pomorze. — Podniósł palec w górę, bo zdawało mu się, że Piotr za nim nie nadąża.

— Świętosław z rodu Pałuków — wyszeptał pobladły Piotr Święca, a rybogryf na jego piersi nerwowo uderzył skrzydłami. — Siostrzeniec biskupa Gerwarda Leszczyca, to rzeczywiście niespodzianka.

Siostrzeniec tłustego kocura? — jęknął w duchu Władysław. — Psiakrew, tego nie wiedziałem. Mówiło się o jego ojcu, ale słowem o matce. A to mnie wrobił Gerward, ale już się nie wycofam. Cholewy z gęby nie zrobię. — Przełknął ślinę i powiedział polubownie:

— My, mężczyźni, nie rozmawiamy o matkach, ale o ojcach. Ty

też rybogryfa nosisz po Święcy, a nie po... jak tam było waszej pani żonie i matce?

— Samborówna — złowieszczo powiedział stary Święca. — Książęca krewna.

— Zacna rodzina — przytaknął Władysław, myśląc, że niechcący wdepnął na grząski grunt i trzeba z niego zmykać. — Boguszo, co nam jeszcze zostało?

— Proces namiestnika Piotra z Gerwardem — podpowiedział Bogusza. — O odszkodowanie.

Obaj Święcowie najwyraźniej na tę część rozmów czekali z największym napięciem, bo w sprawie procesu Władysław nie udzielił negocjatorom żadnych pełnomocnictw.

— Tak. Trudna sprawa. Mówiłem z biskupem, żeby ci odpuścił, ale było za późno, już sprawa w sądzie.

— Biskup Gerward — odezwał się Piotr z ledwie skrywaną złością — jest wyjątkowo pazerny.

— Nie wypada tak mówić na osobę duchowną — skarcił go Władysław, choć myślał tak samo. Westchnął głośno i rozłożył ręce. — Cóż, wyrok jeszcze nie zapadł, kto wie, może będzie niewysoki? Na ile szacujesz, wojewodo, straty poczynione biskupowi?

— Zająłem mu spichrze na potrzeby wojska — odrzekł Święca. — Ile warte były zapasy? Sto grzywien, nie więcej.

— A zniszczenia? — dopytał skrupulatny Bogusza. — Po mym krewnym, biskupie, należy się spodziewać, że wyceni każdy spichlerz, stodołę...

— ...i psią budę — wyrwało się Władkowi.

— Nie umiem orzec — powiedział Święca. — Książę, widzę, dobrze już oceniłeś Leszczyca. Ale byś nie sądził, że tylko w jego dobrach szukałem ratunku w chwili próby, nadmienię, że szukając pieniędzy, wieś Rywałd zastawiłem Krzyżakom. Warta była ze dwieście, dwieście pięćdziesiąt grzywien, komtur dał mi czterdzieści. Zbójecki rachunek wojenny. Zastawiłbym więcej majątku, ale w Nowem trwa budowa. Jeśli teraz Gerward ze mnie zedrze tytułem odszkodowania, zostanę z gołymi rękami, a sam wiesz, książę, że mamy Brandenburczyków nad granicą.

— Wiem — uciął Władek. — Zróbmy tak: ponieważ to były wydatki wojenne w obronie granic pomorskich, uznam je za poniesione w moim imieniu. To znaczy tę część, która będzie dotyczyła zagrabionych Gerwardowi dóbr. Zniszczenia zostają po twojej stronie.

— Dziękuję, książę — ukłonił mu się z ulgą Piotr Święca. — Bez twej pomocy nie dam rady.

Władek skinął głową i przeniósł spojrzenie na ojca. Stary Święca pod wzrokiem księcia pochylił głowę nisko.

Wjazd orszaku Władysława do Gdańska był imponujący. Przodem jechali chorążowie z półorłami i półwami na sztandarach. Za nimi chorągiew z białym orłem bez korony.

— Jeszcze nie król, ale już coraz bliżej! — zakrzyknął Ogończyk i unosząc się w siodle, obrzucił wzrokiem niekończący się orszak. Było się czym zachłysnąć.

Potem jechał namiestnik Północnego Pomorza, Piotr Święca, z wielkim jak smok rybogryfem na srebrnym tle chorągwi. Po jego prawicy ojciec, stary Święca, z godnością wojewody gdańskiego i słupskiego; za ich plecami młodsi bracia Piotra, Wawrzyniec z Darłowa i Jan ze Sławna, z mniejszymi od namiestniczych rybogryfami. Dalej nowy wojewoda tczewski Świętosław ze świtą Pałuków i krzyżowym toporem nad głowami. Następnie biegli grajkowie z piszczałkami i dopiero za nimi orszak namiestników Południowego Pomorza, jego bratanków, kujawskich braci. Przemko i Kaźko z półorłami i półwami, tyle że nie na purpurze, jak Władek, a na błękicie. Obaj książęta w jasnych herbowych płaszczach, na takich samych jabłkowitych ogierach, brat z bratem strzemię w strzemię. Otaczał ich hufiec inowrocławskich rycerzy.

Po nich jechała świta biskupa Gerwarda i on sam, pod niesionym przez sługi złotym baldachimem, który miał wyobrażać jego herbowy bróg. W pysznie fioletowym płaszczu, na rumaku, który był potężny jak rycerski wierzchowiec, Gerward Leszczyc wyglądał jak książę. Za biskupim baldachimem podążał konno jego brat, Stasiu, skromny prepozyt kruszwicki z grupą kanoników, proboszczów i Bóg jeden wie jakich urzędników biskupa.

Następnie giermkowie prowadzili luźne, nieosiodłane konie, z grzbietami przykrytymi barwnymi kropierzami rycerstwa Małej Polski, ziemi sieradzkiej, sandomierskiej, łęczyckiej i Kujaw. Borutka zamykała ten pochód, wiodąc swego karego ogierka pod szarymi barwami krakowskich Gryfitów.

— Wygląda jak giermek wojewody Wierzbięty — pochwalił ją pierwszy raz jadący obok Władka Ogończyk. — Wierzbięta wziął ją na służbę?

— A gdzie tam! Co ona jest, jakaś sługa najemna? — obruszył się

Władek. — Wierzbięta prosił, to się zgodziłem, na ten jeden raz. Po uroczystościach wraca do nas.

Za Borutką szli znów chorążowie księcia Władysława i on sam jechał na Rulce. Z Ogończykiem, Jałbrzykiem, Boleborem, Przedrzewem i resztą swej małej, wygnańczej świty, która stała się od powrotu przyboczną strażą księcia. Za nimi poczty rycerskie Lisów, Bogoriów, Toporczyków i Gryfitów z Małej Polski. Wjechali bramą i orszak skierował się na miejski plac, pod ratusz. Władek nie mógł się oprzeć wrażeniu, że ustawieni wzdłuż drogi mieszczanie gdańscy mają w oczach liczydła i przekładając kamyki w rowkach, szacują wartość jego orszaku. Oglądał ich domy i składy i sam porównywał je do krakowskich, wiedząc, że prawdziwe bogactwo jest głęboko skryte w ich podwórcach. Na placu miejskim odebrali hołd od mieszczan, a potem ruszyli mostem przerzuconym nad fosą do grodu, strzegącego w imieniu księcia Gdańska. Tam czekało licznie zebrane rycerstwo pomorskie, by przyjąć swego pana w majestacie.

— Książę sandomierski, krakowski, sieradzki, łęczycki i brzeski. Zwierzchni książę Kujaw, pan na Pomorzu, Władysław! — zawołał Ogończyk.

Podchodzili do niego kolejno rodami i klękali na jedno kolano, a on przyjmował ich w swe łaski. Pod koniec dnia miał już dosyć, Rulka znosiła to dużo godniej. Odetchnął, gdy oficjalną część mieli za sobą i z dziedzińca książęcego grodu zaczęli kierować się na ucztę.

— Dlaczego oni wciąż stoją? — spytał Władek, oglądając się przez ramię.

Pomorscy rycerze nie drgnęli, nie ruszyli się z miejsca.

— Bo ja wiem? — zdziwił się Ogończyk.

— Może przez szacunek dla księcia? — pomyślał na głos Fryczko i poprawił płaszcz herbowy na ramionach Władka. — Chodźmy, książę. Tam kasztelan przygotował wieczerzę.

Zrobili kilka kroków w stronę wejścia, gdy dogoniła ich Borutka.

— Oni pytają, kiedy książę pomorski pokłoni się sinym falom Bałtyku — powiedziała, wskazując głową rycerzy.

— Co? — zdumiał się Władek.

— Pokłoni sinym falom — powtórzyła Borutka — Bałtyku.

— Co to za bałwochwalstwo — wzruszył ramionami Władek.

— Oni czekają na odpowiedź — powiedziała Borutka. — Bardzo im zależy.

— To im powiedz, że w drodze z Gdańska — na odczepnego rzucił Władysław.

— Czekaj, czekaj — chwycił ją za łokieć Ogończyk. — A skąd ty masz czarny kaftan i portki?

— I płaszczyk — okręciła się Borutka.

Rzeczywiście, ubrana była od stóp do głowy na czarno. A gdy w majestacie wjeżdżali do miasta, Władek widział ją w jej zwykłym, ciemnym ubraniu.

— Kupiłam w Gdańsku — z dumą powiedziała Borutka. — Po hołdzie, zanim ruszyliśmy do grodu.

— Borutko, ale czarne gdańskie sukno jest piekielnie drogie — zdziwił się Władysław.

— Oj tam, zaraz piekielnie — wzruszyła ramionami. — Jest po prostu cenne i tyle. Ładnie mi?

— No bardzo ładnie, ale skąd miałaś tyle pieniędzy?

— Zarobiłam.

— Kiedy, dziecko?

— Po drodze. Co popas jakiś pan rycerz potrzebuje pomocy. A to mu konia oporządzić, a to coś znaleźć, co zgubił, ja umiem różne rzeczy znajdować, oko mam takie bystre.

— Zarobiła — pochwalił ją Władek. — Zaradna dziewczynka. No to leć, powiedz, co masz przekazać, i też przyjdź na ucztę. Tylko do stołu dla czeladzi, pamiętaj.

— Zapamiętam, mój książę. — Zakręciła się w czarnym płaszczyku i śmignęła.

— Ładnie jej — kiwnął głową Władysław i ruszył na ucztę.

— Jest wyrok sądu rozjemczego — dobiegł do niego Bogusza.

— Jaki?

— Nie wiem. Sędzia przysłał zalakowany pergamin.

— Odczytajmy na uczcie — powiedział Władek, bo umierał z głodu.

Gdy usłyszał wyrok, wiedział, że nic nie przełknie.

— Dwa tysiące grzywien?! — zawołał. — Biskupie Gerwardzie, jak to możliwe?

— Wyliczenia strat, jakie poniósł biskup, są w aktach procesu — odpowiedział usłużnie Stasiu Leszczyc, a Gerward przybrał minę skrzywdzonego dziecka.

Strasznie tłuste to dziecko — pomyślał z niesmakiem Władysław, nie dając się nabrać.

— Jeśli namiestnik książęcy Piotr Święca nie zgadza się w wyrokiem, może apelować — powiedział Stasiu, jakby reprezentował brata.

— Co ty na to, Piotrze? — spytał Władek.

Święca siedział z nieruchomą, zastygłą twarzą. Trawił dwa tysiące grzywien.

— Obrona Pomorza była cenniejsza — odezwał się po chwili. — Gdyby raz jeszcze mnie najechano, nie wahałbym się...

— Złupić dóbr kościelnych? — zimno spytał Gerward, unosząc głowę znad pieczeni.

— Nie wahałabym się stanąć do walki bez względu na cenę — skończył namiestnik, nie patrząc na biskupa. — Przyjmuję wyrok. Choć nie wiem, jak go spłacę.

Przez chwilę słychać było tylko stuk naczyń i zgrzyt noży krojących mięso.

— Mogę wziąć od ciebie Serock pod zastaw — odezwał się Gerward, gdy przełknął i popił winem.

— Za ile? — ponuro spytał Święca.

— Stasiu, policz szybko, ile z Serocka byłoby dziesięciny — zwrócił się do brata Gerward. — A ty, Maciejku — przywołał jakiegoś dwudziestolatka w habicie — porachuj obsadę probostwa i zwyczajowe datki.

— Kim jest ten Maciej? — szeptem spytał Boguszę książę.

— Kolejny siostrzeniec biskupa. U niego pół kancelarii to my, Leszczyce, drugie pół Pałuki — odpowiedział. — Spróbuj gulaszu, książę. Głodny byłeś.

— Odechciało mi się jeść. Napiję się. — Machnął ręką Władysław.

— Książę, nie pij na głodnego — szepnął zza jego pleców Fryczko.

— Wyspałeś się? — złośliwie odpowiedział Władek. — Polej mi. Pociągnął spory łyk wina.

— Doskonałe! — pochwalił. — Co to za trunek?

— Prezent dla księcia Władysława od kantoru kupców lubeckich — odrzekł Bogusza.

— Bardzo dobre — popił jeszcze.

— Wino owszem, ale stosunki w mieście nie bardzo — dopowiedział Bogusza. — Odkąd książę na dwa lata przed swym wygnaniem zezwolił lubeczanom na założenie w Gdańsku wyjętego spod prawa kantoru...

— Poczekaj! — odstawił kielich Władysław. — Jak to wyjętego spod prawa?

— Taki był księcia pana przywilej. Że mogą założyć w mieście faktorię handlową, pobudować dwór, magazyny, spichrze, stanowiące niejako osobne miasto w mieście, z ceł ich książę zwolnił i opłat handlowych, i co tam było jeszcze? Aha, dał im książę osobne sądy, tak że za wszelkie przewinienia nikt ich pociągnąć nie może. Jednym słowem, postawił ich książę ponad gdańszczanami.

Jezu, czy ja zwariowałem? — Władkowi zrobiło się gorąco i wino jakoś przestało mu smakować.

— Kwaśne — skrzywił się i odstawił kielich.

Pamiętał jak przez mgłę. Był w opałach, potrzebował gotówki na wojnę z Brandenburgią i Głogowczykiem, ale ile dostał od lubeczan za przywileje, zniknęło w mroku niepamięci. Tonął w długach, a ilekolwiek dostał, nie starczyło na utrzymanie wojsk i księstwa. Skończyło się, jak wszyscy wiedzą, więc prawdą jest, że to było za mało.

— Bogusza, za to wszystko, coś już dla mnie zrobił na Pomorzu, trzymam dla ciebie urząd sędziego gdańskiego. Nie dziękuj! — powstrzymał go i przyciągnął do siebie; objął ramieniem i szeptał mu do ucha: — Jak wyjadę i sprawy się unormują, przystąp do rozmów z Gdańskiem, w moim imieniu. Wybadaj, co z tymi przywilejami i czy nie mogę ich cofnąć. Sprawdź, ile się do skarbu książęcego należy, a ile wpływa, i w ogóle zrób z tym wszystkim porządek. No, w końcu jesteś Leszczyc — klepnął go. — Wy się na gotówce znacie.

— Jak rozkażesz, mój panie. Trzeba się z nimi ułożyć, bo czują się dogłębnie twą dawną decyzją skrzywdzeni, a dość, jeśli powiem, że roczne wpływy z komór celnych w całej Małej Polsce to około dwa tysiące grzywien, a tu z samej komory portowej będzie osiem albo dziewięć.

— Dziewięć czego? — dopytał Władysław.

— Tysięcy grzywien.

Miej mnie w opiece, Boże! — pomyślał i aż jęknął. — Co ja narobiłem?

— Pięćset grzywien — przerwał mu rozpaczliwy tok myśli donośny głos Gerwarda. — Wezmę Serock od ciebie, Święco, za pięćset grzywien. Pozostałe półtora tysiąca na rok w trzech równych ratach. Za poręczeniem, rzecz jasna. Taka jest moja oferta.

— Książę — wciąż blady Piotr Święca zwrócił się do niego — czy podtrzymujesz nasze ustalenia?

— Podtrzymuję — powiedział zimno Władysław.

Siedzi w grodzie gdańskim w majestacie. Po raz pierwszy od powrotu z wygnania przyjął tytuł księcia Pomorza. Ułożył się ze wszystkimi, prócz samych mieszczan, ale przecież to załatwi. Jakże w takiej chwili może powiedzieć, że zwiedzie swego namiestnika?

— Poręczę za ciebie na dwieście grzywien — oświadczył.

— Ja drugie tyle — wstał stary Święca.

— I ja — dorzucił Wawrzyniec z Darłowa.

Nim uczta dobiegła końca, Święca miał poręczycieli na całą kwotę. Biskup Gerward przyjął to bez mrugnięcia okiem.

— *Bene* — powiedział obojętnie. — Trzymam za słowo, panie rybogryf! Niezły pasztet, kasztelanie! — pochwalił i dołożył sobie na talerz.

KUNO sądził, że od dnia, w którym Zyghard von Schwarzburg został mistrzem krajowym prowincji pruskiej Zakonu Szpitala Najświętszej Marii Panny Domu Niemieckiego, będą siedzieli w Elblągu, lokowali wsie, pili piwo i od czasu do czasu sądzili rozjuszonych komturów podczas kapituły. Czy tego chciał? Niekoniecznie. Ale też potrzebował na jakiś czas uwolnić się od tropienia Dzikich, a wcześniej, póki Zyghard trzymał komturię dzierzgońską, z wiadomych przyczyn nie było to możliwe.

Dzierzgoń dla Dzikich był szczególnym miejscem. Pojawiali się nieustannie, ale wystarczyło, że zwiadowcy dali znak o ich obecności i zza murów komturii wyjeżdżał zbrojny orszak braci, by Dzicy znikali. Kuno miał przeczucie, że robią to celowo, chcąc ich wywabić za mury i wciągnąć w jakąś pułapkę. Dlatego, za zgodą Zygharda, wyprawiał się do lasu sam, po kryjomu, ale od dnia, gdy Starzec Siwobrody zniknął z ich lochu, szczęście opuściło Kunona i nigdy więcej nie dopadł straszliwego kapłana Dzikich. Zostały mu po nim rysunki, póki był ich więźniem, Kuno kopiował linia po linii dziwaczne obrazy na ciele Starca i później, gdy zdarzało się, że odchodził od zmysłów, nie mogąc go nigdzie wytropić, oglądał je nocami, by nie zapomnieć. Studiował każdą ze straszliwych twarzy Trzygłowa, jego demoniczne oczy patrzące w trzy światy albo trzy pustki. I wojownika z łukiem strzegącego bożka, a między nimi wijące się pędy dziwacznych, nawet jemu nieznanych roślin. Zyghard śmiał się z niego, nazywał to chorobliwą pasją i uzależnieniem albo mawiał: „Starzec wziął cię do niewoli, Kuno. Tyś go złowił w lesie, ale od dnia, gdy nam uciekł, to ty jesteś jego niewolnikiem, nie on twoim". Kuno warczał na Zygharda, ale czuł, że Schwarzburg ma trochę racji. Ostatnie tygodnie w Dzierzgoniu były najgorsze. Nie mógł spać, wchodził nocą na mury komturii i gapił się w ciemność. Nie powiedział tego Zyghardowi, ale zdarzały mu się omamy, widziadła, w których mroczny las wabił go. Dlatego zaskakujący wybór kapituły, który postawił Zygharda Schwarzburga na czele prowincji pruskiej i im obu przyniósł przenosiny do Elbląga, był mu na rękę. Kuno uwolnił się od nocnych koszmarów. W porządnym, elbląskim zamku spał dobrze, a te strzępy natrętnych wspomnień, które nie chciały odpuścić, tłumił mocnym mazurskim piwem, litewskim miodem albo winem z przepastnych piwnic mistrza krajowego.

Jesienią, gdy do Zygharda dotarła wiadomość o powrocie do kraju księcia Władysława, zjawił się w Elblągu jego starszy brat, komtur chełmiński, Gunter von Schwarzburg. Bracia zajęli się obmyślaniem strategii wobec księcia, a Kuno wycofał się. Nie chciał włazić w oczy Gunterowi, by ten znów nie zaczął zlecać mu swych poufnych zadań. Raz, że czuł się z tym niezręcznie wobec Zygharda, a dwa, wiedział, że sekretne zlecenia Guntera zawsze dotyczą Dzikich. A on zbyt wysoko cenił sobie ledwie odzyskany spokojny sen.

Kiedy jednak bracia podjęli decyzję o wspólnej podróży do Chełmna, Kuno poczuł, że czas równowagi dobiega końca. Gunter wymyślił, że przeczekają cały pochód księcia polskiego przez Pomorze i gdy będzie wracał do Krakowa, zaskoczą go na granicy między jego Świeciem a ich Chełmnem. Oczywiście Zyghard przystał na to.

W tym rodzeństwie głównym strategiem był Gunter, Kuno to widział. Starszy brat wypychał młodszego na znaczniejsze urzędy, po to by działać zza zasłony. Czasami język go świerzbił, by uświadomić Zygharda, że jest jedynie narzędziem w rękach Guntera, ale powstrzymywał się. Powiedziałby jedno, a na jaw wyszłoby drugie. Musiałby się przyznać, że on też pracuje dla Guntera.

Szczerość może poczekać — myślał. — Na spowiedź życia za wcześnie. Jeszcze się na drugą stronę nie wybieram.

Od Bożego Narodzenia siedzieli w Chełmnie, w komturii starszego z braci, i co dzień dostawali raporty od cichych ludzi śledzących każdy krok polskiego księcia.

W pierwszych dniach stycznia chwycił wreszcie mróz i spadły śniegi, a krótko potem przyszła wiadomość, że książę Władysław z orszakiem stanął w Świeciu.

— Zbieraj się, Kuno! — klepnął go w ramię Zyghard. — Jedziemy powitać naszego krewniaka w całym zakonnym majestacie! Biel płaszcza i czerń krzyża zawsze najdostojniej prezentuje się na kobiercu śniegu!

— Lepiej wyglądała biel i czerwień templariuszy na piaskach pustyni — burknął Kuno.

— Jesteś przewidywalny i nudny — przeciągnął się Zyghard, aż strzeliły mu kości. — Myślałem, że pasowanie na rycerza zakonu uśmierzy twe tęsknoty, ale mój renegat jest sentymentalny.

Schwarzburg zaszedł go od tyłu i chciał przyciągnąć do siebie, ale Kuno odepchnął go, warcząc:

— Odwal się. Nadużywasz stanowiska.

Zyghard zaśmiał się:

— Już niedługo, niewdzięczniku. Na Matki Bożej Gromnicznej zbiera się kapituła.

— Obalą cię? — spytał Kuno.

— Gdzieś ty się wychował, dzikusie! — parsknął Schwarzburg. — W zakonie obowiązują przejrzyste reguły. Mistrza się wybiera, nie obala, ale masz rację, mogą mnie po prostu nie wybrać na kolejny rok. Gunter mówi, że na kapitułę zlecą wszystkie zakonne jastrzębie! Zwłaszcza nasi pogromcy pogan z najdalej wysuniętych na wschód komturii pruskich!

Nie śmiałbym się na twoim miejscu, Zyghardzie — pomyślał Kuno, patrząc, jak mistrz krajowy zapina pas. — Patrzysz, a nie widzisz, że jednym z jastrzębi jest twój własny brat.

— Pomóż mi z płaszczem — zażądał Zyghard.

— Zawołaj giermka — wzruszył ramionami Kuno. — Albo znajdź sobie jakiegoś półbrata, który będzie ci służył. Nie wypada, by pasowany rycerz zakonny pełnił obowiązki garderobianego przy mistrzu.

Uchylił się przed kolczą rękawicą, którą rzucił w niego Zyghard, wyszedł i poczekał na niego przy schodach. Mógł myśleć o obu Schwarzburgach, co chciał, ale temu jednemu obowiązkowi, który przed laty nałożył na niego Gunter, nigdy nie uchybił: strzegł Zygharda w dzień i w nocy. A najbardziej pomiędzy zakonnymi braćmi.

Wyjechali zza murów komturii chełmińskiej i sformowali orszak. Na przedzie dwaj rycerze, jeden z chorągwią zakonu, drugi z osobistą, mistrza krajowego. Zyghard sam wybierał chorążych i dbał o to, by mieli znośne liczka. „Jesteście reprezentantami ducha zakonu — mawiał. — Musicie budzić szacunek, nie odrazę". Na boku śmiał się, że głównym kryterium wyboru jest, by żaden nie był podobny do Henryka von Plötzkau, komtura Bałgi, z którym od sprawy zniknięcia Starca obaj mieli na pieńku. Za chorążymi jechało czterech rycerzy z komturii chełmińskiej, potem Zyghard i Gunter, za nimi Kuno i jeszcze pięciu braci.

— Dwunastu rycerzy — gardłowo zaśmiał się Gunter — apostolski orszak!

Tych apostołów strzeże dodatkowa trzydziestka braci służebnych, w straży przedniej i tylnej — pomyślał kąśliwie Kuno. — Lubicie się pokazać, nie ma co.

O spotkanie poprosili polskiego księcia poprzedniego dnia wieczorem, dając mu w sam raz tyle czasu, by nie uchybić godności, ale i nie sprowokować, że przemknie im bokiem. Kuno miał w pamięci niezręczną sytuację sprzed siedmiu lat, gdy Gunter i Zyghard wysłali go do Gdańska z zaproszeniem na ostatnią chwilę i książę odmówił, rzucając z końskiego grzbietu: „Spieszę się". Teraz nie odmówił.

Zjechali się na pokrytej śniegiem Lipie, łące pomiędzy Chełmnem a Świeciem. Jak okiem sięgnąć biel, aż bolały źrenice. Na niebie, przez wiszące nisko, ołowiane chmury, przebiło się słońce, oświetlając orszak polskiego księcia strojny w barwne chorągwie. Na ich tle dwunastu braci w bieli, z czernią krzyży, wyglądało rzeczywiście zakonnie.

— Książę krakowski, sandomierski, kujawski i pomorski! Dziedzic Królestwa Polskiego, książę Władysław! — zakrzyknął herold i w asyście rycerzy wyjechał przed szereg niewysoki mężczyzna.

— Mistrz krajowy prowincji pruskiej Zakonu Szpitala Najświętszej Marii Panny Domu Niemieckiego Zyghard von Schwarzburg! — zawołał w odpowiedzi jeden z ich chorążych. — Oraz komtur ziemi chełmińskiej, Gunter von Schwarzburg!

Bracia wyjechali ku księciu, a Kuno za nimi. Dopiero gdy stanęli naprzeciw rycerzy polskich, mógł zza pleców Zygharda przyjrzeć się księciu. Tak, to był ten sam mężczyzna, którego Kuno widział przed siedmiu laty, a jednocześnie, ktoś zupełnie inny. Niski, jak na mężczyznę, nawet mały, ale nie karzeł, a Kuno wiedział, że tak go właśnie wołali. Twarz poważna, przecięta pionowymi bruzdami, kwadratowy podbródek z upartym wgłębieniem. Ciemne, siwiejące włosy, lekko kręconymi puklami spadały mu na ramiona. Oczy stalowe, uparte, przenikliwe, nadawały mu wygląd szlachetnego, drapieżnego ptaka. Gdy spotkali się na dziedzińcu gdańskiej twierdzy przed laty, od księcia biła nerwowość, niepokój, wrzenie. Był jak zaszczute zwierzę. Teraz wydawał się pewny siebie, choć wciąż niecierpliwy.

— Jako najbliżsi sąsiedzi pragniemy pogratulować ci, książę, powrotu — odezwał się Zyghard. — I zapewnić o chęci podtrzymania dobrosąsiedzkich stosunków. A jako twoi krewni dodać, że jesteśmy radzi z sukcesów.

Kuno był za plecami Zygharda, ale znał go i po brzmieniu głosu wyobraził sobie uśmiech Schwarzburga.

— Krewni? — czujnie spytał książę, unosząc drapieżną brew w górę.

— Jak najbardziej — jeszcze bardziej rozpromienił się Zyghard. — Nasza matka, Zofia, córka księcia halickiego Daniela, jest wszak prawnuczką słynnego Bolesława Krzywoustego.

— A, to po kądzieli — uśmiechnął się książę, z trudem kryjąc lekceważenie.

— Tym niemniej mamy wspólnego, świetnego pradziada — nie ustawał w filiacji Zyghard, a Kuno już usłyszał w jego głosie ledwie wyczuwalne zniecierpliwienie.

— Zaś twój dziad ojczysty, Konrad książę Mazowsza, był wielkim dobrodziejem zakonu — włączył się Gunter.

— Za to mój ojciec, Kazimierz, miał już z zakonem na pieńku — skwitował Władek.

Kariery byś w dyplomacji u Krzyżaków nie zrobił — pomyślał rozbawiony Kuno. Zdał sobie sprawę, że imponuje mu ten niewysoki mężczyzna, który za nic ma dyplomatyczne gierki zakonu i gładkie, starannie przygotowane przemowy Schwarzburgów. Nieoczekiwanie poczuł sympatię do szczerego księcia.

Musieli już to wychwycić urzędnicy Władysława, bo błyskawicznie przejęli inicjatywę.

— Jesteśmy radzi z zapewnień o przyjaźni — powiedział towarzysz księcia, którego przedstawiono jako kasztelana krakowskiego. — Co słychać w zakonie? Jak rycerze Najświętszej Marii Panny radzą sobie z poganami? Bo dochodzą nas słuchy, że wszyscy Prusowie już ochrzczeni.

— Kończy się wojna z Prusami, zaczyna z Litwinami — sentencjonalnie odpowiedział Gunter. — Grosse Wildnis, Wielka Puszcza, pełna jest czarcich synów. Rycerz zakonny nie spocznie, póki poganie kalać będą tę ziemię swym nieczystym oddechem. Kto nie zechce przyjąć krzyża, od miecza zginie.

— To nie powinniście się, bracia rycerze, przenieść do Wielkiej Puszczy? — zaryzykował książę, nim do głosu znów doszli jego urzędnicy. — By mieć bliżej do pogan? Tu ziemie ochrzczone.

— Różnie gadają. — Kuno usłyszał w głosie Guntera skryte pod kurtuazją ostrze groźby. — Ponoć i na terenach, które właśnie objąłeś we władanie, książę, wciąż kręcą się Dzicy. Gdybyś potrzebował pomocy w wytępieniu ich, jesteśmy gotowi służyć.

— Poradzę sobie — zamknął temat książę.

— Tego ci życzymy — uprzejmie skłonił się Zyghard. — Gdybyś jednak potrzebował pomocy zakonnej w walce z innym wrogiem, też jesteśmy gotowi do rozmów.

— Kogo szlachetny mistrz ma na myśli? — spytał kasztelan, a Kuno zwrócił uwagę na gniewne zmarszczenie brwi księcia.

— Pięć lat temu król Václav II nie poradził sobie z najazdem rugijskim. Bez ujmy, był zajęty na południu, a kraj wasz jest duży. Poprosił nas o wsparcie starosty Piotra Święcy, co uczyniliśmy. Wyparliśmy wojska rugijskie z ziemi sławieńskiej, odebraliśmy ustaloną wcześniej zapłatę i wróciliśmy do naszych komturii.

— Wiadomym jest nam wszystkim — lekko podjął po bracie Gunter — o najeździe biskupa kamieńskiego Henryka von Wachholtza i o interwencji brandenburskiej. Jako sąsiedzi Pomorza uważamy, że obecność Brandenburczyków w ziemi sławieńskiej i słupskiej jest niezręczna. Zapędy margrabiów na Pomorze to nic nowego, ale obecna sytuacja jest szczególna.

— Co masz na myśli, komturze? — spytał książę Władysław, wysuwając się o trzy kroki przed szereg swych ludzi.

To ta sama klacz, co przed laty — poznał wierzchowca książęcego Kuno. — Omal mnie nie stratowała.

— Nasi dyplomaci — podjął Gunter, a Kuno zrozumiał, że przechodzi do sedna sprawy, skoro nie dopuszcza już młodszego brata do głosu — jeszcze za życia młodszego z Przemyślidów, Václava III, donosili o jego zaskakującej ofercie dla Brandenburczyków. Wówczas rzecz wydawała się nieprawdopodobna, ale dzisiejsze kroki margrabiów zdają się potwierdzać tamte wieści.

— Jakie wieści? — zapytał twardo Władysław.

— O zamianie terytoriów, książę — odrzekł zimno Gunter. — Król Czech zaproponował margrabiom Pomorze w zamian za Miśnię. Czechom Miśnia była bliższa niż odległe z perspektywy Pragi Pomorze, a margrabiowie, wiadomo. Drapieżne czerwone orły, z radością na tę ofertę przystali.

Kuno widział, jak mięsień po mięśniu, twarz polskiego księcia tężeje, jakby ścinał ją lód. Jego stalowe oczy zaczynały lśnić gniewem. Urzędnicy musieli być tego świadomi, bo wyjechali, stając z nim w jednym szeregu, gotowi powstrzymać wybuch swego władcy. Teraz ich konie i wierzchowce Schwarzburgów stały niemal łeb w łeb. W zimnym powietrzu unosiła się para z końskich chrap. Gunter mówił dalej:

— Václav III nadał Brandenburczykom Pomorze w zamian za Miśnię, bo tytułując się królem Polski po ojcu, uznał, iż może swobodnie dysponować ziemiami Królestwa. Nasi znawcy prawa znaleźliby pewne luki w tym rozumowaniu, więc gdybyś chciał, książę, skorzystać z ich wiedzy…

— Dziękuję — warknął książę — mam własnych legistów. Jesteś pewien, komturze chełmiński, że taki układ został zawarty? To stawia zabór ziemi sławieńskiej w zupełnie innym świetle.

— Cóż, na własne oczy aktu Václava III nie widziałem, ale nasi dyplomaci owszem. Sugeruję, iż twoi legiści — w głosie Schwarzburga zabrzmiała wyższość, którą Kuno znał aż nazbyt dobrze — powinni udać się na dwór margrabiów i zażądać okazania aktu. Tym niemniej sytuację zapewne skomplikuje fakt, iż Czesi właśnie zaprzysięgli nowego króla, o czym być może nie zdążyłeś się, książę, dowiedzieć w podróży. U nas jednak wiadomości między komturiami przenoszą się szybko. Nowy król, Rudolf I Habsburg, poślubił królową wdowę, Rikissę, i znając rozmach Habsburgów, będzie rościł sobie tytuł do wszystkich ziem, które posiadali jego poprzednicy, Václav II i III. Tym samym może podtrzymać w mocy nadanie Pomorza dla Brandenburczyków.

Klacz polskiego księcia zatańczyła nerwowo. Uspokoił ją dotknięciem dłoni, ale przez krótką chwilę, gdy Władysław zwrócił się bokiem do Krzyżaków, Kuno dojrzał długi miecz przytroczony do jego siodła. Zamarł. Nie był pewien, czy się nie pomylił. Czy to możliwe, że książę Władysław ma ten miecz? Próbował się wychylić, dojrzeć, ale klacz książęca już stała prosto w szeregu i nic więcej nie widział. Prawda, mówili, że wracał do kraju przez Węgry, ale wcześniej Kunonowi przez głowę nie przeszło skojarzenie tych dwóch faktów ze sobą.

— Dziękuję za wyczerpującą wiadomość, komturze von Schwarzburg — powiedział twardo Władysław. — I za ofertę pomocy.

Od pozostającego w tyle nieruchomego orszaku wojsk książęcych oderwała się ciemna sylwetka. Na karym koniu pędził ku nim czarno ubrany giermek, aż płaszcz za jego plecami rozwiewał się od pędu na wietrze niczym krucze skrzydła. Kuno przetarł oczy. Zakłuły go od bieli śniegu. Giermek dojechał do samego księcia, rycerze zrobili mu miejsce. Nie schodząc z konia i nie zwracając uwagi na to, że przerywa spotkanie, czarny giermek wyszeptał coś do ucha księcia, ten mu odpowiedział i bez skinięcia głową chłopak ruszył z powrotem.

Piekielny widok — przebiegło przez głowę Kunona — czerń na bieli.

— Wybaczcie, szlachetni bracia — odezwał się kasztelan. — Na nas czas, mamy pilne sprawy. Raz jeszcze dziękujemy za spotkanie, jesteśmy radzi, że uznajecie władzę naszego księcia pana po jego powrocie do kraju.

— Miej nas za sojuszników, książę — odezwał się na koniec Zyghard.

— Zwłaszcza w sprawie brandenburskiej — dodał Gunter.

— Z Bogiem! — uniósł prawicę na pożegnanie książę, a jego klacz, reagując wyłącznie na ruch kolana jeźdźca, zawróciła.

Rękojeść miecza przy siodle mignęła Kunonowi przez chwilę, ale łzawiące oczy nie dały mu pewności, co widzi. Gunter i Zyghard też zawrócili, Kuno zrobił im miejsce i ostatni raz spojrzał na oddalającego się w szeregu swych ludzi księcia. Z nieba sypnęło śniegiem.

RIKISSA w podróż z mężem na Morawy udała się bez Kaliny i Agnieszki. Pogody na początku roku były chwiejne, śnieg roztapiał się za dnia, marzł nocą. Uznała, że nie będzie narażać zdrowia córki. Sama też najchętniej nie opuszczałaby Pragi, ale Rudolf nalegał, by mu towarzyszyła, czy też raczej dawał do zrozumienia, że nie chce się z nią rozstawać. Poza tym miała przeczucie, że na zamku w Znojmie zapadną jakieś decyzje, i wolała je znać z pierwszej, a nie drugiej ręki. Krótkie spotkanie z teściem, Albrechtem Habsburgiem, podczas ich zaślubin w Pradze dało jej pewność, że król Niemiec potrafi być człowiekiem bezwzględnym, zaś jej mąż przy ojcu wydawał się uległy. W Pradze był dobrym władcą i uczciwym człowiekiem, w kontaktach z baronami nie żywił urazy do tych, którzy byli przeciwni objęciu przez niego tronu. Narobił sobie wrogów niechcący, po prostu systematycznie, dzień po dniu, sprawdzał rachunki królewskiego skarbu i odnajdując majątki bezprawnie przejęte przez możnych, żelazną ręką egzekwował ich powrót do dóbr korony. Ratując nadszarpniętą kasę królestwa, zaczął od siebie, a właściwie od praskiego dworu. Przeliczył wydatki, porównał ceny i stwierdził, że stolnik zbyt wiele wydaje. Skończyły się wystawne uczty, wykwintne potrawy i zamorskie wina. Skromność i umiar, to były żelazne zasady, którymi kierował się jej mąż. Żywność w Czechach jest droga, wyliczył, że w Austrii tańsza, i kazał na stół królewski sprowadzać z rodzinnego księstwa. Mieszczanie się wściekli, na dostawach dla królewskiego dworu przez lata zarabiali krocie, a teraz je tracili. Zwolnił czterech kucharzy, bo sprawdził, że ich uposażenie dorównuje pensji burgrabiego, a w oczach skromnie jadającego Rudolfa był to nieuzasadniony zbytek. To z dworskiej kuchni wyszło przezwisko „Król Kasza", którym nazwali Rudolfa. Prawda, jadał kaszę. Mówił, że jest niedroga i dobra. „Smakuje ci?" — pytał żonę i martwił się: „Niewiele jesz". „Królowej umiar służy" — odpowiadała mu, dodając z uśmiechem: „Kasza poprawia cerę".

Trzymałaby jego stronę, nawet gdyby kazał jeść suszone ryby, z dwóch powodów. Po pierwsze, był jej mężem, obcym wśród Czechów i potrzebował otuchy. Po drugie, był dobrym człowiekiem, a po tym, co przeszła, bardzo szanowała przyzwoitych ludzi.

I dlatego pojechała z nim w środku zimy do Znojma, zostawiając Agnieszkę z Kaliną, pod opieką burgrabiego zamku, Hynka z Dube z rodu Ronovców, bo wiedziała, że tak dobry człowiek jak Rudolf ze spotkania z tak bezwzględnym człowiekiem, jakim był jego ojciec, może nie wyjść bez szwanku.

— Królowa róża — powitał ją Albrecht, nawiązując do ostatniego spotkania. — Masz dla mnie znów jakieś kwiaty?

— W środku zimy, mój panie, można je dostrzec tylko we wnętrzu płatka śniegu, ale nie chciałam, by stosunki między nami ochłodły, więc wybacz, że ci ich nie podaruję — odpowiedziała, uśmiechając się do jednookiego teścia.

Ten przez chwilę trawił jej wypowiedź, aż uznał, że to był żart, i zaśmiał się chrapliwie.

Wyglądał znacznie gorzej niż w Pradze. Tam sprawiał wrażenie niemłodego mężczyzny, nieco wyniosłego i nieokrzesanego w obejściu, teraz zaś wydał się Rikissie niechlujnym starcem przebranym w kosztowne szaty. Miał matowe i rzadkie, posklejane w siwe strąki włosy. Jego wystająca, kwadratowa broda pokryła się kilkudniową szczeciną, jakby zostawił balwierza w Wiedniu i nie ufał usługom tutejszego. Opaska na oku też nie zdobiła jego nieładnej twarzy, dodając jej rytu dzikości. Za plecami Albrechta stał z dwójką małych chłopców Fryderyk Habsburg, młodszy, osiemnastoletni brat Rudolfa, piękny jak anioł. Fryderyka nie było na ich weselu. Przez chwilę pomyślała, że to na tle urodziwego syna Albrecht wygląda tak paskudnie.

— Rikisso, poznaj moich braci — powiedział Rudolf i chłopcy, których Fryderyk trzymał za ręce, wyszli z jego cienia.

— To Albrecht junior i Henryk, bliźniacy — przedstawił ich starszy brat.

Mogli mieć dziewięć, może dziesięć lat, nie więcej. Wyglądali jak dwa młode wyżły. Wszystko w nich rosło w różnym tempie. Długie szyje, wystające grdyki, za duże stopy, za małe dłonie, uszy sprawiały wrażenie należących do jakichś innych istot. Ot, podrostki, którym za rok czy dwa na twarze wyjdą młodzieńcze pryszcze. Głos im się łamał, wchodząc w różne tony, co sprawiało, że co rusz się czerwienili.

— Miło mi was poznać — powiedziała do chłopców, a oni się przed nią ukłonili niezgrabnie. — Bliźnięta są cudem natury.

Zamrugali. Chyba rzadko słyszeli pochwały.

— A tam cudem! — żachnął się ich ojciec. — U nas tych cudów były dwie pary. Moja żona powiła jeszcze dwie dziewczyny, ale nie przeżyły.

— Tym bardziej Albrecht junior i Henryk są cudem. — Uśmiechnęła się do chłopców. — Zwłaszcza że wchodzą już w wiek męski.

— Gołowąsy — wzruszył ramionami król. — Ale zabrałem ich ze sobą, by się do rządów sposobili. Poza tym chcieli poznać piękną bratową. U nas damom nic nie brakuje, ale do ciebie im daleko, moja pani.

— Jesteś niesprawiedliwie łaskawy — uśmiechnęła się do teścia, patrząc na konsternację na jego twarzy. Rozkładał komplement przez chwilę.

— Może — oświadczył dyplomatycznie.

Usiedli do stołu, a słudzy wnieśli wieczerzę.

— No, synu, możesz się najeść do syta. Nie żałuj sobie, to nie Praga — zaśmiał się z pełnymi ustami Albrecht. — Wiesz, jak na ciebie mówią? Król Kasza! Ha, ha, Kasza! Dobre!

— Wiem, co się mówi na dworze w Pradze — spokojnie odpowiedział jej mąż. — To nie jest najgorszy z przydomków. Mogliby mnie nazwać Rudolf I Brzydki albo Rudolf Długobrody. Przezwiska mają to do siebie, że choć kryją ziarno prawdy, zwykle nie podobają się tym, którzy je noszą. Oczywiście, nie tyczy się to ciebie, mój kochany bracie — uśmiechnął się Rudolf.

— Fryderyk Piękny, też mi przydomek dla mężczyzny! — zakpił Albrecht.

Fryderyk spojrzał na Rikissę i się zaczerwienił.

— Ciekawe, jak nas nazwą? — wyrwało się jednemu z bliźniaków.

— Może Albrecht Wysoki i Henryk Szybki? — powiedziała Rikissa. — Już widać, że jesteście nad wiek wyrośnięci i bystrzy.

— Ja chcę być Albrecht Szybki! Albo Wysoki i Szybki.

— To ja mogę być… — odezwał się drugi z bliźniaków.

— Możesz się zamknąć — pouczył go ojciec. — Mamy ważniejsze sprawy do omówienia niż wasze przezwiska, choć to nie znaczy, że nie tyczą się waszej przyszłości.

Rikissa zadrżała, czując, że król niemiecki teraz przejdzie do sedna. On jednak zmienił temat.

— Henryk Karyncki zwiał z czeską żoną do rodzinnego kraju, ale szuka po dworach sojuszników dla swej sprawy.

— I pewnie znajdzie — spokojnie potwierdził jej mąż. — Tradycyjnie u wrogich nam Wittelsbachów. Tyle że oni zajęci własnymi sprawami. Ledwie udało im się doprowadzić do koronacji Ottona na króla Węgier.

— Przeciwko Karolowi Robertowi z Andegawenów — kiwnął głową jej teść. — Pamiętasz, jak żeśmy się z tym młodzianem spotkali w Wiedniu? Sojusz przeciw twemu mężowi zawieraliśmy — wzniósł kielich w stronę Rikissy.

Nie odpowiedziała.

— Był z nami jeszcze Herzog Loket — przypomniał Rudolf.

— Ten to dopiero ma urwanie głowy z przezwiskami — zaśmiał się Albrecht. — Mały Książę, ale wojowniczy. Cóż, czas leci, układy się zmieniają. Jak sięgniecie po tron polski, staniecie się wrogami. To twój krewny, królowo?

— Owszem, królu. Daleki krewny. Mąż stryjecznej siostry mego ojca — odpowiedziała i zawróciła bieg rozmowy, bo za nic w świecie nie chciała poruszać przy teściu sprawy polskiej korony. — Wyjaśnijcie mi, proszę, podwójne koronacje węgierskie. Pamiętam jedynie, że mój pasierb, Václav III, sprzedał swe prawa do węgierskiej korony Ottonowi Wittelsbachowi z Bawarii.

— Prawa, dużo powiedziane! Najłatwiej się sprzedaje coś, czego się nie ma! — Otarł mokre od wina usta Albrecht. — Karol Robert ma prawa do korony po kądzieli, Otto po mieczu, a wasz Václav wziął je siłą.

— W Królestwie Węgier wiążącym jest obrzęd koroną świętego Stefana, którego dokonać musi arcybiskup Ostrzychomia. Gdy zaś twój pasierb sięgał po koronę Stefana, ukoronował go nieuprawniony do tego arcybiskup Kaloscy. Jednocześnie Karola Roberta koronował jak należy arcybiskup Ostrzychomia, tyle że nie koroną świętego Stefana, a zupełnie inną. W ten sposób w podobnym czasie odbyły się dwie koronacje, z których żadna nie miała mocy prawnej. Teraz zaś, gdy Václav III zmarł, a Otto Bawarski dostał od niego wcześniej święte insygnia koronacyjne Węgrów, arcybiskup Ostrzychomia skapitulował i dokonał w pełni prawnej koronacji.

— Rozumiem — skinęła głową. — Ty, mój miły mężu, także będziesz mógł się koronować, skoro wybrano już arcybiskupa Moguncji.

— Kwestia tygodni, może miesięcy — potwierdził Albrecht Habsburg. — Nowy arcybiskup, Peter z Aspeltu, jest przychylny naszej rodzinie. Był medykiem mego ojca, a i mnie pomógł, gdy próbowano trucizny.

— Wybacz, królu — uniosła głowę Rikissa — nie znam tej historii.

— Wszyscy sądzą, że oko straciłem na wojnie. Nie, moja piękna! Na wojnie to ja innym wykłuwałem oczy. Własnoręcznie, bo tak robią prawdziwi mężczyźni, nawet jeśli się zdarzy, że są i królami! — Zaniósł się śmiechem, jakby to była najzabawniejsza z historii. — Próbowano mnie otruć. Straciłem przytomność, a gdy ją odzyskałem, wisiałem głową w dół, bo medycy, w tym nowy arcybiskup, uznali, że tak najskuteczniej usuną truciznę. Dostałem paraliżu, oko mi wypłynęło, uroda ucierpiała, ale żyję! Ach, gdybyś poznała mnie w moich młodych latach, różana Rikisso! — Rozochocił się i sięgnął po kielich. — Gdybyś poznała mnie w moich młodych latach, nie spojrzałabyś na tych młokosów!

— Znam cię, panie, tylko w tych latach — odpowiedziała z powściągliwym uśmiechem — więc to one wydają mi się najlepsze.

— Ty to potrafisz powiedzieć! — przysunął się ku niej Albrecht.

Jego jedyne oko podejrzanie błyszczało. Wino — pomyślała Rikissa. — To wino.

— Ożeniłbym się z tobą i to ty urodziłabyś mi dwadzieścioro dzieci! Panno Mario! — jęknęła w duszy Rikissa. — Miej w opiece jego żonę, hrabinę tyrolską. Za każdy dzień z tym potworem powinna mieć darowany rok czyśćcowej męki.

— Będę o tym pamiętała, panie, gdy arcybiskup Moguncji będzie koronował mego męża Rudolfa — odrzekła na głos.

— O czym? — obruszył się.

— O tym, że jest nie tylko ojcem Kościoła, ale i twym wybawcą.

— Ano tak, sam ci powiedziałem, że wyjął z mego gardła truciznę — przypomniało się Albrechtowi.

— Jan, mój kuzyn, a twój bratanek, rozpacza, że nie wziąłeś go pod uwagę przy obsadzaniu praskiego tronu — szybko wtrącił się Rudolf, chcąc wybawić Rikissę z uciążliwego towarzystwa własnego ojca.

Janek, o którym wspomnieli, był prześlicznym młodzieńcem, siostrzeńcem Václava II i jednocześnie bratankiem Albrechta. Widywała go podczas uroczystości za życia Václava.

— Nie on jeden — burknął teść. — Ponoć ta średnia córka Václava, ta gruba, tak wyła, że ją w klasztorze zamknęli.

— Eliška rozpaczała po wyjeździe sióstr, to młoda, wrażliwa panna — wzięła ją w obronę Rikissa. Nawet jeśli zdarzało jej się pomyśleć o niej „Knedlica", to nie powód, by ten gruboskórny król niemiecki obrażał dziewczynę.

— Nie znoszę młodych wrażliwych panien i histerycznych młodzieńców — uciął Habsburg. — Zrozumieliście? — Pogroził palcem dwójce bliźniąt, choć chłopcy, odkąd ich skarcił, nie odezwali się ani słowem. — Do rzeczy. Moi legiści wszystko sprawdzili. Johannesie, podejdź!

Przywołał mężczyznę w ciemnej todze magistra. Ten stanął w służalczej pozie i czekał na rozkazy.

— Mam pięciu synów — odezwał się Albrecht spokojnie. — I muszę zadbać o wszystkich, dlatego nie obchodzą mnie żale i roszczenia bratanka. Wyprawa na Czechy kosztowała krocie. Nie stać nas na zmarnowanie tych pieniędzy, a tron, który nie zostaje w ręku dynastii, to marnotrawstwo złota, wysiłku zbrojnego i krwi. I nasienia! — zaśmiał się odpychająco.

Rikissa zbladła. Jeszcze nie wiedziała, do czego zmierza jej teść, ale czuła, że to najgorszy z możliwych kierunków.

— Johannesie, powiedz! — rozkazał magistrowi.

Ten postąpił parę kroków do przodu, pokłonił się i oświadczył zwięźle:

— Przywileje, jakich udzielił Rudolf panom Czech z okazji swego wejścia na tron, wyraźnie mówią, że po śmierci Rudolfa Habsburgowie korony czeskiej nie dziedziczą. Nasz książę jest młody i silny...

Mówi o nim „książę", nie „król" — przebiegło przez głowę Rikissy. — Jest dla nich jedynie pionkiem w grze dynastycznej Habsburgów.

— ...i oby żył jak najdłużej, obdarzając Czechy mnóstwem zdrowych synów — kontynuował magister. — Lecz nawet jego i obecnej tu królowej Rikissy synowie nie mają praw do dziedziczenia tronu. Czesi mogą ich wybrać, lecz nie muszą. Jest jednak rozwiązanie prawne, które zapewni koronę Czech Habsburgom. Ponieważ dał mu ją król niemiecki, Albrecht Habsburg, zgodnie z prawem opuszczonego lenna, Rudolf może się zrzec lenna z powrotem na rzecz ojca, a ten wówczas nada je dziedzicznie wszystkim swoim synom.

Chryste, tylko nie to! — rozpaczliwie pomyślała Rikissa.

— W tym przypadku — mówił dalej legista — korona czeska najpierw przypadłaby synom Rudolfa, a w razie ich braku lub śmierci braciom Habsburgom, których dobry Bóg nam nie poskąpił.

— Amen! — odpowiedział Albrecht, a za nim powtórzyli synowie. Rudolf też.

— Ten plan ma jedną, ale bardzo złą stronę — odezwała się Rikissa. — Łamie przysięgi złożone panom czeskim. Gdy się o tym dowiedzą, mogą wypowiedzieć posłuszeństwo memu mężowi.

— A jeśli się nie dowiedzą, mogą nie uznać jego postanowień — dodał legista. — Co nie oznacza, iż te nie będą w mocy. Układ lenny jest umową między seniorem a lennikiem, więc zasadniczo nie dotyczy wasali lennika.

— W tym przypadku zasadniczo dotyczy — powtórzyła po legiście Rikissa. — Bo łamie obiecane im prawa.

— Nie da się ukryć — szczerze odpowiedział Albrecht. — Ale kto nie ryzykuje, nie zbuduje imperium. Panowie Czech są osłabieni i wiedzą, czym jest wojna z nami. Jeśli będą podskakiwać, wojska habsburskie w pięć dni wkroczą przez Morawy.

— Rudolfie. — Rikissa złapała męża za rękę, jakby to była ostatnia deska ratunku. — Naprawdę chcesz złamać słowo, które dałeś? Jakim będziesz królem, gdy na początek złamiesz słowo dane swym poddanym?

Rudolf podniósł jej dłoń i ucałował czubki palców. Oczy mu lśniły.

— Pani, królowo moja, jeśli tego nie zrobię, nasz syn nie odziedziczy tronu — powiedział. — Jestem to winien dzieciom, które będziemy mieli. I tobie.

Wrzasnęła w niej nie grzeczna Rikissa, lecz świadoma królowa: „Nie rób tego, głupcze! Stracisz tron!".

— A jeśli nie urodzę ci synów? — odpowiedziała twardo, zduszonym od skrywanego gniewu głosem.

— Habsburska żona rodzi synów — zarechotał odrażająco jej teść. — Nawet jeśli na początek przydarzą jej się tylko córki.

Wysunęła dłoń z ręki Rudolfa. Serce biło jej szybko. Była sama. Wokół służba Habsburgów. Michał Zaremba nie wrócił z Królestwa. Henryk z Lipy nie stanie za nią. Jego rodowiec, burgrabia praski, opiekuje się teraz jej córką. Krwią z jej krwi. Miłością jej dni i nocy. Jedynym szczęściem.

— No, nasza ty dumna królowo — szyderczo odezwał się Albrecht.

— Dotarło do ciebie, że albo będziesz z nami, albo przepadniesz. I bardzo dobrze. Mówiłem, że nie lubię przewrażliwionych panien. Znacznie bardziej cenię te uświadomione. Wznieśmy toast! Niech żyją Czechy Habsburgów.

Zanurzyła usta w kielichu. I patrząc na Rudolfa, najpierw pożałowała go. Potem zrobiło jej się zimno i z całkowitym spokojem pomyślała: Od dzisiaj jesteś deszczem.

MICHAŁ ZAREMBA z trudem wracał do siebie po tym, co stało się podczas ostatniej burzy, choć minęło pół roku. Niestety, pamiętał wszystko, każdy szczegół, jakby to się stało wczoraj. Uderzenie pioruna w dziedziniec brzostkowskiego dworzyska, kwik przerażonych koni, łuski, które przebiły mu kolczy kaftan na grzbiecie, i jego własny smoczy ogon, którym uderzał w ziemię. Krzyk śmiertelnie zlęknionej służby i wycie Ochny, gdy na ich oczach staremu Sędziwojowi Zarembie piorun przebił klatkę piersiową, w której po chwili pękło serce. I siebie jako smoka, i mgliste przeczucie, że wychłeptał jego krew. Próbował zapomnieć na wiele sposobów, ale nie mógł. Upiorne wspomnienia nie chciały ustąpić, jak łuski pokrywające jego dłonie, piersi i twarz.

Po tamtej nocy obudził się nagi. Leżał na środku zalanego deszczem podwórza, sam. Brzostków opustoszał. Konie, psy, kaczki, nawet kury i prosiaki z zagród. Wszystko, co żyło, uciekło. Służba też. Wstał, z ulgą stwierdził, że nie ma ogona. Przejechał dłonią po plecach, by poczuć, że smoczy grzbiet ustąpił miejsca chropowatej skórze. Zostały tylko rogowe płytki na rękach, twarzy i piersi. I smocze stopy, przez które nie mógł chodzić jak człowiek, tylko kolebał się na boki. Jak smok? Skąd miał wiedzieć, jak chodzi smok. Oblał go zimny pot, gdy stwierdził, że i ciało Sędziwoja zniknęło. Obchodził dworzysko po wielekroć, szukał i nic.

Po kilku dniach wróciły straże. „Zarembowie rozrzedzonej krwi", jak podśmiewano się z nich czasami w dniach, gdy do Brzostkowa zjeżdżała setka najważniejszych i sześciu najpotężniejszych Zarembów. Że niby to rodowa szarzyzna. Te czasy minęły. Jego ojciec, wojewoda poznański Beniamin Zaremba, nie żyje. Wojewoda pomorski Mikołaj, też. Sędziwój wiadomo. Z tamtych wielkich baronów został tylko potężny Marcin, wojewoda kaliski, ostatni żyjący syn Sędziwoja, oraz biskup poznański, Andrzej. I on, Michał Zaremba, kiedyś chorąży króla, potem strażnik jego córki, dzisiaj potwór. Ni to człowiek, ni to smok.

Zarembowie rozrzedzonej krwi, ci, którzy dzień i noc pełnili wartę w czatowniach rozrzuconych między warciańską przeprawą a mokradłami otaczającymi Brzostków i potem dalej, wokół traktu wiodącego do Jarocina. Ci, na których sokolim wzroku od lat polegali baronowie, wrócili do niego, stanęli na podwórzu dworzyska i pokłonili się. Jeden z nich, jasnowłosy i jasnooki, z blizną biegnącą wzdłuż policzka, wyszedł przed szereg i powiedział:

— Zwą mnie Sowiec. Ojciec z Zarembów, matka nieznana. W służbie Sędziwoja od dwudziestu lat. Dowodziłem załogą wartowni i... byłem tu w czasie burzy.

Zamilkł, wyczekująco patrząc na Michała. Ten nie odpowiedział. Sowiec dokończył:

— Widziałem.

— Co widziałeś? — prowokująco powiedział Michał, czując, jak zaczyna go swędzieć skóra na twarzy.

— Złotego smoka. Ciebie.

— I? — spytał Michał.

— Wiem, kim jest złoty smok. Ojciec mi mówił. — Oczy Sowca były natarczywe, jak u zbyt młodego wojownika przed walką. Takiego, co po równo pragnie starcia i czuje lęk.

— I? — powtórzył Michał.

— Oni też to wiedzą — pokazał na ludzi za swymi plecami. — A niektórzy z nich widzieli.

— Niech wystąpią — rozkazał Michał.

Z dwudziestu wyszło przed szereg pięciu. Michał zrobił ku nim krok, oparł dłonie o biodra, mówiąc:

— Posłuchajcie. Najlepiej, gdybyście o wszystkim zapomnieli.

Milczeli, wpatrując się w niego chciwie. Znał ten wzrok. Tak patrzył Sędziwój Zaremba chwilę przed tym, gdy uderzył w niego piorun.

— Ale nie mogę wam obiecać, że podczas kolejnej burzy zapanuję nad smokiem. Chcecie zostać tu i mi służyć?

— Tak jest! — odpowiedzieli wszyscy.

— Przybyłem do Brzostkowa z zadaniem. By je wypełnić, będę musiał robić różne rzeczy...

— Tak jest! — przerwali mu.

— Jeśli chcecie zostać ze mną, musicie w tej chwili przysiąc...

— Tak jest!

— ...że jeśli usłyszycie uderzenie pioruna, to uciekniecie ode mnie.

Odpowiedziała mu cisza.

— Kto nie przysięgnie na półwa za murem i na złotego smoka, tego wydalę ze służby. To mój warunek i on nie podlega negocjacjom.

Po chwili ciszy Sowiec wyjął miecz z pochwy, klęknął i położył ostrze na ziemi.

— Przysięgam ci wierność, Michale Zarembo. Na Boga Ojca, w imię złotego smoka i półwa za murem. Tak mi dopomóż, Trójco Święta, amen.

Za nim uklęknęli następni, jak jeden mąż. Szczęk mieczy wyjmowanych z pochew i słowa przysięgi brzmiały, jakby mówił jeden Zaremba, nie dwudziestu.

— ...Boga Ojca, w imię złotego smoka i półwa za murem. Tak mi dopomóż, Trójco Święta, amen.

Dla nich Trójcą jest Bóg, smok i półlew — zrozumiał Michał, patrząc na kornie pochylone czoła. A ja jestem niczym kto? Wolał nie znać odpowiedzi.

— Wstańcie. Kto z was wie, co się stało z ciałem Sędziwoja?

— Zabraliśmy je do Jarocina. Przyjechał jego syn, wojewoda Marcin, i zajął się pogrzebem — odpowiedział Sowiec.

Michał odetchnął z ulgą. Chociaż to się wyjaśniło. Rozejrzał się po podwórzu.

— Od tej chwili Brzostków wraca do życia. Służba uciekła. I Sędziwojowa Ochna... — powiedział bezradnie.

— Możemy przysłać tu własne żony i siostry — powiedział Sowiec.

— Nie. Nie w tym rzecz, mnie nie potrzeba służby. Obawiam się tylko, co z tymi kobietami. Będą łazić po okolicy i gadać.

— Tego się nie bój, panie. Jeśli tylko chcesz, zamilkną na wieki.

Jezu, nie! — jęknął w duszy.

— Nie życzę sobie, by coś się im stało — rzekł. — Niech żadnej włos z głowy nie spadnie. Wolałbym tylko, by nie gadały.

— Załatwione — powiedział Sowiec.

— I potrzebuję jakiejś baby, która się zna na ziołach. Muszę pozbyć się łusek na twarzy, by móc wypełnić misję, jaką mi powierzono. Złoty smok jest dobry w Brzostkowie, ale nie mogę się w tej postaci pojawiać wśród ludzi.

— Zrozumiano — kiwnął głową jasnowłosy i zawahał się, mówiąc: — We wsi nieopodal jest starucha, wołają na nią Przeborka. Zna się na urokach, ale to zrzędliwe babsko i kuma Ochny, więc nie wiem, czy warto?

— Ktoś inny? — skrzywił się Michał.

— W meandrach Warty, koło Dębna Doliwów, uwiły sobie gniazdo kobiety, które miejscowi nazywają „zielonymi", od barwy sukien. Dziwaczki, ale gada się, że w leczeniu niezawodne. Tyle tylko, że ponoć nas nie lubią.
— Nas?
— Zarembów — uściślił Sowiec.
Michał pomyślał chwilę i powiedział:
— Idź do nich i przekaż, że proszę o pomoc w imieniu Kaliny.
— Tak jest.

W Brzostkowie ułożyli sobie życie po męsku. Wraz z oddziałem wróciły konie; zwierząt gospodarskich nie kupili, bo po co. Raz na tydzień Michał posyłał chłopaków na targ i zwozili żywność. Wszystko gotowe. Żadnej kuchni i bab. Żadnego sprzątania i obrządku. Chleb, mięso z rusztu, piwo i wino z piwnicy dworzyska. Jajecznicę każdy potrafi usmażyć, a że ser po pewnym czasie śmierdział? Trudno.

Czekał na Sowca i zastanawiał się, co powinien zrobić dalej, poza wypełnieniem misji w imię Rikissy. Każdy Zaremba na jego miejscu zameldowałby się u najstarszego rodowca. Każdy, ale nie on. Nie miał najmniejszej ochoty spotkać się z biskupem Andrzejem. Ani z Sędziwojowym synem, wojewodą. Zaraz, przecież została po nim córka, Dorota. Co z nią? Musi spytać, choć, skoro na pogrzeb przyjechał Marcin, to pewnie zajął się siostrą.

Sowiec wreszcie wrócił z dziewczyną. Na widok zielonej sukni Michał poczuł ciepło, choć wiedział, że to nie Kalina.

— Znam cię — przywitał ją, gdy zeskoczyła z końskiego grzbietu.
— I ja ciebie — odpowiedziała chłodno.
— Byłaś z królem... — przypomniał sobie.
— Ty też — odpowiedziała.
— Michał — przedstawił się jej.
— Michał — powtórzyła i obrzuciła go spojrzeniem. — Biały Zaremba. Żaden z Czarnych nie żyje. Mam na imię Jemioła i żebyś nie dociekał: to ja ich zabiłam. Wojewodę Mikołaja też.
— No to mi sprowadziłeś uzdrowicielkę — powiedział do Sowca Michał.
— Tylko ta zgodziła się przyjść — obruszył się dowódca. — Inne nie chciały.
— Jemioło — podjął. — Jestem bliskim przyjacielem Kaliny. I stróżem królowej Rikissy, córki Przemysła.

— Więc co tu robisz? — spytała chłodno. — Znam sprawę. Powinieneś być przy nich.

— Rzecz się skomplikowała. Rikissa urodziła nie syna, lecz córkę...

— Matkom dzięki! — uśmiechnęła się Jemioła.

— Jej mąż umarł, jego syn, następca tronu, też nie żyje. Pani i dziecko są zagrożeni. Królestwo czeskie w ogniu, pod Pragą Habsburgowie. Rikissa nie ma wyjścia, by ugasić pożar, musi wyjść za Rudolfa Habsburga. Wysłała mnie do arcybiskupa z posłaniem.

— To czemu siedzisz w Brzostkowie? — warknęła na niego Jemioła.

— Nie widzisz? — odpowiedział jej, wyciągając pokryte łuskami dłonie. — Jak mam się pojawić u Jakuba Świnki? Nawet najpodlejszy sługa katedry wbije we mnie kopię. Wyglądam jak bestia.

— Prawda — skinęła głową. — Pomogę ci.

Ale to okazało się nie takie proste. U żydowskiego medyka w Pradze siedział długo, przykryty bandażami moczonymi w olejach i maściach, ale to było kiedyś, nim całkowicie się przeobraził tu, podczas burzy w Brzostkowie. Jemioła długo szukała sposobu, jak przywrócić mu ludzki wygląd. Zanurzała go w kąpielach ziołowych. Smarowała jego łuski raz błotem, raz miodem. Kazała mu leżeć pod wonnymi prześcieradłami, podczas gdy sama znikała na wiele dni, szukając, jak mówiła, „odtrutki". Wreszcie, któregoś dnia, usiadła na podłodze, oparła głowę o jego łoże i powiedziała:

— Nie umiem ci pomóc, Michale. Wymykasz się prawom natury.

— Chcesz powiedzieć, że nie jestem normalny? — syknął na nią.

— Tak — odpowiedziała szczerze. — Natura jest tolerancyjna, ale nie zna twojego przypadku, a ja nie umiem przywrócić cię do natury.

— Jezu, Jemioło... — jęknął przerażony.

— Nie wierzę w Jezusa — zastrzegła się.

— A ja nie wiem, czy Jezus by mnie przyjął — odpowiedział szczerze, patrząc na swe pokryte łuskami dłonie.

— No to zawisłeś w pustce — oświadczyła, a po chwili zaczęła się śmiać. — Jesteś bardziej wolny niż ja! Nad tobą nie ma nikogo!

— Zamilcz! — rozkazał jej, ale nie podziałało.

Śmiała się nadal, aż wreszcie umilkła. Chciał coś powiedzieć, ale uniosła się na wyciągniętych ramionach, odwróciła szybko jak sprężyna i wbiła w niego zielone spojrzenie.

— Jesteś jednym z wybryków natury, Michale — powiedziała szeptem, a on zwrócił uwagę głównie na lśniącą czerwień jej warg.

— Gdybyś nie był kochankiem Kaliny, połączyłabym się z tobą, jak mną kieruje pożądanie. Ale ty i ja, choć innym bogom służymy, mamy te same zasady. Pragnę cię i nie wezmę cię.

Ja też — pomyślał.

Jemioła pozbawiając go złudzeń usunięcia smoczych łusek ze skóry, zostawiła mu mazidło. Nałożone na twarz maskowało rogowe płytki, sprawiając, iż skóra wyglądała grubo i nierówno, ale przynajmniej nie straszyła swą prawdziwą naturą. „Kobiety ukrywają pod nią blizny po ospie" — powiedziała na odchodnym. „Skoro niejednej udało się dzięki maści oszukać męża, może i tobie się poszczęści". Wysmarował się maścią i zawołał Sowca.

— Może być — potwierdził jasnowłosy Zaremba. — Zwłaszcza w półmroku.

Zamówił buty wystarczająco szerokie, by zmieściły się w nich zniekształcone stopy, nowy kaftan i rękawice, które kryły to, co miał na dłoniach. Chłopcy wybrali mu najmniej płochliwą klacz ze stada Sędziwoja; kasztanka machnęła głową parę razy, ale nie zrzuciła go z siodła i szła pod nim równo. Nabrał wiary, że dotrze do arcybiskupa.

— Sowiec, wyznacz pięciu Zarembów, którzy pojadą razem z nami. I ustanów tu dowódcę na czas naszej nieobecności.

Nie minęła chwila, jak stanęła przed nim wybrana przez Sowca piątka. Oczywiście, „ci, którzy widzieli". Michał machnął na to ręką. Nie zmusi ich, by zapomnieli.

Zima była łaskawa. Mrozy umiarkowane, śniegu niewiele.

— Pamiętam lata, gdy drogę zasypywało tak, że nie można było odnaleźć przeprawy i na drugą stronę Warty ruszało się dopiero po roztopach — powiedział Sowiec, gdy wyjechali z lasu i przed nimi rozciągnęła się zaśnieżona rzeka.

— Myślisz, że lód wytrzyma? — spytał Michał.

Sowiec uniósł się w siodle i wpatrywał chwilę w przeciwny brzeg. Pokazał coś dłonią.

— Widzisz tarczę?

— Czerwona z białym krzyżem — dostrzegł ją w końcu Michał.

— Joannicka, jak trzeba.

— Bracia co dzień sprawdzają lód. Jak jest za słaby, wieszają czarną tarczę. Możemy jechać, jeden za drugim i powoli.

Sowiec ruszył przodem, najwyraźniej nie pierwszy raz przeprawiał się tędy po lodzie. Michał nie robił tego wcześniej; większość zim spędził w Poznaniu, przy księciu, a na noworoczne, rodowe zjazdy Zarembów, jeśli przyjeżdżał, to korzystał z przeprawy saniami. Joannici mieli ich kilka, przewozili podróżnych bezpiecznie i wygodnie. Raz kiedyś płynął z nimi zimą na tratwie, długą niczym korytarz przeręblą, którą wycięli, uznając, że lód może pęknąć pod saniami.

Jego klacz ostrożnie stawiała kopyta, idąc za wałachem Sowca. Michał badał wzrokiem lód po prawej i lewej stronie. Nierówne, srebrnobiałe grudy niepokoiły go. Pośrodku rzeki dostrzegł zamarznięte truchło jelenia. Sztywne racice i rozdarty brzuch, którym posilili się już jacyś drapieżcy. Spojrzał na rozwarty pysk zwierzęcia. W oczy pokryte warstwą lodu.

Wieczna zmarzlina — pomyślał na widok jego źrenic. — Czy wilki zdążą go pożreć, nim lód skruszeje? Czy też szczątki jelenia zapadną się pod wodę i pożywią ryby?

Kilka wron kołowało nad padliną, krakaniem usiłując przepłoszyć oddział jego Zarembów.

— Najgorzej będzie przy zejściu — krzyknął Sowiec, odwracając się do Michała. — Blisko lądu lód najsłabszy. Słyszę już, jak się kruszy. Nie wolno przyspieszać! — ostrzegł.

Odgłos pękającej tafli spłoszył konie. Za plecami usłyszał rżenie, jego klacz też parsknęła, rzuciła łbem i zmyliła krok.

— Jeszcze tylko kilkanaście kroków, nie więcej. Dasz radę, dziewczyno. — Uspokajał ją głaskaniem po szyi.

Z cienkich niczym cięcie noża szczelin zaczęła sączyć się woda. Klacz szła wbrew sobie, rzucając łbem. Chciała skoczyć w przód, powstrzymał ją, pomny na to, co doradził Sowiec. Jego wałach już wszedł na stały ląd. Klacz Michała przednimi nogami stanęła na pokrytej śniegiem, łagodnej skarpie.

— Tylko się nie ześlizgnij — powiedział, gdy podciągała tylne.

Odetchnął, już byli na brzegu. Kolejno dołączali do nich jego Zarembowie.

— Chwała Bogu! — zakrzyknął, gdy wszyscy znaleźli się na lądzie.
— Amen! — odkrzyknęli.
— Panie — Sowiec wskazał na pochmurne niebo. — Zaraz sypnie śnieg. Śnieżyca jest wredną towarzyszką podróży. Możemy zatrzymać się na noc w komandorii.

— Tak zróbmy — niechętnie powiedział Michał i choć spieszyło mu się do Gniezna, ruszył w stronę stojącej na płaskim wyniesieniu joannickiej warowni.

Sowiec musiał bywać tu często; przywitał się z półbratem przy bramie jak ze znajomym i bez wahania skierował się do stajni. Gdy słudzy zakonni wzięli od nich konie na podwórzec, zaczęły padać pierwsze płatki śniegu.

— W samą porę zajechaliście do nas — powiedział półbrat. — Pecold i Wolfram są w świetlicy, idźcie do nich.

Michał widywał tych dwóch dość często, choć przesadą było stwierdzenie, że się znali. Odkąd pamiętał, joannici pełnili straż przy przeprawie nad Wartą, nagradzani za swą służbę nadaniami kolejnych książąt. Dali im izbę gościnną, pustą o tej porze roku, i zaprosili na wieczerzę. Michał nie był głodny.

— Macie tu kaplicę? — spytał. — Chciałbym się pomodlić.

Pecold zmrużył oczy, wpatrując się w twarz Michała, a potem wskazał okute drzwi na końcu korytarza.

— Otwarta — powiedział. — Jeden z braci czuwa zawsze o tej porze.

Poszedł tam; drzwi uchyliły się z krótkim jękiem dawno nieoliwionych zawiasów. W dwóch wysokich, smukłych świecznikach płonęły grube świece. Na ławie z polerowanego drewna stał żelazny krzyż jerozolimski, przed nim zobaczył szerokie, okryte płaszczem zakonnym plecy klęczącego rycerza. Modlący drgnął na głos jego kroków i odwrócił głowę.

Michał zamarł. Twarz joannity szpeciły nierówno pozrastane blizny. Nie ja jeden jestem potworem — przebiegło mu przez głowę.

Tamten zmierzył go wzrokiem.

— Brat Pecold pozwolił mi się tu pomodlić — wytłumaczył się.

Rycerz skinął głową i z powrotem odwrócił się do ołtarza. Zaremba rozejrzał się za drugim klęcznikiem. Znalazł go pod ścianą osłoniętą gobelinem. W słabym świetle świec rozpoznał na starej tkaninie wyobrażenie głowy świętego Jana Chrzciciela. Od czasów Wawrzyńca odcięte głowy kojarzyły mu się wyłącznie z synem Sędziwoja. Zabrał klęcznik i postawił obok joannity, przed ołtarzem.

Wszędzie dopada mnie przeszłość — pomyślał. — Święty Jan jest patronem szpitalników, a ja widzę w nim wspomnienie własnych grzechów. Gdybym ułożył z nich litanię, trwałaby dłużej niż ta do wszystkich świętych. Panie, prowadź!

Modlił się długo, potem wstał, odstawił klęcznik pod gobelin z głową Jana Chrzciciela i widząc, że klęczący szpitalnik nie zwraca na niego uwagi, wyszedł.

W świetlicy, przy ogniu, siedzieli jego Zarembowie, kilku braci, których nie znał, bracia służebni i dowódcy komandorii, Pecold z Wolframem.

— Kubek grzanego wina, Michale Zarembo? — spytał Wolfram.

— Nie odmówię — potaknął i przysiadł na ławie koło braci dowódców.

Popytał ich o sytuację w królestwie. Szpitalnicy słynęli z dyskrecji i od lat wypełniali różne, niekoniecznie nagłaśniane misje, w służbie książąt Starszej Polski. Ich relacja streściła się w trzech zdaniach:

— Książę Władysław wrócił do wszystkich ziem, którymi władał przed banicją. Główną siedzibę ustanowił na Wawelu, Pomorze wraz ze Święcami złożyło mu hołd. A w Starszej Polsce, za poparciem baronów, włada Głogowczyk.

Myślał o tym, co usłyszał, wpatrując się w płomienie. Starsza Polska w rękach księcia Głogowa. Nie umiał sobie wyobrazić czarnych śląskich orłów na poznańskiej wieży.

— Przyjął imię Łokietek — dorzucił po chwili Pecold.

— To raczej przezwisko — zaśmiał się któryś z jego Zarembów.

— Przydomek — poważnie poprawił go Wolfram. — Odważny, zważywszy na rangę księcia. Mógł się nazwać Władysławem Nieustępliwym albo Nieugiętym, bo jedno i drugie jest prawdą. Wygnaniec, który wrócił i odbił kraj z rąk wrogów, zasługuje na ludzki szacunek.

— Nazywając się Łokietkiem, wyjął wrogom oręż z ręki — potwierdził Pecold. — Teraz raczej głupio mówić o nim „Karzeł", skoro sam książę używa miana uznającego, że nie jest wysokim mężczyzną.

— Racja — przyznał Michał. — Ten brat, którego spotkałem w kaplicy, to jakiś nowy?

— Nie — zaprzeczył Wolfram. — Jest z nami od dobrych paru lat.

— Mogę jeszcze wina? — spytał Michał.

Chciał się czegoś dowiedzieć o joannicie z kaplicy, a ci tutaj wyraźnie nie byli rozmowni.

Jak zapytać „co z jego twarzą?", skoro moja też nie wygląda dobrze nawet pod maską mazidła? Wyjdę na wścibskiego jak wiejska baba.

Wziął łyk. Grzane wino przyjemnie rozpłynęło się po jego ciele. Wyciągnął nogi, ale zobaczył swoje nienaturalnie duże stopy i szybko cofnął je, chowając pod ławę. Było mu ciepło, ale na wszelki wypadek podciągnął chustkę, by dobrze ukryć szyję.

— Niech będzie pochwalony — odezwał się głos spod drzwi i stanął w nich joannita z kaplicy. Michała oblał zimny pot.

— Na wieki wieków — odpowiedzieli zgromadzeni.

— Siadaj z nami, bracie — powiedział Wolfram. — Mamy gości z Brzostkowa. Syn dawnego wojewody poznańskiego, kiedyś chorąży króla Przemysła, wraz ze swym przybocznym rodowym oddziałem.

Michał podniósł się z ławy i stanął twarzą w twarz z równie wysokim jak on bratem. Wyciągnął do niego ukrytą pod skórzaną rękawicą rękę.

— Michał Zaremba.

— Ge... — zaczął brat i zawahał się na chwilę, patrząc gdzieś za jego ramię. — Gerard — dokończył.

Michał chłonął wszystko. Szare oczy i szare włosy joannity. Jego potężną, muskularną sylwetkę. I twarz, mocno zniekształconą różowymi i białymi bliznami. Tak bardzo zmienioną, że trudno było wyłowić z niej dawne rysy.

— Poparzenia — powiedział brat Gerard, odpowiadając na jego natarczywy wzrok.

— Blizny po ospie — odrzekł Michał, pokazując na swą pokrytą mazidłem twarz.

Usiedli. Z braku innego miejsca Gerard spoczął obok niego, więc nie chcąc zdradzić się z nieustannie pulsującą w nim ciekawością, Michał starał się na niego nie patrzeć.

Rozmowa z joannitami nie kleiła się. Wypili jeszcze po kubku i gdy w kociołku nad paleniskiem skończyło się wino, rozeszli się na spoczynek. Rankiem, kiedy opuszczali komandorię, nigdzie na podwórcu nie zobaczył brata Gerarda.

Dwa dni później stanęli w Gnieźnie. Nim ruszyli z wizytą do arcybiskupa, Michał starannie nasmarował się mazidłem Jemioły.

— Starczy — powiedział do niego Sowiec. — Im więcej tego nakładasz, tym bardziej przyciąga wzrok.

— Chyba sobie lustro kupię — pokręcił głową zniechęcony Michał.

— Niegłupie — potwierdził Sowiec.

Musiał czekać, bo Jakub Świnka miał spotkanie kapituły katedralnej i przez swego sługę przekazał Michałowi, że przyjmie go po południu. W Gnieźnie wszystko przypominało mu dzień koronacji Przemysła. Droga z siedziby księcia ku katedrze. Tędy szli. Pieszo, jak pielgrzymi. Wojewoda gnieźnieński Mikołaj Łodzia niósł koronę na purpurowej poduszce. Za nim szedł jego ojciec, Beniamin, wojewoda poznański, i niósł królewski miecz. Ten oręż, który stał się narzędziem wszelkiego zła, jakie wydarzyło się później. Miecz przeklęty, co stał się mieczem koronacyjnym. Zło uświęcone w obrzędzie. Aż wstrząsnęła nim ta myśl. Wrócił do dobrych wspomnień. Tłum po obu stronach drogi, gdy szli ku katedrze, milczał nabożnie. Przemysł kroczył w śnieżnobiałym płaszczu i złotej kolczudze. Rikissa była jeszcze dziewczynką. Szła za rękę z Małgorzatą, która chwilę później stała się królową. On przy nich, niósł chorągiew ze stojącym lwem i to on przed zamkniętymi drzwiami katedry wołał: „Przyszliśmy ukoronować wybranego króla!". I arcybiskup Jakub II, który stanął we wrotach ze złotym pastorałem w dłoni.

— Michale Zarembo! — powitał go Jakub późnym popołudniem.

Michał klęknął przed nim na jedno kolano i znów wszystkie wspomnienia odżyły. Jakub II, białowłosy, niczym święty ptak, długobrody jak patriarcha, stał teraz przed nim i był prawdziwy.

— Chodź do mnie, Michale — poprosił.

A on nie mógł wstać z kolan, bo Jakub Świnka, niewidziany przez lata, jawił mu się dzisiaj dostojnym i świątobliwym starcem.

Tak wyglądali Ojcowie Kościoła — pomyślał.

— Czekałem na ciebie — powiedział Jakub i Michał wreszcie odważył się powstać.

Dopiero teraz zobaczył, że nie są sami, a za plecami arcybiskupa stoi zastęp duchownych.

Co się ze mną dzieje? — pomyślał. — Na widok Jakuba Świnki straciłem głowę?

— Poznaj moich współpracowników, Michale. Janisław z Korabów — wskazał na wysokiego, żylastego mężczyznę o szarych włosach — mój kanonik, potomek biskupa wrocławskiego i krakowskiego, zacny ród, ale cenimy go nie za pochodzenie, lecz za zasługi obecne. Msze odprawia niczym mistyk, ale spowiada jak dominikanin.

Na twarzach zebranych pojawiły się półuśmiechy. Michał domyślił się, że to żart, ale go nie zrozumiał, za to miał niesamowite wrażenie, jakby już kiedyś widział Janisława. Ten wystąpił przed szereg i uścisnął mu dłoń.

— Rękę chwyta jak wojak — powiedział i zebrani uśmiechnęli się tak samo jak przedtem. — Rad jestem, Janisławie.

— Borzysław, kanonik świecki. Zwiemy go „kasztelanem", bo nie ma dla niego rzeczy nie do zorganizowania. To zaś Adam, kanonik gnieźnieńskiej katedry, znawca prawa kościelnego. A ten melancholijny młodzian to magister Jakub de San Ginesio, Italczyk, wybitny prawnik i wielbiciel włoskich fresków. Dwaj paryscy magistrowie, proszę: Gerlib ze Słupcy i Mikut — Mikołaj, wielbiciele zakonów rycerskich, nie znajdziesz lepszych od nich w meandrach zakonnego prawa. Mikut jest kustoszem naszej katedry! I poznaj wreszcie Andrzeja, herbu Starykoń, mego osobistego kanclerza i twardego legistę.

— Jestem oszołomiony, arcybiskupie — powiedział zgodnie z prawdą Michał.

— Wyciągnąłem naukę z tego, co stało się w Królestwie, i posłałem zastępy najzdolniejszych uczniów szkół katedralnych Gniezna i Poznania w świat, na nauki. Orężem rycerza jest miecz, duchownego wiara, a prawo jest tarczą, która potrzebna jest im obu.

— Tarcza też jest bronią — odpowiedział Michał, patrząc po zastępie Jakuba II. Na dłuższą chwilę zatrzymał wzrok na twarzy Janisława. Mnich wojownik — przeszło mu przez głowę. — Kapłan na ciężkie czasy.

— Jak wiesz — powiedział arcybiskup — Poznań zajęty przez Henryka, księcia Głogowa. Rezyduję u siebie w Gnieźnie, bo jeszcze jest poza jurysdykcją Głogowczyka. Za Przemysła byłem stałym gościem w Poznaniu, teraz jedyne, co mi pozostało, to swą nieobecnością wyrazić sprzeciw wobec rządów Henryka. Niestety, twój rodowiec, biskup Andrzej Zaremba, mocno wspiera rządy głogowskiego księcia. Spotkałeś się z nim?

— Nie. Długo chorowałem po powrocie z Czech — odpowiedział Michał. — I gdy tylko wydobrzałem, ruszyłem do ciebie. Z posłaniem od królowej Rikissy — powiedział.

Twarz Jakuba w jednej chwili zmieniła się z oblicza srogiego patriarchy w tęskniącego rodzica.

— Mów, mów, co u niej! Nasza słodka królewna...

— Królowa — poprawił go Michał. — I wdowa, jak wiecie. Rozkazałeś mi, ojcze, strzec jej i gdy urodzi syna, przywieźć ją do Królestwa. Sprawy potoczyły się inaczej, co jest wiadomym. Rikissa powiła córkę, a zaraz potem zmarł jej mąż, Václav II. Wyjątkowa kanalia. Tron po nim objął Vašek, szumnie zwany Václavem III, otyły chłopiec darzący niezdrową atencją młode dziewczynki. Zamordowano go po roku nieudanych rządów i pod Pragę nadciągnęły wojska Habsburgów. W chwili, gdy opuszczałem swą panią, ważyły się jej losy. Wysłała mnie, by spytać, czy Królestwo przyjmie ją razem z córką.

Kanonicy Jakuba spojrzeli po sobie, on sam odezwał się po chwili.

— Twa podróż trwała długo, Michale. Rikissa została żoną Rudolfa Habsburga.

— A parę tygodni temu jej mąż złamał postanowienia elekcyjne i tron czeski stał się dziedziczną koroną Habsburgów — dodał Gerlib ze Słupcy.

— Którzy, jeśli tylko siły wojsk im pozwolą, mogą poza Czechami, upomnieć się o prawo do polskiego tronu — uzupełnił Janisław.

— Naciągane, co wiemy — kiwnął głową Andrzej Starykoń — ale jeśli uderzą z dużą siłą na Kraków, Królestwo znów znajdzie się w opałach.

Poczuł się jak koń, który łamie cztery nogi jednocześnie. Jęknął.

— Co takiego się musiało stać, Michale, że Rikissa wyszła za Habsburga? — spytał Jakub Świnka ojcowskim tonem.

— Zmusili ją? — krzyknął w desperacji. — Przystawili nóż do szyi Agnieszki? Powiedzieli, że tylko ona może uratować Królestwo? A może po prostu poczuła, że tylko tam, pod Pragą, ktoś o nią walczy?!

Zamilkł i oni też się nie odezwali. Podniósł głowę i po chwili powiedział zupełnie spokojnie:

— Rikissa jest świetnie wychowaną damą. Królową piękną jak sen, kobietą, która na zawsze zapada w pamięć każdego, kto choć raz ją widział. Emanuje z niej dystynkcja i spokój, i tylko Bóg raczy wiedzieć, ile ją to kosztuje. Dwór praski to było gniazdo żmij. Václav jako mąż był potworem, zmuszał ją do rzeczy, których wy, jako duchowni, raczej nie słyszycie na spowiedzi. Z własnej woli nie opuściła Poznania i nie ona wybrała sobie Václava za męża. Jaką mam zawieźć odpowiedź córce króla Przemysła II? Władcy, którego tu, w Gnieźnie, ukoronowałeś, Jakubie II?

— Michale — odpowiedział Jakub Świnka. — Pójdź za mną.

Wyszli i towarzyszył im tylko szarooki Janisław. Skierowali się do katedry, arcybiskup otworzył jej wrota kluczem.

— Na wieżę — powiedział krótko i wtedy Janisław z pochodnią poprowadził ich obu.

Wspinali się po krętych schodach, a gdy te się urwały, Janisław oświetlił drabinę.

— Tylko siedem stopni — powiedział kanonik.

Po chwili wszyscy trzej znaleźli się w niewielkim pomieszczeniu, które było gniazdem zwieńczonym wieżą katedry i składało się niemal wyłącznie z kamiennych kolumn i otwartych na zimowy wiatr przestrzeni. Pod nimi rozciągał się widok na Gniezno rozświetlone księżycowym blaskiem i dziesiątkami ledwie widocznych, maleńkich świateł z domostw i rozrzuconych dalej osad.

— Nazywamy to Orlim Gniazdem — powiedział Jakub Świnka.
— Czasami, gdy emocje zawodzą, trzeba spojrzeć na życie z lotu ptaka, Michale. Powinienem przyprowadzić cię tu za dnia, ale stało się. Jesteś gościem Gniazda w nocy.

Patrzył na ogrom rozświetlonej drgającymi światełkami powierzchni.

— Janisław ma Korab w herbie — uśmiechnął się Świnka. — Jemu ten widok zawsze kojarzy się z morzem. Ale dla mnie to nasz kraj. Po zmroku nie widać chorągwi. Nie czujesz, gdzie łopocze czarny, głogowski orzeł, gdzie półorzeł półlew. Bo wszystko to jest jedno Królestwo. Prawda, koronując Václava, liczyliśmy na to, że nasza Rikissa urodzi następcę, a ten stanie się królem, bo wniesie krew Piastów po matce. Bóg chciał inaczej. Rikissa powiła dziewczynkę, a do kraju powrócił książę Władysław i krok po kroku, piędź po piędzi zaczął zbieranie ziem polskich w jedno. Powiem ci więcej, Michale, powiem ci, czego nie widać. Tam, w mroku, gdzie kończą się światła, czai się wróg groźniejszy niż Habsburgowie. — Ramię arcybiskupa powędrowało na północ. — Krzyżacy. A na zachodzie czyhają na nas Brandenburczycy. W lasach zaś obudzili się Dzicy. I nie mam na myśli pięknych zielonych kobiet, lecz Starców Siwobrodych, w których sercach pulsuje nieokiełznana nienawiść do dynastii. Oto nasze Królestwo Polskie. Kraj zagrożony ze wszech stron. Ziemia, która potrzebuje od swego władcy miecza, tarczy i wojsk, które od zaraz będą gotowe do walki. Nie mam własnych dzieci — powiedział i ton jego głosu stał się nagle bezbronny.
— Kocham Rikissę jak córkę...

— To niesprawiedliwe — odezwał się Janisław. — Tacy ludzie jak ty, ojcze, powinni mieć potomstwo. Powinni przekazać swą krew.

— Nic nie wiesz, synu — skarcił go Jakub. — Krew i nasienie to nie wszystko. Niektórzy z nas muszą przekazywać ducha i myśl. Ty jesteś dzieckiem mych myśli. Wszyscy idziemy drogą, którą wyznaczył nam Pan. Rikissa w każdej chwili może wystąpić ze swymi prawami do tronu. U nas kobiety nie dziedziczą, ale gdy braknie męskich następców, kto wie?

— Jakubie — przerwał mu Janisław. — Dzisiaj to sen. To niemożliwe.

— Słyszysz go? — kpiąco powiedział arcybiskup. — Nie wierzy w sny.

— A ty, Jakubie II? — spytał Michał, przyglądając się mu.

Zimny wiatr poruszał długimi, siwymi włosami arcybiskupa. Chłód położył na jego nosie i policzkach czerwone plamy. Jakub wpatrywał się w ciemność daleko, przed nimi.

— Ja, Michale? — odpowiedział pytaniem. — Ja dopiero jako dorosły mężczyzna obudziłem się ze snu i od tamtej chwili całe swoje życie poświęciłem pracy nad zmazaniem klątwy wielkiego rozbicia. Szukam znaków, tropię je między słowami starych pergaminów. Gdy koronowałem Przemysła, zdawało mi się, że szczęśliwie dotarliśmy do celu, ale potem, sam wiesz najlepiej... — Jakub uniósł dłoń i odgarnął włosy, które wiatr nawiał mu na twarz. Spojrzał na Michała i dodał twardo: — Usunąłem ten miecz. Chcę, byś wiedział.

— To żelazo było przeklęte. Dobrze zrobiłeś, ojcze — skinął głową Michał.

— Za późno zrozumiałem przesłanie, jakie niósł — dodał Jakub. — Gdy miecz koronacyjny jest mieczem przeklętym, to zły znak dla władcy i Królestwa. Przemysł zapłacił za to życiem, a kraj kolejnymi wojnami. Byłem w rozpaczy, jako arcybiskup, koronator i tak po prostu, jako człowiek. Dręczyłem Boga pytaniami „dlaczego", „po co", „dokąd to nas prowadzi". Pan wystawił mą niecierpliwość na próbę, aż po śmierci Václava wszystko zrozumiałem. Obcy król — Jakub odwrócił się do Michała i położył dłoń na jego rękawicy. — Potrzebowaliśmy obcego władcy, by pojąć, kim powinien być człowiek władający królestwem. Uwalniając demony, wystawiliśmy się nadzy na zło.

Jakub mówił, patrząc mu w oczy. Michał powziął decyzję. Zrobi to teraz.

— Ja... — zaczął i zawisł na słowie, które nie chciało mu przejść przez usta. — Ja też, Jakubie... i ze mnie wyszła bestia.

Patrzył w oczy arcybiskupa, jakby liczył, że ten domyśli się wszystkiego, ale Świnka nie odpowiadał.

— ...walczę z nią, ale to się dzieje bez mej woli...

— Michale Zarembo — przerwał mu Jakub. — Diabeł to nie potwór ziejący ogniem, z ogonem i pazurami. Diabeł to nasze własne myśli. Rozumiesz, co mówię?

— Tak, ale...

— Widocznie coś jeszcze musi się zdarzyć w twym życiu, coś, co pozwoli ci uwolnić się od swego demona. Janisławie! — Jakub odwrócił się do kanonika. — Jeśli pan Michał będzie gotów, wysłuchaj jego spowiedzi. Oczywiście nie tutaj, Pan nie wymaga od grzesznika aż takiego umartwienia. Zimno, prawda? Nasz Andrzej Starykoń robi najlepsze grzane wino w Gnieźnie. Z miodem, z korzeniami i sam nie wiem, czym jeszcze, gorące i słodziutkie. Ale nim zejdziemy do Andrzeja na wino, chcę ci przekazać, Michale, coś dla Rikissy. Zapamiętaj dobrze. To nie polecenie i nie rozkaz. To moje przesłanie. Może je wypełnić, może i zignorować, najważniejsze, by to ona podjęła decyzję. Posłuchaj!

Jakub Świnka zaczął mówić, a Michał zapamiętał każde ze słów wypowiedzianych w omiatanym lodowatym wiatrem Orlim Gnieźnie.

JEMIOŁA biegła do matecznika po rozmarzającym śniegu. Zostały z niego niewielkie łachy i to tylko w cieniu, przy pniach zwalistych drzew.

— Wiosna idzie! — cieszyła się jak dziecko. — Znów wiosna!

Z ulgą zeszła z głównego traktu, pilnie patrząc, czy jest sama i nikt jej nie śledzi, a potem z radością wbiegła w kolumnadę drzew, jedyną taką drogę w Królestwie. Potężne dęby rosły wzdłuż niewidzialnej ścieżki, splecione koronami, wciąż jeszcze nagimi w przededniu wiosny. Na końcu kolumnady otwierał się pałac. Cesarstwo natury! Dwadzieścia cztery graby podzielone w dwa rzędy rosły na płaskim wzgórzu. Ich leśna świątynia, bez ołtarzy, ornatów i modłów. Tylko szum wody żywej, śpiew ptaków, szelest gałęzi i kobierzec mchów zaścielony zeschłymi liśćmi. Obmyła twarz w ciepłym źródle, tym, co nie zamarza nawet w największe mrozy, otrzepała krople wody jak pies wyskakujący z rzeki i zbiegła ze wzgórza w dół, do matecznika.

— Dębina w domu? — spytała stojącą na końcu ścieżki strażniczkę.

— A gdzie tam! — zaśmiała się dziewczyna uzbrojona w długi łuk. — Poszła nad Wartę, sprawdza, czy zeszła kra, albo gada z rybami, jak im minęła zima. Szukaj jej w leszczynowym gaju.

Jemioła cmoknęła siostrę w policzek i pobiegła nad rzekę. Po tej stronie brzeg był urwisty, aż do samej wody porośnięty lasem, zaś po przeciwnej tylko nad samym korytem rzeki kłębiły się zarośla, a dalej, za nimi, zaczynały łąki. Były ostrożne, wychodząc w tym miejscu, bo na łąkach czasami pojawiali się ludzie z wioski. Jemioła ledwie dostrzegła Dębinę, bo ta, spowita płaszczem z ptasich piór, wtapiała się we wciąż brunatne poszycie.

— Matko! — zawołała.

— Jemioła? Chodź, pokażę ci coś! — Zaprosiła ją ruchem dłoni i wskazała wysoko, na koronę drzewa. — Widzisz? Puste gniazdo myszołowów. Już nie wrócą, zginęły. Na każdego przychodzi czas.

— Każdego prócz ciebie — pogłaskała ją po sękatej dłoni Jemioła.

— Będę za nimi tęskniła. Lubiłam patrzeć na ich gody, podniebny lot, wyścig samca i samicy. Połączenie na granicy chmur. — Zacisnęła palce na ręce Jemioły. — Może upolowały je orły, a może jastrzębie?

Jemioła wyczekała, aż Dębina skończy, i gdy zapadła cisza, powiedziała radośnie:

— Mam wieści o Kalinie!

— Mów! — Srebrne brwi Dębiny uniosły się.

— Wciąż jest przy Rikissie — powiedziała Jemioła.

— Tylko tyle?

Dziewczyna rozłożyła ręce.

— A może aż tyle? Odkąd ruszyła do Pragi, nie miałyśmy od niej znaku życia. Wszystko, czegośmy się dowiedziały, dotyczyło Rikissy, śmierci Václava, narodzin córki. O służce królowej nie słyszał nikt.

— Wybacz, nie chciałam cię urazić — przygarnęła ją do potężnej piersi Dębina. — Przynajmniej wiemy, że żyje. Kto ci o niej powiedział?

Jemioła zawahała się, spojrzała z ukosa na matkę i wyrzuciła na jednym tchu:

— Jej kochanek, smok.

Źrenice Dębiny rozszerzyły się, oparła się o pień drzewa, jakby miała zasłabnąć.

— Co ci? — wystraszyła się Jemioła. — Co ci?

Dębina wciągnęła i wypuściła powietrze. Usiadła na zwalonym pniu i schowała twarz w dłoniach. Jemioła poczuła, że to jej wina. Wystraszyła matkę.

Długie, sękate palce Dębiny poruszyły się. Odsłoniła twarz i powiedziała cicho:

— Nawiedzały mnie złe sny o Kalinie, ale sądziłam, że to z tęsknoty. A teraz potwierdziłaś, że przeczucie było słuszne. Tyle że w najgorszych wizjach nie sądziłam, że to smok.

— Poczekaj, wytłumaczę się. — Jemioła przykucnęła u kolan Dębiny. — To mężczyzna, który przeobraża się w smoka, choć tego nie chce. Walczy ze swą gadzią naturą. Próbowałam mu pomóc. Zioła, maści, okłady, odwary, nic nie skutkowało.

— On tu jest? — Zmarszczyła brwi Dębina.

— Może tak, a może nie. Miał spotkać się z ojczulkiem Świnką, a potem wracać do Pragi.

— Kto to? — Dębina zerwała się z pnia.

— Michał Zaremba — powiedziała Jemioła. — Ten Zaremba.

Dębina wyglądała jak ktoś, komu ziemia usuwa się spod nóg.

— Mówiłaś o tym komukolwiek? — spytała z przerażeniem.

Jemiołą zatrzęsło. Nigdy nie widziała matki tak przestraszonej. Opanowała drżenie kolan i pospiesznie wstała, mówiąc:
— Nie, skądże.
Dębina położyła jej dłoń na ramieniu i patrząc prosto w oczy, wyjaśniła:
— To źle dla Kaliny, że zostali kochankami. Nie będę cię oszukiwać, iż to najgorsze z możliwych połączeń. Nigdy o tym nie mówiłam, nie przestrzegałam was, ale niech Mokosz wybaczy, nie przypuszczałam, że kiedykolwiek jeszcze na tej ziemi pojawi się smok. Złoty smok. — Westchnęła, a jej srebrne źrenice zapulsowały.
Jemioła poczuła gorąco. Sama była bliska połączenia się z Michałem i tylko zasady stanęły im obojgu na drodze. Mokoszy niech będą dzięki.
— Dębino — odważyła się spytać. — Ja też pragnęłam go jak dawno nikogo. To było tak silne, że nie potrafię ci tego wyjaśnić.
Matka pokiwała głową.
— Złoty smok wdziera się w serca i ciała kobiet Starej Krwi. Potrafi swój jad zapuścić tak głęboko, że dziewczyny tracą rozum i duszę.
— On jest zły?
— Żadne stworzenie nie jest dobre czy złe. Po prostu jest. A jaki smok obudził się w Zarembie? Tego nie wiem. Musiałabym go poznać, choć wierz mi, wolałabym już więcej nie spotkać bestii w swym życiu.
— Więc ty też? — zachłysnęła się Jemioła.
Dębina położyła palec na ustach, a gdy go odjęła, powiedziała:
— Musimy znaleźć siostry w Pradze i przekazać Kalinie wiadomość, by zrobiła co w jej mocy i uwolniła się od niego. Jeśli to nie zadziała, trzeba będzie po nią pójść. Ale teraz muszę przyjąć od ciebie przysięgę milczenia. Nikomu nie powiesz.
— Dębino — zawahała się Jemioła. — Skoro stało się, trzeba jak najszybciej ostrzec dziewczyny. Każdej z nas może się to przydarzyć.
— Tak, tak. Zrobię to — uniosła szeroką dłoń Dębina. — Ale opowiem im o smoku legendę, bo widzisz, nie może się roznieść, że on się naprawdę pojawił. Zwłaszcza teraz, gdy Ostrzyca i kilka innych opuściło nas i poszło do Starców. Nie mamy żadnej pewności, że Siwobrodzi nie wyrwą nam kolejnych dziewczyn.
— Dębino — jęknęła Jemioła. — O czym ty mówisz?
Matka chwyciła ją za ramiona i potrząsnęła.
— Pamiętasz ognisty deszcz, który spadł z nieba jesienią zeszłego roku? Kulę ognia i płonące kamienie?

— Do kresu swych dni nie zapomnę — wyszeptała dziewczyna, czując chłód.

— Starcy Siwobrodzi wieszczyli ten ognisty deszcz, czekali na niego jak na znak do rozpoczęcia wojny. Jeśli dotrze do nich wiadomość, że pojawił się złoty smok, uznają to za spełnienie swych modłów o krew. Więcej nie powiem, rozumiesz?

— Nie rozumiem — odpowiedziała szczerze. — Ale się z tobą zgadzam.

Jemioła uniosła otwartą dłoń i na znak przysięgi przyłożyła ją do dłoni Dębiny.

JAN MUSKATA biskup krakowski, przebrany za kupca korzennego, skrył się tam, gdzie sam cześnik piekielny by go nie znalazł. Nieco na uboczu od wioski Babice, nieopodal własnej twierdzy, kamiennego zamku w Lipowcu, była mała gospoda o ładnej nazwie „Zielona Grota". Wynajął ją wraz z obsługą i wyszynkiem od gospodyni, która kazała się zwać Ludwiną Piątą, i tam w tajemnicy przed światem przyjmował gości.

Z Krakowa musiał wiać. Ludzie księcia nawet pod nieobecność Karła patrzyli mu na ręce. Szczerze mówiąc, Karłowa była gorsza niż jej małżonek. Jadwiga Łokietkowa, księżna krakowska, też coś! Że też oni nie mają krzty honoru, by tak się zwać! Kto będzie szanował księcia pod takim przezwiskiem? Tak czy siak, Karłowa co drugi dzień słała do niego jakichś urzędasów, pożal się Boże kanclerzyny czy innych sługusów spod znaku półorła półwa, rany, toż oni nawet herb mają ułomny, a ci pod byle pretekstem chcieli mu zaglądać do kancelarii. Niedoczekanie, półgłówki! Nie z Janem Muskatą taka gra w kotka i myszkę. Wiedział, że głównym celem tych wizyt jest sprawdzenie, czy siedzi na miejscu, i pokrzyżowanie jego dalszych, dyplomatycznych kroków. Nie było na co czekać, opuścił Kraków potajemnie i klucząc przed śledzącymi go ludźmi Karła, zaszył się tu, w „Zielonej Grocie".

— Pani Ludwino! — zawołał, rozpierając się wygodnie przy kominie. — Pani Ludwinkooo!

— Czego sobie życzy? — Gospodyni zjawiła się po chwili.

— Chłodno dzisiaj — zagadnął, wskazując głową na komin. — Nienapalone.

— Wiosna idzie. Nie będę grzać po próżnicy — otarła spocone czoło.

Spojrzał na jej uwalane mąką ręce i piersi.

— Pyzy, kluseczki, knedliki? Co moja gospodyni szykuje na wieczerzę?

— Chleb piekę — odrzekła, przyglądając mu się dziwnie.

— Chrupiący chlebek! — zaślinił się Muskata. — Z masełkiem świeżo ubitym albo śmietanką tłuściutką. Dobrze mi tu u ciebie, Ludwino, chociaż zimno.

Chciał przejść do sedna, ale patrzyła na niego jakoś tak, że on, nawykły do wydawania rozkazów, się gubił. W końcu zebrał się na odwagę i chrząknął:

— Nie ma tam w Babicach jakichś dziewuch? Towarzystwa mi brakuje.

— Są, ale nie na zmarnowanie — odpowiedziała wprost.

— Toż ja nie chcę marnować! — żachnął się. — Przytuliłbym jakąś, bo mi zimno.

Ludwina odwróciła się i podeszła do wbitego w ścianę kołka. Zdjęła z niego półkożuszek barani i bez słowa podała Muskacie.

— Ludwina taka nieużyta — mruknął polubownie. — To chociaż niech wieczerzę dobrą naszykuje, bo ja mam dzisiaj gościa. I piwa nam tego swojego więcej wystawi!

Gospodyni poszła do kuchni, a posiłku, który podała wieczorem, nie powstydziłby się książęcy kucharz. Żeberka baranie pieczone na kwaśnej kapuście, długie kluski, żur podany w tych chlebkach, co je dzisiaj piekła. I piwo! Lepsze niż krakowskie, praskie i każde inne.

— Kiedyś tak smakowało świdnickie jasne — rozmarzył się Muskata. — Lata temu! A to jak zwiecie?

— Babskie — odpowiedziała Ludwina, stawiając przed nim i jego gościem kubki.

— Chyba babickie — poprawił ją.

— Babskie — powtórzyła i z rozmachem strzeliła ze ścierki. — Zwiemy je „piwo babskie". Jak będzie potrzebował, wezwie. Wie, gdzie mnie szukać, nie przeszkadzam.

Kolebiącym krokiem zniknęła w czeluściach kuchni. Muskata zwrócił się do swego gościa.

— Widziałeś ją? Baba zawsze wie lepiej! No, częstuj się, Mikołaju, jedz, pij i rozmawiajmy o odmianie losu.

Księcia opawskiego, który do Babic przybył jako „mistrz szewski z czeladzią", do jedzenia nie trzeba było namawiać. W jego potężnym brzuchu wszystko znikało tak szybko, że Muskata przezornie zsunął do swojej miski klusek na zapas.

Bękarty słyną z łakomstwa — pomyślał biskup krakowski, przyglądając mu się z uprzejmym uśmiechem. — Bękarty Przemyślidów muszą być nieposkromione w swej zachłanności.

— Nasycił się mój książę? — spytał uprzejmie, gdy z żeberek pozostały żebra, a z kapusty ozłocona okiem tłuszczu zupa.

— Nie — odparł Mikołaj i zagarnął wydrążony chleb po żurku.

Na co mi przyszło — zacisnął szczęki Muskata. — Zaczynałem grę o trzy korony z królem, a teraz z jego bękarcim bratem układam się o księstwo biskupie.

Mikołaj opawski otarł usta i klepnął się po brzuchu.

— Dobrze jada taki mistrz szewski — zarechotał. — Niezgorzej!

— Gdy płaci biskup, to i owszem. Przejdźmy do naszych spraw. Czy twe wojska gotowe?

— A twoje? — odpowiedział pytaniem Mikołaj.

— Moje już w boju — potwierdził Muskata. — Walczą z ludźmi Karła. Smocza Kompania pod wodzą tego łotrzyka, Strasza Odrowąża, zupełnie brak im dyplomacji! — zachichotał do własnych myśli. — Mymi ludźmi dowodzi Dohna, kiedyś wielicki powroźnik, dzisiaj mistrz siepaczy. Sprawdzeni w walce i niezawodni, Mikołaju, niezawodni! A Gerlach pilnuje Lipowca, zamczyska, twierdzy niezdobytej. Widziałeś mój skarb kamienny na górze?

Książę opawski skinął głową. Spróbowałby nie widzieć. Muskata ciągnął:

— Plan jest taki, że gdy tylko Karzeł wróci z Pomorza, Dohna i jego zastępy wyciągną jego wojska z miasta. I wtedy na Kraków uderzysz ty, rozbijesz garnizon Małego Księcia i gdy wróci do miasta, będzie musiał oblegać, a obaj wiemy, że nie ma czym.

— Ja nie wiem — pokręcił głową Mikołaj. — A ty się na wojowaniu nie znasz.

— Dwa lata z nim walczyłem, odkąd, psiamać, wrócił, a ty mi mówisz, że się nie znam? — rozsierdził się biskup.

Mikołaj sprawiał wrażenie człowieka, którego nic nie wyprowadza z równowagi, nawet gniew biskupa. Oparł się szerokimi plecami o piec, wyciągnął długie nogi daleko przed siebie i zaplatając ręce na brzuchu, powiedział z uśmiechem:

— On zadziorny jest, ten wasz Mały Książę. Taki sprytny plan z moim bratem Václavem wykombinowałeś, takie złote sieci na niego zarzuciliście, a on wam się wymknął. Zniknął, wrócił i zaczął zbieranie ziem polskich! — Mikołaj zaśmiał się tubalnie. — Gdybym nie był przeciwko niemu, to powiem ci, Muskato, że chętnie bym stanął za nim.

Jan Muskata na jedną chwilę stracił oddech. Ale w drugiej odzyskał i oddech, i pamięć, a ta nieomylnym tropem poprowadziła go do nieżyjącego króla Václava. Tak, Przemyślida był chimeryczny, więc i jego bękarci brat mógł nieco tej wady odziedziczyć.

— Plan już znasz, książę opawski, ponowię pytanie: czy twe wojska gotowe?

— Gotowe — potwierdził Mikołaj. — Ale nie w takiej sile, jak chciałeś.

W Muskacie się zagotowało. Szybko wyobraził sobie, że jest zimną wodą, którą schładza wrzątek.

— A to dlaczego, Mikołaju miły? — spytał najuprzejmiejszym tonem. — Dlaczego łamiesz wcześniej dane mi słowo? Ranisz mnie?

— Nie ja cię ranię, ale życie — beznamiętnie odrzekł Mikołaj i podniósł się po dzban z piwem. Nie zadał sobie trudu szukania kubka na stole. Pociągnął z dzbana. Odstawił, otarł usta i powiedział: — W Czechach zamęt. Baronowie wypowiedzieli posłuszeństwo Habsburgowi. Karyntczyka będą na tron wzywali. Może i mnie coś skapnie? Jak to mówią, koszula bliższa ciału.

Rozejrzał się po stole. Wypatrzył nietknięty dzban na jego skraju, skinął na Muskatę, by mu podał, ale biskup siedział znieruchomiały, więc obszedł stół i nie wracając na miejsce, tam gdzie go znalazł, wypił.

— Koszula bliższa ciału — powtórzył drętwo biskup i nagle jakby się przebudził, wrzasnął: — Chrzań koszulę, Mikołaju, gdy możesz mieć jedwabną suknię i aksamitny kaftan! Co oni ci tam zaproponują, ci twoi, co? Resztki z pańskiego stołu! Na króla cię nie poproszą, choć masz nieco przemyślidzkiej krwi w żyłach, bo jakby ciebie chcieli, to już byś siedział wielkim dupskiem na praskim tronie!

Wymsknęło mi się „wielkim dupskiem" — zarejestrował Muskata, ale odwrotu nie miał. Już nie był źródlaną wodą, co schładza gorącą. W nerwach wyobraźnia go zawiodła i pomylił czynności, wylewając sobie gar wrzątku na głowę. Ryczał wściekle:

— Mikołaju, Mikołaju! Walcz dla mnie całymi swymi siłami, a Kraków wynagrodzi ci wszelkie koszta! Toż marzeniem każdego czeskiego króla jest tron wawelski! I ty bądź jak król!

— Jestem tylko bękartem Przemyślidów, czego nie omieszkałeś mi wypomnieć — spokojnie odpowiedział Mikołaj. — I dlatego nie dam się nabrać na twoje ambicje, jak to uczynił mój nieszczęsny brat. Dam ci stu ludzi, nie więcej. A ty im zapłacisz z góry. Jutro staną w Babicach — powiedział i wyszedł.

Muskata został sam, nie licząc gospodyni, która pojawiła się cicho jak duch i zaczęła sprzątać ze stołu. Teraz docenił, że Ludwina Piąta nie jest rozmowna. Siedział i kalkulował. Stu opawskich zbrojnych. Mało. Psiakrew, mało. W Lipowcu jego szwagier, Gerlach de Culpen, zdjęty przez Karła z urzędu dawny wójt wielicki, dowodził obroną. Gerlach za słaby na atak.

Od miesięcy prowadził sekretną dyplomatyczną misję wokół największego wroga Karła, księcia głogowskiego Henryka, próbując go skusić wawelskim tronem, jak chwilę wcześniej Mikołaja z Opawy. Już mu się zdawało, że cel osiągnął i czarny śląski orzeł zwrócił drapieżne oko na Kraków, gdy wczoraj przybyli posłańcy od księcia. Dwaj ponurzy jak noc rycerze, Lutek Pakosławic i Henryk zwany Hacke. I przynieśli mu odpowiedź swego pana. „Henryk, książę Głogowa, dziedzic Królestwa Polskiego, nie jest zainteresowany ofertą biskupa Jana Muskaty". Tak powiedzieli. Nie opanował się, prawda, i wczoraj przy nich też wybuchnął, krzycząc: „Jak to nie jest zainteresowany! Każdy piastowski książę marzy o tronie krakowskim!". Wtedy ten Hacke powiedział w imieniu swego pana: „Książę Henryk tym różni się od wszystkich Piastów, że zamiast marzyć, realnie ocenia swe możliwości. W obecnej chwili panuje w Poznaniu, sercu Królestwa. Ale nasz pan w swym majestacie przejmie i Małą Polskę, gdy nastąpi ku temu czas". Pogonił drani, a gdy zniknęli, jeszcze ich przeklął na drogę. Niech sczezną oni i ich książę! Znalazł się uczciwy i prawy wśród Piastów!

Wczoraj odprawiając ich, był silny, bo niosła go wizja umowy z Mikołajem z Opawy. Ale dzisiaj, gdy i ona rozwiała się w dym, poczuł się samotny, zdradzony i słaby.

— Ludwino, zagrzej mi piwa z korzeniami — poprosił.

— Z korzeniami? A skąd ja mam mieć takie zbytki?

— To mi z miodem zagotuj — jęknął.

Zakręciła się przy kominie, rozpaliła ogień i od samego ciepła poczuł się lepiej. Po chwili znad kociołka, który ustawiła na trójnogu, rozeszła się dobra woń grzanego babickiego. Babskiego — poprawił się w myślach. Postawiła przed nim kubek i powiedziała polubownie:

— Naści, niech pije na zdrowie. W kociołku jest reszta dzbana. Ja na chwilę wyjść muszę, córki moje przyszły.

— Idź, idź — zezwolił, parząc usta gorącym piwem.

Ludwina zarzuciła chustę na ramiona i wyszła. Łypnął za nią.

Za stara dla mnie i gruba — ocenił ją trzeźwo. — Ale gotuje dobrze. Tylko miodu oszczędziła. Za mało słodkie.

Zwlókł się z ławy i zajrzał do garnków stojących nieco dalej od pieca. W pierwszym znalazł maślankę, w drugim topione sadło, w trzecim coś, co wyglądało jak skrzepła krew, a okazało się gęstym sokiem z malin. Potem namacał jakieś płócienne woreczki. Powąchał.

— To szelma! — syknął. — Sknera. Korzeni nie ma! A to pachnie słodziutko jak lukrecja, tyle że korzeń lukrecji powinien być żółtawy, a ten tutaj jest zielony. Może jakaś odmiana inna?

Zgarnął trochę i dorzucił do kotła z piwem.

— Ale zakipiało! — zaśmiał się i wrócił do myszkowania po zapasach Ludwiny.

Odnalazł jeszcze ziele, co wonią przypominało cynamon, choć było zasuszonym kwiatem, nie korą, i grudki pikantne w smaku jak prawdziwy pieprz, lecz nie tak aromatyczne. Wrzucał wszystko do piwa, bo nagle zapragnął wrócić do szczęśliwego dzieciństwa, do czasów, gdy był małym Jankiem, synem wrocławskiego kupca korzennego. W końcu odkrył schowany pod glinianą misą maleńki słoik miodu i nie żałując sobie, całą jego zawartość załadował do kociołka z grzanym piwem.

— No teraz w końcu zapachniało jak trzeba! — rozpromienił się i polał sobie. — Ambrozja!

Smak piwa z miodem i korzeniami z woreczków Ludwiny Piątej przeniosły go najpierw w krainę lat dziecinnych. Znów ciągnął za warkocze Adelę, swą siostrę, i wrzucał zeschnięte muchy do owsianki brata Stefana. Tyle że żadne z nich nie było w jego wyobrażeniu młode. Adela, matka pięciorga dzieci, żona Gerlacha, wyglądała jak teraz, tyle że zamiast skromnie chować włosy pod czepkiem, miała je splecione w dziewczęce warkocze. Stefan pochylający się nad miską był staruchem. Staruchem?! — otrzeźwiał Muskata. — Przecież Stefan ode mnie tylko dwa lata starszy. Pociągnął jeszcze i poczuł, jak wzbiera w nim pewność swego. Co mu tam Karzeł! On, Jan Muskata, ma przywileje i ten mały, wraży Władek mu je uroczyście potwierdził, każdy jeden, który dostał od Václava, każdy jeden! A skoro mu potwierdził, to on, Jan Muskata, to wyegzekwuje. Nic nie jest stracone, wszystko otwiera się przed nim i spełni swe marzenie, bo na to zasługuje. Zbuduje księstwo biskupa krakowskiego!

Drzwi gospody otworzyły się jak na jego wezwanie i do środka weszły ze cztery Adele, każda w warkoczach. Rzucił się ku nim, by pociągnąć, a te szelmy ze śmiechem się rozbiegły. I wtedy wszedł Stefan, tyko jakiś odmieniony, męski.

— Panie, czas na nas — powiedział.

— Czekaj, bracie, tylko złapię Adelę! — zachichotał Muskata.

— To nie są żadne Adele, nie obrażaj moich córek! — stanęła przed nim Ludwina Piąta i rozpoznał ją po biuście.

— Nie Adele? — stropił się Muskata. — A to może nie Stefan?

— A z ciebie żaden kupiec korzenny — powiedziała obrażona Ludwina i odwróciła się do mężczyzny stojącego w drzwiach. — Niech pan go zabierze.

— Precz z łapami, skoroś nie Stefan — obraził się Muskata, który nim wtargnęli, był już księciem biskupem.

— To ja, Walter, dowódca twych cichych ludzi — szepnął mu na ucho mężczyzna i podtrzymał go, bo Muskata się zatoczył.

— Nie, nie! Cichymi dowodzi Ruprecht — zaprotestował biskup.

— Biskup zawsze myli moje imię — szepnął mężczyzna i pokazał mu pierścień.

Trzy gałki muszkatu, swój herb Jan Muskata rozpoznałby wszędzie.

— Po coś przybył? — otrzeźwiał.

— Jest źle, mój panie, choć jeśli zareagujesz od razu, nie będzie beznadziejnie. Dohna pobity. Twe dobra złupione, Iłża spłonęła, a za wszystkim stoi Smocza Kompania Strasza Odrowąża. Książę Władysław za kilka dni dojedzie do Krakowa, jeśli zdążysz być tam przed Straszem i złożyć skargę na bezbożne działania łotrzyków, będziesz w prawie.

— Bezbożne — podchwycił Muskata.

— Tak, panie. W szeregach Strasza walczyli poganie i schizmatycy.

— Panu Bogu dzięki! — zamaszyście przeżegnał się Muskata i osunął w ramiona Waltera. — Wrzuć mnie na siodło, bo władzy w członkach nie mam — rozkazał mu. — I nic się nie bój, mój Ruprechcie, bo mimo to umysł mam czysty.

Dwa tygodnie później spotkali się w Krakowie, na dziedzińcu wawelskiego zamku. Karzeł z Karłową siedzieli na tronach, za ich plecami chorągiew z tymi kalekimi, na pół dzielonymi bestiami i druga, z orłem bez korony.

— Książę krakowski, sandomierski, sieradzki, łęczycki, brzeski, kujawski i pomorski Władysław wraz z księżną Jadwigą! — darł się herold, jakby Muskata nie wiedział, przed kim staje.

— Biskup krakowski Jan Muskata! — zakrzyknął drugi.

— Ze skargą na nieprawości, jakie się dzieją za przyzwoleniem księcia — stanowczo oświadczył Muskata.

— Bez wiedzy, przyzwolenia i pod nieobecność — zaprzeczył książę. — Znam twą skargę, biskupie Muskato, i rozpatrzę ją w obecności świadków.

Tych rzeczywiście zebrało się liczne grono. Jan Muskata widział małopolskich panów Lisów, Gryfitów, Toporów, Bogoriów. Tych nienawidził. W poprzedniej wojnie spustoszyli mu Sławków, jednego nawet pod kluczem trzymał, ale po ugodzie z Karłem wypuścił. Dalej stali kujawscy rycerze, ulubiona świta księcia. Zgraja gołodupców — oszacował ich liche płaszcze i zniszczone zbroje. Przybył i kler krakowski, kanonicy katedralni, prepozyci i nawet zakonnicy wychynęli z czeluści swych klasztorów. Franciszkanie, biedota, wierni stronnicy Łokietka. Dominikanie w białych habitach dzięki Bogu też przybyli. Zwykle mógł na nich liczyć. Cystersi z Szyrzyc to chyba z wścibstwa przyszli, pewnie za interesem jakimś do miasta przybyli. Benedyktynów nie widział.

— Przyprowadzić oskarżonego! — rozkazał książę i po chwili wprowadzono wysokiego, chudego mężczyznę o drapieżnej twarzy. Ręce miał związane za plecami, na skórzanym kaftanie widniały ślady odciśniętych kółek kolczugi. Oczywiście, znaków rodowych i książęcych nie miał.

— Jak się nazywasz? — spytał Karzeł.

— Strasz z rodu Odrowążów, ale bocznej linii — odpowiedział hardo.

— Czy prawdą jest, że dowodziłeś bandą rozbójniczą, która spustoszyła dobra obecnego tu biskupa Jana Muskaty?

— Mam świadków! — zawołał Muskata. — Słuchajmy świadków!

— Nie trzeba — odrzekł Strasz. — Przyznaję się do winy.

— Zatem zasądzimy odszkodowanie — kiwnął głową Karzeł.

— Nie tak szybko! — zaprotestował biskup. — Mam świadków i chcę, by ich wysłuchano!

— Po co, skoro oskarżony przyznał się do winy?

— Bo chcesz go osądzić, książę, wyłącznie za szkody w mych majątkach, a ja chcę dowieść, że ten człowiek dopuścił się nie tylko zniszczenia dóbr, ale i szerzenia pogańskich praktyk!

Po zebranych przeszedł szmer. Dominikanie krzyknęli jak jeden mąż:

— Odstępstwo od wiary jest grzechem śmiertelnym!

— Otóż to! — podjął Muskata i zatarł ręce. — Ten oto Strasz stanął na czele nie zwykłej rozbójniczej bandy, lecz oddziałów złożonych z pogan i schizmatyków! Mam świadków, że w jego szeregach walczyli dzicy Kumani, Rusini, a nawet Litwini! Cała barbarzyńska horda! W dodatku na swą chorągiew wzięli znak smoka, który jest symbolem sił nieczystych, druhem Szatana, wierzchowcem Lucyfera…

— …i pieczęcią cechu wytrawiaczy szlachetnych metali! — przerwał mu płomienistą przemowę Bogoria.

Wszyscy poza dominikanami zaczęli podrygiwać i śmiać się. Karzeł też.

— Śmiech w takiej chwili dowodzi współwiny — zagroził Muskata.

— Waż słowa, biskupie! — krzyknął wojewoda krakowski.

— Nie zapominaj, książę, że mam świadków, którzy widzieli smoczą chorągiew i Kumanów, Litwinów i schizmatyków w szeregach tego diabła. Moje zniszczone kościoły, żywy dowód na heretycki charakter całego sprzysiężenia! A najbardziej obciążające jest to, że ów Strasz był twym podwładnym, więc ty, książę, też jesteś winien!

Twarz Karła skamieniała. Jego żona zbladła niczym ścięte mleko.

— Oskarżenie rzucone na księcia nie będzie ci darowane, chyba że się z niego wycofasz w tej chwili — powiedział wojewoda krakowski.

— Pozwól, książę, że udowodnię biskupowi, iż się myli — odezwał się Strasz. — A tym samym będzie musiał odszczekać zarzuty wobec twej osoby.

— To ja mam świadków — powtórzył Muskata — oni widzieli.

— Powiedz, biskupie, jak wygląda schizmatyk — zażądał Strasz. — Albo zawołaj świadka, by opisał takiego.

— Guncelin, proboszcz Sławkowa! — przywołał Muskata pierwszego ze swoich. — Guncelinie, powiedz, jak wyglądali schizmatycy, którzy wpadli do kościoła?

— Niewysocy, włosy z jednej strony mieli podgolone, ale tylko z jednej. I szatańskie znaki wycięte na wygolonym miejscu.

— Mogli wyglądać jak ten tutaj? — spytał Strasz i z tłumu wyszedł pewny siebie mężczyzna.

Muskata przyjrzał mu się z odrazą. Tak, to był schizmatyk. Nawet gorszy niż ten, co go opisał Guncelin, bo te znaki na głowie to były szramy, jakby mu kiedyś łeb toporem rąbali.

Proboszcz Sławkowa na widok wywołanego zadrżał i potwierdził.

— Tacy sami na mnie napadli! Tacy sami!

— Wasyl, przeżegnaj się — powiedział do niego Karzeł.

I diabeł się przeżegnał.

— To Wasylko, wódz oddziału strzelców halickich — oznajmił wojewoda. — On i jego ludzie byli w orszaku księcia na Pomorzu. Jak widzisz, biskupie, dobry z niego chrześcijanin. Wasylko, pokaż biskupowi krzyż, który nosisz na piersi — zachęcił go wojewoda.

— To jakaś maskarada! Guncelin, opisz tych Kumanów — ponaglił Muskata.

— Łeb cały wygolony, tylko trzy czarne warkocze na czubku głowy, oczy dzikie — przeżegnał się jego proboszcz.

— Kopasz! Pokaż no się! — zawołał Karzeł i Muskata poczuł, że coś jest nie tak.

Z oddziałów w głębi wawelskiego dziedzińca wyszedł Kumaniec taki właśnie, jak opisał go Guncelin, i stanął na baczność przed księciem. Ten coś do niego zaszwargotał po węgiersku i wojak przeżegnał się, a potem zaczął mówić po łacinie Litanię do wszystkich świętych.

— Diabeł potrafi przybrać różne postacie! — zawołał Muskata. — Czy nie widzicie trzech rogów na jego łbie?

— Podstępy diabła sięgają głęboko — odezwał się z boku przełożony franciszkanów. — Ale ten tu węgierski rycerz po prostu się modli. I to lepiej niż niejeden ksiądz. Waż słowa, biskupie Janie!

A ty zacznij buty nosić, żebraku — żachnął się w duchu Muskata.

— Oddalam zarzuty o heretyckim charakterze napadów — odezwał się Karzeł. — Oddalam zarzuty o zamiarze sprofanowania kościelnych dóbr. Ponieważ Strasz z Odrowążów przyznał się do splądrowania majątków biskupa, zasądzam odszkodowanie. Na ile wyceniasz swe straty, biskupie Muskato?

— Tysiąc grzywien! — wrzasnął ten.

— To by ci musiał pałac spustoszyć — zaśmiał się ktoś w szeregach cystersów.

— Z przedłożonych do książęcego sądu rachunków wynika szacunek na dwieście pięćdziesiąt grzywien — oznajmił Karzeł. — I taką karę nakładam na Strasza. To i tak wielki majątek.

Jan Muskata słyszał wszystko, co działo się na dziedzińcu. Słyszał chichoty, jawne śmiechy, pogardliwe przycinki. Dwieście pięćdziesiąt grzywien wystarczy, by Strasz do końca życia nie wykaraskał się z długów, ale to go nie obchodziło. Był zły, bo nie dowiódł swego.

Oskóruję półgłówka Guncelina — myślał gorączkowo, patrząc, jak straż książęca rozwiązuje Straszowi ręce. — Odwołam się do legata papieskiego — planował. — Franciszkanów zniszczę. Te dwieście pięćdziesiąt grzywien wystarczy na najemne śląskie wojsko. Walter zwerbuje ich w księstwie opolskim, wrocławskim, bytomskim i każdym innym.

Na zamkowym podwórcu powstał jakiś ruch, ale książę i jego żona siedzieli nieruchomi.

Muszę tu stać jak głupek — pomyślał — czekać, aż jego karłowatość raczy się ruszyć. Czasu szkoda, już mógłbym do legata pismo składać.

Zagrały rogi. Koło Karła pojawił się jego kanclerzyna, jak mu tam? Ruder? Mierny legista. Gdzie mu tam do mnie, kształconemu w Bolonii.

— Przywilej książęcy jest darem — odezwał się książę. — Dowodem wzajemnej przyjaźni. Dzisiejsze oskarżenia biskupa krakowskiego Jana Muskaty zaś dowiodły, iż żywi nieuzasadnioną wrogość wobec swego księcia...

Tak, wrogość — zmielił to słowo Muskata. — Byś ty wiedział, kurduplu, co ja do ciebie żywię, to...

— ...dlatego odbieram biskupowi wielki przywiej przyznany mu przeze mnie rok temu, gdy witał mnie w progach miasta. Cofam wszystkie nadzwyczajne uprawnienia, w szczególności zgodę na obwarowanie czterech targowych osad biskupich. Iłża, Tarczek, Kielce i Sławków...

— Tylko nie Sławków! — wyrwało się nieprzytomnemu z nerwów Muskacie.

Książę nie zareagował. Mówił dalej:

— Do biskupa przynależeć będą tylko dawne, zwyczajowe prawa i przywileje, takie, jak dał tej godności dawny książę Bolesław i usynowiony przez niego Leszek Czarny, mój brat przyrodni. Książę daje i książę odbiera. Takie jest prawo majestatu.

Przez chwilę na dziedzińcu panowała martwa cisza. Muskacie pulsowały skronie. Czuł się jak człowiek, któremu przetrącono kręgosłup. Zabrał mu. Karzeł zabrał mu klucz do skarbca i opróżnił podręczną szkatułę. Zrazu nieśmiało, a potem coraz zuchwalej zaczęły odzywać się okrzyki. Tak, jeszcze się łudził, że to dominikanie albo ktoś, kto widzi jego krzywdę i chce zaprotestować, ale usłyszał:

— Zakon żebraczy cię czeka, wrażny biskupie!

Chwiejnym krokiem wycofał się. Pociemniało mu w oczach, zachwiało nim, bał się, że upadnie na bruk wawelski. Po omacku szukał oparcia, ale nikt nie chciał mu podać ręki, wszyscy odsuwali się jak od trędowatego. Wreszcie dotknął czyjegoś ciepłego ramienia. Wczepił się w nie palcami.

— Tędy, proszę — usłyszał dźwięczny głos. — Ja pomogę.

Dostrzegł jasną twarzyczkę dziecka. Białe włosy, ciemne lśniące oczy i czarne ubranie. Pacholę jakieś — pomyślał, biorąc oddech i powiedział:

— Pan Bóg ci wynagrodzi, dziecko.

— Niekoniecznie, mój panie.

I dopiero wtedy zobaczył na piersi pacholęcia czerwonego półorła i półlwa.

JADWIGA GŁOGOWSKA, opatka wrocławskich klarysek, siedziała sama w celi przy dogasającej świecy i studiowała Regułę klasztorną oraz bullę papieża Aleksandra IV wydaną przed ponad pięćdziesięciu laty dla jej zgromadzenia. Z przemęczonych oczu płynęły jej łzy, które raz po raz ocierała chusteczką, ale nie chciała iść spać, póki nie uzyska odpowiedzi na wszystkie swe pytania.

Była przełożoną od ponad dwudziestu lat; godność opatki objęła po siostrze Jadwidze, zwanej tu Pierwszą, która zrzekła się funkcji, ale pozostała w murach zgromadzenia i mimo sędziwego wieku wciąż miała się dobrze. Poprzednie lata dotknęły je stratą kilku sióstr, w tym śmiercią ich umiłowanej Ofki, siostry króla Przemysła. Jeszcze przed nią odeszła księżna Elżbieta wrocławska, stryjeczna siostra Przemysła. Nie była zakonnicą, ale wszystkie tu, w zgromadzeniu, traktowały ją jak siostrę, bo póki mieszkała we Wrocławiu, wspierała klasztor i radziła się ich w każdej sprawie, jak rodziny. Potem omamił ją król Václav II i ściągnął do Pragi, w myśl narzeczeństwa syna Elżbiety, młodego księcia Bolesława, i swej maleńkiej córki, Małgorzaty. Odradzały Elżbiecie ten wyjazd, mówiły, że za propozycją Václava kryje się jad, ale nie, ona uparła się i pojechała na złoty, praski dwór. I nie wróciła stamtąd żywa. Jej ciało sprowadziły, pochowały u siebie w kościele, opłakując rzewnymi łzami i zmawiając za nią dziesiątki żarliwych modlitw.

Elżbieta, jeszcze przed śmiercią, powierzyła im dwie córki. Swą imienniczkę, Elżbietę, zwaną w klasztorze Betką, i Annę. Obie po krótkim nowicjacie przyjęły śluby i szybko zadomowiły się wśród klarysek. Teraz jednak zgłosiła się do nich starsza córka Elżbiety, Jadwiga, ta, którą wydano za syna margrabiego Ottona Długiego i która przed paroma laty owdowiała. W tym nie ma nic nadzwyczajnego, reguła zakonna dopuszcza do zgromadzenia wdowy, oczywiście. Kłopot w tym, że córka księżnej Elżbiety nie przyszła do nich zaraz po tym, jak straciła męża, ale dopiero po sześciu latach, odkąd go pochowała. Ach, i to nie byłoby dla Jadwigi niczym dziwnym, gdyby nie fakt, że nowicjuszka nikomu nie wyjawiła, co robiła przez ten czas.

Świeca zakopciła czarnym dymem, z oczu Jadwigi popłynęły kolejne łzy. Otarła je i przycięła knot. Płomień wyrównał się, klaryska zamrugała i znów mogła czytać. Odłożyła na chwilę sprawę wdowy z tajemnicą i pochyliła się nad inną kandydatką do zgromadzenia. Gdy tylko zaczęła studiować jej przypadek, drzwi celi uchyliły się ze skrzypieniem, które w nocnej ciszy zabrzmiało, jakby waliły się mury. Jadwiga poderwała się zza pulpitu. W wejściu pojawił się najpierw niewielki snop światła, potem cień na ścianie, wyglądający niczym pochylone, drapieżne monstrum.

— Wszelki duch Pana Boga chwali — wyszeptała drżącym głosem i przeżegnała się, czując, jak głośno bije jej wystraszone serce.

Cień wyciągnął ku niej dłoń z długimi, zakrzywionymi palcami. Jadwiga cofnęła się o krok, potknęła o stojące za nią krzesło i wywróciła je z hukiem.

— Bój się Boga, co tak hałasujesz po nocy — odezwała się skrzekliwym głosem Jadwiga Pierwsza i weszła do jej celi, trzymając w ręku kaganek.

Straszny cień przybrał ludzką postać.

Opatka otarła czoło i odetchnęła.

— Wystraszyłam cię? — niewinnie spytała Pierwsza. — Myślałaś, że kto? Że duch Matki Założycielki? — dopytywała z ledwie tłumionym zadowoleniem.

— Nie. Myślałam, że jakieś monstrum — mściwie odpowiedziała Jadwiga. — Siostro kochana, obiecałaś, że więcej mi tego nie zrobisz.

— Obiecałam? — zdziwiła się Pierwsza. — Nie pamiętam.

— Pamiętasz — nie dała się nabrać Jadwiga.

— Nie, nie pamiętam — niewinnie pokręciła głową Pierwsza. — No, przecież ja mam prawie sto lat, ja mam pełne prawo zapominać — obraziła się natychmiast.

— Masz siedemdziesiąt, moja droga — poprawiła ją opatka i przysunęła krzesło dla najstarszej siostry. — Spocznij sobie, skoro do mnie przyszłaś.

— Spać nie mogę — poskarżyła się Pierwsza. — W dzień to bym spała, a w nocy, widzisz, kładę się, z boku na bok przewracam, a sen nie chce nadejść. Ach, będziesz w moim wieku, młódko, to sama zobaczysz, jak to jest. Na nieszporach człowiek senny, że oczy mu same lecą, a po nieszporach jak żywczyk. Co tu po nocy czytasz?

— Regułę i nasze papieskie bulle. — Jadwiga zastanawiała się przez chwilę, czy podzielić się z najstarszą swym kłopotem.

Powiem jej — zdecydowała szybko.

— Siostro, czy w czasach, gdy byłaś przełożoną, zdarzyło ci się przyjąć do zgromadzenia dziewczynę, która nie chce ujawnić swego prawdziwego imienia?

Bystre, choć blade oczy Pierwszej spojrzały najpierw na krucyfiks wiszący ponad głową Jadwigi, a potem na nią samą.

— Piastówna? — przeszła do konkretów.

— Mówi, że nie. Nazywa się córą rycerskiego rodu.

— Uhm — podrapała się pod welonem najstarsza. — Ile ma lat?

— Na oko mniej niż trzydzieści, a więcej niż dwadzieścia.

— Ładna?

— Co masz na myśli? — zdziwiła się opatka.

— Czy jest olśniewającą pięknością, która za murami szuka ucieczki od szturmujących dom ojca zalotników — powiedziała Pierwsza znudzonym tonem.

Jadwiga zastanowiła się. Dziewczyna była drobna, szczupła, ciemnowłosa, z pewnością ładna, ale nie należała do typu dworskich dam, tak urodziwych, że szło za nimi oko. Miała w sobie to coś, co przykuwało uwagę, ale nie wyglądała na kobietę, za którą szaleją mężczyźni. Oczywiście, na ile Jadwiga, od trzydziestu lat żyjąca za klasztornym murem, mogła coś jeszcze o tym wiedzieć.

— Nie — odpowiedziała po namyśle.

— A jaki powód podaje?

— Jest sierotą, niedawno obumarł jej ojciec, została na łasce krewnych, brat chce ją przemocą wydać za mąż, a ona nie życzy sobie...

— No raczej — przerwała jej Pierwsza, pociągając nosem. — Czyli jak zawsze. Bez powołania, tylko na ucieczkę. Szkoda.

— Właśnie nie, siostro — pokręciła głową Jadwiga. — W tej dziewczynie jest jakaś żarliwość, której nie umiem określić. Zakochana w świętym Franciszku...

— Jak wiele z nas, w młodości — mruknęła Pierwsza. — Co jeszcze o niej wiesz?

— Przybyła do nas sama, konno, od razu z posagiem, jakby nie liczyła się z tym, że jej nie przyjmiemy.

— Albo — wyciągnęła suchy, zakrzywiony palce najstarsza — jakby obrobiła ojcowe skrzynie, zabrała, co jej się należy, żeby ten brat, co ją chce swatać, nie nakradł. Zapobiegliwa — pochwaliła.

— Niby tak, ale zrozum, dziewczyna sama, konno? — podzieliła się swymi wątpliwościami Jadwiga. — Toż wiesz, co się teraz dzieje na traktach.

— Na ciężkie czasy przydałyby się nam odważne zakonnice. Waleczne córy świętej Klary. A skąd przyjechała? Powiedziała choć tyle?

— Robi z tego tajemnicę — zaprzeczyła opatka. — Przypuszczam, że jest spoza Śląska.

— O! — zaciekawiła się Pierwsza. — Znaczy, ród, z jakiego pochodzi, musi być możny, skoro dziewczyna chce przed nim schronić się w innym księstwie. Robi się ciekawie. — Najstarsza umościła się wygodniej i zatarła dłonie. — Myślisz, że czeka nas jakiś rycerski najazd? Jej brat z wojskiem będzie oblegał klasztor, by wydobyć siostrę, a my będziemy jej bronić? Szturm na furtę — rozmarzyła się najstarsza. — Ja z garncem wrzącej kaszy na bramie, ty zadrzesz habit i będziesz miotała…

— Siostro — upomniała fantastkę opatka. — Miarkuj się. Gdybym przewidywała takie rzeczy, jako odpowiedzialna za klasztor i powierzone mi zakonnice, nigdy bym się nie zgodziła.

— Mówiłam, że przydałyby się waleczne siostry — złośliwie wypomniała jej Pierwsza. — Ty taka ostrożna, zapobiegawcza, gdyby nie to, że w nocy spać nie mogę, zasnęłabym w pół zdania rozmowy z tobą. Ale może ta nowa, odważna, wygryzie cię ze stanowiska i wtedy zapanują u nas ciekawe czasy.

— Nie wygryzie — pobłażliwie i łagodnie odrzekła Jadwiga. — Przecież mówiłam ci, że nie jest Piastówną.

— To najwyraźniej źle doczytałaś regułę — zaskrzeczała Pierwsza ze śmiechem. — Albo nie dowidzisz, choć z ciebie młódka. Tam nie stoi, że tylko Piastówna może być przełożoną wrocławskich klarysek. Tam jest napisane, że pierwszeństwo w uzyskaniu miejsca w klasztorze mają córy Piastów, ale nie wyłączność.

Jadwiga uniosła brwi i przesunęła chaotycznie leżące przed sobą pergaminy. Naprawdę nie wiedziała. Litery od dawna rozmazywały jej się przed oczami, ale sądziła, że mimo to poprawnie odczytuje słowa i zdania. Zrobiło jej się przykro.

— Nie doczytałaś! — rechotała teraz pełną piersią najstarsza z nich, córa matki założycielki. — No przecież moja mamusia była

Przemyślidką, co, nie pamiętasz? Dobra, nie będę się z ciebie śmiała, żeby ci autorytetu nie odbierać. Słuchaj, moja opatko młódko! Wolno nam przyjmować rycerskie córy i dziewuszki z innych niż rodzima dynastii. To się tylko tak z czasem utarło, że klasztor Piastówien, bo nas, księżniczek krwi, było w nim najwięcej, i słusznie. A wiesz, co ci powiem? Ja bym tę nową wzięła. Nie, nie dlatego, żeby ciebie wygryzła, przecież znasz moje żarty, ale po to, by wpuścić trochę świeżej krwi w te mury. Przyniesie nam kawał świata, którego my nie znamy, niech opowie! Nie musimy tak od wejścia nastawać na jej tajemnice.

— I kto to mówi? — odzyskała rezon opatka. — Najbardziej wścibska z wrocławskich sióstr.

— Co masz do mnie? — obruszyła się Starsza z tą jej zadziorną miną.

— Nic — szczerze powiedziała Jadwiga. — Bywasz okropna, złośliwa, despotyczna i kłótliwa, ale zawsze taka byłaś i taką cię pokochałam, Jadwigo Pierwsza. Masz rację, przyjmijmy do nowicjatu tę dzielną dziewczynę, a jeśli zdecyduje się złożyć śluby wieczyste, przybierze nowe zakonne imię i skrytej pod welonem nikt jej u nas nie wytropi.

— No, teraz mówisz jak prawdziwa opatka, a nie jak Jadwiga Głogowska I Lękliwa — pochwaliła ją najstarsza.

— Lecz aby zabezpieczyć interesy zgromadzenia, za które odpowiadam, pod przysięgą milczenia przyjmę od niej wiadomość o pochodzeniu i rodzie — zakończyła Jadwiga.

— O nie... — jęknęła Pierwsza. — Złośliwie to zrobiłaś. Tylko ty będziesz wiedzieć?

— Tak. Powierzy mi swą tajemnicę pod moją przysięgę milczenia.

— Jadwiga Głogowska Wredna! Jadwiga Głogowska Złośliwa! Jadwiga Okrutna i Wielce Mściwa! — zaperzyła się najstarsza. — Chcesz mnie do grobu wpędzić? Przecież jak będę wiedziała, że ty wiesz, a nie powiesz, to ciekawość pożre mnie żywcem! — biadoliła.

— Nie o ciebie chodzi — łagodnie powiedziała opatka. — Ale o bezpieczeństwo tej dziewczyny.

— No to tym bardziej możesz mi powiedzieć. Przecież wiesz, że ja wszystko od razu zapominam — przymilała się siostra.

— Jadwigo Pierwsza, proszę, nie nastawaj na mnie, tylko wspomóż mnie swą światłą radą, co zrobić z córką świętej pamięci Elżbiety — zmieniła temat opatka, bo naprawdę nie znosiła wścibstwa dawnej przełożonej.

— A, z tajemniczą wdówką! — zaciekawiła się ta natychmiast. — Co się pytasz? Przyjąć!

— Nie zastanawia cię te sześć lat? Nikt nie wiedział, co się z nią działo.

— Możesz ją mnie powierzyć — chytrze uśmiechnęła się najstarsza. — Już ja ją wyspowiadam.

— Siostro! — upomniała ciekawską opatka.

— Co, siostro? Jestem w radzie zgromadzenia? Jestem. Mam głos w tych sprawach? Mam. No to zawrzyjmy układ, ty mi dajesz wdówkę pod skrzydła, a ja tobie rycerską córę. Nie targuj się, bo powiem *veto* przy każdej sprawie, którą będziesz chciała przegłosować!

Jadwiga westchnęła. Prawda, zgromadzenie miało swą radę złożoną z sióstr zwanych dyskretkami i najstarsza była jej członkinią, choć akurat w jej przypadku nazwa ta była co najmniej chybiona.

Radę dyskretek Jadwiga zwoływała w każdej ważniejszej sprawie, bo była osobą ceniącą zasady, prawa i reguły, choć jej poprzedniczka mówiła, że niepotrzebnie jest aż taką formalistką, wszystko bowiem można załatwić w ramach „godzinek piastowskich". Ten niepisany zwyczaj, by księżniczki krwi spotykały się na modłach w intencji dynastii, przetrwał, owszem, i miał się świetnie, ale Jadwiga mimo to wolała, by ważne rzeczy załatwiać formalnie.

— Zgoda — skapitulowała. — Ja zajmę się tą dziewczyną, a ty roztoczysz opiekę nad nowicjatem Jadwigi, córki księżnej Elżbiety.

— Zacznijmy od tego, że trzeba jej zmienić imię — przeszła do rzeczy najstarsza. — Nie może być tak, że ja Jadwiga, ty Jadwiga i ona na dokładkę. Bez przesady! Wszyscy nasi rodziciele wielbili świętą Jadwigę z Meranu, ale tylko ja jestem jej prawdziwą wnuczką. Tobie też nie odmówię, bo wiadomo, jesteś na urzędzie, ale nowicjuszka musi sobie przyjąć jakieś nowe.

— Nie wolno jej zmuszać — przestrzegła opatka.

— Przecież nie mam zamiaru! Czy ja wyglądam na osobę despotyczną? Zasugeruję jakieś zdrobnienie, w końcu to młódka. Może Jadzia?

— Siostra Jadzia? — skrzywiła się Jadwiga opatka. — Chciałabyś, żeby tak cię zwano?

— Ja? Nie — wzruszyła ramionami najstarsza. — To dla niej.

— Wybacz, jestem bardzo zmęczona — poruszyła ramionami Jadwiga. — I dziękuję, pomogłaś mi radą. Udajmy się na spoczynek, siostro, bo jutrznia zastanie nas nad pergaminami.

— Do jutrzni jeszcze daleko, wiem, co mówię, bo nic a nic spać mi się nie chce — oznajmiła stara klaryska. — O Muskacie słyszałaś? Właśnie do Wrocławia w tajemnicy przybył, bo go Karzeł z przywilejów ogolił.

— Nie mów „Karzeł", tyle razy cię prosiłam. Mów „Władysław" albo „Łokietek".

— Porządnicka — wzruszyła ramionami Pierwsza i gadała dalej: — U naszego biskupa, Henryka z Wierzbna, się schronił i ponoć we dwóch knują, jakby tu tego Łokietka z siodła wysadzić. Do twojego brata się jeszcze nie zgłaszali? To teraz wymarzeni wspólnicy w jego sprawie.

— Zgłaszali — westchnęła opatka. — I on sam prosił mnie o dyskretne pośrednictwo, ale wiesz, moja droga, że ja...

— Przestań, przestań. Póki żyła nasza kochana Ofka, siostra króla i córa Starszej Polski, to się można było zapierać, ale teraz? Dlaczego nie poprzeć kochanego Śląska?

Jadwiga zafrasowała się. Owszem, nieraz w skrytości ducha marzyła, że jej rodzony brat, Henryk, książę Głogowa, a teraz i Starszej Polski, mógłby sięgnąć po świętą, królewską koronę. I gdy niedawno napisał do niej z prośbą o wsparcie pewnych dyplomatycznych misji u biskupa, pomyślała, że jego plan, by oprzeć odzyskanie korony o zjednoczenie Starszej Polski i Śląska zamiast Pomorza, mógłby być drogą do niej. Potem jednak, po wielu godzinach modlitw doszła do przekonania, że w postępowaniu Henryka tkwi błąd, którego książęcy brat nie dostrzega. On sądzi, że nie potrzebuje baronów Starszej Polski do dzieła zjednoczenia. Nie docenia ich i pomija, a jednocześnie szuka wsparcia na Śląsku. Przerabiały tu, w klasztornych celach, za sprawą Elżbiety i Ofki, tamte dzieje i jedyne, czego Jadwiga była pewna, to że bez największych rodów Henryk nie zbuduje Królestwa. Potrzebował Zarembów, Nałęczów, Grzymalitów i Łodziów, czyli tych wszystkich, których szczerze nie znosił.

— Wyobrażasz to sobie? — zachichotała Pierwsza. — Wielki Muskata na proszonym chlebie u naszego Henryka z Wierzbna! Ach, obaj siebie warci, jednemu już się stołek pod siedzeniem zapalił, drugi będzie następny.

— O czym mówisz?

— Arcybiskup Świnka zbiera dowody nie tylko na Muskatę, ale i na Henryka. Ho, ho! Jakby patriarcha gnieźnieński do Wrocławia przyjechał, to by się nasłuchał! A co ty myślisz o tym otwieraniu grobów?

Jadwiga otrząsnęła się. Nie nadążała za wiekową siostrą, której rzeczywiście nocne godziny służyły.

— Papieża mam na myśli, Bonifacego VIII — przywołała ją do porządku najstarsza.

— On nie żyje. Ojcem Świętym jest Klemens V — odpowiedziała, myśląc, że starszej się myli.

— Rety, wiem! Ale mówiłam ci dwie noce temu, nie pamiętasz? O, Klaro, ratuj! — złożyła dłonie starowina. — Ty chyba możesz pełnić obowiązki tylko w dzień, bo w nocy robisz się niezbyt bystra. Chodzi mi o to, jak król Francji Filip Piękny zmusił papieża Klemensa do wyciągnięcia z grobu Bonifacego VIII, w sensie jego zwłok i spalenia na stosie. To ci historia, nie? Nikt nie jest bezpieczny, nawet papież po śmierci. Ja to pójdę pod jakiś wielki kamień, żebyś pamiętała. Tak ciężki, by nikt na moim trupie niczego nie szukał. Zresztą, to niegrzecznie. Całe życie jestem dziewicą i żeby tak po śmierci mnie jakieś obce łapy z przeproszeniem macały. Nie godzi się. A Klemens V, choć papież, ani dnia w Rzymie nie spędził, bo go kardynałowie italscy nienawidzą. Tylko czekać, aż mu antypapieża wybiorą, ho, ho. A wiesz, mówi się, że król Filip to może Klemensowi pałac papieski w Paryżu postawi, to dopiero, co? Będzie miał król Francji własnego papieża, domowego, bym rzekła, gdyby uchodziło. Bonifacy był, jaki był, swoje za uszami miał, ale to był papież, którego bali się królowie!

— I widzisz, co go za to spotkało? — przerwała wywód najstarszej Jadwiga. — Spokoju po śmierci nie ma. Chodźmy spać, proszę.

Najstarsza zrobiła nadąsaną minę, ale Jadwiga postanowiła być twarda. Zaraz zadzwonią na jutrznię.

— Pomogę ci wstać — powiedziała, podchodząc do nestorki.

— Pomagać to mi będziesz w dzień — żachnęła się. — W nocy to ja jestem zręczna jak młoda sówka.

— Chodź, sówko — zaśmiała się pieszczotliwie opatka. — Musisz wypocząć, zanim zaczniesz przygotowywać nowicjuszkę.

— A, to pójdę — podniosła się Pierwsza. — Żadnych przypuszczeń nie masz co do rodu tej rycerskiej córy? A jak to Święcówna z Pomorza, co?

— Już, już — pogoniła ją opatka. — Tam nikt ostatnio nie umarł, córki nie osierocił.

— A do głowy ci nie przyszło, że to może być takie samo „ostatnio" jak w przypadku naszej wdówki? Sześć lat się sierocie zawieruszyło — zaśmiała się skrzekliwie starowina, a do Jadwigi dotarło, że może być w tym wiele racji.

RIKISSA sama zeszła do podziemi katedry Świętego Wita w Pradze. Znała drogę. Z kaplicy świętego Václava wąskim zejściem do krypty Świętych Kosmy i Damiana. Kolejni mijani strażnicy skłaniali przed nią głowy.

— Królowa Eliška Rejčka — mówili z dumą.

Przed skarbcem czekał na nią biskup Jan IV.

— Królowo — pozdrowił ją z powagą.

— Biskupie — odpowiedziała i weszli do wnętrza.

Słudzy zapalili oliwne lampy i przed jej oczami rozświetliło się nisko sklepione pomieszczenie. Skarbiec Przemyślidów — pomyślała ze wzruszeniem.

— Dlaczego prosiłaś o spotkanie, pani? — spytał biskup.

— Wiesz, że nowo mianowany arcybiskup Moguncji, Peter z Aspeltu, jest w drodze do Pragi — powiedziała. — Zaczynamy przygotowania do koronacji Rudolfa.

— Mam tego świadomość i rozumiem wagę — odrzekł, patrząc na nią wyczekująco.

— Chcę sprawdzić, czy korona świętego Václava będzie pasowała na głowę mego męża — skłamała.

— Król mógł przybyć osobiście — delikatnie pouczył ją Jan.

— Nie mógł — powiedziała prawdę. — Mnie poprosił, bym się zajęła tą sprawą.

— Rozumiem. Otworzę skarbiec.

Skinęła głową, gdy Jan szukał klucza. Rozejrzała się po pomieszczeniu, a on ruszył do niepozornego kufra.

— Czy korony Piastów przechowujecie w jednej skrzyni z koronami Przemyślidów? — spytała lekko.

— Tak, pani — powiedział, wkładając klucz w zamek. — Tak jest bezpieczniej.

— Bezpieczniej? — uniosła brwi zdziwiona. — Czego się obawiasz, biskupie? Skarbiec jest dobrze chroniony.

— Skarbiec tak, ale Czechy nie — odpowiedział Jan IV. — Moim zadaniem jest strzec insygniów i to robię. Proszę, pani. Oto korony.

Serce Rikissy zaczęło bić jak szalone. Dobrze, że nie wzięła ze sobą trzech lwów, bo czując jej wzburzenie, wskoczyłyby do skrzyni i zrobiły to, o czym ona mogła tylko marzyć.

Korona jej ojca, króla Przemysła II, spoczywała na purpurowej aksamitnej poduszce. Rikissa wzięła ją w drżące dłonie. Przesunęła palcami po jej wnętrzu. Przymknęła oczy, by przypomnieć sobie pośmiertną koronę, jaką ojciec miał na głowie w Poznaniu, w dniu uroczystego pogrzebu. Jakub Świnka wołał wtedy wielkim, żałobnym głosem: „Nie żyje król!", a baronowie odpowiadali mu uderzeniami mieczy w tarcze.

— Nawet nie wiesz, jaka to dla mnie wzruszająca chwila — powiedziała do Jana IV łamiącym się głosem. — Mój mąż, Václav, był tak mądrym człowiekiem, że koronował się w Gnieźnie. Nie złamał tradycji na rzecz Krakowa, choć miał z Pragi bliżej. Póki żyję, będę mu to pamiętać.

A potem, gdy umilkł dźwięk mieczy o tarcze, gdy ucichł płacz żałobny, Jakub Świnka, krzyknął: „Straciliśmy króla, ale odzyskaliśmy królestwo!". Małgorzata w żałobnej nałęczce. Ona przy trumnie ojca, rycerstwo pogrążone w smutku.

— Jesteś wyjątkową kobietą, pani — odpowiedział jej wzruszony Jan IV. — Naszą podwójną królową. Szanuję twój ból po stracie męża. Naszego kochanego Václava... — chlipnął i odsunął się z atencją. Odwrócił, by nie zakłócać jej wzruszenia. Rikissa wiedziała, że ma chwilę, nie więcej.

Nie zastanawiając się, zatopiła palce w otoku największej perły zdobiącej szczyt korony i pociągnęła z całych sił. Wyrwała ją, łamiąc paznokcie i natychmiast schowała za dekolt sukni. Pocałowała koronę z czcią i odłożyła na poduszkę, odwracając, by nie straszyła pustym miejscem.

Jak dziura po wyrwanym zębie — przebiegło jej przez głowę. Westchnęła głęboko, by uspokoić oddech.

— Za duża, biskupie Janie — powiedziała ze smutkiem. — Korona Piastów jest za duża. Rudolf ma sporą głowę, ale długą i wąską. Podaj mi, proszę, koronę Przemyślidów.

Jan podszedł do niej i pochylił się nad skrzynią. Wyciągnął koronę świętego Václava i wręczył ją, mówiąc:

— Koroną Piastów to by się Rudolf nawet nie mógł ukoronować u nas. To znaczy mógłby, ale między nami dwojgiem, byłaby to świętokradcza ceremonia. Król Václav to co innego. Jego koronował arcybiskup gnieźnieński.

— Masz rację, ojcze — powiedziała, badając koronę czeską. — Ale i ta będzie za luźna. Trzeba zrobić taki otok z aksamitu i tu, pod spodem przymocować. Przyślę do ciebie swoją służkę. Poradzi sobie...

Przerwała, bo oboje z biskupem usłyszeli tumult u drzwi. Krzyki straży: „Nie wolno!", „Nie można!".

— Schowaj i zamknij na klucz. — Podała mu szybko koronę Przemyślidów.

Jan zrobił, co kazała, i ukrył klucz w rękawie. Drzwi rozwarły się i stanęli w nich Jan z Vartemberka i Henryk z Lipy.

— Królowo Rikisso, biskupie Janie — skłonili się obaj pospiesznie. — W Czechach wybuchły rozruchy.

— Co przez to rozumiesz, Ronovcu? — spytała, patrząc na skrzyżowane pnie lipy na jego piersi, nie w oczy.

— Doszło do nas, że król Rudolf złamał przysięgi, więc wypowiedzieliśmy mu wierność, pani — poważnie odpowiedział Henryk.

— Jesteście pewni? To być nie może... zaczęliśmy przygotowania do jego koronacji — powiedział wzburzony biskup.

— Oni mają rację, biskupie Janie — potwierdziła pobladła Rikissa. — Rudolf przekazał tron czeski w dziedziczenie Habsburgom.

— Dlaczego nie powiedziałaś wcześniej, królowo? — krzyknął na nią biskup.

— Bo jestem winna wierność mężowi — odpowiedziała chłodno.

— Odprowadźcie królową do Białej Wieży — powiedział Jan. — I wróćcie. Zwołuję radę baronów.

Wychodząc, odwróciła się do biskupa i wyszeptała:

— Bądź strażnikiem Królestwa.

Jan z Vartemberka szedł przodem, oświetlając korytarz pochodnią. Henryk chwycił Rikissę za ramię i wyczekał dość długo, nim ruszyli za Janem.

— Nie jesteście tutaj bezpieczne z Agnieszką — szepnął do niej. — Dam ci oddział zbrojny, który zaprowadzi was do jednej z moich zamków.

— Oszalałeś? Nie złamię przysięgi danej mężowi.

— Rikisso! — zatrzymał ją. — Czeka nas wojna!

— Będziesz walczył przeciw mnie? — zapytała zaczepnie.

— Przeciw królowi, który podeptał słowo! — odpowiedział, patrząc na nią z bliska.

Widziała, jak drżą mu mięśnie i napinają się szczęki.

Popatrzyła mu w oczy. Przypomniała sobie dzień, kiedy wyrwał ją z drapieżnych szponów margrabiego Waldemara. Uwolnił od groźnej przeszłości, by wprowadzić w równie przerażającą przyszłość u boku Václava.

— Henryku z Lipy — powiedziała, starając się zapanować nad sobą — nie wiem, dlaczego od tylu lat Pan krzyżuje nasze drogi w najtrudniejszych chwilach.

— Może to znak, Rikisso!... — wyrwało mu się.

Stali twarzą w twarz u stóp schodów wiodących do kaplicy Świętego Václava. W najstarszej części; w podziemnych trzewiach katedry.

— Ważą się nasze losy — dodał, zaciskając szczęki.

Wzięła głęboki wdech, mówiąc:

— Dzisiaj nie mogę pójść za tobą, bo to oznaczałoby, że złamię słowo. Przysięgałam Rudolfowi na dobre i na złe. Dobre trwało krótko, złe zaczęło się zimą, w Znojmie. Doceniam twą troskę, ale zrozum, że słowa nie cofnę i nie zdradzę męża. Nie ma odwrotu. Chodźmy.

Pociągnęła go za ramię. Przed nimi na szczycie schodów zamajaczyło światło pochodni idącego przodem Jana. Henryk przytrzymał ją za ramię. Nie strząsnęła jego ręki.

— Nie ma przy tobie Michała Zaremby — powiedział. — Nie znosiłem go, ale wiedziałem, że przy nim jesteś bezpieczna. W ciągu dwóch dni przyślę do ciebie kogoś od siebie. Przyjmij mojego człowieka. Niech cię strzeże nawet wtedy, gdy znajdziemy się po przeciwnych stronach muru.

— Przyjmę — powiedziała i wymijając go, ruszyła schodami na górę.

Gdy dotarła do Białej Wieży, Rudolf czekał na nią.

— Rikisso, mamy poważne kłopoty — powiedział, patrząc na nią swymi ciemnymi oczami. — Wypowiedzieli mi posłuszeństwo.

— Wiem — odpowiedziała wymijająco.

— Musimy odłożyć uroczystość mojej koronacji. — Przysunął się do niej i wyciągnął ramię, by ją objąć. — Przepraszam, wiem, że tyle starania w nią włożyłaś, tyle serca, ale...

— Rudolfie — strząsnęła jego rękę z ramienia. — Nie jestem dzieckiem. Widzę, co się dzieje, i wiedziałam, że tak się stanie, od dnia, gdy złamałeś słowo dane czeskim panom. Masz jeszcze wybór. Możesz odciąć się od ojca, króla Niemiec, i stać się prawdziwym władcą Czech. Ale to już ostatnia szansa, o ile oni ci ją dadzą — dokończyła szeptem, mając w pamięci zdecydowaną twarz Henryka z Lipy.

— Nie mogę odciąć się od ojca, ukochana — powiedział do niej smutno. — Są więzi, których nie da się przeciąć.

W jednej chwili puściły jej tak długo trzymane na wodzy nerwy. Z całych sił uderzyła czołem o jego pierś, krzycząc:

— Nie musiało tak być!

— Ale się stało. — Zamknął ją w ramionach i tulił do siebie. — Ale się stało, kochana — powtórzył cicho. — Teraz zbiorę wojsko i ruszę naprzeciw baronów, którzy zebrali swe siły na zachodzie. A ty i mała Agnieszka zostaniecie w Pradze, pod opieką mego garnizonu. I wierz mi, królowo moja, będę liczył dni i noce na wojnie. Bo każda spędzona bez ciebie jest pusta. Nie wiem, jak żyłem tyle lat, nie znając cię. Po prostu nie wiem...

Drgnęła, odsuwając się od niego. Wyciągnął dłoń, by ją przytrzymać, ale nie śmiał. Zastygł z tą bezradnie wysuniętą ręką.

Na dobre i na złe? — przypomniała sobie własne słowa i przemogła się. Chwyciła go za dużą, niezgrabną dłoń.

Zostały same. Najpierw zamek praski opustoszał, przez okno Białej Wieży patrzyła na straże przechadzające się po pustych podwórcach, na przemykającą bokami służbę i chorągwie królewskie powiewające na murach. Czerwony wspięty lew Habsburgów zdawał się łapami chwytać powietrze. W pustych kamiennych pomieszczeniach wieży niósł się śmiech małej Agnieszki i w tej ciszy wydawał się czymś najdziwniejszym w świecie.

Pierwszej nocy, gdy tylko zmrużyła oczy, obudził ją rozdzierający krzyk na dziedzińcu. Zerwała się i pobiegła do okna. Zobaczyła tylko oddalające się w kierunku bazyliki Świętego Wita światła pochodni. Patrzyła za nimi, próbując zrozumieć, co to znaczy. Drgnęła, słysząc uchylające sie drzwi jej komnaty.

— Kalino! — odetchnęła, widząc zieloną suknię. — Słyszałaś to?

— Tak, Rikisso — powiedziała piastunka, podbiegając do okna. Wyjrzała przez nie. — Ktoś wdarł się na zamek naszą bramą. Z moich okien jest widok na fosę i most, widziałam walczących, było ich więcej niż tych, którzy biegli z pochodniami. Nie wiem, gdzie się pochowali. I nie wiem, w czyich rękach jest zamek. Gdy biegłam do ciebie, nie widziałam straży na schodach.

— Zawołaj wszystkie nasze panny służebne, szybko! — rozkazała Rikissa. — Zamkniemy się tutaj. Drzwi mojej komnaty są okute z obu stron.

Agnieszka obudziła się, gdy Kalina wyszła, więc Rikissa wzięła ją na ręce i utuliła.

— Nie bój się, światło moich oczu. Niczego się nie bój — szepnęła do ciepłego małego ucha. Córeczka zarzuciła jej ręce na szyję i sama zaczęła mruczeć kołysankę.

Do komnaty jedna po drugiej schodziły się służki, witając swą panią pieszczotliwym:

— Eliško Rejčko!

Gisela, Trina, Katka, Marketa, każda z nich była przestraszona, ale nie na tyle, by nie zabrać ze sobą koca, ciepłego płaszcza, poduszki, dzbana, kosza z jedzeniem. Katka wzięła nawet lalkę dla Agnieszki.

— Uszyłam wczoraj — powiedziała. — Nie zdążyłam jeszcze słodkiej Aneżce podarować. Kto wie, ile nam przyjdzie tutaj siedzieć.

— Pani! — zgłosiła się rezolutna Trina. — To ja może pobiegnę do piwnicy po wino? Bo jakby tak dłużej wyszło...

— Zostań. Mam dwa dzbany — uśmiechnęła się Rikissa.

— Oby nas nie chcieli wziąć głodem, moja kralovna — powiedziała Marketa, rozpakowując kosz z jedzeniem. — Bo człowiek najedzony niczego się nie lęka, a głodny poddaje się i błaga o litość, nim na dobre zacznie się oblężenie. Mam placki z jagodami, trzy pieczone kurczaczki, mleka dzban, bułeczki dla Aneżki. Przegryzie moja kralovna? — podetknęła Rikissie placek.

— Dziękuję, Marketo, nie jestem głodna. Ale ty przegryź, koniecznie. I dziewczętom daj.

— Ja nie pogardzę! — pisnęła Trina. — Bo to prawda, że o pustym żołądku ciężko się bronić. Będą nas oblegać, Eliško Rejčko?

— Nie wiem — w zamyśleniu odpowiedziała Rikissa. Dlaczego Kalina nie wraca?

Agnieszka znów się przebudziła. Dziewczęta zajęły się nią. Marketa chciała nakarmić królewnę, ale ta spojrzała na matkę i zaraz odmówiła, kręcąc główką. Katka pokazała jej lalkę i zaczęły się bawić. Rikissa stanęła przy oknie. Biała Wieża stała po ciemnej, zachodniej stronie praskiego zamku; nawet jeśli noc miała się ku końcowi, tutaj tego nie było widać. W końcu usłyszała kroki Kaliny i piastunka weszła, ryglując za sobą drzwi.

Dziewczęta zerwały się na jej widok spragnione wieści. Marketa korzystając z zamieszania, szybko wepchnęła do ust Agnieszki kawałek słodkiej bułki. Mała zjadła, zerkając na matkę, ale Rikissa udawała, że nic nie widzi.

— Dwóch uzbrojonych strażników stoi już u wejścia do wieży. Oldrzych, dowódca straży, przyznał, że jacyś ludzie chcieli się wedrzeć na zamek. Twierdzi, że ich ujęto, ale wydaje mi się, że nie chciał się przyznać do porażki. Burgrabiego Hynka nigdzie nie można znaleźć. Oldrzych prosi, byśmy nie opuszczały wieży. Rano powinno być po wszystkim — zameldowała Kalina.

— Jak na moje — odezwała się Trina — to oni teraz latają po zamku i szukają tych, co się tu dostali.

— A na moje — wtrąciła się Marketa — to nie musieli być żadni zbóje, ino zwykłe rabusie. Wiedzą, że król Rudolf wyjechał z wojskiem, że wojna panów, wiedzą, że sama kralovna z dzieciną na zamku, to dawaj, przyszli grabić, bo im się zdawało, że nikt kralovny nie pilnuje.

— A na moje — Katka zabrała głos, biorąc się pod boki — to wszystko jedno, czy rabusie, czy zbóje, czy jakaś polityka. Ktoś się wdarł, a straż zamkowa nie upilnowała. Jak się na mieście rozniesie, że nas gamonie i śpiochy strzegą, to co noc będziemy miały taką wycieczkę.

— Trzeba rano zapasy zrobić — orzekła Marketa. — Naznosimy tu pół spiżarni i pół piwniczki, urządzimy się jakoś, póki jaśnie pan z wojny nie wróci.

— Wszystkie macie rację — pochwaliła Rikissa. — A ty, Katko, jesteś bardzo rozsądna. Prawda, jeśli się rozniesie, że jesteśmy źle strzeżone, to różni ludzie mogą próbować wedrzeć się na zamek. Rano rozmówię się z Oldrzychem.

— To będzie najlepiej — oceniła Katka. — Bo jak kralovna coś powie, a do tego ukochana pani Eliška Rejčka, to Oldrzych choćby miał polec, upilnuje.

— Ja nie chcę, by mu się coś stało! — pisnęła Trina i zarumieniła się aż po czoło.

Marketa z Katką porozumiewawczo przewróciły oczami, a Gizela zrobiła z ust znaczący dzióbek.

— Rikisso — odciągnęła ją na bok Kalina. — Nie mogę nigdzie znaleźć trzech lwów. Żaden ze strażników ich nie widział.

— Zdarza się, że w bezksiężycowe noce polują na cienie — przygryzła wargi Rikissa. — Nic im nie będzie, tak myślę...

— Dobrze się czujesz? — zauważyła jej słabość Kalina.

— To pewnie zmęczenie. Zakręciło mi się w głowie.

Kalina pomogła jej usiąść na łożu. Marketa chciała ją nakarmić.

— Bo to z nerwów, moja Eliško Rejčko! A na nerwy trzeba coś przekąsić.

— Nie chcę jeść. Napiję się wina — uśmiechnęła się do nich Rikissa.

Kalina zakręciła się przy kominku, dziewczęta pomogły jej rozpalić. Ustawiła niewielki trójnóg, na nim swój kociołek i zaczęła parzyć zioła. Po komnacie rozszedł się zapach suszonej lipy.

— Jakbym z kuchni przyniosła ruszcik — odezwała się Marketa — to można by i kiełbaskę zagrzać.

Rikissa na samą myśl o kiełbasie i kapiącym tłuszczu poczuła mdłości. Zanurzyła usta w winie. Przełknęła łyk. To dopiero pierwszy dzień po wyjeździe Rudolfa — pomyślała. — Jak długo potrwa wojna? I jak się skończy?

Dziewczęta uwiły sobie legowiska z poduch i koców, ustaliły warty przy drzwiach i wszystkie, poza pilnującą Triną, zasnęły od razu. Słyszała obok siebie równy oddech śpiącej Agnieszki. Kalina przysiadła przy niej z kubkiem naparu.

— Wypij to, zrobi ci lepiej niż wino.

Wzięła od niej kubek i po kilku łykach zasnęła.

Rano kazała się ubrać starannie, choć skromnie. Czas wojny nie służy zbytkowi. Zostawiły Agnieszkę pod opieką dziewcząt, kazały im się zamknąć i obie z Kaliną wyszły na poszukiwanie dowódcy straży. W wieży było cicho, z podwórca nie dochodziły żadne głosy.

— Jak w grobie — powiedziała ponuro Kalina.

Słychać było tylko ich kroki na kamiennych, wąskich schodach. Zeszły na sam dół. Światło poranka biło z otwartych drzwi. Spojrzały na siebie. Gdzie strażnicy?

Już tylko kilka kroków dzieliło je od wyjścia na podwórze, gdy w smudze jasności zobaczyły najpierw smukły cień dziewczyny, a potem trzy lwy. Równocześnie skoczyły ku nim. Lwy już łasiły się do kolan Rikissy.

— Pani — skłoniła się przed nią szczupła, młodziutka dziewczyna w prostej, szarej sukience.

— Kim jesteś? — zatrzymała ją Kalina o krok od Rikissy.

— Nazywam się Hunna — odpowiedziała i ściszyła głos do szeptu: — Przysłał mnie Henryk z Lipy.

Dziewczyna? — zdziwiła się Rikissa. Henryk z Lipy obiecał, że przyśle do niej człowieka, który będzie ją chronił. Poczuła się zawiedziona i rozczarowana.

— Jak mamy ci wierzyć? — nieufnie spytała Kalina.

— To dowód — odpowiedziała dziewczyna i wyciągnęła z rękawa sukni sztylet z wąskim ostrzem. Położyła go na otwartej dłoni i podała Rikissie.

Na rękojeści broni były dwa skrzyżowane pnie lipy.

— Nie wiem — pokręciła głową Kalina. — Mogłaś go znaleźć lub ukraść. Dlaczego Henryk przysłałby nam dziewczynę? Jak możesz nam pomóc?

— A jak pan z Lipy mógłby wprowadzić swojego człowieka na

zamek strzeżony przez ludzi Habsburgów? — odpowiedziała pytaniem Hunna. — Uznał, że weźmiesz mnie pani jako dwórkę albo służkę. Tak będę mogła nad tobą skutecznie czuwać. Potrafię walczyć, choć nie jestem tak silna jak mężczyźni, ale to jest moją przewagą. Nie doceniają mnie i nie spodziewają się, że używam broni.

— To ma sens — powiedziała w zadumie Rikissa. — Ile masz lat, Hunno?

— Trzynaście.

— Wyglądasz na mniej — nieufnie oceniła Kalina.

— Wiem, co się stało w nocy — powiedziała Hunna. — To nie byli zwykli rabusie, lecz ludzie na usługach Anny i Henryka z Karyntii. Mieli sprawdzić, jak dobrze broniony jest zamek, bo Karyntczyk i jego czeska żona są w drodze do Pragi. Granice przekroczyli przebrani za pielgrzymów. Dlatego nie można znaleźć burgrabiego Hynka. Zaszył się i pertraktuje z wysłannikami Karyntczyka.

— Henryk z Lipy wie o tym? — spytała z niepokojem Rikissa.

— Wie — potwierdziła Hunna. — I dlatego mnie posłał, bo nie jest pewien, jak się to wszystko zakończy. Baronowie są podzieleni. Jedni chcą wesprzeć Karyntczyka, inni są mu wrodzy, ale jedni i drudzy nie życzą sobie twego męża na tronie. Dlatego nigdzie nie jesteś bezpieczna, pani.

— Lwy z nią przyszły — powiedziała do Kaliny Rikissa. — Ja jej wierzę.

— Wierzę w to, co mówi, ale nie ufam jej — szczerze odrzekła piastunka. — Tyle że nie mamy wyboru.

— Hunno — Rikissa zwróciła się do dziewczyny. — Wejdź na górę, zatrzymaj się pod okutymi drzwiami i poczekaj na nas. Wewnątrz komnaty jest moja córka i służki.

— Rozumiem — skłoniła głową Hunna. — I wykonuję.

Rikissa i Kalina ruszyły przez pusty dziedziniec w stronę praskiego zamku. Mijając stajnie, zobaczyły zwłoki kilku ludzi w barwach Habsburgów.

— Nie patrz na to — zasłoniła jej widok Kalina.

— Jak mam nie patrzeć, skoro ci nieszczęśnicy zginęli, by nas bronić?

Dopiero na podwórcu zamkowym spotkały ludzi. Giermkowie zbierali broń, służba opatrywała rany kilku siedzących na belach słomy rycerzy.

— Królowo! — dostrzegł ją Oldrzych i podbiegł. — Pani, mieliśmy pewne kłopoty, ale już po wszystkim.

— Powiedz prawdę, Oldrzychu. — Spojrzała mu w oczy. — Kto nocą dostał się na zamek?

— Byli bez znaków — bezradnie pokręcił głową Oldrzych. — Nie wiem, czy to ludzie, ale dobrze znali słabo strzeżone miejsca. Zbyt dobrze jak na przypadkowych rabusiów.

Spojrzały na siebie z Kaliną. Hunna mogła mieć rację.

— Ale nie martw się, pani, już posłałem po dodatkowe załogi, przed wieczorem obsadzę zamek, włos ci z głowy nie spadnie, choćbym miał polec.

— Nie chcę, byś zginął — powiedziała, przypominając sobie o zakochanej w nim Trinie. — Ale nie rozumiem, jak mogłeś dopuścić do tego, by u wejścia do Białej Wieży nie było ani jednego strażnika.

— Jak to, pani? — zdenerwował się Oldrzych. — Stali tam czterej moi najlepsi ludzie. Przed świtem sprawdzałem.

— Teraz nie ma nikogo — twardo oświadczyła Rikissa. — Wyszłyśmy niezatrzymywane.

— Chryste Panie! — przestraszył się Oldrzych. — Nie wierzę.

— Królowej nie wierzysz? — zdenerwowała się Kalina. — Idź i zobacz. Drzwi rozwarte, a przed nimi pusto.

— Nie chcę cię osądzać, Oldrzychu — zdecydowanym tonem powiedziała Rikissa. — Powiem tylko, że to się nie może powtórzyć. Co dzień rano i każdego wieczoru życzę sobie usłyszeć od ciebie raport o naszym bezpieczeństwie. A teraz daj nam ludzi, którzy odprowadzą nas do Białej Wieży.

Gdy wróciły, już na schodach usłyszały krzyki dobiegające z komnaty Rikissy. Hunna stała przed drzwiami z niewzruszoną miną, a Marketa zza drzwi krzyczała:

— Wypuść nas! Chcę wyjść natychmiast, bo naskarżę na ciebie kralovej!

— Co tu się dzieje? — spytała Kalina.

— Jedna ze służek pani chciała wyjść do kuchni. Nie wypuściłam, bo na dole nie ma straży.

— Już dobrze — roześmiała się Rikissa. — Otwórz, mogą wyjść. Wieża znów jest pilnowana.

Hunna sprawnie otworzyła zasuwę i czerwona niczym burak Marketa wyskoczyła z środka.

— Co to za dziewuszysko, Eliško Rejčko? — spytała.

— To moja i wasza nowa towarzyszka. Od dzisiaj odpowiada za nasze bezpieczeństwo, tak jak ty za nasz stół, Trina za odzież, Gisela za wodę i wino, Katka za opiekę nad Aneżką. Lepiej, byście się poznały i polubiły. Nazywa się Hunna.

— Hunna? Skąd takie imię? — wyraziła niechęć Marketa.

— Ktoś jej takie nadał. Nie krytykujemy cudzych imion, Marketo, bo to niegrzeczne. Wymagam, byście się szanowały.

— Skoro Eliška Rejčka każe — odpowiedziała wciąż naburmuszona Marketa i zwróciła się do Hunny: — Zjadłabyś coś?

— Tak — odpowiedziała dziewczyna. — Człowiek najedzony jest odważny.

— Niegłupia — powiedziała polubownie Marketa. — Wejdź do nas, Hunko. Bo chyba mogę tak na ciebie mówić?

— Mnie się podoba — grzecznie odrzekła Hunna. — Jeśli się nie pogniewasz, wejdę za chwilę. Najpierw muszę pokazać coś naszej pani. Królowo — zwróciła się do Rikissy. — Na drzwiach twej komnaty nie może być zewnętrznej zasuwy. W czasie pokoju to nie ma znaczenia, ale w czasie zawieruchy ktoś, kto zgładziłby straże, mógłby cię tutaj zamknąć.

Rikissa poczuła, jak uderza jej do głowy gorąco. Nigdy nie zwróciła na to uwagi i nie przyszło jej to na myśl.

— Trina! — zawołała służkę. — Biegnij do Oldrzycha i każ przysłać kogoś, kto rozkuje tę zasuwę. Hunna ma rację. Póki nie zostanie zlikwidowana, będziemy miały otwarte drzwi.

— Ja w nich stanę, pani — powiedziała Hunna. — Mogę zjeść, nie przestając was pilnować.

Po tamtej burzliwej nocy na praskim zamku zapanował względny ład i życie wróciło do normy. Burgrabia Hynek wrócił, choć nigdy nie przyznał się przed Rikissą, co robił, gdy nie było go na zamku. Przez pierwsze tygodnie zwoływała na noc dziewczęta służebne do swej komnaty, ale po miesiącu spokoju i nienagannie pełnionych straży zaniechała tego. Kochała je wszystkie, ale męczył już nieustanny rejwach, jaki czyniły, a od zapachów wiktuałów Markety i jej ciągłego podjadania w nocy robiło jej się niedobrze. Kalina poiła ją swoim naparem i złe samopoczucie przechodziło. Hunna, do której przylgnęło imię Hunka, nie dała się wyprosić. Została, bo oświadczyła, że pan z Lipy obdarłby ją ze skóry, gdyby spuściła z oka królową i jej córkę. Nocami, bezszelestna jak kotka, wyślizgiwała się z komnaty i kilka razy obchodziła całą wieżę i podwórzec. Rikissa i Kalina szybko zauważyły, że raporty Hunki były znacznie dokładniejsze niż te, które dwa razy dziennie składał Oldrzych. Gdy dowódca straży zamkowej mówił: „Dzisiaj kupcy dostarczyli wóz młodych jarzyn, jaja i mąkę ze młyna", Hunka relacjonowała to samo inaczej: „Dostawy z Austrii zablokowane. Walczący rekwirują wozy z żywnością. Służbie zamkowej ledwie udało się kupić jarzyny, jajka i dwa worki mąki. W jednym z nich ukryte było coś, czego nie widziałam. Trafiło do rąk ludzi burgrabiego zamku".

Dni mijały dość monotonnie. Śmiech Agnieszki i jej panien służebnych znów rozbrzmiewał w wieży. Każdego dnia oczekiwały wieści od Rudolfa, ale on raz w tygodniu wysyłał gońca z sekretnym pismem. „Miłości moja, walczę" lub „Tęsknię za moim sanktuarium" albo „Kocham cię, Rikisso, i muszę szybko wygrać tę wojnę, bo nie wytrzymam bez ciebie ani dnia dłużej". Odpisywała mu w podobnym tonie, bo fala tęsknoty, jaka wylewała się ze zdań skreślonych jego ręką, była zbyt wielka, by zostawiła go bez pociechy. Najprawdziwsze w jej listach było końcowe „Bądź zdrów". Zresztą sama nie zawsze czuła się zdrowa.

O postępach wojny różnie mówiono. Raz szczęście sprzyjało Rudolfowi, raz baronom. O Karyntczyku i najstarszej z córek Václava, Annie, nie było nowych wieści. O średniej, królewnie Elišce, mówiono, że zamknęła się w rodowym klasztorze Przemyślidek, klarysek u Świętej Agnieszki i plotkowano, czy założy welon, czy nie. Ale Kalina, która parę razy wyprawiła się do dzielnicy żydowskiej, bo zabrakło jej składników do wywarów i nalewek, mówiła, że widziała Eliškę w przebraniu wychodzącą z klasztoru do miasta. Chciała ją nawet śledzić, ale obawiała się, że straż królewny rozpozna ją. Potem Praga żyła sensacją, bo wyłowiono z Wełtawy topielca, którego okrzyknięto „potworną olbrzymką". Jak powiedział Oldrzych, były to nagie zwłoki młodej, nad podziw dobrze zbudowanej dziewczyny, która owszem, była wyższa i szersza w barach od większości mężczyzn, ale z pewnością nie była żadnym wybrykiem natury. Zginęła ponoć od noża. Poza tym życie płynęło monotonnie, o ile Rikissie udawało się na chwilę zapomnieć, że jest wojna i Rudolf ma przeciwko sobie wszystkich zbuntowanych baronów czeskich. I że racja jest po ich stronie.

Jednej nocy Rikissa, nie mogąc spać, stała i patrzyła przez okno. Hunka właśnie wyszła na swój zwykły obchód i w jasnym świetle księżyca Rikissa mogła zobaczyć, jak dziewczyna to robi. Dostrzegła ją najpierw przy otaczającym zamek murze. Szary cień, tak drobny, że nie przyciągał uwagi. W pierwszej chwili Rikissa nie zorientowała się, że to ona, myślała, że patrzy na jakieś pacholę. Hunka wcześniej zdjęła suknię i przebrała się w męski strój. Przyklejała się do załomu murów, gdy szły w jej stronę straże, gdy zaś zbrojni odwracali się, zwinnymi kocimi susami pokonywała przestrzeń. Wykorzystywała wszystko: stojącą na uboczu beczkę z wodą, krzak dzikiej róży, wiecheć słomy. Gdy chciał na nią zaszczekać pies, skakała do niego i zamykała mu pysk dłońmi. Radziła sobie nawet z wielkimi ogarami, których bali się wszyscy giermkowie. Rikissa widziała, jak zręcznie wdrapuje się na mur zamkowy, jak biegnie po jego szczycie, zeskakując na zewnętrzną stronę, ku fosie. Nad ranem widziała ją, jak wraca z przeciwnej, wschodniej strony zamkowego wzgórza, co musiało znaczyć, że obeszła całe mury, aż do Czarnej Wieży. Patrzyła, jak Hunka przyciskając szczupłe ciałko do zabudowań stajni, przesuwa się o kilkanaście kroków od grzejących się przy ogniu straży. Widziała też, jak dziewczyna cofa się, wraca ku nim i porywa im jabłko z kosza. A ci nie zauważyli, że była ani że coś im zwinęła. Po króciutkiej chwili dostrzegła ją po raz trzeci w tym samym miejscu. Hunka wróciła, by do kosza odłożyć ogryzek.

Nim dziewczyna wróciła do królewskiej komnaty, Rikissa zdążyła wskoczyć do łóżka. Udawała, że śpi, przyglądając się jej spod zmrużonych powiek. Hunka z powrotem ubrana była w suknię. Pogłaskała lwy, nakryła Agnieszkę. Przycięła knot świecy. Usiadła przy drzwiach i pochłonęło ją bez reszty czyszczenie noża.

Gdzie Henryk z Lipy ją znalazł? Skąd się biorą takie dziewczęta? — pomyślała Rikissa, zasypiając. Ostatnią myślą przed snem była świadomość, że nie widziała, jak Hunka wchodzi i wychodzi z wieży.

U progu lata, w dniu urodzin Agnieszki, Rikissa poczuła się nieco gorzej. Zostawiła córkę z pannami, a sama z Kaliną wróciła do siebie.

— Pomóż mi się rozebrać — poprosiła Kalinę. — Upał mi nie służy.

— Rikisso — wzrok piastunki był zatroskany — obawiam się, że…

— Ciii… — poprosiła ją. — Chcę się położyć.

Kalina zręcznie wyswobodziła ją z sukni, zdjęła jej buty i nogawiczki. Rikissa w samej koszuli położyła się na boku i zwinęła się w kłębek. Zaplotła ramiona na piersi.

— Rikisso. — Kalina przykucnęła przy niej. — Pomówmy, proszę.

— Domyśliłaś się? — spytała ją szeptem.

— Dlaczego mi nie powiedziałaś? — W głosie Kaliny zabrzmiał czuły wyrzut.

— Nie wiem — szczerze odpowiedziała Rikissa. — Może dlatego, że nie byłam pewna, czy chcę tego dziecka…

— A teraz? Co czujesz teraz?

— Ono dzisiaj do mnie zapukało, rozumiesz? Zapukało, jakby chciało zapytać, czy je przyjmę.

Kalina oparła brodę o łóżko. Patrzyły na siebie z bardzo bliska.

— Nie mogę go odrzucić, Kalino — powiedziała Rikissa po dłuższej chwili. — Po prostu nie mogę.

— Wiele kobiet uczy się kochać swoje dzieci dopiero po pewnym czasie. Nie każde macierzyństwo zaczyna się w chwili poczęcia.

— Gdy Rudolf łamał słowo, powiedział, że robi to dla naszych dzieci. — Usłyszała, że jej głos brzmi bezbarwnie.

— Przekaż mu wiadomość — odpowiedziała Kalina. — Goniec z listem powinien być za dzień, najdalej dwa.

— Nie. Nie przekażę tego na piśmie. Gońca można złapać, list odczytać.

— A ciężarną żonę pochwycić i szantażować nią męża. Masz rację, wiemy, że ochrona zamku potrafi być niedoskonała.

Rikissa pocałowała Kalinę w policzek i usiadła na łóżku.

— Wyślemy Hunkę — powiedziała. — Zwróciłaś uwagę na jej urodę?

— Rikisso, tylko ktoś tak dobrze wychowany jak ty mógłby nazwać liczko Hunki urodą — parsknęła śmiechem Kalina. — Przecież ona jest niemal przezroczysta, pozbawiona cech zwracających uwagę.

— No właśnie! — potwierdziła Rikissa. — Przez to nie rzuca się w oczy. Do tego sprytna, zwinna, potrafi udawać pachołka i jest na usługach pana z Lipy, więc jeśli pochwycą ją baronowie, nic się jej nie stanie.

— A jeśli przekaże Henrykowi treść sekretnej wiadomości? — spytała Kalina.

— To jedyny człowiek, który nie zrobi z niej złego użytku — odpowiedziała Rikissa. — Tak się przynajmniej wydaje. Wezwij Hunkę i wyprawmy ją w drogę bez zwłoki.

Dwa tygodnie po tym, jak Hunka wyruszyła na południe, do Horaždovic, gdzie, jak się dowiedziały, Rudolf i wierne mu wojska oblegały zamek zbuntowanego bękarta Przemyślidów, Bavora, do Pragi dotarła niepokojąca wieść, że w kościele Świętego Idziego dzieją się cuda.

— Pani! — opowiadała jej poczerwieniała z emocji Trina. — Poleciałam tam co sił w nogach dzisiaj po jutrzni! Ludzi mrowie, przecisnąć się ciężko, alem się przepchała. I prawdę mówią! Z malunku na ścianie, tego, co na nim święty Idzi z dłonią przebitą strzałą przygarnia do siebie łanię, krew cieknie! Jezus Maria, żywa krew!

— Czekaj, czekaj — przerwała jej Marketa. — Z czego ta krew kapie? Z łani czy z Idziego?

— Matko Boska! Z dłoni świętego, przecie mówię! — zezłościła się Trina.

— Czego się wściekasz? — żachnęła się Marketa. — Jak żeś takie cuda widziała, toś powinna być uduchowiona, pół święta, a nie nerwowa, jak nie przymierzając podlotek, co jej powiedzą, że narzeczony zwiał.

— Marketo — uspokoiła służkę Rikissa. — Nie naigrawaj się z uczuć Triny.

— Ja się nie na... tego. Tylko tak se myślę, kralovno moja, że kościół Idziego to nasz biskup Jan IV stawia i nie chcę wyjść na jakąś niedowiarkę, ale może on tak tę krew na rękę Idziego umyślnie napuścił, żeby mu wiernych więcej chodziło i datki dawało...

— Bezbożnica! — ofuknęła ją Trina. — Idź i sama zobacz, Judaszu.

— Chyba Tomaszu — cierpliwie poprawiła ją Rikissa. — To święty Tomasz był niedowiarkiem, który wkładał palce w rany Chrystusa.

— A ja myślę — odezwała się milkliwa zazwyczaj Gisela — że skoro święty Idzi jest patronem kobiet karmiących i małżeństw bezpłodnych, to rana w jego dłoni może oznaczać zanik mleka, głód i pomór niemowląt, nieudane porody, poronienia...

— Weź przestań! — wrzasnęła Marketa. — Zamknij się! Nie wiesz, że nasza Rejčka...

Oblała ją fala gorąca. Skąd się dowiedziały? Hunka? Niemożliwe, ta dziewuszka z nikim się nie zżyła...

— Pani, wybacz! — Pochyliła się przed nią pobladła Gizela. — Nie miałam pojęcia, nie wiedziałam...

— Nasza kralovna? — jęknęła z niedowierzaniem Katka. — Jezusku święty! Prawda to, pani?

A więc tylko Marketa się zorientowała.

— Ślepe z was dziewuchy — podsumowała. — Nasza kochana Rejčka ma mdłości na pikantne kiełbaski, blada jest jak kreda i wino jej nie smakuje, toż to trzeba być głąbem, żeby się nie skapnąć.

— Ojejku! — pisnęła Katka. — Aneżka będzie miała siostrzyczkę albo braciszka!

— Odwołuję wszystko, com mówiła, kralovno, wybacz... — prosiła Gizela. — Głuptas ze mnie, nie żaden prorok...

— Cisza! — Do komnaty wtargnęła Kalina z lwami i Agnieszką na ręku. — I gęby na kłódkę. Kochacie swą panią? I maleńką Aneżkę?

Wszystkie cztery upadły na kolana. Lwy obwąchiwały je dokładnie. Kalina stała naprzeciw z ogniem w oku, jakiego Rikissa u niej dawno nie widziała. Wszystkie herbowe miauknęły, przeciągając się, i usiadły wyprężone u stóp królowej.

— Od tej chwili musicie wiedzieć, że jeśli któraś z was puści parę z ust na temat stanu Eliški Rejčki, to tak jakby własnymi rękami zamordowała królową, Anežkę i nienarodzone dziecię. Zrozumiano? — ostro zapytała Kalina.

— Tak jest! — krzyknęły wszystkie. — Gęby na kłódkę!

— Okaże się — mruknęła Kalina, gdy służki wyszły. — Nikomu nie ufam.

— Wierzysz w Boga, Kalino? — spytała Rikissa i po raz pierwszy w życiu zobaczyła swą piastunkę zmieszaną.

Poczuła się zakłopotana. Chyba zadała zbyt osobiste pytanie.

— Jeśli nie chcesz, nie odpowiadaj — dodała.

— Wierzę w Boginię — odrzekła Kalina i jej oczy zalśniły. — W Wielką Macierz, Trzy Matki, którym służę. I których ziemskim wcieleniem jesteś ty, pani.

Rikissa milczała chwilę, aż w końcu odezwała się:

— Pójdźmy na spacer nad Wełtawę, Kalino. Słońce jeszcze nie zaszło.

— A księżyc jeszcze nie wzeszedł — odpowiedziała piastunka i podała jej ramię.

Szły brzegiem rzeki, za nimi i przed nimi kroczyła straż zamkowa. Zbrojni byli dyskretni, nie zbliżali się, by mogły swobodnie rozmawiać. Ale one nie mówiły ze sobą, bo Rikissa nie wiedziała, co ma odpowiedzieć Kalinie. Powinna spróbować ją nawrócić, ale uważała, że to byłoby barbarzyństwo, gwałt, akt bezprawia. Kalina przed laty wyznała jej, że jest kobietą Starej Krwi, i Rikissa nie wiedząc, co dokładnie ma na myśli, uznała, iż oznacza to przynależność do czegoś, co jest starsze niż ona sama.

Wielka kula słońca zaczęła zanurzać się w Wełtawie. Przed oczami Rikissy stanęła rzeka opływająca Poznań i obraz, który chowała w pamięci: biała klacz, źrebica biegnąca łąką nad Wartą. Jej własny dziecinny śmiech, jasne włosy rozwiane przez wiatr. Odwraca się, widzi barwne kwiaty sukien dwórek jej matki. I ją samą skaczącą ku niej w oszalałym pędzie. Kopyta źrebicy drące niebo. I ciemność. Później ciemność, z której wyniosła ją Kalina.

— Pani — powiedziała Kalina, przerywając bieg wspomnień. — Ktoś biegnie do nas.

Straże już stanęły w gotowości. Zatrzymały gońca. Pytają go. Widzi z dala czerwonego wspiętego lwa na tunice posła. Jego zmęczone biegiem oblicze. Oldrzycha, przyjmującego meldunek i z rozpaczą patrzącego w jej stronę. I jego nagle złamane ramiona. Przygarbienie, ruch głowy — „Idź, powiedz".

— Rikisso — łapie ją za rękę Kalina. — Jestem przy tobie.

— *Meine Königin, meine Dame* — mówi do niej chłopak w języku jej męża. — Rudolf Habsburg nie żyje.

Usłyszała i nie dotarło do niej. Pyta:

— Jak to się stało? Poległ?

— Nie, pani. Dopadła go czerwonka. Byliśmy blisko zdobycia Horaždovic, nasze wojska zaczęły przełamywać obronę Bavora i wtedy król zachorował. Dwa dni walczył i w nocy skonał. Przed śmiercią rozkazał, byśmy ukryli jego zgon i wzięli miasto szturmem. Wykonaliśmy rozkaz, pani.

— To dobrze — powiedziała. — Spełniliście jego wolę.

Poczuła, że miękną jej kolana. Kalina podtrzymała ją.

— Twój szwagier, młodszy brat króla, Fryderyk Habsburg prosił, by ci przekazać, że za tydzień stanie w Pradze. Przejmie opiekę nad tobą i dziećmi, pani.

— Dziećmi? — spytała Kalina i Rikissa usłyszała ostry ton jej głosu.

— Twoja posłanka była u króla przed jego zgonem — powiedział posłaniec. — Rudolf wiedział, że nosisz jego następcę w łonie, a Fryderyk zrobi wszystko, by wasz syn objął tron, o który walczył Rudolf. Król przed śmiercią prosił, byś zaufała jego bratu i nie traciła wiary.

Rikissa uwolniła się z uścisku podtrzymującej ją Kaliny. Szeroko rozpostarła ramiona.

— Wiary mi nie brakuje, panie! — zawołała i wolnym ruchem zaczęła się okręcać wokół własnej osi. Uniosła twarz ku ostatnim promieniom purpurowego jak lew Habsburgów słońca, które właśnie zaszło, topiąc się w Wełtawie. I z wieczornego nieba zaczął na nią padać deszcz. Złoty deszcz, zabarwiony zachodzącym słońcem.

MECHTYLDA ASKAŃSKA siedziała na przygotowanej dla niej wyścielonej ławie na dziobie łodzi. Mrużąc oczy przed słońcem, patrzyła w zielonkawe fale Bałtyku.

Za jej plecami stał kuzyn, a kiedyś i kochanek, margrabia ze Stendal, Otto ze Strzałą i jego bratanek, drapieżny Waldemar. Dzisiaj Waldemar był starszy niż Otto, gdy po raz pierwszy złączyli się w miłosnym uścisku; jedynym śladem na ziemi, który po tym pozostał, jest jej syn, Otto, nazwany dynastycznym imieniem Askańczyków. Starszy chłopak, jej wielka nadzieja, był zbyt łapczywy na życie, nieostrożny i głupi. Zginął zamordowany przez męża swej kochanki i zniweczył jej plany z nim związane. Został jej tylko Otto i dzień po dniu rozczarowywał matkę. Patrząc na niego, nie widziała nic z pazura Askańczyków. Stał się Gryfitą z krwi i kości. Co za złośliwość losu! On, który w sobie nie miał kropli krwi gryfickiej, poczęty potajemnie z nasienia Ottona ze Strzałą i jej iście askańskiego łona, by być nośnikiem wielkich planów brandenburskich, stał się bogobojnym poczciwym Gryfitą.

Dość o nim! — strzepnęła palcami. — Przyprawił mnie o siwe pasma we włosach, wystarczy. Włosy można ufarbować, korzeń mydlnicy, tatarak, wzmacniane odwary z rumianku. Prawda, potrzebowała cytryn, zamorskiego żółtego skarbu, którego sok potęguje każdą mieszankę, ale — zaśmiała się w duchu — właśnie płyniemy po cytryny.

Mechtylda nie chciała dopuścić, by w jej duszy zaległa się gorycz, bliźniacza siostra porażki. Czerwona Księżna nie przegrywa.

Jej synowie mieli być częścią wielkiego brandenburskiego imperium, które z takim uporem przez całe życie tworzyła. To, że jedyny, który pozostał, do niczego się nadaje, nie znaczy, że ona zaniecha swych planów. Jej brat, wspaniały Otto Długi, nie żyje. Albrecht i Otto Mały też zmarli. Z całej linii z Salzwedel został tylko chorowity Herman i jego słaby syn, Johannes, których nie zabrali ze sobą. Bo dzisiaj ona jedna reprezentuje margrabiów Salzwedel. Ona jedna. Troje najlepszych drapieżników na pokładzie łodzi „Czerwony Orzeł", jakżeby inaczej.

Otto ze Strzałą dotknął jej ramienia.

— Piękna pani i jej dwóch rycerzy — powiedział i uśmiechnął się krzywo. — Waldemar mógłby być naszym synem, prawda, Mechtyldo?

Odwróciła się. Otto ze Strzałą przekroczył czterdziesty rok życia. Twarde, kanciaste szczęki. Starannie wygolona czaszka, od której odbijało się słońce. Czarna skórzana przepaska na jedynym oku. Kiedyś podobał jej się bardzo, ale dzisiaj się starzał. Spojrzała za Ottona. Waldemar stał tyłem do nich, oparty o burtę. Na jego potężnych plecach opiętych tuniką herbową brandenburski orzeł poruszał skrzydłami.

Tak, Waldemar był dzisiaj przyszłością Askańczyków. Nawet jeśli ona sama czasami czuła dreszcz lęku, patrząc na niego.

— Panie. — Do Ottona ze Strzałą zbliżył się kapitan. — Jesteśmy już blisko. Wpłyniemy w wąską gardziel Potyni, to rzeka łącząca morze z jeziorem Modła. Przy lewym brzegu jeziora jest przystań.

— Wszystko tam gotowe?

— Jak rozkazałeś, panie — skinął głową kapitan.

Łodzią zakołysało, gdy wpływali w nurt rzeki. Z płynącego za nim statku dał się słyszeć modlitewny lament:

— Miej nas w opiece, Panie!

Biskup kamieński Henryk von Wachholtz w czasie rokowań z nim tak zmiękł, że przeistoczył się z wojownika w beczącą owcę. Mechtylda uparła się jednak, by go ze sobą wziąć, kazać mu świadkować i raz na zawsze rozwiać wątpliwości wobec tego, jak sprawy na Pomorzu mają wyglądać. Waldemar i Otto z początku byli przeciwni obecności Wachholtza, ale wystarczyło, by im wypomniała hołd, jaki Pomorze złożyło księciu Władysławowi. „Ostrzegałam, że wpakujecie nas w kłopoty, jeśli Mały Książę będzie szybszy, i miałam rację. Przybył do Gdańska i Święca zgiął przed nim kolano, choć już był z nami po słowie" — tak im powiedziała. „Święca to kłamca. Półgryf, półryba" — rzucił jej wtedy w twarz Waldemar. „Święca to dumny baron Pomorza — odpowiedziała mu. — Chcesz go mieć po swojej stronie, to go doceń". Miała rację, jak zawsze. Dobrze wiedzieli, że książę Władysław obiecał Święcy pomoc w spłacie długu u Gerwarda. A ona miała pewność, że nie będzie mógł się wywiązać. Trzeba było tylko wyczekać na właściwy moment. Zielone Świątki, pierwszy termin spłaty długu. Święca słał gońców do Krakowa, jakby wrzucał kamienie do pustej studni. Nic. Słał kolejnych. Nic. Książę Władysław miał więcej takich Święców na głowie. I to był ich czas.

Z daleka zobaczyła barwny orszak na brzegu jeziora. Chorągwie z rybogryfem. Pyszny purpurowy namiot, który wcześniej kazała ustawić.

— Dagmar, podaj mi rękawiczki — skinęła na służkę.

Dziób „Czerwonego Orła" łagodnie wszedł w trzciny. Na pomoście już czekali ich ludzie. Kapitan rzucił linę, zacumował. Obejrzała się przez ramię. Na jeziorze Modła kołysały się jeszcze cztery ich statki. Dobrze.

Waldemar pierwszy zeskoczył na pomost. Otto zszedł za nim i podał dłoń schodzącej po trapie Mechtyldzie. Chciała zawołać za Waldemarem: „Pamiętaj, co ci mówiłam", ale widziała tylko jego plecy i poruszające się czerwone orle skrzydła.

Słudzy zabrali z łodzi ich chorągiew i założyli na szczyt purpurowego namiotu, nim weszli do niego Mechtylda z Ottonem i Waldemarem. Dołączył do nich biskup Wachholtz i reszta świty. Obrzuciła czujnym okiem namiot. Stół jest, jak kazała, zasłany materią tkaną w stojące na rombach orły. Wysokie krzesła, kielichy z nadreńskiego szkła, dzbany wina chłodzonego w połyskującym polerowanym miedzią cebrze z wodą. Srebrna patera z owocami. Kiście wczesnych, letnich winogron. Brzoskwinie sprowadzane z południa. Złote morele. Tak ma być, spotkanie z nimi ma kojarzyć się z dobrobytem, elegancją i siłą.

— Biskupie Wachholtz — uprzejmie skinęła głową. — Zabrałeś, jak prosiłam, krzyż i księgę?

— To nie księga, pani. To Biblia — odpowiedział Wachholtz z drgnieniem urazy w głosie.

— Tym lepiej — powiedziała. — Połóż ją na stole. Krzyż postaw po prawej, tak by nie przesłaniał owoców. Dobrze.

— Skończyłaś, księżno, porządki? — kpiąco spytał Waldemar. — Możemy zaczynać?

Spojrzała na niego chłodno i rozkazała:

— Powiedzcie panom Święcom, że margrabiowie czekają.

— A margrabina wydaje rozkazy — znów zaczepił ją Waldemar.

— Księżna margrabina — poprawiła go. — Rozkazywałam już w czasach, gdy ty leżałeś przy piersi matki.

— Nie przeszkadza mi to — zaśmiał się, ukazując dziurę po wybitym zębie, która czyniła jego twarz okrutną i dziką. — Choć wolałbym leżeć przy twojej piersi, pani!

— Waldemarze! — zdyscyplinował bratanka Otto ze Strzałą. — Nie zapominaj się.

Nie odpowiedziała, bo słudzy zaanonsowali wchodzących.

— Baronowie Pomorza! Święca senior, wojewoda słupski i gdański, namiestnik Północnego Pomorza, Piotr Święca i jego bracia, Wawrzyniec z Darłowa i Jan ze Sławna.

Z czterech rybogryfów największy był ten Piotra Święcy. Zauważyła od razu, że jego rybi ogon pulsuje, jakby bestia herbowa chciała się przeobrazić. Mechtylda widziała to wyraźnie, mimo iż namiestnik Pomorza przysłaniał ogon bestii lekkim, letnim płaszczem.

Chcesz przemienić się w książęcego gryfa, rybogryfie — pomyślała. — I nie wiesz, czy dzisiejszy dzień przybliża cię do marzeń, czy oddala.

— Nie poczekałeś na nas, panie Święca. Złamałeś słowo — zaczął Waldemar.

— Nie złamałem, bom go wam nie dawał — hardo odpowiedział Piotr.

— Nam nie, ale przysięgałeś królowi Václavowi II. Starostwa Pomorza nie dostałeś darmo. Było zapłatą za zgodę — włączył się Otto ze Strzałą.

— Owszem — przytaknął Święca — ale za długo kazaliście na siebie czekać, szlachetna pani, margrabiowie. Pomorze to dla każdego łakomy kąsek — powiedział i z ukosa zerknął na biskupa Wachholtza. — Najazd na ziemię sławieńską nie poprawił mojej sytuacji.

— Nas też wyskok biskupa kamieńskiego zaskoczył! — Mechtylda stwierdziła, że czas najwyższy włączyć się do gry. — Ale jak wiesz, akcja odwetowa była szybka i dzisiaj biskup Wachholtz jest z nami, by dokończyć dzieła pojednania.

Biskup kamieński nie odzywał się, tak jak mu przykazała. Stał ze spuszczoną głową.

— Przez ten, jak powiedziałaś, pani, wyskok, popadłem w poważne długi — przypomniał Święca. — Co mi po przeprosinach Wachholza, skoro ciąży na mnie wyrok biskupa Gerwarda? Dwa tysiące grzywien!

— Których Karzeł nie pomoże ci spłacić — zaśmiał się Waldemar.

Święca głośno wciągnął powietrze. Z trzcin za namiotem zerwały się z krzykiem dzikie kaczki.

— Wiążąc swe losy z nami, Piotrze Święco, zyskujesz wiarygodnych opiekunów — dźwięcznie powiedziała Mechtylda. — Jak to mówią, wasal jest winien seniorowi dokładnie tyle samo lojalności, ile dostał. Zatem skoro prócz obietnic o pomocy w spłacie długu nie dostałeś jej samej, jesteś wolny.

Dumna twarz Święcy wciąż wyglądała jak woskowa maska. Mechtylda widziała, że namiestnik Małego Księcia bije się z myślami.

— Twój brat Wawrzyniec — odezwała się ponownie — woła się „z Darłowa", prawda?

— Tak, pani — potwierdził.

— A do kogo należą dochody z ceł portowych Darłowa?

— Do księcia.

— No widzisz, Piotrze Święco — uśmiechnęła się Mechtylda. — Dostałeś wielce zaszczytny tytuł namiestnika Północnego Pomorza, ziem masz niemało, a nie stać cię na spłacenie Gerwarda. Zaś my proponujemy odebranie ci tytułu namiestnika, bo cóż on znaczy? Chcemy, byś poddał się nam wraz z braćmi i ojcem ze wszystkimi waszymi ziemiami, grodami i miastami i złożył z nich przed nami hołd lenny. Ale w zamian zostaniesz dożywotnim burgrabią Słupska wraz z przynależnymi temu dochodami. I ofiarujemy tobie i twym braciom w dziedziczne lenno rozległe majątki w ziemi sławieńskiej, dodając Darłowo wraz z portem. Odtąd dochód z ceł będzie przy was. Stać by cię było na spłacenie Gerwarda — zawiesiła głos na chwilę — o ile jeszcze będziesz chciał to zrobić, do czego cię nie namawiam. Bo my, Piotrze Święco, bardzo dbamy o swych lenników.

— Gerwarda można zastraszyć, najechać i zniszczyć — dokończył za nią Waldemar.

— Mój młody kuzyn jest bardzo zdecydowany — uśmiechnęła się. — Ale owszem, tak właśnie można zrobić. Czy ta hojna oferta znajduje u ciebie uznanie, Piotrze Święco?

Stary Święca żachnął się:

— Za moich czasów czegoś takiego nie było. Mój książę Mściwój całe życie walczył z twym mężem, pani! W grobie się przewróci, słysząc o składaniu hołdu z Pomorza Brandenburczykom! Jezu, ja ślubowałem przed polskim królem!... Klęczałem przed nim, Boże!...

— Ojcze — starał się powściągnąć go Piotr Święca. — Są inne czasy.

— Nie — roześmiał się pogardliwie Waldemar. — Czas starego Święcy po prostu minął.

— Ważsłowa, margrabio! — ujął się za ojcem Piotr.

— Ja nie muszę, ale wy owszem — bezczelnie powiedział młody margrabia ze Stendal i wstał od stołu. Odwrócił się tyłem, jakby zrywał rozmowy. Piotr Święca i jego bracia unieśli głowy, patrząc, co robi Waldemar. Ich ojciec spuścił wzrok. Wyglądał jak człowiek złamany. Mechtylda poczuła drżenie. Do czego zmierza młody, czerwony orzeł? Czy nie powinna przejąć sterów tej rozmowy?

Waldemar odwrócił się nagle. Jego twarz była nieprawdopodobnie blada. Niebieskie oczy lśniły jak u jaszczurki. Chwycił dłońmi oparcie swego krzesła i syknął:

— Jesteście w kleszczach, Święcowie. Bez nas pójdziecie na dno. Śladu po was nie będzie na wodzie!

Biskup Wachholtz przeżegnał się z trwogą. Stary Święca uniósł oczy przerażony. Piotr i jego bracia patrzyli na Waldemara, jakby był demonem. Mechtylda przyjęła postawę wyczekującą. Pasowało jej, że młody margrabia ich postraszył.

— Istotnie, wasza sytuacja jest skomplikowana — spokojnie włączył się Otto ze Strzałą.

Piotr i jego bracia wciąż nie odrywali wzroku od Waldemara, ale Otto mówił dalej:

— Gerward złamał finansową potęgę waszej rodziny, a książę Władysław nie okazał się lojalnym sojusznikiem. Nie pomoże wam spłacić długu, a jak jest nam wiadomym, poza księciem poręczyła za ciebie, Piotrze, wyłącznie rodzina. Zostaliście sami ze swym kłopotem. Piękna rezydencja w Nowem nad Wisłą, ta, o której budowie krążą po Pomorzu opowieści, pójdzie wniwecz.

Mechtylda widziała, jak wszyscy Święcowie, nawet ojciec, zamrugali w jednej chwili. Spojrzała na Waldemara. Ten spoczął na swym miejscu, jakby nic się nie stało przed chwilą. Założył ręce na piersi, odchylił się w tył i siedział.

— Wchodząc w nierozerwalny związek z naszym rodem — odezwała się wreszcie Mechtylda — dostajecie trzy szanse. Pierwszą jest odbudowanie majątku. Drugą uniezależnienie się od Gerwarda. Trzecią zemsta na nielojalnym księciu.

— Zgoda — sucho powiedział Piotr.

— Synu — ojciec złapał go za rękaw. — Jesteś pewien, że chcesz to zrobić?

— Nie mam wyjścia, ojcze. — Gdy to mówił, zadrgały mu szczęki.

— Ale ja… — Starzec wpatrywał się w niego bladymi źrenicami.

— Klękałeś przed polskim królem — bez drwiny w głosie, z powagą powiedział Waldemar. — Ja, stary Święco, jestem siostrzeńcem tego króla, przed którym zgiąłeś kolano. Najbliższym żyjącym męskim krewnym.

— W jego żyłach płynie krew Piastów i Askańczyków — potwierdził Otto ze Strzałą.

Święcowie popatrzyli po sobie; Mechtylda przejęła stery.

— Podajcie chłodzone wino! — klasnęła.

Jej służąca, Dagmar, czuwała na zewnątrz namiotu. Na znak Mechtyldy wpuściła chłopców służebnych, którzy wyjęli dzbany wina z cebrów z wodą, otarli je i napełnili kielichy.

Gdy każdy miał naczynie w dłoni, Otto ze Strzałą powiedział:

— Nim dopełnimy formalności, jest ważna rzecz do uzgodnienia. Nieodzowna, byśmy ofiarowali wam te hojne warunki umowy.

— Jaka? — uniósł oczy znad kielicha Piotr Święca.

— Gdańsk — powiedziała Mechtylda i rozchyliła usta. — Gdańsk, mój Piotrze.

Przez chwilę zapatrzyli się na siebie.

— My, Brandenburczycy, nie popieramy agresywnej ekspansji miast lubeckich — podjął Otto. — Uważamy działalność ich kupców za szkodliwą. Chcemy porozumień z mieszczaństwem gdańskim.

— Obiecacie im usunięcie faktorii lubeczan z miasta? — Z trudem oderwał się od jej spojrzenia Święca.

— Nie obiecamy — rzucił Waldemar. — My to zrobimy.

— Wobec tego Gdańsk otworzy przed wami bramy, a rajcowie każą wyryć wasze imiona nad wejściem do ratusza — zaśmiał się po raz pierwszy Piotr Święca. — Gdańszczanie nienawidzą kupców lubeckich!

— Wiemy — zimno powiedział Otto.

Śmiech zamarł na ustach Święcy. Spojrzał na Mechtyldę, jakby szukał ratunku. Uśmiechnęła się krzepiąco.

— Wobec niesprawiedliwego traktowania przez księcia Władysława, wywyższania przywilejami handlowymi lubeczan ponad mieszkańców Gdańska, ich wzajemna niechęć jest powszechnie znana. Mój kuzyn nie chciał cię urazić, margrabio. Chciał jedynie powiedzieć, że pod naszymi rządami taka niegodziwość dziać się nie będzie. I dobrze dla obu stron, czyli dla ciebie i dla nas, byłoby, gdybyś bez zwłoki podjął sekretne rozmowy z gdańszczanami.

— Rozumiem — powiedział, a jednak w jego spojrzeniu było coś, co wskazywało, że jeszcze wszystkiego nie pojął.

Położyła dłoń między swymi piersiami, na łbie czerwonego orła. Ptak rozdziawił dziób i chwycił ją lekko za palec.

— Drogi burgrabio — użyła tego tytułu jak pieszczoty — wielkie przedsięwzięcia wymagają sekretu u swego zarania. — Mówiąc, czule przesuwała palcem po orlim łbie i pozwalała się łapać dziobem za palec. — Bowiem to dyskrecja jest towarzyszką sukcesu. Ja i moi rodowcy nigdy nie zdajemy się na przypadek. Lubimy każdą rzecz zaplanować w najdrobniejszym szczególe. — Złapała orła kciukiem i palcem wskazującym za szyję i zaczęła przesuwać dłonią raz w górę, raz w dół. — Gdy zaś grunt jest należycie przygotowany, czas na nasienie.

Piotr Święca nie spuszczając z niej wzroku, uniósł kielich do ust. Pił powoli, nie odrywając warg i nie przestając na nią patrzeć.

Mówiła dalej:

— Lubimy siać wolno, ale zbieramy szybko. — Uszczypnęła swego orła pod skrzydłami, a ten krzyknął gardłowo, krótko. Mechtylda zmrużyła oczy, kończąc zdanie: — I z rozkoszą dzielimy się plonami.

Piotr odstawił kielich. Jego mokre od wina wargi lśniły. Mechtylda przygryzła swoje.

— Zatem upoważniamy cię jako naszego reprezentanta do rozmów z gdańszczanami — powiedział Otto ze Strzałą. — Nie zwlekaj z ich podjęciem. Zacznij zaraz po powrocie. Gdy grunt będzie gotowy, przybędziemy na czele swych wojsk i zbrojnie zajmiemy Pomorze.

— Zrozumiałem — potwierdził Święca, nie patrząc w stronę ojca.

— Czas na formalności. Biskupie Wachholtz, jesteś gotów spisać stosowny dokument? — spytał Otto.

— Po to tu jestem, margrabio — potwierdził biskup kamieński i podniósł się ciężko po kufer z pergaminami i inkaustem.

— Więc się pospiesz — syknął Waldemar i przeciągnął się, aż strzeliły jego młode kości. — Nie mogę się doczekać hołdu pomorskiego!

Wieczór przyniósł wytchnienie po letnim upale dnia. Poczet Święców z rybogryfami na chorągwiach odjechał konno brzegiem morza na wschód, w stronę Ustki. Odprawili biskupa Wachholtza i służbę. Zostali sami, we troje. W trzcinach przymorskiego jeziora brzęczały owady, kwiliły ptaki wodne w zawieszonych nad tonią jeziora gniazdach. Otto ze Strzałą zdjął pas z mieczem i wyciągnął się na trawie obok namiotu. Waldemar zrzucił kaftan i poszedł pływać. Dagmar rozluźniła Mechtyldzie sznurówki sukni i oddaliła się dyskretnie. Księżna uwolniła czerwonego orła. Odbił się od jej piersi i z krzykiem wzleciał w światło zachodzącego łuną słońca. Usiadła wygodnie, położyła nogi na krześle Ottona i sięgnęła po kielich schłodzonego wina.

Syciła się tryumfem. Marzenie jej życia właśnie zaczynało się spełniać. Przymknęła powieki i nie zauważyła, kiedy Waldemar wszedł do namiotu. Ocknął ją chłód, jakby od wody przyszła wilgotna bryza. Był półnagi, po piersiach i brzuchu spływały mu strużki wody. Na jego ramieniu siedział jej czerwony orzeł.

— Chciałbym leżeć na twej piersi, pani — powiedział.

Uśmiechnęła się, wziął to za przyzwolenie. Przysunął swoje krzesło do niej i najpierw usiadł, a potem zwinnie położył się na nim jak młody, drapieżny kot. Mokre sploty jego włosów zwilżyły jej suknię. Odruchowo pogładziła je palcami.

— Legowisko orłów — powiedział Otto, stając pod uchyloną połą namiotu.

— W mym gnieździe jest miejsce dla każdego czerwonego drapieżcy — odpowiedziała, nie odrywając palców od włosów Waldemara.

Otto zrozumiał. Siadł na ziemi przy niej i wyciągnął ramiona, by objąć jej kolana. Trwali tak chwilę, aż usłyszeli kroki od strony przystani. I głos kapitana:

— Czy mam szykować łódź do powrotnej drogi?

— Idź precz! — syknął Waldemar, nie ruszając się. — Wynoś się stąd i zostaw nas samych.

— Tak jest. — Wycofał się bezszelestnie.

— Wielkie przedsięwzięcia wymagają sekretu u swego zarania — wyszeptał Otto ze Strzałą, wsuwając obie dłonie pod jej suknię. Zastygł z palcami na jej nagim, nieokrytym bielizną łonie.

— Ja nigdy nie zdaję się na przypadek — powiedziała, prężąc się lekko. — Lubię każdą rzecz zaplanować w najdrobniejszym szczególe.

Palce Ottona wsunęły się w nią, a Waldemar zębami wgryzł się w jedwabny dekolt jej sukni.

Westchnęła, bo jego chłodny język poraził jej sutki.

— Lubimy siać wolno, ale zbieramy szybko — wycharczał zduszonym szeptem i odwrócił się zwinny jak kot, by dopaść jej rozwartych ust.

Jęknęła i nie poczuła, jak Otto wysunął z niej palce. Zobaczyła go, stojącego przy sobie.

— Czas na nasienie — powiedział. — Po starszeństwie.

Waldemar usunął się, robiąc miejsce stryjowi. Klęknął przy jej głowie, gdy Otto wtargnął w nią. Przymknęła powieki na chwilę, a gdy je rozwarła, zobaczyła swego czerwonego orła bijącego skrzydłami pod sklepieniem namiotu.

— Po-mo-rze jest już na-sze! — tryumfował Otto, kończąc w niej.

Jej ciało porwały spazmy, poddała się im. Miała wrażenie, że namiot zniknął i wszyscy troje płyną w morskiej toni. Tak, zatopiła ją rozkosz zwycięstwa, na które czekała tyle lat! Jęknęła, dławiąc się nią, i Waldemar chwycił ją za rękę. Otrzeźwiała w jednej chwili. Spojrzała na niego. Zdążył zrzucić spodnie i stał przy niej nagi. Bił od niego chłód, jak od lodu.

Zimnokrwisty — przypomniała sobie, ale było za późno.

Waldemar zatopił się w niej, przeszywając ją przenikliwym mrozem.

RIKISSA odetchnęła z ulgą, gdy Hunka, cała i zdrowa, w środku nocy pojawiła się w Białej Wieży.

— Jestem, pani — ukłoniła się, z wysiłkiem chwytając oddech.

— Potrzebujemy cię bardziej niż kiedykolwiek — powiedziała i trzęsącymi się dłońmi sama nalała Hunce kielich.

Dziewczyna sięgnęła po dzban z wodą i dolała do wina. Piła duszkiem. Na jej zwykle niewzruszonej twarzy odcisnęły się wielodniowe trudy. Odstawiła kielich, chwilę oddychała ciężko.

— Kalino, przynieś jej coś do jedzenia — poprosiła Rikissa.

— Nie, pani — zaprzeczyła Hunka. — Byłam tylko spragniona. Już mogę mówić.

— Gdzie ciało króla? — spytała Rikissa, próbując opanować nieznośne drżenie dłoni.

— Blisko. W klasztorze Świętego Piotra, w Zderaz. Tam odłączyłam się od orszaku, by dotrzeć do pani jak najszybciej. Konie były zmordowane, nie mogli jechać dalej, ale jeśli wyruszą o świcie, jutro po południu staną na praskim zamku.

— Chwała Bogu — wyszeptała Rikissa.

Prześladowała ją myśl, że rebelianci wykradną ciało Rudolfa i nie pozwolą go należycie pochować. W dniu, w którym dostały wiadomość, że nie żyje, posłała po złotnika Konrada. Czekając na niego, wyjęła inkaust, pergamin i z pamięci nakreśliła wzór czeskiej korony. Cztery smukłe lilie, między nimi cztery krzyże. Ręce jej drżały, gdy zanurzała stosinę pióra w inkauście, ale gdy dotykała nią pergaminu, palce uspokajały się. Dołożyła miękkie linie na obręczy korony, niczym gałązki, które owiną się wokół czoła Rudolfa.

Złoto jest wieczne — pomyślała, kreśląc je. — Będzie trzymało cię w uścisku wiekuistym, nawet gdy twe kości zamienią się w pył.

Konrad, w którego domu mieszkała razem z dworem tak długo, powitał ją, jak ojciec córkę, spojrzał na rysunek i zmarszczył czoło.

„Pani — powiedział. — Eliško Rejčko moja, pozwól, niech ci stary człowiek przemówi do rozsądku. Do grobu nie robi się tak kosztownych ozdób. Wiem, bo z mojej pracowni wyszły te dla Premysla Ottokara, dla Václava ojca i Václava syna. Pochowałem trzech królów, a teraz czwartego. Wierz, moja mileńka, korona grobowa i pośmiertne berło to tylko symbol, kim był człowiek za życia, nic więcej". „Mój mąż — odpowiedziała mu stanowczo — był najskromniejszym z ludzi. Nie zdążył się koronować za życia, nie zabraniaj mi dać mu korony po śmierci". Złotnik Konrad przyjął zlecenie, kosztami kazała mu się nie przejmować.

Nie obawiała się wydatków, bała się, czy zdąży.

— Mówisz, jutro po południu? — upewniła się.

— Tak, pani. Habsburskie lwy już ruszyły ze swych pieleszy. Ciągną od południa z wojskiem.

— Wiem — ucięła Rikissa i przełamała się, pytając: — Jak naprawdę zakończył życie mój mąż?

Hunka wyglądała nieszczęśliwie, jak ktoś, kto dołożył wszelkich starań, a mimo to źle wykonał zadanie.

— Gdy rozmawiałam z królem, już nie czuł się dobrze. Widziałam, że jest niezdrów, ale słudzy mówili, że to niestrawność... melony... — powiedziała po chwili.

— Melony? Rudolf nigdy nie jadł melonów — przerwała Rikissa.

— Pobraliście się jesienią, a melony zaczęły dojrzewać parę tygodni temu — trzeźwo zauważyła Kalina. — Mogłaś nie wiedzieć, że je lubi.

— Racja. Nawet rok nie minął — skinęła głową Rikissa i znów dopadło ją drżenie rąk. — Mów, Hunno.

— Słudzy króla powiedzieli, że zjadł melony i że to po nich się źle poczuł — powtórzyła Hunka. — Po rozmowie z królem wyszłam z jego namiotu i udałam się na spoczynek, a rano zawołał mnie dowódca królewskiej straży i zaczął przepytywać. Chciał znać każde słowo, jakie przekazałam panu w nocy.

— Przy twojej rozmowie z Rudolfem nie było świadków? — zdziwiła się Rikissa.

— Byli, pani, ale dowódca straży chciał, bym wszystko potwierdziła, że... — Hunka uniosła na nią oczy zawstydzona i dokończyła: — ...że najjaśniejsza pani na pewno jest brzemienna. No i na koniec dopiero powiedział, że król w agonii i muszą wysłać wiadomość do Habsburgów.

— Rozumiem — skinęła głową Rikissa.

Dziecko, które noszę w łonie, już stało się zakładnikiem, jak i ja — pomyślała z goryczą. — Dzięki temu, że zimą ten stary, jednooki lew, Albrecht Habsburg, nadał Czechy w dziedziczne lenno swym synom, teraz ma prawo po swej stronie. Najpierw na tron wstąpi piękny Fryderyk, najstarszy z braci Habsburgów, a potem? Jeśli urodzę syna, też zyska prawo do korony. Habsburgowie będą się zasłaniać dzieckiem, które przewraca się w mych trzewiach, a ich wrogowie mogą chcieć usunąć je z drogi. Razem z matką.

Myślała o tym wszystkim, gdy następnego dnia, w ostrych promieniach zachodzącego słońca, orszak z ciałem Rudolfa Czarną Bramą wjeżdżał na praski zamek. Zebrał się tłum. Ludzie patrzyli równie chciwie na wóz okryty chorągwią Habsburgów, jak i na nią. Stała tam, w otoczeniu dworu, w czarnej sukni, z twarzą spowitą żałobnym welonem, który jak zasłona zatrzymywał wścibskie spojrzenia. Rozkazy wydała wcześniej, życząc sobie, by ciało męża przed pogrzebem spoczęło nie w katedrze, lecz u benedyktynek, w klasztorze Świętego Jerzego. U świętego Wita miejsce jeszcze nie było gotowe. Dostrzegła w tłumie idącą ku niej królewnę Eliškę. Jej pasierbica, o której jeszcze niedawno mówiono, że chce wstąpić do praskich klarysek, założyła jaskrawoczerwoną suknię.

Nawet się nie kryje z tryumfem — zauważyła Rikissa.

Dworzanie rozstąpili się, robiąc przejście Elišce.

— Przyjmij kondolencje, pani — powiedziała głośno, choć bez cienia współczucia. — Odkąd się pojawiłaś na naszym dworze, mówiłam, że przyniesiesz pecha. Same nieszczęścia! Najpierw mój kochany ojciec, potem drogi brat, a teraz król Rudolf. Twój pierwszy brandenburski narzeczony też zmarł nagle. Czy to nie zastanawiające, królowo wdowo? Przynosisz śmierć wszystkim, którzy cię pokochali!

Po tłumie przebiegł szmer. Rikissa wyłowiła z niego przerażone:

— Tak się nie godzi!...

Ale Eliška nie przejmowała się tłumem. Ciągnęła dalej:

— Nie byłoby tego, gdyby mój ojciec nie sprowadził cię do Pragi. I nie byłoby tego, gdyby po śmierci mego brata panowie czescy postawili na krew Przemyślidów. Ale teraz to naprawimy. Jestem już dojrzała do małżeństwa. Widzisz moją czerwoną suknię?

Rikissa odsłoniła welon, by odpowiedzieć królewnie, ale ta ją uprzedziła.

— Ach! Płakałaś! — krzyknęła, patrząc na twarz Rikissy. — Więc to prawda, że kochałaś Habsburga! Po moim ojcu nie uroniłaś łzy, choć otoczył cię takim zbytkiem w złotej Pradze.

— Twój ojciec wraz z mą ręką dostał koronę Polski, nie zapominaj o tym, Elżbieto. A twoja czerwona suknia jest niestosowna w tych okolicznościach. Powściągliwość jest cnotą damy.

— Czy tylko ja to widzę? — krzyknęła królewna i potoczyła wzrokiem po obecnych. — Ona sprowadziła na Czechy nieszczęścia! W trzy lata pochowaliśmy trzech królów!

Rikissa dostrzegła biskupa Jana spieszącego do nich.

— Jeszcze nie. Daj mi pochować męża i króla w spokoju — odpowiedziała Elżbiecie i zakryła twarz welonem.

— Królewno Eliško! — zawołał polubownie Jan IV. — Apeluję o spokój. Nie wszczynaj wojen z królową wdową nad trumną Rudolfa.

Nie wszczynaj wojen? — powtórzyła w myślach Rikissa i w tej samej chwili pojęła, że pasierbica ma szersze plany, a dworskie uszczypliwości były tylko wstępem do innej gry. Gry, w której towarzyszy jej biskup Jan.

Mam mniej czasu, niż sądziłam — pomyślała i ruszyła za wozem przykrytym habsburskim lwem do klasztoru Benedyktynek u Świętego Jerzego. Koła zaturkotały zwielokrotnionym echem pod kamiennym sklepieniem prowadzącej na podwórzec bramy. Z ulgą przyjęła ciszę, gdy zamknięto za nimi klasztorną furtę.

— Matko Kunhuto — powitała opatkę.

— *Bis regina* — skłoniła przed nią głowę przełożona.

Zawsze nazywa mnie „podwójną królową" — przemknęło przez głowę Rikissy i nagle poczuła siłę bijącą z tego tytułu.

— Moje dziewczęta przyniosą za chwilę ubranie dla króla, a złotnik Konrad potrzebuje jeszcze dzisiejszej nocy, by dokończyć insygnia... — „grobowe" nie przeszło jej przez usta. — Chcę prosić siostry...

— Nie musisz prosić, *bis regina*. Zajmujemy się tym od pokoleń. — Złote oczy Kunhuty patrzyły na nią z powagą. Opatka ujęła ją pod ramię i poprowadziła. — To pierwszy klasztor zbudowany na czeskiej ziemi. Naszą założycielką była Mlada, książęca córka.

— Siostra Dobrawy, matki polskiego króla — dopowiedziała Rikissa. — Modliłam się przy grobie Dobrawy w Poznaniu. Czczą ją tam jak świętą.

— Widzisz, pani, Piastów i Przemyślidów zawsze łączyły kobiety, gdy wszystko inne ich dzieliło.

Rikissa uważnie spojrzała w oczy Kunhuty. Księżna, królewska córka, nim została opatką, była żoną Piasta, księcia mazowieckiego Bolesława, tego, co nosił na chorągwi Madonnę na purpurze. Oddalił ją od siebie, gdy zerwał sojusz z Przemyślidą i związał się z księciem Władysławem. Ile cierpień przeszła ta kobieta? Wszystkie ukrył zakonny welon.

Wóz stał pośrodku klasztornego dziedzińca. Zatrzymały się przy nim.

— Nasze siostry od lat przygotowują ciała królów do ostatniej drogi. Przed Stwórcą wszyscy jesteśmy jednacy i nie bój się, *bis regina*, pierwszego Habsburga potraktujemy z szacunkiem, jakim darzyłyśmy wszystkich władców.

— Dziękuję, matko Kunhuto. Chcę pomodlić się przy ciele męża.

Opatka pokręciła głową.

— Zrobisz, jak zechcesz, pani, ale pozwól dać sobie radę: wróć, gdy ciało będzie gotowe, a odnajdziesz męża takim, jakim go pamiętałaś. Jest lato, upały.

Rikissą wstrząsnęło.

— Dobrze, Kunhuto. Zrobię, jak radzisz. Jestem podwójną wdową, ale jeszcze nie przywykłam do myśli...

— Jesteś podwójną królową — przerwała jej benedyktynka. — I o tym nie zapominaj. Furtianka cię odprowadzi, pani.

Strój Rudolfa był gotów, Barbora, mistrzyni krawiecka, z zastępem pomocnic pracowała nad nim od wielu dni pod kierunkiem Rikissy, tworząc z czarnych, czerwonych i złotych materii odzienie godne króla.

Rikissie zostały ostatnie poprawki jej własnej żałobnej sukni. Z racji na starannie ukrywany stan odmienny nie odważyła się na przymiarki u Barbory. Kazała jej wziąć miarę z poprzednich sukni, a Trina i Katka, obie zręczne do igły, przerabiały dzieło krawcowej. Ciąża nie była jeszcze zbyt widoczna, kto nie wiedział, niczego się nie domyślał, ale dodatkowy pas ozdobnego czarnego jedwabiu wszyty z przodu sukni sprawił, że mogła swobodnie oddychać.

— No, teraz elegancko — oceniła Gisela, patrząc na Rikissę na podwyższeniu i Katkę kończącą na niej przeróbkę. — Gdzie trzeba, płasko, gdzie warto, wypukle — pokazała na biust królowej.

— Żeby tylko skwaru nie było — zafrasowała się Marketa. — W twoim stanie, kralovna, upał i duchota to rzecz niewskazana. No i w ogóle, dla nieboszczyka króla też...

— Pst! — próbowała ją uciszyć Trina, ale Marketa złapała temat, który ją frapował, i nie słyszała.

— Wiadomo, jak jest, owoc się zepsuje, a co dopiero...

— Zamknij się — bezceremonialnie ucięła dyskusję Kalina.

— Król będzie miał zmieniony kolor twarzy — odezwała się po chwili ciszy Hunka. — Powinnaś to wiedzieć, pani.

— No nie wytrzymam — jęknęła piastunka. — Czy wyście się na królową uwzięły?

— Poczekaj — przerwała jej Rikissa. — Wolę o tym wiedzieć wcześniej. Nie oglądałam ciała u benedyktynek, Kunhuta mnie powstrzymała.

— I słusznie — wtrąciła się Marketa. — Nieboszczyki i kobiety w ciąży to złe połączenie. O Jezusku! — Złapała się za usta, słysząc, co powiedziała.

— To u nas rodzinne — odezwała się Rikissa. — Mój ojciec

przyszedł na świat jako pogrobowiec. Moja matka zmarła w ciąży. Macocha została z dzieckiem w łonie po śmierci Przemysła i poroniła, więc właściwie powinnam się przyzwyczaić.

— I jeszcze król Václav — skrupulatnie przypomniała Trinka — co zmarł raz dwa po tym, jak się nasza Anežka urodziła.

— Ty, kralovna, tak jak jesteś piękna i dobra, tak nieszczęśliwa — wtrąciła się Marketa. — Dobrze, żeś chociaż najbogatsza. Bo tak mówią na zamku, żeś ty po śmierci króla Rudolfa najbogatsza kobieta w całym królestwie. Prawda to? — dopytała.

— Hunko, dlaczego król będzie miał zmieniony kolor twarzy? — wróciła do sprawy Rikissa.

Katka kończyła ostatnie przeszycie.

— Nie wiem dlaczego — odpowiedziała dziewczyna. — Uprzedzam, bo widziałam ciało na wozie, zanim opuściłam orszak. Twarz króla była krwistoczerwona.

— To chyba nienormalne — skomentowała Marketa. — Nieboszczyk powinien być blady. Mówi się przecież „blady jak trup".

— No ale nasz pan zmarł na czerwonkę — przypomniała nieśmiało Trina. — To może dlatego?

— Może — w zadumie powiedziała Rikissa. — Dziękuję, Hunko, że mnie uprzedziłaś.

— Pani! — Hunka już stała w oknie, uważnie obserwując dziedziniec. — Coś się dzieje w mieście. Wojska idą i to chyba nie Habsburgowie.

Kalina pomogła jej zejść z podwyższenia i razem podeszły do okna. Daleko, za jedyną widoczną z Białej Wieży bramą, ledwie wyraźny w tumanach kurzu mknął ku zamkowi oddział.

— Pójdę, sprawdzę, co to za ludzie — powiedziała Hunka i już zamknęły się za nią drzwi.

— Kalino — oświadczyła Rikissa. — Zawołaj straż, idę do biskupa Jana.

Zastała go w katedrze Świętego Wita. Mimo nocy tam też trwały prace. Słyszała miarowy stukot młotków. W świetle pochodni dostrzegła odsunięte płyty w posadzce nawy głównej. Przed ołtarzem cieśla stawiał mary.

— Królowo — chłodno przywitał ją biskup. — Miejsce spoczynku króla do rana będzie gotowe.

— Nie wiem, czy mamy aż tyle czasu, biskupie. Do miasta jadą zbrojni i nie są to ludzie Habsburgów.

— Wojska twego szwagra dopiero na Morawach — powiedział.
— A w Pradze spodziewamy się Henryka z Karyntii.
— Habsburgowie nie oddadzą tronu bez walki.
— Więc czeka nas kolejna wojna — skinął głową z powagą.

Dostrzegła krople potu między pasmami siwych włosów na jego czaszce. Z nawy wciąż dochodziło stukanie.

— Poprzesz Karyntczyka? — zapytała wprost.
— Opowiem się za każdym rozwiązaniem dobrym dla mego Królestwa — odpowiedział wymijająco.
— A jakim jest kolejny Habsburg na tronie?
— W połączeniu z krwią Przemyślidów? Nie najgorszym. Być może jedynym pokojowym.

Czerwona suknia Knedlicy — przebiegło jej przez głowę. — W to grają.

— Matka królewny Elżbiety była siostrą Albrechta Habsburga. Zbyt bliskie pokrewieństwo, biskupie Janie.
— O tym zdecyduje papież, nie ty, królowo. Co cię do mnie sprowadza?
— Pakt o nieagresji — odrzekła, patrząc mu w oczy. — Chcę spokojnie pochować Rudolfa.
— To mogę ci obiecać, pani. Zmarłym należy się szacunek.

Nawet jeśli nie dostali go za życia — pomyślała. Stukanie umilkło.

— Wydaj mi koronę Piastów — zażądała. — Królowa powinna pożegnać króla w majestacie.

Milczał. Patrzył na nią długo. Nie spuściła wzroku, aż skłonił lekko głowę, mówiąc:

— Korona będzie czekała na ciebie jutro. Po uroczystości musi wrócić do skarbca.

Nie odpowiedziała, pożegnała go i wyszła.

Spała źle. Słyszała Hunkę wchodzącą i wychodzącą z jej komnaty, w chybotliwym płomieniu świecy widziała, jak dziewczyna w skupieniu czyści nóż. Potem śniła, że na czerwonej poduszce przy marach czeka na nią nie piastowska, a najeżona kolcami korona. Dziecko w jej łonie też nie mogło spać, szamotało się jak ryba wyrzucona na brzeg.

Co czuła matka mego ojca, księżna Elżbieta, gdy niosła go zamkniętego w swym brzuchu na pogrzeb męża? — myślała, przewracając się z boku na bok. I odpowiadała sobie: To, co jutro poczuję ja.

— Pani — powiedziała Hunka o świcie, gdy Rikissa zdecydowała się wstać. — W nocy w mieście wybuchły zamieszki. Zwolennicy Habsburgów i Karyntczyka starli się w zaułkach. Padli zabici. Straż zamkowa podwojona, ale oddział karynckiego księcia wpuszczono na zamek. Jego i Anny jeszcze nie ma, ale na pewno są już w granicach królestwa. Udział w pogrzebie...

— Biskup obiecał mi spokój do zakończenia ceremonii — przerwała jej.

— Nie wiem, czy da radę dotrzymać słowa — twardo oznajmiła Hunka. — Sprawy mogą wymknąć się spod kontroli.

— Hunno! — krzyknęła na nią Rikissa. — Nie wyobrażasz sobie chyba, że opuszczę pogrzeb męża?

Twarz dziewczyny nie wyrażała nic. Bąknęła:

— Przepraszam.

— Wołaj dziewczęta. Niech pomogą mi się ubrać — zażądała Rikissa.

Hunka nie ruszyła się z miejsca. Podjęła:

— Pani, czy to byłoby niestosowne, gdybym stała najbliżej ciebie podczas uroczystości?

Rikissie znów wróciło drżenie dłoni. Potarła czoło.

— Tak, to będzie niestosowne, bo nie jesteś wysoko urodzoną damą, ale... ale ponieważ nikt nie wie, kim naprawdę jesteś, założysz suknię mojej dwórki, welon żałobny i staniesz za mną.

— Muszę mieć też płaszcz — natarczywie powiedziała Hunka. — A suknia powinna mieć szerszy rękaw — wskazała na swój nóż. — Będę się trzymać bardzo blisko ciebie, pani, ale postaram się, byś nie czuła mego oddechu na plecach.

Rikissa przez krótką chwilę poczuła się dziwnie, ale weszła Kalina z Agnieszką na ręku i widok córki rozpromienił ją. Dziecko wyciągnęło do niej ramiona i pocałowało ją w policzek. Agnieszka tego ranka nie gaworzyła, nie śmiała się i nie biegała po komnacie. Była uważna i cicha. Gdy weszły służki, usiadła w kącie i zajęła się lalką. Jeszcze do wczoraj Rikissa sądziła, że weźmie córkę na pogrzeb, ale po tym, co powiedziała Hunka, zmieniła zdanie. Mała zostanie z Kaliną.

— Jesteś gotowa, pani — powiedziała Katka, wsuwając ostatnią szpilkę w żałobny welon. — Wyglądasz wspaniale.

Kalina na chwilę wzięła ją w ramiona, przytrzymała szepcząc do ucha:

— Wróć do nas.

Rikissa pocałowała jej policzek i spojrzała na Agnieszkę. Dziewczynka kończyła okrywać lalkę skrawkami czarnej materii.

— Wrócę — powiedziała.

Do komnaty weszła dwórka w dostojnej, srebrzystej sukni, czarnym welonie i lekkim, ciemnym płaszczu.

— Orszak gotowy, królowo — ukłoniła się. — Zechcesz zejść, pani?

— Idę — odpowiedziała i dopiero gdy zamknęły się za nimi drzwi i dziewczyna lekko uniosła welon, poznała Hunkę. Ta przysunęła się do niej i szepnęła:

— Benedyktynki dokonały cudu. Przywróciły obliczu króla zwykłą barwę.

— Byłaś w katedrze? — zdziwiła się Rikissa.

— Sprawdzałam, czy nie zawiodły zamkowe straże — odszepnęła Hunka. — Katedrę osłania podwójny kordon.

— Widziałaś koronę? — Rikissie przebiegł przed oczyma sen.

— Na poduszce, przy marach?

— Nie, pani — odpowiedziała i zamilkła, bo już wyszedł po nie Oldrzych, dowódca zamkowej straży.

Rikissa opuściła welon, kryjąc twarz przed ostrym słońcem. Dzwony Świętego Jerzego i Świętego Wita rozdzwoniły się, płosząc stado ptaków. Na dziedzińcu panował ścisk. Z katedry zwisały chorągwie Habsburgów przewiązane kirem. W upalnym dniu nie poruszał nimi nawet najlżejszy powiew wiatru. Zamkowa służba, giermkowie, rycerze z osobistej świty Rudolfa, damy, wszyscy zgięli przed nią kolana w ukłonie. W wiszącym ciężkim powietrzu uniósł się pojedynczy szloch, dołączył do niego kolejny.

— Nasza pani… — jęknęła jakaś kobiecina.

— To był dobry król — zawtórował jej męski głos z tyłu. — Żal go.

— Taki młody!

— I pani młoda…

Ktoś skoczył ku niej z pękiem białych lilii, ale Hunka w okamgnieniu zasłoniła ją i przyjęła kwiaty.

— Nie żyje król — załkała staruszka — ale mamy naszą Eliškę Rejčkę. Niech królowa nam rządzi!…

— Niech włada!

Damy dworu, przywykłe do wszystkich ceremonii, rzuciły w tłum jałmużnę. Pod stopy Rikissy znów upadły kwiaty. I kolejne. Białe płatki ostro odbijały się od bruku. Już była w drzwiach katedry, gdy zatrzymała się, odwróciła ku nim i uniosła zasłonę, mówiąc:

— Niech Pan Bóg wam błogosławi, dobrzy ludzie!

— I tobie, królowo!
— Nasza pani!

Po jasności dziedzińca przedsionek katedry zaskoczył ją mrokiem. Zachwiała się. Twarde ramię Hunki za jej plecami podtrzymało ją. Ruszyła. Dostrzegła miejsce na trumnę wykute w posadzce katedry; przysłonięto je drewnianą klapą i przykryto ciemną materią, ale wokół zostało sporo nieuprzątniętego pyłu. Mary przed ołtarzem były oświetlone. Drgnęła, widząc z daleka sylwetkę leżącego na nich Rudolfa. Z szelestem sukni kłaniały jej się zgromadzone w katedrze damy. Mężczyznom pobrzękiwały okucia pasów. Przez gęsto tkany woal zasłony migały jej ich twarze. Poczuła mocną, słodką woń lilii. Kosze kwiatów stały wszędzie. Przy marach nie było purpurowej poduszki. Wniósł ją Jan IV w chwili, gdy zbliżała się do ołtarza. Przyklęknęła bez słowa, a biskup włożył na jej skronie koronę. Hunka podała jej ramię z taką dystynkcją, jakby od urodzenia była damą dworu. Rikissa nie widziała jej twarzy, przez chwilę mignęły jej tylko białka oczu dziewczyny pod zasłoną.

Dopiero teraz, pod ciężarem korony na skroniach, odważyła się spojrzeć na Rudolfa. Jego twarz była jasna niczym pośmiertna maska. Złote dukaty przyciskające powieki nadawały mu nieludzkiego wyglądu. Rozpoznała w nim tylko duży nos i ostry, kanciasty podbródek. I połyskującą złotem koronę dużo piękniejszą niż ta, którą narysowała Konradowi. Złocisty, watowany kaftan, czarne nogawice, ozdobny pas i purpurowo-czarny płaszcz okrywający sylwetkę zmarłego, wszystko to, wraz z wysmukłym berłem zwieńczonym liśćmi i lśniącą kulą, nadawało Rudolfowi królewskiego blasku, którego tak unikał za życia.

Czy teraz, gdy patrzą na niego, żałują, że przezywali go Królem Kaszą, drwiąc z jego skromności? Czy dzięki pośmiertnemu misterium zapamiętają w nim dostojeństwo króla?

Chór śpiewał psalm, Jan IV sprawował liturgię, dziecko w Rikissie poruszyło się kilka razy, gwałtownie, jakby chciało przedwcześnie wydostać się na świat, ale szepnęła do niego w duchu: „To nie chrzciny, to pogrzeb" — i się uspokoiło. Welon odgradzał ją od utkwionych w nią spojrzeń. Zaślubiona śmierci — przemknęło jej przez głowę, ale nie pozwoliła, by ta myśl w niej została. Pozwoliła jej przez siebie przepłynąć i ulecieć pod strzeliste sklepienie katedry, tam gdzie niknął śpiew chóru. Psalmiści umilkli. Mówił biskup, ale Rikissa nie słuchała go, dobiegały do niej strzępy zdań:

— ...życie wieczne otwiera się... przy bramie niebios czeka na niego... powierzamy Ci, Panie, duszę...

Rudolfie — pomyślała, patrząc na niego — mam nadzieję, że twa dusza naprawdę zazna spokoju.

W tej samej chwili z zewnątrz dały się słyszeć krzyki. Z początku pomyślała, że to zgromadzony tłum woła imię Rudolfa, ale po pobladłym nagle obliczu Jana IV zrozumiała, że się myli. W kościele zabrzmiały wystraszone szepty. Przez nie przedarły się rozdzierające okrzyki rannych, wyraźnie słychać było szczęk toporów o tarcze. Usłyszała przyspieszony oddech Hunki za plecami.

— Ktokolwiek waży się zakłócać świętą ceremonię pogrzebową króla, zasługuje na potępienie boskie i ludzkie! — zagrzmiał biskup Jan.

Z tyłu, spod wrót katedry krzyknął Oldrzych:

— Sytuacja opanowana! Jego świątobliwość może kontynuować!

Śmierć na pogrzebie — pomyślała. — Żyjemy w strasznych czasach.

Jan podjął ceremonię. Rozgrzany wonny wosk spływał ze świec ustawionych gęsto wokół mar, w dusznym wnętrzu mieszając się z mdlącym zapachem lilii.

Wytrzymam. Jestem młoda i silna — mówiła do siebie w duchu.

Spojrzała na twarz Rudolfa. W pierwszej chwili pomyślała, że ze zmęczenia ma omamy. Zamrugała. Spod złotych dukatów na powiekach Rudolfa sączyły się krwawe łzy. Zachwiała się. Hunka objęła ją żelaznym uściskiem i szepnęła wprost do ucha Rikissy:

— To farba benedyktynek topi się od gorąca.

Odetchnęła i przez chwilę pozostała wsparta na ramieniu Hunki.

— Złóżmy do grobu doczesne szczątki króla Rudolfa! — zawołał biskup Jan.

— Podejdź do ciała — szepnęła jej Hunka i poprowadziła ją dwa kroki.

Rikissa wyciągnęła rękę i dotknęła kuli na szczycie berła Habsburga.

— Powiedz coś — poinstruowała ją Hunka. — Nieważne co, byle głośno.

— Żona pozostaje we łzach za mężem — zawołała Rikissa łamiącym się głosem. — A królowa mężnie żegna swego króla! Byłeś z nami krótko, ale pamięć jest wieczna, Rudolfie Habsburgu!

Usłyszała pojedyncze szlochy za swymi plecami. To jej dwórki, niezawodne we wszystkich ceremoniach. Hunka podsunęła jej lilie, te, które podał wcześniej ktoś z tłumu. Rikissie zakręciło się w głowie od ich dusznej woni, nie wiedziała, co ma zrobić z kwiatami.

— Włóż do trumny — niemal bezgłośnie powiedziała Hunka.

Rikissa puściła berło Rudolfa i rozerwała lilie na płatki, posypując nimi jego twarz. Niech skryją rozpuszczającą się farbę i złudny strumień krwawych łez sączących się spod dukatów.

— Żegnaj, mój brzydki, dobry i zbyt uległy ojcu królu — szepnęła cicho do znikającej pod bielą płatków śmiertelnej maski, w jaką zamieniła się jego twarz. — Byłeś najlepszym mężem, jakiego miałam.

Gdy uniosła głowę, dostrzegła, iż słudzy już odsłonili materię i zdjęli z podłogi pokrywę.

Rycerze w barwach Habsburgów unieśli mary i z metalicznym odgłosem kroków ponieśli ciało Rudolfa, przekładając je do otwartego w posadzce grobu. Postąpiła za nimi. Hunka przywarła do jej pleców jak cień. Miejsca wokół mogiły było niewiele; prócz niej stanął tam biskup Jan i rycerze. Za nimi cisnął się ciekawski tłum.

Biskup praski pokropił ciało wodą święconą i na jego znak rycerze Rudolfa uklękli, nakrywając swego pana chorągwią Habsburgów. Czerwony wspięty lew ułożył się na ciele króla miękką, kocią linią, nie zostawiając swego pana samego w drodze do zaświatów. Lew na chorągwi miał przymknięte powieki.

— Zaśnijcie snem wiecznym, a nasze modlitwy nie opuszczą was aż do dnia ostatniego. Amen — wyszeptała Rikissa.

— Możesz iść, pani — powiedział biskup Jan z troską. — Dopilnuję zamknięcia grobu.

— Zostanę — odpowiedziała.

— Jak sobie życzysz, królowo. — Skinął na sługi, by włożyli do grobu miecz i tarczę Rudolfa. Potem z małej skrzynki wyjęto królewskie pieczęcie i rycerz Habsburgów rozbił je wprost na posadzce, dwoma uderzeniami młotka. Zniszczone, ułożono obok ciała króla. Ciężka kamienna płyta przykryła grób.

— Biskupie — poprosiła, nie zażądała. — Czasy są niespokojne. Opieczętuj grób.

Zmarszczył brwi, ale nie zaprotestował. Zrobił to i po krótkiej modlitwie ruszyli od grobu w stronę wyjścia. Hunka zręcznie przesunęła się za jej plecy. Pierwszą osobą, którą dostrzegła, była jej pasierbica. Złowiła wpatrzone w siebie jasne, rozmyte oczy Elżbiety. Miała na sobie stosowną, ciemnoniebieską suknię, ale wpięła krwistoczerwony kwiat we włosy. Jej usta poruszały się, jakby szeptała do Rikissy:

— Pechowa... pechowa... czarna wdowa... owa... owa...

— Podwójna królowa! — zawołał Jan z Vartemberka. — Elżbieta Rikissa!

— Umarł król, ale mamy królową! — zawtórował mu ktoś, kto

mógł być Henrykiem z Lipy albo Hynkiem z Dube, albo kimkolwiek o głosie tubalnym i mocnym.

Tłum gości stojących wcześniej w nawach bocznych przesunął się do nawy głównej i ruszył w jej kierunku.

— Pani! — zawołał za nią biskup Jan IV.

Odwróciła się i stanęła welon w welon z Hunką, która wciąż podążała za jej plecami i nie zdążyła się przesunąć.

— Korona — powiedział spokojnie biskup i wyciągnął ręce.

Rikissa nie poruszyła się. Jej wzrok powędrował na sługę biskupa, jednego z tych, którzy przed chwilą zasunęli kamienną płytę nad grobem Rudolfa. Mężczyzna ledwie zauważalnym ruchem uchylił krótki płaszcz, pokazując jej rękojeść puginału.

— Wciąż jestem królową — odpowiedziała Rikissa, czując krople potu nad wargą.

Białka oczu Hunki poruszyły się niespokojnie pod welonem. Jej ramię powędrowało do rękawa i zatrzymało się.

— Jesteś pani królową wdową — twardo oświadczył biskup. — Nikt ci tego nie odmawia. Ale korona musi wrócić do skarbca.

— Odmawiam — powiedziała.

Zobaczyła drugiego i trzeciego sługę biskupa Jana. Obaj dyskretnym ruchem uchylili płaszcze. Jeden już zacisnął dłoń na rękojeści puginału. Palce Hunki wsunęły się w rękaw sukni.

— Zawarliśmy układ — chrapliwie szepnął biskup praski. — Spokojny pogrzeb. Nie prowokuj mnie, pani, bym nad zamkniętym grobem musiał zastosować siłę.

— Oddaj mu koronę — bezszelestnie powiedziała Hunka. Rikissa widziała zasłonę poruszającą się nad jej ustami. — Jest gotów na wszystko. Agnieszka nie może stracić matki przez kawałek złota.

To nie jest kawałek złota. To korona polskich królowych — pomyślała z rozpaczą Rikissa. I natychmiast przed jej oczami stanął arcybiskup Jakub Świnka w dniu koronacji Przemysła. Dwa palce kapłana zanurzone w oleju świętym i jego głos, gdy namaszczał ojca: *Oto prawdziwa korona. Niewidzialna dla oczu. Jedyna, której nikt nigdy nie może strącić. Znak, że zostałeś Bożym pomazańcem.* I biskup Henryk, tu w katedrze Świętego Wita, cztery lata wcześniej, namaszczający ją przed głównym ołtarzem. Poczuła ciepło bijące od sakramentu i zdjęła z czoła złotą koronę królowych. Trzymała ją w dłoniach. Przesuwała palcami po wypukłościach pereł i chłodnych okach szafirów. Jan IV zrobił krok ku niej, Hunka odsunęła się na bok i Rikissa oddała biskupowi koronę. Słudzy podskoczyli do niego z purpurową poduszką, ale Jan nie podał im korony. Z czcią uniósł ją wyżej, by podstawiono poduszkę. W tej samej chwili okrągła mleczna perła wypadła z mocowania nad czołem i po poduszce potoczyła się na posadzkę. Rikissa i Jan spojrzeli sobie w oczy i biskup przyzwalająco przymknął powieki. Hunka zwinnie schyliła się i podniosła perłę.

— Uroczystości dobiegły końca! — zawołał Jan IV. — Idźcie w pokoju!

Rikissa odwróciła się, patrząc po twarzach zgromadzonych. Czy ktoś widział? Hunka znów osłoniła jej plecy, orszak dwórek zamknął się za nimi i poprzedzane przez straż królewską ruszyły ku wyjściu. Rikissa poczuła, że nie wytrzyma ani chwili dłużej, ale gdy wyszli na zewnątrz, w miejsce kościelnej duszności dopadł ją skwar letniego południa. Welon zaczął kleić się do jej spoconej twarzy. Nie miała czym oddychać. Tłum napierał ze wszystkich stron. Musiała budzić współczucie albo zwykłą litość, bo ludzie szlochali, wyciągali ku niej ręce i każdy chciał dotknąć choćby skraju jej sukni. Dwie z jej dwórek osunęły się zemdlone, ktoś je podnosił, ktoś cucił. Lud skandował:

— Eliška Rejčka! Eliška Rejčka!

Hunka krzyknęła:

— Dowódca straży! Dowódca straży!

Oldrzych z trudem przedarł się ku nim.

— Królowa słabnie, zanieś panią do Białej Wieży — rozkazała mu Hunka. — No, dalej, panie Oldrzychu, weź królową na ręce!

Wylądowała w ramionach Oldrzycha, który szepnął:

— Wybacz mnie prostemu, pani.

Mignęła jej jeszcze sylwetka Hunki za plecami Oldrzycha. Straż zamkowa robiła im miejsce, przedzierali się przez rozstępującą się w końcu ciżbę. Ostatnie, co zapamiętała, były dalekie odgłosy walki i dźwięk rogu wzywający wojsko na bramy.

KUNO nie znosił zjazdów kapituły zakonnej, do pasji doprowadzali go ci wszyscy prowincjonalni komturowie, którzy zachowywali się jak nieugięci obrońcy wiary, a po dzbanie piwa wychodziły z nich prymitywne, żądne krwi bestie. Przerzucali się cytatami z Pisma, jakby bekali, a Kuno już dawno stwierdził, że ze Starego i Nowego Testamentu znają tylko te wybrane zdania, nic więcej. Nieuctwo i prostactwo, oto prawda o prowincji pruskiej Zakonu Szpitala Najświętszej Marii Panny.

Już mieli schodzić do głównego refektarza, na obrady, gdy Zyghard zatrzymał go na chwilę.

— Kuno, mam złe przeczucia — powiedział cicho.

— Ja też — odpowiedział mu szczerze, a potem się roześmiał. — Będą pierdzieć, chrząkać, dłubać w nosach i bekać. Czeka nas długi dzień, mistrzu von Schwarzburg!

Zyghard nie odpowiedział, wymusił z siebie uśmiech i zeszli.

Przed salą kłębił się tłum białych płaszczy. Kuno utorował drogę Zyghardowi. Gunter von Schwarzburg rozmawiał na boku z Konradem von Sackiem i Henrykiem von Plötzkau, ale oderwał się od towarzyszy, gdy tylko ich dostrzegł.

— Na słówko, Zyghardzie — dotknął ramienia brata. — Wejdźmy do refektarza, póki jeszcze w nim pusto. Kunonie, stań w drzwiach, osłoń tą potężną piersią swego ulubionego mistrza krajowego — zażartował, ale wyszło to niezręcznie.

Kuno zrobił, czego chciał od niego Gunter. Stanął i oparł ramię o framugę tak, by żaden z braci nie miał wątpliwości, że wstęp jest wzbroniony. Patrzył na nich z góry, wyniośle, a oni odwzajemnili się nieufnością i pogardą. Świńskie oczka Henryka von Plötzkau zalśniły nawet groźbą. Nie znosili się od czasu zniknięcia Starca, a po prawdzie to od dnia, gdy poznali się w Bałdze.

Co oni o mnie wiedzą? — myślał Kuno, przesuwając wzrok z jednej twarzy na drugą. — Ilu z nich domyśla się, że byłem templariuszem? Wiedział Konrad von Feuchtwangen, ale wielki mistrz nie żyje. Wiedzą Gunter i von Sack, to oni przydzielili mnie do Zygharda. Czy powiedzieli swemu nowemu towarzyszowi, komturowi Bałgi Henrykowi von Plötzkau? Wątpię. — Ich oczy znów się spotkały, ale Kuno przybrał tak obojętny wyraz twarzy, jakby patrzył na powietrze. Dostrzegł jednak, że Henryk wydął pogardliwie usta i prychnął. — A kto z nich wie o mnie i Zyghardzie? Może się domyślają, ale nikt nas nigdy nie widział.

Nie przeszkadzało mu, że przez te dziesięć lat w zakonie z nikim, poza Zyghardem, nie zawarł bliższej znajomości. Nawet nie miał takiego zamiaru. Nie oswoił się z tymi ludźmi i nie potrafił ich ani zrozumieć, ani polubić. Owszem, złożył śluby, ale tak naprawdę liczył się dla niego tylko rycerski pas. Zasłużył na niego już dawno, jeszcze w Ziemi Świętej mógł go przyjąć z rąk wielkiego mistrza templariuszy, Wilhelma z Beaujeu, ale właśnie wtedy otworzyło się w Akce piekło, którym zarządzał arcyszatan, sułtan Al-Aszraf. Tyle razy zastanawiał się, co by było, gdyby na nabrzeżu nie uratował Feuchtwangena? Ale stało się. Ocalił wielkiego mistrza tych oto Krzyżaków, którymi w gruncie rzeczy pogardza.

— Długo jeszcze? — gorączkował się Henryk von Plötzkau. — Ile każą nam czekać? Nie dość, że kapituła miała być na Matki Boskiej Gromnicznej, a zwołali dopiero na Zielnej, to jeszcze...

— Spokojnie, bracie — melodyjnym głosem przerwał mu ciemnowłosy młodzian, na którym zakonny płaszcz leżał jak na księciu.

Bo to jest książę. Brunszwiku — przypomniało się Kunonowi. — Luther, czy jakoś tak. Szwagier Henryka Głogowskiego, księcia Starszej Polski.

Wokół Luthera naliczył siedmiu braci, z których żaden nie pełnił jeszcze urzędów w zakonie. Kojarzył ich imiona, bo większość przewinęła się przez komturię w Dzierzgoniu, gdy byli tam wraz z Zyghardem. Otto Lautenburg i Dietrich Altenburg, Henryk Raus von Plauen i Markward. Dwóch Hermanów, Oetingen i Anhalt, obaj jednakowo niscy i bladzi. I Otto Bondorf, zdaje się przyjaciel Luthera. Dopiero teraz zdał sobie sprawę, co odróżnia tę ósemkę niższych rangą braci od prowincjonalnych komturów — każdy z nich miał w dłoni książkę.

— „Znam uczynki twoje i trud, i wytrwałość twoją" — zaczął Luther, a podjął po nim Otto.

— „I wiem, że nie możesz ścierpieć złych, i że doświadczyłeś tych, którzy podają się za apostołów, a nimi nie są".

— „I stwierdziłeś, że są kłamcami" — dopowiedział równie natchnionym głosem Markward.

— „Masz też wytrwałość i cierpiałeś dla imienia mego, a nie ustałeś" — dokończył Dietrich.

— Co to jest? Co oni gadają? — skrzywił się von Plötzkau.

— Bracia poeci — machnął pulchną dłonią von Sack i dodał polubownie: — Nasi zakonni miłośnicy poezji.

— To Apokalipsa — burknął Kuno, nie kryjąc lekceważenia wobec niedouczenia Henryka von Plötzkau.

— Ażebyś wiedział, że apokalipsa! — żachnął się ten. — Kapituła ma się rozpocząć, a nas tu się trzyma przed drzwiami!

— Brat Kuno miał na myśli Objawienie świętego Jana, a nie koniec świata — elegancko uśmiechnął się Luther i ukłonił się mu.

Kuno poczuł na ramieniu dłoń Guntera i usłyszał jego szept:

— Możesz wpuszczać.

— W samą porę. Plötzkau mało brody nie zapluł z wściekłości.

— Dobrze, dobrze — poklepał go po plecach Gunter.

Kuno odruchowo strącił jego dłoń. Nienawidził tych zakonnych poufałości. Odsunął się od drzwi i bracia zaczęli wchodzić. Pierwszy wepchnął się Plötzkau, za nim Sack. Luther i jego towarzysze poeci nie mieli dość siły przebicia, więc przeczekali grzecznie i weszli do refektarza jako ostatni.

Kuno usiadł na końcu długiego stołu, tak by obserwować wszystkich. Widział poruszoną, bladą twarz Zygharda i eleganckiego, jak zawsze nieodgadnionego Guntera. Bracia Schwarzburg siedzieli ramię w ramię. Młodszy, jako mistrz krajowy, otworzył obrady i zaprosił braci do zabierania głosu.

Pierwszy odezwał się Gunter.

— Powrót z wygnania księcia Władysława otwiera nowy rozdział w historii zakonu. Książę zhołdował Pomorze, ale Brandenburczycy wrócili do gry błyskawicznie...

— I zhołdowali Święców! — zawołał radośnie stary Konrad von Sack.

To po nim Zyghard objął urząd mistrza krajowego — przypomniał sobie Kuno. — W co grają jastrzębie? Sack, Gunter Schwarzburg, a teraz wydaje się, że dołączył do nich Plötzkau i ten drapieżnik z Królewca, Fryderyk von Wildenberg. Kuno widział, jak ten ostatni i Plötzkau porozumiewawczo zerkają na siebie.

Gunter kiwnął głową i mówił dalej:

— Tak, właśnie z powodu hołdu Święców mistrz krajowy, Zyghard von Schwarzburg, postanowił przesunąć zebranie kapituły z Matki Boskiej Gromnicznej na Matki Boskiej Zielnej, chcieliśmy upewnić się co do intencji namiestnika Pomorza. Teraz sprawa jest jasna, poddał się wraz ze swymi ziemiami margrabiom.

— Święcowie zawsze byli sprzedajni! — krzyknął komtur elbląski.

— Zdrada namiestnika jest prezentem dla naszego kierownictwa — szepnął bardzo cicho Luther do siedzącego przy nim Ottona.

Kuno usłyszał ich, bo siedział przy braciach poetach, ale szept Luthera raczej nie dotarł do nikogo więcej.

— Należy zaatakować księcia Władysława — gromko odezwał się Wildenberg.

— Nawiązałem z nim dobrosąsiedzkie stosunki — odezwał się wreszcie Zyghard, uśmiechając znacząco. — Książę już wie, że może na nas liczyć w spodziewanej wojnie z Brandenburgią. Jak ongiś Václav. Od strony dyplomatycznej grunt jest przygotowany.

— Bracia von Schwarzburg są sokołami dyplomacji! — pochwalił von Sack, pokazując w szerokim uśmiechu szparę między przednimi zębami.

Komturowie pohukiwali, co jak rozumiał Kuno, miało być pochwałą i braci, i dowcipu Sacka. Henryk von Plötzkau uniósł ramię, prosząc o głos. Zyghard mu go udzielił i Henryk wstał, przygładzając swą kwadratową, jak toporem ciętą czarną brodę.

— Szanuję obu braci von Schwarzburg i chylę czoła przed ich osiągnięciami. Muszę jednak ze smutkiem zauważyć, że jedna sprawa kładzie się cieniem na osobie naszego mistrza, Zygharda. Wszyscy tu obecni pamiętają, że w czasach, gdy był jeszcze komturem Rogoźna, miał w lochu kapłana Dzikich, zwanego Staruchem...

— Starcem — poprawił go Kuno. — Mówienie na niego „staruch" to jak nazywanie joannity „jaśkiem".

— Ha, ha, ha, dobre! Dobre! — bez cienia śmiechu skwitował Plötzkau. — Dziękuję za podpowiedź, bracie Kunonie. Starzec ten stał się słynny w całym państwie zakonnym z racji dziwnych rysunków na ciele. Jego skóra, o czym mówiło się wówczas w kierownictwie, przesłana w darze Ojcu Świętemu, mogła bardzo przysłużyć się naszemu zakonowi. Niestety, upór Zygharda spowodował, że skóry ze Starca nie zdjęto, a on sam uciekł z lochu, narażając nas na śmieszność i posądzenie, że takiego kapłana nigdy nie mieliśmy w swych rękach. I nie wracałbym do tematu, gdyby nie podejrzana sprawa, jaka wydarzyła się w Rydze. Otóż tamtejszy biskup twierdzi, że kupcy sambijscy zaoferowali mu kupno takiej właśnie skóry!

Przez refektarz przeszedł szmer. Plötzkau wyprostował się, wydął wargi i powtórzył:

— Ludzkiej wygarbowanej skóry w całości pokrytej pogańskimi malowidłami! Czy ja muszę przypominać, że my z biskupem ryskim mamy na pieńku, bo ten nieustannie oczernia nas przed papieżem? Skarży, że nie chrzcimy pogan, tylko umacniamy ich bałwochwalstwo.

Gdyby mnie Ojciec Święty spytał, powiedziałbym to samo — pomyślał Kuno. — Jesteś hipokrytą, Plötzkau. Ty kochasz ich zabijać, a nie ochrzciłeś ani jednego. Jesteś zwykłym mordercą, który pod płaszczykiem z krzyżem chowa prawdziwe oblicze ludzkiej bestii. Nie wiem nawet, czy potrafisz zmówić *Pater noster*.

— Niezręczna sprawa — skwitował kwaśno Gunter. — Ale nie możemy założyć, że w całych Prusach istniał tylko jeden taki Starzec. Mogło być ich kilku i być może biskup ryski pozyskał skórę jakiegoś kapłana. To nie dowodzi nieskuteczności zakonu, ale wzmacnia problem

Dzikich, tym samym można jedną i tę samą skórę wykorzystać i na naszą korzyść.

— Coś jeszcze, nim przejdziemy do wyborów? — sucho spytał Zyghard.

Z ławy podniósł się Wildenberg.

— Wniosek nasuwa się sam. Na nowy rozdział w historii zakonu, jak to na wstępie ujął komtur chełmiński, rozpoczęty powrotem księcia Władysława, przydałby nam się nowy mistrz krajowy. Ktoś, kto będzie nie tylko dyplomatą, ale i twardym wojownikiem.

No i go obalą — pomyślał Kuno. — Powinienem wstać i iść pakować nasze skrzynie.

Komturowie przekrzykiwali się jak goście w przydrożnej gospodzie, Kuno patrzył na niewyrażającą niczego twarz Zygharda i wtedy dobiegł go szept Luthera:

— „Wszystkich, których miłuję, karcę i smagam, bądź tedy gorliwy i opamiętaj się".

Wielbiciel Apokalipsy — wzruszył ramionami Kuno i patrząc chłodno, jak bracia kolejno oddają głosy, zaczął się zastanawiać, czy wśród Jastrzębi nastąpił rozdział, czy też wszystko to jest jakąś formą z góry zaplanowanej gry.

— Nowym mistrzem krajowym jednogłośnie został wybrany komtur bałgijski Henryk von Plötzkau — ogłosił Gunter Schwarzburg, jakby nie stało się nic.

— Gratuluję — powiedział Zyghard, wstając i zdejmując z piersi krzyż.

Położył go na stole, nie założył Henrykowi, tylko przesunął ręką w jego kierunku.

— „Ale masz tę zaletę, że nienawidzisz uczynków nikolaitów, których to czynów i ja nienawidzę" — szepnął Luther wyraźnie pod adresem von Plötzkau, a potem wolno, niemal niezauważalnie, odwrócił się w stronę Kunona i przez chwilę wpatrywał się w niego.

— List do Kościoła w Efezie — zachichotał za jego ramieniem Otto.

Kuno zmarszczył brwi. Co wymuskany książę Brunszwiku insynuuje? Przestała go bawić ich gra w cytaty z Objawienia świętego Jana.

Wieczorem, gdy zostali sami z Zyghardem, natarł na niego:

— Dałeś się wykiwać jak dziecko! Dlaczego nie przypomniałeś głośno, że von Plötzkau był u nas w dniu zniknięcia Starca? Trzeba było rzucić na niego podejrzenie!

— Przestań — machnął ręką Zyghard. — To dziecinada takie przepychanie się, czyja to wina, że Starzec nawiał. Nie będę się błaźnił. Napijesz się?

— Nalej mi — burknął Kuno.

— Wracamy do Dzierzgonia, mój bracie! — stuknął dwoma kielichami Zyghard i podał jeden Kunonowi.

— Chryste, tylko nie to — jęknął Kuno, ale wziął kielich i pociągnął łyk.

— Co masz do Dzierzgonia? Wolisz, bym go nazywał Christburgiem? Proszę bardzo. Źle nam tam było? Cisza, spokój, jezioro…

I Dzicy wabiący mnie swymi omamami — dokończył w duchu Kuno. — Może mu powiem?

— Gunter to ustawił — zmienił temat Zyghard. — Poprosił mnie przed kapitułą, bym zgodził się oddać urząd temu prostakowi z Bałgi. Nadchodzą ciężkie czasy i lepiej, by ręce sobie poplamił ktoś inny. Moją rolą jest…

— Tańczyć, jak ci zagra brat? — nie wytrzymał Kuno.

Zyghard roześmiał się i potarł szczękę.

— Muszę się ogolić — powiedział ni stąd, ni zowąd.

— Plötzkau cię ogolił. I to publicznie, w asyście kilkunastu prowincjonalnych komturów i przy cichej aprobacie świętoszkowatych braci poetów od świętego Jana.

— Kogo masz na myśli? — zmarszczył brwi Zyghard.

— Księcia Brunszwiku, Luthera i jego siedmiu natchnionych czytaczy Apokalipsy. Skoro, jak mówisz, wracamy do Dzierzgonia, z połową z nich będziemy siadać niedługo do wieczerzy.

— Miła odmiana po kwadratowym pysku Henryka von Plötzkau.

Zyghard jednym haustem dopił wino i ruszył po dzban. Dolał im obu i siadając na zasłanej wilczym futrem ławie, powiedział zupełnie poważnie:

— Wiem, jak to wygląda, nie jestem głupcem. Ale Gunter od lat prowadzi misterną grę i choć tego akurat nie widać, gra na mnie. W zakonie jest miejsce dla siepaczy, wizjonerów i dyplomatów. Plötzkau to siepacz, prosty jak miecz dwuręczny i nieco tępy, niczym żelazo zbyt rzadko ostrzone. Nastał jego czas. To, co zrobimy w najbliższym roku, będzie mało eleganckie, ale ustawi zakon na dziesięciolecia. Popłynie krew. I nie chcemy, Gunter i ja, by ochlapała moje nieskalane oblicze. Nie trzeba być mistrzem krajowym, by mieć realny wpływ na politykę zakonu. Czasami nawet lepiej nim nie być.

Kuno wpatrywał się w niego. Zyghard von Schwarzburg był przystojnym mężczyzną. Jasnowłosy, jasnooki, smukły. Pański i chłodny — tak zwykle nazywał go w myślach. Owszem, połączyła ich jakaś gwałtowna namiętność, ale Kuno zastanawiał się, czy kiedykolwiek łączyła ich przyjaźń. Moi przyjaciele zginęli w Akce — pomyślał. Powinien Zyghardowi powiedzieć, że Gunter nie jest z nim do końca szczery, ale uczciwie rzecz ujmując, Kuno nie miał pewności, czy Zyghard mówi mu wszystko, a zadania, jakie zlecał mu Gunter, nigdy nie były skierowane przeciw niemu. Bractwo kłamców — pomyślał i poczuł się nagle bardzo, bardzo zmęczony.

— Jutro spakujemy swe kufry i ruszymy do starego dobrego Dzierzgonia. Znów będę komturem dzikiej głuszy, co za zaszczyt, mój Boże, Twa łaska jest bezgraniczna! — W głosie Zygharda była drwina i do Kunona dotarło, że to jedna z rzeczy, które w nim naprawdę lubi. Drwina, dystans do siebie, ledwie wyczuwalna wyniosłość wobec wszystkiego. Zyghard brał życie lekko, jakby wszystko, co mu się przydarza, było rodzajem dworskiej gry, zabawy.

— Jestem skonany — dorzucił Zyghard i wyciągnął się na ławie.

— Chodź, spocznij przy mnie. Upijemy się dzisiaj na smutno i na odchodnym zarzygamy wychodek elbląskiej komturii.

Kuno parsknął śmiechem i zgarniając po drodze dzban z winem, podszedł do Zygharda.

— Padam do nóg — powiedział i usiadł na podłodze, przy nim.

— Nie musisz, już nie jestem mistrzem krajowym. Zresztą, u nas w zakonie takie bałwochwalstwo nie obowiązuje. — Zyghard strzelił palcami i uniósł się na ramieniu. — Wiesz, co mi się dzisiaj przypomniało? Jak podczas popijawy w Bałdze, wtedy gdy Henryk von Plötzkau ledwie wstąpił do zakonu…

— Wiem — przerwał mu Kuno i łyknął wina. — Gruby stary Konrad opowiadał o próbie dziewicy komtura królewieckiego, a ten knur wyskoczył z żartem…

— …że jak on zostanie wielkim mistrzem, to takie próby nie będą obowiązkowe! Pamiętasz ciszę, jaka wtedy zapadła w piwnicy?

— Pamiętam — skinął głową Kuno. — Kto by przypuszczał, że taki dupek zajdzie tak daleko?

— Ja przypuszczałem — powiedział chłodno Zyghard. — Wiesz, dlaczego? Dlatego, że mu zależy. Nieustannie musi udowadniać światu, że jest coś wart. Chuj z nim. Nalejesz mi?

— Poproś.

— Proszę, choć nie tylko o wino.
— Nie mam ochoty — wprost odpowiedział Kuno.
— Ja też — leniwie odrzekł Zyghard. — O czym innym myślałem. Pamiętasz taką nudną bajkę, którą mi kiedyś opowiadałeś? O rycerzu, mieczu, dziewczynie...

To nie była bajka — pomyślał Kuno zaskoczony tym, że Zyghard w ogóle to pamięta.

— Opowiedz mi ją znowu. Takie bajki zwykle mają ciąg dalszy.
— Powiedziałeś, że była nudna.
— Bo była, ty nie masz daru opowiadania, ale właśnie dlatego utkwiła mi w pamięci. Chciałbym wiedzieć, co było dalej.
— Nie pamiętam, na czym skończyłem — skłamał Kuno.
— Jak rycerz porzucił dziewczynę i zwiał z mieczem, choć miał go gdzieś oddać.
— Uhm. — Kuno zastanawiał się, jak ta opowieść powinna brzmieć dalej.
— Opowiadaj — poprosił Zyghard.
— Dzieje niektórych ludzi zataczają koło — zaczął Kuno. — Ów rycerz wrócił do rodzinnych włości i gdy zobaczył ogrom zniszczeń uczynionych zarazą, przeląkł się. Jego rodzina pomarła, słudzy pomarli, a nieliczni wieśniacy, którzy ocaleli, opuścili zagrody i uciekli tam, gdzie nie dotarła czarna śmierć. Jego zamek był obrabowany, pola nieuprawiane, obraz nędzy i rozpaczy. I wtedy przypomniał sobie, że ruszając na krucjatę, wziął na siebie krzyż i nie dopełnił przysięgi. Walczył z niewiernymi, ale nie doczekał chwili odbicia Grobu Pańskiego z ich rąk. Zrozumiał, że jego świeckie życie rozpadło się w proch, a duchowe nie zostało dopełnione. Sprzedał majątek i wrócił do Ziemi Świętej...
— A miecz? Przecież miał ten miecz...
— O tym mu się wtedy nie przypomniało — przeklął przodka w duchu Kunon. — Wrócił z mieczem.
— Dziwne, nie? — wtrącił się Zyghard. — Że też ludzie potrafią nie pamiętać o sprawach zasadniczych. Ale, bo ja wiem? Może gdybym na własne oczy zobaczył ten, jak opowiadasz, obraz nędzy i rozpaczy, to też bym zapomniał? Mów dalej.
— Nie nudzę cię? — ostro spytał Kuno.
— Lubię się z tobą nudzić — prowokacyjnie odpowiedział Zyghard. — No, mów.
— Gdy dotarł na miejsce, Jerozolima już była w rękach krzyżowców, Baldwin został namaszczony na króla...

— Baldwin to był ten hrabia, któremu służył rycerz, tak?

— Jesteś bystry jak sokół — zniecierpliwił się Kuno.

— A co z mieczem? Baldwin nie dopytał rycerza, czy wypełnił misję?

— Rycerz miał dojście do hrabiego, ale nie do króla — zdenerwował się Kuno. — Byłeś w Ziemi Świętej? Widziałeś Jerozolimę?

— Przecież wiesz, że nie — leniwie odpowiedział Zyghard i musnął palcami jego włosy.

Kuno uchylił głowę.

— To nie wiesz nic, Zyghardzie von Schwarzburg. Królestwo Jerozolimskie było w tamtych czasach wcieleniem idei Królestwa Niebieskiego na ziemi. Do króla nie miał dostępu byle rycerz. Nasz bohater odwiedził Grób Pański, wziął gałązkę z Ogrodu Oliwnego...

— Tego ogrodu? — zaciekawił się Zyghard.

— Nie ma innego — burknął Kuno. — Tak, tego. Każdy krzyżowiec brał na pamiątkę swej wyprawy gałązkę...

— To chyba oskubali cały ogród z Nowego Testamentu — roześmiał się Zyghard. — Przepraszam, opowiadaj.

— To były złote czasy Królestwa. Twierdze krzyżowców wyrastały jak grzyby po deszczu na pustyni i całym wybrzeżu. Rycerz osiadł w budowanej przez joannitów Krak de Chevaliers, najpiękniejszej i najwspanialszej twierdzy na świecie.

— Kiedyś mówiłeś, że najpiękniejsza była Akka — wypomniał mu Zyghard.

— A Krak de Chevaliers była najpotężniejsza. Rycerz pomagał ją wznosić.

— A potem wstąpił do zakonu szpitalników pod wezwaniem świętego Jana Chrzciciela — dopowiedział Zyghard. — Wybacz, upiłem się. Nie chcę ci przerywać.

— Nie będę opowiadał pijakowi — zbuntował się Kuno, ale dolewając sobie wina, poczuł, że i on nie jest całkiem trzeźwy.

— Więc opowiedz przyjacielowi złaknionemu zamorskich opowieści — łagodnie poprosił Zyghard.

— Tak, został joannitą i służył swemu zgromadzeniu. Był niezmiernie zdumiony, gdy dwadzieścia lat później stanął przed nim młody człowiek, podobny do niego jak dwie krople wody i oznajmił, że jest jego synem.

— To był ten dzieciak, którego spłodził z dziewczyną w lesie podczas podróży?

— Nawet po pijaku masz świetną pamięć — pochwalił go Kuno.
— Tak, ten dzieciak. Bękart. Bastard, jak mawiano w rodzinnym kraju rycerza.

— Poczekaj, niech zgadnę — przerwał mu rozemocjonowany Zyghard. — Uznał syna, bo poczytał sobie jego powrót jako dar Boży. Prezent od losu. Niespodziankę. No wiesz, skoro cała jego rodzina zginęła od zarazy, a ten bastard przeżył!

— Mniej więcej — potwierdził Kuno. — Napij się jeszcze, to skończysz za mnie.

— To polej — ponaglił go Zyghard i żachnął się. — Sobie lejesz, a mnie skąpisz.

Mruknął jak kot, gdy zanurzył usta w kielichu.

— Elbląskie piwnice są boskie. Tego mi będzie brakowało w Dzierzgoniu. I niczego więcej, skoro ty, Kunonie, będziesz przy mnie. Czy ta bajka jest długa? Będziesz mi ją opowiadał przy kominku w Dzierzgoniu?

— W Dzierzgoniu nie będę spał. — Szczerość wymknęła się Kunonowi spod kontroli pod wpływem wina. — Będę stał nocą na murach i gapił się w puszczę.

— Nie będziesz sam, przyjacielu — szepnął Zyghard. — Nie pozwolę, by dręczyły cię nocne koszmary. Obaj założymy zbroje i ruszymy w las na Dzikich. Koniec z wylegiwaniem się na elbląskich ławach. Trudne czasy wymagają poświęceń nawet od takiego leniwego kocura jak ja.

Nie doceniłem cię, Zyghardzie von Schwarzburg — pomyślał Kuno i chwycił go za rękę.

RIKISSA miała perłę króla i perłę królowej, dwa okruchy z piastowskich koron, ale sama została pozbawiona wszystkich praw władczyni. Z przywilejów pozostał jej tylko szacunek i odrobina życzliwości poddanych, podszyta lękiem wobec nowego pana Czech. Gdy zatrzaśnięto kamienną płytę nad grobem Rudolfa, w dniu jego pogrzebu do Pragi przybył książę Henryk Karyncki z Anną Przemyślidką i nazajutrz baronowie Czech obwołali go królem. Jej teść, król niemiecki Albrecht Habsburg, szedł z wojskiem od południa, dwa tygodnie drogi przed nim jechał jej szwagier, Fryderyk Piękny, a gdy na zamek doszły wieści, że stanął w Brnie i odebrał hołd od mieszkańców Moraw, biskup Jan IV wraz z Karyntczykiem stanęli u drzwi jej komnaty.

— Możemy nie otwierać, pani — powiedziała Hunka, wyjmując nóż. — Nie wezmą nas siłą.

— Siła jest po ich stronie — odpowiedziała Rikissa, biorąc na ręce Agnieszkę. — Otwieraj. I schowaj broń, może nam się jeszcze przydać.

Henryk Karyncki wszedł przodem. Niewysoki, szczupły, lekko zgrabiony. Jego pierś zdobił złoty łańcuch z wiszącą na nim płomienistą orlicą Przemyślidów. Pamiętała ten klejnot, dostał go od Vaška, i Rikissa nigdy nie pozbyła się wrażenia, że ptak herbowy na łańcuchu się dusi. To z pewnością nie wyszło z pracowni praskiego złotnika Konrada — przebiegło jej przez myśl.

Jan IV, idący za Henrykiem, górował nad nim wzrostem, co sprawiało, że w tym duecie dostojeństwo było po stronie biskupa.

Powstrzymaj pochopne oceny — upomniała się w duchu.

— Królowo wdowo — przywitał ją chłodno Henryk Karyncki.

— Książę — odpowiedziała. — Biskupie.

— Królu — poprawił ją Henryk.

Popatrzyła na jego siwiejące skronie i brodę. Lekko przekrzywiał głowę, co nadawało mu niepokojący, ptasi wygląd.

— Wieści o twej koronacji nie dotarły do Białej Wieży — skłamała.

— Koronacji jeszcze nie było — skinął głową. — Ale elekcja owszem. Dopełnimy ceremonii, jak tylko dojedzie do Pragi arcybiskup Moguncji, Peter z Aspeltu.

Już raz nie zdążył — pomyślała o Rudolfie. — Czasy są burzliwe.

Jan patrzył na nią ponad głową Henryka. Ten rozejrzał się po komnacie i zrobił kilka kroków w stronę okna. Hunka przylgnęła do ściany jak cień.

— Poinformuję cię również, pani, byś nie mówiła, że zostałaś odcięta od nowin, że wysłałem do Jakuba Świnki żądanie, by przysłał nam upoważnionego przez siebie biskupa do dopełnienia koronacji polskiej. W przeciwieństwie do zaniechań mego poprzednika nie zamierzam zrezygnować z polskiej korony.

To jest prawdziwy cel twojej wizyty? — pomyślała Rikissa. — Jesteś zachłanny. Jeszcze nie ukoronował cię Peter z Aspeltu, a ty już piszesz do Jakuba Świnki?

— Musisz ją najpierw zdobyć, Henryku — powiedziała, unosząc podbródek. — Václav II wziął ją wraz z moją ręką, przy zgodzie baronów Starszej Polski.

— Wszystko w swoim czasie — pokiwał głową Karyntczyk. — Dzięki Bogu i zapobiegliwości biskupa Jana korona Piastów też jest w moim skarbcu.

— W skarbcu Królestwa Czech — poprawiła go wyniośle.

— Czyli moim — skwitował, a uwagi Rikissy nie uszło lekkie zmarszczenie brwi Jana. — Tymczasem, dla twego bezpieczeństwa i wygody dworu, przeniesiemy cię z Białej Wieży w inne miejsce. Nasz biskup praski jest tak uprzejmy, że udostępni ci, pani, komnaty w swojej siedzibie.

— Dlaczego mam się stąd przenieść? Czuję się tu bezpiecznie. — To nie było prawdą, ale nie zamierzała poddać się bez walki. Nawet jeśli w tej chwili naprawdę nie miała nikogo, kto zechce jej bronić.

— Bo takie jest moje życzenie — odpowiedział Henryk i w jego głosie zabrzmiał ton pretensji. — Tę komnatę zajmie nowa królowa, moja żona, Anna.

Czas włączyć do gry twarde argumenty — pomyślała i poprawiła Agnieszkę trzymaną w ramionach. A potem powiedziała z całkowitą powagą:

— Widzę, że naprawdę przejąłeś obowiązki króla.

— Owszem — uśmiechnął się krzywo.

— Zatem na tobie spoczywa konieczność uregulowania zobowiązań skarbca królewskiego wobec mojej osoby.

— Co masz na myśli, pani? — poruszył krzaczastymi brwiami niespokojnie.

— Zapisy ślubne obu czeskich królów, moich mężów — odpowiedziała. — Żaden z nich nie jest tajemnicą, bo i Václav II, i Rudolf I ogłaszali je publicznie. Przypomnę, że pierwszy mąż zapisał mi dwadzieścia tysięcy grzywien srebra i drugi tyle samo. To razem czterdzieści tysięcy grzywien zabezpieczonych na dochodach miast oprawnych, Hradca, Jaromera, Policka, Chrudim i Vysokiego Myta.

Widziała, jak twarz Karyntczyka tężeje. Nie umiał zapanować nad sobą.

— Ależ pani! — jęknął. — Czterdzieści tysięcy grzywien to... to... fortuna!

— Należna królowej wdowie — potwierdziła stanowczo.

— Ponoć po śmierci Václava pan Henryk z Lipy wypłacił ci z królewskiego skarbca...

— Miał taki zamiar, ale nie zdążył, bo śmierć następnego króla i zamieszanie, jakie z niej wynikło, uniemożliwiło wypłatę. Poza tym zostałam po raz drugi królową i nie musiałam się martwić o swój byt. Teraz jednak, skoro, jak powiedziałeś, królowa wdowa musi ustąpić miejsca nowej królowej, żądam należnych mi sum. Dodam, że swe roszczenie sformułowałam na piśmie przekazanym wszystkim baronom królestwa. Mam nadzieję, że wobec braku jednomyślności, jaka ponoć towarzyszyła twej elekcji, nie zależy ci, panie, na rozpoczęciu rządów od aktu nieprawości wobec bezbronnej wdowy.

Rumieniec poplamił mu policzki, chciał krzyknąć, ale powstrzymał się i tylko wypuścił powietrze ze świstem.

— A więc łgałaś, że nic nie wiesz o moim wyborze! Dwór praski plotkuje, jak zwykle — syknął.

— Powiedziałam, że nie wiem o twej koronacji — uściśliła. — A od dworu jestem odcięta, jak widzisz. Są ze mną najbliższe służki, nikt więcej.

— Czyżby? A z południa ciągnie twój szwagier i teść z armią czerwonych lwów! Już nie możesz się ich doczekać, co? Nie igraj ze mną, wdowo! — W jego oczach zalśniły niebezpieczne płomyki. Nie wzbudziły w niej lęku.

— Królowo wdowo — poprawiła go z mocą.

Od dnia pogrzebu Rudolfa nieznośne drżenie rąk ustąpiło.

— Królowo — polubownie zaczął biskup Jan. — Chyba nie chcesz, by oskarżono cię o spiskowanie z Habsburgami. Pogódź się z nowym królem i ustąp.

— Wypłaćcie mi należne srebro, dajcie oddział osobistej straży i na zawsze opuszczę królestwo Czech — zaryzykowała.

Karyntczyk przez chwilę był zupełnie zdezorientowany, jakby nigdy nie wziął takiej możliwości pod uwagę. Pokręcił głową, chaotycznie, jak ptak szukający ratunku. Na moment zatrzymał wzrok na Hunce. Jan IV nabrał powietrza i odpowiedział z mocą:

— To wykluczone. Chyba że zostawisz nam królewską córkę. Agnieszka Przemyślidka należy do dynastii.

— Do mamy — odezwało się po raz pierwszy tego dnia jej dziecko i położyło niewinnie głowę na jej ramieniu.

Biskup zmieszał się, a Henryk machnął ręką, jakby chciał odpędzić od siebie widok dziecka i matki.

— Nie chcemy ci jej odbierać, pani, ale zrozum, że nie możesz wywieźć z kraju królewny — polubownie powiedział Jan.

— Dlaczego? — spytała prowokacyjnie. — Wszak w Czechach kobiety nie dziedziczą władzy.

— Królowa wdowa ma rozchwiane nerwy — z trudem zapanował nad własnymi Karyntczyk. Potarł suchy zarost dłonią. — Odłóżmy tę rozmowę na później, a teraz proszę cię, pani, byś przygotowała się do opuszczenia Białej Wieży.

— Żadna krzywda pod moim dachem ci nie grozi — obiecał biskup. — Weź tylko osobiste rzeczy, wygód ci nie zabraknie.

— Zabieram moje służki — oświadczyła. — Pięć panien i piastunka.

— Biskup ma własne sługi — zaprzeczył Henryk.

— Potrzebuję kobiecej służby — nacisnęła.

— Trzy, więcej się nie zmieści — dodał biskup. — Mój dom to nie pałac.

Spakowała się do jednej skrzyni. Zabrała Kalinę, Hunkę i Katkę. Trina mogła dać jej łączność z Oldrzychem, Marketa plotki z kuchni, a Gisela z pralni. Na początek dobre i to. Dom biskupa przylegał do zabudowań kapituły katedralnej, ale zadbano, by jej komnata nie miała okien na zewnętrzny dziedziniec. Pod drzwiami dzień i noc wartę pełnili uzbrojeni strażnicy.

— Ale pod oknem pusto — zameldowała Hunka, która wspięła się do umieszczonego niemal pod sufitem otworu. — Wyślizgnę się po zmroku.

Przez pierwszy tydzień nic się nie działo. Hunka noc w noc wymykając się potajemnie, przynosiła wiadomości. Niektóre z nich brzmiały jak plotki praczek:

— Knedlica pokłóciła się z siostrą. Nie zgodziła się mówić do Anuli „królowo", bo liczyła, że to ją, a nie Annę i Henryka wybiorą panowie.

— Knedlica w sekrecie przed Anną i królem wychodzi za mąż. Nie wiadomo za kogo, ale już szyją jej ślubną wyprawę.

— Gisela była u Barbory. To nie u niej zamówiła suknię Knedlica.

— Karyntczyk kazał wznowić remont zamku. Do kaplicy Wszystkich Świętych weszli majstrowie. Nim przyjedzie Peter z Aspeltu, wszystko będzie jak nowe.

Rikissa wyławiała z tych gadek cień prawdy, bo znała Eliškę nazbyt dobrze. Knedlica była uparta i żądna władzy, i mogła źle znieść fakt, że ta znalazła się poza jej zasięgiem, ale w potajemny ślub nie wierzyła. Z kim? Kto będzie dość silny, by dać opór Karyntczykowi i Annie?

Dużo uważniej słuchała wieści z kraju.

— Kutná Hora się broni przed wojskami Habsburgów. Obroną dowodzi Henryk z Lipy.

— Narzeczony najmłodszej Przemyślidki, książę wrocławski, Bolesław, ruszył ze Śląska. Zgłasza pretensje do tronu. Wojska ma nieliczne.

— Karyntczyk szuka pieniędzy na wojnę z Habsburgami. Obrabował klasztor cystersów w Zbrasławiu.

Z tych każda mogła być prawdziwa. W sukces księcia śląskiego nie wierzyła, choć niejedną wojnę potrafił wygrać najsłabszy konkurent. Na cystersów, ulubioną fundację Václava, uderzyć mógł tylko desperat. Jeśli Karyntczyk to zrobił, znaczy, że Habsburgowie blisko i ciągną z wielkim wojskiem. Kutná Hora? Wolałaby się znaleźć w oblężonym mieście bronionym przez pana z Lipy niż pod jego murami, ale znów byli z Henrykiem po przeciwnych stronach i nic nie mogła na to poradzić.

Chciałaby z nim pomówić, zapytać, co naprawdę dzieje się w kraju, podziękować za Hunkę, ale od tak dawna robi tylko to, co musi, a nie, czego chce, że odsunęła od siebie wizję rozmowy z Henrykiem na jakąś przyszłość.

O ile on nie polegnie w Kutnej Horze, a ona przestanie być zakładniczką Karyntczyka.

Każdego dnia domagała się spotkania z biskupem i królem. I co dzień odpowiadano jej to samo:

— Obaj są zajęci sprawami wagi państwowej.

Przebywały wszystkie w jednej niedużej komnacie, wystawione wzajemnie na swe spojrzenia i nastroje, więc kryła rozpacz, by pokazać córce, Kalinie i służbie opanowaną twarz nietracącej wiary królowej Rikissy. Dopiero nocą, gdy Hunka wyskakiwała przez okno na zwiady, a Kalina gasiła świecę; gdy usłyszała równy oddech śpiącej Agnieszki i Katki, pozwalała sobie na beznadzieję. Dziecko w jej łonie budziło się po zmroku i pukało do niej. Rozmawiała z nim, dzieląc się najzimniejszym lękiem. Nie mogła zasnąć, póki jak litanii nie wypowiedziała wszystkiego, co ją dręczy. Potem modliła się za duszę matki, ojca, Rudolfa, kawalera Ottona i Václava. Modlitwa za jego byt pośmiertny przeciągała się zwykle aż do chwili, gdy usłyszała zeskakującą z okna Hunkę. Potem dziecko uspokajało się; jak ciepłe cienie kładły się przy jej bokach trzy lwy i zasypiała.

Wstawała z łóżka silna. Katka ubierała ją starannie; Kalina zaplatała jej włosy, pytając co dzień o to samo:

— Jeszcze chcesz tę wstążkę?

A ona każdego dnia odpowiadała:

— Tak, jestem w żałobie.

I Kalina, choć była temu przeciwna, starannie mocowała czarną wstęgę między splotami jej warkoczy. Na końcu wpinała w nią połyskliwe granaty, które nazywała „okiem wdowy".

Potem Rikissa całowała Kalinę w policzek, a ta szeptała jej do ucha, jak zaklęcie:

— To może być nawet dzisiaj.

Katka z dnia na dzień starała się oswoić strażników pilnujących drzwi. Z początku byli nieufni i czujni, ale gdy dziewczyna wychodziła do nich co wieczór, pogadała o tym i owym, pośmiała się dźwięcznie, wypiła z nimi po kubku piwa, czasem poczęstowała winem i koło północy z wesołym „dobranoc" znikała za drzwiami komnaty, przyzwyczaili się do jej wizyt. Po tygodniu, gdy za radą Kaliny przytrzymała ją dłużej, sami pukali, pytając: „Gdzie panna Katka?".

Rikissa czas pomiędzy powtarzalnymi zajęciami spędzała na szyciu i zabawach z Agnieszką. To pierwsze ją uspokajało, drugie dawało radość. Uczyła córkę nowych słów po niemiecku, czesku i polsku.

— Nauczysz ją języka swojej matki? — spytała Kalina.

— Nie wiem. Sama dawno go nie używałam — zastanowiła się Rikissa i wróciła do szycia.

Naprawiała szmacianą lalkę Agnieszki i doszywała do niej mocny sznureczek.

Dziesiątego dnia od ich zamknięcia po północy z wysoko umieszczonego okna zeskoczyła Hunka, lekka jak kot.

— W Pradze były zamieszki — zameldowała. — Starli się zwolennicy Habsburgów z Karyntczykami. Straż miejska stanęła po stronie ludzi króla, to znaczy Henryka z Karyntii. Stronników twego teścia zasieczono, a ich głowy zawieszono na każdej z bram miejskich ku przestrodze.

Rikissa poczuła chłód i dłonie znów, jak przed pogrzebem, zaczęły jej drżeć. To nie musieli być zwolennicy Habsburgów. To mogli być ich wysłannicy do niej.

Kalina podała jej kubek z naparem.

— Jesteś pewna, że ujęto wszystkich? — spytała Hunkę, gdy ciepło ziół słodzonych miodem rozeszło się po jej ciele.

— Nie, pani. Nie zabawiłam w mieście zbyt długo, wróciłam, by ci powiedzieć, co widziałam.

— Hunko — Rikissa odezwała się po chwili. — Nie śmiem cię prosić, bo narażasz się dla mnie każdym wyjściem, ale jesteś moim jedynym źródłem kontaktu ze światem.

— Co rozkażesz? — spytała cicho dziewczyna.

Rikissa zacisnęła palce. Drżenie ustąpiło.

Czy dobrze robię? — spytała po raz setny samą siebie i odpowiedziała pytaniem: — A jakie mam inne wyjście?

— Chcę, byś wydostała się z Pragi i zaniosła wiadomość ode mnie do Kutnej Hory. Do twego mocodawcy, pana Henryka z Lipy. To pilne, bo za chwilę nawet mysz może nie prześlizgnąć się z zamku. Umiesz czytać?

Hunka zawahała się, ale po chwili skinęła głową.

— Tak, pani. Wychowano mnie w klasztorze.

Jest cenniejsza, niż przypuszczałam — pomyślała z bólem Rikissa.

— Gdyby cię pochwycono, nie przyznawaj się do tego — powiedziała. — Dam ci list, ale go nie opieczętuję, by w razie wpadki nie było na nim moich znaków. Henryk z Lipy zrozumie, a ty, gdyby cię pytano, powiedz, że nie potrafisz czytać i nazwij list stroną z księgi. Powiedz, że ją wydarłaś, bo spodobał ci się obrazek. Zapamiętałaś, Hunko?

— Co do słowa, pani.

— Przygotuj się do drogi. List już napisany, a ty musisz wyruszyć jeszcze tej nocy.

— Jestem gotowa — uniosła na nią oczy Hunka.

Rikissa ujęła jej głowę i pocałowała w czoło.

— Niech cię Bóg prowadzi, Hunno. Byłaś dla mnie pociechą przez tyle dni. Żal mi się z tobą rozstawać. — Pogłaskała policzek dziewczyny. — I żal, że wystawiam cię na niebezpieczeństwo.

— O mnie się nie martw, królowo — powiedziała i zadrżał jej głos.

Patrzyły sobie w oczy przez chwilę. Rikissa raz jeszcze uniosła rękę. Zrobiła znak krzyża na spoconym czole Hunki. Dziewczyna zadrżała.

— Będę cię kochała we wspomnieniach, Hunko — szepnęła na pożegnanie.

Hunka ruszyła tyłem do okna i dopiero gdy miała za plecami ścianę, odwróciła się i zwinnie podciągnęła do wnęki. Nim wyskoczyła, obejrzała się, mówiąc:

— Jeszcze się spotkamy.

Rikissa nie zdążyła odpowiedzieć. Hunna zniknęła w ciemnościach. Niemal w tej samej chwili usłyszały dziewczęcy śmiech przed drzwiami.

— Trina! — rozpoznały głos wszystkie trzy i pobladły. Trina oznaczała wiadomość od Oldrzycha.

Trinka wesoło przekomarzała się z pilnującymi ich strażnikami. Katka zrobiła ruch ku drzwiom.

— Zaczekaj — zatrzymała ją Rikissa. — Weźmiesz wino, jak wczoraj.

Kalina już dolewała do dzbana jeden ze swych naparów, starannie odliczając krople.

— Jeśli nie będzie innego wyjścia, wypij razem ze strażnikami — poinstruowała pobladłą ze strachu Katkę. — To nie jest trucizna, to mocny środek nasenny, nie bój się, bądź swobodna, by się niczego nie domyślili.

Katka dopadła do kolan Rikissy.

— Każda z nas służy ci, jak potrafi, pani — wyszeptała. — Ja nie umiem skakać z okna, ale zrobię, co należy. Pobłogosławisz mnie tak jak Hunkę? — poprosiła.

— Katerino. Katko kochana — położyła jej dłonie na głowie Rikissa. — Niech Bóg cię prowadzi, osłania i dzięki swej łasce pomoże znów nam się spotkać. Amen.

— Amen, Eliško Rejčko. Amen. — Katka ucałowała jej dłonie i wstała. Podbiegła do łóżka, ucałowała śpiąca Agnieszkę w czoło i wzięła od Kaliny dzbanek.

— No to idę! — Otrząsnęła się dla dodania sobie odwagi i zapukała jak co wieczór do strażników. — A kto tutaj tak chichocze? — zapytała wesoło, gdy tylko uchylili jej drzwi. — O, mój dzielny Zenek zdradza mnie dzisiaj z jakąś pulchną brunetką, co?

Rikissa i Kalina usłyszały śmiechy strażników, paplanie Triny i Katki, przez grube drzwi z trudem rozpoznawały słowa. Po chwili Katka wróciła do komnaty, szepcąc do towarzyszy:

— Ciszej, bo się kralovna obudzi i mnie zruga. Na Boga, ciszej!

Strażnicy nie domknęli drzwi za nią. W smudze światła Rikissa widziała ich chwiejne cienie. Katka na palcach podeszła do niej i szepnęła:

— Habsburgowie przekupili strażników na Czarnej Bramie, wypuszczą cię, pani, ale trzeba wymknąć się jeszcze tej nocy, bo jutro zmiana straży. Musisz dotrzeć do klasztoru Świętego Piotra pod Pragą...

— Zderaz — wyszeptała Kalina. — Wiem, gdzie to jest.

— Tam będą na ciebie czekać.

— Katkaaa! — zawołał jeden ze strażników pod drzwiami, a potem parsknęła śmiechem próbująca go uciszyć Trinka. — Katka...

— Dasz mi jeszcze tych kropli? — spytała strwożona Katka. — Boję się, czy wino zadziała. O Maryjo, jak ja się boję...

— Bez obaw — uspokoiła ją Kalina. — Zaraz posną. Ty i Trinka też zaśniecie i tak będzie lepiej. Jak znajdą wszystkich razem o poranku, nikt was nie będzie podejrzewał. Idź już.

Katka wróciła do strażników, a gdy drzwi się za nią zamknęły, Rikissa i Kalina nie traciły czasu. Kalina spakowała ledwie kilka woreczków z ziołami. Rikissa zdjęła z palców wszystkie pierścienie, odczepiła granaty od czarnej wstążki we włosach; nie mogła mieć na sobie nic, co przykuje uwagę.

— Pomóż mi zdjąć suknię — poprosiła Kalinę. — Założę ubranie Katki.

— Pamiętaj o pasku — szepnęła piastunka.

Już w pierwszych dniach po zamknięciu w domu biskupa zaszyła w płóciennym pasku kilka złotych monet i ślubny pierścień Małgorzaty i ojca. Wzięła ze sobą jeszcze modlitewnik, który miała od dziecka. Nic więcej. Kalina łagodnie budziła Agnieszkę. Dziewczynka otworzyła oczy, spojrzała na matkę i usiadła na łóżku bez słowa. Usłyszały bełkotanie strażników i po chwili za drzwiami zapanowała cisza. Rikissa przewiązała córkę w pasie sznurkiem doszytym do lalki, po to, by zabawka się nie zgubiła, nasunęła jej kapturek na głowę i były gotowe.

Kalina ostrożnie uchyliła drzwi. Jeden z pilnujących wojaków spał na brzuchu z ramieniem wsuniętym pod głowę, drugi na plecach, a do jego piersi przytuliły się Katka i Trinka. Mężczyźni pochrapywali cicho. Przeszły między nimi i zeszły po kilku schodach do wyjścia na podwórze.

Gdybyśmy miały talent Hunki — pomyślała Rikissa, tuląc do siebie Agnieszkę. — Boże, pomóż.

Noc była chłodna i pochmurna. Podwórze siedziby biskupa puste. Wąskim przejściem dla służby wydostały się na plac przylegający do katedry Świętego Wita. Trzy lwy, niczym nocni łowcy, biegły przodem. Między katedrą a kościołem Świętego Jerzego ciągnął się murowany krużganek. Skryły się w jego podcieniu i starając się iść jak najciszej, przemieszczały się w kierunku Czarnej Bramy. Nagle, tuż przed nimi, zjawiła się postać z latarnią w dłoni. Kalina stanęła w miejscu. Rikissa zamarła.

— Matko Kunhuto — wyszeptała, poznając przeoryszę benedyktynek.

— *Bis regina* — usłyszała w odpowiedzi.

Opatka uniosła ramię wyżej. Przez błony latarni zamigotało wątłe światło.

— Potrzebuję pomocy — zaryzykowała Rikissa. — Muszę wydostać się z zamku.

Przeorysza patrzyła na nią w chwiejnym blasku latarni.

— Udzielę ci jej — powiedziała wreszcie. — W długiej historii Piastów i Przemyślidów zawsze lepsze są śluby i ucieczki niż najazdy i pogrzeby. Zaczekajcie chwilę.

Zniknęła równie nagle, jak się pojawiła. Agnieszka zaczęła kręcić się niespokojnie w ramionach Rikissy. Kalina wzięła od niej małą bez słowa.

— Nie zdradzi nas? — spytała po chwili.

— A ciebie twoje siostry by zdradziły? — odpowiedziała jej pytaniem Rikissa.

— Nie jesteś jedną z nich. To mniszki.

— Które co dzień modlą się u Świętego Jerzego, pogromcy smoków. Nie ulękną się.

— Smoków? — z wyrzutem spytała Kalina.

— Wybacz, nie jego miałam na myśli — przeprosiła ją Rikissa.

W tej samej chwili w krużganku od strony kościoła zamajaczył nie jeden płomyk latarni, lecz co najmniej dwanaście. Mniszki zatrzymały się przed nimi i na skinienie Kunhuty podały Rikissie i Kalinie zakonne welony i płaszcze.

— Załóżcie to — poinstruowała przeorysza. — A potem zajmijcie przedostatnią parę orszaku. Do której z bram chcecie dojść?

— Do Czarnej — odpowiedziała Rikissa, mocując welon.

— Doprowadzimy was do bramy, ale dalej nie pomożemy. Żadna z nas od dnia ślubów nie opuściła terenu praskiego zamku.

— Często wychodzicie na nocne procesje? — spytała Rikissa, biorąc od Kaliny córkę.

— Nie — zdawkowo odpowiedziała Kunhuta. — Ale nie sądzę, by ktokolwiek chciał nas zatrzymać. Nie wiem tylko, co zrobić z dzieckiem. Zakonnice nie miewają dzieci, a moja droga Berta została na noc w łóżku, źle się czuje.

— Berta? — spytała Rikissa, poprawiając fałdy obszernego płaszcza.

— Karlica — odrzekła Kunhuta i w jej surowym, złotym oku zalśniło coś czułego. — Piastowski mąż podarował mi skarlałą dziewczynkę, sądząc, że to bardzo zabawne. Zabrałam ją ze sobą do klasztoru. Mężczyźni bywają dziwaczni, ale ty to wiesz, *bis regina*. Byłaś żoną mego brata, Václava.

— Agnieszka pójdzie między nami — zdecydowała Rikissa. — Gdy trzeba będzie, zakryjemy ją płaszczem.

Postawiła córkę na ziemi i powiedziała do niej:

— Będziesz trzymała mnie i Kalinę za suknię i będziesz szła najdzielniej, jak potrafisz.

Mała skinęła głową.

— Nie zapłacze? — Przez poważną twarz Kunhuty przebiegł grymas.

— Nie, matko — odpowiedziała Rikissa. — Jesteśmy gotowe.

— Zatem z Bogiem — powiedziała przeorysza i stanęła na czele kolumny.

Rikissa dostrzegła lwy czające się w podcieniu. O nie była spokojna. Wydostaną się z miasta jak bezpańskie koty. Położyła dłoń na główce Agnieszki, by dodać małej otuchy, i jej palce spotkały się z palcami Kaliny. Spojrzała na piastunkę i zamarła. W welonie mniszki Kalina wyglądała jak stara kobieta. Odwróciła wzrok szybko, bojąc się, że piastunka w jej spojrzeniu dostrzeże, co się stało. Kunhuta zaintonowała cichy psalm i ruszyły. Agnieszka nadążała, Rikissa raz po raz, starając się nie odwracać głowy, zerkała to na małą, to na Kalinę. Minęły pierwsze i drugie straże. Zbrojni na ich widok skłaniali głowy, co pobożniejsi robili znak krzyża. One szły, nie zatrzymując się, aż do niewielkiej kapliczki na skraju placu za kościołem. Tam Kunhuta przyklękła i zakonnice zrobiły to samo. Po krótkiej modlitwie wstały i ruszyły dalej. Rikissa usłyszała, że Kalina powłóczy nogami. Przygarbiona piastunka szła coraz ciężej i słabiej.

— Wytrzymaj — szepnęła do niej zrozpaczona Rikissa. — Już widać bramę.

Ile lat naprawdę ma Kalina? — pomyślała z przestrachem. — Odkąd pamiętam, wygląda tak samo. A jednak jej moc nie jest niezniszczalna. Maryjo Matko, pomóż nam!

Przed Czarną Bramą było jasno. W żelaznych koszach płonęły ognie, przy których siedzieli znudzeni strażnicy. Na widok pochodu mniszek wstali zaskoczeni, chowając za plecy bukłaki z winem, niczym przyłapani na psocie chłopcy. Kunhuta nie zatrzymała sióstr. Weszły w podcień bramy.

Teraz moja kolej — pomyślała Rikissa, ale nim zdążyła wyjść z szeregu, do przeoryszy podszedł nadzorca zmiany.

— Kogo witam? — zapytał.

— Mniszki na nocnym czuwaniu — odpowiedziała mu.

— Czekałem na damę — powiedział i zaśmiał się dwuznacznie.

Rikissa błyskawicznie wzięła na ręce Agnieszkę i delikatnie objęła zgarbioną Kalinę. Wyszły ku nadzorcy.

— Przepuść nas, panie — powiedziała do niego.

Patrzył na nią tak zaskoczony, jakby zobaczył ducha. Chciał przyklęknąć, ale powstrzymała go ruchem głowy.

— Przeprowadzę was przez most bramny i fosy, ale dalej kralovna musi iść sama. Ja nie mogę opuścić warty.

— Rozumiem — skinęła głową.

Odwróciła się do Kunhuty, zdejmując mnisi welon i płaszcz. Kalina zrobiła to samo. Jej włosy uwolnione z poświęconego welonu wciąż były siwe.

— Dziękuję, matko — powiedziała, oddając ubrania. — Niech Bóg będzie z wami.

— I z tobą, *bis regina* — odpowiedziała przeorysza, kreśląc w powietrzu znak krzyża. — Pamiętaj, ten welon będzie na ciebie czekał. Zawsze możesz po niego sięgnąć, bratowo.

Ich oczy zatrzymały się na sobie przez chwilę. Kunhuta uciekała z Płocka, ja z Pragi — pomyślała Rikissa. — Mam nadzieję, że i jej ktoś wtedy pomógł.

Między nimi przemknęły miękkie cienie. Trzy lwy już były po drugiej stronie bramy.

— Tędy — poprowadził strażnik i poszły za nim.

Rikissą wstrząsnął dreszcz, gdy zobaczyła odrąbaną, skrwawioną ludzką głowę, wiszącą przed bramą. Kalina z kroku na krok prostowała się. Przestała powłóczyć nogami. Szła wystarczająco szybko, by nie odstawać. Agnieszka jedną ręką mocno obejmowała szyję Rikissy, w drugiej trzymała szmacianą lalkę. Koronne perły zaszyte w oczach lalki zalśniły w świetle pochodni. Rikissa nie obejrzała się za siebie. Praski zamek został za jej plecami.

Światła sięgały do zejścia z fosy. Przed nimi rozciągała się ciemność.

— Pani — wzruszonym głosem odezwał się strażnik. — Nie powiedziano mi, dokąd masz się udać, ale gdziekolwiek to jest, bądź ostrożna. Praga w nocy nie jest bezpiecznym miejscem nawet dla uzbrojonego mężczyzny, a co dopiero dla dam.

— Dziękuję ci za pomoc. Bądź zdrów.

— I ty, pani. — Pokłonił jej się i oddalił.

— Tędy — zupełnie rześkim głosem zaordynowała Kalina. — Daj Agnieszkę, poniosę ją. Musimy zejść nad rzekę i iść wzdłuż brzegu Wełtawy. Górą biegnie porządny trakt, ale to dla nas niebezpieczne.

— Daleko do klasztoru? — po raz pierwszy spytała Rikissa.

— Dużo bliżej niż do Kutnej Hory — roześmiała się Kalina, pokazując ścieżkę wiodącą nad rzekę. — Chodź, żartuję przecież. Do rana powinnyśmy zdążyć!

Po chwili znalazły się między lichymi zabudowaniami.

— To chaty rybaków — powiedziała Kalina. — Tam w głębi jest przystań. Na połowy wypływają nad ranem, więc teraz powinnyśmy przejść spokojnie. Trzeba tylko uważać na błoto.

Rikissa nigdy nie była w takim miejscu i przez chwilę pomyślała z trwogą, co by się stało, gdyby Kalina nie odzyskała sił. Nie miała pojęcia, jak trafić do klasztoru w Zderaz, choć wiedziała, że tam zatrzymał się na ostatni popas orszak z ciałem Rudolfa. Minęły osadę rybacką i kawałek dalej zamajaczyły im wątłe światła. Usłyszały męskie głosy.

— Musimy przejść niezauważone — powiedziała Kalina, zatrzymując się na chwilę. — Ta gospoda ma paskudną opinię.

Mogą potraktować nas jak kobiety rozwiązłe — pomyślała Rikissa. — Choć równie niebezpieczne, gdy mnie rozpoznają. Pewnie Karyntczyk dobrze zapłaci za mą głowę.

Stłumiła lęk i szła za Kaliną, która wybrała okrężną drogę przez zarośla otaczające gospodę. Pędy ostów zahaczały o jej płaszcz i suknię. Niemal mogła rozróżnić głosy siedzących przy ogniu mężczyzn.

— ...pięć groszy ode łba! — chwalił się któryś. — A ja zdobyłem trzy w jedną noc.

— Karyntczyk jest skąpy. — Usłyszała kaszel i odpluwanie.

Nie zatrzymywała się, szła za Kaliną, pochylając się jak ona.

— ...za brudną robotę to mało...

— Może ty rżniesz na brudno — zaśmiał się ten, co wymienił cenę.

— Ja umiem swoją pracę wykonać czyściutko. Idę się odlać!

Wielki cień przysłonił ognisko i usłyszały trzask gałązek pod butami idącego w ich stronę mężczyzny.

Kalina z Agnieszką w ramionach skoczyła pod krzew dzikiej róży i przylgnęła do ziemi. Rikissa zrobiła to samo. Czuła woń mokrej trawy, ziemisty zapach błota. Mężczyzna zatrzymał się i usłyszała strumień oddawanego moczu. Nie drgnęła. Z głową przy ziemi zobaczyła unoszącą się parę i czubek ubłoconego, skórzanego buta. Kaszlnął i splunął. Spojrzała w stronę Kaliny i dojrzała jasną buzię swej córki leżącej na trawie. I jej palce. Agnieszka zatykała nos. Kroki mężczyzny oddaliły się, Kalina uniosła głowę, sprawdziła, że mogą iść dalej i ruszyły.

Ścieżka meandrowała między nadrzecznymi trzcinami a zaroślami, od czasu do czasu wznosząc się wyżej ku położonym na skarpie domostwom. Większość z nich była ciemna. Dobrzy ludzie śpią — myślała, gdy mijały te domy.

Chciała wziąć Agnieszkę od Kaliny, ale piastunka pokręciła głową:

— Ty niesiesz drugie dziecko.

Czasami oszczekiwały je psy, ale wtedy pojawiały się trzy długie cienie i szczekanie urywało się nagle. Wreszcie drogę zastąpił im gęsty sosnowy zagajnik.

— Nie bój się — powiedziała ciepło Kalina. — Las kocha swoje dzieci.

— Ale ja nie jestem jednym z nich — odpowiedziała jej.

— Nie szkodzi — poważnie odrzekła Kalina. — Każda córka może przyjść do Matki. Chodź za mną.

Między drzewami było tak ciemno, że Rikissa nie widziała ścieżyny. Raz po raz potykała się o wystające z ziemi korzenie. Kierowała się wyłącznie srebrzącymi się w mroku włosami Kaliny. Czy ona wie, że wciąż jest siwa? — pomyślała.

Usłyszała pohukiwanie sowy i przeżegnała się.

Ktoś umarł — przebiegło jej przez głowę i znów zamajaczył jej widok odrąbanej głowy nad bramą. — Boże, spraw, by ludzie nie ginęli przeze mnie. Nie chcę być królową zaślubioną śmierci.

Las był przerażający w swej ciszy. Prócz tamtej sowy żaden dźwięk nie rozbrzmiewał między konarami sosen.

Idziemy przez ciszę i mrok — pomyślała i poczuła zimno. Lęk dopadł ją nagle. Owszem, bała się, odkąd wyszły z komnaty, ale to było co innego. Strach, który osaczył ją w tej chwili, był paraliżujący. Jakby dopiero teraz zdała sobie sprawę, że to, co robią, jest szaleńcze. Dwie kobiety i dziecko same w środku nocy, przemykające brzegiem Wełtawy, skrajem śpiącej Pragi, w Królestwie ogarniętym rozbojem i wojną. Dokąd to prowadzi?

Opanuj się — rozkazała sobie w duchu. — Masz dziewiętnaście lat, jesteś córką króla i byłaś żoną dwóch królów. Masz dwuletnią Agnieszkę i dziecko w łonie. *Bis regina*. Nie wolno się bać.

Zagajnik zaczął rzednąć, a gdy z niego wyszły, na niebie nie widać było już ani jednej gwiazdy. Czerwona łuna zaczynała znaczyć zbliżający się wschód.

Odpoczęły chwilę. Kalina znalazła między kamieniami zagłębienie, które nie było strumieniem ani źródłem, ale mogło być pozostałością zapomnianej studni. Napiły się wody. Agnieszka ziewała.

— Przytul lalkę — powiedziała do niej Rikissa. — Ona też chce spać.

— Nie — pokręciła główką Agnieszka. — Ona nie chce.

— Ruszajmy. Do świtu coraz bliżej — powiedziała Kalina, przeciągając się.

Ich ścieżyna nie biegła już w kompletnych ciemnościach, lecz w półmroku odchodzącej nocy. Teraz szły przez łąkę. Widziały ciemne plamy pasącego się bydła. Pies pasterski i pastuch pewnie posnęli nad ranem. Gdzieś w oddali zapiał pierwszy kur, za nim odezwał się drugi, Rikissa dostrzegła ciemną sylwetę kościelnej wieży.

— To klasztor Świętego Piotra? — spytała Kalinę.

— Tak — odpowiedziała piastunka i odwróciła się ku niej. — Kim był ten Piotr?

— Rybakiem, który najpierw pokochał Jezusa i poszedł za nim, a potem w chwili próby zwątpił i stchórzył.

— Stchórzył? — drwiąco spytała Kalina.

— Zaparł się swego Pana, gdy przyszli po niego oprawcy.

— I za to został świętym?

— Nie za to, ale mimo tego. Naprawił swój błąd, a nasz Pan wybacza każdemu, kto zawróci.

— Aha — powiedziała obojętnie Kalina.

W tej samej chwili zapiał trzeci kur i zaraz po nim rozbrzmiały dzwony z kościelnej wieży. Słońce wstało i zaświeciło im prosto w oczy.

Jesteśmy ocalone — pomyślała z wdzięcznością Rikissa i stanęły przed furtą klasztoru.

Otworzono ją bez chwili zwłoki i wybiegł ku niej Fryderyk Habsburg. Spodziewała się kogoś z ich ludzi, jakiegoś dowódcy, oddziału zbrojnego, straży, ale nie samego Fryderyka. Była tak zaskoczona, że patrzyła na niego, nie wierząc, że go widzi.

— Moja bratowa! — zawołał, przyciskając ją do siebie z całej siły. — Moja piękna pani!

KUNO po powrocie do Dzierzgonia nie czekał, aż nocne mary przyjdą po niego. To on wyszedł im naprzeciw i za aprobatą Zygharda zaczął wypuszczać się na wypady po okolicy. Schwarzbur chciał, by towarzyszyli mu przynajmniej trzej ludzie, ale Kuno sprzeciwił się twardo i postawił na swoim. Zaczął od konia. Ciężki bojowy ogier nie nadawał się do jazdy po otaczających Dzierzgoń wzgórzach, wąwozach i zdradliwych mokradłach. Miejscowi hodowali śmigłe, żylaste konie, zwane swejkami. Nie udźwignęłyby rycerza w zbroi, z bronią, tarczą i resztą żelastwa, ale do jego celu były w sam raz. Zyghard śmiał się, gdy mu o tym powiedział:

— Zesłali nas na odludzie, więc będziemy robić to, co robi się na prowincji: hodować konie! — A potem otworzył szkatułę komturii i kupił całe stado.

Kuno wybrał z niego klacz i dwa ogiery i ujeżdżał je na zmianę przez tydzień, aż uznał, że są gotowe. Potem przebrał się w swój dawny, znoszony skórzany kaftan i szary płaszcz półbrata, z którego starannie odpruł połowę krzyża.

— Czas się cofnął — mrugnął do niego Zyghard. — Takim cię poznałem, przed laty, w Marienburgu, gdy uratowałeś mi życie po raz pierwszy. I od tamtej pory jesteśmy nierozłączni jak siodło i grzbiet.

— Sam się osiodłaj — odciął się Kuno. — Wyruszam.

— Jesteś pewien, że nie chcesz towarzystwa?

— Tak. Nie potrzebuję świętoszkowatych braci poetów, a poza nimi nie mamy tu innych rycerzy. Giermek też jest mi zbędny.

— A ja?

— Ty jesteś komturem Dzierzgonia i po awanturze z Henrykiem von Plötzkau ostatnią rzeczą, jakiej ci potrzeba, jest plotka, że zamiast sprawować urząd, włóczysz się ze mną po lasach.

Zyghard oparł się plecami o surową, kamienną kolumnę kapitularza i wodził za nim wzrokiem.

— Nie potrzebujesz mnie? W Elblągu mówiłeś co innego.

— To ty mówiłeś — uściślił Kuno. — Potrzebuję, byś mnie krył.

Zyghard zaczął się śmiać, aż jasne proste włosy spadły mu na twarz.

— Aleś się zrobił wulgarny, Kunonie — powiedział, kiedy się wreszcie uspokoił. — Kilka dni na prowincji i wyszedł z ciebie wieśniak pełną gębą.

— Wiesz, o czym mówię — żachnął się Kuno. — Bracia poeci nie powinni wszystkiego wiedzieć.

— Nie musimy spotykać się we wspólnym dormitorium — kpił dalej Zyghard. — Komtur ma prywatne pokoje, do których wstęp dla ciebie stoi otworem.

— Przestań — zgasił go Kuno. — Gadasz tylko o jednym. Nie ufam Lutherowi i jego świętoszkom, ale nie wiem, jak utrzymać moje wyjazdy w tajemnicy.

— Nie potrzebujesz tajemnicy. — Zyghard odbił się zwinnym ruchem od kolumny i przeszedł cztery kroki do kolejnej. — Wystarczy rozkaz komtura. Rycerz zakonny winien jest posłuszeństwo przełożonym. Bezwarunkowe posłuszeństwo. Oznajmię podczas kapituły domowej, że dostajesz ode mnie misję patrolową i tyle. Znajdź sobie poza komturią miejsce, gdzie będziesz chował biały płaszcz, bo jedyne, co zwróci ich uwagę, to, że nie wyjeżdżasz w stroju zakonnym. Rozum myśli tylko o tym, co zobaczą oczy.

— Dobra — przytaknął Kuno, choć ani trochę się z Zyghardem nie zgadzał.

— Gdybyś miał kłopoty, nie proś mnie o pomoc — powiedział szeptem Schwarzburg. — Po prostu ją weź. Wiem, co tobą kieruje i...

— Dobra — powtórzył Kuno. — Jadę.

Komandoria dzierzgońska stała na wysokim wzgórzu, które tak bardzo górowało nad okolicą, że zawsze wydawało się Kunonowi nadnaturalne. Zjeżdżało się z niego wąską drogą spiralnie oplatającą zbocza, bo żaden koń, nawet pruski swejk, nie dałby rady zjechać z niego po prostej. Mówiono, że kiedyś, gdy była tu warownia Prusów, wzgórze porastał las dębowy tak gęsty, że było w nim ciemno nawet w dzień. Krzyżacy po zdobyciu warowni kazali wykarczować las, by nikt nigdy nie ośmielił się ich podejść. Zostały z niego pojedyncze drzewa, czarcie dęby, jak mawiali miejscowi. Rosły z dala od spiralnie schodzącej drogi, ale Kuno znał je, bo nieraz chadzał tędy. Jedno było szczególnie upiorne, zwłaszcza teraz, gdy opadały z niego liście. Miało wielką dziuplę przypominającą czeluść wykrzywionych w paroksyzmie strachu ust. Czarną dziurę ziejącą pustką. Ponad nią pień był rozpołowiony jak po uderzeniu pioruna i rozdzielał się na dwa krzywe konary. Na końcu każdego z nich wisiało potężne, splątane gniazdo dzikiej jemioły, niczym dwoje monstrualnych oczu zawieszonych nad gębą dziupli. Ilekroć mijał czarcie drzewo, robił znak krzyża i szeptał: *Chwała Ojcu*, choć trzeba było wielkiej wiary, by przypisywać powstanie tego dębu Bogu. Nie, to nie w jego dziupli krył biały płaszcz, nie był aż tak zuchwały. Chował go na drugim wzgórzu, przeciwległym do tego, na którym stała warownia, i znacznie niższym. Była tam kaplica świętej Anny, w której zakonni kapłani sprawowali nabożeństwa, a bracia pozwalali na nie przychodzić mieszkańcom leżącego u stóp obu wzgórz miasteczka. Kaplicę otaczał cmentarz, gdzie chowano braci w równym szeregu grobów przykrytych kamiennymi płytami. Bez imion, tylko z wyrytym krzyżem. Jeden z grobów leżał nieco dalej od innych. Ulewy wypłukały pod nim ziemię i Kuno znalazł jamę pod kamienną płytą.

Pewnie nora lisicy, która uwiła gniazdo na krzyżackim truchle — pomyślał, gdy znalazł i zbadał otwór. — Cokolwiek się tu gnieździło, opuściło pielesze. Nora pusta.

Wkładał więc płaszcz w skórzany worek i wpychał do grobu jakiegoś dawno nieżyjącego brata. Miejsce było świetne. Oglądał je z wieży i murów warowni nie raz, co dało mu pewność, że jeśli ktoś go stamtąd obserwuje, widzi, jak jedzie do kaplicy, zsiada z konia, wiąże go przed wejściem i idzie na groby braci. Nic więcej nie mogli zobaczyć.

Konia nie wiązał, przekładał tylko uzdę, a potem, gdy pozbył się płaszcza, gwizdał na niego cicho, swejk zaś niespiesznie mijał kaplicę i znikał za nią, jak on sam. Zjeżdżał ze wzgórza Świętej Anny drugą, niewidoczną od komturii stroną i znikał w porastającym wszystko lesie. Tym samym lesie, który wabił go nocami i któremu Kuno rzucił wyzwanie.

Nie jeździł traktem, omijał osady. Wybierał drożyny kluczące lasami. Przemierzał je, zapamiętując kierunki i dróżki. Odnajdował ścieżki saren i jeleni. Polanki leśne zbuchtowane przez dziki. Sterty liści buczyny, które mogły dać komuś schronienie, ostrożnie przebijał kijem, szukając w nich jakiejkolwiek obecności. Zaglądał pod kolczaste krzewy głogu i za pojedyncze, omszałe głazy. Kilkukrotnie odwiedził niewielką kapliczkę w miejscu zwanym Świętym Gajem, która jak twierdzono w okolicy, stała na miejscu kaźni świętego Adalberta, tego, który jest patronem Królestwa jako święty Wojciech, apostoł Prus. Kapliczka stała pusta, ot, drewniana szopa z wystruganym posągiem męczennika bez głowy, ani ołtarza, ani kapłana. Kupa zeschłych liści nawianych przez wiatr, nic więcej. Co noc wracał do komturii i starał się nie popadać w zniechęcenie, że jego wędrówki są daremne; że uległ jakiemuś urojeniu.

Wreszcie, gdy jesień przechodziła w zimę, gdy zaczęły przemarzać mokradła i mógł zacząć zapuszczać się w nie głębiej, sięgać miejsc wcześniej niedostępnych, przydarzyło mu się to, na co czekał od dawna: znalazł trop, świadczący, że w tych lasach żyją Dzicy.

Tego dnia znów przejechał obok kapliczki w Świętym Gaju i choć jak zawsze była pusta, nie mógł pozbyć się wrażenia, że ktoś poza nim odwiedzał ją ostatnio. Nie umiał uzasadnić swych przeczuć, więc pokręcił się chwilę i wprowadził konia w las, kierując się sarnimi ścieżkami na północny wschód. Po kilkuset krokach jego uwagę przykuły wiązki chrustu ułożone to tu, to tam, choć z początku wyglądało to całkiem niewinnie.

Może wieśniacy nazbierali opał i wrócą po niego przed zmierzchem? — pomyślał.

Ale z końskiego grzbietu dostrzegł, że wiązki leżą tylko po obu stronach niezbyt głębokiego parowu, i to wzbudziło jego nieufność. W lesie panowała niezmącona ptasimi głosami cisza, więc każdy krok jego konia brzmiał zwielokrotnionym odgłosem pękających pod kopytami gałązek.

Powinienem przyjść pieszo — zrozumiał i wrócił do kapliczki.

Zmierzchało, więc przed nocą i tak nie zdążyłby dojechać do Dzierzgonia. W jednej chwili podjął decyzję, że zostanie i wróci do parowu piechotą. Wprowadził konia do wnętrza kaplicy i uwiązał.

— Nic się nie bój, mały — klepnął go w szyję, wychodząc. — Święty bez głowy cię strzeże.

Wziął ze sobą tylko dwa noże, nic więcej. W szybko nadciągającym zmierzchu zapadł się w las i jak przed laty, gdy w Ziemi Świętej był członkiem Księżycowego Oddziału, natychmiast nawiązał z nocą więź.

— *Wiedź nas księżycowym światłem i przed nim kryj.*

Prowadź mroczną stroną drogi do jasnego celu — wyszeptał sentencję po łacinie, arabsku i francusku. Szedł bezszelestnie, wiedziony instynktem i ćwiczoną przez lata sztuką skradania się. Po kilkudziesięciu krokach jego oddech sam znalazł ten powolny rytm, w którym widział więcej i rozumiał więcej.

Dzięki Ci, Boże, że nie zapomniałem, jak to jest — pomyślał z ulgą. — Powinienem był dawno to zrobić. Wejść w nocny las, zamiast oglądać go ze szczytu murów. Krzyżactwo stępiło we mnie wszystkie zmysły.

Nim dotarł do parowu, dostrzegł coś, co niemal przyszpiliło go do ziemi. Pomosty. Zawieszone między koronami drzew drewniane pomosty.

Jezu — pomyślał. — To nie przypadkowe wiązki chrustu, ale dzieło rąk ludzkich. Kogoś, kto zadał sobie wiele trudu, by ułożyć szlak, drogę na wysokościach, wiodącą między drzewami.

Jak to się stało, że nie widział ich za dnia? Nie potrafił tego wyjaśnić, umiał sobie jednak wyobrazić, że wiosną i latem, gdy drzewa są pokryte zielonymi liśćmi, pomosty mogą być naprawdę niewidzialne. Wspiął się na pień sporego dębu i wszedł na najbliższy pomost. Zakołysał się pod jego stopami. Kuno złapał równowagę, chwytając liny, które wiodły po obu bokach podniebnej kładki, niczym poręcze.

Ruszył przed siebie cicho, ostrożnie, od drzewa do drzewa. Po bujaniu pomostu domyślał się, czy będzie długi, czy krótki; noc zapadała błyskawicznie i coraz mniej widział. Drzewa były jak punkty postoju w drodze. Wokół pni zbudowano wąskie podesty, z których odchodziły kolejne kładki i pomosty. Po omacku zorientował się, że przy niektórych drzewach są po dwie, a nawet trzy odnogi prowadzące w różne strony.

Tak, dotarło do niego, gdy tylko dostrzegł międzydrzewną drogę, że musi wieść w jakieś miejsce, a czymkolwiek ono będzie, ktoś chciał je ukryć, więc zapewne go strzeże.

Bez światła wiele nie zobaczę — pomyślał i w tej samej chwili poczuł, że kładka, z której właśnie schodził na okalający pień drzewa podest, zakołysała się lekko za jego plecami.

Ktoś za mną idzie — zrozumiał i nie namyślając się ani chwili, zamiast wejść na kolejną kładkę, wspiął się po pniu drzewa najszybciej, jak potrafił. Pamiętał pewną noc piętnaście lat wcześniej, gdy w Jerozolimie zajętej przez Saracenów miał odwiedzić starego emira tak, by nawet on sam nie wiedział, że ma gościa. Wtedy wspinał się po palmie daktylowej, wiedząc, że ma tylko mgnienie między jedną strażą a drugą. A noc była jasna, księżycowa. Teraz w ciemnościach lasu komturii dzierzgońskiej czuł się dużo pewniej niż wówczas. Zamarł, przylegając do pnia, bo słyszał kroki wprost pod sobą. Dwoje ludzi. Usłyszał kobiecy głos.

— ...nie. Nie wrócę do nich. Dębina przysyła po mnie dziewczyny, jakby nie wiedziała, że nie znaczy nie.

— Jarogniew tylko przyklaśnie. Kocha każdą córkę, którą wyrwie Dębinie. A o tobie mówi, że jesteś twardsza niż głaz — odpowiedział jej mężczyzna.

Nie szepczą, nie kryją się — skonstatował Kuno. — Są u siebie.

Gdy kroki ludzi, których nie widział, a słyszał, umilkły, ostrożnie zszedł z drzewa i ruszył za nimi. Po dłuższej chwili znów poczuł za sobą kołysanie pomostu i jak poprzednio szybko wspiął się na drzewo, by zniknąć z kładki. Tym razem usłyszał kroki przynajmniej pięciu ludzi.

— Nie wiem, o co im chodzi.
— O to, co zawsze. Panowie życia.
— Martwi, odkąd tu się pojawili.
— Tak? Możesz powtarzać te brednie, że to wyznawcy Umarłego, ale to oni posłali tysiące naszych na śmierć!

O, mówią o Krzyżakach — pojął Kuno.

— Mnie zaś wydaje się, że komturowie mają nas na oku — odezwał się głos, który nie brał udziału w wymianie zdań.

— Powiedz Jarogniewowi, czego chciał od ciebie łysy.
— Powiem, powiem — odrzekł ten, który mówił o komturach.

Łysy? — zastanowił się Kuno. — Czyżby mieli na myśli Guntera? Ale łysy jest też komtur Gniewu i Grudziądza.

— Ta dziewczyna, Ostrzyca, chętnie bym popróbował jej... — zaśmiał się głos od „martwych, odkąd się pojawili", ale odeszli już i Kuno nie usłyszał więcej.

Schodził z powrotem na pomost, gdy poczuł, że idą następni, i szybko wspiął się z powrotem.

Złażą się jak bracia na nieszpory — pomyślał z niesmakiem.

— ...tak, na własne oczy widziałem, nie powtarzam głupot! — złościł się ktoś.

— Ale mówią, że Jaćwież nie żyje. Zmarła ze starości albo pożarły ją te pszczoły, z których ma suknię — uparł się kto inny.

— Gówno prawda — uparł się pierwszy. — Widziałem ją zeszłego lata. Siedzi na wyspie, na świętym jeziorze, pszczoły na niej, a na szyi ma wielki jantar z zatopionym w nim żywym płodem.

Kuno trzymał się pnia mocno, inaczej wyobrażając sobie to, o czym mówili, musiałby spaść z drzewa.

— Chłopiec czy dziewczynka? — spytał żartobliwie ten od „pożarły ją pszczoły".

— Zamknij się.

— Nie radzę ci tak kpić przy Starcach — odezwał się trzeci głos. — Starcy mówią, że jantarowy płód Jaćwieży kiedyś się narodzi.

— Pierwszy mu podam powijaki — nie miał zamiaru przestać żartować niedowiarek.

— To co tutaj robisz? — natarł na niego świadek Jaćwieży.

— Ty walczysz, bo wierzysz, a ja wierzę tylko w walkę — krótko i prosto odpowiedział kpiarz.

Mógłbyś się zaprzyjaźnić z Henrykiem von Plötzkau, mistrzem krajowym — pomyślał Kuno. — Rzecz jasna, gdyby nie fakt, że Plötzkau marzy o tym, by zabijać takich jak ty.

Tych trzech zniknęło w mroku. Kuno błyskawicznie zszedł na dół i jeszcze szybciej przebył dwie kładki. Noc była zimna, od siedzenia na pniu zesztywniał i skostniał, musiał się choć trochę rozgrzać. Usłyszał przed sobą głosy tych od Jaćwieży, Starców i płodu, ale nie rozróżniał słów, a szybciej iść nie mógł, by w ciemnościach nieopatrznie nie wejść z nimi na wspólną kładkę.

Gdybym był sową, mógłbym bezszelestnie szybować między koronami drzew i lecąc nad nimi, słuchać, co mówią — pożałował. Odkąd usłyszał o Starcach, czuł ciekawość silniejszą niż strach. Kim jest Jarogniew? Czy to jeden ze Starców, czy jakiś wódz?

Nagle w oddali przed nim pojawiły się pojedyncze światła. Raczej pochodnie niż lampy. Przylgnął do pnia, a po chwili namysłu wspiął się na niego, by spróbować dojrzeć z góry, co naprawdę czai się na końcu drewnianych kładek.

To gród. Otoczone drewnianą palisadą grodzisko — układał ze strzępów oświetlonych obrazów całość.

Nie widział dobrze, od zabudowania musiało dzielić go więcej niż sto kroków, a korony drzew utrudniały widoczność, ale po chwili był pewien, że w głębi lasu stoi drewniany gród, do którego wejść można tylko biegnącymi w koronach drzew kładkami. Zaroiło się od pochodni i w ich chwiejnym świetle dostrzegł kładkę biegnącą jak krużganek, tyle że po zewnętrznej stronie palisady. Mężczyźni, mogło być ich ze trzydziestu. Długowłosa, wysoka dziewczyna, pewnie ta Ostrzyca, którą słyszał, bo innej kobiety wśród obecnych nie zauważył. I wtedy dostrzegł go. Starca Siwobrodego. Tak, nie mógł się mylić. Jednego, za nim drugiego i trzeciego. Nie był w stanie rozpoznać, czy któryś z nich nie ma ramienia, jak ten Starzec, którego pojmali z Zyghardem przed laty. Usłyszał swobodny śmiech mężczyzn, a potem pochodnie jedna po drugiej zaczęły znikać we wnętrzu budowli, aż zostały tylko dwie, w dłoniach stojących u małego wejścia mężczyzn.

Pilnują swej siedziby — pomyślał i przez chwilę rozważał, czy ich nie podejść i nie zabić.

I co? Wejdę do środka i przywitam się ze Starcami? — zakpił z siebie. — Wracasz, Kuno, prawie jak zwycięzca. Las dzierzgoński odsłonił przed tobą swą tajemnicę. Przynajmniej jedną. A teraz postaraj się wynieść stąd cało.

Dwa razy pomylił drogę, co rozpoznał po kładkach schodzących bardzo nisko, niemal dotykających poszycia. Wracał, odnajdował właściwe pomosty. Raz musiał znów skryć się na drzewie, bo kładką biegł jakiś spóźnialski, sapiąc głośno. Gdy dotarł do kapliczki męczennika, był wykończony, a noc miała się w najlepsze. Jego śmigły, mały konik nawet nie parsknął na powitanie, tylko spojrzał wilgotnym okiem. Kuno zwinął się w kącie kaplicy na stosie jesiennych liści i zasnął na chwilę.

Przyśnił mu się Henry, jego starszy brat i noc rzezi w Akce. We śnie Henry nie miał rozpłatanego brzucha, ale obciętą głowę, jak posąg w kaplicy. Kuno znów był sobą, Koendertem, w skrwawionym płaszczu i zrywał z jego piersi łańcuch z krzyżowym orłem ze złota, srebra i czarnego dębu. Jedyne, co zostanie po naszym rodzie — myślał przez sen wściekle. Potem sen pchnął go na pokład „Słonego Serca", a obok niego stał Konrad von Feuchtwangen, wielki mistrz Zakonu Szpitala Najświętszej Marii Panny i zaciskając pięść, szeptał w stronę płonącej Akki: „Za klęskę w Ziemi Świętej weźmiemy krwawy odwet na niewiernych w Prusach". Potem Kuno — Koendert zobaczył, jak Konrad Feuchtwangen całuje w policzek swego brata, Zygfryda, obecnego wielkiego mistrza i patrząc na niego smutno, mówi: „Zamordowali mnie, Zygfrydzie. Zadziobały mnie jastrzębie, które użyły farbowanego wróbla". Przez sen przepłynęła morska fala i Kuno stał na rufie z marszałkiem Tybaldem. „Każdy chce po sobie pozostawić ślad, ale po niektórych ślad powinien się urwać" — usłyszał od starca i marszałek skoczył w spienioną wodę. Kuno chciał skoczyć go ratować, ale woda zamieniła się w płynny ogień, z którego wyciągał ku niemu ramiona jego brat bliźniak, Gerland. Blizny po oparzeniach na twarzy Gerlanda poruszyły się jak rysunki na skórze utraconego Starca. Brat uśmiechnął się do niego i powiedział: „Weź mą głowę na tacy jak Herod" i zamienił się w drewnianą, kapliczną figurę. Kuno siłą woli wybudził się z koszmarnego snu.

Był mokry od potu, choć przez jedną chwilę zdawało mu się, że to morska woda. Przetarł oczy i usiadł. Dniało, więc postanowił wracać bez zwłoki. Już miał wyprowadzić konia z kapliczki, gdy coś go pchnęło ku bezgłowemu posągowi. Wrócił do niego, uklęknął i zmówił krótką modlitwę.

Dotarł do komturii krótko po południowej mszy, bracia parami opuszczali kaplicę. Dostrzegł pytający wzrok Luthera z Brunszwiku i Dietricha Altenburga.

Pies z nimi — pomyślał. — Luther już dostał nominację na komtura Golubia, zniknie stąd lada dzień. A Altenburga i Plauena też gdzieś przenoszą.

Henryk Raus von Plauen i Markward przewinęli się przez dziedziniec, udając, że go nie widzą. Oddał konia stajennemu i chwilę czekał, aż z kaplicy wyjdzie Zyghard, ale że komtur nie pojawił się, Kuno zdjął rękawice i wszedł do małej, wewnętrznej świątyni.

Schwarzburg klęczał przed kamiennym ołtarzem. Kuno nie chciał mu przeszkadzać, stanął przy ścianie i zapatrzył się na pokrywające ją, jaskrawe malowidło. Na nim bracia z czarnym krzyżem na płaszczach na szczycie wysokiego wzgórza walczyli wręcz z oddziałem Prusów. Mistrz uchwycił oczywiście moment ich tryumfu. Oto stosy pruskich trupów, po których depczą Krzyżacy dobijający mieczami ostatni szereg obrońców. Uwagę Kunona przykuło coś, na co wcześniej nie zwrócił uwagi, choć oglądał malowidło dziesiątki razy. Obok dzierzgońskiego wzgórza namalowano drugie, z kaplicą Świętej Anny, a w głębi płonący ogień, tak olbrzymi, jakby płonęło grodzisko. Podszedł bliżej. Dwa wzgórza niczym dwa boki trójkąta, a wielki ogień był jego szczytem. Z płomieni wypadały ciała nie większe od much, ale z całą pewnością ludzkie. Zrobiło mu się gorąco. Wszystko się zgadza! Grodzisko w głębi lasu, pod którym był nocą, to płonący wierzchołek trójkąta.

— Uczysz się dziejów podboju ziemi pruskiej? — usłyszał głos Zygharda za plecami. — Tak właśnie powstał Dzierzgoń. Nasz Christburg.

— Grodem Chrystusa został po rzezi — sucho skwitował Kuno i wskazał płomienie. — Byłem tam w nocy.

— W piekle? — zaczepnie spytał Schwarzburg.

— W nowym grodzie Prusów, do którego nie dostaniesz się, jadąc po ziemi.

— Ależ z ciebie poeta. Przypomnę ci, jak będziesz znów kpił z Luthera. — Zyghard klepnął go w ramię. — Musimy pogadać.

— Tak, komturze. Chodźmy na mur, mam ci wiele do powiedzenia — powiedział Kuno, a gdy wspinali się wąskimi schodami, pomyślał, że najważniejszego nie może i nie potrafi wyjawić Zyghardowi. Tego, że dzisiaj w nocy obudził się w nim dawny Koendert. Templariusz, który był gotów umrzeć dla braci i sprawy. *Nie złożycie broni, póki nad polem walki powiewa sztandar z krzyżem.*

Na górze wiało, jak zawsze. Kuno wskazał Zyghardowi samotne drzewo na stoku.

— To czarci dąb — powiedział. — Powinieneś kazać go wyciąć.

— Zabobony — odrzekł bez przekonania Schwarzburg, ale w tej samej chwili wiatr poruszył gniazdami jemioły i te przekręciły się wokół własnej osi, jak gałki oczne umierającego. Zyghard otrząsnął się i splunął przez mur, po czym powiedział:

— Jutro pod topór.

Kuno odetchnął i poprowadził komtura na północną stronę muru, tam gdzie wznosiła się obronna wieża. Stanęli w jej podcieniu, bo nieco osłaniała przed podmuchami wiatru.

— Zyghardzie, nie żartowałem w kaplicy. Naprawdę odnalazłem drewnianą warownię Prusów. I trzech Starców.

Schwarzburg wbił w niego jasne spojrzenie z taką uwagą, jakby zobaczył ducha.

— Tak — potwierdził Kuno i wyciągnął rękę, pokazując kierunek. — To tam, dokładnie w tym miejscu, co na malowidle w kaplicy. Nie wiem, czy wśród nich jest nasz, bez ramienia, ale było ich trzech. I jedna dziewczyna, zwą ją Ostrzyca, najwyraźniej przystała do męskiej załogi. Ale usłyszałem coś jeszcze dziwniejszego. Jaćwież, jakaś ich kapłanka, czy bogini. Ponoć kobieta ma na szyi jantar z ukrytym wewnątrz ludzkim płodem.

— Chryste. Co za obrzydlistwo — jęknął Zyghard i odchylił głowę. Zamarł na moment, a potem krzyknął w górę: — Niech będzie pochwalony! Masz wartę, bracie Ottonie Bondorfie?

Kuno uniósł wzrok i spojrzał tam, gdzie Zyghard. W wartowniczym okienku wieży tkwił łeb brata poety.

— Tak, komturze. Mam wartę — odpowiedział Otto.

— To nie siedź w wieży, tylko dalej, na szczyt! Jedynie stamtąd możesz nas w porę ostrzec przed nadciągającymi hordami Dzikich!

Bondorf uniósł brwi, nie wiedząc, czy Zyghard żartuje, czy mówi poważnie, ale jego głowa natychmiast zniknęła z okienka.

— Podsłuchiwał? — spytał Kuno.

Schwarzburg wzruszył ramionami i odeszli na wschodnią, wychodzącą na wzgórze Świętej Anny, stronę muru.

— Mam taki pomysł — ciągnął Kuno. — Nie ruszajmy na nich i nic o ich istnieniu nikomu nie mówmy. Obserwujmy, uśpijmy ich czujność.

— Mówisz o poetach Apokalipsy? — zadrwił Zyghard.

— Nie, o Dzikich — warknął Kuno wściekły, że Schwarzburga bawią takie żarty.

— Nie złość się, wiesz, że większość poetów dostała już nominacje na własne komturie. Znikną nam z oczu lada dzień i spotkamy ich dopiero na zjeździe wielkiej kapituły. No, już. Dzisiaj spełnię każde twe życzenie.

— Bo co?

Twarz Zygharda zmieniła się. W jednej chwili zniknęła z niej kpina i w jasnych oczach komtura zalśniło coś, czego Kuno nigdy u niego nie widział i nawet nazwać nie potrafił. Współczucie?

— Co się stało? — spytał.

Zyghard chwilę milczał, badając go wzrokiem.

— No, mów wreszcie — warknął Kuno.

— Miesiąc temu we Francji pochwycono wszystkich templariuszy, z wielkim mistrzem, Jakubem de Molay włącznie — powiedział Zyghard.

— Nie kpij — wyszeptał Kuno.

— Nie śmiałbym — poważnie odrzekł Zyghard. — Na rozkaz króla Francji, Filipa Pięknego. Zarzuty, które im stawiają, są co najmniej dziwaczne.

— Jakie? — Kuno miał wrażenie, że mur, o który się opiera, faluje.

— Bałwochwalstwo, herezja, wyrzeczenie się Boga, plucie na krzyż, bluźniercze przysięgi...

Przed Kunonem stanął marszałek Tybald, jak tej nocy, we śnie i powiedział: „Za chwilę, w obecności wszystkich, zdejmę z ciebie zakonne śluby. Ale to nie będzie prawdziwe. To będzie, jak wiesz co...". Stali na rufie „Słonego Serca" i Kuno, a raczej Koendert, mu odpowiedział: „Wiem. Szkolono mnie do tej gry po wielekroć".

— To nie wszystko, Kunonie — Zyghard ściszył głos. — Oskarżenie obejmuje... no wiesz...

Przypomniał sobie ich pożegnalną rozmowę, gdy Tybald rzekł: „Każdy chce po sobie pozostawić ślad. Ale po niektórych ślad powinien się urwać, Koendercie. Nie wiem, co dalej będzie z zakonem. Mamy możnych protektorów i dość bogactw, by przetrwać trudne lata, ale nie mam żadnej pewności, ile czasu potrwa zryw rycerstwa do następnej krucjaty. Jedno, czego jestem pewien, to że czekają nas ciężkie chwile. Chciałbym, żebyś się ukrył, razem z wiedzą, którą posiadasz. Żeby zaginął po tobie ślad, aż do momentu, gdy przyjdziemy po ciebie".

Dłoń Zygharda przelotnie dotknęła jego palców zaciśniętych na murze.

— Sodomię — dokończył szeptem Schwarzburg.

Kuno zaczął się śmiać.

— Przestań — syknął Zyghard. — To nie jest śmieszne! To groźne. Lista oskarżeń jest długa i tak wymyślna, że muszą coś na nich mieć, bo inaczej król nie odważyłby się uderzyć w najpotężniejszy zakon rycerski.

— Daj spokój, wszystko, ale nie sodomię — z przekonaniem powiedział Kuno. — Jeśli to ma być podstawą oskarżenia, to wybacz, powinni postawić przed sądem Krzyżaków i...

— Milcz, proszę — szepnął Zyghard. — Musimy na siebie uważać. Wieści z Paryża są tak nieprawdopodobne, że roznoszą się jak liście na wietrze. Teraz jeden na drugiego będzie patrzył i węszył. Posłuchaj, kto wie, że byłeś rycerzem Świątyni?

— Twój brat i Konrad von Sack. Wiedział dawny wielki mistrz, Konrad von Feuchtwangen, bo to ja go uratowałem z Akki, ale on nie żyje.

Przyśniło mi się, że go zamordowano. Jastrzębie, co użyły wróbla. Jezu, co tu się dzieje? — pomyślał i dodał na głos:

— Więc może powiedział swemu bratu, Zygfrydowi von Feuchtwangen...

— ...którego przyjaźnią szczyci się nasz ulubieniec Henryk von Plötzkau — dokończył Zyghard.

Zamilkli.

— Słuchaj — odezwał się po chwili Zyghard. — Póki co nie słychać o jakichkolwiek zatrzymaniach w Królestwie. Zresztą jesteś bratem naszego zgromadzenia, nic ci nie grozi. A gdyby ktoś zaczął węszyć wokół twej przeszłości, to w zależności od przebiegu procesu ustalimy najlepszą wersję. Dzisiaj wydaje mi się, że mogłaby brzmieć tak, że byłeś niezadowolony z postępowania współbraci i dlatego zdecydowałeś się dobrowolnie zmienić zakon. Krzyżowcem nie przestaje się być, póki się nie wypełni misji — zaśmiał się na koniec.

Już znów był Zyghardem von Schwarzburg, chłodnym i kpiącym, stojącym ponad światem i od niego lepszym.

Kuno mógłby odpowiedzieć „nie", ale wówczas musiałby wtajemniczyć go w swoje życie. Księżycowy Oddział. Asasyni. Starzec z Gór. Nie, nie chciał nikomu mówić o tym, co naprawdę robił w Zakonie Świątyni. Dopiero teraz dotarło do niego, jak bardzo przez te wszystkie lata czekał na posłańca.

„A co, jeśli posłaniec nigdy nie nadejdzie?" — spytał przed jedenastu laty Tybalda. „Wtedy twój ślad naprawdę rozpłynie się w wodzie" — odrzekł komandor.

Nie — podjął decyzję w duchu. — Dostałem coś od ciebie w depozyt, stary komandorze. Nie pozwolę, by ślad po mnie i po was zaginął.

II

1308

WŁADYSŁAW książę krakowski na czele małopolskiego i kujawskiego hufca gnał na północ. Ruszyłby wcześniej, choćby nazajutrz po tym, jak Bogusza przysłał mu z Gdańska wiadomość o zdradzie Święców, ale nie mógł.

Muskata, jak zawsze Jan Muskata! Władysław musiał dokończyć to, co zaczął w dniu, w którym odarł wrażego biskupa z przywilejów. Cofając mu wszystkie niemal książęce prawa i dobrodziejstwa, Władysław mógł złamać materialną i wojenną potęgę biskupa, ale najpierw musiał siłą wyegzekwować własny wyrok, bo załogi biskupie nie zamierzały same poddać jego zamków i miast. Książęce wojska uderzyły na zamki Muskaty i krok po kroku zdobywały je. Bogoriowie wzięli szturmem Iłżę, Lisowie z Gryfitami Tarczek, Grzymalici z Toporami Kielce, a on sam, z pomniejszym małopolskim rycerstwem i swoim kujawskim hufcem, natarł na Chęciny i tam znalazł go Jałbrzyk pchnięty przez Jadwigę z Krakowa.

Gdy książę wysłuchał relacji o margrabiach i namiestniku Północnego Pomorza, zalała go krew. Wzięli Chęciny wściekłym natarciem i gdy bramy puściły, a na murach wśród łun pożarów zawisły chorągwie z półorłem półlwem, Władek wrzasnął: „Odwrót!" i pojechali na Wawel tylko po to, by przegrupować siły i ruszyć na Pomorze.

Zdążył uścisnąć żonę i Kunegundę, najstarszą córkę. Zauważył, że to już niemal panna, „trzeba jej męża znaleźć, dobrego!" — przypomniał Jadwidze, bo ta wciąż traktowała ją jak dziecko. Sprawdził, że Elżbieta rośnie jak trzeba i nic nie zapowiada, by mogła być mniejsza niż inne dzieci. Władka juniora nie zobaczył, bo chłopak gdzieś się zaszył, a on nie zabawił tak długo, by czekać, aż młody jaśnie książę raczy wyjść z mysiej dziury i pokazać się panu ojcu. „Twardej ręki mu brakuje" — rzucił, ale Jadwiga tylko wzruszyła ramionami, a on spieszył się, więc nawet jeśli chciała powiedzieć coś innego, to nie usłyszał.

Borutka podprowadziła mu Rulkę, wskoczył na siodło, uniósł ramię i pozdrowił wszystkich, krzycząc: „Z Bogiem!", a zaraz potem „Pod wiatr!", co znów było prawdą, bo zima wyjątkowo wietrzna.

Jechali, jak się dało najszybciej, skute lodem rzeki ułatwiały przeprawę, ale były przekleństwem dla końskich kopyt. Dziennie tracili jedno, dwa zwierzęta, a dla Władka nie ma bardziej przejmującego widoku niż koń ze złamaną nogą, patrzący wielkimi, cierpiącymi oczami w jego źrenice. Odwracał się wtedy, zaciskał pięści i rzucał przez ramię koniuszemu:

— Pożegnaj go.

Gdyby nie zamarznięta na grudę ziemia, kazałby grzebać te konie, swych druhów i przyjaciół największych, bo na myśl, że staną się strawą wilków, coś się w nim buntowało.

— Matka natura przyjmie w łono swe dzieci — powiedziała przy pierwszym czy drugim końskim truchle Borutka i to jakoś ukoiło jego nerwy. Wcisnął jej w piąstkę dukata za te dobre, właściwe słowa.

— A ona nie miała zostać z księżną panią na Wawelu? — spytał wścibski Paweł Ogończyk na popasie któregoś dnia.

— E tam — machnął ręką Władek. — Jadwinia chciała jej sukienkę założyć, a Borutka jakoś nie bardzo. Przyzwyczaiła się przy nas i, no wiesz.

— Nie wiem — zaciekawił się Pawełek.

— Obozowe życie wciąga, co dzień coś nowego. Nudziłoby jej się na dworze... — wzruszył ramionami Władek. — I z moją Kingą jakoś się nie umiały dogadać, choć niby w tym samym wieku. Zresztą, sam zobacz, jaką Borutka ma rękę do koni. Nic, tylko by przy nich siedziała — pokazał Ogończykowi na kręcącą się przy wierzchowcach dziewuszkę.

— Uhm — skinął głową Paweł. — Gadają, że ona teraz najwięcej na koniach zarabia.

— Jak zarabia? — zdziwił się Władek i przypomniał sobie dukata, którego jej dał w prezencie.

— No, poszła plotka po czeladzi i giermkach, że jak Borutka jakiegoś konia rano przed wyruszeniem w drogę poklepie, to nic mu się nie stanie. I druga, że niby ma jakąś specjalną maść na kopyta, żeby się nie ślizgały.

— Gadanie jakieś — obruszył się Władek. — Babskie bym powiedział, gdyby nie to, że w moim orszaku nie mam bab.

— Poza Borutką — mściwie wypomniał Ogończyk. — No, ale wiadomo, w portkach chodzi, to się za babę nie liczy.

— Właśnie — potwierdził książę.

Następnego ranka jednak przyuważył, że do Borutki podchodzą giermkowie z końmi, a ta coś tam przy nich wywija rękami.

Zabobony — pomyślał, a gdy przyprowadziła mu Rulkę, spytał jakby nigdy nic:

— Klepałaś ją?

— A gdzież tam, mój książę! — oburzyła się. — Przecież wiadomo, że królowa klaczy nie znosi klepania! Wyczesałam grzywę, wygłaskałam, kopytka wyczyściłam, wszystko jak trzeba. Będzie książę zadowolony i Rulka, ma się rozumieć, też.

Szelma — pomyślał z uznaniem. — Umie tak powiedzieć, żeby nie powiedzieć i jeszcze nie skłamać. Do dyplomacji z nią!

W Brześciu naznaczył miejsce spotkania swych wojsk. Znów zobaczył wielu ze swych najwierniejszych rycerzy i choć Ogończyk w kółko mu przypominał, by przy małopolskich panach nie nazywał kujawskich „najlepszymi", nawet jeśli to prawda, to Władek przyciskał do piersi Pomianów, Powałów, Leszczyców, Godziembów i Korabitów. Ale zaczęli od „wieczny odpoczynek", bo okazało się, że ojciec Jałbrzyka, Bachorzyca i Rozdziała, stary kasztelan brzeski Przecław Pomian, zmarł.

— Pamiętam, jak wasz rodzic, a mój druh, walczył za mnie i na banicję ze mną chciał iść. Widzę go, jak stoimy nad Pilicą, przy przeprawie, jak unosi rękę i powierza mi was, Jałbrzyku, Bachorzycu. Jakby to wczoraj było — powiedział Władysław, gdy wszyscy stanęli nad grobem Przecława.

— Druhowie odchodzą, ale przyjaźń zostaje — szepnęła za jego plecami cichutko Borutka i usłyszał, jak chlipie.

Sam by płakał, ale po pierwsze, jest mężczyzną i księciem, a po drugie, jakoś słowa Borutki natychmiast zapadły mu w serce.

— Druhowie odchodzą, ale przyjaźń zostaje! — powtórzył głośno. — Na dowód tego kasztelanem po ojcu zostanie Bachorzyc. A drugi po starszeństwie, Rozdział, podkomorzym! A ty, Jałbrzyku... — zawahał się, bo nie pamiętał, co mu jeszcze z urzędów zostało do rozdania.

— Ja przy księciu! — zaprotestował Jałbrzyk.

— Nie, synu. Ty zostaniesz na Pomorzu, jak tylko skończymy ze Święcą. Później ci nadam urząd, nie będziemy tak nad grobem...

— ...kancelarii otwierać — podpowiedziała szeptem Borutka i powtórzył po niej, bo to też było jak raz, na miejscu. Oficjalnie a niezobowiązująco.

Wieczorem zebrał wodzów na naradę.

Stawili się ci, na których liczył, choć po zdradzie Święców nieufność mocno zapadła mu w serce. Świętosław z rodu Pałuków, którego zrobił wojewodą tczewskim, nie zawiódł. Bogusza, sędzia gdański wraz z synem Przybigniewem, a przy nich kasztelan gdański, Wojciech, i pucki, Wojsław. Bratankowie, Kaziu z Przemkiem, przysłali wojewodę i kasztelana świeckiego pod jego rozkazy. Z ziemi słupskiej, z której Święcowie złożyli hołd Brandenburczykom, nikt się nie stawił.

— Gdzie zdrajca? — spytał Władysław ostro.

— W swoich dobrach, w Nowem — odpowiedział Bogusza.

— Wierność rybogryfa roku nie wytrzymała! — piekłił się Władek. — Co to za zdradzieckie nasienie?! A mówił kiedyś arcybiskup, że bestie mieszańce są...

— Wino dla księcia pana — przerwała mu Borutka, stawiając przed nim tacę.

W samą porę, niepotrzebnie z tymi mieszańcami wyskakiwał, jego półlew i półorzeł już zaczynały się srożyć i chcąc przygadać Święcy, tylko ściągnął na siebie uwagę. Wziął łyk i kazał polać wodzom. Borutka z wdziękiem załatwiła sprawę.

— Borwin przyjechał? — spytał Władek o dowódcę pomorskich zwiadowców.

— Czeka przed namiotem, książę.

— Wołać!

Gdy niewysoki i płowowłosy Borwin pochylił się przed nim w ukłonie, Władek już pytał:

— Co się gada na dworze Święców? Jaka jest prawdziwa przyczyna tej zdrady? Chyba nie spłata biskupa Gerwarda, co?

— Mówią dwojako — odpowiedział Borwin. — Pierwsze, że Piotr nie miał jak spłacić biskupa i naprawdę liczył na twe wsparcie, panie; drugie, że książę Władysław daleko, a margrabiowie blisko, i Święca uznał, że na tak odległym księciu nie będzie mógł polegać w trudnych chwilach. Są jeszcze trzecie głosy, najciekawsze.

— To dlaczego od nich nie zaczynasz? — zrugał go Władek.

Wolał nie słuchać o sobie jako o księciu, na którym nie można polegać.

— Wybacz, panie — przeprosił Borwin. — Gadają, że Święca był ułożony z margrabiami na długo przed tym, nim tobie hołd złożył...

— A to kłamca! Wiarołomca! — zapieklił się Władysław i ponaglił dowódcę cichych ludzi: — No, dalej!

— Ponoć godność starosty, jaką obdarzył go król Václav, była okupiona zgodą Święcy na oddanie Pomorza Brandenburgii i tylko dlatego, że margrabiowie się wcześniej osobiście nie pofatygowali do niego, zgiął kolano przed tobą, panie.

— Słyszycie? — ryknął Władysław do zgromadzonych. — Oto przekupna łaska wielkich panów Święców! Oto ich książęce mniemanie o sobie! A jakby margrabiowie przede mną przyjechali na Pomorze, to co? To przyjąłby ich rok temu? To tylko gadanie, że chodzi o spłatę Gerwarda, gadanie! Szukanie pretekstu, jak się wyślizgać od grzywny i jednocześnie wymówić mi posłuszeństwo. Nie mogę tego słuchać!

Borwin skłonił się i zaczął wycofywać po cichu.

— Ty stój — krzyknął za nim książę. — Nie mówiłem, że ciebie nie chcę słuchać, tylko wykrętów Święców.

— Zostań, panie Borwinie — spokojnie powtórzył Paweł. — Nasz książę nie zabija posłańców.

— Radźmy, jak dopaść zdrajcę — zarządził Władysław. — Gdzie on jest, potwierdź, Borwinie.

— Piotr siedzi w Nowem, jego brat Wawrzyniec w Darłowie, rozbudowy portu pilnuje, a brat Jaśko w Sławnie. Ich ojciec, stary Święca, zapadł się pod ziemię...

— Ze wstydu! — krzyknął Świętosław.

— Ze wstydu — powtórzyli zgromadzeni.

— No to radźmy — rozkazał książę.

— Uderzyć jednocześnie na wszystkich trzech Święców — powiedział kasztelan świecki. — Żeby jak pluskwy zdusić.

— Nierealne — skrytykował Bogusza. — Zbyt mocno rozrzucone ziemie.

— Obstawić Nowe wojskiem i po cichu szukać starego Święcy na Pomorzu — rzucił kasztelan gdański.

— Ubezpieczyć Gdańsk — zaproponował Bogusza — i dopiero wtedy na Piotra ruszyć.

— Dobra, koniec radzenia — przerwał to Władysław. — Gotowość przed świtem. Do siedziby Święcy mamy dzień jazdy. Pierwszy pojedzie lotny oddział, który spróbuje wziąć Nowe z zaskoczenia. Reszta za nim. Otaczamy miasto, podpalamy i wyłuskujemy każdego rodowca Święców. A Piotrowi włos z głowy ma nie spaść. Chcę go żywego. Zrozumiano?

— Tak jest, książę!

— Lotnym dowodzi Chwał Doliwa, drugim ja sam. Dobranoc.

Pędzili po śniegu ubitym kopytami koni z oddziału Chwała. Popasy krótkie, tyle, żeby wierzchowcom dać wytchnienie. Władka gnała wściekłość, niezgoda na ciągłe zdrady wielkich panów! Pamiętał to palące uczucie nazbyt dobrze. Starszą Polskę, którą wyjęli mu z rąk baronowie. Nie pozwoli, by Święca poniżył go bluźnierczym hołdem z ziemi należącej do Królestwa! Oto sprzedawczyk, co zmieniał panów szybciej niż dama kiecki! Przemysł II, jego bratanek Leszek, on sam, potem Václav II i Václav III, znów on i Brandenburczycy!

— Gore! — krzyczał, aż szron osiadał mu na wąsach.

Był człowiekiem kujawskich równin, gdzie wiatr hulał, zakochanym bez pamięci w Krakowie, bo to tam był ostatni tron seniora. Ale wiedział, że bez Starszej Polski i bez Pomorza nie odbuduje Królestwa i teraz, gdy wraży rybogryf to Pomorze na tacy dał margrabiom, Władysław wiedział, że nie może tego puścić płazem.

Nim dojechali pod mury Nowego, zobaczyli pożogę. Bogoria puścił się ze zwiadem i wrócił chwilę później na spienionym koniu, krzycząc:

— Zwycięstwo! Zwycięstwo, książę! Zdrajca pojmany.

Zwolnił Rulkę w biegu, ale nie zatrzymał się. Chciał z bliska zobaczyć płonące Nowe, ten symbol zdrady, podarunek od czeskiego króla dla swego starosty. Już widział, jak łopoce na wietrze zajęta ogniem chorągiew z rybogryfem. Bestia z sykiem miotała się na wietrze rozniecającym ogień. Podjechał bliżej i dostrzegł, że to, co płonie, to strzechy chałup i drewniane rusztowania okalające kamienną wieżę w budowie.

— Zachciało ci się wieży, jak księciu — strzyknął śliną.

Naprzeciw niemu jechał Chwał Doliwa, na koniu obok jego syn, Bolebor, chłopak, co był z Władkiem na banicji. Obaj trzymali w rękach sznury biegnące do szyi jeńca, który szedł między ich końmi. Piotr Święca odarty z herbowej tuniki, w osmolonej koszuli, spocony i czerwony od gorąca, potykając się, usiłował nadążyć za Doliwami.

— Książę! — krzyknął Chwał. — Podjezdek oderwał się od ojcowego stada i chciał dołączyć do stajni obcego pana.

— Aleśmy go złowili i zwracamy ci, panie, twą własność — dokończył Bolebor.

Władek zakręcił się na Rulce, wołając do swych wojsk:

— Podjedźcie bliżej! Wszyscy! Spójrzcie, co czeka zdrajców! Sznur, poniżenie i nieuchronna kara! Zwołajcie tutejszych, niech ugaszą pożary. Będziemy wieczerzać w Nowem!

Z początku, póki wrzał w nim gniew, chciał podczas wieczerzy trzymać Święcę przy sobie, na postronku. Ale gdy przygasł ogień pożogi i miejsce na posiłek było gotowe, zgasła i w nim furia.

Nie godzi się — pomyślał, otrząsając się ze złości. — Władca musi okazać surowość i wspaniałomyślność, mają się mnie bać, ale i szanować.

I kazał Piotra zamknąć pod strażą.

Smutna to była wieczerza. Smak tryumfu mocno okopcony spalenizną.

— Gdzie ogień płonie, czuć dym — chciała go pocieszyć swoją mądrością Borutka, ale machnął ręką na jej starania.

Potem, gdy przemknęła z dzbanem nadąsana i smutna, pogłaskał tę jej jasną czuprynkę.

— Nie bocz się. Humoru nie mam — wytłumaczył się przed dziewczynką. — Czuję, jakby diabli brali Pomorze!

Przygryzła wargi i bąknęła cicho:

— Diabeł tkwi w szczegółach, tak mówią.

— Kto tak mówi? — zmarszczył brwi Władek.

— Ludzie, a kto ma mówić — wzruszyła ramionami. — I rycerze pomorscy znów pytają, kiedy książę się pokłoni falom.

— Borutka — wtrącił się Ogończyk. — Co ty znowu wygadujesz?

— Ja tylko powtarzam — najeżyła się dziewuszka.

— Ale to jakieś przesądy są, czy o co chodzi? — dopytał Władek.

— Ty im powiedz, że porządny chrześcijański książę nie może jakiegoś bałwochwalstwa odprawiać. Widział kto takie rzeczy? Kłaniać się falom! — wzruszył ramionami Ogończyk i przysiadł przy Władku. — No, idź już, idź! — machnął ręką na Borutkę. — Nie stój tu nad księciem jak diabeł nad dobrą duszą.

Odeszła, choć obejrzała się jeszcze za siebie chmurnym wzrokiem.

— Bogusza chce pogadać — zajął jego uwagę Ogończyk.

— Wołaj.

— Książę — powiedział sędzia gdański, gdy dosiadł się do nich po chwili. — Porachowaliśmy ludzi Święcy i nie ma się czym cieszyć. Tu, w Nowem, było ich niewielu. Piętnastu rycerzy, do tego giermkowie, służba.

— Nie spodziewał się nas? — spytał Władek.

— Ci, których wzięliśmy na spytki, mówili, że się spodziewał najwcześniej wiosną i przez głowę mu nie przeszło, że książę może nadjechać w środku zimy.

— Nie docenił nas — w zadumie powiedział Władek. Zamiast się tym ucieszyć, poczuł smutek.

— Święcowi ludzie mówią, że margrabiowie też przed wiosną nie przybędą. Mają swoje porachunki z Mikołajem księciem Werle.

— Pazerne czerwone orły — skrzywił się Władysław. — Po naszemu to „Orle", nie „Werle". Księstwo powstało po trupie Niklota.

— Ostatni wolni ludzie, tak ich nazywano — przytaknął Bogusza.

— No dobra — otrząsnął się błyskawicznie Władek. — Nie czas żałować tych, co walczą z margrabiami, bo i nas nikt nie pożałuje. Musimy się naradzić, co dalej. Czekać na Brandenburczyków do wiosny? Życia szkoda. Wracać do Krakowa, a wiosną znów ciągnąć na Pomorze? Też nie robota. Borwin wrócił? Potwierdza te nowiny?

— Nie, nie ma go jeszcze — zaprzeczył Bogusza. — Skoro jesteś tu, panie, dobrze by było, byś się z gdańszczanami spotkał.

— Ja? — obruszył się Władek. — Tyś miał z nimi gadać.

— Dobrze by zrobiło przyszłym rozmowom, gdyby sam książę…

— Jezu, Bogusza! Czyś ty zgłupiał? — złapał się za głowę Władysław. — Spotykać się z każdym, kto ma sprawę, to może mały dzielnicowy książę, ale nie ja, na Boga! Ja mam Małą Polskę, Sandomierszczyznę, sieradzkie, Kujawy i Pomorze, no teraz to już mam je pół na pół, do odzyskania, bo część Święca Brandenburczykom wydał jak własne. Od tego mam ludzi, rozumiesz? W przypadku Gdańska ciebie. I albo sobie poradzisz, albo cię zmienię.

— Postaram się — chmurnie powiedział Bogusza. — Ale pamiętasz, książę, że dochód z Gdańska jest dwa razy taki jak z…

— Pamiętam — z naciskiem odpowiedział Władysław.

— Gdańszczanie to wiedzą i się cholernie cenią — jęknął Bogusza. — W dodatku sprawa lubeckiego kantoru nie ułatwia porozumienia.

Władek poczuł przypływ złości, chwycił Boguszę za kaftan na piersi i przyciągnął do siebie jak worek z żytem.

— Poradzisz sobie czy nie? Mów teraz, bo zawołam Chwała Doliwę, tego zucha, co Święcę mi na postronku przyprowadził, i jego zrobię odpowiedzialnym za Gdańsk! Decyduj się!

— Poradzę sobie.

Puścił go. Zebrani udawali, że nie widzą, wlepili wzrok w talerze albo kielichy. Władek z nerwów wziął coś z misy i przegryzł. Małe, ciemne i słodkie.

— Co to jest? — zdziwił się.

— Figi, panie. Suszone — powiedział Bogusza, poprawiając sędziowski łańcuch na szyi.

— Co?

— Owoc taki z Ziemi Świętej. Drogi jak licho. Jedna sztuka kosztuje tyle, co trzy dzbany najdroższego wina.

— Żartujesz — przełknął Władek. — Dobre, ale nie czuć, psiakrew, że takie drogie. Jezu, tu tego cała misa!

— Gdańszczanie sprowadzają statkami — wyjaśnił Bogusza.

Władek sięgnął po drugą.

— Figa — powtórzył zamyślony. — Dostaliśmy to czy kupiłeś?

— Prezent od kantoru lubeckiego.

— Dobra, to zjem jeszcze. I dla dzieciaków zabiorę. Spakuj mi po uczcie, jak co zostanie. Albo nie, weź od razu tę misę i odstaw. I Borutce odłóż, przy czeladnym chyba tych fig nie dają, co?

— Nie, książę, tam tylko rodzynki. Też pyszne, to może ja każę spakować.

— Uhm — przytaknął Władek, czując, jak mu pestki figi wchodzą w zęby.

— Panie — pokłonił się sługa. — Goniec od biskupa Gerwarda Leszczyca.

Psiamać — zaklął w duchu. Leszczyc póki co źle mu się kojarzył, z długiem Święcy, pożyczkami dla kujawskich braci i z jego własną pożyczką.

Dał znak, żeby wprowadzić. Oblicze młodziana coś mu mówiło.

— Znam cię? — spytał, wypluwając ostatnią z drobnych pestek.

— Jak miło, że jaśnie książę pamięta — pokraśniał chłopak na okrągłej, nieco pryszczatej twarzy — Maciej, siostrzeniec biskupa Gerwarda. Z tych Pałuków — wskazał z dumą na Świętosława, wojewodę tczewskiego. — W kancelarii u biskupa aplikuję na notariusza.

— Nie znoszę notariuszy — wyrwało się Władkowi. — Tak ogólnie, do ciebie nic nie mam. Mów, Macieju, z czym cię Gerward przysyła.

I niech to nie będzie termin spłaty — zaklął w duchu. Dość miał złych wiadomości na dzisiaj.

Chłopak założył pulchne dłonie na piersi i poruszył palcami zupełnie jak Gerward.

— Dostaliśmy wieści z Gniezna. Arcybiskup Jakub II postanowił rozprawić się z Muskatą raz na zawsze.

— Chwała Bogu! — zawołał Władysław i odetchnął w duchu.

— Tak też powiedział mój pryncypał — uśmiechnął się lizusowato Maciej. — „Chwała Bogu, czas ukrócić wilka z pastorałem, bo kala dobre imię dostojników Kościoła".

— Wszyscy wiedzą, że kala. I co dalej? — spytał Władek.

— Arcybiskup na czele swych legistów wyjechał z Gniezna do Krakowa. Tam zamierza przejąć biskupstwo krakowskie Muskaty. To znaczy usunąć wszystkich popleczników Muskaty z urzędów i z racji jego nieobecności w diecezji powierzyć zarządzanie tymi olbrzymimi dobrami komuś zaufanemu.

Władkowi zrobiło się gorąco. Gdy wrócił z banicji, sam prosił Świnkę, by zawiesił proces z Muskatą, bo łudził się, że ułoży się z biskupem Krakowa. Arcybiskup się zgodził i postępowanie zatrzymał, ale gdy Władek odarł Muskatę z przywilejów i dał znać Śwince, że można ruszać z procesem od nowa, ten udzielił mu wymijającej odpowiedzi, że sprawa wejdzie na wokandę, gdy będzie gotowa.

— Mówisz, Maćku, że arcybiskup już ruszył do Krakowa? — dopytał.

Kancelista poruszył grubymi paluchami.

— Macieju, książę — poprawił go dyskretnie. — Maciej z Pomianów. Z tych Pomianów. — Mówiąc to, oblizał się mimowolnie.

Nie lubię kocurów — przebiegło Władkowi przez głowę. — Zwłaszcza w sutannach.

— Miau — usłyszał za plecami.

Odwrócił się gwałtownie. Borutka puściła do niego oko.

— No, Macieju! To mówisz, że Jakub Świnka ruszył do Krakowa, tak? — powtórzył rozbawiony.

— Tak, mój książę. I biskup Gerward sugeruje, że dobrze by było, aby się książę tam z arcybiskupem spotkał. Po to mnie wysłał. Bym przekazał — uśmiechnął się zadowolony z siebie Maciej.

— Nieoceniony jest biskup włocławski — powiedział Władek. Choć Świnka całkiem nie w porę do Krakowa ruszył — pomyślał, zostawiając to wyłącznie dla siebie.

— Borwin przybył, mój książę — szepnęła mu do ucha Borutka. — Ma piekielnie ważne wieści.

— Proś! A ty, Macieju, spocznij i wieczerzaj z nami. Nie taki tu dostatek jak u twego pryncypała, ale pewnie nie pogardzisz.

— Zdrożony jestem, nie pogardzę gościną — uśmiechnął się Pomian. — A na szacunki już za późno, ciemno jest, niewiele zobaczę. Odłożę sprawę na rano.

— Jakie znowu szacunki?

— No, majątek, dobra ruchome. Święca zalega biskupowi ze spłatą, trzeba z czegoś ściągnąć — uśmiechnął się Maciej i usiadł za stołem, bacząc, by rękawem nie zahaczyć o nic osmolonego. — Pobłogosław, Boże, te dary — szepnął, robiąc pospieszny znak krzyża, a potem rzucił się na jedzenie, jakby go u Gerwarda głodzili.

— Książę — skłonił się przed nim Borwin i Władysław z ulgą odwrócił wzrok od Macieja.

— Mów.

— Margrabia Herman nie żyje — zameldował Borwin.

Herman? — Władysław przez chwilę zastanawiał się, kto to taki, ale Borwin wyręczył go, mówiąc:

— Ostatni z margrabiów z Salzwedel, syn Ottona Długiego.

— Bogu dzięki! — wreszcie usłyszał coś dobrego i nim zawołał: „Wina", Borutka napełniła jego kielich.

— Właściwie nie jest ostatnim, żyje jego syn, Jan V, ale to dziecię, nie skończył sześciu lat. Tym samym po stronie brandenburskiej została tylko linia ze Stendal i dwa czerwone orły, stary Otto ze Strzałą i jego bratanek, Waldemar. Obaj nie mają potomstwa. I, co najważniejsze, obaj muszą teraz rzucić wszystko, by uregulować sprawy dziedziczenia i przejąć kontrolę nad głosem elektorskim. Jak książę wie, na wszystkich margrabiów zawsze przypadał jeden głos na zjeździe panów Rzeszy. Teraz, jeśli szybko wyeliminują regentów Jana V, to ci dwaj będą wpływać na politykę króla niemieckiego. Albrecht Habsburg już zresztą korzysta z ich pomocy w wojnie o tron czeski. Margrabiowie wysłali mu wojska, a on w zamian dał im w lenno Łużyce.

— Krótko mówiąc, mój Borwinie, margrabiowie mają teraz na głowie ważniejsze sprawy niż Pomorze! — rozpogodził się Władek.

Borutka znów, nim zdążył unieść kielich, napełniła go winem.

— Tak, mój książę. Rozprawa z księciem Werle też odciąga ich od zajęcia tego, co świętokradczym hołdem przekazał im Święca. Margrabia Herman zmarł właśnie przez tę wojnę. Wznosił zamek nad Eldną i jak powiadają, służka zrzuciła na niego belkę stropową.

— Silna dziewucha — pochwalił Władek. — Pewnie Słowianka, co?

— Nie wiem — szczerze odpowiedział Borwin.

— Panowie! — Książę wstał od stołu. — Sprawy ułożyły się

pomyślnie. Skoro wiemy, że margrabiowie brandenburscy nie wyprawią się od razu na Pomorze, możemy wracać do Małej Polski, by jak najszybciej wesprzeć arcybiskupa w walce z Muskatą i raz na zawsze usunąć wilka z pastorałem. To jest teraz sprawa najważniejsza. Pomorze pozbawione zdrajcy namiestnika zostawiam w dobrych rękach mych bratanków, kujawskich braci, Przemka i Kazia. To, co zostało z władztwa Święców w naszych rękach, dzielę na pół i Tczew przekazuję pod zarząd bratanka, Kazimierza, księcia inowrocławskiego, a Gdańsk w całości zostaje w zarządzie Boguszy, dotychczas tylko sędziego, od dzisiaj namiestnika. Zadaniem waszym jest przygotować grody do obrony, bo wiemy, że gdy margrabiowie uporają się z własnymi sprawami, ruszą na nasze Pomorze. Pomorze, którego nie oddamy! Ja zaś zabieram swe hufce do Krakowa i gdy załatwię tamtejsze sprawy, wrócę.

— Co ze Święcą? — zapytał Bachorzyc.

— Nie może tu zostać. Nie ufam tutejszym lochom, ale ufam tobie — uśmiechnął się do niego Władek. — Przeszliśmy wiele na wygnaniu. Dzisiaj jesteś kasztelanem. Znajdziesz u siebie w Brześciu Kujawskim loch wystarczająco głęboki, by zakuć w nim zdrajcę?

— Znajdę, mój książę! — krzyknął Bachorzyc.

— Więzień jest twój. I trzymasz go do dnia, w którym nie powiem „koniec kary".

— Jak rozkażesz, mój panie!

— Jałbrzyku, gadulo! — przywołał książę kolejnego z Powałów.

— Ja z mym księciem! — zastrzegł się, nim usłyszał rozkazy.

— Spróbuj inaczej — zaśmiał się Władek. — Ale zrozum, że dzisiaj służysz mi na Pomorzu. Zostaniesz z braćmi, w Brześciu, i wesprzesz ich siłą.

— Ale... ja bym mógł nawet ruszyć poza przydziałem do księżnej pani... — zajęczał Jałbrzyk.

— Nie, synu — zaprzeczył twardo Władysław. — Dzisiaj ja jadę do pani, a ty, jakby się coś działo, przybędziesz do Krakowa i...

— Tak! — przerwał mu Jałbrzyk. — Wszystko ze szczegółami opowiem.

— Dla dobra Królestwa wolałbym, żebyś się nigdy nie zjawił, ale od ciebie, przyjacielu, przyjmę każdą wiadomość. Bywajcie, moi mili. Rok temu, w tryumfalnym pochodzie, obejmowałem w waszej asyście Pomorze. Dzisiaj czasy są inne, ale złowiliśmy zdrajcę i daliśmy pokaz książęcej srogości i siły.

— Amen! — zawołał Bogusza.

— Wznieśmy toast za sine fale Bałtyku! — zawołał Władek, a gdy upił łyk wina, zdał sobie sprawę, że tak naprawdę, to ich nigdy nie widział.

— Panie mój — zaszemrała za jego ramieniem Borutka, gdy uczta i pijaństwo rozgorzały na dobre. — Może i ja zostanę jak pan Jałbrzyk, by być twoimi oczami na morze? Proszę...

— Ogłupiałaś? — skarcił ją. — Dziewczynka sama wśród rycerzy i giermków? Nie tęsknisz już za Krakowem?

— Tęsknię bardzo — powiedziała, patrząc mu w oczy. — Ale tak sobie myślę, że mój książę i tak obiecał, że wróci. A może ja tu się księciu przydam jakoś?

— Borutka, bój się Boga! Sama, bez żadnej opieki?

— E, złego diabli nie biorą — zachichotała łobuzersko. — A pan Jałbrzyk wygląda na bardzo zacnego, zostanę jako jego podopieczna. No, proszę, mój panie...

— Nie wiem — postawił się Władysław. — Nie podoba mi się ten pomysł.

— No to jak mam księcia przekonać? — naburmuszyła się. — Płaczem?

— Nie znoszę płaczu. Zwłaszcza babskiego płaczu!

— No dobra — powiedziała Borutka. — Bo jest taka sprawa, że ja nie jestem babą.

— Co?!

Albo się upiłem, albo przesłyszałem — pomyślał.

— Jestem chłopakiem i mogę pokazać.

— Przestań się wygłupiać! — syknął.

— Się książę nie gniewa — burknęła Borutka. — Ale wtedy, w lesie, jakeście mnie znaleźli, to sobie pomyślałem, że nad chłopcem się nikt nie ulituje, a nad dziewuchą to każdy zapłacze. A ja już dość miałem nędzy i upokorzeń, do ludzi chciałem, jakichś dobrych. Ale najpierw, jak orszak przyszedł, to skąd miałem wiedzieć, że to będzie najlepszy książę? Ten, na którego mój pan ojciec pół życia czekał? Powiedziałem, że jestem dziewuchą, i potem jak się było wycofać? Taka moja historia. Chcesz, książę, to wybatoż albo nawet zabij. Co mi tam. Wszystko jedno. Łaska pańska na pstrym koniu jeździ, wiadoma rzecz! — wzruszył ramionami chudy chłopak, który jeszcze przed chwilą był Borutką. Jego Borutką.

Co ja mam zrobić? — rozpaczliwie myślał Władek, podczas gdy jego wodzowie nieświadomi niczego wznosili kolejne toasty.

— A matka twoja? — spytał ostro. — Coś mi o niej powiedz, ale prawdziwego, nie zmyślonego jak dawniej.

— Matka? — skrzywił się Borutka chłopiec. — Prawdą jest, że zginęła w pożodze, jaką domostwu urządzili wojacy Václava. Ale przedtem, nim to się stało, nie była mamusią, jak dla innych. Mnie jednego odrzuciła. Mnie, choć miała czwórkę dzieci. Istna suka. Byłem pierworodnym, a ona, nie wiedzieć dlaczego, kochała tamtych na zabój, a ze mnie zrobiła sobie sługę. Wiesz, książę, co to znaczy być odrzuconym przez matkę? Pewnie nie wiesz… — Na twarzy Borutki wykwitł grymas.

— Wiem — odpowiedział twardo. — Wiem, aż nazbyt dobrze.

— To co ci będę tłumaczył — warknął Borutka. — Matka dla dzieciaka to osoba święta. Moja świętą nie była, a mimo to, gdy padła pod ciosami czeskich toporów…

— Przestań — syknął Władek. — Wystarczy. Zostajesz na Pomorzu pod opieką Jałbrzyka. Daj mi czas, bym oswoił się z twym kłamstwem.

— To nie było kłamstwo — zuchwale rzucił Borutka. — To był tylko wybieg.

— Margrabiowie zajęci — zatoczył się pijany Ogończyk i objął Władka ramieniem. — Cu-do-wnie! Nie taki diabeł straszny, jak go malują!

RIKISSA od pierwszego dnia czuła się niezręcznie w obozie habsburskim. Jej szwagier, Fryderyk Habsburg, był nieznośnie przystojny. Może nie wydawałoby się to dziwne czy nienaturalne, gdyby nie pamięć brzydoty Rudolfa, ale ona obraz zmarłego męża przywoływała, ilekroć zbliżał się do niej jego brat. Fryderyk otaczał ją opieką niemal natarczywą. Nieustannie podkreślał jej urodę, jakby to miało być najważniejszą cechą w Rikissie i tym samym, przez skojarzenie z jego własnym, przesadnie przystojnym obliczem, potęgował w niej uczucie presji.

Wojna Habsburgów z Karyntczykiem przybrała na sile; księcia Henryka wspierali panowie Czech, szła zima, Rikissa pozwoliła, by pięć jej oprawnych miast otworzyło Habsburgom bramy i przyjęło ich wojska na zimowe leże. Tak, myślała o tym, że jeśli Karyntczyk wygra, albo raczej, jeśli wygra dla niego tę wojnę Henryk z Lipy, to jej mieszczanie mogą słono zapłacić za poparcie swej królowej i Habsburgów. Jakie miała wyjście? Żadnego. W Pradze nie było dla niej miejsca. Karyntczyk zamykając ją pod kluczem w domu biskupa Jana, jasno pokazał, gdzie widzi jej rolę na swym dworze. Gdy tylko pierwszy mróz ściął pola, Fryderyk oświadczył, że wracają na zimę do Austrii.

— Mogę zostać w Hradcu — spróbowała nadać swemu głosowi twardą, kategoryczną barwę.

— Nie możesz, piękna pani — uśmiechnął się w odpowiedzi, rozchylając usta. — Nosisz w łonie potomka Habsburgów. Mój ojciec, król Niemiec, chce mieć was oboje pod swą opieką.

A czego ty chcesz, Fryderyku? — pomyślała gniewnie.

— Możemy razem jechać do Baden, gdzie przebywa dwór Albrechta, albo dużo bliżej, do Neuburga, gdzie mamy piękny zamek w ufortyfikowanym przez mego ojca mieście i wielki klasztor, po słynnej Agnieszce, żonie Leopolda Babenberga.

— Słynnej? — spytała niepewnie.

— Nie słyszałaś o żelaznej damie, która urodziła ponad dwadzieścioro dzieci i dożyła siedemdziesięciu lat w zdrowiu? — uśmiechnął się Fryderyk.

Zacisnęła usta, by nie prychnąć, że oni, Habsburgowie, oceniają kobiety wyłącznie przez płodność. Dwadzieścioro! Nazbyt dobrze pamiętała lśniące od wina jedyne oko teścia podczas ich ostatniego spotkania. „Habsburska żona rodzi synów — rechotał okropnie. — Nawet jeśli na początek przydarzą jej się tylko córki".

— Jedźmy do Baden — odpowiedziała. — Chcę rozmówić się z teściem.

— Jak sobie życzysz, piękna pani — ukłonił się Fryderyk. — Damom, które są brzemienne, nie odmawia się niczego.

Nie, nie bała się szwagra; czuła tylko niepokój, gdy nieustannie i nazbyt natrętnie jej pochlebiał. Właśnie dlatego wolała spotkać się z Albrechtem, bo wiedziała, że przy ojcu Fryderyk znów stanie się potulnym, posłusznym młodzieńcem. Król Niemiec był zimnym, wyrachowanym władcą, chciała znać jego plany odnośnie do własnej osoby i Agnieszki. Wolała zmierzyć się z budzącym jej odrazę Albrechtem, niż trwać w niepewności.

Stało się inaczej. Gdy w drodze do Baden zajechali do Neuburga, poczuła się źle.

— Musisz odpocząć — powiedziała niespokojnie Kalina. — Dalsza droga zagraża tobie i twemu dziecku.

— Czy to nie za wcześnie na rozwiązanie? — wystraszyła się Rikissa, czując, jak jej brzuch zaczyna się napinać, a serce bije niespokojnym rytmem.

— Za wcześnie — skinęła głową Kalina i roztarła zziębnięte ręce. — Napal w komnacie, pani musi odpocząć w cieple — zatrzymała sługę pomagającego wnosić ich rzeczy.

Pomogła Rikissie położyć się na wielkim, osłoniętym kotarami łożu. W pomieszczeniu nikt nie grzał od tygodni, więc wełniana narzuta była zimna i sztywna, jak ścięta szronem. Agnieszka wdrapała się obok niej i nie zdejmując kapturka, przytuliła do Rikissy. Patrzyły na ciężki krucyfiks z ciemnego drewna zawieszony na wprost łoża.

— Boję się tego — szepnęła córka, wskazując paluszkiem na figurę przeraźliwie szczupłego Zbawiciela wygiętego w spazmie męki.

— Zaraz zaparzę ci ziół — powiedziała Kalina, otwierając podróżny kufer. — A Agnieszce dam lipy z miodem.

W komnacie zjawił się Fryderyk; poznała, że nadchodzi, po brzęku ozdobnej pochwy miecza i stukocie jego butów o płytki posadzki.

— Niczego nie brakuje mojej pięknej pani? — spytał. — Czy czujesz się już lepiej?

— Czy tak się godzi? — natarła na niego Kalina. — Po podróży w mrozie czekała na panią zimna komnata, w której nikt nie raczył napalić wcześniej! Kobieta w stanie odmiennym potrzebuje ciepła.

— Kobiety Habsburgów rodzą we wszystkich porach roku i nie skarżą się — odpowiedział bez uśmiechu Fryderyk.

— Kobiety Habsburgów tylko rodzą! — odparowała Kalina. — A królowa Rikissa przeszła zbyt wiele od śmierci męża. Ucieczka nocą z Pragi już była ponad jej siły.

Rikissa patrzyła na swą piastunkę, która hardo stanęła naprzeciw Fryderyka, choć zwykle starała się być na uboczu, niezauważalna jak cień. Agnieszka wtuliła się w jej bok, wystraszona podniesionymi głosami. Słudze udało się rozniecić ogień i w komnacie zrobiło się jaśniej.

— On płonie — szepnęła do jej ucha córka. Rikissa spojrzała na krucyfiks. W blasku bijącym od ognia rozjarzyły się niewidoczne wcześniej złote płytki na drewnianej figurze Zbawiciela.

— Służba zaraz zajmie się wygodami dla pani — chłodno odpowiedział Fryderyk. — Frau Hedwiga sprawuje w zamku Neuburg obowiązki gospodyni. Oto i ona, do twych usług.

W otwartych drzwiach stanęła chuda, żylasta kobieta w trudnym do określenia wieku. Miała na sobie szarą suknię przypominającą zakonny habit, na głowie ciemny, mnisi welon, a pod nim jasną podwikę. Na plecach wełniany płaszcz z kapturem. Skłoniła się Rikissie, uważnie spojrzała na Kalinę i zwróciła do Fryderyka:

— Możesz nas zostawić, książę. Obiecuję, że zajmę się królową równie dobrze jak każdą habsburską damą, którą mi powierzano. Na ciebie, panie, czeka poseł z Baden, z pilną wiadomością od króla Albrechta.

Przez piękną twarz Fryderyka przebiegł grymas. Rikissa wiedziała, że spodziewa się nagany za przeciągającą się podróż. Spojrzał na nią i dostrzegła w nim lęk, taki sam, jaki pojawiał się, gdy ojciec bezceremonialnie gromił go w towarzystwie innych. Zrobiło się jej go żal.

To tylko piękny młodzian — pomyślała. — Syn swego ojca, jak Rudolf.

— Wybacz, książę — sucho i nagląco odezwała się Hedwiga — ale jeśli mam się zająć królową skutecznie, muszę wziąć się do dzieła.

— Tak, oczywiście — odpowiedział i nagle przybrał surowy ton. — Tylko nie sprowadzaj tu swych zakapturzonych sióstr. Sama odpowiadasz za królową.

Hedwiga zacięła usta, założyła chude dłonie na piersi i nie odpowiedziała.

— Przyjdę się pożegnać, pani — odpowiedział Fryderyk, patrząc w głąb jej łoża.

Skinęła głową. Gdy zamknęły się za nim drzwi, nie wytrzymała i wreszcie jęknęła z bólu.

Hedwiga skoczyła ku niej wraz z Kaliną. Niemal zderzyły się głowami nad łożem.

— Habsburskie gadanie — fuknęła Hedwiga. — To, tamto, a kobieta rodzi.

— Królowa nie może urodzić — syknęła Kalina. — Jeszcze za wcześnie.

Twarz Hedwigi ściągnęła się.

— Pomóżcie mi zdjąć suknię i sprawcie, żeby zrobiło się cieplej — przejęła dowodzenie Rikissa. — Rozsznuruj — powiedziała do Kaliny, bo ciasno przylegająca suknia sprawiała jej ból.

Agnieszka była bliżej. Drobnymi zręcznymi palcami rozwiązała sznurówkę z lewego boku, Kalina z prawego. Rikissa odetchnęła głęboko.

— Zbadam cię, jeśli pozwolisz — dużo łagodniej niż przedtem odezwała się Hedwiga.

— Zaparzę ziół — dodała Kalina.

— A ja? — zastanowiła się mała Agnieszka. — Potrzymam cię za rękę.

— Jesteś zakonnicą? — Rikissa spytała Hedwigę.

— Nie — twardo zaprzeczyła. — Gdy owdowiałam, wstąpiłam do Ubogich Sióstr, ale miejscowy biskup uznał w nas kacerki i rozwiązał zgromadzenie.

— Beginka? — domyśliła się Rikissa.

— Tak, królowo. — Hedwiga przymknęła powieki i przyłożyła palec do ust.

Zakapturzone siostry — powtórzyła w myślach za Fryderykiem Rikissa i odetchnęła. W Czechach nikt nie prześladował beginek, ceniono świeckie siostry za pomoc w szpitalach.

Jestem w dobrych rękach — pomyślała i w tej samej chwili poczuła gwałtowny ruch dziecka.

Jesteś tam? — spytała go w myślach. — Dlaczego chcesz wyjść? To za wcześnie — przypomniała mu.

Nie odpowiedziało. Ostatnio, w tych trudnych dniach podróży, odpowiadało jej coraz rzadziej.

— Mogę? — spytała Hedwiga, wyciągając ku niej ręce.

Skinęła głową.

Hedwiga ujęła jej brzuch szczupłymi dłońmi. Przesuwała po jego napiętych powłokach, odgarniając fałdy sukni. Potem dotknęła jej kolan i Rikissa wiedziała, czego oczekuje. Podciągnęła nogi. Żylaste palce powędrowały pod poły jej koszuli. Uboga Siostra badała jej łono.

— Jak urodziłaś córkę? — spytała, a jej brwi uniosły się wysoko.

— Stojąc — odrzekła Rikissa.

Hedwiga pokręciła głową na chudej szyi.

— To dziwne — powiedziała. — To dziwne.

— Co?

— Masz budowę dziewicy — krótko orzekła Hedwiga i jej ciemne oczy wbiły się w Rikissę. — Wybacz, pani. Odebrałam w życiu czterdzieści cztery porody. Żony Habsburgów, ich córki, kuzynki, krewne. Ale i proste dziewczyny z Neuburga. Pierworódki i wielodzietne. Dla swych chlebodawców badałam dziewiczość ich żon. Moje ręce dotykały łon młodziutkich dziewic i dostojnych matron, a czegoś takiego nie miałam pod palcami nigdy. Masz dziecko, jesteś ciężarna, byłaś dwukrotnie zamężna, a twoje łono wydaje się dziewicze. Nie umiem tego wyjaśnić, królowo.

— Wypij to — pochyliła się nad łożem Kalina i podała jej kubek.

Rikissa wzięła go, rozważając słowa Hedwigi.

— Jak postęp porodu? — spytała piastunka.

— Brak — odpowiedziała Hedwiga. — Rozwarcie niewielkie, a wejście do macicy zaciśnięte jak pięść noworodka. Tyle że brzuch napięty niczym do porodu i...

— Dajcie mi chwilę — przerwała jej rozpaczliwie Rikissa. — Muszę porozmawiać z tym dzieckiem. Chcę być sama.

— Mamy wyjść? — spytała Kalina.

— Nie. Ale odsuńcie się i spuście zasłony.

— Zabrać Agnieszkę?

Rikissa nie miała siły odpowiedzieć. Zaprzeczyła ruchem głowy. Odpięte zasłony łoża w jednej chwili odgrodziły ją od światła fałdami grubej materii tkanej we wzór stojących, habsburskich lwów. Odetchnęła. Trzyletnia córka trzymała ją za rękę, milcząc, nie zadając pytań. Pierś Rikissy poruszała się krótkim, rwanym oddechem. Czuła ból w brzuchu, ale dużo większy był ten, który odciskał się na jej sercu.

Pogrobowiec — przeszło jej przez głowę. — Syn nieżyjącego ojca, wnuk despotycznego dziada i bratanek czterech habsburskich stryjów. Zakładnik tronu praskiego wciąż bezpiecznie zamknięty w jej łonie. Urodzi go, Albrecht uczyni z niego tarczę, którą osłoni swą bitwę o koronę Czech. Wygra, bo potęga Habsburgów jest większa niż Karyntczyka i baronów, nawet pod wodzą pana z Lipy. Ale nie osadzi na tronie dziecka. Tron zajmie Fryderyk Piękny jako regent bratanka. Z piętnaście lat, gdy jej syn dojdzie do wieku męskiego, Fryderyk będzie w rozkwicie. Odda koronę bratankowi? Czy najpierw zażąda ręki i łona jego matki? A może będzie za stara, by skutecznie walczyć o syna? A jeśli Fryderyk zostanie przez apodyktycznego ojca przeznaczony na inny tron, co wtedy? Jak to co. Bliźnięta, Albrecht Junior i Henryk, albo Otto, ich młodszy brat, wciąż siedem lat starszy od dziecka w jej łonie.

Jesteś zakładnikiem, synu — pogładziła się po rwącym bólem brzuchu. — Zakładnikiem zbyt dobrego pochodzenia i zbyt złej przyszłości. Chciałabym cię wziąć w ramiona, byś przylgnął do mnie skrwawiony wodami porodu, mokry, ciepły i ufny. Może miałbyś brzydki profil swego ojca? Najlepszego z mężów. Tak, twój dziad każe nam nazwać cię Rudolfem II, choć ja nazwałabym cię Przemysłem. Po mym ojcu i po wielkim królu Czech.

W tej samej chwili poczuła kopnięcie w trzewia. Jęknęła cicho, a Agnieszka zacisnęła palce na jej dłoni.

— Nie bój się, mamo — szepnęła prosto w jej ucho. — Ja jestem.

Powinna prosić Kalinę, by zabrała małą, ale z jakiegoś, umykającego rozumowi powodu nie mogła tego uczynić, jakby obecność córki dodawała jej sił. Agnieszka była dla niej najbliższą istotą na świecie, Rikissa potrzebowała teraz czuć jej obecność przy sobie, zwłaszcza że jej umysł, z chwili na chwilę, nawiedzały coraz dziwniejsze wizje i zaczynała tracić pewność, co jest jawą, a co snem.

— Światła! — krzyknęła, czując nadchodzący skurcz. — Odsuńcie zasłony!

Kalina i Hedwiga zrobiły, co kazała, i w tej samej chwili wraz ze skurczem, który przyprawił ją o zawrót głowy, zobaczyła lśniącą złotem postać ukrzyżowanego Chrystusa na krzyżu.

— Zaprawdę przyjdziesz?! — wrzasnęła, widząc, jak błyszczy światłem odbitym od ognia, i jej ciałem wstrząsnął dreszcz. Dziecko w łonie drapało niczym lew zamknięty w klatce.

Lew mego ojca — pomyślała. — Lew Habsburgów. Moje herbowe trzy lwy.

Przyjdę — usłyszała głos płynący od krzyża. — A ty czekaj mego nadejścia, miej oliwę w lampie i stróże przed bramą.

— Jezu, synu, gdzie jesteś? — wykrzyknęła i przez zamglone bólem oczy zobaczyła, jak Hedwiga robi znak krzyża, a Kalina krzyżuje ręce na piersi. Było jej wszystko jedno. Ból rozdzierał ją, gorący niczym pochodnia rozpalona wewnątrz łona. Szarpnął nią spazm. Jeden, drugi, trzeci. Wciągała powietrze niczym tonący pływak. Tak, szła pod wodę. Widziała mroczne, ciemne oczy swego syna i jego niemowlęcą, ale już wysuniętą, sterczącą jak u Rudolfa, brodę. I on się topił jak ona. Drobne dłonie szukały oparcia w jej wnętrzu. Wzbił się drobnym ciałkiem, widziała kostki jego kręgów. Chwycił się szura pępowiny jak tonący dryfującej deski. Odetchnęła, opadła na chwilę w odpuszczającym skurczu. I wtedy, gdy łapała oddech, a jej niewidzące oczy patrzyły na lwy Habsburgów, czerwone, zielone i złote, ukryte w materii zasłon łoża, syn w jej łonie owinął sobie pępowinę wokół szyi i zacisnął jak stryczek.

— Nie! — krzyknęła, ale jej głos uwiązł w fałdach zasłon.

— Tak — szepnęła Agnieszka. — On nie chce.

— Odwiń ją, odwiń ją! — powtórzyła bezradnie, widząc, jak dziecko w jej łonie samo na sobie dokonuje aktu zniszczenia. Uniosła uda wyżej. Zacisnęła zęby, prowokując skurcz.

— Nie, mamo — dotknęła jej spoconego czoła mała Agnieszka. — On nie chce tu być.

Opadła na łoże, zaciskając łono udami.

Za młody, nie w czas, ludzka bestia — przemknęły jej obce słowa przez głowę.

Potem Hedwiga i Kalina odsłoniły kotary zdobione stojącymi lwami i pokazały jej, jak urodzić martwe dziecko. Tak samo jak żywe, tylko od razu w żałobie. Agnieszka nie wypuszczała jej palców z rąk.

— Chłopiec. Martwy chłopiec — usłyszała z daleka głos Hedwigi.
— Ochrzczę go, szybko, póki ciepły...

Rudolfie — przeszło jej przez myśl. — Zaopiekuj się naszym synem w zaświatach.

— Jakie imię? — spytała beginka.
— Przemysł. Premysl Rudolf — dopowiedziała.

Tyś był pogrobowcem, ojcze, i sięgnąłeś po koronę — pomyślała. — On jest pogrobowcem, który wybrał grób. A ja jestem *bis regina*, królowa na uchodźstwie. Dwudziestolatka, która musi wybrać życie lub śmierć.

— Mamo, spójrz — szepnęła Agnieszka, pokazując palcem krucyfiks. Ukrzyżowany na nim lśnił. Przygarnęła córkę ramieniem.

— Rikisso, to nie koniec — ścisnęła jej dłoń Kalina. — Musisz wyrodzić macierznik. Ten chłopiec wciąż siedzi korzeniami w twym łonie, tyle że teraz rozsiewa z nich śmierć. Zrób to, proszę. Bez tego odejdziesz za nim w mrok.

Drobne palce Agnieszki zaciśnięte na jej dłoni były jak woda żywa. Trzymała córkę za rękę, rodząc, nie, wypychając z siebie martwe łożysko. Sinym chlupnięciem wypadło w dłonie Hedwigi.

— I strzeż nas ode złego, amen — wyszeptała Uboga Siostra.

Zima minęła jej na żałobie. Okryta welonem, tym samym, w którym żegnała Rudolfa, pod opieką Hedwigi, chodziła do kościoła Najświętszej Marii Panny przylegającego do klasztoru. Tam, w stuletniej kaplicy Babenbergów tydzień za tygodniem modliła się o duszę Przemysła Rudolfa, nie dopuszczając do siebie posłów Albrechta i Fryderyka. Słali wyrazy żalu po stracie jej syna, choć czuła, że prawdziwy żal mają do niej. Ich żony i habsburskie córki rodziły dzieci żywe, a śmierć tego dziecka zabrała im koronny argument w wojnie. Łatwiej zdobywać Czechy ze sztandarem dziedzica, niż nazwać sprawy po imieniu — Fryderyk miał wielu braci i potrzebował królestwa. Hedwiga była najskuteczniejszym strażnikiem jej żałoby. Stała w drzwiach, zaciskając żylaste dłonie i mówiąc: „Pani nie przyjmuje". Nikt nie śmiał z nią dyskutować.

Wiosną, gdy łąki nad Dunajem zaczęły się zielenić, Rikissa zdjęła żałobny welon i od tej chwili jej modlitwy przestały wędrować wyłącznie ku zmarłym. Wiedziała, że czas pomyśleć o żywych. Modliła się żarliwie, bo wiedziała, że teraz jej sytuacja jest tak skomplikowana, iż pomóc może jej tylko Bóg. Pewnego majowego popołudnia zatraciła się w modlitwie tak bardzo, że straciła poczucie czasu. Weszła do kaplicy rano, a ocknęła się, słysząc dzwony na nieszpory.

— W imię Ojca, Syna i Ducha Świętego, amen — zakończyła modlitwę i skierowała się ku wyjściu z kościoła. Zmrużyła oczy. Zachodzące słońce oślepiło ją na chwilę. Dzwony u Najświętszej Marii Panny nie milkły, przeciwnie, wydawało się, że dołączają do nich dzwonnice wszystkich kościołów w leżącym u stóp wzgórza mieście. Niedużym, brukowanym dziedzińcem ruszyła w stronę zamku. Nagle dostrzegła, że słudzy otwierają bramę wiodącą ku miastu. Wjechał nią jeździec, za nim nieduży oddział.

— Boże! — krzyknęła. — Czy to jest odpowiedź na moje modły?

Jeździec zeskoczył z konia i ruszył ku niej biegiem. Chciał ją chwycić w ramiona i unieść w górę, widziała wyciągnięte ręce, ale gromadzący się na dziedzińcu gapie powściągnęli jego zapędy. Klęknął przed nią, podniósł głowę i w końcu, po dwóch latach, spojrzała w twarz Michała Zaremby.

— Rikisso — wyszeptał chrapliwie. — Pani. Po drodze dowiedziałem się wszystkiego i...

— Nic nie mów — uśmiechnęła się do niego smutno.

— Byłaś sama w najgorszych chwilach swego życia — powiedział i widziała, jak drżą mu usta. — Rycerz, który powinien cię strzec i bronić, nie...

Położyła mu palce na wargach, żeby zamilkł, a on pocałował je i przez chwilę, krótką chwilę, nie mógł ich wypuścić. Patrzyła na niego. Na łuskowatą twarz, którą próbował przysłonić chustą, jak kiedyś. Na jasne, przejrzyste oczy, włosy niegdyś ciemne, teraz przetkane srebrnymi pasmami. Dzwony nie milkły i chociaż wiedziała, że to nie na cześć ich spotkania, chciała, by ta chwila trwała jeszcze.

— Wstań, Michale. Będziesz moim gościem w Neuburgu. Twoi ludzie również.

Dopiero teraz zauważyła, że zsiedli z koni i tak jak Michał przyklękli, czekając na jej znak. Skinęła im głową, by powstali. Przewodził im jasnowłosy mężczyzna z blizną biegnącą wzdłuż policzka i herbem Zarembów na piersi. W tej samej chwili dostrzegła Hedwigę idącą nerwowym krokiem od strony zamku i pociągnęła Michała ku niej.

— Hedwigo, poznaj mego rycerza.

Beginka ukłoniła mu się nieuważnie, co było do niej niepodobne, bo Rikissa wiedziała, że ma zwyczaj uważnego lustrowania ludzi.

Nie zauważyła jego twarzy? To dziwne — przemknęło jej przez głowę.

— Pani — łamiącym się głosem powiedziała Hedwiga. — Te dzwony... król Albrecht Habsburg nie żyje. Zamordowano go.

Spojrzeli na siebie z Michałem.

Być może najgorsze chwile mego życia zaczynają się właśnie dzisiaj — pomyślała. — I być może nie będę w nich sama.

— Jak to się stało? — spytała Hedwigę.

— Bratanek. Zabił go bratanek — westchnęła Uboga Pani, poprawiając kaptur. — Pół krwi Habsburg, pół krwi Przemyślida.

— Jan? Janek... — dotarło do niej, o kim mowa. — Najśliczniejszy z chłopców, jakich poznałam na dworze mego męża, Václava.

— Prawda, tak jak był urodziwy, tak i nieszczęśliwy. Nasz król, świeć, Panie, nad jego duszą, nie szczędził mu upokorzeń.

Nie wątpię — pomyślała. — Był w tym mistrzem. Był? Wielki król Niemiec naprawdę nie żyje?

— ...Jan urodził się po śmierci ojca, jak... — Hedwiga zatrzymała się i zacisnęła usta. Po chwili mówiła dalej: — Należał mu się tytuł księcia Austrii albo chociaż odszkodowanie, ale Albrecht odmówił mu jednego i drugiego, a gdy zmarł Václav III, Jan miał nadzieję, że jako syn Przemyślidki...

— Pamiętam — ucięła Rikissa. — Janek był w licznym gronie ubiegających się o schedę po Václavach. Wiesz więcej o okolicznościach?

— Król ruszył z Baden z zamiarem dotarcia do Bazylei, gdzie zimę spędziła jego żona, Elżbieta, a nieszczęsny bratanek był w jego świcie. Podczas przeprawy przez rzekę chłopak wykorzystał zamieszenie i targnął się z nożem na stryja.

— Ujęto go? — spytał Michał.

— Mówią, że zbiegł — odpowiedziała w zadumie Hedwiga. — On i jego wspólnicy.

— Wiadomo, gdzie jest teraz Fryderyk?

— Najpewniej ruszył do Spiry, jak wszyscy Habsburgowie. Tam ma się odbyć pogrzeb Albrechta.

Rikissa i Michał wymienili się spojrzeniami.

— Hedwigo, sprowadź dla mnie inkaust i pergamin, pióro mam własne. Wieczorem przygotuję kondolencje dla rodziny Habsburgów. A teraz, jeśli pozwolisz, chcę pomówić z panem Michałem. Nie widzieliśmy się dawno.

— Jak sobie życzysz — skinęła głową Hedwiga i odeszła.

— Chodź, tu jest furta do ogrodu — wskazała kierunek. — Tam będziemy mogli rozmawiać w spokoju.

— Śledzą cię? Podsłuchują? — cicho spytał Michał, gdy tylko zamknął za nimi furtę.

— Nie wiem — odpowiedziała szczerze. — Hedwiga wydaje się godna zaufania, ale masz rację, jest sługą Habsburgów, a moja sytuacja, po narodzinach martwego dziecka, jest wciąż niewyjaśniona. Nie jestem im już potrzebna, ale jednocześnie nie kwapią się z wypuszczeniem mnie z rąk. Bałam się, że będą chcieli zmusić mnie do małżeństwa z Fryderykiem, by zyskać kolejny atut w grze o tron Czech.

— Skoro stary Habsburg nie żyje, Fryderyk tak szybko nie ruszy na Czechy. Czeka go batalia o sukcesję po ojcu i wybory nowego króla Niemiec.

Przysiedli na kamiennej ławce otoczonej zielonymi pędami pnącej róży. Jej nabrzmiałe pąki jeszcze nie zakwitły.

— Albo teraz, gdy Albrecht nie żyje, spróbuje dogadać się z konkurentem. Wiesz, że Karyntczyk jest wujem Habsburgów? Bratem ich matki. Póki żył Albrecht, walczyli ze sobą, bo on szczerze nienawidził szwagra, ale teraz sprawy mogą potoczyć się odmiennie. Dotarłeś do arcybiskupa Jakuba Świnki? — Rikissa spytała o to, co było dla niej najważniejsze.

Michał skinął głową i spojrzał na nią smutno.

— Powiedział, że kocha cię jak córkę.

— Rozumiem — wyszeptała. — Możesz nie mówić dalej.

Nie była dzieckiem, by wierzyć, że Jakub wezwie ją do Królestwa. Wiedziała o Władysławie, o Głogowczyku trzymającym Poznań w pazurach, a jednak gdzieś, w głębi duszy, liczyła, że arcybiskup coś wymyśli.

— Rikisso — Michał złapał ją za rękę. — Kraj zagrożony. Brandenburczycy, Krzyżacy...

— Wiem. — Wyszarpnęła palce i zacisnęła dłonie na kolanach. — Muszę sama zatroszczyć się o siebie i Agnieszkę. *Bis regina* poza granicami swych królestw.

— Masz przyjaciół w Czechach — powiedział Michał. — Możnych przyjaciół.

— Czyżby? — Z trudem panowała nad gniewem. — A gdzie oni są, powiedz! Gdzie byli, gdy Karyntczyk przetrzymywał mnie w Pradze? Gdy musiałam uciekać?

— W Kutnej Horze — ponuro odpowiedział Zaremba.

— Rozmawiałeś z Henrykiem z Lipy? — spytała zaskoczona. — Raczej nie przepadaliście za sobą.

— Masz rację, Rikisso — potwierdził. — Nie lubiliśmy się, ale w dawnych czasach połączyła nas służba u twego boku. Gdy wróciłem i szukałem swej pani, dowiadując się o twej ucieczce z Pragi, odnalazłem Henryka z Lipy i rozmawiałem z nim.

Może nie jest aż tak sama, jak się jej zdawało? Jeśli tak, dlaczego Henryk sam się do niej nie odezwał? Poczuła niepokój i zmieszała się. Szybko spytała o Hunkę.

— Spotkałeś u niego dziewczynę? Dziewczynkę właściwie, wołają na nią Hunna. Posłałam ją do Henryka na krótko przed swą ucieczką i nie mam od niej wieści.

— Nie — pokręcił głową Michał. — Ale Henryk mówił, iż wysłał do ciebie służkę zdatną do walki, taką, co miała cię chronić. Był pewien, że jest przy tobie i pomogła ci uciec.

— Wtedy jej przy mnie nie było — powiedziała i dopiero teraz poczuła lęk o dziewczynę.

— Rikisso — podjął Michał. — Panowie sprzyjają Karyntczykowi, ale Henryk dał mi do zrozumienia, że ten stan rzeczy może się zmienić, tyle że nie na korzyść Habsburgów. Uważa, że powinnaś wrócić do Czech.

— I pozwolić, by Karyntczyk mnie upokarzał? Nie wypłacił mi wdowiej oprawy i jasno dał do zrozumienia, że nie ma takiego zamiaru. Michale, jeśli wrócę, z czego i gdzie będę żyła? Mówi się o mnie, że jestem najmłodszą i najbogatszą królową wdową, należy mi się czterdzieści tysięcy grzywien srebra, a ja nie miałam czym zapłacić za insygnia grobowe Rudolfa, bo odcięto mnie od własnych pieniędzy!

— Henryk z Lipy wie o tym — powiedział Zaremba.

Poczuła, jak wzbiera w niej złość, nie umiała jej opanować, gdy spytała gniewie:

— Więc do jakiej gry potrzebuje mnie pan z Lipy? Uciekłam z Pragi z Agnieszką na ręku, nie wzięłam ani jednej sukni. Od tamtej pory żyję na łasce Habsburgów. Moja córka rośnie. Wiesz, z czego Kalina uszyła jej sukienkę? Ach — przerwała nagle i uniosła dłoń do ust — ty się jeszcze nie widziałeś z Kaliną...

— Pani — poważnie powiedział Michał. — Nie wiem, czy chcę się z nią spotkać.

— O czym ty mówisz? Przecież byliście blisko. — Zmarszczyła brwi. Nie rozumiała Michała.

— Zbyt blisko — wyznał. — I nie wiem, czy...

— Przestań! Kalina na ciebie czekała. Masz kogoś innego? No, powiedz!

— Nie — spojrzał na nią jasnymi oczami. W słońcu łuski na jego twarzy stawały się bardziej widoczne. — Pewne rzeczy nie powinny mieć miejsca.

Rikissa poczuła chłód i przed jej oczyma stanęła Kalina z tamtej nocy, gdy uciekały z Pragi w mnisich habitach. Kalina starzejąca się z chwili na chwilę, zgarbiona, szurająca nogami. Siwa. Owszem, piastunka odzyskała wigor, gdy zdjęła zakonne szaty i poświęcony welon, ale jej włosy już nie odzyskały dawnej barwy. Z czasem siwizna ustąpiła, ale zostały matowe, sztywne, jakby były martwe.

Jak bardzo tęskniła za nim, gdy go nie było? — pomyślała szybko. — Czy zaboli ją ta zmiana? Oni oboje nie są zwykłymi ludźmi, ale właśnie dlatego wydają się dla siebie stworzeni.

— Nie możesz być przy mnie i unikać Kaliny — powiedziała spokojnie. — Ale możesz z nią porozmawiać, ona pewnie lepiej ode mnie zrozumie, co masz na myśli. Chodźmy do komnat, po wieczerzy zastanowimy się, co robić.

Wstała z ławki. Był ciepły, majowy zmierzch i miękkie wieczorne światło położyło się na murach łączących ogród z klasztorem. Ruszyła ku furcie, ale Michał dotknął jej dłoni i powiedział:

— Jakub Świnka ma dla ciebie przesłanie, Rikisso. Nawet jeśli tu nikt nie podsłuchuje, wolę powiedzieć je szeptem.

Zatrzymała się i odwróciła do Michała. Uniosła głowę, by patrzeć mu w oczy. Serce zabiło jej jakimś gorączkowym rytmem. Przesłanie Jakuba.

— Szepcz, Michale Zarembo.

JAKUB ŚWINKA tym razem wjeżdżał do Krakowa w pełnym majestacie, nie jak ongiś, gdy w smutnych czasach Przemyślidów przybył tu jak prosty mnich pielgrzym, tylko z Gerwardem Leszczycem i kanonikami przy boku. Tym razem jego orszak był długi. Już pod Krakowem czekał na niego powitalny oddział księcia Władysława, wiedziony przez nowego kasztelana krakowskiego, Wierzbiętę z Ruszczy, Gryfitę, co jeszcze niedawno był wojewodą. Obok niego czekali Bogoriowie, Lisowie, Starże, Lelewici i to oni teraz wiedli Jakuba w uroczystym pochodzie. U bram miasta przywitał go wójt

Albert, strojny niczym wenecki doża, w jedwabie, atłasy, aksamity, a nawet koronki.

— Jakżeż miło mi znów gościć arcybiskupa w pięknym mieście Krakowie! — powiedział. — Liczę, że patriarcha znajdzie czas na spotkanie z radą miejską. Szlachetni rajcy i ich małżonki bardzo liczą na osobiste błogosławieństwo.

— Spotkam się ze wszystkimi — odpowiedział mu Jakub. — Z żebrakami, trędowatymi, prostytutkami, ludem uczciwie pracującym, zakonnikami licznych krakowskich klasztorów. Gdy już skończę sprawować sąd arcybiskupi, chcę odprawić wielką mszę na krakowskim rynku. Za dwa tygodnie niedziela Zesłania Ducha Świętego. Liczę na ciebie, Albercie.

Ciemne oczy wójta zalśniły niespokojnie.

— Czego oczekujesz, wielebny? — spytał.

— Że przygotujesz miejsce, włodarzu miasta! — odpowiedział Jakub.

— Dla nierządnic, żebraków i...?

— Czyż kobiety te nie płacą podatków do twej kasy? — odpowiedział pytaniem arcybiskup. — Czyż nieprawdą jest, że żebracy mieszkają w każdym zaułku?

— Ależ wielebny! Miasto to przede wszystkim kupcy, sam mówiłeś, lud uczciwie pracujący! Nasi słynni rzemieślnicy krakowscy, mistrzowie swych cechów, ich czeladnicy, pobożne żony, bogobojne dzieci!

— Tak, wójcie, dobrześ mnie zrozumiał. Na tę mszę sproszę wszystkich! — zakończył powitanie z wójtem Jakub i jego orszak ruszył przez miasto.

Na przedzie wiedli go rycerze małopolscy, z chorągwiami księcia Władysława i mniejszymi, rodowymi. Potem szły pacholęta z dzwonkami, za nimi, konno, kanonicy i legiści Jakuba, wszyscy ubrani jednakowo, z takimi samymi srebrnymi krzyżami na piersiach.

Paryscy magistrowie: Gerlib, Mikut — Mikołaj i Andrzej Starykoń, jego osobisty kanclerz. Adam, Borzysław i Italczyk, magister Jakub de San Ginesio. Dalej Iwon, kusztosz gnieźnieński, i Jan, archidiakon łęczycki.

Janisław Korabita, którego z emfazą, ale bez krztyny przesady, zwał synem swego umysłu, z racji najporządniejszej wśród kanoników jakubowych muskulatury, pełnił funkcję arcybiskupiego chorążego, dzierżąc wielką chorągiew Jakuba, przedstawiającą świętego Wojciecha w chwili, gdy naucza Prusów.

Za barwną płachtą chorągwi jechał sam Jakub II w kompletnym stroju pontyfikalnym. Miał na sobie śnieżnobiałą dalmatynkę, pysznie złocony ornat, na nim haftowaną kapę i stułę zdobioną wizerunkami męki Wojciechowej. Czerwone jedwabne rękawice i pierścień biskupi na nich, ten sam, który dostał przed laty od jeszcze nie króla, a księcia Przemysła. Długie, siwe włosy Jakuba w karby ujęła mitra i to najdostojniejsza z tych, które posiadał, mitra pretiosa, zdobiona złotym krzyżem, białymi perłami i czerwonym koralem. Pod ciężarem tych wszystkich kosztowności, których osobiście nie potrzebował, a w głębi duszy nie lubił, niemal uginały się jego starcze barki, ale wiedział, po co przyjechał i że cel jego podróży wymaga okazania arcybiskupiego majestatu, a maluczcy i niedowiarkowie w pewnych sytuacjach potrzebują splendoru bardziej niż włożenia palców w ranę Chrystusowego boku. I tylko długa, siwa broda Jakuba pozostała wolna, bo w dłoni dzierżył swój srebrny pastorał.

Uzdę jego konia prowadził osobisty giermek księcia Władysława, Fryczko, a za nimi straż książęca zamykała orszak. Wzdłuż całej trasy przejazdu na zamek cisnęli się ludzie. Jakub przed wjazdem do miasta pouczył zbrojnych, że nie życzy sobie żadnych incydentów, odpychania ciżby i pokrzykiwania, więc teraz padł ofiarą własnego sukcesu i orszak posuwał się w nieprawdopodobnie wolnym tempie, bo co rusz ktoś padał na kolana, podawał mu dziecko do pobłogosławienia albo chorego na rękach podsuwał, by Jakub choć dłoń mu przyłożył do czoła.

Trudno — myślał, gdy pot oblewał mu plecy pod tymi wszystkimi warstwami, zwłaszcza kapa z ciężkim haftem dawała mu się we znaki. — Każdy niesie swój krzyż i ty, Jakubie, swój uniesiesz, bo Pan daje nam tyle, ile trzeba.

— ...i jeszcze mojego Piotrunka racz pobłogosławić, święty ojcze! — pisnęła kobiecina, wyciągając ku niemu niemowlę owinięte w brudne chusty.

— Pan z tobą. — Zrobił znak krzyża w powietrzu, czując, jak omdlewa mu ramię.

A papież całe życie w tym chadza i w Rzymie zdecydowanie cieplej niż w Krakowie — pocieszył się w myślach Świnka.

— Boże! Boże Święty! — wył w tłumie starzec, co wyglądał, jakby stał nad grobem, a głos miał jak dzwon. — Patriarcha Jakub II zstąpił z nieba do swych dzieci!

Jakub chciał zaprotestować tej nieścisłości, bo nie znosił bałwochwalstwa, ale w gardle zaschło mu całkiem i odpuścił.

Jak mszę wielką wyprawię, to im w kazaniu katechezę zrobię — wytłumaczył się przed sobą.

Z dołu spojrzał na niego Fryczko, giermek książęcy, i szepnął:

— Już niedługo, święty ojcze!

— Nie... jestem... — chciał chociaż jego wyedukować szybko, ale słowo „święty" już utkwiło mu w suchym gardle.

Gdy wreszcie wyjechali za miejską bramę i zobaczył dostojne wzgórze wawelskie, niczym bezpieczną przystań, Fryczko nabrał powietrza w płuca.

O tak — pomyślał Jakub — wreszcie jest czym odetchnąć.

— A pobłogosławi mnie święty ojciec tak na osobności? — poprosił giermek. — Zanim do księcia dojedziemy? Zależy mi bardzo, bo mój pan straszy mnie niełaską. Błagam...

Patrzył mu w oczy jak dziecko. Jakub czuł, jak mu mitra pretiosa, pełna pereł i korali, ślizga się na mokrej od potu głowie, ale siły nie miał giermkowi odmawiać. Wyciągnął dłoń do jego czoła, a Fryczko, jak kot szukający pieszczoty, sam mu głowę pod rękę wstawił.

— Niech cię Pan Bóg obdarzy swą łaską — wyszeptał.

— I książę — szybko dołożył do błogosławieństwa swoje dwa grosze Fryczko. — Amen. I niech się spełni. Na wieki wieków.

Panie! — jęknął w duszy umęczony Jakub Świnka. — Toż nawet książęca świta traktuje błogosławieństwo niczym zaklęcie.

Na dziedzińcu wawelskiego zamku, na wysłanym czerwonym suknem podwyższeniu, czekała na niego książęca para, która wstała, gdy tylko wjechał, i zeszła z podwyższenia, by go powitać.

Wzruszenie chwyciło Świnkę za gardło. Tyle lat! Ostatni raz widzieli się w Łęczycy, przed wygnaniem księcia. Patrzył na nich oboje, na Jadwigę i Władysława. Na ich dzieci. Księżna wyglądała tak godnie w granatowej sukni i ciemnoniebieskim płaszczu! Pamiętał ją, wiecznie zmartwioną z powodu męża, tę Jadwigę, która zawsze wydawała się małą Jadwinią, a potrafiła tak celnie i trafnie oceniać. Jej włosy wciąż były złote, bez cienia siwizny. Pięknie splecione, przykryte skromną nałęczką, raz po raz ukazywały się, gdy lekki wiatr poruszał zasłoną. Książęcy diadem Jadwigi był skromny. Nie złoty, lecz srebrny, z kilkoma ledwie oczkami granatów. Władysław spoważniał przez te lata. Wąsy zapuścił! Jego włosy, dzisiaj przetykane srebrnymi pasmami siwizny, sięgały ramion, wijąc się lekko. Na głowie miał diadem, tylko nieco okazalszy od diademu księżnej, bo złocony. Ubrany w jasną tunikę z półorłem i półwem na piersi, płaszcz majestatyczny podbity popielicami, też pewnie za ciepły na tę letnią porę, bo Jakub od razu zauważył, że na czole księcia perlą się krople potu.

— Arcybiskupie Jakubie II — powiedział książę i w jego siwych oczach zalśniły łzy. — Witaj...

Jakub wsparty na pastorale wyciągnął do nich obojga ramię, a Jadwiga i Władysław klęknęli przed nim kornie. Położył im dłoń na głowie, kolejno i wzruszony szepnął:

— Wstańcie, proszę, i przyprowadźcie do mnie dzieci.

— Kinga, nasza pierworodna — przedstawił Władysław wysoką, smukłą dziewczynkę o karnacji znacznie ciemniejszej niż u matki. — Trzynaście lat, panna na wydaniu!

— Władku — skarciła go Jadwiga. — Już ty się za jej wydawanie nie zabieraj. Ma na imię Kunegunda, ale książę mąż mówi o niej wyłącznie „Kinga" — uśmiechnęła się do Świnki Jadwiga.

— Czujesz na Wawelu duchową obecność swej świątobliwej ciotki? — zwrócił się do dziewczynki Jakub.

— Chyba tak, ojcze. — Zarumieniła się. — Zwłaszcza jak z panią matką jedziemy do sióstr klarysek na Skałkę. Chciałabym też być klaryską, ale pan ojciec mówi, że muszę za mąż.

Książę chrząknął i przesunął przed siebie chłopca, który uchylił się przed ojcowską ręką.

— Władysław junior — powiedział z dumą.

— Pamiętam cię, synu — pochylił się ku niemu Jakub.

— A ja ciebie nie — szybko odpowiedział junior.

— Jak palnę w ucho! — syknął książę.

— Co chcesz, prawdę mówi — roześmiał się Świnka. — Był w brzuchu księżnej, kiedyśmy się ostatnio widzieli. Syn wygnania.

— Władysław Wygnaniec, najstarszy syn księcia Bolesława Krzywoustego. Pierwszy książę senior. Nieudany — wyrecytował na jednym tchu mały Władysław.

— Nieudany? — zdziwił się Jakub.

— Nie lubię go, z cesarzem niemieckim się przeciw młodszym braciom układał.

— Masz swoje zdanie i pilnie się uczysz — pochwalił chłopca arcybiskup. — A którego księcia lubisz?

— Henryka Sandomierskiego — wyprężył się Władek. — Krzyżowca, co z Saracenami wojował, a od Prusów zginął.

— Jak święty Wojciech — przytaknął Świnka.

— Nie — wypalił junior. — Wojciech wojował Słowem Bożym a Henryk mieczem.

— A ja lubię Bolesławów — wtrącił się Władysław senior. — Chrobrego, Śmiałego, Krzywoustego.

— Krzywoustego nie — szybko zaprzeczył junior. — Kraj podzielił. Rozpętał klątwę Wielkiego Rozbicia.

— Co prawda, to prawda — przytaknął synowi książę. — Zbieramy po nim gorzkie żniwo.

— O, słyszę, że czekają nas ciekawe rozmowy — polubownie zakończył Jakub, bo czuł, jak mu się dalmatynka klei do spoconych pleców.

— Jestem chętny — spojrzał na niego upartym wzrokiem junior. Jaki on podobny do ojca — pomyślał Jakub Świnka.

— Władysław junior jak dwie krople wody podobny do matki — uśmiechnął się szeroko książę. — Tyle że chłopiec.

— Dobrze, że zauważyłeś — uniosła oczy w górę Jadwiga. — Arcybiskupie, poznaj jeszcze Elżbietę.

Odwróciła się i przywołała gestem dwórkę z kilkuletnią dziewczynką. Książę Władysław pochylił się i wziął małą na ręce.

— Księżniczka Elżbieta. Urodzona w Smoczej Jamie w noc, gdyśmy zdobywali Wawel — powiedział z dumą. — Moje oczko w głowie. Najmądrzejsza i najpiękniejsza. Córunia.

Nie usłyszał syknięcia Jadwigi i nie zobaczył, jak Kunegunda czerwieni się i spuszcza oczy, ani jak Władek junior zagryza wargi z całych sił.

Mała dziewczynka, którą trzymał w ramionach, miała ciemnoniebieskie uważne oczy dorosłej kobiety i złote loki wijące się pod czepeczkiem haftowanym w kwiatki.

— Miło mi cię poznać, Elżbieto — poważnie powiedział Jakub. — Co tam trzymasz w rączce? Laleczkę?

Dziewczynka wyciągnęła rękę z zabawką i powiedziała:

— Smoka.

Rzeczywiście, dopiero teraz Jakub zauważył, że to nie mogła być lalka. Uszyty z zielonego i czerwonego jedwabiu smok miał nawet długi, śmiesznie wygięty język.

— Taki z nią kłopot — powiedział rozpromieniony Władysław. — Że lal nie lubi, kotków, piesków nie lubi, ptaszków nie cierpi, a smoki wprost kocha. Ma to od urodzenia!

— Prawda jest taka, że od ciebie dostaje wyłącznie smoki, a jak ktoś da jej ptaszka czy kotka, to je chowasz — skwitowała Jadwiga. — Arcybiskupie, zapraszamy do komnat, pewnie marzysz o odpoczynku, odświeżeniu się i uczcie.

— Posiłku — uściślił Jakub. — Jeśli to nie kłopot, wolałbym skromny posiłek w wąskim gronie niż wystawną ucztę. Przejazd przez Kraków w stroju pontyfikalnym wyczerpał moją cierpliwość do przepychu.

— Czego tylko zapragniesz, ojcze! — rozpromieniła się Jadwiga.

— Chleb, wino — odpowiedział jej z uśmiechem Jakub.

— Rodzynki i figi — dodał z dumą Władysław. — Z Gdańska przywiozłem.

Łobuzerski urok księcia wrócił — pomyślał Jakub Świnka z troską. — A ja sądziłem, że on spoważniał. Może to jednak tylko urok, a charakter w nim się odmienił. Zobaczymy.

Do wieczerzy zasiedli we czworo, książęca para, on i Janisław. Za plecami księcia stał Fryczko, a za księżną wysoki, urodziwy mężczyzna o jedwabistych włosach i brodzie w kolorze miodu.

— Nawój z Morawicy, herbu Topór — przedstawił go Władysław. — A mojego Fryczka arcybiskup już miał okazję poznać.

Słysząc „mojego", Fryczko rozpromienił się.

— Dzieci poszły spać? — spytał Jakub.

— Elżunia tak, bo wiadomo, że małe dziewczynki potrzebują dużo snu, a Kinga i Władek to nie wiem — odpowiedział książę.

— Kinga się modli, a junior pojechał z Pawłem Ogończykiem doglądać obozu — wyjaśniła cierpliwie Jadwiga. — Mój pan mąż nie ma pełnej wiedzy o dzieciach, choć, jak widzisz, ojcze, bardzo się nią szczyci. Ostatnio zdarzyło mu się chłopca z dziewczynką pomylić — dodała, z trudem zachowując powagę.

— Nie może być! — przejął się Jakub. — Kunegundę z Władkiem?

— Nie, nie. Nowe dziecko nam zrobił…

— Bój się Boga, książę — jęknął Jakub. — Spłodziłeś bękarta?

— To żart — zaprzeczyła z uśmiechem Jadwiga. — Władek znalazł dziecko na leśnym trakcie i przygarnął jako dziewczynkę, a okazało się chłopcem.

— To się chwali, że książę przygarnął jaką sierotę — niepewnie, ale z ulgą powiedział Świnka.

— I to wojenną — potwierdził Władysław z powagą. — W dodatku piekielnie uzdolnioną. Uzdolnionego — poprawił się. — A Kindze męża już upatrzyłem i proszę cię, arcybiskupie, o wsparcie, bo Jadwiga zapiera się, jakby nasza pierworodna naprawdę do lat sprawnych miała jeszcze nie wiem ile czasu.

— Władziu, ja się nie upieram, że ona ma za mąż nie iść, tylko że jeszcze nie teraz. A po drugie, ty się na swataniu nie znasz.

— Ja się nie znam? Jakubie, ratuj! A kto małą Fenennę wyswatał za Andrzeja?

— Prawda, księżno — potwierdził Świnka. — Twój mąż to zrobił, choć wtedy nikt nie wiedział, że Andrzej zostanie królem Węgier i to ostatnim w rodzie Arpadów. Tym samym bratanica księcia była królową węgierską.

— Mam nosa do takich rzeczy — stwierdził Władysław. — Pamiętasz, arcybiskupie, księcia jaworskiego, Bolke?

— Tego, co nosił przydomek Surowy i był opiekunem księżnej Elżbiety, twej, Jadwigo, siostry?

— O niego chodzi. Bolke nie żyje, ale zostawił trzech synów. Najstarszy, Bernard, trzy lata temu został uznany za zdolnego do samodzielnych rządów na Świdnicy. Będzie tylko pięć lat starszy od naszej Kingi, to jak my z Jadwigą, gwarancja wielkiej miłości — mówiąc to, Władysław ujął dłoń żony i ucałował, po czym z szacunkiem odłożył na miejsce i dodał: — No a Świdnica to ważny punkt na drodze śląskiej. Jakby mi się kiedyś Czesi chcieli do Królestwa zakradać, iść muszą przez Świdnicę!

— Dobrze myślisz, książę — pochwalił go Świnka. — Zięć jak słup graniczny.

— A córka jako co? — żachnęła się Jadwiga, unosząc podbródek. — Jak tarcza?

Ależ ona umie być władcza — z podziwem pomyślał Jakub.

— Skoro jesteśmy przy drodze do Czech — zmienił temat łagodnie — to pewnie już wiecie o śmierci Albrechta Habsburga?

— Świeć, Panie, nad jego duszą — przeżegnał się Władysław. — Ponura historia, bratanek go dźgnął.

— Henryk Karyncki występuje z roszczeniami do polskiej korony. Pisma do mnie słał, bym wyraził zgodę na jego koronację, ale mu moi legiści odpisali — uśmiechnął się Świnka.

— Karyntczyka się nie boję — szczerze odpowiedział Władysław. — To słaby książę i nie u siebie, Czesi, jak Polacy, raz dwa dadzą mu odczuć, że obcy. Kogo innego się obawiam. Rikissy, córki Przemysła.

— Dobrze, że jest choć jedna dama, której się boisz — pokręciła głową Jadwiga.

— Ciebie się boję, gdy się na mnie zatniesz. — Znów ucałował dłoń żony. — Ale Rikissa ma pełne prawa do polskiej korony.

— Córka Przemysła jest polską królową — odezwał się rzeczowo Janisław. — Pierwszą Piastówną na rodzimym tronie.

— To smutne, że tak się los potoczył, iż stoimy z córką króla po przeciwnych stronach. Ona ma prawo do tytułu, o który mój mąż będzie się ubiegał — poważnie powiedziała Jadwiga. — Czy Rikissa zechce walczyć o koronę, powiedz, Jakubie?

Najtrudniejsze pytanie, jakie mogłaś mi zadać, córko — pomyślał.

— To ja byłem rzecznikiem pomysłu, by przez jej małżeństwo z Václavem, przez ich potomka, wprowadzić krew Piastów z powrotem na tron polski — przyznał. — Wola Boża albo matka natura były inne. Rikissa ma córkę, a nasze prawo nie daje dziedziczenia kobietom.

— To wiemy — kiwnął głową Władysław. — Ale czy królowa wdowa będzie chciała walczyć o tron?

— A tego nie wiemy — szczerze odpowiedział Jakub Świnka. — Los nie był dla niej łaskawy, straciła dwóch mężów i teraz, wraz ze śmiercią Habsburga, straciła także możnego protektora. Czesi obstają przy karynckim władcy, choć, jak sam zauważyłeś, książę, ich wola może się zmienić. Nazwałbym sytuację skomplikowaną i zajął się rozwiązywaniem naszych problemów.

— Tych nie brakuje — przytaknął Władysław. — Kiedy rozpoczniesz proces?

— Jutro.

— Muskata się nie stawi — uprzedził księcia.

— Wiem o tym. Jednak, zgodnie z prawem, przywołam go jutro raz jeszcze, tyle że już nie będę czekać z procedurą.

— Świadkowie są gotowi. Zgromadziłem około setki ludzi, którzy chcą zeznawać przeciw Janowi Muskacie.

W jasnych, ładnych oczach Jadwigi zapłonął gniew. Odezwała się.

— Wiesz, arcybiskupie, co było najgorsze? Jak ostatnio Muskata zagroził, że zrzuci Władysława z tronu. Publicznie!

— Powiedział to wprost? — spytał Janisław i Jakub z przyjemnością zauważył, że chłonna głowa jego kanonika już analizuje fakty procesowe.

— Tak. Gdy Władek był na Pomorzu w sprawie Święców, poprosił mnie, bym postarała się nawiązać stosunki z biskupem, który po odebraniu przywilejów majątkowych po prostu opuścił Kraków. Miasto bez pasterza! W kurii wszystkie sprawy stanęły, sparaliżował pracę swą nieobecnością. Posłałam do niego wiadomość, że jako księżna krakowska proszę, by powrócił do swej diecezji. A on miał czelność przekazać: „Znajdźcie sobie nowego biskupa, a ja wrócę, ale z nowym księciem!".

— Są świadkowie? — spytał Janisław.

— Tak, bo posłałam do niego nie jednego, a trzech posłów i wszyscy mogą poświadczyć. Nawoju? — Zwróciła lekko głową do stojącego za jej plecami rycerza.

— Podkomorzy sandomierski — przedstawił się. — Byłem w poselstwie księżnej.

— Zatem możesz złożyć zeznanie?

— Mogę — potwierdził.

— Tylko że ja pojutrze ruszam z wojskiem — niepewnie odezwał się Władysław — i Nawoja myślałem mieć przy sobie.

— Jutro zaprzysiężenie sędziów — powiedział Janisław — potem dopiero słuchanie świadków.

— Nawój ma więcej do powiedzenia na Muskatę — wtrąciła się Jadwiga. — Zaciężni biskupa kościół mu w Morawicy spalili.

— Tym bardziej zeznanie Nawoja ważne — orzekł Janisław.

— Książę?

Władysław nie krył niezadowolenia, ale wystarczyło, że napotkał surowy wzrok żony i zgodził się.

— Nawoju, wybacz. Tym razem wojnę o twą osobę wygrała księżna. Zostajesz, jak długo będzie trzeba, a dołączysz do nas później.

— Jak książę rozkaże — dworsko skinął głową rodowiec Toporów.

— Zakończmy na dzisiaj rozmowę o procesie Jana Muskaty — zażądał Jakub. — Nie godzi się o nim mówić przed otwarciem posiedzenia. Swoje zdanie o biskupie i jego winach ma każde z nas i jak wiemy, jest ono podobne, ale to tak, jak dzisiaj niektórzy próbują przesądzać o winach templariuszy, choć ich proces się jeszcze nie zakończył, a właściwie nawet nie rozpoczął.

— U nas, na Sandomierszczyźnie, jest najstarsza z ich komandorii — odezwał się Nawój. — W Opatowie. Potężny majątek im nadał książę Henryk Sandomierski.

— Ulubiony bohater twego syna — uśmiechnął się do Władysława Jakub Świnka.

— Ach — machnął ręką książę. — Ten to zawsze coś wymyśli. Krzyżowcy mu się podobają! Tyle dobrego, że zna różnicę między Krzyżakiem a krzyżowcem.

— Powiedz nam, Jakubie, co będzie z templariuszami? — poprosiła Jadwiga.

— Tego nikt nie wie. We Francji aresztowano wielkiego mistrza i wszystkich rycerzy, za czym stoi król Filip Piękny. A papież Klemens walczy o to, by proces odbył się przed jego kościelnym sądem, a nie świeckim króla. Oskarżenia, które się wobec mnichów rycerzy słyszy, brzmią raczej jak fantasmagorie.

— Co im zarzucają? — z wypiekami dopytywała księżna.

— Bluźnierstwo, herezję, czyny niegodne — oględnie odpowiedział Jakub Świnka.

— A bracia osiadli w Polsce? Co z nimi? — pytała Jadwiga.

— No i już wiem, po kim nasz syn odziedziczył zainteresowania — roześmiał się książę.

Żona zbyła go prychnięciem.

— Ja nie zamierzam prześladować templariuszy — twardo powiedział Jakub Świnka. — Ci, których znam, podobnie jak i joannici, to prawdziwi rycerscy mnisi. Póki jestem głową polskiego Kościoła, nic im nie grozi. A między nami mówiąc, żal, że Filip Piękny uparł się na templariuszy, a nie na Krzyżaków.

— Żal — zacisnęła szczuplutkie dłonie księżna Jadwiga.

— Gdy byłem na Węgrzech — odezwał się po chwili Władysław — dostałem od Amadeja Aby miecz. Chciałbym ci go później pokazać, Jakubie II.

— Miecz? — spytał arcybiskup i nagle poczuł drgnienie.

Stanęła mu przed oczami chwila, gdy wyrzucał do jeziora przeklęty miecz króla Przemysła i Zarembów.

— Przekuta i poświęcona stal króla Bolesława Śmiałego — powiedział Władysław, patrząc mu w oczy. — Miecz, który powierzył Węgrom podczas swego wygnania, z prośbą, by go oddali jego potomkom. Zwali go Mieczem Banity i...

— Dostał go książę wygnany — dokończył Jakub. — Chcę go zobaczyć.

— Ja też — poprosił Janisław.

— Jutro, po jutrzni — obiecał książę i dodał: — Co ciekawe, o mieczu dowiedziałem się już w Rzymie, nim dotarłem na Węgry. Powiedział mi o nim jednooki strażnik bazyliki Świętego Stefana.

— Niezwykłe — uśmiechnął się jego kanonik. — Intrygujące i niezwykłe.

— Szkoda, że nie opowiedziałeś tego małemu Władkowi — powiedziała zgaszonym głosem Jadwiga.

— Dziecku mam takie rzeczy mówić? — żachnął się książę.

— To teraz twój syn i jeśli Bóg pozwoli, następca — wziął jej stronę Jakub.

— Pokazałem mu ten miecz na fresku w wawelskiej świątyni — próbował się usprawiedliwić Władysław. — Dobrze, niech wam będzie. Jutro, jeśli to arcybiskupowi i kanonikowi nie przeszkadza, weźmiemy ze sobą małego. Niech sobie pooglada.

— Z radością znów powitam młodego księcia — skinął głową Jakub II.

Jadwiga zaczerwieniła się jak dziewczynka; wyraźnie zmagała się z czymś, co chciała powiedzieć.

— Córko? — pomógł jej.

— Po śmierci Stefana Władysław jest naszym jedynym synem — powiedziała cicho, a rumieniec okrył także jej czoło i szyję. — Lecz, jeśli Bóg da...

— No pewnie, że da — przygarnął ją do siebie Władysław i speszył się tą czułością, która wymknęła mu się spod kontroli.

— Jestem brzemienna — oświadczyła Jadwiga.

— Chwała Panu! — krzyknął książę. — Damy synowi na imię Bolesław! Na pamiątkę Bolesława Śmiałego, którego miecz noszę! Boże, Boże, Jadwiniu słodziutka, co za wiadomość!

W tej samej chwili książę zamarł, bo żona spojrzała na niego tak, jakby w oczach miała błysk stali. Władysław chwycił się za usta.

— Jadwigo, błagam, przebacz! Przebacz, że mi się wyrwało, i jeśli mi darujesz, przyrzekam uroczyście w obecności arcybiskupa Jakuba II, że jeśli urodzi się syn, nie damy mu na imię Bolesław. Zgoda?

— Zgoda — chłodno odpowiedziała Jadwiga. — A jeśli urodzę córkę, sama nadam jej imię. Obiecujesz?

— Najlepiej swoje — przymilnie przytaknął Władysław. — Najpiękniejsze.

— Nie pochlebiaj mi nadaremnie — przestrzegła go. — Bo jak się zezłoszczę, dam dziecku imię po babce.

— Tego mi nie zrobisz!

— Po mojej matce, nie twojej — pocałowała go w policzek. — Nie jestem mściwa.

Kochają się — ucieszył się Jakub Świnka.

— Fryczko! — zawołał szczęśliwy Władysław. — Każ wydać ze skarbca figi i rodzynki. Taka wiadomość, musimy to uczcić!

— Skoro jutro mamy oglądać miecz — uroczyście powiedział Jakub Świnka — przyjmij dzisiaj prezent ode mnie, książę. Janisławie, podaj naszą skrzynkę.

Arcybiskup otworzył wieko i wyjął spoczywający na purpurowej poduszce diadem ze srebra pokrytego złotem.

— Oto mój dar, Władysławie. Diadem, który nad czołem ma rubinowy krzyż, by prowadził cię Chrystus. A z tyłu orła z rozpostartymi skrzydłami. Ukoronowanego orła, bo choć ty dopiero rozpocząłeś zbieranie ziem polskich, które niesie cię ku koronie, to służysz Królestwu i jego wielka idea niech cię wiedzie. Miej ją zawsze z tyłu głowy, gdy podejmujesz decyzje.

— Amen — szepnęła Jadwiga.

Proces biskupa krakowskiego Jana Muskaty rozpoczął się nazajutrz. Oczywiście, oskarżony się na niego nie stawił, ale Jakub nie zamierzał dać się nabrać na kolejne wybiegi i oświadczył, że proces się odbędzie, a wyrok zapadnie zaocznie.

Wykształcony w Paryżu Andrzej Starykoń, kanclerz Jakuba, prowadził przesłuchania świadków, a reszta legistów arcybiskupa od razu kwalifikowała zeznania według charakteru czynów. Drużyna Jakuba Świnki była wykształcona, skuteczna i zgrana. W tydzień wysłuchano ponad czterdziestu świadków. Plebanów, wikariuszy, prałatów, rycerzy. Świadectwo od rycerzy odebrano na samym początku, Janisław tego pilnował, wszak książę był w siodle i wojennej potrzebie, tak więc zeznawali kolejno: Wierzbięta, kasztelan krakowski, i wojewoda Mikołaj Lis. I sandomierski wojewoda Wojciech Bogoria ze Żmigrodu i tamtejszy kasztelan, Prędota oraz pomniejsi możni Małej Polski, którzy na własnej skórze doświadczyli działań „krwawego wilka z pastorałem", jak ongiś, trafnie, pewien franciszkanin nazwał Muskatę. Z zeznań wyłonił się obraz jeszcze straszliwszy, niż Jakub przypuszczał, i w orzeczeniu wyroku Jakub II uznał:

— Jana Muskatę, syna mieszczanina wrocławskiego Leo Muskaty herbu trzy muszkatołowe gałki bałwochwalczo zmienionego w herb trzy korony, ogłaszamy winnym następujących czynów: objęcia godności biskupa krakowskiego poprzez symonię i intruzję. Mężobójstwa. Łupiestwa. Palenia oraz grabienia kościołów i cmentarzy. Krzywoprzysięstwa. Obrazy majestatu, trwonienia dóbr kościelnych. Prowadzenia niemoralnego trybu życia, a także notorycznego opuszczania diecezji. Uznaję również, że Jan Muskata działał na rzecz wygnania księcia Władysława oraz podejmował czyny mające na celu wyniszczenie władzy i ludności polskiej, w czym współpracował z nieżyjącym królem Václavem II, a po jego zgonie z innymi czeskimi poplecznikami. Pozbawiam skazanego dóbr kościelnych, których nie odebrał mu wcześniej książę Władysław, w tym dóbr stołowych kościoła krakowskiego. Unieważniam wszystkie mianowania Jana Muskaty w kapitule krakowskiej i jego nadania, bo czynione były wbrew prawu. Zdjąć z urzędu może go tylko papież, o co bez zwłoki wnoszę. A na dowód mego bezsprzecznego przekonania o winie Jana Muskaty nałożę na niego klątwę, która będzie codziennie ogłaszana we wszystkich kościołach.

W ponurej procesji wprost z obrad sądu ruszyli do katedry wawelskiej i tam Jakub II nie mając w sobie nic z dobrotliwego Jakuba Świnki, w asyście dwunastu duchownych zgasił świece z czarnego wosku, wymazując imię Jana Muskaty z Księgi Żywych. Całą noc biły dzwony krakowskich kościołów, przekazując tę straszną sprawiedliwość światu. Ekskomunika. Klątwa. Anatema. Potępienie wieczne.

Jakub zaś aż do jutrzni czytał Ewangelię świętego Mateusza. *Już siekiera do korzeni drzew jest przyłożona. Każde więc drzewo, które nie wydaje dobrego owocu, będzie wycięte i w ogień wrzucone.*

Gdy zaś minęły kolejne dni i nastała niedziela Zesłania Ducha Świętego, Jakub znów wziął na swe barki szaty pontyfikalne, na głowę mitrę spetiosa, w dłoń pastorał i poszedł sprawować wielką mszę na krakowskim rynku, gdzie mówił do praczek, szewców, piekarzy, kowali, nierządnic, rymarzy, koronczarek, woźniców, trędowatych i patrycjatu królewskiego miasta Krakowa. I rozgrzeszał ich, i błogosławił słowami:

— Bóg będzie z wami, gdy wy będziecie z Bogiem.

HENRYK Z LIPY wraz ze swym druhem, Janem z Vartemberka, stał za plecami króla, Henryka z Karyntii, gdy ten wreszcie spotkał się z Fryderykiem Habsburgiem w Znojmie. Wiele tygodni pracował nad porozumieniem, które być może zawrą jeszcze tej nocy. Urabiał Karyntczyka jak kowal, który kuje złe żelazo, takie, co może w każdej chwili pęknąć. Był ostrożny, zwłaszcza gdy do rozmów włączała się Anna. Żona króla, bystrzejsza od męża, po ojcu odziedziczyła jakąś nerwowość. W kółko kazała się tytułować królową Czech i Polski, choć do drugiego tytułu prawa miała znikome i nawet jeśli raz czy dwa kazała sobie założyć na głowę koronę Piastów, to biskup Jan nigdy nie wypuścił jej z tą koroną ze skarbca i nie pozwolił „pokazać się ludowi", choć go prosiła. Anna raz ulegała wpływom siostry, Elżbiety, to znów wpadała w histeryczną złość na Knedlicę i krzyczała, że zamknie ją w klasztorze. Tak czy inaczej, z nich dwóch wolał mieć do czynienia z Anną, ale do ostatniej chwili bał się, że impulsywna królowa wszystko zepsuje.

Fryderyk Habsburg był wysokim, postawnym mężczyzną, który urodą tak bardzo odbiegał od brzydoty swego nieżyjącego ojca i równie martwego brata, że Henryk, ilekroć patrzył na niego, zastanawiał się, czy pobożna Elżbieta z Tyrolu nie pozwoliła sobie na chwilę zapomnienia z jakimś urodziwym zwycięzcą turnieju. Oczywiście, nigdy nie mówił tego głośno, bo królowa Elżbieta była równocześnie siostrą Henryka z Karyntii.

Patrzył teraz na nich obu. Na suchego, lekko zgarbionego Karyntczyka i złotowłosego Fryderyka. Stary lew i młody lew — myślał, spoglądając na ich herby. Wspięta, czerwona bestia Habsburgów wyglądała równie dostojnie jak Fryderyk, a trzy czarne lwy Karyntczyka przypominały chude, bezdomne kocury. Rikissa Trzy Lwy — pomyślał i odpędził od siebie wspomnienie.

Nie rozpraszaj się — skarcił się w duchu. — Pilnuj wyliniałego kocura.

— Nie uznajemy waszych roszczeń do tronu i na każdą próbę ataku odpowiemy siłą — sucho oświadczył Karyntczyk.

Walecznością czeskich zbójów — skwitował w myślach Henryk i spojrzał na przyjaciela, Jana z Vartemberka. Ten, stojąc z dłońmi założonymi za plecy, zrobił widoczny tylko dla Henryka gest, unosząc dwa kciuki. Henryk z trudem utrzymał powagę.

— ...jest ze mną szlachetny pan Henryk z Lipy, którego bohaterska obrona Kutnej Hory mogła przekonać cię, panie, o tym, jak dzielni i waleczni są Czesi — ciągnął Karyntczyk.

— Tym bardziej żałuję, że nie zdecydowali się stanąć po stronie czerwonego lwa — uprzejmie odpowiedział Fryderyk.

— Trzy lwy to więcej niż jeden — wysilił się na dowcip Karyntczyk.

Henryk, jak wcześniej jego przyjaciel, zrobił gest za plecami. Wskazał na Jana.

— Ha, ha, ha — zaśmiał się ze słabego żartu króla pan z Vartemberka.

Ten zaś najwyraźniej wziął to za szczery podziw, bo pociągnął:

— Trzy lwy to stado, które każdemu rzuci się do gardła!

Teraz Jan zemścił się na nim, wskazując, że kolej na Henryka, by zaśmiać się z żartu króla.

— Ha! — duknął Henryk z Lipy i, jak sam usłyszał, można było to wziąć za kaszlnięcie.

Fryderyk Habsburg dworsko zbył słabe żarty Karyntczyka.

— Jestem gotów ustąpić — powiedział to, na co czekali. — Jednak sam wiesz, królu, że mój tytuł do rządzenia Czechami jest tak samo mocny jak twój.

— Bzdura — żachnął się Karyntczyk. — Ja zostałem wybrany wolą czeskich panów, tych samych, którzy walczyli przeciw tobie. W dodatku moja żona Anna jest córką króla Václava.

I ani słowa więcej — pomyślał Henryk, mając nadzieję, że Karyntczyk nie zagalopuje się.

— Nie licytujmy się prawami kobiet — odpowiedział Fryderyk i jego oczy zalśniły gniewnie.

— Dlaczego? — hardo stał przy swoim Karyntczyk.

— Gdy rozmawiają dwaj szlachetni mężowie, nie trzeba im powoływać się na damy — przyszedł z odsieczą Jan z Vartemberka, włączając się do rozmowy.

— Ale można — uparł się Karyntczyk.

— Królowa wdowa Eliška Rejčka jest znów wolna — niespiesznie odpowiedział Fryderyk.

W Henryku z Lipy zawrzała krew.

— Poważnie myślisz o poślubieniu anioła śmierci? — zaśmiał się nerwowo Karyntczyk. — Co, nie wiedziałeś, że tak o Rejčce mówi się w Pradze? Pochowała dwóch mężów i narzeczonego. Nie życzę ci dobrze, ale aż tak źle też nie. Młody jesteś, trzy razy przemyśl, zanim poprosisz ją o rękę. Na czym skończyliśmy? — tryumfalnie spytał król.

— Na tym, że lepiej nie powoływać się na damy — twardo powiedział Henryk z Lipy.

— Jak chcecie. Dość jest powodów, byś odpuścił sobie Czechy. Masz zjazd elektorów Rzeszy na głowie i jeśli słuch nas nie myli, wojska bawarskie nieco wtargnęły ci do księstwa Austrii — oświadczył pewnie Karyntczyk i zaczął gładzić palcami złotą orlicę Przemyślidów, którą nosił zawieszoną na piersi.

— Masz rację, dość jest powodów — skinął głową Fryderyk. — Co nie znaczy, że korona Czech przestała być dla mnie cenna.

— Ile? — bezpośrednio zapytał Karyntczyk.

— Sześćdziesiąt tysięcy grzywien — odpowiedział Habsburg.

Podbił stawkę. Byliśmy umówieni na czterdzieści tysięcy — wściekł się w duchu Henryk z Lipy. — Ten głupiec sam jest sobie winien, mówiłem mu, by nie tykał Rikissy. Młody Habsburg jest w niej zadurzony po uszy.

— To za dużo — wydął wargi Karyntczyk.

— Tyle jest dla mnie warta korona Przemyślidów — twardo powiedział Habsburg.

Król pytająco spojrzał na Henryka z Lipy.

Rychło w czas — żachnął się w duchu, ale podjął.

— Dla nas, Czechów, jest warta jeszcze więcej, bo gdy nie starczy nam srebra, zapłacimy za nią krwią, o czym już przekonaliśmy cię, książę. Nie wracajmy zatem do ceny wojny, pomówmy o rozsądnej cenie pokoju. Czterdzieści tysięcy grzywien najczystszego czeskiego srebra, które wypłacimy ci w równych ratach — powiedział Henryk, a król kiwał głową na chudej szyi, potwierdzając, że lepiej by tego nie ujął, co rozsierdziło pana z Lipy do reszty, ale głos mu nie drgnął.

— Czterdzieści tysięcy grzywien — dodał niezawodny i zawsze elegancki Jan z Vartemberka — które wymiernie wesprą twe starania u elektorów.

— Pięćdziesiąt — powiedział Fryderyk.

— Czterdzieści pięć — zbił Henryk z Lipy.

— Pierwsza rata płatna od razu — skwitował Habsburg.

— W ciągu tygodnia — uściślił Jan. — To przecież dwanaście wozów srebra!

— No to się dogadaliśmy — westchnął Karyntczyk, do którego dotarło, że pięć tysięcy górką zapłaci za swe gadulstwo.

— Królowa wdowa zostanie w Austrii — zadał cios w plecy Habsburg.

— Wybacz, książę, ale ta sprawa już nie podlega negocjacjom — powiedział wolno i stanowczo pan z Lipy. — To ustaliliśmy przed dzisiejszym spotkaniem. Królowa wraca do Czech.

— Po co wam „anioł śmierci"? — zimno zakpił Habsburg.

— A po co wam? — zręcznie i szybko wtrącił się Jan.

Karyntczyk siedział i jego ciemne, ptasie oczy zerkały to na Jana i Henryka, to na Habsburga.

Wyleniały kocur chętnie przehandlowałby Rikissę i pozbył się jej na zawsze, ale teraz, po swym durnym występie, który kosztował nas pięć tysięcy, będzie milczał jak grób — ocenił sytuację Henryk.

— Czujemy się związani z królową wdową — prowokująco odpowiedział Fryderyk. — Chętnie otoczymy ją opieką.

Chętnie wziąłbyś ją do łoża, czerwony lwie, i nie umiesz się z tym ukryć — zagryzł wargi Henryk.

— Czesi także czują więź z królową i jej córką, ostatnim dzieckiem Václava II — powiedział. — I w dowód tego, jak nam zależy, by *bis regina* wróciła do kraju, zobowiązujemy się oddać w jej władanie wszystkie pięć miast oprawnych, a także — Henryk utkwił oczy w Karyntczyku, jakby przyszpilał martwą ćmę — zobowiązujemy się zwrócić królowej wdowie należne jej dochody.

— Choć wpuszczając habsburskie wojska do swych miast, dopuściła się ciężkiej przewiny wobec korony — rzucił Karyntczyk, nie odrywając oczu od Henryka. — Wybaczymy jej to.

— Nie wiem, czy królowa zechce wrócić — wzruszył ramionami Habsburg. — Dałem jej Neuburg do dyspozycji.

— Wiemy, że tęskni za krajem — odpowiedział Jan z Vartemberka. — Podjęliśmy z nią stosowne rozmowy.

— To dziwne, nie wspominała, że przyjmuje w Austrii posłów czeskich — zmrużył oczy Fryderyk.

— Skoro nie jest waszą zakładniczką, i jak powiedziałeś, książę, dałeś jej zamek do dyspozycji, nie miała powodów, by ci się z czegokolwiek tłumaczyć — odrzekł Henryk z Lipy. — Nie drążmy wcześniej omówionych kwestii. Królowa wdowa wraca.

— A sprawę zrzeczenia się przez Habsburgów praw do czeskiej korony musimy mieć na piśmie! — uniósł się Karyntczyk. — Moja kancelaria przygotuje dokument.

Fryderyk Habsburg spojrzał na króla jak kot na muchę. Jasne, że na piśmie.

Rozeszli się do swych komnat na czas pracy kancelarii. Henryk i Jan usiedli we wnęce okiennej, a sługa podał im dobre, czeskie piwo.

— Mówię ci, Lipski — odezwał się Jan, gdy stuknęli się kuflami — on kiedyś wydusi z tej orlicy na szyi jajo. Małe złote jajeczko. No chyba że czarne gówienko. Na zdrowie!

— Na zdrowie? — żachnął się Henryk. — Zdrowie tracę przy tym bęcwale. „Na każdą próbę ataku odpowiemy siłą", Chryste, znalazł się dawca czeskiej krwi! Rana w łydce wciąż nie chce mi się wygoić, a ten będzie się rządził moją krwią!

— Co chcesz, trzy lwy to całe stado — parsknął śmiechem Jan.

— Napij się, piwo złość łagodzi.

— Lwy, lwy — wściekał się Henryk. — Krzyżowcy mówią, że nie lwy polują, lecz lwice!

— O, tu cię boli, mój Lipski!

Tylko Jan nazywał go Lipskim, nikt inny nie ważyłby się tak mówić do Henryka.

— Przestań — syknął.

— Masz rację, było blisko. — Jan pociągnął łyk i otarł usta z piany. — Habsburg rzucił naszą kochaną kralovnę na szalę wagi i karyncka kutwa dopłaci za to pięć tysięcy. Głupi dziad — splunął przyjaciel i położył nogę na przeciwległej ścianie wnęki. — Ty myślisz, że on naprawdę chciał się żenić z Rikissą?

— Gówno mnie obchodzi, czego chce Habsburg — warknął Henryk. — Ja chcę, by ona bezpiecznie wróciła do domu.

— Do domu? Jakiego domu, Lipski? Rikissa...

— Milcz. Rikissa zamieszka w Hradcu, ustaliłem to już z królem. Za nic w świecie nie można jej wpuścić do Pragi, bo obie wściekłe Przemyślidki wydrapią jej oczy. Zołzy. Za co one jej tak nie znoszą?

— Nie wiem — zrobił niewinną minę Jan. — Może mają lustra? Albo ktoś im po prostu powiedział, że urodą nie dosięgają twej pani do pięt?

— To nie jej wina, że jest piękna! — żachnął się Henryk.

— Ani że jest mądra, dobrze wychowana, zna języki i ma to coś, co sprawia, że ludzie ją kochają od pierwszego wejrzenia...

— No właśnie — przytaknął Henryk.

— Tyle że większość ludzi kocha ją jak królową, a ty, Lipski, zadurzyłeś się w niej po uszy — powiedział Jan i zręcznie zeskoczył z okiennej wnęki.

— To widać? — Omal nie spadł z niej Henryk.

— Widać, słychać. — Jan dolał sobie piwa i spytał: — Chcesz?

Henryk skinął głową, ogłuszony. Był pewien, że świetnie kryje się z uczuciami wobec Rikissy.

— Powiem ci więcej — ciągnął Jan, podchodząc do niego z dzbanem. — Karyncka kutwa przepłaci pięć tysięcy nie z powodu własnego długiego języka, lecz przez ciebie. Habsburski piękniś wyczuł w tobie konkurenta. No, nie martw się. — Przyjaciel poklepał go po ramieniu. — Nikomu nie powiem, a król nie zauważył.

Henryk z Lipy stał jak porażony. Otrząsnął się, niczym pies wyskakujący z wody.

— Łżesz, Vartemberku — zaśmiał się. — Gdyby wszyscy widzieli, Karyntczyk też by się zorientował.

— Zgoda — rozłożył ręce druh. — Widzą tylko zainteresowani.

Henryk błyskawicznie odstawił piwo i skoczył ku Janowi, łapiąc go za barki.

— Zainteresowani? Więc i ty? — syknął mu prosto w twarz. Przyjaciel w jednej chwili wydał mu się wrogiem.

— Uspokój się, Lipski! — wymamrotał Jan. — Ja kocham ją jak królową, a ciebie jak brata. Dlatego wiem, co się święci. No już, puszczaj, czeski zbóju!

Henryk roześmiał się i klepnął Jana w oba ramiona. „Czeskie zbóje" — tak mawiał o nich Karyntczyk, gdy myślał, że nikt im nie doniesie.

Do komnaty wszedł sługa.

— Król prosi panów do siebie.

Dopili piwo na wyścigi i biegiem ruszyli przez długie zamkowe schody, by u ich szczytu zatrzymać się i iść przesadnie wolno, ze świetnie udawanym namaszczeniem. Karyntczyk siedział w szerokim fotelu, a kanceliści sprawdzali gotowy dokument. Pomocnicy podgrzewali lak do pieczęci.

— No i gotowe — przywitał ich król.

— Tylko jeden? — zapytał Henryk.

— Tak, a co? — udał zaskoczenie Karyntczyk.

— To dokument zrzeczenia się praw do korony. — Zerknął przez ramię kancelisty i już chciał natrzeć na króla, ale zobaczył palec za plecami Jana. Palec, którym druh wskazywał na siebie. Zamilkł.

— Habsburg wyraził się jasno — powiedział Jan z Vartemberka. — Musi zobaczyć twój akt zabezpieczający prawa królowej wdowy.

— Nic takiego nie powiedział.

— Powiedział, mój królu — przymilnie włączył się Henryk. — Tyle że językiem dyplomatów.

— Nie mogę jej dać teraz czterdziestu tysięcy, skoro tyle samo muszę zapłacić Habsburgowi — wydął wargi król.

Milcz, bo wszyscy widzą i słyszą — upomniał się w duchu Henryk.

— Ale możesz potwierdzić jej prawa do miast i dochodów z nich — powiedział Jan. — Możesz i nawet musisz, tak ci powiem po przyjacielsku, bo wszak nikt nas nie podsłuchuje i nie musimy się tutaj, we własnym gronie, bawić w dyplomację. A skoro tak, to ci przypomnę, królu, dlaczego zależy nam na powrocie królowej — Jan wymownie spojrzał na Henryka i przewrócił oczami, wiedząc, że Karyntczyk tego nie może widzieć. — Zależy nam, by Habsburgowie nigdy nie wykorzystali osoby królowej jako pretekstu do dalszych roszczeń do czeskiej korony. Te dwie rzeczy są nierozerwalnie połączone: królowa w kraju i spłacenie Habsburgów.

— Dobra — machnął ręką Karyntczyk i odwracając się do kancelistów, rozkazał: — Piszcie!

— To my poczekamy — bezczelnie uśmiechnął się Jan. — Możemy spocząć?

— Tu nie ma więcej krzeseł — powiedział złośliwie Karyntczyk.

— Lubimy siedzieć w tych pięknych, kamiennych okiennych wnękach — odpowiedział Henryk. — Z nich jest tak dobry widok.

— Przecież jest noc — wzruszył ramionami król. — Jak chcecie.

Wnęka była przed pulpitami kancelistów, więc ich obecność w niej działała na nich dyscyplinująco. Siedzieli i gapili się im na ręce, podczas gdy Karyntczyk zaczął gładzić złotą orlicę na piersi.

— Jajeczko — szepnął cicho Jan.

— Słucham? — nerwowo zapytał kancelista.

— Ta litera wygląda jak jajeczko — wytłumaczył go Henryk. — Okrągła i…

— Czarna jak… — parsknął Jan.

Dniało już, gdy oba dokumenty były gotowe. Henryk wstrzymywał oddech, gdy król odciskał swą pieczęć w czerwonym wosku. Wrócił do okna, bo bał się, że Karyntczyk zobaczy jego zaciśnięte szczęki. Różowa poświata ustępowała ostremu słońcu budzącego się sierpniowego poranka. Z doliny meandrującej niczym ciemna wstążka rzeki Dyi parowały mgły. Czarny, smukły bocian odbił się od wilgotnego brzegu i wzleciał majestatycznie.

Morawy są piękne — pomyślał Henryk z Lipy. — Chciałbym kiedyś tutaj założyć swe gniazdo.

— To co, mały dowcip o poranku? — sucho zarechotał Karyntczyk. — Budzimy naszego drogiego gościa. Wspięty lwie, powstań! Ale mu dogadałem z tymi trzema, jak stado, co, panowie? Załatwimy sprawy od ręki, zaoszczędzimy na śniadaniu dla Habsburgów. Ha, ha!

— Ha — wziął króla na siebie Jan.

— I każdy z nas ruszy do swej żonki — ciągnął rozochocony król. — Moja Anna tęskni za swym karynckim lwem! A twoja Scholastyka, Henryku? Znów przy nadziei?

— Nie, panie — odpowiedział. — Rok temu powiła mi córkę.

— Jak żeście ją nazwali?

— Klara.
— Świątobliwie. A ty, Janie? Coś ponad syna spłodziłeś?
— Nie, mój królu. Wojna była, że się tak przypomnę.
— No to co? Henryk z Lipy i walczył, i spłodził.

Nie ją jedną — pomyślał ponuro Lipski. — Mam czterech synów i trzy córki, wszystkie te dzieci są mi drogie, choć żadne nie jest owocem miłości ani nie umiało stać się jej ziarnem.

— Pozwól, panie, że osobiście wykonamy twój żart i wraz z Henrykiem pójdziemy budzić księcia Austrii — wyręczył go Jan.
— Pozwalam — ziewnął Karyntczyk. — Pozwalam.

Gdy wyszli z komnaty króla, Henryk pochylił się do ucha Jana i szepnął:
— Idź budzić, a ja wrócę do ciebie za chwilę.

Zbiegł schodami dla służby, przemknął przez budzącą się kuchnię. Gospodynie znosiły skopki mleka i kosze jaj na śniadanie. Chłopcy rozpalili ogień pod kotłami na wodę. Minął ich wszystkich, wypadając na podwórze. Ostre słońce poranka przez chwilę oślepiło go. Skręcił do ogrodowej furtki. Woń ziół o poranku była odurzająca. Rozejrzał się chaotycznie. Spod krzewu porzeczek wyłonił się wysoki kształt. Poznał go w jednej chwili po kanciastej sylwetce szerokich pleców. Skinął, by skryli się w załomie muru.

— Zarembo — powiedział do czekającego na niego mężczyzny.
— Pędź do królowej i powiedz jej, że może wracać w każdej chwili. Karyntczyk opieczętował dokument unieważniający jej winy wobec korony. Wszystkie z pięciu miast znów należą do niej.

— Rozumiem — mruknął rycerz Rikissy, naciągając chustkę na usta. — Kiedy król przyśle posłańców z pismem?

— To leń, więc wyprawi ich za tydzień, nie wcześniej. Chcę jednak, by królowa wiedziała, jak sprawy stoją. Srebra nie wypłaci jej od razu, skarb pusty, ale dochody z miast dadzą jej więcej niż godne utrzymanie.

— A kto jej zapewni godne życie? — ostro spytał Zaremba.

Ja! — chciał krzyknąć Henryk, ale przypomniał sobie, co mówił Jan, i się powstrzymał.

— Jedź, półlwie za murem. Królowa może czuć się w swym władztwie bezpiecznie.

HENRYK książę Starszej Polski i Głogowa opuścił Poznań już wczesną wiosną, zostawiając tam swego pierworodnego Henryka pod opieką starosty, Bogusza Wezenborga. Ruszył, bo miał na głowie wojnę z młodym księciem Wrocławia, Bolesławem, zięciem Przemyślidy. Nie na rękę był mu ten najazd, ale młodzi Piastowicze, krew wrząca, co robić! Młodzian ni stąd, ni zowąd najechał ziemię kaliską i zajął sam Kalisz. Atak był nagły, niespodziewany i tylko szybka akcja wojewody gnieźnieńskiego, a jakże, Zaremby, uratowała kraj przed większymi zniszczeniami. Walki o Kalisz trwały kilka tygodni, odbili miasto z rąk wrocławian, prawda, że głównie siłami Zarembów, ale wojewoda, który tak się zasłużył w walce, postawił się księciu, gdy Henryk, po uratowaniu Kalisza, zarządził odwetowy najazd na Wrocław.

— Jestem wojewodą ziemi gnieźnieńskiej — powiedział, prężąc pierś, na której lśnił półlew za murem. — Nie będę walczył o Wrocław. To nie leży w interesie mej ziemi.

— Twej ziemi?! — krzyknął na niego Henryk. — Hamuj się, wojewodo. To nie jest twoja ziemia, lecz ziemia, której masz bronić w mym imieniu!

— Bronić — potaknął Zaremba. — Nie atakować innych. Zrobię, co w mej mocy, by najazd na ziemię kaliską nie powtórzył się. Wzmocnię graniczne kasztelanie, wystawię patrole zbrojne na wszystkie drogi wiodące na Śląsk, ale nie będę pchał rycerstwa gnieźnieńskiego na Wrocław. Chcesz o niego walczyć, książę? To walcz, lecz nie naszymi siłami.

W Henryku wrzał gniew; skrył go pod maską twarzy. Już raz biskup Andrzej Zaremba powiedział mu, że Starszej Polsce bliżej do Pomorza niż Śląska; już raz go straszył, że tutejsze rycerstwo nie będzie z nim walczyć o Śląsk. Teraz wojewoda Marcin Zaremba zrobił to samo.

— Mógłbym cię oskarżyć o zdradę — powiedział wolno Henryk. — Wypowiadasz mi posłuszeństwo.

— Zdradę? — zaśmiał się Marcin. — Ależ książę, oskarżając mnie o zdradę, ośmieszyłbyś swój majestat. Wszyscy tu wiedzą, kto bronił Kalisza, kto odbijał go z rąk wrocławskich.

Pycha i mania wielkości — pomyślał Henryk, patrząc na wojewodę.

— Nie ukrywam, że zamiast chybionych oskarżeń, spodziewałem się od ciebie nagrody — dokończył Zaremba.

— Jakiej? — sucho spytał Henryk.

— Zasłużonej — oznajmił Marcin. — Skoro obroniłem ziemię kaliską, chciałbym zostać jej wojewodą.

— Wystawisz jeden, symboliczny oddział, który ruszy pod moją wodzą na Wrocław, i przemyślę twą prośbę — odpowiedział Henryk.

Marcin Zaremba był zaskoczony.

Spodziewał się po mnie mściwości — pomyślał Henryk. — Ciekawe, czy sądzi, iż jestem uległy i boję się go, czy też myśli teraz, że jestem sprawiedliwy.

— Zgoda — powiedział Zaremba. — Dam oddział.

— Po powrocie z wyprawy na Wrocław uczynię cię wojewodą kaliskim — skinął mu głową Henryk i zostawił oszołomionego Zarembę.

Poczuł rozbawienie. Półlew za murem myśli, że gdy zostanie wojewodą gnieźnieńsko-kaliskim, stanie się panem udzielnym połowy Starszej Polski, bo nie wie, że szykuję Rudgiera von Haugwitz na jej starostę. Tak, Zarembo. Mój człowiek stanie nad tobą i będzie ci co dnia patrzył na ręce.

Na razie miał jednak wyprawę odwetową na głowie i nie zajmował się sprawami nominacji. Poszarpali Wrocław, młody Bolesław zadbał jednak o obronę i walki przeniosły się na trakty i gościńce Śląska. Henrykowi dokuczał ból w krzyżu, powierzył więc dowództwo Teodorykowi von Seidlitz, a sam, z oddziałem Mroczka Wezenborga, ruszył do Głogowa. Straż przednią prowadził Lutek Pakosławic z nieodłącznym Henrykiem Hacke, więc nie obawiali się zasadzki po drodze. Na wieczornym popasie Lutek przyprowadził do jego namiotu jeńca.

— Gość, książę — powiedział zdawkowo.

— Gości nie prowadzimy na postronku — zmrużył oczy Henryk, przyglądając się jeńcowi.

Ciemnowłosy mężczyzna był mniej więcej w jego wieku, choć długa krzaczasta broda, przetykana siwizną, postarzała go wyraźnie. Miał na sobie proste, sukienne ubranie, bez żadnych znaków, i płaszcz z obszernym kapturem.

Takim, w którym łatwo skryć twarz — pomyślał Henryk i spojrzał na jego nogi. — Zdradzają go buty. Dobra skóra, krój, choć przetarte złocenia. Książęce buty.

— Gdzie spotkałeś tego gościa? — spytał Lutka.

— Sprawdziliśmy gospodę, pół stajania dalej. Znaleźliśmy go i sześciu ludzi udających kupców. Nie chcieli się przyznać, kim są, więc zaprosiliśmy w przymusową gościnę do naszego księcia. Henryk Hacke już ich bada, swoim sposobem.

— Słyszałeś kiedyś, gościu, o Henryku Hacke? — zagadnął księżę.

Brodacz zaprzeczył ruchem głowy.

— Zatem rzadko bywasz na Śląsku — stwierdził Henryk. — Bo tutaj jego imię usłyszysz na wielu dworach. Księstwo świdnickie, wrocławskie, głogowskie, legnickie czy opolskie, wszędzie znają Henryka Hacke i wierz mi, gościu, jego sława jest czarna i całkowicie zasłużona. Nie chcemy od ciebie wiele, chcemy dowiedzieć się, kto przejeżdża przez nasze ziemie, nic więcej! Jeśli nie jesteś żadnym z poszukiwanych przez moje sądy nikczemników, nic ci nie grozi. Podaj swe imię.

Jeniec wpatrywał się w niego uważnie ciemnym, bystrym spojrzeniem, jakby ważył jego słowa.

— Stoisz przed księciem Henrykiem, panem Starszej Polski i Głogowa — pchnął go lekko Lutek Pakosławic. — Władcą surowym, ale słynącym ze sprawiedliwości!

— Nie waż się więcej mnie tknąć! — odezwał się przybysz, unosząc spętane dłonie. — I rozwiąż mnie, nim przedstawię się księciu!

Henryk skinął głową, by Lutek rozpętał go.

— A zatem, kogo witam w swym księstwie? — zapytał, gdy brodacz rozcierał nadgarstki.

— Ottona III, księcia Bawarii z dynastii Wittelsbachów, który przyjął imię Beli V jako król Węgier — odpowiedział gość, prostując plecy.

Lutek parsknął śmiechem, ale Henryk spojrzał na niego i Pakosławic zamilkł speszony. Henryk zaś w pierwszej chwili pomyślał, że się przesłyszał. W drugiej, że nie wierzy w cuda, a w trzeciej, iż los uśmiechnął się do niego na głogowskim trakcie. Nie dał po sobie poznać, co myśli, i spytał poważnie:

— Król Węgier na Śląsku? Twój orszak za skromny, by oznaczał wyprawę zbrojną, zresztą, jak wiemy, Węgrzy utrzymują ze Śląskiem poprawne stosunki. Skoro nie jedziesz na wojnę, to? — zawiesił głos.

Zmęczone oczy brodacza zalśniły, gdy mówił:

— Uciekłem z niewoli, jaką zgotował mi wojewoda Siedmiogrodu Laszlo Kan.

— To zaskakujące, sam rozumiesz — odpowiedział mu Henryk. — Nieczęsto spotyka się koronowanych władców uciekających z niewoli przez teren obcego im kraju. Ale uczynię wobec ciebie pierwszy gest dobrej woli. — Odwrócił się do Lutka i rozkazał: — Zastąp Henryka Hacke i ty wybadaj ludzi naszego gościa, by potwierdzić lub zaprzeczyć temu, co nam mówi. Bądź delikatny. Słyszałeś, co powiedział? Być może będziesz przesłuchiwał królewskich ludzi.

— Tak jest — skinął głową Lutek i zniknął natychmiast.

Przybysz wyglądał jak człowiek znużony, ale nie jak zaszczuty uciekinier; patrzył na księcia spod ciężkich powiek.

— Podajcie wina! — zażądał Henryk. — I krzesło dla gościa. Nawet jeśli za chwilę nie okażesz się królem Węgier, to Chrystus kazał spragnionych napoić, a przybyszów w dom przyjąć.

Henryk nigdy nie był fantastą, a jednak coś mu mówiło, że brodacz jest tym, za kogo się podaje.

— W moim bagażu jest pieczęć królewska — powiedział Otto, gdy usiadł i spróbował wina. — Każę ją przynieść.

— Zawsze to coś na początek — przytaknął Henryk. — Choć rozumiesz, że mamy prawo myśleć, iż znalazła się w twych rękach w sposób nie całkiem legalny.

— Doceniam twą ostrożność, ale jeszcze bardziej wino, którym mnie podjąłeś — ciężko westchnął gość i znów upił łyk. — Reńskie, prawda? Wolę je od ciężkich węgierskich trunków, ale będąc królem Madziarów, piłem ich wino i jadłem ich chleb.

— Jak to się stało, że znalazłeś się w niewoli swego palatyna?

— Zatem wierzysz mi? — spytał brodacz.

Henryk spojrzał na ogień płonący w żelaznym palenisku pośrodku namiotu. Jakieś mokre polano trzasnęło i zakopciło.

— Z natury nie jestem łatwowierny — odpowiedział po chwili. — Lecz wiem, jak trudna sytuacja panuje na Węgrzech, i gdybym był tym, za kogo ty się podajesz, uciekłbym do Bawarii właśnie przez Śląsk.

Na napiętej twarzy gościa odmalowało się westchnienie ulgi.

— Jak pewnie ci wiadomo, książę, po śmierci ostatniego z Arpadów wybuchła wojna o węgierską koronę. Ja jestem wnukiem po mieczu króla Beli IV, a mój konkurent, Karol Robert z Andegawenów, jest wnukiem Stefana V, ale po kądzieli. Był jeszcze ten młodzian, Václav III Przemyślida, ale na szczęście opuścił Węgry, oddając w moje ręce koronę świętego Stefana i tym samym arcybiskup Ostrzychomia dokonał w pełni prawnej koronacji, przekazując władzę w me ręce. Laszlo Kan, wojewoda siedmiogrodzki, nie pogodził się z moim wyborem, wspiera Andegawena. Zaprosił mnie do siebie, próbował skłonić do małżeństwa ze swą córką, a gdy nie wyraziłem zgody, uwięził.

— Czego brakowało dziewczynie? — spytał Henryk i upił łyk wina.

— Niczego — pokręcił głową gość. — I wszystkiego. Pochodzenia, godnego Wittelsbachów i węgierskiego króla. Była tylko pionkiem w grze pazernego ojca, który chciał wprowadzić krew królewską do swego rodu, a potem, gdy dziewczyna urodziłaby następcę tronu, nie wahałby się posunąć do najgorszego. Czyhał na me życie i wydawało mu się, że znalazł świetny sposób, by uśpić mą czujność. Nie myliłem się co do jego zamiarów, bo gdy odmówiłem, uwięził mnie bez wahania.

Poła namiotu uchyliła się i do wnętrza bezszelestnie wszedł Lutek. Henryk spojrzał na niego i wiedział. Jak dobrze się nie mylić — pomyślał z ulgą i dał znak Pakosławicowi, by zostawił ich samych. Potem powstał od stołu, mówiąc:

— Witaj, Ottonie Wittelsbachu, księciu Bawarii i królu Belo V.

Brodacz odstawił kielich i również się uniósł, wyciągając do niego dłoń.

— Witaj, książę Henryku.

Uścisnęli sobie prawice i w tej samej chwili Henryk wiedział, co zrobi dalej.

— Wieczerza! — krzyknął do służby.

Podczas posiłku obserwował swego gościa. Sposób, w jaki łamie chleb, kroi mięso i chwyta kielich. Oglądał bruzdy na jego twarzy i wyobrażał go sobie z przystrzyżoną brodą, odzianego w jedwabne szaty. Bela V czy Otto Wittelsbach był człowiekiem statecznym, niegwałtownego usposobienia, nieco może powolnym, ale jednocześnie przenikliwym.

— Ile lat ma twój konkurent do tronu? — spytał.

— Dwadzieścia — skinął głową król i roześmiał się. — Młodzik przy nas, Henryku! Lecz nie nazywaj go moim konkurentem. Zgodnie z prawem tylko ja jestem królem.

— Zgadzam się z tobą — przytaknął Henryk bez uśmiechu. — Korona świętego Stefana została na Węgrzech?

— W rękach Laszlo Kana.

— Zatem w każdej chwili zwolennicy Andegawena mogą go nią ukoronować.

Bela pokiwał głową i odstawił kielich. Splótł sękate palce na piersi.

— Mogą, choć będzie to bezprawie, bo ja żyję, nie zrzekłem się swych praw do korony i zamierzam o nią walczyć. Pojadę do Bawarii, zbiorę siły Wittelsbachów i wrócę po swoje.

— Przydałoby ci się wsparcie innych niemieckich książąt.

— Będę o nie zabiegał.

— Jak żyjesz z Welfami?

— Wolałbym żyć lepiej.

— Moja żona, Matylda księżniczka Brunszwiku, jest córą Welfów. Siostrą panujących książąt — powiedział wreszcie Henryk, uważnie patrząc w oczy Beli.

— Do czego zmierzasz, książę? — spytał ten.

— Szukam punktów wspólnych.

— Nie lubię zagadek — odpowiedział Bela.

— Ja też — skinął Henryk. — Córka Laszlo Kana była dla ciebie złą partią. Moja córka, Agnieszka, będzie partią idealną. Da ci, poprzez rodzinę matki, wsparcie książąt Brunszwiku w walce o tron węgierski. Tron, który ja, jako jej ojciec cenię, ale nigdy nie będę do niego rościł pretensji. W dodatku Królestwo Polskie, o którego koronę zabiegam, ma zwyczajowo dobre układy z Królestwem Węgier. Proponuję ci sojusz na przyszłość.

Bela V przez chwilę myślał. Potem spytał:

— Ile ma lat twoja córka?

— Piętnaście.

Ważył to chwilę i odezwał się, patrząc na niego poważnie spod ciężkich powiek:

— Moja pierwsza żona dała mi dzieci, które szybko zmarły.

— Matylda z Brunszwiku urodziła mi pięciu synów i cztery córki. Wszystkie dzieci żyją. Najmłodszy, Przemko, nie ma jeszcze roku.

— To znaczy, że Agnieszka może być równie płodna jak matka. — Nie spytał, lecz stwierdził Bela.

— Tak to widzę. Wraz z małżeństwem Agnieszka przyjmie tytuł królowej Węgier — zakończył pierwszą licytację Henryk.

— A my staniemy się sojusznikami w walce o swe Królestwa, Henryku. Mam świetne układy z królem Czech, Henrykiem z Karyntii, co może cię zainteresować.

— Owszem — powiedział, czując, jak robi mu się gorąco z emocji. Karyntczyk rości pretensje do polskiej korony, ale jest zbyt mały, by po nią sięgnąć. W zamian za to powinien być w sam raz do wspólnej wojny z Łokietkiem. Książę krakowski zduszony z dwóch stron? Serce zabiło mu szybciej. Żelazo kuje się póki gorące, ale hartuje, wkładając ostrze do zimnej wody. Powściągnął się, skinął na sługę, by napełnił im kielichy, i odezwał się:

— Nim sfinalizujemy swe plany, muszę ci o czymś powiedzieć, królu. Może i nie jest to szczególnie miłe, ale chcę, byś to wiedział, nim naprawdę zdecydujesz się ze mną złączyć swój ród.

— Słucham. — Wittelsbach przekrzywił głowę i zmrużył oczy.

— Otóż, jestem człowiekiem, który zawsze dotrzymuje słowa, i bez względu na okoliczności wymagam tego samego od innych.

— W takim razie z pewnością się zrozumiemy — kiwnął głową Wittelsbach. — Dla mnie też sprawiedliwość jest tylko jedna.

— Surowa, nie dobrotliwa — dopowiedział Henryk.

— Bóg mi świadkiem.
— Amen.

Unieśli w górę kielichy, lecz Henryk powstrzymał spełnienie toastu i zawołał do swego giermka:

— Idź z dzbanem wina ode mnie i od króla do Henryka Hacke i Lutka Pakosławica. W podzięce za gościa, którego znaleźli w gospodzie. I wyślij gońców do księżnej pani, do Głogowa. Niech sposobi Agnieszkę do narzeczeństwa. Biegiem!

Gdy giermek wyszedł, Henryk dokończył:

— Bo najpierw narzeczeństwo, Belo, a dopiero potem małżeństwo. Nasze spotkanie jest przyczynkiem siły, nie zaś desperacji. Napijmy się!

— Napijmy — powtórzył Bela V. — Za królową Węgier Agnieszkę Głogowską!

— Za sojuszników naszych przyjaciół!

— I na pohybel wrogom.

WALDEMAR margrabia brandenburski uwielbiał potężne, bojowe ogiery, które mocarnymi kopytami rozgniatały trakt, pędząc równym, niezmordowanym rytmem, jakby zostawiały w tyle własne zmęczenie. Na grzbiecie takiego konia czuł się jeźdźcem Apokalipsy. Nie jednym z czterech, ale czterema w jednym.

Podczas polowań, dalekich marszów i gonitwy po lesie dosiadał zwykłych wierzchowców do jazdy, ale na wyprawę wojenną zabierał dwa osobiste bojowe konie, stać go było. Z ich grzbietu był zwycięzcą od chwili przekroczenia granic.

Teraz prowadził przednie oddziały brandenburskie, a jego stryj Otto ze Strzałą zabezpieczał tyły. Te czasy, gdy stryj mógł go powstrzymać, obsztorcować jak szczeniaka, za brawurową jazdę i nierozsądne zachowanie, odeszły w niepamięć. Teraz byli sobie równi.

Herman padł pod murami Eldny, torując im drogę na szczyt. Owszem, dalekie kuzynostwo z Salzwedel, popłuczyny po margrabim Hermanie, zasłaniając się jego synem, dzieciakiem Janem, próbuje podnosić łby i domagać się współudziału w rządach, ale niedoczekanie. Głos elektorski jest jeden i należy do nich, dwóch dorosłych Askańczyków, Waldemara i Ottona ze Strzałą. Nikt więcej nie wejdzie im w paradę, a na dziedziców Hermana Mechtylda już znalazła pułapkę. Zaśmiał się pełną piersią, aż koń pod nim parsknął.

— Gräfin Mechtilde! A niech cię!

Już na pogrzebie Hermana pokazała mu jego córkę, dziesięcioletnią Agnes, i szepnęła: „Ożeń się z nią, a zamkniesz gęby jej krewnym. Będą całować cię po stopach i liczyć na dziedzica...". Odwrócił się do Mechtyldy i powiedział: „Ja chcę ciebie całować po udach, meine Gräfin", a ona na to, bez mrugnięcia okiem: „Możesz mieć jedno i drugie". Więc tak, złożył jej krewnym propozycję, oni w zachwycie wsparli go rycerstwem na wyprawę pomorską i sprawę sukcesji po Hermanie zamknięto. Mógł pędzić na czele wojsk przez Markgrafenweg na wschód, ku czekającym na niego gdańszczanom.

— Panie! — podjechał do niego Fritz, dowódca patrolu. — Za tym lasem Markgrafenweg się dzieli na dwie drogi, jedna biegnie do Torunia, a druga...

— Markgrafenweg biegnie do Torunia — poprawił go Waldemar i zaśmiał się. — Choć niedługo każda droga, po której ja będę jechał, zacznie nosić to miano! Odbijamy na północ, Fritzu. Puść zwiadowców przodem, niech szukają jeziora otoczonego przez wyschnięte łąki. Nazywa się Gołubie i powinno być o stajanie od głównej drogi. Tam rozbijamy obóz i czekamy na wojska.

— Jak każesz! — powiedział Fritz i ruszył przed siebie, wzbijając tuman kurzu spod końskich kopyt.

Znalezienie jeziora nie było trudne. Przed wieczorem wokół jego łagodnych brzegów rozkwitły płachty namiotów i zapłonęły ogniska. Służba poprowadziła konie na łąki, bo te okalające jezioro naprawdę były suche. Na niedalekim, przeciwnym brzegu, widać było wieś. Druga przycupnięta jak grzyb pod pniem, znaczyła się ciągiem rozrzuconych chałup za polami, nieopodal lasu. Waldemar widział, jak zaniepokojeni wieśniacy kręcą się wpatrując w wojsko układające się do snu. Pozwolił swym ludziom, zmęczonym długą drogą z Marchii, odpocząć przez noc. A gdy rankiem dołączyły do nich poczty Ottona ze Strzałą, zerwał z leży dwa ulubione oddziały i wydał rozkaz:

— Spalić wsie! Nim podłożycie ogień, zabrać żywność, a wieśniaków wyrżnąć! Dalej!

Sam wskoczył na siodło i ruszył za nimi. Lubił patrzeć, jak jego ludzie zabijają.

Gdy sam był w wirze walki, tracił panowanie nad sobą i wszelką kontrolę. Wystarczyło, że chwytał miecz, a chłód żelaza przenikał jego ciało i kości, zamrażając umysł. Ścinał go szron, który ustępował dopiero po bitwie. Żałował, tak, żałował, że ciął na oślep i zadawał śmierć, nie pamiętając i nie wiedząc, jak ona naprawdę smakuje. A gdy rozmarzał, było już za późno. Trupy, pobojowisko, parująca krew. Czasami potrzebował patrzeć, by wiedzieć, jak to jest zrobione.

Zatrzymał się na skraju wsi i obserwował. Widział, jak jego ludzie zaganiają wieśniaków do jednej zagrody; jak dzielą się na grupy, bez słowa. Jedni pędzą bydło, drudzy chałupa po chałupie wynoszą worki jęczmienia i prosa, garnce masła, miodu i kręgi sera, ładują je na wozy. Trzeci już podkładają ogień pod ograbione chałupy. Uśmiechnął się. Dobra szkoła stryja Ottona! To stary jednooki Askańczyk uczył wszystkich tej sztuki. Wieśniacy w zagrodzie na widok ognia zajmującego strzechy wpadają w panikę. Mężczyźni próbują się wyrywać, kobiety płaczą, dzieci wrzeszczą. Ale pierwsi już skończyli z bydłem i biorą się za ludzi. Zaczynają od mężczyzn, potem zabijają dzieci. Kobiety na końcu. Część z nich pomdlała, gdy padło potomstwo, część stoi jeszcze, skamieniała ze strachu.

Jak ogłuszone — zauważył Waldemar i przypomniał sobie, że gdy on wpada w bitewny szał, też nic nie słyszy. — Czy przerażenie i szaleńcza odwaga mogą mieć podobne objawy? — pomyślał z uwagą.

Do zagrody wrócili ogniomistrze, tak ich zawsze nazywał, lubili to miano. Wybierają spośród bab dziewczyny i biorą się za nie. Przestraszone wieśniaczki nie płaczą, w milczeniu dają się ciągnąć tam, gdzie chcą jego ludzie. Waldemar odwrócił głowę. Zagroda pełna spółkujących nie ciekawiła go tak, jak zabijanie.

Ruszył konno w las, chciał się przewietrzyć po smrodzie dymu z płonącej wioski. Jego koń znalazł ścieżkę między drzewami, ale musiał ujechać spory kawał, by uwolnić nozdrza od woni spalenizny. Las gęstniał i Waldemar spojrzał w górę, słońce między koronami drzew stało w zenicie.

Czas wracać — pomyślał i w tej samej chwili spomiędzy zarośli wyszła dziewczyna z dzbankiem jagód.

W pierwszym momencie zlękła się, cofnęła o dwa kroki, ale nie uciekła. Uniosła głowę i zaczęła wpatrywać się w Waldemara.

— Ktoś ty? — spytał po niemiecku.

— Miejscowa — odpowiedziała w tutejszym języku.

— Z tamtej wsi? — Wskazał za swoje plecy.

— Nie. Nie mieszkam w wiosce.

Przyjrzał jej się. Była wysoka, dość kanciasto zbudowana. Jej włosy, luźno związane nad karkiem, przypominały gęsty, lejący się miód. Miała na sobie lekką żółtozieloną suknię, przez co jej sylwetka zlewała się z barwą poszycia.

— Więc gdzie mieszkasz? — zapytał.

— Z bartnikami, w lesie.

— Mów po niemiecku — rozkazał. Skoro wszystko rozumie, zna język.

— Dobrze, panie Woldemar.

Wstrzymał oddech. Woldemar. Nikt tak do niego nie mówił, a jednak gdzieś już słyszał swe imię wypowiedziane w ten sposób. I ta dziewczyna...

— Czy ja cię znam? — spytał.

— Nie wiem, panie.

— Spotkaliśmy się gdzieś? — pytał coraz gwałtowniej.

— Nie pamiętam, panie.

— Jak cię zwą?

— Wołają na mnie Blute, panie Woldemar — powiedziała, przykładając dłoń do oczu, jakby raziło ją słońce.

Blute. Pełnokrwista. Serce zaczęło mu bić gwałtownie i nagle zapragnął tej dziewczyny, ale robiło się coraz później, a on już nie był młodzikiem folgującym najpierw swym żądzom, a potem obowiązkom. Był margrabią i wodzem.

— Chcesz ze mną jechać, Blute? — Sam się zdziwił, że spytał.

— Dokąd, panie?

— Do obozu mych wojsk, do mego namiotu.

— Pojadę — powiedziała. — Skoro pan Woldemar chce.

Pragnie — pomyślał, zaciskając uda na końskich bokach. Pochylił się, podał jej rękę, a ona upuściła dzban z jagodami na poszycie i zwinnie wskoczyła na siodło przed nim. Bojowy koń zadrżał, z jego wielkich rozdętych chrap uleciał strumień pary. Zawrócił go i zwierzę samo odnalazło ścieżkę powrotną. Jechali wolno, gęste drzewa uniemożliwiały szybką jazdę. Raz po raz uchylali się przed zwisającymi gałęziami i długimi łapami kolczastych krzewów. Blute oparła się o jego pierś i niemal bezwładnie odchyliła głowę. Jedną dłonią trzymała się końskiej grzywy, drugą wyciągnęła za siebie i zaczęła dotykać jego uda. Lubił śmiałe dziewczyny, ale ta leśna znajda zaskoczyła go. Był gotów w jednej chwili; nim dojechali do obozu, Blute doprowadziła go do szczytowania, choć ogier nie stanął nawet na pół kroku, a on nie wypuścił wodzy z rąk. Dała mu rozkosz, dotykając wyłącznie jego szczelnie ubranego w nogawicę uda. Otrząsnął się.

— Blute to niemieckie słowo — powiedział, zatrzymując konia przy swoim namiocie. — Jak cię zwą w twoim języku?

— Ostrzyca, panie — powiedziała, odwracając ku niemu twarz.

Zobaczył zamglone oczy i rozchylone usta. Nie opanował się i pocałował ją.

— Masz rację. Blute brzmi lepiej. To tutaj. Idź do namiotu i czekaj na mnie.

Zeskoczyła z siodła równie zręcznie, jak wcześniej się na nim znalazła, i zniknęła w namiocie posłusznie. Przeciągnął się. Wyprawa pomorska zaczynała się doskonale.

— Stryju! — przywitał chwilę później Ottona ze Strzałą w jego namiocie.

— Bratanku! — klepnął go w plecy Otto. — Świetnie ubezpieczony obóz i dobra robota z tymi wsiami. Chwali ci się.

— Biskup lubuski już jest? Nie widziałem jego chorągwi.

— Będzie przed zmierzchem. Święcowie też, ale bez Piotra.

Służba podała zimne piwo; Waldemar po przygodzie z Blute zachłannie zanurzył w nim usta.

— Dlaczego bez Piotra? — spytał, gdy zaspokoił pragnienie.

— Myśleliśmy, że to czcza pogłoska, ale potwierdziła się — wzruszył ramionami Otto. — Książę Władysław był na Pomorzu przed nami. Pochwycił Piotra Święcę i wsadził do lochu.

— W Tczewie? — zdziwił się Waldemar. — To odbijmy go.

— Nie, nie jest głupi. Zabrał go na Kujawy. Ale bracia Piotra, Wawrzyniec i Jan, stawią się z wojskiem, jak było umówione. I, jak przekazał ich poseł, żadne z ustaleń z nami nie zostanie ze strony rodu Święców złamane, nawet jeśli główny rybogryf chwilowo pod kluczem.

— Dolej mi! — Waldemar wyciągnął kubek w stronę sługi. Pragnienie wróciło.

— Od Gdańska dzielą nas dwa dni marszu — mówił Otto. — Damy wypocząć ludziom, niech wrócą do sił, bo najważniejsze, by po opanowaniu miasta od razu przypuścić szturm na książęcy gród.

— Chmielno — powiedział Waldemar, odrywając usta od kubka.

— Piwo? Nie, jęczmienne chyba — odpowiedział stryj.

— Nie mówię o piwie. Chmielno to nazwa gródka w połowie drogi. Musimy go spalić, nim uderzymy na Gdańsk. Gdyby namiestnicy Południowego Pomorza chcieli przyjść na odsiecz, zrobią sobie bazę w Chmielnie.

— Słusznie, bratanku. — W jedynym oku Ottona zalśnił szacunek.

— Chętnie zajmę się tym — kontynuował Waldemar. — Ty

wypoczywaj, czekaj na Święców i wojska biskupie, a ja wezmę swoich i spalę to Chmielno. Dołączycie do nas i wbijemy się w Gdańsk.

— Przystaję — uśmiechnął się do niego stryj.

Całą noc spędził z Blute. Nie mógł się nasycić leśną znajdą. Gdy dochodził do kresu, jedno pociągnięcie jej rąk wystarczało, by znów był gotów. Chciał ugasić palące go pragnienie, a zamiast tego wciąż czuł głód.

— Co ze mną będzie, panie Woldemarze? — szepnęła do niego nad ranem. — Gdy wyjedziesz, co ze mną?

— Zostaniesz w obozie — wymamrotał. — Moi słudzy cię przypilnują i przywiozą mi do Gdańska.

— Jak sobie życzysz, panie — powiedziała i zamknęła oczy.

Gdy usłyszał jej miarowy oddech, zasnął i on.

Rankiem był półprzytomny, dopiero chłód idący od jeziora orzeźwił go. Wskoczył na koń i na czele swych oddziałów pognał na Chmielno. Gród stawił opór, ale Waldemar nie znał oporu, którego nie przełamie ogień. Obrońców wyrżnęli, zabudowania puścili z dymem. Po dwóch dniach, gdy z Chmielna zostało pogorzelisko parujących popiołów, na trakcie od południa zalśniły na chorągwiach czerwone orły Ottona ze Strzałą, za nimi srebrne rybogryfy Święców i świątobliwy sztandar biskupa lubuskiego Fryderyka. Uformowali bojową kolumnę i zieloną doliną rzeki Raduni ruszyli na północ, na Gdańsk.

O stajanie od miasta mały orszak Święców odłączył się i pojechał przodem.

— Nie zdradzą? — spytał biskup Ottona ze Strzałą.

Stary Askańczyk zmrużył jedyne oko i nie odpowiedział. Waldemar odwrócił się. Poszukał wzrokiem taborów. Miodowe włosy Blute lśniły w ostrym, wczesnojesiennym słońcu. Natychmiast poczuł pragnienie. Sięgnął po bukłak z winem i pociągnął łyk. Stryj skinął głową i unosząc w górę ramię, krzyknął:

— W drogę! Na Gdańsk!

— W imię Ojca i Syna… — zaczął biskup Fryderyk.

Waldemar i Otto bez słowa wyminęli go i stanęli bok w bok na czele kolumny.

— W imię Brandenburgii — powiedzieli jednocześnie i ruszyli przed siebie.

Przed miejską bramą czekali na nich Święcowie, rajcy i sołtys.

— Miasto Gdańsk wita margrabiów — powiedział Wawrzyniec Święca. — Swych prawowitych właścicieli.

— Margrabiowie witają swój Danzig — krzyknęli razem bratanek i stryj.

Obwarowania miasta, choć drewniane, były w świetnym stanie, wszak dopiero Przemysł, obejmując po Mściwoju Gdańsk, pozwolił mieszczanom je odbudować, po tym jak stary gruby książę je zburzył. Waldemar uważnie oglądał porządne pnie dębiny, wewnętrzne pomosty i okienka strzelnicze. Ciżba wyległa na ulice, by ich witać.

— Grüss Gott! — wołali mieszkańcy.

Mocne fasady drewnianych domów i wielkie, przysadziste składy na ich tyłach, zabezpieczone kratownicami w małych oknach i drzwiach. Wyłożone drewnem czyste uliczki, wzdłuż których stali mieszkańcy, barwny tłum, rzucający im pod nogi zielone gałązki.

— Grüss Gott!

Dzwony na wieży murowanego kościoła Świętej Katarzyny rozdzwoniły się na powitanie. Ciżba, tłok, uśmiechnięte dziewczęta machające do nich rękami, ich ojcowie, kupcy gdańscy w grybych aksamitnych płaszczach, choć upał. Potem rzemieślnicy pod proporczykami cechów, jak miejska armia.

Zapadał wieczór, gdy na koniec tryumfalnego objazdu ulicami Gdańska kopyta ich koni weszły na rozłożone na głównym placu słynne gdańskie sukno, a rajcy poprowadzili ich do dwóch tronów ustawionych na podwyższeniu przed wejściem do ratusza. Otto i Waldemar zeskoczyli z siodeł i usiedli, przyjmując hołd od mieszczan, a gdy skończyli, Otto ze Strzałą krzyknął:

— Gdańszczanie! Koniec waszych upokorzeń! Pod naszymi rządami jesteście panami w swym mieście. Po co wam wrogi kantor lubecki? Nie chcecie tu obcych kupców? Zniszczcie ich!

Waldemar rozparł się wygodnie na tronie. Jeden sługa podał w srebrnych kielichach wino, drugi wielką misę złotych owoców.

— Co to? — spytał Waldemar.

— Brzoskwinie, mój panie. Nasi kupcy sprowadzają je statkami. O tej porze roku są najsłodsze.

Unieśli z Ottonem kielichy, spełniając toast za swój Gdańsk. I rozkoszując się słodkim smakiem trunku, patrzyli, jak w świetle rozpalonych naprędce pochodni gdańszczanie gołymi rękami rozbierają kantor lubeczan.

— Moi ogniomistrze pilnują dyskretnie, by rozochoceni mieszczanie nie podpalili nam Gdańska — uśmiechnął się do stryja Waldemar.

— Jesteś bardzo zorganizowany — pochwalił go stryj.

— Twoja szkoła, Ottonie — skłonił się.

Przez chwilę pili w milczeniu. Wreszcie Waldemar odwrócił się do stryja i powiedział:

— Żałuję, że nie ma jej z nami. Powinna siedzieć tu, na trzecim tronie i wznosić toast za spełnienie marzeń. Hej ty — skinął na usługującego im młodziana w zielono-czerwonym paradnym stroju. — Macie w składach gdańskich cytryny?

— Mamy, panie. To cenny towar, Jancho Srebrna Rączka ma go na składzie — wskazał na jegomościa w kunim kołnierzu.

— Obiecaliśmy jej cytryny i będzie je miała — uśmiechnął się Waldemar, kładąc ramię na podłokietniku.

— Właśnie myślałem o Mechtyldzie — uniósł brew Otto. — Pozwól, że udzielę ci rady.

— Słucham — powiedział uprzejmie i sięgnął po podsuwaną przez sługę brzoskwinię.

— Uważaj na nią, Waldemarze. To niebezpieczna kobieta.

— Świat jest pełen bezpiecznych kobiet — zaśmiał się w odpowiedzi i wygryzł się w owoc. Po jego brodzie popłynął sok. — Wystarczająco nudnych, by nie stawiały przed nami żadnych wyzwań.

— Pamiętaj, że ostrzegałem — powtórzył stryj i odmówił skosztowania brzoskwini.

Jest już stary — pomyślał Waldemar. — To wojownik twardy jak wyprawiony rzemień, ale jest już za stary na kobiety takie jak Mechtylda. Ile jeszcze pożyje? Rok, dwa, pięć? Pewnie nie więcej. W naszym rodzie mężczyźni nie są długowieczni. I wtedy ja zostanę jedynym władcą Brandenburgii. Margrabia Waldemar Wielki, pan Brandenburgii, Pomorza i Łużyc — nazwał się w myślach i dopił wino. Wieczór sprawiał, że robiło się chłodne.

Dostrzegł Fritza przeciskającego się przez ciżbę. Skinął na niego, że może podejść.

— Margrabiowie — pokłonił się dowódca jego straży przednich. — Mamy wieści z Niemiec.

— Mów — rozkazał Waldemar i rzucił pod nogi pestkę.

— Zwołano zjazd elektorów Rzeszy.

— Teraz? — zdziwił się Otto.

— Nie w porę — skrzywił się Waldemar.

— Za trzy tygodnie wybór nowego króla. Goniec jechał ze Stendal dzień i noc, zajeździł trzy konie, by jak najszybciej przekazać wiadomość.

— I tak za długo — wzruszył ramionami Waldemar i odesłał Fritza. — Odejdź.

— Dzisiaj weszliśmy do miasta, dopiero od jutra zaczniemy szturm na gród książęcy — powiedział Otto to, co ustalili wcześniej.

Powtarzasz się, stryju — przemknęło mu przez myśl.

— Miasto bez grodu to jakbyśmy mieli łódź bez żagla albo port bez łodzi — mówił stary. — Mieliśmy spokojnie przygotować trebusze, drabiny... jutro możemy zacząć szturm, ale tam jest duża załoga, planowałem, że zdobycie warowni zajmie nam z tydzień, a tu ten zjazd elektorów...

Ależ on GLĘDZI — wściekł się w duchu.

— Ty jedź na sejm Rzeszy — wydusił wreszcie z siebie to, co Waldemar chciał usłyszeć. — Jesteś szybszy, młodszy, dotrzesz prędzej. Po śmierci Albrechta będzie walka między Wittelsbachami a Habsburgami, wiesz, na czym nam zależy. Ja w tym czasie zdobędę warownię. Wrócisz z Niemiec i na murach nad Motławą będzie powiewał czerwony, brandenburski orzeł.

— Jesteś pewien? — spytał stryja.

— Nie ma grodu, który oparłby się Ottonowi ze Strzałą — uśmiechnął się stary.

— W to nie wątpię. Pytam, czy jesteś pewien, że chcesz, bym to ja stanął w naszym imieniu na zjeździe elektorów?

— Jestem — skinął głową Otto.

— Dobrze, zatem wyruszę pojutrze. Chcę poprowadzić rano pierwszy szturm.

— Moja krew! — zaśmiał się stryj, unosząc twardy, suchy podbródek. — Przyjechał zdobyć i musi choć wbić hak w mur, bo inaczej krew mu się wzburzy. Tyś jest jak mój syn, Waldemarze!

Nie sądzę — pomyślał, patrząc na mrowie rozjarzonych pochodni i potężne fasady domów wokół rynku.

Rano był gotów. Uderzyli na położony na wyspie między ramionami Motławy gród gdański. Jednocześnie z dwóch stron, od leżącego za bramą grodzką mostu i od rzeki. Waldemar z tarczą stał na dziobie łodzi, a jego łucznicy miotali ogniste strzały na mury, skąd odpowiadano im bełtami kusz i garncami z wrzącą smołą. Gdy obrońcy ustrzelili mu sternika, Waldemar dał rozkaz:

— Cofnąć się! Wracamy na ląd.

Na moście wrzała walka, zobaczył stryja wydającego gorączkowe rozkazy. Czarna przepaska na oku Ottona wyglądała jak plama smoły.

Drabiny płonąc, raz po raz odpadały od murów, ale w ich miejsce pojawiały się nowe. Katapulty miotały okute belki, odpowiadały im kusze wałowe. Wielki taran osłonięty szopą z naciągniętych, namoczonych skór bydlęcych już jechał na główną bramę warowni, a w tym samym czasie piechota podciągała do muru wieżę oblężniczą. Ostrzał z obu stron był tak ostry, że Waldemar przez chwilę poczuł, iż żal mu wyjeżdżać na zjazd elektorów. Ogień miotany za mury i ten, którym z murów odpowiadali im książęcy obrońcy, rozgrzał go. Po raz pierwszy w życiu jadąc do walki, nie poczuł szronu na twarzy. Zagotowała się w nim krew.

WŁADYSŁAW wracał ze swym siostrzeńcem, księciem ruskim Lwem Jurijowiczem, i niewielką grupą małopolskich panów z przeglądu wojsk, które rozbiły się obozem na błoniach pod Sandomierzem.

— Kniaziu, jesień w pełni — gorączkował się Lew — nie możemy czekać ani dnia dłużej. Tam, w Haliczu, Andrij odpiera hordy i co dnia wygląda ciebie i mnie. I wojsk twoich.

— Gorączka z ciebie, jak i z twego ojca — pokręcił głową Władek.

— *Hospodi, pomyłuj* — trykroć przeżegnał się Lew.

— Amen — skinął głową książę.

Jurij, jego szwagier, zmarł wiosną. Eufemia, żona Jurija, rodzona Władka siostra, ledwie miesiąc przed nim. Zostali ci dwaj, synkowie: Lew i Andrzej, młodzieńcy. Poznał chłopców w ponurym czasie swego wygnania, gdy los go rzucił na dwór przemyski. Dziećmi byli, u stóp tronu ojca siedzieli, a Eufemia trzymała jasne dłonie na ich głowach. Wtedy Jurij go wsparł wojskiem, choć bojarzy szemrali: „Panie, toż kniaź Wlad jest bratem kniazia Leszka Czarnego, co nam urządził krwawą rzeź przed laty". Jurij zamiast bojarów posłuchał Władka i żony, a jego mołojcy pomogli Władysławowi odbić Kraków. Jak więc teraz ma zostawić w potrzebie ich synów, co przyszli do niego jak do ojca? Psiamać.

Wszystko mu się w rękach pali. W Krakowie arcybiskup Jakub II zrobił taki sąd nad Muskatą, że wióry szły, a sam biskup krakowski zapadł się pod ziemię, jakby nigdy nie istniał. Oboje, Jakub Świnka i Władek, wiedzieli, że przepadł, by szukać ratunku, ale póki co, jak topielec, nie wypływał. Henryk Karyncki, król Czech, listy słał, że ma prawa do polskiej korony i życzy sobie, by go Jakub II ukoronował. Świnka na oczach Władka te listy wrzucał w płomienie, a jego legiści odpisywali w takich słowach, których Władek w życiu by nie zrozumiał. Chodziło o to, że Karyntczyk ma się wypchać, tylko po łacinie.

No to się Henryk wkurzył i puścił na Małą Polskę zagon pod wodzą Mikołaja z Opawy. Tak, tego samego, co Władkowi pod Klęką zdradziecki pergamin podsunął. Bogoriowie rozpędzili opawskich ludzi na kopytach swych koni, ale samego księcia Mikołaja nie złowili. Nie był głupi, nie stanął na czele oddziałów. A żal, bo Władek chętnie by go w wawelskich lochach powitał i odpłacił za Klękę. Arcybiskup Jakub kazał mu się hamować. Mówił, że Bóg zapłaci. Niech i tak będzie, choć Pan Najwyższy mógł być zbyt łaskawy za knowania bękarta Przemyślidów. W tym samym czasie, jakby małopolskich kłopotów było mało, przybyli gońcy z Gdańska z wieścią, że margrabiowie zajęli miasto bez walki. Rozkazał bronić zamku i modlił się, by kolejne dni nie przyniosły mu najazdu Głogowczyka. Pan wysłuchał, ale w mrowiu spraw zapomniał pomodlić się o Kalisz i zajął go książę wrocławski, Bolesław, ten, co za narzeczoną miał najmłodszą z córek Václava. „Władku!" — szarpała go za ramię Jadwiga. — „Kalisz! Mój rodzinny Kalisz". Bogu dzięki, że w Krakowie był Świnka i wytłumaczył Jadwidze, że Kalisz musi odbić Głogowczyk, bo inaczej nie chcąc mieć wojny w domu, Władek musiałby rzucić wszystko i jechać odbijać dla Jadwini Kalisz.

— Lwie Jurijowiczu. — Władek wrócił myślami do siostrzeńca jadącego przy nim. — Czy ty wiesz, że ja własnych dzieci przez pół roku niemal nie widziałem? Do Kunegundy, mojej najstarszej, ciągną swaty. Elżbieta, najmłodsza, ponoć już mówi, ale ja nie słyszałem, czasu nie było. A Władysław junior? Pamiętam go sprzed roku, a jak dzisiaj wygląda? Pojęcia nie mam! Służba i żona moja mówią, że nie jest niski, ale czym go widział? W życiu. Ja wiecznie na koniu. Klaczy, wybacz, Rulka — poprawił się, klepiąc ją w szyję.

— *Ja znaju, ponimaju, batiuszka*, ratuj! Andrij hordy Tatarów odpiera i litewskie zagony...

— Przestań gadać! Wojsko widziałeś? Ruszymy.

— Książę! — Zajechał przed niego Piotr Bogoria. — Na Wiśle łodzie bojowe z twoją chorągwią.

— Ja nie mam floty wojennej — obruszył się Władek i w tej samej chwili poczuł chłód w piersi. — Gdańsk — szepnął. — Jedziemy na przystań!

Długa, płaskodenna łódź pod żaglem z orłem bez korony zaryła dziobem o przybrzeżny muł. Z pokładu zeskoczyli Bogusza i Jałbrzyk.

— Książę — padli na kolana. — My konamy.

— Wstawać — rozkazał i zwrócił się do Fryczka: — Wina!

Obaj przechylili bukłaki i Władek wytrzymał tę chwilę, gdy przełykali spragnieni.

— Gród gdański nie da rady natarciu brandenburskiemu. Bronimy się od miesiąca… — wydukał Bogusza.

— Czekaj, ja powiem — pchnął go Jałbrzyk i zaczął: — Ogień leci z nieba, książę, i ogień płynie rzeką, bez chwili wytchnienia. Jednego dnia polegli dwaj moi bratankowie, bełt wypuszczony z kuszy młodszego trafił w oko, starszy zginął, gdy skoczył mu z pomocą. A potem życie stracił mój giermek, bo chciał chłopaków ściągnąć z murów, licząc, że ich odratujemy. Doliwowie twoi umiłowani… Nie zliczę, ilu ich chowałem, poległych. Brandenburczycy są mocni, bo mają oparcie w mieście, a ono ich żywi, poi, opatruje ich rany. My zaś, wybacz, zjedliśmy ostatnie konie i psy. Koty poszły na ruszt pierwsze. Kobiety wydzierają mech z uszczelnień chat i na nim gotują polewki. Za tydzień przyjdzie pora na rzemienie. Nie śpimy od miesiąca, by nocą łatać mury zdruzgotane w dzień przez trebusze, tarany i tuleje. Ale za tydzień nie będziemy mieć czym łatać murów. Zginiemy, książę, bo wiesz, że gdańskiego grodu nie poddamy. Pójdziemy z ogniem w dym.

— Jezu Chryste — przerwał Jałbrzykowi Władek. — Przestań.

— Nie przestanę, książę, póki ostrzał Gdańska nie ustanie — hardo odpowiedział Jałbrzyk.

— Bogoria! — wrzasnął książę. — Lisowie!

Wokół Rulki zaroiło się od chrap wierzchowców.

— Gryfici! — zawołał tych, co czuli więzy krwi z Pomorzem. — Zmiana planów. Nie możemy zostawić Gdańska!

— Wuju! — krzyknął Lew, przebijając się przez konie małopolskich panów. — Nie możesz porzucić Rusi! Jeśli hordy połkną mnie i Andrija, ich długi jęzor puści się ogniem na Kraków, jak w dawnych czasach. Nie poniechaj! Nie przeocz!

— Książę Rusi ma rację — zakrzyknął Piotr Bogoria, a jego wałach zatańczył na tylnych kopytach przed Rulką. — Tylko on i jego brat są tarczą chroniącą nas od mongolskiej zarazy.

— Jak zatrzymać margrabiów? Jak obronić Gdańsk? — zakręcił się na Rulce Władysław.

— Krzyżacy! — krzyknął Bogusza. — Krzyżacy oferują pomoc! Wynajmij ich i zapłać im za obronę Pomorza. Mistrz krajowy złożył nam wstępną propozycję… Jest przyzwoita…

Jezu, prowadź — pomodlił się w duchu Władysław, zapominając, że zakon jest pod wezwaniem kobiety. Najświętszej Marii Panny.

GUNTER VON SCHWARZBURG kazał wystawić czujki na Wiśle daleko przed Chełmnem. Czekał na wracających z Krakowa emisariuszy księcia Władysława i chciał wiedzieć o nich jak najprędzej. Misterny plan Guntera wymagał precyzji w uruchomianiu kolejnych odsłon. Gdyby wszystko zostało w kanciastych łapskach mistrza krajowego, Henryka von Plötzkau, albo nawet starego przyjaciela Guntera, dawnego mistrza, Konrada von Sack, zamiast wzorowego przejęcia Gdańska byłaby rzeź. Gunter cenił swych dwóch towarzyszy, ale znał ich słabe strony lepiej niż kto inny. Von Sack był intrygantem w starym stylu — narobić hałasu, przestraszyć, wziąć na huki i przejąć władzę, jak to było za czasów wielkiego mistrza Gotfryda von Hohenlohe. Zaś Plötzkau, poza przekraczającym przyzwoitość, nawet jak na standardy zakonne bestialstwem, niczym się jeszcze nie wykazał. Nim został mistrzem krajowym, siedział w Bałdze i urządzał widowiskowe łowy na Żmudzinów. Z psami, nagonką i paleniem puszczy. Na dyplomacji nie znał się żaden z nich; to, dzięki Bogu, zostawili w rękach Guntera i tylko dlatego dzisiaj los otwiera przed zakonem szczęśliwą kartę.

— Panie — skłonił się przed nim sługa. — Wysłannicy księcia płyną. Jeszcze dzisiaj staną w Chełmnie.

— Dobrze! — zatarł dłonie Schwarzburg. — Wołaj do mnie Symoniusa.

Młody Prus był najbardziej udanym wychowankiem Guntera. Rodzina tutejsza, od dwóch pokoleń ochrzczona, wiernie służyła zakonowi wynagrodzona niedużym nadaniem. Dwie wsie i spłachetek łąki do wypasu, w zamian za synów pod bronią w oddziale lekkiej jazdy, zwanym szumnie Rotą Wolnych Prusów.

— Symoniusie! — powitał smukłego chłopaka o chmurnej twarzy.

— Komturze — skłonił się Prus, dotykając z szacunkiem rękojeści noża, który miał przy pasie.

Gunter uśmiechnął się w duchu. Podarował chłopakowi tę broń w dniu, gdy postawił go na czele oddziału. Rzeźbiona w kości figura Marii Panny wieńczyła rękojeść.

— Ile łodzi przygotował twój brat? — spytał Schwarzburg.

— Dwanaście stoi w porcie. Drugie tyle będzie gotowych na jutro.

— Ilu ludzi na łódź?

— Trzydziestu i sześć koni.

To razem sto czterdzieści czterech jeźdźców i ponad pięć setek piechoty — przeliczył w myślach Gunter.

— Przygotuj jedną łódź dla braci zakonnych. Pozostałe obsadzisz swoimi załogami. Dwie wyłącz, będą zajęte tylko przez zapasy żywności i broń. To wszystko.

— Jak rozkażesz, komturze Schwarzburg — skłonił się Symonius, ponownie dotykając rękojeści noża i wyszedł.

Wieczorem Gunter przyjął sędziego Boguszę i jego załogę. Widział skrajne zmęczenie malujące się na ich twarzach.

— Doskonały czas — pochwalił obrońców. — Do Krakowa i z powrotem w mniej niż dwa tygodnie.

— Do Sandomierza. Tam zastaliśmy księcia — odpowiedział Bogusza.

— Jak wasz pan zapatruje się na naszą ofertę? — spytał Gunter z uśmiechem. — Rozumiem, że ją przyjął.

Nie ma wyjścia — pomyślał z tryumfem. — Grunt mu się pali pod nogami. Jeśli nie zabezpieczy halickich siostrzeńców, to mu się Mongołowie wedrą do Małej Polski.

Rozbawiło go, że Andrzej i Lew byli także i jego krewnymi, ale jako prawosławni schizmatycy nawet nie pomyśleli o pomocy ze strony zakonu. Zresztą, nie było to w jego interesie.

Bogusza i towarzyszący mu rycerz z łączonymi na skos krzyżami, znakiem Pomianów, spojrzeli po sobie. Gunter uniósł brew. Czyżby nie przyjął?

— Książę Władysław jest rad z propozycji, ale sugeruje drobne zmiany — z ociąganiem odpowiedział Bogusza.

— Zmiany? Jakie zmiany? Nasza oferta była czysta: luzujemy obrońców gdańskiego grodu, przejmując go od was na rok. I przez pierwszy rok bronimy go na własny koszt, a gdyby działania zbrojne się przeciągały, w drugim roku za obronę płaci książę. Zaś po wszystkim podliczamy wydatki, książę płaci nam za poniesione koszty i gród przechodzi z powrotem pod jego panowanie. Jakie drobne zmiany można wprowadzać do tak klarownej propozycji?

— Pozwól, komturze, że ja wytłumaczę. Jestem Jałbrzyk, brat kasztelana brzeskiego, towarzysz księcia Władysława. Z Pomianów.

Gunter skinął mu głową.

— Otóż, jak być może wiesz, szlachetny komturze, gród gdański składa się z dwóch części. W jednej jest siedziba namiestnika, w drugiej nieco większej podgrodzie. Chaty rybaków, rzemieślników, no, przyznać trzeba, że obecnie z chat zostały strzępy i część namiestnicza wygląda dużo lepiej. Nasz książę nie wyobraża sobie, by swych wybawicieli, zakonnych braci, wprowadzić do takiej ruiny, jaką jest dzisiaj podgrodzie, i w związku z tym zaproponował, że załogi zakonne zajmą namiestniczą część grodu, a na podgrodziu zostanie załoga polska.

Boi się oddać nam warownię w całości — pomyślał Gunter. — Cwany lis z Małego Księcia. Przyjąć pomoc, ale zostawić swych ludzi, by patrzyli nam na ręce.

— No cóż — wzruszył ramionami von Schwarzburg. — Wobec tego musimy czekać, aż mistrz krajowy w Elblągu pochyli się nad zmianą warunków. To potrwa.

Wysłannicy księcia pobledli. Komtur zobaczył, jak sędzia Bogusza zaciska nieogolone szczęki.

— Komturze, gród gdański nie ma czasu — szybko powiedział ten drugi, Jałbrzyk. — Oblężenie brandenburskie jest tak silne, że w każdej chwili możemy stracić warownię, a jeśli w rękach margrabiów znajdzie się i miasto, i gród, Gdańsk przepadnie.

— Nie ja zmieniałem postanowienia — niemal ze współczuciem powiedział Gunter. — My, rycerze zakonni, mamy swoje zasady. Nasza legendarna skuteczność bierze się ze ścisłego ich przestrzegania.

— Komturze — poprosił Bogusza. — Nie ma czasu.

— Nie jestem bez serca — poważnie powiedział Gunter. — I świetnie rozumiem, że macie nóż na gardle, dlatego mogę przyjąć, że udzielimy wam natychmiastowej pomocy, o ile ty, sędzio, zobowiążesz się do przywrócenia warunków porozumienia na te, które złożył wam mistrz von Plötzkau. Jak tylko będzie ku temu sposobna chwila.

Widział ulgę na twarzy Boguszy i niepewność Jałbrzyka, ale to nie miało już znaczenia. Decyzja zapadła i rano, jak obiecał Symonius, łodzie były gotowe. Rota Wolnych Prusów oraz dwudziestu braci zakonnych, na których przypadało trzy razy tylu półbraci i sług, wsiadła na pokłady. Gunter, nim ruszył z nimi jako wódz wyprawy ratunkowej, posłał gońców z osobnymi posłaniami. Do mistrza Henryka von Plötzkau i swego brata, Zygharda, komtura w Dzierzgoniu.

Do Gdańska można było dotrzeć wodą i lądem, w czas pokoju, rzecz jasna. Warowny gród książęcy strzegł miasta od strony wody, a ono samo rozciągało się na południowy zachód od niego, będąc zwieńczeniem lądowych traktów z zachodu i południa. Teraz, gdy Brandenburczycy zajęli miasto kupieckie, droga lądowa odpadała. Na szczęście dawni książęta Pomorza pomyśleli i o tym: do warowni można było wpłynąć, omijając miasto. I tak zrobiła flota pod wodzą Guntera.

Ruszyli z Chełmna. Najpierw płynęli rozległymi wodami Wisły, aż do tego miejsca, gdzie jej koryto rozdziela się na ruszający ku

Marienburgowi Nogat i zachodnią, Leniwą Wisłę. Gdy je mijali, Gunter przeżegnał się. Nie znosił tych terenów; ilekroć tędy przepływał, miał wrażenie, że w mokradłach i rozlewiskach czają się złe wodne duchy i stare, pruskie diabły. Kiedy mijali Tczew, na rzekę wypłynęła łódź w barwach książąt namiestników, z półlwem i półorłem na błękicie.

Wieści szybko się rozchodzą — uśmiechnął się w duchu Gunter, patrząc, jak kłania im się sternik i słuchając, jak załoga wykrzykuje pozdrowienia.

— Bóg z wami! — dobiegło go od strony łodzi.

A z kimże innym? — pomyślał, wzruszając ramionami. — *Gott mit uns.*

Potem, wraz z nurtem skręcili ostro na zachód i z wód Wisły wpłynęli wprost do Motławy. Bogusza stanął przy sterniku pierwszej łodzi i wprawnie poprowadził go do długiego, skrytego w cieniu murów warowni nabrzeża.

Gród gdański nosił głębokie ślady zniszczeń. Z opływającej go Motławy sterczały wraki zatopionych brandenburskich łodzi, pomiędzy którymi pływały nabrzmiałe trupy. Gunter uważnie lustrował stan murów, choć na dokładne oglądanie z zewnątrz nie miał wiele czasu. Skryci za potężną palisadą miasta Brandenburczycy spostrzegli wpływające posiłki i błyskawicznie wypuścili własne łodzie, a w tym samym czasie ich łucznicy zaczęli ostrzał z miejskiej strażnicy.

Dał rozkaz, by bracia zakonni i Prusowie jak najszybciej schronili się za murami. Na spotkanie z Brandenburczykami przyjdzie czas. Gunter von Schwarzburg w głębi duszy marzył o zmierzeniu się w walce z margrabią Ottonem ze Strzałą i wkrótce miał zamiar spełnić swe pragnienie. Jednooki margrabia był dla niego godnym przeciwnikiem.

Książęca załoga powitała ich z ulgą. Wiwatów i rzucania kwiatów pod nogi nie było, ale widział, jak tęsknie patrzą na wozy z żywnością, wypoczętych rycerzy zakonnych i wierzchowce. Wiedział, że w grodzie nie mają już koni. Jechali wolno przez podgrodzie po moszczonych drewnem ulicach promieniście rozchodzących się od głównej bramy. Ciasno zbudowane, w większości piętrowe domy, były mocno uszkodzone. Rzeczywiście, mało który z nich nie nosił śladów pożaru. Kramy rzemieślnicze zamknięte na trzy spusty, pracowała jedynie kuźnia, skąd dochodziły miarowe uderzenia kowalskiego młota. Wymęczeni i wygłodniali obrońcy wylegli, by zobaczyć Krzyżaków. Słynnych Krzyżaków, którzy teraz, jak biali aniołowie pańscy, jechali zniszczonymi uliczkami, by nieść im pomoc. Załogę stanowili mężczyźni, ale widział też nieco kobiet i dzieci, pewnie rodziny urzędników warowni. Nie uszło jego uwadze, że w grodzie nie ma żadnej zieleni. Drzewa i krzewy ogołocone z liści, gdzieniegdzie i z kory. Trawa wyskubana co do źdźbła. Żałosny widok, ale nie wzruszył go. Wiedział od sędziego, w jakim stanie jest gród.

Gdy mijali murowany kościół, Gunter przeżegnał się ubraną w rękawicę dłonią.

— Pod wezwaniem Świętej Marii — powiedział Jałbrzyk, jakby to miało pomóc.

Gunter skinął głową.

— Tędy, komturze. — Bogusza pokazał przejazd pod łukowatą murowaną bramą. — To przejście do namiestniczej części grodu. Od dzisiaj w waszych rękach.

Rzeczywiście, była w lepszym stanie. Potężna murowana wieża okopcona u szczytu, ale widocznych z zewnątrz zniszczeń nie było tyle, by nie móc w niej od razu zamieszkać. Kilkanaście domów, przed którymi stanęli w milczeniu mieszkańcy. Najpierw unosili głowy w górę, patrząc na niego, gdy powoli przejeżdżał obok, a potem dostrzegł, że odwracają się i patrzą na szczyt tej wieży. Powędrował za ich spojrzeniem. Na jesiennym wietrze łopotała spłowiała chorągiew z orłem. Zatrzymał konia i zwrócił się w stronę mieszkańców:

— Od dzisiaj rycerze Zakonu Najświętszej Marii Panny przejmują obronę grodu gdańskiego i dowództwo, co jest zgodne z ustaleniami poczynionymi z waszym księciem Władysławem.

Bogusza podjechał do niego i potwierdził.

— Moja załoga zajmie w tej chwili gród namiestnika i wieżę, więc jeszcze dzisiaj musicie go opuścić — ogłosił Gunter, patrząc na pobladłe, wymęczone twarze. — Naszym zadaniem jest obronić gród i odbić miasto z rąk brandenburskich i aby je wykonać, muszę działać zgodnie z zakonną regułą, a ta nie przewiduje kobiet i świeckiej służby w otoczeniu mnichów rycerzy. Przejdźcie do drugiej części grodu albo, jeśli macie się gdzie schronić, opuśćcie go, by nie być obciążeniem dla walczących. Moje zapasy przewidują wyłącznie prowiantowanie własnych ludzi.

Widział poruszenie wśród nich. Dzieciaki przyciskające się do matek.

— Ale kierując się zasadą miłosierdzia, dla tych, którzy jeszcze dzisiaj zdecydują się opuścić gród, wydam zapomogę w postaci chleba i grochu. Można się po nią zgłosić później, do mojego kwatermistrza. Wydawana będzie przy furcie wyjściowej.

— Dziękuję — bąknął Bogusza. — W imieniu tych ludzi, dziękuję.

— Powinieneś był się ich pozbyć na pierwszą wiadomość o nadciągających Brandenburczykach — zimno odpowiedział mu Gunter, kierując konia w stronę wieży. — Wiadomym jest, że oblężenia się przeciągają, mogą trwać miesiącami i latami, a zbędne gęby do wykarmienia osłabiają obrońców. Bracia Piotra Święcy są w mieście?

— Owszem — potwierdził Bogusza.

— Dobrze. Za kilka dni komtur z Gniewu przypuści atak na Nowe. Musimy zniszczyć miasto Święcy, bo będzie nam utrudniało komunikację z państwem zakonnym. Część moich ludzi zajmie się naprawą umocnień, ale już jutro wyślę podjazdy, które sprawdzą okolicę. Odetniemy Gdańsk od sojuszników w terenie i zaczniemy obleganie miasta.

— Zamiana ról — sucho powiedział Bogusza. — Oblegający staną się oblężonymi. Oby Bóg poszczęścił.

— Oczywiście — potwierdził z uśmiechem Gunter i obrócił się, wołając Prusa. — Symoniusie, który z twoich chłopców najzwinniejszy?

— Ja sam, komturze — odpowiedział młodzian.

— Dobrze, więc weź z wozu wielką chorągiew zakonu i zawieś na wieży.

— Zdjąć tę z orłem? — obojętnie spytał Symonius.

— Nie trzeba. Niech wiszą obie.

Gunter von Schwarzburg omal nie parsknął śmiechem na widok ściągniętej przez chwilę przerażeniem twarzy Boguszy. Wspaniałomyślnie udał, że tego nie widzi.

— Żegnam, sędzio — powiedział do niego. — Jeśli chcesz uczestniczyć w odprawie moich dowódców, staw się tutaj jutro po jutrzni.

Polscy obrońcy nie sprawiali Gunterowi żadnych kłopotów. Przeciwnie, współpraca z nimi układała się nieźle. Gunter zaczął swe rządy od systematycznego przygotowania okolicy do mającego nastąpić szturmu. Najpierw kazał zbudować przy trakcie na Tczew obóz warowny, by czekał na wojska zakonne, które miał przyprowadzić Henryk von Plötzkau. Gdy Brandenburczycy się o tym dowiedzieli, wysłali oddziały zbrojne z zadaniem zniszczenia obozu. Wystarczyło wspomnieć o tym na odprawie, a rycerstwo pomorskie księcia Władysława lojalnie wsparło Rotę Wolnych Prusów i braci zakonnych w odparciu najazdu. W tym samym czasie komtur Gniewu zdobył Nowe nad Wisłą, a cieśle zakonni kończyli budowę machin oblężniczych. Gunter usprawnił jeszcze drogę dla zaopatrzenia i gdy napełnił spichrze w grodzie, uznał, że jest gotów, by zacząć uderzenie na Gdańsk.

Nie spodziewał się cudów. Oblężenia są nudne. Najpierw wezwanie do poddania, potem czas dany obrońcom na podjęcie decyzji i pierwszy szturm. Za nim drugi i trzeci. Przerwa na noc i od rana to samo. Metodyczna robota. Gdańszczanie bronili się jak lwy. Wszyscy tu pamiętają, co przed laty zrobił książę czarny gryf, Mściwój, gdy ukarał mieszczan za bunt, rozrąbując na drzazgi bramy. Gunter wiedział, że gdańszczanie nie poddadzą się, że będą ufali w siłę broniących ich brandenburskich załóg. A jednak coś mu nie grało. Opór był silny, nie w tym rzecz. Obrona skuteczna, wyraźnie prowadzona przez doświadczoną rękę. Mimo to po trzecim dniu szturmów zdał sobie sprawę, że ani razu nie odezwał się do nich margrabia Otto ze Strzałą.

— Symoniusie — wezwał do siebie Prusa. — Wypuść cichych ludzi, chcę wiedzieć, czy margrabiowie są w mieście.

Kontynuował natarcia, zgodnie z planem. Pół załogi szturmuje, drugie pół odpoczywa za murami i zmiana. Komtur chełmiński nie uznawał przemęczania wojsk, miał twarde zasady. Żołnierz musi być wypoczęty, najedzony i mieć dach nad głową, gdy wraca z pola walki. Zwycięstwo jest tylko kwestią czasu. *Salve Regina* przed walką i po walce, zmawiane głośno, chórem. Jedna msza dziennie, nie więcej. Litr piwa na głowę, ani kropli ponad przydział. I, na czas wojny, odstąpienie od postów. Jak dobrze pójdzie, na adwent będzie po wszystkim.

Wieczorem odnalazł go Symonius.

— Komturze — zameldował się. — Potwierdziłem, margrabiego Ottona nie ma w mieście.

— Co mówisz?

— Młody margrabia Waldemar opuścił Gdańsk po pierwszym szturmie, udał się na zjazd elektorów, którzy wybiorą nowego króla Niemiec, w miejsce zamordowanego Albrechta Habsburga.

— To wiem, to nie było tajemnicą.

— Starszy z margrabiów, Otto ze Strzałą, dowodził oblężeniem przez ledwie dwa tygodnie. Potem zaś ustanowił dowódcę, a sam pospiesznie wyjechał do Marchii pod osłoną niewielkiego oddziału. Mówi się, że przyczyną wyjazdu była ciężka choroba margrabiego. Wojska brandenburskie pilnie strzegą sekretu, ponoć nawet gdańszczanie nie wiedzą, że jednookiego nie ma w mieście.

— Ciężka choroba? — powtórzył Gunter von Schwarzburg. — Nie daj Boże jakaś zaraza. Takie rzeczy skracają oblężenia, ale z łatwością przenoszą się na oblegających — zastanowił się i potarł czoło.

— Nie, zarazy w Gdańsku nie ma — zaprzeczył Symonius. — Zaś

o chorobie Ottona informatorzy mówią „tajemnicza przypadłość" albo „nagła niemoc". Leczyła go z niej jakaś miejscowa dziewczyna, określano ją jako „leśną znajdę".

— Dziękuję, Symoniusie. — Odprawił Prusa Gunter.

Poczuł żal. Wraz z nieobecnością Ottona ze Strzałą oblężenie straciło dla niego dodatkowy urok. Tak, miał ochotę zwyciężyć niepokonanego czerwonego orła, rzucić twardego margrabiego na kolana, patrzeć na jego plecy w dniu, w którym będzie odjeżdżał z poddającego się władzy Zakonu Gdańska.

Trudno — pomyślał.

Spodziewał się Henryka von Plötzkau wieczorem, oczywiście przekaże mu wiadomość o Ottonie, ale nie będzie się dzielił tak osobistą sprawą. Był na mszy w kościele Świętej Marii, gdy usłyszał tumult. Zrazu się tym nie przejął, dał znak kapłanowi, by kontynuował, ale po chwili prócz odgłosu końskich kopyt dobiegły go krzyki i jęki rannych. Pokręcił głową, kazał przejść do błogosławieństwa i wyszedł ze świątyni.

Najpierw zobaczył skrwawionego Boguszę leżącego na placu pod wieżą. W drugiej chwili zrozumiał, że sędzia gdański jest nie tylko ranny, ale i związany. Potem dostrzegł Henryka von Plötzkau w siodle i rycerzy zakonnych wnoszących na rękach rannych braci.

— Co tu się dzieje? — krzyknął.

— To ja pytam, co się dzieje?! — wściekle odpowiedział mu Plötzkau. — W grodzie nie miało być polskiej załogi. Co oni tu robią?!

— A, o to chodzi. Uspokój się, Henryku.

Von Plötzkau już zeskoczył z konia i szedł ku niemu. Tymczasem bracia wprowadzali kolejnych jeńców. Jałbrzyka, kilku rycerzy znanych Gunterowi z widzenia i chłopaka, giermka ubranego na czarno.

Zdaje się, że widziałem go przy księciu — przypomniał sobie Gunter — podczas zimowego spotkania pod Chełmnem.

— Co tu robią ci ludzie, Gunterze? — piekłił się mistrz krajowy.

— Książę Władysław zmienił postanowienia umowy. Pragnął, byśmy zajęli gród pół na pół.

— Mamy to na pergaminie? Nie mamy! Książę chce nas oszukać, nie widzisz tego? Zaangażowaliśmy znaczne siły, wydaliśmy pieniądze!

— Racja, racja — uspokajał go Schwarzburg. — Umówiłem się z sędzią Boguszą, że jak tylko będzie czas, pojedzie do swego księcia po warunki na piśmie. Ale obawiam się, że sędzia już nigdzie nie pojedzie.

— Gunter zerknął na skrwawionego Boguszę i szepnął, by słyszał go tylko Plötzkau: — Źle, że go poharatałeś. Nie potrzebujemy zatargów z Polakami, pracowałem na ich zaufanie tak długo, a ty jednym głupim wybuchem mogłeś wszystko popsuć.

Plötzkau poczerwieniał i zacisnął kwadratowe szczęki.

— Ilu ludzi zginęło? — głośno spytał Gunter, odwracając się ku dowódcy.

— Czterech braci i dziesięcioro ze służby.

— A po polskiej stronie?

— Nie więcej.

— Dlaczego ci rycerze i giermek są spętani?

— Stawiali opór.

— Dziękuję. — Gunter skinął głową i zwrócił się do Jałbrzyka i jego towarzyszy oraz tłoczącej się za ich plecami polskiej załogi. — Doszło do nieporozumienia. Mistrz krajowy, szlachetny komtur Henryk von Plötzkau nie wiedział o zmianie warunków porozumienia przez księcia Władysława. Nie spodziewał się, że zastanie w grodzie waszą załogę, i potraktował to jako akt nieprzyjazny. Oczywiście, o żadnej wrogości nie ma mowy. Nadal pozostajemy sojusznikami polskiego księcia i w jego imieniu będziemy oblegać Gdańsk. Na dowód dobrej woli od razu wypuszczamy jeńców. Proszę ich rozwiązać.

Odczekał chwilę i gdy Jałbrzyk był już uwolniony, a sznury kolejnych rozsupływano, kontynuował:

— Sędzia Bogusza pozostanie pod opieką braci zakonnych, pomożemy mu wyjść z ran. A gdy będzie mógł wsiąść na konia, zawiezie waszemu panu pergamin z pieczęcią mistrza krajowego, Henryka von Plötzkau, poświadczający nasze dobre i prawe zamiary.

— Komtur chełmiński ma miękkie serce — powiedział głośno Plötzkau, jakby recytował wykutą na pamięć lekcję.

Niech się uczy, choćby na pamięć — pomyślał Gunter. — Byleby wypełniał plan, a nie rzucał się na krwawą samowolkę.

— Tak — uśmiechnął się i rozłożył ręce. — Bałem się o los obrońców i nie chciałem czekać z pomocą, gdy nasz przyjaciel, sędzia Bogusza, poinformował mnie o życzeniu księcia Władysława. Już nieaktualnym, jak widać.

— Po tym incydencie załoga polska musi opuścić gród — oznajmił Plötzkau, starając się nie wypaść obcesowo. — Teraz jest nas tu za dużo i...

Zapomniał, co miał powiedzieć — skonstatował nagłe zacięcie się mistrza Gunter i dokończył z promiennym uśmiechem:

— Naturalnie, nie pomieścimy się. Panie Jałbrzyku, pan był

świadkiem naszych umów. Proszę teraz dopilnować wyprowadzenia załogi.

Odwrócił się i poprowadził mistrza w stronę wieży.

— Kolejność ci się pomyliła, Henryku — skarcił go szeptem. — Najpierw miałeś się zdziwić, co tu robią Polacy, potem zapytać mnie, upomnieć przy wszystkich za miękkie serce i powiedzieć, że się nie pomieścimy.

— Wściekłem się — przepraszająco syknął Plötzkau. — Ten czarny giermek mnie wpieklił, próbował zatrzymać mojego konia, myślałem, że ma w ręku nóż!…

— Przestań, przecież to dziecko. Mały, chudy gówniarz, co mógł ci zrobić?

— Nie wiem. Piekielnie mnie wnerwił, mówię przecież, że piekielnie.

Gunter z niesmakiem zauważył, że Plötzkau gdy się denerwuje, wyrzuca wraz ze słowami krople śliny. Odsunął się od niego dyskretnie.

— Daj już spokój, stało się. Wyciągniemy z ran Boguszę i poślemy do księcia z umową. Jutro się wyładujesz podczas szturmu.

— Żebyś wiedział, Gunterze. Wyładuję się.

Schwarzburg nawet w najśmielszych snach nie spodziewał się, że złość może trzymać Plötzkau tak długo. Pierwszego dnia mieli gród całkowicie opuszczony przez polskie załogi, oczywiście chorągwi z orłem zniknęła razem z ostatnim wychodzącym Polakiem i na wieży namiestnika został tylko piękny, czarny krzyż zakonu. W trzy dni wykurowali sędziego i wysłali z pergaminem do księcia. Szturmy trwały codziennie, jak wcześniej i po tygodniu wściekłość Henryka von Plötzkau wcale nie była mniejsza. Wręcz przeciwnie. Ten furiat, jak go w myślach nazwał Gunter, zdawał się nakręcać każdym bezskutecznym oblężeniem. Na Boga, przecież wystarczy cierpliwość — chłodno myślał Gunter.

Wreszcie w noc po Świętym Marcinie oddziały zakonne pokonały opór Brandenburczyków i gdańszczan i wdarły się do miasta. Plötzkau darł się najgłośniej. Zrzucił hełm, co było niedopuszczalnym błędem, szczeniacką przypadłością wariatów i młokosów, i z obnażonym mieczem rzucił się w uliczki Gdańska, a rycerze zakonni za nim. Gunter wycofał się i śledził to z oddali, z końskiego grzbietu, zgodnie z ustaleniami: Plötzkau miał być szpicą natarcia, on strażą tylną.

Nie ekscytowała go walka, bo wiedział, że nie znajdzie w jej tumulcie Ottona ze Strzałą, jedynego przeciwnika, z jakim chciał się zmierzyć. Brandenburscy najemnicy i Święcowie nie interesowali go. Tym bardziej mieszczanie, kobiety uciekające z krzykiem, chroniące dzieci, wlekące za sobą ogłuszonych zgrozą starców. Nieprzebrany potok zakonnych rycerzy, a za nimi półbraci, Roty Wolnych Prusów, a wreszcie i ciur wciskał się przez bramę do miasta, aż w końcu zrobiło się luźniej i przyszedł czas Guntera. Wjechał przez zajętą ogniem bramę.

Co za piekło — zdążył pomyśleć z niesmakiem, czując gorąco bijące od płonących wrót.

To, co zobaczył po chwili, sprawiło, że zaschło mi w ustach. W jego uszy wdarł się potworny zgiełk. Za bramą leżały stosy wciąż jeszcze drgających ciał. Dalej, w ścisku uliczek, obrońcy brandenburscy padali pod ciosami toporów i pchnięciami mieczy. Rozpaczliwie zabrzmiał dzwon na wieży kościoła Świętej Katarzyny, odbijając się od hełmu Guntera okropnym, zwielokrotnionym dźwiękiem. Kobiety i dzieci bezładnie i panicznie uciekały do domów, składów kupieckich i piwnic. Miasto jarzyło się dziesiątkami pożarów, ogień przenosił się szybko i Schwarzburg widział, jak spanikowani mieszkańcy uciekają w czeluści płonących domów, a po chwili wybiegają stamtąd z krzykiem, niczym żywe pochodnie, wpadając wprost pod topory oblegających. Gunter zakrył usta i nos chustą. Dusił go ten obrzydliwy swąd. W kłębach dymu raz po raz pod kopyta jego konia wpadał ktoś ogarnięty przerażeniem.

Jak zwierzęta na polowaniu z nagonką — przeszło mu przez głowę z niesmakiem.

Bojowy rumak miażdżył kopytami tych nieszczęśników. Gunterowi zakręciło się w głowie od dymu i skierował konia w boczną uliczkę, która wydawała się wolna od pożaru. Zwłoki leżały tu tylko po bokach, pod ścianami domów. Odetchnął i ściągnął z ust chustkę. Odwrócił się. Z tyłu pusto, przed nim wąski przejazd biegnący wzdłuż miejskiego muru do kolejnej uliczki. Ruszył w jego stronę, nie spiesząc się.

Odetchnę choć chwilę — pomyślał i chciał opuścić miecz, który ciążył mu, choć nie użył go ani razu od wjazdu do miasta. W tym samym momencie z domu po prawej wyskoczył mężczyzna z sakwą przerzuconą przez plecy. Na widok Guntera zamarł, potem cofnął się do wnętrza, by znów wyjść. Padł na kolana.

— Wielki komturze! — zawołał. — Błagam o życie!... Puść mnie wolno... — Drżącymi konwulsyjnie rękami zdjął z pleców sakwę i położył przed sobą. — To wszystko srebro... weź... złota nieco... to warte fortunę, weź, proszę, i pozwól mi zniknąć... — Wytrzeszczone oczy kupca wpatrywały się w niego natarczywie, a w kącikach ust nazbierało mu się śliny. — Nazywam się...

— Milcz! — rozkazał Gunter. Nie chciał tego słuchać. Imię ofiary zapada w pamięć na długo.

— ...Jancho Srebrna Rączka, kupiec korzenny — dokończył tamten, nie słuchając jego rozkazu. — Będziesz bogaty, komturze, błagam, tylko mnie wypuść...

Jestem na służbie — pomyślał Gunter, zaciskając palce na rękojeści miecza i już miał się zamachnąć, gdy z drzwi za plecami klęczącego kupca wyskoczył wysoki młodzian. Ogier Schwarzburga rzucił się ku niemu, Jancho Srebrna Rączka myślał, że chcą go stratować, i zwinął się, zakrywając ramionami głowę. Gunter pociągnięty przez konia zamachnął się i ciął młodziana z góry, przez szyję. Ten krzyknął krótko, gardłowo i padł rozpłatany tuż obok klęczącego kupca.

— Jezus Maria! — rozdzierająco zawył Jancho, podrywając się z ziemi. — Mój syn!...

Gunter obracając się konno, dostrzegł płomienie wdzierające się w uliczkę od strony placu jak ognisty, smoczy język. Nie zastanawiając się, ruszył w stronę przejazdu pod murem i dopiero gdy znalazł się w równoległej uliczce, pomyślał: dlaczego zostawiłem go żywym? Tego Jancho?

Nie miał zamiaru cofać się tam, gdzie zaczynał się pożar. Ruszył dalej, na patrol zdobywanego miasta. Rób swoje, tyś jedynie straż tylna — zdyscyplinował się w myślach, objeżdżając kolejne ulice. Zmagania wciąż wrzały, choć od wdarcia do Gdańska minąć musiały ze trzy godziny, i jak zauważył, zakonni już z rzadka walczyli z brandenburską załogą, a jedynie kończyli wyrzynać miejską ciżbę, tak jakby żywych zbrojnych mężczyzn już nie było.

To sukces — pomyślał, wjeżdżając w kolejną z wąskich uliczek. Jak w poprzedniej, i tu dawni obrońcy leżeli pokotem zarżnięci toporami, zasieczeni mieczami, przekłuci. Niedobici rzęzili, bulgocząc krwią z przebitych płuc. Od czasu do czasu w łunie pożarów migała mu czerwona, wykrzywiona twarz Henryka von Plötzkau, który wrzeszczał wniebogłosy wciąż to samo:

— Bez litości! Bez litości!

Gunter objechawszy skrupulatnie wszystkie biegnące do głównego placu miejskiego uliczki, wyjechał pod ratuszem. Zobaczył stos ciał i siedzącego na spienionym koniu Henryka von Plötzkau, który zdawał się dwoić i troić, komenderując:

— Szybciej! Szybciej!

Gunter podjechał bliżej. Na podwyższeniu zbudowanym przed wejściem do siedziby rady miejskiej ustawiono prowizoryczny katowski pieniek, do którego popychano stojących w zbitej grupce, spętanych niczym barany ludzi.

— Co tu się dzieje? — spytał Gunter giermka Henryka von Plötzkau, bo on sam na chwilę zniknął mu z oczu.

— Rajców miejskich ścinamy, komturze — spokojnie odpowiedział chłopak. — Połapaliśmy prawie wszystkich. Tylko kilku nie możemy znaleźć, ale może zginęli w domach. — Zrobił nieokreślony ruch ręką w stronę płonącego miasta.

Henryk jest demonem wojny — pomyślał beznamiętnie Gunter, patrząc, jak szybko i sprawnie to idzie. Rajców miejskich ścinano toporami, raz-dwa, jednego po drugim. Nikt nie odkładał ciał, zrzucano je bezgłowe na piętrzący się stos, jedne na drugie. Przez ogólny wrzask przebił się krzyk i Gunter rozpoznał głos Symoniusa:

— To on! Scultetus! Mamy sołtysa!

Dowódca Roty Wolnych Prusów niemal biegł, pchając przed sobą łysiejącego mężczyznę i przystawiając mu do gardła nóż.

To ten nóż, co dostał ode mnie. Z Marią Panną na rękojeści — skonstatował Gunter.

Nieszczęśnik błagał po niemiecku, prosił o życie, ale Symonius już wciągnął go na podest i pchnął na katowski pieniek. Sołtys dostał cięcie toporem od barku i rzucono go na stos rajców, a jakiś giermek dopadł go jeszcze i poderżnął mu gardło.

— Rada miejska u naszych stóp! — wrzasnął Henryk von Plötzkau, wskazując mieczem na to ponure widowisko. Przejechał przed Gunterem tak szybko, jakby wyskoczył spod ziemi. — Kończymy! Dorzynać! Dooorzynać! — rozkazał i oddziały z placu ruszyły w gardziele uliczek.

Zaczęła się rzeź. Pod nóż i topory poszły kobiety, wyciągane z piwnic i domów za włosy, za suknie, za nogi, ręce. Gunter nie lubił patrzeć na śmierć kobiet, ale to jest wojna, a *Gott mit uns,* nawet jeśli ofiary żebrzą o litość po niemiecku. Oblężeni wiedzieli, jak będzie.

Dostrzegł ciała spadające z kościelnej wieży. Nie, nie skakali w rozpaczy, byli spychani przez rycerzy w białych płaszczach. Dzwon w końcu umilkł i opodal Guntera znów przejechał na zbryzganym koniu von Plötzkau. Wydawał się cały pokryty śliską, gęstą krwią, wściekle lśniły mu białka oczu, szczerzył zęby jak człowiek zupełnie dziki i z wściekłości nieprzytomny.

— Barbarossa! — krzyknął do niego. — Aleśmy zrobili tu drugi Mediolan, Gunterze!

I odjechał w mrok.

Schwarzburg był jak porażony. Owszem, wobec pokonanych nie zna się litości, ale ta rzeź, pastwienie się nad obrońcami, wydała mu się czymś nieludzkim z racji na skalę, na nieprzebraną ilość ofiar. Czuł obrzydzenie wobec lubującego się w tej jatce Henryka von Plötzkau, mistrza krajowego, który nagle poczuł się drugim cesarzem Barbarossą masakrującym italskie miasto.

Przez dymy pożarów nie zauważył, że świta. Dopiero gdy znalazł się w pobliżu Bramy Oliwskiej, gdzie pogorzeliska już nieco dogasły, dostrzegł promienie słońca z trudem przebijające się przez wyziewy zgliszczy. Przez rumowisko szedł mnich wsparty na kosturze i raz po raz pochylał się ku leżącym wszędzie trupom.

— Ktoś ty? — zawołał Gunter.

— Opat cystersów z Oliwy, Rudgier — powiedział mnich i głos mu zadrżał. — Komturze! Na Boga, któremu obaj służymy, na Najświętszą Marię Pannę, waszą patronkę, błagam, zaprzestańcie tej rzezi. Gdańsk już padł, oszczędźcie ludzi!

— Wezwał nas książę Władysław — obojętnie odpowiedział Gunter. — Jego proś albo Henryka von Plötzkau — dorzucił i czym prędzej zawrócił konia. Nie chciał patrzeć na starego opata. Patriarchę zgliszczy.

Zatoczył koło, patrolując stan walk przy miejskich obwarowaniach. Dawno umilkły. Przez ruiny przemykali Prusowie, szukając ostatnich obrońców. Ponownie minął kościół Świętej Katarzyny. Dzwonnica płonęła głucho. Na cmentarzu, za kościołem, znów dostrzegł wyniosłą sylwetkę opata. Odrzucił kaptur i z gołą głową spowiadał rannych. Klęczał przed nim rycerz z rybogryfem Święców na skrwawionej piersi. Za nim, w kolejce do spowiedzi, niemal czołgali się następni. Spojrzał na nich i przeszło mu przez głowę, że to ich ostatni sakrament, nie doczekają rana. A mimo to Rudgier spowiadał ich tak, jakby coś jeszcze miało być przed nimi. Nagle z boku, z miejsca, które pewnie jeszcze wczoraj było cmentarną bramą, a teraz straszyło urwanymi, czarnymi belkami, wjechała dwóch siepaczy Henryka i on sam za nimi.

— Skończcie z nimi! — darł się ochrypłym głosem i mieczem wskazywał na czekających przed opatem na spowiedź.

— Daj spokój — powiedział Gunter, ale jego głos nie dotarł do mistrza krajowego. — Henryku, opanuj się! — krzyknął. — Daj im się wyspowiadać!

To było daremne. W tej samej chwili szybszy z siepaczy Henryka wbił miecz w plecy klęczącego przed opatem rycerza Święców. Drugi mocno pochylił się w siodle i dobił czołgającego się do cystersa giermka.

— Bez rozgrzeszenia! — wrzasnął Plötzkau i zatoczywszy koło rozpędzonym koniem, odjechał, nawet nie widząc Schwarzburga.

Gunter poczuł gorycz w ustach, bo przypomniał sobie, jak był naiwny, sądząc, że jego osoba będzie gwarancją cywilizowanego przejęcia Gdańska.

Zdyscyplinował się — to wojna. I nikt lepiej od Plötzkau nie nadaje się do brudnej roboty.

Krzyki powoli milkły. Pożary jeszcze nie. Gunter przyzwał wozy i dał rozkaz do szukania własnych rannych. Jechał przez zniszczone miasto z poczuciem wypełnionego zadania. Nie najlepiej, jak było można, ale wypełnionego. Odwracał głowę od psów chłepczących ludzką krew.

Tydzień później, gdy Henryk von Plötzkau spał kamiennym snem, odpoczywając po walce, dano mu znak, że przyjechał jego brat, komtur dzierzgoński, Zyghard von Schwarzburg. Gunter wyjechał ku niemu i bez słowa, tylko we dwóch, z cichym jak cień Kunonem za ich plecami, przejechali ruiny Gdańska. Odór trupów był nie do wytrzymania, ale starszy brat wiedział, że młodszy musi to zobaczyć. Gdy wydostali się z miasta, Zyghard powiedział:

— Chcę pojechać nad morze.

Gunter skinął głową i zawołał Symoniusa z Rotą Wolnych Prusów. Zwiadowcy mówili, że w okolicy nie ma ani pół czerwonego orła, ale mimo wszystko nie wolno się narażać. Chłodne, listopadowe powietrze rzeźwiło ich, choć musieli ujechać daleko, by uwolnić nozdrza od woni spalenizny i rozkładających się ciał, które wczepione w siebie, złączyły się w jedno. Słońce chyliło się ku zachodowi, gdy kopyta koni zagłębiły się w miękkim, jasnym piasku.

— Zyghardzie — zawołał brata. — Mam coś dla ciebie.

I wyjął przytroczoną do siodła, zwiniętą chorągiew zakonu. Czarny krzyż na bieli.

— Kuno, podaj kopię — powiedział do swego druha Zyghard i podjechał do brata.

Zrozumiał — ucieszył się w duchu Gunter.

Kuno przywiązał materię do kopii Kunona i obaj bracia wjechali w sine fale Bałtyku, zanurzając chorągiew zakonną w wodzie. Rota Wolnych Prusów rozwinęła szereg wzdłuż brzegu, patrząc na to z uwagą.

— Jak zaślubiny z kochanką, co, bracie? — uśmiechnął się Zyghard.

— Nie wiem, składałem śluby czystości — odpowiedział.

— Po krwi, rzezi i ogniu przyjdzie chrzest z wody — dodał w zadumie Zyghard.

— Oto postawiliśmy nogę na brzegu Bałtyku. Pierwszy krok, by zakon objął całe Pomorze — dokończył Gunter von Schwarzburg.

MECHTYLDA ASKAŃSKA rozdrapywała twarz do krwi, krzycząc:
— Nieee!
Jej czerwony orzeł uleciał pod sklepienie kościelnej krypty i bił skrzydłami, roniąc czerwone pióra, które spadały na sztywne, nieruchome ciało Ottona ze Strzałą.
— Jak mogłeś mi to zrobić? Zostawiłeś Gdańsk i tak po prostu umarłeś? Jak mogłeś?
Rzuciła się na niego po raz kolejny. Nie wierzyła w jego śmierć tak samo mocno jak w to, że Krzyżacy zajęli Gdańsk. Ten Gdańsk, który miał być perłą w ich pomorskiej koronie. Cholerny Karzeł! Skąd mu przyszło do głowy, by do obrony sprowadzić żelaznych braci?
— Zapłacisz mi za to, pokurczu! — wrzasnęła. — Nie daruję ci tego, wredny, mściwy książę!
Szarpała kaftan Ottona paznokciami, jakby chciała sprawdzić, czy kuzyn nie oszukał jej, czy na pewno nie żyje. Strząsnęła czerwone pióra z jego zimnej twarzy. Rozwarta źrenica jedynego oka dawnego kochanka mętnie wpatrywała się w kamienne sklepienie krypty.
Usłyszała skrzypnięcie ciężkich, niskich drzwi. Do pomieszczenia cicho wszedł jej dawny łowczy, Jakub de Guntersberg. Posłała po niego w rozpaczy, szukając kogoś, kto pomógłby jej wyjaśnić zagadkę śmierci Ottona ze Strzałą.
— Jestem — powiedział.
— Tak — odrzekła dziko. — Spójrz, on nie żyje?
Guntersberg podszedł do ciała. Dotknął szyi, nadgarstka.
— Nie żyje, pani.
— Powiedz mi, dlaczego? — spojrzała na Jakuba nieprzytomnie. — I tylko nie waż się mówić „Bóg tak chciał", bo gówno mnie obchodzi, czego chciał Bóg, skoro ja sobie nie życzyłam śmierci kuzyna.
— Rozmawiałem ze służbą — beznamiętnie odpowiedział Jakub. — Mówili, że w Gdańsku zaczął czuć się źle, nazwał swą przypadłość niemocą i leczyła go jakaś dziewczyna, ponoć zabrał ją ze sobą, wyjeżdżając z miasta. Opiekowała się margrabią w drodze i zniknęła, gdy zmarł.
— Nie powtarzaj tego, co już wiem — syknęła ostrzegawczo. — Kazałam znaleźć tę sukę, gdziekolwiek by się zaszyła! Powiedz mi, dlaczego on nie żyje? Nie widzę na jego twarzy śladów otrucia.

— Pani, wiesz najlepiej, że są trucizny, które nie zmieniają barwy skóry nieboszczyka. Muszę go rozebrać.

— Rób, co trzeba. Nie wyjdę stąd bez odpowiedzi. Jeśli ta dziwka znała trutkę, której nie znam ja, może znów nas zaatakować, a został mi tylko Waldemar!

Jakub czekał, aż Mechtylda podniesie się znad zwłok i odsunie. Zrobiła to i nie patrząc, jak rozdziewa sztywne ciało Ottona, zaczęła chodzić po krypcie od ściany do ściany.

Orlica w klatce, tak się czuję — myślała gorączkowo. — Ktoś mnie w niej zamknął, a ja nie zauważyłam, kiedy to się stało. Zaraz podsypią mi zatrutego ziarna i skonam w męczarniach...

— Pani — powiedział do niej Jakub.

Opanowała się i podeszła do niego. Nagi Otto sprawiał wrażenie chudej, woskowej figury.

— Czy mogłabyś pani przybliżyć pochodnię? Potrzeba mi więcej światła.

Wyjęła ją z uchwytu i poświeciła Guntersbergowi. Oglądał skórę Ottona uważnie, kawałek po kawałku. Mechtylda widziała ciemne pośmiertne plamy na plecach i pośladkach, ale nie umiała się skupić na rzeczowych, chłodnych oględzinach. Od tego miała Jakuba.

— Spójrz. — Wskazał na przyrodzenie Ottona.

Na to akurat nie chciała patrzeć. Wolała je pamiętać takim, jak widziała ostatnio. W namiocie rozbitym na brzegu jeziora, w letni, upalny wieczór, gdy w jej gnieździe spotkały się naraz dwa orły, młody i stary. Odwróciła wzrok.

— Co widzisz? — spytała Jakuba.

— Jest przekrwione, jakby margrabia przed śmiercią, sama rozumiesz, pani.

— Nie, nie rozumiem. Ty mi powiedz.

— Jakby nadużył cielesnych uciech.

Poczuła to jak ukłucie w podbrzusze. Ona była z nim ostatni raz wtedy, nad jeziorem. I nigdy później. Z wściekłości spojrzała, gdzie kazał Jakub, i jęknęła.

— Masz rację. To... to... wybroczyny, tak?

— Tak, pani. Mawia się, że nazbyt namiętna kochanka potrafi mężczyznę wpędzić do grobu, ale przyznaję, że pierwszy raz widzę coś takiego na własne oczy. Innych przyczyn zgonu w znakach na jego ciele nie znajduję. Możesz, pani, odsunąć pochodnię.

Nie — pomyślała mściwie. — Mogę ją przysunąć i spalić wiarołomcę.

Jakub de Guntersberg musiał w jakiś sposób wyczuć intencję, bo wyjął pochodnię z jej ręki. Żachnęła się. Nie będzie jej płatny zabójca mówił, co ma robić. Chciała Jakubowi wyrwać pochodnię, ale w tej samej chwili drzwi otworzyły się z łoskotem. Obrócili się jednocześnie. Stał w nich Waldemar z niewielkim, skórzanym workiem w dłoni.

— Ładne rzeczy — powiedział kpiąco. — Nad nagim trupem piękna dama i łowczy. Nie wiedziałem, że lubisz i takie rzeczy, pani.

— Milcz! — krzyknęła na niego. — Wiesz, jak zmarł?

— Słyszałem o niemocy i dziewczynie — odparł Waldemar, podchodząc do nich i odkładając worek na podłogę.

— Niemoc przyszła później — syknęła mu prosto w twarz. — Najpierw zachędożył się na śmierć! Sam zobacz! Jak znajdę tego, kto mu podsunął kochankę, zabiję.

Waldemar pochylił się nad ciałem i od razu uniósł.

— Proszę — powiedział wyzywająco. — Zabij mnie.

Mechtylda rzuciła się na niego z pazurami, chwyciła za tunikę na piersi i szarpnęła.

— Ty... ty...

— To była moja dziewczyna — zimno odpowiedział Waldemar. — Zostawiłem ją pod opieką stryja, gdy ruszyłem na zjazd elektorów Rzeszy.

Poczuła, że kręci jej się w głowie.

Byłam tak głupia — pomyślała. — Sądziłam, że jeden i drugi będą mi wierni? Głupia, starzejąca się orlica!

— Przywiozłem ci cytryny, o które prosiłaś — powiedział Waldemar, wskazując worek i podtrzymał ją za ramiona, przyciskając do piersi. Bezwładnie pozwoliła mu się przytulić. Opadły jej ręce i nawet nie poczuła, że prawa dłoń spoczywa na martwym ciele Ottona. Pocałował jej włosy. Było jej wszystko jedno. Usłyszała, jak Guntersberg dyskretnie wychodzi i gdy zamknęły się za nim drzwi, zrozumiała, że nie powinna pozwolić mu odejść.

Popełniłam błąd — przemknęło jej przez myśl, ale już było za późno.

Waldemar przyciskał ją do siebie coraz gwałtowniej. Szarpnęła się lekko, niechcący potrącając worek. Cytryny potoczyły się po posadzce. Młody margrabia całował ją namiętnie, coraz mniej niewinnie. Trup Ottona był cieplejszy niż jego pocałunki. Do tej pory czasami czuła przy nim lęk, teraz za gardło złapało ją przerażenie. Jej czerwony orzeł panicznie latał od ściany do ściany, nie mogąc wydostać się z krypty.

OSTRZYCA biegła, nie zatrzymując się, od wieczora do rana. Bała się. Przeraźliwie się bała, choć zwykle potrafiła zwalczyć w sobie lęk. Wydawała się sobie zaprawioną w boju wojowniczką. Ułuda. Wczorajszy wieczór wystawił na próbę jej odwagę. Pokazał, że strach potrafi sparaliżować skuteczniej niż śmiertelna rana.

Zatrzymała się. Obolałe od wysiłku płuca nie pozwoliły jej biec dalej. Rzuciła się na stertę zeschłych liści pod drzewem i oddychała ciężko. Już niedaleko. Za chwilę zaczną się podniebne kładki. Gdy odpoczęła, poprawiła włosy, sprawdziła, czy zakrzywiony nóż siedzi w pochwie, i ruszyła, patrząc w korony drzew. Znalazła pierwszą, wspięła się i dopiero idąc zawieszonym między konarami pomostem, poczuła się spokojniej i pewniej.

Zręcznie manewrując między zapadniami i pułapkami, zaostrzonymi pniami i siatkami do łapania nieproszonych gości, dotarła do nadrzewnego grodziska, które za palisadą kryło kilkanaście zbudowanych w konarach drzew domów skupionych wokół warownego jesionu. Pozdrowiła strażników hasłem. Gdy ją przepuścili, spytała:

— Jest Jarogniew?

— Dla ostrej panny? Zawsze! — roześmiał się długowłosy i długonogi chłopak.

Nieraz przeklinała w duchu to imię. Przybrała je na własne życzenie, a wiadomo, jak durne są dwunastolatki. Co z tego, skoro imię przylgnęło do niej jak druga skóra? Ostrzyca, ostra panna, uważaj, bo się zranisz. Splunęła między konary. Chłopcy znów zaśmiali się z podziwem.

U Dębiny dostałabym za takie plucie w łeb — przyszło jej do głowy nieoczekiwanie. — I długi wywód o świętym lesie. To już lepsi są ci chłopcy, jakoś zniosę „ostrą pannę".

Stojący w środku grodziska warowny jesion był niezwykłą pamiątką po pożodze i krwawej jatce, jaką przed sześćdziesięciu laty urządzili żelaźni bracia tutejszym. Dawne grodzisko Prusów płonęło niczym żywa pochodnia, grzebiąc w swych popiołach setki ludzi, a gdy dym rozwiał się, na pogorzelisku stał potężny jesion. Przed pożogą to były trzy olbrzymie drzewa stykające się pniami; Starcy odprawiali rytuały w cieniu ich koron, oparci plecami o chropowatą korę jesionów. Krzyżacki ogień sprawił to, czego nie dokonała natura: połączył trzy drzewa w jedno.

Wypalił jego trzewia całkowicie i choć każde normalne drzewo po czymś takim byłoby na wieki martwe, on przetrwał. Po dziewięciu latach od kąpieli w żywym ogniu zaczął wypuszczać zielone liście, choć olbrzymie wnętrze pnia pozostało suche i puste. Cud natury! Starcy Siwobrodzi obrali go na swą siedzibę. Jedną z wielu, bo wciąż musieli zmieniać miejsce pobytu, by rycerze Umarłego nie wpadli na ich trop. Na stałe rezydował tu Jarogniew, drugi z trzech wodzów podległych tylko Starcom.

Drzewo, obwarowane z zewnątrz niczym forteca, w swym wypalonym środku mieściło jedną większą otwartą izbę, z podłogą z przewieszonych gałęzi, którą żartobliwie zwano „jesionką". Tam spotykano się na narady, w większej grupie. Prócz tego kilka mniejszych, ulokowanych wyżej i niżej oraz pięć zamykanych izb, do których wstęp mieli tylko Starcy i Jarogniew. Kręte schody, od korony po korzeń, biegły centralnie, środkiem wypalonego pnia, a poniżej poziomu ziemi mieścił się jeszcze niewielki, skryty między korzeniami loch. Weszła do wnętrza i ze schodów spojrzała w dół, ku małym izbom. Zobaczyła odpoczywających wartowników, ale nie było wśród nich Jarogniewa.

Pewnie jest u siebie — pomyślała, ruszając schodami w górę, ku zamkniętym izbom, ale na poziomie jesionki usłyszała go.

— Ostrzyco! — zawołał.

Lekko zeskoczyła ze schodów i pokłoniła się Jarogniewowi.

— Witaj w mojej duszy — powiedział i otworzył dla niej ramiona.

Ostrożnie zbliżyła się i pozwoliła uścisnąć. Budził w niej podziw i lęk od dnia, gdy go poznała. Nie chodziło o to, że był potężny, że pod skórzanym kaftanem widać było muskuły jak stal. Tylko te jego oczy. Prawe miało barwę stłumionego mchu, a lewe podzielone było prostą linią na pół. Środkowa część wydawała się mchowym przedłużeniem prawego, a jej druga część, ta, która zaczynała się na źrenicy, była w odcieniu zbutwiałych liści. Mówiono na niego Półtoraoki i choć widziała go wiele razy, wciąż wzbudzał w niej lęk.

— Jarogniewie — powiedziała, skupiając się na zielonej części jego oczu. — Zaczęła się rzeź. Prawie tak jak przepowiedzieli Starcy.

— Mów — zażądał.

— Byłam przy margrabiach, jak kazałeś. Młody odjechał, zostałam ze starym, zrobiłam, co w mej mocy. Gdy zaczął czuć się źle, pospiesznie opuścił Gdańsk, wymknęłam się w jego taborze, a po drodze opuściłam go, będąc pewną, że zemrze i bez mej dalszej obecności. Mam chłopca w Rokitnicy i ciotkę, siostrę mej matki, chciałam ich odwiedzić. To wioska na drodze z Gdańska do Tczewa.

— Wiem — przerwał jej Jarogniew. — Moja babka była stamtąd.

— Spędziłam z nimi noc i poranek — mówiła dalej, starając się, by jej relacja była jak najmniej ozdobna w szczegóły. — A potem poszłam do gaju, na kopce. W czas Dziadów siedziałam zamknięta w Gdańsku, to pomyślałam, że chociaż teraz im miskę prosa podam, miodu podleję, kaganek zapalę. Gdy wracałam, zobaczyłam płomienie wokół wsi. — Aż się zatchnęła, bo wspomnienie sprzed dwóch dni wróciło z mocą. Niemal poczuła smród spalenizny.

— Przestań się mazać — powiedział Półtoraoki. — Nie jesteś zielonym podlotkiem u Dębiny.

— Podpalili kręgiem trawy wokół wsi, tak aby nikt nie mógł się wydostać — mówiła, walcząc ze łzami, które podchodziły jej do oczu. — Rycerze Umarłego z czarnym krzyżem na płaszczach i ich szarzy słudzy spalili Rokitnicę, a ludzi wyrżnęli. Widziałam dzieci... — znów ją przytkało, ale wystarczyło spojrzenie Jarogniewa, a mówiła dalej: — Dzieci rzucane w płomienie, noworodka zatkniętego na kopię.

— A jasyr? — trzeźwo zapytał Jarogniew. — Brali ludzi na sznur?

— Nie.

— Może nie dostrzegłaś w dymie? — drążył.

— Okrążyłam wieś, nie było jasyru. Wszyscy zginęli w płomieniach.

— Dziwne — wyraził powątpiewanie. — Starcy mówili, że dzieci pójdą na sznur.

— Mówię, co widziałam, a nie powtarzam za Siwobrodymi — powiedziała gniewnie.

— Nie unoś się, Ostrzyco — skarcił ją. — Sama powiedziałaś „zaczęła się rzeź".

— To nie wszystko, Jarogniewie — uniosła na niego oczy. — Musisz wiedzieć, że wśród wojsk żelaznych braci było kilku ludzi z Roty Wolnych Prusów.

Ciemna, zbutwiała część oka wodza przeszyła ją na wskroś.

— Nie kłamię — powiedziała. — Widziałam ich.

— A ja nie zarzuciłem ci kłamstwa, Ostrzyco — odwinął się.

— Ale patrzysz, jakbyś mi nie wierzył — żachnęła się. — Naprawdę tam byli!

— Cicho — skarcił ją. — Nie wpadaj w panikę, już nie jesteś dziewuchą Dębiny.

Zagryzła wargi. Niby są dumni, że przyszła do nich, ale na każdym kroku wypominają jej, że kiedyś była w mateczniku. Jak długo ma im udowadniać swą wartość? No jak?

— Posłuchaj, Ostrzyco — zmienił ton z oschłego na łagodny. — Tak jak ciebie wysyłam do zadań specjalnych przy boku margrabiów, tak chłopców z Roty utrzymuję przy żelaznych braciach, by mieć do nich dostęp. Gdyby ciebie, jako Blute, zobaczył ktoś z naszych, niewtajemniczony w sekrety, podniósłby krzyk: „Ostrzyca służy margrabiom! To zdrada!" i wtedy musiałbym go uciszyć, w imię sprawy.

— To nie jest to samo — syknęła. — Ja unieszkodliwiam margrabiów, a oni... to nasza Rokitnica, Jarogniewie... tam były dzieci! Starcy, kobiety...

— I twój chłopiec. Mógł się bronić — wzruszył ramionami Jarogniew. — Sprawy wyższej wagi wymagają czasami poświęceń, rozumiesz? Tych kilkoro dzieci musiało umrzeć po to, byśmy mogli znaleźć dojście do żelaznych braci.

— Nie wierzę, że to mówisz — prychnęła i gniew przemieszany z żalem zakotłował się w niej.

— Obudź się, dziewczyno! — Jarogniew chwycił Ostrzycę za ramiona i potrząsnął nią. — To jest wojna, którą zapowiadali Starcy. Ona właśnie się zaczęła. A my, dzięki Rocie, będziemy mieli trzpień wbity w trzewia zakonu.

Patrzył na nią z bardzo bliska. Widziała włókna mchu w jego prawym i połowie lewego oka. Pulsowały, jak żywe.

— Chodź, przedstawię cię Starcom, jako naszą bohaterkę. Dostąpisz zaszczytu, jaki przypada niewielu moim chłopcom.

Ciemna, butwiejąca połowa zalśniła blaskiem, gdy mówił o Starcach. Jego uniesienie udzieliło się jej. Czyż nie dla tego ognia odeszła z matecznika? Czyż nie pragnęła walki zamiast ciągłego zbierania ziół?

Jarogniew pochylił się i pocałował ją w usta.

— Od dzisiaj możesz się nazywać mą bratanicą — powiedział uroczyście.

GUNTER VON SCHWARZBURG przyjął zaproszenie Henryka von Plötzkau na mszę polową w obozie wojsk zakonnych przy trakcie na Tczew. Obozie, który sam dla Henryka i jego wojsk zbudował, gdy tylko objął gród książęcy w Gdańsku, w ostatnich dniach przed bestialską rzezią. Zyghard wyjechał z Gdańska równie cicho, jak się w nim pojawił, unikając spotkania z mistrzem krajowym, co było zgodne z planami Guntera. Ci dwaj działali sobie na nerwy. Chłodna, podszyta kpiną elegancja Zygharda uwypuklała brutalność i prymitywność Henryka, i jeśli wielkie plany Guntera miały się spełnić, należało ograniczać ich spotkania, zwłaszcza teraz, w najciekawszych i najtrudniejszych dla zakonu czasach.

Trudno powiedzieć o von Plötzkau, że był uczniem Guntera, bo obecny mistrz krajowy z jego ciężkim umysłem i zapalczywą ręką mozolnie się uczył, ale w sensie politycznym był wykonawcą jego woli i dalekosiężnych planów. To w imię ich spełnienia Gunter przełknął rzeź, w jaką Plötzkau zamienił zdobycie Gdańska. Trudno. Taka jest wojna. Teraz jednak, przekonany o gwałtowności i zapalczywości Henryka, wolał być przy nim i patrzeć mu przez ramię na to, jak wykonuje kolejne etapy wielkiego przedsięwzięcia.

— *Ite, missa est!* — zawołał kapłan spod polowego ołtarza.

— *Deo gratias!* — rozległo się wokół.

Gunter odwrócił się. Za jego i Henryka plecami wstawały z kolan zastępy białych płaszczy. Dalej giermkowie, półbracia w szarych okryciach i na końcu jego Rota Wolnych Prusów, gorliwa w modlitwie i obrzędzie, pod wodzą Symoniusa, młodziana, którego dziadowie czcili leśną Macierz, Starców, konie, pszczoły, bagna, gaje i Bóg jeden wie, co jeszcze.

Gdy stanę przed bramą Piotra, żarliwość modlitwy tego Prusa będzie mi przepustką do nieba — pomyślał i skinął młodzianowi głową z oddali.

Symonius odpowiedział skinieniem i jak zawsze, z szacunkiem dotknął Marii Panny na rękojeści noża. W chwili gdy rycerze Henryka na rozkaz mistrza krajowego już dosiadali bojowych koni, Rota Wolnych Prusów wskakiwała na siodła swych zwinnych, lekkich wierzchowców, zwanych tu swejkami.

— Bóg z wami — pobłogosławił odjeżdżających kapelan.

Henryk von Plötzkau roztarł dłonie zziębnięte od porannego chłodu.

— No, to zapraszam do mego namiotu — powiedział i zarechotał: — Na śniadanie mistrzów, heh!

Ambicje w nim nieprawdopodobne — skrzywił się w duchu Gunter i ruszył za Henrykiem. Ledwie weszli do namiotu i zasiedli, nim jeszcze słudzy zdążyli wnieść posiłek, straż obozowa zaanonsowała gościa:

— Namiestnik księcia Władysława, książę Kazimierz z Tczewa.

Spojrzeli po sobie. Gunter puścił do Henryka oko, szepcząc:

— Zaczyna się.

Plötzkau oblizał wargi i zażądał:

— Prosić do mnie.

Do namiotu wszedł dość wysoki, ale bardzo szczupły mężczyzna. Nie miał więcej niż trzydzieści lat, jasnowłosy, o rzadkiej, lekko rudziejącej brodzie, która zamiast dodawać mu powagi, odejmowała ją, wyglądając na lekko przybrudzoną. Miał na sobie płaszcz namiestniczy z półorłem i półlwem kujawskich Piastów, tyle że na błękicie. Towarzyszyło mu trzech rycerzy, których Gunter nie kojarzył, i czarno ubrany giermek, ten sam, co był w Gdańsku.

— Mistrzu krajowy, komturze — skinął im lekko głową książę.

— Prosimy do stołu — szeroko uśmiechnął się Plötzkau. — Siadamy do śniadania.

Sługa przyniósł im ławy i stół szybko nakryto dla pięciu osób. W chłodnym, listopadowym powietrzu rozniósł się zapach gorącej jajecznicy. Podano chleb, mleko, owsiankę. Książę Kazimierz przez cały ten czas krzątaniny służby patrzył to na Guntera, to na mistrza.

— Pobłogosław, Panie, te dary — powiedział Henryk i nałożył sobie pełną miskę jajecznicy.

Książę jadł półgębkiem, raz po raz próbując zacząć rozmowę, ale Plötzkau umiejętnie mu w tym przeszkadzał.

— Zjedzmy, zjedzmy — mówił z pełnymi ustami, gdy tylko Kazimierz chciał zagadnąć. — Piwa zagrzać!

Gra na czas — myślał Gunter, zadowalając się owsianką. — Dobrze, choć raz nie ponoszą go nerwy.

Wreszcie posiłek dobiegł końca, otarli usta, odłożyli serwety, a słudzy sprzątnęli ze stołu.

— Teraz powiedz, książę — rozparł się wygodnie Henryk. — Co cię do nas sprowadza?

Kazimierz odchrząknął.

— Jako namiestnik Pomorza chciałbym podziękować…

— Dobrze, dobrze — przerwał mu Henryk.

— …za wyparcie Brandenburczyków z Gdańska i, zgodnie z umową, prosić o przekazanie mi zdobytego miasta — dokończył i wbił w nich spojrzenie jasnych oczu.

— Tak — powiedział Henryk. — Tak. O jaką umowę ci chodzi, książę?

Na bladej twarzy Kazimierza odbił się lęk. Spojrzał po towarzyszących mu rycerzach.

— Umowy z księciem Władysławem — powiedział. — W myśl której bracia zakonni mieli przejąć obronę grodu gdańskiego i wyprzeć brandenburskie załogi z miasta.

Na zewnątrz, przed namiotem Henryka, sługom musiało coś wypaść z rąk, bo rozległ się szczęk żelastwa i stłumione przekleństwa.

— Tak zrobiliśmy — potwierdził Henryk i pogładził się po krótkiej, kwadratowej brodzie, przy której książęcy zarost wyglądał jak młodzieńcza kozia bródka.

Kazimierz zamrugał spłoszony, a Gunter pomyślał z uznaniem, że Plötzkau tym razem świetnie się spisuje.

— Zatem, mistrzu Henryku, komturze, proszę o przekazanie mi zdobytego dla księcia miasta — powiedział książę na jednym oddechu.

— Tak — znów powiedział Plötzkau, wbijając wzrok w księcia.

Zapadła cisza, którą rozpraszały jedynie odgłosy życia obozowiska. I w tej przeciągającej się ciszy nagle rozbrzmiał śmiech jakiegoś półbrata. Henryk von Plötzkau podchwycił go i sam zaczął rechotać. Kazimierz i jego rycerze zbledli, poderwali się z miejsc.

— Co, co, co to znaczy? — zaczął się jąkać książę. — Dlaczego śmiejesz się, mistrzu? Dla... dla... dlaczego?

— Bo ty mnie śmieszysz — powiedział gromko Plötzkau. — Ty i ta twoja nędzna, trzyosobowa świta. Przyjechałeś odebrać ode mnie Gdańsk? Bardzo proszę, jeśli potrafisz to zrobić samotrzeć! Chcę popatrzeć!

— Nie... nie... nie taka była umowa — jęknął książę. — Mieliście wydać gród! Ten giermek był świadkiem, jest świadkiem, był... był... był... w Gdańsku, mówił...

— Jak cię zwą, giermku? — zagadnął Gunter.

— Borutka — odpowiedział chmurnie czarno ubrany chłopiec.

— Jakich umów byłeś świadkiem? — spokojnie pytał Gunter.

— Pan komtur potwierdził, że wszystko jest z księciem Władysławem uzgodnione. Że załoga Boguszy ma opuścić gród, bo zajmą go bracia. I że będą szykować się do ataku na miasto.

— Słyszysz, książę? — powiedział Gunter. — Nic tam nie ma o przekazaniu ci zdobytego grodu.

— Ja... ja... rozumiem, że... że... sprawy w Gdańsku wymknęły się spod kontroli, zgi... zgi... nęli ludzie, ja... ja... nie będę was skarżył, to... to... wojna, trudno, ale mu... mu...

Nie umie, stojąc przed nami, powiedzieć „musicie" — skonstatował Gunter i poczuł niesmak. Nie lubił tchórzy.

— Plany się zmieniły, książę namiestniku — wypalił Plötzkau, którego najwyraźniej znudziło jąkanie się księcia. — Zdobycie Gdańska kosztowało nas tak wiele, że musimy sobie powetować straty.

— Stryj... książę... zapłaci, jak... jak... było umówione — jęknął przerażony już Kazimierz.

— Twój książę ma złą sławę, jeśli chodzi o terminowe spłaty — uśmiechnął się zimno Gunter. — Podobnie jak ty i twoi bracia. Mam przypomnieć dług Leszka? I twoje oraz księcia Przemka długi? Zalegacie zakonowi spore kwoty.

— Ale... ale...

— Nie ma żadnych „ale" — warknął Plötzkau. — Gdańsk zostaje przy nas! Zakochałem się w tym mieście na zabój i go nie oddam — zarechotał.

Trzej rycerze Kazimierza odruchowo sięgnęli do pochew, ale byli bez mieczy, musieli je zostawić przy wejściu do namiotu. Czarny giermek zrobił jakiś nieokreślony ruch dłonią, ale też nie miał broni. Byli bezradni i bezbronni. Byli wystraszonymi myszami w chałupie, w której grasował wielki kocur — Henryk von Plötzkau. Gdzieś w obozie zaczęły kwiczeć przerażone konie.

Książę Kazimierz kopnął ławę, na której wcześniej siedzieli, i jak stał, tak padł na kolana przed nimi. Gunter siłą powstrzymał grymas obrzydzenia. Wiedział, że namiestnik jest tchórzem, ale tego się nie spodziewał.

— Bła... bła... błagam cię, mistrzu krajowy — złożył dłonie jak do modlitwy. — Na kolanach błagam.

— Przecież widzę — bawił się coraz lepiej Plötzkau. Odwrócił się w stronę Guntera i mrugnąwszy, powiedział: — Co, mamy hołd tczewski?

— Nie! Nie... — jęknął książę. — Ja błagam, byś poniechał zamiaru i od... oddał...

— Nie oddam! — ryknął Plötzkau.

Kazimierz struchlał, ale ta chwila wystarczyła, by Henryk powściągnął nerwy i powiedział mocno, ale spokojnie:

— I nie żartowałem z hołdem tczewskim. Masz dwa wyjścia, biedny namiestniku Pomorza. Albo zabierzesz z Tczewa swoje rycerstwo i ludzi, wynosząc się na Kujawy, albo zmierzysz się jeszcze dzisiaj z wojskami zakonu.

— Nie... nie... — wyszeptał Kazimierz.

— Tak, tak! — pogroził mu palcem Henryk. — A wiesz, czym jest wojna z zakonem? Pojedynkiem na śmierć i życie.

Oczy księcia namiestnika poczerwieniały, jakby krew miała się nimi puścić, co przy jego bladej jak śnieg twarzy dało efekt upiorny. Kręcił głową na boki, w prawo, w lewo, jakby nie wierzył w to, co usłyszał, a jego dłonie, przed chwilą złożone w błagalnym geście, poruszały palcami, jak czynią to starcy w agonii.

— Staniemy do obrony — powiedział rycerz Kazimierza.

Czarny giermek, Borutka, dopadł do księcia od tyłu i próbował go unieść z kolan, ale ten był sztywny, niczym sparaliżowany.

— Wasi ludzie pewnie już stają — zaśmiał się Plötzkau. — Bo nasi ruszyli na Tczew po jutrzni. Aż dziwne, że się nie spotkaliście.

— Spotkaliśmy! — krzyknął drugi z rycerzy. — Ale przez myśl nam nie przeszło…

Bo nie macie zdolności chłodnej kalkulacji ani nawet daru przewidywania — pomyślał z satysfakcją Gunter. — Nie masz pojęcia, jak długo czekałem na dogodną chwilę. Oto ona.

— Jawna zdrada — bezczelnie odezwał się giermek. — Pomóżcie! Nie mógł dźwignąć z kolan zesztywniałego z przerażenia księcia. Rycerze pomogli mu i Kazimierz stał już na nogach, choć najwyraźniej nie wiedział, co czynić.

— Jawne upokorzenie — skwitował Gunter. — Plama na honorze nie do zmycia.

— Książę — szepnął Borutka. — Chodźmy stąd, Tczew czeka…

Namiestnik chciał zrobić krok, ale zatoczył się. Giermek podtrzymał go, a rycerze pomogli wyprowadzić z namiotu. Wyszli bez pożegnania. Zaraz wśliznął się sługa Henryka:

— Co z nimi? Zatrzymać?

— Nie, puść ich. I szykujcie nam konie. Jedziemy z komturem chełmińskim dokończyć dzieła zniszczenia.

Jezu, tylko nie zniszczenia — jęknął w duszy Gunter. — Tak dobrze mu szło.

— Henryku — powiedział na głos, gdy zostali sami. — Gratuluję. Zachowałeś zimną krew, jak prawdziwy mąż stanu.

— Bo nim jestem — zarechotał Plötzkau i klepnął się po brzuchu. — Zjemy coś jeszcze? Diabli wiedzą, kiedy następny posiłek.

— Zjadłeś księcia — zaśmiał się pochlebnie Gunter. — Jedźmy na wieczerzę do Tczewa.

— Mojego Tczewa.

— Naszego — uściślił Gunter.

— No, naszego — zgodził się Plötzkau.

Z dwunastką straży ruszyli traktem na południe. Kazimierz musiał naprawdę pędzić, bo nawet kurz na drodze zdążył opaść. Z lubością pokazywali sobie pobocza stratowane kopytami oddziału, który ruszył po jutrzni. Razem z Rotą Wolnych Prusów musiał liczyć cztery setki konnych i to było widać. Zorana kopytami droga.

O zachodzie słońca byli pod Tczewem i już na odległość stu kroków widzieli, że gród książęcy skapitulował. Część wojsk krzyżackich stała wokół miasta. Bramy były rozwarte i pchała się przez nie w panice ludzka rzeka. Wozy z pospiesznie spakowanym dobytkiem, krowy na postronkach, zerwane z linek, oszalałe konie. Kury połapane żywcem, powiązane w pęczki u wozów rozpaczliwym gdakaniem wzywały zmiłowania. Kobiety, dzieci, starcy, wszyscy opuszczali Tczew w pośpiechu, z wyciem, płaczem i lamentem.

— Miejsce dla mistrza krajowego! — ryknęła straż i zaczęła spychać na pobocze tę ciżbę.

Jakiś wóz, w którym pękła piasta w kole, przechylił się i na drogę sypały się tobołki. Woźnica smagał parę ciągnących go wołów, jakby nie zauważył, co się stało.

Wyminęli go. Podjechał ku nim Symonius.

— Gród się poddał — zameldował spokojnie. — Zobaczyli wielkie wojsko, naradzili się i rozwarli bramy, w nadziei, że nie spotka ich los gdańszczan. Wysiedlenie przebiegało spokojnie, aż jakąś godzinę temu nadjechał namiestnik i wszczął panikę, że puścimy ich z dymem. Wtedy zaczęło się to piekło — wskazał ruchem głowy na kipiący tłum.

— Mogliśmy go przetrzymać do wieczerzy, a obyłoby się bez krzyku — zakpił Gunter.

Ludzie wpadali na siebie w ścisku, popychali się, wozy nie miały jak manewrować na zatarasowanej drodze. Woźnice, zamiast sobie pomagać, klęli i okładali się wzajemnie batami. Komuś z rąk wypadło zanoszące się płaczem niemowlę, podrostek poderwał je z drogi, ratując od stratowania.

— Droga dla mistrza krajowego! — ryknął strażnik ponownie i zaczął wyrąbywać ją mieczem.

— Zjedźmy na bok — zarządził zniecierpliwiony Gunter i wyminęli tłum, wjeżdżając na niską, podmokłą łąkę. Kopyta ich ciężkich koni zapadały się w gruncie.

— Tam — wskazał Symonius i przebili się kilkadziesiąt kroków dalej, omijając ciżbę, aż stanęli na suchym podwyższeniu z dala od bramy.

— Mistrzu! Mistrzu! — jechał ku nim co sił jakiś rycerz z półorłem i półlwem na piersi.

Gdy był bliżej, poznali, iż to jeden z dwóch, co byli na śniadaniu z namiestnikiem.

— Mistrzu! — zatrzymał konia. — Księcia Kazimierz prosi o potwierdzenie, że może bezpiecznie opuścić Tczew.

— Czy ktoś go atakuje? — wzruszył ramionami Henryk. — Droga wolna. Miasto się poddało.

— Książę prosi o eskortę — wydusił z siebie rycerz.

— O co?

— Eskortę. Książę boi się o swoje życie. Po porannej rozmowie nie jest pewien, czy... czy...

Jąkanie jest zaraźliwe — z odrazą pomyślał Gunter i powiedział:

— Daj mu eskortę, mistrzu. Zwycięzców stać na wspaniałomyślność.

— A dokąd książę się udaje? — spytał wytrącony z równowagi Henryk.

— Do Inowrocławia — jęknął rycerz.

— Zgoda — uśmiechnął się Plötzkau. — Dostanie oddział do osobistej ochrony, ale musi być gotów w tej chwili.

— Tak jest — odpowiedział rycerz i odjechał przekazać wiadomość.

— Odbierzemy naszą eskortę w Inowrocławiu — zaśmiał się Plötzkau.

— Otóż to, Henryku! Znów wychodzi z ciebie dyplomata — pochwalił go.

— Komturze — podjechał bliżej Symonius. — Załoga grodowa wysłała nieduży poczet pod wodzą wojewody tczewskiego. Przypuszczamy, że będzie się starał powiadomić księcia Przemka w Inowrocławiu.

— Kiedy to było? Po kapitulacji?

— Nie, panie. Krótko po naszym przyjeździe. Jeszcze tyły wojsk nie zdążyły stanąć pod Tczewem, choć z wałów już było widać, że mają się czego bać.

— No, mają — poklepał konia po szyi Plötzkau. — Trzeba ich było nie puszczać — fuknął na Symoniusa.

— Wszystko działo się szybko — przepraszająco powiedział Prus. — Dopiero później, po kapitulacji, dowiedzieliśmy się, że w oddziale był wojewoda Świętosław.

— Świętosław? Który to? — zdziwił się Plötzkau.

— Pałuka z ziemi nakielskiej. Wojewoda tczewski. Niedawno nominowany.

— Przypuszczam, że prosto z Inowrocławia pojedzie do Krakowa, do księcia Władysława — powiedział Gunter.

— Nim obróci, nim ściągną wojska, Inowrocław może być nasz — machnął dłonią Plötzkau i spojrzał w niebo. — Zaraz zapadnie zmierzch. Nudzi mnie to powolne wychodzenie ludzi.

Gunter von Schwarzburg nade wszystko chciał utrzymać spokojne zachowanie Henryka, więc natychmiast zajął jego uwagę orszakiem księcia Kazimierza, który opuszczał Tczew. Pokazał mu błękitny płaszcz namiestnika w otoczeniu sług zakonu. Rycerzy nie dali mu do eskorty.

— Tchórz! Śmierdzący tchórz! — wyśmiewał się Plötzkau, wodząc wzrokiem za odjeżdżającym. — Cuchnie lękiem!

Jakże różnią się od siebie nawet bliscy krewni — pomyślał Schwarzburg. — Nie wyobrażam sobie, by Władysław, choć karzeł, zachował się w podobny sposób. A Kazimierz jest jego bratankiem. Wyrodzona krew? Dziwne.

Tłum wylewający się z grodu zdawał się wreszcie rzednąć i Gunter już miał odetchnąć, gdy nagle usłyszał gwizd i Prusowie Symoniusa zaczęli skandować coś, czego nie zrozumiał. Wskazywali przy tym palcami w górę. Powiódł tam wzrokiem.

Na wieży bramnej łopotała chorągiew. Z jednej strony był na niej orzeł, z drugiej zaś półlew i półorzeł książąt kujawskich. Gunter zmrużył oczy, by widzieć wyraźniej, co tam się właściwie dzieje. Zobaczył jednego z półbraci, jak próbuje sięgnąć czarnego Borutki, który ściągał chorągiew z bramy. Chłopak był drobny i gibki. Jednym ramieniem trzymał się belki, drugim chciał wyswobodzić drzewce chorągwi, podczas gdy szary brat usiłował go zepchnąć na dół.

— Ten gówniarz mnie wnerwia — syknął Plötzkau i wydał rozkaz: — Ustrzelcie go!

Łucznicy z Roty Wolnych Prusów natychmiast wycelowali w giermka, ale strzały, które wypuścili, chybiły. Nie, jedna trafiła. Szary brat zachwiał się i z rozłożonymi ramionami spadł z wieży na uciekający tłum. Zmiażdżył jakąś kobiecinę, rozległ się lament. Prusowie zawyli i szybko naciągnęli cięciwy.

Borutka zaś wyrwał chorągiew i nie czekając, aż go ustrzelą, zeskoczył z bramy, trafiając wprost na wyładowany workami wóz. Poderwał się z niego i tylko czarny kaftan mignął. Ciżba zakryła go, zniknął, rozpłynął się w ludzkiej rzece. Prusowie wściekli wycelowali do ludzi, trafili uciekinierów, ale nie Borutkę, który wraz z chorągwią ulotnił się jak dym.

— Koniec tego! — wrzasnął zniecierpliwiony Plötzkau. — Podpalamy gród!

— Poczekaj, Henryku — próbował uspokoić go Schwarzburg.

— Nie ma na co czekać — warknął mistrz. — Niech piekło go pochłonie! Tego giermka! Ogień!

— Hełm załóż — powiedział spokojnie Gunter.

Ludzie słysząc, co woła mistrz, przyspieszyli i nim słudzy zakonu rozniecili ognie, większość mieszkańców opuściła gród. Plötzkau wreszcie robił to, czego pragnął: jeździł na spienionym koniu i ponaglał do podpaleń.

— Spalmy Tczew przed wieczerzą! — ryczał.

Gunter von Schwarzburg odjechał kawałek, by wirująca w powietrzu sadza nie ubrudziła mu białego płaszcza. Niech sobie Plötzkau popali. I tak w duchu był rad z mistrza; Henryk długo wytrzymał w roli męża stanu. Zajęcie i spalenie Tczewa było z góry wiadomym i zaplanowanym. To kolejny krok na drodze ku całkowitemu panowaniu zakonu nad Pomorzem. Mając Gdańsk, trzeba zabezpieczyć przedpola; dać niepodważalny znak objęcia w posiadanie. Trzeba nieść strach, a złudzenia pozostawiać tylko tak długo, póki mu służą.

Czas otworzyć stronice płonącej Biblii Pauperum.

WŁADYSŁAW na wieść o wypadkach gdańskich wpadł w szał. Chciał kogoś skrócić o głowę, kogoś, kogo można oskarżyć o to zło, co się zdarzyło, ale nie znajdował jednego winnego, bo wina kładła się cieniem na nich wszystkich. Na nim samym.

Jestem za krótki — wył w duchu, waląc głową o skałę Smoczej Jamy. — Nie sięgam do granic Królestwa. Strzegąc południa przed zamieszkami na Rusi, nie upilnowałem północy. Piekielni Krzyżacy! Uśpili mą czujność gładką gadką. Czułem, że nie można im ufać, że wpuszczam wilki do owczarni, ale co miałem robić, u diabła, skoro tam już były drapieżniki? Chciałem brandenburskie bestie wygryźć wilkami w białych płaszczach, a tymczasem ucierpiały gdańskie owce. Jezu! Czy ty mi kiedykolwiek wybaczysz? Czuję krew tych ludzi na rękach. Krew wszystkich. Moich Doliwów i bratanków Jałbrzyka ustrzelonych ma murach. Rycerzy, co polegli, strzegąc grodu przed margrabiami, ale i mieszczan gdańskich, co tak hardo się ode mnie odwrócili i poszli na służbę Brandenburczyków. Chryste, zmiłuj się nade mną grzesznym! Co ja mam robić? Co robić? Nie mam tyle wojska, by iść i walczyć z Krzyżakami, żeby mi oddali Gdańsk...

— Książę! Mój książę! — usłyszał głos szukającego go Fryczka i zobaczył światło pochodni, którą ten oświetlał sobie drogę przez jaskinię.

— Tu jestem — warknął Władysław.
— Panie, wróć na zamek. To pilne.

Nie musiał pytać Fryczka, czy „pilne" oznacza złe czy dobre wieści, bo mina giermka była wymowna. Szli w milczeniu i bez słowa weszli na dziedziniec. Najpierw poznał Świętosława, wojewodę tczewskiego. Potem kilku Pomianów za jego plecami. I Borutkę. Zmarszczył się na jej widok. Jego.

Jak ja mogłem myśleć, że to dziewczynka? Przecież gołym okiem widać, że chłopak. Chyba że teraz, jak go na Pomorzu zostawiłem, tak zmężniał, czy coś.

— Witajcie — ostrożnie powiedział Władysław.

Świętosław skinął na Borutkę i ten wystąpił przed szereg, uklęknął na jedno kolano i na wyciągniętych ramionach podał mu zwiniętą, błękitną chorągiew.

— Uroczyście przysięgam — odezwał się chłopiec — że tak jak dzisiaj przynoszę ci chorągiew Tczewa na znak klęski, tak kiedyś przyniosę ci, książę, chorągiew krzyżacką na znak słusznej pomsty.

Tczew upadł? — Władysław poczuł, jakby dostał pięścią w splot słoneczny.

— Były chwile hańby, mój panie — mówił Borutka. — Książę Kazimierz klęknął przed mistrzem. Błagał o zmiłowanie, żeby Gdańsk oddali, potem...

Borutka relacjonował, co się stało, a Władkiem na przemian wstrząsał gniew, przerażenie i palący wstyd. Jak jego bratanek mógł uklęknąć przed mistrzem? Nie potrafił tego zrozumieć, nie znajdował wytłumaczenia.

— Chorągiew namiestnika pozwolili wam zdjąć? — spytał Świętosława.

— Nie. Borutka nie chciał jej zostawić, wiedząc, że spalą gród warowny na znak poddaństwa. Wdrapał się na bramę i nie dał się ustrzelić, nim znaków książęcych nie zabrał — odpowiedział wojewoda.

— Zuch — krótko powiedział Władysław. — W nagrodę przywracam cię do służby.

— Dziękuję, książę — odrzekł Borutka i wstał z kolan. — Dla ciebie poszedłbym w ogień.

— Byle nie piekielny — mruknął Władek. — Po chwilach hańby trzeba nam dowodów bohaterstwa. Nagrodzę wszystkich. Gdzie Jałbrzyk?

— Najpierw zgarnęliśmy rycerstwo pomorskie, licząc na szybką akcję odwetową w Tczewie, ale kiedyśmy przybyli, księcia Kazimierza nie było, odjechał w krzyżackiej eskorcie, a gród płonął, więc na odwet było już za późno. Jałbrzyk ruszył do Świecia, do drugiego z kujawskich braci, księcia Przemka, uprzedzić go i wesprzeć w przygotowaniu miasta do obrony — odpowiedział wojewoda tczewski. — A myśmy zgarnęli Borutkę i pognaliśmy do ciebie.

Na dziedziniec wybiegł Władek junior, a za nim Paweł Ogończyk, który uczył dzisiaj młodego księcia fechtunku.

— Mam wiadomość dla pana Pawła — odezwał się Borutka. — Złą wiadomość.

— Mów — zażądał Ogończyk, stając przy księciu.

Mały Władek zatrzymał się tylko na chwilę. Zwolnił i zaczął iść w stronę ocalałych z Pomorza rycerzy. Szedł między nimi, mały i drobny, zadzierając głowę jak dziecko w spalonym lesie patrzące na okopcone pożogą drzewa.

— W Gdańsku, gdy wjechali Krzyżacy z mistrzem Plötzkau na czele, doszło do zamieszek. Twoi bratankowie, panie, Paweł Mokry i Piotr zwany Gackiem, zginęli z rąk zakonnych rycerzy.

— Jezu — wyszeptał Ogończyk. — To młodzi chłopcy byli...

— Gacek zabił Krzyżaka, a Paweł Mokry tak ciął drugiego, że z ran raczej nie wyjdzie — dorzucił na pociechę Borutka. — To nie wszystko. Bohatersko poległ także twój szwagier, panie Pawle.

Władek junior zatrzymał się przed Borutką i teraz w niego wpatrywał się, jakby pierwszy raz go widział.

— Szwagier twój, nim ducha oddał, zabił dwóch krzyżackich pachołków. Ciął ich tak — Borutka zrobił szeroki zamach i pokazał.

— Siostrę mi osierocił — jęknął Ogończyk.

Junior powtórzył gest Borutki, dokładnie tak samo.

— Co ty robisz? — zdenerwował się na syna Władysław. — Nie błaznuj, złą porę sobie wybrałeś. Biegnij do matki, ale już! Pawle — zwrócił się do Ogończyka. — Pawle, tak mi przykro, ale pomyśl, twoi polegli z honorem, z mieczem w ręku, jak przystało na prawych synów księstwa, a nie jak ten łapserdak, mój bratanek! Co z tego, że głowę ocalił, jak nikt mu nie zapomni, że przed mistrzem klękał! Boże, co za wstyd!

— Byli ostatnimi obrońcami gdańskiego grodu książęcego — powiedział Borutka. — Z mieczem w ręku, z uniesioną głową.

— Racja — przytaknął Paweł. — Świeć, Panie, nad ich duszami, odeszli w chwale.

— Nieśmiertelnej — dodał Borutka i ci, co stali na dziedzińcu, poczuli się lepiej.

— Fryczko, zwołaj wszystkich do sali rady! — zażądał książę.

— Szpie... — zaczął giermek, ale w porę się zamknął.

„Szpiega Świnki" chciał powiedzieć, bo jeden jedyny raz tak się Władkowi wyrwało, gdy mówił Pawłowi o Borzysławie, kanoniku bez święceń, którego im arcybiskup zostawił, mając na myśli, że ten patrzy im na ręce, i już Fryczko to podchwycił, i powtarza, a przy ludziach nie wypada tak gadać. Nie daj Boże, Jadwinia by usłyszała, to by się mieli z pyszna. A ona teraz brzemienna, na ostatnich nogach, jak mówią baby, lada dzień ma rodzić.

— Szanownego kanonika także prosić — powiedział głośno Władysław. — Zwłaszcza na jego radzie będzie mi zależało.

Spotkali się w sali rady; Borzysława, na znak szacunku, przy sobie posadził, najbliżej. Wojewoda tczewski raz jeszcze zdał relację z całości wypadków gdańskich.

— No to radźmy! — zarządził Władysław, gdy Świętosław skończył. — Tylko nie wspominajcie przy mnie imienia tego klękacza, bo nie chcę się denerwować.

— Bez nerwów to się, książę, nie obejdzie — powiedział Piotr Doliwa, którego Władysław kilka tygodni wcześniej przyzwał z ich rodowego Dębna. — Sprawa jest paskudna.

Chciał na niego syknąć, że taką prawdę to może sobie dzisiaj darować, ale przypomniało mu się, ilu Doliwów zginęło na Pomorzu, i nie odezwał się.

— Książę, wygląda na to, że Krzyżacy chwycą się każdego sposobu, by Gdańska nie oddać po dobrej woli — powiedział Borzysław. — Radziłbym przygotować się do procesu w kurii papieskiej.

— Co masz na myśli? — spytał Władek.

— Muskata zaskarżył u papieża wyrok, jaki wydał na niego arcybiskup Jakub — odrzekł spokojnie Borzysław. — W swoim piśmie nie śmiał atakować arcybiskupa, więc punktuje głównie zatargi, jakie miał z tobą, książę. Stawia cię w fatalnym świetle, jako władcę łamiącego porozumienia, cofającego dane słowo i przywileje. Na to samo postawią Krzyżacy.

— Jakim cudem? — obruszył się Władysław.

— Mogą wykorzystać zmianę warunków porozumienia — przypomniał Świętosław. — Tak przynajmniej zrobili, gdy Plötzkau usunął naszą załogę z Gdańska.

— To będzie z ich strony zręczny ruch, na początek — dorzucił Borzysław. — Najlepiej by było, gdyby Muskata wycofał swoje zarzuty wobec ciebie w kurii. Mielibyśmy, że tak się wyrażę, czystą kartę u papieża przed rozprawą z zakonem.

— Muskata prędzej zje własną mitrę, nim się pogodzi z naszym księciem — trzeźwo ocenił Doliwa.

— Borzysławie, co ty sugerujesz? — starał się nie unosić Władysław. — Arcybiskup wydał ten doskonale sprawiedliwy wyrok na Muskatę tu, w Krakowie, a ja teraz miałbym udawać, że wyroku nie ma i się z tym krwawym wilkiem układać?

— Boże, uchowaj, byś miał negować wyrok Jakuba II — zaprzeczył Borzysław. — Proces, jaki wytoczył Muskacie arcybiskup, to jedno, a twoje spory z nim to drugie.

— Nie, to jest to samo — uparł się Władysław.

— Książę, jak to jest, że prosisz o radę, a jej nie słuchasz? — zapytał nieco zniecierpliwiony kanonik.

Bogoriowie i Lisowie chrząknęli. Paweł Ogończyk spojrzał w górę, a Doliwa się nie krępował i parsknął śmiechem, potem zaś spytał:

— Szanowny Borzysław pierwszy raz radzi księciu, tak? Idzie się przyzwyczaić, jeśli się zapamięta, że książę lubi rady, ale najbardziej własne.

— Bzdura, co za bzdura — żachnął się Władysław.

— Zatem przyjmij do wiadomości, książę, że jeśli nie znajdziesz sposobu, by przekonać Jana Muskatę, żeby wycofał z kurii papieskiej imienne zarzuty wobec ciebie, to pomyślne rozwiązanie w tej samej kurii sprawy z Krzyżakami uważam za wątpliwe — oświadczył kategorycznym tonem kanonik.

— Zrozumiałem — chłodno odpowiedział Władek. — Kto z was pojedzie po Muskatę? Ty nie — wskazał na Wojciecha Bogorię. — Tyś mu za skórę zalazł, jak cię zobaczy, nie będzie chciał przyjechać do Krakowa. Ty też nie — pokazał Nawojowi, że ma się nie szykować. — On tobie Morawicę spalił, lepiej mu się nie przypominać.

— Strasza wyślij ze Smoczą Kompanią, książę — zażartował Paweł Ogończyk.

— No i sam widzisz, Borzysławie, jak ja mam poważnie traktować rady! — poskarżył się Władysław. — Wierzbięta, ty pojedziesz, jako kasztelan krakowski, będzie z powagą i atencją. Dasz Muskacie gwarancje bezpieczeństwa i tak dalej — machnął ręką.

— Zaproponuj, książę, by przyjaciel Muskaty, biskup wrocławski Henryk z Wierzbna, był pośrednikiem w waszych rozmowach. To go uspokoi — podpowiedział Borzysław. — A ponieważ papież ma zarzuty także wobec Henryka, może nam się uda go urobić, tu, na miejscu.

— Takie rady lubię — pochwalił kanonika Władysław, a swoim możnym pogroził palcem. — Uczcie się!

— Książę — nieśmiało pisnął Borutka zza jego pleców. — Może i ja z panem kasztelanem pojadę? Wtedy, jak po sądzie nad Straszem, książę biskupa Muskatę z przywilejów odarł i on się tam tak zachwiał na dziedzińcu, że mało nie upadł na bruk, ja mu rękę podałem. Wydaje mi się, że biskup ciepło mnie wspomina.

— Jedź, Borutka, jedź — z przekonaniem odpowiedział książę.

W czasie, gdy delegacja wyjechała po Muskatę, Jadwiga urodziła. Dzięki Bogu szczęśliwie, ale niestety, córkę. Władysław zniknął w Smoczej Jamie, na krótko, by być sam na sam ze stratą. Od śmierci Stefana wciąż czekał na kolejnego syna. Został mu tylko junior, dobry chłopak, choć uparty i krnąbrny, osiem lat skończone, a głowa wciąż w chmurach, nie wiadomo, co on tam sobie myśli. Liczył, że będzie syn, a niech to! Trzeba Panu podziękować za córkę. Obiecał żonie w obecności Jakuba II, że sama imię wybierze dla nowego dziecka, teraz było mu wszystko jedno. On nazwał pierworodną, ku czci ciotki, świętej Kingi, on też wybrał imię dla Elżbiety, niech tam teraz Jadwiga nazwie tę dziewczynkę. Ile musi upłynąć czasu od zakończenia połogu, by znów mogli spróbować? Nie są już tacy młodzi. Zacisnął pięści z całych sił i gdy wyszedł ze Smoczej Jamy, kazał Fryczkowi zgarnąć oddział straży przybocznej i pojechał do klarysek, do Skały. W tamtejszym kościele padł na kolana i jak przed laty, gdy przyjeżdżał tu z ciotką, oddał się modlitwie, prosząc świętą Kingę, by się za nich z Jadwigą przed wiadomo kim wstawiła. „O syna cię proszę! O syna! Sy-na!"

Potem, wzmocniony modlitwą, wrócił na Wawel, poszedł do żony, ucałował ją i dziecko, podziękował, sprawdził, czy nic im tam nie brakuje i jak się miewa Elżbieta.

— Węgierskiego czas ją uczyć, Jadwigo! — zagadnął.

— Jeszcze dobrze po polsku nie mówi, daj spokój, Władku — odpowiedziała zza ciężkich kotar wielkiego łoża małżonka.

— Teraz dziewczęta szybko za mąż wychodzą. Elżbietko, chcesz za mąż?

— Nie — odpowiedziała mała z uśmiechem. — Chcę do tatki!

— Ależ ona bystra! — pochwalił i wziął dziewczynkę na ręce. — A jaka już ładna! Bardzo ładna, co, Kingo? — zagadnął do starszej, która siedziała u stóp łoża z robótką. — Udała nam się ta dziewuszka, oj, udała.

— Tak, ojcze — opowiedziała Kinga cicho.

— Co tam mówisz? Nie dosłyszałem, tak pod nosem mamroczesz.

— Tak, ojcze — głośno powtórzyła Kinga.

— No, teraz dobrze mówisz — pochwalił. — A ty byś figi nie chciała, co, Elżbietko? — Pocałował małą w policzek. — Mam tam jeszcze kilka w skarbczyku, jak chcesz, to ci Fryczko przyniesie. Albo rodzynek. Co wolisz? Figę czy rodzynki?

— Tatkę wolę. — Pocałowała go z całych sił, obśliniając mu brodę.

— Moja ty! — rozpromienił się. — Moja najmądrzejsza dziewczynka! Niech ta mała, co ją mamusia urodziła, pójdzie w twoje ślady, a będzie nam tu wesoło na Wawelu!

Kinga zaczęła szlochać. Strasznie tego nie lubił.

— Czego beczysz? — fuknął na nią. — Nie wypada, by taka duża dziewczyna, panna na wydaniu, płakała.

— Władek! — skarciła go z głębi łoża Jadwiga. — Daj jej spokój.

— No ale czemu ona ciągle płacze? Już słuchać tego nie mogę.

— Mówisz tak, jakbyś nic innego nie robił, tylko z nami siedział — oskarżyła go Jadwiga głośno i obudziła tę małą, co ją miała przy sobie, bo dziecko uderzyło w krzyk.

— No i widzisz, coś narobiła? — skarcił Kingę. — Przez ciebie płacze maleństwo! Weź ode mnie Elżunię, muszę już iść.

Kinga z zaczerwienioną twarzyczką podeszła do niego, dygnęła i zabrała Elżbietkę. Pocałował ją w czółko, Kindze pogroził palcem i umknął.

Na schodach natknął się na juniora.

— Władziu! — zawołał do niego. — Nie idź do pani matki, bo tam teraz dziecko płacze.

— Znowuż! — wykrzywił się chłopak.

— Co, też nie lubisz beczenia bab? To całkiem jak ja, synu. — Potarmosił mu czuprynę. — Urosłeś trochę czy mi się zdaje?

— Urosłem — bąknął syn. — Pan Żegota mnie chwali, że dobrze mi idzie z mieczem.

— A, to ładnie. A z kopią jak?

— Nie ćwiczymy z kopią. Pan Żegota mówi, że mam na nią czas.

— A jazda konna? Musisz dobrze jeździć konno, synu.

— Wiem.

Chłopak wpatrywał się w niego przez chwilę i Władek poczuł, że mu się spieszy. Junior odezwał się wreszcie:

— Na Radoszu chciałbym pojeździć.

— O nie, mój mały — zaśmiał się Władysław. — Na Radosza jeszcze nie zasłużyłeś. Kiedyś, jak będziesz lepiej trzymał się w siodle. Wiesz przecież, że to uparty ogierek. I źrebię mojej Rulki — przypomniał mu z dumą.

— To już nie jest źrebię — twardo odpowiedział junior i znów mierzył się z nim wzrokiem.

— Tak się mówi — pouczył go. — Przecież nie powiem „syn Rulki". I nie wymądrzaj się! Ja w twoim wieku nie śmiałbym tak do ojca się odezwać. Dziadek Kazimierz jakby coś takiego usłyszał, to...!

— To co?

Władka ręka zaświerzbiła, żeby mu pokazać, co zrobiłby ojciec na jego miejscu, ale powstrzymał się. Nie lubił być popędliwy wobec dzieci.

— Idź się uczyć — powiedział do syna, by zakończyć rozmowę czymś budującym.

Wieczorem na zamek przyjechał kasztelan Wierzbięta, mówiąc:

— Biskup krakowski i biskup wrocławski dostarczeni na miejsce!

— Mówisz, jakbyś ich związanych przyprowadził — parsknął śmiechem Władysław. — No, żarty na bok! Jak podróż? Bardzo byli niechętni?

— Nie bardzo. U dominikanów się zatrzymali. Bezpiecznie pod sam klasztor odprowadziliśmy.

— Chwalę.

— Dobrze, żeś księcia puścił z nami tego Borutkę. Chłopak naprawdę miał korzystny wpływ na Muskatę. On jest dziwny, ale...

— Mnie to mówisz? — fuknął Władysław. — To wilk w owczej skórze! Nie jestem zachwycony, że mam się z nim układać, ale co robić?

— Ja nie o Muskacie, panie. Ja o tym Borutce.

— Czemu dziwny?

— Czasami znajduje takie słowa, zdania, które lepiej niż co innego pasują do sytuacji. Dorosły, wykształcony człowiek nie wie, co powiedzieć, a ten chłopak, jak powie, to w punkt trafi. Muskata frymarczył, grymasił, że nie przyjedzie, że się księcia boi, a Borutka na to...

Przerwało im gwałtowne pukanie do drzwi.

— Wejść! — zawołał Władek i wpadł zdyszany Paweł Ogończyk.

— Książę, mam nowiny!

— Dobre czy złe, bo tym razem po twarzy nie widać — odpowiedział Władek i dał znać kasztelanowi, że o Borutce później.

— Z Poznania i Głogowa, panie — wysapał przybyły.

— Siadaj z nami, mów. Fryczko, wina podaj, bo się pan Ogończyk zziajał!

— Głogowczyk córkę za mąż wydaje — powiedział Paweł, nie czekając na kielich.

— No i co z tego? — wzruszył ramionami Władek. — Ja też Kingę za mąż chcę wydać. Ma córki, wolno mu je żenić.

— Za króla Węgier, Belę V, czyli Ottona z Bawarii! — tryumfalnie dokończył Paweł.

Władysława zatkało. Machnął na Fryczka, bo ten się z winem guzdrał, i dopiero gdy wziął łyk węgrzyna, przemówił:

— Nie może być! To się zaraz i z Karyntczykiem zbrata przez Wittelsbachów!

— W tym rzecz, książę.

— Wezmą mnie w dwa ognie — gorączkował się Władek. — Karyntczyk wciąż rości prawa do polskiej korony, uderzy z południa, a czarne orły z północy! Żeby taki Głogowczyk się w węgierski tron wżenił? Nie daruję!

— Otto Wittelsbach z Węgier uciekł. Tam włada Andegaweńczyk, Karol Robert. Węgrzy nie chcą bawarskiego króla — uspokoił nieco nastrój kasztelan Wierzbięta.

— To nie wszystko, mój książę. Sekretni ludzie donoszą, iż z dworu Głogowczyka raz po raz ruszają posłowie do Muskaty i Henryka z Wierzbna — powiedział zaniepokojony Paweł. — Przed chwilą odebrałem meldunek, że Mikołaj, kanonik głogowski, ze specjalnym pismem od księcia Henryka dwa tygodnie temu ruszył z Poznania.

— No to Muskaty nie zastanie — chropowato zaśmiał się Władek. — Bo on i biskup wrocławski już u dominikanów w Krakowie. Ogończyku? Kazałeś śledzić tego kanonika?

— Kazałem — potwierdził Paweł. — Zwłaszcza że ów Mikołaj już wie, że biskup jedzie do Krakowa i ponoć w ślad za wami, kasztelanie, ruszył. Upoważniłem swego człowieka, by jeśli go znajdzie, nie zatrzymywał, tylko przejrzał mu skrzynię z dokumentami.

— A czytać umie? Skąd masz takiego zbója? — zdziwił się Władysław.

— To nie zbój, książę — zaśmiał się Paweł. — W każdym razie, nie aż taki. To dawny kanonik od biskupa Gerwarda. Leszczyc go złapał na nadużyciach majątkowych i wyrzucił z hukiem, a ja człowieka znam, bośmy się razem na Kujawach wychowali. Wiem, że sprytny, bystry i nie aż taki łajdak, jak mu Gerward gębę doprawił. Wziąłem go po naszym powrocie z banicji na służbę, bo jak to staremu znajomemu nie pomóc.

— Jak go zwą? Może i ja go z Kujaw pamiętam? — zaciekawił się Władek.

— Książę, dzisiaj się zwie Pawelec i niech to wystarczy — wymijająco, ale stanowczo odpowiedział Ogończyk. — A na Kujawach jest spalony, tam się pokazać nie może. Puszczam go do Starszej Polski i na śląskie dwory, bo tam długie ramiona Gerwarda Leszczyca nie sięgają. I, jak widać, mój Pawelec się sprawdza.

— Pawelec Pawła! — zażartował Władek, choć nie było mu do śmiechu.

Nagły sojusz Głogowczyka z Wittelsbachami poważnie zaniepokoił księcia. Pod maską dobrej zabawy pił z kasztelanem i Pawłem, ale przez cały czas myślał. Sam Wittelsbach nie był groźny; Węgrzy go nie chcieli na króla, ale jako zięć otwierał Głogowczykowi drogę do tych dworów, które wcześniej były dla niego zamknięte. Jeśli zaś ponury czarny Henryk zbrata się z Karyntczykiem i do piekielnej spółki wciągną biskupa wrocławskiego i nie daj Boże Muskatę, to Mała Polska, jedyna spokojna dzisiaj ostoja jego władztwa, może być zagrożona. Wino przestało mu smakować.

— Wybaczcie, przyjaciele — powiedział, unosząc się od stołu. — Udam się na spoczynek, ale wy sobie posiedźcie, podtrzymujcie sojusz krakowsko-kujawski, najbliższy memu sercu.

Źle spał w nocy i o poranku bolała go głowa. Nie od wina, nie wypił go dużo, pewnie przez Głogowczyka. Zbyt wiele złej krwi zebrało się między nimi przez te wszystkie lata. Władek wiedział, że Głogowczyk żywi do niego urazę o śmierć Przemka i ten żal położył się cieniem na wszystkim, co było między nimi.

Kazał Fryczkowi otworzyć okiennice, wpuścić zimne powietrze wraz z mgłą idącą znad Wisły, jak robił to co dzień. Potem wstał, rozruszał barki, szyję, zrobił kilka przysiadów, skłonów, zwykły, poranny rytuał, którym budził ciało. Umył twarz w lodowatej wodzie. Fryczko pomógł mu się ubrać.

— Skoro wszystko się dobrze skończyło i Borutka nie jest dziewczynką — powiedział do giermka, gdy ten podawał mu koszulę — weź go do nas na służbę. Niech się przyucza, z czasem zostanie giermkiem, jak ty.

— Jesteś ze mnie niezadowolony, panie? — spytał z niepokojem Fryczko.

— Gdzie tam — zaprzeczył Władek. — Ale przyda się młodzik, by cię w tym lub owym wyręczyć.

— Jak sobie życzysz, panie — odpowiedział Fryczko.

— Życzę sobie. I okiennice już przymknij, ciągnie wilgocią. I każ jajecznicę przynieść na śniadanie.

Najpierw chciał zawołać Pawła Ogończyka, by z nim zjadł, ale rozmyślił się. Niech sobie jeszcze pośpi, skoro w nocy z Wierzbiętą siedział i pewnie pili. Zjadł sam, w ciszy i zadumie. Z odrętwienia, w jakie wpadł, wyrwał go dźwięk dzwonów.

— To z katedry? — zdziwił się.

— Tak, panie.

— O tej porze? Leć no, Fryczko, dowiedz się, dlaczego dzwonią.

Wychodzący giermek zderzył się w drzwiach z Pawłem Ogończykiem.

— Dzwony cię obudziły, przyjacielu! — powitał go uśmiechem Władek.

— Nie, mój książę. Obudził mnie Pawelec.

— Pawelec? Ten twój cichy człowiek?

— Tak, panie.

Władysław dostrzegł, że Ogończyk jest blady, i to chyba nie od wypitego z kasztelanem wina.

— Mów! — zażądał. — I siadaj.

— Kanonik głogowski Mikołaj został zaproszony przez Muskatę dzisiaj do dominikanów na wieczerzę. Noc spędził w gospodzie i gdy spał snem głębokim, Pawelec przejrzał jego papiery.

— Jezu, Ogończyk, mów! — ponaglił go Władek.

— Muskata i Głogowczyk są w spisku!

— A więc to prawda — potarł czoło Władysław i poczuł, że jest spocone. — Szczegóły, szybko!

— Książę Henryk potwierdza Muskacie, że ma oddział gotowy, jak obiecał wcześniej, ale życzy sobie termin uderzenia ustalić z „czeskim bratem".

— Chryste Panie! — jęknął Władysław. — Najgorsze przypuszczenia okazały się prawdą. „Czeskim bratem"?

— Tak było napisane. Może chodzić o Mikołaja, księcia Opawy, z którym Muskata, jak wiemy, spiskował już wcześniej, albo o samego króla Czech, Karyntczyka.

— Trzeba przycisnąć tego kanonika. Na pewno wie więcej, niż mu książę dał na piśmie.

— Zastanów się, panie — powiedział zafrasowany Paweł. — Jeśli złapiemy Mikołaja przed spotkaniem z Muskatą, może się wszystkiego wyprzeć. W liście, jak mówił Pawelec, nie padają żadne imiona. „Czeski brat" i „szlachetny biskup", nic więcej.

— To może chodzi o Henryka z Wierzbna, biskupa wrocławskiego? — zastanowił się Władek.

— Wątpliwe, ale niewykluczone.

— Paweł, nie mamy wyjścia — zdecydował w jednej chwili Władysław. — Weźmiesz oddział zbrojny i wkroczysz z nim do dominikanów w czasie tej umówionej wieczerzy. Twoi ludzie przeszukają rzeczy biskupa Henryka i biskupa Muskaty. Ten, przy którym będzie pergamin widziany przez Pawelca, dziś wieczór zamieszka w moim lochu. Tu, na Wawelu.

— Książę, nie chcesz się w tej sprawie naradzić? Kazałeś przywieźć Muskatę, by się z nim pojednać. Jeśli to on, jak obaj przypuszczamy...

— Jeśli to on, Pawle, to na żadne pojednanie szans nie ma. Nie mogę się dogadywać z kimś, kto za moimi plecami wzywa na Małą Polskę obce wojska, do diabła! Przecież to zdrada! — krzyknął Władysław.

— A jeżeli winnym okaże się biskup wrocławski?

— To byłoby szczęście w nieszczęściu, Ogończyku. Boże święty! Mam Krzyżaków w Gdańsku i Tczew zajęty. Mam bratanka, co klęknął przed mistrzem! Głogowczyka, który się wżenił w Wittelsbachów i teraz szykuje wojsko wespół z „czeskim bratem", kimkolwiek on jest! Znów grozi nam wojna w Małej Polsce, Paweł, słyszysz, co ja mówię?!

— „Pod wiatr", mój książę — poważnie odrzekł Ogończyk i wstał. — Idę się przygotować na dominikańską wieczerzę.

— Oprócz naszych ludzi weź Węgrów Kopasza. Niech przestraszą braci dominikanów.

— Szatany i schizmatycy — skinął głową Ogończyk.

— „Diabeł potrafi przybrać różne postacie" — zacytował Muskatę Władysław. — I, jak widać, wcale nie musi mieć trzech rogów na łbie. Może przebrać się za biskupa Krakowa.

— To Muskata! — sapnął, wbiegając do komnaty Fryczko. — To Muskata kazał dzwonić w katedrze, by uczcić to, że zawitał do Krakowa.

— On tu jest? — zerwał się od stołu książę. — Ośmielił się wejść na Wawel?!

— Nie, panie. Sługę przysłał z rozkazem dla proboszcza katedry.

— Buta tego biskupa nie zna granic — zimno skwitował Władysław. — Ja odarłem go z przywilejów. Jakub II osądził i wydał na niego wyrok. A on po tym wszystkim ośmielił się spiskować. Pawle, liczę na ciebie. Nie zepsuj tej sprawy. Mają być świadkowie, że Muskata miał przy sobie pergamin.

— Tak jest!

Dzień dłużył mu się niemiłosiernie. Wziął Rulkę i z małym oddziałem osobistej straży przejechał się wzdłuż Wisły. Nie uspokoiło go to, więc zostawił straż w tyle i dał Rulce znak, że ruszają galopem. Klacz niepopędzana przeszła w cwał. Zimny, mokry wiatr owionął rozgorączkowaną głowę Władka. Wrócił na Wawel przed zmierzchem, bo to już w każdej chwili mógł być ten czas. Oddał ją stajennemu i poszedł się przebrać.

— Tę strojną tunikę z jedwabnym półorłem półwem? — spytał Fryczko.

— Tak — warknął.

Zakładał pas, gdy do komnaty wpadł Borutka. Jasne włosy opadły mu na twarz.

— Jadą, książę. Pan Kopasz, Węgrzy i pan Paweł.

— Ilu więźniów? — zapytał zduszonym głosem Władysław.

— Dwóch. Biskup i kanonik — odgarnął włosy z twarzy Borutka.

— Który biskup? — Głos zabrzmiał mu głucho.

— Ten — potwierdził i jego czarne oczy zalśniły.

— Płaszcz — powiedział Władysław.

Fryczko zakręcił się, szukając okrycia. Borutka był szybszy, złapał płaszcz książęcy i założył mu na ramiona.

— I miecz — zażądał książę.

— Który? — spytał Fryczko.

— Miecz króla banity — odrzekł Władysław twardo.

— Tego, który rozsiekał biskupa Krakowa — wyszeptał Borutka i klęknął, podając mu oręż.

— Matko Boska, panie! — jęknął Fryczko, przewieszając mu przez plecy pochwę wielkiego miecza. — Nie możesz go zabić, nawet jeśli zawinił. Wiesz, co spotkało króla Bolesława za krew biskupią przelaną tu, w Krakowie... — Giermek wyciągnął rękę, by wziąć od Władka miecz i umieścić go w pochwie.

— Nie — ponuro powiedział do niego książę, wychodząc.

Fryczko zastygł przerażony.

Władysław szybko schodził po schodach; miecz wciąż trzymał w dłoni, ostrzem do dołu i uderzając w kamienne stopnie.

Żelazo, które przed dwustu laty wymierzyło sprawiedliwość, co dla nikogo nie skończyło się dobrze. Król ukarał zdrajcę i co? Musiał opuścić tron, udać się na wygnanie, z którego nie wrócił. Królestwo straciło koronę. Rozpadło się na księstwa, a na kraj spadła klątwa Wielkiego Rozbicia. Po dziesiątkach lat jedynym wygranym okazał się Stanisław. Biskup zdrajca zamienił się w świętego męczennika.

Nie pozwolę, by historia się powtórzyła — zacisnął mokrą i śliską od potu dłoń na rękojeści miecza. I poczuł, jak od żelaza do jego placów biegnie moc. Siła, która targnęła nim, że o mało nie spadł ze schodów. Borutka podał mu ramię, podtrzymał. Nim wyszli na dziedziniec, Władysław zatrzymał się na chwilę i schował miecz do pochwy.

Najpierw zobaczył Kopasza i jego Madziarów. Wygolone głowy. Sterczące warkocze. Trzy rogi. Prawda, o zmierzchu wyglądali strasznie. Węgrzy, jego przyjaciele. Znów dotknął rękojeści miecza. To oni mu ten oręż oddali. Potem zobaczył poważną twarz Ogończyka. Paweł skinął mu głową, potwierdzając. I dopiero wtedy spojrzał na spętanego Jana Muskatę. I obcego, drobnego człowieka przy nim.

— Kanonik głogowski Mikołaj — przedstawił więźnia Ogończyk. — I Jan Muskata, biskup krakowski. Pergamin od księcia Głogowa był w osobistym bagażu biskupa.

— Nie możesz mnie więzić, książę! — zuchwale krzyknął Muskata. — Kasztelan krakowski przysiągł, że nic złego nie przydarzy mi się w Krakowie. Słowem ręczył!

Władysław nie odpowiadał.

— Za uwięzienie biskupa spada na ciebie kara kościelna — wrzasnął Muskata. — Uwolnij mnie, książę, a być może daruję ci tę napaść. Uwolnij mnie w tej chwili!

Władysław milczał. Czuł ciężar miecza w pochwie na plecach. Nie, nie użyje żelaza. Nie pójdzie w ślady ukochanego króla. Nie pozwoli się sprowokować wilkowi z pastorałem.

— Za zdradę mej osoby, za spiskowanie przeciw mnie z obcymi władcami, skazuję cię, Janie Muskato, na zamknięcie w wieży — powiedział donośnym głosem Władysław.

— Niczego mi nie udowodnisz! — krzyknął Muskata. — Ten list nic nie znaczy! Słyszysz?! Nie masz dowodów!

— Ale mam pewność — spokojnie odpowiedział Władysław. — Do wieży z nim! Nie chcę dłużej patrzeć na zdrajcę.

— A co z kanonikiem głogowskim? — spytał Paweł.

— Będziemy go przesłuchiwać. Biskup ma siedzieć sam.

— Opamiętaj się! — zawył przerażony Muskata. — Już był tu na Wawelu król, co porwał się na biskupa!

Władysław błyskawicznie wyciągnął miecz z pochwy. Przez dziedziniec przebiegł jęk. Muskata śmiertelnie przerażony wrzasnął jak zwierzę i upadł na kolana. Władysław zrobił trzy kroki i wbił miecz w ziemię przed samą twarzą biskupa.

— Przejrzyj się w tym żelazie, Muskato — wycedził przez zęby. — To jest miecz tamtego króla. Bolesława Śmiałego. Banity. I wobec wszystkich tu obecnych przysięgam, że tym świętym dla mnie żelazem prędzej czy później się ukoronuję. Gdy ten dzień nastąpi, ty, Janie Muskato, też będziesz klęczał.

RIKISSA wjeżdżała do Hradca z pokaźnym orszakiem. Mieszczanie hradeccy wysłali po swą panią oddział barwnie wystrojonej miejskiej straży. Pan z Lipy i Jan z Vartemberka swe własne drużyny pod rodowymi znakami. Nieufny jak zawsze Michał Zaremba otoczył ją dwunastką brzostkowskich ludzi z półwem za murem. Wśród nich najbardziej lubiła Sowca, jasnowłosego wojaka z blizną wzdłuż policzka, który wydawał jej się czasami mniej ponurym bratem samego Michała. Zaremba jechał po jej lewej stronie, Kalina po prawej, trzymając w siodle przed sobą Agnieszkę. Rikissa nie wnikała, co zaszło między tymi dwojgiem, jak przebiegła ich rozmowa po długiej rozłące. Nie było na to czasu przed wyjazdem z Neuburga. Po pojawieniu się Michała i śmierci króla Niemiec sprawy potoczyły się szybko. Michał wyjechał do Znojma, wrócił, zaczęli przygotowania do drogi. Widziała, jak on wystrzega się jej dotyku, trzyma się od Kaliny na dystans, a jednocześnie nie unikał jej obecności, tak jak obiecał Rikissie. Czasami łapała Kalinę na tym, jak spojrzeniem ukradkiem szuka Michała, na szybszym oddechu w jego obecności, ale poza tym cała reszta była ukryta przed jej wzrokiem. Gdy tylko osiądą w Hradcu, porozmawiam z nimi — obiecała sobie.

Trzy lwy długimi skokami wyprzedzały orszak królowej, to znów zawracały w biegu i zataczając kręgi po łące leżącej wzdłuż traktu, wracały do niej. Czuła radość, gdy patrzyła na lwy skaczące jednocześnie, nie jeden za drugim, lecz obok siebie. Trzy złote strzały w locie. Tak, były jej przedłużeniem; tym, czym ona, jako dama i królowa być nie mogła. Były instynktem w niej, żywiołową, nieskrępowaną radością i drapieżnością. Wszystkim, czego nie okazywała, a co tkwiło w niej skryte pod sztywnym sznurowaniem sukni.

Hradec leżał na wzgórzu w widłach dwóch rzek, płynącej na północ Łaby i na wschód Orlicy. Latem było tu przepięknie, bo z zamkowej wieży rozciągał się zachwycający widok w każdą stronę. Można było przyglądać się wodzie rzek, z których Łaba była bardziej niebieska, a Orlica mocniej zielona. Miejsce, gdzie się spotykały, wydawało się szmaragdowe. Zimy na Morawach lubiły być ostre, ale nigdy w Hradcu. Tutejsi mawiali, że wokół miasta dawne wodne rusałki i powietrzne wiły zatoczyły niewidzialny krąg, który sprawia, że mróz i śnieg nie mają do niego dostępu. Oczywiście, nie powtarzali tej historii przy księżach, ale prawdą było, że odkąd orszak Rikissy zbliżył się do Hradca, śnieg zalegający trakt i pola zniknął. Spojrzały na siebie z Kaliną i uśmiechnęły się porozumiewawczo.

Przed drewnianym mostem przerzuconym nad Orlicą dostrzegła chorągiew ze złotym pniem lipy, a pod nią wysoką sylwetkę Henryka na ciemnym koniu. Obok niego był Jan z Vartemberka i pieszo, nie konno, wójt miejski i rajcy. Wzruszenie chwyciło ją za gardło, gdy zobaczyła, że poręcze mostu są ustrojone zielonym jałowcem, a z widocznego za nim miejskiego muru zwiesza się chorągiew z jej rodowym znakiem: trzy lwy.

— Nie witają cię jako królowej Czech, bo nie ma płomienistej orlicy — zakomunikował Michał i dodał: — Kondotier z Lipy ostrzegał, że tak będzie. Nie chcą zadzierać z Karyntczykiem, panującym królem.

— Wiem, przekazywałeś mi — uśmiechnęła się do niego. — Dlaczego nazywasz go kondotierem?

— Bo tak się zachowuje — żachnął się Michał. — Pan udzielny Czech, ten, który poucza królów!

Klacz skoczyła pod nim nierówno, ale ujął mocniej wodze i szybko opanował wierzchowca.

— Ostatnie lata były trudne dla kraju. Królowie się zmieniali, baronowie nie — odpowiedziała. — Czy nie inaczej jest w Starszej Polsce?

— Wiesz, jak mi dokuczyć — pokręcił głową.

— Nie dokuczam. Przecież nigdy nie byłeś jednym z nich. Ty zawsze stałeś przy królu, nawet jeśli to znaczyło, że jesteś przeciw rodowcom.

Nie odpowiedział, bo zbliżyli się do Henryka i Jana.

— Królowo — odezwał się pan z Lipy i zamilkł, jakby nic więcej nie miał do powiedzenia.

Powitał ją Jan z Vartemberka.

— Pani! Znów dobra gwiazda zaświeciła nad krajem, bo wróciłaś do swego królestwa.

— Hradec wita królową! — pokłonili się rajcy z wójtem. — Otwiera przed nią bramy!

Patrzyła na nich wszystkich. Na przystojną, pogodną twarz Jana. Na wójta i rajców, których spotkała jeden raz, w Pradze, kiedy przybyli po potwierdzenie miejskich przywilejów, po śmierci Václava. Wreszcie na Henryka, którego nie widziała od niemal dwóch lat. Dostrzegła pionową bruzdę między jego brwiami. Nie miał jej wcześniej, to pewne. Czy on naprawdę uważa mnie za zdrajczynię, która z własnej woli stała przy Habsburgach, gdy możni wypowiedzieli im wojnę? Czy wystawi mi teraz rachunek? Czego zażąda w zamian za poparcie, jakiego udzielił? Odwróciła się i powiedziała ze ściśniętym gardłem:

— Oto wszyscy otwieramy podwoje. I nic nie zmąci mej radości, że zaczynam nowe życie właśnie tutaj, teraz i z wami. Prowadźcie!

Jan i Henryk pojechali przodem, a wójt chwycił jej konia za uzdę i powiódł ją wzdłuż miejskich obwarowań do leżącej nieco na lewo od zjazdu z mostu głównej bramy.

— Nazywamy ją praską — powiedział. — Tak, po prostu. Bo wiedzie z Pragi.

Uniosła głowę. Z wysokości murów patrzyły na nią ciekawe oczy strażników i miejskiej służby. Pomyślała, że odtąd wszystko to będzie pod jej opieką. Jej miasto, jej mury. Poczuła dreszcz. Do tej pory o niczym nie decydowała sama. Mieszkała tam, gdzie życzyli sobie najpierw jej mężowie, a potem ich wrogowie. Była królową, co znaczyło żoną króla albo wdową po nim, nic więcej. Spojrzała w bok, na trzy skaczące lwy i wzięła głęboki oddech.

Wójt przeprowadził jej konia przez miejską bramę, wołając:
— Hradec wita królową! Hradec wita królową!

Jego donośny głos odbił się od murowanego sklepienia bramy, ale już byli po drugiej stronie, a tam ludzie cisnęli się wokół ciasnej uliczki. Barwny, gęsty tłum, który podjął po wójcie skandowanie:

— Hradec wita królową! Hradec wita królową!

Wójt uniósł głowę i powiedział:

— Czekali na ciebie, pani.

Michał Zaremba przebił się konno, by jechać u jej boku. Widziała wyraz jego twarzy i wiedziała, co może czuć. Kiedyś, jeszcze w Pradze, powiedział, że jako jej strażnik nienawidzi tłumów, ścisku i wszystkich tych miejsc, w których nie może jej skutecznie chronić.

— Ty się lękasz o mnie, a ja o córkę — powiedziała do niego i odwróciła się, by spojrzeć na Agnieszkę, trzymaną w siodle przez Kalinę.

— Nie bój się — odszepnął. — Sowiec jej strzeże.

Z ciasnej uliczki wyszli na rynek miejski, tam tłum był większy, ale pilnowany przez straż, która odsunęła go od środka, robiąc miejsce Rikissie i jej orszakowi.

— Nie możemy jechać od razu na zamek? Przemówisz do nich jutro, pojutrze, gdy odpoczniesz po podróży — powiedział Michał.

— Królowe nie bywają zmęczone — odpowiedziała mu cicho. — W każdym razie nie wtedy, gdy patrzy na nie lud.

Zatrzymała konia i dała znać Kalinie, by podała jej Agnieszkę. Posadziła córkę przed sobą.

— Królowa przemówi! — krzyknął wójt.

— Przemówi — powtórzył tłum. — Przemówi!

— Hradeccy mieszczanie! — zawołała dźwięcznie. — Drodzy moi! Przybywam do was po długiej podróży. Po drodze, jaką przeszłam od dnia zaślubin z Václavem II, od chwili gdy po raz pierwszy stałam się królową. Jestem wam wdzięczna za wierność, jaką okazaliście mi, gdy byłam nią po raz drugi, jako żona Rudolfa. To wy, mili moi, otworzyliście przed jego rodem bramy i gościliście wojska. I nie ugięliście się w czasie…

Przez chwilę szukała słów, których powinna użyć na określenie tego, co sam Karyntczyk nazywał „zdradą", a co było wiernością wobec niej i przeciw niemu.

— …w czasie trudnym, gdy chmury wisiały nad Królestwem Czeskim. I oto stało się! Za sprawą roztropności obecnych tu baronów król Henryk wraz z królową Anną objęli szczęśliwie tron w Pradze, a my możemy cieszyć się pokojem w Hradcu. Obiecuję wam, że będę dla was dobrą panią, jak wy byliście dobrzy dla mnie. Obiecuję strzec waszych przywilejów i dbać o dobrobyt Hradca, troszczyć się o wasze dzieci jak o własne. Bo oto wraz ze mną Hradec stanie się domem dla mej córki, ostatniego dziecka Václava II. — Uniosła Agnieszkę w górę, a ona wyciągnęła ku ludziom rączki.

Tłum zafalował. Ludzie zaczęli skandować, klaskać, krzyczeć:

— Eliška Rejčka! Anežka! Rejčka! Anežka!

— W twoich słowach wojna zamieniła się w bajkę ze szczęśliwym zakończeniem — mruknął do niej Michał.

— Bo tego potrzebują ludzie — odpowiedziała mu cicho, nie przestając do nich machać i się uśmiechać. — Nie mam być wodzem hufca. To kupcy, rzemieślnicy, ich żony i dzieci. Do nich mówię.

— Hradec jest dumny! — krzyknął wójt. — Że spośród wszystkich swych miast to nas wybrała królowa!

Nie ja, lecz pan z Lipy — pomyślała z goryczą, ale nie przestała machać do poddanych. — Celował w największe z mych miast oprawnych. Najbogatsze i najdogodniej położone. Nie wiem, czy myślał przy tym o mnie, czy raczej wyznaczył mi rolę w swoim nowym planie.

— Hradec królowej! — zawołał ktoś z tłumu.

— Hradec Králové! — podchwycono.

Gród Królowej — pomyślała i uśmiechnęła się do nich promiennie.

Henryk z Lipy dał znak, że czas na zamek, i ruszyli. W Hradcu zamek i miasto nie były od siebie oddzielone murem jak w Pradze czy Poznaniu. Przeciwnie, z szerokiej, wiodącej od rynku ulicy szło się wprost ku wyniosłej rezydencji. Zbudował ją ojciec Václava, Premysl Ottokar, z kamienia i cegły, opierając północną wieżę o mur miejski, a wjazd umieszczając od południowej, graniczącej z miastem strony, przez zostawioną w zamkowym murze bramę.

— To trzeba zmienić — powiedział Michał, gdy przejeżdżali pod nią.

— Nie będę się odgradzała od mieszkańców — postawiła mu się.

— Wybacz, Rikisso, ale nie znasz się na oblężeniu i obronie — uparł się Zaremba.

— A ty na budowaniu zaufania — roześmiała się do niego.

— Wolę nieuzasadnioną nieufność niż naiwność, pani — burknął.

Nie strosz łusek — chciała odpowiedzieć, ale wstrzymała się, bo już byli na dziedzińcu i Henryk z Lipy ruszył ku niej.

Przypomniał sobie, że tu jestem — pomyślała, patrząc na ściągniętą, surową twarz Henryka.

Zatrzymał się nagle, stanął w miejscu i puścił przodem Jana. Pan z Vartemberka stanął u jej strzemion.

— Pozwolisz, królowo? — wyciągnął rękę.

— Najpierw Agnieszka! — roześmiała się, a wtedy pan z Lipy ruszył i wziął od niej dziecko, Jan zaś pomógł jej samej zsiąść z konia.

— Twój zamek, pani! — Zrobił szeroki gest prawą ręką i jednocześnie uniósł lewą, trzymając skraj płaszcza.

O chwilę za późno — pomyślała rozbawiona. — Zdążyłam zobaczyć plamę niewyschniętego, świeżo kładzionego wapna.

Recz jasna udała, że niczego nie widzi, i pozwoliła poprowadzić się do komnat.

Trzy lwy długimi susami przesadzały schody, jak straż przednia.

— Marszałków dworu już masz, królowo — z powagą powiedział Jan, wskazując na nie. — Kuchmistrza i gospodynię oraz jej pomocnice, pokojowe i ochmistrzynię też znaleźliśmy. Teraz trzeba ci tylko dam dworu.

— Czy sprowadziliście moje służki z Pragi? Te, o które prosiłam przez Michała.

— Wszystkie cztery, co do jednej — wyprężył się Jan. — Lecz pozwól sobie powiedzieć, pani, że to proste kobiety, no niektóre z nich jeszcze dziewczyny, a tobie trzeba prawdziwych dam dworu, takich, które swą obecnością umilą ci czas, a ogładą i wychowaniem będą w stanie sprostać twoim potrzebom. Miejscowe rycerstwo z przyjemnością przedstawi ci swe córki.

— A ja z radością je poznam.

— Twoja komnata, pani. Poczekamy z ucztą powitalną, aż będziesz gotowa! — skłonił się Jan, znów unosząc skraj płaszcza i znów Rikissa była szybsza, bo zdążyła dojrzeć, że tym razem kryje pod nim dziurę w murze.

— Kogo zaprosiliście na ucztę?

— Skromne grono. Rycerstwo z okolicy, wójta i najważniejszych rajców, proboszcza od Świętego Ducha, nie więcej niż pięćdziesiąt osób — uśmiechnął się dwornie.

Jęknęła w duszy, ale odpowiedziała uśmiechem.

— Doskonale, Janie z Vartemberka. Przez całą drogę z Neuburga marzyłam o takiej właśnie, kameralnej wieczerzy z najbliższymi mi ludźmi.

— Każdy z nich będzie od dzisiaj niemal twym domownikiem, pani. — W jego głosie zabrzmiał ton przeprosin.

— Dlatego z radością siądę z nimi do stołu. Wybacz, muszę się odświeżyć — powiedziała, robiąc krok ku drzwiom, bo Jan sprawiał wrażenie, jakby nie mógł od nich odejść.

— Oczywiście, królowo! — odsunął się. — Będę... będziemy czekali.

Nadrabia grzecznością, bo chce przykryć sztywne zachowanie Henryka z Lipy — zrozumiała i weszła do komnaty.

Zanim zdążyła choć rzucić na nią okiem, do jej nóg przypadły z radosnym szlochem praskie służki.

— Maryjko! Maryjko! — jęczała Trina.

— Kralovna Rejčka, Jezusie Nazareński, nareszcie! — wtórowała jej zażywna Marketa.

— Pani nasza, kochana nasza — cieszyła się Katka.

— Będę beczeć... — oznajmiła Gisela i tak właśnie zrobiła.

Agnieszka zeskoczyła z ramion Kaliny i podbiegła do Katki, położyła jej dłonie na ramionach i pocałowała w oba policzki.

— Masz jeszcze laleczkę, co ci ją uszyłam, jaśnie panienko? — spytała Katka.

Agnieszka i Rikissa spojrzały na siebie.

— Nie, Katko — odpowiedziała jej córka. — Ta laleczka wypłakała oczy.

— Oj, bidulko moja! Nie martw się. Katka uszyje ci nową. Obiecuję, że uszyję!

Mała witała się z każdą ze służek po kolei. Rikissa nie mogła się nacieszyć, że widzi je wszystkie.

— Tylko Hunki nam brakuje i byłybyśmy w komplecie! — powiedziała.

— Właśnie, a co z Hunką? — zmartwiła się Mareta. — Nie żyje?

— Nie mów tak! Gdzieś się zagubiła, znajdziemy ją.

— O Jezusie! Trzymajcie mnie, bo trupem padnę — jęknęła Trina i złapała się za serce. — Ja się chłopów nie boję, ale ten, co właśnie wszedł, to jakiś straszny jak smok...

— Nie wolno tak mówić — upomniała ją Rikissa. — Michale, pozwól, to służki moje z Pragi, których nie było za twoich czasów. Ta śliczna dziewczyna z dołeczkami w policzkach to Katka. — Wskazała dalej: — A to Mareta, która wykarmiłaby cały świat, gdyby ten tylko jej na to pozwolił. Poznaj i Giselę, która nie jest zbyt wylewna, Giselo, podejdź, to pan Michał. A to dziewczę, które się chłopów nie boi, zwie się Triną. Trino, Michał jest mym osobistym strażnikiem.

— Tak? To gdzie pan Michał był, jak nas w wieży trzymali, co? Hunka była twym osobistym strażnikiem, wywiadowcą i zwiadowcą — wzięła się pod boki Mareta, która rzadko traciła rezon.

— Wybacz, Mareto — ukłonił jej się z powagą Michał. — Byłem z misją dla jaśnie pani, a w drodze ciężko zachorowałem na ospę.

— Aha — odpowiedziała Mareta.

— To widać! — pisnęła z ulgą Trinka. — Tę ospę. — I odwróciwszy się do Gizeli, pokazała palcem na swoją twarz, a potem na Michała i szepnęła dla pewności: — O-spa. Te ślady ma po ospie.

— Wyleczyłeś się, panie? — niepewnie spytała Gizela.

— Pan Michał jest już zdrów i nie zaraża — zamknęła obawy Kalina. — Dajemy mu Aneżkę do potrzymania w dowód, że wierzymy w ustąpienie choroby.

— Michale — odwróciła się ku niemu Rikissa. — Spotkamy się na uczcie.

Gdy wyszedł, Katka załamała ręce:

— Strasznie musiał chorować ten pan. Dobrze, że wyżył.

— Drogie moje. Mężczyźni nie lubią, by ich żałować, więc proszę, nie zwracajcie uwagi na jego blizny.

— Jak sobie kralovna życzy — skinęła głową Marketa.

— Ale popatrzeć można? — zaryzykowała Trina.

— Nie można — zgasiła ją ostatecznie Kalina. — To tak samo, jakby tobie się przyglądali, dlaczego masz krzywe zęby.

Trina natychmiast zakryła usta dłonią i nie odezwała się więcej.

Służki pomogły Rikissie zdjąć suknię podróżną i wyjęły ze skrzyni jedyną uroczystą, jaką teraz miała. Uszyto ją w Neuburgu ze szmaragdowego i szafranowego jedwabiu.

— Ależ kralovna schudła — oceniła Marketa, gdy ją ubierały.

— Przecież wiesz, co się stało — syknęła na boku Trinka. — Miałyśmy o tym nie wspominać.

— O tym, wiadomo czym, nie wspominam. Tylko mówię, że chudzieńka. Kostki pod skórą.

— Rikisso — zapytała rozbawiona Kalina — naprawdę chciałaś, by z Pragi sprowadzono te plotkary?

— Tęskniłam za nimi, Kalino — odpowiedziała Rikissa, unosząc ramiona, by mogły dowiązać rękawy do sukni. — Choć prawda, zapamiętałam je jako ciche, grzeczne i miłe.

— Ale o co chodzi? — pisnęła rozżalona Trinka. — Ja o „tym" powiedziałam cicho, szeptem.

— Chodź, ułożę ci włosy — zagarnęła ją ramieniem Kalina.

Rikissa odwróciła się do niej i z całych sił przycisnęła do siebie.

— Znów mamy dom, Kalino — wyszeptała jej do ucha.

Piastunka pocałowała ją w czoło i posadziła na krześle. A potem, sobie tylko znanym sposobem tak lekko rozczesywała jej włosy, że Rikissa pod jej palcami na chwilę usnęła.

Uczta była wystawna. Kucharz zatrudniony przez Jana z Vartemberka okazał się mistrzem potraw wykwintnych, cieszących oko, nos i podniebienie. Przy stole na podwyższeniu obok Rikissy zajął miejsce Jan, po drugiej jej stronie wójt i dopiero teraz zapamiętała jego imię: Rudlin. Obok niego siadł pleban, wielebny Frantisek. Henryk siedział na tyle daleko, że nie mówili ze sobą wcale, co potwierdziło jej niepokój, iż pan z Lipy kryje coś przed nią. Rudlin opowiadał o przebiegu wojny między Habsburgami a Karyntczykiem, nie kryjąc żalu, że to nie Fryderyk Piękny został królem.

— Król Henryk, powiem wprost, pani, bo jesteśmy u siebie i nikt nas nie podsłuchuje, nie ma grosza przy duszy i tylko patrzy, jak by się tu mieszczanom do skarbców dostać.

— Kutwa — potwierdził pleban. — Jakem go prosił, by dał coś na odbudowę kościoła, to powiedział, że nie da.

— Odbudowę? — spytała.

— Ano, pożar — rozłożył ręce Frantisek.

— Wojenny?

— Gdzie tam, królowo. Piorun strzelił.

Chwała Bogu — podziękowała w duszy, bo miałaby jeszcze kościół na sumieniu.

Chwilę wcześniej Jan z Vartemberka wyliczył jej na boku i szeptem, ile dostanie rocznie z dochodów swych pięciu miast, wliczając w to Hradec, rzecz jasna, i zaznaczając, że jest „perłą w jej skarbca koronie".

— Wielebny Frantisku, ja odzyskałam Hradec, miasto dostało królową, powinnam to uczcić — powiedziała do plebana.

— Oczywiście, *bis regina*! — uniósł kielich z uśmiechem. — Zdrowie królowej!

— Zdrowie! — rozległo się po sali.

— Dziękuję za toast. Wino jest wspaniałe, ale tylko modlitwa potrafi być wieczna — odpowiedziała.

— Ja się za kralovnę modlę — powiedział poważnie.

— A ja chcę, byś miał gdzie się modlić, by moi hradeccy poddani odzyskali ducha.

— My żeśmy go nawet za Karyntczyka nie stracili! — zapewnił pleban.

— Doskonale. Zatem uczcijmy mój powrót zbożnym dziełem i pozwól, że otworzę szkatułę, by odbudowa kościoła Świętego Ducha mogła ruszyć — powiedziała Rikissa.

— Chwała Ojcu i Synowi! — przeżegnał się wielebny. — Prawdziwa pani wróciła!

— Wróciła, Frantisku! — uśmiechnęła się do niego.

— Nie wypada mówić „za Karyntczyka", jakby to było dawno, kiedyś — odezwał się z końca stołu Henryk z Lipy. — To nasz król.

— Czy się to komu podoba, czy nie — szepnął Jan z Vartemberka i mrugnął.

— Sądziłam, że razem z Henrykiem jesteście jego stronnikami — powiedziała cicho.

— Między stronnikiem a wielbicielem jest różnica jak między żoną a kochanką, pani — odpowiedział równie sekretnie Jan.

— Uważaj na słowa, panie — odpowiedziała z ledwie wyczuwalną przyganą. — Bo pomyślę, że Karyntczyka traktujecie jak niekochaną żonę, a mnie jak...

— Pani! — Wstał z miejsca i klęknął u jej kolan. — Nikt by się nie ośmielił! Nawet jeśli to...

— Mówią, że czescy zbóje nie znają się na dworskiej grze! Zadajesz kłam tym opowieściom, Janie.

— Nie wiem, królowo. Nie znam ani jednego zbója. Znam za to czeskich panów!

— Wstań, Janie. Twój druh, Henryk z Lipy, boi się, że składasz mi hołd lenny — odpowiedziała ze śmiechem, widząc, jak ten surowo patrzy na przyjaciela.

— Myślisz, królowo, że czuje się zdradzony? — zrobił zasmuconą minę Jan. — Prawda, przysiągłem mu kiedyś, że za niego zginę.

— I nie zmieniaj przysiąg. Przede mną zgiąłeś tylko kolano.

— Jak przed królową! — uderzył się w pierś.

— Nie inaczej — dała mu znak, by wstał i usiadł.

— Hradec Králové — zagadnął wójt Rudlin z lewej, unosząc do niej swój kielich z rozanielonym uśmiechem.

— Wzruszyłam się — potwierdziła.

— Coś pięknego! Tak dobrze wymyślić mógł tylko pan z Lipy! Krótko i na temat. Miasto Królowej, a brzmi, jakbyśmy udzielnym księstwem byli!

Sądziłam, że to odruch radości — pomyślała o chwili, w której mieszkańcy witając ją, tak właśnie zakrzyknęli.

— Chcę pomówić z panem z Lipy — powiedziała do Jana, gdy słudzy zaczęli wnosić kończące ucztę desery.

— Pewnie, całą wieczerzę ja dotrzymuję ci towarzystwa, królowo, ale na deser może być tylko Lipski! — W miodowych oczach Jana znów zalśniły wesołe iskry.

— Lipski? Tak na niego mówicie?

— Ciii... ja tak mówię. Oskóruje mnie, gdy się dowie. Uratuj mnie, pani, a w zamian za to nie wydam cię, że spiskujesz z Karyntczykiem za naszymi plecami!

— Obrażasz mnie czy drwisz, Janie?

— Stwierdzam fakty, królowo. Tylko on mówi na nas „czeskie zbóje" i to wyłącznie za plecami.

Roześmiała się.

— Janie, Janie! Słowo króla jest święte, bo powtarza je cały lud królestwa!

— Żartujesz, pani!

— Nie śmiałabym śmiać się z rycerzy — odrzekła lekko. — Nawet jeśli zwą ich zbójami. Bo powtarzające to praczki, szwaczki i mleczarki wymawiają te słowa z najwyższym szacunkiem i bynajmniej nie jest to atencja wobec panującego władcy.

Jan skonsternowany wstał i poszedł po Henryka. Zajął jego miejsce u końca stołu i zaglądając w kielich, pokazał Rikissie, że upije się na smutno. Pan z Lipy podszedł do niej i skłonił się sztywno.

Zapomniałam, że ma oczy tak niebieskie, jakby to były szlachetne kamienie — pomyślała. Henryk nie poruszył się.

— Zwolniłam najzabawniejszą damę dworu — powiedziała do niego. — Czy dotrzymasz mi w zamian towarzystwa?

— Jak sobie życzysz, pani.

— Usiądź, proszę. Zbyt wiele lat ludzie stali mi nad głową.

Zaczerwienił się i usiadł. Milczeli. Czy zrozumiał, że mówię o nim? — myślała. — Że czuję się pionkiem w grze, którą prowadzi w Królestwie?

— Dlaczego wybrałeś Hradec? — spytała wreszcie.

— Bo jest najbogatszy, ma zamek, który wprawdzie wymaga napraw, ale szybko stanie się godnym królowej. I leży na drodze z Pragi do Krakowa — dokończył, rumieniąc się jeszcze bardziej.

— Jaromer także.

— Tamtejsi mieszczanie ponieśli największe straty podczas walk Habsburgów z Karyntczykiem — powiedział poważnie.

— Mają żal, że kazałam im otworzyć bramy przed wojskami szwagra?

— Żal to złe słowo, pani. Powiedzmy, że trzeba nad nimi jeszcze trochę popracować.

— Nie wiedziałam — przyznała szczerze i w tej samej chwili zrozumiała, że cała jej wiedza o tym, co działo się w Czechach podczas jej nieobecności, pochodziła wyłącznie od Henryka z Lipy.

Łatwo może mną grać — pomyślała z goryczą. — Muszę to zmienić. Znaleźć własnych, niezależnych od niego ludzi, którzy będą pracowali tylko dla mnie.

— Dziękuję ci za to, coś dla mnie zrobił — powiedziała po chwili. — Obawiałam się, że Henryk Karyncki...

— Żałuję, pani — szepnął cicho — że, wiesz kiedy... stanąłem po jego stronie. Myślałem, że tak będzie lepiej dla kraju, a dzisiaj wiem, że to kiepski władca.

Powiedziałeś: „Jeśli wyjdziesz za Habsburga, przestaną oblegać Pragę" — pomyślała. — Wepchnąłeś mnie w ramiona dobrego króla, który miał pazernego ojca.

— Stało się — powiedziała na głos. — Kielich pusty.

— Wybaczysz mi kiedyś? — spytał.

— Jeśli podasz złote styryjskie wino — pokazała mu swój opróżniony kielich.

Znów się zaczerwienił.

— Wziąłem twe słowa za coś innego — wymamrotał przepraszająco. I słusznie — odpowiedziała mu, ale tylko w duchu.

— Jak się spisała Wielka Hanka? — zapytał po chwili, gdy upiła łyk wina.

— Kto taki? — nie zrozumiała.

— Dziewczyna zbój — powiedział, unosząc brwi. — Olbrzymka, którą ci posłałem, by cię strzegła, wtedy, w Pradze.

— Hunka — poprawiła go. — Drobna, niższa ode mnie i młodsza. Trzynaście lat, może nawet mniej?

— Nie, pani — odpowiedział, blednąc. — Wielka Hanka w pełni zasługuje na przydomek, jaki nosi. Jest wyższa ode mnie o głowę.

Rikissa poczuła, jak serce uderza jej gwałtownie.

— Henryku z Lipy — powiedziała po chwili. — Dziewczyna, która przedstawiła się jako twoja wysłanniczka, była szczuplutka i mała. Na imię miała Hunna, aleśmy nazwały ją Hunką. Była przy mnie przez cały czas w Pradze. Strzegła mych drzwi i mych pleców w każdym tłumie. Nosiła długi nóż o cienkim ostrzu w rękawie sukni, drugi w kieszeni wszytej na jej plecach i ten miał na rękojeści twoje znaki.

— Jezu Chryste — jęknął Henryk. — To nie ta sama osoba... choć zdaje się, iż miała nóż należący do Wielkiej Hanki.

— Kim więc była Hunka? — spytała zaniepokojona Rikissa.

— Chwilę przed tym, jak uciekłam nocą z Pragi, wysłałam ją do ciebie, by przekazała, że Karyntczyk zamknął mnie w domu biskupa Jana. Dałam jej list na drogę. Nie, tym się nie przejmuj — spojrzała w niebieskie oczy Henryka. — Był tak napisany, że tylko ty potrafiłbyś go zrozumieć.

— Kim była — powtórzył pan z Lipy. — I komu naprawdę służyła?

JAKUB DE GUNTERSBERG siedział skryty w pustym, wypalonym oknie kamiennego dworu myśliwskiego króla Václava. Złoty Przemyślida nie przyjeżdżał tu, by polować na grubego zwierza, lecz by odgrywać polowanie z jedną ze swych kochanek, wątpliwej urody Agnetą. Kiedyś umówił się tu z Jakubem, a potem kazał mu czekać i słuchać odgłosów swych miłosnych igraszek. „Ustrzelę cię!" — krzyczał, a ona piszczała, jakby nie wiedziała, że zwierzęta, w odróżnieniu od ludzi, umierają cicho. Václav był panem życia, zamawiał u Jakuba śmierć i płacił za nią. Ale zginął za darmo, bo dzięki niemu de Guntersberg odkrył, że są zlecenia nie do wykonania.

Dwór ucierpiał podczas wojny, dach spłonął, ale kamienne ściany trzymały się nieźle. Jakub zajął wysoko położoną, wygodną wnękę okienną, lekko przesłoniętą porastającym osmolone ściany pnączem. Z góry patrzył na siedzącą tuż pod nim Hunię.

Umówił się tutaj ze swą podopieczną, wyznaczył jej miejsce i czas, a teraz z niepokojem przekonał się, że dziewczyna tak dobra w swym fachu straciła czujność. Jakub był we dworze przed nią. Widział, jak nadeszła, pobieżnie sprawdziła, czy ruiny puste, ale nie zbadała nadpalonego stropu, na którym wówczas przycupnął i z którego cały czas ją obserwował. Zadowoliła się przelotnym spojrzeniem, a to za mało. Potem usiadła pod oknem, a on zszedł ze stropu i usiadł w jego wypalonym wnętrzu.

Hunia wyrosła przez ten czas, nie widzieli się niemal dwa lata. Skończyła dwunasty rok, dobrze pamiętał dzień, w którym za nią zapłacił. Jej wiek rozmywał się; wyglądała na czternaście, może nawet szesnaście lat. Przyglądał jej się z uwagą. Czy wciąż jeszcze mogłaby udawać chłopca? Tak, chyba tak, choć musiałby zobaczyć ją w męskim ubraniu, z bliska. Dzisiaj przebrała się za dworską służkę. Czysta chustka na włosach, szara, prosta suknia, fartuch, znoszone buty i płaszcz z taniego sukna. Strój niezły, udawanie służby zawsze jest bezpieczne, ale źle dobrała przebranie do miejsca. Wokół spalonego dworu nie było żadnych rycerskich posiadłości, więc co robi dworska służka sama w lesie? Raz po raz unosiła głowę, wpatrując się w jedyną wiodącą do dworu ścieżkę, a widząc, że jest pusta, wracała do swego zajęcia. Oglądała kartę wyciętą z jakiejś księgi. Jakub musiał zmrużyć oczy, by zobaczyć, co jest na niej namalowane.

Obrazek był czarny, skromny, pewnie zrobiony inkaustem, stąd cienka linia. Gdyby był bogatszy, barwiony, mógłby być zdobieniem księgi. Przedstawiał boską opatrzność pod postacią oka, od którego wiodły promienie do umieszczonego niżej trójdzielnego kwiatu, w którego wnętrzu tkwił krzyżyk. Kwiat otoczony był przez krąg z dużych ptaków, może orłów, z rozpostartymi skrzydłami, a z boku, u dołu kot czaił się do skoku, jakby chciał na nie zapolować.

Hunia wpatrywała się w kartę, jakby pod obrazkami chciała coś jeszcze wypatrzyć.

Mogliby ją zajść od tyłu dworu — zezłościł się Jakub. — Patrzy tylko na ścieżkę.

— Panie! — odezwała się w tej samej chwili, nie zmieniając pozycji, nie unosząc nawet głowy. — Już czas. Słońce stanęło w szczycie nieba.

A niech ją! — pomyślał zaskoczony. — Wiedziała, że tu jestem? Spuścił nogi z okna, mówiąc:

— Witaj, Huniu.

Wstała i ukłoniła się grzecznie.

— Dzień dobry, panie!

— Byłaś nieostrożna — skarcił ją, przyglądając się wreszcie jej twarzy. Oczy pozostały jasnoniebieskie, jakby nieco rozmyte. Brwi niemal niewidoczne, to dobrze, zawsze można je przyciemnić. Na nosie i policzkach zaczęły znaczyć się piegi. To już znak charakterystyczny, ale od biedy można użyć bielidła.

— Nieprawda, panie — odpowiedziała pewnie. — Wezwałeś mnie, każąc się stawić w samo południe, byłam wcześniej, ty też byłeś wcześniej, nie chciałam ci przeszkadzać. Pouczyłeś mnie kiedyś, że godzina spotkania jest święta.

Patrzył na piersi ledwie rysujące się pod suknią. Gdyby ją utuczyć, urosłyby, ale w razie potrzeby wciąż może się owinąć płótnem i udawać chłopaka.

— Owszem, tak mówiłem. Lecz sprawdzenie terenu jest ważniejsze. Wykonałaś je nieuważnie.

— Nie zgadzam się, panie — powiedziała grzecznie. — Sprawdziłam, czy nikogo nie ma. Zauważyłam, że siedzisz na stropie, a stamtąd jest dobry widok na tylną część dworu, pomyślałam więc, że prowadzisz obserwację. A gdy przeniosłeś się do wnęki po oknie, po prostu uważniej słuchałam, czy coś nie dzieje się za domem.

Szelma — pomyślał z uznaniem.

— Strój źle dobrany do miejsca — skrytykował. — Co robi służka pańska w lesie?

— Dzisiaj dzień targowy — odrzekła. — Gospodyni dała mi wolne w kuchni, ale kazała przyjść przed wieczerzą, gdy wrócą z targu. Mam pomóc przy rozładowaniu wozów.

Spryciula — skonstatował z kamienną twarzą i powtórzył pytanie:
— Co robisz w lesie, dziewczyno?
— Pokojowiec Ondriczek też ma wychodne. Umówiłam się z nim w ustronnym miejscu. Gdy tylko przyjdzie, będziemy mówić o miłości, a potem całować się i jeśli nikt nam nie przeszkodzi, Ondriczek pokaże mi, co to jest cacko z dziurką. Mówi o tym w kółko, a ja nie mam pojęcia, co takiego może mieć na myśli — zarumieniła się, uśmiechnęła skromnie, ale łypnęła przy tym okiem tak szelmowsko, że mógł jej to zaliczyć.
— Dobrze cię widzieć, Huniu.
— Pana również, Jakubie — dygnęła. — Teraz mam na imię Hunka.
— Hunka? Ładnie, ale wybacz, pewnie to imię już ci się nie przyda. Jest spalone, jak każda z postaci, którą udajemy, wykonując zadanie. Pamiętasz? Sekretny człowiek nigdy się nie powtarza. Co tam masz?
— Kartkę z księgi.
— Co sprawia, że nie możesz się od niej oderwać?
Wzruszyła ramionami.
— Powiedz — spytał łagodnie.
— Gdy oddałeś mnie do klasztoru w Bierzwniku, nauczyłam się łaciny i pisania liter. Potem składałam je w słowa, zdania — uniosła na niego oczy. — Ale cystersi traktowali skryptorium jak każdą inną pracę. Ogród, stajnia, obora, wszystko jedno. Przepisywanie ksiąg i robienie sera było dla nich tym samym. A ja wiem, że prawdziwe księgi to świat odrębny, który potrafi żyć własnym życiem. Spójrz, panie.
Podała mu kartkę. Widział już wcześniej, co na niej jest, więc teraz wzruszył tylko ramionami.
— Dlaczego mi to pokazujesz? — spytał.
— Bo to list — uśmiechnęła się. — Ukryte w obrazkach wezwanie o pomoc.
Przyjrzał się obrazkowi raz jeszcze. Nic tu nadzwyczajnego nie widział.
— Jak to rozumieć? — spytał.
— To zależy, kto patrzy. Gdyby pergamin wpadł w ręce kancelistów Karyntczyka w chwili, gdy opuszczałam z nim Pragę, zrozumieliby, że królowa Rikissa wzywa pomocy — stuknęła w środek obrazka.
— No tak — przejrzał na oczy. To nie trójdzielny kwiat, jak wydawało mu się, gdy patrzył z góry. To koty skaczące w trzy różne strony.
— Że też nie wpadłem na to.

— Myślę, że celowo lwy są narysowane jako niegroźne koty — potwierdziła. — W tamtej chwili nikt nie wiedział, że ratunek dla niej jest blisko. Ale ona wiedziała i chciała to przekazać. Widzisz, panie?

Skupił się i pokazał palcem na samotnego, większego lwa czającego się z boku. Wcześniej sądził, że to kocur polujący na ptaki.

— Habsburg nadciąga z odsieczą? — spytał.

— Owszem, panie — skinęła głową. — Zatem ten obrazek może być odczytany: Królowa Rikissa jest uwięziona przez Karyntczyka w miejscu związanym z kościołem. Zerknij na krzyżyk pomiędzy trzema kotami-lwami — wskazała i wyjaśniła. — Więziono ją w domu biskupa i to stamtąd chciała się wydostać. Królowa wie, że pomoc Habsburgów nadciąga z południa. Raz, że oni muszą iść stamtąd, dwa, że samotnego lwa-kota umieszczono w dolnym rogu i to dolnym lewym, jak na mapie. — Hunia wyjęła pergamin z jego dłoni i pomachała nim wesoło. — Albo można patrzeć na to jak stronę z jakiejś księgi. Nic nieznaczący obrazek. — Zatrzymała dłoń i pogładziła górę kartki, pokazując. — Nie rozumiem tylko, czym jest ta droga. Dokąd wiedzie? Kto ma nią przyjść albo odejść?

Jakub spojrzał za jej palcem. Wcześniej nie zauważył drogi na rysunku. Myślał, że to wyobrażenie Boga. Jego wszechwidzące oko w trójkącie i rozchodzące się od niego do trzech lwów promienie. Sapnął.

— To już nieaktualne, Huniu. Rikissa jest hradecką panią. Wróciła bezpiecznie do kraju.

— Wiem — skinęła głową dziewczyna. — Nie zdążyłam odnieść jej wezwania o pomoc do adresata, bo nim do niego dotarłam, wieści o ucieczce królowej się rozniosły. Uznałam, że jest nieaktualne.

— Twoim zadaniem nie było wykonywanie jej poleceń — powiedział Jakub, przyglądając jej się uważnie.

— Kazałeś mi po wykonaniu zlecenia zająć taką pozycję, by utwierdzić otoczenie w naturalnym charakterze mego zadania.

— Dobrze — skinął jej głową. — Spisałaś się bardzo dobrze. Jedziemy po zapłatę, Huniu. Jeszcze nie pozwolę, byś odbierała ją sama, ale tym razem to ja będę towarzyszył tobie, a nie ty mnie.

— Rozumiem — odpowiedziała.

Henryk Karyncki w przeciwieństwie do Václava Przemyślidy nie chciał się z nimi spotkać na praskim zamku. Był dużo ostrożniejszy od swego poprzednika i przyjął ich po mszy, w kościele. Jakub przez chwilę pomyślał, że to niestosowne płacić za czyjąś śmierć na poświęconej ziemi, ale w końcu to nie on wyznaczał miejsce i nie on będzie się z tego spowiadał. Przebrali się z Hunią za rycerza i damę w skromnym welonie. Małżeństwo idące do kościoła, by złożyć ofiarę w intencji poczęcia potomka. Kościół był obstawiony strażą króla i gdy wchodzili, wpuszczono ich na hasło „ofiara". Banalne, ale Henryk je wymyślał. Dowódca straży kazał Jakubowi zdjąć pas z mieczem i zapytał:

— Nie masz innej broni?

— Nie, panie — odpowiedział Jakub.

— Muszę sprawdzić, wybacz — powiedział tamten i obmacał go, nic nie znajdując.

Huni o nic nie pytał, a to ona dzisiaj była uzbrojona. Tak na wszelki wypadek. Guntersberg nie zaniedbywał żadnej chwili na naukę swej następczyni, a dzisiejsza lekcja miała brzmieć: „Nigdy nie ufaj królom".

Karyntczyk siedział w wielkim konfesjonale. Przebrał się za księdza i Jakubowi po raz kolejny przeszło przez głowę, iż to niestosowne.

Sądzi, iż będzie nas rozgrzeszał — pomyślał z niesmakiem.

Podeszli do konfesjonału, skłonili się, a on pokazał im, że mają klęknąć po obu jego stronach.

Nieostrożnie — ocenił Jakub. — Gdybyśmy chcieli zrobić mu krzywdę, mamy go. Co z tego, że dwadzieścia kroków stąd stoi uzbrojona straż? Wystarczyłoby, iż Hunia wsunie przez kratę konfesjonału puginał, a ja z drugiej strony go docisnę.

— Panie — powiedział Guntersberg, gdy ukląkł.

— Przeżegnajcie się — zażądał król. — Tak dla zasady, żeby ludzie widzieli.

Żebyś ty sobie poprawił samopoczucie, panie — pomyślał Jakub, zostawiając to dla siebie.

On i Hunia spełnili żądanie.

— Nie wspominałeś wcześniej, że twą wspólniczką jest dama — zagadnął Karyntczyk w jego stronę.

— Sekretni ludzie mają swe zasady. Nie wolno ich łamać — wyrecytowała Hunia, a król szybko odwrócił się ku niej.

— Już wiem, kim jesteś! — powiedział radośnie. — Byłaś służką królowej.

— Owszem — odrzekła.

Henryk radośnie zatarł dłonie.

— Wspominano, że jakaś jej sługa odwiedziła Rudolfa w obozie wojennym. Spryciula z ciebie, spryciula. Tyle tylko — spoważniał nagle

— iż mówi się, że Rudolf Habsburg zmarł na czerwonkę albo przejadł się melonami. Chyba nie wyobrażacie sobie, że zapłacę za naturalną chorobę! — chrząknął nieelegancko.

— Gdyby zabrała go naturalna czerwonka, uznałabym, że sam Bóg uprzedził mnie w wykonaniu zadania — powiedziała spokojnie Hunia, a Jakub pomyślał, że czas, jaki spędziła na dworze, opłaci im się stokrotnie.

— Skąd mam wiedzieć, że ty ją wywołałaś? — spytał król zaczepnie.

— Nie wywołałam, panie, ale upozorowałam. Gdyby to była czerwonka, pomarłoby pół habsburskiego obozu, a w każdym razie jego służba, giermkowie i przyboczni. Czerwonka się roznosi, panie.

— Niby tak — skinął głową i założył dłonie na brzuchu, jak często czynią to duchowni. — Powiedz, jak to zrobiłaś?

Uprzedził Hunię, że zleceniodawcy lubują się w szczegółach, teraz był ciekaw, jak dziewczyna sobie z tym poradzi.

— Do obozu Habsburgów dotarłam o świcie, poinformowano mnie, że król przyjmie mnie dopiero wieczorem, więc miałam dużo czasu, by się rozejrzeć. Znalazłam namiot kuchmistrza, sprawdziłam, co gotuje na wieczerzę, ale nie zdecydowałam się zatruć zawartości garnka.

— A to dlaczego? — przerwał jej Karyntczyk. — Raz, że sprawiłabyś mi przyjemność, bo zatrułabyś wszystkich biesiadników, a dwa, że jeśli znalazłaś garnek z kaszą, to śmiało mogłaś do niej lać tę trutkę. Król Kasza, he, he, he!

Każdemu z nich wydaje się, że jest najmądrzejszy — westchnął w duchu Jakub. — Każdy ma tyle idealnych sposobów na zabójstwo. Dlaczego sami tego nie robią?

— Tego dnia nie gotowano kaszy, królu — cierpliwie odpowiedziała Hunia. — Gotowano trzy rodzaje polewki i szykowano ryby z rusztu.

— Aha — powiedział Henryk. — To wiele tłumaczy.

— Znalazłam też kosz ze świeżymi melonami i gdy tylko przekonałam się, że są przewidziane na stół królewski...

— A jak się przekonałaś?

— Były cztery, każdy osobno owinięty ściereczką. Kuchmistrz trzymał je schowane pod stołem.

Jakub usłyszał, że Henryk chciał o coś spytać, ale tylko nabrał głośno powietrza i je wypuścił.

— Zatem, powziąwszy pewność, że melony są dla Rudolfa, nasączyłam trucizną ściereczki i czekałam.

Jakub zaśmiał się w duchu. Hunia ciągnęła:

— Gdy wieczorem zawołano mnie do namiotu Rudolfa, z zadowoleniem zobaczyłam, że jeden z zatrutych owoców jest na stole. Ściereczka leżała obok niego, starannie złożona. W kostkę.

Przekazywałam królowi to, co kazała powiedzieć królowa, i zaniepokoiłam się, widząc, iż przez długi czas naszej rozmowy Rudolf nawet nie spojrzał w stronę melona. Zatem zaproponowałam mu, że obiorę mu owoc. On nadal nie miał na niego ochoty. Powiedziałam wówczas mimochodem, że to ulubiony owoc pani.

— Aleś ty sprytna, dziewczyno! Chciałbym poznać twe imię, gdybym nie wiedział, że to w waszym fachu zabronione.

— Zabronione, królu — powtórzyła Hunia ze smutkiem. — Moje imię znać może tylko Bóg.

Jakub omal nie parsknął śmiechem, widząc, jak Henryk nabożnie się przeżegnał.

— Mów, co było dalej.

— Rudolf na wieść, że jego żona uwielbia melony, zapragnął go spróbować. Obrałam owoc i już miałam podać królowi, gdy do namiotu wszedł jego kanclerz i...

— I co? — Henryk złapał palcami konfesjonał. Był rozemocjonowany.

— ...i też poprosił o kawałek owocu — dokończyła Hunia. — Byłam zdesperowana, bo wiedziałam, że jeśli obaj zachorują, to ktoś skojarzy fakty. A twym życzeniem było, aby śmierć wyglądała na przypadkową.

— Tak, tak było. Myślałem nawet, że upozorujecie upadek z konia albo coś równie trafnego, lecz nieważne, opowiadaj, dziewczyno.

— Odstawiłam talerzyk z melonem dla króla i bardzo wolno zaczęłam obierać owoc dla kanclerza. W duchu prosiłam Pana o cud. I...

— Hunia zawiesiła głos, a Henryk zaczął sapać głośno, jakby spółkował.

— I co? — wyjęczał wreszcie.

— I cud się przydarzył, królu — odrzekła pogodnie. — Otóż nim skończyłam obierać, ktoś wywołał kanclerza z namiotu.

— Szczęście jest ważne nawet w waszym fachu — odetchnął Henryk.

— Każdy chce być szczęśliwy, nawet sekretny człowiek, królu — sentencjonalnie odpowiedziała dziewczyna. — Gdy kanclerz wyszedł, natychmiast podałam melona Rudolfowi, a sama wzięłam się za kończenie obierania. Odczekałam, aż król zje wszystko, co mu podałam, wtedy spytałam, czy życzy sobie jeszcze. Miał taką wolę, więc oddałam mu część przygotowaną dla kanclerza. Zamieniliśmy jeszcze kilka zdań i spotkanie było skończone.

— A kanclerz? A reszta melona? — dopytywał Karyntczyk.

— Jesteś nadzwyczaj spostrzegawczy, panie — w głosie Huni zabrzmiał podziw. — Zabrałam resztę melona, mówiąc królowi, iż zaniosę go do pana kanclerza. Przy okazji dyskretnie usunęłam zatrutą szmatkę.

— Niesamowite — westchnął Karyntczyk.

Chwilę milczał, aż wreszcie zapytał:

— Jak szybko od otrucia król dostał biegunki?

— W środku nocy słudzy zaczęli panicznie biegać wokół jego namiotu — odrzekła.

— Czy to jest śmierć w męczarniach?

— Straszliwych, panie. Trucizna, której użyłam, sprawia, iż umierający ma wrażenie, że pękają mu trzewia — głos Huni zabrzmiał tak, jakby komuś z obecnych miało się to przydarzyć za chwilę.

— Świetnie się sprawiłaś, dziewczyno, której imię zna tylko Bóg — powiedział wreszcie Karyntczyk. — I zasłużyłaś na zapłatę jak mało kto przed tobą.

Przed nią zatrudniłeś partacza, który miał dla ciebie zabić Vaška, byś razem z Anną miał prostą drogę do tronu — pomyślał ze wzgardą Jakub. — Partacza złapały straże i pewnie najadłeś się strachu, czy przesłuchiwany nie wyjawi twego imienia. Miałeś szczęście, że zakatowali go na miejscu, a my z Hunią, że nie wykonał roboty, na którą nam dano zlecenie. Nawet nie wiesz, Henryku z Karyntii, że dziewczę, które klęczy przy konfesjonale, nim spotkało się z tobą, było zabójczynią króla.

— Wykonuję swą pracę najlepiej, jak potrafię, panie — skromnie odrzekła Hunia.

Henryk pogmerał w mroku konfesjonału i wyjął worek z zapłatą. Hunia wstała z klęcznika u jego boku i przeszła przed niego, aby ją odebrać. Dygnęła przy tym dwornie.

— Wróć na miejsce — rozkazał. — Chcę jeszcze coś u ciebie zamówić.

— Jak sobie życzysz, panie.

Jakub, którego myśli przez chwilę błądziły wokół wyjątkowego talentu Huni, wyostrzył czujność natychmiast. Coś mu podpowiadało, że nie chce usłyszeć tego, co zostanie powiedziane za chwilę.

— Zdobyłaś zaufanie królowej — rzekł Karyntczyk i najgorsze myśli Jakuba potwierdziły się.

— Tak — odrzekła dziewczyna.

— Zatem możesz do niej wrócić i... wiesz, co mam na myśli?

— Wiem, panie — odpowiedziała Hunia i dodała równie spokojnie: — Pochlebiasz mi tym nowym zadaniem.

Nie — jęknął Jakub w duszy i natychmiast stanęły mu obrazy jego spotkań z Rikissą. Gdy zatruł jabłko dla jej narzeczonego. Gdy szła przez praski dziedziniec w czerwonej sukni. — Nie wolno ci wziąć zlecenia na Rikissę. Tylko nie na nią! To piękna i dobra istota. Nietykalna.

— Jeśli tylko nie zależy ci na czasie, królu, przyjmę na siebie zadanie — odpowiedziała Hunia.

— Zależy mi na czasie — powiedział Henryk.

— Wobec tego, królu, zamów to u kogoś innego. Ani obecny tu mój nauczyciel, ani ja nie możemy się tego podjąć. Zasady zawodowe.

Jakub de Guntersberg zamarł. Henryk zapytał zaskoczony:

— Jakie znowuż zasady, u licha?

— Zawodowe — spokojnie powtórzyła Hunia. — Otóż musisz wiedzieć, królu, że po wyroku wykonanym na koronowanej głowie przez osiem lat nie wolno nam targnąć się na życie kolejnego pomazańca.

Guntersberg pomyślał, że postawi dzisiaj małej cały dzban najdroższego wina w karczmie „Pod Niebieskim Koniem".

— Dziwne — wzruszył ramionami Henryk, ale w jego głosie oprócz rozczarowania zabrzmiała nuta ciekawości. Jakub znał to aż nazbyt dobrze. Klienci zawsze wszystkiego byli chorobliwie ciekawi.

— Żelazna zasada — powiedziała Hunia. — Łamią ją tylko pospolici mordercy lub partacze podszywający się pod prawdziwych sekretnych ludzi, ale takim nikt na twym poziomie nie zleca wyroków, nieprawdaż, królu? Dla ciebie liczy się zadanie wykonane perfekcyjnie. Chodzi o to, że krew pomazańca ma specjalną wagę i jeden człowiek nie może jej przelewać bezkarnie. Złamanie tej zasady grozi nie tylko wykonawcy, ale, co gorsza, zleceniodawcy. Mówi się, że takie zabójstwo wychodzi na jaw i krew woła o pomstę.

Guntersberg zagryzł wargi z podziwu.

— Rozumiem — westchnął zrezygnowany Henryk. — I bardzo żałuję. Naprawdę chciałbym, byś to była ty, dziewczyno. Znasz się na rzeczy. A tak? Kto mi pozostał? Wittelsbachowie wspominali o jakimś karle, ale bo ja wiem?

Grunhagen — wywołał imię wspomnianego Jakub. — Służy Krzyżakom — powiedziałby królowi, gdyby nie to, że nie miał ochoty w niczym mu pomagać.

— Karzeł w otoczeniu królowej? — z wyraźną odrazą w głosie powiedziała Hunia.

— No co? Zły pomysł? Wielkie damy mają różne fanaberie. Karły przebrane za dworaków. Ciotka młodego króla Vaška, Kunhuta, dostała od swego męża, księcia mazowieckiego, Bolesława, Bertę karlicę. I gdy uciekła od męża, by schronić się w praskim klasztorze, zabrała karlicę ze sobą. Berta w welonie i habicie po dziś dzień snuje się za nią u benedyktynek — powiedział Karyntczyk.

— Królowa Rikissa nie miewa takich zachcianek — powiedziała Hunia. — O ile ją znam, oczywiście. Odradzałbym karła, królu.

— A ja się jeszcze zastanowię — podrapał się po kolanie Henryk. — Bo widzisz, gdyby się potem rozniosło, że zabił ją karzeł, byłoby bardzo naturalnie. Wina spadłaby na księcia Władysława Łokietka, który miał powód, by usunąć pretendentkę do tronu.

— Rikissa nie jest pretendentką, jest królową. A ty, panie, jako rzeczywisty i znany wszystkim konkurent owego Małego Księcia stałbyś się obiektem nieufności. Tak bym powiedziała, gdybyś mnie pytał — zastrzegła skromnie. — Ale to ty, w swej mądrości, podejmujesz decyzję, królu.

— Ja, ja podejmuję — powtórzył. — Rozumiem, że jeśli moje potrzeby będą mniej koronowane i nienamaszczone, mogę się do ciebie, przepraszam, do was, zwrócić? — spytał.

— Będziemy zaszczyceni, królu — odrzekła Hunia.

Wieczorem, gdy jako kupiec z Brna i jego córka siedzieli „Pod Niebieskim Koniem" i sączyli wino, zapytał:

— Nie ścierki, tylko słomka?

— Oczywiście, panie.

— Co zatrułaś prócz melonów?

— Kaszę — powiedziała. — Tylko Rudolf ją jada. Kuchmistrz gotował jeden garnuszek.

— Nie było tam żadnego kanclerza?

— Był od początku — zaprzeczyła. — Stał z boku, przy pulpicie i przygotowywał jakiś dokument. Oprócz niego był dowódca straży i jeszcze kilku innych ludzi. Zbyt wielu, by łasić się na królewskie melony.

Przyjrzał się jej z podziwem.

— Sprawiłaś się doskonale, Huniu. Ja wolę zabijać, niż opowiadać.

— Ja także — odrzekła. — Ale nie brzydzi mnie to drugie. Czy mogę coś powiedzieć, panie?

— Jeśli jeszcze cię szczęki nie bolą od gadania — zaśmiał się szczerze Jakub i stuknął jej kubek swoim.

— Wydaje mi się, że przyszłość naszego rzemiosła leży nie tylko w mordach na zlecenie.

— Wiem, dziecko. Decyzję o wzięciu cię do terminu powziąłem właśnie dlatego. Czasy się zmieniają, a tą stronicą z księgi natchnęłaś mnie.

Myślał o tym, odkąd pokazała mu potęgę tkwiącą w pergaminie Rikissy. Ważył się z tym chwilę, aż wreszcie spytał:

— Pociąga cię to?

— Nawet nie wiesz jak, mój panie — powiedziała i po raz pierwszy w życiu zobaczył w jej oczach prawdziwy ogień.

— Zarobiliśmy dość pieniędzy, by stać nas było na twą naukę. Wyjedziemy do któregoś z księstw niemieckich i tam oddam cię do terminu. Tyle że dziewcząt nikt nie przyjmuje.

Na twarz Huni wystąpiły rumieńce.

— Panie! Jestem gotowa znów być Hugonem.

— To dobrze, dziecko! — Poklepał ją po ręce, jak córkę.

Wypili jeszcze po kubku i powiedział jej wreszcie:

— Dziękuję ci.

— Nie ma za co.

— Jest. Z wielu powodów Rikissa jest dla mnie kimś szczególnym.

— Zabiłeś jej ojca, pierwszego męża — powiedziała znów beznamiętnie Hunia.

— I narzeczonego — dodał szczerze Jakub. — Tak, to nas łączy.

— Teraz i mnie. Zabiłam jej drugiego męża.

Popatrzyli sobie w oczy i nic więcej nie musieli mówić. Dla nich była nietykalna i święta, bo oni dwoje poznali ją jak nikt inny.

ZYGHARD VON SCHWARZBURG jechał do Malborka na spotkanie z Gunterem oraz Konradem von Sack, starym kamratem swego brata, i gdyby nie to, że obecny miał być także mistrz krajowy, Henryk von Plötzkau, byłaby to dla Zygharda podróż sentymentalna.

— Zobacz, Kuno! — odwrócił się do przyjaciela, gdy przejeżdżali mostem nad zamarzniętym Nogatem. — Marienburg z każdym rokiem potężniejszy! Uwielbiam ten zamek — ściszył głos, by nie słyszała ich reszta orszaku — tu się poznaliśmy. Tu Konrad i Gunter wepchnęli mi ciebie i kazali zrobić z półbrata rycerza — zaśmiał się krótko i zamilkł.

W tamtym czasie nie myślał o Kunonie inaczej niż „renegat", ale dzisiaj nie powiedziałby tego na głos nawet w cztery oczy. Widzi przecież, jak cierpi od dnia, gdy przymknięto we Francji templariuszy. Zyghard nie raz próbował odkryć tajemnice Kunona, ale ten mówił mu wyłącznie to, co chciał powiedzieć, ani słowa więcej, a do naciskania na przyjaciela, by wyjawił prawdę o sobie, Zyghard nie chciał się posunąć. Nie był prostakiem, to raz, a dwa, że nie potrafił prosić. Kuno zaś nawet tę bajkę o bękarcie i mieczu mu dawkował, pilnując, by nie wychynęło z niej jakieś zbyt osobiste wyznanie.

Potężne mury obronne wokół Malborka były niemal gotowe, otoczone fosą, której kopanie wstrzymano na czas zimowych miesięcy.

— Komtur dzierzgoński Zyghard von Schwarzburg! — zawołał Bennet, nowy giermek Zygharda.

Zaskrzypiał kołowrót i zadźwięczały łańcuchy. Z głuchym jęknięciem opuszczono most zwodzony nad fosą i wjechali w murowane przedbramie. Potężna krata była już podciągnięta; Zyghard i Kuno jednocześnie unieśli głowy i spojrzeli na zaostrzone zęby żelaznej brony. Murowane sklepienie odbiło stukot końskich kopyt. Zatrzymali się, czekając na otwarcie wrót z dębiny okutej żelazem.

— Każdy wróg Zakonu rozbije sobie łeb o te wrota — powiedział Zyghard i wjechali na dziedziniec zamku.

— Marienburg z błota powstaje — zażartował Kuno, patrząc na sztaple cegieł starannie ułożone w rogu i nakryte na zimę prowizorycznym daszkiem.

— Prawda! Trzy cegielnie w pobliżu pracują nad zamianą błota w glinę i tejże w kształtne czerwone cegły. Gdyby można było murować przez okrągły rok, brakujące skrzydła zamku powstałyby raz-dwa. Ale natura ma swoje prawa! Pamiętasz? Jak się spotkaliśmy, rusztowania stały jeszcze przy zachodnim skrzydle, a dzisiaj jest już niemal wykończone. Warowny klasztor robi wrażenie! — Zyghard powiódł wzrokiem po największym, północnym skrzydle.

Wysoki na dwóch mężczyzn fundament z wielkich granitowych głazów dźwigał na sobie pnący się do nieba ceglany mur. Wieńczył go spadzisty dach pokryty równą łuską dachówek.

Na krużgankach roiło się od białych płaszczy braci.

Już oddali konie i kierowali się ku schodom do kapitularza, gdy uwagę Zygharda przykuł uderzająco niski mężczyzna wchodzący do infirmerii.

— Zaraz wrócę — rzucił do Kunona i ruszył za nim w głąb pomieszczeń dla chorych braci.

W środku panował półmrok rozjaśniany jedynie słabymi płomieniami oliwnych lamp umieszczonych na ścianie. Zyghard poczuł odór choroby, skrzywił się, ale szedł dalej. W drugim pomieszczeniu, za płóciennymi zasłonami, leżeli chorzy. Dwaj starzy bracia, którzy przez łyse czaszki i rozczapierzone siwe brody wyglądali jak bliźniacy. Obaj spali z otwartymi ustami. Za następną przegrodą leżał tęgi mężczyzna z obwiązaną bandażem głową. Ten też oczy miał zamknięte. Czwarte łóżko było puste i nigdzie między chorymi Zyghard nie dostrzegł braci służebnych. Okręcił się. Musi być jakieś przejście dalej, karłowaty mężczyzna nie mógł rozwiać się w powietrzu. Znalazł niewielkie półokrągłe drzwi na końcu sali. Pchnął je i wszedł do wyłożonej kamiennymi płytami, nisko sklepionej łaźni. Nic nie widział przez kłęby pary. Otworzył drzwi szerzej, by chłodne powietrze z sali chorych rozwiało parę. Gdy rozrzedziła się, ze zdumieniem zobaczył, że łaźnia jest pusta i nie prowadzą z niej dalej żadne drzwi. Cofnął się niespokojnie do sali chorych, przebiegł przez nią i ponownie znalazł się w wąskim korytarzu, teraz jednak zauważył w nim drzwi, które umknęły wcześniej jego uwadze. Nacisnął klamkę. Nie ustąpiły. Uderzył w nie i opanował się. Zapukał grzecznie. Po chwili usłyszał szuranie wewnątrz i drzwi zostały otwarte. Stał w nich karzeł w szarym stroju półbrata przykrytym białym fartuchem szpitalnika.

— Słucham? — spytał.

Zyghard zaniemówił.

— Szukam przełożonego infirmerii — powiedział po chwili.

— Brat Jan będzie po nieszporach — odpowiedział karzeł, wbijając w niego niemal jaskrawozielone oczy. — Pojechał po składniki do wyrobu maści. Coś ci dolega, bracie? Może ja mogę ci pomóc?

— Jesteś medykiem? — spytał Zyghard, nie spuszczając oczu z karła.

— Nie, panie, ale przydzielono mnie do pomocy szpitalnym braciom, więc znam się na tym i owym.

W tej samej chwili Zyghard usłyszał za plecami kroki i bezbłędnie rozpoznał, że to Kuno.

— Czekają na nas — powiedział, kładąc Zyghardowi rękę na ramieniu. — Już czas.

— Więc w czym mogę pomóc? — powtórzył karzeł i Schwarzburg widział, jak przenosi wzrok na stojącego za nim Kunona.

— W niczym, dziękuję — chłodno odpowiedział Zyghard i wyszli na dziedziniec.

— Co jest? — spytał Kuno, gdy zamknęli drzwi infirmerii.

— Ten karzeł — odrzekł z namysłem Zyghard. — Wydawało mi się, że już go widziałem. Wtedy, gdy omal nie spadł na mnie wielki kamienny blok. Tyle że wtedy był pomocnikiem murarza.

Kuno zmarszczył jasne brwi.

— Nie pamiętasz? Mówię o dniu, gdy się poznaliśmy i gdy mnie uratowałeś. Gdybyś nie skoczył i nie pchnął mnie pod krużganek, głaz roztrzaskałby mi łeb.

— Pamiętam — skinął głową Kuno. — Uważaj na tego karła. A najlepiej, bym był przy tobie za każdym razem, gdy kręci się w pobliżu — zaśmiał się, choć Zyghardowi wydało się, iż niezbyt szczerze.

Ruszyli do kapitularza.

Henryk von Plötzkau, sędziwy Konrad von Sack i Gunter Schwarzburg czekali na nich w towarzystwie kilku innych braci i zakonnego pisarza. Zaskoczenie Zygharda wzbudziła obecność Luthera, jeszcze niedawno szeregowego brata, teraz już samodzielnego komtura Golubia. Kuno zajął najdalsze miejsce, a Schwarzburg przysiadł się obok brata.

— Będziemy radzić — odkrywczo zaczął mistrz krajowy.

— Uderzyliśmy w wychodek i smród się rozszedł po najdalszej okolicy — zarechotał Sack, pokazując szparę między przednimi zębami.

— Mówiłem, żeby wytłuc wszystkich! — warknął w odpowiedzi Plötzkau. — Byłoby cicho.

— Po kolei, bracia — uspokoił ich Gunter i wyjaśnił Zyghardowi, o co chodzi. — Kupcy, którzy zbiegli z Gdańska, gadają za dużo. Nie doceniliśmy wzajemnych powiązań między największymi handlarzami. Kilku takich, wpływowych, wymknęło się z miasta i korzystając z zamieszania, jakie powstało podczas bitwy, wsiadło na swe statki i odpłynęło. Wylądowali w Królewcu i zaczęli opowiadać o tym, co działo się podczas oblężenia.

Głos Guntera był beznamiętny, gdyby Zyghard nie wiedział, jaki naprawdę stosunek ma jego brat do tego, co sam nazwał „rzezią von Plötzkau", musiałby pomyśleć, że relacjonuje prawidłowo wykonane zadanie.

— ...krótko mówiąc — kończył Gunter. — Z portu do portu przez sieć powiązań handlowych niesie się wieść, że w Gdańsku dopuszczono się gwałtów i nadużyć. Nie muszę mówić, iż nie chcemy, by takie głosy dotarły do papieskiej kurii, zwłaszcza teraz, gdy cały świat przygląda się nadużyciom w zakonie templariuszy.

Zyghard z daleka złowił chmurny wzrok Kunona. Gunter nie spojrzał na niego, von Sack, który także znał przeszłość renegata, wpatrywał się tylko we własne spuchnięte paluchy.

Nie o niego im chodzi, tylko o nasze zakonne tyłki — skonstatował Zyghard i odezwał się:

— Źle się stało. Kupcy są ze sobą powiązani interesami, kapitałem i Bóg raczy wiedzieć, czym jeszcze. To słudzy pieniądza, więc być może nim właśnie można ich uciszyć.

— Sprawdzamy sprawę — skinął głową Gunter. — Nasi zwiadowcy badają, kto z kim i którego można udobruchać gotówką. Musimy jednak zabezpieczyć się na wypadek, gdyby plotki zaczęły żyć własnym życiem.

— Mówiłem — powtórzył tępo Henryk. — Trzeba było zabić wszystkich.

— Strona polska prędzej czy później wystąpi ze skargą do papieża — powiedział Gunter.

— Precyzyjniej rzecz ujmując — odezwał się nieśmiało Luther i wszystkie oczy zwróciły się nagle na niego, jakby zebrani dopiero odkryli jego obecność — wystąpi z nią książę krakowski Władysław. Starsza Polska jest pod władzą mego szwagra, Henryka księcia Głogowa, a on nie zrobi w tej sprawie nic.

— Masz pewność? — dopytał Plötzkau. — Mówiłeś z nim, jak prosiliśmy?

Do Zygharda dotarło dopiero w tej chwili, że nominacja na komtura Golubia dla Luthera, która nastąpiła tuż przed atakiem na Gdańsk, była celowa. Miał zapewnić neutralność swego szwagra w konflikcie, którego wybuchu się spodziewali.

Ależ ze mnie ciemniak — pomyślał ponuro. — Powinienem uważniej przyglądać się grze w kapitule.

— Tak — dźwięcznie odrzekł Luther. — Również wywód jurystyczny, wskazujący, iż większe prawa do Pomorza niż Władysław ma książę Henryk, wydaje się przekonujący i można go użyć w razie spodziewanej rozgrywki w kurii. Henryk odziedziczył Starszą Polskę po królu Przemyśle, a ten władał Pomorzem.

— Dobrze się spisałeś, komturze — nieuważnie skinął głową Gunter i Zyghard zrozumiał, iż stawianie na Henryka zamiast Władysława nie jest głównym planem jego brata. — Jest jednak dokument z pieczęcią mistrza krajowego, który wyraźnie określa sprawę tak zwanej obrony Gdańska, więc skupmy się na tym, by najpierw rozwiązać kwestie gdańskie. Mam pewien plan.

— No, drogi mój! — rozpromienił się Konrad von Sack. — To mów, załatwmy sprawy i chodźmy na piwo. Suszy mnie od tego pyłu kamieniarskiego.

— Jakiego pyłu, Konradzie? — zagadnął go Zyghard.

— W skrzydle dla gości pracują kamieniarze — poskarżył się okrągły jak beczułka Sack. — Nie masz pojęcia, synu, jak tam napylone!

— Piwo dla wszystkich! — klasnął w dłonie Henryk von Plötzkau, a szary brat już pobiegł spełnić jego rozkaz.

Mistrz krajowy mógłby pełnić rolę sługi przy moim bracie. Gdy Gunter prowadzi naradę, ten tu może wyłącznie zająć się stołem — pomyślał Zyghard, ale z zadowoleniem przyjął kubek z zimnym i mocnym warmińskim piwem.

— Już mi lepiej — sapnął von Sack. — Wyjaw nam swój plan, Gunterze!

— Spodziewając się, iż rzecz prędzej lub później wyląduje w kurii papieskiej, chcę, byśmy mieli twarde dowody na piśmie. Z gdańszczanami nic już nie załatwimy, bo mówiąc oględnie, dawne władze miejskie odeszły.

Widziałem rajców i sołtysa na stosie ciał leżących w miejscu, które kiedyś było rynkiem — przypomniał sobie Zyghard i niemal poczuł odór rozkładających się zwłok.

— Mamy za to wciąż żywe władze miejskie Tczewa — odezwał się na głos.

— Otóż to, bracie — uśmiechnął się Gunter. — W Tczewie udało nam się uniknąć pewnych strat. W naszych rękach jest burmistrz i niemal wszyscy rajcy. Uważam, iż należy zdobyć od nich na piśmie zeznanie, z którego wynikać będzie jasno, że uznają swe winy wobec zakonu. Winy, które usprawiedliwiłyby nasz atak na miasto, zajęcie go, zdobycie i rozebranie do gołej ziemi. Wtedy, przez analogię, będziemy mogli posłużyć się tą samą argumentacją, gdyby pytano nas o Gdańsk.

— Jeśli dobrze kojarzę, Gdańsk został już zrównany z ziemią? — spytał Zyghard.

— Pozostali przy życiu mieszczanie pod nadzorem zakonnych braci kończą rozbiórkę tego, co ocalało po pożarach — potwierdził Gunter.

— Trochę szkoda Gdańska — powiedział Konrad. — To było piękne miasto.

Jest stary, nie pełni już żadnej funkcji, odkąd zrzekł się na moją korzyść urzędu mistrza krajowego — pomyślał Zyghard. — Dlatego może uczciwie mówić, co myśli. Plötzkau siedzi teraz nadęty i czerwony, bo cała ta narada jest przecież po to, by posprzątać po jego morderczych zapędach.

— Było — powiedział Plötzkau, sankcjonując to, co zrobił. — Ale tak czy siak, musielibyśmy je zniszczyć. Zbudujemy sobie nowy Gdańsk. Murowany i lepszy.

— To w przyszłości — machnął ręką Gunter. — Gdy będziemy mieli pewność, że książę Władysław nam go nie odbierze. Na razie czekamy na jego ruch. Ponoć wybiera się na Pomorze.

— Czy to możliwe, że burmistrz i rajcy Tczewa przystawią swe pieczęcie do dokumentu, w którym wezmą winę za zniszczenie miasta na siebie? — powątpiewająco spytał Zyghard.

— Jeśli nasz kat przystawi im topór do szyi, zgodzą się na wszystko — zarechotał Plötzkau. — A my, w swej dobroci, pozwolimy im zabrać dobytek na drogę. Zrozumieją, iż są w nieporównanie lepszej sytuacji niż gdańszczanie, a spisując porozumienie z nami, zamkną sobie drogę do rozpuszczania plotek. Tam stoi jak wół: sami rozebrali swe domy.

— Zatem — uniósł rękę Gunter. — Przyjmiemy następującą wersję zdarzeń: to mieszczanie są winni tego, iż zaatakowaliśmy miasto. W Gdańsku sprawa jest jasna, prosił nas o to książę, zaś oni, swym buntem i brakiem chęci do poddania się, sami sobie zgotowali ten los. A że kazaliśmy im rozebrać ruiny, tak by kamień na kamieniu i belka w ziemi nie została? To dobrze. To wygląda jak dodatkowa kara.

— Tak samo zrobił Barbarossa w Mediolanie — pokraśniał Plötzkau. — Własnymi rękami, ha!

— Natomiast atak na Tczew usprawiedliwimy wojenną koniecznością. Skoro dla księcia zdobyliśmy Gdańsk, musieliśmy zabezpieczyć jego przedpola. Brzmi ryzykownie, ale podczas negocjacji o wykup wybrniemy z tego.

Wykup? — zdziwił się w duchu Zyghard i natychmiast skupił się. — Porozumienie z Władysławem zakładało, że ma zapłacić za obronę Gdańska. To ten dziwaczny karzeł tak mnie wyprowadził z równowagi — usprawiedliwił się przed sobą — że zapomniałem o dalszej części planu Guntera.

— Zyghardzie — wywołał go brat. — Chciałbym, żebyś nawiązał kontakt z księciem Władysławem. Grzecznie, dyplomatycznie, jak tylko ty potrafisz. Z przesłaniem, że wykonaliśmy swoją część umowy, jakby kwestia Tczewa w ogóle nie istniała. Książę zapewne przyśle wówczas legistów na negocjacje i wtedy się zabawimy.

— Zajmę się tym — skinął głową Zyghard.

— Ty zaś, Lutherze, pracuj nad swym szwagrem, księciem Głogowa, tak, abyśmy jak najszybciej mieli na piśmie, iż to on ma prawa do Pomorza.

— Oczywiście — przytaknął komtur golubski.

— Bóg z nami — obwieścił stary von Sack. — Bo przecież nie dla siebie to robimy, a dla zakonu. Nie powoduje nami osobista chciwość czy pazerność, ale dobro wyższe, amen!

— Amen! — powtórzyli i zaczęli zbierać się do wyjścia.

— Kunonie, Zyghardzie — przywołał ich Gunter. — Proszę jeszcze o chwilę.

Kapitularz opustoszał. Zostali tylko Plötzkau, Sack, Gunter i oni.

— Siądźcie bliżej — zachęcił mistrz krajowy. — Ponoć coś tam znaleźliście w dzierzgońskich lasach, no, pochwalcie się!

— Najwyraźniej ktoś już się pochwalił — kwaśno odpowiedział Zyghard.

Spojrzeli po sobie z Kunonem. Trzymali to w tajemnicy i teraz nie zamierzali sprzedać się tanio. Nie jemu.

— Sława was wyprzedza — zarechotał Plötzkau. — Ponoć trafiliście na ślad Starców?

— Kuno ich widział — niechętnie odrzekł Zyghard.

— Mów, mów, Kunonie! Bardzo nam teraz potrzeba takich nowin! — zachęcił go baryłkowaty Sack.

— Owszem, widziałem trzech Starców z daleka, dlatego nie mogę potwierdzić, czy jest wśród nich ten, którego wykradziono nam z lochu.

Zyghard uśmiechnął się w duchu i spojrzał w oczy von Plötzkau. Mistrz udawał, że nie słyszy przytyku Kunona. Postanowił go zbić z tropu, pytając:

— Przy okazji, czy też, jak mawiają skrybowie, na marginesie, drogi mistrzu. Twój giermek, Woran, który był w Roggenhausen w chwili zniknięcia naszego Starca, się odnalazł?

— Nie — warknął Plötzkau i odsunął siebie od tej sprawy. — Kuno, mów dalej.

— Udało mi się podsłuchać rozmowy, nie samych Starców, lecz idących na spotkanie z nimi ludzi. Mówili coś, co powinno was zaciekawić.

— No to się ciekawimy! — klepnął Kunona w plecy rubaszny von Sack.

Zyghard coraz bardziej rozbawiony patrzył, jak jego przyjaciel mierzy dawnego mistrza niechętnym spojrzeniem.

— „Komturowie mają nas na oku" — powtórzył to samo, co opowiadał jemu. — Wspomnieli o „łysym" w kontekście jakiegoś komtura.

— Czyżby myśleli o mnie? — zdziwił się Gunter.

— Tego nie wiem. Przekazuję, co słyszałem.

— Gdzieś ich widział? — drążył Plötzkau.

— W lesie — uciął Kuno.

— Co jeszcze mówili?

— Nic ważnego.

— A nie padło coś o diabelskiej bogini, którą zwą Jaćwieź? — dopytał Plötzkau.

Skąd wiedzą? A niech go szlag! Otto Bondorf, świętoszkowaty poeta, który miał wartę na wieży, gdy Kuno opowiadał mu o tym, co widział. Porachuję się z tym donosicielem — wściekł się w duchu.

— Same brednie — wymijająco odpowiedział Kuno. — O jantarowym płodzie. Bzdury. Kto by w to uwierzył.

— Poganie są ohydni, jak psy żrące swe wymiociny — potrząsnął głową Sack. — Ale o Jaćwieży i jantarowym płodzie słyszałem po wielekroć na rejzach. Tyle że wówczas nie daliśmy temu wiary, a teraz wydaje się, iż coś musi być na rzeczy. Nie wierzę w płód żywy, ale to może być po prostu wielki jantar z czymś zatopionym we wnętrzu, czymś, co przypomina ludzkie dziecko. W czasie najdalszych rejz na Litwie widywaliśmy duże bryły jantaru, największa, jaką sam miałem w ręku, była wielkości głowy niemowlęcia. Widziałem też taką, choć znacznie mniejszą, w której była zatopiona jaszczurka. Normalnie nawet pazurki było widać i oko zamknięte powieką.

— Tak czy inaczej, wydaje się, że kobieta zwana Jaćwieżą istnieje — skwitował Gunter. — Gdybyśmy ją pojmali i gdyby rzeczywiście było w niej coś nieludzkiego, moglibyśmy zawieźć ją w klatce papieżowi. Śmiem przypuszczać, że taki podarunek mógłby zamknąć ewentualny protest księcia Władysława w sprawie naszego wejścia na Pomorze. Gdyby żył papież Bonifacy, to byłbym pewien. Ten lis słynął z zamiłowania do wszelkich dziwolągów. Czy Klemens je lubi? Nie wiemy, ale pewne jest jedno: kapłanka czy boginka Dzikich umocniłaby naszą pozycję jako jedynych obrońców chrześcijaństwa i krzewicieli wiary. Pozycję, która odkąd sięgnięto po templariuszy, jest zachwiana.

— Przyszedł mi do głowy pomysł. Henryku, podasz dzban z piwem? — spytał Konrad von Sack, i Zyghard, choć wściekły na donosiciela, który wygadał ich sekret, omal się nie roześmiał, że nie tylko Gunter, ale i Konrad traktuje mistrza niczym podczaszego.

Bracia uzupełnili kubki i von Sack mówił dalej:

— Dzicy kierują się poddańczą lojalnością wobec swych kapłanów i bożków, ale prócz tego są tacy jak reszta ludzi: pazerni. Ogłośmy, że szukamy wielkich brył jantaru i że za wyjątkowe okazy płacimy złotem. Wtedy zostanie tylko kwestią czasu, gdy ktoś wyda nam tę Jaćwież albo jej tajemniczy jantar.

— Dobre! — pochwalił Plötzkau.

— Proponuję do tego dołożyć prawo wyłączności na handel jantarem — dorzucił Zyghard. — Potraktujmy ten cenny surowiec tak jak regalia i niech w całym państwie zakonnym wyłączna możliwość skupu i obrotu jantarem zostanie w rękach mistrza krajowego — uśmiechnął się do Plötzkau.

— Po co mi to? — spytał mistrz.

— Bo wtedy nikt nie będzie mógł go sprzedać gdzie indziej, a skoro tak, znalazca przyjdzie do nas — z szerokim uśmiechem zakończył Zyghard, a w myśli dodał: „tępaku".

— Świetne — pochwalił go Konrad von Sack. — I do tego kary za nielegalne posiadanie jantaru. Sprawa załatwiona. Jaćwież wypłynie, a my wraz z nią! Napijmy się!

Stuknęli się kubkami.

— Do omówienia została nam kluczowa sprawa — powiedział Gunter, odstawiając piwo. — Kunonie, czy wiesz coś, co może nam pomóc w zrozumieniu sprawy zakonu templariuszy? Nie obawiaj się, wszyscy tu obecni znają twą przeszłość i darzą cię wielkim szacunkiem za decyzję o zmianie zgromadzenia.

— Nie — odrzekł Kuno. — Nic nie wiem.

— A te zarzuty? — zaciekawił się Plötzkau. — Sodomia, bałwochwalstwo, plugawe przysięgi, ukryte skarby?

— O który zarzut pytasz? — zimno spytał Kuno.

— O każdy.

— Więc ci odpowiem, mistrzu: każdy jest zmyślony.

— Mamy wieści od cichych ludzi z Paryża, że Filip Piękny nosił się z zamiarem połączenia trzech zakonów. Chciał templariuszy, joannitów i nas wcielić w jedno zgromadzenie. Mówią, że Jakub de Molay się temu sprzeciwił — powiedział Gunter.

— Każdy z nas by się sprzeciwił — nadął się Plötzkau, zapominając, że jest tylko krajowym, a nie wielkim mistrzem. — To bzdura. Przez lata zakony rycerskie pracowały na swe pozycje. Joannici już się nie liczą, to dzisiaj popłuczyny po zakonie, niech sobie prowadzą szpitale, przytułki i strzegą przepraw, śpiewając przy wieczornym ogniu pieśni o Ziemi Świętej i obciętym łbie Jana Chrzciciela. Zostaliśmy tylko my, bo przed laty nasz wielki Herman von Salza podjął słuszną decyzję, by skierować ostrze ekspansji na Prusów, a nie Saracenów.

Zyghard widział, jak Kuno zaciska pod ławą potężne dłonie w pięści. Widział żyły, które mu nabrzmiały, ale twarz przyjaciela pozostała doskonale obojętna i nieruchoma. Nie drgnął na niej nawet jeden mięsień.

— Pomysł połączenia zakonów był tylko wabikiem, by skłonić mistrza templariuszy do przybycia do Paryża — machnął dłonią Zyghard. — Żaden król, nawet władający papieżem Filip Piękny z dynastii Kapetyngów, nie ma mocy, by skłonić zakonnych mistrzów do kompromisu, który nie leży w ich interesie. Zdajecie sobie sprawę, że Filip miał u templariuszy poważne długi? Może więzi mistrza i jego notabli, by umorzyli te zobowiązania. Król rozbuchał swą politykę jak, nie przymierzając, cesarz rzymski. To kosztuje.

— Kunonie, czy skarbiec zakonu templariuszy jest dobrze ukryty? — spytał nieoczekiwanie Konrad.

— Nie wiem. Eskortowałem go tylko na Cypr. Potem został zabezpieczony w tamtejszej komandorii.

Nigdy mi tego nie opowiadał — Zyghard poczuł przypływ zazdrości o życie, jakie Kuno wiódł, nim skrzyżowały się ich drogi.

— Bracia, powinniśmy przejść do planu, który wymarzyliśmy sobie przed laty — powiedział uroczyście stary Konrad. — To jest ten czas. Zyghardzie, Kunonie, wtajemniczę was, bo mistrza Henryka zaznajomiliśmy z tym, zanim został mistrzem — zarechotał. — Otóż, Gunter i ja od dawna uważamy, że główną siedzibę Zakonu Najświętszej Marii Panny należy przenieść do nas. Do Prus.

Kiedyś ty będziesz wielkim mistrzem. Ty będziesz używał pieczęci z czarnego wosku i chorągwi ze złotym na czerni krzyżem. I to będzie tutaj, nad Wisłą — zabrzmiały w głowie Zygharda słowa tajemnicy, jaką wyjawił mu Gunter dzień przed tym, nim na rok wybrano go mistrzem krajowym. Teraz pojął maestrię planu brata w całej rozciągłości. Poczuł ciepło.

— Wszystkie argumenty mamy w ręku — uzupełnił przemowę Konrada Gunter. — Trzeba być z dala od władcy tak silnego, że odważył się na rzecz do niedawna niemożliwą, aresztowanie wielkiego mistrza templariuszy. Zamach na najpotężniejszy zakon rycerski. Musimy zniknąć mu z oczu, a gdzież jest lepsze miejsce niż tu? W jakimś sensie templariusze składają ofiarę na ołtarzu zakonów rycerskich. Wybacz, Kunonie, że tak to ująłem.

— Nie jestem templariuszem — spokojnie odpowiedział Kuno. — Jestem jednym z was. Nie mam czego ci wybaczać. Wręcz przeciwnie, Gunterze, zgadzam się z tobą: Prusy są daleko od głównego nurtu zdarzeń.

Zyghard patrzył na przyjaciela, myśląc jednocześnie z niepokojem i podziwem, że Kuno potrafi kłamać i mówić prawdę w tym samym zdaniu. Dla niego Prusy zawsze były prowincją, a serce świata biło wyłącznie w Ziemi Świętej.

— Maryja Dziewica boginią wojny, chorałem lament Prusów, dym pożogi kadzidłem, a żołdem rycerza zbawienie — podniosłym tonem wyrecytował von Plötzkau.

Upił się — pomyślał Zyghard. — Prostak z Bałgi.

— Wiecie, dlaczego chciałem, byśmy spotkali się w Marienburgu? — spytał Gunter, lekceważąc głupkowaty występ mistrza krajowego. — Tu będzie stolica zakonnego państwa.

On nie pyta, on stwierdza — z podziwem pomyślał o bracie Zyghard.

— Po pierwsze, leży blisko Bałtyku i naszych nowych nabytków, Tczewa i Gdańska. Po drugie, łączność szlakiem wodnym, Wisłą i Nogatem. Po trzecie, planujemy ekspansje na całe Pomorze i gdy je posiądziemy, Marienburg będzie dokładnie w centrum kraju. I wreszcie, w czekającej nas wojnie z księciem Władysławem jest najlepszym punktem kontrolnym. Przy tym, w przeciwieństwie do zasiedziałych komturii, mamy tu dużo miejsca, by rozbudować zamek, warownię, podgrodzie i całą twierdzę.

— Powiedział Gunter von Schwarzburg, amen — skwitował Konrad i wypił piwo do końca. — Kto przeciw? Nie widzę. Kto za? Wszyscy. Henryku, zaklaszcz, by przynieśli piwa, suszy mnie.

Jeśli Plötzkau to zrobi, jest skończonym dupkiem — pomyślał Zyghard.

— Chodźmy spać, późno jak diabli — wybełkotał mistrz krajowy.

A jednak nie — skwitował Zyghard.

Wyszli na krużganek. Owionęło ich chłodne, nocne powietrze. Henryk i Konrad oddalili się na spoczynek. Zyghard, korzystając z mroku, który ich otaczał, dotknął dłoni Kunona. Zacisnęli palce.

— Przejdźmy się — powiedział Gunter. — Pokażę wam wieżę ostatecznej obrony.

Wyszli do daleko poza mury wysuniętej wieży. Wdrapali się stromymi schodami na szczyt.

— Tu nikt nie podsłuchuje — w głosie Guntera zabrzmiał śmiech. — Co do pozostałych pomieszczeń, sam wymyśliłem system cegieł wyjętych z muru. Gdy go skończą według mego projektu, będzie można słuchać, co się mówi w kluczowych komnatach. Tak więc, jeśli macie ochotę na sekrety, dajcie sobie z nimi spokój w Marienburgu. Ale tutaj możemy mówić otwarcie.

Weszli na drewniany podest wiodący do wysoko umieszczonego okna. Gunter otworzył okiennice i wyjrzeli. Zamarznięty Nogat skrzył się w sinym, księżycowym świetle.

— Przeniesienie siedziby wielkiego mistrza do Marienburga uderzy w Henryka, choć on jeszcze dzisiaj o tym nie wie. Zdążę go przygotować tak, że będzie się czuł spełniony i szczęśliwy.

— Daj spokój, Gunterze. Ten prostak kocha wyłącznie mord.

— I to dostanie w prezencie pożegnalnym — uśmiechnął się Gunter. — Opakowane w zaszczyty. Chcę wam powiedzieć, że nie mamy innego wyjścia. Sprawy mają się źle. Oczy całego świata za chwilę drapieżnym spojrzeniem zwrócą się na zakony rycerskie. Musimy, powtarzam, musimy udowodnić konieczność swego istnienia. Dlatego ta Jaćwież i Starcy są nam potrzebni jak powietrze. Kuno, Zyghardzie, proszę was, znajdźcie ich! Cokolwiek, byleby było pogańskie, dzikie i groźne. Takie, żeby papież i cały świat wstrzymały oddech z przerażenia i zachwytu. Trójgłowe smoki nie istnieją, ale proszę was, drodzy, wymyślcie coś wiarygodnego. Coś, co nie na piśmie, ale na postronku pognamy do Awinionu!

— Oni mówili o tobie — odezwał się Kuno. — Dzicy.

— Myślisz, że ktoś z Roty Wolnych Prusów jest zdrajcą? — spytał Gunter. — Przyjrzę się im. A ty, Kunonie, masz teraz ważną rolę do odegrania.

— Jaką?

— Zygfryd von Feuchtwangen chce cię poznać. Nasz wielki mistrz twierdzi, iż jego brat, Konrad, którego uratowałeś z płonącej Akki, przekazał mu coś, co jest kluczem do naszej przyszłości.

— Kluczem? — drwiąco powtórzył za Gunterem Kuno.

— Tak, kluczem.

Gunterze, kim jest Kuno? — chciał zapytać Zyghard, ale zamiast tego lojalnie dotknął chłodnych palców przyjaciela.

Nocną, zimną ciszę przerwało bicie dzwonu.

— Co jest? — spytał Zyghard. — Co się stało?

Ruszyli z powrotem, schodami w dół wieży. Gdy wydostali się na krużganek, dostrzegli przemykającą z pochodniami służbę. Gunter złapał jednego z szarych braci za ramię.

— Kto uderzył w dzwon? Co się stało?

— Brat Jan, przełożony infirmerii, nie żyje.

Karzeł zielonooki — pomyślał Zyghard i poczuł, że teraz Kuno złapał go za palce, jakby prosił, by zamilkł.

WŁADYSŁAW jechał z Krakowa na Pomorze. Miał ze sobą oddział Madziarów pod wodzą Kopasza, sandomierskie rycerstwo pod wojewodą Wojciechem Bogorią i garść starych, wiernych Kujawian.

— Wypad wojenny czy majestat? — śmiał się Paweł Ogończyk, patrząc na formującą się co rano kolumnę.

— Rozmowy pokojowe, drogi Pawle. Nie zapominaj o tym — poskramiał Ogończyka biskup włocławski Gerward, który dołączył do nich w drodze. — Niech dobry Bóg wesprze! Może jeszcze uda się jakoś to wszystko odkręcić, oby, oby! Kto wojuje z zakonem, naraża się papieżowi, a przed gniewem kurii strzeż nas, Panie!

Powiadomili stronę krzyżacką, że książę we własnej osobie jedzie na rokowania w sprawie Gdańska i plan był taki, by wyegzekwować umowę, jaką za pośrednictwem Boguszy Władysław zawarł z mistrzem krajowym. Gerward powtarzał: „Udajmy, że nic nie stoi na przeszkodzie, byśmy się dogadali. Że nic takiego, czego odwrócić nie można, jeszcze się nie zdarzyło". Więc za radą biskupa Leszczyca udawali.

Kiedy jednak za Inowrocławiem wyjechał im naprzeciw niewielki oddział braci w białych płaszczach, ze znakami posłów mistrza krajowego i wyraźnym posłaniem: „Mistrz Henryk von Plötzkau nie wyraża zgody na wjazd księcia Władysława do Tczewa i Gdańska, póki nie dojdzie do rozmów", udawanie się skończyło.

— Nie chcą, bym na własne oczy zobaczył, co się stało! — wybuchnął Władysław. — Jakim prawem blokują mi dostęp do mych ziem?!

— Prawem silniejszego — powiedział Doliwa to, o czym wszyscy wiedzieli.

„Mistrz Henryk zaprasza księcia do Torunia" — przekazali posłanie biali bracia.

— Nie pojadę do Torunia — kategorycznie oświadczył Władysław, gdy naradzali się, trzymając posłów z boku.

— I słusznie — potwierdził Gerward, zaplatając tłuste paluchy na piersi. — Tamtejszy zamek krzyżacki to twierdza nie do zdobycia. Wpuścić nas wpuszczą, ale wątpię, byśmy wyjechali stamtąd żywi. Warownia jest jak podkowa konia giganta. Z jednej strony dostępu do niego broni Wisła, z trzech pozostałych fosa tak olbrzymia, że strach gadać. Mury grube, wysokie, najeżone wieżami, mowy nie ma! Ja też do Torunia się nie wybieram.

— A to by mieli rozwiązanie sprawy — zaśmiał się Doliwa. — Księcia, biskupa i wojewodów porwać, zamknąć pod kluczem i przypalaniem wszystkie ugody wymusić.

— Zamilcz, proszę — syknął na niego Władek. — Zaproponujmy własne miejsce rokowań, skoro nie będzie to Gdańsk ani Tczew, jak planowaliśmy.

Gerward pogładził łysą czaszkę i odwrócił się do swego orszaku.

— Przecław, do mnie! — zawołał.

Podjechał do nich młodzian w skromnej zakonnej szacie, jeden z licznych, towarzyszących biskupowi.

— Przecławku, przypomnij mi, gdzieś tu twój ojciec ma taki dwór myśliwski, gdzie to było?

— Główne dobra rodowe w Służewie, a dwór, o którym wielebny biskup myśli, to Grabie. Dzień drogi na północ, nie dalej — posłusznie zameldował Przecław.

— I tam, w pobliżu, jest majątek braci zakonnych, jeśli mnie pamięć nie myli?

— Folwarczek w Murzynnie, ojcze Gerwardzie. Ojciec biskup to ma pamięć jak prorok!

— A ten, jak mówisz, folwarczek, to ufortyfikowany? — prowadził wywiad Gerward, udając, iż nie zważa na komplementy.

— Nie bardzo. Majątek wiejski, ot co. Bracia tam na co dzień nie urzędują, tylko służba zakonna i wieśniacy. Specjalizacja: wypas bydła, bo tam łąki znakomite, choć podmokłe. Drobiu trochę, a latem dobre zbiory siana. Prace melioracyjne…

— Starczy — przerwał Przecławowi biskup, bo chłopak nabierał powietrza, jakby chciał zinwentaryzować cały majątek. — Książę, zaprośmy ich do Grabia, do dworu Pomianów. Teren nasz, a Krzyżacy mają się gdzie zatrzymać i gdzie wrócić na noc, gdyby się rozmowy przeciągnęły na parę dni, co należy przyjąć. Przecławie, ojciec będzie zachwycony, że ugości księcia?

— Biskupie! — jęknął chłopak. — Pomianowie ze Służewa mają zwołanie rodowe „Służymy!". Pan ojciec ze szczęścia się nie pozbiera! A brat mój stryjeczny, Ligaszcz, co był z księciem panem na banicji, to jeszcze nie wie, że książę jedzie, a już się cieszy!

A no tak! — przypomniał sobie Władek. — Ten Przecław to syn dawnego wojewody Bronisza, tego, co mi na wygnanie syna dać nie mógł, bo chłopak już był w stanie duchownym, ale dał bratanka, Ligaszcza, co znał więcej języków niż niejedna kancelaria. No to jestem w domu!

Przekazano posłom zakonnym miejsce spotkania i Władysław z orszakiem ruszył do Grabia.

Dwór Pomianów był obszerny, drewniany, z olbrzymią świetlicą, w której czterdziestu myśliwych mogło odpoczywać po łowach wraz ze służbą. Nad wejściem do dworzyska widniała wyrzeźbiona w jednym kawale drewna wielka, żubrza głowa z mieczem ułożonym między rogami. Herb Pomianów.

Oni sami, zawiadomieni przez Przecława, zjawili się natychmiast. Bronisz, dawny wojewoda, Chebda, jego brat rodzony, kiedyś kasztelan kruszwicki i jego syn, a Władka druh, Ligaszcz. Ten ostatni równie wylewnie witał się z księciem, jak i z Węgrami.

— A gdzie Juhász Hunor i Fehér Mohar? — dopytywał Kopasza. — Już księciu nie służą? Ach, żal nie spotkać!

— Amadej Aba wezwał ich do siebie, ma na Węgrzech swoje sprawy z Karolem Robertem. Stary palatyn nie chce pogodzić się z andegaweńskim królem, bo ten chce mu odebrać kopalnie miedzi! — tłumaczył Kopasz. — Wiadomo, z bogactwa nie ustąpi, a przyjaźń Amadeja z księciem Władysławem, choć szczera jak złoto, to mocno oparta na miedzi.

Pieniądze z osłaniania kupców wiozących miedź przez Kraków do Gdańska szlag trafi — pomyślał Władysław i to od razu usposobiło go źle do rokowań z Krzyżakami.

Pomianowie z ludźmi księcia zajęli się przygotowaniem dworzyska do spotkania, a Władysław czekając na przybycie Krzyżaków, chodził po lesie. Przedwiośnie. Niektórzy mówią, najgorsza z pór roku, gdy śnieg odsłania nagość ziemi nieprzysłoniętej zielenią. Brudnej, zmęczonej zimą, zdaje się bezsilnej do podjęcia kolejnego trudu narodzin.

A jednak po kilku tygodniach ta sama ziemia pokrywa się pierwszą tkanką trawy i bezlistne gałęzie pączkują nowymi liśćmi. Cud. Cud coroczny. Powtarzalny. Przewidywalny. Dający nadzieję. Dlatego chodził po lesie. Szukał jej dla siebie.

— Przyjechali — powiedział Borutka, bezbłędnie odnajdując go między drzewami. — Mistrz krajowy, jedenastu komturów i kilku braci luzem. A z naszej strony… — zawahał się na chwilę — twoi bratankowie, dawni namiestnicy, książęta Kazimierz i Przemko.

— Ciii. Spójrz, chłopcze. — Władek wskazał na gniazdo wysoko, w koronie starego buka. — Widzisz? To kania. Piękna. Nie tak wielka jak orzeł, ale wśród ptaków naprawdę duża. Samica pewnie teraz składa jaja, a jej samiec krąży o tam, spójrz. Niepokoi się, że ludzie podeszli zbyt blisko gniazda. Spory ptak — powiedział, z podziwem patrząc na samca — ale człowiek większy.

— Nie chciałbym być samicą, książę — powiedział cicho Borutka.

Władek udawał, że nie słyszy. Od tamtej pory ani razu nie wracali do sprawy. Nie było o czym gadać.

— Wiesz, Borutka? Ja dzisiaj jestem jak samiec tej kani. Widzę złych ludzi krążących wokół mego gniazda. Większych ode mnie. Potężniejszych.

— Ludzie nie muszą polować na ptaki, a ptaki nie muszą atakować ludzi — powiedział Borutka, przysłaniając czarne oczy dłonią, by lepiej widzieć. — Chodźmy, książę.

Kujawscy bracia czekali na niego przed dworzyskiem. Przywitał się z nimi chłodno, Kazimierza ominął wzrokiem. Nie potrafił spojrzeć mu w twarz ani podać ręki, udał, że spieszy się do środka i tylko rzucił, wchodząc w drzwi:

— Za mną, proszę.

Henryka von Plötzkau zobaczył po raz pierwszy. Kwadratowa, ciemna broda przycięta równo jak brzytwą. Niespokojne, świdrujące oczy pod krzaczastymi brwiami. Braci von Schwarzburg poznał wtedy zimą pod Świeciem, gdy po raz pierwszy zaproponowali pomoc przeciw Brandenburgii. Łysy, starszy, to Gunter, komtur prowincjonalny ziemi chełmińskiej. Młodszy, jasnowłosy i jasnobrody to Zyghard. Obaj eleganccy, chłodni, książęco wytworni.

Przesuwał wzrokiem po twarzach pozostałych komturów, gdy mu ich przedstawiano.

— Eberhard Virnenburg, komtur królewiecki, Gerhard Mansfeld, komtur brandenburski, Henryk Ysenberg, komtur bałgijski, Luther z Brunszwiku, komtur golubski...

Na twarzy Luthera zatrzymał wzrok na dłużej. Szwagier księcia Głogowa. Szczupły, niemal chłopięcej budowy. Ciemne loki wiły mu się wokół twarzy. Miał niewielką, dworską bródkę i zamyślone, melancholijne oczy.

Nie wygląda jak Krzyżak — pomyślał Władysław. — Przypomina raczej dworzanina, takiego, co nosi za damą pieska, recytuje wiersze i przewraca oczami.

— ...Henryk Wedere, komtur nieszawski... — przedstawiano kolejnych gości z czarnymi krzyżami na białych tunikach.

Chcą mnie przestraszyć. Pokazać, że jest ich dwunastu, jak apostołów. Komturowie w randze półksiążąt. Zakonni rycerze, którym nic nie straszne.

W jego imieniu zaczął rozmowy Gerward. Wyciągnął pergamin z pieczęcią Henryka von Plötzkau i odczytał stosowny zapis:

— „...po zapłaceniu przez księcia Władysława kosztów poniesionych na obronę Gdańska rycerze zakonni wycofają się z grodu i miasta". Zatem — uniósł wzrok znad pergaminu Gerward — prosimy o podanie kwoty.

Gunter von Schwarzburg pokazał, że on będzie referował.

— Na sumę kwot, jaką książę jest nam winien, składają się: zapasy żywności, trzydzieści łodzi, którymi załogi przypłynęły do miasta, uzbrojenie i wyposażenie obrońców, konie i wozy. A także koszty budowy obozów warownych dla wojsk krzyżackich, których rolą było zabezpieczenie terenów przed atakiem brandenburskim z zewnątrz, tak więc: drewno budulcowe, namioty, koszt kopania rowów...

Przerwać mu czy pozwolić wyliczać bez końca? — myślał Władysław. — Poczekam.

— ... koszty utrzymania załóg w grodzie, obozach pod nim oraz...

Swoją drogą można się od nich uczyć — skonstatował. — Nim na dobre przeszli do oblężenia miasta, zlikwidowali wszystko, co im stało na drodze.

— ...wreszcie przejdźmy do kosztów głównych — uprzejmie sprawozdawał Gunter. — A są nimi straty własne. Wyszkolenie, utrzymanie i przygotowanie jednego rycerza zakonnego wynosi...

Chryste — pomyślał Władysław — policzą mi nawet za to, co każdy zabity Krzyżak mógłby w ciągu życia zarobić na rabunku Litwy. Dobrze, że składają śluby czystości, inaczej doliczyliby za nienarodzone dzieci zabitego i ich dzieci, i zyski z tych wnuków. Jezu, ratuj.

— Ponadto koszty odszkodowań i zapomóg, jakie zakon wypłaci rodzinom poległych rycerzy. Teraz zaś czas wyszczególnić kwoty należne za półbraci, braci służebnych i zakonne sługi. Składają się na nie…

Ukradkiem spojrzał w stronę Gerwarda. Na łysej czaszce biskupa lśniły krople potu.

— …co daje kwotę łączną w wysokości stu tysięcy grzywien srebra — zakończył Gunter.

— Przesłyszałem się — powiedział natychmiast Władysław.

— Sto tysięcy — ryknął Henryk von Plötzkau, który też nie wyglądał na osobę cierpliwą.

Władysława poczuł, że ziemia usuwa mu się spod nóg. Nawet gdyby sprzedał całe Pomorze, nie dostałby aż tyle. Pociemniało mu przed oczami i serce zaczęło kołatać jak oszalałe.

— Przerwa — zażądał.

KUNO korzystając z wyjazdu Zygharda na rokowania pokojowe z księciem Władysławem, dostał dwa dni wolnego i ruszył do niedalekiej Kruszwicy, bo mówiono, że przebywa tam arcybiskup Jakub Świnka. Pamiętał słowa starego komandora Tybalda: „W razie prawdziwego zagrożenia, gdybyś nie miał dostępu do wysokich stopniem braci zakonnych, szukaj pomocy u najwyższych duchownych prowincji, w której będziesz przebywał".

Czy to już jest prawdziwe zagrożenie? — myślał. — Wielki mistrz templariuszy w lochach króla Francji, a do mnie podchody robi wielki mistrz Krzyżaków i być może zażąda wydania czegoś, co do nich nie należy.

Joannici nie wiedzieli nic, tego był pewien, bo udało mu się skontaktować z przebywającym w Pogorzelicy Gerlandem. Czuł, że jeżeli ktokolwiek może mu pomóc zrozumieć, co się naprawdę dzieje, to arcybiskup. Tylko on mógł mieć dostęp do prawdziwej wiedzy o tym, co się teraz rozgrywa w Paryżu.

Jadąc do Kruszwicy, schował strój zakonny, przebrał się za wędrownego rycerza, nie chcąc drażnić nikogo białym płaszczem i czarnym krzyżem; miał świadomość, jak napięta po Gdańsku i Tczewie jest sytuacja w Królestwie.

Dotarcie do arcybiskupa Jakuba II okazało się trudniejsze, niż myślał.

— Wielebny nie przyjmuje — powiedział mu twardo wysoki, szarooki kanonik.

— Przemierzyłem szmat drogi — spróbował jeszcze raz Kuno.

— Arcybiskup jest chory. Może gdy wydobrzeje, ale nie powiem ci, czy potrwa to tydzień, czy dłużej — odpowiedział kanonik, który wyglądał jak osobisty strażnik hierarchy.

Tydzień? — jęknął w duchu Kuno. Braciom zakonnym pod żadnym pozorem nie wolno oddalać się od swoich. Dostał od Zygharda dwa dni i ani pół nocy więcej.

— Nie mogę czekać tak długo — odpowiedział. — Naprawdę nic się nie da zrobić?

— Nic. Może ja mogę ci pomóc, rycerzu? — przyjrzał się Kunonowi czujnie.

— Niestety. — Kuno starał się być uprzejmy i nie ściągać na siebie uwagi.

— Jak cię zwą? Skąd pochodzisz? — dopytał kanonik.

— Koendert de Bast — Kuno po raz pierwszy od lat powiedział swe prawdziwe imię na głos. — Z… daleka.

— Janisław z rodu Korabitów — przedstawił mu się współpracownik arcybiskupa, wpatrując się w Kunona niemal natarczywie. — I mój ród też pochodzi z bardzo daleka. Jesteś pewien, że nic nie mogę dla ciebie zrobić?

— Jestem, panie. Wybacz, że zabrałem ci czas. Będę jeszcze próbował, teraz wybacz, spieszę się…

— Z arcybiskupem trzeba się wcześniej umówić, Koendercie. Gdybyś był kiedyś w pobliżu, powołaj się na mnie, postaram się pomóc ci w spotkaniu z wielkim Jakubem II.

Kuno poczuł niepokój. Niepotrzebnie wyjawił swe imię. Korabita, to znaczy ma okręt w herbie. „Z bardzo daleka", więc przypłynął do Królestwa. Ale imię ma tutejsze.

— Na mnie już czas, panie Janisławie — zrobił krok w tył i ukłonił się.

— Każdy z nas ma swój czas, panie Koendercie — odpowiedział mu kanonik.

Kuno wycofał się pod jego uważnym spojrzeniem czym prędzej i wyjechał z Kruszwicy wściekły. Nie dość, że nic nie załatwił, to dał się sprowokować temu człowiekowi.

Co mnie pokusiło? — pieklił się w duszy. — Nie mogłem zełgać, że jestem Zygfryd albo Wolfram jakiś tam?

Droga zrazu wiodła przez opustoszałe na przedwiośniu pola; tylko gdzieniegdzie wieśniacy zaczynali pierwszą orkę. Wieczorem wjechał w las, chłodny i mroczny. Dopiero gdy księżyc stanął wyżej i rozświetlił przed nim drogę, Kuno poczuł się pewniej.

Gdzieś tu jest gospoda na rozstajnych drogach — przypomniał sobie.

Mijał ją, jadąc do Kruszwicy, ale wtedy był jasny dzień, a on nie zatrzymywał się, pędząc na spotkanie, które jak dzisiaj wiedział, nie doszło do skutku. Teraz morzyło go zmęczenie, miał ochotę na sen i zjadłby coś, cokolwiek, byle ciepłe. Mógłby jechać dalej i nad ranem znalazłby się w Murzynnie, gdzie, jak przekazał Zyghard, zatrzymają się bracia w czasie negocjacji. Ale na myśl o tym, że nim dojedzie, oni zaczną wstawać na jutrznię, poczuł się okropnie znużony. Klacz parsknęła i rzuciła łbem. Spojrzał uważnie i dostrzegł nikłe światło za drzewami.

To tutaj? — zdziwił, podjeżdżając bliżej. — Zdawało mi się, że gospoda stała na rozstaju dróg, a nie ukryta w lesie.

Dom był spory, podwyższony o piętro. Przez błonę w oknie migotały ciepłe i jasne płomyki. Zeskoczył z konia, przywiązał go i pchnął drzwi. Były zamknięte. Teraz dopiero zdał sobie sprawę, że wewnątrz jest cicho, za cicho jak na karczmę. Zapukał.

— Kto tam? — spytał stłumiony kobiecy głos.

— Podróżny.

Odsunął się od drzwi i czekał. Po chwili usłyszał zgrzyt zasuwy i drzwi otwarto. Stała w nich młoda kobieta, ubrana w prostą, wełnianą zieloną suknię.

— Z Bogiem — przywitał się zmieszany. — Wybaczcie, myślałem, że to gospoda.

— Pomylił się pan. Karczma jest dalej, w stronę Kruszwicy, przy rozstaju dróg — odrzekła.

— Jadę stamtąd. Nie dostrzegłem jej.

— Może nie mieli podróżnych i zamknęli na noc — wzruszyła ramionami.

Poczuł z wnętrza chałupy zapach wieczerzy. Musiał wyglądać na głodnego, bo gospodyni powiedziała:

— Może pan przenocować u mnie, do jedzenia też coś się znajdzie, drogo nie wezmę.

— A stajnia?

— Z tyłu domu — pokazała mu, wręczając kaganek. — Ale nie mam służby, sam musi się pan zająć koniem.

Skinął głową i poprowadził klacz, gdzie mu pokazała. Stajnia była spora, co go zaskoczyło, choć pusta. Uwiązał klacz, rozkulbaczył i rozejrzał się po wnętrzu. Od biedy nawet dziesięć, dwanaście koni mogło tu stanąć. Po co samotnej gospodyni taka duża stajnia? Wziął swoją sakwę i wrócił do ciepłej chałupy. Wchodząc, zawołał:

— Niech będzie pochwalony!

— Proszę, proszę — zawołała kobieta z wnętrza. — Wieczerza gotowa! Kasza z boczkiem, zaraz podam.

Nie pości? — zdziwił się. — Dzisiaj piątek, a lud tutaj w większości chrześcijański.

Rozejrzał się. Krzyża nad drzwiami też nie było.

— Sama mieszkasz? — zapytał, siadając przy ławie.

— Nie — odpowiedziała swobodnie, stawiając na stole miskę z parującą kaszą. — Z braćmi.

— Wrócą?

— A co się tak dopytujesz? — zaśmiała się, siadając naprzeciw niego i kładąc dwie łyżki.

— Samotna dziewczyna, jak widzę, nie mężatka i podróżny — uśmiechnął się. — Nie chciałbym, żeby twoi bracia źle to odczytali.

— Oni nie potrafią czytać i ja też nie! Na zdrowie — chwyciła łyżkę i zaczęła jeść.

Kuno poczuł się skrępowany. Od tylu lat nie przebywał w obecności kobiet i chyba nigdy nie był sam na sam z tak śmiałą dziewczyną.

— Jak cię zwą? — zapytał.

— Blute — powiedziała, ocierając kciukiem ziarna kaszy, które potoczyły się po jej brodzie. — Nie smakuje ci? — spytała, unosząc brwi.

— Smakuje — powiedział szczerze.

— To czemu odsuwasz boczek? Jedz, sama wędziłam.

Jestem rycerzem zakonnym. Przez trzy dni w tygodniu poszczę — zacisnął szczęki.

— Mam też miód — dodała i zwinnie wstała z ławy po dzban.

Wróciła z dwoma glinianymi kubkami. Nalała, aż wypłynął.

— Oj! — zaśmiała się, siadając z powrotem. — To jak ci na imię?

— Wolfram — skłamał.

Blute stuknęła swoim kubkiem jego.

— Za spotkanie, Wolfram!

W piątki pijemy tylko wodę — pomyślał, ciężką ręką sięgając po trunek. Upił.

— Ale dobre! — wyrwało mu się.

Blute pokazała w uśmiechu rząd zębów.

— Pewnie, że dobre!

— Czym się tu zajmujecie? Co robią twoi bracia, Blute?

— Łażą po drzewach — zaśmiała się.

Kuno zmarszczył brwi, nie mogąc oderwać się od miodu.

— Są bartnikami — wyjaśniła i nie pytając, dolała mu jeszcze.

— Na zdrowie, Wolframie. A ty?

— Wędrowny rycerz. Miecz do wynajęcia — uśmiechnął się do niej.

— Służysz temu, kto zapłaci więcej? — spytała, wyjmując z kaszy palcami lśniący kawał boczku.

— Powiedzmy — odrzekł i wypił duszkiem kolejny kubek.

— Ty nie byłeś głodny, lecz spragniony — zaśmiała się dźwięcznie.

— Masz szczęście, Wolframie. Mam więcej miodu.

— Nie trzeba — zaprzeczył ostatkiem silnej woli, ale gdy Blute przyniosła drugi dzban, nie umiał odmówić.

— Krzyżacy najmują sobie rycerzy — powiedziała obojętnie.

— Książę Łokietek też — odrzekł przekornie.

— Do kogo pójdziesz?

— Do tego, kto da więcej? — odpowiedział pytaniem i odsunął od siebie kubek. Nie powinien pić więcej. Trzy kubki i poczuł szmer w głowie. — Gdzie mogę się przespać?

— Na górze sypiają moi bracia — pokazała drabinę wiodącą na przedpułap.

— Gdybym był twoim bratem, wściekłbym się, widząc obcego rycerza śpiącego w moim łóżku — odpowiedział.

— Tam nie ma łóżek — zaśmiała się. — Jest posłanie ze słomy. Ja sypiam tam — wskazała maleńkie drzwi w rogu chałupy. — A tobie mogę pościelić na ławach, przy palenisku. Będzie ci ciepło.

— Pasuje — skinął głową. — Muszę wyruszyć o świcie.

Blute zwinnie wstała i zgarnęła miskę. Obserwował ją przez chwilę, jak krząta się przy kuchni. Była wysoka, jak na dziewczynę nawet bardzo wysoka. Miała szerokie ramiona i mocne dłonie. Ciemnomiodowe włosy nosiła luźno upięte nad karkiem. Kręcąc się po chałupie, zamknęła chatę na skobel.

Nie spodziewa się braci w nocy? — zastanowił się. — Czy też będą walić w drzwi i nas budzić?

Była silna i zręczna; nie było w niej cienia kruchości, jaką mają damy. Sama wzięła ciężką ławę i przesunęła do pieca; potem zakręciła się i już przyniosła pierzynę. Skoczyła do paleniska, pogrzebaczem zamieszała w dogasającym ogniu.

— Będzie się tliło — oznajmiła. — Możesz się kłaść, Wolframie.

Kuno czuł się niezręcznie. Blute nie zamierzała opuszczać głównej izby, coś tam jeszcze robiła przy kuchni. Przestawiała garnki, coś do nich wkładała.

— A ty? — zapytał wreszcie. — Nie idziesz spać?

— Idę, za chwilę — odwróciła głowę i uśmiechnęła się, unosząc dzban w górę. — Zostało miodu.

Ani kubka więcej — pomyślał.

— Nalej mi, proszę — powiedział.

Stała przed nim, gdy pił. Nagle poczuł ciepło bijące od jej ciała. Ciepło i woń, której nie znał, a która sprawiła, że zakręciło mu się w głowie.

— Dobranoc, Wolframie — powiedziała, wyjmując pusty kubek z jego ręki.

Chciał ją złapać za palce, ale opanował się i szybko zacisnął dłoń w pięść.

— Dobranoc, Blute. Z Bogiem — wyszeptał.

Skrzypnęły drzwiczki w rogu chaty, zniknęła za nimi, ale zobaczył smużkę światła.

Nie domknęła ich. Wodzi mnie na pokuszenie — pomyślał i wstał, ruszając na miejsce przy palenisku. Zdjął buty. Zwinął pas z bronią i położył pod głowę. Obok niego położył sakwę ze schowanym wewnątrz białym, zakonnym płaszczem. Nagle poczuł ciężką senność.

Dobranoc, Blute — pomyślał, kładąc się i naciągając pierzynę. — Kuno, z Bogiem.

A jednak spał z Szatanem i jego sługami. Całą noc kusiły go sny, w których wchodził przez niedomknięte drzwi do jej alkowy. Znajdował ją nagą i brał w posiadanie, a gdy czuł, że spełnienie jest blisko, Blute znikała, on leżał na ławie przy palenisku. I znów wstawał, znów przechodził przez drzwi, na nowo odnajdował ją nagą jak Pan Bóg stworzył, znowuż pragnął jej, i kochał się z nią, a tuż przed spełnieniem Blute znikała i wszystko powtarzało się od początku. W końcu na namiętny sen o dziewczynie nałożył się inny. Tym razem śnił, że nie może wstać z ławy, jakby krępowały go niewidzialne pęta. Leżał bezbronny z szeroko rozwartymi oczami, a nad nim pochylało się siedmiu długowłosych mężczyzn i oglądali go dokładnie, jakby był jakimś dziwem natury.

Przez ułamek świadomości przemknęło mu, że zna twarze niektórych z nich, że już ich widział, ale to wszystko był sen, mara, nocna zmora.

Obudził się w szarości przed świtem. Przez chwilę leżał nieruchomo, wpatrując w przedpułap chałupy nad swą głową. Zamrugał, bo wydawało mu się, że widzi zwieszającą się z niego szmatę, której, pamiętał na pewno, wieczorem tu nie było. Wstał cicho. Włożył buty, przepasał się. Drzwi w rogu chałupy były zamknięte.

Śniło mi się to wszystko — przejechał dłonią po wciąż spoconym czole.

Odliczył kilka monet za miód, stajnię i nocleg. Zostawił na stole i cicho ruszył do drzwi. Uniósł głowę. Nie, nie mylił się. Z przedpułapu zwisał niedbale rzucony płaszcz. Otworzył skobel najciszej, jak potrafił, i wyszedł, zamykając za sobą drzwi. W stajni, prócz jego klaczy, stało siedem koni.

Siedmiu mężczyzn z mojego snu — pomyślał i zrobiło mu się gorąco. Szybko osiodłał klacz i wyprowadził ze stajni. Wskoczył na nią i ruszył. Gdy mijał chatę, w której spędził noc, odwrócił się i zobaczył małe drzwi z boku, tam, gdzie była alkowa Blute. Uchyliły się. Dziewczyna wystawiła przez nie głowę. Rozpuszczone włosy zajaśniały w świetle budzącego się dnia. Uniosła rękę i pomachała mu:

— Zajedź, jak znów będziesz w pobliżu!

Skinął jej głową i odjechał szybko, bo chciał uciec od tego miejsca, od tego, co mu się śniło lub zdawało, i od pragnienia, które zawładnęło nim w nocy. Zatrzymał się w lesie, nad wezbranym od roztopów strumieniem.

Co to było, u licha? — pomyślał ze zgrozą. — Co mnie opętało z tą dziewczyną? Wciąż trzymają mnie pęta starych rodzinnych grzechów?

Zeskoczył z siodła, rozebrał się i mył w lodowatej wodzie tak długo, aż koszmar senny opuścił go. Potem przebrał się w strój zakonny i ruszył dalej, by do Murzynna zajechać, gdy bracia rozchodzili się po śniadaniu.

— Kuno! — powitał go Gunter. — Dobrze, że jesteś. Jedź dzisiaj z nami do Grabia, w rokowaniach się nie przydasz, ale samym wyglądem postraszysz księcia! — zaśmiał się głośno, a szeptem dodał:

— Miej tam na miejscu oko na książęcych ludzi. Nie wiem, czy nie planują czegoś za naszymi plecami.

— Brat Kunon zawsze chadza swoimi ścieżkami — świętoszkowatym głosem powitał go Luther, napuszony jak paw, odkąd został komturem Golubia.

— Nie wchodzę na twoje, komturze, ty nie depcz po moich — burknął do niego Kuno i zerknął w głąb opuszczanej przez komturów sali.

— Zyghard jest tam — wyniosłym tonem pokazał mu Luther. — Rozmawia z komturem Bałgi.

— Dziękuję, wzrok mi się jeszcze nie popsuł. Nie czytam do rana przy świecy ksiąg zakazanych — odciął się Kuno i wyminął Luthera, który zaciął się, czerwieniąc po uszy.

Kuno porwał z ławy kawałek chleba i przegryzł. Zyghard dał mu znak, że zaraz do niego dołączy, ale nim skończył rozmowę z Henrykiem Ysenbergiem, z podwórza usłyszeli sygnał do odjazdu. Kilka zdań zamienili dopiero po drodze do dworu w Grabiu, gdzie toczyły się negocjacje z księciem.

— Wczoraj zażądał przerwy, gdy Gunter wymienił cenę.
— Ile?

Zyghard mrugnął do niego jasnym okiem:
— Sto tysięcy grzywien.
— Gdybym był na miejscu księcia, poderżnąłbym wam gardła — parsknął Kuno. — To kwota niemożliwa do zapłaty.
— Wiem — obojętnie odpowiedział Zyghard. — Przecież nam nie chodzi o to, by on ją zapłacił.

Chwilę jechali w milczeniu.
— Nie dziwię się wobec tego — powiedział wreszcie Kuno — że Gunter ma pewne obawy.
— Gunter przesadza — wzruszył ramionami Zyghard. — Książę nie może nas uwięzić, porwać ani tym bardziej zabić. Jest bezbronny jak niemowlę. I jak ono może tylko jedno: krzyczeć.

Zobaczymy — pomyślał Kuno.

Książę Władysław kazał im czekać na siebie. Dwunastu komturów siedziało więc na niewygodnych ławach ustawionych w świetlicy. Mogliby chociaż zmówić *Pater noster* — pomyślał, patrząc na nich spode drzwi. Plötzkau już robił się niecierpliwy. Przebierał palcami jak człowiek, który chwili nie potrafi wytrzymać w bezruchu. Wreszcie usłyszeli odgłosy psów na dziedzińcu. Kuno wyjrzał na zewnątrz. Książę właśnie zeskakiwał z grzbietu swej posągowej klaczy.

Ile on ma lat? — pomyślał Kuno. — Czterdzieści? Pięćdziesiąt? Niski, mały mężczyzna, niemal karzeł, a sprawny prawie jak młodzik.

Czarny giermek ze strzechą uderzająco jasnych, omal białych włosów w biegu poprawił płaszcz na plecach księcia. Ten szedł przez podwórze tak szybko, że poły majestatycznego płaszcza poruszały się za nim jak ptasie skrzydła. Na głowie miał złocony diadem, który przytrzymywał sięgające ramion, przetykane siwizną faliste włosy. Rubinowy krzyż lśnił nad czołem księcia. Już wchodził szybkim, sprężystym krokiem do świetlicy.

— Książę Władysław! — zawołał czarny giermek gromko, podrywając zasiedziałych komturów z miejsc.

Stojący przy drzwiach Kuno cofnął się, bo książę szedł tak szybko, że mógł zdeptać wszystko, co było na jego drodze, nawet tak potężnego mężczyznę jak on. I w jednej chwili wzrok Kunona zobaczył dwie rzeczy jednocześnie. Że diadem z tyłu ma złoconego orła, który rozpostartymi skrzydłami otacza głowę księcia, i że w pochwie na jego plecach wisi ten miecz. Zrobiło mu się gorąco.

Za księciem wszedł łysy biskup Gerward; gruby, ale nie pozbawiony gracji. Wojewoda tczewski Świętosław, sędzia Bogusza, kilku rycerzy, których Kuno nie znał, i wreszcie dwaj nieszczęśni bratankowie księcia, Kazimierz i Przemko. Nie było chyba w państwie zakonnym komturii, w której nie opowiadano o tym, jak ten pierwszy klęczał przed Henrykiem von Plötzkau. Obaj wyglądali na przybitych, cóż się dziwić. Każdy, kto patrzył na nich, musiał myśleć o tym samym.

Książę Władysław zajął miejsce na podwyższeniu, a za jego plecami, jak cień, stanął giermek w czerni.

Dziwny chłopak — przemknęło przez głowę Kunona, gdy ich oczy spotkały się na chwilę.

Plötzkau szykował się do przemowy, Gunter też pokazywał, że chce zabrać głos, ale pierwszy, jako gospodarz, odezwał się książę:

— Powiem wprost. Propozycja, jaka wczoraj padła, jest niemożliwą do spełnienia. Mistrzu Plötzkau, komturowie, doceniam wysiłek i wkład zakonu w sprawę Gdańska, ale nie udawajmy, że to było warte stu tysięcy.

— Podważasz książę moje wyliczenia? — odezwał się głosem skończenie spokojnym Gunter.

— Możemy przedstawić własne — powiedział biskup Gerward. — W których znajdą się straty, jakie poniósł skarb księcia przez zniszczenie Gdańska.

— Rzeź mieszkańców, spalenie miasta i jego zagładę do gołej, wypalonej ziemi — powiedział Bogusza, sędzia gdański.

— Zniszczenia są częścią wojny — odezwał się Zyghard, i Kuno wzdrygnął się, słysząc w jego głosie fałszywie współczującą nutę.

386

— Gdańszczanie i ich brandenburscy poplecznicy, przeciw którym nas wezwałeś, książę — powiedział Gunter — bronili się tak zaciekle, że nie mieliśmy wyjścia. To była walka na śmierć i życie. My, śmiercią naszych braci zakonnych, opłaciliśmy wygraną. Życie.

— Dość — przerwał im książę i Kuno poczuł, że instynktownie stoi po jego stronie. — To tylko słowa, którymi próbujecie zamaskować nieprawość. Stu tysięcy za obronę jednego miasta nie zapłaciłby nawet cesarz! — uniósł głos, uderzając pięścią w podłokietnik krzesła.

Przez oblicze mistrza krajowego przebiegł grymas satysfakcji. Komturowie przybrali obrażone miny. Kuno miał to gdzieś. Niemile zaskoczyło go jedynie fałszywe ubolewanie na twarzy Zygharda.

— Skoro uważasz, książę, że nie stać cię na spłacenie naszych usług — znów zabrał głos Gunter — oraz że odbudowa Gdańska przerasta możliwości twego skarbu, pozwól, że mistrz krajowy zaproponuje ci wyjście z tej kłopotliwej sytuacji.

Henryk von Plötzkau przybrał namaszczoną minę, udając męża stanu, a Kuno poczuł, że mógłby mu przegryźć tętnice. Chciał przenieść wzrok na księcia, lecz zatrzymało go spojrzenie czarnych jak węgle oczu giermka.

W czym jesteś od nich lepszy, że tak nimi pogardzasz? — zdawało się pytać.

Otrząsnął się.

— Nasza propozycja wychodzi naprzeciw twym... twym... — Plötzkau zaciął się. Kuno wiedział, że gówniany z niego dyplomata. Pewnie Gunter nauczył go, co ma mówić, a ten kiep zapomniał słów. Mimo to starszy z braci Schwarzburgów nie wyręczył mistrza. Kuno zrozumiał, na czym polega dzisiejsza gra: z ust Zygharda i Guntera mają padać słowa dobre, krzepiące i polubowne. Twarde fakty ma wypowiadać wyłącznie mistrz.

— ...możemy odkupić od ciebie, książę, tę cześć Pomorza, którą zajęliśmy i którą, jak mówisz, zniszczyliśmy. I wziąć na siebie reperację tych zniszczeń. I zamiast ty nam, my dopłacimy tobie — skończył Plötzkau.

— Nie rozumiem — odpowiedział książę Władysław. Jego twarz drgnęła, jakby budził się z długiego snu.

— Czego nie rozumiesz, mały, wojowniczy książę? — zdenerwował się Kuno. — Oni już dawno postawili nogę po twojej stronie Wisły. Polowali na twą rzekę od dawna i teraz złowili jej ujście. Skarb w zakonnej sieci.

— Proponujemy ci, książę — przejął propozycję Gunter — wykup północnej części Pomorza za kwotę dziesięciu tysięcy grzywien.

Zakonne kutwy — pomyślał Kuno. — Dobrze wiedzą, że Władysław ma pusty skarbiec i palą mu się granice. Ukradli mu Gdańsk i Tczew, a teraz zalegalizują swoje panowanie za dziesięć tysięcy grzywien srebra. Mają pewność, że nie wystąpi przeciw nim zbrojnie, bo musiałby ruszyć całe swe wojska z Małej Polski, a tego nie zrobi, żeby nie wpadli mu tam Czesi, Głogowczycy i Bóg wie kto jeszcze. Gdyby nie to, iż ich nienawidzę, musiałbym ich podziwiać.

W czym jesteś od nich lepszy? — przyszpiliły go ponownie czarne oczy giermka.

Zagryzł wargi. To samo zrobił książę, jakby z całych sił próbował zapanować nad sobą, żeby nie wybuchnąć.

— Nie rozumiem — powtórzył gniewnie Władysław.

Łysy biskup uniósł dłoń w górę i powiedział:

— Proszę o chwilę — po czym pochylił się do ucha księcia.

Musiał wygiąć potężne ciało naprawdę daleko, bo ten niczego mu nie ułatwił, siedział sztywno, nieporuszony, jak posąg wykuty w kamieniu.

Nie rozumiesz, książę? — zakrzyczał Kuno w duchu. — To wszystko gra, podstęp! Przegrałeś, oni już poślubili Bałtyk! Zanurzyli biały sztandar zakonu w morskich falach!

Giermek, jak wyrzut sumienia, nie spuszczał oczu z Kunona, on zaś zaczął drżeć z wściekłości na nich wszystkich. Na komturów, Schwarzburgów, siebie, księcia, giermka.

Władysław odsunął szepczącego mu do ucha biskupa. Ten zwinnym ruchem kocura opadł na swoje miejsce.

— Nie — powiedział książę głośno, dobitnie i bez światłocienia. — Nie sprzedam Pomorza.

Kuno jęknął w duszy. Naraziłeś się, książę — pomyślał. — Rzucą całe siły zakonu, by cię zniszczyć, bo rozgryzłeś ich grę. Dostrzegłeś różnicę między ironią a kłamstwem, więc zmierzyłeś się z prawdą o Krzyżakach, tą, do której nawet oni przed sobą się nie przyznają.

Plötzkau poczerwieniał, już zaczynał bulgotać jak wrzątek w garncu. Gunter zachowywał kamienną twarz, ale po zwężeniu jego oczu Kuno widział, iż poszło nie tak, jak chciał. Zyghard przybrał swój obojętny i chłodny wyraz twarzy, jakby już wyszedł z dworzyska w Grabiu, wsiadł na konia i jechał gdzieś, przed siebie. Ty nie grasz? — pomyślał nagle

Kuno. — Zyghardzie? Kim ty, u diabła, jesteś? Jakie jest twoje miejsce w tym zakonnym murze?

— To się skończy wojną! — wycharczał Henryk von Plötzkau.

Gunter drgnął i spróbował naprawić po mistrzu, mówiąc:

— Daj sobie czas, książę. Przemyśl ofertę. Dziesięć tysięcy grzywien to wielka kwota. Twoja odmowa może oznaczać wojnę.

— A więc wojna — powiedział Władysław i nie czekając na nic, wstał.

Giermek księcia spojrzał na Kunona wyzywająco.

Masz miecz! — zawył Kuno w duszy. — Książę, masz miecz, dla którego narażałem życie, ja, mój brat, a przed nami tylu innych! Sprawdź, ile jest wart!

Komturowie powstali, bo nie wypadało im siedzieć, gdy książę wstał. On zaś nie oglądając się na nic i na nikogo, ruszył przez świetlicę. Był niski. Sięgał mijanym komturom do piersi, Zyghardowi nawet niżej, ale szedł z głową uniesioną wysoko. Z kamienną, nieruchomą twarzą. I tylko dwie herbowe bestie wczepione pazurami w poły jego okrycia syczały wściekle i drapieżnie. Książę nie zwalniając kroku, uniósł ramię i zgarnął obie części płaszcza do siebie. Bestie połączyły się, tworząc półorła półlwa.

HENRYK Z LIPY wraz ze swym druhem Janem z Vartemberka i synem, Henrykiem Młodszym, siedział w celi w sedleckim klasztorze.

— Liżemy rany, Lipski, jak dwa psy pojmane i uwiązane do budy. Co tam ja, zwykłe panisko, ale ty? Pierwszy podkomorzy Królestwa Czech! Widział kto takie rzeczy? Na naszych oczach dzieje się wielka historia!

— Humor cię nie opuszcza? — Henryk na chwilę odwrócił głowę do przyjaciela, a potem wrócił do wspinaczki po nielicznych, wystających z muru celi cegłach.

— Gdy mam dzban wina? Nigdy — zaśmiał się z dołu Jan. — Póki wzrok mam dobry, widzę same lepsze strony naszego położenia. Ciepło, cicho, jeść dają, żona nad uchem nie gada, a wino u cystersów przednie. Chcesz wina? — Zadarł głowę i wyciągnął dzban do nieustającego we wspinaczce Henryka.

— Nie — ten zaprzeczył i wskazał na swego syna. — Daj młodemu.

— Młody! — Jan przysiadł się do młodzieńca, poklepał po ramieniu i zagadnął: — To twoje pierwsze uwięzienie? Więc napijmy się za pierwszy raz! Tak po prawdzie, to choć twój pan ojciec i ja przeszliśmy już niemało wojen, podchodów, obleżeń i obron, to też jeszcze nie byliśmy więzieni! Ha! Zawsze my chwytaliśmy kogoś we wnyki, a teraz schwytano nas. Napijmy się.

Henryk nie słuchał, o czym mówi Jan. Podciągnął się ryzykownie i przekładając nogę, wylądował w niszy niewielkiego, zakratowanego okna. Usiadł w niej i otarł pot z czoła.

Tak jak sądził, okno wychodziło na wewnętrzny dziedziniec klasztoru i wirydarz. Wcześniej nie miał pewności, wszystko rozegrało się tak szybko.

Spotkali się w klasztorze w Sedlcu koło Kutnej Hory, w wąskim gronie. On, Jan i kilku panów czeskich niezadowolonych z rządów Karyntczyka. Wśród nich było paru takich, co wciąż po kryjomu sprzyjali Habsburgom. Radzili, co począć pod rządami nieudolnego króla, który szukając srebra, by zapełnić pusty skarbiec koronny, zaczął umizgi do mieszczan. Podlizywał się im na tyle mocno, że niemieccy kupcy Pragi, Kutnej Hory i innych miast zaczynali panom czeskim mówić, co im wolno, a czego nie wolno. Za chwilę Czechami władać zaczną mieszczanie i ich krociowe interesy! Żeby handlarz jedwabiem doradzał królowi? Albo właściciel składów wina, żywicy i korzeni pouczał ich, jak mają za kraj walczyć i go bronić? Świat stanął na głowie, a Henryk Karyncki rozkładał ręce i mówił bezradnie: „Oni mają pieniądze". Po naszym trupie — orzekli wspólnie w Sedlcu, a dyskretnie przysłuchujący się ich obradom opat cystersów, Heidenreich, skinął głową na znak, że jego zakon sprzyja ich planom. Cóż dziwnego! Karyntczyk w desperacji posunął się do tego, że spustoszył dobra zbrasławskich cystersów, szukając skarbów i kosztowności, których tamtym nie szczędził Václav II.

I gdy byli już blisko decyzji o obaleniu króla, ale wciąż jeszcze nie widzieli innego, którego na tron można przyzwać, rozpętało się piekło. Usłyszeli szczęk broni w klasztornym korytarzu. Opat Heidenreich krzyknął i wybiegł sprawdzić, co się dzieje, ale po chwili wrócił, biały jak jego habit, z nożem przystawionym do gardła. Henryk i reszta spiskowców nie mieli broni, złożyli ją u furtiana, wchodząc w gościnne mury klasztoru. Za opatem do refektarza wpadło trzydziestu uzbrojonych raubritterów. Puginały, kiścienie, długie zakrzywione noże. Henryk z Janem chwycili ławę i nią natarli na łotrów. Junior, syn Henryka, rzucał w nich tym, co było pod ręką. Kielichami, kubkami, dzbanami. Był celny. Co z tego! Nie dali rady trzydziestu zbrojnym i ci, pojmawszy spiskowców, powiązali ich parami, jak barany, i zamknęli osobno w celach klasztoru. Tyle szczęścia, że Jan, Henryk i junior wylądowali razem. Nim wrzucono ich do celi, Henryk zażądał zdjęcia więzów, grożąc: „Mogę zapomnieć, co się stało, i dogadać się z każdym, ale jeśli zostawicie nas spętanych jak barany, czasu nie da się cofnąć". Ulegli i przecięli więzy. „A teraz mówcie, czyimi jesteśmy więźniami!" — rozkazał, gdy zamykano drzwi celi. „Szanownych rajców miasta Kutná Hora" — usłyszał tuż przed zgrzytem zasuwy.

To był dla niego cios. Bronił Kutnej Hory, gdy po raz pierwszy na Czechy ruszyli Habsburgowie. Na jej murach raniono go bełtem w nogę, tu spadł mu na głowę odłamek dachu trafionego zza murów, tak że zamroczyło go na pół dnia i obozowy medyk mówił: „Wyżyje albo nie wyżyje". Przetrwał to, obwiązał łeb i dalej poszedł na mury. Kutná Horá pod jego dowództwem przed trzema z górą laty nie dała się Habsburgom, a teraz, jej rajcy, ci sami, których domów i składów bronił, wynajęli raubritterów, by go pojmać, zamknąć i z nim, podkomorzym Czech, negocjować. Krew się w nim burzyła. Ot, Kutná Hora bezpieczna, nikt pod jej murami nie ustawia kusz na wieżach oblężniczych, nikt nie ciągnie katapult i proszę! Zachęceni pochlebstwami Karyntczyka mieszczanie do władzy i rządów się garną! Mają czelność czeskich panów więzić, zamykać! Wściekał się podwójnie, bo nikt nie lubi okazać się człowiekiem naiwnym, a on zgrzeszył naiwnością w dwójnasób. Raz, że nie przewidział najazdu na klasztor, nie wziął pod uwagę, iż mieszczanie już śledzą ich kroki. Dwa, że wziął ze sobą Henryka Młodszego. Juniora, swego pierworodnego syna. Chciał go uczyć polityki? No to zgotował mu lekcję!

Znów wyjrzał na klasztorny wirydarz, oświetlony jedynie światłem księżyca. Jedynie? Zapatrzył się. Srebrny blask zdawał się przenikać przez wszystko, dając światło z góry i jednocześnie poświatę odbitą od każdej rzeczy, na którą padł księżycowy promień. Bezlistne drzewa wydawały się pokryte cienką warstwą jarzącego się srebra, a niskie krzewy lśniły jak kule nieziemskiej zorzy. Mury klasztoru otaczające wirydarz zdawały się przedłużeniem ogrodu, białe światło wydobywało z cegieł i kamieni rysunek, który układał się w nieskończoną ułudę pni, konarów i gałęzi. Henryk wiedział, że tam ich nie było, a jednocześnie widział coś zupełnie innego i to, co wbrew rozumowi podpowiadały mu oczy, było równie rzeczywiste jak on sam. Wyciągnął dłoń przez kratę okna, by jego palców też dotknęła księżycowa smuga. Cicho zadźwięczał klasztorny dzwonek i po chwili, białym bezszelestnym szeregiem, mnisi przewinęli się jak świetlisty wąż pod krużgankiem, zmierzając do kaplicy na kompletę. Zniknęli tak samo nagle, jak się pojawili, i została tylko po nich tylko poświata.

Spokój wiekuisty — pomyślał Henryk, patrząc na wirydarz spowity księżycowym blaskiem. — Cud Boga w naturze i natury w Bogu.

Odpłynęła od niego złość na uwięzienie, odpłynął Karyntczyk, rajcy Kutnej Hory i lęk o juniora, siedzącego z nimi w celi.

Pragnąłbym spocząć w miejscu równie pięknym jak to — pomyślał i nagle to pragnienie dotyczące czasu, w którym ludzie nie pragną, czasu po śmierci ciała, stało mu się tak samo bliskie jak każde inne. Nawet to najżarliwsze, które chował najgłębiej. Chwycił kraty i z całych sił przybliżył twarz do nich, chcąc złapać na nią choć smugę tej rozciągniętej ponad życiem poświaty.

— Lipski! — syknął z dołu Jan. — Schodź, idą po nas! Już słyszę dzwonienie kluczy!

Henryk zeskoczył z okna i miękko wylądował na posadzce w chwili, gdy zgrzytnęła zasuwa.

W otwartych drzwiach najpierw zobaczyli twarz tego samego łotrzyka, który ich zamykał, a chwilę później wszedł sługa ze światłem, za nim zaś pięciu rajców.

— Jakub Rudhard! — powitał Henryk starszego, zażywnego mężczyznę, jedynego, którego twarz kojarzył.

— Pan Henryk z Lipy — pokiwał siwą głową Rudhard. — Znów się spotykamy.

— Co za niespodzianka! Nie wiedziałem, żeś pan tak pobożny, iż nocą nawiedzasz klasztor. Zdaje się jednak, że już po komplecie, a do jutrzni wciąż parę godzin zostało — zakpił Henryk.

— Nie przyszedłem się modlić, tylko negocjować — ponuro odrzekł Rudhard.

— Ceny sukna ostatnio poszły w górę — włączył się ze świetnie udawaną powagą Jan. — Zwłaszcza mojego ulubionego, krwistoczerwonego! Wiesz, Rudhardzie, jak kocham królewską purpurę? Prawda, wolę jedwab, aksamit albo adamaszek, ale nie pogardzę solidnym niemieckim suknem. Po ile łokieć?

Jakub Rudhard i jego towarzysze patrzyli na nich bez zrozumienia.

— A może panowie rajcy wpadli do nas pogawędzić o ochronie ich składów, co? Czyżby Kutná Hora znów potrzebowała naszych piersi wystawionych na bełty obcych wojsk na murach? — dorzucił Henryk.

— Trafiliście wybornie! — wtrącił się Jan — Przed wami

podkomorzy i pierwszy rycerz Królestwa w jednej osobie oraz jego skromny przyjaciel, pan z Vartemberka!

To mówiąc, udał, że się kłania wytwornie, a rajcy nie wiedząc, że z nich kpi i to, co wyczynia, tyle samo ma wspólnego z dworskim ukłonem co z tańcem, odpowiedzieli czymś podobnym. Junior z trudem opanował śmiech.

— Przyszlim rozmawiać o kraju — wybąkał Jakub, prostując się z niby-ukłonu.

— Którym kraju? — zdumiał się Jan. — Pochodzicie z Nadrenii? Z Karyntii? No, mówcie, gdzie wasz ojciec matkę chędożył?

Rajcy poczerwienieli.

— Tak nie będziem gadać — powiedział twardo stojący za Rudhardem szczupły, młodszy mężczyzna i odwracając się do swoich, dodał: — Kpiom z nas jaśnie państwo. Nawet pod kluczem wydaje im się, że są co lepsze od innych.

— Od innych? — udał niewinne zdziwienie Jan. — Nie, gdzieżby. Skądże? Dlaczegóż by?

— To, że mój przodek, protoplasta rodu — wszedł mu w zdanie Henryk i spytał z troską: — Protoplasta, wiecie, kto to? Zatem protoplasta Ronovców, Hovora, był wojem u księcia Jaromira Przemyślidy...

— To ten ród królewski, pierwszy u nas w Czechach, namaszczony, ochrzczony, co wydał świętego Václava z łona i położył podwaliny pod piękne Królestwo — grzecznie podpowiedział Jan.

— A Jaromir Przemyślida, panowie kupcy wiedzą, kim był? — natychmiast podjął zabawę Henryk junior. — Ach, nie wiedzą? Szkoda, szkoda! To syn króla Boleslava II, podpowiem.

— I przodek Ronovców, Hovora — podjął wywód Henryk — uratował swego księcia, Jaromira, przed niechybną śmiercią, a dynastię przed hańbą, za co dostał herb i szlachectwo!

— Hańba, proszę nie ulec ułudzie, panowie rajcy — wtrącił Jan — to nie ta sytuacja, w której teraz znaleźliśmy się z towarzyszami. To coś ulotnego, umownego, duchowego, co jednak dla nas ma wartość, której nijak nie da się wycenić. Zmierzyć, zważyć, sprzedać ani kupić.

— Dość tego — warknął Jakub Rudhard. — Koniec zabaw, jaśnie państwo. Przyszlim negocjować, a nie gadać o przodkach, hańbach i tych tam... podwalinach. Sprawy mają się tak, że to my was uwięzilim i my trzymamy klucze.

— Czy wolno nam poznać przyczynę tego stanu rzeczy? — spytał Henryk.

— Co? — nie zrozumiał Jakub.

— Dlaczego nas tu trzymacie — wyjaśnił Jan.

— Aha — skinął głową Rudhard. — No, po to przyszlim. Koniec z sobiepaństwem możnych — powiedział twardo. — Dobry król jest z nami...

— Doprawdy? — ucieszył się Henryk. — To proście go, porozmawiamy sobie wspólnie!

— Trzyma z nami — wyjaśnił Rudhard, dając się nabrać na słowa Henryka. — Ale jest w Pradze, na zamku. I trzeba, byście wiedzieli, że dziś wieczór w Pradze też panów wzięto pod klucz.

— Podziwu godne zgranie! — pochwalił Henryk. — Co dalej?

— Albo się dogadamy, albo posiedzicie — powiedział Rudhard.

— Albo dopuścicie nas do rządów w królestwie, albo zgnijecie w lochu, a my znajdziemy sobie innych panów, którzy będą mieli więcej rozumu — nie pozostawił złudzeń jego młodszy towarzysz.

Henryk wstrzymał się z parsknięciem śmiechem i błyskawicznie zaczął kojarzyć fakty. Mieszczanie się skrzyknęli i zorganizowali. Karyntczyk im sprzyja, choć pewnie nieoficjalnie i nigdy wprost tego nie przyzna, że rękami mieszczan chce załatwić sprawy z baronami Czech. Podporządkować ich sobie teraz, gdy czuje, że zaczęli myśleć o jego obaleniu. Sam pewnie się bał przeciw nim wystąpić, wolał działać rękoma kupców, którzy, to prawda, rok po roku garnęli się do władzy i robili się coraz bardziej pewni siebie.

— O jakim udziale we władzy panowie rajcy marzą? — zapytał.

— O dużym — odrzekli szczerze.

— W to nie wątpię, inaczej nie opłacałoby się wam targnąć na podkomorzego. Rzuciliście wszystko na jedną szalę — powiedział Henryk.

— Nareszcie zaczyna gadać po ludzku — pochwalił go Rudhard. — Powiedzmy, że chcemy, by szale wagi się wyrównały, mój panie. Na jednej wy, na drugiej my, a król pośrodku.

— Co to ma oznaczać? — spytał Jan.

— Nasi ludzie wejdą obok was do królewskiej rady. I nie będziecie przeciwić się przywilejom dla mieszczan.

— Przywileje zawsze równają się obowiązkom — przypomniał Henryk. — My, za nasze, musimy stawać do walki w obronie Królestwa.

— My też możemy — hardo uniósł podbródek Jakub Rudhard. — Ustali się, ilu ludzi ma jaki cech wystawić, i po co tyle krzyku.

To byłoby najlepsze, co można z nimi utargować — pomyślał trzeźwo Henryk z Lipy.

— Ale my nie są głupi — oświadczył Rudhard. — Chcemy gwarancji, że ten sojusz mieszczan i panów jest wieczysty.

— Co przez to rozumiesz, rajco? — zapytał Jan.

— Krew zmieszajmy. Weźmy śluby — powiedział Rudhard i przełknął ślinę.

— My jesteśmy żonaci, co za szkoda! — udał żałość Jan z Vartemberka. — I obecny Henryk, syn Henryka, też już zaręczony, zresztą, jak wiecie, synowie możnych nie wchodzą w grę.

— Na początek mogą być córki — łakomie przyznał Rudhard. — Mogą być.

Jezu Chryste! — jęknął w duszy Henryk z Lipy. — Oni myślą o tym poważnie!

— Psiakrew — uderzył się dłonią w udo Jan. — Ja nie mam córek! Co ja teraz zrobię? Jak zawrę pakt z naszymi szlachetnymi rajcami?!

— Może być córka pana z Lipy — polubownie oświadczył Rudhard. — Nie przejmuj się tak. Ja też nie mam syna na wydaniu, ale mam wnuka! — powiedział z dumą. — Jakuba Anzelma Rudharda.

— To chyba Jakuba II? — podpowiedział Henryk junior.

— Nie, on jest trzeci, bo młodszy syn też Jakub. Jakub Jan — uzupełnił i uśmiechnął się porozumiewawczo — jak ty, Janie z Vartemberka.

— Całkiem jak ja — skinął głową Jan i spojrzał na Henryka. — Bracie, co robimy?

— Synu? — Henryk z kolei spojrzał na juniora. — Co radzisz, mój następco?

— Markweta, moja najstarsza siostra, zaręczona — odpowiedział junior. — Katerina też zaręczona — zełgał gładko. — A Klara? Nasza słodka, mała Klara?

— Ile ma lat? — dopytał Rughard.

Ma dwa lata — pomyślał Henryk. — I co zrobić? Powiem ile, to się rozczarują, że ślubu nie będzie tak szybko. Skłamię, że starsza. A jeśli wiedzą?

— Jest młodziutka — odpowiedział dyplomatycznie. — Lecz jak na pewno wiecie, wśród możnych wiąże się narzeczeństwem dzieci ledwie narodzone, a potem czeka, aż osiągną wiek sprawny.

— To ile ma lat? — nie ustępował Rudhard.

— Dwa, mój rajco.

Mieszczanie spojrzeli po sobie i pokiwali głowami.

— Nie kłamie — szepnęli. — Prawdę rzekł.

— Mój wnuk też młody — polubownie powiedział Jakub Rudhard. — Sześć lat ma chłopak. Da Bóg, doczekamy weseliska. Posagu dużego ta Klara mieć nie musi. Ważniejsze, by mojemu Jakubowi Anzelmowi tytuł dała. I jakiś kawał ziemi. Dogadamy się, skoro widać już wolę po panów stronie.

— Widać, widać — pokiwał głową Henryk.

— No to zostawimy was teraz, wybaczcie, jeszcze pod strażą, a w południe wrócim, spiszem porozumienie i akt narzeczeństwa, i wszystko, cośmy ustalili, i wtedy was uroczyście wypuścimy, a wy u dobrego króla potwierdzicie co do słowa.

— Jakże to tak! — podjął walkę Jan. — Wszak już jesteśmy po słowie! Umówiliśmy się, a wy teraz z powrotem chcecie nas zamknąć? Nie godzi się tak. To nie po pańsku.

— Ale po kupiecku — wyszczerzył poczerniałe zęby Rudhard. — Wrócim w południe z całą miejską radą.

Henryk za plecami pokazał Janowi, by dał spokój i nie przeciągał. Druh w lot zrozumiał znak. Skinęli głową rajcom i ci wyszli. Szczeknęła zasuwa.

— Pasy — szepnął Henryk. — Ściągamy pasy!

Szybko połączył ich trzy mocne, nabijane srebrem pasy w jeden i wspiął się po murze jak wcześniej. Przełożył je przez kraty i zrzucił oba końce, zeskakując za nimi.

— Ciągniemy — pokazał synowi i Janowi, jaki jest plan.

— Myślisz, że wyrwiemy kratę z okna? — zdziwił się druh.

— Jeśli nie wyrwiemy, moja Klara pójdzie za Jakuba Anzelma! — wyszczerzył zęby w uśmiechu Henryk. — Na trzy! Już!

Napięli mięśnie z całych sił. Krata poruszyła się i zgrzytnęła.

— Na dwa!

Pociągnęli równo, raz jeszcze. Pręt u dołu wyskoczył z muru.

— Na raz! — targnęli ponownie i poszła!

Henryk skoczył, by złapać lecącą z góry kratę w ręce. Niepotrzebny im rumor w zakonnej celi. Junior zręcznie odsupłał pasy i każdy z nich założył swój.

— Zostawimy im jakąś pamiątkę? — rozejrzał się po celi Jan.

— Niewidzialny podpis pod aktem zrównania stanów — mrugnął do niego Henryk i obaj, bez słów, oddali mocz w róg celi.

— Poczekajcie na mnie! — syknął junior i dołączył do nich. — Ja też chcę świadczyć!

Henryk z Lipy pierwszy wspiął się i podciągnął do okiennej wnęki. Księżycowe światło zniknęło, ustępując szarej, porannej smudze cienia. Drzewa i krzewy wirydarza znów były zwykłe, ograniczone czernią bezlistnych gałęzi. Zeskoczył z okna na dziedziniec. Zachwiał się, lądując, uderzył ostro w kolano. Ból rozszedł się po jego ciele jak cięcie nożem. Wstał, poruszył nogą. Cała. Tuż obok zwinnie jak kocur wylądował jego syn. Czekali na Jana.

— Naprawdę gotów byłbyś wydać Klarę? — szepnął junior. — Pamiętasz przysięgę?

— Pamiętam — powiedział Henryk, kładąc mu dłonie na ramionach. — Po tym, co przeszliśmy z matką, obiecałem, że żadnego z was nie będę przymuszał do małżeństwa. I nigdy słowa nie cofnę. — Klepnął syna w ramię. — Oczywiście, że nie zamierzałem wydać Klary. Przysięgi składane pod przemocą są nieważne, mój synu. Istotą przysięgi jest świadome, głębokie, płynące z serca zobowiązanie.

Jan z Vartemberka skoczył i choć przewrócił się na brukowany dziedziniec, nie syknął. Henryk mrugnął do syna i podał rękę przyjacielowi, by pomóc mu wstać.

— Chyba że Klara dorośnie, pozna Jakuba Anzelma, wnuka kupca sukiennego i zakocha się w nim na umór. Wtedy nie będziemy jej bronić małżeństwa, synu!

— Naprawdę pozwolisz mi zakochać się w żonie? — dopytał junior.

— Nie będę ci bronił tego, czego sam nie miałem. W nogi! Dzwonią na jutrznię!

Obaj Henrykowie i Jan skoczyli w bok, ale w tej samej chwili, w której usłyszeli klasztorny dzwon, już pojawili się sunący szeregiem mnisi w białych habitach i kapturach. Wiodący ich z latarnią w dłoni brat przełożony zatrzymał uciekinierów ruchem dłoni.

Henryk chciał coś powiedzieć, ale zakonnik przyłożył palec do ust i wskazał im, że mają wejść w podcień krużganka. Potem wskazał dłonią na trzech różnych braci i ci bez słowa zdjęli kaptury i płaszcze, podając je uciekinierom. Henryk, Jan i junior nałożyli je błyskawicznie i okręcili się niepewnie, nie wiedząc, jak mają iść dalej. Przełożony wskazał im palcem miejsce w szeregu i pochylił głowę. Lipski i jego druhowie zrobili to samo. Rozebrani z zakonnego stroju bracia zniknęli cicho tam, skąd wyszli, a szereg mnichów ruszył do kaplicy. Gdy się w niej znaleźli, cystersi zajęli miejsca w stallach, a przełożony skinął na Henryka i poprowadził ich do bocznego wyjścia z kościoła. Otworzył drzwi kluczem wiszącym przy sznurze, którym miał przepasany habit. Pchnął je lekko i szepnął:

— Konie znajdziecie w stajniach za klasztorem. Opat kazał powiedzieć, że nic się nie zmieniło. Wciąż jest po waszej stronie. Z Bogiem, panowie! Niech wszyscy święci was prowadzą.

— Z Bogiem, ojcze — podziękował Henryk i wyśliznął się jako pierwszy.

Świt oszalałą od różu zorzą pokazał im drogę.

DĘBINA siedziała oparta o pień, z boku, z dala od ogni i patrzyła, jak dziewczęta i chłopcy bawią się w Noc Kupały. Kwietne wieńce na głowach, roześmiane twarze, taniec, śmiech i śpiew. Zawsze lubiła tę noc miłości, bo to było radosne święto. Dziewczęta wybierały chłopców jak u zarania świata.

Dobrze, była zbyt stara na naiwność. Wiedziała, że przy innych ogniach, na innych polanach nieraz to chłopcy gwałtem biorą sobie dziewczęta, korzystając z nieskrępowanych niczym zabaw, ale przynajmniej tutaj wszystko było jak dawniej.

To nie był dla niej dobry rok, miała dość powodów do zmartwień. Michał Zaremba, w którym odżył dawny, złoty smok. Zły znak. Fatalny. Jak długo uchroni dziewczyny przed spotkaniem z nim? I więcej, jak długo uda się ukryć jego istnienie przed oczyma Starców?

Posłała wezwanie dla Kaliny z żądaniem powrotu do matecznika. Puściła je przez śląskie siostry, a one dalej, do Pragi, szlakiem rozrzuconych wszędzie „Zielonych Grot" i niezawodnych Ludwin, córek Ludwiny. Nic z tego. Los pokrzyżował jej plany i jak się dowiedziała drogą odwrotną, Rikissa, a wraz z nią Kalina najpierw były uwięzione na zamku praskim i żadna z sióstr nie mogła do nich dotrzeć, potem zaś uciekły stamtąd pod osłoną nocy i na długo słuch o nich zaginął. Dopiero teraz, tuż przed Kupałą, dotarła do Dębiny wiadomość, że Rikissa osiadła na zamku w Hradcu. Tam odnalazły Kalinę śląskie siostry, ale ona zdecydowanie odmówiła powrotu.

— Dębino! Możemy się przysiąść? — dobiegł głos idącej ku niej Jemioły.

— Ach, nie słyszałam, że idziesz. Idziecie! Witaj, Woranie!

Bliźniaczy brat Jemioły, podobny do niej jak dwie krople wody, stąpał obok siostry.

— Siadajcie — zaprosiła ich do siebie. — Jak dobrze was razem widzieć. Opowiadaj, Woranie, co u ciebie?

Chłopak obdarzony był darem niezwykle ujmującej powierzchowności i pewnej powolności w ruchach. Od lat w służbie Matek, najpierw jako giermek przy starym gryfie, Mściwoju, księciu Pomorza, a potem, wystawiony na ciężką próbę, gdy Jaćwież rozkazała mu być giermkiem komtura von Plötzkau.

— Musiałem zapaść się pod ziemię — odpowiedział z uśmiechem. — Matka Jaćwież kazała, a ze mnie posłuszny syn, Dębino.

— Chodzą słuchy, że to ty uwolniłeś Starca z lochu żelaznych braci. Prawda to? — spytała.

— Cóż miałem robić — łagodnie odpowiedział. — Nie godzi się patrzeć na takie poniżenie kapłana. Wiem, wiem, mateczko, że masz z nimi na pieńku, ale na moim miejscu…

— Nie tłumacz się — zmierzwiła jego loki. Były miękkie jak u dziecka. — Mam z nimi swoje zatargi, ale nie zostawiłabym żadnego z nich w potrzebie. Wszyscy jesteśmy dziećmi Starej Krwi.

— Mam nadzieję, że ich chłopcy w pancerzach ze skór i ptasich kości też by nas nie porzucili w chwili grozy — mruknęła Jemioła.

— Nie kusili cię Starcy, byś przystał do nich? Po takim wyczynie powinni przyjąć cię jak bohatera — spytała Dębina, patrząc uważnie w twarz Worana. Czas się go nie ima — pomyślała. — Wciąż jest młodzieńcem.

— Kusili, kusili — odpowiedział pogodnie. — Ale ja pozwoliłem sobie się nie zgodzić. Nie nadaję się do nich. Te groźne okrzyki, pohukiwanie, ja, Dębino, jestem łagodnej krwi.

Jak różne potrafią być bliźnięta — pomyślała, wspominając krwawą zemstę Jemioły na Zarembach.

— Zatem po uwolnieniu Starca zapadłeś się pod ziemię. Krzyżacy nie szukali cię?

— Szukali, szukali — uśmiechnął się Woran. — I nie znaleźli, Matkom niech będą dzięki. Strach pomyśleć, co zrobiłby ze mną Plötzkau albo Zyghard von Schwarzburg.

On nawet gdy mówi „strach", zdaje się uśmiechać — z czułością zauważyła Dębina.

— Potrzebuję was obojga — powiedziała po chwili. — Chcę, byście poszli do Hradca.

— Są wieści od Kaliny? — w lot zrozumiała Jemioła.

— Niestety złe — potwierdziła Dębina. — Nie posłuchała wezwania i nie chce wracać do matecznika.

Od strony płonącego, roztańczonego ogniska dobiegł ich krzyk. Dębina odwróciła się gwałtownie i dostrzegła snop strzelających iskier.

— O — powoli powiedział Woran — któryś z chłopców nie trafił i wpadł do ognia.

Dębina chciała wstać i iść tam, ale powstrzymała ją Jemioła.

— Nie martw się, tam są nasze dziewczyny. Nieszczęśnik już pewnie w ich objęciach.

— Racja — przytaknęła i próbowała zebrać myśli. — O czym to ja?...

— Chcesz, byśmy poszli po Kalinę — łagodnie przypomniał jej Woran.

— Tak, tak. Jemioła ma dar przekonywania, poza tym byłyście ze sobą blisko. Zaś ty, jej bliźniaku, przydasz się siostrze w dalekiej i być może nie tak bezpiecznej podróży. Jemiołko, w razie oporu Kaliny, powiedz jej o smoku. Odciągnij ją od Zaremby.

— Postaram się, matko — odpowiedziała i dodała twardo: — Zrobię, co każesz.

— Woranie, czy Jaćwież nie będzie przeciwna, że twoje zapadnięcie pod ziemię potrwa nieco dłużej? — spytała jej bliźniaka.

— Może się trochę naburmuszyć, ale to w końcu matka — uśmiechnął się. — Przekażę wiadomość dla niej przez chłopaków wracających z Kupały. Im się dostanie, gdyby była gniewna.

— Już rozumiem, jak poradziłeś sobie tyle lat z wybuchowym Mściwojem — poklepała go po plecach Dębina. — Choć wciąż podziwiam, że przetrwałeś przy rzeźniku z Gdańska.

— Jestem łagodnej krwi — przypomniał Woran. — Nie pozwalam jej się burzyć.

— Właśnie dlatego chcę, byś z Jemiołą stawił czoło Zarembie. Pamiętaj, jeśli twą siostrę poniesie, podziel się z nią tą krwią. Rozumiesz?

— Nie rozumiem, Dębino, ale się z tobą zgadzam — odpowiedział Woran tak samo, jak rok wcześniej Jemioła.

PRZEMKO książę inowrocławski, wciąż jeszcze namiestnik Południowego Pomorza, późną nocą wyszedł z komnaty matki, księżnej Salomei. Nocna wdowa wzywała go do siebie każdego dnia, kilka godzin po zachodzie słońca. Musiał wysiadywać z nią i słuchać, jak monotonnym, ale drapieżnym szeptem snuje swe wizje. Kiedyś, gdy byli młodsi, matkę brał na siebie Leszek, najstarszy z braci. On odziedziczył po Salomei zdolność do życia w nocy. W ciemnościach widział jak kot. Po zmroku strzelał z łuku równie celnie jak za dnia. Ale Leszek wyjechał kilka lat temu na Węgry odszukać stryja Władysława, i z tej podróży nie wrócił. Nocna wdowa tęskniła ze swym pierworodnym, ale nie była w swej rozpaczy sama. Przemko też tęsknił za bratem i, zwłaszcza teraz, żałował, że go tu nie ma.

Póki był z nami — pomyślał, idąc z komnaty matki na wały obronnego grodu — Kaźko i ja mogliśmy być chłopcami, dziećmi, choć mieliśmy po dwadzieścia lat, Leszek zastępował nam ojca. A teraz? Trzydziestka na karku i życie w rozsypce.

Długi u Krzyżaków, długi u Gerwarda. Ach, biskup pożyczył im pieniądze, by wykupili od zakonu ziemię michałowską, co ją zastawił Leszek, ale stryj Władysław wrócił z banicji, walczył o Kraków, a na Kujawach rozpętała się wojna z niechcącymi ustąpić Czechami. Bracia co pożyczyli na wykup, wydali na działania zbrojne. Potem biskup chciał zapewnić sobie ich wypłacalność, zaproponował namiestnikostwo, bo z Pomorza miały być dochody i całość diabli wzięli! Zamiast dochodów znów wojna. Święca, Brandenburczycy, potem Krzyżacy, kłopoty, jakich nikt się nie spodziewał, w każdym razie nie on.

Przemko czuł, że wszystko rozpada mu się w rękach, wszystko, czego się dotknie. Rokowania w Grabiu, na które tak liczył, rozwiały nadzieje jak wiatr, co dmuchnie w popiół. Wrócił stamtąd i wszystko, co miał, przeznaczył na przygotowanie Świecia do obrony. Nie miał złudzeń. Po Kazimierzu i Tczewie przyjdzie kolej na niego. To on będzie następnym celem w krzyżackim planie.

Na wałach płonęły pochodnie. Praca trwała nawet w nocy.

— Jak tam, kasztelanie? — zagadnął Przemko.

— Książę, wielkie kusze, które przywieźli wczoraj, to arcydzieło sztuki wojny! Z takimi machinami będziemy się bronić i pobijemy choćby samego diabła!

— Wystarczy, że odeprzemy komturów — zaśmiał się Przemko i poszedł dalej, tam, gdzie wzmacniano wały.

— Macieju! — zawołał cieślę, który uwijał się, aż pot na jego czole tworzył szare od brudu smugi. — Jak idzie praca?

— Chwała Bogu, dobrze! Gdyby nie to drewno i żelazne sztaby, coś kupił, książę, i zwieźli dziś rano, moglibyśmy zaniechać myśli o obronie i bez walki otworzyć bramy.

— Mowy nie ma! — skwitował Przemko i ruszył dalej.

Na dziedzińcu, przy spichrzach, trwało opróżnianie wozów, które przed zmierzchem zwiozły kaszę, sól, suszone mięso, marchew, worki grochu i beczki solonych śledzi.

— Z takimi zapasami, książę, damy radę bronić się przez kilka tygodni! — pogodnie krzyknął do niego stolnik świecki.

Przemko skinął mu głową i kierując się brzękiem młotów, ruszył do kuźni. Tam gorąco było jak w piekle, pomocnicy kowala przy miechach, on sam na zmianę z drugim przy kowadle. Kuli groty strzał, najważniejsze ogniwo przyszłej obrony.

— Dobre żelazo? — spytał, przekrzykując uderzenia młotów.

— Dobre, książę! Ile zdążymy, wykujemy!

— Rano przyjedzie trzech, czterech kowali do pomocy — odpowiedział Przemko.

Wynająłem ich za ciężkie pieniądze — pomyślał. — Ciężkie, ciężkie. Zaraz po niepowodzeniu rokowań w Grabiu wiedział, że potrzebuje co najmniej tysiąca grzywien, by zaopatrzyć Świecie i mniejsze grody swego wątpliwego namiestnikostwa do obrony.

Tysiąc grzywien, których nie miał. Gerward odmówił kolejnej pożyczki, mówiąc: „Synu, nie spłaciłeś poprzedniej, długów Leszka nie licząc". Nie zaprzeczył, tak było. Wysłał więc swego notariusza do Krzyżaków. No a co miał robić? W okolicy pieniądze miał tylko Gerward i oni. Pod zastaw nikt już nic mu nie da. Sprzedał zakonowi klucz dóbr na Żuławach. Piękne, żyzne jak marzenie ziemie. Zielone, rodzące, tłuste. Dostał swoje tysiąc grzywien od tych, co mieli go lada dzień najechać.

„Sprzedałeś katu drewno na szubienicę, a za pieniądze od niego kupisz konopie na sznur" — skwitowała rzecz jego matka, Salomea. Ta, która od dnia ich narodzin szeptała, iż w ich krwi płynie morska sól, sól żywa. Ta, która zwała ich prawdziwymi dziedzicami Pomorza, panami fal, głębin i złotego piasku. Matka rodzicielka, co ojca wpędziła do grobu wiecznymi pretensjami i ambicjami, jakim nie mógł sprostać, a teraz sączyła w ich uszy jad. Każdy z nich, Leszek, co wyjechał i przepadł, Kaziu i on, Przemko, wiedzieli, że w słowach matki tkwi trucizna, której powinni się oprzeć. Lecz jednocześnie Salomea była ich rodzicielką i nie potrafili odsunąć się od niej. Ona przeciwnie, nie miała litości i po tym, co zrobił Kazimierz pod Tczewem, powiedziała, że to nie jest jej syn. Orzekła, że teraz został jej tylko Przemko i tęsknota za Leszkiem, a wyrwa w jej sercu po Kaziu prędzej czy później zabliźni się jak dziura po zębie. Kazimierz płakał jak dziecko. Prosił matkę, by go nie odrzucała, ale nocna wdowa potrafiła zdobyć się na okrucieństwo i powiedziała „nie".

Przemko sam nie wiedział, jak poradzić sobie z upokorzeniem brata.

Nie był twardy jak Salomea, nie umiał go odrzucić, a jednocześnie bał się, potwornie się bał, że w chwili próby straci ducha, jak on. Nie, nie wyobrażał sobie, by mógł klęknąć przed mistrzem, ale przecież Kaziu, gdy wchodził do namiotu Henryka von Plötzkau, też nie wiedział, że kolana się pod nim ugną. Nikt nie może zaplanować takiej hańby.

Tak więc zrobił to, co matka nazwała transakcją z katem, sprzedał najlepsze dobra na Żuławach i każdy grosz przeznaczył na obronę. Wiedział, że jeśli zakon pchnie na niego taką potęgę jak na Gdańsk, będzie bez szans, ale tymi żuławskimi wsiami zapłacił za szanse na wyjście z honorem.

Obszedł wały i poszedł spać. Ocalić choć kilka godzin, nim nastanie świt. Przed zaśnięciem przeliczał, czy kowale zdążą dotrzeć do Świecia, czy dojedzie jeszcze ostatni transport smoły. Rankiem zbudziło go dęcie w rogi i bicie kościelnych dzwonów i pierwszą myślą, jaka przeszła mu przez głowę, była ta o kowalach. Że nie zdążyli. Ubrał się w pośpiechu i czym prędzej pobiegł na wały.

Trakt biegnący od strony Tczewa był już biało-czarny. Pod Świecie ciągnęły oddziały krzyżackie. Jeźdźcy, piechota złożona z zaciężnych, słudzy zakonu, wozy taborowe i cztery wielkie wieże oblężnicze ustawione na platformach ciągniętych przez woły. Te wzbijały wokół siebie największy tuman kurzu.

— Jezu Chryste — przebiegł okrzyk po obrońcach.

— Ducha nie traćcie! — zawołał Przemko, choć sam siłą powstrzymał się od jęknięcia, zwłaszcza gdy dostrzegł, że rycerze w białych płaszczach robią miejsce i przed szereg wyjeżdża kat Gdańska we własnej osobie. Mistrz krajowy Henryk von Plötzkau.

— Otwórzcie bramy! — krzyknął herold zakonny. — Poddajcie Świecie!

— Namiestnik Południowego Pomorza, książę inowrocławski, Przemysł Kazimierzowic, obwieszcza, że w imieniu Władysława, księcia Królestwa Polskiego, będzie bronił grodu do ostatniej kropli krwi! — odpowiedział kasztelan w imieniu Przemka.

— Kasztelanie — powiedział książę cicho — każ ustawić nasze kusze grodowe na wałach.

— Po raz drugi wzywam do otwarcia bram! — zawołał herold, jakby nie słyszał odpowiedzi.

Przemko stał na wale osłonięty tarczą i patrzył na wojska zakonne wokół grodu. Z nieba zaczynał sączyć się lipcowy żar, a on w sercu czuł zimno. Strach.

— Nie poddamy się! — drugi raz krzyknął kasztelan.

Przemko odwrócił się, słysząc za plecami zgrzytnięcie kusz ustawianych na potężnych podstawach.

— Gotowi? — spytał kasztelana i spojrzał na trzy wielkie kusze.

Oby to były najlepiej wydane pieniądze — pomyślał, patrząc na swych ludzi przygotowujących je do walki.

— Jeszcze chwila — odpowiedział kasztelan.

Przemko zwrócił się ku wałom i zobaczył, jak krzyżackie ciury z ostatnich szeregów pokazują na niego placami. Dostrzegł i wulgarny wygłup: jeden z nich klęknął, a drugi wskoczył mu na plecy, udając, że go gwałci. Książę poczuł, jak ciemnieje mu przed oczami.

— Otwórzcie bramy! — po raz trzeci krzyknął herold.

— Łucznicy, do ataku! — odpowiedział ze ściśniętym gardłem Przemko i wydarł łuk z rąk swego giermka. Naciągnął cięciwę, wymierzył i strzelił jako pierwszy. Wprost w wypięty tyłek hańbiącego go ciury. Za książęcym przykładem poszli inni i chmura strzał poleciała w szereg krzyżacki. Białe tarcze, jak na komendę, osłoniły braci. Plötzkau wycofał się na bezpieczną odległość i wtedy z lasu na skraju traktu wyciągnięto cztery monstrualnie wielkie kusze. Większe od tych trzech, które miał na wałach.

Trudno — przemknęło mu przez głowę.

Walka rozgorzała na dobre. Z jego kusz miotano w oblegających na przemian wielkimi kamieniami i bełtami. Tak, mieli przewagę, ale tylko tak długo, póki Krzyżacy nie użyli wież oblężniczych. Świeckie wojsko próbowało podpalić je płonącymi strzałami, lecz pożary tłumiły mokre skóry, którymi były obciągnięte. Kasztelan kazał celować w nie garncami z płonącym olejem. Podpalono jedną, ale zakonni szybko ugasili płomienie. Żaden z wielkich kamieni wyrzuconych z grodowych kusz nie mógł w nie trafić. Osłonięci tarczami najemnicy krok po kroku przepychali wieże oblężnicze do wałów grodu. Gdy wbiegli na nie i stanęli oko w oko z obrońcami, rozpętało się piekło. Przemko zrzucił płaszcz, który krępował mu ruchy, i w samej kolczudze ganiał od wieży do wieży, zagrzewając obrońców do walki z kłębiącymi się na ich platformach zakonnymi. Sami mnisi rycerze zakuci w żelazo byli niemal nietykalni dla strzał, ale wokół jednego dowodzącego wieżą rycerza kłębił się tłum osłoniętych tylko półpancerzami sług i najemników zakonnych. Tych udawało się raz po raz strącić w dół. Zrzucony wpadał w kłębowisko ciał i w nim, jak tonący w odmętach, ginął.

Przemko na chwilę wycofał się z pierwszej linii obrony, by zobaczyć, co się dzieje głębiej, w drugim i trzecim szeregu oblegających. Wtedy dostrzegł, że na ich tyłach wre walka. Kilkunastoosobowy oddział konny pod chorągwią Piotra Drogosławica atakował krzyżackie odwody.

— Drogosławic! — krzyknął rozradowany Przemko. — Drogosławic przybył z odsieczą!

Piotr wsławił się w obronie grodu gdańskiego; był w grupie tych ostatnich, których von Plötzkau zmusił do opuszczenia książęcej warowni, i teraz pozbierał gdzieś rycerzy i rzucił się na Krzyżaków od tyłu.

Grodowe kusze znów zagrały i wyrzucane przez nie kamienie rozwaliły wóz taborowy. Przez chwilę w obozie krzyżackim wybuchł pożar, nim go ugaszono, kłęby ognia i dymu zasłoniły widoczność, ale też dodały obrońcom siły. Przez chwilę wydawało się, że atakują, a nie się bronią. Krzyk, radosny krzyk zwycięzców na wałach uskrzydlał ich. Udało się strącić Krzyżaka w białym płaszczu z jednej z wież oblężniczych, potem, w uniesieniu i na fali tryumfu, z drugiej. Walka trwała i zdawało się, że najeźdźcom zaczyna brakować sił, ale to była tylko ułuda chwili. Zakonne sługi ugasiły pożar w obozie, dym się rozwiał i wtedy obrońcy jęknęli.

Pod murami pojawiły się szubienice. Dwanaście solidnych szubienic, do których prowadzono spętanych ludzi.

— Wstrzymać ogień! — krzyknął Przemko, chcąc dostrzec, co to za jedni. — Jezu!

Poznał kilku rycerzy Piotra Drogosławica, tych, którzy jeszcze przed pożarem zaatakowali Krzyżackie tyły. Po samym Piotrze i reszcie jego skromnej drużyny nie było śladu.

Zginęli czy odstąpili, widząc, że są bez szans? — zachodził w głowę.

Obok ludzi Drogosławica zakonne pachołki prowadziły do szubienic spętanych rannych obrońców. Tych, których strącono z wałów i przeżyli upadek.

— Poddajcie się — wrzasnął herold — to darujemy życie tym ludziom!

— Książę — krzyknął kasztelan. — Nie wierz im. Nie wierz krzyżackiej hołocie!

— Bóg z wami, moi dzielni ludzie! — zawołał do nich Przemko. — Jestem waszym dłużnikiem w niebiosach i na ziemi, ale dzisiaj, pod Świeciem, jest tylko piekło! — Odwrócił się do kasztelana i wydał rozkaz: — Wznowić atak! Nie poddamy Świecia!

Kusze z obu stron zaczęły pluć kamieniami, bełtami i ogniem, i słowa Przemka stały się ciałem.

Walka rozpoczęta przed południem ciągnęła się długo w noc. Potem Krzyżacy wycofali się do obozu i książę ustawiwszy warty, mógł dać i swoim ludziom odpocząć. Rankiem wznowiono atak, a na szubienicach pojawiły się nowe stryczki i nowi ludzie.

— Łapią ich pewnie na traktach — splunął z wału kasztelan. — Zrobią wszystko, by nas zastraszyć. Lęk paraliżuje bardziej niż ból.

— Walczymy — krótko odparł Przemko i nałożył hełm.

Kusze. Te trzy kupione za ciężkie pieniądze kusze wałowe były ich zbawieniem. Gdy po czwartym dniu walki zabrakło kamieni do miotania, kobiety i dzieci skierowano do rozbierania tego, co się dało rozebrać w grodzie. Umorusani chłopcy targali kosze z głowami gliny, kawałkami odrąbanych pniaków, cegłą. Wyrostki polowały na kamienie, które krzyżackie wojsko wyrzuciło ze swoich kusz. I tak bez końca. Wymiana amunicji między oblężonymi a oblegającymi.

Piątej nocy, gdy wystrzały ucichły, Przemko zasnął w załomie wieży na wałach. Zbudził go chłód i przeczucie, że stało się coś złego. Potem usłyszał ciche dzwonienie i natychmiast jego zmęczony umysł rozpoznał dźwięk. To matka. Nocna wdowa w otoczeniu swych dziewcząt służebnych ruszyła na wały. Wstał i podbiegł do niej, potykając się o własne, odmawiające posłuszeństwa nogi.

— Matko! Księżno, nie powinnaś wychodzić!

Smukła, choć zgarbiona sylwetka Salomei w czarnej dopasowanej sukni, w czarnym płaszczu, zalśniła siwizną włosów. Rodowy czarny gryf na jej piersi zaskrzeczał złowieszczo.

Uniosła chudą dłoń z krzywymi jak u drapieżnego ptaka palcami.

— Synu! Gdzie Leszek? Jest tu z tobą? Czuję jego zapach. Był tu, prawda?

— Matko — przypadł do jej dłoni w pokłonie. — Leszek wyjechał pięć lat temu. Nie wrócił. Na pewno pamiętasz, przypomnij sobie. To ja, Przemko.

— Przecież widzę, że nie ten tchórz, Kazimierz — odpowiedziała trzeźwo. — Umiem rozpoznać swych synów. Jestem stara, nie ślepa.

— Dlaczego opuściłaś wieżę? To niebezpieczne. Nie powinnaś tego robić, matko.

— Coś kazało mi wyjść. Jakiś głos — syknęła. — I mój gryf dusił się w murach. To powietrzna bestia, on musi latać, rozumiesz, synu?

— Rozumiem, rozumiem — odpowiedział nieważnie Przemko.

— Jak się sprawy mają?
— Żywności nam starczy, ale zaczyna brakować amunicji — odpowiedział szczerze.
— Zwyciężysz?
— Matko, gdyby to było takie proste — jęknął. — Daj mi rękę. Poprowadzę cię — pociągnął ją delikatnie w stronę wału. — Podejdź tu i spójrz w dół. Widzisz? Jest ich po wielekroć więcej od nas. Mają cztery wieże oblężnicze, spójrz, to te wielkie konstrukcje. I cztery olbrzymie kusze, teraz ich nie widać, wycofują je na noc, nie chcąc, byśmy je podpalili.
— Ale zwyciężysz? — powtórzyła swoje. — Wiesz, że nie wolno ci się poddać. Nie możesz się zhańbić jak Kazimierz. Nigdy bym ci tego nie darowała.
— Wiem, matko — odparł. — Ty nikomu nie umiesz wybaczyć.
— Tak — odpowiedziała dumnie i nie usłyszała w jego głosie wyrzutu o Kazimierza.
— Idźcie już, proszę. Wasza obecność na wałach wymaga od mych ludzi ochrony twej osoby, a wybacz, oni muszą choć w nocy odpocząć.
— Powinni czuwać nawet w nocy, synu. Wróg nigdy nie śpi.
— Dobrze, matko. Wracaj do wieży.

Udało mu się skłonić ją do odejścia, ale już do rana nie zmrużył oka. Świt przyszedł szybko i Przemko stał na murach, patrząc w dół na budzący się w oddali krzyżacki obóz. Na chorągiew z czarnym krzyżem poruszaną wiatrem. Na pasące się na dalekich łąkach konie, nie większe z tej odległości niż psy. Sługi warzące strawę dla swych panów, co poznawał po dymie znad kotła. Kapelana zmierzającego do namiotu Henryka von Plötzkau, którego drogę znaczył sługa z dzwonkiem wieszczącym, że Ciało Chrystusa niesione jest przez wojenny obóz.

Ach — pomyślał — gdybym miał moc sięgnąć ich. Gdyby istniał łuk, który wypuszcza strzały trzykroć dalej, ustrzeliłbym Henryka von Plötzkau i jeszcze dzisiaj byłoby po wszystkim.

Ruszył ku swoim punktom obrony. Chłopcy naznosili zebranych po wieczornym ataku kamieni. Potarmosił im czupryny, powiedział, że są dzielni i ich ojcowie będą z nich dumni. Potem zjadł gorącą polewkę podaną mu przez giermka i nie kończąc jej, odstawił miskę.

Przy szubienicach zaczynał się ruch. Prowadzono kolejnych pojmanych. Każdy z tych stryczków napełniał go poczuciem winy.

— To chyba chłopi — powiedział kasztelan, podchodząc do niego.
— Patrząc po sukmanach, chyba okoliczni wieśniacy.

— Niech i nad nimi zmiłuje się Bóg — przeżegnał się Przemko.
— Gotów?

— Gotów, książę — kiwnął głową zmęczony kasztelan.

— Trąb do ataku. Nie ma na co czekać.

Krzyżacy też już ruszyli do walki. Jak co rano podprowadzali potężne kusze pod gród. Wspinali się na wieże oblężnicze. I nagle Przemko usłyszał rozdzierający krzyk z wałów.

Ruszył w tamtą stronę i z przerażeniem zrozumiał, że krzyczy kasztelan.

— Zdrada! Hańba! Zdrada!

— Co się stało? — dopadł do niego Przemko.

— Książę! Mamy w swych szeregach zdrajcę! Ktoś przeciął cięciwy kusz grodowych.

Przmko poczuł, jak mu ciemnieje przed oczami. Bez tych machin nie mieli szans.

— Wszystkie? — zapytał, z nadzieją, że może tylko jedna stracona.

— Każda z trzech — grobowo odpowiedział kasztelan. — Jestem gotów położyć łeb pod katowski topór, panie, bo ja odpowiadam za zabezpieczenie. Ale wierz mi, warta stała całą noc przy kuszach. Nie wiem, jak to się mogło stać...

Gdyby nie to, że rzecz niemożliwa, pomyślałbym, że to moja matka. Ona nocą krążyła po wałach — pomyślał Przemko. — Ale Salomea była ostatnią osobą, która chciałaby kapitulacji obrońców. „Wiesz, że nie wolno ci się poddać. Nie możesz się zhańbić jak Kazimierz. Nigdy bym ci tego nie darowała".

Patrzyli na siebie z kasztelanem. Przemko widział jego szczere, rozwarte bólem oczy. Położył mu dłoń na ramieniu, mówiąc:

— Nie chcę twej głowy. Ktoś zdradził, kasztelanie, ale to nie byłeś ty.

W tej samej chwili usłyszeli dęcie w rogi z dołu, od strony Krzyżaków i jednocześnie Przemko i książę powiedzieli:

— Oni wiedzą, że straciliśmy kusze.

Podeszli do wałów. Przed krzyżacki szereg wyjechał mistrz krajowy Henryk von Plötzkau.

— Poddacie się? — zapytał.

— Nie — odkrzyknął Przemko.

— Straciliście kusze! — tryumfalnie zawołał mistrz. — Jesteście bez szans, a ja wciąż mogę stawiać nowe szubienice! — zaśmiał się głucho.

— Rozejm — zawołał Przemko. — Proszę o osiem tygodni rozejmu.

Wiedział, że i oni są znużeni walką. Im też skończyła się amunicja, widział przecież, czym strzelano wczoraj. Osiem tygodni. Tyle powinno starczyć stryjowi na zebranie wojska i odsiecz.

— Zgodzę się. Ale tylko na cztery — odrzekł Plötzkau.

— Cztery — ciężko powtórzył Przemko. — I pełen rozejm. Zgoda na swobodny wjazd i wyjazd ze Świecia. Żadnych szubienic.

— Szubienice zostają, mój książę! — odkrzyknął mistrz krajowy. — Schnące trupy wisielców będą ci odmierzać czas.

Przemko przechylił się przez mur, krzycząc:

— Nikt więcej przez ten czas nie zawiśnie!

Henryk von Plötzkau odwrócił się konno, jakby chciał odjechać. Nie, zrobił tylko kółko i zawołał:

— Masz cztery tygodnie, namiestniku! Daję ci je tylko dlatego, żeś pokazał, ile jesteś wart! Jeśli książę Władysław przybędzie ci z odsieczą i pokona mnie, będziesz wolny. A jak nie, to spalę cię wraz ze Świeciem. Zrobię ci tu drugi Gdańsk! Drugi Gdańsk! — to mówiąc, Henryk von Plötzkau zaczął zanosić się śmiechem. A potem naprawdę zawrócił konia i pojechał do swego obozu.

Nie poddałem się, matko — zagryzł zęby. — Zawarłem rozejm, a to nie jest to samo.

JADWIGA księżna krakowska przygotowywała wyprawę ślubną dla swej pierworodnej. Czego się nie dotknęła, drżały jej dłonie. Te suknie, na przykład. Szafranowy spód z obcisłym długim rękawem, Kunegunda jest taka wysoka i smukła! Na nim surkot bez rękawów, niebieski ze złoconym lamowaniem u dołu. Dziewczyna wygląda w nim jak dama, prawdziwa młodziutka dama, a materia sukni już zroszona łzami. Kunegunda dusiła łzy, gdy krawiec brał miarę, łkała przy każdej przymiarce i płakała otwarcie, kiedy piękny strój był gotów. Ona naprawdę nie chciała iść za mąż, naprawdę marzyła o klasztorze klarysek.

Jadwiga z całego serca przychyliłaby się do pragnień Kunegundy, ale wiedziała, że w ich sytuacji to niemożliwe. Tron krakowski z takim trudem i mozołem krok po kroku wywalczony przez Władka wcale nie był stabilny. W każdej chwili z Czech mogło przyjść zagrożenie, groźne, bo nieodgadnione. Właśnie stracili cenniejszą część Pomorza, bogaty Gdańsk, najważniejsze z miast portowych Bałtyku i Krzyżacy, niczym nocni złodzieje, zaglądają im do kraju z północy. W jej rodzinnej Starszej Polsce Głogowczyk trzymał się mocno, bratając się teraz przez mariaż córki z potężnymi Wittelsbachami i, jak twierdzi Władek, próbując zbudować przeciw nim mur śląski. I wyrwą w tym murze miało być małżeństwo ich Kunegundy z Bernardem, księciem Świdnicy, najstarszym z synów dawnego, potężnego Bolke, szwagra jej nieszczęsnej siostry Elżbiety.

Jadwiga nie mogła nie przyznać racji Władkowi. Trzeba im było sojuszy. Tylko dlaczego jej słodka dziewczynka ma wstępować w święty związek małżeński w czasie kar kościelnych? Tak! Muskata nawet zamknięty w wawelskiej wieży potrafił skutecznie działać, jakby był mitycznym stworem morskim o nieskończonej liczbie wijących się macek. Wszyscy wiedzieli, że jego długim ramieniem jest biskup wrocławski. Henryk z Wierzbna był świadkiem pochwycenia biskupa na tej bluźnierczej wieczerzy u dominikanów. I raz dwa posłał pisma do legata i protesty do papieża. Pergamin jest cierpliwy jak wół, wszystko zniesie. W kurii był wyrok Jakuba II na Muskatę, wciąż czekał na zatwierdzenie, a tu Henryk wysłał lament, w którym uderzył w ton najgorszy: oto władca krakowski idzie najgorszą tradycją tego tronu i podnosi rękę na biskupa. Więzi go, oczywiście według Henryka, bez najmniejszego powodu, gwarancje bezpieczeństwa depcze, przysięgę złożoną wcześniej łamie. Jak to wygląda? No okropnie. Biskup Henryk rzecz jasna słowem nie wspomniał papieżowi i legatowi, że Władysław miał dowody zdrady Muskaty, a gdzieżby, takich szczegółów głowie Kościoła oszczędził i wepchnął ich tym samym niemal w otwartą czeluść piekła. Papież za uwięzienie biskupa nałożył na kraj kary kościelne!

Moja matka, świątobliwa księżna Jolenta, patrzy na nas z góry, z niebios pańskich i czy ona nas w ogóle widzi? Czy jesteśmy już dla jej duszy niewidzialni? Boże, pomóż — modliła się Jadwiga przerażona wizją utraty życia wiecznego.

— Pani — skłoniła się przed nią dwórka, córka Piotra Bogorii, Stanisława. — Przybył kanonik Borzysław od arcybiskupa Jakuba Świnki.

— Borzysław? Matko kochana — Jadwiga uniosła oczy ku niebu, bo znów wróciła jej nadzieja, że świętej pamięci Jolenta ją widzi i wysłuchuje jej próśb — niech ci będą dzięki! Stasiu, Staszeńko, proś pana kanonika, proś szybko!

— Pani — Stanisława dyskretnie i grzecznie wskazała na jej głowę.

— Ach tak! — złapała się za zwinięte nad uszami warkocze Jadwiga. Wciąż lubiła to upięcie, takie samo od lat, bo jej jasne, wpadające w miedź włosy wciąż były młode i stworzone do grzecznego przedziałka i warkoczy. Dwórki krakowskie próbowały ją namówić do tych nowych, modnych uczesań, gdzie pasmo upinano za pasmem, puszczano wijące się loki i zwoje, które potem ledwie-ledwie ukrywano pod przejrzystą jak mgła nałęczką. Nie, odmawiała wstydliwie, to nie dla niej. Głowa pod taką cieniutką materią jest bardziej naga, niż gdyby nic na sobie nie miała. Na co dzień, jak za dawnych lat, Jadwiga chadzała bez nakrycia głowy. Dwórki, służba domowa, dzieci i mąż mówili jej, że wygląda wtedy jak młodziutka panna. Nie, nie była łasa na pochwały, nie dlatego nie nosiła nałęczki, gdy była w swoich komnatach. Po prostu lubiła czuć lekką głowę, nic więcej. Przecież nawet rycerz, kiedy nie musi, nie nosi zbroi. Jednak nie pozwalała sobie nigdy na to, by zobaczył ją tak którykolwiek z urzędników księstwa i, nie daj Boże, gości. Jej dwórki zawsze miały pod ręką nałęczkę z diademem i gdy trzeba było, potrafiły w okamgnieniu przeobrazić ją z dziewczyny w księżną.

Stanisława robiła to z wprawą giermka zakładającego rycerzowi blachy. Ot, jeden ruch, nałęczka okrywa włosy. Raz dwa, szpile przytrzymujące ją do warkoczy. Trzy, diadem. Cztery, zgrabnym ruchem Staszeńka poprawia wszystko i składa ukłon przed Jadwigą, mrugając do niej.

— Prosić! — mówi księżna, prostując plecy i wyciągając wysoko głowę. — Borzysławie! Jak dobrze cię widzieć w tej chwili ciemnej!

— Ciemnej? — zapytał po przywitaniu kanonik. — A to czemuż?

— Jeszcze pytasz? — żachnęła się. — Kraj pod karą kościelną od samego papieża, a my tu mamy ślub pierworodnej na głowie! Co to za prognostyk dla mego dziecka, małżeństwo w takim czasie? A dla rodziny? Też niedobrze. A dla księstwa?

— Pani. — Borzysław był spokojny jak zawsze. — Nie należy wszystkiego tak brać do siebie, kraj owszem, chwilowo pod karą kościelną i groźbą interdyktu oraz ekskomuniki dla księcia, która jednak, powiedzmy, jeszcze nie jest oficjalnie ogłoszona...

Jadwiga poczuła, że serce w jej piersi stanęło. Chwyciła się za nie, chcąc sprawdzić, czy bije jeszcze.

— Ekskomunika? — powtórzyła, wyjmując to drapieżne, ostateczne słowo z gładkiego zdania Borzysława. — Chcesz powiedzieć, że mój mąż znów jest ekskomunikowany?...

Przystojna twarz kanonika stężała.

— Sądziłem, że wiesz, pani — powiedział cicho. — To taka ekskomunika z urzędu, za uwięzienie biskupa, normalna rzecz, moja pani i, powiedzmy, dopiero pół na pół w mocy, bo nieogłoszona we wszystkich kościołach Królestwa, póki co...

— Poczekaj! — przerwała mu Jadwiga. — Bo coś mi się zdaje, że ty go tłumaczysz.

— Papieża Klemensa? W życiu! — zaparł się Borzysław.

— Nie. Mego męża — krótko skwitowała i zażądała natychmiast: — Powiedz, czy może przystąpić do Stołu Pańskiego? No, mów, Borzysławie!

— Nie — najłagodniej jak można odpowiedział kanonik.

— Jest gorzej, niż sądziłam! — zagryzła wargi Jadwiga. — Myślałam, że tylko kara kościelna na księstwo, a tu... No sam powiedz, Borzysławie. Czy to normalne,? Mój mąż ciągle albo wyklęty, albo...

— Wybacz, księżno, lecz się nie zgodzę — twardo zaoponował kanonik. — Jak na rodowitego Piasta, to książę Władysław aż tyle klątw nie zaliczył, za wybaczeniem pani. Tylko dwie, a w rodzie panującym zdarzały się i po trzy na głowę. Proszę się aż tak nie martwić, nawet Henryk Brodaty, mąż kanonizowanej świętej, księżnej Jadwigi z Meranu, też popadł w ekskomunikę...

— Ale to sam papież na mego Władka nałożył, a nie jak poprzednio biskup Zaremba Andrzej! — żachnęła się Jadwiga.

— Papież nie jest Panem Bogiem — łagodnie powiedział Borzysław.

— Tylko głową Kościoła! — załamała ręce Jadwiga. — A bulla Bonifacego wyraźnie mówi, że nie ma zbawienia poza Kościołem!

— Księżno, poczekaj, wyjaśnię. Władysław jest ekskomunikowany z urzędu, ale jak powiedziałem, to wyklęcie jeszcze pełnej mocy nie nabrało, bo papież w najnowszym liście wzywa księcia do wypuszczenia Muskaty i dopiero grozi, iż jeśli ten nie wykona papieskiego rozkazu, to kraj cały obłoży interdyktem. To takie ostrzeżenie, powiedzmy, polityczny znak, że coś trzeba zrobić z Muskatą i nie można go do śmierci trzymać w lochu.

— W wieży — poprawiła natychmiast. — W lochu nie pozwoliłam księciu zamknąć Muskaty. Tylko w wieży. Zatem uważasz, że Kunegunda może iść za mąż?

— Może — skinął głową z pocieszającym uśmiechem. — Zwłaszcza że w Świdnicy kary nie obowiązują.

— Gdybyśmy jednak uwolnili Muskatę przed jej ślubem, czy to nie byłoby równoznaczne ze zdjęciem z nas kary? — spytała i czuła, że zadrżał jej podbródek. Przysłoniła go dłonią. Nie chciała, by było widać, że aż tak się tym martwi.

— Nie, pani, karę musi zdjąć ten, który ją nałożył, a sama wiesz, z Krakowa do Awinionu kawał drogi, zaś po księżniczkę Kunegundę, jak wiem, już jutro przyjedzie narzeczony. Ale ja właśnie w tej sprawie przybyłem do Krakowa. Z misją od Jakuba II.

W tej samej chwili drzwi komnaty otwarto i wszedł raźnym krokiem Władysław.

— Jadwigo, serce moje, czemu nie wołasz, że pan Borzysław przyjechał? — powiedział jednocześnie z czułością i przyganą.

— Czemu nie wołam? — Wzięła się pod boki i zrobiła krok ku mężowi. — A czemuś ty mi nie powiedział, że już jesteś ekskomunikowany? Odwiedziłeś mnie nawet w łożu!

— Jadwigo, przestań — mrugnął do niej. — Nie będziemy tak wywlekać spraw łożnicy przy Borzysławie.

— Dzielenie łoża z ekskomunikowanym mężem jest grzechem! — krzyknęła na niego i zrobiła krok w tył. — Nie zbliżaj się! Nie dotykaj mnie!

— No, serce moje — łagodnie próbował przemówić do niej — przecież skoro już raz ze mną… hm… hm… to teraz nic więcej ci nie grozi… daj się pocałować na powitanie…

— A gdybyśmy poczęli potomka w czasie klątwy? — tupnęła na niego wściekła aż do trzewi. — Co to by znaczyło?! Pomyślałeś o tym?

— Jesteś brzemienna? — ucieszył się jak dziecko i oczywiście spojrzał na jej brzuch, jakby już szukał potwierdzenia.

— Nie! — warknęła. — I Bogu dzięki! Kolejny raz pozwolę ci odwiedzić mą łożnicę, dopiero jak będziesz czysty.

— Ja w łaźni byłem…

— Nie żartuj, gdy ze mną rozmawiasz o sprawach boskich, Władysławie — powiedziała zimno i odwróciła się w stronę kanonika. — Borzysławie, wybacz, żeś się stał świadkiem kłótni, ale w dynastycznych małżeństwach łożnica staje się niestety racją stanu księstwa.

— Dynastycznych? — Władysław zrobił tę łobuzerską minę, z którą natychmiast przeobrażał się we Władka. — A ja sądziłem, że jesteśmy mężem i żoną z miłości.

Uniosła oczy ku niebu, mając nadzieję, że matka, świątobliwa Jolenta, widzi jej kategoryczny sprzeciw wobec chłopięcych zachowań pana męża.

— Dobrze, dobrze, wybacz, moja pani — powiedział poważnie i poprosił Borzysława, by mówił, z czym przybył.

— Arcybiskup Jakub II wobec najświeższego listu papieskiego, tego, w którym Klemens pod groźbą różnych kar wzywa cię, książę, do wypuszczenia Muskaty z wieży, proponuje swą osobę na mediatora sporu. Zdaniem Jakuba II nie można przeciągać więzienia dla Muskaty, ale można i należy wypuszczając go, zmusić do ostatecznej kapitulacji.

— Co masz na myśli? — spytał Władysław i Jadwiga z ulgą dostrzegła, że teraz jej mąż jest poważny i skupiony.

Wiedziała, jak rozdzierał go spór z biskupem Krakowa. Mieli w ręku dowody zdrady Jana Muskaty, jego knowań z księciem Głogowa, a jednocześnie byli bezsilni wobec niego. Nawet zamknięty w lochu działał za pośrednictwem biskupa Wrocławia i czynił im i Królestwu szkody. Był pomazańcem Bożym z racji biskupiego urzędu i to czyniło go nietykalnym. Liczyli, że zeszłoroczny wyrok Jakuba II zostanie uznany przez papieża i ten sam zdejmie Muskatę ze stanowiska, tak się jednak nie stało. Kuria papieska dała posłuch apelacjom Henryka wrocławskiego i zwłaszcza po uwięzieniu Muskaty wzięła stronę biskupa. Gdzie dobitniej niż tu, w Krakowie, myśli się o tym, co wyniknie ze sporu władcy z Kościołem? Tu, gdzie każdy pamięta o mężnym a wygnanym królu i biskupie, co choć zdradził, został świętym?

Owszem, mogła powtarzać: „U nas, w Starszej Polsce, coś takiego by się nie przydarzyło", ale na nic jej gadanie, co nim zyska? Muskata to nie arcybiskup Jakub II, patriarcha patrzący na dobro wspólne Królestwa. Muskata był tu przed nimi i od zawsze otwarcie mówił, że wolałby Przemyślidę niż Piasta na krakowskim tronie. To on stał za Václavem II i rozbudził w dawnym królu pragnienie trzech koron: czeskiej, węgierskiej i polskiej. A teraz Václava II nie ma, jego syn dawno w grobie, a powidok marzeń biskupa krakowskiego wisi jak cień nad nimi i Krakowem.

— ...Jakub Świnka uważa, iż Muskatę można uwolnić tylko pod warunkiem, iż własną pieczęcią potwierdzi rezygnację ze wszelkich roszczeń wobec księcia — kończył Borzysław.

— Jesteś w stanie to osiągnąć, kanoniku? — spytał jej mąż.

— Przyjechałem z notariuszem Jakuba i kilkoma legistami — skromnie odpowiedział Borzysław.

— Muskata przez pół roku nie okazał skruchy — żachnął się Władysław. — Pół roku w wieży o chlebie, wodzie i cienkim winie. Twardy z niego skurczybyk!

— Mężu — upomniała go. — Nie pogarszaj swojej sytuacji.

— Ta ekskomunika tak na mnie działa — przeprosił. — Wiesz przecież, że unikam złych słów, Jadwigo. No dobrze, Borzysławie! Działaj! Już tam kasztelan Wierzbięta cię weźmie pod skrzydła. Na mnie czas, sprawy pomorskie czekają.

— Władysławie! — Chwyciła go za rękaw i puściła szybko, jak oparzona. — Chyba nie zamierzasz jechać do Świecia, teraz, gdy dziecko nasze za mąż wychodzi!

— Badam sprawę — wymijająco odpowiedział książę mąż.

— Ale ślub córki! — żachnęła się i powtórzyła jego słowa: — Przymierze z księstwem świdnickim!

— Tak, wiem — uciął krótko. — W żądaniu mistrza krajowego też może kryć się podstęp. Mój bratanek błaga o przybycie, ale wojewodowie przypuszczają, że Plötzkau celowo chce wywabić mnie z Krakowa.

— Myślisz, że jest w zmowie z Głogowczykiem?

— Nie wiem. Luther, szwagier księcia Henryka, jest teraz ważną osobą w zakonie, komturem Golubia. Kto wie, czy nie zaplanowali tego wspólnie. — Przez czoło Władysława przeszła pionowa głęboka zmarszczka, jakby ktoś naciął mu skórę nożem. — Pożegnam was. Żono — skłonił jej głową i przez chwilę zdawało się, że chce wyciągnąć ku niej rękę.

Jadwiga pomyślała, że klątwa klątwą, ale powinna być teraz, w tym trudnym czasie, przy nim. Walczyła ze sobą, już chciała podać mu choćby dłoń, by wiedział, że nie jest z tym sam, ale spóźniła się. Książę skinął Borzysławowi i obdarzywszy ją spojrzeniem, wyszedł. Chwilę po nim pożegnał się także kanonik. Została sama.

Bezwiednie, odruchowo sięgnęła do diademu i zdjęła go. Wypięła szpile, zsunęła nałęczkę i odłożyła. Podeszła do umieszczonego wysoko okna. Letnie słońce tak pięknie świeciło. Weszła na stojącą pod nim skrzynię, by spojrzeć na niebieską wstęgę Wisły. Wychyliła się najdalej, jak potrafiła, oparła ramionami o kamienny parapet. Zapatrzyła się w wodę, która płynęła daleko, hen, do Gdańska, Gdańska, zagarniętego przez Krzyżaków, zgwałconego, pohańbionego. Łzy rozmazały jej obraz.

Nie usłyszała, że ktoś pukał, wszedł do komnaty i zawołał. Dopiero drugie czy trzecie wołanie dotarło do niej:

— Księżniczko!

Przez chwilę uległa ułudzie, że to naprawdę do niej. Że czas się cofnął i nie jest księżną, mężatką, tylko na dworze pana ojca, drugą z trzech córek, księżniczką. Odwróciła się powoli i zobaczyła pana z Morawicy.

— Tu jestem, Nawoju — powiedziała cicho.

— Ojciec cię szuka — odrzekł i ruszył ku niej.

— Ojciec? — powtórzyła. Więc ten sen trwa?

Nawój już był przed nią, skłonił się.

Zachciało jej się śmiać — musiałam wejść na skrzynię, by móc spojrzeć na niego jak równa z równym.

— Pozwolisz panienko, że pomogę zejść? — zapytał, nie podnosząc wzroku.

Zawstydziła się i opuściła głowę. Co to za słowa? „Panienko"? W tej samej chwili Nawój chwycił ją w pasie jak dziecko i zestawił ze skrzyni na posadzkę.

— Co robisz? — powiedziała karcąco.

— Boże! — krzyknął przerażony i upadł przed nią na jedno kolano. — To jaśnie pani... Wybacz, księżno, byłem pewien, że to panna Kunegunda... nigdy nie widziałem cię bez nałęczki... i to słońce zza okna mnie poraziło, wybacz, proszę, nie chciałem ci uchybić... przepraszam.

Jadwiga zawstydzona szukała wzrokiem nałęczki. Gdzież ja ją?...

— Nic się takiego nie stało. Wstań, proszę — powiedziała cicho.

Nawój wyprostował się i znów, by na niego spojrzeć, musiała zadrzeć głowę. Ale gdy to zrobiła, pan z Morawicy zapłonął takim rumieńcem, że sama spuściła wzrok.

— Jeszcze raz przepraszam — wyszeptał. — Wystraszyłem się o pannę Kunegundę. Wszyscy wiemy, jak niechętna jest zamążpójściu i wybacz, pani, przeszło mi przez głowę, że nasza księżniczka chce wyskoczyć oknem. Głupiec ze mnie...

— Nie, nie głupiec — poprawiła go. — Najwyraźniej więcej widzisz i więcej wiesz o młodych pannach niż mój mąż.

— Książę pan prosił przekazać, że narzeczony już pod Krakowem. Podróż książętom minęła szybciej, niż się spodziewali, i jeszcze dziś wieczór będą na Wawelu.

— Och! To rzeczywiście... muszę poszukać córki. Dziękuję, Nawoju. I... — coś jeszcze chciała powiedzieć, ale zaniechała.

— To ja pójdę — wycofał się wciąż zawstydzony.

— To idź — potwierdziła i jej samej zrobiło się niezręcznie.

Jej przyszły zięć, książę świdnicki Bernard, i jego brat, Henryk, przyszły książę jaworski, zrobili na niej co najmniej dobre wrażenie. Obaj ułożeni, dobrze wychowani, pewni siebie jak Piastowie i jak nie oni skromni. Bernard miał lat dziewiętnaście, Henryk o dwa mniej, ale nie ustępował bratu ani wzrostem, ani ogładą. Przyjechali po Kunegundę jak należy, z orszakiem, z kanclerzem księstwa i wysłannikiem Beatrycze, swej księżnej matki i wciąż jeszcze regentki nad najmłodszym z braci, po ojcu nazwanym Bolkiem.

— A siostry wasze? — spytała Jadwiga, gdy omawiali stan rodzinny.

— Judyta, najstarsza, jest zamężna ze Stefanem Wittelsbachem. Mają pięcioro dzieci — odpowiedział grzecznie Bernard.

Władysław puścił do niej oko. Tak, odkąd dowiedział się, że Głogowczyk swoją córkę wydaje za Ottona Wittelsbacha, tym bardziej chciał się spowinowacić z Bernardem, by zrównoważyć ewentualne skutki sojuszu księcia Głogowa.

— A ze swym szwagrem, Ottonem, utrzymujecie dobre stosunki? — spytał jej mąż.

— Poprawne, książę. Odkąd Otto rozpoczął walkę o tron węgierski, który mu, jak sądził, przypada po matce, rozluźnił więzy rodzinne.

— Dostanie u Wittelsbachów wsparcie? — drążył Władysław.

— Trudno orzec — dyplomatycznie odpowiedział przyszły zięć. — Druga z naszych sióstr, wielebna Anna, jest opatką u klarysek w Strzelnie. Trzecia zaś, po matce Beatrycze, jeszcze panną, ale już kończymy rozmowy o jej zamążpójściu.

— Za kogo wydacie Beatrycze, jeśli to nie sekret? — spytała Jadwiga.

— W rodzinie? Sekret? — Szeroko uśmiechnął się Władek. — O czym mówisz, moja księżna żono? Musimy takie rzeczy wiedzieć, nim zwiążemy naszą najdroższą Kunegundę z rodem Bernarda.

Najdroższą Kunegundę — jęknęła w duchu. — Szkoda, że ona tego nie słyszy.

— O rękę Beatrycze ubiega się Ludwik, książę Bawarii — odpowiedział Bernard i zaraz dodał: — Kuzyn, nie brat, naszego szwagra, Stefana.

— Słyszę, że na dobre łączycie się z Wittelsbachami — powiedział Władek i poczuła, że pod jego słowami kryje się podziw wobec bardzo młodych a zaradnych książąt.

— To sprawa położenia i czasu — odrzekł Bernard. — Matka jest siostrą nieżyjących margrabiów brandenburskich i bardzo zależało jej na zbliżeniu z rodzimą dla niej, askańską dynastią, ale my pamiętaliśmy słowa ojca.

— Jakie? — natychmiast zaciekawił się Władek.

— Brandenburgia to ogień, nad którym trzeba umieć panować — odpowiedział tym razem młodszy, Henryk.

— Bardzo mądre — przyjrzała mu się z uwagą Jadwiga i pomyślała: Może kiedyś Władek junior wyrośnie na takiego rozumnego księcia?

— Poza tym, księżno — dodał Bernard — u Askańczyków zostały na wydaniu tylko panny, a mój brat, Henryk, powtarza, że nie połączy się z czerwoną orlicą.

— Nadzwyczajnie podobacie mi się! — klasnął Władek.

Jadwiga patrzyła na nich obu. Czy są podobni do ojca, słynnego Bolke Surowego? Tego, który odziedziczył najlichsze z ówczesnych śląskich księstw piastowskich, a przez rozumne działanie i twardą rękę doprowadził je u kresu życia do potęgi i rozkwitu? Czy Kunegunda zazna choć odrobiny szczęścia przy boku Bernarda? Był wysokim, urodziwym młodzieńcem. Pukle włosów w barwie ciemnego jantaru zakładał za uszy. Oczy szarozielone wydawały się szczere, choć uparte, ale miał w sobie też jakiś rys skromności, prawości chłopca, który od dziecka opiekował się siostrami i młodszymi braćmi.

Daj Boże — pomyślała — by był dla mojej Kingi dobrym mężem.

— Czy będę mógł poznać jeszcze dzisiaj swą narzeczoną? — spytał Bernard i jak się Jadwidze wydało, zarumienił się.

— Nie widzę przeszkód — odpowiedział Władysław i służba poszła po nią.

— Może zawołamy i juniora? — spytał cicho Władek, pochylając się ku niej. — I piastunkę z Elżbietą?

— Nie — twardo odpowiedziała Jadwiga. — To jej dzień. Pozwól Kindze poczuć się dzisiaj najważniejszą.

Spojrzał na nią, unosząc brwi, jakby nie rozumiał, ale przynajmniej nie zaprotestował.

Kunegunda weszła po dłuższej chwili. Wysoka, smukła. Ciemne włosy odziedziczyła po babce, po Arpadach. Teraz miała je rozpuszczone, jak przystało pannie, i ozdobione jedynie kwietnym wiankiem.

Książęta Bernard i Henryk wstali i przyklęknęli przed nią na jedno kolano.

Dobrze ich matka wychowała — pomyślała Jadwiga. — Mimo iż Brandenburka.

Kunegunda stała chwilę i patrzyła na pochylonych przed nią braci, nie wiedząc, z którym los ma ją związać. Uniosła oczy na matkę, a Jadwiga spojrzała wymownie na plecy Bernarda.

— Wstańcie — powiedziała Kunegunda.

Księżna patrzyła na swą córkę, jakby widziała ją po raz pierwszy w życiu. Oto ona, piętnastoletnia Kunegunda, Kinga, ta, która jeszcze wczoraj zanosiła się szlochem na myśl o zamążpójściu. Teraz przyjmuje swą dolę z godnością. Plecy wyprostowane, głowa uniesiona. Lewą dłonią podtrzymuje płaszcz, by układał się we wdzięczne fałdy, jak przystało damie, i patrzy prosto w oczy przyszłego męża.

— Książę — kłania mu się.

— Księżniczko — odpowiada jej Bernard.

Henryk, jego brat, robi kilka kroków w tył, wycofuje się w tło. Młodzi patrzą na siebie coraz śmielej i chyba na chwilę zapominają, że nie są sami.

Ich świat stanął w miejscu — pomyślała Jadwiga i łzy nabiegły jej do oczu. Otarła je szybko, odwracając się na chwilę ku mężowi.

— Władku — szepnęła do niego.

Nie odpowiedział. Siedział i patrzył to na nią, to na córkę.

— Całe życie przed nimi — powiedział w końcu, tak cicho, że usłyszała go tylko ona, nikt więcej.

Młodzi ocknęli się, jakby wybudzeni ze snu.

— Czy pozwolisz, księżniczko, bym jeszcze raz, w obecności twych rodziców, poprosił cię o rękę? Wyjdziesz za mnie?

Kunegunda podała mu dłoń tak delikatnym gestem, jakby dawała mu kruchy kwiat. Bernard chwycił ją za czubki palców i oboje odwrócili się do nich.

— Wyjdę za ciebie, Bernardzie, książę świdnicki — powiedziała jej córka, patrząc ojcu prosto w oczy.

Wieczorem była uczta, grajkowie i tańce. Jadwigę rozbolała głowa, wyszła na dziedziniec. Po chwili usłyszała za sobą kroki, odwróciła się, dojrzała niską sylwetkę męża idącego ku niej.

— Duszno mi było — powiedziała, patrząc na łunę po letnim słońcu, które zaszło za murem zamkowym, za Wisłą.

— Borzysław doprowadził do bezwarunkowej kapitulacji Muskaty — oznajmił mąż. — Jutro biskup złoży wobec świadków przysięgę wierności i publicznie wyzna, że przeciw nam zgrzeszył. Zobowiązał się już na piśmie nigdy więcej nie opuszczać diecezji bez zgody arcybiskupa i, co najważniejsze, ma odwołać wszystkie skargi, które na mnie złożył w kurii papieskiej.

Jadwiga poczuła, że jednak Pan w niebiosach im sprzyja. Odetchnęła.

— Pierwszy krok, by zdjąć z ciebie klątwę, Władku — powiedziała cicho.

— I bym mógł złożyć wielką skargę na podległy papieżowi zakon krzyżacki — dodał on. — Widziałem ich, Jadwigo — powiedział po chwili. — Widziałem ich butę i potęgę. Wiedzą, że zbrojnie nie dam im rady, wydaje się im, że mają mnie w garści, bo trzymają mego bratanka w Świeciu.

— Zostawisz Przemka na pastwę losu? — spytała.

— To dobry chłopak, próbował naprawić to, co spartaczył jego brat. Wysłałem do niego poufną wiadomość. Ma honorowo po upływie rozejmu opuścić Świecie i wrócić na Kujawy. Nie mogę mu pomóc. — Władysław ukucnął na chwilę, jakby chciał uderzyć pięścią w ziemię, w bruk wawelskiego dziedzińca. Wstał szybko. — Muszę zabezpieczyć Kraków, Jadwigo. Nie mówiłem ci, ale mieszczanie tutejsi się burzą. Płaczą, że przez utratę Gdańska ich interesy ucierpiały, że pójdą na dno, tak mówią.

Westchnęła. Mieszczanie. Ci najznaczniejsi mieli składy towaru warte tyle, co roczny dochód całego ich księstwa. Oni nie martwili się o wyprawy dla córek. Nie kazali pruć własnych sukien, by dziewczęciu uszyć coś ładnego.

— Władku — powiedziała łagodnie, kojąco — oni tak zawsze. Pogadają i przestaną.

— Nie wiem — pokręcił głową jej mąż. — Kazałem, by jutro, na przysiędze Muskaty, był obecny krakowski wójt Albert, jako świadek. On i biskup to druhowie od knucia i kielicha.

— Będziesz miał kapitulację Muskaty na piśmie, to wielki sukces — pocieszała go. — Potem staniesz do papieża, a ten przecież musi uznać zabór Gdańska za niezgodny z prawem…

Władysław stał tuż obok kamiennej kolumny, prosty jak struna, z zaciśniętymi pięściami, ze wzrokiem utkwionym gdzieś w mroku dziedzińca. Stał, nie oparł się o kolumnę. Zapomniała o swoich żalach do niego, w tej chwili uleciały, nie były ważne. Chciała coś jeszcze powiedzieć, ale nie umiała znaleźć słów, które dają nadzieję.

Nagle odwrócił się ku niej i spojrzał w smugę światła wypływającą z sali, w której trwała uczta na cześć narzeczonych.

— Myślę sobie, Jadwigo, że świat wali się na moją głowę każdego dnia — powiedział. — Ale tylko raz w życiu wydaje się pierworodną za mąż. I dla tej chwili szczęścia na jej twarzy warto było, prawda?

Popatrzyła na niego, jakby go nie znała. To naprawdę on mówi? Uśmiechnęła się do Władka czule i oboje, bez słowa, odwrócili się i ruszyli ku bawiącym się. Nim weszli, spojrzał na nią łobuzersko, mrugnął i powiedział:

— Mówiłem, że jej przejdzie? Łzy, fochy i szlochy? Że na swataniu to ja się świetnie znam?

Westchnęła. To znów był on. A jednak dla tej ulotnej chwili, gdy zobaczyła w nim coś więcej, warto było.

JEMIOŁA i Woran zaraz po Kupale ruszyli na południe. Droga do Hradca wiodła przez Wrocław i choć na Raduni i Ślęży już nie było sióstr, odkąd Dębina wyprowadziła stamtąd matecznik, gdy byli blisko świętych gór, Jemioła nagle, z całych sił, zapragnęła wejść na nie jeszcze raz. Woran próbował ją od tego odwieść, mówiąc, że Dębina kazała się spieszyć, ale przy jego słodkiej powolności, nim powiedział, ona już obrała ścieżynę wiodącą ku Raduni.

— Pospiesz się! — zawołała do brata wesoło. — Jeśli pójdziesz szybciej, niż mówisz, to nie stracimy czasu.

Tyle lat biegała tymi ścieżynami, że mogłaby zamknąć oczy, a i tak trafiłaby do dawnego matecznika. Po kilku długich skokach była przy polanie porośniętej kokoryczką o ostrych jak sztylety liściach.

— Poletko wilczego łyka! — krzyknęła. — Rośnie tu, gdzie zawsze było!

— A co — wolno odpowiedział dotrzymujący jej kroku Woran. — Myślałaś, że ucieknie? Owoce już przejrzały, opadły i pewnie ktoś wyzbierał.

— Chodź, chodź, tyś mi pokazał najpiękniejszy ols świata, gdyśmy szli do Jaćwieży, a ja ci pokażę świetlistą dąbrowę. Gotów na zachwyt? — Zamknęła oczy i szła przed siebie, stopami wyczuwając dukt ścieżki.

— Jemioło — powiedział za jej plecami. — Otwórz oczy.

— Nie! Nie! Trafię do dawnego matecznika z zamkniętymi…

W tej samej chwili uderzyła głową o coś twardego. Rozwarła powieki. Stała przed nią wysoka, ubrana w skórzany pancerz dziewczyna z lekką włócznią w dłoni.

— Ostrzyca? — Jemioła nie była pewna, czy ją pozna. Nigdy nie widziała jej uzbrojonej. Pancerz, nóż za pasem, oszczep.

— Jemioła? — wesoło odpowiedziała tamta. — Co za spotkanie!

— Co tu robisz? — ostro spytała.

— Raczej co ty tu robisz? — pytaniem odpowiedziała Ostrzyca. — To porzucony matecznik. Czyżby Dębina wysłała cię na przeszpiegi?

Dopiero teraz Jemioła zobaczyła, że ze świetlistej dąbrowy za plecami Ostrzycy wychodzą ludzie, mężczyźni i kilka kobiet, tak jak ona uzbrojeni i odziani w skórzane pancerze.

— Skądże — odpowiedziała, próbując ich przeliczyć. — Po prostu złapała mnie tęsknota za dawnym domem i postanowiliśmy wpaść tu z Woranem. Pamiętasz mojego brata?

— Kto by nie znał bohatera — szeroko uśmiechnęła się Ostrzyca. — Słynny Woran, który uwolnił Bezrękiego Starca.

— A ja cię nie znam — pogodnie odrzekł brat. — Nie widziałem cię w warownym jesionie.

— Ostrzyca była wtedy jedną z nas — ironicznie odpowiedziała za nią Jemioła. — Siedziała grzecznie w mateczniku, zamiast latać z oszczepem po lasach.

— Żałuję, ale nie latam. Biegam — odgryzła się.

— Czy mogłabyś odłożyć włócznię, gdy z nami rozmawiasz? — Jemioła wysiliła się na lekki ton i chciała przesunąć grot, ale w tej samej chwili Ostrzyca szybciej od niej skierowała go wprost w pierś Jemioły.

Poczuła ukłucie.

— Nie, nie mogłabym — odpowiedziała dziewczyna. — Weszliście na nasz teren i niestety, muszę was przetrzymać w chacie przez pewien czas.

— Daj spokój, nie wygłupiaj się — spróbowała zbagatelizować Jemioła.

— Ja nie żartuję.

— Ostrzyco, twarda z ciebie dziewczyna, wybrałaś inne życie niż my, ale to nie powód, byśmy sobie stały na drodze.

— To ty stanęłaś na mojej — hardo odrzekła tamta. — Idziemy.

Dwunastu ludzi z oszczepami otoczyło ich ścisłym kordonem i pod grotami szli na górę. Jemioła myślała intensywnie. Co tu się dzieje? Dlaczego Ostrzyca ich zatrzymała? Czyżby niechcący wleźli na jakieś polowanie, którego celu nie powinni widzieć?

Oddychała równo, by nie okazać strachu, zresztą nie bała się, czuła się tylko dziwnie. Nigdy wcześniej wojownicy Trzygłowa nie zaatakowali zielonych kobiet. Gdyby to byli raubritterzy albo giermkowie czy rycerze, wiedziałaby, że z chwilą gdy zmrok zapadnie, ucieknąim. Ale z Ostrzycą i jej ludźmi to mogło się nie udać. Dotarli do położonej na zboczu tuż przed szczytem Raduni chaty. Kiedyś mieszkała tu Dębina i siostry. Dzisiaj zamieniła się w warowne domiszcze. Częstokół najeżony zaostrzonymi palami, budki wartownicze w koronach drzew. Siatki przygotowane do zrzucenia na nieproszonych gości. Na ruszcie wielkiego ogniska przed chatą trzej mężczyźni okręcali łanię.

Upolowali łanię? — ze zgrozą przeszło jej przez głowę. — Teraz, gdy każda samica ma cielęta do wykarmienia?

Zobaczyła je po chwili. Dwa cętkowane jelonki leżały z boku, jeszcze nie oskórowane. Zagryzła wargi z całych sił.

Las kocha swoje dzieci — pomyślała. — One kochają las.

Ostrzyca zatrzymała się przed chatą i spytała:

— Przyjrzeliście się dobrze? Wartownie, budki strażnicze, sieci. Zauważyliście wszystko?

— Tak — burknęła Jemioła.

— Zatem na razie nie każę was pętać. Już wiecie, że z ojcowizny nie ma ucieczki.

— Ojcowizny? — skrzywiła się.

— No tak, wiem, że córuchna już tęskni do matecznika — zaśmiała się Ostrzyca. — Ale trudno, wlazłaś wraz z bratem w ojcowiznę. Siadajcie. Woda, miód?

— Woda, jeśli mogę prosić — powiedział Woran.

Jemioła przytaknęła. Ostrzyca podała dzban z wodą Woranowi, a on oddał go Jemiole, po pierwszeństwie.

— Zapraszam do ognia — dziewczyna szerokim gestem wskazała na ustawione wokół rusztu pnie zasłane baranicami.

— Nie chcę siedzieć przy skwierczącej łani — twardo odpowiedziała Jemioła, podając wodę bratu.

— Ach tak, tak! — w głosie Ostrzycy znów zabrzmiało szyderstwo. — Nie patrzeć, nie widzieć, pewnie jej życie samo wróci. Wróci, ale w moim brzuchu. — To mówiąc, usiadła okrakiem na zwalonym pieńku, ale tyłem do rusztu. — Jemioło, przejrzyj na oczy. Dokąd zaprowadziły was bajki Dębiny? Donikąd. Wojna się zaczęła.

— Jaka wojna? — spytała z obawą.

— Nie słyszałaś o rzezi w Rokitnicy? — Oczy Ostrzycy zalśniły. — Żeleźni bracia najpierw wycięli Gdańsk do gołej ziemi, a potem wzięli się za naszych. Spalili wioskę, ludzi zabili, dzieci wzięli na sznur, wszystko tak, jak przepowiedzieli Starcy.

— To straszne — powiedział wolno jej brat. — Słyszałem od ludzi, ale mówiono, że nikt nie przeżył, więc dzieci nie ukradli.

— Ludzie gówno wiedzą — splunęła ze złością. — Ja tam byłam. Na groby przyszłam i widziałam wszystko. W czas wojny trzeba zawiesić na kołku sukienki pokoju, uzbroić się i walczyć.

Mówi jak Starcy — Jemioła pamiętała każdą z ich przepowiedni. Raz na kilka lat ludzie Dębiny i wojownicy Trzygłowa spotykali się na wspólnych obrzędach. Ostatnie kończyły się tak samo: przepowiednią wielkiej wojny. Tyle że Dębina nie wierzyła Starcom, tak zresztą jak Jaćwież. Kilka lat temu Woran zaprowadził Jemiołę do Matki Pszczół i ta wyraźnie powiedziała: wszyscy ludzie Starej Krwi powinni zjednoczyć siły przeciw żelaznym braciom. Nie przeciw wszystkim, którzy się ochrzcili, ale przeciw rycerzom Umarłego.

— Oni pragną morza i rzek. Płynącej wody. Przyjdą przeciw Królestwu, nie przeciw Starej Krwi, więc w dniu próby zjednoczcie swe siły z ludem. Gdy nastanie czas pożogi, stańcie ramię w ramię z całym ludem swej ziemi — Jemioła wyrecytowała z pamięci.

— Co ty gadasz? — obruszyła się Ostrzyca. — Odurzyło cię?

— To słowa Jaćwieży — powiedziała Jemioła. — Tak nam powiedziała.

— Stara Matka Pszczół zbyt długo wdycha trujące opary — odezwał się męski głos za ich plecami. — Czas odstawić ją od żarzącego się cycka.

Jemioła odwróciła się gwałtownie, a Ostrzyca zerwała na równe nogi i stanęła przed mężczyzną na baczność.

— Półtoraoki — powiedział Woran, nie uśmiechając się.

— Witaj, bohaterze — uśmiechnął się mężczyzna i podszedł do nich.

— To Jemioła, siostra Worana — przedstawiła ją. — Jemioło, masz zaszczyt poznać naszego wodza, Jarogniewa.

Wątpliwy zaszczyt — pomyślała, patrząc w jego dziwaczne oczy. W lot pojęła przydomek.

— Chciałem cię poznać i już dawno prosiłem mą bratanicę, by przy najbliższej okazji mi cię przedstawiła. I proszę, oto stało się. Jesteś słynna, Jemioło, tak jak i twój brat. No, może nie aż tak bardzo, bo wiele zrobiłaś, by twe dzieło zostało sekretem. Ale powiedzmy, dowiedziałem się o krwawej wróżdzie na Zarembach. Gratuluję.

— Dziękuję — odburknęła.

— Dlaczego nie zabiłaś wszystkich? — spytał, kładąc jej rękę na ramieniu.

Poczuła gorąco i nagle usłyszała myśl Worana: Patrz tylko w zielone oko. Zdawało jej się czy nie, zrobiła to.

— Zabijałam tylko winnych śmierci króla — odrzekła.

— Szlachetne — odpowiedział i przekręcił głowę tak, by musiała patrzeć i w lewe, dwubarwne oko. Odwróciła wzrok.

— Mówi się jednak, że zabijałaś tylko czarne smoki, oszczędzając białe. — Wciąż trzymał ją za ramię i żelaznym uściskiem próbował okręcić Jemiołę, by patrzyła na niego.

— Bujdy — odpowiedziała z wysiłkiem.

— Spójrz mi w oczy — zażądał.

— To mnie puść! — krzyknęła. — Nie nawykłam do gwałtu.

Zdjął rękę z jej ramienia od razu. Uniosła głowę i choć starała się skupić wyłącznie na zielonym oku, on tak się okręcił, że przez jedno mgnienie spojrzała w ciemną połówkę. Otchłań — pomyślała i poczuła, że traci wolę. Jej myśli poszybowały do czarnych smoków wyklutych na plecach Zarembów, których zabijała, i na jedną krótką jak błyskawica chwilę dotknęły pokrytej łuskami twarzy Michała Zaremby.

Spójrz na mnie natychmiast — pomyślał do niej Woran i usłuchała. Wpiła wzrok w twarz brata.

Wrócił jej rozum. Odpowiedziała Jarogniewowi:

— Czarne smoki to znak, który mieli wykluty na ciele niektórzy z Zarembów. Ci, co zamiast Królestwu służyli wyłącznie swym rodowcom. Stąd nazwa.

— Ach, rozumiem — udał, że jej wierzy Półtoraoki. — Wykazałaś się wielką odwagą. Byłbym rad, gdybyś przyjęła moje zaproszenie.

— Dokąd? — spytała.

— Do nas. Wojowników Trzygłowa. Nie możesz powiedzieć jak twój brat, że masz łagodną krew, prawda? Któż by uwierzył zabójczyni czarnych smoków.

— Przestań z tymi smokami, to mi pochlebia — zmieniła taktykę. — To niestety byli zwykli mężczyźni, Zarembowie.

— Skromna i waleczna — pochwalił ją. — Tak wyobrażam sobie swoje bratanice.

— I wierna — dorzuciła z uśmiechem. — Gdybyś jak ja pracował latami w domu panien nierządnych, też pokochałbyś wierność ponad życie. Nie zostawię Dębiny i sióstr na rzecz Starców, wodzów i braci. Możemy już iść?

— Nie — odpowiedział twardo. — Skoro odmawiacie, to znaczy, że możecie nas zdradzić. Musicie zostać z nami, póki nie przejdziemy na zimowe leże.

Pół roku? — jęknęła w duchu Jemioła, a na głos powiedziała:

— Pozwól dać znać matce. Będzie nas szukała.

— Trudno, skoro nie umiała dziecinek upilnować? — mrugnął do niej, aż przeszły ją dreszcze.

A potem zbliżył się do jej ucha i szepnął:

— Popracuję nad tobą, bo mi się podobasz. Lubię odważne dziewczyny rozbierać z zielonych kiecek. Zobaczysz, jak pięknie ci będzie w pancerzu ze skóry.

— Nie tkniesz jej — odezwał się Woran. — Starcy przysięgli mi dozgonną wdzięczność i właśnie żądam, byś ją okazał.

Półtoraoki odwrócił się do Worana z wściekłością, ale zatrzymał w miejscu, jakby przytrzymały go niewidzialne sidła.

— Siły łagodnej krwi nie warto lekceważyć — powiedział i jej brat uśmiechnął się pogodnie.

MUSKATA biskup krakowski opuścił piękne królewskie miasto chyłkiem, dwa dni po tym, jak zmuszony przez Łokietka musiał poprzysiąc przy świadkach, że przeprasza, że bardzo księciu szkodził, i poprawi się i tak dalej.

— Kra, kra, kra — przedrzeźniał notariusza Świnki, który go zmusił do podpisania ugody. — Stary, czarny kruk, bida z nędzą, sukmana łatana na łokciach, pies mu mordę lizał i ogonem trącał.

Skorzystał, że cały Kraków żył tylko ślubem „najdroższej książęcej córki", najął woźnicę i chodu! do Wrocławia. Spieszyć się musiał, by świdnicki orszak księcia narzeczonego z narzeczoną nie ruszył przed nim, bo trakt ten sam i paskudnie by wyszło, gdyby się na nim spotkali. Spakował parę rzeczy do kufra, wiele tego nie było, co ważne, to już miał we Wrocławiu u swego drogiego Henryka, przebrał się za podróżnego, nie za bogato, nie za biedno, bo od taniego sukna krosty mu wyskakiwały na grzbiecie i dalej, w drogę. Lato sprzyjało podróży, tydzień z okładem i byli na miejscu.

— Dokąd teraz? — zapytał woźnica.

Pod pałac biskupa Henryka — chciał powiedzieć, ale rozsądek zwyciężył.

— Na Ostrów, pójdę podziękować za szczęśliwą podróż do tutejszej katedry — odrzekł skromnie.

— Dorzuciłby miedziaka — fuknął woźnica i smagnął konia.

— Zobaczy się — wymijająco odrzekł Muskata podróżny.

Gdy stanęli przed wyniosłą budowlą, zlazł z wozu, wyciągnął swą skrzynię i fuknął na woźnicę:

— Czego się gapi? Dowiózł, niech wraca! Co umówione, zapłaciłem, a górką nie będę dawał!

— Krakus — syknął woźnica, splunął przez ramię i odjechał.

— Żebyś ty wiedział, kogo wiozłeś! — zachichotał biskup i skinął na kręcącego się bez celu parobka. — Chodź no tu, chłopcze! Skrzynię pomóż zanieść.

— Dokąd, jaśnie panie? — spytał umorusany młodzian.

— Do pałacu biskupiego.

— A gdzie to? — nie wiedział niemota.

— Bierz skrzynię i idź za mną — wyniośle oznajmił Muskata. — Ale żwawo!

Ominął katedrę Świętego Jana Chrzciciela, ale zadarłszy głowę, obejrzał ją z podziwem. Dwie wyniosłe wieże i korpus jak się patrzy. A Henryk mówi, że jeszcze przebudowywać będzie! No, no! Jan Muskata zbudował karierę, służąc biskupowi Wrocławia, słynnemu Tomaszowi, jako legista w jego procesach z księciem Henrykiem. Och, to były czasy! Znajomości za pieniądze Tomasza sobie w kurii wyrobił na całą wieczność. Łokietek może mu skoczyć, o tak! Jan zawsze powtarzał, że jak być biskupem to albo we Wrocławiu, albo w Krakowie. Choć mawiał tak w czasach króla Václava, wtedy się jeszcze Kraków opłacał, a teraz, za Karla to już złota era biskupów wyłącznie tu, we Wrocławiu. Henryk z Wierzbna uwił sobie gniazdko na bogato, jak nie przymierzając, w jakimś Watykanie! Nie, nie, teraz się w dobrym towarzystwie nie wspomina o „Watykanie". Teraz się mówi „Awinion", jakby nigdy inaczej nie było.

— Postaw tu skrzynię — pokazał parobkowi i załomotał kołatką do potężnych drzwi. Raz i drugi. Spocił się od upału i tego kołatania.

— Co to za porządki? — żachnął się. — Nikt nie otwiera? Leć no, chłopcze, tam, od podwórza. Powiedz, że gość do biskupa Henryka zjechał.

Parobkowi brudna koszula lepiła się do grzbietu. Spojrzał na Jana, jakby mu niemiłym było wykonywanie rozkazów, ale powlókł się. Po długiej chwili wrócił ze stróżem w barwach biskupich.

— Ja do Henryka z Wierzbna — oznajmił wyniośle Muskata. — Wpuść mnie, nie będę tu stał jak słup. Ukrop się leje z nieba.

— Nie mogę, szlachetny panie. Biskup wyjechał.

— Wyjechał? — zdziwienie Jana nie miało granic. — Jak to?

— Na lato biskup często na wieś wyjeżdża, dla ochłody i lepszego powietrza — wzruszył ramionami stróż.

— A kiedy wróci? — spytał Jan z niemiłym, naprawdę niemiłym uczuciem, że kiedy on w potrzebie sterczy pod domem przyjaciela, ten w cieniu drzew i szmerze strumyka pije zimne świdnickie piwo i patrzy na gołe łydki pastereczek smagających badylkiem gęsie kupry.

— No, jak upał minie — odrzekł strażnik.

— Być nie może, ja nie będę czekał! — obraził się Muskata. — Ty puść, człowieku, do swego pana umyślnego z wiadomością ode mnie.

— Nie — leniwie oznajmił strażnik. — Ja tu jestem od pilnowania, a nie od puszczania. Jak pan chcesz, to se pan sam puszczaj umyślnych. Do widzenia, bo zawołam straż miejską, że się pan do biskupa chce zakraść!

Tylko nie straż miejska! — wystraszył się Muskata. — Tego mi nie trzeba. Cisza wokół mej osoby. Dyskrecja.

Rozejrzał się po placu.

— Woźnicy potrzebuję — powiedział do parobka. — No, rusz się, znajdź mi jakiego, bo ci za noszenie pół miedziaka nie dam!

Chłopak powlókł się ospały od gorąca. Po długiej chwili przyprowadził wóz. Jan przez chwilę wystraszył się, że to ten sam, co go z Krakowa przywiózł, ale nie, po prostu wszyscy woźnice wyglądają tak samo. Brudna koszula, kapelusz słomiany i za luźne portki.

— Na rynek, do kramów kupieckich! — zażądał Muskata, gramoląc się na wóz. — Kufer mi tu postaw — pokazał parobkowi palcem, bo ten wciąż wydawał się spać z otwartymi oczami. — No, jazda! — ponaglił woźnicę.

— Panie! Jaśnie panie! — zawołał parobek, gdy wóz ruszył. — A mój miedziak!

— Poszedł precz, darmozjad! — warknął za nim Muskata i pokazał mu język na odjezdnym.

— Gdzie konkretnie? — zapytał woźnica, gdy wjechali na wrocławski rynek.

— Tamta pierzeja. „Towary wschodnie" Leo Muskaty! A nie, co ja gadam, Stefana Muskaty!

Tyle lat nie był w domu, że niemal zapomniał, iż ojciec nie żyje, a interes w rękach brata. Podjechali pod samo wejście. Nad kantorem zwisał proporczyk z trzema gałkami muszkatu, ich znakiem rodowym. Przed kramem ludzi nie było, zresztą na całym rynku panował leniwy, ospały spokój.

— Kufer mi pomóż zanieść — rozkazał Jan i zlazł z wozu. — Za mną, proszę!

Wszedł do wnętrza kramu. W nozdrza uderzył go zapach cynamonu, pieprzu i gałki.

— Stefan? — zawołał, mrużąc oczy. Po jasności dnia półmrok kramu na chwilę odebrał mu wyraźne widzenie. — Stefan?

— Słucham jaśnie pana? Co podać?

Już przejrzał i nagle, jak w dzieciństwie, zobaczył wirujące w smugach światła drobiny przypraw.

— Pieprzu do piernika? — przymilnie skrzeknął głos z głębi karmu.

— Stefan, nie piernicz — zaśmiał się Jan. — To ja, twój brat kochany! Nie poznajesz?

— Jaki brat? Ja nie mam brata — odezwał się zaskoczony głos.

— Jak to brata nie masz! — zdenerwował się na głupie gadanie Jan. — Stefan, natychmiast wyłaź zza kantoru i przeproś!

— O Jezusie! Jan! Jan we własnej osobie! — Stefan wygramolił się z wnętrza i mogli się sobie przyjrzeć.

— Aleś się postarzał, bracie! — stwierdził Muskata. — Brzuszysko ci urosło, łysinkę wyhodowałeś, a na brodzie jak nie miałeś włosów, tak nie masz!

— Ja się zestarzałem? — zaskrzeczał Stefan. — Żałuj, że ty się nie widzisz! Oczy podkrążone, skóra ci wisi z policzków i szyi jak u starego gęsiora. Brzucha nie masz, prawda, ale ty w więzieniu siedziałeś!

— W więzieniu? — pisnął woźnica spod wejścia. — Mnie się za kurs należy!

— Stefan, zapłać — skinął ręką Jan. — Zapłać mu, niech nie giędzi.

Brat wysupłał miedziaka, woźnica zażądał dwóch, Stefan syknął, ale zapłacił.

— No, w gościnę przyjechałem — oznajmił Muskata, gdy pozbyli się natręta. — Odświeżyć się muszę, bo droga z Krakowa długa, a upał jak wiesz, niemiłosierny. — Mówiąc, rozglądał się po wnętrzu „Towarów Wschodnich". Niby nic tu się przez lata nie zmieniło, a jednak wszystko jakieś takie małe, zapyziałe. Pałąk od kosza na drewno jak był urwany, tak jest. — I głodny jestem, zarządź wieczerzę, nie musi być nic wyszukanego, chłodne piwo, mięso, biały chleb, bo czarnego się w wieży u Karła najadłem za wszystkie czasy. — Przejechał palcem po boku drewnianej, kupieckiej lady i przybliżył go do oczu. Kurz?

— Owoców trochę, bom spragniony, i wiesz co? Naszego korzennego wina bym się napił, podaj. Mój pokój stoi wolny? — stwierdził raczej, niż spytał i wymijając Stefana, ruszył przejściem z kantoru do części mieszkalnej.

— Twój pokój? — zdziwił się brat. — Nie ma twojego pokoju.

— Jak to nie ma? — zatrzymał się w pół kroku Jan. — Zamurowałeś go czy zamieniłeś na skład szafranu?

— Mój syn tam mieszka. Leo II.

Psiakrew, zapomniałem, że on ma syna — przygryzł wargę Muskata i spytał zaskoczony:

— To gdzie ja mam zamieszkać?

— No, raz-dwa się opróżni służbówkę — rozłożył ramiona Stefan.

— A twój syn nie może iść do służbówki? — skrzywił się Muskata.

— No nie, bo on z żoną i dzieckiem tam tego... Janie, nie złość się, przyjechałeś tak niespodziewanie, gdybyś dał znać przez umyślnego wcześniej...

— Żeby człowiek się musiał anonsować do własnego domu! — obraził się Muskata i pokręcił głową, fukając. — Coś takiego!

— Przecież dom jest mój, nie twój, nie pamiętasz, jak wyglądał doskonały plan Leo Muskaty? — szedł w zaparte Stefan i zaczął wyliczać pokazując, jak za młodu, na palcach: — Adela siostra nasza dobrze za mąż i na rozród, ja dziedziczę „Towary Wschodnie", a ty na studia do Bolonii i dalejże, karierę robić. Mam ci przypomnieć, ile nasz drogi ojciec na twą naukę i podróż wydał? To wszystko jest spisane, Janie — poklepał pulchną dłonią w okute wieko wbudowanej w ladę kramu skrzynki.

— Nasza skrzyneczka kochana — wzruszył się Muskata — nasz skarbczyk rodowy, miejsce chowania najdroższych pamiątek! Jak ja tęskniłem za domem... — pociągnął demonstracyjnie nosem.

— No, już, chodź na górę, przygarniemy cię, braciszku — klepnął go w ramię Stefan.

— Idę, idę — pokiwał głową Jan, jak to robią ludzie strapieni i w potrzebie. — A ty weź mój kufer, bo ja nie dam rady. Okropnie jestem tą drogą znużony.

Nie dali mu pokoju, bo mówili, że nie mają wolnego, i stanęło na wąskiej jak trumna służbówce. Prawda, Leo II wraz z rozlazłą żoną i wiecznie wrzeszczącym bachorem okupowali jego dawną ciasną izbę. Już pierwszego wieczoru zrozumiał, że nie znosi swej bratowej, Gizeli, która była kobietą niemłodą i wścibską. Ciągle go pytała: „Na jak długo?" i co mu zrobili w Krakowie, że musiał uciekać. Prawda, gdy poprzednimi razy bywał we Wrocławiu, nie zaszczycił ich swą wizytą, bo czasu nie miał, a tym bardziej potrzeby. Mieszkał wygodnie u biskupa Henryka i w głowie mu nie postało odwiedzać „Towary Wschodnie". Nic o nim nie wiedzieli oprócz tego, że „Mówią, iż wielki Jan Muskata, biskup krakowski, to nikczemnik, zabójca i złodziej, co słusznie spadł z wysokości". Ta suka, Gizela, śmiała mu takie coś powtórzyć, a ten niezguła, Stefan, nie dość, że jej za to nie zlał, to nawet nie zaprzeczył. Jan źle się tu czuł. Przy każdym posiłku patrzyli mu na ręce, jakby się bali, że zje jajko więcej, niż mu wydzielili, psiakrew z taką rodziną! I jeszcze te wieczne narzekania, jęki, jak to się interesy popsuły, odkąd Krzyżacy zajęli Gdańsk, ile poszła w górę cena gałki, a ile cynamonu, i że zapasy się już kończą. Słuchać nie mógł tego biadolenia, a tym bardziej patrzeć, jak Gizela łazi po domu z biustem przelewającym się pod suknią! Żeby jeszcze ta młoda, ich synowa, była jakaś do rzeczy, ale gdzie tam! Dziewucha przed dwudziestką, a już wyglądała, jakby kopista zagapił się na Gizelę i na wzór teściowej odmalował synową.

Ach, moja słodka, śliczna Gerusso! Gdzie jesteś, kwiatku? — myślał i tęsknił.

Było mu w domu rodzinnym gorzej niż u Karla w wieży. Tam przynajmniej mógł pomstować na głos. Pluć po ścianach. I ryć w kamieniu odłamkiem drutu, który znalazł, słowa wszystkich łacińskich klątw, które podczas studiów poznał. „Żebyś sczezł". „Niech szczury obgryzą twe przyrodzenie i wyjałowią łono twej żony". Szczególnie lubił to: „Niech twe imię będzie wymazane z Księgi Żywych na wieki, tak że grób twój zniknie, kości rozsypią się w pył i śladu na ziemi po twym wrażym istnieniu nie będzie". Albo takie: „Niech wrogowie zatańczą na twym truchle taniec zwycięski". Przed każdą z klątw rył jego imię „Vladislaus Dux", żeby ci, których więzić tu będą po nim, wiedzieli.

Nieprawda, tak tylko po złości do Stefana pomyślał. W wieży było gorzej. Pół roku! Ileż razy tracił nadzieję, że kiedykolwiek stamtąd wyjdzie. Ile razy zdawało mu się, że to koniec, że nieustanny półmrok go dobije. Tylko dobra pamięć pozwalała mu przetrwać. Przypominał sobie swoje najlepsze dni, chwile chwały i na zmianę z nimi wrażą, zaciętą twarz Karla. Tak, pamięć i nienawiść, jego przyjaciółki.

Na szczęście, nie musiał siedzieć u Stefana zbyt długo, już drugiego dnia po przyjeździe pchnął umyślnego do wiejskiej rezydencji Henryka i ten w dwa tygodnie do Wrocławia wrócił. Gdy tylko biskupi sługa po niego przyszedł, Jan wrzucił, co miał pod ręką, do kufra, kazał go znieść z pięterka i na wóz wsadzać, pożegnał oziębłe Stefana, Gizeli słowem nie zaszczycił i pojechał.

— Bracie! — powitał go Henryk wylewnie.

— Bracie umiłowany! — odpowiedział Jan całkowicie szczerze i padli sobie w ramiona.

— Pójdę w zaparte — oznajmił Muskata, gdy po porządnej i dobrze zakrapianej wieczerzy siedzieli przy kielichu chłodnego, styryjskiego wina. — Przysięga wymuszona pod groźbą jest nieważna.

Tylko co dalej? — pomyślał w panice, z którą nie chciał się przed przyjacielem zdradzać. — Co ja zrobię? Nie wrócę do Krakowa, póki Karłowie tam siedzą. Boże, nie chcę już być bezdomny! Ile można się tułać o proszonym chlebie?

Z nerwów sięgnął po zimne kacze udko. Wbił w nie zęby.

— Masz odpis tej haniebnej ugody? — zapytał biskup wrocławski.

— Mam, Henryku. — Muskata otarł tłuszcz z kaczki w serwetę i z ciężki sercem wyciągnął pergamin ze stojącego przy nim kuferka.

Przyjaciel przebiegł wzrokiem dokument, mamrocząc:

— *...nie opuszczać diecezji... nie trzymać przy sobie osób niemiłych księciu...odwołać własnym kosztem i staraniem wcześniej złożone przeciw niemu pisma...* — zaśmiał się, odkładając pergamin. — No daj ty spokój i nic się nie martw! Apelacje, które złożyłem w twoim imieniu, już zaczęły działać. Wystarałem się, by papież na sędziów powołał moich, wrocławskich kanoników. Mam upoważnienia, aby oni właśnie, jako reprezentanci Klemensa, wezwali Łokietka przed trybunał. W dodatku legat papieski, nasz kochany Gentilis, już z Budy wysłał pozew przeciw Śwince. — Henryk polał im obu wina i unosząc kielich, zaśmiał się gromko. — Weselmy się i radujmy, Janie! Obaj twoi wrogowie już wpadli między kamienie młyńskie awiniońskiej kurii! Przekazałem tam tyle, ile było trzeba, by sprawy przybrały taki obrót, że ani Karzeł, ani Świnka się w życiu z tego nie pozbierają! Starego Jakuba nasi przyjaciele legaci tak przemielą, że się nogą przeżegna! A Łokietek już spod ekskomuniki nie wyjdzie!

— I chwała Bogu! — rozpromienił się Jan. — Napijmy się!

Tak zrobili. Z każdym kielichem złote styryjskie przywracało Muskacie wiarę nadwerężoną ostatnimi latami niepowodzeń. Uciszało nieznośne kołatanie serca. Zmazywało każdy straszny dzień spędzony w karłowej wieży. Przypominało mu o tych pięknych latach, gdy omal nie został prymasem Węgier, gdy był kanclerzem młodego króla w Budzie, gdy świat kładł mu się do stóp i spełniał jego dalekosiężne wizje.

— Tyś tu się we Wrocławiu urządził! — z lekką zazdrością przyznał przyjacielowi Muskata, gdy wlewali w siebie kolejny kielich. — Książę słabiutki, a Śląsk w nosie ma konszachty z Królestwem, więc żaden ambitny władca ci nie grozi. Nie wypominając niczego, ja we własnej osobie tak się pomogłem urządzić biskupom Wrocławia!

— I dlatego, mój drogi, będę ci pomagał, póki tchu starczy! — stuknął kielichem o kielich Henryk. — No, to po rozchodniaczku, bo rano trzeba nam wstawać!

— Tak? A po co? — zdziwił się Jan, rozglądając się, czy coś tam jeszcze z tej kaczki nie zostało. Niestety, same kosteczki. Znalazł niedojedzone jabłko i łapczywie pożarł je wraz z ogryzkiem.

— Jak to po co? Jutro niedziela, Janie! Mszę będę celebrował.

— To ty — zaśmiał się Muskata i wyłożył nogi na stole. — Ja się mogę wyspać.

— Nie, nie, mój drogi. Niech Wrocław widzi, jak nam się tu wiedzie. Ty będziesz mi służył do mszy!

Upił się — skwitował Jan. — Niech mu będzie na zdrowie, a końcu to z jego piwnic — pomyślał wyrozumiale i sięgnął po kolejny dzban wina. — A co, nie będę gorszy.

RIKISSA wodziła palcem po otoku swej nowej pieczęci. Była piękna, uderzająco piękna, ale też wykonał ją arcymistrz w swej sztuce. Przedstawił Rikissę siedzącą na tronie, którego oparcie stanowiły dwie wieże. Na jej głowie korona, tak jak sobie życzyła, piastowska, z wypustkami w kształcie lilii. Układ sukni, fałd płaszcza, majestat korony i uniesionej głowy łagodził rysunek delikatnych pędów roślinnych, ale to z nich wychodził ten niepozostawiający złudzeń, majestatyczny opis na otoku.

Przeczytała go po cichu, jakby nie śmiała wypowiedzieć na głos. Wstrząsnęło nią.

Królowa na pieczęci wydała się sobie kimś więcej, jakby wizerunek, którym od tej pory znakować będzie każdy ze swych dokumentów, był piękniejszy i mocniejszy niż ona sama. Odłożyła wielką pieczęć i wzięła w dwa palce drugą, małą, zwaną „sekretem". Na niej była tylko głowa Rikissy i skrócona tytulatura.

Pod czym ją wycisnę? — spytała siebie samej. — Do kogo będę wysyłać sekretne wiadomości?

— Mamo! — okrzyk Agnieszki przerwał jej myśli.

Odwróciła się do wbiegającej za trzema lwami córki. Kalina, zgrzana od letniego upału, weszła za nimi i odgarnęła z czoła spocone włosy. Wciąż zdawały się martwe.

— Agnieszka skończyła cztery lata — powiedziała Rikissa, przyglądając się córce. — Widzisz to? Podobieństwo zaczyna być uderzające.

— Widzę — Kalina zmrużyła oczy i spytała: — Nie boli cię to?

— Dziwi — odrzekła Rikissa, patrząc, jak dziewczynka biega, siada, wstaje, podchodzi do okna. — Jest krwią z mej krwi, dzieckiem mego łona, jedynym żywym i więcej ich nie będę miała — powiedziała po chwili, cicho, by Agnieszka ich nie słyszała. — W najgorszych chwilach to myśl o niej trzymała mnie przy życiu. Gdy mam ją blisko, żyję podwójnie. Raduje mnie samo patrzenie na nią. Rozumiemy się bez słów, wystarczy spojrzenie. Jest mała, a przecież wiesz, że od urodzenia wiedziała to wszystko, czego kobiety uczą się latami.

— Ty też taka byłaś — przerwała jej Kalina.

— Być może, ale ona to nie ja — zaprzeczyła Rikissa. — I gdy widzę, że z roku na rok staje się tak uderzająco podobna do Václava, czasami się boję, a czasami tylko dziwię. Nie rozumiem tego, Kalino. Ona nigdy nie zobaczyła swego ojca. Václav zmarł sześć dni po jej narodzeniu, pamiętasz? Życzył sobie mnie zobaczyć, ale nie zdążyłam do niego pójść...

— Muszę ci coś wyznać — powoli powiedziała Kalina.

— Nie rób tego. — Rikissa odwróciła się ku niej i położyła dłoń na ustach Kaliny. — Ja wiem.

Patrzyły sobie w oczy przez chwilę. Nigdy nie mówiły o tym. Po prostu powiedziano: król Václav II umarł. Ogłoszono, że to atak gruźlicy, że zachłysnął się własną krwią w paroksyzmie kaszlu. Tak, plotki krążyły. Na dworze szeptano raz tak, raz inaczej. Najpierw oskarżono Michała, ale on wtedy był z Rikissą, więc wiedziała, że jest niewinny. Potem zobaczyła z okna swej komnaty pewnego mężczyznę, który nie pierwszy raz odwiedzał Václava i który nawet obserwowany z daleka sprawiał, że drżała. Później zaś widziała rdzawą plamę na zielonej sukni Kaliny i zdała sobie sprawę, że jej piastunka nigdy więcej tamtej sukni na sobie nie miała. Wreszcie, w tym samym czasie, gdy dzwony katedry Świętego Wita żałobnym tonem obwieszczały światu śmierć króla Václava, zobaczyła swoje trzy lwy starannie oblizujące pazury, łapy i pyski. Połączyła te trzy znaki w jedno i zrozumiała, że w jakiś tajemny sposób łączą się ze zgonem Václava.

Nigdy nie udawała rozpaczy po jego śmierci. Była w połogu i nikt nie wymagał od niej obecności w trwającym godzinami pogrzebie. Gdy zgodnie z tradycją po sześciu tygodniach opuściła swe komnaty, po prostu przywdziała żałobną suknię i uprzejmie przyjmowała kondolencje. A potem już była śmierć Vaska, Habsburgowie pod Pragą i Henryk z Lipy klęczący przed nią z błaganiem, by przeniosła krew między dynastiami. Śmierć Václava była kluczem do tamtych, kolejnych zdarzeń, ale do jej okoliczności nigdy nie wracano.

— Mój skarbiec przestał świecić pustkami — powiedziała do Kaliny po chwili. — Spłaciłam złotnika Konrada, wiesz, insygnia grobowe dla Rudolfa kosztowały fortunę. I ustanowiłam fundacje.

— Fundacje? Co masz na myśli? — uniosła brwi Kalina.

— Moja ty poganko. — Rikissa objęła ją w pasie i przyciągnęła do siebie. — Jak wy czcicie pamięć zmarłych?

— Wspominamy ich. Składamy ofiary dla dusz — nieśmiało odrzekła Kalina.

— No widzisz — uśmiechnęła się Rikissa. — A królom trzeba wystawić pomniki. Ich kamienne, pośmiertne wizerunki, przed którymi ludzie będą zatrzymywali się i modlili.

— Do króla? — skrzywiła się Kalina.

— O króla. Václav miał wiele zła na sumieniu, jego dusza potrzebuje nieskończonych modlitw. Człowiek po śmierci jest całkowicie bezbronny, Kalino — mówiąc to, poczuła ukłucie. — Na szczęście miłosierny Bóg potrafi wybaczać i Czyściec w przeciwieństwie do Piekła nie trwa wiecznie.

— A ty, Rikisso? — przerwała jej ostro Kalina. — Czy ty mu wybaczyłaś?

— Tak — odpowiedziała szczerze. — Ale nie sądzę, by zdążyli mu wybaczyć inni. Ci, których skazywał na śmierć, doprowadzał do upadku, poniżenia, rozpaczy i klęski. Dlatego ustanowiłam fundacje. Zapisałam majątek, by mnisi modlili się do końca świata w intencji oczyszczenia z grzechów jego duszy. To wszystko, co mogę dla niego zrobić za to, że dał mi Agnieszkę.

— Przesadzasz — fuknęła Kalina. — Jesteś królewską córką, mogłaś mieć innego, lepszego męża.

— Nie waż się tak odzywać do królowej. — Dopiero teraz zdały sobie sprawę, że stoi przy nich Michał Zaremba. — Nic nie rozumiesz, Kalino.

Rikissa spojrzała na niego zaskoczona. Nigdy tak ostro nie odezwał się do Kaliny.

— Ja nic nie rozumiem? — skoczyła mu do oczu. — A gdzie ty byłeś, gdy jej życie wisiało na włosku?

— Walczyłem o własne — warknął Michał. — Ze smokiem, który wyszedł ze mnie. Jesteś wysłanniczką swoich, która owszem, opiekowała się Rikissą i dzieckiem, ale jak słyszę, ani chwili nie marnuje, by wlewać w serce królowej jad. Wasze plany stracone!

— Nasze? — nie ustąpiła Kalina. — A może wasze, co? Kto chciał osadzać syna Rikissy na polskim tronie, co? I kto ją opuścił, gdy urodziła córkę?

— Nie waż się! — natarł na nią Michał.

— Przestańcie! — krzyknęła Rikissa. — Nie należę do was. Agnieszko, chodź ze mną.

Wyciągnęła rękę do córki i wyszła. Skierowały się do ogrodu, który założono dla niej za zamkowym dziedzińcem.

— O co się pokłócili? — spytała Agnieszka, gdy szły między kwitnącymi krzewami.

— O swoje złudzenia — opowiedziała Rikissa i wyjaśniła po chwili: — O życzenia, które mieli i które się im nie spełniły.

— Aha — skinęła głową Agnieszka. — A ty? Masz złudzenie? — spytała po chwili.

Mam — pomyślała Rikissa, patrząc na człowieka, który szedł ku nim. Wyglądał jak Henryk z Lipy wychodzący z jakiejś dalekiej przeszłości, na tyle odległej, że takim go nigdy nie znała. Musiał mieć mniej niż dwadzieścia lat. Był smukły i gibki, pozbawiony brzemienia wieku. Jego policzki były gładkie, nie miał twardego, kwadratowego zarysu szczęki i tej bruzdy między ciemnymi, jak pociągnięcie węglem, brwiami. I oczu jak szlachetne kamienie.

— Królowo. — Przyklęknął przed nią i otrząsnęła się ze złudzenia. To nie ten głos.

— Jestem Henryk z Lipy — powiedział. — Henryk Młodszy, syn twego najwierniejszego przyjaciela.

— Wstań — odpowiedziała oszołomiona własną pomyłką. — Co cię sprowadza?

— Ojciec, królowo.

— Poczekaj, Henryku. — Skinęła na strażnika pilnującego wejścia do ogrodu i poprosiła: — Zawołaj do nas Katkę. Agnieszko, pójdziesz z Katką poszukać malin?

Oczy jej córki śmiały się, być może nie do malin, ale do złudzenia matki. Uśmiechnęła się do niej, jakby ta sprawa była wielką tajemnicą. Gdy odeszła z Katką, Rikissa poprowadziła Henryka Młodszego w głąb ogrodu.

— Mów — poprosiła.

— Mój ojciec i Jan z Vartemberka po tym, jak uciekliśmy z klasztoru, skrzyknęli Ronovców, Markwarticów, panów z Seeberka i Michalovic oraz innych i ruszyli na Pragę. Tam mieszczanie, tak jak w Kutnej

Horze, opanowali miasto. Volfram trzymał nawet most praski. Aleśmy ich pobili i...

Słuchała, jak mówi. Krótko, bez ozdobników. Przybyli i pobili, cóż więcej. Tymczasem znała już to, o czym opowiadał, z plotek, pogłosek, a nawet pieśni. Od dnia uwolnienia się z sedleckiego klasztoru Henryk urósł w oczach ludu na pierwszego pana Czech. Chyba był nim wcześniej, ale jeszcze nie każdy o tym wiedział, a teraz brawurowa ucieczka z niewoli, zerwanie wymuszonego sojuszu z mieszczanami, wszystko to sprawiło, że o podkomorzym Królestwa śpiewano pieśni jak o największym bohaterze.

— ...nie było wyjścia — ciągnął Henryk Młodszy. — Ojciec zdecydował, że trzeba uwięzić króla. Wywabił go z zamku praskiego i zamknął pod strażą. Ludzi królewskich rozbiliśmy i się rozpierzchli. Królowa Anna w rozpaczy zamknęła się w klasztorze...

— Którym? — rzeczowo przerwała mu Rikissa. — U klarysek czy benedyktynek?

— U benedyktynek — potwierdził.

To znaczy, że nie planuje życia w zakonie — pomyślała, przypominając sobie dzielne siostry od Świętego Jerzego, które pomogły jej uciec z zamku. — Traktuje pobyt u nich jak azyl. Gwarancję nietykalności.

— Tam spotkała się z siostrą, królewną Elišką. — Młody Henryk przerwał nagle, zatrzymał się w pół kroku, odwrócił do niej i spytał: — Pani, a ty jak wolisz? Lud o tobie mówi „nasza Eliška Rejčka", ale ty sama? Jak się do ciebie zwracać?

Przyjrzała mu się. Nie ojciec go o to pytanie prosił, Henryk z Lipy używał wobec niej imienia, z którym ją tu przywiózł — Rikissa.

— Królowie lubią nazywać swe żony, jak im się podoba, Henryku. Mój pierwszy mąż nazwał mnie Elżbietą, Alzbeta Rejčka, tak wymawiał me imię. Gdy więc myślę o sobie, jako o królowej Czech, wiem, że jestem Elżbietą, ale jeśli chcesz mówić naprawdę do mnie, możesz się zwracać „Rikisso".

— Dziękuję, królowo — odpowiedział i nie śmiał użyć jej imienia. — Tak więc, Karyntczyk pod kluczem, Anna w klasztorze, a negocjacje trwają.

— Kogo twój ojciec chce zaprosić na tron? — spytała.

Zmieszał się.

— Dał mi list dla ciebie, pani — odpowiedział i wyjął nieduży, zalakowany pergamin.

Co w nim jest, że nie chciał powierzyć tego synowi? — pomyślała.

— Przeczytam za chwilę, przejdźmy się jeszcze, Henryku.

— Królowo, nie chciałbym być niegrzeczny, ale to nie wszystko, z czym posłał mnie ojciec. Jest coś jeszcze. Ktoś jeszcze. Moja siostra, Katrina. Czeka na nas na końcu ogrodu.

— Siostra?

— Tak, królowo. Ojciec chciał spytać, czy nie zechciałabyś, królowo, przyjąć Katriny na swój dwór, jako panny do towarzystwa.

Raczej nie pyta — pomyślała — skoro już przysłał do mnie dziewczynę.

Spojrzała w niebo. Z zachodu ciągnęły ciężkie, ołowiane chmury. Po upalnym dniu zanosiło się na nawałnicę.

— Zatem chodźmy do niej, Henryku. Chcę poznać twoją siostrę, nim nadciągnie pierwsza letnia burza.

Szli wysypaną rzecznymi kamykami alejką, między kwitnącymi krzewami róż, jaśminu i wiciokrzewu, które w dusznym powietrzu zdawały się oddawać całą swą woń. Słyszała gdzieś w oddali radosny śmiech Agnieszki i Katki. Przy kamiennej misie na wodę stojącej na oplecionym bluszczem postumencie czekała na nich dziewczyna w pięknej, zielonej sukni. Na widok nadchodzących pochyliła się w głębokim, ale zupełnie niezgrabnym ukłonie.

— Pani — powiedziała cicho. — Królowo.

— Wstań, Katrino. Ile masz lat?

— Jestem dwa lata młodsza od Henryka — odpowiedziała, patrząc na ziemię.

— Czyli ile?

— Szesnaście — odpowiedział za nią starszy brat i przeprosił. — Jest wystraszona. Nigdy nie była na prawdziwym dworze.

Widzę — pomyślała Rikissa, patrząc, jak niezręcznie Katrina podtrzymuje suknię.

— Chciałabyś zamieszkać ze mną w Hradcu? — spytała.

— Tak, pani — odpowiedziała. — Bardzo bym chciała ci służyć.

— Spójrz na mnie, Katrino — łagodnie poprosiła Rikissa. — Chcę zobaczyć twą twarz.

— Ona się wstydzi — znów zabrał za nią głos Henryk.

Jak większość dziewcząt w jej wieku — pomyślała.

— Wiesz, czego uczę moje panny dworskie, Katrino? By patrzyły na mnie, tak jak ja patrzę na nie, gdy do siebie mówimy. Lubię widzieć oczy ludzi, z którymi rozmawiam.

Katrina nieśmiało uniosła twarz. Miała okrągłą, niemal pulchną buzię, co przy szczuplutkiej sylwetce nadawało jej dziecinnego, uroczego wyglądu. Jasna cera, drobne usta, wystający podbródek, włosy w kolorze kory. I spłoszone, jasnoniebieskie oczy, które nie były oczami Henryka z Lipy.

— Tak lepiej — uśmiechnęła się do niej Rikissa. — To dobry początek, Katrino. Widzę miłą, uroczą dziewczynę, którą z przyjemnością wezmę na swój dwór. Wracajmy. Słyszycie burzę?

— Nie — zaprzeczył Henryk.

— Tak, idzie ku nam z zachodu — potwierdziła Katrina.

Może wychowała się na wsi? — pomyślała Rikissa. — Nie zna dworu i przeszkadza jej piękny strój, ale ma ucho czułe na naturę.

— Chodźmy do zamku. Poznasz Kalinę, która jest piastunką mej córki, a także Katkę, Marketę, Trinę i Gizelę. To nie są damy dworu, to służki, ale kocham je i traktuję jak rodzinę. I poznasz moją córkę Agnieszkę. Widziałaś kiedyś króla Václava II, Katrino?

— Nigdy, pani — odpowiedziała dziewczyna, niemal biegnąc za nią i potykając się niestety o własną suknię.

— Gdy spojrzysz na złote włosy mojej córki i na jej piękną buzię, będziesz mogła sobie wyobrazić dawnego króla. Dziewczynka podobna do niego jak dwie krople wody.

— Jak ja do mojej matki! — wyrwało się Katrinie.

Tak sądziłam — pomyślała Rikissa.

— Jak jej na imię? — spytała.

— Scholastyka, pani.

— Nie będziesz tęskniła za nią u mnie, w Hradcu?

— Nie wiem, pani — odpowiedziała szybko.

— Ach, więc to zależy, jak dobrze się będziesz bawiła! — zaśmiała się Rikissa, choć wcale jej to nie śmieszyło. — Jesteśmy na miejscu. Trinko! — zawołała kręcącą się przed wejściem dziewczynę. — Zajmij się panną Katriną. Henryku, wejdź i spocznij. Ja pójdę do siebie przeczytać list.

Nie widziała błyskawicy, ale słyszała pierwsze grzmoty, wchodząc do swej komnaty. Marketa przeżegnała się i szybko zapaliła świece, stawiając je przy pulpicie.

— Zamknę okno — powiedziała, a Rikissa skinęła ręką, prosząc, by zostawiła ją samą.

Przysłał do mnie dzisiaj syna i córkę — pomyślała gwałtownie. — Chłopaka, który ma osiemnaście lat, szesnastoletnią dziewczynę. Ja sama mam ledwie dwadzieścia. Co chciał mi przez to powiedzieć?

Że jestem w wieku jego dzieci? Że mógłby być mym ojcem i prowadzić mnie za rękę przez za trudny dla mnie świat walki o władzę? W co tym razem gra wielki podkomorzy z Lipy? Uwięził króla, trzyma go pod kluczem. Zachowuje się jak ten, co królów wzywa i odwołuje. Czego chce ode mnie? Czy ta niewinna, wystraszona Katrina ma być jego okiem i uchem na mym dworze? Kazał jej sprawdzać, z kim się widuję, z kim rozmawiam i o czym?

Złamała pieczęć z herbem pana z Lipy. Przebiegła wzrokiem zamaszyste, kanciaste pismo.

„Możemy wezwać na tron młodego Luksemburczyka. Ma czternaście lat. Czy zechciałabyś go poślubić i znów zasiąść na praskim tronie?"

Za oknem niebo rozdarła błyskawica. Usłyszała huk grzmotu.

Gdyby Henryk z Lipy miał odwagę osobiście ją o to spytać, ona byłaby tym grzmotem, błyskawicą i burzą.

Po raz pierwszy w życiu naprawdę poczuła gniew. Wypełnił ją od czoła do czubków palców.

Jak śmiesz, Lipski! — pomyślała gwałtownie. — Znów mam zapłacić ciałem za spełnienie twoich politycznych ambicji?

Wyjęła pergamin i odpisała mu bez zastanowienia, na jednym tchu.

„Nie. Już nigdy w życiu nie będę niczyją żoną. Jestem królową na tronie, czy bez niego, bo nikt mi moich dwóch koron nie odbierze. Namaszczenia nie można cofnąć".

Wylała czerwony wosk i odcisnęła w nim swą majestatyczną pieczęć. Napis na otoku był porażająco wyraźny. S. ELIZABET DEI GRACIA BOEMIE ET POLONIE BIS REGINE.

Odczytała go na głos, przekrzykując nawałnicę, która rozpętała się za oknami:

— Pieczęć Elżbiety, z łaski Bożej dwukrotnej królowej Czech i Polski.

— Amen — dokończył Michał Zaremba, wpadając jak piorun do jej komnaty.

MICHAŁ ZAREMBA od dnia powrotu do Rikissy unikał sytuacji, w których musiałby znaleźć się sam na sam z Kaliną. Czuł się niezręcznie, wiedział, że czekała na niego, i nie umiał jej wyjaśnić, dlaczego wszystko się zmieniło.

Jak powiedzieć to, co wymyka się słowom? Więc wolał nie mówić nic.

I nie mówił; ona zaś szybko zorientowała się, że jej obecność nie jest mu miłą, i w odwecie obdarzyła go wyniosłą obojętnością. Czasami demonstracyjnie wychodziła, gdy on wchodził, albo robiła coś podobnie niemądrego, co kwitował wzruszeniem ramion albo po prostu udawał, że nie widzi.

Od chwili spotkania z Jakubem II wiele się w Michale zmieniło. Przesłanie dla Rikissy było pierwszym, drugim słowa arcybiskupa: Diabeł to nasze własne myśli. A trzecim, albo jeszcze wcześniejszym, to, czego doznał w Brzostkowie w chwili całkowitego przeobrażenia, co dzielił na rzeczy, o których chciał zapomnieć, i te, które wolał zapamiętać.

I dzisiaj nie wytrzymał. Gdy usłyszał Kalinę podważającą sens cierpienia Rikissy przy Václavie, wpadł w gniew. „Mogłaś mieć innego, lepszego męża". Jak śmiała?! To tak, jakby mówiła: „Mogłaś nie mieć Agnieszki" albo „Twoja męka z królem na nic się nie zdała". W głowie mu się nie mieściło, że mówi to kobieta, która ją wychowała, która była z nią tak blisko. Wyszła z niej poganka i tyle — skwitował, gdy Rikissa z Agnieszką opuściły komnatę i poszły do ogrodu. Też chciał wyjść, ale Kalina wyzywająco przytrzymała go i zadała pytanie:

— O co ci chodzi?

— O nic — odpowiedział i wyszarpnął rękaw z jej dłoni.

— Michale — odezwała się szybko i niespodziewanie łagodnie. — Nadciąga burza.

Wzdrygnął się. Tylko nie to.

— Pamiętasz burze, które nas połączyły? Pierwszą w poznańskim lochu, a potem wszystkie praskie nawałnice? — szeptała, wiedząc, jak to wcześniej na niego działało.

— Nie chcę tego, Kalino — powiedział i usłyszał swój przyspieszony oddech.

— A może to nie zależy od twej woli? — uśmiechnęła się zmysłowo.

Przełknął ślinę. Tak, ta dziewczyna znała jego tajemnicę. Wiedziała, że wraz z błyskiem i następującym po nim piorunem z Michała wychodzi smok. Cofnął się ku drzwiom. Powietrze zrobiło się parne i gęste.

— Nie uciekniesz przed sobą, Michale — zaszeptała. — Nie musisz. Ja przyjmę cię takim, jakim jesteś.

— Spotkałem się z Jemiołą! — syknął, by ją zranić.

— Wiem, widzę maść — odpowiedziała obojętnie. — Jak ci z nią było?

— Nieważne — skłamał i nie czekając na kolejne jej słowa, odwrócił się i wybiegł.

Gdzie się schować? — myślał w panice. — Stajnia nie wchodzi w grę, konie się mnie boją. Żadna z komnat zamku, bo wlezie tam jakaś Trinka i się dopiero rozniesie po całym Hradcu.

— Zbrojownia, panie — usłyszał za plecami głos Sowca.

Odwrócił się jak oparzony.

Jasnowłosy i jasnooki Zaremba słabej krwi wraz z całym oddziałem stał za nim.

— Szukaliśmy cię, panie. Burza idzie.

— Przysięgaliście na Trójcę, że...

— Przysięgaliśmy — poważnie skinął głową Sowiec. — I słowa nie złamiemy. Ale musimy ci pomóc.

W tej samej chwili rozległ się pierwszy, odległy grzmot.

— Prędzej! — ponaglił Sowiec. — Do zbrojowni!

Ruszyli biegiem, schodami w dół, przez dziedziniec, jeszcze suchy, jeszcze bez pierwszych kropli deszczu. Służki z piskiem biegły po pranie suszące się na gospodarczym podwórcu. Psy szczekały, a konie w stajni zaczynały niespokojnie rżeć.

— Tędy! — pokazał skrót Sowiec i w kilkunastu susach dopadli zbrojowni.

Zarembowie wbiegli do środka i przeszukali wszystkie kąty.

— Czysto! — zameldował któryś. — Droga wolna.

W tej samej chwili błyskawica przeszyła niebo i zalała dziedziniec upiornym światłem. W zbrojowni zaślnił każdy miecz na stojaku, każde ostrze kopii. Zarembowie wybiegli z środka i zajęli miejsca wokół budynku. Michał jednym susem wskoczył do wnętrza, a Sowiec zatrzasnął za nim drzwi.

— Zaryglu! — zażądał i usłyszał posłuszny zgrzyt zasuwy.

Potem jeszcze kroki swych ludzi rozbiegających się wokół zbrojowni. Kolejny grzmot wstrząsnął jego ciałem i poczuł to znowu. Ostry przenikliwy ból łusek przebijających skórę. Wrzasnął rozdzierająco, a w odpowiedzi usłyszał okrzyk Sowca i swych ludzi:

— Zarembowie strzegą!

Zawołanie rodowe, które teraz zabrzmiało tak inaczej od tego, co znaczyło.

Jasność błyskawicy wypełniła zbrojownię.

Którędy wpada światło? — przebiegło mu przez głowę i w tej samej chwili zrozumiał, że dach jest dziurawy. W blasku błyskawicy odbitym od wypolerowanego ostrza topora przez ułamek chwili zobaczył swoją twarz. Oko z pionową źrenicą i łuski.

— Święty Michale Archaniele, ratuj! — ryknął.

Coś cicho zeskoczyło z dachu, za jego plecami. Diabeł — pomyślał i odwrócił się gwałtownie.

Szła ku niemu Kalina.

— Uciekaj stąd — syknął, widząc kłąb pary wydobywający się z własnych ust.

— Ja się ciebie nie boję — zaśmiała się prowokująco. — Ja cię takiego pragnę.

— Odejdź — poprosił ostatkiem ludzkiej woli.

— Smoku, przybądź — wezwała to w nim, czego nienawidził.

I stało się. Chwycił ją pazurami za ramiona kierowany niepohamowanym pożądaniem. Znów się zaśmiała, odchylając głowę. Wtargnął w nią, krzyknęła, ale w tej chwili już nie umiał jej wypuścić, już w niej był, a ona trzymała go z całych sił za łuski. *Diabeł to nie potwór ziejący ogniem, z ogonem i pazurami* — krzyknął do niego z Orlego Gniazda Jakub Świnka. *Diabeł to nasze własne myśli*. Ocknął się na chwilę. Odepchnął Kalinę, zrzucił ją z siebie.

— Co robisz? — warknęła na niego wściekle.

Kolejna błyskawica przeszyła niebo i wtargnęła do zbrojowni. W jej świetle zobaczył, że Kalina nie jest dziewczyną, lecz starą kobietą, zgarbioną, pomarszczoną z martwymi, sterczącymi z czaszki kępkami włosów.

— Kalina! — krzyknął, bojąc się nie jej, lecz o nią. — Spójrz na siebie!

Uniosła dłonie przed oczy, jakby nie dowidziała. Przyjrzała się swoim starczym palcom.

— Wracaj do mnie, smoku! — zażądała szybko.

Grzmot zadudnił w dach zbrojowni. Miecze w stojakach zaczęły drżeć, ruszać się, wibrować, aż jeden z nich, najbliżej Michała, wypadł ze stojaka i przyciągnięty jakąś niewidzialną siłą przykleił się do niego.

— Wracaj — wycharczała starucha w Kalinie. — Wracaj natychmiast!

Drugi i trzeci miecz wyskoczył, uderzając płazem w łuski na jego brzuchu.

— Chodź do mnie — błagała Kalina. — Myślisz, że Jemioła jest inna? Jest taka sama, tylko jej nie widziałeś...

Skoczył do drzwi i załomotał w nie.

— Sowiec, otwórz! — krzyknął.

— Zarembowie strzegą — odpowiedział gromko jego przyboczny. — Zarembie przysięgałem, że nie wypuszczę złotego smoka!

— Otwórz natychmiast! Stal! Ostrza lepią się do mnie! Zaraz będę zakłuty! — walił w dechy Michał.

Szczęknęła zasuwa. Pchnął drzwi. Zobaczył Sowca stojącego w strugach deszczu.

— Panie! — jęknął jasnooki i klęknął.

Dokąd? Dokąd? — myślał w panice Michał. — Gdzie mam się schować przed ludzkim wzrokiem. Ogród! Tam podczas burzy nikogo nie będzie.

Ruszył pędem. Wielkie, zadnie łapy rozgniatały błoto. Po raz pierwszy czuł, jak to jest, gdy biegnie smok. Czuł, że potężne cielsko kolebie się na boki, a jednocześnie był szybki, bardzo szybki. Jednym susem przesadził bramę do ogrodu. Z nieba lały się strugi wody, ale grzmoty oddalały się. Skoczył ku owocowym drzewom, by skryć się przed niepowołanym okiem. Oddychał ciężko. I nagle usłyszał skandowanie modlitwy. Zdał sobie sprawę, że tuż obok jest mała zamkowa kaplica. Jako smok musiał mieć słuch dużo czulszy niż człowiek, bo rozróżniał głosy modlących się kobiet i jednocześnie słyszał szmer każdej spadającej na łuski kropli. I szelest liści targanych wiatrem. Jabłek obijających się o siebie.

— Święty Michale Archaniele — modliły się Trina, Gizela i Marketa. — Broń nas w walce. Przeciw zasadzkom i niegodziwościom złego ducha bądź nam obroną, niech go Bóg pogromi…

Poczuł chłód deszczu na skórze. Na skórze? — spojrzał na dłonie. Wciąż pokrywały je łuski, ale smocze łapy już zamieniły się w stopy. Boże!

— …A Ty, Wodzu Niebieskich Zastępów, mocą Bożą strąć do piekła Szatana…

Zachwiał się, stracił równowagę. Złapał gałąź jabłoni. Odmieniał się. Deszcz wciąż lał, ale on bliżej był już człowieka niż smoka.

Stał tak długą chwilę, aż zostało z bestii to, co zawsze. Łuski na twarzy, dłoniach i piersi. Ulewa przechodziła, już tylko krople szemrały, spadając z mokrych liści.

— Panie! — usłyszał krzyk Sowca od strony bramy. — Nic ci nie jest?

— Nie — odpowiedział. — Możesz podejść.

— Pozbieraliśmy miecze, które spadły z ciebie, kiedyś biegł tutaj — szybko powiedział Sowiec. — W zbrojowni śladu nie ma po tym, co się stało. Wybacz, nie przyszło nam do głowy, że przyciągasz ostrza.

Machnął ręką. Skąd mieli wiedzieć? Sam nie miał o tym pojęcia.

— Masz płaszcz z kapturem? Daj mi, nie mogę z takim pyskiem pójść do zamku.

Sowiec okrył go ociekającym od deszczu płaszczem. Chciał coś powiedzieć, ale Michał czuł się zmęczony.

— Pogadamy jutro. Dziękuję wam.

Chwiejnym krokiem ruszył do budynku. Dziedziniec wciąż jeszcze był pusty. Wszedł do wnętrza i schodami ruszył do swej komnaty na piętrze. Ledwo się włókł, czuł niemal odpływające z ciała siły. Wszystko działo się wolno, strasznie wolno. Już nie słyszał tak dobrze jak w ogrodzie, gdy był smokiem, ale teraz wzrok go zwodził. Widział to, czego widzieć nie mógł. Odciski ludzkich palców odbite w porowatej powierzchni cegieł. Drobiny pokruszonych skorupek jaj w zaprawie między nimi. Ludzki włos wystający ze spoiny muru. Boże, odpuść mi ten dar przeklęty — pomyślał.

Postawił kolejny ciężki krok i drgnął, jakby życie zaczęło wracać do niego przyspieszonym tempem. Dostrzegł smugę światła biegnącą z uchylonych drzwi komnaty Rikissy. Ruszył po niej, jakby to światło było drogą. Z każdym krokiem był lżejszy, silniejszy. Wszedł cicho i zamknął za sobą drzwi. Zobaczył ją stojącą przy pulpicie, w blasku świec. Jasnowłosą, spowitą niebieskim płaszczem. Czytała coś, a potem w jednej chwili znów uderzył grom z nieba. Burza wróciła. Michałem wstrząsnął dreszcz. Oparł się plecami o drzwi. Panie, nie pozwól, bym się znów przemienił!

Rikissa gniewnie rzuciła pergamin na posadzkę i zdał sobie sprawę, że coś jest nie tak, że pierwszy raz w życiu widzi ją tak wzburzoną. Wzięła w rękę pióro. Skreśliła kilka zdań tak szybko, jakby to było mgnienie. Potem zapieczętowała list i uniosła w górę pieczęć.

Odczytała z otoku pieczęci na głos, przekrzykując nawałnicę, która rozpętała się za oknami:

— Pieczęć Elżbiety, z łaski Bożej dwukrotnej królowej Czech i Polski!

— Amen — dokończył Michał, ruszając ku niej spode drzwi.

— Michale? — odwróciła się ku niemu. — Co ci jest, Michale?

Jeszcze przez moment nozdrza drżały jej gniewem, ale z chwili na chwilę jej twarz się uspokajała.

— Jestem potworem, Rikisso — syknął, choć widział, że jego stopy pozostają ludzkie, i nie czuł, by łuski znów przebijały mu skórę. — Bestią. Dwoma w jednym.

— Nieprawda, Michale — powiedziała żarliwie, idąc do niego.

Komnatę przecięło światło błyskawicy. Trupi ogień — przebiegło mu przez myśl i poczuł, że wszystko znów zaczyna w nim płonąć.

— Czasami, gdy się złościsz, miewasz pionowe źrenice — powiedziała Rikissa, podchodząc całkiem blisko. — Ale nic więcej.

— Nie — cofnął się. — Nie chcę cię skrzywdzić. Nawet nie wiesz, co może się ze mną stać. Ja nie panuję nad tym, Rikisso!

— Pozwól, że jeden jedyny raz ja zapanuję nad tobą, Michale — to mówiąc, położyła mu dłonie na ramionach i wspięła się na palce. — Kiedyś powiadano, że dotyk królów może uzdrawiać trędowatych — szeptała mu wprost w twarz tak, że jej oddech wnikał w jego nozdrza i wargi. Czuł go wszędzie. — Zatem sprawdźmy, co potrafi zdziałać dotyk podwójnej królowej.

To mówiąc, pocałowała go prosto w usta.

Michał zadrżał, opadły mu powieki i się osunął. Nie miał pojęcia, jak długo był nieprzytomny. Gdy się ocknął, leżał tam gdzie padł, na posadzce przykryty płaszczem Rikissy. Ona sama spała zwinięta na krześle. Za oknem zaczynała się poranna zorza. Wyciągnął dłonie. Były tak gładkie, że już zapomniał, iż takie mogą być. Dotknął twarzy. Nie wyczuł ani jednej łuski. Wyskoczył spod płaszcza królowej i podbiegł do jej stolika. Wziął niewielkie lustro i długo wpatrywał się w siebie. W odzyskaną twarz Michała Zaremby.

ZYGHARD VON SCHWARZBURG był wściekły. Miał ochotę podeptać śluby posłuszeństwa i rzucić białym płaszczem o ziemię. Gdyby nie Gunter, zrobiłby to bez wątpienia, ale starszy brat wykręcił mu boleśnie ramię za plecy i szepnął do ucha:

— To prowokacja. Nie pozwól Henrykowi von Plötzkau zagrać sobą. On się boi, rozumiesz? Ten krwiopijca jest przerażony, bo za miesiąc do Marienburga przybędzie wielki mistrz i Plötzkau nie wie, co wobec tego stanie się z nim samym. Nauczyliśmy go, że ma pragnąć przeniesienia stolicy zakonu do Prus, ale dopiero teraz do tępaka dotarło i boi się, że jako mistrz krajowy straci wszystko. Dlatego rozkazał tobie i Kunonowi jechać z sobą po Jaćwież.

— Gunterze, ten prostak jest gotów na wszystko. Jeśli cokolwiek pójdzie nie tak, zrzuci winę na mnie! — żachnął się Zyghard.

— Dlatego wysyłam z wami Luthera. Wiem, wiem, nie znosisz go, ale zrozum, Plötzkau wie, iż Luther, książę Brunszwiku, brat władcy Starszej Polski, jest dla zakonu niezbędny, więc nie waży się go tknąć.

I nie waży się skłamać przeciw jego słowu. A Luther, choć go nie lubisz, jest człowiekiem ze wszech miar prawym. Może nieco zniewieściałym, może za bardzo rozmiłowanym w księgach marzycielem, ale prawym. Luther jest twoim i Kunona zabezpieczeniem na tę być może groźną podróż. Pamiętaj, że wszystko, co robię, czynię z myślą o tobie, bracie.

To mówiąc, puścił jego wykręcone ramię i pocałował go w czoło.

I dlatego Zyghard i Kuno jechali wraz z Henrykiem von Plötzkau, Lutherem i kilkoma innymi komturami na tę wielką, tajną wyprawę po tajemniczą kobietę, którą zwano Jaćwieżą.

Wytropił ją komtur Królewca, Fryderyk von Wildenberg, co było o tyle dziwne, że najbliżej domniemanej siedziby Jaćwieży było komturstwo Ragnety. Zyghard nie wnikał w te niuanse, dość, że wiedział, iż Wildenberg użył do podejścia Jaćwieży Dzikich, których zwerbował do pracy na swą rzecz.

— Pewnie trzyma ich żony i dzieci z nożem u gardeł — powiedział cicho Kuno na jednym z popasów, gdy owi Dzicy dołączyli do nich jako tropiciele.

— Jestem nieufny wobec ludzi, którzy zdradzają swych pobratymców, nawet w słusznej wierze — dołączył do nich Luther.

— Ale donosicieli lubisz? — przyciął mu Zyghard.

— Nie wiem, co masz na myśli, bracie — wyniośle odpowiedział Luther i widząc, że nie będą z nim rozmawiać, wskoczył na siodło.

Swoje ciężkie bojowe konie zostawili w obozie na brzegu rzeki Szeszupy i przesiedli się na pruskie, lekkie swejki. Teren był podmokły, zagłębiali się w las, którego poszycie drżało przy każdym końskim kroku. Jaskrawa zieleń mchów, chociaż wydawała się ciepłą i niemal aksamitną, kryła pod sobą zdradzieckie mokradła.

— Jedź za mną — rzucił do niego Kuno. — Kieruj koniem tak, by szedł po śladach mojego.

— Skąd masz taką wprawę w podmokłych lasach? — spytał Zyghard. — W Ziemi Świętej zdaje się same pustynie.

Kuno nie odpowiedział, ale Zyghard czuł, że powinien zrobić to, co mu kazał.

Prowadził konia ostrożnie. Omijał, jak Kuno, najjaskrawsze kępy. Poszycie parowało w gorącym letnim powietrzu i las, w który wjechali, osnuty był wonną, ciężką mgłą. Chwilami wydawało się, że to nie powietrze paruje, lecz sama żywica osnuwa ich mocną wonną chmurą.

Plötzkau zrzucił hełm i płaszcz. Inni poszli za jego przykładem, ale Kuno pokazał mu, by nie był aż tak łatwowierny, i Zyghard pocił się pod żelazem. Luther zrobił to, co oni. Mijali zarośla pokryte żółtymi kwiatami, które wyglądały dziwacznie i lubieżnie. I połacie porośnięte białym, drobnym kwieciem. Powietrze stało w miejscu, wonne, wilgotne i ciężkie. Ptaki odzywały się z rzadka, jakby bały się przypomnieć o swym istnieniu, gdy z góry widziały ciche zakonne wojsko.

Tropiciele doprowadzili ich do brzegu jeziora.

— To Petry, panie — powiedział jeden z nich do Henryka von Plötzkau. — Ta kępa drzew na jeziorze to wyspa, na której siedzi Jaćwież. Ale my tam nie pójdziem — pokręcił głową i zrobił krok w tył. — Było umówione, że prowadzimy tylko do Petry. Dalej nie...

Plötzkau szybko wyjął miecz i przystawił do gardła mężczyzny.

— Gdzie tratwy? — spytał.

Ten wybałuszył oczy w przerażeniu i wskazał na trzciny porastające brzeg. Gdy pachołkowie wyciągali tratwy z zarośli, Kuno oddalił się i oglądał brzeg jeziora. Wracając, szepnął do Zygharda:

— Idealna pułapka. Konie musimy zostawić tutaj. Gdy wrócimy z wyspy, może nie być ani pachołków, ani koni.

— Racja — przyznał Zyghard i podjechał do Henryka. — Co zamierzasz? — spytał.

— Nie wypuszczę tropicieli — wzruszył ramionami mistrz. — Wezmę ich jako zakładników.

— To bez znaczenia — odpowiedział Zyghard. — Dla swoich są zdrajcami, ich życie nie ma żadnej wartości. Sugeruję, żeby na lądzie zostawić mocną straż. To nie mogą być sami pachołkowie.

Oczy Plötzkau błysnęły w spoconej twarzy.

— Strach cię obleciał, co, Schwarzburg? — zarechotał. — Myślisz, że cię nie przejrzałem, hę? Owszem, zostawię komturów na straży, ale to nie będzie komtur dzierzgoński! Ty i wielki Kuno wsiadacie ze mną na jedną tratwę, ha, ha, ha.

Zyghard nie odpowiedział. Jedyne, co chciał zrobić, to walnąć von Plötzkau w czerwony, zapuchnięty od upału pysk, a tego uczynić nie mógł.

Na brzegu zostało dwudziestu ludzi, w tym dziesięciu półbraci pod wodzą trzech komturów. A Plötzkau, Kuno, Zyghard, Luther, trzech zakonnych rycerzy i sześciu pachołków wraz z czwórką przerażonych tropicieli wsiedli na dwie tratwy i popłynęli ku wyspie.

— Czy Jaćwież jest sama? Czy ma strażników? Ilu ludzi? — przepytywał wcześniej Henryk, ale tropiciele nie znali odpowiedzi na to pytanie.

Kuno nie zdjął hełmu i Zyghard, choć pot zalewał mu oczy, zrobił to samo. Woda jeziora była przejrzysta i wydawało mu się, że dno jest bardzo blisko, ale gdy byli na środku, widział, że długie drągi pachołków niemal w całości zniknęły pod wodą. Trwało to krótko, kilka długości tratwy i już zaczęło się spłycać. Słońce migotało, odbijając się od tafli jeziora. Zyghard patrzył na okolicę. Cztery samotne wąskie wzniesienia ostro wynosiły się na brzegach, jak strażnice pilnujące wody.

— Nie przypomina ci to czegoś? — szepnął Kuno.

Zyghard pokręcił głową.

— Dzierzgońskie wzgórze — podpowiedział przyjaciel.

Rzeczywiście. Oba wzgórza, Świętej Anny i to, na którym wznosiła się komturia, były równie samotnymi wzniesieniami na niemal płaskiej przestrzeni.

— Jeśli Jaćwież ma swoje straże, to siedzą na tych wzgórzach — powiedział po chwili Kuno. — Patrzą na nas z góry. Trzeba załatwić sprawę i wracać jak najszybciej, nim zdążą skrzyknąć ludzi. Są żniwa, chłopów trudno oderwać od roli.

— O ile strzegą jej chłopi — rzucił Zyghard i odruchowo się przeżegnał.

Tratwa miękko wpłynęła w trzciny. Uwiązali ją do kołka i wyszli na grząski brzeg.

— Dokąd? — spytał twardo Henryk.

Tropiciele rozłożyli ręce.

— Nie wiemy, panie…

— Naprawdę nie wiemy…

— Myśmy tu nigdy nie byli…

Kuno szybko znalazł dwie wąskie ścieżki biegnące w głąb wyspy.

— No i którą byś wybrał? — zagadnął go von Plötzkau.

— Przypuszczam, że obie prowadzą do celu — odpowiedział Kuno.

— Też coś! — wzruszył ramionami mistrz. — To po co są dwie?

— Jedna dla pielgrzymów, druga dla tych, których Jaćwież zaprasza do siebie, powiedzmy, wtajemniczonych.

— Ho, ho! — zakpił Plötzkau. — Ależ filozofia! Idziemy tędy! — wskazał czubkiem miecza kierunek.

— Chwila — sprzeciwił się Kuno i wskazał na zdesperowanych tropicieli. — Każ ich wziąć na sznur, bo czmychną i mogą sprowadzić odsiecz.

— A, no dobra — przyznał mu rację Plötzkau i wydał rozkaz pachołkom.

I podaj piwo, byle zimne — w myśli dodał Zyghard i spytał na boku Kunona:

— Myślisz, że wybrał dobrą drogę?

— Obie są albo tak samo dobre, albo tak samo złe, a nie powinniśmy się rozdzielać, jest nas za mało — odpowiedział cicho Kuno.

Ruszyli, popychając przed sobą związanych, drżących ze strachu tropicieli. Ścieżka była wąska, szli gęsiego. Tropiciele, trzech pachołków, Plötzkau, Zyghard, Kuno. Luther starał się trzymać jak najbliżej ich pleców.

Obleciał go strach — z satysfakcją pomyślał Zyghard. Las gęstniał i, co dziwne, nie było w nim słychać ptaków. Nic. Cisza wiekuista, jakby w tym miejscu nigdy nikogo nie było. Tylko głos ich kroków, miarowy szczęk żelaza.

Wreszcie drzewa przerzedziły się i wyszli na polanę, tuż przy stojącej na jej skraju, niedużej, krytej trzciną szopie. Plötzkau zatrzymał oddział, unosząc ramię.

Aleksander Macedoński się znalazł — zakpił z niego w duchu Zyghard.

Kuno bezszelestnie wyprzedził go i stanął przy mistrzu.

— Teraz powinniśmy się rozdzielić i obejść polanę — szepnął Kuno do ucha Plötzkau.

— To właśnie chciałem rozkazać — potwierdził mistrz, choć jego oczy mówiły co innego. — Widzisz? — skinął na Zygharda i pokazał im obu kamienny blok stojący pośrodku polany oraz coś, co wyglądało jak przykryty futrem człowiek, ni to siedzący, ni to leżący przy nim.

— Nie jestem ślepy — odpowiedział Zyghard.

— To pewnie ona — Plötzkau udał, że nie słyszy złośliwości. — Śpi, babsko. No, ruszamy! Kuno ze mną, a ty, Zyghardzie, z Lutherem.

Wymienili się spojrzeniami z Kunonem i Zyghard ruszył skrajem lasu, mając za plecami komtura gołubskiego, a za nim rycerzy. Wiedząc o wiszących kładkach, które Kuno odkrył za Świętym Gajem, Zyghard patrzył nie tylko przed siebie, ale i w korony drzew otaczających polanę. Dostrzegł kilka platform wybudowanych w gałęziach, ale były puste, a łączących je podniebnych pomostów nie widział. Ufał, że Kuno idąc z Henrykiem, ma na to oko, bo wrażenie, że wyspa jest opuszczona, wcale go nie uspokajało. Jak i to, że nikt nie strzeże Jaćwieży.

O ile to ta kapłanka — przebiegło mu przez głowę, gdy zakończyli obejście polany i na znak dany przez Henryka ruszyli ku kamiennemu blokowi stojącemu pośrodku. — Może tropiciele zwabili nas tu, jak w pułapkę, a Dzicy dopadną nas, odcinając nam odwrót z wyspy?

Szli kręgiem, białe płaszcze, jak promienie wychodzące z lasu, zbliżały się ku kamieniowi i śpiącej przy nim postaci. Dopiero z odległości kilkunastu kroków Zyghard dostrzegł, że skalny blok przypomina ołtarz i że wysypany jest żarzącymi się kamykami. Ledwie widoczne smużki wonnego dymu uświadomiły mu, że między kamieniami topią się bryły żywicy. Podeszli jednocześnie ze wszystkich stron. Widział czerwoną, napiętą twarz Plötzkau, skupione lica rycerzy i przerażonych tropicieli. Za kamiennym stołem czy też ołtarzem, na obszernej drewnianej ławie spała ludzka postać i dopiero gdy spojrzał na nią z bliska, dotarło do niego, że jest okryta nie futrem, lecz żywymi pszczołami. Wzdrygnął się.

— Pobudka! — wrzasnął Plötzkau i trącił ją ostrzem miecza. — Wstawaj!

Kobieta uniosła się wolnym, majestatycznym ruchem. Pszczoły oblepiały jej ciało, jak żywa suknia. Miała dużą, wyrazistą twarz z wielkimi, ciemnymi oczami i niespotykanie bujne, faliste włosy w kolorze lipowego miodu. Nie wyglądała na wystraszoną ani na zdziwioną. Skierowała wzrok na drżących z przerażenia, skulonych tropicieli.

— *Bišu māte*, Matko Pszczół, wybacz… — padł na kolana pierwszy z nich.

— Zmusili nas, *Māte*! Trzymają w niewoli nasze żony i dzieci, grożą im — jęknął drugi.

— Wybacz, Wielka Jaćwieży, wybacz nam! — krzyknął trzeci.

Czwarty nic nie powiedział, po prostu padł przed nią na twarz.

Kobieta nie poruszyła się, ale jej oczy przesunęły się po obliczach wszystkich obecnych. Zyghard miał dziwne wrażenie, że ona chce zapamiętać ich twarze. Plötzkau nie wytrzymał napięcia i uderzył ją płazem miecza w bark. W tej samej chwili pszczoły okrywające plecy i nogi kobiety uniosły się jak brunatna chmura, rozdzieliły na cztery obłoki i z dzikim bzyczeniem rzuciły na tropicieli, atakując ich. Mężczyźni tarzali się po ziemi z bólu, ale nie śmieli zabijać żądlących ich pszczół. Pierwszy z nich już przestał się ruszać, leżał bezwładnie, a jego twarz zamieniła się w niemal bezkształtną, czerwoną masę.

Pszczoła ponoć ginie po użądleniu — przebiegło Zyghardowi przez głowę. Patrzył na konających tropicieli i jednocześnie widział, że na ciele kobiety nadal zostało wiele gotowych do ataku owadów. Jej wzrok wciąż przesuwał się po ich twarzach, jakby ich liczyła. Drugi z tropicieli skonał z jękiem, ale dwaj pozostali wciąż żyli. Jeden z nich zaczął się czołgać w stronę lasu, wzrok Jaćwieży dostrzegł jego ruch i pozostałe pszczoły siedzące na jej piersiach, jak na rozkaz, wzleciały z ciała kobiety i ruszyły do wściekłego ataku za uciekinierem.

— Zdrajcy muszą zginąć — wyszeptała.

Uratowali nam życie — pomyślał Zyghard, patrząc to na konającego w mękach użądleń, to na nagie po odlocie pszczół ciało kobiety.

Była naprawdę potężna, niemłoda. Miała obwisłe piersi z brunatnymi kręgami sutek, do każdej z nich przyssana była pszczoła. A między nimi spoczywała olbrzymia bryła jantaru. Największa, jaką Zyghard widział w życiu. Z szyją kobiety łączył ją brunatny, pulsujący sznur. Wzdrygnął się. Czegoś takiego nie widział.

— Ciebie zwą Jaćwieź? — zawołał chropawo von Plötzkau, gdy ostatni z tropicieli z jękiem grozy wyzionął ducha.

Czyżby się bał? — przeszło przez głowę Zyghardowi.

— Rycerze Umarłego — hardo odezwała się kobieta. — Wyznawcy trupa na krzyżu. Martwi za życia. Po coście przybyli?

— Po ciebie! — powiedział pewniej Plötzkau. — Jesteś pogańską boginką?

— Jestem człowiekiem — odrzekła i jej brunatne oczy zalśniły żywo.

Ecce homo — poraziło Zygharda.

Ostatnie siedzące na niej pszczoły ze złowieszczym brzęczeniem wzniosły się w górę i ruszyły na nich. Było ich niewiele, nie mogły ich zabić, jak tych nieszczęśników. Zyghard usłyszał, jak odbijają się od jego hełmu. Plötzkau zaczął wymachiwać rękami, podobnie jak rycerze, którzy jak on zdjęli osłony głowy. Kuno, Zyghard i Luther byli bezpieczni, tylko ten upiorny dźwięk, zwielokrotniony przez stal hełmu, niepokoił go.

Mogą wlecieć przez wizurę — myślał Zyghard i robił to, co Kuno. Stał bez ruchu.

Na twarzy użądlonych wykwitły czerwone plamy, kilka pszczół jeszcze wibrowało w powietrzu, ale nie uczyniły większej krzywdy. Wściekły Henryk von Plötzkau rozgniótł ostatnią z tych, która kąsała go w czoło.

— Brać ją! — rozkazał mistrz.

Kuno nie ruszył się. Zyghard instynktownie zrobił to samo. Nic. Inni komturowie nie kwapili się. Pachołkowie dobijali żądlące ich pszczoły. Henryk von Plötzkau poczuł, że jest sam. Jednym susem dopadł do kobiety. Dłońmi okutymi w żelazne rękawice chwycił ją za szyję i jak owcę wywlókł zza żarzącego się kamiennego stołu. Nie stawiała oporu.

Plötzkau wepchnął ją w żar. Długie włosy kobiety zapłonęły żywym ogniem, a jej potężne ciało rozlało się po żywicznym, żarzącym się kamiennym bloku. Obfite piersi opadły na boki i na wysklepionych żebrach została tylko olbrzymia bryła jantaru.

— Jezu Chryste! — zawołał Zyghard i zawtórował mu krzyk innych.

Wewnątrz jantaru pływało żywe dziecko. Ludzki płód. W jednej chwili Zyghard zobaczył, że brunatny sznur, na którym zawieszony był jantar, to pępowina przerzucona przez szyję i wnikająca w głąb łona kobiety.

— Henryku! — krzyknął, ogarniając całość tego, co widzi. — Nie zabijaj jej! Weź żywcem!

Za późno. Plötzkau, wiedziony krwawą mgłą, dusił kobietę, przyciskając do żarzącego się stołu. Ona zaś zarzuciła mu mocne ramiona na szyję i szponiastymi palcami próbowała z niego wydrzeć życie. Kuno skoczył, by odciągnąć ramiona Jaćwieży od Plötzkau, Zyghard, by powstrzymać mistrza, ale gdy Kuno złapał kobietę za nadgarstki i wykręcił jej ręce, rozkładając je szeroko na boki, Plötzkau wyszarpnął się Zyghardowi i wyjął zza pasa długi nóż, błyskawicznie wbijając go w szyję Jaćwieży.

Chlusnęła krew, gorąca i gęsta jak żywica, wpadając przez wizurę hełmu Zygharda i parząc go w oko. Puścił Plötzkau i zdjął hełm. Gorąca maź płynęła mu po twarzy, przyklejając się do skóry. Próbował ją zdrapać. Cofnął się mimowolnie i potknął o leżącego na ziemi pokrytego pszczołami trupa. Usłyszał wysoki krzyk Luthera:

— Mistrzu, zostaw!

A gdy się podniósł z ziemi, zobaczył, jak Henryk wiedziony szałem, nie słuchając nikogo, chwyta sznur pępowiny i żywcem wydziera go z Jaćwieży. To, co popłynęło z jej łona, było ciemną, brunatną mazią. Plötzkau jak bóg mordu stał nad martwą kobietą i trzymał w wysoko wyciągniętej ręce wyrwaną z jej łona pępowinę, na której jednym końcu wisiał brunatny strzęp łożyska, a na drugim zamknięty w bryle jantaru płód. Wszyscy wokół stali przez chwilę jak porażeni. Zygharda niemiłosiernie bolała poparzona twarz. Jak przez mgłę zobaczył Kunona skaczącego ku Henrykowi i chwytającego w ręce jantarową macicę.

— Umiera! — krzyknął Kuno.

— Już nie żyje! — zawył Plötzkau, wskazując na kobietę.

— Płód umiera! — zawołał Luther, doskakując do Kunona. — Naprawdę! Coś ty zrobił, Henryku von Plötzkau? — Odwrócił się w stronę mistrza i doskoczył do niego z gniewem. — Po coś ją zabijał? Gunter chciał, byśmy przyprowadzili ją żywą! Nie rozumiesz?! Żywą! Miała w klatce pojechać do Awinionu!

Henryk von Plötzkau stał nieruchomo, jakby musiał ochłonąć po tym, co się stało, jakby powaga sytuacji nie docierała do niego. Owszem, byli świadkami czegoś, co nie mieściło się w głowach. Kobieta, płaszcz z żywych pszczół, pożądleni na śmierć, jantar z płodem w środku, Boże, ale przecież wiedzieli, po co jadą, spodziewali się tego, nawet jeśli nie wszyscy z nich wierzyli, że opowieści o Jaćwieży są prawdą.

Zyghard i pozostali wolnym, jakby sennym krokiem zbliżyli się do Kunona trzymającego jantarową macicę. Spojrzeli w jej wnętrze. Istota wyglądająca jak ludzkie nienarodzone dziecko, wyciągnęła małe, zwinięte w pięści ręce, jakby chciała od wnętrza rozbić jantarową macicę. Miała zamknięte oczy. Uderzała w przejrzystą ścianę słabo, coraz słabiej, aż znieruchomiała zupełnie.

W tej samej chwili martwe ciało Jaćwieży, spoczywające na żarzącym się, kamiennym obelisku, stanęło w ogniu. Płomienie wystrzeliły w górę, obejmując jej potężne piersi i brzuch. Kuno zacisnął dłonie na jantarze i pchnął barkiem Zygharda, odskakując w tył. Pozostali wycofali się za nimi. Ogień potężniał, pochłaniając ciało Jaćwieży.

— Odwrót! — krzyknął Henryk von Plötzkau, jakby budził się ze snu. — Kuno, pilnuj zdobyczy!

Biegli ścieżką przez las, ku brzegowi jeziora, ku miejscu, gdzie zostawili tratwy. Gdy dopadli trzcin, Zyghard czuł, że nie może już złapać tchu. Wskoczyli na tratwy i pachołkowie szybko odepchnęli je od brzegu. Zyghard położył się, chwycił brzeg tratwy i pochylając mocno, zanurzył poparzoną twarz w wodzie. Poczuł ulgę, ale gdy się wynurzył, znów zaczęło go piec.

— Zrób okład — rzucił Kuno. — Później ci pomogę. Musimy uciekać jak najszybciej, widzisz? — Wskazał na szczyty samotnych wzgórz nad jeziorem. Z jednego z nich unosiła się smuga czarnego dymu.

— Dają znaki — powiedział Luther, patrząc za ramieniem Kunona. — Pewnie sobie tylko znanym, szatańskim sposobem już się dowiedzieli o śmierci swej bogini.

— Jak dobrze, że na to wpadłeś, Lutherze z Brunszwiku — złośliwie syknął Zyghard.

Plötzkau płynął na drugiej tratwie. Luther przełknął zniewagę i powiedział do nich cicho:

— Co lepsze? Oddać jantar mistrzowi, by w razie czego wina pogrążyła go całkowicie, czy też my powinniśmy trzymać zdobycz, żeby ocalić i dowieźć do Marienburga to, co zostało?

Miał rację. Nie wiadomo, co się jeszcze zdarzy po drodze.

— Kuno? — spytał Zyghard. — Podejmiesz się wieźć to coś?

Przyjaciel wahał się przez chwilę, jakby ważył za i przeciw decyzji.

— Tak — skinął wreszcie głową i dodał: — Nie mamy już przewodników. Podczas drogi od Szeszupy do jeziora Perty zostawiałem znaki.

Na brzegu czekali na nich komturowie i służba.

— Cisza, spokój, nic się nie wydarzyło — oznajmił komtur Ragnety.

— To też nie? — Zyghard wskazał na dym idący ze wzgórza na przeciwległym brzegu jeziora.

— Sądziłem, że to pożar — odpowiedział komtur i pobladł.

— Na koń! Odwrót! — rozkazał Plötzkau, który miał czas ochłonąć na tratwie.

Wódz się zbudził — pomyślał ze złością Zyghard.

Kuno nie pytając mistrza o zgodę, wysforował się na czoło kolumny i poprowadził. Jechał szybko, choć raz po raz zatrzymywał się i zdejmował z kory drzewa albo gałęzi kolczastego krzewu kawałki przędzy.

Nawet nie zauważyłem, gdy je zostawiał podczas drogi — pomyślał z podziwem Zyghard. — Czego jeszcze o nim nie wiem?

Nad ranem dotarli do obozu nad brzegiem Szeszupy i z ulgą powitali obecność braci, pachołków i obozowej służby. W kociołkach nad ogniskami bulgotała kasza, na rusztach słudzy okręcali zające i ptactwo. Wszystko znów było bezpieczne i znajome.

Kuno przyniósł mu okład nasączony śmierdzącą mazią.

— Przyłóż — powiedział, przysiadając obok niego. — Powinno pomóc.

Zyghard posłusznie przycisnął okład do twarzy i spytał, przekrzywiając spod niego głowę:

— Pożądlonym też coś dałeś na uśmierzenie bólu?

— Nie słyszysz, jak klną? — parsknął śmiechem Kuno i nagle spoważniał. — Musimy zmienić swoje myślenie o Dzikich. To nie jest jeden lud.

— Mówiłem ci, że to plemiona... — zaczął Zyghard, ale Kuno przerwał mu cichym syknięciem.

— Podsłuchiwałem tropicieli na postoju w drodze do jeziora. Ci przewodnicy, uśmierceni przez pszczoły, działali na rozkaz Jarogniewa. To on kazał im doprowadzić nas do Jaćwieży. Zbieżność imion nie może być przypadkowa.

Zyghardowi pamięć wróciła w jednej chwili. Odłożył kompres.

— Jarogniew. Wódz, którego imię słyszałeś koło drzewnej warowni.

— Tak — potwierdził Kuno.

— Nasi Dzicy spod Dzierzgonia, ci, którymi rządzą Starcy Siwobrodzi, wydali Jaćwież... Kuno, to może oznaczać, że albo prowadzą wojnę między sobą, albo grają nami! — Zyghard wstał i dodał stanowczo: — Chcę zobaczyć jantar. Mam obawy, co się z nim dzieje.

— Boisz się, że martwe dziecko opuściło żywiczną macicę, wyskoczyło z mej sakwy i pobiegło wzywać pomoc? — zakpił Kuno.

— Nie gadaj. Dość dziwactw widzieliśmy wczoraj. Gdybym był człowiekiem małej wiary, starczyłoby, żeby zwątpić. Przyznasz, że nie ma katechizmu, z którego uczono by nas takich rzeczy.

— Popytaj Luthera, może w jego księgach jest coś o dzikich pszczołach — odpowiedział Kuno, ale otworzył sakwę i wyjął z niej wielki jantar.

Jak spod ziemi wyrósł przy nich Henryk von Plötzkau.

— No, pokaż naszą zdobycz! — powiedział i poufale szturchnął Kunona.

Będzie udawał, że nic złego się nie stało — pomyślał Zyghard. — Jak z Gdańskiem.

— Chodźcie do ognia, bracia! — zarządził Plötzkau. — Tu ciemno i gówno widać. Niech wszyscy zobaczą, co wyrwałem z łona tej wrażej suki!

Do ogniska zbiegli się ludzie. Luther przesunął braci i stanął obok Zygharda. Kuno mocno trzymał jantar w obu rękach, wyciągnął je w stronę ognia. W blasku płomieni zobaczyli dziecko tkwiące w jego wnętrzu. Zatopione w jantarowej macicy. Martwe, z zaciśniętą, wyciągniętą ku nim pięścią.

ELIŠKA PREMYSLOVNA wiedziała, że czas działa przeciw niej. Odkąd siostra, Anna, i jej mąż, Henryk Karyncki, wrócili do Pragi i objęli władzę, czas tylko z pozoru stanął w miejscu. Anna się zmieniła, już nie była czułą, starszą siostrą, była królową i to chimeryczną. Najpierw chciała, by Eliška została pierwszą damą jej dworu, ale kiedy podczas uroczystości zobaczyła, że gdy stoją obok siebie, wszyscy składają im hołdy po równo, oddaliła Eliškę i niemal wepchnęła do hradczańskiego klasztoru benedyktynek, tam, gdzie opatką była ich ciotka, Kunhuta. Nie, nie śmiała zmuszać siostry, by ta przywdziała welon. Zezwoliła nawet na to, by Elišce towarzyszył dwór, ale mimo wszystko było to odsunięcie jej od głównego nurtu zdarzeń, a tego Eliška sobie nie życzyła. Miała siedemnaście lat, była królewną, córką złotego Václava Przemyślidy i Guty von Habsburg. Za nic w świecie nie pozwoli się zamknąć w klasztorze! Zwłaszcza teraz, gdy jej kobiecość rozkwitła, dojrzała i była niczym kwiat, gotowy do pokazania światu.

Ich młodsza siostra, Małgorzata, poślubiona księciu śląskiemu, Bolesławowi, dziewczynka, którą traktowały jak dziecko, właśnie wchodziła w rok trzynasty i jak szeptano na dworze, za chwilę będzie zdolna rodzić! A przecież wszyscy wiedzą, że śląscy Piastowie są płodni niczym buhaje i synów, synów zawsze mają więcej niż córek!

Głupia Anna, nie zdawała sobie chyba sprawy z tego, że to najmłodsza z nich może być dla niej zagrożeniem, a nie ona, średnia Eliška! Jakże inaczej tłumaczyć to, że zamiast trzymać z nią, wepchnęła ją do klasztoru? Anna i Henryk nie mieli potomka, mimo iż od ich zaślubin minęły więcej niż trzy lata, i o tym powinna pamiętać starsza siostra, nim tak lekkomyślnie skierowała Eliškę do benedyktynek.

Teraz jednak dobry Bóg ukazał się w krasie swej sprawiedliwości i oto jej paskudny szwagier, karyncki król, który ich ojcu do pięt nie sięgał, został złapany w sidła przez Henryka z Lipy i uwięziony w Pradze, a Anna, struchlała i przerażona, zapukała do klasztornej furty.

Ciotka Kunhuta przyjęła ją, bo zakonny welon sprawia, że miłosierne robią się nawet rodzone Przemyślidki. Eliška zaś włożyła swą piękną, czerwoną suknię i przekazała swojej dwórce, Gredli:

— Powiedz, że jeśli siostra chce, bym ją przyjęła, czekam w swej celi.

— Pani. — Gredla przysiadła w ukłonie. — Nie wiem, czy będę miała śmiałość. To jednak królowa Anna...

Eliška zaśmiała się:

— Wyobraź sobie, że ciebie posłała królowa Elżbieta. No co się tak gapisz? To tylko moja siostra. Idź, mów, co każę.

Anna musiała być w desperacji, bo nie zważając na nic, przybiegła po chwili wprost za Gredlą.

— Jak wy się tu możecie połapać w tych zakamarkach, celach, korytarzach? — jęknęła, wpadając za jej dwórką.

„Wy" — pomyślała mściwie Eliška. — Już mnie wsadziła między zakonnice.

Uśmiechnęła się jednak z udawaną czułością i podeszła do siostry. Anna rzuciła się jej w ramiona i zaczęła ją ściskać. Eliška ucałowała powietrze obok jej policzka.

— Co cię sprowadza, droga siostro? — zapytała skromnie, gdy udało jej się odsunąć Annę od siebie. — Czyżbyś, zwyczajem dawnych królowych, przybyła urodzić następcę tronu w tych murach klasztornych?

— Nic nie wiesz? — zdziwiła się siostra. — Katastrofa! Mój mąż uwięziony przez czeskich zbójów. Czekaj? Co to za zwyczaj? Nie słyszałam o nim.

Bo go zmyśliłam — zaśmiała się w duchu Eliška, a na głos jęknęła, udając współczucie:

— Och! Twój biedny mąż! Już obalony? Ale, droga moja, patrzę i nie widzę, byś była przy nadziei, więc jednak nie macie potomka…

— Przestań! — syknęła gniewnie Anna. — Henryczek nie jest obalony! Już wezwał karynckie wojska, przybędą i go uwolnią.

— Oby zdążyły na czas — skłoniła się siostrze Eliška, a w duchu pomyślała swoje. — Tymczasem rozgość się w rodzinnym klasztorze. W gościnność mniszek chyba nie wątpisz, skoro wcześniej zdecydowałaś, bym ja musiała tu zamieszkać. Ciotka Kunhuta znajdzie ci jakąś celę, ale przykro mi, dwie największe już zajęte. Przeze mnie. A teraz wybacz, droga Anno, na mnie czas. Klasztornym zwyczajem udaję się na modły — to mówiąc, wyszła i zostawiła osłupiałą siostrę.

Oczywiście, nie obowiązywały jej żadne klasztorne reguły. Kunhuta traktowała ją jak gościa wśród mniszek i owszem, chwaliła za każdą obecność podczas mszy, ale nie wymagała, by to było sześć razy dziennie. Elišce, w asyście najstarszych zakonnic, wolno było opuszczać mury zgromadzenia pod warunkiem, że szła do niedalekiej katedry Świętego Wita. I choć samo to, że miała wybór tylko między jednym kościołem a drugim, samo w sobie było okrutne, to jednak miało i dobre strony. W obszernych i dyskretnych nawach katedry Eliška mogła się spotykać ze swymi stronnikami. A tych zdobywała dzień po dniu, w sekrecie, ale systematycznie, tak jak rosło niezadowolenie panów z rządów jej szwagra, Karyntczyka.

— Gredla, daj płaszcz zakonny! — zażądała.

— Bardzo ci w nim ładnie, moja pani — powiedziała dziewczyna, zakładając ciemne sukno na pyszny czerwony jedwab jej sukni. — Widać, że wielka dama, królewska córa, a jednocześnie taka pokorna, jak mniszka.

— Uhm — mruknęła Eliška, bo drażniło ją, gdy Gredla powtarzała to, co ona sama wymyśliła. — Zakonnice gotowe? Które to dzisiaj z nami pójdą? — spytała.

— Stara Katrina...

— Dobrze, jest głucha jak pień.

— ...Petula, Svatava... — wymieniała Gredla.

— Tych nie znam. — Eliška poprawiała sobie dekolt sukni, bo ciężka materia płaszcza zbyt go przysłoniła.

— To te zgarbione, chudzinki takie, ze sto lat mogą mieć — wyjaśniła dwórka.

— Niech mają i dwieście — łaskawie zgodziła się Eliška. — Kto jeszcze?

— Ludmila, moja pani. To ta, co choruje na pamięć.

— Tę lubię — zaśmiała się królewna. — Rano nie pamięta, jak się nazywa, a wieczorem zapomina, że jadła, i domaga się dokładki, ha, ha! Starość jest paradna!

— I jeszcze Kunhuta kazała zabrać Bertę — skończyła wyliczanie Gredla.

— Karlicę? — zdziwiła się Eliška. — Trudno, ciotka ma słabość do tego dziwadła. Niech idzie.

Gdy wyszły boczną furtą z klasztoru, Eliška uniosła twarz ku słońcu. Ciepłe promienie, woń kwiatów z wirydarza, podmuch wiatru. Ach, świat jednak jest piękny, byleby nie był ściśnięty do kamiennych murów celi.

Mała, pokraczna Berta wyprzedziła ją i dzwonkiem dała znać, że orszak może ruszyć.

Gdyby ją przebrać w barwne fatałaszki, jej życie nabrałoby sensu — pomyślała, patrząc na kolebiący chód karłowatej zakonnicy. — Mój tatko miał kiedyś karzełka, co koziołki fikał, to było dopiero urocze stworzenie, ale nie pamiętam, czy to samiec czy samica była.

Nim zbliżyły się ku wejściu do katedry, Eliška tęsknym spojrzeniem obrzuciła bryłę zamku czeskich królów. Zwłaszcza stojące najbliżej, prostopadłe do głównego budynku, skrzydło królowej.

Powinno być moje — zacisnęła zęby i uniosła głowę wyżej. — Tymczasem spędziłam tam ledwie parę lat dziecinnych, a potem, po śmierci matki, zajęła je ona.

Nigdy nie nazywała jej, jak lud praski, pieszczotliwym mianem Eliški Rejčki. Po pierwsze dlatego, że nie darowała ojcu, iż obdarzył nową żonę jej własnym imieniem. Na dworze powinna być tylko jedna Eliška i była nią ona. Po drugie, „Rejčka" brzmiało zbyt czule. Zawsze mówiła o niej „ta druga", a myślała „macocha". Wstrętna macocha. Zdrajczyni, co sprzątnęła jej sprzed nosa Habsburga.

Weszły do katedry. W mroku przedsionka usłyszała swe imię.

— Królewno Eliško...

Zerknęła na zakonnice. Prowadząca ich orszak Berta niezdarnie próbowała sięgnąć wysokiej klamki. Pozostałe czekały, stare i skulone, oślepione wejściem z jasności dnia do mroku świątyni. Skinęła na Gredlę. Dwórka zajęła małą Bertę, a tymczasem Eliška zrobiła krok w ciemny róg przedsionka. Czekał tam oddany Vilém Zajíc z Valdeka.

— Przybył? — spytała go szeptem.

— Tak. Modli się w kaplicy Świętego Václava. Mów z nim, pani, bo teraz ważą się losy Królestwa. Będę na ciebie czekał.

Gredla otworzyła już drzwi wewnętrzne i karlica poprowadziła orszak zakonnic ku głównemu ołtarzowi. Eliška tym razem zajęła miejsce jako ostatnia w rzędzie. Szła ze spuszczoną głową, szlochając raz po raz. Wreszcie dostrzegła wysoką i suchą sylwetkę Konrada z Erfurtu, opata zbrasławskich cystersów, i skręciła w lewo. Klęczał w głębi kaplicy, przed ołtarzem patrona dynastii. Weszła do wnętrza i udając, że z żałości nikogo nie widzi, klęknęła. Zakonnice nie zauważyły, że odłączyła się od ich orszaku, a jej miejsce zajęła Gredla.

— Panie Boże, bądź łaskaw nieszczęsnemu Królestwu — modliła się na głos Eliška. — Tak potężne niegdyś za króla Václava, teraz popada w ruinę pod rządami nieudolnego i słabego króla, który w świętokradczych zapędach ośmielił się uciskać święte klasztory, nietykalne dla ludzi, objęte osobistą kuratelą Twoją. Biada, biada Królestwu w godzinie czarnej! I mnie, biednej sierocie, biada, bo cóż ze mną będzie, gdy lud króla wygna i z nim mą ukochaną siostrę Annę?

— Pani — szepnął Konrad. — Bądź łaskawa przybliżyć się.

Czemuż to ja do niego, a nie od do mnie? — sarknęła w duszy i odwracając zapłakaną twarz ku opatowi, spojrzała na niego wyczekująco.

Pokręcił głową i powiedział jeszcze ciszej:

— Ściany mają uszy i oczy. Tylko to miejsce jest bezpieczne.

Wstała statecznie i pokłoniwszy się przed ołtarzem, podeszła ku opatowi cystersów. Rzeczywiście, miejsce, które on wybrał, było osłonięte kolumną nawy głównej, tak że gdy uklękła, gdzie jej wskazał, musiała być niewidoczną dla przebywających w kościele.

— Tu możemy pomówić spokojnie, najdroższa królewno — skinął głową opat Konrad. — Czy niczego ci nie brakuje w klasztorze?

— Niczego, mój ojcze. Mam dobre siostry wokół siebie i Pana naszego nad sobą, czegóż mogłabym chcieć więcej?

Jedwabiu, sukien, klejnotów, które musiałam zastawić — wymieniła w duchu. — Splendoru, do którego jestem stworzona. Komnat w skrzydle królowej. I władzy.

— Nie, o mnie się nie martw, ojcze — dodała czule. — Martwmy się o Królestwo.

Wąska twarz opata stała się jeszcze dłuższa. Zabębnił sękatymi palcami po podłokietniku klęcznika.

— Czechy w potrzebie, królewno. Właśnie trwają obrady sądu ziemskiego i, jak słusznie przypuszczasz, panowie uradzili tę rzecz.

Nie chce wymówić na głos „obalenie króla" — zrozumiała i dostosowała się natychmiast.

— Zatem sprawy zabrnęły aż tak daleko! — jęknęła ze zgrozą. — Mój Boże...

Boże, a co ze mną? — pomyślała w panice. — Jako szwagierka króla i siostra królowej miałam jakiekolwiek prawa, co będzie teraz? A może zamkną mnie pod kluczem, jak zrobili to z macochą, gdy przybył do Pragi Karyntczyk? Muszę sprawić, że w przeciwieństwie do niej będę im potrzebna. Niezbędna.

— Tak, królewno — ponuro potwierdził opat. — Sprawy zabrnęły daleko.

— Czyje imię padło na obradach możnych? — zapytała cichutko.

— Kilka i pozwolisz, że ich nie wypowiem...

Jeszcze czego! — żachnęła się. — Chcę wiedzieć!

— Czy mówiono o rodzie mej kochanej matki? — spróbowała.

— Owszem, ale te głosy są w mniejszości — odrzekł zaskoczony Konrad.

— O mężu malutkiej siostrzyczki? Lubiano go za czasów ojca.

— Miłość panów wzrasta wraz z siłą.

— Ponoć dał jej dowód, zajmując księstwo opawskie? — wyszeptała to, co ją samą niepokoiło, odkąd dowiedziała się, że śląski szwagier najechał dobra księcia Opawy i podbił je bez trudu, a Małgorzata, jej najmłodsza siostra, też zaczęła paradować po Wrocławiu w czerwonej sukni.

— Wielu z nas patrzy na ten najazd nie jak na dowód siły, lecz raczej desperacji — odrzekł opat.

No i dobrze! — ucieszyła się w duchu. — Zatem póki co, młodszą mam z głowy, a nad końcem starszej właśnie radzimy.

— Zatem, proszę, powiedz, wielebny Konradzie, o kim poważnie myślą baronowie Czech?

— Och, królewno. Oni najchętniej myślą o sobie — westchnął opat i wzniósł oczy ku górze.

Czyżby któryś z nich posunął się do tego, że siebie samego widzi na tronie? — Ułożyła nowe pytanie i wstrzymała się. — Nie, tak źle, bo dam dowód, że to niemożliwe, a warto zawsze mieć otwarte drzwi — przemyślała i powiedziała inaczej:

— No tak, skoro pan z Lipy ma moc przywoływania i odwoływania królów, cóż się dziwić? Kto oprze się takiej sile? Iście czeskiej, rodzimej, naszej. Po tak wielkich władcach, jakimi byli Przemyślidzi, któż może sprostać oczekiwaniom Królestwa? — zawiesiła głos i zastanowiła się.

Czy już czas przywołać księżniczkę Libuszę i prostego oracza Premysla?

Myślała o tym dziesiątki razy, podczas bezsennych nocy w murach Świętego Jerzego. Owszem, miała wielki żal do Henryka z Lipy i nie zapomniała tego, że musiała przed nim klęczeć, ale w swej wspaniałomyślności mogłaby mu to wybaczyć, gdyby teraz on klęknął przed nią i jako pierwszy baron Czech błagał ją na kolanach o rękę. Tak, udzieliłaby mu swej łaski i zrobiła z niego oracza Premysla, i razem daliby krew i nasienie nowej dynastii. Że ma żonę? Można odesłać do klasztoru. Przynajmniej dowiódł, że płodny, zresztą wystarczy spojrzeć na te bary, na lędźwie, by widzieć, że Henryk z Lipy jest mężczyzną na schwał, takim, jaki pojawia się w jej snach, w duszne letnie noce.

— Pan, o którym mówisz — odezwał się z namysłem opat — sprzyja królowej wdowie.

— Sprzyjał — uściśliła. — Póki ta cokolwiek znaczyła na dworze.

— Umknęło twej uwadze, królewno, iż żona twego ojca używa pieczęci z napisem „BIS REGINA".

— To tylko tytuł — wzruszyła ramionami rozzłoszczona Eliška. — Nic nie znaczy. Podwójna królowa, podwójna wdowa. Pechowa.

— Pan z Lipy upiera się, by na dawnej królowej odbudować tron czeski. Uparcie strzeże interesów hradeckiej pani.

Eliška zagryzła wargi. A więc tak. Niepotrzebnie była skłonna wybaczyć Henrykowi z Lipy. Pospieszyła się ze swą łaską, zbyt pochopnie gotowała się uczynić z niego protoplastę nowej dynastii. Nie on jeden ma płodne lędźwie — zaklęła w duchu i przyjęła zrozpaczoną minę. Zaszlochała, a przyszło jej to bez trudu.

— Ojcze Konradzie... sam widzisz, w jakiej ja żyję niepewności i poniewierce. Gdyby mój świętej pamięci ojciec to widział... *Bis regina*, mój Boże! Ona ledwie cztery lata ode mnie starsza, nic więcej, a już dwa razy była koronowana, dwa razy zamężna, a czyż jej ród lepszy od mojego? Przeciwnie, to Václav pokonał Polaków, a nie oni Czechów. Czemuż ja muszę tak cierpieć...

— Królewno, wszystko się może zmienić, teraz, zaraz, ale musisz być gotowa na...

— Jestem! Jestem gotowa na wszystko! — odwróciła się ku niemu i gwałtownie złapała sękate palce opata.

— Na otwarte wystąpienie przeciw swej siostrze? — zapytał surowo.

— Tak.

— Na otwarte potępienie króla z Karyntii?

— Tak.

— Na wyjście za mąż?

— Tak!

Po stokroć! Mam siedemnaście lat, staruchu ze Zbrasławia, i dawno wiem, co robią kobiety z mężczyznami! Gdybyś wiedział, co mi się śni! Ho, ho! Pewnie żeś z takich rzeczy nikogo nie spowiadał! A myślisz, że po co paraduję w czerwonej sukni, co? Tak długo daję wam sygnały, że chcę za mąż, a wy jak ci ślepcy! Nic, tylko Anna albo Małgorzata. A ja? Mój czas już nastał, a ten głupek, mój szwagier, nawet posagu nie zabezpieczył, jakby z góry założył, że nie dla mnie zamążpójście. Kto? Mów kto, i to szybko!

— Zatem, posłuchaj, królewska córo, i zachowaj w największym sekrecie, bo to, co ci za chwilę powierzę, jest tajemnicą mogącą przesądzić o losach tronu. Decyzją większości czeska korona powinna trafić do najbardziej wpływowego dziś rodu Rzeszy.

Eliška utkwiła wzrok w wargach opata, a te bezgłośnie wypowiedziały nazwę dynastii.

— Luksemburgowie.

Henryk VII, nowy król Niemiec — pomyślała. — Wybrany w zeszłym roku, po zabójstwie jednookiego Albrechta Habsburga. Ach! Przecież ten dureń, Karyntczyk, mimo iż przysługiwał mu głos elektorski, nie pojechał na wybory, bo bał się, że mu tron czeski spod chudego tyłka wyciągną, gdy się ruszy z Pragi. Doskonale, doskonale — zaklaskała w duszy. — Luksemburgowie mu tego nie zapomną, a tym samym z całą siłą uderzą na mego szwagra i zmiotą go razem z niewdzięczną Anną. — Nagle zatrzymała tok myśli i dotarło do niej.

— Jezusie, to starzec! I w dodatku żonaty, jeśli nic się nie zmieniło, odkąd siedzę w klasztorze.

— Opacie? — zapytała nieśmiało i dziewiczo. — Ale...

— Syn Henryka, Jan — samymi ustami powiedział Konrad z Erfurtu.

— Ile ma lat? — wyszeptała.

— Chcesz wiedzieć? — zapytał Konrad i zabrzmiało to złowróżbnie.

Skinęła głową, czując, jak serce podchodzi jej do gardła.

Opat rozprostował pięć palców jednej dłoni i spojrzał jej w oczy.

— Potwierdzasz, że jesteś gotowa na wszystko? — surowo spytał opat.

Zakręciło jej się w głowie. Nie zadrżała tylko dlatego, że z całych sił trzymała się klęcznika.

Zakpili ze mnie — pomyślała z przerażeniem. — Chcą wydać za dziecko. — Oddychała szybko i po chwili dostrzegła, że opat wystawił jej determinację na próbę, bo powoli wyciągnął drugą dłoń. Zaczął rozprostowywać palce.

Siedem, osiem... — liczyła w duchu Eliška, wiedząc, że innej szansy nie będzie. Habsburgów nie chcą, choć tak bardzo podobał jej się kuzyn Fryderyk. — Dziewięć... dziesięć... — wszystko było lepsze niż pięć, od którego zaczął licytację. Serce zadrżało jej radośnie, gdy wrócił do pierwszej dłoni i pokazał pięć palców. — Piętnaście! To już prawie dorosły — jęknęła w duszy z tryumfem i w tej samej chwili opat zbrasławski schował dwa sękate paluchy, robiąc z jej narzeczonego dziecko. Trzynaście.

Po dojrzałych lędźwiach Henryka, które rozważała na początku tej rozmowy, wizja trzynastolatka wydała jej się smarkatą, ale błyskawicznie przypomniała sobie skurcz serca, który poczuła, gdy pokazał jej jedną dłoń.

— Nim dojdzie co do czego, młody kandydat będzie niemal mężczyzną — pocieszająco powiedział opat Konrad.

— Myślałam, że mówimy o błyskawicznych rozwiązaniach? — zdziwiła się niemiło. Jak to? Ma wrócić do benedyktynek i siedzieć tam z niczego nieświadomą Anną?

— Owszem, królewno, ale to syn — opat ściszył głos — króla niemieckiego. Dyplomacja wymaga czasu. Trzeba omówić wszystkie warunki, by nie powtórzyło się to, co zrobił Albrecht. Czy mam przekazać panom czeskim, że się zgadzasz?

— Tak, ojcze — opowiedziała, nie wahając się.

— Rozumiesz, królewno, że sytuacja wymaga od ciebie zachowania całkowitej tajemnicy? Gdyby wydało się, co zamierzamy, twój szwagier mógłby zachować się w sposób nieprzewidywalny.

— Rozumiem — skinęła głową Eliška i miała do opata jeszcze jedno, najważniejsze teraz dla siebie pytanie. — Powiedz szczerze, ojcze, czy taką propozycję, jak mnie dzisiaj, złożyłeś mojej macosze, hradeckiej pani?

— Nie, królewno. *Bis regina* nie ma życzenia po raz trzeci wychodzić za mąż — odpowiedział opat i dodał po chwili: — Teraz twoja kolej, Alzbeto Premyslowna...

— Moja — potwierdziła twardo.

— ...poświęcić się dla Królestwa — dokończył opat zbrasławski.

JEMIOŁA I WORAN przez większą część pobytu w niewoli porozumiewali się wyłącznie za pomocą myśli. Tak było bezpieczniej. Udoskonalili sztukę, z którą, jak mówiła ich matka, przyszli na świat w świętą noc kupały, a której nie praktykowali latami, gdy każde z nich żyło własnym życiem. Teraz, zmuszeni okolicznościami, wrócili do niej i z dnia na dzień szło im coraz lepiej. Zamknięto ich w loszku wykopanym w ziemi na tyłach chaty, która przez wiele lat służyła Dębinie, a teraz stała się warownią wojowników Trzygłowa. Wyjścia strzegła pokrywa z okutego stalą drewna. Strażników nie było przy nich przez cały dzień; po pewnym czasie uwięzieni zrozumieli, że pojawiają się tylko wówczas, gdy wartownicy strzegący obozu z koron drzew schodzą i gdzieś znikają.

Sądzą, że nie przedrzemy się przez warty otaczające polanę — pomyślał do niej Woran.

I mają rację — odpowiedziała mu w myślach Jemioła. — Przynajmniej tak długo, póki czegoś nie wymyślimy.

Powód, dla którego nas zamknęli, musi być ważniejszy, niż obawa, że wydamy ich kryjówkę — pomyśleli do siebie mniej więcej jednocześnie i od tej chwili ze zdwojoną siłą zaczęli nadsłuchiwać nawet przypadkowych słów i urywków zdań.

Przez pierwsze dni nie było w tym, co wpadło im w ucho, nic ciekawego. Jarogniew opuścił Radunię i poszedł na czaty, czymkolwiek one były; wrócił po tygodniu i odbyli hałaśliwą naradę, z której ani Woran, ani Jemioła nie zrozumieli prawie ani słowa. „Jak podpalisz jantarowy pył" — to było wyraźne albo „Który podpali".

To dobrze — pocieszyli się nawzajem. — Skoro mówią przy nas zagadkami, to znak, że jeszcze nie skazali nas na śmierć.

Do czego nas potrzebują? Czy chroni nas wyłącznie dozgonna wdzięczność Starców wobec ciebie? — pomyślała Jemioła.

Nie wierzę w ich wdzięczność — pomyślał Woran, a ona ze zdumieniem odkryła, że jej cudownie powolny brat myśli bardzo szybko. — Ale będę się na nią powoływał, bo to dla nich honorowa rzecz.

A gdybyśmy dotarli do nich z wiadomością, że ich dobroczyńca siedzi w loszku pod ziemią? — spytała.

Jak, siostrzyczko? — zaśmiał się w myślach.

Dała spokój. Rano, po hałaśliwej naradzie, wieko lochu uniesiono i zamiast Ostrzycy podającej im co rano miskę kaszy i wodę, w świetle pojawił się Jarogniew w pancerzu z ptasich kości.

— Kogo z was wziąć na ruszt? — zapytał wesoło. — Chłopca czy dziewczynkę?

— Musiałbyś najpierw nas utuczyć — odpowiedziała Jemioła. — Słabo karmisz.

— Sarnina nam się kończy. Idziemy zapolować — powiedział poważnie. — Kilka dni nas nie będzie, ale nie próbujcie uciekać. Radunia jest dobrze strzeżona.

— Po co to mówisz? — spytała.

— To propozycja — uśmiechnął się Jarogniew. — Możecie rozprostować kości i iść z nami.

— Na polowanie? Na karmiące łanie i cielęta? — zaśmiała się hardo.

— A co, panienka uznaje jedynie łowy na ludzi? — odpowiedział z uśmiechem.

Nie odezwali się do niego, więc po chwili z trzaskiem zamknął klapę. Słyszeli, jak szykują się do wymarszu, ale trzeba im przyznać, nie robili hałasu i trudno było odróżnić, ilu ludzi zostało w obozie, a ilu wyszło.

Podpuszczał nas? — spytała Worana w myślach.

Za dzień lub dwa możemy sprawdzić — odpowiedział brat.

Jak otworzymy klapę?

Po co ją otwierać? — pomyślał i uniósł brwi. — Przekopmy się obok. W końcu to jama w ziemi.

Czym?! — zezłościła się.

Wyciągnął rękę i położył jej coś na kolanach. Nóż.

Skąd go masz?!

— Wyciągnąłem Jarogniewowi z pochwy, gdy rozmawiał z tobą — uśmiechnął się Woran.

— Kiedy? Jak? — naprawdę nie zauważyła.

— Gdy ruszam się bardzo powoli, ludzie nie widzą — roześmiał się. — Bez obaw, pomyśli, że zgubił.

Wbiła ostrze kolejno w cztery ściany loszku, aż znalazła tę z najbardziej miękką ziemią. Pomyślała chwilę. To ściana, która wychodzi na stronę lasku za chatą. Tam kiedyś była niewielka grządka z ziołami, za czasów Dębiny. Dziewczyny nie posadziłyby ziół na skale, z której wyrasta Radunia, więc ziemia powinna być miękka aż do powierzchni. Wbijając nóż, zaczęła kopać. Woran zbierał ziemię i uklepywał po przeciwnej ścianie, by urobek nie zabierał im miejsca, którego i tak mieli tu niewiele. Gdy się zmęczyła, zmienili się. Była noc, kiedy poczuła, że jamę od powierzchni ziemi oddziela tylko wąski pasek darni. Woran zatrzymał ją.

— Zaczekajmy do jutra — poradził. — Dzisiejsza noc jest pierwszą po wyjściu wojowników. Strażnicy będą dziś pilnować nas i obozu tak, jakby od tego zależał świat. Jeśli zaś nic się nie zadzieje, jutro sobie poluzują. Wezmą po dzbanie piwa więcej i wiesz, jak jest.

— Nie wiem — pomyślała ze śmiechem. — Ale ty byłeś w niejednym wojsku. I niejednemu wodzowi służyłeś.

— Jeszcze jak — odpowiedział — nie pytaj!

Nie, nie pytała. Nie chciała go zawstydzać. Gdy matka skierowała go na służbę do komtura von Plötzkau, Woran powiedział jej, że dopiero u niego zrozumiał, o co chodzi z Zieloną Grotą. Reszty się domyśliła. Będzie chciał, sam powie.

— Nie będzie chciał — wtrącił się w jej myśli Woran.

— Nie podsłuchuj! — skarciła go w myślach.

— To trzymaj rozmyślania na wodzy — odgryzł się.

Noc minęła spokojnie. Słyszeli zmiany straży i jeśli dobrze naliczyli, obozu pilnowało czworo ludzi. Rano przyniesiono im kaszę. Oboje drżeli, by strażnik nie nadepnął na przykrytą darnią dziurę. Szczęście było przy nich, podziękowali Matkom i czekali na zmierzch.

Dłużyło im się, więc zabawiali się podsłuchiwaniem swych myśli. Ją Woran nakrył dwa razy na Michale Zarembie i po razie na wspomnieniu Przemysła i księcia Henryka; ona jego na jakiejś dziewczynie o ustach jak maki, której imienia nie potrzebował wymieniać, by chcieć mieć z nią dziecko, a najlepiej dwoje, bliźnięta.

W końcu promienie słońca wpadające do loszku przez szpary

w deskach okutego wieka zniknęły i zapadła oczekiwana szarość. Wraz z nią zaszumiał drobny, równy deszcz.

Kapuśniaczek! — pomyśleli radośnie w tej samej chwili. Każdy deszcz osłabiał czujność straży, nawet tak delikatny jak ten.

Jemioła ostrożnie wsunęła się do wydrążonej przez nich jamy i podważyła darń. Korzenie puściły, a na jej głowę posypała się ziemia. Wyrzuciła kępy trawy na bok i podciągając się na rękach, wyjrzała na zewnątrz. Panowała ciemność. Księżyc dwa dni po nowiu, jak wyliczyła w myślach, nie dość, że nikły, to jeszcze całkowicie przysłonięty chmurami. Wyszła na zewnątrz, z radością witając mżawkę obmywającą jej włosy i twarz. W kilku susach dopadła tylnej ściany chaty. Przycupnęła, czekając na Worana. Brat wyskoczył zręcznym, powolnym ruchem.

Jak można skakać tak wolno? — pomyślała.

Normalnie — odpowiedział jej.

Pokazała kierunek. Chciała, by uciekli kozią ścieżką, a nie jedną z dwóch głównych dróżek prowadzących na szczyt. Kozia ścieżka, jak zwały ją w czasach Dębiny, wiodła właśnie od tyłu chaty, stromo w dół. Po prawdzie, żadne kozy tu nigdy nie chodziły, ale któraś z dziewcząt, urodzonych na stokach Tatr, powiedziała kiedyś, że jest tak stroma, iż mogą nią schodzić tylko kozice, i nazwa przyjęła się. Gdy Ostrzyca pod bronią prowadziła ich do obozu, oboje widzieli, że nadrzewne wartownie są także od tej strony, ale Jemioła liczyła, że wysokie drzewa szybko ich ukryją przed okiem strażnika. Nie myliła się. Chwyciła Worana za rękę i zręcznie poprowadziła w dół. Nie zsunął się ani na krok.

Zwinny — pochwaliła go w myślach.

Dziękuję — odpowiedział brat.

— ...rano będzie po wszystkim — usłyszeli nad sobą głos wartownika.

Przycupnęli w bezruchu, wtapiając się w pnie drzew.

— Tak wychodzi. Mówił „dwa dni po nowiu pszczoła zbierze krwawy nektar". Wypada, że dziś — odpowiedział drugi.

— Jeden jantar, wiele korzyści. Wszystko dla sprawy — powiedział ten, co zaczął.

Jak podpalisz jantarowy pył, pójdzie ogień, który osmali... — Woran powtórzył w myśli strzęp zdania, który padł z ust Jarogniewa podczas biesiady. Nie umieli go podporządkować pod żadną rozsądną myśl i uznali, że to pijackie przechwałki.

— A niech tam będzie — z żalem w głosie powiedział drugi. — Byleby się skończyło to oczekiwanie i zaczęła prawdziwa wojna.

— Trzygłów da, a jak nie on, to Perun.
— O jedną pszczołę nie idzie.
Bišu māte, Matko Pszczół — zawołał w myślach Woran.
Idziemy. Teraz — zarządziła Jemioła. — Nie słuchaj więcej, uciekaj! — dopadła do drzewa, za którym się krył, i pociągnęła go za rękę. Stał jak skamieniały. Nie chciał iść.
— Słyszysz? — zawołał wartownik.
— To sarny na żerowisku. Jakbym coś widział, tobym spróbował ustrzelić. Ale grotów szkoda. Ciemnica.
Chodź, sarno, na żerowisko — zaklęła brata w myślach. — Nie pomożesz Matce Pszczół, stojąc w deszczu pod wartownią.
Zadziałało. Woran ruszył za nią. Zbiegali ze stromego zbocza, aż poczuli pod stopami miękką trawę. Wtedy zwolnili, uspokoili oddech i dalej szli, chowając się od drzewa do drzewa. Nie mieli pewności, czy jakaś część oddziału Jarogniewa nie pilnuje podnóża Raduni. Nie. Było czysto. Ominęli trakt i zagajnikiem szli szybko na południe. Nie zatrzymywali się w rozrzuconych po lasach siedzibach sióstr. Na krótki sen stawali w najgęstszych kniejach, zakopując się pod igliwiem i okrywając mchem.
W pięć dni doszli do matecznika. Wystarczyło jedno spojrzenie Dębiny, by zrozumieli, że strzępy zdań miały sens.
— Żelaźni Bracia zabili Jaćwież — powiedziała im.
— Dwa dni po nowiu — wyszeptał Woran.
— Tak — skinęła głową. — Ale jest gorsza rzecz. Wydali ją braciom ludzie Starców, a ich wojownicy zabili strażników Jaćwieży pilnujących drogi do niej na tych czterech wzgórzach wokół jeziora.
— Stoiwach — nazwał je Woran. — Stoiwa wokół Petry.
Jemioła podtrzymała brata, pod którym ugięły się kolana. Spojrzał na nią zrozpaczonym wzrokiem.
— To było najbezpieczniejsze miejsce na świecie, rozumiesz? Matki Pszczół pilnowali ludzie dzień i noc. Mieli widok na każdą drogę do wyspy. Nawet szczupak nie mógł do niej podpłynąć, by o tym nie wiedzieli.
— Nie spodziewali się ataku od swoich — przygarnęła go ramieniem. — Tak jak my nie mogliśmy uwierzyć, że Ostrzyca wsadzi nas do lochu.
— Zaczęła się wojna, Dębino — powiedział Woran, prostując się nagle.
— Nie, synu — odpowiedziała mu. — Oni chcą ją wywołać, a ja nie zgodzę się im ulec.

MECHTYLDA ASKAŃSKA zamknęła się z Jakubem de Guntersberg w tajnej pracowni, która mieściła się za drzwiami jej komnaty sypialnej. Zwykle nie zapraszała tu nikogo. Służki nie miały wstępu za okute drzwi, zresztą Mechtylda trzymała dziewczęta krótko, zmieniając je raz na pięć lat, tak aby żadna nie wiedziała o niej dość dużo. Ze starej służby zostawiła sobie tylko zaufaną Dagmar, która była jej pierwszą panną służebną, gdy Mechtylda jako szesnastoletnie dziewczę zawitała na dworze Barnima. Ponad czterdzieści lat służby! Były rówieśnicami i to stało się powodem, dla którego Mechtylda trzymała ją przy sobie. Czuła się lepiej, gdy raz po raz patrzyła na pooraną zmarszczkami twarz Dagmar, na jej ramiona chylące się ku ziemi. Tak by wyglądała, gdyby nie jej tajemna sztuka zamknięta w słojach, garncach i flakonach stojących jeden przy drugim na ustawionych gęsto pod ścianami półkach pracowni. Dagmar była jej bezgranicznie oddana z tego samego powodu: patrzyła na swą panią niczym na boginię chodzącą po ziemi.

Gdy Mechtylda pracowała, pozwalała sobie zrzucić ciasną suknię i przywdziać surkot na samą koszulę, ale teraz, w towarzystwie Jakuba, nie zrobiła tego. Owszem, raz zasmakowała go i to w dodatku w klasztorze, dopuszczając do pewnej poufałości, ale nie aż takiej, by widział ją w negliżu.

— I pomyśleć, że zaczynałeś karierę jako mój wielki łowczy! — Poczęstowała go ciężkim winem o rubinowej barwie.

— A ty, pani, nieustannie kazałaś mi polować — kącik ust powędrował w górę, co zapewne oznaczało uśmiech.

Dla niej wystarczało, nie oczekiwała od Jakuba dworskich manier.

— Powspominamy chwile chwały, czy od razu powiesz, co masz dla mnie? — spytała, patrząc na rubinową barwę trunku przez piękne, zielonkawe szkło kielicha.

— Wyczuwasz złe wieści? — spytał, mrużąc oczy o nijakiej barwie.

— Nasłuchałeś się od służek przy studni? — zaśmiała się krótko.

— Znamy się tak długo, księżno, że słyszałem bodaj wszystkie plotki na twój temat i, jak mi się zdaje, potrafię odróżnić ziarno od plew. Na przykład w tę, że w czasie pełni latasz na grzbiecie swego czerwonego orła, nie wierzę — mówiąc to, Jakub nie patrzył na nią, tylko na jakiś okruch na końcu stołu.

Pstryknęła palcami i jej brandenburski orzeł natychmiast wylądował tam i dziobnął okruszynę, a potem zaskrzeczał, rozkładając skrzydła. Jakub uniósł na nią wzrok, a ona w odpowiedzi poruszyła brwią.

— Mów, Jakubie.

— Gdyby na twym miejscu był kto inny, ucieszyłby się z takich nowin — zaczął de Guntersberg — ale wiem, że ty...

— Nie mędrkuj — przerwała mu. — Mów, co wiesz.

— Krzyżacy wystąpią do margrabiego Waldemara z ofertą kupna Wschodniego Pomorza. Zapłacą za to, by zrzekł się praw do Gdańska i przyległych ziem. Z tego, co wiem, oferta nie wspomina o zajętej przez was ziemi słupskiej i sławieńskiej.

— Ile?

— Dziesięć tysięcy grzywien.

— Tyle samo, co proponowali Karłowi?

— Teoretycznie. Jemu oferowali zapłatę w srebrnych grzywnach, wam podadzą w brandenburskich.

— Kutwy — zastukała ostrymi paznokciami w blat i orzeł natychmiast przyleciał, by przysiąść przy swej pani. — Jedna dziesiąta mniej.

— Będą i warunki dodatkowe, księżno — Jakub mówił beznamiętnie i nagle zorientowała się, że jej dawny łowczy nie patrzy już na nią z tym nieustannym, choć skrywanym, odcieniem podziwu i pożądania. Zabolało.

— Jakie? — spytała ostro i usłyszała, że jej głos potrafi brzmieć skrzekliwie jak u jędzy. Odchrząknęła, zmiękczając ton. — Jakie?

— Warunkiem wypłaty będzie uzyskanie przez margrabiego Waldemara pisemnego zrzeczenia się wszelkich roszczeń do Pomorza przez księcia Starszej Polski, Henryka z Głogowa. Rzecz jasna, ma to dotyczyć także dziedziców księcia.

— Tam synów jak w chłopskiej chacie — wzruszyła ramionami. — Krzyżacy są sprytni, zabezpieczają się na wszelkie sposoby.

— Mówi się, iż robią to, spodziewając się procesu w kurii awiniońskiej. Książę Władysław już ponoć złożył skargę.

Dopadł ją gniew tak nagły, że nie mogła się opanować. Chwyciła orła za nagą, bezpiórą nogę i przytrzymała w złości. Ptak uderzył skrzydłami i próbował się wyrwać. Mechtylda rzuciła nim o ścianę, w powietrzu zawirowały czerwone pióra. Ochłonęła w jednej chwili.

Zachowuję się jak wieśniaczka — pomyślała. — Orzeł to nie kura, którą można skubać!

Pragnęła Pomorza. Pragnęła wielkiej Brandenburgii, która połknie i wchłonie sąsiednie księstwa tak, iż wreszcie wybije się na niepodległość w Rzeszy i urośnie do rangi odrębnego królestwa. Już dawno porzuciła myśl o działaniu przez swego syna, Ottona, bo chłopak tak się zasłuchał w legendy o swym ojcu, Barnimie Dobrym, że choć kropli jego krwi nie miał, stał się Ottonem Pobożnym, księciem szczecińskim. Dewot i tyle, pożytku żadnego. Wszystkie swe pragnienia przelała na rodzimą, askańską dynastię i teraz, gdy jej głową stał się drapieżnik Waldemar, gdy mogli wspólnie osiągnąć wszystko, przyszło im zmierzyć się z przeciwnikiem, któremu nie sprostali. Któremu, po prawdzie, nikt dzisiaj nie był w stanie sprostać. Rycerze Zakonu Najświętszej Marii Panny byli okutą w stal potęgą, za którą stało prawo silniejszego. Podparci papieskimi bullami, które dawały im nieograniczone możliwości, robili, co chcieli, napełniając skarbiec zakonny srebrem, a każdą zdobytą piędź ziemi warowniami z kamienia, cegły i żelaza. Uległ im niezniszczalny Otto ze Strzałą, bo choć za jego śmiercią stoi jakaś leśna dziewka, to jednak opuścił Gdańsk przed krzyżackim uderzeniem.

— Polej mi wina — powiedziała do Jakuba i ciężko wsparła się łokciami na stole. — Napiję się za niespełnione marzenie. Toast za wielką klęskę! — uniosła kielich i złowiła jego zdumione spojrzenie. Upiła łyk i zrozumiała: Siedzę jak stara baba. Jak kupcowa na kramie.

Łagodnym, ledwie dostrzegalnym ruchem wyprostowała plecy i zabrała łokcie ze stołu. Oparła się o wykładane adamaszkiem wezgłowie krzesła. Odchyliła głowę i naprężyła szyję. Tak lepiej. Tak też może wychylić kielich za tę przeklętą klęskę.

— Który z komturów najbardziej zawzięty? — spytała niskim, zmysłowym tonem.

— Gdańska bestia, Henryk von Plötzkau — odpowiedział Jakub zakłopotany.

— Wybacz, Jakubie — powiedziała, przełykając wino tak, by kropla została jej na dolnej wardze — ale nie wierzę, że człowiek o sławie nieopanowanego rzeźnika może być głową takiej operacji.

— Pytałaś pani o zawziętego — odpowiedział. — Jeśli zaś szukasz twórcy idei zakonnego Pomorza, to odpowiem, że najprawdopodobniej jest nim Gunter von Schwarzburg, komtur prowincjonalny ziemi chełmińskiej.

— Przyjmiesz zlecenie? — uśmiechnęła się, wsuwając czubki palców pod opinającą jej podbródek podwikę.

— Nie opłaca ci się — zaprzeczył gwałtownym ruchem głowy i potarł twarz szeroką dłonią, jakby chciał się otrząsnąć z wrażenia, jakie na nim zrobiła.

Mam cię — uśmiechnęła się w duchu i zlizała kroplę wina z wargi, nim ta skapnęła jej na kosztowną suknię.

— Nie opłaca się, pani, bo rzecz już przesądzona. Gdyby Gunter zginął, jego miejsce zajmie młodszy brat, Zyghard von Schwarzburg, i to on doprowadzi do finału ofertę dla Brandenburgii. Poza tym sprawa oficjalnie stanęła na kapitule krajowej, więc dla braci zakonnych nie jest już rzeczą tajną. Waldemar usłyszy tę ofertę nie do odrzucenia niebawem.

— Dlaczego wzdragasz się na tę myśl? — spytała Mechtylda, gładząc się po szyi.

Jakub chwilę milczał i patrzył na nią, a potem trzeźwo i twardo odpowiedział:

— Z zasady nie przyjmuję zleceń na Krzyżaków.

— Nie wierzę w te wydumane zasady sekretnych ludzi — spojrzała mu prosto w oczy, aż się zaczerwienił. — Możesz o nich opowiadać innym, których kasujesz za głowy ofiar, ale nie mnie. Znamy się tyle lat, Jakubie de Guntersberg, że oboje wobec siebie zasługujemy na szczerość.

— Nie biorę zleceń na Krzyżaków, bo w ich szeregach działa mój konkurent, księżno — odpowiedział i równie mocno spojrzał jej w oczy. — Nie wchodzimy sobie w drogę.

— To rozumiem — skinęła głową i przesunęła dłoń z szyi na ciasne wykończenie stanika sukni — choć nie znaczy, że będę próbowała cię przekonać, mój drogi. — Zaśmiała się nisko i powtórzyła: — Drogi, drogi! Płacę ci srebrem!

— Tylko za to, co zrobię, pani — odrzekł i przełknął ślinę.

Potrzebuje zachęty, czeka na nią — pomyślała i wsunęła dłoń pod swój stanik.

— Na mnie czas — powiedział i wstał gwałtownie.

— Mechtyldzie się nie odmawia, Jakubie! — syknęła, wysuwając język.

— Znamy się tyle lat, księżno, że jak powiedziałaś, oboje wobec siebie zasługujemy na szczerość. Oto ona: nie wezmę zlecenia na komtura i nie wezmę ciebie. Żegnam, Mechtyldo Askańska.

Zaskoczył ją tak bardzo, że nie była gotowa na reakcję. Odwrócił się na pięcie, pchnął drzwi jej pracowni i wyszedł.

— Goń! — wydała rozkaz orłowi, ale nim ptak odbił się i wzleciał, usłyszała trzaśnięcie kolejnych drzwi, wiodących z alkowy. Orzeł krzyknął, uderzając w nie dziobem.

— Jesteś starym ptaszydłem! — wrzasnęła za nim. — Przez okno, durny! Goń go! Zadziob!

Zapomniała, że wysokie okna komnaty sypialnej kazała szczelnie zamknąć, bo wieczorem lało. Orzeł ogłupiały latał pod sklepieniem, gubiąc pióra. Machnęła ręką i zrzuciła ze stołu kielich, który rozbił się w szklany, gruboziarnisty proch.

— Jak śmiał?! Jak on śmiał?! — powtarzała, nie wierząc, że to zdarzyło się naprawdę. — Odmówił mi, odmówił mi.

A przecież to nie był pierwszy afront, jaki ją spotkał. Waldemar i Otto ze Strzałą po tym, jak połączyli się w gorącym, miłosnym trójkącie, który wydawał się każdemu z nich połączeniem doskonałym, po tym, jak wyznawali jej miłość i oddanie niczym Madonnie Askańskiej, zdradzili ją z jakąś leśną dziewką, znajdą, której wdzięki i młode łono doprowadziły Ottona do śmierci z miłosnego wyczerpania.

Jestem stara? — zapytała sama siebie i zaprzeczyła natychmiast. — Nie ma drugiej takiej, która zna wszystkie maści, odwary i tajemne sposoby na utrzymanie urody. Nie ma takiej drugiej. Co więc się stało? Dlaczego? Może dlatego, że zaczęłam przegrywać — dotarło do niej.

Wstała, depcząc po rozbitym szkle. Wzięła z półki nowy kielich i po spokojnym namyśle odmierzyła do niego trzy krople, nie więcej, z flakonu, który już był więcej niż w połowie pusty. Dolała wina. Dobre, mocne, rubinowe. I wychyliła kielich.

A potem wyszła, zamykając starannie pracownię, i zawołała Dagmar, by wdrapała się na stołek i otworzyła okno. Chłodne i czyste po letniej ulewie powietrze wypełniło komnatę.

— Księżno — powiedziała Dagmar ochryple, gdy zlazła ze stołka. — Przybył margrabia Waldemar.

— Proś go — rzuciła Mechtylda, nie odwracając się od okna. Jeszcze chwila. Potrzebuję jeszcze chwili. Odliczyła do dziesięciu, biorąc spokojne, głębokie wdechy. Czuła, jak w jej krwi krąży wino wzmocnione najtajniejszym z eliksirów.

— Mechtyldo — usłyszała niski, gardłowy głos Waldemara.

— Wejdź, proszę, i zamknij drzwi — powiedziała, nie odwracając się od okna. — Posłuchaj, Waldemarze. W ciągu najbliższych dni mistrz krajowy zakonu złoży ci ofertę na wykup praw do Pomorza za dziesięć tysięcy grzywien. Zgodzisz się, bo nie masz wojska zdolnego postawić się Krzyżakom i odbić im Gdańsk. — Mówiła spokojnie, akcentując tylko rzeczy ważne. — Zażądają pisemnych gwarancji, które ty będziesz musiał zdobyć na księciu Starszej Polski. Zrobisz to, bo wiem, że potrafisz negocjować. Na Głogowczyka znajdziesz jakiś sposób. Potem weźmiesz zakonne srebro i dopiero wtedy ostrze swej uwagi skierujemy z Pomorza na Poznań. Jesteś siostrzeńcem nieżyjącego króla, kim wobec ciebie jest książę Głogowa? Nikim. Wiem, że baronowie Starszej Polski mają do niego żal o Pomorze. Wykorzystasz to. Pokażesz, że ty o Pomorze biłeś się ze znienawidzonymi przez Polaków Krzyżakami, czego on nie zrobił. A akt sprzedaży praw do Pomorza przedstawisz jako gwałt zadany przez zakon, rozumiesz? Wciąż mamy ziemię słupską i sławieńską, mamy więc dostęp do morza. Brandenburgia mogła sięgać Gdańska, ale to marzenie spełniło się na krótko, więc zamiast lamentować, zmienimy marzenia. Połkniemy Starszą Polskę. W niej zatopimy szpony. Pokażemy wszystkim twą siłę i krew piastowską. Słyszysz?

Przez chwilę nie odpowiadał, ale usłyszała jego przyspieszony, coraz głośniejszy oddech. Waldemar podszedł do jej pleców. Położył chłodne palce na ramionach Mechtyldy, odchylił nałęczkę i pocałował ją w szyję.

Działa, eliksir działa — pomyślała z ulgą, ale po tak silnej zniewadze, jaka ją dzisiaj spotkała, potrzebowała pewności. Odwróciła się ku niemu gwałtownie. Waldemar stał za nią, a jego źrenice pulsowały ogniem.

— Mechtyldo — wyszeptał. — Jesteś piękna i władcza. Niepokonana.

Działa — odetchnęła i wysunęła ku niemu podbródek.

Ujął go łagodnie i zaczął ją całować. Zręcznie zrzuciła diadem, nałęczkę i podwikę. Wypięła szpile z włosów, by warkocze wężowym ruchem mogły opleść Waldemara. Obejmował ją, przyciągał do siebie, charczał z pożądania. Brała go, nie oddając się mu i szepcząc to, co powiedziała, gdy się narodził:

— Woldemar...

A on drżał na ten dźwięk, odpowiadając na zaklęcie posłuszeństwem.

Tryumf — myślała. — Jeszcze jedno zwycięstwo. Póki kropli starczy we flakonie.

JAN MUSKATA biskup krakowski obudził się wypoczęty i świeży. Podróż mu służyła, a w drodze nie ma nic lepszego niż własne pierzyny i poduszki, dobre miejscowe jadło i młode morawskie dziewczyny. Ta pulchna, która teraz słodko spała obok niego, była jego trzecią na Morawach, ho, ho, a przecież przed nimi jeszcze kawał drogi. A to się nasmakuje miejscowych przysmaków, nim dotrą do Bratysławy. Należy mu się jak nikomu innemu po miesiącach postów, upokorzeń i wyrzeczeń. Karłowa wieża wciąż mu się śni nocami.

Wstał, klepnął dziewuchę w miękki tyłek i już czuł się jak nowo narodzony. Wzuł domowe obuwie z cielęcej skórki na bose stopy, na koszulę narzucił wełnianą kapę, co ją gospodyni przyniosła wieczorem, w razie zimna, i zostawiając morawską kluseczkę pod pierzynką, zszedł parę schodków na dół, do obszernej izby gospody. Wynajęli ją z Henrykiem, płacąc gospodarzom za cały dom, by nie przyjmowano innych gości pod dach. Niepotrzebne im było wścibskie towarzystwo i chcieli porządnie wypocząć przed kolejnym etapem ciężkiej podróży z Wrocławia do Bratysławy, przed sąd legata papieskiego.

— Dzień dobry, Henryku! — powitał swego przyjaciela, który już kompletnie ubrany do drogi zasiadł do śniadania. — Ranny z ciebie ptaszek!

— Chwała Panu, żeś wreszcie się zbudził, Janie! — odpowiedział biskup wrocławski. — Jak ty to robisz, że sen się ciebie w tym wieku tak trzyma?

— Okładam się na noc miejscowymi kwiatuszkami — zarechotał Muskata i siadł na ławie. — Co tam gospodyni nam przyrządziła?

— Jajka, ser, boczek, chleb świeży, miód, masełko. Proste, apostolskie jedzenie.

— A wina nie zostało z ostatniej wieczerzy? — mrugnął do niego Jan.

Henryk z Wierzbna udał, że się boczy, pokręcił głową, jak ojciec nad wybrykami syna, ale wyciągnął bukłaczek. Muskata łyknął sobie, nic mu tak nie rozjaśniało umysłu jak wino przed śniadaniem.

— Wiesz, Janie — zagadnął Henryk z Wierzbna. — Trochę niepokoi mnie, że ten twój Walter od trzech dni nie daje znaku życia.

— Ruprecht — poprawił go z pełnymi ustami Muskata. — Mój cichy człowiek nazywa się Ruprecht. Nie przejmuj się — machnął lekceważąco ręką i dołożył sobie łychę masła, bo jajecznica wydawała się sucha. — Jakby coś złego nam groziło, Ruprecht już by meldował. Jak go nie ma, znaczy cisza i spokój. Nie jesz boczku? To mi oddaj, proszę.

— Tak samo nie podoba mi się, że odprawiłeś tego siepacza. Twarz miał jak antychryst, to prawda, ale mógłby się przydać w drodze — rozsiewał niepokoje Henryk.

— Tyś chyba lewą nogą wstał — skrzywił się Jan i dołożył sobie miękkiego, białego sera. — Bardzo dobre! Próbowałeś, Henryku?

— Tak, owszem — nieuważnie potwierdził biskup wrocławski. — Legat Gentilis wyznaczył termin rozprawy na pierwszego listopada, powinniśmy nieco przyspieszyć podróż, żeby się nie spóźnić, bo prokuratorzy Jakuba Świnki już siedzą w Bratysławie.

— Zdążymy — uspokoił go Muskata. — Wina więcej nie masz? Zapchałem się tym serem.

— Mówiąc „nie spóźnić", nie miałem na myśli spóźnienia się na proces! — oburzył się Henryk. — Powinniśmy przed jego rozpoczęciem dobrze obłaskawić Gentilisa, a sam wiesz, jaki on jest wymagający. Jedna zakrapiana wieczerza to za mało, by zrozumiał, czyją ma trzymać stronę. Wodą popij, na wino przyjdzie czas!

— Zawsze jest czas na dziewczynę i wino — zanucił Muskata pod nosem i capnął bukłaczek. — Nie martw się, wszystko działa na naszą korzyść. Dwie poprzednie rozprawy odroczono na prośbę Świnki, a i na tę starzec z Gniezna się nie ruszył, bo mu się głowa trzęsie. Z jego prokuratorami poradzimy sobie, nie mają tej starczej siły rażenia, tego wzroku patriarchy narodu, ho, ho, już się boję!

— Teraz kpisz, a gdy cię arcybiskup od czci i wiary osądził i ze wszystkiego wyzuł, nie było ci tak wesoło — przyganił mu Henryk.

— Ale teraz jest — odpowiedział Muskata, wstając od stołu i przeciągając się, aż mu w kości strzeliło. — Bracie, przyjacielu! Jadę na proces ze świadkiem barbarzyńskiego uwięzienia, którego byłem ofiarą! — mówiąc to, mrugnął do Henryka. — Z gotówką, którą dał nam na drogę i wydatki dla Gentilisa nasz sojusznik, książę Głogowa. Wreszcie, wszystkie me skargi na Karła i Świnkę tenże, przyjazny nam Gentilis, będzie osądzał.

— Ubieraj się, Janie, jedźmy już. I przypominam, że nie tylko książę Starszej Polski, ale i ja płacę za naszą podróż — usiłował zgasić jego wspaniały nastrój biskup wrocławski.

Morawy jesienią mieniły się wszystkimi odcieniami żółci, czerwieni i rdzy. Pagórkowaty pejzaż, drogi wijące się w wąwozach, rześkie powietrze, czegóż więcej do szczęścia trzeba przyszłemu wygranemu, Janowi Muskacie, którego sąd papieski oczyści z wszelkich zarzutów? Sama myśl, że zobaczy nieprzytomnie zdumione twarze legistów Świnki, dodawała mu werwy.

— Chwała Panu na wysokościach! — śpiewał z całego serca radośnie, aż jego nastrój udzielił się Henrykowi z Wierzbna, i biskup wrocławski zaczął mu wtórować.

Jechali tak przez dwanaście zwrotek psalmu, aż nagle porośnięte jarzębiną zbocza wąwozu poruszyły się. Muskata przetarł oczy i w lot zrozumiał, że to nie krzewy i drzewa kłaniają się wielebnym podróżnym, lecz wypadli z nich raubritterzy.

— Jezusie! — jęknął biskup wrocławski.

— Wracać! Bronić nas! — krzyknął Muskata do straży przedniej, która już zniknęła za zakrętem drogi. — Bronić nas!

— Janie! — zawołał Henryk. — W nogi!

— Ale wozy! — jęknął Muskata, widząc, że rabusie najpierw skierowali się na ciągnące tyłem tabory. — Szaty liturgiczne, kołdra z adamaszku i moje poduchy!

— Nie czas żałować poduch! — wrzasnął przytomnie Henryk. — Wiejemy!

Obaj ponaglili konie, wymijając sługi jadące przodem. Muskata odwrócił się, dostrzegł, że napastników jest co najmniej dwudziestu i są wśród nich rycerze. Dwaj z nich odłączyli się od rabusiów już wskakujących na tabory i ruszyli w pogoń za biskupami.

Jezu — pomyślał — a może to zamach na me życie?

Więcej mu nie było trzeba, już nie myślał o wozach, czując, iż to na jego głowę zasadzili się raubritterzy. Nagle zza zakrętu wypadli ich zbrojni, tak hardo wezwani przez Muskatę do obrony.

— Biskupie! — krzyknął dowódca, jeszcze nie widząc dokładnie, co się dzieje na trakcie.

— Biskup jest tam! — wrzasnął Muskata, wciąż popędzając konia i mijając zbrojnego, wskazał mu ciżbę kłębiącą się wokół wozów. — Tam!

Ogłupiały dowódca poznał go, mimo pędu, ale nie zdołał zawrócić własnego konia, na trakcie było ciasno; pognał więc we wskazaną stronę, natykając się na dwóch goniących Henryka i Jana raubritterów. Nim biskupi zniknęli za zakrętem drogi, usłyszeli jęk umierającego.

— Chodu! Janie, chodu! — krzyczał Henryk, popędzając konia.

Mijali kolejnych zbrojnych ze swej straży przedniej, ci już gotowali się do walki.

— Osłaniajcie nasze tyły! — zawył do nich Muskata i popędzili dalej.

Jechali co tchu długą chwilę i Jan już był pewien, że umknęli zbójcom, gdy nagle, tuż obok jego ucha świsnęła strzała. Zadygotało nim. Nigdy w życiu nie słyszał straszniejszego dźwięku! Wiedział, że musi się odwrócić, sprawdzić, co za nimi się dzieje, ilu ludzi ich goni i jak są blisko, ale po prostu nie mógł. Zesztywniał cały z przerażenia, zaschło mu w ustach i bardzo chciał przypomnieć sobie słowa tej modlitwy na trwogę, ale nie mógł, normalnie nie mógł. Zamiast niej przychodziło mu do głowy tylko jedno: „Tatuś, ratuj!". Tak krzyczał, gdy byli mali i Stefkowi udało się go zapędzić w kąt podwórza, kopnąć i opluć. Tatuś, ratuj! — jęczał w duchu Janek Muskata i pędził co sił, aż czuł smród własnego, zmieszanego z końskim, potu. No i tatuś go nie uratował! Biskup krakowski poczuł przenikliwe ukłucie w lewym ramieniu, a zaraz potem i w prawym.

— Trafili mnie! — jęknął, czując palący ból. — Trafili, tatuś! Ustrzelili twego najlepszego synka!

Pochylił się ku końskiej szyi i dał się nieść klaczy.

Ocknął się w łóżku. Leżał na brzuchu. Barki rwały go, jak anioła, któremu wyrwano skrzydła. Pościel nie była z adamaszku, tylko z szorstkiego i niezbyt czystego płótna.

— Gdzie ja jestem? — zaskomlał słabo.

— Jeszcze nie przed sądem Bożym! — radośnie odpowiedział mu Henryk. — Chwała Bogu, Janie! Uratowali nas kupcy i bezpiecznie sprowadzili do Novego Městа. Jesteśmy u tutejszego plebana, w domu.

— Nové Město? Co to za dziura?

— Wciąż na Morawach — odpowiedział Henryk. — Uciekaliśmy szybko, ale nie tak, by znaleźć się w Bratysławie.

— A nasza służba? A wozy?

— Pytasz o moją służbę i moje wozy? — upewnił się Henryk i Jan poczuł złość.

Ja umieram, a z niego wychodzi kutwa — pomyślał.

— Wozy mi skradziono, tak jak i trzynaście koni. Ludzi pobito, nikt nie wrócił, ocaleliśmy tylko my dwaj.

Mógł mi tego oszczędzić — pomyślał obolały Muskata. — Powiedzieć coś na pocieszenie.

— Ale pocieszę cię — jak na zawołanie dodał Henryk. — Skrzynia z dokumentami ocalała, widocznie celem napadu nie były papiery procesowe.

— To ma być pocieszenie? — wrzasnął Jan, aż pióro z twardej jak kamień poduszki przylepiło mu się do warg. Splunął nim. — Jakby się okazało, że to Świnka nasłał na nas zbirów, to już byśmy mieli wygrany proces!

— No niestety, przyjacielu. To nie arcybiskup. Gorzej, bo spóźnimy się na otwarcie procesu. Jesteś ranny, tutejszy medyk mówi, że powinieneś leżeć ze dwa tygodnie.

— Czyli wyjdę z tego? — upewnił się Muskata. — Nie umrę?

— Wszyscy kiedyś umrzemy, mój drogi — wymądrzył się Henryk. — Ale ciebie święty Piotr jeszcze nie zaprosił.

— Kto? — nie zrozumiał Muskata. — Kto mnie nie zaprosił?

— Święto-ty Piotr — przesylabizował biskup wrocławski, jakby mówił do dziecka. — No, to odpoczywaj, leż, tylko się nie wierć, żeby opatrunek z pleców nie spadł. Ja zaś pójdę do winiarni. Świętują zbiory i takie młode wino dają teraz, jak wydobrzejesz, pozwolę ci podać troszkę, na wzmocnienie krwi, odrobinkę.

— Teraz mi daj! — zażądał Jan Muskata. — Bo się nie zagoję!

Henryk z Wierzbna był jednak nieugięty i wredny. Poszedł sobie, zostawiając przyjaciela sam na sam z poduszką, na której po chwili pojawiły się pluskwy.

— I zbaw nas ode złego, Panie w niebiosach — przypomniał sobie modlitwę Jan.

Potwornie się brzydził robactwa.

Byli bezradni. Na trakcie zginęła większość ich ludzi, reszta zaś rozpierzchła się nie wiadomo gdzie, co za czasy, nie można liczyć na lojalność służby. Na szczęście srebro od Głogowczyka Muskata trzymał w sakwie przy siodle, tak jak i swoją gotówkę Henryk z Wierzbna, więc nie zostali bez grosza przy duszy. Biskup wrocławski próbował zwerbować ludzi do dalszej podróży, wynająć wóz i konie, ale szło mu to wszystko opornie. Na dodatek Ruprecht się nie pojawił i pojęcia nie mieli, co dzieje się w ich sprawie. O Dohnie, wodzu jego siepaczy, słuch zaginął i tylko zdrowy rozsądek powstrzymywał Jana Muskatę przed myślą, że to Dohna mógł stać za atakiem na trakcie.

Nie gryzie się ręki karmiącej — powtarzał sobie, usuwając z pamięci fakt, iż od dawna swym siepaczom nie płacił.

Po tygodniu mógł już wstawać i zrobić kilka kroków po ciemnej izbie plebana. W tę i we w tę, nic więcej, bo za szybko się męczył.

— Pierwsza strzała uszkodziła mi płuco — wyłuszczał Henrykowi, gdy ten zżymał się, że czas ucieka, a oni nie mogą jechać na proces. — A druga swym wrażym ostrzem dosięgła serca. Czułem to, ale się nie poddałem. Powiedziałem sobie: „Janie, jesteś mężny! Nie taki ból cierpieli męczennicy za wiarę" i nie zwalniając konia, jechałem dalej, aż płaszcz za mną furkotał jak skrzydła drapieżnika. Tylko mojej nadludzkiej odwadze zawdzięczamy życie, zapamiętaj to sobie, mój drogi.

— Ty coś piłeś? — skrzywił się biskup wrocławski. — Albo z przestrachu pomieszało ci się w głowie? To całkiem inaczej było. A gdyby strzały trafiły cię w płuco i serce, już byś nie żył. W bark dostałeś, więc nie dramatyzuj.

Tak gada, bo mi zazdrości. Ran i męstwa — skonstatował Muskata i dał spokój. Poszedł się położyć, bo przed oczami miał mroczki.

Nazajutrz Henryk z Wierzbna wrócił z wizyty u plebana niemal przerażony.

— Janie! — zawołał od drzwi. — Polują na nas, Janie! Wyobraź sobie, że słudzy plebana słyszeli w karczmie rozmowę zbirów, którzy planowali napad na dwóch szacownych biskupów z obcego kraju, z miasta Wrocławia i miasta Krakowa! Kazałem plebanowi nająć pachołków i dzień i noc pilnować tej chałupy.

— A widzisz? — zatryumfował Muskata. — Sprawa procesowa. Bo jakby polowali na nas prywatnie, to by rzekli „dwóch bogatych", a nie „szacownych".

— A tam, Janie, mrzonki — machnął ręką Henryk. — Najgorsze, że proces się właśnie zaczął, a my przez ciebie gnijemy w Novym Měste.

— Daj wina — zażądał Jan. — Zaraz coś wymyślę.

Henryk z Wierzbna był przerażony, bo raz-dwa kazał posłać po tutejszy trunek. Młode, niemal musujące wino, szybko uderzyło Muskacie do głowy. Po drugim kubku stał się geniuszem pomysłowości.

— Posłuchaj, Henryku — perorował. — Mówiłeś, że tu nieopodal jest klasztor franciszkanów. Poślij do nich, niech nam pomogą. Przebierzemy się w ich skromne habity i nikt, nawet sam anioł stróż, nas nie rozpozna. Kaptury na głowę, nogi bose, wsiądziemy na wóz i wio, do Bratysławy! Kto będzie skromnych minorytów podejrzewał? Nikt, przecież wiadomo, że to bida z nędzą, warte tyle, co sukno na grzbiecie. Możesz im podpowiedzieć, żeby dali stare, połatane habity, mnie wprawdzie tania wełna gryzie, ale dla sprawy znów jestem gotów się poświęcić.

Biskup wrocławski zapalił się do tego pomysłu i czym prędzej sam ruszył do minorytów. Wrócił wieczorem blady, zbity z tropu, nieswój.

— Janie, przeor franciszkanów odmówił. Powiedział, że w tych dzikich czasach habit ubogiego mnicha nie daje rękojmi bezpieczeństwa.

Muskata, jako że Henryk wychodząc, zostawił mu dzban wina, był w wojowniczym nastroju.

— Odmówił? — wrzasnął. — A to łach!

— Poczekaj, poczekaj — uspokajał go Henryk, siadając przy wąskim stole. — Odmówił habitów, ale nie pomocy. Tyle że zasugerował rozwiązanie, na które nie możemy przystać. — Mówiąc to, Henryk zgarnął dłonią okruchy z blatu i dostawił swój kubek, lejąc do niego resztkę wina. — Haniebne — dodał i upił łyk. — Wiesz, co powiedział? Żebyśmy przebrali się za... za... za...

— Mów, nie jąkaj się, bracie! — zachęcił go Jan.

— Za niewiasty! — skończył biskup wrocławski, przeżegnał się i duszkiem wychylił kubek do dna.

Jan Muskata, z głową pełną młodego wina, zaczął się śmiać.

— Henryku! A to doskonała rzecz! Przepyszna! Ty i ja jako młode dzierlatki! Ha, ha!

— Janie?! — oburzył się biskup. — Ty nie widzisz obrzydliwości całej tej sytuacji? Ja, metropolita wrocławski, i ty, wygnany, ale biskup krakowski, obaj w kobiecym przebraniu uciekający przed nie wiadomo kim?

— Ależ przyjacielu! To i Achillesa za dziewczę przebrano, jak było trzeba, a nikt mu męstwa nie odmawia. Mnie się ten pomysł bardzo widzi — oświadczył Muskata i tak długo lał z nowego dzbana do kubka Henryka, argumentując rzecz dobrem procesu, aż ten sztywniak, biskup wrocławski, skapitulował.

W środku nocy przybył brat od franciszkanów, przynosząc ubrania i mówiąc:

— Jutro skoro świt pod dom plebana podjedzie wóz. Na nim podróżować będzie zacna matrona, pani Aneżka z Novego Města. W jej towarzystwie, jako rodzone siostry pani Aneżki, przy Bożej pomocy dojedziecie do Ołomuńca, a tam już bracia franciszkanie zadbają o waszą dalszą podróż do Bratysławy. Niech święty Franciszek was prowadzi, a Matka Boża udzieli swej pomocy.

Po czym zostawił tobołek i zniknął. Henryk pijany chrapał na ławie. Jan, jako tako przytomny, zabrał kobiece ubiory do izby i rozpakował.

— O matko! — jęknął zdegustowany, oglądając suknie, które przyniósł franciszkanin. — To jakieś kiecki jak dla starych bab! Nic powabnego, żadnych kolorowych, tylko jakieś takie ponure. Henryku! — dźgnął przyjaciela palcem, ale ten tylko przełożył głowę na drugie ramię i spał dalej.

Jan Muskata został sam z problemem, który go przerastał. Noc szybko zmierzała ku porannej zorzy, a on miał przed sobą całą furę kobiecych ubiorów, w które należało ubrać siebie i pijanego biskupa Wrocławia.

— Co to może być? — wyciągnął spośród ubrań szarą długą

wełnianą kiszkę. — Rękawiczka? Ale taka bez palców i luźna? A to znowuż? — wziął w dwa palce kawałek sztywnego jak blacha płótna.

    Z tego, co leżało przed nim, pewien był tylko dwóch płaszczy, dwóch sukien wierzchnich i dwóch koszul. Cała reszta budziła w nim wątpliwości. Owszem, niejedną kobietę Jan Muskata w życiu rozebrał, ale po pierwsze, one zwykle już przychodziły do niego w półnegliżu, po drugie, pomagały mu chętnie, po trzecie, to były młode i ponętne damy, a nie stare baby. Kobiece stroje, które znał, mieniły się mnóstwem kolorów, to zaś, co leżało przed nim, wyglądało na szaty wdów. Porozkładał wszystko na ławie, chcąc skompletować dwa ubiory, i wyszło mu, że wełniane kiszki to nie rękawiczki, jak na początku przypuszczał, ale nogawiczki. Do tej pory znał je tylko w wersji jedwabnej, cóż się dziwić, że się pomylił. Sztywne paski płótna zaliczył do jakichś miejscowych ozdób na głowę, bo nic innego z nimi zrobić się nie dało. Gdy był gotów, przystąpił do najtrudniejszej części zadania — ubrania śpiącego i pijanego Henryka. Oj, stanęła mu przed oczami pewna spowiedź, z początków jego kariery. Wtedy to jakaś niewiasta pytała go, czy za to, że co dzień rozdziewa pijanego męża z ubrania dostanie odpuszczenie mąk piekielnych. Pogonił ją wtedy i rozgrzeszenia nawet nie udzielił, a dzisiaj pokornie przyznał, iż był w błędzie. Rozebranie śpiącego, śmierdzącego winem Henryka było drogą przez mękę. A ubranie go w babskie fatałaszki graniczyło z cudem. Wełniane nogawiczki nijak nie chciały trzymać się włochatych łydek. Jan wiedział, że panienki obwiązują to miejsce wstążeczką, z jej braku użył sznurka i zacisnął go mocno, by wstydu nie było, jak się taki obwarzanek wysunie spod sukni. Butki nijak nie chciały wleźć na wielkie stopy wrocławskiego biskupa, aż nożem nie naciął im dziur na pięty. Nałożenie koszuli po męce dolnych części było niemal przyjemnością. Prawdziwa wojna zaczęła się przy sukni. Henryk z Wierzbna był za gruby. Nie chciał się upchnąć do środka. Jan wytężył całą pamięć i przypomniał sobie, że kobietki mają sznurki na plecach i z boku sukni. Rozluźnił je tak, że materia kiecki podzieliła się na trzy osobne niemal części, trzymające się jedynie owym sznurowaniem i wtedy, bo wielkim boju, Henryk zmieścił się w niej. Prawda, przez sznurowanie widać było białe płótno koszuli, ale przecież na koniec przyjdzie płaszcz i ładnie się to tam wszystko ukryje.

    — Czas na głowę! — otarł spocone czoło Jan Muskata i najpierw spróbował wykombinować podwikę okalającą brodę. Użył chyba nie tego paska materii, co należy, bo twarz Henryka wylądowała w czymś w rodzaju szerokiej długiej tuby z płótna.

— E, źle — skrytykował swe wysiłki Jan. — Wyglądasz, jakbyś łeb włożył z drugiej strony dziurawego garnka. To na nic.

Zaczął odpinać tubę, a pijany i śpiący przyjaciel zamamrotał coś przez sen, robiąc z ust długi, obleśny dzióbek.

— Weź się, stary świntuchu — zbeształ go Jan. — W twoim wieku takie głupie żarty.

Wyszukał wśród łaszków inny pasek płótna, tych akurat ciągle miał w nadmiarze, i dopasował jako podwikę. Była ciut wąska i nie objęła podwójnego podbródka Henryka, ale trudno, nic innego nie chciało na niego pasować.

— Upasłeś się na wrocławskim biskupstwie jak świnia — powiedział mu to, co myślał, a czego przez takt i zaistniałą od dłuższego czasu sytuację nie mógł mu wyznać prosto w oczy. — Za karę wyjdzie z ciebie stara i tłusta matrona. Podbródek ci będzie wisiał jak u maciory. No, unieś łeb, nałęczkę ci trzeba założyć, żeby nie było widać, żeś nie baba.

Za pomocą dołączonych do ubrania szpil Muskata upiął nałęczkę i nie bez trudu założył na nią welon. Henryk, owszem, parę razy syknął z bólu, ale Jan klepnął go tylko w udo, mówiąc:

— Patrzcie, jaka niedotykalska! Myślałby kto! Jeszcze płaszczyk — mówiąc to, okrył bary Henryka materią — i proszę! Jaśnie pani jak ta lala!

Z sobą poszło mu znacznie szybciej. Wprawdzie trzewiczki i na niego były za małe, a suknię też trzeba było rozsznurować, ale to jednak nie to samo. Wciąż nie odrobił wieży. Gdy jakoś poradził sobie z własną podwiką, nałęczką i welonem, z konsternacją zauważył, że nadal zostały mu te sztywne kawałki płótna. Dostrzegł pętelki na ich krańcach, więc zrozumiał, że trzeba tam zasznurować. Owinął je dwakroć, by skrócić, i po zasznurowaniu wykombinował z nich dwie takie ozdoby na głowę. Jakby czółka. Jedną przypiął Henrykowi, oczywiście pod welon, drugą sobie i jak raz usłyszał wóz zajeżdżający pod dom plebana. Zebrał rzeczy i obudził Henryka gromkim:

— Wstawaj, złodzieje idą!

Biskup wrocławski zerwał się jak oparzony, Jan przyganił mu pijaństwo, otrzeźwił poklepywaniem i wyprowadził na dwór, do wozu, w którym, jak powiedział franciszkanin, czekała już na nich matrona.

— Aneżka z Novego Města — przedstawiła się.

— Henryka i Janina, z daleka — wymodulowanym głosem zaanonsował ich Jan.

— Widać, że z daleka — odrzekła Aneżka, wpatrując się w to, co

Muskata miał na głowie. — Wiem, kim jesteście — szepnęła poufale, kiedy sługa pomógł im wsiąść na wóz i usiedli na ławce naprzeciw Aneżki. — Ale on nie wie — wskazała na woźnicę.

— Rozumiem — pisnął Jan i po kobiecemu skinął głową.

Ozdoba zachybotała się niebezpiecznie. Woźnica smagnął konie i ruszyli. Henryk wsparł się na ramieniu Muskaty i chrapnął natychmiast. Jan czuł się nie do końca spokojnym. Aneżka wpatrywała się w niego podkrążonymi oczyma.

Zatrzymano ich raz, przy wyjeździe z Novego Města. Strażnik przy bramie mówił, że szukają rabusiów. Henryk nie odezwał się, zrobił jedynie zatroskaną minę, a Aneżka coś tam zaszczebiotała o strasznych czasach. Dzień zrobił się jasny i pogodny, droga byłaby nużącą, gdyby nie to, że Jan Muskata przez cały czas intensywnie myślał. Liczył wrogów.

Henryk ma rację. To nie Świnka stoi za naszymi kłopotami i co gorsza, raczej nie Karzeł. Małemu Księciu najbardziej się spieszy, by zdjęto z niego klątwę, a tego bez ugody przed legatem nie osiągnie. Póki co może w nosie dłubać, a nie skargi wnosić na Krzyżaków. Trzymam go w szachu. W jakimś sensie, oczywiście. Zatem kto na nas uderzył? Komu zależy na mej śmierci?

— O Jezulatko! — krzyknął woźnica i gwałtownie zatrzymał konie.

— Ježiš Nazaretský! — pisnęła matrona Aneżka i Henryk z Wierzbna się zbudził.

Na drodze przed ich wozem pojawił się oddział zbrojny.

— Raubritterzy! — wrzasnął biskup wrocławski.

Jan zmrużył oczy i poznał Dohnę, wodza swych siepaczy. Zawołał go ku przerażeniu woźnicy i matrony.

— Dohna, to ja! Jan Muskata! Podjedź no tu i nie rób państwu krzywdy.

Raubritter zbliżył się konno do wozu.

— Szukam biskupa od paru ładnych tygodni — wyznał. — Jak kamień w wodę.

— Gdybyś był przy mnie i strzegł mego boku, nie musiałbym się za starą babę przebierać — oskarżył go na powitanie Jan.

— Czekałem w Bratysławie — odpowiedział Dohna. — Ale skoro się biskup nie pojawił na czas, wyjechałem na spotkanie. Po co ta maskarada?

— Napadnięto na nas i raniono mnie! — z pretensjami natarł na siepacza Muskata. — A potem polowano, śledzono i... masz wolne konie? Znudziło mi się jechać na wozie.

— Mam, panie — przytaknął Dohna. — I ubiór też się znajdzie. Biskupa wrocławskiego poznaję, a ten trzeci to kto? Notariusz? — wskazał na przestraszoną Anežkę.

— Nie, to tutejsza dama — syknął Muskata. — To co, Henryku? Przebieramy się i na siodło?

— Dwa razy nie powtarzaj. Łydki mi zdrętwiały, jakby mi krew pod kolanem odcięło. Już, rozdziewajmy się z tych sukni, byle szybciej.

— Pani Anežka wybaczy — skłonił się towarzyszce podróży Muskata i nerwowo zaczął zdzierać z siebie suknie.

Matrona odwróciła się i zakryła oczy, by nie być świadkiem ich nagości i dopiero gdy Henryk z Janem zeskoczyli z wozu, odważyła się je odkryć.

— A proszę tam od nas podziękować braciom franciszkanom! — zawołał wesoło Muskata. — Suknie i płaszcze, proszę bardzo, złożone, oddajemy! Z Bogiem, szanowna pani!

— Z Bogiem, panowie — statecznie odpowiedziała Anežka. — A jeśliby tam była drugi raz potrzeba się za niewiasty przebrać, to doradzam, by w naszym kraju nie nosić zwiniętego gorsetu na głowie. U was to może i damy tak chodzą, ale u nas kraj arcychrześcijański i nie wypada.

— Gorset? — zdumiał się Henryk z Wierzbna. — Coś ty mi na łeb założył, Janie?

— Co było pod ręką — wzruszył ramionami Muskata. — Dziękuję pani Anežce za światłą radę.

— W drogę, biskupie — zawołał Dohna. — Nie chciałbym popędzać, ale kiedy wyjeżdżałem z Bratysławy, na twą głowę leciały gromy Gentilisa. Legat papieski jest wściekły, a rozmawiać może tylko z legistami Świnki. Im dłużej będzie ich słuchał, tym twoje szanse na wyjście z procesu z twarzą mniejsze.

— Nie doceniasz mnie, Dohna! — zaśmiał się Muskata i wyprostował w siodle. — Ja jestem biskup krakowski i nie ma tarapatów, z których bym nie wyszedł obronną ręką!

GUNTER SCHWARZBURG w towarzystwie większości komturów prowincji pruskiej Zakonu Najświętszej Marii Panny witał Zygfryda von Feuchtwangena podczas tryumfalnego wjazdu wielkiego mistrza do Malborka. Przy jego boku siedział w siodle młodszy brat, Zyghard, a przy nim Kuno, który na widok niesionej przy Zygfrydzie chorągwi wielkiego mistrza, tej jedynej, gdzie na czarny krzyż nałożony był krzyż złoty, mruknął:

— I przyszedł Mahomet do góry.

— Mów ciszej, bo jak komturstwo ziemi pruskiej usłyszy twoje saraceńskie anegdoty, to zaraz się rozniesie, kogo mamy w swych szeregach — zaśmiał się półgębkiem Zyghard.

— Nie unikniesz spotkania z wielkim mistrzem. Będzie chciał mówić z tobą jeszcze dzisiaj, Kunonie. Zaraz po oficjalnych uroczystościach — powiedział Gunter i się zamyślił.

Czy Zygfryd von Feuchtwangen kiedykolwiek zgłaszał wątpliwości w sprawie śmierci swego brata, Konrada? Nie. Wersja podana do powszechnej wiadomości, że wielki mistrz zmarł podczas drogi z Malborka do Wenecji, w podróży przez Czechy, nagle i z powodu gorączki, trzymała się mocno. Dzięki Bogu, ten skurczybyk, Konrad Feuchtwangen miał wtedy prawie siedemdziesiąt lat, więc śmierć i gorączka należały mu się.

Gunter przelotnie spojrzał na Kunona. Ile wie renegat?

Nie spytał mnie, co robiłem na Sandomierszczyźnie. Był wdzięczny za ocalenie mu życia i nigdy nie podważał tamtej historii — pomyślał Gunter, obserwując wyrazisty profil Kunona. — Mój Boże, to już czternaście lat, jak ten czas leci. Dzisiaj dzień wielkiego finału. To, co nie udało nam się ze starym Feuchtwangenem, wyszło z jego bratem. Wreszcie w Prusach, a nie Wenecji czy Rzeszy, zabije serce Zakonu.

Kuno nieoczekiwanie odwrócił się ku niemu i spojrzał prosto w oczy. Schwarzburg wytrzymał wzrok renegata, skinął mu głową. Kuno jednak nie odpowiedział skinieniem.

Jest chimeryczny — wytłumaczył sobie Gunter. — Nic się za tym nie kryje. Po prostu nie lubi, gdy ktoś, nawet zaufany, przygląda mu się zbyt długo. Do tego najwyraźniej nie w smak mu, że mistrz chce z nim mówić. Wyobrażał sobie, że tajemnice templariuszy są jego własnością, a tu trzeba się będzie podzielić.

Henryk von Plötzkau, jeszcze przez pół dnia, mistrz krajowy prowincji pruskiej, z miną napuszoną i hardą, towarzyszył Zygfrydowi von Feuchtwangen w jego tryumfalnym wjeździe. Komturowie konno stali od mostu na Nogacie do mostu zwodzonego na murze warowni, tworząc biały szpaler witający wielkiego mistrza. Teraz, gdy Plötzkau i Feuchtwangen minęli ich i wjechali w bramę pięknego, malborskiego zamku, Gunter jako pierwszy ruszył za nimi. Dalej Zyghard, stary Konrad von Sack, i kolejni, kolejni, aż most dudnił. Gunter traktował tę chwilę jak swoje prywatne święto, wielki sukces, który obaj z Sackiem wymyślili, zaplanowali i doprowadzili do szczęśliwego finału. Stolica zakonu w Malborku! Ileż trzeba było przejść, by do tego doprowadzić. Ujarzmić łapczywych braci prowincji niemieckich, roszczeniowych komturów, którzy pragnęli władzy, a na co dzień zajmowali się tylko rozbudową folwarków, za nic mając misję zakonu. To tutaj, w Prusach biło jego prawdziwe, gorące serce. Tylko tu mieli Dzikich, których mogli tropić i nawracać, odbierając im puszcze, rzeki, jeziora i ziemię. Ród hrabiów Schwarzburg — Blankenburg — pochodził z Turyngii, ale Gunter od zawsze wiedział, że chce służyć w Prusach. To było jego miejsce, jego ziemia obiecana, a on, w głębi duszy, czuł się Mojżeszem zakonnych braci i dzisiaj, gdy przenieśli stolicę do Malborka, był niemal człowiekiem spełnionym. Do pełni szczęścia brakowało mu ostatniego ogniwa — Zygharda na czele zakonu.

Już bliżej niż dalej — mówił sobie, gdy wjechał za wielkim mistrzem i von Plötzkau na dziedziniec i zajął miejsce obok nich, patrząc na niekończący się szereg wjeżdżających kolejno komturów, za którymi podążali zwykli zakonni bracia. W ich tłumie mignęła mu młoda, gładka twarz bratanka, noszącego po nim dumne imię Gunter. Ściągnął go z Turyngii niedawno, chciał, by chłopak był na miejscu, kiedy będą się działy rzeczy ważne.

Wreszcie wszyscy wjechali na dziedziniec i Konrad von Feuchtwangen zaintonował *Salve Regina*, a potem zsiedli z koni i udali się na uroczyste obrady kapituły.

Gdy było po wszystkim, do wieczerzy zaś wciąż zostało trochę czasu, bracia rozeszli się podziwiać warowny marienburski klasztor, a wielki mistrz poprosił, by Schwarzburgowie, Konrad von Sack, Kuno i von Plötzkau, udali się z nim do prywatnych komnat. Henryk von Plötzkau, który podczas kapituły oficjalnie złożył stanowisko mistrza krajowego i w zamian za to dostał nowy, wymyślony dla niego urząd wielkiego komtura, wciąż jeszcze był naburmuszony. Pozwolił, by Feuchtwangen szedł przodem, rozmawiając z Sackiem i Zyghardem, a sam przytrzymał Guntera z tyłu i spytał, bulgocząc z niepewności:

— Mówiłeś, że dostanę coś w zamian.

— Dostałeś, Henryku. Jesteś pierwszym w dziejach zakonu wielkim komturem — mrugnął do niego Gunter.

— Przestań! To tylko tak, dla formalności. Obiecywałeś, że będzie dla mnie coś naprawdę ważnego — małe, ciemne oczy Henryka płonęły gniewem i lękiem, po równo.

— Myślisz, że po co idziemy do komnat prywatnych? — zakpił. — Że nic prócz kielicha wina nie będzie?

Skończyli rozmowę, wchodząc z krużganków do wnętrza. Malowidło pokrywające ściany komnaty wciąż pachniało intensywnie temperą, olejem i żywicą. Zygfryd Feuchtwangen był pod wrażeniem.

— Sąd Ostateczny! — pochwalił obraz. — Dobrze mieć go przed oczami nawet w chwilach spoczynku. Pięknie! Marienburg olśniewa. Naprawdę jestem pełen podziwu. Proszę, bracia, siądźcie.

— Dzisiaj olśniewa, za kilka lat będzie porażał — powiedział z uśmiechem Gunter, zajmując miejsce. — Warowny klasztor i okalające go mury to jądro wielkiego założenia.

— Co masz na myśli, komturze? — dopytał mistrz.

— Zaplanowaliśmy wybudowanie wokół dzisiejszego zamku dwóch kolejnych. Oczywiście wraz z całym zapleczem. Zważywszy na nasze dalekosiężne plany, potrzeba nam siedziby odzwierciedlającej potęgę zakonu.

— Skąd na to pieniądze? — spytał Feuchtwangen.

— Z rejz! — zaśmiał się rubaszny von Sack. — Już dzisiaj zachodni rycerze płacą nam spore sumki za udział w rejzach na Prusów, które między nami mówiąc, są całkowicie bez sensu, bo ci, co zostali w osadach i wioskach za Wielką Puszczą, to spokojni wieśniacy, w większości ochrzczeni i kompromitują nas przed żądnym pogan rycerstwem, gdy napadnięci zmawiają *Pater noster* przynajmniej do połowy. A gdy wprowadzimy regularne wyprawy na Litwinów i Żmudzinów, to będzie dopiero atrakcja. Ale muszą być dwie w roku, koniecznie. Na Matki Boskiej Gromnicznej i na Zielnej. Wersja zimowa jest zawsze droższa, bardziej niebezpieczna i co tu kryć, opłacalna. No, do rzeczy — Konrad von Sack odchrząknął, patrząc wymownie na wielkiego mistrza.

— Tak, w istocie — kiwnął głową Feuchtwangen i zwrócił się do von Plötzkau. — Henryku, zważywszy na twoje niezwykłe talenty wojenne, chciałbym powierzyć ci specjalną misję. Czy pozwolisz?

Gunter spojrzał na Plötzkau. Szeroka, nalana twarz Henryka pokraśniała. Oddychał szybko i Schwarzburg pomyślał, że jeśli mistrz się nie pospieszy, to Henryka po prostu rozsadzi z niecierpliwości.

— Otóż sen z powiek spędza nam litewski książę Witenes. Zuchwałość tego watażki należy ukrócić, a żaden z naszych wschodnich komturów nie wykazuje wystarczających zdolności. Ty zaś świetnie znasz tajniki służby na najdzikszym wschodzie, byłeś wzorowym komturem Bałgi. No i wszyscy podziwiamy twój ostatni sukces. Upolowanie tego dzikiego płodu, rzecz wyborna!

Gunter widział, jak Kuno i i jego brat wymienili się spojrzeniami. Zyghard wciąż jeszcze nosił świeżą bliznę po poparzeniu na twarzy. Owszem, dobrze znał sprawę z ich relacji, ale ustalono, że będzie się to traktowało jako sukces, o tym zaś, co Plötzkau mógłby z tego polowania przywieźć, a czego przez swą popędliwość nie przywiózł, nie będzie się głośno mówić. Przynajmniej na razie.

— Z radością przyjmuję! — sapnął Henryk von Plötzkau. — Litwa była mym pragnieniem i bynajmniej nie mam na myśli rejzy. Tak, znajdę Witenesa i na postronku przywiozę do Marienburga...

Chciałbym to zobaczyć — krytycznie pomyślał Gunter.

— ...jego zwłoki — dokończył Henryk i teraz wszyscy obecni wiedzieli, że mówi, co naprawdę myśli.

Połknął przynętę — z ulgą zauważył Schwarzburg. Obecność Henryka von Plötzkau, rzeźnika z Gdańska, psuła jego dyplomatyczne szyki. Zrobił, co miał zrobić, owszem, ale nie do końca tak, jak Gunter sobie to wyobrażał, i plotki za sprawą kupców krążyły od faktorii do faktorii. Trzeba się było go pozbyć, a jednocześnie zagospodarować furiatem tam, gdzie mógł się przydać. Litwa, kraj na wskroś pogański, była ku temu wymarzona. Cokolwiek nawywija, nikt nie powie, że zabił setki czy tysiące prawych chrześcijan.

— Zatem postanowione! — z radością oznajmił Feuchtwangen. — Jak się mają sprawy z wykupem Pomorza od Brandenburgii?

— Dość dobrze, mistrzu — sucho odrzekł Gunter, wyręczając Henryka, który już najwyraźniej napawał się wizją zalanej krwią Litwy, bo zupełnie stracił zainteresowanie rozmową.

— Dość dobrze? — zdziwił się Feuchtwangen. — Sądziłem, że została już tylko kwestia spisania aktu z margrabią Waldemarem.

— To musi poczekać, aż margrabia wypełni warunki kontraktu i przyniesie nam dokument zrzeczenia się praw przez księcia Starszej Polski. Dopiero mając ten akt z pieczęcią i na piśmie, zawrzemy porozumienie z margrabią.

— Spodziewasz się kłopotów, Gunterze? — Feuchtwangen wykluczył już von Plötzkau z rozmowy.

— Nie — zaprzeczył Schwarzburg. — Książę głogowski Henryk jest dobrze urobiony przez komtura golubskiego, Luthera z Brunszwiku. Przemawia przeze mnie tylko kwestia osobistej ostrożności. Nie lubię dzielić skóry na niedźwiedziu — uśmiechnął się gładko.

— Dobrze — skinął głową Feuchtwangen. — Przejdźmy do kolejnej sprawy. Książę Władysław...

Nie! — syknął w duchu Gunter i dał wzrokiem znak mistrzowi, by pominął ten temat. — Nie teraz. Nie przy wszystkich.

Na szczęście Feuchtwangen to nie Plötzkau i zorientował się szybko.

— Jeszcze nic nie złożył w kurii — od razu zareagował Sack odpowiedzią, która przez niezorientowanych mogła być uznana za właściwą. — Póki co jest uwiązany przez własne kłopoty z biskupem Muskatą. Na razie legat papieski wydaje się być przychylny biskupowi krakowskiemu, a to oznacza przeciągnięcie klątwy i niemożność zareagowania na płaszczyźnie procesowej.

— W porządku — tłumiąc uśmiech, potwierdził mistrz. — Ile czasu zostało nam do wieczerzy?

— Niedużo — oświadczył Gunter.

— Wobec tego inne sprawy odłożymy na później, a teraz, jeśli pozwolicie, chciałbym pomówić z Kunonem.

— Mamy wyjść? — spytał Konrad von Sack, widząc, że Henryk von Plötzkau na dźwięk imienia renegata się ożywił.

— Byłbym rad — bez uśmiechu oznajmił mistrz.

Sack pociągnął Henryka za ramię. Zyghard i Gunter także powstali, by nie prowokować Henryka do dyskusji. Gdy ten i Sack byli już przy drzwiach, mistrz udał, że zmienił zdanie.

— Jednak poproszę Zyghardzie, byś został, jako przełożony brata Kunona. I ty, Gunterze, także. A z wami, bracia, spotkam się podczas wieczerzy.

Henryk von Plötzkau poczerwieniał, ale Sack szepnął mu do ucha, tak że usłyszeli:

— W kuchni jest to mocniejsze, ciemne piwo.

Zaklęcie zadziałało; wyszli obaj.

Kuno siedział z twarzą tak obojętną, jakby nie wiedział, po co wielki mistrz go zatrzymuje.

— Nasi wywiadowcy sprawdzili, że wśród uwięzionych we Francji templariuszy nie ma braci związanych z tobą — powiedział Feuchtwangen.

— Nie żyją — krótko odrzekł Kuno i widząc zdumiony wzrok mistrza, wyjaśnił: — Bracia, z którymi czułem związek, polegli, broniąc Akki.

— Rozumiem — skinął głową mistrz. — Jednak mój brat, Konrad von Feuchtwangen, któremu wspaniałomyślnie ocaliłeś życie i zabierając go na pokład waszego statku, w jakimś sensie uratowałeś także zakon, przekazał mi kilka wiadomości.

Gunter spojrzał na Kunona. Ten siedział nieporuszony, jakby to, co mówił mistrz, nie dotyczyło jego osoby. Nie ułatwiał Zygfrydowi.

— Chcę, byś zrozumiał, Kunonie, że dla zakonów rycerskich nastały najgorsze czasy z możliwych — łagodnie mówił Zygfryd. — Templariusze są straceni. Papież i król Francji kłócą się o szczegóły, ale wiadomo, że sprawa zakończy się kasatą ich zakonu. Rozumiesz?

— Nie — wzruszył ramionami Kuno. — Nie rozumiem. Ale jeśli chcesz, wielki mistrzu, przeprowadzić w mej obecności wywód o tym, że nawet gdy zarzuty się nie potwierdzą, będą musieli zniknąć, to sobie daruj. Słyszałem to wiele razy, bo nie ma dzisiaj lepszego tematu rozmów w każdej z naszych komturii. Klęska templariuszy rozpala wyobraźnię tutejszych.

— Konrad, mój starszy, wielebny brat i nieodżałowany wielki mistrz, mówił, że komandor Tybald powierzył ci pewien przedmiot — ciągnął ostrożnie Zygfryd. — Chcę, byś dzisiaj, jako członek Zakonu Najświętszej Marii Panny, przekazał go na potrzeby naszego wspólnego zgromadzenia. Templariuszom to już się nie przyda.

— Co? — bezczelnie zapytał Kuno i nawet Gunter poczuł się dotknięty.

— Zyghardzie — mistrz zwrócił się do jego brata. — Pomóż nam. Wpłyń na swego podwładnego.

Zyghard ze swą chłodną, jasną twarzą, wydawał się równie obojętny jak Kuno. Odezwał się jednak.

— Bracie Kunonie, czy posiadasz coś, co mogłoby się nam przydać?

— Nie — odrzekł Kuno.

— Widzicie? — Zyghard udał, że wierzy przyjacielowi. — Nie ma o co kruszyć kopii.

— Jest! — krzyknął mistrz i uderzył pięścią w stół.

Gunter pierwszy raz widział go rozzłoszczonego.

— Wyniosłeś z pokładu statku „Słona Włócznia" miecz i klucz! Wiem o tym na pewno!

Kuno uniósł wzrok i spojrzał mistrzowi prosto w oczy, mówiąc:

— Nieprawda. Statek nazywał się „Słone Serce", a ja wyniosłem z niego jedynie swój miecz i własnego, ciężko rannego brata. Żadnego klucza od Tybalda nie otrzymałem. Nic więcej nie mam do powiedzenia.

— Kunonie, wiem, że był miecz i klucz — gorączkował się Feuchtwangen. — Klucz do skarbca Królestwa Jerozolimy.

— Królestwo upadło, a skarbiec rozgrabiono — odpowiedział znośnie opanowany Kuno. — Tyle wiem na ten temat. A w kwestii klucza, którego nie dostałem, to swoją drogą po co on wam? Klucz do nieistniejącego skarbu?

— Powiedzmy, że nieistniejącego — żachnął się Feuchtwangen i zaciął usta tak, że jego długi podbródek zadrżał. — Żegnam, ale ostrzegam, że wrócę do tej sprawy. Nie wywiniesz mi się, Kunonie. Nie po to chronimy cię w swych szeregach, byś mógł sobie rozgrywać wielkiego mistrza. To nie zabawa w kotka i myszkę.

Gunter widział, że Zygfryd niepotrzebnie użył tych słów. Kuno wstał, skłonił głowę i odrzekł:

— Jeśli chcesz, mistrzu, możesz jeszcze dzisiaj wykluczyć mnie ze zgromadzenia. Nie mam nic do ukrycia. A w kwestii ochrony pozwolę sobie przypomnieć, że to ja ocaliłem twego brata.

— A ciebie zaś Gunter Schwarzburg! — wrzasnął mistrz. — Więc przestań podbijać stawkę. Życie za życie. Jesteśmy kwita. Żegnam.

Gdy wyszli od mistrza i skierowali się w stronę wielkiego refektarza, Kuno z wysoko uniesioną głową, która sprawiała, że jego wysoka sylwetka kopijnika zdawała się jeszcze potężniejsza, wyprzedził Guntera i Zygharda i samotnie kroczył przodem, jakby ich tu nie było. Młodszy brat złapał go za ramię i przytrzymał mocno.

— Od Feuchtwangena mam się dowiadywać, że uratowałeś życie Kunonowi? — syknął mu do ucha gniewnie.

— Sam ci nie powiedział? — udał zdziwienie Gunter.

— W co ty grasz, bracie? — jasne oczy Zygharda zalśniły gniewnie.

— W grę mistrzowską — uśmiechnął się i weszli za Kunonem do refektarza.

Stół wielkiego mistrza i najbliższych mu dostojników zajmował centralne miejsce wielkiej sali. Na razie stał pusty, więc przepyszne malowidło na ścianie za nim ukazywało swą krasę w pełni. Przedstawiało księcia mazowieckiego, Konrada, który na kolanach wręczał wielkiemu mistrzowi Hermanowi von Salza akt nadania ziemi chełmińskiej. Gunter uśmiechnął się pod nosem. To był rzecz jasna jego pomysł; chciał, aby figura księcia piastowskiego na kolanach przed wielkim Salzą wryła się w pamięć braciom i gościom zakonu. A także dokument z pieczęciami i ten drobny szczegół, że chodzi o ziemię chełmińską, której on był zarządcą. Subtelny sposób na przekazanie pamięci o sobie potomnym. Stół komturów mieścił się zaraz przy mistrzowskim; swe miejsca zajęło już około piętnastu dygnitarzy. Kuno, nie odwracając się ku Schwarzburgom, ruszył ku niższym stołom dla szeregowych braci. Gunter i Zyghard usiedli obok Luthera. Wzdłuż ścian stali nowicjusze i na zmianę czytali psalmy, a służba roznosiła naczynia, dzbany z winem i wodą, chleb oraz pierwsze misy z ciepłymi potrawami.

— W nowym zamku sprawę podawania gorących posiłków trzeba rozwiązać inaczej — zagadnął Luther.

— Masz niestrawność po zimnej pieczeni? — drwiąco spytał Zyghard.

— Komtur golubski ma rację — wziął go w obronę Gunter. — Magistrzy pracują nad pewnym systemem, który usprawni działanie kuchni. Potrawy będą wjeżdżać z dołu do góry specjalnym szybem. Planujemy także system grzewczy, który sprawi, że zimą ciepło z wielkich umieszczonych w piwnicach pieców swobodnie będzie przemieszczać się do głównych komnat.

Oczy Luthera z Brunszwiku zalśniły ciekawością.

— Czy nie miałbyś nic przeciw temu, bym mógł przyglądać się pracom zespołu? — spytał.

Jeszcze czego — zaśmiał się w duchu Gunter. — Kto ma wiedzę o tajnikach budowy tego zamku, ten ma prawdziwą władzę.

Na głos jednak powiedział co innego, uprzejmie.

— Musisz poprosić o zgodę wielkiego mistrza. On osobiście nadzoruje każdą sprawę związaną z marienburską twierdzą. Otóż i drogi Zygfryd! — przerwał Gunter i wstał, jak ponad setka braci.

Przy boku Feuchtwangena kroczył Henryk von Plötzkau i po jego twarzy znać było, że von Sack nie próżnował i naprawdę napoił go mocnym, warmińskim piwem.

— Wielki mistrz i wielki komtur — zawołał herold przy drzwiach.

Zmówiono modlitwę, Feuchtwangen mruknął coś okazjonalnego, obdarzył przy okazji naburmuszonym wzrokiem Guntera i gniewnym siedzącego w oddali Kunona. Luther szepnął:

— Czyżby nasz brat Kuno naraził się wielkiemu mistrzowi?

— Spytaj go — złośliwie poradził Zyghard. — Jak znam Kunona, z radością i szczegółami ci opowie.

— Cicho, zaraz poznamy skład „wielkiej piątki" — zganił ich Gunter, bo Feuchtwangen zaczął mówić o zmianach we władzach zakonu.

— ...wielki komtur, którym w dowód uznania każdej z jego zasług zostaje dotychczasowy mistrz krajowy Henryk von Plötzkau, będzie jednocześnie moim zastępcą. Urząd komtura królewieckiego wiązał się zaś będzie z dowództwem wojskowym zakonu i odtąd każdy z królewieckich komturów nosić ma miano marszałka, jakie dziś otrzymuje Fryderyk von Wildenberg...

Dobrze — pomyślał Gunter — wszystko się zgadza, tak jak mu ułożyliśmy, by Plötzkau nie miał całej władzy wojskowej.

— ...zaś zaszczytną funkcję wielkiego szatnego przypisujemy od dzisiaj do komturii dzierzgońskiej...

Gunter poczuł chłód. Feuchtwangen zrobił wyłom w ich postanowieniach i choć było umówione, że on, jako komtur chełmiński, ma stać się częścią „wielkiej piątki", mistrz nagle powiązał urząd szatnego z komturią Zygharda. Chce mnie ustawić do kąta za Kunona? — zagryzł zęby Gunter i nie dał poznać po sobie, jak bardzo jest teraz wściekły. Nikt, poza starym Konradem von Sack, mistrzem i nim samym nie miał pojęcia, że coś się stało. Luther wylewnie gratulował Zyghardowi. Jego młodszy brat wyglądał na zdumionego. Sack z bocznego stołu złapał go spojrzeniem zdumionych oczu. Gunter opanował nerwy i uściskał brata. Feuchtwangena nie obdarzył spojrzeniem.

Uczta dłużyła mu się niemiłosiernie, a gdy wreszcie dobiegła końca i wielki mistrz zaprosił swą „wielką piątkę" na obrady do prywatnych pokoi, odetchnął z ulgą.

— Nie mów nic istotnego, daj im się wygadać — szepnął do ucha Zygharda, gdy ten wstawał od stołu, by dołączyć do najściślejszego grona dygnitarzy.

— Spotkamy się później? — spytał równie cicho brat.

Gunter potwierdził skinieniem głowy.

Po wyjściu wielkiego mistrza w refektarzu zrobiło się wesoło i głośno. Służba doniosła piwa i bracia swobodnie przemieszczali się między stołami. Gunter i von Sack odczekali chwilę, a gdy drzwi komnaty jadalnej zaczęły poruszać się nieustannie, wypuszczając wychodzących ku ustronnym miejscom i wpuszczając wracających stamtąd, wymknęli się niezauważeni. Bez słowa poszli do zachodniego skrzydła i schodami dla czeladzi udali się wysoko, do maleńkiego i niskiego pomieszczenia położonego wprost nad prywatną komnatą wielkiego mistrza. Starannie zamknęli za sobą drzwi. Gunter zapalił świecę.

— Co za gnój — splunął Konrad. — Jak śmiał się wyłamać? Dlaczego ci to zrobił?

— Kuno poszedł w zaparte — powiedział Gunter, patrząc przez maleńkie okienko na rozjarzoną gdzieniegdzie światłami pochodni ciemność. — Oświadczył, że nic nie wyniósł z tego piekielnego statku. Że nie było żadnego klucza, a miecz miał tylko własny.

Konrad usiadł na niskiej ławie pod ścianą i wyciągnął krótkie nogi. Spod ławy wyjął dzban wina i dwa kubki.

— Słuchaj — odezwał się, podając jeden Gunterowi. — Feuchtwangen uhonorował twego brata. Może liczyć, że w ten sposób znajdzie dojście do Kunona? Chyba wie, że oni ze sobą, ten, tego?

— O tym nie pomyślałem — przyznał Gunter i wybuchł rzadką u niego złością. — Nawet jeśli, to po wszystkim, co nam zawdzięcza, powinien się spytać, nie uważasz?

— Uważam. — Konrad popił wina. — Nie usprawiedliwiam kutasa z Frankonii, szukam jedynie racjonalnych odpowiedzi. Uroczyście wjechał do Marienburga i chciał się wybić na niepodległość?

Gunter też upił łyk wina i odstawił kubek.

— Posłuchajmy — powiedział do Konrada i otworzył znaną tylko im dwóm zasuwę.

Głos z komnaty wielkiego mistrza biegł specjalnie wybudowanym w ścianie kanałem. Najpierw usłyszeli śmiech, potem mistrza, który żegnał „wielką piątkę".

— ...dziękuję. Od dzisiaj jesteście mym ciałem doradczym, najbliższymi współpracownikami i, w co nie wątpię, przyjaciółmi. Idźcie z Bogiem i weselcie się tym dniem radosnym.

— Co tak szybko? — spytał cicho von Sack, oddalając się od ujścia kanału.

Gunter także się odsunął. Sprawdzali ten wynalazek z Konradem kilka razy i wiedzieli, że głos może się nieść także z góry na dół, o ile nie zachowa się ostrożności i mówi zbyt blisko kanału. Chciał odpowiedzieć Konradowi, ale w tej samej chwili z dołu dobiegł ich głos wielkiego mistrza. Przybliżyli się, by lepiej słyszeć.

— ...nie widział? — spytał Zygfryd.

— Nie — odrzekł ktoś, kogo Gunter w pierwszej chwili nie rozpoznał. — Poszli na piwo, a ja powiedziałem, że muszę za potrzebą, i zawróciłem.

Sack dźgnął go w bok i przyłożył dwa rozczapierzone palce do brody.

Fryderyk von Wildenberg, komtur Królewca, od dzisiaj marszałek zakonu! — w mig zorientował się, co podpowiada przyjaciel. Rozdwojona broda Wildenberga stanowiła temat jego wiecznych docinek. A więc to jeden z „wielkiej piątki" jest tajemnym zaufanym mistrza! I to akurat Wildenberg, z którym przyjaźnił się także Henryk von Plötzkau! Wildenberg, którego z Konradem von Sackiem dopuścili do pewnych sekretów, by mieć wpływ na całą „wielką piątkę". Gunter przełknął gorzkie ziarno prawdy.

— Trzeba usunąć księcia — usłyszeli słowa mistrza.

Schwarzburgowi zrobiło się gorąco. On był księciem.

— Tak bym zrobił — potwierdził Wildenberg. — Następca póki co nie dorósł do roli.

Wymienili się z Sackiem zdumionymi spojrzeniami. A to spiskowcy — pomyślał Gunter.

— Jak się go pozbędziemy, w Królestwie wybuchnie walka o władzę — oznajmił mistrz. — Wystarczy, że wesprzemy powolnego nam księcia Głogowa, i będzie po wszystkim.

— Doradzałbym wspierać go dyskretnie — dorzucił Wildenberg. — Jeśli Głogowczyk przejmie całe Królestwo, stanie się zbyt hardy...

Nie mówią o mnie — odetchnął Gunter i przełknął ślinę, by zwilżyć wyschnięte nagle gardło.

— ...a nam nie trzeba hardych i mocnych władców. Patrz, Zygfrydzie, co się porobiło we Francji. Okropność. Można Królestwo podzielić na pół i zostawić sobie Głogowczyka pod bokiem, a Kraków i Małą Polskę po oczyszczeniu tronu z księcia Władysława podzielić między śląskie książęta. Każdemu po troszku i poszczuć ich na siebie.

— Bardzo dobre, mój marszałku — pochwalił mistrz i poprosił o wino.

Konrad von Sack błyskawicznie wykorzystał chwilę wolnego i ze zwinnością, o jaką Gunter by go nie podejrzewał, schylił się po ich wino i kubki. Polał im obu i wychylili kielichy, mrugając do siebie. Owszem, to zabawne, że robili to samo, co wielki mistrz i marszałek w komnacie pod nimi. Z Guntera odparowały emocje, jakie poczuł, gdy przez chwilę sądził, że to jego chcą się pozbyć.

— Jak się pozbyć Władysława? — usłyszeli pytanie mistrza po chwili.

— Mamy tego karła, Grunhagena — powiedział Wildenberg. — Ponoć Gunter wprowadził go w otoczenie Małego Księcia przed ponad dziesięciu laty. Grunhagen był z nim na banicji, przyzwyczaił księcia do tego, że pojawia się, znika, raz jest, raz go nie ma. Mówią, że książę Władysław lubi tego karła — zaśmiał się na koniec. — Co raczej nie jest dziwne. Czuje podobieństwo.

Chcą rozporządzać moim sekretnym człowiekiem — wściekł się w duchu Gunter.

— Nie jestem go pewien — usłyszeli mistrza.

— Nigdy nie zawiódł — zaprzeczył Wildenberg.

Co ty o nim wiesz! — zdenerwował się Gunter. — Raz go widziałeś, komturze z Królewca!

— Raz zawiódł — oświadczył mistrz i teraz zdumieli się obaj, Gunter i Konrad von Sack. — Mój brat, świeć, Panie, nad jego duszą, chciał pozbyć się renegata, tu, w Marienburgu. Zlecił karłowi zabójstwo Kunona, nim Gunter umieścił go w strukturach zakonu. I karzeł zawiódł, bo Kuno, jak widzisz, stąpa twardo po ziemi i mi się stawia.

Jezu — jęknął w duchu zaskoczony Gunter. — Nie miałem o tym pojęcia. Muszę przycisnąć Grunhagena, niech powie, jak było naprawdę.

— Mój brat był pełen sprzecznych uczuć wobec tego człowieka — ciągnął Feuchtwangen. — Wiedział, że ma swoje tajemnice, a mimo to nie przycisnął go wystarczająco mocno i mnie zostawił ten kłopotliwy spadek. Ale władza kosztuje...

Sack trącił Guntera łokciem i pokręcił głową z dezaprobatą.

— Mimo to sugeruję postawić na naszego karła. Nie mamy nikogo innego — zabrał głos Wildenberg.

— W Brandenburgii jest taki drugi, ponoć dużo lepszy — odezwał się mistrz. — Mówił mi o nim Plötzkau, bo to jego rodzinne tereny. Zabójca, na którego mówią „łowca królów", jak się nazywał, uleciało mi z głowy, podobnie do Grunhagena...

Jakub de Guntersberg — w lot wiedział, o kim mowa, Gunter.

— Jak uważasz, mistrzu. Pomówię z Henrykiem von Plötzkau o tym drugim, ale rozważ, proszę, użycie karła przeciw karłowi. Dzwonią na nieszpory? Tak wcześnie?

— Zawsze jest za wcześnie — zaśmiał się mistrz. — Chodźmy, ale osobno. Nie dajmy poznać, że coś nas łączy. Gunter von Schwarzburg i Konrad von Sack robią się o mnie zazdrośni.

Wymienili się spojrzeniami i odczekawszy chwilę, zamknęli kanał zasuwą.

— No tośmy się dowiedzieli — kwaśno powiedział Sack i napił się. — Frankoński kutas chce się wziąć za samodzielne rządzenie i tatuśkowie Gunter i Konrad już mu zawadzają. Zazdrośni się robią, fe!

— Likwidacja księcia Władysława nie przeszła mi przez myśl — pokręcił głową Gunter. — Za stary jestem na takie szybkie, nowoczesne metody? Jest kłopot, jest zabójca. O rany, Konradzie! Wydawało się dziś rano, że oto nasz dzień nastał, a tu roboty więcej, niżby się kto spodziewał.

— To nie jest głupie — powiedział uczciwie von Sack. — Królestwo bez księcia długo się nie pozbiera. Władysława gubi nadmierne rozciągnięcie jego władztwa, od Krakowa po Pomorze, szmat drogi. Nie ukrywajmy, dlatego udało nam się je zająć. Po śmierci księcia sprawa procesu w kurii odejdzie w tak daleką niepamięć, że właściwie będziemy na swoim. A pokorny Głogowczyk pod bokiem to dobry sąsiad.

— Głogowczyk jest Piastem — zaoponował Gunter. — W tym rodzie był tylko jeden książę pokorny, ale to było dawno temu.

— Znałem go? — zaciekawił się Sack.

— Z opowiadań. To ponad setka lat temu. Nazywał się Henryk Sandomierski i był krzyżowcem. Ale nie mówmy o nim. Nie wierzę w pokornych Piastów, nawet jeśli jest to skoligacony z naszym Lutherem książę Głogowa. Prędzej czy później podniesie łeb. Wiesz, co mi się nie podoba w planie mistrza i marszałka?

— Po pierwsze to, że w ogóle mają jakiś plan za naszymi plecami. Po drugie, że rozporządzają naszym, a raczej twoim karłem Grunhagenem. Po trzecie, że Grunhagen bez naszej wiedzy polował na Kunona, choć to akurat nie tych dwu wina, ale i tak będzie na nich. Dobrze, że nasz, to znaczy twój, Kuno, się nie dał. Twarda bestia — zachichotał Konrad. — Nie znoszę go, ale szanuję. Postawił się płatnemu zabójcy!

— A teraz my pokażemy wielkiemu mistrzowi, że nic o nas bez nas — z lodowatym uśmiechem oświadczył Gunter. — Wyślę umyślnego do Jakuba de Guntersberga i przypomnę mu stare zasady: jeśli wplącze się w gry zakonne, to straci zlecenia na ościennych dworach, sądzę, że w lot zrozumie. Koronowane głowy są łase na plotki. A Grunhagena mam pod ręką. Zaszył się w infirmerii i udaje pomocnika medyków. Wyprawię go jeszcze dzisiaj z Marienburga tak, aby Wildenberg go nie znalazł. Gdy okaże się, że żaden z sekretnych ludzi nie może przyjąć zlecenia na księcia, wielki mistrz raz-dwa znajdzie drogę do nas.

— Masz łeb, bracie — pochwalił go Sack. — Obyś używał go jak najdłużej. A ten wynalazek — wskazał na zamknięty teraz kanał, którym podsłuchiwali — godzien jest wyjątkowej nagrody. Frankoński kutas zabrał ci wielkiego szatnego, ja mianuję cię wielkim usznym! Twoje zdrowie, Gunterze von Schwarzburg.

Napili się. Wino odzyskało smak w ustach Guntera. Znów panował nad sytuacją. Zaczął się śmiać.

— Co, przyjacielu? — zagadnął von Sack i łypnął na niego wesoło swymi niedużymi oczkami, które tylko dla tych, co go nie znali, wyglądały na prostackie i dobroduszne. — Dotarł do ciebie podwójny komizm całej tej sprawy?

— Tak! — parsknął Gunter. — Tak!

— Oto Zygfryd von Feuchtwangen wyjawił nam, że jego brat nasłał karła Grunhagena na naszego Kunona, a bidulek nie wie, że ten sam Grunhagen, za naszym poleceniem, zabił jego brata „gorączką w Czechach"! Jak dobrze, że podsłuch działa, tylko gdy my tego chcemy! — śmiał się do rozpuku Konrad.

Gunter dokończył wino, otarł usta i klepnął przyjaciela w ramię.

— Idę do infirmerii. Nie chcę zaniedbać tej sprawy. Im szybciej wielki mistrz zrozumie, że bez nas nie znaczy nic, tym lepiej.

Pożegnali się i Gunter szybko zbiegł schodami dla służby. Większość braci była w kaplicy, a ci, którzy tak jak on pominęli nieszpory, nie włóczyli się po warownym klasztorze, więc nie napotkawszy nikogo, zszedł na dziedziniec i pchnął drzwi wiodące do infirmerii.

— Z Bogiem! — pozdrowił go brat szpitalnik.

— Z Bogiem, bracie — skrzywił się w duchu Gunter. Sądził, że prócz chorych zastanie tu tylko Grunhagena.

— Coś ci dolega?

— Zamówiłem maść na odciski u tego niskiego brata — rozejrzał się po obszernym przedsionku Gunter.

— Zaraz go zawołam, racz spocząć — wskazał mu ławę pod malowidłem przedstawiającym drzewo owocowe, a sam ruszył w głąb infirmerii.

Schwarzburg usiadł odruchowo i jak oparzony odwrócił się, zerkając na malowidło.

To drzewo życia czy drzewo poznania dobra i zła? — pomyślał przesądnie. Ten dzień przynosił tyle niespodzianych wiadomości.

— Oto i brat Brunon — powiedział szpitalnik, wracając i puszczając przodem karła.

— O, szlachetny komtur chełmiński — zaskrzeczał Grunhagen. — Proszę ze mną, maść jest gotowa, pokażę, jak nałożyć. Tędy, tędy, proszę — wskazał małe, jak dla niego stworzone drzwi na bocznej ścianie przedsionka.

Gdy je za sobą zamknęli, Gunter nie czekając, pchnął karła na ścianę, wyjął zza pleców sztylet i przyłożył mu do szyi.

— Kto ci kazał zabić renegata? — syknął.

Jaskrawozielone oczy zabójcy zwęziły się jak u kota.

— Feuchtwangen — wyszeptał.

— Który? — sprawdził Gunter prawdomówność Grunhagena.

— Ten sam, za którego ty mi zapłaciłeś wcześniej — odpowiedział.

Gunter nie musiał sobie przypominać następstwa zdarzeń. Tak było. Najpierw Grunhagen wykonał wyrok na Feuchtwangenie, a dopiero później on i Sack przywieźli Kunona do Marienburga i tu, w czasie kapituły, powierzyli renegata Zyghardowi.

Puścił karła. Ten rozmasował sobie krótką, grubą szyję.

— Dlaczego próbowałeś wykonać wyrok, skoro zleceniodawca nie żył? — spytał go po chwili.

— Bo wziąłem zapłatę. W moim fachu uczciwość jest podstawową zasadą. Nie wiedziałem, czy Feuchtwangen nie powiedział komuś, bałem się, że przyjdą do mnie i powiedzą „oddaj srebro".

— Ale nie zabiłeś Kunona — skrzywił się Gunter.

— Byli świadkowie, że próbowałem. Twój brat go uratował, no, nie dosłownie. Po prostu kamienny blok, który zepchnąłem, leciał szybciej niż trzeba — rozłożył krótkie ręce Grunhagen. — Tym samym mogłem zatrzymać zapłatę.

— Wiesz, dlaczego Feuchtwangen kazał ci go zabić? — drążył Gunter.

Karzeł wzruszył ramionami.

— Mów, nie kręć! — przycisnął go zimnym głosem Schwarzburg. — To ja ci płacę.

— Szczegółów nie znam — zagryzł wargi Grunhagen. — Jeśli dobrze zrozumiałem, chodziło o Akkę. Bał się wiedzy renegata. Ponoć w czasie oblężenia nie wykazał się szczególnym męstwem.

To do niego podobne — pomyślał Gunter. — Sam jeden opuścił płonącą Akkę, to wystarczy, by dać życie plotkom o tchórzostwie starzejącego się mistrza.

— Tylko tyle? — spytał wymagająco.

— Tak, panie. Nie było żadnych dodatkowych żądań ani życzeń co do jego osoby. Nic nie miałem przed jego śmiercią mówić i nic nie kazał mi się dowiedzieć. Dlatego wybrałem kamień spadający z rusztowania — westchnął. — Ordynarny i prostacki sposób. I, jak się okazało, nieskuteczny. Nigdy więcej nie tknąłem się takich metod. Teraz, w infirmerii, jestem wirtuozem subtelności — zaśmiał się skrzekliwie i sięgnął na półkę za sobą. — A maść polecam. Odciski znikną w tydzień.

— Ty zaś jeszcze szybciej — oświadczył Gunter. — Spakuj się, nie rozmawiaj z nikim i zniknij tak, by brat szpitalnik myślał, że wyparowałeś. Wypłacę ci dzisiaj połowę zaległych sum. Srebrem, od ręki. Drugą połowę dostaniesz, gdy cię znów wezwę. Nazwijmy tę pozostałą część depozytem.

— Za co? — bystrze spytał Grunhagen.

— Za wierność Gunterowi von Schwarzburg i Konradowi von Sack — nazwał rzecz po imieniu. — Zabraniam ci przyjmowania zleceń od jakichkolwiek innych zakonnych braci. Czy to jasne?

— Co mam ze sobą zrobić? — zdziwił się. — Zapaść się pod ziemię?

— Możesz skryć się choćby w głębi puszczy — odrzekł Gunter.

— Tylko nie puszcza! — karzeł zatrząsł się tak gwałtownie, że Gunter nie mógł nie zwrócić na to uwagi, choć po chwili zabójca starał się zatrzeć to wrażenie i spytał z komiczną miną: — Z czego będę żył? — W jego zielonych oczach zalśniły złośliwe iskierki. — Lata lecą, a talent nie może się marnować, jak mawia Pismo Święte.

— Pozwalam ci przyjmować zlecenia na dworach. Książęta, głowy możnych rodów, co chcesz. Podpowiem na dobry początek, że król Czech, Henryk z Karyntii, poszukuje kogoś do sekretnego zadania, a twój konkurent mu odmówił.

— Zawsze coś. — Grunhagen udał, że go to nie ciekawi.

— Dostaniesz także nagrodę. Grzywnę srebra za każdy miesiąc bez zleceń ode mnie.

Karłowaty zabójca skinął głową na zgodę.

— W naszym fachu to rzadkość, ale się zdarza — powiedział. — Nazywamy to opłatą za uśpienie.

Gunter wyciągnął skórzaną sakiewkę i podał Grunhagenowi, mówiąc:

— Przelicz. Połowa zaległych sum i jak sam powiedziałeś, opłata za uśpienie.

Karzeł rozsupłał rzemyk i starannie przeliczył srebro.

— O, widzę, że będę spał dla zakonu przez pół roku — wyszczerzył się do Guntera.

— Na początek — potwierdził Schwarzburg. — Potem zobaczymy. Pakuj się. Za godzinę ma cię tu nie być.

— Jasne — uśmiechnął się Grunhagen. — Jestem mały, nikt nie zauważy, że zniknąłem.

Komtur chełmiński skinął mu głową i odwrócił się do wyjścia.

— Maść na odciski — przypomniał mu karzeł i włożył coś w rękę.

Gunter wyszedł na dziedziniec. Chłodne, nocne powietrze orzeźwiło go po mdlącym zapachu infirmerii. Ruszył w stronę krużganków i dalej, do refektarza. W ostatniej chwili zatrzymał się i wszedł w przejście wiodące na zewnętrzną stronę murów. Pozdrowił braci sprawujących wartę. Wychylił się przez mur i zamachnął z całej siły. Usłyszał, jak pojemnik z maścią od Grunhagena odbija się od kamieni.

OSTRZYCA szła z Malborka do nadrzewnego grodziska w Świętym Gaju. Zgodnie z rozkazem wędrowała od wsi do wsi i opowiadała o mordzie dokonanym przez żelaznych braci na Jaćwieży.

— ...i zabili najświętszą Macierz, nie uszanowali Matki Pszczół, ani płodu, który nosiła od tylu lat. Zgroza, powiadam, zgroza! Podeptali wszystko, co dla nas ważne i święte! Pohańbili! Dość poddaństwa. Trzeba podnieść głowy i uderzyć na nich wszystkim, co mamy.

Na koniec przemowy sprawdzała, ilu we wsi jest młodych chłopców i w imieniu Jarogniewa prosiła, by dano ich do drużyn Trzygłowa.

— Ale na wiosnę wrócą? — pytały matki.

— Na żniwa w domu potrzebni — zastrzegali ojcowie.

Gryzła się w język, by nie rzucić, że nie będzie żadnych żniw, tylko wojna na śmierć i życie, ale wiedziała, że tego jej powiedzieć nie wolno.

Gdy dotarła do warownego jesionu, była wykończona. Ucieszyła się, że Jarogniewa nie ma, zbiegła krętymi schodami do izby dla drużynników i walnęła się na pryczę, naciągając na głowę szorstki koc. Nie spała długo, gdy usłyszała swe imię.

— Ostrzyco, do mnie!

Zerwała się na równe nogi i jedną ręką przecierając zapuchnięte oczy, drugą próbowała związać włosy. Szarpała się z nimi.

— Ostrzyco! — Jarogniew powtórzył głośno, aż echo odbiło się od wydrążonego pnia jesionu.

— Idę! — odkrzyknęła, puszczając nieznośne włosy luźno.

Pobiegła na górę, do jesionki, rozejrzała się, ale go nie było.

— Do mnie! — powiedział znad jej głowy.

Stał u wejścia do prywatnej, zamykanej izby. Krętych, wirujących wokół własnej osi schodów nie da się przesadzić kilkoma susami. Wspięła się i zaproszona gestem Jarogniewa, weszła do wnętrza.

— Ilu chłopców dostałaś?

— Mało — powiedziała niechętnie. — Sześciu, w tym trzech bardzo młodych. Odstawiłam ich do Derwana.

— Bardzo mało — skrzywił się. — Może trzeba brać siłą.

— Siłą? Jak Krzyżacy? — pokręciła głową. — To najprostsza droga, by ich do nas zniechęcić.

— Śmierć Jaćwieży nie budzi w nich chęci odwetu? — dopytywał Jarogniew.

Westchnęła i pomyślała chwilę.

— Najpierw czują przerażenie bestialstwem tej zbrodni — powiedziała, składając myśli powoli. — Ale wydaje mi się, że byliby tak samo wstrząśnięci, gdyby usłyszeli, że płód wyrwano ich ciotce. Tyle że wtedy odczuliby potrzebę zemsty, jako coś osobistego, coś, czego wymaga od nich stare prawo wróżdy. Nikt z wieśniaków na własne oczy nie widział Jaćwieży. Była dla nich kimś odległym, nierealnym jak... jak...

— Jak legenda?

— Tak. Chyba dobrze to ująłeś — rozłożyła bezradnie ręce.

Jej śmierć była daremna — pomyślała, choć nie miała odwagi, by powiedzieć to na głos Półtoraokiemu.

Spojrzała na niego. Zacisnął kwadratowe szczęki, a potem wycedził przez zęby:

— Starcy wieszczyli, że jantarowy płód się narodzi. Wisząc na szyi Jaćwieży, nie miał na to szans. Porodem mogła być tylko śmierć jego matki! Do licha! Prędzej czy później to przyniesie owoce. Przekonasz się!

— Nie mnie przekonuj, tylko ludzi — powiedziała najłagodniej, jak potrafiła.

Opanował się.

— Dla ciebie mam inne zadanie, właściwsze twym zdolnościom. Dokonasz odłożonej w czasie zemsty.

Woldemar, była pewna, że o niego chodzi Półtoraokiemu. Sieć na niego zarzuciła już przed rokiem, gdy tylko dostali wiadomość, że młody margrabia się żeni. Wtedy zadanie brzmiało: „Spraw, by nigdy nie spłodził potomka". Wykonała je, owszem, przy okazji doprowadzając do śmierci Ottona ze Strzałą, ale wówczas miała wrażenie, że robota ta niewiele się różni od służby dziewczyn w Zielonych Grotach. Nawet była zła na Jarogniewa, że daje jej takie same zlecenia, jak Dębina swym zielonym pannom. Fukała, że nie po to przyszła do wojowników, by walczyć w alkowie. Półtoraoki powiedział: „Wykonuj rozkazy. Każdy kolejny będzie ciekawszy". Sprawiła się i czekała, co dalej, a w ciągu ostatnich wypadków straciła nadzieję, że wróci sprawa margrabiego. Myliła się. Teraz poczuła radosne kołatanie serca.

— Dopaść go i zabić. Z rozkoszą, Jargoniewie — powiedziała. — Nikt mu nigdy nie zapomniał ofiary z setki naszych ludzi spalonych w kościele w imię wniebowstąpienia. Powiedz tylko słowo, a Woldemar już przestanie oddychać.

Zaśmiał się, aż ciemna, butwiejąca część jego oka zadrżała.

— Nie tak szybko, ostra panno! — pogroził jej palcem. — Twarz anioła, ciało żbika, a dusza mordercy, tak o nim mówią. Prawda to?

— Anioła nie potwierdzę, nie znam się — mrugnęła do niego. — A reszta jest prawdą.

— Chcemy, aby cierpiał.

— Rozumie się. — Klepnęła w nóż przy pasie.

— Na to przyjdzie czas. — Pokręcił głową. — Zemsta musi być dokładną odpowiedzią na zbrodnię.

— Mam go spalić sto razy? — zakpiła.

— Nie. Masz sprawić, by sto razy zapłonął, poparzył się i zgasł. Rozłożyć to na długi czas, na lata, tak by go bolało, naprawdę bolało.

— Poczekaj — przerwała mu. — To niemożliwe. Doprowadzając do śmierci jego stryja, sprawiłam, że Woldemar więcej mnie nie przyjmie. Sądziłam, że masz na myśli co innego. Że mam go znaleźć, pojmać i zadręczyć na śmierć.

— Tego właśnie chcę — położył rękę na jej ramieniu Jarogniew. — Masz odzyskać jego zaufanie, mimo śmierci Ottona i doprowadzić do tego, by przy jego boku zawsze było dla ciebie miejsce. Wtedy będziesz mogła go dręczyć, po razie, za każdego ze spalonych w kościele.

Ostrzyca złapała się za głowę. Wymagał od niej niemal niemożliwego. Odzyskać zaufanie? Niby jak ma to zrobić?

Dotknął jej. Powoli odjął jej dłonie z twarzy, a potem uniósł podbródek Ostrzycy w górę i patrzył w oczy tak długo, aż zachłysnęła się jego bliskością. Jedno i pół oka w barwie leśnych mchów miało w sobie to, czemu nie potrafiła się oprzeć.

— Spotkaj się ze swoją matką — wyszeptał. — Ona zdradziła ci pierwszy klucz do duszy margrabiego, podając imię, jakie naprawdę nadano mu w chwili narodzin. Na pewno wie coś więcej. Zna sekrety, które pomogą ci zakraść się w jego życie i zapuścić w nim korzenie tak, by potrafił się wyrzec wszystkich i wszystkiego, ale nie ciebie. Zrób to, moja bratanico.

To mówiąc, puścił jej podbródek i rozwiązał rzemienie przytrzymujące pancerz Ostrzycy. Nie oparła się mu. Pragnęła tej chwili, odkąd weszła na podniebną kładkę wiodącą do warownego jesionu. Drogę do niego.

JADWIGA widziała, że jej mąż odchodzi od zmysłów. Znała go, Władek wolał wojnę, nawet nierówną, z silniejszym, niż ten poniżający stan oczekiwania, w którym nic nie zależało od niego, lecz to on sam był od wszystkich zależnym.

Jego cisi ludzie krążyli od Bratysławy do Malborka, przynosząc wieści o przebiegu procesu z pozwu Muskaty i tryumfalnym wjeździe wielkiego mistrza do nowej stolicy zakonu. Jedno i drugie doprowadzało Władysława do pasji. Słysząc, że legat papieski zdaje się przychylnym wobec piekielnych podszeptów Muskaty, Władek wrzał gniewem, a Jadwiga widziała, jak pod jego twardą skórą napinają się węzły mięśni. Owszem, jej też nie mieściło się w głowie, że człowiek tak zdradliwy i zdeprawowany jak biskup krakowski może znajdować posłuch u legata, ale była pewna, że jeśli podejdzie się do sprawy spokojnie, w sposób zrównoważony, to właściwe wyjście musi się znaleźć. Władek zaś pomstował, wściekał się i wymyślał coraz to nowe, jedno od drugiego straszniejsze rozwiązania. Najbardziej bała się, gdy wzywał do siebie Strasza, dowódcę dawnej Smoczej Kompanii, i we dwóch szli na jedną z wież wawelskich, nie zabierając ze sobą żadnego z doradców. Próbowała wysyłać do nich Nawoja z Morawicy, bo ufała jego rozsądkowi i zrównoważeniu, ale gdzie tam! Władek odsyłał go, nim doszli do wieży, za każdym razem używając nowego pretekstu. Nawet swego giermka, Fryczka, nie zabierał na narady ze Straszem i jeśli ktokolwiek szedł z nimi, to tylko Borutka. Próbowała od chłopaka coś wyciągnąć, ale ten mrużył czarne oczy i odpowiadał niezmiennie:

— Służba jest milczeniem, najjaśniejsza księżno.

Żachnęła się kiedyś i wyrwało jej się w desperacji:

— Ach, dziecko! Ale żeby tam książę jakichś piekielnych podszeptów nie słuchał!

— Czuwam nad nim, jak potrafię, pani — odpowiedział Borutka, a Jadwiga jakoś nie poczuła się od tego spokojniejsza.

Może dlatego, że znała swego męża? Że wiedziała, iż zmiana, jaka w nim zaszła podczas banicji, owszem, była głęboka, ale nie aż tak, by odmienić Władka całkowicie? Że wciąż był uparty, słuchał chętnie tylko tych rad, które były zgodne z jego wizją, a wszystkie inne zaczynające się od „poczekać, układać się" traktował jako czcze gadanie? Potęga Krzyżaków przerosła go, tak jak Brandenburczyków, a wcześniej Prusów i inne ludy, które podbili. Rozumiał, że z nimi nie wygra w bezpośrednim starciu, bo to tak, jakby nagi chciał ruszyć przeciw uzbrojonemu w pancerz. Rozumiał, ale w głębi duszy wciąż się z tym nie zgadzał.

Spotkali się podczas wieczerzy. Władek był chmurny, a na rękawie jego tuniki zobaczyła pył ceglany. Znów łaził ze Straszem po murach — pomyślała, ale zostawiła to dla siebie.

— Czego się garbisz? — burknął na syna.

Władek junior wyprostował się nad miską polewki.

— Nie garbiłem się — odpyskował ojcu. — Tylko sprawdzałem, co tam pływa.

— I co znalazłeś? — drążył Władysław, wyraźnie szukając zaczepki.

— Twaróg — oznajmił synek. — A ja nie lubię twarogu.

— Słyszałeś to Ogończyku? Nie lubi twarogu! — przedrzeźniał go.

— Władysław, daj spokój — poprosiła i by szybciej zakończyć jego podły nastrój, dała znać Elżbietce, by podeszła do ojca.

— Tatku — mała dygnęła przed nim.

— Słucham, moja księżniczko? — rozpromienił się na widok dziewczynki.

— Zobacz — wyciągnęła ku niemu palec. — Jestem zraniona.

— Gdzie, księżniczko? No gdzie? — pochylił się nad jej paluszkiem, a ona zawinęła nim w powietrzu przed jego nosem i skierowała prosto w swoją pierś.

— Tutaj, tatku, w sercu! — powiedziała rozdzierającym głosem.

Władek wydał się szczerze skonsternowany. Jadwiga przygryzła wargi i unosząc wzrok, napotkała na rozbawione spojrzenie Nawoja z Morawicy. On też wie, co będzie dalej?

— Władziu jest moim rycerzem — oświadczyła.

— Oczywiście, że jestem, córeczko — wyprężył się książę.

— Mówię o nim — z uśmiechem wskazała na brata. — Ale ty też możesz.

— Jesteś bardzo łaskawa, księżniczko — roześmiał się Władysław.

— Jestem — potwierdziła i zsunęła wstążkę z warkoczyka. — Proszę.

— Dziękuję — wziął od córki wstążkę z powagą. — Tak robią damy.

— Uhm. A jak robią rycerze? — spytała.

— No, rycerze walczą i...

— I się nie kłócą — wyjaśniła ojcu, pokazując palcem to na niego, to na brata. — Jesteś starszy, ty musisz ustąpić.

— Do dyplomacji z tobą, córko! — parsknął śmiechem.

Mały Władek wciąż siedział naburmuszony, wstawiennictwo siostry najwyraźniej mu się nie podobało.

Do dyplomacji? — pomyślała Jadwiga. — Prawda, to kobiety powinny się nią zajmować. Nie byłoby tylu wojen.

Do komnaty wszedł kantor, a za nim klerycy z psałterzami. Skinęła im głową, że mogą zacząć śpiewać.

— Psalm Dawidowy — oznajmił kantor, a chłopcy zanucili równymi, czystymi głosami.

— Boże, mój Boże, czemuś mnie opuścił...

— Nie, nie! — machnął ręką jej mąż. — Tego nie chcę. Zaśpiewajcie mi, jak Dawid zwycięża nad Goliatem.

— Nie ma takiego psalmu, mój książę — grzecznie wyjaśnił kantor. — Dawid zaczął składać psalmy dopiero, gdy został królem, a legendarne pokonanie Goliata leżało u początku jego drogi.

— No właśnie — uparł się Władek. — Niech nie śpiewają. Możesz nam opowiadać o Dawidzie i Goliacie.

Ciekawe, dlaczego? — złośliwie pomyślała Jadwiga i szybko się z tego paskudnego uczucia chciała otrząsnąć. Słabo jej szło, więc wstała od stołu i powiedziała:

— Odprowadzę dzieci. Czas do łóżek.

— Trudno — westchnął Władysław. — Ale wróć do nas, księżno, proszę.

— Wrócę — obiecała, myśląc, że kantor nie będzie opowiadał w kółko.

— Pomogę księżnej pani — ofiarował się Nawój i z ulgą przyjęła jego pomoc.

Zagonienie małego Władka do łóżka każdego dnia przypominało wygranie bitwy, ale pan z Morawicy miał na to swoje sposoby. Patrzyła, jak rozmawia z jej upartym, chmurnym synkiem. Jak negocjuje z nim i wygrywa.

Dlaczego Władysławowi się to nie udaje? — myślała z żalem. — Dlaczego mój pan mąż uważa, że wychowanie dzieci nie licuje z honorem mężczyzny? Nawój z dumnego rodu Toporów jest jednym z najważniejszych panów Małej Polski, rycerzem, który na polu walki nie waha się przed niczym, a jednocześnie, w czas pokoju, jest spokojnym i zrównoważonym człowiekiem. Mimowolnie przypomniała sobie, jak Nawój pomylił się i myśląc, że ona jest Kunegundą, zdjął ją ze skrzyni. Poczuła w talii jego dłonie i zobaczyła, jak bardzo się zawstydził, gdy odkrył pomyłkę. Chciała przestać, odpędzić od siebie takie myśli, ale nie potrafiła odwrócić głowy i wpatrywała się w wysoką i barczystą sylwetkę Nawoja, w jego długie, złote i jedwabiste włosy.

Jadwigo! Jesteś mężatką, matką i księżną! — syknęła na siebie samą w duszy i opanowała się w jednej chwili, wychodząc z komnaty syna.

— Pani? — stanął za nią Nawój. — Czy zechcesz wrócić? Odprowadzić cię?

Poczuła, jak oblewa ją fala gorąca. Post i włosiennica — pogroziła sobie samej, a na głos powiedziała:

— Tak, chodźmy posłuchać, jak Dawid wygrywa z Goliatem.

— I czyni to nie przeważającą siłą wojsk, a sposobem — z ledwie wyczuwalną nutą śmiechu odpowiedział Nawój.

A jednak Władka już nie było w komnacie jadalnej, zniknął także kantor i klerycy. Na posterunku został Paweł Ogończyk.

— Księcia prosił przekazać, że czeka pod drzwiami swej żony — oznajmił.

— Rozumiem — skinęła głową.

Ogończyk zaczął chrząkać i wymownie przewracać oczami.

— Nie chrząkaj, tylko mów — przerwała mu przedstawienie.

— Książę nasłuchał się o królu Dawidzie i Batszebie.

Zmarszczyła brwi.

— Coś jeszcze chcesz mi powiedzieć, Pawle? — zapytała szorstko.

— No... w sumie to chciałbym, ale mi nie wypada — powiedział Ogończyk i wpatrując się w nią, powtórzył: — Nie wypada.

— To nie mów — skwitowała i wyszła.

— Odprowadzę księżną — zaofiarował się Nawój, wypadając za nią.

Nie wypada — powtórzyła w myślach.

— Dziękuję, Nawoju. Spotkamy się jutro — odprawiła go.

Władysław czekał na nią w jej komnacie. Komenderował rozstawiającym kosze z owocami Borutką i pouczał służki przygotowujące łoże do snu.

— Jeszcze tutaj zapal świece — instruował dziewczynę. — I tam, tam i tu. Borutka, jabłuszka postaw... Jadwigo! — odwrócił się, gdy weszła i ruszył ku niej. — Nareszcie sami!

Złapał Jadwigę za ręce i przyciągnął do siebie. Dała znać dziewczętom, by wyszły. Borutka został, wyraźnie oczekując rozkazu od swego pana.

Władysław zaczął ją całować po dłoniach i szybko przeszedł do pocałunków w policzki.

— Odpraw go, bo sam nie wyjdzie — szepnęła.

— Kogo? — odszepnął zdumiony.

— Jego — pokazała oczami na chłopca.

Władek odwrócił się, jakby zapomniał, że ten tu jest.

— Borutka, zmykaj, do diabła!

— Do usług! — skłonił się jasnowłosy i cichutko wyszedł.

— Pomóż mi — szeptał namiętnie Władek, wkładając palce pod jej nałęczkę. — Rozbierz włosy. Chcę je zobaczyć.

Zdjęła diadem i wysunęła szpile przytrzymujące welon. Potem rozpięła podwikę. Odłożyła wszystko starannie na wieko skrzyni.

— Jesteś taka piękna, Jadwigo — powiedział, patrząc, jak rozplata warkocze. — Taka piękna — powtórzył i nie mógł się powstrzymać, wsunął palce w jej włosy.

Poczuła twardą skórę jego opuszek. Dłonie męża — przebiegło jej przez głowę i mimowolnie wymieniła imiona ich dzieci. — Kunegunda, Stefan, Władysław, Elżbieta, Jadwiga.

Dlaczego muszę sobie to przypominać? — spytała siebie samej, gdy Władek całował jej włosy i szyję. Wizerunek wysokiego Nawoja z Morawicy, spokojnego, ułożonego, dobrze wychowanego, napłynął jej przed oczy. Otworzyła powieki szybko, by strząsnąć spod nich ten obraz i widzieć Władka. Nie podziałało. Roznamiętnienie męża nie potrafiło jej dzisiaj otworzyć na miłość.

— Kanonicy zaczęli cuda świętej Kingi spisywać — zagadała między pocałunkami, licząc, że przerwie jego zapał.

— Cudownie! Sam mogę świadczyć — powiedział, odpinając pas i rzucając go na posadzkę.

— Ostrożnie! — przestrzegła. — Żeby płytki nie popękały...

Zdjął kaftan i też rzucił pod nogi. Potem nogawice, które wylądowały w drugim końcu komnaty.

— Poczekaj, pozbieram — powiedziała i szybko rzuciła się za jego rzeczami, a przez głowę przebiegło jej: Nawój pewnie ubrań nie rozrzuca.

— Daj spokój, kochana — mruczał za nią — chodź do łoża.

— Idę, idę — odrzekła wymijająco. — Chłodno dzisiaj, prawda?

— Zaraz będzie gorąco! — roześmiał się i już wiedziała, że wybrała kiepską drogę ucieczki. Wróciła do świętej.

— Koniecznie chcą zgłębić tajemnice ich niezwykłego małżeństwa — powiedziała. — Wiesz, czystości mimo wspólnego łoża.

— Do takiej czystości nieliczni są przeznaczeni — zbył ją Władysław. — Jadwigo, chodź, mam cię prosić na kolanach?

— No nie... — powiedziała, wzdychając. — Czekaj, muszę zdjąć suknię.

Nawój pewnie nie nalega, gdy kobieta nie chce — zjadliwa myśl znów ją nawiedziła. Jak się od tego uwolnić?

— Pomogę ci! — wyskoczył z łoża nago Władysław i wiedziała, że dzisiaj nie umknie.

Pomóc nie umiał, w końcu to suknia, ale stał nad nią i ponaglał. Po chwili była w samej koszuli.

— Jakaś ty...

...piękna? — zgryźliwie dokończyła w myślach i ugryzła się w wargę z całych sił.

— Aj! — żachnęła się z bólu.

— Co, kochanie? — spytał czule.

— Krew mi leci z ust — powiedziała bezradnie.

Pocałował ją tak łagodnie, jak się po nim nie spodziewała. Poczuła język Władka i jego wargi zaciskające się wokół jej ust.

— Twoja krew jest słodka i cierpka jednocześnie — szepnął.

— Nie przerywaj — odpowiedziała — pocałunku...

Wsunął twarde palce w jej włosy i całował tak, że zakręciło jej się w głowie. Oddychała szybko, nie oddając mu pocałunków, tylko biorąc je. Komnata rozjarzona tyloma płomieniami świec zawirowała jej przed oczami. Nie! To Władysław wziął ją na ręce i niósł do łoża, a ona odchylała głowę w tył, wystawiając na jego usta szyję. Całował, całował ją, nie przestawał ani na chwilę. Poczuła pod plecami sztywny materiał ozdobnej kapy okrywającej łoże. Władysław położył ją delikatnie i pochylił się nad nią. Zamknęła oczy. Nawój z Morawicy, postawny, złotowłosy i złotobrody rwał naręcza kwiatów i rzucał jej do stóp. Odpędziła jego obraz. Wąsy Władka pachniały żywicą i kłuły ją, sprowadzając na ziemię, do tu i teraz.

— Kochasz mnie? — spytał nieoczekiwanie.

— Tak, kocham — wyszeptała i zdradzieckie obrazy wyparowały z jej myśli i wiedziała, że mówi prawdę i w jej życiu jest miejsce tylko dla niego. Władysława.

Gdy skończyli i namiętność powoli wyparowała z ich ciał, Władek położył ją na swoim ramieniu.

— Rozgrzała mnie opowieść o Dawidzie — wyznał. — I jego namiętności do Batszeby. Syna mieli, sławnego króla Salomona. — Drugą ręką pogłaskał ją po brzuchu i mruknął do ucha: — Tego mądrego, pamiętasz? Statecznego.

— Uhm — odpowiedziała sennie.

— I wiesz — rozmarzył się Władysław. — Dzisiaj znów Dawid wygrał z Goliatem.

— Nawet nie wiesz, jak bardzo wygrał — wyrwało się Jadwidze.

— Wiem jak — odpowiedział jej mąż. — Sposobem! Posłuchaj...

Naciągnęła na nich kołdrę, bo nocny przeciąg chłodził jej ciało. Objęła go ramionami i słuchając o przeważających siłach Filistynów i sprycie przyszłego króla, zasnęła. Rano pamiętała, co jej się śniło, i dlatego dzień zaczęła od szukania spowiednika.

WALDEMAR margrabia brandenburski, głowa rodu Askańczyków, był zły, że książę Henryk Głogowski nie przyjął zaproszenia do granicznego grodu w Santoku. Waldemar chciał mu pokazać jedną z pierwszych warowni przejętych przez niego po śmierci Przemysła, ale Głogowczyk nie połknął haczyka. Nie zaprosił go także w odwecie do Poznania, choć tak przewidywała księżna Mechtylda. Po prostu przekazał przez Fryderyka von Buntensee, swego kanclerza, że spotkać mogą się na granicznej rzece Noteć albo wcale.

Listopad to zły czas na podróże, kopyta bojowego ogiera zapadały się w rozmiękłym od deszczu błocie traktu, więc wściekły przesiadł się na zwykłego konia, choć tego właśnie nie lubił.

Jechali przez lasy, z początku sosnowe, ale od dłuższej chwili wyłącznie liściaste. Na gałęziach potężnych buków szeleściły suche, zwinięte liście. Ani pół jelenia, ani jednej sarny nie spotkali po drodze i jedyne, co towarzyszyło ich przejazdowi, to nieznośne krakanie wron.

— Panie! — z czoła orszaku nadjechał ku niemu Fritz. — Nurt Noteci zaczyna się za stajanie. Teren robi się grząski i podmokły, tam w głębi same mokradła. — Wskazał w las. — Trzeba się trzymać środka traktu.

— A ta wyspa, o której mówił Buntensee? — spytał Waldemar. — Widziałeś ją?

— Tak, margrabio — potwierdził Fritz. — Choć nazwałbym ją raczej kępą drzew. Łódź czeka, jak obiecali, ale ich samych jeszcze nie widać na drugim brzegu.

— Jedźmy — zarządził Waldemar i spojrzał w ołowiane niebo. — Zaraz lunie.

Był głodny i zły. Inaczej wyobrażał sobie to spotkanie. Chciał pokazać księciu splendor Brandenburgii, chciał go olśnić i przerazić, tak aby później, gdy przystąpią do planu Mechtyldy, każdy z ludzi księcia przypomniał sobie, że z margrabią Waldemarem nie ma żartów. Jaki majestat pokaże podczas spotkania na noteckiej wyspie? I to czterech na czterech, bo tak sobie zażyczył książę? Żaden. Może jedynie zadzierzgnąć jakąś nić porozumienia z tymi trzema możnymi, których przy boku będzie miał książę. Gdyby nie to, że spieszyło mu się do załatwienia sprawy z Krzyżakami, nie zgodziłby się na spotkanie na warunkach Głogowczyka.

— To tutaj — Fritz wskazał zbitą z desek przystań i łódź, która kołysała się na poruszanej wiatrem rzecznej fali.

Na drugim brzegu rzeki widać było orszak księcia Henryka. Chorągiew z czarnym orłem na bieli i białym na czerni. Waldemar zeskoczył z siodła i poślizgnął się w błocie.

— Psiakrew! — warknął i krzyknął do giermka: — Jona! Przygotuj mi czyste ubranie.

— Margrabio — powiedział Fritz. — Teodoryk von Seidlitz, wódz Głogowczyka, pokazuje, że jego pan wsiada na łódź.

— Niech poczeka. Nie pojawię się w ubłoconych portkach — uciął Waldemar.

Nie znosił nieczystych ubrań; brud wywoływał w nim odrazę. Jona, znając swego pana, znalazł kępę suchych traw nieco na uboczu i tam Waldemar przebrał się w czyste nogawice i uroczystą, paradną tunikę z czerwonym orłem na plecach i piersi. Płaszcz, wysokie buty, pas z mieczem, na szyi łańcuch. Przeczesał palcami włosy i był gotów. Jona wszedł do rzeki i trzymał burtę, by łódź nie nabrała wody. Wziął ze sobą Fritza, Horsta i Jorga. Ten ostatni był notariuszem i taszczył ze sobą skrzynkę z pergaminami, inkaustem, woskiem. Wszystko, co potrzebne, by stosowny dokument sporządzić od ręki.

Dziób łodzi wsunął się w brązowe i suche przybrzeżne szuwary. Zaszeleściły z nieprzyjemnym chrzęstem. Fritz wysiadł pierwszy. Zapadł się w błoto po kostki. Horst podał mu deskę, którą zapobiegliwy Jona wsadził do łodzi, i Waldemar suchą nogą zszedł na ląd.

Czterech ludzi stało pod niewielką biało-czarną chorągwią. Margrabia przyjrzał się im, podchodząc. Księcia poznał od razu. Fritz mówił mu, że to szczupły mężczyzna o podłużnej, ponurej twarzy i przyprószonym siwizną zaroście. Obok niego stał młody mężczyzna, zapewne jego syn, bo podobni byli jak dwie krople wody. Obaj mieli identyczne czarne, aksamitne kaftany z białym orłem na piersi.

Waldemar doszedł do nich i skłonił głowę. Książę i jego trzej ludzie odpowiedzieli mu skinieniem i zapadła pełna wyczekiwania cisza. Waldemar zabronił swym ludziom przedstawiania go jako pierwszego. Chciał, by to jemu przedstawiono księcia. Najwyraźniej Głogowczyk wydał takie same rozkazy swoim ludziom i teraz stali na wprost siebie, czterech na czterech i patrząc sobie w oczy, milczeli. Waldemar zaczął się irytować, ale nie chciał ustąpić. Odezwał się Fryderyk von Buntensee, kanclerz księcia, który był wcześniej posłem do margrabiego:

— Książę, pozwól, że powitam w twym imieniu gościa. Oto margrabia Waldemar, głowa domu Askańskiego. Margrabio Waldemarze, to Henryk, książę Głogowa i Starszej Polski, dziedzic Królestwa Polskiego, oraz jego syn, Henryk junior.

Ponownie skłonili się sobie. Jorge odezwał się:

— Kanclerzu Buntensee, jestem notariuszem margrabiego. A to Fritz i Horst, wodzowie brandenburskich hufców.

— Mnie znacie — odpowiedział po ukłonie Buntensee. — Towarzyszy nam Lutek Pakosławic.

To jest ten słynny zbir — Waldemar z uznaniem spojrzał na pokancerowaną twarz — który osobiście uprowadził z łaźni księcia legnickiego, zwanego Grubym. No, no, zaszczytne towarzystwo. Książę Ponurak chce mi przez to powiedzieć, że niczego się nie boi, gdy chronią go tak bezwzględne typy.

— Cóż to za ważna sprawa? — odezwał się książę Henryk i Waldemar ze zdumieniem usłyszał, że głos księcia jest metaliczny, jakby zamiast podniebienia miał stal. — Dlaczego nie mogłeś jej, margrabio Waldemarze, przekazać memu kanclerzowi, tylko chciałeś się spotkać ze mną osobiście?

Ułatwił mi zadanie — zrozumiał w jednej chwili Waldemar. — Gdybyśmy spotkali się w otoczeniu całego jego dworu, a zwłaszcza dumnych baronów Starszej Polski, musiałbym grać nieszczęśnika przypartego do muru przez Krzyżaków, jak chciała Mechtylda. Syn, kanclerz i osobisty zbir, niczego nie muszę przed nimi udawać.

— Chcę, byś książę zrzekł się na piśmie praw do Pomorza, które nie należy już ani do ciebie, ani do mnie — oświadczył. — Byś potwierdził, iż nie masz wobec tych ziem roszczeń.

Książę nie odpowiedział, nawet jeden mięsień nie drgnął mu na twarzy. Jorge dodał:

— Chodzi tylko o potwierdzenie stanu faktycznego, książę Henryku. Od początku swego panowania w Poznaniu nie wykazałeś zainteresowania Pomorzem. Ten akt, o który cię prosimy, wymierzony jest w twego głównego wroga, księcia Władysława.

Ponury książę nadal milczał.

— Mam wszystkie potrzebne rzeczy, by dokument sporządzić na miejscu — powiedział Jorge i Waldemar usłyszał w jego głosie ślad zniecierpliwienia. Na potwierdzenie swych słów notariusz otworzył skrzynkę.

— To nie będzie konieczne — odezwał się wreszcie Henryk. — Możesz zamknąć skrzynię, panie Jorge.

— Sporządzimy akt od ręki — z naciskiem powtórzył jego notariusz.

— Nie — odpowiedział Henryk. — Nie mam zamiaru zrzekać się praw do Pomorza.

Waldemar poczuł, jak krew uderza mu do głowy.

— Książę Henryk jako dziedzic Królestwa nie musi wykonywać swych praw wobec całych ziem — odezwał się kanclerz Głogowczyka. — Co jednak nie oznacza, by chciał siebie i swych potomków owych praw pozbawić.

— Porozmawiajmy spokojnie — z trudem opanował furię Waldemar.

— Nie mamy o czym — uciął Henryk. — Jeśli to wszystko, żegnam.

— Zagrozimy wam wojskiem — syknął margrabia.

— Jesteście w tym naprawdę dobrzy — odezwał się Lutek Pakosławic. — Wymarzeni sąsiedzi. A my potrafimy być tacy sami! — zaśmiał się szeroko, celowo ukazując dziurę po wybitym zębie i bezceremonialnie mrugnął do Waldemara.

— Bezczelność — warknął Waldemar, pilnując, by nie odsłonić swojej wyrwy po zębie.

— Wzajemnie — odpowiedział wciąż uśmiechnięty Pakosławic.

Książę Henryk odwrócił się, tak jak i jego kanclerz. Syn księcia wpatrywał się w Waldemara i ten wpił się w jego oczy z nieposkromioną wściekłością. Młodym Henrykiem zatrzęsło. Odwrócił się szybko i ruszył za odchodzącym szybkim krokiem ojcem. Dopiero teraz Waldemar zobaczył, że obaj na plecach mieli czarne orły na białym tle, odwrotnie niż na piersi.

Wystraszył się mnie — z tryumfem pomyślał, ale było to gorzkie i mało ważne zwycięstwo. Henryk już odpływał na swoją stronę Noteci.

— No to mamy problem — powiedział z rezygnacją Jorge. — Nikt nie spodziewał się, że ten ponurak po prostu odmówi.

Nawet Mechtylda tego nie przewidziała — pomyślał Waldemar i poczuł nagle złość na księżną. — Znów się myliła. Ostatnio często się myli.

Odpłynęli. Wsiadając na konia, zrugał Jonę za jakiś drobiazg, sam nie pamiętał jaki. Ruszyli z kopyta, mimo iż szło na szybki zmierzch, a ulewa wciąż wisiała w powietrzu.

Myli się — mściwie powtarzał Waldemar i zamiast czuć ulgę, że wina leży po stronie Mechtyldy, czuł narastającą niepewność. Na kim ma się oprzeć, jeśli nie na niej? Nie brakuje mu Ottona ze Strzałą, niech starzec spoczywa w grobie, ale ona, czerwona dama, księżna niezniszczalna, była mu wciąż potrzebna. A może to błąd, że słucha jej rad? Może powinien się uwolnić? Nie — odpowiedział sobie tak szybko, że sam się zdziwił. — Mechtylda daje mi wizje, daje ogień, gdy jestem zbyt zimny, i chłód, gdy rozsadza mnie ogień. Ale to ona wpakowała mnie w małżeństwo z Agnieszką, córką nieżyjącego Hermana. Dwunastoletnia żona, płaska, lękliwa i blada. Jedyna przyjemność w pożyciu z nią to lęk na jej twarzy, gdy brał ją do łoża.

Waldemarem targały nieznośne, sprzeczne emocje. Był ogniem i lodem, w jednej chwili potwierdzał i przeczył.

— Stój! — usłyszał krzyk Fritza z czoła orszaku. — Stój!

Zobaczył jeźdźców hamujących w biegu i usłyszał krzyk dziewczyny. Znajomy krzyk.

— Co jest? — spytał, podjeżdżając do nich.

— Złowiliśmy ptaszynę na trakcie! — zaśmiał się Fritz. — Znaną ci, panie!

Dziewczyna, zagoniona między konnych, uniosła głowę i spojrzała na niego zapłakanymi oczami.

— Blute? — spytał, nie dowierzając oczom.

— Poznałeś mnie, panie! — ucieszyła się i przypadła do jego strzemion.

— Co tu robisz? — każdego mógł się spodziewać, ale jej?

— Uciekam, margrabio — odpowiedziała. — Przed księżną

szczecińską, Mechtyldą. Oskarżyła mnie o śmierć twego stryja. Mnie, która chciałam go leczyć i ratować!

Podał jej rękę, a ona zręcznie, jak wtedy, wskoczyła na jego siodło. Drżała z zimna. Ruszyli.

— Kto zabił Ottona? — spytał, wąchając jej miodowe, mokre od potu włosy.

Przecież wiem, że ty. Widziałem jego przyrodzenie.

— Sam się zabił — odpowiedziała hardo. — Choć nie wiem, czy chcesz słyszeć, jak do tego doszło.

— Chcę — powiedział, bawiąc się tym, że pożądanie napłynęło do niego falą, gdy tylko ją zobaczył. Właściwie było mu wszystko jedno, czy zabiła Ottona. A może nawet powinien być jej wdzięczny?

— Waleczny Otto miał tajemnicę, o której mało kto wiedział — odrzekła, pociągając nosem. — Gustował w młodych, silnych giermkach.

— To niemożliwe — zaśmiał się Waldemar. — Nie stryj.

— Też mi się tak zdawało, ale gdy opuściłeś Gdańsk, niechcący zobaczyłam coś, czego nie powinnam widzieć.

— Co?

— Ottona i Martina — powiedziała pewnie.

Martin, jego giermek — pomyślał Waldemar i nagle dotarło do niego, że chłopak nie wrócił z Gdańska.

— Mówią, że Martin zginął podczas krzyżackiego uderzenia — powiedział.

— Nieprawda. Zginął z ręki twego stryja. Otto spółkował z nim, a potem słyszałam, jak wyzwał giermka od najgorszych. Oskarżył go o zdradę.

— Zdradę? Gdańsk przepadł przez Krzyżaków, nie przez głupiego giermka.

— Jesteś naiwny, panie — powiedziała z wyższością. — Oskarżył go o zdradę jako kochanka. Wymieniał imiona tych, z którymi rzekomo chłopak, no wiesz, spółkował nie tylko z nim. I w złości go uderzył z taką siłą, że Martin się nie podniósł. Tak było. A potem Otto powiedział, że dopadła go niemoc i musi pojechać do księżnej szczecińskiej. Ja go pielęgnowałam w chorobie! — krzyknęła wściekle. — Obmywałam jego... wiesz co... miał tam rany po... — zawstydziła się, ale złość w niej zwyciężyła, bo dodała po chwili: — A ona mnie oskarżyła, jakbym to ja go zabiła! To niesprawiedliwe, ale kto się postawi wielkiej, czerwonej księżnej!

— Ja — powiedział nieoczekiwanie dla siebie.

Blute nie usłyszała, bo pomstowała dalej:
— Wszyscy jej się boją, płaszczą się przed nią, a ją przepełnia wściekłość, nic więcej! Nie ma w niej krzty…

Zamknął usta Blute pocałunkiem i poczuł, jak lód i ogień w nim pulsują szybciej.

— Ja się jej nie boję — wszeptał wprost do ust swej leśnej znajdy, znów odnalezionej. — Ja wezmę cię pod opiekę.

Wolę Blute od Mechtyldy — pomyślał i dotarło do niego, że dziewczyna była kroplą, która przepełniła kielich niechęci do czerwonej damy.

— Woldemar — mruknęła, oddając mu pocałunek tak mocno, aż zadrżał.

Dziewczyno — odpowiedział jej w myślach. — Nawet nie wiesz, kim dla mnie jesteś. Ile znaczysz. Nie masz pojęcia, Blute, że właśnie stałaś się kluczem do mego uwolnienia od Mechtyldy.

HENRYK książę Głogowa i Starszej Polski po spotkaniu z Waldemarem, margrabią brandenburskim, wrócił do Poznania, bo chociaż pilne sprawy wzywały go na Śląsk, do Głogowa, uznał, że spotka się z radą możnych i powie im o odrzuconej ofercie brandenburskiej. Powinni wiedzieć, co się święci.

W Poznaniu jednak czekał go zawód.

— Wojewoda Dobrogost Nałęcz pojechał do swych dóbr rodzinnych w Dzwonowie — oznajmił mu jego starosta, Bogusz Wezenborg. — Kasztelan poznański ma zjazd rodowców. Chorąży i cześnik zniknęli, tłumacząc się chorobą.

— Podczaszy, łowczy, wojski? — twardo zapytał Henryk, rozglądając się po opustoszałym dziedzińcu poznańskiego zamku. Nawet ze stajni nie dochodził żaden odgłos. — Nie wiedzieli, że przyjadę?

— Wiedzieli, książę — szczerze odrzekł Wezenborg.

— A biskup?

— Andrzej Zaremba wyjechał do Jarocina. Co gorsza, zwolnił swego kanclerza i naszego stronnika, a w to miejsce powołał Filipa, o którym wiemy, że pochodzi wprost ze szkoły Jakuba Świnki.

— Filipa od Doliwów? — niemile zdziwił się Henryk.

— Tak, panie. Nie inaczej.

— Czy tylko ja odnoszę wrażenie, że to jawna zdrada? — spytał książę, czując, jak sztywnieją mu szczęki.

— Panie, biskup ma prawo dobierać sobie urzędników — pojednawczo oznajmił Wezenborg. — Ale prawdą jest, że Doliwowie dzielą się na bardzo wiernych księciu Łokietkowi, albo tylko wiernych. Filip jest z Miłosławia, nie z Dębna, więc możemy uznać, iż wywodzi się z gałęzi mniej zagorzałej w miłości do Władysława.

— Andrzej Zaremba nienawidzi Łokietka — powiedział książę to, o czym wszyscy wiedzieli. — Skąd ta zmiana?

Fryderyk von Buntensee, który przysłuchiwał się ich rozmowie, powiedział ostrożnie:

— Biskup poznański nie raz dawał do zrozumienia, że ma żal o porzucone przez księcia Pomorze. Wiadomość, jaką przywozimy, odmieniłaby jego spojrzenie na ciebie, panie. Zdecydowana odmowa...

— Nie dlatego odmówiłem Waldemarowi, żeby przypodobać się możnym! — ostro przerwał kanclerzowi Henryk.

— Niepotrzebnie się unosisz, panie. Nie ma w tym nic złego — łagodził Buntensee.

— Jest — oświadczył Henryk. — Zadaniem władcy jest służba księstwu, a nie baronom, albo co gorsza, jakiejś wydumanej wizji. Robię to, co uznaję za słuszne dla odbudowy Królestwa. Jestem jego dziedzicem, a wciąż nie mogę wystąpić o koronę. Do mnie należy jego serce, Starsza Polska, ale to wciąż Władysław włada większym obszarem.

Potrzebuję jeszcze roku, może dwóch — pomyślał. — Biskup krakowski jest po mojej stronie, gdy legat anuluje ciążące na nim wyroki, wróci i weźmiemy Małą Polskę w pierścień ognia. Mam zięcia z potężnego rodu Wittelsbachów, węgierskiego króla bez tronu, któremu potrzeba bezpiecznego, krakowskiego korytarza w drodze do Budy. Mam dzięki niemu gwarancję czeskiego króla, Henryka z Karyntii, że będzie sprzyjał naszym planom. I wreszcie życzliwość biskupa wrocławskiego, choć temu lisowi nie należy ufać bezgranicznie, bo oni, we Wrocławiu, nie lubią silnych książąt. Potrzebuję roku, może dwóch, by zepchnąć Władysława tam, skąd przyszedł. Na Kujawy. I wtedy wystąpić o polską koronę.

— Książę — odezwał się z niepokojem Bogusz Wezenborg. — Zamierzasz zbrojnie wejść na Pomorze? Wdać się w wojnę z zakonem? Wybacz, że przypominam, ale obiecałeś swemu szwagrowi, Lutherowi z Brunszwiku, że nie staniesz do wojny o Pomorze.

— Nie stać nas na taki wysiłek — dorzucił swoje kanclerz.

— Nie jestem szaleńcem, który ruszy na zakon — potwierdził Henryk i uniósł głowę, by przyjrzeć się furkoczącemu na wietrze białemu orłowi na czerni.

— Ojcze? — dotknął jego ramienia młody Henryk. — Powiedz coś, byśmy mogli zrozumieć.

— Co tu jest do zrozumienia? — z irytacją strząsnął jego rękę książę. — Nie będę odbijał Pomorza. Obiecałem Lutherowi, że nie włączę się w ich wojnę. Ale nie, że zrzeknę się dziedzictwa króla Przemysła. Jedziemy! Nie będę siedział w opustoszałym Poznaniu i czekał, aż baronowie raczą się zjawić. Wezenborg! Wezwij ich na Trzech Króli, to dobra okazja, bym oznajmił swe poczynania i wolę. I pamiętaj, powiedz im, że nie będę tolerował nieobecności. Ty zostajesz — wskazał ręką na syna, który stał osłupiały na środku zamkowego dziedzińca. — Nie unoś tak brwi, bo przylgnie do ciebie miano Henryka Zdziwionego. Bywaj, synu, z Bogiem.

Lutek podprowadził mu świeżego konia i pomógł wsiąść. Sztywność w krzyżu utrudniała wskoczenie na siodło.

Ruszyli w stronę bramy na trakt śląski. Przy ratuszu miejskim nisko pokłonili mu się mieszczanie.

— Książę Henryk!

— Najjaśniejszy pan!

— Niech żyje dobry książę! — od kramu do kramu podniosło się skandowanie.

Rzemieślnicy wybiegli z warsztatów, rzeźnicy z jatek, tłusta piekarzowa z koszem poznańskich rogali sunęła ku niemu kolebiącym krokiem.

— Postne! Ino z kapustą, bez skwarka! Dla ciebie, nasz panie! — zachwalała.

Zatrzymał orszak i skinął na Lutka, by podał mu rogala z koszyka. Sam nie mógł się schylić, musiał siedzieć sztywno w siodle.

— Najjaśniejszy panie! — długim, szybkim krokiem szedł ku niemu wójt poznański Przemko, a za nim biegli rajcy. — Pozwól się ugościć! Tak rzadko książę pan nawiedza nas swą osobą, że lud miasta Poznania chciałby uczcić, podjąć.

Handlarka owocami z koszem drobnych, żółtych jabłek przepchała się w pierwszy szereg i straciła rezon na widok książęcej osoby.

— To chociaż dla konia — pisnęła i wyciągnęła kosz przed siebie.

Lutek z łobuzerskim uśmiechem chwycił jabłko i nadgryzł.

— Mnie też smakuje, cioteczko! — zaśmiał się, a ją zamroziło od tego uśmiechu z wielką wyrwą po wybitym zębie.

— Wójcie, rajcy — uniósł prawicę Henryk. — Ludu Poznania! Wasza wierność mej osobie zostanie zapamiętana. Macie spać spokojnie, pracować, chwalić me imię…

— I płacić podatki, jako i dziś płacicie — mruknął wesoło Fryderyk von Buntensee.

— Zostańcie z Bogiem! — zrobił znak krzyża Henryk. — Wrócę na Trzech Króli!

— To już będą chlebki ze słoninką! — wyrwało się radośnie piekarzowej.

— Dobry post, dobre i zapusty — powiedział do niej Henryk, a ona pokraśniała i aż przysiadła na wielkim zadzie.

— Z Bogiem, książę! — pokłonił się nisko wójt, zamiatając czapką ubłocony rynek, a za nim przyklęknęli rajcy, kupcy, mieszczanie i pospólstwo.

Odwrócił konia, by raz jeszcze spojrzeć na górujący nad miastem zamek. Zawiał wiatr, targnęło chorągwią na wieży i materia odwróciła się. Pożegnał go czarny orzeł, nie biały.

Nie jestem przesądny — żachnął się w duchu Henryk. — Tak właśnie jest. Możni odwrócili się ode mnie w swej pysze, ale lud miasta jest ze mną.

Ruszyli wolno ku bramie. Usłyszał, jak mówią w tłumie:

— Surowy, ale sprawiedliwy.

— Ręka u niego ciężka, twarz posępna, ale nas broni.

— Zarembów ukrócił, sobiepanów!

Tak — pomyślał Henryk. — Taki właśnie jestem. Surowy, ale sprawiedliwy. I nie będę popuszczał tym, co nie potrafią uszanować władzy.

Jechali szybko, taborów specjalnych nie ciągnięto. Tyle lat krążenia między Poznaniem a Głogowem sprawiło, iż dwór Henryka miał zawsze w gotowości stancje dla księcia po drodze. W pięć dni byliby w Głogowie, gdyby nie to, że na ostatnim postoju dotarła do nich wiadomość.

— Miejscowi gadają, że na zamku w Ścinawie straszy — powiedział mu Teodoryk, ulubiony dworzanin Henryka z czterech braci von Diera.

Henryk odpoczywał właśnie po podróży, leżąc na brzuchu, z głową ułożoną sztywno na ramieniu. Sydelman, jego medyk i jednocześnie kapelan, robił mu okłady na kość krzyżową z płótna nasączonego ciepłym i mocnym winem.

— Wczoraj śnił mi się Przemko — w zamyśleniu odpowiedział Henryk, przekręcając głowę w stronę Teodoryka. — Co mówią?

— Że straszy — wzruszył ramionami Teodoryk. Sydelman lewą ręką przytrzymał okład, a prawą się przeżegnał. — Ponoć duch książęcego brata się ukazuje na wieży. No co, powtarzam, co słyszałem — żachnął się, bo jego brat, Werner, postukał się w głowę.

— Książę zrobił tyle dobra w imię spokoju duszy księcia Przemka, że nie słuchałbym ludzkiego gadania — powiedział Sydelman. — W Bogu wiara.

— Od dawna? — spytał Henryk.

— Mówią, że od święta zmarłych. To w sumie od niedawna... — zawahał się von Diera. — Miesiąc, cóż to jest dla wieczności.

— Przestań, Teo — skarcił go kapelan.

— Śnił mi się Przemko — powtórzył Henryk i dał znak Sydelmanowi, by zdjął okłady z pleców.

Kapelan wytarł resztkę wina i podał księciu miękką, domową szatę z wełny podbitej kunią skórką. Henryk założył ją na nagi tors i rozprostował plecy.

— Pomogło? — spytał z troską Sydelman.

— Lepiej — skinął głową Henryk i poprosił o kielich z winem. — Mój świętej pamięci brat śnił mi się kilka razy i prosił, bym coś dla niego zrobił, mówił cicho, coraz ciszej i kiedy zbliżałem się do niego, żeby usłyszeć, czego pragnie, on poruszał tylko ustami, a ja nie mogłem rozczytać z jego warg.

Książę upił kilka łyków wina i przysiadł na przygotowanym dla siebie szerokim krześle z oparciem wyścielonym poduszkami. Uniósł wzrok. Teodoryk i Sydelman wyglądali na stropionych.

— Co wam? — spytał.

— Może mszę za duszę księcia? — nieśmiało zaproponował kapelan.

— Cystersi w Lubiążu odprawiają gregorianki za niego od dwudziestu lat, modlą się dzień w dzień — ostro odrzekł Henryk. — Jutro jedziemy do Ścinawy, Głogów może poczekać. Wstaniemy przed świtem, wyruszymy bez zwłoki i po zmierzchu będziemy na zamku Przemka. Przekażcie rozkazy, żeby nikt nie marudził, i puśćcie gońca do Ścinawy. Dobranoc.

Zostawił niedopite wino i wyszedł. Położył się, ale oka nie zmrużył. Duch księcia na wieży, co to ma znaczyć? Przewracał się z boku na bok i pytał: „Czego chcesz, Przemku?".

Wstał na długo przed świtem, zmęczony bezsenną nocą. Zawołał giermka, a ten, zaspany i nieprzytomny, guzdrał się z ubraniem.

— Pada. Pada deszcz ze śniegiem, mój książę — ziewał, pomagając mu zawiązać nogawice.

— Nie marudź. I tak wyjeżdżamy — uciął jego gderanie Henryk.

— Ja wiem, ja wiem, książę pan nigdy nie zmienia zdania.

Zmieniam — pomyślał Henryk. — Miałem wieczór spędzić z żoną, a zejdzie mi na szukaniu ducha brata.

Wyciągnął ręce i chłopak założył mu luźny skórzany kaftan dobrze natarty tłuszczem. Do tego rękawice i kaptur chroniący przed deszczem.

Ruszyli. Koło południa przestało zacinać i Henryk zamiast zarządzić postój, kazał jechać szybciej. Kto wie, jak szybko zapadnie zmierzch przy takiej pogodzie? A drogi pod samą Ścinawą niedobre. Kopyta koni ślizgały się w mokrym gruncie.

Może Przemko chce, bym naprawił mu drogi? — przeszło mu przez myśl, ale odpędził ten pomysł szybko. — Przemko nie żyje i jeśli z zaświatów czegoś pragnie jego dusza, to nie jest to taka bzdura jak trakt do Ścinawy.

Gdy dojechali na miejsce, ciało Henryka było tak znużone jazdą, że nie mógł zejść z siodła. Bał się, że gdy przełoży nogę, kręgosłup mu pęknie na pół.

— Połóż się książę na końskiej szyi i zsuń — poradził Lutek Pakosławic, pomagając mu. — Rozluźnij się. Wyobraź sobie, że ustrzelili cię z łuku i miękko opadasz. Wprost w moje niezawodne ramiona.

— Lutek! — z przyganą powiedział Sydelman, zjawiając się przy nich. — Upiorne te twoje porównania.

— Ale sposób skuteczny — z bólem uśmiechnął się Henryk, stając na ziemi.

— Okłady zaraz zrobię — pokręcił głową medyk. — Mam nadzieję, że nagrzali w książęcej alkowie.

Ciałem Henryka wstrząsnął dreszcz. Raz, że dopiero teraz poczuł, iż przewiało go i przemarzł w drodze, dwa, że uświadomił sobie, iż noc spędzi w komnacie Przemka. Merbot, kasztelan ścinawski, już witał ich, a na dziedzińcu rozjarzyło się od pochodni.

Giermek zdjął z Henryka sztywne od deszczu skórzane okrycia; książę rozmasował obolałe nadgarstki i weszli do świetlicy. Ciepłej, jasnej i pachnącej pieczonym mięsiwem.

— Miodu zagrzać! — krzyknął Lutek.

— Wina na okłady — zawołał Sydelman.

— Daj spokój z okładami — wstrzymał go Henryk. — To później. Przy ogniu sam się rozgrzeję.

Gdy zasiedli do wieczerzy, książę przywołał do siebie kasztelana.

— Ponoć duch mego brata pojawia się na wieży — powiedział, patrząc uważnie na Merbota.

— Ludzie różnie gadają — wymijająco odpowiedział kasztelan.

— A ty? Coś ty widział?

— Sam nie wiem — skrzywił się Merbot. — Książę, ja jestem człowiek wojenny, ja wiem, że zmarli ożyć nie mogą, a gdy widzę coś, czego nie rozumiem, to staram się rzecz sprawdzić. Ale...

— Mów, łba ci nie urwę — zachęcił go Henryk.

— ...ale niektórych rzeczy sprawdzić się nie da. Miodu? — Merbot wziął od sługi dzban z parującym trunkiem i zbliżył do Henryka.

Ten jednak zakrył kielich dłonią i powiedział:

— Później. Co widziałeś?

— Zjawę na murze przy wieży — mruknął Merbot. — Ale nie wiem, czy to duch księcia, bo kiedym podszedł bliżej, niczego już tam nie było.

— Ktoś jeszcze widział?

— Wartownicy. I baby służebne z kuchni. Pewnie to one rozgadały, bo załodze zakazałem mówić.

— Kiedy to było?

— Tydzień temu.

— A nam mówiono, że ukazuje się od święta zmarłych.

— Przesada — stanowczo zaprzeczył Merbot. — Dwa razy. Tydzień temu i ponownie po dwóch nocach.

— Szybko się wieści rozchodzą — zdziwił się Sydelman.

— Ano szybko — potwierdził Merbot.

Henryk cofnął dłoń z kielicha i pozwolił sobie nalać miodu. Głodny nie był, a nawet jeśli, to nie miał ochoty na wieczerzę. Nie przyjechał tu jeść. Pił miód i spod zmęczonych powiek obserwował ogień płonący w świetlicy. Nagle odstawił kielich, wstał i wezwał Lutka.

— Wy zostańcie — zatrzymał zrywających się za księciem. — Pójdziemy we dwóch.

Pakosławic wysunął z pochwy puginał, sprawdził, że chodzi lekko, a potem skinął na swego druha, Henryka Hacke, i ten bez słowa podał mu lekki oszczep.

Na dziedzińcu wiało; nim Henryk naciągnął kaptur, dostał w twarz ostrymi śnieżnymi krupami.

— Na mróz idzie — stwierdził Pakosławic i splunął, a potem zatarł plwocinę butem. — Na murze może być ślisko.

Weszli schodami wartowniczymi, biorąc od straży pochodnię. Jej płomień walczył z wiatrem, jakby chciał uciec od głowni. Drewnianą kładką szli ku zwalistej wieży obronnej. Ciemna sylweta wydawała się nieczuła na zmrożony śnieg i porywisty wiatr. Obeszli wieżę dookoła raz i drugi. Nikogo. Nic. Wicher targał płaszczem Henryka i ten miał wrażenie, że przenikał go do kości. Postali chwilę, ale nic się nie zdarzyło, i w końcu książę dał znak, by wracali. W tej samej chwili, w której odwrócili się tyłem do wieży, kierując ku schodom na końcu kładki, zgasła pochodnia.

— A by to szlag — zaklął Lutek. — Ciemno jak w dupie.

Szli, trzymając się muru, by nie spaść. Pakosławic prowadził, a Henryk szurał, ledwie unosząc nogi. W pewnej chwili poczuł, że nie zrobi ani kroku więcej. Spowijała ich ciemność, wiał potępieńczy wiatr, a śnieżne krupy zacinały w oczy, policzki i dłonie.

— Stój — powiedział ciężko do Lutka. — Nie mogę iść.

— Co mówisz, panie? — przekrzyczał wiatr Pakosławic.

— Nie mogę iść! — zawołał Henryk. — Nogi...

Nogi odmawiają mi posłuszeństwa. Krzyż chce pęknąć, łamiąc mnie na pół. Zgrabiałe dłonie nie trzymają się muru — tego wszystkiego nie powiedział, bo i tak rzekł za dużo. Nie mogę iść.

Lutek po omacku wrócił do niego. Z ciemności wyłoniła się jaśniejsza plama jego twarzy. Henryk zobaczył szeroko rozwarte oczy Pakosławica.

— Książę — wymamrotał Lutek. — Spróbuj się odwrócić i spojrzeć na wieżę. Przytrzymam cię.

Podał mu ramię, a Henryk nie mogąc odwrócić głowy na zesztywniałym karku, musiał zrobić kilka drobnych kroków, by ustawić się przodem do wieży. Dostrzegł białą płachtę, może płaszcz rozwiany wiatrem, który porwany przez podmuch wiatru swobodnie opadał w dół. Wpatrywał się w mrok, ale poza tym płaszczem nie było nic więcej. Powoli przekręcił się w stronę Lutka.

— Widziałeś coś prócz tej płachty? — spytał.

— Wydawało mi się, że widzę sylwetkę wychyloną z wieży, ale jest tak ciemno i trwało to mgnienie. A potem ten płaszcz.

— To mógł być on?

— Nie wiem! — żachnął się Lutek. — Pojęcia nie mam! Chodźmy, książę, wesprzyj się na mnie, a ja pomogę ci zejść ze schodów. Wyślemy ludzi, by znaleźli płaszcz. Musi gdzieś leżeć.

Ciemność sprawiła, że Henryk nie odczuł upokorzenia własną słabością tak mocno, jak czułby je w dzień, na oczach wszystkich. Lutek, ten prostacki i brutalny raubritter, prowadził go delikatnie, z czułością. Ze stromych schodów niemal go zniósł. Gdy stanęli na dziedzińcu, Henryk po prostu wsparł się na jego ramieniu i szedł dość pewnie. Lutek szepnął:

— Nikomu nie powiem, ale dobrze by było, książę, gdyby zajął się tobą Sydelman.

— Zaprowadź mnie do komnaty i zawołaj go — zgodził się Henryk obolały i sztywny. — A potem idź i znajdź ten płaszcz.

Ominęli gwarną świetlicę; Henryk chciał być sam. W dawnej komnacie Przemka było napalone. Lutek pomógł mu usiąść na zasłanym łożu i zdjął mu buty i płaszcz, a potem zniknął i wrócił z medykiem. Sydelman zajął się nim bez słowa.

— To nie był duch — powiedział Henryk, gdy ciepło kompresu rozeszło mu się po plecach. — Duchy nie potrzebują płaszczy. To był ktoś, kto chciał go udawać, rozumiesz?

— Po co, mój panie? — spytał Sydelman, zmieniając okład na cieplejszy. — Jaki cel ma podszywanie się pod zmarłego?

— Jeszcze nie wiem — otwarcie przyznał Henryk. — Ale jestem pewien, że to nie duch Przemka. Ja zadośćuczyniłem jego duszy, zrobiłem wszystko, co trzeba, i on z zaświatów niczego nie może ode mnie żądać. Wiem to.

Milczał chwilę; ciepło nowego kompresu uciszyło go.

— Sydelmanie, weź pergamin i inkaust.

— Teraz, książę?

— Tak. Będę leżał pod tym okładem, a ty pisz.

— Co takiego, panie?

— Testament. Moją ostatnią wolę — powiedział Henryk pewnie.

— Dlaczego teraz? — zdumiał się Sydelman.

— A dlaczego nie? — odpowiedział pytaniem Henryk. — Każda chwila jest dobra, by myśleć o śmierci. Pisz.

Sydelman był jego notariuszem, kapelanem i medykiem. Gdy przed laty Henryk przyjmował go na służbę, Lutek Pakosławic zażartował, że taki człowiek w sam raz na chwile ostateczne. „Testament spisze, wyspowiada i poda truciznę. Książę? Pozwolisz skorzystać z usług pana Sydelmana, gdy przyjdzie mój czas?"

To było tak dawno — myślał Henryk pomiędzy zdaniami, które dyktował do testamentu. — Jeszcze Przemysł żył, nie był królem i nie zapisał mi Starszej Polski. Wieki temu. Wieki.

— Pochować w Lubiążu — powtórzył za nim Sydelman. — Czy zapisać, że życzysz sobie spocząć obok brata, Przemka?

— Braci — poprawił go Henryk. — Konrad też tam leży.

Garbus — pomyślał Henryk. — Uparty i mściwy biskup, ale koniec końców pogodziliśmy się i za jego duszę też zamawiałem nabożeństwa. Wobec śmierci jesteśmy jednacy.

— To wszystko? — spytał Sydelman. — Chciałby kompres przełożyć, ten pewnie już zimny.

— Wszystko. Podział księstwa między synów i Lubiąż. Nic więcej nie mam do powiedzenia. Opieczętujesz jutro, a kompresów więcej nie chcę. Zabierz to z moich pleców, pragnę położyć się spać.

— Jak sobie życzysz, panie. — Sydelman odłożył pióro i zajął się jego plecami.

— Życzyłbym sobie spokojnego snu — roześmiał się szczerze Henryk.

— Przygotować ci jakiś napar?

— Nie — odruchowo powiedział książę, ale zmienił zdanie. — Tak, daj mi coś.

Sydelman zawołał giermka i służbę, by przygotowali go do snu, a sam zajął się grzaniem czegoś nad ogniem. Słudzy odsunęli ciężką kapę z łoża i zwinęli ją w jego nogach. Poprawili poduszki, pomogli mu zmienić koszulę. Gdy się położył, giermek zaczął gasić świece.

— Zostaw tylko tę przy łożu — zażyczył sobie.

Sydelman podał mu kubek.

— Wypij panie, a prześpisz noc.

— Dziękuję — skinął głową Henryk.

— Podziękujesz rano — uśmiechnął się medyk. — Z Bogiem.

— Z Bogiem — pożegnał go książę i odprawił wszystkich.

Chciał być sam. Pił wino, do którego Sydelman domieszał jakichś gorzkich ziół, a jego ciało w cieple pościeli rozluźniało się. Czuł kość po kości, jak opuszcza go sztywność, od stóp do głów. Nawet szczęka przestała się zaciskać ze zgrzytem na zębach. Dlaczego nie kazał sobie dawać tego wcześniej? Dlaczego był tak uparcie twardy?

Powoli opadały mu powieki, nadchodził sen. Przerwał go na siłę, otwierając oczy, bo oto zrozumiał, dlaczego postać na wieży nie mogła być Przemkiem. Czarny rodowy orzeł tej nocy na murze milczał, a przecież gdy Przemko umierał, ptak spazmatycznie walił skrzydłami i krzyczał, jakby wydzierano mu serce.

— To nie on — powtórzył szeptem, dopił kubek od Sydelmana i zapadł w sen.

We śnie wielki czarny orzeł rzucił się na niego i zaczął go dusić. Henryk próbował uwolnić się, ale spowolnione, senne ruchy utrudniały mu zrzucenie z siebie ptaszyska. Z trudem łapał powietrze, lecz w pewnej chwili zobaczył w nogach łoża karła.

— Władysław — wyszeptał ze zgrozą. — To ty?

Niski, pokraczny książę roześmiał się.

— Co tu robisz? — wycharczał Henryk.

— Duszę cię! — zaśmiał się Władysław i czarny, olbrzymi orzeł znów rzucił się na Henryka.

Ten zrozumiał, że to nie prawdziwy ptak, ale kapa z wyhaftowanym czarnym orłem, która zakrywała łoże, a słudzy złożyli ją w nogach. Władysław zarzucił mu ją na głowę i Henryk nie mógł złapać tchu. Walczył z ciężką materią i znienawidzonym księciem, ale jego ruchy były tak powolne jak we śnie.

Sen czy jawa? — pomyślał i w tej samej chwili Władysław przebił kapę sztyletem. Henryk wyraźnie poczuł jego ostrze wbijające mu się pod obojczyk. To nie sen — dotarło do niego natychmiast. On tu jest i próbuje mnie zabić. Szarpnął się i jednocześnie poczuł drugi cios. Płuco — zrozumiał, bo zatkało go natychmiast. Myśli biegły mu szybko, tak szybko jak nigdy w życiu. Wiedział, że nie ma po co wzywać straży. Dwa ciosy. Musi umrzeć. Nie uratują go. Co za zbieg zdarzeń. Jest w Ścinawie, na zamku nieżyjącego Przemka.

Wszedłem w jego życie i dostałem jego śmierć. Jego zabił Władysław i teraz zabrał życie mnie. Już nic go nie pohamuje przed przejęciem Starszej Polski.

Przed oczy zaczęła napływać ciemność. Załopotała na wietrze odwrócona chorągiew. Czarny orzeł.

Trupi orzeł. Trup Królestwa. Mój trup — przebiegło mu przez myśl.

Władysław pochylił się nad nim i w płomieniu świecy Henryk dostrzegł jego oczy. Nie, nie jego. Władysław miał stalowe źrenice, a te, które patrzyły z góry, były wściekle zielone.

Więc to nie on — zrozumiał i poczuł ulgę.

— Wyrok za Pomorze — wyszeptał zabójca. — Margrabia Waldemar żądał, bym przekazał ci w ostatniej chwili, że źle zrobiłeś, ale on postara się, by twoi synowie postąpili właściwie. Pan Woldemar pozdrawia w godzinie śmierci! — zielonooki karzeł skończył i zaśmiał się jak Dziki.

Henrykowi opadły powieki i wtedy zobaczył własne ciało na łożu przykrytym kapą z wyhaftowanym czarnym orłem. I dwa sztylety wbite po rękojeść w ptasie skrzydła.

Świeca wypalona — pomyślał, a jego dusza krzyknęła w mrok.

— Przemku, gdzie jesteś, bracie?!

Odpowiedział mu szelest spadających z nieba orlich piór.

ANDRZEJ ZAREMBA zwołał zjazd rodowców na wieść o śmierci księcia Henryka. Zjechali do Jarocina, jak jeden mąż.

Na podworcach zaroiło się od koni, wozów i służby z półłwem za murem na piersi. Puste na co dzień wnętrza jarocińskiej twierdzy zatętniły życiem. Andrzej kazał wcześniej odświeżyć reprezentacyjną salę w obronnej wieży, tę z malowidłem przedstawiającym złotego smoka, zwaną Sercem Edmunda. Jego krzesło paradne, ze smokiem, a jakże, złotym, na obiciu pięknie odszorowano, by lśniło, stojąc pośrodku ustawionych w okrąg stołów. Wit Zaremba, zarządca jarocińskiej twierdzy, spisał się jak trzeba. Zima była, więc salę przybrano gałęziami jałowca i rozpalono tyle świec, by znać było, że święto: wiec rodowy Zarembów.

Zasiedli wreszcie w Sercu Edmunda. Potoczył wzrokiem po obecnych i zaklął w duchu. Dlaczego przyszło mu być głową rodu dopiero teraz, gdy po dawnych Zarembach ledwie cień został? Z możnych tylko on, biskup poznański. I Marcin, wojewoda gnieźnieński, a od czasu obrony Kalisza przed wrocławskimi wojskami, kalisko-gnieźnieński. Oni dwaj, a reszta same płotki i leszcze. Boże, kiedyś połowa rady książęcej to byli Zarembowie.

Zebrani musieli myśleć o tym samym, bo usłyszał szept Gotpolda:

— Toż nasi dwanaście razy dzierżyli najważniejsze kasztelanie...

— A wojewodostwa? — żachnął się Wit. — Nie zliczę.

— Ja pamiętam! — odpowiedział mu Gotpold. — Sześciu mieliśmy wybitnych wojewodów, wliczając tu obecnego Marcina.

— Gdzie te czasy, gdy Zarembowie rządzili Starszą Polską? — starczym głosem zacharczał Mikołaj Zaremba.

— Nie wrócą...

— ...nie wrócą... — zaszemrali siedzący wokół ław.

I wtedy w Andrzeju zbuntowało się wszystko. Do diabła — zaklął w duchu — nie po to czekałem tyle lat, by zarządzać bandą starców i nieudaczników. Muszę obudzić w nich ducha, jeśli nie samego złotego smoka, to chociaż półwa za murem.

Uderzył prawicą w stół i krzyknął gromko:

— „Zarembowie strzegą!"

Odpowiedzieli mu jakoś niezbornie.

— „Za...owie strze..."

Nie poddał się i po trzykroć walnął w stół, skandując rodowe zawołanie:

— „Zarembowie strzegą!" „Zarembowie strzegą!" „Zarembowie strzegą!"

W sukurs przyszedł mu ostatni wojewoda Zarembów:

— „Święta pamięć!" „Święta pamięć!" „Święta pamięć!"

Podchwycili wreszcie i Serce Edmunda wypełniło się skandowaniem. Andrzej, jak wódz rodu, uniósł dłoń i uciszył ich.

— „Święta pamięć" oznacza, że od zarania dziejów kultywowaliśmy wzniosłe tradycje naszych przodków. Krew królów zobowiązuje. Krew angielskiej dynastii ocalona przez wielkiego Bolesława Chrobrego, który w naszym przodku dostrzegł nie tylko króla, ale i człowieka wielkiego, z którego uczynił Strażnika Królestwa. Zarembowie przetrwali wieki, bo pamiętali i byli posłuszni. Posłuszni własnym zasadom! — pogroził im palcem. — Od zarania rodu Zarembowie mieli jedną głowę i dzisiaj ja nią jestem! — potoczył po nich wzrokiem.

Nozdrza mu drżały w słusznym gniewie. Czy któryś z nich za czasów Sędziwoja poważyłby się na jęki i narzekania? Nigdy. A w czym on, Andrzej Zaremba, gorszy jest od Sędziwoja? W niczym. Jest nawet lepszy, bo sam jest pomazańcem Bożym jako biskup i to biskup Poznania, serca Starszej Polski.

Nawykły do głoszenia płomiennych kazań, podjął mowę, nie opuszczając głosu nawet o pół tonu. Był jak grom, gdy krzyknął:

— Jeśli któremuś z was przez trzysta lat rozwodniła się cenna krew w żyłach, niech wstanie, a ja go w tej chwili oddalę, zwalniając z rodowej przysięgi! Czekam!

Drgnęli wszyscy, ale żadnemu do głowy nie przyszło się przyznać. Przeciwnie. Wyprostowali plecy, wypięli piersi, unieśli podbródki.

— Dobrze — pochwalił ich jak ojciec dzieci. — Dobrze. Skoro więc nadal ród Zarembów jest tym, czym był, radźmy, co zrobić po śmierci księcia.

— Jaki jest testament Henryka? — zapytał Marcin, wojewoda kaliski, i dodał kwaśno: — Głogowczyk, jak na Ślązaka przystało, raczył mieć pięciu synów.

— Pięciu synów, pięciu — zaszemrali zebrani.

Andrzej chrząknął:

— Sprawa jest niejasna. Regentką ustanowił swą żonę, księżnę Matyldę, i ona ma sprawować nadzór nad rządami synów, choć trzej najstarsi są już pełnoletni. Henryk, którego, jak się zdawało, od dawna przygotowywał na następcę, ma dziewiętnaście lat, a mimo to ojciec nie pozwolił mu samodzielnie rządzić. Z tego, co przedstawił kanclerz księcia, ten cały Niemiec, von Buntensee, Henryk junior wraz z bratem Konradem i bratem Bolesławem mają sprawować władzę wspólną nad całością terytorium należącego do ich ojca, przez dwa lata, a potem ma dojść do podziału ojcowizny pomiędzy wszystkich pięciu synów.

— Ojcowizny! — splunął wojewoda. — Nasza Starsza Polska ma być ich ojcowizną? Zgroza. Żeby to jeszcze był Piast z rodzimej dynastii… Zostawił nas z piątką synów, starostą Wezenborgiem i całą masą Niemców, którymi poobsadzał, co się dało.

— Powiem tak — odezwał się Andrzej — poznałem Henryka juniora i jest to chłopię ciekawe wiedzy, ale zagubione. Nie ma w nim siły i charakteru ojca i przy Henryku zawsze wyglądał jak wróbel przy orle. Co ma swoje dobre strony — uśmiechnął się — łatwo tym wróblem rządzić.

— Może i tak — odezwał się stary Mikołaj. — Lepszy książę, którym my rządzimy, niż taki, co będzie rządził nami.

— A co inne rody na to? — spytał młody Gotpold, wnuk dawnego kasztelana santockiego. — Nałęczowie, Grzymalici, Łodzie? Żeby nie było tak, iż każdy ród wybierze sobie innego spośród synów Głogowczyka! — zaśmiał się, a Zarembowie podjęli.

— Przyczaili się — powiedział Andrzej. — My pierwsi zwołaliśmy wiec rodowy w tej sprawie. Pozostali czekają, co czas przyniesie.

— Skoro tak, to przyjmą naszą propozycję — rozstrzygnął wojewoda. — Wystarczy, że nieoceniony Andrzej Zaremba, nasz biskup, spotka się z głowami rodów i przekaże nasze stanowisko.

„Nasz biskup" — powtórzył z zadowoleniem Andrzej. — Zabrzmiało jak „nasz papież".

— Głosujmy! — zarządził.

— Nad wróblem? — zrzędliwym starczym głosem odezwał się Mikołaj. — A może rozejrzyjmy się za jakimś godnym księciem, co, Zarembowie?

— Widzisz go? — zakpił Andrzej ze starca. — Bo ja, choć wzrok mam sokoli, nie widzę. W Małej Polsce Karzeł, przepraszam! Łokietek — wymówił przydomek z niemal pieszczotliwą kpiną. — Na Śląsku mnogość, ze szwagrem zmarłego Przemyślidy, księciem wrocławskim na czele, ale wiadomo, jacy są Ślązacy! Na Mazowszu dawny kompan Łokietka, książę Bolesław, co chadzał w bój pod Madonną na purpurze, ale o nim mówią, że choroba go zmogła i lada miesiąc może być po księciu. Synów u niego trzech, dwóm starszym dzielnice powydzielał, ale przypomnę, że to synowie Litwinki!

Zarembowie na „Litwinkę" przeżegnali się z trwogą. Andrzej dokończył:

— Jest i Wańko, najmłodszy i jedyny syn Bolesława, spłodzony z córą Przemyślidów, Kunhutą, co ją Madonna na purpurze do Czech precz wygnała.

— No, Madonna jej nie wygnała, ino własny mąż — wtrącił się Wit, ale wiadomo było, że słowa biskupa odniosły skutek.

Mówił dalej:

— Chyba że widzą wam się kujawscy bracia, co?

Olbracht, prawnuk słynnego Janka Zaremby, syn niegdysiejszych kasztelanów, uniósł dłoń, że głos chce zabrać, Andrzej łaskawie mu go udzielił.

— Kujawskich braci bym z góry nie skreślał — powiedział ostrożnie. — Zależy nam na Pomorzu, które książę Henryk tak haniebnie odpuścił na rzecz rodzimego Śląska. Może z nimi jest nam po drodze?

Andrzej pokręcił głową i wydął usta, mówiąc:

— Leszek przepadł bez wieści, Przemko wprawdzie bronił Świecia, ale musiał stamtąd uchodzić na wygnanie, a Kaziu wsławił się klękaniem przed mistrzem. No, Olbrachcie, Mikołaju, co podpowiecie?

— Beznadzieja — uczciwie ocenił staruch. — Ten Bolesław wrocławski mógłby być, bo to wnuk naszego ukochanego księcia i po nim ma imię, ale na dworze praskim na posłusznego zięcia nieżyjącego Václava wychowany i ambicje mu wyskoczyły iście królewskie. Przypomnę, jak rok temu nam Kalisz najechał i gdyby nie nasz Marcin...

— Dwa lata temu — poprawił go wywołany wojewoda. — Czas szybko płynie.

— A niech płynie — machnął ręką starzec. — Bolesław Ślązak pełną gębą i nim się obejrzymy, będzie chciał stolicę księstwa zrobić we Wrocławiu, a to się nie godzi.

— Nie godzi! Nie godzi! — powtórzyli.

Za Boga Ojca nie pozwolę — przeżegnał się w duchu Andrzej. — Tam niepodzielnie włada biskup Henryk z Wierzbna, przyjaciel Muskaty. Nie, nie! Żadnych związków z Wrocławiem, bo pozycję mi podkopią, nim się obejrzę.

Odchrząknął i uznał, że czas przejść do finału, pokazać Zarembom, że ten smok ma jedną głowę i jest nią on. Biskup poznański.

— Zatem Zarembowie! — zakrzyknął. — Zostańmy przy trzech głogowskich wróblach, póki nie znajdziemy sobie nowego orła!

— Amen! — poparł go wojewoda, a za nim pozostali.

Było po wiecu. Dał znak grajkom, których na tę okazję przywiózł z Poznania, że mogą grać, a sługom, by wnieśli wieczerzę. Zgłodniał nielicho. Serce Edmunda w mig rozkwitło woniami pieczeni i dźwiękami harf.

Andrzej pochylił się ku wojewodzie.

— Byłeś w Brzostkowie po śmierci Sędziwoja?

— Byłem — potwierdził Marcin. — Porządek, cisza i spokój. Załoga pilnuje dworzyska.

— Udało ci się czegoś dowiedzieć o Michale?

— I tak, i nie, powiem ci, Andrzeju, sprawa jest co najmniej dziwna — szepnął tak cicho, by inni na pewno ich nie usłyszeli. — Zarembowie rozrzedzonej krwi, wiesz, ci, co tam warty sprawują, nabrali wody w usta. Od joannitów z komandorii dowiedziałem się więcej niż od nich. Pecold powiedział, że Michał był w kraju, spotkał się z arcybiskupem i bez zwłoki wyruszył z powrotem do Czech.

— Ciekawe! — syknął Andrzej. — Nikogo z nas nie odwiedził, żadnego Zaremby, nawet mnie! A z arcybiskupem, jak mówisz, się widział. To wygląda, jakby dostał od starego Jakuba jakieś polecenia, co?

— Tak bym pomyślał — skinął głową Marcin.

— Gdybym nie wiedział, że Jakub II sprzyja Łokietkowi, jakby ten kurdupel był jego synem, to zacząłbym podejrzewać, że arcybiskup coś knuje z naszą małą królewną.

— Królową — poprawił go wojewoda. — Małą królewną to ona była, jak żeśmy ją wydawali za Václava, Andrzeju. Teraz to ona jest podwójną królową. Na jej skroniach spoczęła święta korona Piastów i Przemyślidów.

Wojewoda spojrzał w oczy Andrzeja tak wymownie, że biskupem wstrząsnęło.

— Daj ty spokój, Marcinie — odgonił tę myśl. — Jeszcze takie czasy nie nastały, żeby kobieta władała Starszą Polską. Co to, to nie! — Machnął ręką, jakby odganiał muchę. — To nie wyjdzie nam...

— ...na zdrowie! — krzyczano z sali.

Obaj z Marcinem wznieśli kielichy, choć nie słyszeli, za co teraz piją Zarembowie.

— Skoro jesteśmy przy kobietach — zagadnął Andrzej po chwili — w Brzostkowie, pamiętasz, była ta ruda, co Sędziwojowi usługiwała. Co się z nią stało?

— Ochna?

Ochna, Ochna — powtórzył w myślach Andrzej. Raz po raz przychodziło mu do głowy, że ta kobieta by mu się przydała. Nie, nie był tak bezwstydny, by zabierać ją do siedziby biskupiej, do Poznania. Ale w Czerminie, czemu nie? Kuchnia Ochny była smakiem domu Zarembów, a jej pełne, ponętne kształty pewnie nie jemu jednemu kojarzyły się z najlepszymi czasami rodu.

— Tak, o niej mówię — odpowiedział Marcinowi obojętnym tonem. — Gospodyni z niej była dobra, nie powiesz. A w dzisiejszych czasach trudno o dobrą służbę.

— Musiałbyś we wsiach pod Brzostkowem rozpytać. Ona pewnie tamtejsza — nieuważnie odpowiedział wojewoda.

— Słuchaj — nagle przypomniało się biskupowi. — A co z Dorotą, Sędziwoja córką, a twoją siostrą? Zawsze tu się w Jarocinie kręciła z tymi zwierzakami... Gdzie ona? To przecież panna i można by ją dobrze za mąż, co?

Twarz Marcina Zaremby stężała i Andrzej od razu zrozumiał, że swym pytaniem wdepnął w coś grząskiego.

— Nie mam już siostry — twardo opowiedział Marcin. — Dorota wyłamała się spod mej woli i...

— I co? — z napięciem zapytał Andrzej.

— Wykreśliłem jej imię z listy członków rodu — zdecydowanym głosem odrzekł Marcin i przechyliwszy kielich, wylał wino na posadzkę. Do ostatniej kropli.

WŁADYSŁAW wziął udział w wielkim korowodzie rozpoczynającym zapusty. Orszak książęcy wyruszył z wawelskiego zamku na rynek miejski Krakowa w asyście dęcia w rogi, piszczałek i wybijających szalony rytm na małych bębnach chłopaczków. Paweł Ogończyk z workami miedziaków do rozrzucania między ciżbę trzymał się blisko księcia. Władek junior, którego Jadwiga kazała mu ze sobą zabrać, siedział sztywno w siodle, prostował plecy i choć z całych sił chciał wyglądać na dorosłego, oczy strzelały mu na prawo i lewo, a na policzkach kwitły rumieńce wskazujące, że chłopak najchętniej zeskoczyłby z siodła i ruszył w bawiący się tłum. Po drodze z zamku do miasta mijali ogniska, przy których bawiła się służba. Mężczyźni skakali przez płomienie, a dziewczęta z piskiem rzucały w nich śnieżkami. Jednak prawdziwa zabawa zaczynała się za bramą miejską. Rulka zarżała z oburzeniem i cofnęła się, nie chcąc wejść.

Władek pochylił się do jej ucha i szepnął:

— Ja też wolę bitwę od tego hasania, ale co zrobić, Rulka, co zrobić! To nie dla nas zabawa, a dla ludu. Mówią, że ze mnie książę Wawelu, a nie całego Krakowa. Musimy się pokazać, no dalej, nie grymaś, chodź, chodź.

Ruszyła niechętnie i wnet otoczyła ich wrzawa, pisk i skandowanie prześmiewczych wierszyków:

Mięsopusty, zapusty,
Nie chcą baby kapusty!

Władek zapatrzył się na przebranych za kobiety mężczyzn. Mieli wypchane szmatami biusty, na głowach kolorowe chustki, spod których wystawały włosy z wiechci słomy, i skakali, kolebiąc się na boki. Nagle wpadł między nie chłop z gigantycznym przyrodzeniem uszytym z płótna i wypchanym na kształt kiełbasy, i zaczął dźgać je nim komicznie.

— *Basy, basy, daj no, mężu, kiełbasy!*

Władek zaśmiał się pełną piersią, ale natychmiast spoważniał, odwrócił się do syna i krzyknął:

— Nie gap się na te głupoty!

Ledwie ujechali parę kroków, a znów pożałował, że uległ Jadwidze i zabrał go ze sobą.

Oto bowiem krakowskie nierządnice, ubrane pstrokato i wyzywająco, wygłupiały się, udając mniszki i zakładały na rozczochrane włosy welony, a potem w dreptały ni to w tańcu, ni to prześmiewczym korowodzie, składając ręce do nieba i śpiewając cienkimi głosami na melodię psalmu:

Biskupie, krakowski biskupie, dlaczego masz nas w dupie!
Wróć, wróć, twe owce czekają.
Gdy cię nie ma, niebożę, księciu nie dają.

Jezu! A nierządnice nie powinny siedzieć na krakowskiej Belzie? — pomyślał Władek i zrobiło mu się gorąco. — Dobrze, że Jadwinia tego nie widzi, zaraz by wzywała imienia świątobliwej Jolenty, a co tu zmarłe poradzą? Takie czupiradła pomyślały, że ja bym chciał? „Księciu nie dają"? — Otrząsnął się i splunął. Rulka godnie kroczyła dalej.

Na rynku miejskim zabawa kwitła w najlepsze. Ludzie poprzebierani za niedźwiedzie i tury, między nimi wystrojone żony kupców, jedne same, inne z mężami pod rękę. Dzieci biegające z ujadaniem jak psiarnia. Wystrojone jemiołą i jałowcem kramy, a z nich unosiły się najróżniejsze zapachy. Dziewczęta sprzedawały miodowe placki i tą samą, słodką ręką podawały z kosza małe wędzone rybki. Na rozstawionych dalej rusztach piekło się mięso i woń przypalenizny rozchodziła się, mieszając z zapachem grzanego w kotłach miodu i wina.

— Przejazd dla księcia Władysława! — krzyczeli heroldowie.

Tłum rozstępował się, zerkano na niego ciekawie, ale uwaga gapiów natychmiast przenosiła się na figlarzy wyczyniających coraz to wymyślniejsze sztuczki. Żonglowali jabłkami, strzelali z batów, połykali ognie i fikali koziołki. Władysław sam nie wiedział, na co patrzeć najpierw.

Wierzbięta z rodu Gryfitów, którego przesunął z urzędu wojewody na kasztelana krakowskiego, zamieniając w ten sposób z Mikołajem Lisem, uprosił go, by wziął udział w tym rozpustnym święcie.

„Panie — klarował mu. — Wiesz, jakie są zgrzyty i tarcia wśród mieszczaństwa po utracie Gdańska. Mówi się, że już szukają miejsc na nowe faktorie handlowe nad Wisłą. Ostudź ich nerwy i weź udział w zapustach. Załagodźmy trochę, ugadajmy się z rajcami".

No i się zgodził, choć takich wygłupów nie lubił. Umówione było, iż spotkają się z wójtem Albertem i radą miejską w ratuszu, a potem wspólnie przejadą przez miasto, dając dowód przyjaźni między księciem a nimi.

Wreszcie dojechali do ratusza. Wójt czekał już na nich, wystrojony w aksamitny kubrak barwy szafranowej i płaszcz zielony, podbity futrem popielic, z łańcuchem złotym, znakiem swej godności, na szyi.

Wyglądam przy nim jak biedak — skonstatował Władek kwaśno. — Oto król Albert księcia Władzia przyjmuje. Ubogiego krewnego z Wawelu.

Zacisnął szczęki. Wójt skłonił mu się nisko, a za nim pokłonili się rajcy. Każdy jeden strojny niczym panisko. Błękit, żółć, jasna i ciemna zieleń, granat aksamitów i szlachetne podbicia z delikatnych futer. Brokaty i harasy. Hafty i ozdobne kamienie wszyte w rękawy.

Prawo im zabrania noszenia purpury, ale czym ona jest przy tej rozpuście strojów? — myślał, gdy Albert prowadził go do sali rady. Stoły ustawione w podkowę uginały się od ozdobnych naczyń. Dla niego przygotowano tron książęcy w honorowym miejscu, ale gdy usiadł na nim i zaczęto wnosić wymyślne potrawy wyglądające jak budowle, żywe ptaki, zwierzęta i barwne kwiaty, pomyślał gorzko, że oto zapusty, a on jest częścią ich prześmiewczego obyczaju. Książę przebrany za biedaka czy biedak za księcia? Wielcy bogacze kłaniają się mu i pełnią służby, a w głębi duszy mają go za nic i czekają, by to on usługiwał im u stołu.

— *Die Pastete mit Wachteln mit Huhnerleber...* Pastet z psepiórek i gensiej fontrópki — zachęcał sługa wójta Alberta w paradnej tunice i stawiał mu przed nosem coś upieczonego na kształt wiejskiej chaty.

— *Hecht in Sahne... mein Herzog, bitte!*

— Mów po polsku — skarcił go Władysław i dodał w myśli: Po niemiecku mi nie smakuje.

— Tak, tak — poprawił się paradny sługa Alberta. — Sc... scz... szcz... ściupaki w śmietanie! Kluzki z makiem! Kaczy udka w safranowym zosie!

Władek jadł skąpo. Niech nie myślą, że łasi się na te ich przysmaki. Między ważniejszymi z rajców siedziały małżonki. Poznał Johannesa, a jakże, po brzuszysku. To ten mieszczanin, do którego domostwa wszedł niepozornie, pod przebraniem giermka. A przy nim żona, strojna w jedwabne fatałaszki, jak jej tam było na imię? Kuna? Nie, Cunla. Zajadali w najlepsze i raz po raz gapili się to na niego, to na młodego Władka, ciekawi, jakby książę ojciec i syn byli egzotycznymi ptakami. Zerknął na juniora i nie miał mu nic do zarzucenia. Chłopak siedział prosto, łokcie trzymał przy sobie, brodę wysoko i jadł z umiarem. Wreszcie zabrano miski, półmiski, patery i talerze, na stole pojawiły się kosze suszonych owoców, orzechy i słodkie wino. Młody Władek odmówił grzecznym skinieniem głowy.

Dobrze go wychowałem — ucieszył się Władysław. — Nawet bardzo dobrze.

— Widzisz, książę — zagadnął wreszcie wójt Albert. — Na naszym świątecznym stole brakuje rodzynek, fig, granatów. A w naszych składach nie ma już pomorskich pasiaków, nie ma solonych śledzi, suszonego dorsza. Wszystko to braliśmy z Gdańska, a jego też już nie ma. Straty, jakie każdego dnia ponoszą kupcy krakowscy, idą niewyobrażalne sumy.

— Straty księstwa są dużo większe — poważnie odpowiedział Władysław. — Cła, opłaty portowe i podatki to jedno. Ale najgorsze, że zakon odciął nas od dostępu do morza.

— No właśnie, właśnie — załamał ręce Albert. — Dla nas brak gdańskiego portu to katastrofa. Nie możemy swoich towarów wysyłać drogą morską i nie możemy kupować. Jesteśmy jak muchy w smole, unieruchomieni. Musimy szukać nowych szlaków handlowych.

Nie wy jedni — pomyślał z goryczą o węgierskiej miedzi.

— *Was willst du, main Herzog?* — włączył się Heinrich, brat Alberta, wspólnie z nim pełniący urząd wójta.

— Jesteśmy w Krakowie — twardo powiedział kasztelan Wierzbięta. — I do polskiego księcia zwracamy się po polsku.

— Proszę o wybaczenie — skłonił się Heinrich i powtórzył: — Co zamierzasz, książę? Jak planujesz odzyskać Gdańsk?

— Na drodze prawnej — powiedział Władysław przez zęby.

— *Aber es kann...* — zaczął wołać któryś z rajców, ale pod karcącym wzrokiem Wierzbięty natychmiast zaczął mówić po polsku, tyle że z jeszcze większą pretensją. — Ale to może trwać w nieskończoność!

— W nieskończoność — powtórzyli inni.

— A co? Proponujecie mi wojsko silniejsze od armii zakonu? — zezłościł się Władysław. — Gdybym takie miał, nigdy nie wypuściłbym Gdańska, Tczewa i Świecia z ręki.

— Obowiązkiem księcia jest obrona granic — powiedział Albert z pozoru polubownie. — I do głowy nam nie przyszło, by ciebie, panie, w tym względzie pouczać.

Właśnie to robicie — z goryczą pomyślał Władek.

Rozmowa nie kleiła się, Wierzbięta klarował im drogę prawną, u papieża w kurii awiniońskiej, oni kiwali głowami, a myśleli swoje: straciłeś nasz Gdańsk, książę. Raz czy drugi, niby przypadkiem, złośliwie wspomnieli o kupcach lubeckich. Udał, że nie słyszy. Był wściekły. Proces, który na skargę Muskaty toczył się w Bratysławie, przed legatem papieskim, też nie szedł dobrze. Władek wiedział o tym, bo prokuratorzy Jakuba Świnki słali regularne raporty. Biskup krakowski miał dostęp do ucha legata i tylko wpływy arcybiskupa Świnki w kurii awiniońskiej hamowały zapędy Gentilisa przed wydaniem wyroku, który za winnego w sporze uznałby wyłącznie Władka. Legat Gentilis sprzyjał Muskacie, to jasne. Ale papież wysłał go do Bratysławy i Budy, by przychylnym okiem patrzył na króla Węgier, młodego Andegawena, Karola Roberta, ten zaś powtarzał legatowi w kółko, iż książę Władysław jest jego drogim sojusznikiem. Sprawa wyglądała jak przeciąganie liny. Trochę w te, trochę w tamte. Legiści arcybiskupa zagrali na zwłokę, wnosząc oficjalny wniosek o wytłumaczenie się Muskaty z nieobecności na rozpoczęciu procesu, i tym samym dali czas, by z Gniezna do Bratysławy dostarczono odpisy wszystkich zeznań obciążających biskupa. Ponoć legat czytając je, rwał włosy z głowy, co tylko potwierdzało, iż gra w tym procesie po stronie krakowskiego biskupa.

Władek czuł, że po raz kolejny w życiu staje przed wyzwaniem: dogadać się z Muskatą tylko po to, by z czystą kartą otworzyć proces przeciw Krzyżakom w kurii. Burzyło się w nim wszystko. Biskup

Krakowa był zbrodniarzem, co okradał kościoły, kazał otwierać groby i wyjmować z nich kosztowności, którymi płacił za wojnę z wracającym z banicji Władysławem. Był najzagorzalszym stronnikiem czeskim, tym, który rzucił im w twarz: szukajcie innego biskupa, a ja przybędę z innym księciem. Był zdrajcą i powinien ponieść karę. A jednak los wciąż kazał księciu mierzyć się z wrażym biskupem, tak jak mierzył się z legendą wygnanego króla, Bolesława. Kraków pamiętał i tym wspomnieniem wciąż włazł mu przed oczy. Pomazaniec nie może zabić pomazańca.

— Pawle — przywołał gestem dłoni Ogończyka i szepnął mu do ucha: — Gdy tylko wrócimy z tej maskarady, ślij gońca do biskupa Gerwarda. Chcę go wyprawić do Bratysławy.

— Jasne, książę. Kto, jeśli nie nasz Leszczyc? Mistrz negocjacji, może coś utarguje.

— Panie, powiedz coś krzepiącego na koniec — szepnął mu do drugiego ucha kasztelan krakowski.

Krzepiącego? — skrzywił się Władek, patrząc po twarzach rajców. — Co ja mam…

— Jest czas postu i jest czas zabawy — szepnął cichutko Borutka, stojący za księciem. — A bywa, że zapusty wypadną w chwili postnej.

Powtórzył po nim, bo to było udane.

— Płaczemy za Gdańskiem, Tczewem i Świeciem, ale póki Wisła nie zawróciła biegu, nic nie jest stracone — tak im powiedz, mój panie — doszeptał Borutka i Władek wygłosił:

— …póki Wisła nie zawróciła biegu, nic nie jest stracone!

Odpowiedział mu polubowny pomruk. Miny rajców zrzedły. Nawet jeśli zaprosili go, by liczyć na jego oczach swoje straty, to właśnie wyjął im to liczydło z ręki. Wstał od stołu, podziękował za przyjęcie i ruszył do wyjścia.

Przed ratuszem zabawa wrzała w najlepsze. Było hałaśliwiej i jeszcze sprośniej. Chłop z udającym kiełbasę przyrodzeniem ganiał szacowne mieszczki, a te z piskiem uciekały, wysoko i nieprzystojnie podciągając suknie. Wójt Albert pokornie przytrzymał mu strzemię, gdy Władysław wsiadał na Rulkę. Jego brat, Heinrich, trzymał konia młodemu Władziowi. Z kasztelanem Wierzbiętą na czele ruszyli w uroczysty objazd rozbawionego miasta.

— Przejazd dla jaśnie księcia Władysława i wójta krakowskiego, szanownego Alberta! — krzyczała straż krakowska, a wpół pijana, wpół rozbawiona ciżba rozsuwała się, zadzierając głowy.

Z boku, od strony małego cmentarza mieszczącego się za otoczonym rusztowaniami wciąż trwającej budowy, ale już okazałym kościołem Mariackim, dało się słyszeć dźwięk dzwonków i piskliwe krzyki. Tłum ruszył tam biegiem, wietrząc kolejną atrakcję.

— A to co znowu? — zapytał Władysław Pawła, ale odpowiedział mu wójt Albert.

— *Episcopellus*, książę. Taka zabawa uczniów szkoły katedralnej. Zwykle odbywała się w katedrze krakowskiej, biskup Muskata zezwalał. No, ale biskupa nie ma, to się przenieśli na rynek.

Władek odczuł przytyk i zignorował go. Zobaczył, że orszak przebranych w księże szaty młodzianków prowadzi oślicę, na której siedzi ktoś ustrojony w biskupią tiarę.

— To biskupek — wyjaśnił wójt Albert. — Będzie udawał biskupa i wygłaszał mowy. Bardzo zabawne.

— Rzeczywiście — mruknął Władysław, patrząc, jak w tej samej chwili gruby biskupek spadł komicznie z oślicy i próbował się na nią wgramolić z powrotem, ku uciesze gawiedzi, siadając głową do ogona.

— Spójrz tam, panie — Albert wskazał na ustawiony przy wejściu do kościoła drewniany podest z baldachimem, pod którym stało coś w rodzaju wielkiego krzesła z dziurą pośrodku. — To udawany tron biskupi.

— Muskata na to pozwalał? — z niedowierzaniem spytał książę.

— Ano pozwalał. Lepiej dać ludziom się pośmiać zdrowo, niżby mieli gadać na niego po kątach. Wiadomo, że to tylko taka zabawa.

Orszak przebrany za kanoników dzwonił i wydzierał się wniebogłosy, oślica ryczała, biskupek raz po raz z niej spadał, aż przywiedziono go do tronu, który zajął, wyciągnął w górę ramię i wygłosił parę zdań kazania o świętym Nemo, po czym zasiadł i pierdnął, a z dziury w krześle wyleciały pomalowane na złoto jabłka.

— Sra złotem! — ryczał w uciesze tłum. — Złotem robi pod siebie!

Same Jałbrzyki — żachnął się w duchu Władek i zamiast śmiać się z figury Muskaty, zastanawiał się, kiedy tłuszcza pokaże wyobrażenie księcia. Jak będzie wyglądał, nie musiał się domyślać.

Mięsopusty, zapusty
Nie chcą panie kapusty
Wolą sarny jelenie
I żubrowe pieczenie!

Zaśpiewał tłum i zostawiwszy biskupka i to, co mu wypadało z tyłka, ruszyli powolnym orszakiem w stronę zamku.

— Książę Władysław miłościwie nam panujący i wójt Albert oznajmiają Krakusom o swej dozgonnej przyjaźni! — krzyczała straż miejska, prowadząc ich, a Władek wziął od Ogończyka kiesę i rzucał w tłum miedziaki.

— Kiej ostatki, kiej ostatki, niech się trzęsą babskie zadki! — darł się jakiś figlarz i skakał to na jednej, to na drugiej nodze.

Gdy zbliżali się do miejsca, w którym poprzednio tańczyły ladacznice przebrane za mniszki, Władysław z obawą zerknął na syna. Władek jednak jechał sztywno, utkwiwszy wzrok daleko przed sobą i nie rozglądał się na boki.

Zuch — pochwalił go w myślach.

W tej samej chwili dojrzał Borutkę, który wyłamał się z orszaku i rozganiając ciżbę bacikiem, przepychał się w bok, pod prowizoryczne budy sprzedawców jarmarcznych przysmaków.

Co on tam? — pomyślał i stracił go na chwilę z oczu, bo orszak choć wolno, to jednak szedł naprzód.

— Książę Władysław miłościwie nam panujący i wójt Albert oznajmiają Krakusom o swej dozgonnej przyjaźni! — ochrypłym głosem zawył strażnik i Władek rzucił ostatnią garść miedziaków, po czym obejrzał się za siebie, szukając wzrokiem Borutki.

Dojrzał go. Na szczęście czarny kubraczek wyróżniał się w tłumie. Zobaczył, że chłopak smaga bacikiem karła w czerwonej czapce. Oblało go gorąco.

— Won stąd! — usłyszał piskliwy głos Borutki i spostrzegł, jak zrywa czapkę z głowy karła. — Nie będziesz tu przedstawień urządzał!

Władek poczuł, jak palą go policzki. Musiał się tego spodziewać, skoro biskupka na oślicy srającego złotem mieli śmiałość pokazać na rynku, to co dopiero księcia — karzełka.

Czy wszyscy to widzą? — przebiegło mu przez myśli i w tej samej chwili w sukurs przyszły mu ladacznice ze swym zakonnie kurewskim korowodem i śpiewem:

— *Jestem matka przełożona przez kolano przełóż mnie!*

— *Mój opacie, ściągaj gacie!*

Welony na nastroszonych włosach, piersi wypadające ze staników sukni i uróżowane policzki przysłoniły Borutkę przepędzającego karła. Ścisnął kolanami Rulkę, by szła szybciej, i wkrótce znaleźli się przy bramie miejskiej.

— Z Bogiem — pożegnał rajców i wójta. — Weselcie się, ale o Bogu nie zapominajcie! — przestrzegł na koniec i z ulgą wyjechał na drogę ku zamkowi.

Borutka dogonił ich po chwili i książę przywołał go natychmiast.

— Co to był za... dziad? — spytał, siląc się na obojętność.

— Dziwak jakiś, mój książę — wzruszył ramionami chłopiec. — Jak go smagnąłem raz i drugi, to krzyczał, że on dobrze zna księcia.

— Grunhagen? — głośno zdziwił się Władysław.

— Nie pozwoliłem mu się przedstawić — hardo powiedział Borutka. — Bo i po co? Kto księcia chce przedrzeźniać, z księcia ręki ginie.

— Masz tu, w nagrodę — wcisnął mu w dłoń srebrną monetę. — Dobrześ zrobił. Ale gdyby ten... ten niski człowiek przybył na zamek i przedstawił się jako rycerz Grunhagen, to prowadź go do mnie.

— A po co, mój panie? — wzruszył ramionami Borutka. — Nie wypada, by nasz wielki książę się z jakimś karliskiem prowadzał. Nie uchodzi.

— Gadasz jak moja żona — żachnął się Władek.

Jadwinia też raz tylko zobaczyła Grunhagena i powiedziała, że więcej go widzieć nie chce, zresztą gaduła Jałbrzyk jej wyklepał, że przebrany Grunhagen udawał księcia, gdy Władysław był gdzie indziej. Przecież raz się zdarzyło i nie miał zamiaru tego powtarzać, już nie jest tym księciem, co kiedyś. Zmienił się. A Jadwiga nie rozumiała, dlaczego Władek potrzebuje czasem spojrzeć na Grunhagena.

— Książę pan to majestat — odezwał się przemądrzale Borutka. — A tamten dziad to zwykły karzeł. Nie ma o czym gadać.

— Oddawaj dukata — zażądał Władek.

— Kto daje i odbiera, ten się w piekle poniewiera — obraził się Borutka i wyciągnął rękę ze srebrną monetą. — Ale ja nie taki. Nawet jak książę się gniewa, nie pozwolę żartów urządzać i gdy znów przydybię karła w pobliżu majestatu, to go stłukę.

Władek chrząknął i nie wziął srebrniaka od chłopca. Zresztą już wjeżdżali przez zamkową bramę. Na dziedzińcu czekał na niego wojewoda Lis z jakimiś najpilniejszymi sprawami. Władek załatwił to w biegu, między oddaniem Rulki stajennemu a zdjęciem rękawic. Pozostałych urzędników biegnących ku niemu zagarnął za sobą i w drodze z dziedzińca do komnat dał dyspozycje, krótko:

— Tak, nie, nie. Dobrze. Może być. Odłożyć na później.

Przed wejściem do komnaty dogonił go zziajany Ogończyk.

— Co ty tak latasz, Pawle? — skarcił go Władek. — Ledwie byłeś na dziedzińcu, a już jesteś tutaj.

— Ja gonię? — wysapał Paweł. — Ja tylko próbuję za moim księciem nadążyć. Wieści mam takie, że czapka spada.

— Komu? — zażartował Władysław. — Ty z gołą głową biegasz, jak jaki giermek.

— Pawelec przybył — z tajemniczą miną powiedział Ogończyk. — Możemy wejść i pomówić?

— Przecież nie powiedziałem, że nie zapraszam. Sam stoisz, to i ja stoję, z grzeczności.

Słudzy otworzyli drzwi, a gdy je zamknęli, Paweł wyrzucił z siebie:

— Książę Henryk Głogowczyk nie żyje!

Władek poczuł gorąco uderzające do głowy.

— Powtórz — zażądał.

— Nie żyje. To pewne, choć wiadomość trzymano w tajemnicy. Zmarł długo przed Bożym Narodzeniem na zamku swego brata Przemka, w Ścinawie.

— Na co? — zapytał Władysław, podchodząc do okna.

— Mówią, że na starość — odrzekł Paweł.

— Bzdury gadają! — wściekł się Władek. — On w moim wieku, albo tylko trochę…

— Powtarzam tylko. — Rozłożył ramiona Ogończyk i rozejrzał się za dzbanem wina. — Jest i druga plotka, i trzecia. Pawelec pozbierał wszystkie.

— No już, gadaj!

— Druga mówi, że zabił go duch Przemka, co się ukazywał na ścinawskich murach…

— Nie wierzę w duchy — fuknął Władek.

— W trzecią plotkę tym bardziej nie ma co wierzyć, bo gadają, żeś ty go zabił — ponuro dorzucił Ogończyk. — Ponoć widziano cię tego dnia, jak uchodziłeś nocą z zamku.

— Co za głupoty! Po śmierci Václava III też mówiono, że ja — wzruszył ramionami Władysław i zamyślił się.

Dzięki śmierci ostatniego Przemyślidy mogłem odzyskać władzę, dlatego plotkowano, że maczałem w tym palce. Czy śmierć Henryka przyniesie mi Starszą Polskę?

Zachłysnął się tą myślą i zduszonym głosem powiedział do Ogończyka:

— Każ mszę odprawić w katedrze.

— Dziękczynną? — spytał beztrosko Paweł, odnajdując wreszcie schowany za kotarą dzban.

— Żałobną! — zganił go książę. — Za spokój jego ponurej duszy.

A za mój powrót do Starszej Polski sam się pomodlę. U klarysek, przed ołtarzem ciotki Kingi.

GRUNHAGEN był w Krakowie przejazdem.

— Król życia i pan śmierci gna do Pragi! — popędzał konia i śmiał się co tchu.

Gunter von Schwarzburg zapłacił mu za wejście w stan uśpienia i pozwolił brać zlecenia z ościennych dworów. Po latach chudych nastały lata tłuste i gdyby nie lęk przed oplatającymi wszystko mackami zakonu, pewnie by na służbę do żelaznych braci nie wrócił.

Najpierw trafił do niego niejaki Jorge, od margrabiego Waldemara, i Grunhagen wziął zlecenie na księcia głogowskiego. Potraktował to jak wypłynięcie na otwarte wody po latach pracy wyłącznie dla Krzyżaków. Jego wyposzczona wyobraźnia podsuwała mu coraz wymyślniejsze sposoby na to, by śmierć dotarła do Henryka. Wiedzę o księciu i jego zwyczajach zdobył szybko. Owszem, mógł to zrobić już w Poznaniu, ale uznał, że to będzie miałkie i słabe, a jeśli naprawdę ma wejść taranem na najlepsze dwory, warto się wysilić i wykazać. Wymyślił ducha Przemka, choć gdyby nie chwyciło, miał w zanadrzu jeszcze "saraceński lek na ból w krzyżu, według receptury wydartej niewiernym przez szpitalników od Świętego Jana" i „wino zwane Krwią Dziewicy, podarunek od komtura golubskiego, Luthera". Lecz duch brata zadziałał i Grunhagen miał poczucie, iż naprawdę świetnie się spisał, a dwa sztylety wbite w orle skrzydła wciąż wracały mu przed oczy jako obraz chwały. Żałował, że musiał wiać. Tak chętnie zostałby za jakąś kotarą i posłuchał, co powiedzą głogowscy, gdy znajdą swego pana. Ale służba nie drużba!

Popędził do Salzwedel po zapłatę, nie zastał zleceniodawcy i kazano mu jechać do Szczecina. Tam poznał demonicznego Waldemara, piekielną czerwoną damę i dawną przyjaciółkę, Dagmar, choć ta ostatnia udawała, że go nie zna i nigdy w życiu nie widziała. Zrozumiał, wiadomo, jak jest. Każdy ma swą tajemnicę. W tym wypadku mieli wspólną, a jakże. Zamierzchłe czasy! Dzisiaj ona jest zaufaną starą sługą Mechtyldy, on sekretnym człowiekiem i w interesie obu stron jest zachować przeszłość w tajemnicy. Udało im się zamienić kilka słów na stronie, gdy już siodłał konia w stajni. Spytała: „Co u ciebie?". On na to: „Dobrze, nie narzekam", a potem dorzucił zaczepnie: „Widywałem twą córkę, wiesz gdzie?". Nadęła policzki i odpowiedziała: „Zamilcz", by po chwili dodać cieplej: „Niegłupio znów cię zobaczyć" i wyszła. Pomyślał sobie, że rozmowa z czerwoną damą była na tyle obiecująca, iż być może nie ostatni raz jest w Szczecinie, więc i szansa na ponowne spotkanie z Dagmar rośnie.

Lubił dziwki, ale w jego wieku stare przyjaciółki nabierały szczególnej wartości, zwłaszcza że miał ich niewiele. Mało. Właściwie wcale.

Nim zdążył dobrze się zabawić po Ścinawie, a już zbierał owoce chwały. Jakże bowiem inaczej nazwać pojawienie się w gospodzie, gdzie świętował, niejakiego Reinera z zaproszeniem na dwór praski? Dwór praski! Do niedawna niedoścignione marzenie, które skutecznie odbierał mu Jakub de Guntersberg, ulubieniec ostatniego Przemyślidy. Tak, wiedział, że Guntersberg był wcześniej ogarem księżnej Mechtyldy, choć czerwona dama podczas rozmowy z nim ani słowem się o tym nie zająknęła. Mógł o całej sprawie myśleć dwojako: albo Guntersberg wyciągnął kopyta, albo geniusz ścinawskiej rozprawy przyćmił dawną sławę konkurenta. Było i trzecie rozwiązanie: nie kombinować, tylko cieszyć się zwróconą mu przez Krzyżaków wolnością. I to właśnie wybrał.

W drodze do Pragi zajechał do Krakowa, licząc, że przypomni się księciu. Skoro już wrócił na salony, na takiego chojraka jak Władziu zlecenie przyjdzie prędzej czy później, chciał więc podtrzymać znajomość, co skutecznie zablokował mu giermek księcia, mylnie biorąc zapustny strój Grunhagena za kpinę ze swego pana. Głupia sprawa i po spotkaniu z batożkiem czarnego gówniarza wolał się nie pchać na Wawel.

Odebrał konia ze stajni i pojechał na krakowską Belzę, gdzie stały obok siebie trzy lupanary i wybór w pannach nierządnych był spory, nawet jeśli połowa z nich przebrana za zakonnice tańczyła w korowodzie na rynku. Zabawił się za brandenburskie grzywny z Cunellą i Priską, stać go było, po czym ruszył do złotej Pragi.

Pod Hradcem dopadło go znużenie i postanowił przenocować w gospodzie. Tłoku nie było, dwóch kupców sukiennych, jedna matrona i stary pielgrzym w wyświechtanym płaszczu.

— Miejsce do spania i wieczerza z najlepszym morawskim piwem z Černej Hory, żadnym innym! — zażądał, siadając przy wolnym stole.

Normalnie wybrałby ławę w najciemniejszym kącie, ale tę zajął pobożny włóczęga. Zmiótł rękawem okruchy z blatu i uśmiechnął się do karczmareczki podającej mu dzban ze sztywną pianką. Kupcy kłócili się zajadle o przebitkę na suknie i jak raz-dwa wywnioskował z rozmowy, obaj jechali do Hradca „do królowej Rejčki, towar najprzedniejszy pokazać".

A to się plecie — pomyślał z uznaniem. — Ta mała zgarnęła tak tłustą sumkę na dwóch wdowieństwach, że dziwne by było, gdyby nie stał za tym jakiś...

— Grunhagen — usłyszał cichy głos nad sobą i aż podskoczył.

— Guntersberg? Do diabła!

— Czy można się przysiąść? — spytał Jakub przebrany za pielgrzyma.

Grunhagenowi piwo niemal stanęło w gardle.

— Siadaj — powiedział i wlepił wściekłe spojrzenie w konkurenta, o którym jeszcze nie tak dawno myślał, że wyciągnął kopyta. — Jak widzę, złego diabli nie biorą.

— Nawzajem — uprzejmie uśmiechnął się Guntersberg. — Bracia wyrzucili cię na zbity pysk? Nadepnąłeś komuś na odcisk i nie zszedł po twoich maściach?

A niech go — zagryzł zęby Grunhagen, a po chwili na głos powiedział:

— Nie pociągniesz mnie za język.

— Przestań — udał oburzenie Jakub. — Wiesz, że się brzydzę.

— A co u twojej podopiecznej? — zmienił temat Grunhagen. — Dziewuszka zapowiadała się świetnie. Jak jej było na imię?

— Pnie się po szczeblach kariery — wymijająco odpowiedział Jakub.

— Coś o niej nie słychać — Grunhagen przejął inicjatywę. — Cicho o małej, jak jej tam? Huni!

— To w naszym fachu zaleta, czyżbyś zapomniał? Ach, nie, przepraszam! Tobie każde zlecenie każą odznaczać karłem. „Zabił go książę Władysław. Widziano karła na miejscu mordu". Oryginalne, zważywszy, że jesteś jedynym kurduplem w cechu cichych zabójców.

Grunhagen przełknął zniewagę, a Guntersberg przesunął między brudnymi palcami paciorki różańca. Bursztynowego różańca, nie uszło uwadze Grunhagena. Poczuł się wytrącony z równowagi. Krzyżacy po zajęciu Pomorza skupili w swym ręku wyrób i handel różańcami z bursztynu. Czyżby ten skurczybyk wlazł mu na łowieckie terytorium? A może uśpienie, jakie opłacił Gunter von Schwarzburg, ma zupełnie inny podtekst, niż sądził?

Karczmareczka z dołkami w policzkach przyniosła kawał pieczonej giczy cielęcej. Zapachniało dobrym mięsem i czosnkiem.

— Powiem krótko, co mam do ciebie — oznajmił Jakub de

Guntersberg, odsuwając wonną pieczeń na bok. — Wiem, że wezwał cię Karyntczyk, ale nie wiem, czyje imię usłyszysz. Jeśli to będzie imię hradeckiej królowej, odmów. Rejčka, Richenza, Rikissa, *bis regina*, jakkolwiek nie będzie cię kusił, miej świadomość, że gdybyś chciał zbliżyć się do niej, zawsze najpierw spotkasz się ze mną.

— O! — wyraził zdumienie Guntersberg. — To na stare lata przeszedłeś do ochrony? Dobre, zaiste, dobre! — zaśmiał się głośno i sięgnął po pieczeń.

Jakub de Guntersberg wstał, przeżegnał się zamaszyście, raz jeszcze pokazując bursztynowy różaniec i szepnął:

— Nie zwykłem się powtarzać. Smacznego — wsadził czubek brudnego palca w gicz cielęcą i przesunął ku niemu. — Byłem na kuchni.

Po czym wyszedł, a Grunhagen stracił apetyt. Nie odważył się sięgnąć po pieczeń i nie pił już piwa tego wieczoru. Rankiem głodny i wściekły ruszył do Pragi, choć myśl o zleceniu od czeskiego króla już tak go nie cieszyła jak wcześniej. Mimo to nie skapitulował przed spotkaniem z Henrykiem Karynckim.

Poznał króla, zobaczył dwór i usłyszał imię.

Zagryzł zęby i podjął wyzwanie.

RIKISSA zadomowiła się w Hradcu. Agnieszka wreszcie miała dom, w którym nikt nie czyhał na ich życie. Mogły godzinami spacerować po ogrodzie i parku albo ruszać na wycieczki wzdłuż Łaby i Orlicy. Gdy przejeżdżały przez miasto, ludzie wychodzili im naprzeciw. Piekarze wynosili kosze rogali i ciastek, mleczarki kubki słodkiej śmietany, dzieci biegły z zebranymi na łąkach kwiatami.

Rikissa często zatrzymywała orszak, zsiadała z konia i z Agnieszką za rękę przechadzała się, gawędząc z mieszkańcami. Gdy tylko przyuważył je wielebny František, pleban od Świętego Ducha, pędził ku nim zażywnym truchtem i zapraszał, by pokazać, jak szybko przebiega odbudowa świątyni.

— Szłaby jeszcze szybciej, drogi Františku, gdyby król karynski wypłacił mi zaległe sumy — mówiła, co było zgodne z prawdą.

— No to trzeba panu podkomorzemu słówko szepnąć — mrugał zwykle do niej pleban. — On tam z królem wszystko załatwi.

Nic nie będę szeptać Henrykowi z Lipy — myślała, nie dzieląc się tym z plebanem, zwłaszcza że w jej orszaku zawsze była Katrina, córka Henryka.

Rikissa zajęła się nią, odsuwając od siebie przeczucie, że zadaniem Katriny jest szpiegowanie i donoszenie ojcu, co się dzieje w Hradcu, bo gdyby nie uwolniła się od tej myśli, nie umiałaby włączyć dziewczyny w krąg swych najbliższych.

W Hradcu zaroiło się od rzemieślników, ogrodników, muzyków, a Rikissa wyszukała w okolicy mistrza krawieckiego imieniem Sidel. Po latach ucieczek i żałoby przechodzącej w żałobę jej garderoba była w opłakanym stanie. Wójt Rudlin sprowadzał na dwór kupców sukiennych, hafciarki, tkaczki, szewców, koronczarki i mała Agnieszka razem z dużą Katriną wspólnie uczyły się sztuk dworskich. Sidel miał lalki, a każda z nich ubrana była w miniaturowy wzór sukni.

— Królowo, królewno, panny! — z namaszczeniem prezentował im kolejne ubiory. — Klasyka! Zielona suknia spodnia, wąski rękaw, obszerny dół i na nią surkot czerwony, w odcieniu malin, podszyty od spodu cieniutkim szafranowym jedwabiem.

— Dlaczego ważne, czym podszyty? — odważyła się spytać Katrina. Sidel przewrócił oczami i dziewczyna natychmiast się zawstydziła.

— Nie trzeba, mistrzu — skarciła go łagodnie Rikissa. — Katrino, spójrz! Dama zbiera lewą dłonią nadmiar fałd płaszcza i sukni. — Pokazała jej, jak to robić, by wyglądało lekko i naturalnie. — I wtedy jedwab, którym surkot jest podszyty od spodu, staje się widoczny. Spróbuj — zachęciła ją.

Katrina ujęła fałdy i lekko uniosła w górę. Stojące dalej służki, Gizela, Trinka i Katka, zrobiły to samo. Mała Agnieszka też.

— Królewna dobrze, panna Katrina fatalnie, Gizela za wysoko, Trinka za szeroko, a Katka prawie, prawie, tyle że nogawiczkę jej widać! — wyrwał się z oceną Sidel.

— Mistrzu — przerwała mu Rikissa. — Na moim dworze nie wychowuje się przez kary. Katrino, pomogę ci.

Podeszła do dziewczyny, a potem do służek i pokazała, jak chwycić suknię. Katrina próbowała powtórzyć jej ruch. Trinka jęknęła.

— To trzeba mieć z osiem palców u ręki, żeby się udało! Tyle tego złapać w garść, unieść, odchylić, a nie odsłonić, Jezulatko, ja nie umiem!

— Dzisiaj nie umiesz, a jutro się nauczysz — pocieszyła ją Rikissa.

— Kralovnej łatwo mówić! — fuknęła Gizela. — Toż wiadomo, że to się ma w królewskiej krwi.

— Tak, tak — zawtórowała jej Katka, zamiatając suknią. — Rejčka to się taka urodziła, na pewno! W kołysce siedziała i zbierała powijaki we fałdy!

— No pewno! — dodała Gizela. — Przecież nasza malutka Aneżka też od dziecka taka elegancka. Istna dama.

— Spróbuj jeszcze raz, Katrino — zachęciła córkę Henryka.

— Ale kralovna! — zakwiliła Gizela. — Jak to ma być, że trzeba unieść kieckę, a nogi nie odsłonić? Ja nie rozumiem.

— Boś wieśniaczka — przygadała jej Marketa, która siedziała pod drzwiami i nie brała udziału w naukach. — U ciebie unieść to od razu podkasać, ha!

— Łatwo ci się mądrzyć — wystawiła język Gizela. — Tyłek płaszczysz i…

— Nie mówimy „tyłek" — upomniała ją Rikissa.

— Oj, wyrwało się!

— A ostatnią razą mówiła kralovna, że nie mówimy „dupa" — przypomniała jej Trinka.

— Ja mówiłam, a ty nie słuchałaś — pogroziła jej palcem Rikissa. — Nie używamy żadnych określeń na tę część ciała.

— A ja tam lubię tej części używać — uśmiechnęła się Trinka. — Bez nazwy.

Rikissa pochyliła się nad Katriną, której szło już nieźle, i pokazała.

— Spójrz, najlepiej, gdy podszewka widoczna jest na mniej niż trzy palce. Tylko tyle, nie więcej. Spróbuj.

— Czy kralovna raczy zerknąć na kolejne wzory sukien? — przypomniał o sobie Sidel. — Bo jeśli nie wybierzemy, nie będę mógł zacząć kroić.

— Proszę — skinęła na niego, biorąc na ręce Agnieszkę i dziewczęta natychmiast się zbiegły, zapominając o ćwiczeniach. Tylko Katrina powtarzała gesty z uporem.

Na wieku kufra Sidela leżało jeszcze pięć lalek z wzorami strojów. Rikissa przebiegła je wzrokiem. Obszerne suknie ceremonialne, dostojne jak dla królowych matron i zwykłe suknie dworskie.

Wszystko, co zakłada władczyni, ma znaczenie. Królowa nie ubiera się, lecz manifestuje strojem swą potęgę, majestat, nastrój. Odsunęła suknie dla matron. Wybrała dwie majestatyczne, zaznaczając, że życzy sobie zmiany barw i wskazała na jedyną, która różniła się od wszystkich.

— Suknia francuska. Zaproszenie do miłości i majestat kobiecej natury! — rozpromienił się odzyskaną uwagą mistrz krawiecki i wziął lalkę, pokazując, w czym rzecz. — Głęboki dekolt! Francuskie damy usunęły koszulę spod szyi, proszę spojrzeć, tak by wyeksponować to, co u kobiet najdelikatniejsze. Z sukni spodniej widać wyłącznie rękawy zaczynające się na dwa palce przed końcem ramienia. W tym stroju szyja damy robi się niewiarygodnie długa, a dekolt kończy swe obiecujące wycięcie tuż ponad dolinką biustu...

— E tam! — machnęła ręką Marketa, która niezauważona przez nie wstała spod drzwi i przyszła przyglądać się z bliska. — Lalka płaska jak deska, jak mistrz mówi, zamiast cycków dolinka, wstydziłaby się takie coś pokazywać. A nasza kralovna i bez tych francuskich dekoltów ma szyję długą. Wiadomo, taka się urodziła. Krew królewska. Jak ja bym takie coś założyła, wyglądałabym jak ladacznica. „Ladacznica" mogę mówić? — upewniła się u Rikissy.

— Możesz, ale nie musisz. Powiedz „kobieta swobodna" i nie zabrzmi tak piętnująco. I nie mów... wiesz co? — Rikissa pokazała na biust.

— Mnie już język spuchł, ciągle się w niego gryzę — wyszeptała do Trinki Gizela. — Okropne to dworskie wychowanie. Hej, panno z Lipy, podoba ci się?

— Już potrafię chwytać — pochwaliła się Katrina.

— Bardzo ładnie. Trzymaj i przejdź się. Plecy prosto, ramiona lekko w tył. Oj, nie tak bardzo.

— Dolinkę za bardzo wypychasz naprzód — podpowiedziała jej, co źle poszło, Trinka.

— Mistrzu Sidlu, uszyj mi taką. — Rikissa wzięła do ręki lalkę w sukni z głębokim dekoltem. — Szata spodnia ma być purpurowa, wierzchnia w kolorze głębokiego granatu, wykończenia złote. I mam prośbę. Przedłuż tył sukni, jak tren.

— Ale to się w błocie całe upaprze — przestrzegła Marketa. — Wlokło się będzie za kralovną...

— Nie będzie się wlokło, bo Rejčka to zgarnie, ufałduje na trzy palce, udrapuje lewą ręką, nic z dzisiejszej lekcji nie pojęłaś — skarciła ją Katka. — Nie to co ja, w lot takie sprawy łapię. Zgadłam, kralovna?

Przerwało im wejście Michała Zaremby. Na jego widok wszystkie poza córką Henryka, małą Agnieszką i Marketą, wyprostowały plecy i wyeksponowały biusty. Od czasu burzy i pocałunku łuski Michała zniknęły i dziewczęta nie mogły od niego oderwać wzroku.

— Królowo — skłonił się jej. — Powinniśmy pomówić.

— Mistrzu, wiesz, czego oczekuję. Katrino, ćwicz dalej. Agnieszko? Chcesz iść ze mną i panem Michałem?

— Nie, mamo — córka chwyciła paluszkami suknię i złożyła idealny ukłon. — Wolę się nie nudzić z dziewczętami.

— No i proszę — syknęła Gizela z satysfakcją. — Mówiłam, że z tym się trzeba urodzić! Chodź, aniele, niech cię Gizela ucałuje, trochę krwi królewskiej z ciebie wyssie i zaraz sama będzie damą!

Agnieszka zaczęła uciekać z piskiem, nie puszczając prawidłowo trzymanej sukni. Odkąd przeniosły się na Morawy, zabawa w wysysanie krwi stała się jej ulubioną.

— Czy to dobrze, żeby ta Gizela tak straszyła małą? — zapytał Michał, gdy wyszli.

— Agnieszka to uwielbia. Nareszcie nastały czasy, gdy można się straszyć dla zabawy.

Ruszyli do komnaty, w której Rikissa przyjmowała gości. Przyglądała się Michałowi po drodze. Gładkie dłonie, na których nie nosił rękawic. Wygładzony, pozbawiony łusek profil. Gadzie stygmaty znikły, ale została mu witalność, której nabył w pół smoczej postaci i musiała przyznać, nie znać było po Michale wieku. Miał ponad pięćdziesiąt lat, a wyglądał, jakby czas się dla niego zatrzymał dwadzieścia lat temu.

Pamiętała go takiego z dni, gdy sama była niewiele starsza od Agnieszki. Z poznańskiego zamku. Nigdy jego odmienność jej nie przeszkadzała, przeciwnie, sprawiała, iż Michał był jej droższy i bliższy. Widziała jednak, jak cierpi, odkąd wrócił do niej i zjawił się w Neuburgu. Był jak kolczasty zwierz, nieustannie nasrożony. Od dnia, gdy go pocałowała, gdy opadły z niego łuski, zmienił się. Wypiękniał, ale i posmutniał, jakby tracąc tę część natury, której nienawidził, stracił coś z siebie.

Być może nie ja mogę mu pomóc — pomyślała. — Gdyby chciał powiedzieć, co naprawdę w nim siedzi, co go dręczy, byłoby mu lżej. Ale on nie chce się dzielić swymi tajemnicami, nawet jeśli nie wie, że nie należą tylko do niego.

— Pani — powiedział, gdy zamknął za nimi drzwi komnaty. — Do gry o tron praski wkroczyli duchowi ojcowie Czech. Opaci z Sedlca i Zbrasławia.

— U nas to byliby biskupi, ale Królestwo Czeskie nie ma osobnej metropolii — powiedziała w zamyśleniu. — Czy Peter z Aspeltu przybył do Pragi?

— Mogucki lis, czy jak wolisz, arcybiskup, stale kursuje między Pragą a dworem niemieckiego króla.

— Wiesz, co o nim mówią? Że potrafi pokonać przeciwnika, nim ten dobędzie broni. Zatem Henryk Karyncki jest bez szans?

— Lipski wypuścił go z aresztu domowego i oficjalnie stoi przy królu, ale w tym rzecz, że jego najbliższy druh, Jan z Vartemberka, już negocjuje z Henrykiem VII, królem Niemiec.

— To tylko zagranie. Nie wierzę, by stali po przeciwnych stronach — stuknęła palcem w stół. — Henryk z Lipy od lat uważa, że Karyntczyk nie nadaje się na króla.

— Ja także uważam, że robią to, by uśpić czujność Karyntczyka. Zresztą sam król nie potrafi utrzymać tych wątłych sojuszy, jakie mu zostały. Gdy pan z Lipy uwolnił go, Karyntczyk zażądał, by rozliczył się z wydatków koronnych. Wiesz, skarb pusty, a Henryk to podkomorzy Królestwa.

— I co? — spytała, udając, iż nie ciekawi jej, czy Henryk z Lipy sprzeniewierzył własność Królestwa.

— Przegrał z kretesem. Podkomorzy przedstawił spis wydatków od dnia objęcia urzędu i wykazał jasno, że bronił kraju za własne. To, że skarb pusty, jest zasługą Karyntczyka, a on sam winien jest Henrykowi z Lipy dziesięć tysięcy grzywien, które podkomorzy wydał na obronę z własnej kiesy.

Odetchnęła z ulgą. Miała swoje zdanie o Henryku z Lipy, ale wolała, by sprzeniewierzenie skarbca nie wchodziło w zakres jej myślenia o nim.

— Udało ci się dowiedzieć, dokąd zaszły negocjacje z królem niemieckim?

— Owszem — potwierdził Michał. — Henryk VII początkowo chciał wcisnąć panom czeskim swego brata, Walrama, ale nie zgodzili się. Chcą jego syna.

Wiem o tym od ponad pół roku, od czasu bezczelnego listu pana z Lipy. Chłopiec miał wtedy trzynaście lat, teraz ma czternaście, nim skończą, dojdzie do piętnastu i będzie pełnoletni — pomyślała.

Michał przesunął dłonią po czole, od czasu gdy spadły z niego łuski, robił to często, jakby sprawdzał, czy wciąż ich nie ma.

— Czym się martwisz? — spytała go.

— Dowiedziałem się, że częścią transakcji jest małżeństwo z twą pasierbicą, Eliŝką — powiedział Michał.

— Domyśliłam się — powiedziała, unosząc podbródek. — Odrzuciłam Jana.

— Słucham? — nie zrozumiał Michał.

— Pan z Lipy spytał, czy zgodzę się wyjść za Luksemburczyka, ale odmówiłam. Nie jestem naiwna, by sądzić, iż tylko mnie złożono propozycję. Wiedziałam, że w kolejce do małżeństwa czeka Eliška.

— Pani! — Oczy Michała rozwarły się. — Pani...

— Co? Ty też chciałbyś wepchnąć mnie do czyjegoś łoża? — spytała hardo. — Nic z tego. Swoje już przeszłam i nie zamierzam po raz trzeci wychodzić za mąż. Nigdy więcej ani ja, ani moja córka, nie będziemy zakładniczkami koron. Skończyła się służba i zaczęło życie.

— Wybacz — uklęknął przed nią Michał. — Wybacz.

— Wstań — nakazała mu. — Nie boję się ani Luksemburczyka na tronie praskim, ani Eliški jako jego żony i królowej. Mam Hradec, mam swoje miasta i wreszcie nie jestem od nikogo zależna. Wiesz, o czym marzę? Chodź. — Pociągnęła go w stronę kufra i otworzyła wieko, wyjmując swój stary modlitewnik. — Spójrz, jaki zniszczony. W Poznaniu, w Salzwedel, w Pradze miałam dostęp do ksiąg, tutaj mi ich brakuje. Hradec jest piękny, bogaty, ale brak w nim ducha...

— Chyba nie słyszysz, co mówią na mieście — zaśmiał się Michał. — Ciebie nazywają dobrym duchem.

— To są pochlebstwa, Michale — machnęła ręką. — Dobre, urocze, miłe pochlebstwa. Można się nimi karmić, jak miodem, ale cóż poza chwilową słodyczą po nich pozostaje? Nic. Trzeba zostawić po sobie ślad, trwalszy niż ślad za łodzią na wodzie, który zniknie, nim mrugniesz. Chcę otworzyć w Hradcu skryptorium i pracownię iluminacji ksiąg.

— Budujesz kościół — zaprotestował Michał.

— Nie — zaprzeczyła gwałtownie. — Budują go rzemieślnicy, ja tylko dałam pieniądze. Nie musisz mnie przestrzegać. I tak zrobię to, co zechcę.

Usłyszeli otwierające się drzwi i do wnętrza weszła Kalina. Michał cofnął się o krok, jakby się jej przestraszył.

— Pani — powiedziała i dopiero teraz zobaczyli, jak jest blada. — Tron Starszej Polski uwolniony od Głogowczyka.

Rikissa poczuła, że serce uderzyło jej szybciej. To wszystko, z czym walczyła, nagle stanęło przed nią.

— Co mówisz? — warknął Michał.

— Henryk Głogowski nie żyje. Zostawił pięciu synów i tylko patrzeć, jak rzucą się sobie do gardeł w walce o schedę po ojcu. To może być twój czas, Rikisso! — skoczyła ku niej Kalina. — Czas na twój wielki powrót! Do kraju ojca i... Matek.

Kalina patrzyła na nią wyzywająco i błagalnie zarazem.

— Miałam matkę — twardo odpowiedziała Rikissa. — Nie Matki.

— Ale... — jęknęła Kalina.

— Nie ma „ale" — ucięła Rikissa. — Ilu tych synów? Pięciu, tak? Pamiętasz, że nim poślubił mnie Václav, Głogowczyk chciał swatać mi najstarszego z nich, choć chłopak i tak był ode mnie młodszy? Nie wejdę drugi raz do tej samej rzeki, rozumiesz? Rozumiecie oboje? — przeniosła wzrok z Kaliny na Michała. — Zapisał księstwo synom. Pewnie poczynił wiele uzgodnień z Zarembami, Łodziami, Grzymalitami, Nałęczami i innymi. Oni z pewnością obiecali wierność jemu, a po nim dziedzicom, chcąc jej dochować, czego zażądają? Małżeństwa.

— Nigdy nie wpychałabym cię do niczyjego łóżka. Źle mnie zrozumiałaś, Rikisso — z żalem powiedziała Kalina. — Ostatnio często źle się rozumiemy...

— Wyjdź, Michale — Rikissa wyprosiła Zarembę, nie patrząc na niego. — Zostaw nas same.

Wyszedł, choć w ostatniej chwili odwrócił się i spojrzał na plecy Kaliny, a potem na nią. Otworzył usta, jakby chciał coś powiedzieć, ale nawet jeśli, to Rikissa nie miała zamiaru tego słuchać.

Patrzyła na Kalinę i nie poznawała jej. Gdzie się podziała ta silna dziewczyna, która była z nią od dnia narodzin? Czy to możliwe, by tamtych kilka chwil spędzonych w poświęconym welonie benedyktynki odebrało jej moc? Nigdy do tego nie wracały; Rikissa ani słowem nie zdradziła się, że widziała Kalinę postarzałą i słabą, ledwie szurającą zmęczonymi nogami. Nie wspomniała o starczych plamach, które wykwitły na jej dłoniach i policzkach, o kępkach siwych włosów ledwie trzymających się skóry.

Dlaczego jej o tym nie powiedziałam? Dlaczego nie spytałam, co się z nią wtedy działo? — zapytała siebie teraz, gdy stały twarzą w twarz i widziała w Kalinie kogoś innego niż przez wszystkie poprzednie lata. — Gdy zdjęła welon odzyskała siły, a jej włosy z czasem wróciły do normalnej barwy, choć nigdy nie odzyskały blasku i wciąż wydawały się jak martwe. Tak — zrozumiała — dlatego z nią nie mówiłam. Bałam się ją urazić, bałam się, że jej legendarna młodość, zatrzymywana wbrew naturze, czy też właśnie z jej pomocą, przez maści, zioła, odwary i inne sprawy, do których tylko Kalina miała dostęp, że ta młodość odchodzi od niej i moja piastunka odczuje, że coś straciła.

— Byłam głupia — powiedziała na głos Rikissa. — Powinnam już dawno temu z tobą porozmawiać. Zapytać, co się z tobą dzieje?

— Rozpadam się, Rikisso — odpowiedziała Kalina i dłonie zaczęły się jej trząść. — Nie możesz mi pomóc.

— Nie mów tak — zaprzeczyła.

Michałowi pomogłam — pomyślała.

— To nie ma związku z tobą, moja kochana dziewczynko — powiedziała Kalina po chwili. — Nie ty jesteś winna. Coś we mnie pęka, rozumiesz? — spojrzała na nią i Rikissa w jej oczach zobaczyła pustkę. — Nie, nie rozumiesz, bo ja sama nie wiem dlaczego, nie wiem po co...

— Tamten welon mnisi? — przypomniała Rikissa.

— Nie. To zaczęło się wcześniej. — Kalina kręciła głową w obie strony, jakby się opędzała od swoich własnych myśli. — Nie, nie mówmy o tym, bo będziemy się tylko przerzucać słowami, ja nie wiem...

Rikissa podeszła ku niej i pocałowała ją, jak Michała w czasie burzy. Usta Kaliny były suche, spierzchnięte. Nie poczuła nic. Kalina załkała.

— Widzisz, moja mała? Kiedyś to by pomogło, ale dzisiaj jest już za późno. Kiedyś wystarczyło, że trzymałam cię za rękę i czułam moc przepływającą między nami, ale teraz... Sama widzisz... niczego nie czuję.

— Ale ja czuję — powiedziała Rikissa. — Smutek tak wielki, że chce mi pęknąć serce. Kalino, może powinnaś pójść do swoich sióstr?

— Sióstr? — powtórzyła po niej i Rikissa dostrzegła na jej twarzy lęk.

— Tak, sióstr. Mówiłaś też o Matce czy Matkach. Nie znam twoich sekretów, ale rozumiem, że jeśli masz siostry i matkę, to one przyjmą cię i uleczą. A jeżeli popełniłaś wobec nich jakiś występek, to wybaczą ci, jeśli tylko wrócisz do nich.

— Nie chcę stąd wyjeżdżać — zaprotestowała Kalina szybko. — Nie chcę cię opuszczać i...

— Mnie czy Michała? — nie dała się zwieść Rikissa. — Jeśli chodzi o mnie, zostań. A jeśli to, co czujesz do niego, trzyma cię na uwięzi, zerwij te pęta i idź.

Przez chwilę mierzyły się wzrokiem. A potem Kalina pokiwała głową i szepnęła:

— Zatem na mnie czas, moja dziewczynko. Nie wiem, czy się jeszcze spotkamy.

Rikissa poczuła każdy rok spędzony wspólnie, każdy uśmiech i łzę. Każdy dzień, gdy tuliła się do piersi Kaliny, choć wcale już nie była dzieckiem.

— Już się spotkałyśmy — odpowiedziała, tłumiąc łzy. — A jeśli Bóg i twoje Matki pozwolą, spotkamy się drugi raz.

GRUNHAGEN rzadko dostawał zlecenia na kobiety. Przed wielu laty, w początkach swej drogi, zdarzyło się dwa, trzy razy. Nie lubił tego wspominać, ale jak to mówią, od czegoś trzeba zacząć. Czeladnicy i praktykanci nie mogą wybrzydzać, bo do mistrzostwa nie dojdą. Zatem owszem, dawno temu miał do zrobienia jedną niewierną małżonkę, potem żonę zawalidrogę, co stała mężusiowi rycerzykowi na drodze do szczęścia z młodszą, ładniejszą, i zdaje się, że jeszcze jedną wdówkę, ale tego nie był pewien, czy za nią brał pieniądze, czy też ona była wypadkiem przy pracy. Później lata całe robił dla żelaznych braci, a oni na kobiety wyroków nie wydawali. Teraz więc, gdy dworska kariera otwierała się przed nim, nie odmówił Karyntczykowi i przyjął zlecenie, za które dostał zaliczkę.

Miał tremę, owszem. Nie dość, że kobieta, to jeszcze krwi królewskiej. Jego pierwsza dynastyczna zdobycz.

Przez jakiś czas przebywał na zamku praskim, sprawdzał wszystko. Bramy, tajne przejścia, furty dla służby. Kuchnie, stajnie, zbrojownie. Katedrę, wejścia, wyjścia, skryte ciemne miejsca w nawach bocznych. Jak dźwięk niesie, kiedy gaszą świece, rozkład mszy i dzwonów. Obserwował swą ofiarę z daleka. Przyglądał jej się, badał zwyczaje. Wejścia, wyjścia, obstawę. Najpierw doszedł do wniosku, że zbyt lekkomyślnie się zgodził. Ona mieszkała w klasztorze benedyktynek, gdzie żaden mężczyzna nie miał wstępu za furtę, a opuszczała go wyłącznie w ścisłym kordonie mniszek. Potem zaś uśmiechnęło się do niego szczęście i od razu pełną gębą: wśród benedyktynek eskortujących ofiarę jedna była karlicą.

Siostra Berta, ulubienica Kunhuty, matki przełożonej, dawnej żony mazowieckiego Piasta. Zaufana, ma klucze od wszystkich wewnętrznych pomieszczeń — dowiedział się szybko. Był w domu.

Ułożył już sobie nawet przemowę przedśmiertną dla ofiary. Brzmiała: „Królewno Eliško Przemyślidko! Za to, że odważyłaś się spiskować przeciw kochanej siostrze Annie i królowi Henrykowi z Karyntii, czeka cię śmierć. Przeżegnaj się i stań przed Panem".

To mu się wydało wyjątkowo trafne i takie dość pańskie, a zależało mu, by Przemyślidkę zrobić po pańsku. Niby ofiara nie przekaże, ale Grunhagen wierzył, że jest coś poza światem widzialnym, coś, co buduje sławę. Tak jak z Głogowczykiem. Ten manewr z duchem Przemka bardzo mu się przysłużył.

W nocy przerzucił linę przez mur klasztorny i wspiął się po niej zręcznie, a potem zeskoczył wprost w krzaki.

Wirydarz, psiamać — zaklął w duchu, bo kolce róż pokłuły mu tyłek. Zwinął linę, schował pod murem i ruszył chyłkiem szukać wejścia. Znalazł je i zaczaił się, czekając na dzwonek oznaczający wyjście mniszek na nocne modły. Gdy zakonnice ziewając, przeszły obok niego w stronę kościoła Świętego Jerzego, wślizgnął się do wnętrz klasztornych. Dormitorium znalazł bez trudu. Policzył łóżka. Piętnaście. A zakonnic idących na modły było osiemnaście. Tak jak przypuszczał. Nie tylko opatka ma swoją własną celę, ale i dwie inne siostry. Od razu obstawił karlicę, skoro cieszyła się takimi względami Kunhuty. Bezszelestnie ruszył szukać jej celi. Przy okazji zlokalizował korytarz z kratą. Dobiegały stamtąd kobiece głosy, więc zyskał pewność, iż właśnie tam, za kratą, mieszka królewna Eliška i jej dwórki. Cele zakonnic nie były zamykane, tę, która należy do Berty, rozróżnił bez trudu. Małe i niskie łóżko. Uśmiechnął się, siadając na nim. Jak kiedyś będzie miał swój dom, z ogrodem, stajnią i służbą, to też sobie sprawi takie niskie łóżko, żeby siedząc, nie majtać nogami w powietrzu.

No, dość wywczasów! — pogonił się w myśli i przeszukał celę. Niestety, nie znalazł żadnych kluczy. Może karlica nosi je przy sobie. Wślizgnął się pod jej łóżko, co nie było wygodne, przesunął pusty nocnik i czekał.

Mniszki wracały cichutko. Żadnych rozmów, szeptów, nic, tylko szmer lekkich kroków, otwieranie i zamykanie drzwi. Gdy skrzypnęły drzwi celi, w której leżał, dojrzał snop wątłego światła świecy i usłyszał ciche:

— Z Bogiem, Berto.

— Z Bogiem, matko Kunhuto — odpowiedziała karlica, wchodząc i zamykając za sobą drzwi.

Ma miły głos — zauważył Grunhagen.

Widział jej stopy i kraj habitu. Postawiła świecę, pewnie zdjęła płaszcz, bo ciemna materia zamajaczyła mu przed oczami, jakby Berta przerzuciła ją przez oparcie krzesła. Potem zzuła buty i zobaczył małe, nieco obrzmiałe stopy, idące wprost na niego. Nie gasząc światła, usiadła na łóżku. Oglądał jej pięty z bliska. Zrobiło mu się głupio. Nigdy nie widział stóp karlicy. Jego własne były dość pokraczne, powykrzywiane, a Berta miała stopy jak dziecko. Różowe i kształtne, choć odrobinę spuchnięte. Przełknął ślinę. Jak się będzie rozczulał, kariery nie zrobi. Odczekał, aż mniszka się położyła, policzył dwa razy do dziesięciu i już chciał wypełznąć spod łóżka, gdy nieoczekiwanie skrzypnęło i karlica wstała.

Co jest? — pomyślał i w tej samej chwili Berta pochyliła się i po omacku sięgnęła pod łóżko.

Uchylił się błyskawicznie, bo złapałaby go za nos. Nim zrozumiał, że mniszka szuka nocnika, ona już zeszła z łóżka i pochyliła się.

Znaleźli się twarzą w twarz. Błyskawicznie zatkał jej usta i pociągnął ją na podłogę. Wybałuszone wielkie niebieskie oczy Berty patrzyły na niego, jakby zobaczyła diabła. Wyślizgnął się spod łóżka, trzymając ją w żelaznym uścisku, i przeturlał się kilka razy. Znalazł się nad nią, prawą ręką wciąż zatykał jej usta, lewą złapał jej obie małe dłonie i odciągnął nad głowę. Usiadł na Bercie.

— Bądź cicho, a nic ci nie zrobię. Piśniesz, będzie po tobie. Rozumiesz? — wyszeptał do niej.

Pokiwała głową.

Planował ją zabić i na jeden dzień potrzebny do wykonania zadania przebrać się w jej zakonne suknie. Łatwo się planuje, a gorzej, gdy człowiek znajdzie się po raz pierwszy w życiu sam na sam z kobietą tak podobną do siebie. Grunhagen widywał różne karlice z daleka. Wszystkie wydawały mu się paskudne, niczym wybryki natury. Ale Berta była inna. Miała około dwudziestu pięciu lat i śliczną, pyzatą buzię. Niebieskie oczy z rzęsami tak jasnymi, jakby ich wcale nie było. Mały, zadarty nosek i usta, psiakrew, usta jak kwiatuszek. Co robić? — myślał w panice i jedyne, czego był pewien, to że nie może zabić tego uroczego stworzenia.

Za nią mi Karyntczyk nie płaci — usprawiedliwił się w duchu.

— Berto — przemówił do niej łagodnie. — Jestem tajnym wysłannikiem, który musi się spotkać z królewną Eliszką i przekazać jej ważne nowiny. Nic jej nie grozi — kłamstwo przechodziło mu przez usta gładko, zwłaszcza że uspokajało niebieskie oczy dziewczyny. — To nowiny tak tajemne, że nie mogą ich słyszeć, ani mnie rozpoznać, służki królewny. Dlatego potrzebuję przebrać się za ciebie, ptaszyno i wejść do jej celi. Rozumiesz mnie?

Skinęła głową, że rozumie.

— Czy ty masz klucz od kraty wiodącej do korytarza królewny?

Przytaknęła.

— Dobrze. Więc dasz mi klucz i rozbierzesz się, by dać mi swe szaty. A ja zrobię, co do mnie należy, i oddam ci klucz i habit. Dobrze?

W oczach Berty znów zakwitło przerażenie. Zaprzeczyła ruchem głowy.

— Co „nie"? — spytał. — Nie dasz mi kluczy?

I wtedy zrobiła coś, co nim wstrząsnęło. Poruszyła ustami pod jego dłonią, chcąc coś powiedzieć, a on poczuł jej wilgotny język na wnętrzu swej dłoni. Fala pożądania zalała go tak nagle, że z trudem się opanował.

— Zabiorę rękę — powiedział. — A ty obiecujesz, że nie krzykniesz, tylko szepniesz, co masz do powiedzenia?

Potaknęła głową. Puścił jej usta.

— Nie mogę się rozebrać przy mężczyźnie — wyszeptała, z trudem łapiąc oddech.

— Zakryję oczy, Berto. Nie będę cię podglądał — obiecał, choć wiedział, że nie może dotrzymać słowa.

Zgodziła się. Zlazł z niej, a karliczka usiadła na podłodze i drżącymi dłońmi zaczęła zdejmować welon. Pokazała mu, że ma zakryć oczy. Zrobił to i spoglądał spod palców. Miała jasne włosy splecione w dwa grube warkocze, które spadły jej na plecy, gdy wyswobodziła je spod welonu. Przełknął ślinę. Odwróciła się tyłem, jakby nie dowierzając, że na nią nie patrzy, i zdjęła z siebie ciemny habit, zostając w samej koszuli. Przez chwilę stała bez ruchu, a potem szybko sięgnęła po koc leżący na łóżku i owinęła się nim. Wciąż udawał, że nie widzi, więc podeszła do niego, wyciągając rękę z habitem. Odsłonił twarz, Berta skuliła się i oddając mu ubranie, uciekła na łóżko. Wskoczyła na nie, zaciągając koc tak, że wystawały spod niego same błękitne oczy i jasne włosy.

Grunhagen położył jej habit w nogach łóżka i zaczął się rozbierać. Zrzucił płaszcz i skórzany kaftan, zawczasu tak obracając pas, by nie widziała broni. Nie chciał jej płoszyć. Stał teraz z nagim torsem przed łóżkiem zakonnicy i przez chwilę ich oczy się spotkały. Znów poczuł gorąco.

Psiakrew — zdyscyplinował się w duchu. — Weź się w garść, Grunhagen.

Powoli sięgnął po habit i zarzucił go na siebie. Uwierał go w barach, ale trudno. Poprawił suknię. Powinienem przełożyć broń — pomyślał, ale uznał, iż zdąży to zrobić, gdy opuści celę karlicy. Wziął z oparcia krzesła jej płaszcz i zarzucił na ramiona. Był gotów.

— Daj mi klucz — szepnął łagodnie.

Berta, wciąż owijając się kocem, wstała z łóżka i podeszła do niego bez słowa.

— Klucz — powtórzył, wyciągając dłoń.

Pokręciła głową i sięgnęła po welon, o którym zapomniał. Stanęła na palcach i założyła mu go na głowę. Welon nie chciał się trzymać, Berta sięgnęła po szpilę i zapomniała o kocu. Zsunął się z niej i miękko opadł na podłogę. Grunhagen znów zadrżał. Dziewczyna się zarumieniła, ale zamiast podnieść koc, dopięła mu welon do włosów. Poczuł woń jej ciała, gdy uniosła oba ramiona w górę, i zachłysnął się tą wonią. Drobne palce Berty poprawiły mu welon na głowie, ona zaś, zapominając o kocu, wyjęła spod koszuli kluczyk, który miała na łańcuszku wiszącym na szyi i zdjęła go, podając Grunhagenowi.

— Jesteś aniołem, Berto — wyszeptał to, co naprawdę myślał w tej chwili. — Moim pięknym aniołem. Czy zrozumiesz, że powinienem cię zakneblować i związać ci dłonie? Nie dlatego, bym nie ufał twej dyskrecji, ale dlatego, że chcę cię chronić. Gdyby bowiem matka przełożona niespodziewanie obudziła się w nocy i zastała mnie w twoim ubraniu u królewny Eliški, mogłaby powziąć mylne przekonanie, że byłaś moją wspólniczką.

Berta nie spuszczając z niego oczu, skinęła głową, że rozumie i zgadza się. Wyjęła spod siennika sznur i podała mu, a następnie zwinnie wskoczyła na swoje łóżko. Nim zrobił krok ku niej, udarła kraj swej koszuli i zwinęła go jako knebel.

Po co trzymasz pod siennikiem sznur? — chciał spytać Grunhagen, ale zaniechał, bo czas biegł nieubłaganie szybko. Co za dziewczyna — pomyślał z podziwem i siadł przy niej na boku łóżka. Ośmielona Berta dała mu knebel, a on najdelikatniej, jak umiał, włożył go w jej usta. Przez cały czas patrzyli sobie w oczy. Wziął sznur i chciał go przełożyć pod łóżkiem, ale mniszka zaprzeczyła tak szybkim ruchem głowy, że włosy wpadły jej do oczu. Pieszczotliwie wyjął z nich kosmyk, a Berta w tej samej chwili rozłożyła szeroko ramiona, pokazując, że ma ją przywiązać do wezgłowia łóżka. Zrobił to i wiedząc, że naprawdę się spieszy, pozwolił sobie tylko na jedno: pocałował ją w czoło. Obdarzyła go najpiękniejszym spojrzeniem, jakie w życiu widział.

— Do zobaczenia, moja piękna! — szepnął spod drzwi i cicho wyszedł.

Na ciemnym klasztornym korytarzu ochłonął. Pierwszy raz w życiu zdarzyło mu się coś takiego i to na robocie! Szybko sięgnął pod habit, wyjął noże i przełożył do szerokich rękawów, zawiązując rzemienie idące od pochew na przedramionach. Upewnił się, że wszystko, co potrzebne, ma na miejscu, i kluczykiem Berty otworzył kłódkę na kracie. Przytrzymał ją, bo zgrzytnęła lekko. Wszedł w krótki korytarz wiodący do trzech cel, wszystkie były zamknięte.

Co zrobić z Bertą później, gdy już będzie po wszystkim? — myślał gorączkowo, przykładając ucho kolejno do każdych drzwi. — Najlepiej byłoby ją zabrać ze sobą. Nie będzie miała życia po czymś takim w klasztorze. Czy jest gotowa uciec ze mną tej nocy?

Wytypował właściwe drzwi, słysząc za nimi tym razem cichutką rozmowę dwóch kobiet.

Zaklął w duchu. Zupełnie rozkojarzyło go spotkanie z Bertą. Musiał szybko zmienić plany, jeśli chciał nie tylko wykonać zlecenie, ale i wykraść małą zakonnicę z klasztoru.

Poranne modły zaczynają się na długo przed świtem. Nie miał zbyt wiele czasu.

Lepiej zabić obie, niż narazić się na wpadkę, zwłaszcza gdy Berta czeka — pomyślał i podjął decyzję. Wszedł do celi i zamknął za sobą drzwi. W blasku świecy dostrzegł dwie damy i od razu wiedział, która z nich jest Eliŝką. Siedziała na łóżku w czerwonej paradnej sukni.

— Berta? — zdziwiła się królewna. — A co ty tu robisz, paskudo? Grunhagen zacisnął szczęki. Sama jesteś paskudą — pomyślał.

— Siostro Berto, o co chodzi? — uniosła się siedząca na krzesełku przy łóżku dziewczyna i ruszyła ku Grunhagenowi.

Zrobił dwa kroki w przód i stanął, szeroko rozstawiając nogi. Wsunął prawą dłoń w rękaw i chwycił nóż. Wyczekał, aż służka znajdzie się na wciągnięcie dłoni.

— Berto — z wyższością powiedziała dziewczyna. — Matka Kunhuta zwolniła nas z nocnych i porannych modłów. Moja pani jest niedysponowana... Aaaa! — wrzasnęła dziewczyna, gdy Grunhagen wyjmował nóż. Zdążyła się odwrócić do swej pani i chciała coś krzyknąć, ale Grunhagen jej nie pozwolił. Zamiast tracić czas na zabicie służki, uderzył ją z całych sił w twarz. Poczuł, że pogruchotał jej szczękę. Dziewczyna od mocy włożonej w cios poleciała na ścianę i upadła bez życia na ziemię. Miał ją z głowy. Skoczył ku królewnie.

Ta zaś błyskawicznie uniosła krzesełko, na którym wcześniej siedziała służka, i zasłoniła się nim.

— Berta?! — pisnęła. — Uspokój się, durna karlico! Naskarżę na ciebie Kunhucie i do końca życia będziesz pościć.

W Grunhagena wstąpiła niepohamowana wściekłość. Zamiast skupić się na zabiciu Eliŝki, oczy przesłonił mu gniew na to, jak traktowała Bertę.

— Zaraz umrzesz, głupia suko — syknął do niej.

— Jezulatko! To nie Berta, ale jej ojciec! — wrzasnęła Eliŝka i zamiast się przestraszyć, zamachnęła się na Grunhagena meblem. Chciał zrobić unik, ale zaplątał się w fałdy habitu, a do tego welon na chwilę zasłonił mu widzenie. Trafiła go nogą krzesła w łuk brwiowy, z którego trysnęła krew.

— Poplamisz mi suknię! — zawyła tak głośno, że Grunhagena ogłuszyło. Jego chwilowe otumanienie wystarczyło Elišce, która zaczęła go okładać krzesłem ile wlezie, wrzeszcząc przy tym: — Ty durny karleee! Precz z łapami! Poszedł stąd! Wynocha!!! Zabiję cię, kurduplu!

Dostawał razy gdzie popadło. Krew zalewała mu oko, w uszach czuł okropny świst, dostał w szczękę, aż go zamroziło i na dodatek spostrzegł, że służka, która powinna leżeć bez życia, z jękiem unosi się z podłogi. Usłyszał krzyki za drzwiami i wiedział, że za chwilę zlecą się tu służki i zakonnice. Podjął desperacką próbę złapania nogi krzesła. Udało się. Wyszarpnął je z rąk Eliški, odrzucił za siebie i wyciągnął z rękawa nóż, ale ona zareagowała błyskawicznie, rzucając w niego poduszką, która trafiła wprost na ostrze. W powietrzu zawirowało od kaczego puchu. Pióra przykleiły mu się do zalanej krwią powieki, do ust. Splunął nimi i chciał przetrzeć zakrwawione oko, ale w tym samym momencie królewna narzuciła na niego ciężką kapę ze swego łoża. Klęska — pomyślał i usłyszał otwierane w pośpiechu drzwi.

— Pani? Matko Najświętsza, co tu się dzieje?! Nic ci nie jest, królewno? — krzyknęła jakaś kobieta spod drzwi.

Grunhagen zrzucił z siebie kapę i stanął twarzą w twarz z opatką. To trwało krócej niż uderzenie serca. Widział pobladłą Kunhutę i wpadające za nią do izby zakonnice. Pięć, osiem, dziesięć. Widział podnoszącą się z jękiem z podłogi służkę i Eliškę, która chwyciła za nóż do owoców i już bojowo mierzyła w niego. I usłyszał rozkaz opatki, który brzmiał jak wyrok:

— Uderzyć w dzwony! Na trwogę!

Był bez szans. Za chwilę otworzą furtę klasztoru dla zbrojnych. Musiał podjąć błyskawiczną decyzję i wiać. Rzucił się przed siebie, rozpychając zakonnice. Słyszał ich krzyk:

— *Apage!*
— Diabeł w zgromadzeniu!
— Diabeł wcielony!

W kilku susach dopadł do kraty, tęsknie spojrzał w stronę celi słodkiej Berty, ale, choć dusza wyrywała mu się do związanej i zakneblowanej dziewczyny, musiał uciekać. Goniony krzykami zakonnic i wybijającym się ponad nimi wrzaskiem wojowniczej Eliški wybiegł na dziedziniec. Jeszcze było szaro.

Krew znów zalała mu oko. Otarł ją, biegnąc w stronę muru. Pochylił się, odszukał linę. Gdy przerzucał ją przez klasztorny mur, usłyszał dzwon w kościele Świętego Jerzego. Oszalałe bicie dzwonu.

Wspiął się szybko, łamiąc paznokcie, bo dłonie poranione uderzeniami Eliški odmawiały mu posłuszeństwa. Już był na szczycie muru, gdy dostrzegł biegnących z pochodniami zbrojnych. Położył się i przywarł, czekając, aż przebiegną.

Potem nie zwlekał. Zeskoczył. Przewrócił się, potoczył, szybko wstał i uciekał w stronę przejścia dla służby. Biegł ile sił, potykał się i biegł dalej, goniony biciem dzwonów. Prześlizgnął się furtką na zewnątrz zamkowych murów. I dalej uciekał.

Nie było dla niego miejsca w Pradze. Musiał zapaść się pod ziemię, bo zaraz zaczną szukać karła, który targnął się na życie królewny z rodu Przemyślidów.

Zaklął z całych sił, odwracając się, by ostatni raz spojrzeć na sylwetę zamku.

Berto! — zawyła jego dusza. — Dzisiaj spartoliłem wszystko, ale wrócę i cię uwolnię, uwierz mi.

JADWIGA GŁOGOWSKA, opatka wrocławskich klarysek, z wielkim wzruszeniem patrzyła na orszak sióstr formujący się do wyjścia z klasztoru. Tylko jedno zdarzenie w życiu zgromadzenia pozwalało na wyjście klarysek z murów: uroczysta procesja przyjęcia nowicjuszki w poczet sióstr. To było dla nich prawdziwe święto! Odkąd została przełożoną, przyjęła wiele nowych, ale te dwie, które dzisiaj staną się pełnoprawnymi siostrami świętej Klary, były dla niej szczególnie ważne. Ich nowicjat trwał nie dwa, ale trzy lata, bo Jadwiga, będąc osobą skrupulatną, wyjątkowo długo badała powołanie obu. I wreszcie zyskała pewność, że choć dla jednej i drugiej klasztorna furta oznaczała ucieczkę przed życiem, które je zaskoczyło, to jednak ich powołanie jest żarliwym i mocnym.

Pierwszą z sióstr była Jadwiga, córka księżnej wrocławskiej Elżbiety i jej męża, zwanego za życia Henrykiem Grubym. Jadwigę wydano za syna Ottona Długiego, margrabiego brandenburskiego, owdowiała po nim, dzieci z małżeństwa nie było. Nad nowicjatem wrocławskiej księżniczki opiekę sprawowała Jadwiga Pierwsza, zwana zgodnie z wiekiem, Najstarszą. Opatka zaś wzięła pod swe skrzydła przygotowanie drugiej nowicjuszki, dziewczyny rycerskiego rodu, która przed wszystkimi skryła swe pochodzenie i nazwisko.

Siostra furtianka dała znać dzwonkiem, że procesja gotowa. Jadwiga rzuciła okiem na swe podopieczne: czterdzieści sióstr w różnym wieku, wszystkie, prócz dwóch nowicjuszek, w brązowych habitach i czarnych welonach. Każda w dłoni trzymała wyhodowaną w klasztornym wirydarzu lilię; kwiaty o tej porze roku jeszcze nie rozkwitły, choć siostra ogrodniczka zrobiła co w jej mocy i trzymając ścięte przez tydzień w ciepłej kuchni, sprawiła, że ich pąki stały się z zielonych wyraziście białe. Jadwiga oceniła, iż wygląda to pięknie. Nowicjuszkom w białych, ozdobionych zielnym wiankiem welonach, wyznaczono miejsce w środku orszaku. Siostry dyskretki, w tym wiekowa Jadwiga Pierwsza, stały osobno, po bokach kolumny, niczym strażniczki. Furtianka zadzwoniła po trzykroć i Jadwiga skinęła głową, by otworzono klasztorną furtę. Stanęła na czele sióstr i poprowadziła orszak w stronę kościoła, gdzie czekać na nich mieli bracia franciszkanie.

Na placyku okalającym obydwa klasztory i kościół pod wezwaniem Świętej Jadwigi i Świętej Klary zebrał się, jak przy każdej procesji, spory tłum. Wrocławianie, ciekawi piastowskich cór zakonnych, nigdy nie przegapili okazji, by przyjrzeć się zwykle niedostępnym siostrom. Z boku ciżby Jadwiga dostrzegła stojące skromnie szare siostry, beginki z wrocławskich domów pobożnych kobiet. Skinęła im głową z daleka i zaraz spod welonu zerknęła na swe podopieczne, czy idą godnie, czy głowy spuszczone, czy która nie strzela po ludziach oczami. A jakże! Jadwiga Pierwsza! Wsparta na zakończonej kościaną gałką lasce, najstarsza z zakonnic, śmiało lustrowała tłumy. Jak upomnieć wiekową siostrę, która ongiś sama była opatką? Nie uchodzi. Jadwiga głogowska odpuściła.

Bracia franciszkanie czekali na siostry, pod wodzą specjalnie przybyłego na tę okazję prowincjała. Poczekała, aż ten pozdrowi ją skinieniem głowy, i wspólnie ruszyli w procesję przy dźwięku kościelnych dzwonów. Franciszkanie nieśli w dłoniach zapalone świece, siostry Klary lilie, piękna to była chwila! Ach, byłaby jeszcze wznioślejszą, gdyby nie zadry między zgromadzeniami. Bracia mieli jakiś kłopot ze ślubem ubóstwa, bo wciąż wypominali siostrom hojne dary, jakie te nieustannie otrzymywały od donatorów. O ile jednak oni mieli chytre oko, o tyle Jadwiga potrafiła wybaczać i dzisiaj, z okazji uroczystości, znów puściła im wszystko w niepamięć.

Procesja dobiegła końca i siostry pierwsze, a bracia za nimi, weszli do wnętrza kościoła. Serce Jadwigi zabiło szybciej. Oto za chwilę znów dwie dusze czyste zostaną zaślubione Panu!

Zerknęła spod welonu na miejsca dla gości. Wszyscy trzej bracia dzisiejszej nowicjuszki stawili się jak jeden mąż. Książęta wrocławscy, synkowie ich Elżbiety ukochanej, świeć, Panie, nad jej duszą! Jest Bolesław, dwudziestojednoletni, mina harda, brzuch już mu rośnie jak ongiś u ojca, a ubiór na nim iście królewski. Ten to ma ciągoty do zbytku! Obok niego żona, Małgorzata Przemyślidka, śliczna dziewczyna i... jeśli wzrok Jadwigi nie myli, to brzemienna! Dalej Henryk, bo wiadomo, że u Piastów Śląskich synowie muszą mieć Bolesław i Henryk na imię, inaczej nie uchodzi. Szesnastoletni książę tak z twarzy podobny do matki, aż Jadwigę w dołku ścisnęło. Dobry chłopiec. Pobożny. Przy nich zaś ten ladaco, Władysław, Boże drogi, co też Elżbietka z nim miała! Pierwsze wybryki zaczął w łonie matki! Kopał i kopał, a teraz? Piętnaście lat, mina zadziorna i podobieństwo do wiadomo którego piekielnego Piasta. Czy on aby pod jakąś klątwą nie jest? — zmartwiła się szybko i odetchnęła z ulgą. — Nie! Chwilowo czysty. Dobrze, że ich trzy siostry u nas w zgromadzeniu. Jakoś łaski dla nicponia wymodlą.

Więcej nie oglądała gości, bo przed ołtarzem czekał już na nich sam biskup, Henryk z Wierzbna.

Dobrze, że zdążył wrócić z Bratysławy — pomyślała. — Bo inaczej trzeba by welację przekładać.

Orszak stanął. Siostry po lewej, bracia po prawej, już nawet woń tych nie rozkwitłych lilii delikatnie unosi się w kościele.

— Wielebny ojcze biskupie! — donośnym głosem zawołał prowincjał franciszkanów. — Przywiodłem przed ołtarz Pański siostry od świętej Klary...

Tak, ty przywiodłeś — złośliwie odpowiedziała w duszy Jadwiga. — Żebyśmy choć jedno powołanie wam zawdzięczały! — Opanowała się jednak, bo przyrzekała grzechy franciszkanom odpuścić.

— ...których pragnieniem jest przyjąć w szereg zgromadzenia nowe siostry.

Jadwiga wystąpiła i zgodnie ze zwyczajem dźwięcznie oświadczyła, co trzeba.

— ...pomyślnie przeszły czas praktykowania, odznaczając się pobożnością, skromnością i licznymi cnotami. Obie kandydatki wypełniły wszystkie warunki nowicjatu i rada klasztoru, pod moim przewodnictwem, wyraża żarliwą chęć przyjęcia ich do wspólnoty.

Biskup Henryk był zmizerniały, tak się przynajmniej Jadwidze zdawało. Oczy miał podkrążone, a pełna twarz zeszczuplała i nabrała jakiegoś drapieżnego wyrazu.

Co mu jest? — przebiegło jej przez głowę. — Muskata mu leży na wątrobie — odpowiedziała sobie sama.

— Wymień, matko przełożona, imiona sióstr, od których przyjmę ślubowanie — nieco nieuważnie poprosił biskup.

— Jadwiga, księżniczka wrocławska, i Jutta, córa rycerska. Obie sprawdzone odnośnie braku przeciwwskazań. — Przeszło jej to przez gardło gładko. Nie będzie tu przed biskupem obnażać spraw, które wszystkie członkinie rady powierzyły intencji samej świętej Klary. — Gotowe do złożenia ślubów.

Szereg klarysek rozstąpił się, robiąc miejsce dwóm nowicjuszkom. Jadwiga po matce odziedziczyła wysoką i prostą sylwetkę. Ładnie jej było w bieli welonu. Druga z sióstr, drobna i ciemnowłosa, miała głowę stworzoną do zielonego wianka. Teraz przyklękły obie i zdjąwszy z głów wianuszki złożyły je przed ołtarzem na znak dziewictwa, które oddają Bogu.

Od tej chwili — uściśliła w myślach opatka. — Przynajmniej jeśli chodzi o wdówkę.

Siostry zaśpiewały psalm. Pięknie, wysoko i równo. Ich wibrujące głosy poszybowały wysoko, pod sklepienie kościoła.

— Ślubuję czystość, ubóstwo i pełne posłuszeństwo od dzisiaj aż do końca mego żywota, amen — wymówiła każda w swoim imieniu, po czym położyły się krzyżem przed ołtarzem i zostały tak do końca mszy.

— Przyjmijcie welony! — zawołał Henryk, gdy nadeszła ta chwila.

Obie wstały i wtedy siostry służebne przyniosły zwój białego płótna, dar od pobożnych beginek. Rozwinęły go jak parawan wokół nowicjuszek, ogradzając je zasłoną od wszystkich zebranych, a opatka Jadwiga wraz ze stareńką Jadwigą Pierwszą i resztą dyskretek weszły do wnętrza parawanu.

— To już — szepnęła opatka. — Zdejmijcie białe welony. Czas próby się skończył, czas życia uświęconego otwiera się przed wami.

Jadwiga podeszła do Jutty. Dziewczyna oddała biały welon.

Spojrzały sobie w oczy. Na czole dziewczyny perlił się pot.

— Wypełnij obietnicę — szepnęła Jadwiga i pochyliła się ku swojej nowicjuszce.

Ta zaś, która dzisiaj przyjęła zakonne imię Jutty, zbliżyła się do jej ucha i wyszeptała swój ród i chrzcielne imię. Opatka zadrżała, ale powściągnęła się w tej samej chwili. Położyła dłoń na ramieniu dziewczyny i powiedziała:

— Od dzisiaj jesteś Juttą od Świętej Klary. Moją siostrą.

I podała jej czarny welon, który zastąpił dziewiczy wianek. Zakładając go Jutcie, otarła palcami pot z jej czoła.

— Nie bój się — uśmiechnęła się do niej — oblubienice Chrystusa niczego i nikogo nie muszą się bać.

Siostry służebne na znak opatki zwinęły płótno, a potem wyniosły je przed kościół, by rozdać po kawałku biednym. Dyskretki zaś wręczyły dwóm nowym członkiniom zgromadzenia lilie.

— Weselmy się i radujmy — powiedział biskup Henryk grobowym głosem i słychać było, iż spieszno mu zakończyć welację.

Jutta i Jadwiga przyklęknęły przed ołtarzem i zaczęły swą pierwszą modlitwę jako pełnoprawne siostry. Modlitwę żarliwą, bo trwającą długo. Dużo dłużej, niżby chciał przestępujący z nogi na nogę biskup wrocławski. Jadwiga odetchnęła i sama pogrążyła się w dziękczynnej rozmowie ze świętą Klarą.

Przyjaciółko moja! Dziękuję ci za te dwie nici żywota, które wplotłaś w mój welon i powierzyłaś pasterstwu memu. Obym potrafiła kierować ich duchową drogą zgodnie z twoją, a nie moją wolą, święta pani. Amen.

Nowe siostry przeżegnały się. Ucałowały stopnie ołtarza pańskiego i wstały z kolan. Biskup Henryk otarł spocone czoło.

— Ofiara spełniona! — krzyknął i jakby się paliło, opuścił kościół.

Klaryski zaś zaczęły ściskać i całować nowe siostry, witając je radośnie. Franciszkanie stali, pilnując swoich świec, by przed czekającą ich drogą do klasztorów nie zgasły. Goście zaś ustawili się w szeregu do Jadwigi, by pogratulować jej welacji. Do Jutty nie czekał nikt i to było dla niej nagrodą. Opatka podeszła do samotnie stojącej siostry i chciała coś powiedzieć, ale spojrzała na trzymaną przez nią lilię i zamilkła. Kwiat rozkwitł.

Dzień uroczysty trwał długo. Po mszy i procesji był świąteczny posiłek w klasztorze, na który, zgodnie ze zwyczajem zapraszały prowincjała i gwardiana franciszkanów z kilkorgiem jego najznamienitszych braci. Potem nieszpory, wszak uroczystość nie zwalnia od reguły, i dopiero po nich spotkały się w celi opatki na godzinkach piastowskich.

— Jestem wykończona — powiedziała zgodnie z prawdą Jadwiga.

— A ja nie! Po nieszporach wstępuje we mnie czwarta młodość — oświadczyła Najstarsza.

Betka i Anna, siostry rodzone wyświęconej dzisiaj Jadwigi, zachichotały do niej.

— Twoje pierwsze godzinki, siostrzyczko! Jak pięknie!

— Dobra, dobra! — zarządziła seniorka. — Wymyśliłaś sobie imię, dziecko? No co się tak patrzysz? Umówiłyśmy się, że trzy Jadwigi to zbyt wiele. Pozwoliłam ja i opatka, byś śluby złożyła pod własnym, ale nie ma to czy tamto, dawaj jakieś imię.

— Najpierw chciałam po mateczce — zaczęła trzecia z Jadwig. — Ale dostała na chrzcie Betka, więc nie będę się na drugą ustawiać. I pomyślałam o babce...

— No ale ty masz po babce, głuptasie! — wymierzyła w nią sękatym paluchem Najstarsza.

— Mam po księżnej Jadwidze z Anhaltu — potwierdziła — i po oczywiście świętej naszej Jadwidze z Meranu...

— To była moja babka. Osobista! — wypięła dumnie pierś seniorka.

— No wiem, mateczko, wiem. Dlatego po macierzystej babuni jakbym wzięła, co? Po księżnej Jolencie? Ona też w jesieni życia wstąpiła do klarysek — przymilnie dodała Jadwiga.

— Jesieni życia! — ofuknęła ją Najstarsza. — Co ty wiesz? Jak twoja babka była w jesieni, to ja niby w czym jestem, co? Pór roku na mój wiek nie starczy.

— Zgadzacie się na Jolentę? — spytała pokornie.

— Zgadzamy! — oświadczyła opatka. — Witaj, nasza Jolento, na pierwszych godzinkach dynastycznych.

— Szkoda, że Jutta nie może z nami — pisnęła Jadwiga, co właśnie została Jolentą. — Związałam się z nią podczas nowicjatu. A może jednak?

— Masz ci los! — zaśmiała się Najstarsza. — Ledwie uweloniona, a już z roszczeniami! Jakieś zasady muszą obowiązywać.

— Rozumiem — smutno pociągnęła nosem Jolenta. — Zawsze warto próbować.

— Widziałyście, jak źle wygląda nasz biskup? — przeszła do konkretów opatka. — Jak z krzyża zdjęty.

— No, chciałabym zobaczyć krzyż, który by to brzuszysko udźwignął! — zaśmiała się Anna.

— Wiem, dlaczego — puściła oko spod welonu Betka. — Brat mi powiedział.

— Tobie nie wolno rozmawiać ze świeckimi — pouczyła ją opatka.

— Ja nie rozmawiałam! — szybko zastrzegła Betka. — Ja słuchałam, co książę Bolesław do mnie mówi.

— Grzeczna dziewczynka — pochwaliła ją natychmiast Najstarsza. — Zeznawaj po kolei.

Jadwiga uniosła oczy do góry. Nie była w stanie zapanować nad tą wścibską spółką. Anna i Betka przy każdej oficjalnej okazji, gdy ich książęcy bracia odwiedzali klasztor, „tylko słuchały", a potem każdą jedną wieść powtarzały złaknionej nowin Najstarszej.

— Po kolei, po kolei — zrobiła młynek palcami Betka. — Jak to szło? Już mówię. Podczas procesu przed legatem Gentilisem poszło Henrykowi i Muskacie wyśmienicie. Przekupili legata i ten odrzucił większość zarzutów ciążących na biskupie krakowskim, że choć wyrok jeszcze nie zapadł, już wiadomo, iż będzie po myśli ich obu.

— Przeciw arcybiskupowi? — zdumiała się opatka.

— A co się tak ciekawisz — wytknęła jej Najstarsza — skoro przed chwilą ganiłaś! Ha, nakryłam cię na hipokryzji, moja ty porządnicka!

— Bo w głowie mi się nie mieści, że mogliby Jakuba II takim wyrokiem obrazić.

— Nie, nie! — zaprzeczyła szybko Betka. — Wyrok ma być tak skonstruowany, żeby arcybiskup wyszedł z tego z twarzą i honorem.

— No, chciałabym to usłyszeć — uśmiechnęła się pod nosem Jadwiga Pierwsza. — Uniewinnić wilka z pastorałem i nie obrazić patriarchy. To tylko kuria awiniońska potrafi takie cuda zdziałać. A słuchałaś, co ci brat mówił o procesie między Łokietkiem a Muskatą? To musi być dopiero gratka.

— Biskupa włocławskiego Gerwarda Leszczyca książę do Bratysławy wysłał. Mediował będzie — wyrecytowała Betka.

— Już mediuje — poprawiła ją Anna, która jak i siostra, dobra była w „tylko słuchaniu". — Brat powiedział, że włocławski kocur umie tak łeb nadstawić, by wszyscy go głaskali.

— Tam sprawa jest skomplikowana — wtrąciła się Najstarsza, jak zwykle po zmierzchu wyostrzając umysł. — Bo legat jakkolwiek je z ręki Muskacie i naszemu Henrykowi, tak nie może się narazić królowi Węgier, temu z Andegawenów.

— Karolowi Robertowi — podpowiedziała opatka.

— No przecież wiem, że nie Beli V, zięciowi głogowskiemu — wywróciła oczami Najstarsza.

— Mateczko — syknęła Jolenta. — Obiecałaś odpuścić…

— O ja zapominalska! — upomniana złapała się za serce. — Wybacz starowinie, pamięć szwankuje mi… wybacz, kochana…

Opatka Jadwiga przełknęła łzy, które wciąż cisnęły jej się do oczu za sprawą wspomnienia śmierci brata, Henryka głogowskiego, i machnęła ręką, że odpuszcza. Prawda, Najstarsza obiecywała przez rok dać spokój dokuczaniu na tematy związane ze zmarłym, ale wiadomym było, iż w czasie godzinek piastowskich nie da się rozmawiać, żeby jakoś sprawy nie poruszyć.

— No to wracając do tematu, powiedziałaś, mateczko, że sprawa z książęcym procesem będzie skomplikowana — przypomniała Jolenta jak grzeczna uczennica.

Ładniej jej było w bieli — pomyślała opatka, przyzwyczajając się do nowego welonu Jolenty. — A moja Jutta stworzona do czerni. Moja? — zadrżała. — O, święta Klaro, co musiało znieść to dziecko!...

— Kłopot jest taki — podjęła Najstarsza — że papież pierwszym sojusznikiem węgierskich Andegawenów, a oni przyjaciele naszego Łokietka. Zatem ten wąż śliski, Gentilis, nieźle się będzie musiał nagimnastykować, żeby swojego Muskatę zaspokoić, a księcia krakowskiego nie dotknąć. Nos mi mówi, że będzie grał na zwłokę.

— Albo Gerward coś wymyśli — dodała opatka. — Choć w negocjacjach z Krzyżakami jakoś księciu nie pomógł.

— No ale tam kwota padła taka, że im nogi w kolanach podcięło — krótko skwitowała Najstarsza. — Prowincjał franciszkanów mi w czasie wieczerzy powiedział, że papież zbiera dowody na Krzyżaków. Biskup Rygi przedstawił długą listę, a wiadomo, koszula bliższa ciału, oni tam w kurii nie pozwolą swojemu krzywdy zrobić, zwłaszcza że chodzi o dziesięciny. Jakby ich tak razem z templariuszami przymknęli, to by dopiero było!

— W Królestwie Polskim i Czeskim, a także na Węgrzech, templariuszy nikt nie ściga. Żyją jak żyli, komandorie prowadzą. Toż do nas ich sprowadził twój dziad, Jadwigo, Henryk Brodaty.

— Tak było — skinęła głową Najstarsza, jakby pamiętała.

— Nie jesteście ciekawe, co słyszałam od brata na temat biskupa Henryka? — skromniutko spytała Betka.

— A to nie wszystko? — zdziwiła się opatka.

— No nie! — pisnęła Betka. — Bo on się nie zamartwia kłopotami Muskaty. On o siebie się trzęsie.

— O rety — jęknęła Jadwiga głogowska. — A zdawało się, że nasz biskupi książę jest niezniszczalny.

Betka i Anna wymieniły się iskrzącymi spojrzeniami i pisnęły równo:

— Papież Klemens się do niego dobrał! Wzywa Henryczka do Awinionu!

— Pan jest wielki, a sprawiedliwość Jego nieuchronna! — zatarła dłonie Najstarsza. — Kiedy wyjeżdża?

— Jak najszybciej. Już sprawy formalne pozałatwiał.

— Ciekawe, że do Henryka się dobrali, a Muskata nietykalny — powiedziała opatka. — I równie ciekawe, czy teraz on przyjacielowi pomoże w potrzebie.

— Wątpię — machnęła ręką Najstarsza. — Ale może się mylę. A o księciu opolskim nic wasz brat nie wspominał? Bo mnie prowincjał szepnął, że Bolko znów się zwąchał z Czechami.

— Z Karyntczykiem? — wyraziła niedowierzanie opatka.

— A gdzie tam! Opolczycy zawsze wiedzieli, skąd wieje wiatr, na chwilę przed tym, nim się zerwał — zaśmiała się Jadwiga Pierwsza. — Do Luksemburgów się łasi.

— Toż oni jeszcze tronu czeskiego nie objęli.

— Ale go wezmą, bo jak powiedział prowincjał, biskup praski i obaj najważniejsi opaci już posłują do króla niemieckiego w tej sprawie. Syn jego, Jan, ma być wyznaczony na króla Czech. Moja świętej pamięci mateczka w grobie się pewno przewraca, jeśli z góry widzi, co tam się w jej kraju wyprawia.

— Wieczny odpoczynek racz dać Matce Założycielce, Panie! — wyrecytowały posłusznie na wspomnienie Anny Przemyślidki trzy młode siostry.

— Amen — dorzuciła Najstarsza jako zwyczajowa kapłanka tego niepisanego kultu i pomachała w stronę nieba. — Z Bogiem, mamuś! — Po czym zwróciła się do Betki i Anny z pytaniem: — Bratowa w którym miesiącu?

— Mówili, że połowa ciąży — odpowiedziała Betka.

— Małgorzata brzemienna? — zdumiała się Jolenta. — A ja dopiero teraz się dowiaduję?

— W nowicjacie byłaś — skarciła ją Najstarsza. — Ćwiczyłaś ucieczkę przed światem, a skoro ładnie zdałaś, teraz możesz się już dowiedzieć. Swoją drogą, ona w ciąży, a i tak połowę szczuplejsza od męża. Widziałyście, jak się tunika na Bolesławie opięła? Toż wyhodował brzuszysko!

— W ojca się wdał — wzięła go w obronę Betka. — Nie jego wina. Tatuś nasz był bardzo gruby i przydomek miał wiadomo jaki.

— Tatuś był gruby nie dlatego, że miał taki przydomek, tylko dlatego, że był nieumiarkowany w jedzeniu i piciu — mściwie powiedziała Jolenta. — Ja z was najstarsza, to pamiętam lepiej, jak było. Wielki Post, matka nasza kochana o wodzie i chlebie, a on kazał sobie kapłonów sześć ustawić i zjadał je tak szybko, jakby połykał w całości bez gryzienia. I do tego wołał piwa. A jak sługa podał mu za mały kielich, to w łeb go.

— Nie wiedziałam — pisnęła Betka, która była z dziewcząt najmłodsza. — Mnie się zdawało...

— Że od przydomka utył? — zakpiła z niej Jolenta. — Myśl, kobieto! Welon cię od tego nie zwalnia!

— Moja szkoła! — zachichotała Najstarsza i opatka pożałowała, że powierzyła jej opiekę nad nowicjatem Jadwigi — Jolenty. Po chwili jednak zmieniła zdanie. — Lepiej, że nestorka czuwała nad nią, niż gdyby się do mojej Jutty przyssała.

— No to ja powiem, z kim się ożeni nasz kochany, dobry brat Henryk — zmieniła temat Anna.

— Już go swatają? — zaciekawiła się Najstarsza. — No takie masz cudowne wieści i trzymasz za pazuchą, zamiast od nich zacząć? Mielemy językami o biskupach, procesach, a tu wreszcie jakieś małżeńskie sprawy. Mów, dziecino — przykazała, ale zamiast dopuścić Annę do głosu, sama zaczęła dywagować: — Panna z dobrego rodu? Młoda, śliczna, z dołeczkami w policzkach i białymi rączkami?

— Tak. Nie — odrzekła Anna i zerknęła na Betkę.

— Tak, z dobrego rodu — potwierdziła Betka. — Królewskiego.

— I nie, bo niemłoda! — nie wytrzymała Anna. — Wdowa z trójką dzieci.

— O święta Klaro! — jęknęła Jadwiga Pierwsza. — Naszego słodkiego Henryczka za starą babę i to z dzieciakami? To ten brzuchacz, wasz najstarszy brat, uknuł, co?

— On, on, a kto by? — pokiwała głową Betka. — Za Annę Habsburżankę pójdzie, starszą siostrę nieżyjącego króla Czech, Rudolfa Habsburga.

— Boga w sercu nie mają! — złapała się za pierś Najstarsza. — Toż to jakaś starucha, a on taki młody, śliczny, szesnaście lat chłopczyk. Ile ma ta Habsburżanka?

— Ponad trzydzieści, mateczko — powiedziała z przekąsem Jolenta.

— Mówiłam, starucha! — przytupnęła Jadwiga Pierwsza i burknęła na Jolentę: — Co tak okiem łypiesz?

— Ona jest w moim wieku — z urazą odrzekła nowa siostra.

— No to chwal Boga i świętą Klarę! — huknęła na nią Najstarsza. — W klasztorze trzydziestka to nowicjat, a w świecie dworskim starość. Wiem, co mówię, jakby się kto pytał — wystawiła język jak złośliwe dziecko. — Nie mogli za tę Habsburżankę pchnąć waszego najmłodszego?

— Nie, mateczko — zaprzeczyła Betka. — Bolesław się uparł, by Władysławka do kariery duchownej sposobić. O, mamusiu nasza! On się nawet o święcenia subdiakona dla niego wystarał.

— Dla tego diabła wcielonego? — powiedziała, co wszystkie myślały, Najstarsza. — To się nie może udać.

Opatka Jadwiga uznała, że czas się włączyć, i powiedziała polubownie:

— Znane są przykłady nawróceń.

— Ale nie u Piastów, kochana! — machnęła ręką Najstarsza. — Naszym chłopcom znacznie łatwiej popaść w ekskomunikę, niż widowiskowo na ścieżkę pobożności wrócić. Przecież my w dynastii nie mamy żadnego świętego, o czym ty mówisz? Dziewczęta nasze owszem, pobożne, dość po nas spojrzeć. Święte żony Piastów, proszę bardzo: Jadwiga, babka moja, pierwszy z brzegu przykład. Ale mężczyźni? Ja tego nie widzę.

Opatka zaoponowała.

— A książę krakowski Władysław właśnie teraz, gdy ciążą na nim klątwy, dobra Kościołowi krakowskiemu nadaje. I katedrę wawelską z własnej kiesy odbuduje. I wiesz, że nie mówię tego na wyrost, bo nigdy nie byłam jego zwolenniczką.

— Trudno, żebyś z nim trzymała, jak to był wróg największy twego brata. Świętej pamięci — przeżegnała się pokornie i szybko Najstarsza, bo znów naruszyła obietnicę. — A że takie ofiary czyni? Wszystko zrobi, by proces z Muskatą wygrać.

— Może masz rację — powiedziała ostrożnie Jadwiga głogowska. — Lecz ja widzę to nieco inaczej.

— Mów, jestem ciekawa — zupełnie obojętnie rzuciła Najstarsza. — Tylko potem wróćmy do tematów małżeńskich. Żebyśmy się na polityce nie zasiedziały — pogroziła sękatym palcem.

— Odnoszę wrażenie, że książę krakowski Władysław celowo nawiązuje do historii króla Bolesława i biskupa Stanisława. Jakby chciał pokazać, że w sporze między władcą a Kościołem on nie zamierza pójść drogą króla banity.

— Fiu! — gwizdnęła Jadwiga Pierwsza. — No, toś mi zaimponowała, opatko, choć tobie po zmierzchu z bystrością nie po drodze. To bardzo ciekawe. Jak na to wpadłaś?

— Ty rozmawiałaś z prowincjałem, ja z gwardianem — odrzekła

Jadwiga głogowska. — I on mi powiedział, że książę zamówił u krakowskich dominikanów rękopis *Żywota Świętego Stanisława*, autorstwa Wincentego z Kielczy.

— To jeszcze o niczym nie świadczy — powątpiewała Najstarsza.

— Samo w sobie nie, ale jeśli dodam, że wsią, którą książę Władysław nadał biskupstwu krakowskiemu, jest Piotrawin... — zawiesiła głos opatka.

— Ta sama? — spytała szybciutko Betka.

— Tak, siostro. Ta, w której wedle *Żywota* miało dojść do cudu wskrzeszenia umarłego za pośrednictwem biskupa Stanisława — tryumfalnie potwierdziła opatka.

— Zawsze czułam, że karły są cwane — wyrwało się Najstarszej. — Ale żeby aż tak? Toż on sprzed nosa Muskacie ukradł legendę! No proszę! Hi, hi, hi! Karzeł siebie wpisał w pieśń o świętym biskupie krakowskim, pomijając jednocześnie Muskatę. Przepyszne!

— Nie mów o nim „karzeł" — surowo upomniała opatka.

— Dobra — machnęła ręką rozemocjonowana Jadwiga Pierwsza. — Wiesz co, załóżmy się! Kto wygra? Łokietek czy Muskata?

— O co?

— O tajemnicę — mrugnęła do niej zuchwale Najstarsza. — O sekret, który ty znasz, a ja chciałabym poznać.

— To niemożliwe, moja droga poprzedniczko — uśmiechnęła się Jadwiga. — Po pierwsze, reguła zakonna nie pozwala nam na zakłady, po drugie, nie wydam tajemnicy Jutty. A po trzecie, przypuszczam, iż obie obstawiałybyśmy tego samego zwycięzcę. Oczywiście, gdybyśmy tylko mogły.

ELIŠKA PREMYSLOVNA od tamtej nocy drżała o swe życie. Owszem, ocalała; Gredli, jej dwórce, choć cios był potwornie silny, też nic się nie stało, poza zębem, który straciła, ale to był ząb z boku i w głębi, i na dodatek z dolnej szczęki, więc dziury i tak nie było widać. Jak się okazało, życie zawdzięczała karłowatej mniszce, Bercie, która uderzeniami w ścianę zbudziła Kunhutę i stąd przełożona tak szybko przybiegła do jej izby.

Pięć razy rozmawiała z Bertą, a i tak nie dowiedziała się, kto stał za zamachem na jej życie, oprócz tego, że niedoszłym zabójcą był karzeł. Karlica została przez niego bezlitośnie skrępowana, co sprawiło, że Eliška od tej pory traktowała ją z jako taką życzliwością. Gredlę również, raz, bo przekonała się, że dwórka gotowa była dla niej poświęcić życie, dwa, że to jednak bratanica Beneša z Michalovic, a on, prócz starego i prawego Viléma Zajíca z Valdeka, był jej głównym, choć póki co tajemnym oparciem. Opat zbrasławski, Konrad z Erfurtu, wciąż kazał jej skrywać sekret negocjacji z Luksemburgami jak najgłębiej.

O zamachu w klasztorze wiedzieli wszyscy. Dzwony u Świętego Jerzego grały przez pół nocy, trudno, by rzecz nie wyszła na jaw, ale kto za tym stał, wciąż pozostawało tajemnicą, a Eliška każdego dnia, od rana do zmierzchu, wyliczała potencjalnych zleceniodawców. Na pierwszym miejscu bez zmian:

— To ona. Macocha. Wstrętna „ta druga". Hradecka pani wysłała zbója.

Zaraz po królowej wdowie podejrzewała Henryka z Lipy. Wiadomo, dawny żal. Swą siostrę Annę skreśliła z listy, bo choć ta, po powrocie Karyntczyka na zamek, opuściła klasztor, to jednak nie miała najmniejszych powodów, by dybać na życie Eliški. To znaczy miała, ale o nich wiedzieć nie mogła. Poza tym zbudzona dzwonami przybiegła jeszcze tamtej nocy do klasztoru i tak łkała z nerwów, że Eliška nie mogła jej podejrzewać o udział. Ale już sam Karyntczyk budził w królewnie pewne obawy. Dlatego, gdy szwagier na początku maja zaprosił ją nagle i bez zapowiedzi na zamek, królewna, nim ruszyła się z klasztoru, kazała do siebie przyzwać Bertę.

— Droga siostro — powiedziała do karlicy — być może znów grozi mi niebezpieczeństwo.

Blade oczy Berty uniosły się na nią.

Ależ z niej dziwadło — z zaciekawieniem pomyślała Eliška. — Ni to dorosła, ni dziecko.

— Król wzywa mnie do siebie, a ja błagam, ratuj mnie, droga siostro. Powiadom szlachetnego Viléma Zajíca i pana Beneša z Michalovic, obaj muszą wiedzieć, rozumiesz?

— Tak, pani — odpowiedziała Berta i zamiatając płaszczem, wyszła.

Eliška zaś kazała Gredli uszykować zamiast czerwonej niebieską, skromniejszą suknię.

— Nie będę króla kłuła w oczy moją małżeńską gotowością — zachichotała i dodała w myślach: muszę chronić wdzięki dla mego narzeczonego, synka króla niemieckiego.

Poprosiła ciotkę Kunhutę o asystę zakonnic, nie po to, by ją chroniły, bo nocne wypadki pokazały, że klasztor żadną obroną, ale dlatego, że wiedziała, iż wielkie wrażenie robi wśród zamkowej służby, gdy nigdzie nie rusza się bez obecności mniszek.

— Panienka nasza świątobliwa! — szeptały kucharki, klękając, gdy przechodziła.

— Święta Eliška... — mówiły praczki.

— Maryja chroni jaśnie panienkę...

— ...i Jezulatko...

No, Jezusek to by mnie obronił — pomyślała ze śmiechem, słuchając tego. — Gdybym krzesła pod ręką nie miała, już bym Jego najświętszą osobę piastowała w niebie.

Dzień był słoneczny, piękny, aż zdjęła kaptur płaszcza, by nacieszyć się słońcem. Nie na długo, bo od klasztoru do zamku blisko. Henryk i Anna czekali na nią w małej komnacie przyjęć. Wcześniej jej nie było, podczas remontu zamku Karyntczyk kazał taką wydzielić z dawnej dużej sali audiencyjnej. Szwagier twierdził, że jest mu potrzebna do kameralnych spotkań dworskich, a Eliška wiedziała od burgrabiego, że po prostu pieniędzy na odnowienie dawnej Wielkiej Sali nie miał. Przy parze królewskiej stało kilkoro ludzi z karynckiej świty Henryka. Straż z paradną bronią i tyle.

Ukłoniła się grzecznie.

— Królu, królowo siostro — powitała ich jak posłuszna młoda dama.

Twarz Anny była zacięta i blada. Eliška otaksowała jej brzuch, jak podczas każdego spotkania. Nie dostrzegła żadnych zmian, odetchnęła z ulgą. Henryk nerwowo zaciskał szczęki i królewna nagle poczuła lęk, bo minęła dobra chwila od czasu pozdrowienia, jakie wypowiedziała, a ci dwoje nie odezwali się ani słowem. Karyntczyk zaciskał palce na złotej orlicy uwieszonej na łańcuchu na szyi.

— Eliško — powiedział wreszcie i zabrzmiało to jak skrzypnięcie zardzewiałych zawiasów.

— Słucham, królu — znów dygnęła grzecznie.

— Ostatnimi laty często widywano cię w czerwonej sukni — powiedział i zamilkł.

— Tak, królu.

— Chcesz wyjść za mąż? — oskarżycielsko krzyknęła Anna i pod Eliška nogi się ugięły.

Dowiedzieli się o moich konszachtach z opatem zbrasławskim i Luksemburgami — przebiegło jej przez głowę. Podjęła decyzję.

— Wszystkiego się wyprę.

— Wiek mój już odpowiedni ku temu — odpowiedziała na głos, z trudem kryjąc nerwy.

— To jeszcze nie powód, byś... — zaczęła gniewnie Anna, ale Henryk z całej siły złapał żonę za rękę i uciszył.

— Postanowiliśmy z królową wyjść naprzeciw twym chęciom — powiedział szybko. — I znaleźliśmy ci męża.

— Tak, królu? — spytała, drżąc.

— Miśnieński rycerz, Otto z Bergova.

— Kto, panie? Wybacz, nie dosłyszałam imienia — odpowiedziała, by dać sobie chwilę do namysłu.

— Otto z Bergova. Szlachetnie urodzony — powtórzył Henryk z naciskiem, a Anna pisnęła źle tłumioną satysfakcją:

— Co? To dla siostrzyczki za mało?

Badają mnie. Chcą, bym się zdradziła — szybko zrozumiała Eliška. — Nie mogę wydać naszych planów, ale też nie mogę udawać głupiej.

— Nie znam pana Ottona — odpowiedziała z rezerwą — więc jak mogę stwierdzić, czy odpowiedni, siostro? Z samego urodzenia, jak słyszę, całkiem nie nadaje się na małżonka królewskiej córki, ale być może posiada atuty, których nie znam. Przedstawcie je, proszę.

Uniosła na nich oczy. Anna nerwowo kręciła się na królewskim tronie, nie wiedząc, czy Eliška mówi prawdę, czy się naigrawa. Karyntczyk zaś wlepił w nią lśniące chytrością oczy.

— Cóż, bratowo — powiedział, puszczając naszyjnik z orlicą i rozkładając dłonie. — Czasy trudne. Skarbiec świeci pustkami, okradziony podczas mego uwięzienia przez podkomorzego, choć to zdradziecki Henryk z Lipy twierdzi, że jestem jemu winien pieniądze! A skoro trzeba cię za mąż wydać, narzeczony, który nie oczekuje posagu, wydaje się być nadzwyczaj interesującym — roześmiał się bezczelnie na koniec.

Eliška poczuła wściekłość. Nie dość, że chcą uniemożliwić jej królewski mariaż z pierwszym rodem Niemiec, to jeszcze zamierzają złamać jej życie ożenkiem z jakimś gołodupcem z Bergova. Opanowała się szybko i głosem balansującym między pokorą a smutkiem odrzekła:

— Skoro, jak mówisz, królu, czasy nadeszły niespokojne, wolę spędzić je w klasztorze cioteczki Kunhuty. Nie będę siłą szła za mąż.

— A właśnie, że będziesz! — wrzasnęła Anna. — I to już, natychmiast! To Henryk jest królem, a ja królową i my decydujemy o twoim losie!

Ty suko — pomyślała Eliška. — Poczekaj, wredna siostro, już ja ci pokażę!

— Droga Anno — powiedziała na głos, przyginając się w ukłonie. — Nie rozumiem, skąd twój gniew przeciw mojej osobie. Siostry benedyktynki — odwróciła się do stojących z tyłu mniszek. — Czy wy może znacie powód gniewu królowej?

— Nie wciągaj w to zakonnic! — zagroziła jej Anna. — Już my wiemy, że spotkałaś się ze zbrasławskim opatem!

Czyli wiecie wszystko — zimno skonstatowała Eliška i grała dalej.

— Ojciec Konrad jest dla mnie pociechą w tych czasach trudnych. Żałuję, iż tak rzadko mogę się z nim widywać.

— Słyszałeś, Henryku? — syknęła Anna. — Żałuje, że tak rzadko! Bezczelna.

— Opanuj nerwy, królowo — uspokoił ją Karyntczyk. — Eliško, to już postanowione. Narzeczony w drodze do Pragi, odejdź do klasztoru i przygotuj się do podróży. Bergovo ci się spodoba, jak sądzę.

— Królu, królowo — dygnęła Eliška i odwróciła się, by wyjść.

Grał w niej gniew, duma urażona do żywego. I gdyby nie to, iż wiedziała, że oni poznali plany jej i opata, nie puściłaby tego płazem. Ale wobec faktów wolała zachować umiar. Schronić się u Kunhuty i przemyśleć, co robić dalej. Zaraz za furtą czekała na nią mała Berta.

— Pani — szepnęła. — Zrobiłam, o co prosiłaś. Masz już gościa w tej sprawie.

— Vilém Zajíc? — spytała z emocjami Eliška.

— Tak i pan Jan z Vartemberka.

— Zamknijcie szybko bramę — rozkazała zakonnicom idącym za nią. — Gdzie oni są? — spytała karlicę.

— W wirydarzu, pani — odrzekła.

Zgarnęła suknię i płaszcz dłonią i pobiegła ile sił.

— Królewno! — zawołał cicho Vilém z podcienia krużganka. — Tu czekamy.

— Vilémie. Czy pan z Vartemberka…?

— Tak, królewno. Jest naszym najzagorzalszym stronnikiem — potwierdził Zajíc.

— Mogę mu ufać, jak tobie? — zapytała, bo miała w pamięci tamten koszmarny dzień i klękanie przed panami. I to, że Jan wraz z Henrykiem z Lipy nadwerężyli jej dumę.

— Jak mnie, królewno. Jan był w poselstwie do króla niemieckiego w naszej sprawie.

— Ach tak, nie wiedziałam — powiedziała. — Zatem słuchajcie.

Oni wiedzą. Nie przyznałam się, słówkiem nie pisnęłam, ale wiem, że przejrzeli nasze plany. Karyntczyk i Anna już przygotowali zemstę, która wszystko może pokrzyżować.

— Co takiego? — spytał Vilém z niepokojem.

— Chcą mnie posłać za mąż. I to od ręki, za jakiegoś byle rycerzyka. Otto skądś tam.

Zajíc jęknął i złapał się za głowę.

— Nie wydałaś się, pani? — dopytał Jan. — Masz świadków na tę niegodną królewskiej krwi propozycję?

— Tak. Benedyktynki były ze mną.

— Jesteś odważna i przewidująca — pochwalił ją Jan z Vartemberka. — Czy masz zatem dość siły, by dzisiaj jeszcze uciec z Pragi?

— Co? — nie zrozumiała go.

— Musisz zniknąć z Pragi, bo inaczej gwałtem wydadzą cię za mąż — powtórzył Jan. — Dzisiaj jeszcze.

— Ale jak? — Serce zabiło jej gwałtownie. Praga była wszystkim, co kochała. Wszystkim, co znała.

— Tak jak wcześniej królowa Eliška Rejčka. W przebraniu — podpowiedział Jan.

— *Bis regina* uciekła pieszo, z małą Aneżką na ręku i jedną służką — przypomniał jej Vilém, a Elišce jako żywo przypomniały się słowa opata. „Teraz twoja kolej poświęcić się dla Królestwa". Skoro macocha umiała uciec, to i ja muszę.

— Za kogo mam się przebrać? — zapytała, przełykając ślinę.

— No niech pomyślę… — zastanowił się Jan. — Królowa Rejčka przebrała się za zakonnicę, więc to już odpada. Może za skromną, ubogą kobietę? Jakąś sługę, za wybaczeniem królewny.

— Niech będzie — powiedziała.

— No to już. Nie ma na co czekać. Zakonnice zapewne mają odpowiednie ubiory. Ja postaram się o konie za miastem — już organizował ucieczkę Jan. — Vilémie, zadbaj o jakąś prawdziwą sługę, która wyprowadzi naszą drogą królewnę furtą dla służby.

— Ale poczekajcie! — poprosiła Eliška. — Dokąd się udamy? Gdzie znajdę schronienie przed królem i mą siostrą? I wreszcie czy rokowania małżeńskie z Luksemburgami zakończono pomyślnie?

— Pani. Rokowania jeszcze trwają, ale muszą się skończyć sukcesem i to lada dzień. Bądź spokojna, król Niemiec wie, jaki zaszczyt go wraz z taką synową spotka — powiedział dwornie Jan z Vartemberka, a Eliška poczuła, że źle go wcześniej oceniała. — A jeśli pytasz o schronienie, to udzieli nam go Henryk z Lipy w Nymburku, mieście, które ma pod całkowitą kontrolą.

— Henryk z Lipy? Czy on na pewno jest po naszej stronie? — spytała nieufnie.

— Tak, pani — potwierdził Vilém. — Po stronie Karyntczyka została wyłącznie twoja siostra, mieszczanie czescy i jego najemne wojska.

— Bądź dzielna, Eliško Premyslovna — pogodnie powiedział Jan. — A już niedługo z naszym błogosławieństwem ty zasiądziesz na praskim tronie.

WALDEMAR jechał ze Szczecina do Berlina dawną Via Imperii. Fritz w straży przedniej, Jorge, notariusz, przy jego boku i Horst pilnujący tyłów. Pyszne czerwone orły na chorągwiach łopotały nad nimi. Jego własny herbowy orzeł był ranny. Mógł latać, ale nie potrafił lądować. Złote szpony mu sczezły.

Waldemar, przed wyprawą do Berlina, odwiedził Mechtyldę. Nie miał na to ochoty i gdyby nie choroba czerwonego orła, zostawiłby wezwanie ciotki bez odpowiedzi, ale tak? Co miał robić? Blute zaszła w ciążę i musiała go na jakiś czas opuścić, bo kazał jej pozbyć się tego. Margrabia brandenburski nie potrzebuje mieć potomka z leśną znajdą, nawet jeśli ta w alkowie jest lepsza niż wszystkie orlice. Wyjechała do siostry, czy matki, a on został sam, z pustym łożem, z tęsknotą, która rwała mu trzewia i sprawiała, iż każdego samotnego poranka drżały mu dłonie i musiał zaczynać dzień kielichem mocnego wina.

Gdy zauważył, że herbowy ptak cierpi, schował dumę i pojechał do Mechtyldy.

— Ulecz go, pani — zażądał.

— Niech ten go leczy, kto go zranił — odpowiedziała mu urażona jego chłodem i długą nieobecnością, ale po kilku kielichach wina złamała się i oświadczyła, iż prawdą jest, że czerwonego orła potrafi uleczyć tylko Brandenburka. Zabrała mu go do tej tajemnej skrytki na tyłach swej komnaty. Nie było jej długo, a gdy wreszcie wyszła, wydała się Waldemarowi zmienioną. Nie umiał określić, co się stało, ale czuł, iż Mechtylda Askańska nie jest sobą. Podała mu orła i powiedziała krótko:

— Powinno pomóc.

A potem zawahała się i dotknęła jego twarzy, co nie było dla Waldemara przyjemne, i dodała:

— Jest przy tobie ktoś, kto ci szkodzi.

Tak, ty — odpowiedział w duchu, a ona zmarszczyła brwi, jakby to usłyszała. Wiedział, że gdyby ktoś jej doniósł o Blute, rozszarpałaby dziewczynę gołymi rękami. Swoich ludzi był pewien, umieli zachować sekret. Mógł iść w zaparte, ale Mechtylda niespodziewanie odpuściła i tylko pocałowała go w czoło na drogę, mówiąc:

— Dzisiaj Berlin, jutro Poznań.

Skinął głową na pożegnanie, ale nie ucałował jej rodowego pierścienia, jak to robił dawniej. Została z wyciągniętą ręką; on udał, że tego nie dostrzegł. Wyszedł i sprawdził szpony orła. Znów były złote.

Wystarczyło jednak, by oddalili się o dzień drogi od zamku Mechtyldy, a orle pazury znów zaczęły śniedzieć.

Co z nim, u licha? — myślał Waldemar, a wieczorem z przerażeniem odkrył, że palce jego stóp też sztywnieją i pokrywają się nalotem, jak u rodowego orła. Wystraszył się, ale w orszaku nie miał medyka i odłożył sprawę na później.

Gdy dojechali do Berlina, chodzenie sprawiało mu ból. W grodzie nad Sprewą Horst znalazł mu jakiegoś pielgrzyma, o którym miejscowi gadali, że z Ziemi Świętej przyniósł tajemnice leczenia. Staruch obejrzał jego stopy i kazał smarować mazią, która śmierdziała siarką jak przedsionek piekła. Pomogła. Nazajutrz czuł ulgę, rozkazał więc pielgrzymowi zrobienie całego garnca siarkowego mazidła.

Jego ludzie przygotowali wszystko. Berlińskie dworzysko było wygodne. Owszem, daleko mu do imponujących murowanych zamków z wieżami, ale dawało poczucie, iż władztwo brandenburskie sięga daleko, a Marchia nie ciągnie się tylko wzdłuż granic Królestwa. Poza tym, zapraszając gości tutaj, odrywał ich od bezpiecznego zaplecza doradców, notariuszy i co najważniejsze, baronów Starszej Polski.

Młodych książąt podjęto godnie. Najpierw uczta, dobre wino, powitalne podarki. Przyglądał im się uważnie. Najstarszego z nich, Henryka, poznał podczas spotkania z jego ojcem na noteckiej wyspie. Spotkania, które dla Waldemara zakończyło się klęską, ale Głogowczyka kosztowało życie. Osiemnastoletni Henryk bardzo starał się być księciem i następcą. Biały orzeł na jego piersi lśnił, gdy kazał siebie i braci anonsować jako „Dziedziców Królestwa Polskiego", ale Waldemar był wystarczająco spostrzegawczy, by widzieć, że Henryk i jego dwaj zaproszeni bracia boją się. Konrad miał lat siedemnaście, Bolesław piętnaście, a może ciut mniej. Podobni do siebie jak trzy ledwie opierzone pisklaki. On w ich wieku pod wodzą stryja już zdobywał grody, a oni? Wychowani w cieniu wybitnego ojca, pod skrzydłami matki, brunszwickiej księżnej Matyldy. Na nic temu najstarszemu nie przyszło, że ojciec trzymał go przy swym boku tyle czasu. Dzieciak miał pięć, może sześć lat, gdy Głogowczyk zabrał go do Krzywinia na podział Starszej Polski. Wszyscy o tym wiedzieli, ale dzisiaj czas pokazał, że krew głogowska była gęsta tylko w ich nieugiętym, surowym ojcu. Synowie dostali jej po kropli.

— A zatem potwierdzacie, książęta dziedzice — zaczął z namaszczeniem Jorge, jego notariusz — że waszym zgodnym działaniem jest zrzeczenie się praw dziedzicznych do Pomorza?

— Potwierdzamy — powiedzieli równo, ale najmłodszego, Bolesława, głos zawiódł i zaskoczył wysokim tonem.

Bracia spojrzeli na niego, jakby sami byli leciwymi starcami, z przyganą. Waldemar wspaniałomyślnie udawał, że nie usłyszał.

Fryderyk von Buntensee, notariusz starego księcia, czuwał za ich plecami, ale prócz niego z głogowskimi braćmi nie było żadnego z dawnych doradców ich ojca. To dobrze — pomyślał Waldemar — to tak, jakby tracili pióra w skrzydłach.

W tej samej chwili poczuł ukłucie w stopie i skrzywił się.

— A czy ty, margrabio brandenburski, potwierdzasz swe zobowiązanie? — podjął tym razem ich notariusz.

— Tak — z trudem opanował syknięcie bólu Waldemar. — Potwierdzam, iż jako głowa rodu askańskiego oddam rękę swej podopiecznej, Matyldy, córki świętej pamięci margrabiego Hermana, wnuczki słynnego margrabiego Ottona Długiego i jednocześnie siostry mej małżonki, Agnieszki, obecnemu tu Henrykowi.

— W ten sposób książę — uroczyście powiedział Jorge — staniesz się powinowatym margrabiego.

— To dla mnie zaszczyt — odpowiedział Henryk ze ściśniętym gardłem.

Wiedziałem, że cię mam, ptaszku — pomyślał Waldemar chłodno, patrząc na niego. — Od spotkania na wyspie miałem pewność, że już jesteś mój. Twój ojciec umarł przez zasady, a ty? Będziesz kładł się do łóżka z zimną małą Matyldą, jak ja z jej płaską i płaczliwą siostrą. I tylko to mamy ze sobą wspólnego. Nic więcej. Ale dzisiaj nie musisz wiedzieć, co planuję. Dzisiaj przystaw pieczęć pod zrzeczeniem się praw do Pomorza, a dziesięć tysięcy grzywien srebra, które wezmę od Krzyżaków, zainwestuję w twoją Starszą Polskę. Tak, pisklaku. Ja, pół Piast, pół Brandenburczyk, zbyt długo czekałem na swój udział w Poznaniu.

— Dla mnie również przyjemność — odpowiedział głośno Waldemar.

— Przejdźmy do sprawy pożyczki — kontynuował Buntensee, notariusz głogowski.

— Pożyczki pod zastaw dwóch miast — uzupełnił Jorge. — Żagania i Krosna.

— Tak — skinęli głowami pobladli książęta i widać było, iż z całego dzisiejszego układu najważniejsze są dla nich pieniądze.

Waldemar był tego świadom. Jego ludzie świetnie rozeznali sytuację między dniem, gdy najął Grunhagena, a dzisiaj. Wiedział, że ojciec zostawił im długi, a oni od chwili jego śmierci wyłącznie je powiększyli. Doniesiono mu, ile zamków przekazali poplecznikom, stronnikom i niemieckim rycerzom w zamian za niewypłacone żołdy, za lata służby. Wiedział nawet o mennicach puszczonych w prywatne ręce Biebersteinów i Haugwitzów. I doskonale zdawał sobie sprawę, iż wojowniczy Bolesław, książę wrocławski, zięć Przemyślidów, już zaczął najazdy na ich księstwo. Młodzi potrzebują srebra od ręki, inaczej stracą wszystko. Dlatego układ berliński, przygotowany przez Waldemara, gdy jeszcze żył ich ojciec, ale gdy już Grunhagen został spuszczony ze smyczy, był tak dobry. Wiązał ich ze sobą małżeństwem margrabianki z osiemnastoletnim, pożal się Boże, seniorem rodu, wiązał ich zastawem na dwóch bogatych miastach i tym aktem oddania praw. Po czymś takim będą zależni wyłącznie od niego, bo żaden z baronów Starszej Polski nie wesprze ich wojskiem przeciw zastępom wrocławskim. A Bolesław, książę Wrocławia, napadając ich, niesie sztandar świętej zemsty, za swego ojca, Henryka Grubego, więzionego przez ich ojca w żelaznej klatce. Majstersztyk.

Notariusze rozgrzali wosk i Waldemar, jako pierwszy, przystawił swą pieczęć. Potem oni. Chłopcy. Pisklęta moje — jak pieszczotliwie nazwał ich w myślach.

— Gdzie moja narzeczona? — zapytał Henryk, gdy wosk zastygł.

Waldemar znów poczuł silne ukłucie w palcach. Powinien oddalić się i nasmarować stopy siarkową maścią. W tej samej chwili powietrze przeciął wibrujący kobiecy głos:

— Otóż i ona! Piękna Matylda, córa Brandenburgii!

Mechtylda — zacisnął szczęki Waldemar. — Co ona tu robi?! Miała siedzieć w Szczecinie. Nie zapraszałem jej.

To jego żona, Agnieszka, w asyście dwórek, miała przywieźć małą Matyldę ze Stendal.

Mechtylda Askańska w krwistoczerwonej sukni, olśniewająca urodą, jakiej nie widział u niej dawno, wkroczyła do sali przyjęć. Na złotym łańcuszku przypiętym do jej ramienia, grzecznie niczym tresowana papużka, siedział brandenburski orzeł. Za rękę prowadziła dziewczynę, ale to można było dostrzec dopiero po dłuższej chwili, bo majestat Mechtyldy przyćmiewał wszystko.

— Musiałam zastąpić narzeczonej matkę — odezwała się głosem tak czułym, jakiego u niej nigdy nie słyszał.

— Szanowna Anna Habsburżanka niedomaga? — szybko spytał Fryderyk von Buntensee.

Waldemar zacisnął szczęki z gniewem. Niech Mechtylda sama z tego wybrnie.

— Przejściowa słabość — przekonująco powiedziała ciotka. — My, kobiety, ulegamy mocnym wzruszeniom, gdy wydajemy za mąż córki.

Buntensee odpuścił i Waldemar pomyślał, że tym razem upiekło się Mechtyldzie. Jej brawura mogła ich kosztować. Za nic w świecie Głogowczycy nie mogą się dowiedzieć za wcześnie, iż matka narzeczonej, wdowa Anna von Habsburg, przeznaczona jest już na małżonkę ich wroga. Młodszego z książąt wrocławskich, Bolka.

Mała Matylda przy księżnej Mechtyldzie wyglądała jak trawka przy krzewie rozkwitłych róż. Miała dwanaście lat, ale gdyby nie strojna suknia, wydawałoby się, że ma dziesięć. Musiał w myślach za jedno pochwalić ciotkę: zadbała, by dziewczyna zrobiła lepsze wrażenie, niż zwykle.

— Henryku — skinął na młodego księcia Waldemar. — Zbliż się do naszej drogiej Matyldy. Matyldo, poznaj narzeczonego.

Mechtylda tanecznym, zręcznym krokiem podprowadziła dziewczynę do księcia.

— Margrabianko — powiedział Fryderyk von Buntensee. — Poznaj księcia Henryka Drugiego, Dziedzica Królestwa.

Waldemar i Mechtylda spojrzeli na siebie i przez krótką chwilę ich oczy połączył taki ogień jak niegdyś. Jakby oboje ponad głowami obecnych mówili:

Waldemar Wielki, Dziedzic Królestwa.

Mechtylda ledwie widocznym ruchem odpięła łańcuszek herbowej bestii i brandenburski, czerwony orzeł wzniósł się w powietrze nad młodymi. Potem zaś, kierowany promiennym spojrzeniem Mechtyldy, przeleciał nad głowę Waldemara i tam rozpostarł skrzydła.

Znów jesteś mój — zdawały się mówić oczy Mechtyldy.

On zaś uniósł głowę, odchylił się w tył, by spojrzeć nad wiszącego nad sobą orła.

Na chwilę — odpowiedział jej w myślach.

JADWIGA księżna krakowska nikomu nie powiedziała, że jest brzemienna. Powodów było wiele, ale najważniejszym — ekskomunika ciążąca na jej mężu. Jak mogła powiedzieć o sobie, że jest w stanie błogosławionym, skoro jej mąż wciąż był wyklęty? Poza tym długo sama nie wiedziała, że to ciąża. Miała czterdzieści cztery lata i wnuka! Tak, od wnuka się zaczęło. Kunegunda, jej pierworodna, wydana tak szczęśliwie za Bernarda, księcia świdnickiego, taka w małżonku zakochana, a on nią urzeczony, w mniej niż rok od ślubu powiła syna. Gdy na Wawel radosną wieść przywiózł Paweł Ogończyk, Władysław krzyknął po trzykroć "sława", a potem zapytał:

— Imię wnuka?

— Bolko, po ojcu księcia, Bolke Surowym — odrzekła Paweł, a pysk mu się śmiał od ucha do ucha.

— Bolesław, po pierwszym królu! Oj, Boże, co nam się nie udało, Jadwigo, wyszło naszej córci. No, ale my już dziadkami. To znaczy ja. Ty zostałaś babcią.

Jadwiga nie krwawiła od kilku miesięcy i wzięła to za naturalny u kobiet stan przekwitania. Co z tego, że w istocie kwitła? Że każdy mówił jej, iż wygląda z tygodnia na tydzień piękniej? Że włosy lśniące, to wiedziały tylko dwórki, bo wiadomo, do ludzi szła z nałęczką, jak dama.

— Powiedz mi, Pawle — ciągnął jej mąż, który tak był wiadomością zbudowany, jakby sam tego Bolka narodził — jak on wygląda. Mój wnuk. Czy jest duży?

— Nie, książę. On jest mały. Malutki.

— Psiakrew! — zezłościł się Władek. — Malutki?

— Bo to jest noworodek, książę — wyjaśnił Paweł, a Jadwiga przewróciła oczami.

— Dzieci rodzą się maleńkie, mój mężu. Przypomnij sobie Elżbietkę, albo naszą ostatnią dziewczynkę, Jadwigę, obie widziałeś zaraz po narodzeniu.

— No tak — pokręcił głową. — Ale sądziłem, że chłopcy to się rodzą więksi. No wiesz, nie wiedziałem, na banicji byłem, jak Stefan świętej pamięci, no i junior…

— Nic się nie bój. Kunegunda wysoka, Bernard jak strzała, dziecko będzie jak trzeba.

— Ale co ty? — zaatakował ją natychmiast. — Ja przecież nie o tym. Nie to chciałem.

Machnęła wtedy na niego ręką. Minął czas i wczesną wiosną już wiedziała, iż to, co się z nią dzieje, to nie przekwitanie. Wraz z dwórkami, córami Bogoriów, odkryły, co jej jest. Nakazała wszystkim bezwzględne milczenie, bo był jeden problem: brzuch Jadwigi, jakkolwiek i bez żadnej wątpliwości brzemienny, był bardzo, ale to bardzo mały. Wiadomo, o czym każda z nich pomyślała.

Jadwiga pojechała do klarysek na Skałkę. Modliła się z całych sił:

— Mario Panno! Wiem, że to musiało się tak skończyć. Dochowałam się trzech pięknych córek, jednego syna, bo drugi obumarł, żadne z mych czworga dzieci nie było niskiego wzrostu po ojcu. Najwidoczniej teraz dobry Pan postanowił doświadczyć mnie i sprawić, bym narodziła... — nawet w modlitwie to słowo nie chciało jej przejść przez usta, więc milczała, dodając na końcu: — Błagam, spraw, by było zdrowe. To wystarczy. To wszystko, czego pragnę. Amen.

— Jedziemy do Włocławka — oznajmił jej mąż, gdy wróciła od klarysek. — Pogoda świetna, drogi dobre, wiosna w pełnej krasie.

— Do Włocławka?

— Tak, zjazd z arcybiskupem Jakubem II i naszym Gerwardem. Będziemy radzić, co dalej wobec procesu Muskaty i Krzyżaków. No co, Jadwigo? Nie chcesz pojechać na Kujawy?

— Chcę bardzo — powiedziała bez przekonania, ale szybko się otrząsnęła. Czuje się dobrze, do rozwiązania nie wiadomo jak daleko, a lepiej, jeśli będzie przy mężu, gdy ten ma o ważnych sprawach radzić. — Na co czekasz? Pakujmy się, Władysławie!

Dzieci zostały z piastunkami na Wawelu. Wiosna, jak mówił książę, była w pełni. Wdychała woń łąk, wpatrywała się w błękit kwitnącego lnu, to znów odpoczywali w sadach pod kwitnącymi jabłoniami, a wszędzie lud witał ich radośnie i przyjaźnie. Miodem, chlebem, świeżą śmietaną, serem.

— Masz apetyt — pochwalił ją Władek, a ona pomyślała, że może powinna mu jednak powiedzieć. Dwórki też mogły się zdradzić lada dzień nieopatrznym słowem, czuwały nad nią jak kwoczki nad jajem i ich przesadna troskliwość zaraz się komuś rzuci w oczy. Jednak za każdym razem, gdy zbierała się w sobie do rozmowy, Władysław dawał sygnał do odjazdu. No i zaniechała.

Minęli Łęczycę i Władek pokazywał jej miejsce, gdzie przed laty znaleźli Borutkę.

— Taki mały był — śmiał się dzisiaj z całych sił i on, i giermek, jakby sprawa, iż chłopak przedstawił się jako dziewczynka, nigdy nie miała miejsca. — Hej, Borutka, a może poszukamy śladów po twoim domostwie, co? Może się czegoś o rodzie dowiemy? Skąd jesteś i kto był twym przodkiem?

— A mnie to się wydaje, jakbym się całe życie przy księciu wychował. Od oseska — odrzekł mu wesoło Borutka. — Ale możemy poszukać, tyle że trzeba w ziemi kopać.

— W ziemi? — zdziwił się Władysław. — A mówiłeś, że dom spłonął.

— Spłonął i zapadł się pod ziemię — smutno oświadczył Borutka. — Jakby takim gromem ognistym.

— Tego nie opowiadałeś! — włączył się w ich rozmowę Paweł.

— Bo chyba z przestrachu wtedy zapomniałem — odrzekł chłopak. — Z czasem coraz więcej mi się przypomina. Na przykład matka...

— Dobra, o matce nam nie opowiadaj — szybko mu przerwał Władysław.

Jadwiga poczuła skurcz i z całej siły przytrzymała się siodła. Potem drugi, po pewnym czasie trzeci, aż naliczyła, że to nie przypadkowe skurcze. Zaczęło się. Mario Panno, na leśnym trakcie? Odwróciła się w panice, za Stasią, swą dwórką, ale zamiast niej zobaczyła wlepione w siebie czarne oczy Borutki. Giermek męża podjechał do niej błyskawicznie.

— Księżno? — spytał szeptem. — Wytrzymasz jeszcze chwilę? Tam, za zagajnikiem jest wieś, Kowal, bo kuźnia na kuźni. Dasz radę, pani?

— Ty wiesz? — spytała go, oddychając ciężko.

Kiwnął głową, aż mu się rozwichrzyła biała czupryna.

— A książę?

Zaprzeczył.

— Borutka... — jęknęła. — Jedź do tej wsi, każ naszykować izbę, wodę, baby tam będą wiedziały, co trzeba... Albo nie, poślij kogo innego, a ty księciu powiedz... ja siły... nie mam...

— Panno Stasiu! — zawołał Borutka. — Panno Zosiu, panno Aniu! — zwołał w okamgnieniu jej dwórki, a te otoczyły konia swej pani.

Jadwidze mignął czarny kubraczek Borutki i chyba miała z bólu mroczki przed oczami, bo widziała go jednocześnie pędzącego do wsi co koń wyskoczy i tłumaczącego Władkowi, co się dzieje.

— Wytrzymaj, księżno — prosiły ją dziewczęta, a ona rozkazała im jedno:

— Ja dam radę, ale błagam, nie dopuszczajcie do mnie żadnych mężczyzn. Ani męża mojego...

Nie umiała tego wyjaśnić, ale za każdym razem, gdy nadchodziło rozwiązanie, po prostu nie mogła na mężczyzn patrzeć. Wyjątkiem była Elżunia, ale wtedy wyboru nie miała, wejścia do jaskini pilnowali Węgrzy.

Panno Mario! Jedną córkę urodziłam w Smoczej Jamie, czyżbym teraz miała powić w siodle?

Nie chciała jednak się zatrzymać, skoro wieś była tuż przed nią. Już kryte strzechą chaty majaczyły między kwitnącymi drzewami jabłoni. Borutka konno wyrósł jak spod ziemi. Dwórki chciały go odepchnąć, ale wyszeptała:

— On może...

— Chałupa gotowa, z ludzi opróżniona, wysprzątana, babkę położnicę znalazłem, woda jest, płótna są, kołyska czeka. Książę już wie, poprzysiągł na oczy się księżnej nie pokazać, dopóki nie zawołam. To tutaj — pokazał pierwszą z brzegu i jedyną pobieloną we wsi. I to świeżym wapnem.

Spojrzała na cebrzyk z pędzlem rzucony z boku, przeniosła wzrok na Borutkę, zmarszczyła brwi, on przekrzywił głowę, jakby przepraszał.

— Panny dwórki! — Zeskoczył z konia i przejął komendę. — Zdejmujemy księżną z siodła „na trzy". Raz, dwa, trzy!

Wymierzył czas dokładnie w przerwie między skurczami i po prostu przeniósł ją na rękach do chałupy i położył na wielgachnym, bielutkim płótnem zaścielonym łóżku. Nim dwórki zdążyły wejść do środka, już ogień skrzesał, świece pozapalał, kocioł z wodą na ogień postawił, cebrzyk z chłodną przysunął do łoża.

— Robota ci się w rękach pali, chłopcze — pochwaliła.

— E, tam, zaraz pali — uśmiechnął się wstydliwie.

— Skąd tyle świec w ubogiej wiejskiej chacie? — spytała Stasia, wchodząc do środka. — Jak w dzień jasno.

— A bo tam bartnicy niedaleko, to i wosk mają, a tu chłop taki jeden ze wsi świece dla biskupa robi, tom mu kazał nanieść, bo w końcu biskup też będzie dumny, że przy jego świecach się książę narodzi — odpowiedział szybciutko Borutka. — No, to babę zawołam i znikam. Nic tu po mnie. A jakby coś było trzeba, to wystarczy, że się panna Stasia przez drzwi wychyli i krzyknie, a ja usłyszę i wypełnię życzenie.

— Obrotny — pochwaliły go dwórki i podeszły pomóc Jadwidze rozdziać się z sukien.

Gdy była już w samej koszuli, do chaty weszła pochylona starowina.

— Na narodziny nie ma złej godziny! — zaskrzeczała w drzwiach.

— Obyś miała rację, babko — odpowiedziała jej Zosia Bogoria.

— Pochwalony — szepnęła Jadwiga i syknęła z bólu.

— ...ony — odpowiedziała babka położna i pochyliła się nad Jadwigą. Położyła sękatą, pokrytą brodawkami rękę na napiętym brzuchu i Jadwiga, mimo skurczu, poczuła gorąco idące od niej.

— Brzuch mały, dziecko duże, król z niego będzie wielki — zaszemrała starowina. — Jak dąb wysoki, jak kwiat piękny, jak mędrzec rozumny. Ostatni taki... — szeptała, a Jadwigę zaczęła dopadać niemoc jakaś. Do tej pory jej drobne ciało walczyło z falami skurczów. Teraz przestało, ból zaczął ją opuszczać i na długą chwilę zapomniała, że podjęła trud narodzin. Dłoń babki na jej brzuchu wydawała się coraz większa. Uciskała go i dziecko samo, bez bólu, wypływało z Jadwigi. Powieki opadały jej i widziała trzy swoje panny dworskie, zastygłe jak we śnie wokół łoża. Zofia stała z uniesionymi dłońmi. Anna wyciągała ku niej prawe ramię z chustką i otwierała usta, jakby coś chciała powiedzieć. Stasia zaś klęczała przy łożu z dłońmi, których nie zdążyła złożyć do modlitwy. Trzy śniące — pomyślała Jadwiga i sama walczyła ze snem, który zaczął ją ogarniać. Wiedziała, że nie wolno jej zasnąć. Musi urodzić.

Nagle głos babki spotężniał. Krzyknęła, budząc je wszystkie:

— No, dalej! Kraj czeka na ciebie!

I w tej samej chwili krzyk dziecka rozdarł ciszę izby. Stasia złożyła dłonie, Zofia klasnęła nad głową, a Anna dosięgła chustką jej twarzy i otarła pot, mówiąc:

— Moja pani...

— Tak krzyczeć może tylko król! — zaśmiała się babka i podała jej mokre, czerwone od krwi dziecko.

— To syn! — zawołała klęcząca przy niej Stasia z Bogoriów. — Syn, księżno!

— Mamy chłopczyka!

Jadwiga jeszcze nie wierzyła. Przycisnęła dziecko do piersi, a ono łapczywie zaczęło ją ssać. Wpatrywała się w niego. Głowę pokrytą miał jasnym, niemal białym meszkiem. Rączki, nóżki, wszystko, co trzeba. Syn? Ona, co była już babką, urodziła tego pięknego syna?

— I mamy ostatki — powiedziała babka, zawijając łożysko w płótno. — Zabiorę macierznik i na szczęście zakopię — powiedziała.

— Dobra kobieto — zwróciła się do niej Jadwiga. — Proś, o co chcesz, a ja spełnię. Sprowadziłaś na świat książęcego syna.

Położna zaśmiała się, pokazując pokrzywione zęby.

— Nie, ja króla sprowadziłam — powiedziała z dumą. — Dzisiaj nic nie chcę, ale kto wie? Może jutro? Może za rok? Może za dwa?

— Dajcie, dziewczęta, srebra — rozkazała im Jadwiga.

Starucha schowała zawiniątko z łożyskiem, schowała dukata i spojrzała na Jadwigę i dziecko.

Miała oczy czarne, jak ten Borutka.

— Pochwalony, babko! — pożegnała ją Jadwiga, ściskając dziecko.

— ...ony! — skinęła głową i wyszła.

— Pani, co za szczęście! Co za radość! — przypadły do niej dziewczęta. — Wołać księcia?

— Wołać — odpowiedziała i pocałowała syna w głowę.

ANDRZEJ ZAREMBA nerwowo chodził po swym władztwie, okazałej siedzibie biskupów poznańskich na Ostrowie Tumskim. Zwolnił większość służby, do domu odesłał kancelistów i skrybów. Zostawił tylko straż, której przykazał:

— Gościa się spodziewam. Kobieta pewna, z rodziny, ma dzisiaj przyjechać. Wpuście boczną furtą i gęby na kłódkę trzymać.

Strażnicy udali, że nie ma w tym nic dziwnego, że biskup służbę zwolnił i na babę czeka. W końcu powiedział „z rodziny", wytłumaczył zręcznie. Mimo to dłonie pociły mu się nerwowo i cały był jakiś niespokojny.

Wreszcie dano znać, że przyszła. Splunął na dłoń, przygładził włosy, poprawił pektorał na piersi i ruszył. Cofnął się spod drzwi, zdjął łańcuch z pektorałem i odłożył. Zawstydził się, wziął go z powrotem, ucałował nabożnie i schował do skrzyni. Zszedł na dół.

Płomiennowłosa kobieta stała w reprezentacyjnej sieni dworu biskupów poznańskich i zadzierając głowę, patrzyła po kamiennych tablicach, na których dawnym zwyczajem ryto ich imiona. Od Jordana i Ungera, dwóch pierwszych patriarchów, po ostatnią, z gładzonego piaskowca, na której widniało jego imię.

— Pochwalony! — powiedział i zszedł z ostatniego schodka.

— Na wieki wieków — odpowiedziała. — Biskup wzywał.

Omiótł ją wzrokiem. Rude włosy niespokojnymi kosmykami wymykały się spod ciemnej chustki. Płaszcz szczelnie i skromnie osłaniał jej sylwetkę, kryjąc te wszystkie krągłości, na które czekał od tak dawna. Na plecach miała kosz przykryty lnianym obrusem.

— Tak — powiedział. — Niech podejdzie bliżej.

Zrobiła kilka kroków, jak raz stając pod ostatnią z biskupich tablic.

— To moje imię — pokazał jej z dumą. — Tu, wyryte. Episcopus Andreas Zaremba. Andreas znaczy Andrzej, tyle że po łacinie, *episcopus* znaczy...

— Wiem, co znaczy — odpowiedziała.

— Ach tak — przygładził fałdy sukni. — To może przejdziemy tutaj, proszę.

Poprowadził ją do wielkiej sali. Weszła ostrożnie, rozglądała się po zdobiących ściany malowidłach.

— Tutaj przyjmowałem królów i książęta — powiedział.

— Nie szkodzi — odrzekła.

Wiejskie babsko — pomyślał zbity z tropu. — Pojęcia nie ma o świecie.

— No to czego mnie biskup Andrzej wzywał? — spytała.

— Niech się rozgości, kosz zdejmie, płaszcz — powiedział gościnnie i zrobił krok ku niej. — Ja pomogę.

— Nie trzeba — odrzekła i sama zdjęła kosz z ramion.

Postawiła go na podłodze i poprawiła osłaniające zawartość płótno. Potem wolno rozwiązała płaszcz, zdjęła z pleców i nie mając gdzie odłożyć, przewiesiła przez ramię. Zobaczył pełne piersi, te, których się spodziewał; suknię opinającą się na nich i wystający spod spodu rąbek białej koszuli. Przełknął ślinę.

Mogłaby jeszcze chustkę zdjąć, bo włosy całkiem zakryła — pomyślał. — Nieładnie jej w tej chuście.

— Zdrożona? Głodna? — spytał. — Może zejdziemy do kuchni, ja pokażę.

Nie odpowiedziała, wzięła posłusznie kosz i poszła za nim. Myślał gorączkowo: Co dalej? Wcześniej plan wydawał mu się doskonały i prosty, ale w obecności Ochny stracił rezon. W kuchni było pusto i cicho, w końcu zwolnił dziś służbę. Kobieta postawiła swój kosz na stole i odsłoniła obrus.

— Przyniosłam biskupowi trochę jajek od nas, ze wsi. I placka upiekłam.

— Ochna to wie, czego Zarembie trzeba — rozpromienił się i podszedł do niej. Zajrzał do kosza. — O, jak to wszystko pachnie, jak w Brzostkowie, świeżutkie i wyśmienite. Widzi Ochna, ja tu mam wielką siedzibę, cały Ostrów Tumski należy do biskupa, można powiedzieć, takie małe księstwo, a mimo to tęskni się za Brzostkowem i dawnymi czasami.

Oczy kobiety zalśniły łzami. Otarła je rąbkiem chustki, a on skorzystał, wyciągnął rękę i pociągnął ją ku sobie. Chustka rozwiązała się, spadła, a on przytulił zaskoczoną Ochnę do piersi.

— No już — powiedział. — Nie płacze, wszystko będzie dobrze.

Rozszlochała się, kładąc głowę na jego ramieniu. Przygarnął ją śmielej. Zaczął gładzić ją dłonią po plecach, po włosach, ach, jakież te włosy były miękkie!

— Nie płacze, nie płacze — szeptał jej do ucha. — Ja się Ochną zaopiekuję.

Dłoń Andrzeja Zaremby z włosów i pleców przesunęła się na obfite piersi Ochny. Zacisnął na nich palce i aż zadrżał. To były te piersi!

— Przy mnie Ochnie niczego nie braknie, zamieszka tutaj i będzie mi służyła jak ongiś Sędziwojowi.

Jedną dłoń zostawił na jej piersi, bo nie mógł się od niej oderwać, ale drugą już szukał pośladka. Musiał, po prostu musiał sprawdzić, czy jest tak jędrny, jak to sobie latami wyobrażał. Nie przestawał szeptać do niej:

— Bo czasu się cofnąć nie da. Jego nie ma, a głową rodu teraz ja jestem.

Ochna wyrwała się z jego objęć gwałtownie i zrobiła dwa kroki w tył. Mokre od łez policzki, rozrzucone rude loki.

— Nie — powiedziała mu prosto w twarz.

— Co „nie"? — zdziwił się Andrzej.

— Nie będę biskupowi służyła — odrzekła bezczelnie i wytarła oczy.

— Dlaczego? — nie zrozumiał jej złości biskup.

— Bo ja go kochałam i kocham, nawet gdy on nie żyje — wykrzyczała. — Żaden inny nie będzie taki jak mój Sędziwój. Jary Pan.

— Bądź rozsądna — powiedział polubownie. — On nie żyje od tylu lat. Kto się o ciebie zatroszczy?

— Sama się umiem sobą zająć — odrzekła i schyliła się po chustę. Założyła ją na głowę i zamaszystym ruchem zawiązała pod brodą. — Biskup taki kształcony, a nie wie, że to grzech? Nie wolno mu z babą żyć.

Sięgnęła po kosz i zarzuciła go na plecy, razem z plackiem i jajkami, których nie zdążyła wyjąć.

— Nic tu po mnie — powiedziała i ruszyła. Zatrzymała się przy wyjściu z kuchni, głośno wytarła nos i odwróciła do niego. — A na odchodnym powiem, że Sędziwój był ostatnim prawdziwym Zarembą. Po nim został ten straszny Złoty Smok. Ale wy? — splunęła na ziemię. — Plewy z was, a nie Zarembowie! — po czym wyszła.

Andrzej poczuł się, jakby naplułą mu w twarz. Stał oniemiały, ogłuszony. Odmówiła mu. Nie chciała go, a na końcu zelżyła, jak chłop psa. Nikt nigdy w życiu nie ośmielił się go tak obrazić. Plewy?!

Poczłapał do kufra, gdzie pod kluczem trzymał dzbany z winem. Zamek się zacinał, psiakrew. W końcu puścił i Andrzej wyjął owinięty słomą dzban. Siadł z nim przy ławie, podłubał nożem, by otworzyć zalany woskiem kołek.

— Psiajucha! — warknął, bo zajechał nożem w dłoń. — A by to obesrało.

Nalał sobie do kubka, łyknął, ale krew kapała na stół. Wstał, szmaty nie mógł znaleźć. Przeklął, że puścił służbę na wolne. Wreszcie otarł dłoń byle czym. Popił klęskę, jaką mu zadała Ochna.

— Wiejskie babsko — syknął i poprawił: — Durne, wiejskie babsko, niech ją diabli!

Wino wydało mu się mdłe, ale nie miał nic innego. Napił się. Był pewien, że zje dziś wieczerzę jak sprzed lat. Że Ochna zakręci się po kuchni i raz-dwa wyczaruje ten swój bigos, bobrze ogony albo inne mięsiwa, którymi karmiła ich w Brzostkowie. Ale nie! Ona to tylko dla Sędziwoja robiła. Ostatni prawdziwy Zaremba, a by ją jasny szlag!

— Biskupie — usłyszał głos od drzwi. — Ważne nowiny.

Rozpoznał głos Piotruna, który niegdyś, za życia wojewody Beniamina, był dowódcą jego oddziałów, a teraz służył biskupowi.

— Wejdź — powiedział. — Siądź ze mną. Mam pieski dzień, Piotrunie. Wina chcesz?

— Chcę.

— Nalej sobie. Tam gdzieś znajdziesz kubek, czy coś — Andrzej zrobił nieokreślony ruch ręką.

Piotrun szybko wyszperał naczynie i przysiadł się.

— Obawiam się, że moje wieści nie poprawią biskupowi nastroju — powiedział.

— To najpierw mi polej — przykazał Zaremba i przysunął swój kubek. — No, teraz mów.

— Wróble poleciały do Berlina — odrzekł Piotrun, biorąc łyk.

Andrzej skrzywił się.

— A tam Waldemar i Mechtylda oskubały je z czarnych piórek. Sprzedali swe dziedziczne prawa do Pomorza — wyjaśnił. — Za brandenburską żonę dla Henryka, za długi, za pożyczkę. Sprzedali, Andrzeju Zarembo, jakby to był stary płaszcz.

— Jezu Chryste! — przeżegnał się biskup i odruchowo sięgnął do pektorału na piersi. Ach tak, zdjął go.

— Krzyżacy, psia ich mać, zażądali od margrabiego dowodu na piśmie, że ma prawa do Pomorza, i transakcja wiązana. On wziął dokument od głogowskich wróbli, one się zrzekły. A teraz margrabia dał glejt żelaznym braciom, wziął za to dziesięć tysięcy grzywien i Krzyżacy będą w prawie. Powiedzą, że ich.

— Wszystkie dobra rycerskie na Pomorzu przejdą pod władztwo zakonu — wyszeptał ze zgrozą Andrzej Zaremba. — Trochę tego mieliśmy.

— Tak — skinął głową Piotrun. Strąki brudnych włosów spadły mu na pooraną zmarszczkami twarz. — Już Gdańsk i Tczew wiedzą, jak się żyje pod krzyżacką ostrogą. Teraz zakon coraz bliżej Starszej Polski. Mówią, że ma ich Łokietek skarżyć do papieża, ale on przez własnego biskupa wyklęty, proces ma za procesem. Nie wiem, jak będzie. Tobie pierwszemu donoszę, com się dowiedział, i zaraz ruszam na północ. Mam tam rodzinę, muszę ich wszystkich ściągnąć do Starszej Polski, póki nie jest za późno.

— Nasz świętej pamięci Mikołaj Zaremba był tam wojewodą — potarł czoło Andrzej. — Też mamy nieco ziem. Co robić?

— Nie wiem, biskupie. Tyś tu od myślenia. — Piotrun odstawił kubek. — Powiem tylko, że panowanie henrykowych synów zaczęło się źle. A jak coś źle się zacznie, to rzadko kończy się dobrze. Bywaj.

— Bywaj — odpowiedział Andrzej, patrząc, jak Piotrun wychodzi.

Odsunął od siebie dzban. Stracił ochotę na wino.

To ja byłem rzecznikiem interesów nieżyjącego Głogowczyka — gorączkowo pomyślał biskup. — To ja powiedziałem „postawmy na wróble", bo łatwo nimi sterować. I co? Popełniłem błąd. Od początku do końca myliłem się i wciągnąłem w tę grę cały ród. Wszystkich Zarembów.

Nagle stanęła mu przed oczami Ochna spluwająca mu pod nogi, tu, w tej kuchni.

„Sędziwój był ostatnim prawdziwym Zarembą" — złowieszczo zabrzęczały mu jej słowa pod czaszką. — „Po nim został ten straszny Złoty Smok. Ale wy? Plewy z was, a nie Zarembowie!"

Wykrakało babsko — pomyślał kwaśno i nagle dotarło do niego coś jeszcze. — Jezu Nazareński — przeżegnał się. — Co to znaczy, że pozostał Złoty Smok?

HENRYK Z LIPY nie pojechał na sejm niemiecki do Frankfurtu. Dość miał roboty w Nymburku z pilnowaniem królewny Eliški i w kraju, z przygotowaniem wielkiego przewrotu przeciw Karyntczykowi. W orszaku do króla Henryka VII było trzech opatów i dziewięciu panów. To wystarczy, by godnie reprezentować Czechy, a jego spraw pilnował Jan z Vartemberka. Niech tam Vilém Zajíc i inni zwolennicy Przemyślidówny na tronie dają twarz tej zmianie. On, im dłużej przebywał z królewną, tym mniej był pewien, czy to wszystko się uda.

Dziewczyna, jak żadna inna z jej sióstr, była nieodrodną córą Václava Przemyślidy. Przekonywał się o tym każdego dnia. Ambitna ponad czasy, jakie nastały, jakby zatrzymała się pamięcią w dniu największej potęgi swego ojca, gdy złoty Václav sięgnął po trzy korony. Eliška uważała, że wystarczy usunięcie z tronu jej szwagra, a czas się cofnie do chwili tamtej potęgi. Wymazywała z pamięci Rudolfa Habsburga na tronie, Karyntczyka traktowała jak chwilowy kaprys i zupełnie nie przyjmowała do wiadomości, że czas nie stanął w miejscu w chwili śmierci Václava, przeciwnie, ruszył szybciej niż kiedykolwiek. Gdy umiera król, przerywa się ciągłość żywota władcy, ale gdy umiera ostatni z dynastii, zapada mrok, jakby konało całe królestwo.

Henryk uważnie śledził to, co działo się na Węgrzech po śmierci ostatniego z Arpadów. I nie patrzył na to jako syn Czech, sekundując obu Václavom i Muskacie w chapnięciu korony świętego Stefana. Patrzył na to chłodno i z boku. Trzy wielkie rody stanęły do wojny o tron węgierski — Andegawenowie, Przemyślidzi i Wittelsbachowie. Tylko z pozoru to była wojna chłopców — Karol Robert i Vašek obaj niedorośli — do której włączył się dużo starszy Otto Wittelsbach. To było zmaganie obcych bestii. Dzisiaj, po latach walk, Wittelsbach uciekł do Bawarii, Vašek nie żyje, a Karol Robert z chłopca wyrósł na króla wykutego w boju. Zdobył i utrzymał koronę, owszem. Ale nie pokonał węgierskiego ducha i sam go nie posiadł. Madziarowie są niepokorni, jakby w głębi dusz dawno ochrzczonych wciąż drzemali w nich uśpieni Hunowie Attyli. I wykształcony, mężny, andegaweński Karol Robert zdobył koronę świętego Stefana, lecz nie podbił serc węgierskich. Ma tron i ma ciągłą walkę z możnymi rodami Amadeja Aby i Mateusza Czaka.

A jego Czechy? Rudolf Habsburg był dobrym królem, choć po przepychu Václava wydawał się skromny jak mnich. Kto wie? Z czasem Czesi mogliby pokochać Rudolfa, gdyby ten zdobył się na odrzucenie zgubnych rad swego ojca, króla Niemiec. Obcy król na rodzimym tronie musi zachować się jak dziewczyna ościennej dynastii poślubiona krajowi. Wielkimi królowymi zostają te, które służą koronie męża, nie ojca.

Jakim władcą okaże się Jan, syn Luksemburga? Czy zrozumie, że przyzwanie go na tron to nie podarowanie mu kosztownego prezentu, lecz służba?

Henryk z Lipy patrzył na królewnę Eliškę i był pełen obaw. Dobra, mądra żona potrafi utemperować władcę, ale Eliška, po latach odsunięcia od głównych nurtów zdarzeń, wyglądała na osobę, która miała jedno pragnienie: rządzić.

Nękał się myślą o Rikissie. Wiedział, że Piastówna, ze swym urokiem, wykształceniem, rozumem i taktem, umiałaby wychować Luksemburczyka na króla, tak jak nie zdążyła ułożyć sobie Rudolfa. I jednocześnie wiedział, że dotknął ją do żywego tamtą propozycją. Sam gryzł palce, gdy pisał list, i przyjął odpowiedź jak słusznie należny, siarczysty policzek. Składając jej ofertę, był dyplomatą w służbie kraju i tak, wiedział, że znacznie przekroczył granice przyjaźni, jaka ich niegdyś łączyła. Drugi raz położył na szali dobro Królestwa i drugi raz przegrał więź, która była między nimi. Trzeciej szansy nie dostanie, wiedział to. I teraz, zamiast stać przy kobiecie, którą kochał skrycie, został stróżem tej, do której czuł odrazę każdego dnia pogłębianą obserwacją zachowania Eliški.

Wreszcie pod koniec lipca do Nymburka przyjechał Jan, na koniu tak spienionym, że Henryk nim powitał druha, zbeształ go:

— Sumienia nie masz?! Ojciec cię nie uczył, że wierzchowce się zmienia?!

Jan zeskoczył z siodła i złapał Henryka za ramiona.

— Dopełniło się! Dopełniło!

W tej samej chwili na dziedzińcu pojawiła się królewna Eliška.

— Dopełniło? — spytała, wysoko unosząc podbródek. — Co takiego, mów, Janie!

— Król Niemiec Henryk VII z dynastii Luksemburgów na sejmie we Frankfurcie zdetronizował Henryka z Karyntii i twą siostrę Annę — powiedział uroczyście Jan. — I poselstwo czeskie w obecności wszystkich elektorów wyrzekło się go jako króla.

Eliška zbladła i powtórzyła za Janem:

— Wyrzekło się?

— Tak, pani — potwierdził wzruszony Jan, bo jeszcze nie dostrzegł, że twarz królewny stężała w grymasie.

— Czyż nie wystarczyła moja wola poślubienia syna króla niemieckiego? — zapytała oschle. — Czy nie wystarczyła oficjalna detronizacja? Na cóż ten akt „wyrzekania się"?

— Pani — powiedział do niej Henryk. — My przyzwaliśmy Karyntczyka na tron i my musieliśmy go oddalić.

— Ach tak — w głosie Eliški zabrzmiał gniew, z którym wyraźnie walczyła. — Czy nie zapomnieliście przy okazji zdetronizować kogoś jeszcze? — spytała.

— Kogo, pani? — nie zrozumiał jej intencji Jan.

— Macochy. Wdowy po moim ojcu, która wyzywająco używa tytułu „bis regina"! — tupnęła i spojrzała wprost w twarz Henryka. — Co? Może panowie Czech obalają i wzywają tylko brzydkich królów, a piękne królowe zostawiają, co?!

— Twoja siostra też przestała być od tej chwili władczynią — odrzekł Jan z Vartemberka, choć już wiedział, w co gra Eliška. — A hradeckiej pani nikt jej wdowich praw nie może odebrać. Koronę można stracić, jak widzisz. Wdową po królach zostaje się na zawsze.

Eliška zagryzła wargi i już miała wybuchnąć, gdy nieoceniony w swej pogodzie ducha Jan przyklęknął przed nią na jedno kolano:

— Eliško Premyslovna. Twój czas nadszedł. Jutro rano musimy wyruszyć z Nymburka do Spiry. Tam czeka na ciebie narzeczony i przyszły król. Od tej chwili zaczynasz się przemieniać z królewny w królową.

Eliška zamilkła. Na jej twarz wyszły rumieńce tak czerwone, jak suknia, w której chodziła, by pokazać światu, że „jest gotowa". Jan wstał i wyjął z sakwy przy siodle zapieczętowany pergamin. Eliška zrobiła krok, jakby chciała go wziąć od Vartemberka, ten jednak wyminął królewnę i patrząc Lipskiemu prosto w oczy, podszedł do niego. Pokłonił się jeszcze niżej niż przed Eliszką, choć bez klękania.

— Z czcią oznajmiam, Henryku z Lipy, iż przyszły król Jan Luksemburski przyznał ci godność marszałka Czech, dając wraz z najwyższą godnością wyraz temu, co wszystkim wiadome: tyś pierwszym panem Królestwa.

Lipski wziął głęboki wdech i przyjął od przyjaciela dokument.

GERWARD biskup włocławski skrycie podziwiał Jana Muskatę i Henryka z Wierzbna. Nie cenił ich, nie szanował, na gruncie kościelnym uważał wręcz za antychrystów, ale cóż, prawda była taka, że w najgłębszej skrytości ducha podziwiał ich skuteczność. To nie było nic w stylu „Panu Bogu świeczkę, a diabłu ogarek", nie. Gerward patrzył na tych dwóch i chłonął naukę jak knot lampy olej.

Jeszcze pół roku wcześniej, gdy jechał do Bratysławy na proces, jako przedstawiciel księcia Władysława, czuł się dyplomatą i mężem stanu. Przeczucie to umocnił po pierwszym posiedzeniu sądu, gdy sam musiał się pokajać przed legatem za nieobecność na zeszłorocznym synodzie, za co z urzędu groziły mu kary kościelne. Na szczęście sprawa rzezi gdańskiej i zaboru Pomorza przez Krzyżaków była już znana wszędzie, wystarczyło więc, że Gerward roztoczył wizję pożarów, krwi, zwłok ludzkich i umieścił siebie w miejscu opata oliwskiego, co trupy poległych grzebał, a potem w swej opowieści przemieścił się do Tczewa i Świecia, by legat Gentilis oczyścił go z zarzutu lekceważenia synodu i kary odpuścił. Gerward poczuł, jak mu skrzydła u ramion rosną. I wtedy zobaczył, co robią prawdziwi mistrzowie gry prawnej.

Jan Muskata, biskup krakowski, choć gdy go zobaczył, pobladł i tym znów połaskotał miłość własną Gerwarda, wykonał ruch błyskawiczny. Poprosił go na świadka. Na swojego świadka! Tym samym zmusił biskupa włocławskiego, by zeznawał przeciw Śwince i Władysławowi. Pod przysięgą! Gerward wił się jak piskorz, dobierał słowa, ale pytania, jakie mu stawiano, nie dotyczyły zdrad, gwałtów i rabunków Muskaty, tylko tego, czy wszystkie formalności ze strony księcia i arcybiskupa podczas sądzenia Jana Muskaty były zachowane. Wzięli go na kruczki prawne i to była porażka Gerwarda, z której ten postanowił natychmiast wyciągnąć naukę i przekuć ją na sukces. Chociaż malutki.

Wyrok w sprawie arcybiskupa i Muskaty zapadł i to, co jeszcze dwa lata temu wydawało się niemożliwe, stało się faktem: Jan Muskata został przez Gentilisa oczyszczony z zarzutów i klątw kościelnych. Aby jednak nie urazić arcybiskupa Świnki i pozwolić patriarsze wyjść z godnością ze sprawy, uznano, iż to „niewinny" Jan Muskata musi Jakuba II za wszystko przeprosić i pokryć koszty procesu. Kuriozum? Nie dla legata!

— Oskórkował świnkę, ale jabłuszko jej w ryjek wsadził i na ogon uwiesił kokardę — dosadnie podsumował wyrok Gerward, ale po cichu i tylko dla najbliższych.

— Ale jak, wuju? — spytał Maciej, siostrzeniec, co go ze sobą na nauki zabrał. — Jak to możliwe, że nie uznali zarzutów morderstw, rabunków, otwierania grobów...

— Widzisz, synu — powiedział mu to, czego sam się w Bratysławie nauczył. — Muskata wie, gdzie pobielić, gdzie poczernić, a gdzie pozłocić. Zeznaniom świadków zaprzeczył, z siebie i odsiadki w wieży zrobił ofiarę męczeństwa, a legatowi zapłacił, ot, prawda.

— Bardzo brzydko — ocenił Maciej.

— Brzydko, Maciuś, ale ty patrz i się ucz. Bo z tego wynika, że jak będziemy robić ładnie, to...

— Dobrze, wuju — w lot zrozumiał Maciej. — To może by i proces księcia z Muskatą zamienić na polubowny? Bo skoro nie wygramy, to trzeba...

— Minimalizować straty, synku. Szybko się uczysz — pochwalił siostrzeńca.

W myśl tej zasady, wykorzystując to, że Muskata jego wziął na własnego świadka, Gerward dość szybko wysforował się na „bezstronnego pośrednika", czym załatwił sobie prawo, by dalej prowadzić rokowania między Muskatą a księciem. Zdjęcia kar kościelnych z Władysława jednak nie uzyskał. Gentilis zaparł się, iż książę zostanie przywrócony na łono Kościoła dopiero, gdy przyjmie Muskatę z powrotem do diecezji.

Gdy po powrocie z Bratysławy spotkał się z księciem na zjeździe we Włocławku, ten odniósł się do decyzji legata krótko:

— Nie.

— Ależ książę, ja ciebie rozumiem — klarował mu Gerward — ale legat jest nieugięty. Musisz wystosować do Muskaty zaproszenie...

— Ja też jestem nieugięty, Leszczycu — powiedział Władysław.

— No i ekskomunika — sapnął Gerward, łypiąc spod oka na księcia.

— Rok temu jeszcze bym się przejął — wzruszył drobnymi ramionami Łokietek i mrugnął do niego. — Ale dzisiaj? Skoro pod klątwą wnuk i syn mi się narodził? Gerwardzie, toż ja dostałem od Najwyższego znak.

— Znak? — niepewnie spytał Gerward.

— A co, nie widzisz? — złapał go za ramiona książę i potrząsnął biskupem, choć Gerward był od niego potężniejszy. — Pięćdziesiątka na karku, Jadwinia moja tylko trochę młodsza, a Bóg dał nam syna, jak temu... no, ojcu narodu wybranego?...

— Abrahamowi? — podpowiedział Gerward.

— O, o niego mi chodziło!

Nie całkiem to było kanoniczne, bo raz, że Abraham miał prawie setkę, jak mu się Izaak narodził, dwa, to był pierworodny, a książę, jak by nie patrzeć, już wcześniej został ojcem. Ale prawda, narodziny syna w tym wieku i to w drodze, w czasie trudów podróży... Zresztą trudno było Gerwardowi z radością księcia polemizować. I czasu chwilowo nie mieli, bo zgiełk pod katedrą obwieścił, iż Jakub II ze swą świtą zjechał do Włocławka. Wyszli witać.

Sędziwy arcybiskup jechał skromnie, na drobnym, włochatym koniku, podobnym do pruskich swejków. W szarej szacie i białym jak śnieg płaszczu, z pastorałem w dłoni. Długa srebrzysta broda i spadające na ramiona włosy nadawały mu wygląd wręcz biblijny. Złoty pektorał na piersi był jedyną ozdobą metropolity. Wokół niego, jednakowo ubrani, jak wojsko, jechali jego kanonicy i legiści. Jeden, o piersi potężnej jak u kopijnika, trzymał w dłoni chorągiew biskupa — ze świętym Wojciechem nauczającym Prusów.

Gerward stał i patrzył, i nie zauważył, że mu się usta ze zdumienia otwarły. Oto bowiem cały lud, od rycerstwa książęcego, po łotrzyków miejskich, bez żadnego wezwania, klękał na widok tego starca i kornie pochylał głowy.

Ani kapki złota — pomyślał — a dostojność taka. Majestat ubóstwa, jak u Pana naszego? Czy tak to wyglądało w niedzielę palmową w Jeruzalem? Mój Boże. Ale Pan nasz wjeżdżał, wiedząc, że tydzień nie minie, a zostanie ukrzyżowany. — Gerward złapał się za serce i pomyślał o wyroku, jaki przywiózł dla arcybiskupa z Bratysławy. Toż prawda!...

Z nerwów jeść nie mógł podczas uczty, co ją przecież własnym kosztem wyprawił. Gdy tylko pomyślał, jakie wieści ma Jakubowi do przekazania, nawet sarnina mu w gardle stawała.

— Frasujesz się? — przyłapał go arcybiskup nad pustym talerzem podczas uczty.

— Ja? Nie... tak... — wyjąkał Gerward. — Nawet bardzo.

— Wyrokiem? — drążył Jakub II.

— Tak — pękł Gerward. — Nie mam śmiałości ci go pokazać, wielebny.

— Ja już znam wyrok — powiedział Jakub Świnka i było w jego słowach coś przeraźliwie chrystusowego.

Zaraz powie „wstań i pocałuj mnie", a ja wyjdę na wiadomo kogo! — drżał z przerażenia Gerward. — A przecież to Gentilis wziął srebro, a ja robiłem, co mogłem, ale mnie pokonali...

— Nie wolno wyroków ludzkich mylić z boskimi — zagadkowo odpowiedział Jakub. — Nawet jeśli ten, co je wydaje, działa w imieniu Boga. Bo czyż my, na ziemi, mamy pewność, że dobrze rozumiemy słowa Pana? A może mamy tylko przebłyski, gdy zdaje nam się, iż w mroku widzimy Jego wolę? Gdy prawo ludzkie, więcej, gdy prawo kościelne zawodzi na ziemi, pozostaje nam jedno: być człowiekiem przyzwoitym. Dziesięć przykazań nie pozostawia złudzeń.

Przy stole wszyscy zamilkli i wpatrywali się w Jakuba. W srebrzystobiałe włosy. Każdą z krótkich i długich zmarszczek. W policzki, na których naciągniętej skórze widniały dwa, idealnie okrągłe rumieńce. W otwartą dłoń uniesioną nad stołem.

W oczach Gerwarda Jakub II był teraz Mojżeszem trzymającym kamienne tablice.

Zaraz usłyszę grom, zobaczę gorejący krzew i tę chmurę — przebiegło mu przez myśl. — Na kolana padnij, niegodny!

Zerwał się z ławy i zatrzymał go głos Jakuba:

— Czy mogę prosić o chleb? Wspaniały pieczecie tu, we Włocławku.

Gerward rzucił się do koszyka z chlebem i wyciągnął jak długi, by usłużyć Jakubowi.

— I wino? — zapytał drżącym głosem.

— Nie, wodę — odpowiedział Jakub, a Gerward zagryzł wargi. Będzie jeszcze bardziej ewangelicznie!

Jego brat, Staś, był szybszy. Migiem zabrał słudze dzban z wodą i już na palcach biegł do Jakuba.

— Woda, mój panie — wyszeptał Stanisław jak we śnie. — A gdy zamienisz ją w wino, stanie się Krwią Chrystusa.

— Stasiu — łagodnie i pobłażliwie odrzekł Jakub Świnka. — Msza już była. Teraz jemy wieczerzę. I gdy za chwilę poproszę o to piękne jabłko, nie będę ani Ewą, ani wężem, ani Adamem.

Maciej, siostrzeniec Gerwarda, dosłyszał tylko „jabłko", bo rzucił się do misy z owocami i już, niemal na kolanach podał ją Jakubowi. Arcybiskup wziął jabłko i położył obok siebie. Popatrzył po zebranych i chyba dopiero teraz zdał sobie sprawę z wrażenia, jakie zrobił na wszystkich. Spojrzał bezradnie na swego chorążego, Janisława, a ten po prostu klasnął w dłonie i ucztujący wybudzili się ze snu o patriarsze.

— No to na czym skończyliśmy? — spytał odrobinę zakłopotany Jakub.

— Na wyroku — podpowiedział Borzysław, jego kancelista. — Że trzeba nad nim przejść do porządku i działać dalej.

— Tobie, Władysławie — zwrócił się Jakub Świnka do księcia — nakazano przywrócenie Muskaty na biskupstwo, tak?

— Tak — sztywno odpowiedział książę.

— Zaprosisz go do Krakowa?

— Nie.

— No i dobrze — skwitował arcybiskup. — Gentilis klątwy z niego zdjął, ale w myśl mojej zasady przyzwoitości Muskata wciąż jest skalany. Dziesięć przykazań zszargał? Zszargał. Co dalej?

— Jeśli książę nie przywiezie Muskaty do Krakowa, ekskomunika — odrzekł grobowo Gerward.

— Rozumiem — skinął głową Jakub. — Kto ją ogłosi?

Gerward zamrugał. No tak. Władysław pod karą kościelną jest już kolejny rok, od dnia, gdy wsadził Muskatę do wieży, a mimo to w Królestwie wiedzą o tym jedynie prawnicy i duchowni, co nie zmienia faktu, iż żaden z nich, poza biskupem krakowskim, nie wypowiedział księciu posłuszeństwa. Teoretycznie, ekskomunikowanemu władcy poddani nie muszą służyć, ale kto z nich o tym wie? I więcej, przychylność poddanych w Królestwie wciąż jest po stronie księcia.

— Kto ogłosi ekskomunikę? — powtórzył pytanie Jakub. — Ja nie zamierzam.

— Ja też nie! — radośnie krzyknął Gerward i wyswobodził się z niewidzialnych pęt. — A gdyby legat nakazał mi to na piśmie, to...

— Ciii — położył palec na ustach arcybiskup. — To spojrzysz Gerwardzie na kamienne tablice i postąpisz tak, by żadnego z przykazań nie złamać. Tę sprawę mamy załatwioną. Przejdźmy do kolejnych.

Borzysław wstał i poszedł do skrzyni, która była przenośną kancelarią Jakuba II. Wyjął z niej otwarty już pergamin i przeczytał:

— "Ostatnio doszło do naszych uszu, że mistrz Zakonu Najświętszej Marii Panny oraz jego bracia, niespodziewanie wszedłszy do ziemi naszego ukochanego syna, szlachetnego męża, Władysława księcia Krakowa i Sandomierza, w mieście Gdańsk ponad dziesięć tysięcy ludzi zgładzili mieczem, przynosząc śmierć płaczącym w kołyskach niemowlętom, których by nawet nieprzyjaciel wiary oszczędził".

— Co to jest? — krzyknął Władysław.

— List papieża Klemensa V nakazujący zbadanie sprawy zajęcia Pomorza — odrzekł Borzysław.

— Kanoniku! — poprosił książę. — Możesz jeszcze raz ten kawałek...

— „Naszego ukochanego syna"? Czy „ponad dziesięć tysięcy ludzi zgładzili mieczem"? — uprzejmie zapytał Borzysław.

— Tak więc o ile dla legata Władysław jest księciem wyklętym, o tyle dla jego zwierzchnika, Klemensa V, ukochanym synem — skwitował Jakub II. — Borzysławie, powiedz wszystkim, co dalej.

— Prokuratorzy krzyżaccy przygotowują odpowiedź dla papieża, nie udało nam się jeszcze dotrzeć do jej założeń, pewnym jest, iż będą się bronić, bo od tego zależy przyszłość zakonu. Przyjaźni nam ludzie w kurii awiniońskiej mówią, iż skarga złożona przez biskupa Rygi uderza w podstawy zakonu, wskazując, iż bracia od dawna nie wypełniają obowiązków statutowych i radzą nam, by występować wspólnie z biskupem ryskim. My jednak stawiamy na własny proces o zabór Pomorza, doszły bowiem nas słuchy, że aby obalić zarzut braku walki z poganami, mistrz, przepraszam, teraz już tylko wielki komtur, Henryk von Plötzkau, ma osobne, niepodważalne dowody.

— Jakież to? Zarobkowe rejzy dla żądnego przygód rycerstwa z Europy? — wzruszył ramionami Władysław.

— Nie, książę. — Borzysław zerknął na Jakuba Świnkę, a ten dał mu znak, by mówił dalej. — Ponoć Krzyżacy złowili na jeziorze Petry kobietę, kapłankę Dzikich, zwaną Jaćwieżą.

— Wielkie rzeczy — fuknął książę. — Różnych ludzi można łapać w lasach. Babę będą papieżowi zawozić.

— Ona nie żyje — surowo odezwał się Jakub Świnka. — Plötzkau dał dowody barbarzyństwa w Gdańsku, mordując chrześcijan, więc nie zawahał się przed okrutnym zabójstwem tej kobiety. Mówi się, że wyrwał z niej jantarowy płód, co brzmi niesłychanie, lecz obawiamy się, iż coś musi być na rzeczy, bo Krzyżacy bardzo mocno wierzą w siłę oddziaływania tego artefaktu. Chcą go przedstawić papieżowi na dowód tego, iż poganie istnieją, a oni z nimi walczą. Oczywiście, moi legiści, już od dawna podjęli przeciwdziałanie, informując kurię, że walka z poganami nie ma nic wspólnego z ich nauczaniem i nawracaniem na wiarę chrześcijańską.

— Robimy, co możemy — potwierdził Borzysław. — Ale Krzyżacy nie śpią. Wykonali cały szereg posunięć, które mają im dać dokumenty na to, że Pomorze stanowi ich własność. Odkupili je od margrabiego Waldemara, a ten dostarczył im pisemne zrzeczenie się praw do Pomorza przez dziedziców Głogowczyka. To sprawa poważna, bo nagle „właścicieli" zrobiło się wielu, a każdy z nich scedował prawa na zakon.

— Jeśli będzie trzeba, dowiedziemy łączności Pomorza z Królestwem od aktu księcia Mściwoja na rzecz Przemysła II — powiedział Jakub Świnka.

— Owszem, arcybiskupie — ostrożnie włączył się Janisław. — Lecz wówczas pojawi się problem prawny, czym jest Królestwo Polskie. I jeśli wywód pójdzie w stronę kolebki Królestwa, Starszej Polski, to właściwym dysponentem staną się Głogowczycy, co jest na rękę Krzyżakom, a przeciw księciu Władysławowi. Dalsze drążenie prawne również przemawia przeciw księciu, bo akt podziału Starszej Polski między księcia Władysława a świętej pamięci Henryka istnieje. Spisano go w Krzywiniu.

— Na niekorzyść księcia przemawia jeszcze akt z niesławnej Klęki — dodał Borzysław. — Zrzekając się praw do korony na rzecz Václava, książę dał jego następcom narzędzie do ręki. Wykorzystał je Henryk Karyncki, który wraz z tytułem króla czeskiego przyjął tytuł króla polskiego. Tyle że Karyntczyk jest słabym władcą i było to nic niewnoszącą manifestacją.

— Ale jak wiemy — wszedł mu w słowo Janisław — na tronie czeskim szykują się zmiany.

— Proszę o uwagę — odezwał się głośno Władysław. — Wiem, ile nagrzeszyłem w przeszłości, ale może zamiast listy mych porażek spróbujemy ułożyć plan wyjścia z sytuacji?

Arcybiskup Świnka uśmiechnął się do księcia i swych legistów, mówiąc:

— Takiej metody pracy sam ich nauczyłem, wybacz, książę. Najpierw wymieniamy słabe punkty, by na każdy z nich szukać odpowiedzi. A wiesz dobrze, że na jej znalezieniu zależy nam najbardziej. Janisławie, proszę!

Wywołany kanonik zaczął ostrożnie, pytaniem.

— Co najmocniej podcięło skrzydła odradzającemu się wraz z powrotem księcia Królestwu? Utrata Pomorza. Czy z utraty można uczynić siłę? Można, a dowodem na to tyś, książę.

— Wyklęty i wygnany — powiedział Jakub II. — Banita, który wrócił po latach obcego panowania. W którym lud prosty rozpoznał swego władcę. Z którego cierpieniem się utożsamił.

Gerward nadal nic nie rozumiał. Wsłuchiwał się w każde ich słowo, wiedział, że do czegoś zmierzają, ale pojęcia nie miał, o co im chodzi. A tak bardzo zależało mu, by przed Jakubem II zabłysnąć.

— Po śmierci księcia głogowskiego jego synowie bardzo źle zaczęli panowanie — podpowiedział Borzysław. — Jak wszystkim już wiadomo, pojechali pokłonić się margrabiom do Berlina. Sprzedali Pomorze.

— Książę powinien uderzyć na nich i rozbić, i odbić Starszą Polskę — wypalił Gerward.

— Nie — usadził go Jakub i westchnął — Janisławie, dokończ.

— Książę nie może zrobić, jak radzisz, biskupie, bo zostanie to odczytane jako atak na bezbronne sieroty. Ale jeżeli książę uzbroi się w cierpliwość i pozwoli tym sierotom działać, to młodzi książęta bardzo szybko zniechęcą do siebie lud i rycerstwo Starszej Polski. Dlaczego? Bo ich nie szanują. Bo traktują kolebkę Królestwa jak kolejne, śląskie księstwo, zapominając o jego historii i dumie.

— Jeśli wyczekasz, Władysławie — odezwał się arcybiskup. — Wykażesz się cierpliwością i wyrozumiałością, to jest wielka szansa, że Starsza Polska sama przyjdzie do ciebie.

Zapanowała chwila ciszy. Książę Władysław wyglądał jak ktoś, kto sam sobie tłumaczy słowo „cierpliwość". Gerward zaś z nieskrywanym szacunkiem zerkał na arcybiskupich legistów i w myślach postanawiał, że przykręci śrubę swoim kancelistom, bo przydałoby się, żeby przynajmniej Stasiu i Maciek też byli tak bystrzy.

Królestwo jako idea łącząca ludzi wielu stanów, a nie jako własność osobista — podsumowywał w myślach.

Tymczasem Jakub Świnka wzniósł kielich i poprosił o wino.

— Książę? — odezwał się do zafrasowanego Łokietka. — Czy księżna Jadwiga już wybrała imię dla syna?

— Ja wybrałem — rozpromienił się Władysław. — Bo z racji na to, iż małżonka moja ukryła przed wszystkimi stan błogosławiony, nie zdążyła ode mnie wydusić przysięgi.

— Chcesz powiedzieć, że?... — mina arcybiskupa mówiła sama za siebie.

— Nie! — gromko zaprzeczył książę. — Zaniechałem Bolesławów — uśmiechnął się rozbrajająco i dodał: — Odkąd mój wnuk jest Bolko. I dałem synowi imię po mieczu. Kazimierz.

— Zatem wznieśmy kielichy za księcia Kazimierza, urodzonego w drodze, niczym nasz Zbawiciel — powiedział uroczyście Jakub Świnka.

Wszyscy obecni unieśli naczynia i już przystawili do ust, gdy arcybiskup dokończył:

— Był już jeden wielki Kazimierz, wnuk Chrobrego, Odnowiciel.

Z jego panowania niech spłynie na nas dzisiaj nauka, bo wyjątkowo pasuje do okoliczności.

Gerward upił łyczek i w tumulcie okrzyków przyzwał do siebie brata.

— Stasiu, odpowiedz szybko. O jaką naukę chodzi?

— Sojusz z Rusią? — odpowiedział niepewnie Stanisław.

— Maciek! — Gerward przywołał siostrzeńca, czując, że to kiepska odpowiedź, bo ani słowa dzisiaj o Rusi nie było. — Macieju, jaka nauka ma na nas spłynąć?

— Mam przeczucie, wielebny wuju, że ciężka — wyszeptał Maciej. — Bo to Kazimierz Odnowiciel porzucił Starszą Polskę na rzecz Krakowa.

ELIŠKA PREMYSLOVNA po morderczej podróży z Nymburka do Spiry była wykończona. Lato kipiało upałami w dzień, a parne noce na popasach nie dawały wypoczynku. Spieszyli się, przez Czechy jadąc w tajemnicy, ciągle w przebraniu, a potem, na ziemiach kontrolowanych przez przyjaznych Karyntczykowi Wittelsbachów, wcale nie było lepiej. Stary Vilém Zajíc i opat zbrasławski Konrad, którzy czuwali nad jej podróżą, bali się, że stronnicy jej szwagra mogą w każdej chwili pokrzyżować im plany.

— Wystarczy, że mnie zabiją, a całe przedsięwzięcie runie w gruzach! — tłumaczyła z przerażeniem Gredli na każdym popasie. — Rozmasuj mi barki, ach, dziewczyno! Cała przyszłość Czech na nich spoczywa, czujesz, jakie obolałe?

— Czuję, moja biedna pani — przytakiwała Gredla.

— Nie mów „biedna"! — karciła ją gniewnie Eliška. — Nie jestem jakąś byle królewną, która zabiega o bogatego królewicza!

Piekliła się na dwórkę, ale w głębi duszy była zła, że to ona musi jechać do narzeczonego, a nie on przyjechał do niej. Opat Konrad tłumaczył jej nie raz, że tak trzeba, aby oboje, ona i Jan, przybyli do Czech jako poślubieni małżonkowie, z błogosławieństwem tronowym króla niemieckiego, ale mimo wszystko złościła ją ta podróż. Męcząca, długa, raz po raz wystawiająca ją na niebezpieczeństwo. Mówiła im: „A jeśli spadnę z konia, to co? Wraz ze mną przepadną nadzieje na Królestwo!". „Nie spadniesz, pani" — pocieszał ją stary Zajíc. — „Wszak jedziesz jak mężczyzna" i dodawał: „Musimy gnać co sił. Król Henryk nie dał nam wiele czasu na dopełnienie formalności. Każdy jego dzień jest na wagę złota; król do Italii musi wyruszyć przed jesienią".

Opat Konrad na potwierdzenie kiwał podłużną głową na chudej szyi i powtarzał w kółko, jak psalm: „Nadszedł czas poświęceń, królewno Eliško".

No to chcąc nie chcąc, się poświęcała. Pośladki bolały ją od konnej jazdy tak, że gdy nikt nie widział, chodziła, kolebiąc się na boki, jak stara baba. Dłonie i stopy puchły jej od upału. Włosy mierzwiły się od kurzu drogi, a na twarzy wykwitły potne pryszcze. Czuła je pod palcami.

— Eliško kochana — pocieszała ją Gredla. — Dojedziemy do Spiry, weźmiesz kąpiel, wypoczniesz i znów twoja uroda rozkwitnie.

— Chcesz powiedzieć, że zwiędła?! — wściekała się Eliška tym bardziej, im bardziej czuła, że dwórka widzi, co mówi.

Wreszcie, po dwóch tygodniach męki, dojechali do Spiry, przez cały ostatni dzień, widząc już nad wyniesionym wysoko brzegiem Renu jej monumentalną katedrę, która z każdym końskim krokiem wydawała się potężnieć.

— Największy kościół naszego świata, spójrz, Eliško — powiedział do niej opat Konrad, gdy mogli już policzyć jego wieże.

— Przecież nie oślepłam — fuknęła na niego. — Nic innego nie widzę od rana.

— Nie przejmuje cię dumą, że poślubisz w nim Jana?

— Przejmuje — odburknęła i wskazała palcem na katedrę. — Równie wielka jak to. A dlaczego miasto wokół małe? Wygląda jak kurnik. Gdzie mu tam do naszej Pragi.

— Pani — upomniał ją Konrad. — Nie waż się takich rzeczy opowiadać przy królewskiej parze. Spira to piękne miasto, będziesz olśniona, gdy zobaczysz je z bliska.

Nie odpowiedziała mu, ale policzyła na poczet przyszłych „odwdzięczeń". Miała ich już sporą listę, zaczynającą się od formuły: gdy będę królową, to. I dalej następowały imiona ludzi, którzy ją obrazili, dotknęli, upokorzyli i zdenerwowali. Sprawowała nad nimi sądy i wydawała na nich wyroki. Zaczynała od swej siostry, Anny. Nie mogła jej wybaczyć tej zdradliwej próby wydania jej za Ottona z Bergova. To była istna podłość. Ona, która za chwilę w największej świątyni chrześcijańskiego świata weźmie ślub z synem króla niemieckiego, ona, wielka królowa Czech, miała być poniżona czymś takim!

Przed miejskie mury wyjechał po nich orszak mieniący się barwami. Złoto, błękit, czerwień, zieleń, aż oczy bolały.

— Król Henryk VII, królowa Małgorzata i królewicz Jan, z radością witają królewnę Elżbietę! — kłaniał się przed nią wystrojony dowódca oddziału. — I na usługi jaśnie panny przesyłają damy — to mówiąc, wskazał na orszak kilkunastu dziewcząt, które zza wystrojonych zbrojnych wyjechały naprzeciw niej.

Jęknęła w duszy. Dziewczęta śliczne jak orszak serafinów. W jedwabnych, strojnych sukniach, z włosami, na których lśniły siatki mieniące się kosztownymi kamieniami. Bladolice, z lekkimi, eleganckimi rumieńcami. Płaszcze na ich ramionach spływały błękitem, drapując się pięknie na końskich zadach. Wszystkie siedziały zgrabnie w damskich siodłach, trzymając wodze drobnymi paluszkami schowanymi w adamaszku rękawiczek.

Eliška zagryzła wargi, zerkając na swoją utarganą podróżą suknię. Na spuchnięte dłonie i ciężki płaszcz okrywający oba końskie boki. Ona jechała po męsku, wszak czas ich naglił. Po damsku to można sobie jechać na spacerek, jak te tutaj, piękności. Spróbowałaby która takiej podróży, przez jaką ona musiała przejść w upale i znoju, to by im te siatki z włosów spadły.

— Witam — skinęła głową oschle.

Jedna z dam, którą najpierw wzięła za dziewczynę, a teraz z bliska dostrzegła, że to była jednak niewiasta w słusznym wieku, tyle że drobna i ubrana frywolnie, jak tamte, wyjechała z szeregu i kłaniając się, przedstawiła:

— Jestem Anna i królowa matka uczyniła mi zaszczyt pełnienia obowiązków ochmistrzyni przy twym dworze w Spirze, pani. Zajmiemy się każdą z twych potrzeb.

No i dobrze — z ulgą pomyślała Eliška. — Mam ich wiele.

Ruszyli dalej. Rzeczywiście, Spira tylko z daleka wyglądała na niewielkie miasto, bo ciążyła nad nią potężna bryła katedry. Na uliczki wylęgł tłum, by zobaczyć przyszłą żonę królewicza Jana. Czuła się fatalnie. Jak wrona w otoczeniu stadka papug i jedyne, o czym myślała, by nie oszaleć, to o swej złotej sukni, ukrytej w skrzyni. Poczekajcie, aż ją założę! — odgrażała się w myślach tym, co patrzeli na nią krytycznie.

Bogu dzięki, oszczędzono jej wstydu prowadzenia do królewskiej pary, nim się nie odświeży po podróży. Ochmistrzyni Anna w asyście swych papug powiodła Eliškę do wyznaczonych dla niej komnat.

— Życzy sobie jaśnie panienka kąpiel? — spytała, zerkając na jej ubłoconą suknię.

— Natychmiast — oświadczyła Eliška. — I posiłek.

— Wedle pragnień — ukłoniła się Anna i na jej znak zastęp służek zaczął wnosić drewnianą balię i cebry z wodą.

Eliška rozejrzała się za Gredlą. Jej dwórka, nieco wystraszona tymi wystrojonymi pannami, o których nie wiedziały, czy są książęcymi córami, co sugerował ich wygląd, czy też służkami, skuliła się w kącie.

— Pomóż mi z suknią — przywołała Gredlę.

— Twoja dama niech sobie odpocznie — weszła jej w zdanie ochmistrzyni. — My chętnie ją wyręczymy.

Zaklaskała i panny w jedwabiach okręcając Eliškę, zaczęły ściągać z niej brudne suknie. Czuła się niezręcznie. Do tej pory rozbierały ją wyłącznie jej własne panny służebne. Zagryzła zęby. A niech mi służą! Nawet jeśli teraz wyglądają lepiej ode mnie, to ja tu jestem królewną!

Mimo to, gdy chciały zdjąć z niej koszulę, zbuntowała się. Nie będzie paradować przed nimi nago! Skrzyżowała ramiona na piersiach i zacisnęła dłonie w pięści.

— Nie — powiedziała zduszonym głosem.

Panny służebne popatrzyły na nią zaskoczone, ale skłoniły się i pomogły jej wejść w koszuli do balii. Od razu pożałowała. Woda była wonna i ciepła, parowała przyjemną mgłą, a koszula smrodem potu przylgnęła jej do ciała i zepsuła wszystko.

— Gredla — powiedziała. — Gredla, chodź do mnie!

— Tak, pani? — znajoma twarz pochyliła się nad nią.

— Pomóż mi zdjąć koszulę — szepnęła do niej Eliška i uniosła ramiona.

Gredla przez chwilę nie wiedziała, jak się do tego zabrać, wreszcie, wsadziła ręce do balii, by wyciągnąć spod Eliški koszulę.

— Nie — królewna uderzyła ją po ramionach. — Wodę mi pobrudzisz. Zobacz, jakie masz usmolone rękawy.

Gredla szybko wyjęła ręce z wody i rzeczywiście, z jej sukienki zaczęły kapać ciemne, brudne krople. Schowała ramiona za siebie i bezradnie popatrzyła na królewnę. Eliška sapnęła, uniosła pośladki i wyciągnęła spod siebie koszulę, a potem z trudem przeciągnęła mokre płótno przez głowę i ramiona. Wyrzuciła na podłogę z mokrym pacnięciem.

— Co mam robić, pani? — z paniką zapytała Gredla.

— Nic — odparła naburmuszona Eliška. — Idź i też się umyj, żebyś mogła mi dalej służyć.

Zanurzyła się po szyję w wodzie i odetchnęła na chwilę. Przymknęła powieki.

Jeszcze chwilę — pomyślała. — Jeszcze chwilę i będę królową.

Panny służebne podeszły do niej i pozwoliła im umyć sobie włosy. Pozwoliła rozczesać je delikatnym grzebieniem i wetrzeć w nie wonne olejki. Wreszcie, ukojona kąpielą, pozwoliła, by pomogły jej wyjść z balii i owinęły delikatnym, bieluchnym płótnem.

Ochmistrzyni podeszła do niej z purpurową szatą, która wyglądała jak płaszcz, tyle że miała rękawy.

— Załóż to, moja pani — poprosiła i Eliška ciągle w dobrym nastroju, pozwoliła, by ubrały jej to coś na nagie ciało. Było trochę wąskie w plecach i za ciasne w rękawach. I krótkie, sięgało ledwie do pół łydki. Ochmistrzyni zmarszczyła brwi niezadowolona i powiedziała, jakby przepraszająco: — Wybacz, pani, tutejsze damy są dużo niższe od ciebie.

Eliška wzruszyła ramionami. W tej samej chwili drzwi komnaty otworzyły się i do środka weszło kilka kobiet. Ochmistrzyni i służki przyklęknęły w ukłonie.

— Królowa Małgorzata i jej damy dworu — przedstawiła, wstając Anna. — Królewna Elżbieta.

Dostała wypieków. Co za pomysł, by odwiedzać ją, gdy jest w negliżu, po kąpieli. Mimo wszystko skłoniła się lekko i pociągnęła szatę, by mocniej zakryć piersi.

— Moja droga, witaj! — uśmiechnęła się do niej kobieta wyglądająca jak kwiat w rozkwicie. — Jak Bóg da, lada dzień będziesz żoną mego syna! — Wyciągnęła upierścienioną dłoń i pokazała złożonym wachlarzem. — Poznaj moje damy: Isabelle, Eugenie, Claire! To najbardziej zaufane matrony na mym dworze. One przeprowadzą badanie.

— Badanie? Nie rozumiem. — Eliška poczuła, że coś tu jest nie tak.

— Badanie, owszem — uśmiechnęła się królowa. — Jesteś już po kąpieli? No to możemy zaczynać. Parawan, proszę!

Służki raz-dwa rozstawiły parawan, wnosząc za niego coś w rodzaju szerokiego fotela. Eliška najpierw zezłościła się, iż nie raczyły parawanem osłonić jej w kąpieli, a potem wzięła się na odwagę.

— Co to ma być? — spytała ostro.

Małgorzata poruszyła wachlarzem tak zręcznie, jakby w dłoni trzymała prawdziwego motyla.

— Badanie czystości, moja droga.

— Wzięłam kąpiel. One mogą zaświadczyć — odrzekła z narastającą złością.

— *Ma chérie* — złożyła wachlarz jednym ruchem królowa. — Nie o taką czystość nam chodzi. Pomówmy! — delikatnie chwyciła Eliškę za łokieć i poprowadziła w stronę okna. — Musisz zrozumieć, że to małżeństwo to nie jest prywatna sprawa. Mój mąż przywiązuje wielką wagę do tego mariażu. Widzisz, Luksemburgowie to stara dynastia, która po latach chudych, wraz z królewską koronacją mego pana męża, wraca do gry i to od razu na najwyższym poziomie. Nie mogę ci jeszcze wyjawić wszystkiego, ale powiem tak: król Henryk sięgnie po największą stawkę. Rozumiesz, *ma chérie?* Największą.

Eliška patrzyła, jak królowa mówi. To było jak dworski taniec. Małgorzata wypowiadała zdanie i wykonywała jakiś ruch tak zręczny i delikatny zarazem, jakby to było przejście do kolejnej tanecznej figury. Wszystko w tej kobiecie było akurat, na miarę. Ucho drobne, idealnie uformowane. Podbródek i nos pasujące do siebie, dobrane. Włosy balansujące między barwą jasnego i ciemnego złota, uczesane w dobrze upięte zawoje, a siateczka na nich tylko podkreślała fryzurę królowej, a nie przysłaniała. Głęboki dekolt sukni ukazywał skórę bielutką, ale w odcieniu pozłoconego różu. Eliška w życiu nie włożyłaby tak wyzywającej sukni, w Pradze nawet kochanki jej ojca nie pozwalały sobie na coś takiego. Owszem, wiedziała, iż zwą to krojem francuskim, ale gdzie Paryż, gdzie Praga, dobre sobie. Tutaj jednak najwyraźniej wolno było nosić dekolty, co sprawiały wrażenie, że zaraz opadną i ukażą piersi damy. Do czego zmierza „ma chérie" królowa?

— Zgoda mego męża na to, by jedynego syna, Jana, przeznaczyć na tron czeski, jest decyzją o zaszczepieniu w Pradze dynastii luksemburskiej, rozumiesz?

— Rozumiem. Dla mnie zgoda, by poślubić młodego królewicza, też nie była łatwą — powiedziała, bo już dość miała, że nikt tu nie pamięta o niej.

— No właśnie, *ma chérie!* — rozsunęła wachlarz królowa Małgorzata. — Jesteś już w wieku, w którym kobiety zwykle mają po kilkoro dzieci. W dodatku doszły nas słuchy — powachlowała się i spojrzała na nią — oczywiście, mam nadzieję, że to obrzydliwe plotki. — Powachlowała się i znów zerknęła na Eliškę. — Rozumiesz. Musimy to jednak sprawdzić, bo szczep luksemburski na tronie praskim musi być na wskroś... luksemburski.

— Nie rozumiem — twardo oświadczyła Eliška i wyszarpnęła łokieć z dłoni Małgorzaty. — O co chodzi, królowo, powiedz wprost.

Małgorzata jednym szybkim ruchem złożyła wachlarz i uderzyła nim w otwartą dłoń. Spojrzała Elišce prosto w oczy, mówiąc:

— Plotkuje się, iż nie jesteś dziewicą.

— Co?! — nie mogła uwierzyć Eliška.

— I że przyjmowałaś w klasztorze mężczyzn podczas tajemnych schadzek, a jak cię na takowej nakryto, udałaś, iż był to zamach — niebieskie oczy królowej Małgorzaty przeszyły Eliškę na wylot.

— Bzdury! Brednie! Oszczerstwa wrogów! Niech zgadnę, stoi za tym Anna, moja siostra?

— Nieważne kto, gorzej, że nim dojechałaś do Spiry, wiadomość rozniosła się po naszym dworze. Wobec tego król, nie chcąc wywoływać skandalu, poprosił mnie i moje damy, byśmy dokonały stosownego badania.

W Elišce zawrzało. Anna, to musiała być ona. Małgorzata postukała złożonym wachlarzem w dłoń i jej damy weszły za parawan.

— Zapraszam — wskazała oschle kierunek Elišce. — Nie muszę dodawać, że wynik badania będzie wiążący wobec przyszłego małżeństwa.

Eliška Premyslovna się wściekła. Zrzuciła przyciasne czerwone ubranie, które dały jej damy po wyjściu z kąpieli, i depcząc je ze złością, pomaszerowała za parawan całkiem naga.

— Badajcie! Nie mam nic do ukrycia! — wrzasnęła upokorzona i usiadła na szerokim krześle.

Trwało to dłuższą chwilę i przysięgła w duchu, że nie uroni ani łzy. Niedoczekanie ich. Nie okaże słabości. Wreszcie damy skończyły, wstały, skłoniły jej się i wyszły za parawan, raportując swej pani:

— *Grandis et bruna...*

— Ale dziewica nienaruszona, królowo.

— Doskonale! — usłyszała, że Małgorzata klaszcze, i te oklaski podjęły panny służebne. — Nasza droga dziewicza królewna! Moja synowa! *Ma chérie*!

JAN LUKSEMBURSKI kochał rycerskie turnieje. Uwielbiał walki konne, gonitwy do pierścienia, pieśni rycerskie i romanse dworskie. Wychowywał się na dworze francuskim pod okiem Filipa Pięknego, tam zdobył szlify i pas rycerski. Jego pierwszym językiem był francuski, niemiecki owszem znał, ale go nie lubił. Kochał uczty i przyjęcia dworskie, na których damy i kawalerowie pląsali w rytm skocznej muzyki.

Swą przyszłość widział wielką, zwłaszcza od dnia, gdy ojciec został królem Niemiec i przywołał Jana do siebie, by podzielić się z nim swymi planami. A te były imponujące! Henryk, ojciec Jana, postanowił sięgnąć po godność cesarską, niemal od stu lat zapomnianą. Propozycja Czechów z początku Henrykowi nie pasowała. Wolał Jana ulokować małżeńsko w którymś z innych krajów elektorskich. Potem jednak, gdy sukcesy jego polityki sprawiły, iż elektorowie we wszystkim byli mu przychylni, uznał, iż syn może sięgnąć po Pragę, poszerzając rozrastające się terytoria Luksemburgów. Jan uczył się od ojca polityki, ale wobec rozmachu królewskich planów zostawiał dla siebie, iż wolałby zamiast niuansów dyplomacji doskonalić fechtunek. „Okazje trzeba chwytać w lot, *mon chéri*. Przemyślidka tylko teraz jest wolna i do wzięcia. Nie ożenisz się z nią ty, Czesi znajdą jej Wittelsbacha czy Wettyna. Różnica wieku? Zapomnij o tym. Twoja kochana matka też jest ode mnie starsza". „Ale królowa tylko o dwa lata, ojcze, a Czeszka ode mnie o cztery" — słabo protestował, na co ojciec mrugnął do niego i szepnął: „Przypomnij sobie, *mon chéri*, osiemnastoletnie paryskie damy. I co? Już ci różnica wieku nie przeszkadza? Wiedziałem! My, mężczyźni, jesteśmy tacy sami. Bądź dla niej szarmancki, miły, dworski, praw komplementy, całuj dłoń, mów wiersze, śpiewaj pieśni i spłódź z nią syna". „Dobrze, ojcze" — odpowiedział Jan i był szczęśliwy. Ożeni się, wyjadą z Elżbietą do Pragi i zacznie rządzić.

Mina zrzedła mu, gdy poznał narzeczoną. Ona nie była podobna do osiemnastoletnich dam paryskich. Była duża.

Wyższa od niego, spora w rozmiarze, ale powiedział sobie, że może to sprawa ubioru. Odziała się bowiem w haftowane czystym złotem szerokie i marszczone suknie. Na to jeszcze płaszcz z wyobrażeniem czarnej, płomienistej orlicy, która wydawała się drapieżnie syczeć na czerwonego, stojącego lwa Luksemburgów. Zdążyli zamienić ze sobą dwa zdania, niestety, po niemiecku, bo Elżbieta nie mówiła po francusku i już byli mężem i żoną.

Potem zaczęły się weselne uczty i Janowi udało się nowo poślubioną zaprosić do tańca.

— Lubisz muzykę? — spytał.
— Tak — odpowiedziała.
— A taniec?
— Nie.

I tyle było rozmowy. Szybko zobaczył, iż nie tylko nie lubi, ale i nie zna wielu tańców. Nic to, pocieszał się w duchu. Nauczę ją.

Po uczcie były uroczyste pokładziny. Jego małżonka okazała się nieśmiała, nie chciała zwyczajowo oddać trzewiczków ani nałęczki odprowadzającym ich do alkowy radosnym dwórkom. Wiedział, co do niego należy. Owszem, wolał, by sprawy miały się inaczej, by mógł najpierw całymi tygodniami adorować swą panią, wręczać jej ukradkowe, wiele mówiące prezenty, kwiaty, wiersze spisane na skropionym wonną wodą pergaminie. I dostawać od niej w zamian to spinkę, to jedną rękawiczkę, to wreszcie jedwabną wstążkę, którą wiąże się nogawiczkę pod kolanem. Ale niestety. Król ojciec spieszył się do Italii, co miało być początkiem jego drogi po cesarską koronę, i poprosił syna, by odłożył zaloty wobec Elżbiety na później, a teraz po prostu zrobił, co trzeba. Mieli wobec całego dworu pokazać zakrwawione prześcieradło, a potem objechać Kolmar i Norymbergę w asyście królewskiej pary i już, każdy w swoją stronę. Jan i Elżbieta do Pragi na koronację, a ojciec i matka do Italii po najwyższy wieniec świeckich władców.

Nie było łatwo, choć Jan wiedział, co robić. Nauczyły go wszystkiego francuskie dwórki. Elżbieta miała jednak swoje zdanie na te sprawy i nieco się natrudzili, nim na prześcieradle zakwitły maki poślubnej nocy. Tak jej powiedział. Maki.

Wzruszyła ramionami i ukryła twarz w dłoniach. Pogładził ją po włosach, ale strząsnęła jego rękę, obrażona. Wreszcie podał jej kielich wina, francuskiego, a jakże, i wreszcie wyjawiła mu, o co chodzi.

— Słyszałam podczas weselnej uczty! — syknęła, zachłystując się winem. — Jak opat Konrad rozmawiał z twym ojcem, panie! Śmiali się obaj, a opat w okrutnym żarcie powiedział: Prędzej wydałbyś syna za dziewicę pięćdziesięcioletnią, niż wypuścił z ręki tak wspaniałe czeskie królestwo. Rozumiesz, Janie?!

Rozumiał. Po nocy poślubnej lepiej niż wtedy, gdy pochopnie wyrażał zgodę na małżeństwo.

Pocieszył swą panią żonę, mówiąc, iż nic nie jest teraz ważniejsze od ich koronacji i miłości. Dała się udobruchać drugim kielichem wina i zasnęli po ciężkim dniu, zwłaszcza że czekały ich kolejne, nie lżejsze.

Paradne przejazdy z miasta do miasta, gdzie i po wsiach witali ich maluczcy. Królowa matka i król ojciec tak pięknie wyglądali w luksemburskich płaszczach zdobionych pasami na przemian srebrnymi, na przemian błękitnymi. Jechali obok siebie, bok w bok i uśmiechali się do wiwatujących tłumów. Matka rozrzucała kwiaty.

Jan nie był naiwny, wiedział, że rodzice ćwiczą swój wjazd do miast italskich. On i Elżbieta jechali za królewską parą. Próbował rozmawiać z żoną, ale wiele zależało od jej humoru. Nie zawsze była usposobiona do żartów. Gdy pytał ją o romanse rycerskie, odpowiadała, że woli psalmy. A zagadywana o turnieje mówiła, że od dawna ich w Pradze nie było.

— No to zorganizujemy z okazji naszej koronacji! — Jan nauczył się nigdy nie okazywać złego nastroju i postanowił, iż musi to przyswoić swej żonie.

— Najpierw, mój drogi — odrzekła mu, nieładnie zaciskając wargi — musimy wygnać z kraju Karyntczyka i moją siostrę.

— *Ma chérie!* — roześmiał się. — Toż nie jedziemy do Pragi sami. Ojciec w prezencie ślubnym daje nam trzy tysiące wojska! Do tego arcybiskup Peter z Aspeltu, który był doradcą twego drogiego ojca, i mądry hrabia Berthold von Henneberg, i do tego biskup Filip, nic się nie bój, pokonamy Karyntczyka. Sam stanę na czele wojsk.

— Peter z Aspeltu to rozumiem — odrzekła jego żona. — Ale ten Berthold i Filip to po co, pytam się?

— Jak to po co, *ma chérie?* By pomogli nam sprawować władzę! O arcybiskupie mogunckim mówi się, że potrafi pokonać wroga dyplomacją, nim przeciwnik w ogóle zorientuje się, że jest wojna. Uwielbiam dyplomację, a ty?

— Ja nie — odpowiedziała Elżbieta. — Ja wolę rządzić.

Przez chwilę jechali w milczeniu, bo Janowi zabrakło uprzejmych konceptów na to zdecydowane stwierdzenie żony. Wreszcie spróbował jednak zagadnąć.

— Damom znacznie bardziej przystoi sprawowanie rządów nad ludzkimi duszami. Władanie uczuciem, jakie żywią do nich mężczyźni, ferowanie wyroków w wytwornym sądzie miłości, gdzie panny i kawalerowie zwierzyć się mogą swej pani z tajników i prosić o jej uprzejmą radę.

— Chcę rządzić krajem. Moim krajem — przerwała mu zdecydowanie i Jan poczuł, iż jego ojciec był naiwny, mówiąc: „Bądź dla niej szarmancki, miły, dworski, praw komplementy, całuj dłoń, mów wiersze, śpiewaj pieśni i spłódź z nią syna". Może i Henryk VII wiele wiedział o damach, ale nie miał pojęcia o naturze jego Czeszki.

Gdy wreszcie na Norymberdze skończyli tryumfalny objazd kraju i ojciec z matką żegnali Jana i Elżbietę przed podróżą, szepnął ojcu do ucha, po francusku, na wszelki wypadek:

— Co ja mam robić, ojcze? Żadna z twych rad nie podziałała na nią.

— Wobec tego, synu, odpuść sobie wszystkie i skup się na ostatniej: płódźcie potomków. Jeśli to wypełnisz, możesz się do woli oddać turniejom, polowaniom i damom. Ale nie wcześniej, *mon chéri*. Bo dobry władca znajduje czas na przyjemności po obowiązkach, a zły z przyjemności czyni ołtarz. Wtedy prędzej czy później sam stanie się złożoną na nim ofiarą. Rozumiesz, Janie?

— Dobrze, ojcze — odpowiedział i ucałowawszy rodzica i swą piękną matkę, odwrócił się ku żonie, uśmiechnął do niej i ruszyli w drogę ku Czechom.

— No, nareszcie sami — powiedziała jego Elżbieta, gdy ujechali kawał. A potem odwróciła się i bezceremonialnie wskazała na wyznaczonych mu przez ojca doradców. — Tych tam powinieneś odprawić zaraz po naszej koronacji. Panowie czescy nie znoszą obcych.

— A ja, moja droga? — próbował rozbroić jej naburmuszenie żartem. — Ja też jestem obcy, a mimo to zaprosili mnie na tron.

— Jesteś moim mężem — powiedziała z wyższością. — To znaczy, że dzięki mnie będziesz dla nich kimś bardziej... oswojonym.

— Oswojonym? — roześmiał się. — Lwa nie można oswoić!

— Nie lubię lwów w herbie. Trzy lwy ma moja macocha i lwa, podobnego do twojego, miał Rudolf Habsburg. Ty lepiej wyciągnij naukę z krótkich dziejów korony Rudolfa! On też otaczał się ludźmi swego ojca i źle przez to skończył.

Wyczerpała jego cierpliwość na dzisiaj. Nie patrząc na nią, powiedział dobitnie:

— Doradcy zostają tak długo, jak długo będę potrzebował ich rad. A ty, pani, nie przyzwyczajaj się do myśli o własnych rządach. Nie jadę do Pragi jako mąż królowej, ale jako król, zaproszony przez wszystkie wasze stany.

— Małżeństwo było warunkiem ofiarowania ci korony! — krzyknęła jego żona nie jak dama, ale jak rozwścieczona kotka.

— Zastanów się, pani, dla którego z nas było ono warunkiem niezbędnym — odpowiedział jej zimno.

HENRYK Z LIPY z Janem z Vartemberka i połączonymi oddziałami Ronovców i Markvarticów oraz innymi czeskimi panami witał w Budinie orszak Jana i Eliški. Gdy ten był już blisko i chorągwie Luksemburgów z lwem na pasach srebrnych i błękitnych załopotały na wietrze, a trębacze obu stron głośnym dęciem oznajmiali, iż to już za chwilę, Henryk odwrócił się do przyjaciela ze śmiechem:

— Dobrze, że już za Premysla Ottokara ukrócono twe królewskie zapędy, Janie! Inaczej znalazłbyś się w kłopotliwej sytuacji, ze swą kroczącą lwicą w herbie i imieniem iście królewskim!

Jan udał skromność, co zawsze przychodziło mu z łatwością, i unosząc czarną ze złotym tarczę, odpowiedział:

— Od czasu zatargu z ostatnim wielkim Przemyślidą noszę żałobę na tarczy!

— A to złoto w jej otoku to ubogi wieniec pogrzebowy?

— Daj spokój, nie mów o śmierci, gdy czcić dzisiaj będziemy wesele. No już, mina poważna, bo Knedlica z mężusiem blisko. Spuść oczy, Henryku! Żebym cię w takiej chwili pokory musiał uczyć. Przy okazji, jak się czujesz jako pierwszy pan Czech?

— Tak jak wcześniej — mrugnął szybko Lipski. — Tylko teraz mam to na piśmie.

— Najjaśniejsza pani! — pokłonili się równo. — Nasz przyszły królu!

— To panowie, o których ci mówiłam — zwróciła się do męża Eliška, i Henryk nie mógł pozbyć się wrażenia, iż w jej głosie brzmi złośliwa nuta. — Henryk z Lipy, marszałek i podkomorzy Królestwa Czech, i jego druh, Jan z Vartemberka.

— Pierwsi baronowie — uśmiechnął się do nich młody chłopak, który miał być ich królem. — Tak o was mówiła moja małżonka.

— Pani w swym majestacie jest dla nas dzisiaj hojna — odpowiedział Jan z Vartemberka i dzięki temu Henryk miał grzeczności z głowy.

— Nie możemy się doczekać, książę Janie, gdy zwać cię będziemy mogli królem. Będziesz pierwszym Janem na naszym tronie i oby Bóg wam błogosławił, ojcem wielkiej nowej dynastii. Jak minęła podróż?

— Fatalnie — wypaliła Eliška i Henryk zaśmiał się w duchu.

— Doskonale — odpowiedział Luksemburczyk, jakby nie usłyszał żony. — Pogoda wyborna, choć jesień dużo chłodniejsza niż we Francji, ale kraj piękny i te barwy złota, purpury, zieleni. Mówiłem mojej pani, iż to sama natura stroi naszą podróż poślubną w najpiękniejsze szaty. Kiedyśmy przejeżdżali przez góry...

— Gdzie moja siostra i szwagier? — przeszła do konkretów Eliška, nie zwracając uwagi, iż jej młody mąż nie skończył mówić.

— W Pradze. Karyntczyk ściągnął najemne wojska z Miśni, obsadził nimi zamek praski i Kutną Horę, bo chce mieć stały dostęp do srebra — odpowiedział Henryk.

— To źle — oceniła fakty Eliška. — Ale za nami też ciągnie wojsko. Trzy tysiące żołnierzy w prezencie od teścia. Niestety, z małym dodatkiem.

— Z czym? — nie zrozumiał jej Henryk.

— Mój mąż dostał trzech doradców — powiedziała po czesku Eliška i machnęła ręką lekceważąco. — Możemy mówić śmiało, on tylko po francusku i niemiecku, a, i łacinę zna.

Zrobiło się niezręcznie, bo młody Jan zerknął pytająco na żonę. Jan z Vartemberka szybko opanował sytuację i zajął go rozmową o turniejach rycerskich. Eliška uniosła oczy ku niebu.

— No tak, on tylko by o tym gadał! Jaki kropierz na konia, jaka kopia turniejowa najlepsza. I w kółko nudne rozmowy o poezji. Jedźmy, Henryku. Niech tam pan z Vartemberka zabawia mego chłopca.

Ruszyli.

Czy powinienem jej powiedzieć, iż nie wypada, by mówiła „chłopiec" o mężu? — pomyślał. — Boże, po tej kobiecie wszystkiego można się spodziewać.

— Pani — zaczął ostrożnie. — Obojgu wam by się przysłużyło, gdybyś nie podważała autorytetu Jana.

— Ja podważam? Nie, ja tylko stwierdzam fakty i to wyłącznie w rozmowie z przyjacielem. Bo jesteś nim, prawda, panie z Lipy?

— Oczywiście, moja pani — skłonił jej się. — Co to za doradcy?

— Peter z Aspeltu, arcybiskup Moguncji, którego Henryk ustanowił regentem syna, co mnie wścieka, rozumiesz? Może i ten chłopak jeszcze nie jest pełnoletni, ale ja, do diabła jestem!

— Żona nie może być regentką męża, moja pani — wyjaśnił delikatnie. — Choć przyznam, że i mnie nie podoba się ustanawianie regencji. Twój mąż skończył lat czternaście i za rok będzie pełnoletni. Poza tym, mój Boże, poślubiliście się, wieść niesie, że dopełniliście małżeństwa, już sam ten fakt świadczy o jego dorosłości.

— No nie wiem, czy to był dowód dorosłości — rzeczowo przerwała mu Eliška.

Henryk zaczerwienił się. Nie wypada, by pytał o takie sprawy.

— Francuskie wychowanie spaczyło go trochę, panie z Lipy — powiedziała po chwili. — Wydziwia w małżeńskim łożu.

Jezu, tylko bez szczegółów! — poprosił w duchu Henryk.

— Najważniejsze, że dopełniliście... hmm... obowiązku... — odrzekł wymijająco.

— Tak, tak — machnęła ręką. — Słuchaj, prócz Petera jako regenta dostał od ojca Bertholda z Hennebergu, którego na ich dworze zwą „mądrym hrabią", i jeszcze biskupa Filipa. Trzech, do jednego chłopca! I jak coś im próbowałam powiedzieć, to oni się mądrzyli. Nie tak miało być. Nie podoba mi się to wszystko.

Mnie też — pomyślał Henryk z Lipy.

Gdy zatrzymali się na nocleg w zawczasu przygotowanym obozie, czekali zwiadowcy Henryka z Lipy z meldunkiem:

— Marszałku! Z Pragi do Kutnej Hory ruszył jeszcze jeden oddział posiłkowy wojsk Karyntczyka, który wydał rozkaz, by bronić kopalń przed uzurpatorami.

— Kim?! Powtórz! — rozkazała Eliška.

— Spokojnie, pani — odezwał się Jan z Vartemberka. — Karyntczyk używa tego określenia z rozmysłem, odkąd stało się jasnym, jakie plany wiążą się z tronem czeskim…

— Ale to on powiedział! — wystawiła oskarżycielsko palec w kierunku zwiadowcy. — Niech tak nie mówi przy mnie!

— Najjaśniejsza pani — próbował opanować jej gniew Henryk. — Moi zwiadowcy mają rozkaz przekazywać słowo w słowo, czego się dowiedzieli. Gdy twój szwagier obraża mnie lub Jana, to też to powtarzają. Takie ich zadanie.

— Was obraża? — zaciekawiła się natychmiast. — A jak mówi?

Spojrzeli na siebie z Janem.

— Czeskie zbóje.

— Ha, ha, ha! To mi się podoba! — zaśmiała się pełną piersią.

— Co tak bawi mą panią żonę? — zapytał młody Jan.

— Czeskie zbóje! To mnie bawi! — nie mogła przestać się śmiać.

— Panie — ominął ją Henryk i zwrócił się do niego. — Mamy wrogów w dobrze obwarowanym zamku praskim, tam też przebywa Henryk Karyncki z małżonką i wierną im załogą. I Kutną Horę…

— Której kiedyś tak mężnie broniłeś przed Habsburgami — wtrąciła się Eliška. — Zrób to znów, tylko od drugiej strony, no co? W końcu teraz jesteś marszałkiem. Zdobądź miasto kopalni dla swej nowej królowej. I króla — dodała, bo Luksemburczyk spojrzał na nią, marszcząc brwi.

— Ja z mymi oddziałami będę oblegać Pragę — powiedział na to Jan, oglądając się na Petera z Aspeltu, a gdy arcybiskup moguncki potwierdził, dodał: — Uderzymy na Karyntczyka z dwóch stron.

— Wedle rozkazu — odrzekł Henryk z Lipy, choć wiedział, że to nie będzie łatwe.

Miasto było idealne do obrony, mimo kiepskich fortyfikacji. Położone na zboczach góry, która sama w sobie była przeszkodą dla oblegających, opasane wałami ziemnymi, do których ciężko podejść, z niezliczoną ilością zapadlin i zamaskowanych, starych szybów górniczych.

Garstka obrońców mogła bronić się w nim przez wiele tygodni przed przeważającą siłą wojsk. Henryk, rzucając się do zdobycia Kutnej Hory, wiedział, że porywa się z motyką na słońce, ale wiedział też, iż odmawiając wykonania rozkazu, pogrąży się przed Knedlicą i młodym, przyszłym królem. Dlatego powiedział „tak", choć powinien krzyknąć „nie".

Ale nie pojechał bić się o Kutną Horę za darmo. Nim ruszył, usiadł do negocjacji z doradcami młodego Jana — moguńckim lisem i mądrym hrabią. Oni, wchodząc do Czech, potrzebowali oparcia w miastach, by nie zamknęły przed Luksemburczykiem bram, jak Praga i Kutná Hora. Miasta wschodnioczeskie należały do Rikissy.

— Królowa wdowa wpuściła kiedyś wojska Habsburgów idących na Karyntczyka — powiedział Peter z Aspeltu. — Niech zrobi to samo dla nas.

— Zapłaciła za to wielką cenę — odrzekł Henryk. — Karyntczyk, choć się zobowiązał, nie wypłacił jej ani grosza.

— Ale oddał jej miasta — szybko zauważył Berthold. — Przyznasz, że to spory dochód.

— Ile skarb zalega królowej? — spytał moguncki lis.

— Czterdzieści tysięcy — odpowiedział Henryk i widział, że obaj luksemburscy doradcy zbledli.

— To fortuna — ostrożnie powiedział hrabia Berthold.

— Ty, jako podkomorzy Królestwa, powinieneś wiedzieć, czy skarb dysponuje taką kwotą — dodał Peter.

— Odkąd stanąłem po waszej stronie, nie mam dostępu do skarbu — wymijająco odpowiedział Henryk. — Ale gdy Jan obejmie tron, gdy zaczną się normalne rządy w Czechach, skarb zacznie się zapełniać. Jeśli pragniecie, by królowa wdowa przychylnie spojrzała na rządy Jana, by okazała mu swą przyjaźń, otwierając przed wami swe miasta, nie możecie okradać jej, jak to zrobił Karyntczyk.

— Tysiąc po zdobyciu Pragi — zaczął negocjacje moguncki lis.

— Dziesięć tysięcy — zaproponował Henryk. — I dokument wystawiony teraz, od ręki.

— Dwa tysiące, więcej nie możemy spełnić.

— Dwa tysiące za pięć miast otwartych przed nową dynastią? To kpina, arcybiskupie.

— Niech będzie pięć tysięcy — z rezygnacją zaproponował Berthold. — To i tak fortuna.

Henryk dostrzegł, że zbliżają się do nich gołąbeczki, Eliška i Jan, idący tak daleko od siebie, że zaprawdę wolał nie wiedzieć, co się między nimi dzieje w sypialni. Szybko zakończył negocjacje:

— Za mniej niż sześć nie wezmę gniewu królowej wdowy na swą głowę — oświadczył i dobili targu.

Notariusz zaczął sporządzać dokument, a Eliška ciekawie spytała:
— Coście tu bez nas ustalili?
— Uregulowanie długów przez Koronę — wymijająco odpowiedział Henryk.
— W imieniu króla Jana, w zamian za otwarcie bram, wypłacimy królowej wdowie sześć tysięcy grzywien — wyjaśnił kwaśno moguncki lis.

Eliška skrzywiła się, ale jej młody, rycerski Jan, miał lżejszą rękę.
— Skoro królowej wdowie należą się pieniądze, zapłacimy, *ma chérie* — powiedział, zamykając temat. — Nie wypada, by na stare lata wdowa po królach przymierała głodem.

Eliška słowem nie wyprowadziła męża z błędu. Mściwie spojrzała na Henryka z Lipy i spytała drżącym z gniewu głosem:
— Rozumiem, że teraz już nic nie stoi na przeszkodzie, byś zamiast interesami królowej wdowy zajął się wreszcie sprawami Królestwa i nowej królowej, marszałku?
— Naturalnie, pani — odpowiedział jej chłodno. — Niech tylko przyschnie wosk na pieczęciach pod dokumentem, a już ruszam do walki.

Próbowali zdobyć Kutną Horę z zaskoczenia, nie udało się. Próbowali od strony kopalni, ale tam górnicy, jak przed laty, wzmocnieni teraz załogą miśnieńską, odparli atak bez trudu. Co rano przypuszczał atak, co wieczór wściekły wracał do namiotu w obozie. Przypominając sobie, że już raz mieszczanie z Kutnej Hory zastawili na niego i Jana zasadzkę. Wtedy, gdy w pobliskim sedleckim klasztorze spotkali się, by po raz pierwszy padło „Luksemburgowie".

Co za obrót koła fortuny! — klął i jedyne, za co był wdzięczny Panu, to że nie było przy nim teraz syna, Henryka juniora, i przynajmniej o jego głowę mógł być spokojny, gdy nadstawiał własną.

Zima tego roku nadeszła błyskawicznie, z początkiem grudnia były ostre przymrozki. W nocy siedział z Fridusem, starym druhem od wojaczki, jednookim i kulawym, choć w bitwie i zasadzce wciąż niedościgłym. Fridus bronił z nim przed laty Kutnej Hory; teraz radzili, jak się do niej dobrać. Rozmowę przerwało im przybycie zwiadowcy przysłanego przez Jana z Vartmberka. — Zamek praski wzięto podstępem. Nie dali rady z wojskiem — powiedział człowiek Jana.

— Luksemburskie hufce już miały wracać do domu na zimę, kiedy ktoś z otoczenia Karyntczyka zdradził i nocą otwarto im bramy. Opanowali zamek praski błyskawicznie, a potem szybko zdobyli i miasto.

— To mają w garści Annę i Karyntczyka — stwierdził Fridus i splunął.

— Chwała Bogu — powiedział Lipski. — Jutro zadbam, by wieści przez cystersów z Sedlca dostały się do Kutnej Hory. Garnizon powinien oddać nam miasto na wieść, że Praga uległa. Nie będą mieli się po co dalej bronić. Idź spać, człowieku, należy się wypoczynek tobie i twej klaczy, widzę, że gnałeś do mnie bez przystanku.

— Tak było, panie. Jan z Vartemberka przykazał.

A jednak nie mógł spać, mimo dobrych wiadomości. Wstał przed świtem, zresztą zimo i tak pobudziło cały obóz. Ledwie słudzy rozpalili ogniska, by zawiesić na nich kociołki z ciepłą strawą, ledwie pierwszy, słaby brzask rozerwał niebo na wchodzie, jak dało się słyszeć okrzyki straży. Henryk, który stał i jak co rano wpatrywał się w porażające go mimo swej powtarzalności widowisko wschodu, odwrócił się zły, że mu przerywają.

— Co się dzieje? — krzyknął.

— Z Kutnej Hory wyjechał nieduży oddział. Albo chcą uciekać, albo to podjazd, który ma uderzyć na obóz i wziąć nas znienacka.

— Do broni! — rozkazał. — Zostają tylko straże. Friduuus! Budźcie jednookiego!

Przy pasie miał miecz, złapał pierwszego z brzegu konia, wskoczył na siodło i dał znać dęciem w róg, gdzie jest, by w zamieszaniu, jakie powstało, znaleźli go jego ludzie. Już miał przy sobie pięciu, sześciu, pozostałe konie wyjeżdżały z obozowiska. Ruszyli szybko, gdy tylko wydostali się poza namioty, zobaczył pędzący ku nim niewielki oddział.

— Na nich! — krzyknął i w tej samej chwili poczuł przeszywające gorąco. Usłyszał rżenie konia i spadł z siodła przeszyty bełtem z kuszy prosto pod obojczyk.

Ostatnią rzeczą, którą zobaczył, była łuna wschodzącego, zimowego słońca, majestatyczna w lodowatej i mglistej urodzie.

Witaj, śmierci — pomyślał. — Jesteś piękna jak zorza.

OSTRZYCA urodziła to dziecko w samotności. Chciała się go pozbyć od pierwszej chwili, gdy poczuła jego obecność w łonie, ale Półtoraoki zaprowadził ją do Starców, a ci orzekli, że ma donosić, zdrowo powić i oddać im na wychowanie. Z początku było jej to obojętne, chcą, niech biorą. Ale gdy coraz mocniej wypełniało jej brzuch, gdy coraz więcej odbierało jej siebie, zaczęło w niej rodzić bunt. Było poczęte w złej wierze, w gniewie, jako owoc tajemnej misji; było wypadkiem przy pracy; czymś, czego nie pragnęła, co odbierało jej samą siebie. Z brzuchem nie mogła biegać po podniebnych kładkach, jej ruchy stały się ociężałe i powolne, aż Jarogniew tłumacząc to „jej dobrem", wykluczył ją z oddziału. Wściekła się, choć powiedział „to tylko na jakiś czas".

Mój Trzygłowie, jaki hojny pan! — pomyślała w gniewie. — Dla niego to tylko „jakiś czas", a przecież to moje noce, moje dni. Jak lekką ręką gospodarzy się cudzym życiem.

Gdyby była u Dębiny, poród odebrałby siostry, ale ona uciekła od nich i już nie miała sióstr. Miała matkę, ale ta nie mogła odejść nawet na dzień ze służby. Jarogniew dał jej jakieś babki położne, lecz gdy zobaczyła ich szponiaste, brudne dłonie, pognała na cztery wiatry. Nie pozwoli, by dotykały jej łona.

Rodziła w leśnej chacie, jednej z wielu, które wojownicy ojcowizny mieli pochowane w lesie. Teraz, w zimowej porze, niemal w połowie przysypanej świeżym śniegiem. Jej krzyków słuchały tylko sowy, a mech uszczelniający belki domu wchłaniał jej pot i łzy. Wyszło z niej. Sine, pokryte śluzem i krwią. Obce.

— Wykluło się — powiedziała zmęczona i zapadła w sen.

Obudziło ją pojękiwaniem. W chacie panował przeraźliwy chłód i dziecko też było zimne. Tak, pomyślała, że pozwoli mu umrzeć, a jak nie zrobi tego samo, to wyniesie za chałupę, niech biorą je wilki. Ale gdy się zbudziła, poczucie obowiązku wzięło górę. Trzeba je odnieść Starcom. Przypomniała sobie o pępowinie, rozcięła ją i zawiązała. Zawinęła dziecko w koc i choć to budziło jej sprzeciw, przystawiła do piersi. Ssało łapczywie. Chciało żyć. Czuła zmęczenie i wrogą obojętność. Ono nie pozwalało się oderwać od sutka; zasnęła.

Gdy zbudziła się drugi raz, była noc. Trawiła ją gorączka tak silna, że miała zwidy. Jej ciałem wstrząsały dreszcze, a dłonie konwulsyjnie mięły suknię. Wydawało jej się, że w chacie rozpalono ogień, a na trójnogu zawieszono wielki kocioł, z którego unosiły się kłęby pary. Widziała postacie, które przyszły po dziecko, zabrały go od niej i przez chwilę zdawało się, że wsadzą je do gotującego się kotła. Nie protestowała. Nie miała sił. Potem zjawy poiły ją czymś, co było gorzkie jak żmijowy jad i najpierw poparzyło jej język, a potem sprawiło, że wbrew woli Ostrzycy mówiła to, czego one chciały.

— Kto wydał Jaćwież?

— Dlaczego?
— Kto zabił strażników jeziora Perty?
— Gdzie jej płód?

Odpowiadała wbrew woli, nie mogąc zapanować nad językiem posłusznym żmijowemu naparowi i gdzieś, w głębi głowy, kołatała jej myśl, że za chwilę padną pytania, którymi wyda wyrok na mieszkańców warownego jesionu. Tak się nie stało. Zjawy nie zapytały o Święty Gaj i nie chciały wiedzieć, czyje to dziecko. Położyły na jej łonie coś, co wydawało się wrzącym kamieniem, i przez senną myśl przeszło Ostrzycy, że ją wypalą. Zamiast tego zniknęły, rozwiały się jak dym spod kotła.

Obudziła się, był dzień. Gorączka minęła; sprawdziła, czoło miała spocone i chłodne. Dziecko spało przy niej, wymyte ze śluzu i krwi, czyste. Dotknęła łona. To nie był kamień, to okład. Wstała z trudem. Palenisko pod kotłem wygasło, ale popioły wciąż były ciepłe.

To nie był sen, zrozumiała, patrząc na porządek w chacie. Na czyste, poskładane płótna, ułożone w koszu przy kotle. Na leżący na ławie chleb i dzban z mlekiem. Poczuła głód i opierając się o ścianę, posiliła się. Przypominała sobie pytania, jakie jej zadano, ale nie potrafiła odtworzyć swoich odpowiedzi.

Dziecko zakwiliło i podeszła do niego kierowana jakimś niewidzialnym zewem. Odwinęła powijaki. Chłopiec. Podkurczał nogi i wymachiwał rączkami, jakby chciał się od niej opędzić. Przez chwilę poczuła ciekawość. Przewróciła go na brzuch. Miał wydłużoną czaszkę i wąskie pośladki. Na lewej łopatce dziecka widniał znak.

„Uszczypnięcie bociana" — usłyszała w pamięci głos babki — „to na szczęście".

Wzruszyła ramionami. Szczęście? Jakie szczęście może mieć wylęganiec niechciany przez ojca i matkę? Urodzony z przymusu, oddany na służbę Starców. Dotknęła palcem tego czerwonego znaku, bo wydał jej się znajomy. Dzieciak poruszył się, jakby reagował na to jedno miejsce. Dotknęła go drugi raz. Znów to samo. Poruszył barkami, jak pływak. Ostrzyca zbliżyła oko do znaku i poczuła, jak zasycha jej w ustach.

Obcuch miał na lewej łopatce czerwonego, brandenburskiego orła.

ELIŠKA PREMYSLOVNA nałożyła swą piękną, czerwoną suknię, choć mogła wybrać każdą inną. Chciała właśnie tej, by zakłuć w oczy szwagra i siostrę, przypomnieć im, jak bardzo byli nikczemni, chcąc wydać ją za byle rycerzyka, i jak bardzo ich plany zostały udaremnione przez jej małżeństwo z Luksemburczykiem.

— Janie, idziemy! — ponagliła męża, który zagapił się przez okno na Wełtawę. — Później będziesz podziwiał widoki.

Podszedł ku niej, smukły, złotowłosy, w półpancerzu z lwem Luksemburgów na piersi.

— Wybacz, *ma chérie*. Zatęskniłem za Sekwaną i Renem. Jestem synem dwóch rzek.

— Ale mężem jednej — uśmiechnęła się polubownie. — Chodź, skarbeńku, wszyscy czekają.

Dzisiaj była dla niego miła. Chciała przed Anną i Henrykiem pokazać, jak bardzo się kochają. Jan podał jej ramię, wsparła się na nim. Był od niej niższy o pół głowy, ale biskup praski pocieszał ją, że młody pan jeszcze urośnie. Podobał się Elišce, jako chłopiec, bo jego niebieskie oczy, jedwabiste włosy i gładka buzia nie mogły się nie podobać. Gdyby był jej młodszym braciszkiem, może odnajdowałaby przyjemność w ciągnięciu go za loki i strojeniu w fatałaszki, ale to w sytuacji małżeńskiej nie wchodziło w grę. Zwłaszcza że w kwestii stroju jej młody małżonek był na wskroś francuski i już raz czy dwa sam zaczął wtrącać się do jej ubioru, sugerując, że mogłaby się nosić inaczej. Zbeształa go i tyle. Lecz dzisiaj wszelkie swary odłożyła na bok, oto bowiem są w Pradze, na zamku, który porzucił Karyntczyka i otworzył przed nimi swe podwoje. Poczekali, aż herold zakrzyknie:

— Królewna Eliška Premyslovna, dziedziczka tronu Czech, i Jan Luksemburczyk, jej małżonek. Z woli ludu, panów i króla niemieckiego dzierżący Czechy jako królewskie lenno!

Weszli w majestacie; ona uśmiechała się promiennie do zebranych, Jan zachował powagę swych czternastu lat. Elišce oczy błyszczały do tronów na podwyższeniu, za którymi zawieszono dwie chorągwie — Przemyślidów i Luksemburgów. Szła dumnie wyprostowana, patrząc po zebranych.

Biskup praski Jan, opat zbrasławski Konrad, opat sedlecki Heidenreich, powitała ich serdecznie, choć opata Konrada wciąż nie skreśliła z listy tych, do których miała żal, to jednak dzisiaj, w chwili tryumfu, umiała wznieść się ponad uczucia małe.

Dalej trzej doradcy jej męża; „mądrego hrabiego" i biskupa Filipa ledwie zaszczyciła lekkim skinieniem głowy, niech wiedzą, że ich obecność tutaj to tylko kwestia czasu. Arcybiskupa moguńckiego

Petera z Aspeltu uhonorowała głębokim ukłonem. To on był koronatorem czeskich królów, a koronacja jeszcze przed nią i Jankiem. Dalej baronowie Czech, wszyscy jak jeden mąż, liczyła ich wzrokiem. Ach, nie! A gdzie to się podział Henryk z Lipy?! Jak śmiał zlekceważyć taką uroczystość? Czy to nie jawny znak, że wielki pan znów zmienił stronę?

Zatrzymała się przed Janem z Vartemberka, który przybył na wezwanie wraz z synem.

— Nie widzę Henryka z Lipy — powiedziała zimno.

— Otóż i on, najjaśniejsza pani — pokłonił się Jan, wskazując na młodzieńca u swego boku. — Henryk junior, do usług.

Młodzian był podobny do ojca jak dwie krople wody, ale co z tego?

— Dlaczego marszałek nie stawił się osobiście?

— Został ciężko ranny w służbie najjaśniejszych państwa — powiedział pan z Vartemberka. — Dostał postrzał pod obojczyk pod Kutną Horą.

Uff — odetchnęła Eliška z ulgą. — Chwała Bogu, bo już myślałam, że to jakaś manifestacja.

— Czy przeżyje? — spytał z troską jej młody mąż. — Nie chciałbym zaczynać panowania od straty marszałka.

— Cystersi zbrasławscy czuwają nad mym ojcem — powiedział ten młody, a Eliška stwierdziła, że przystojny z niego młodzian i z pięć lat, jak nie lepiej, starszy od jej męża. Do tego wysoki!

— Zostań na moim dworze, Henryku młodszy — odrzekła do niego łaskawie. — Zaopiekuję się tobą, jak siostra, gdyby twój ojciec zmarł.

— Będzie żył — twardo powiedział młodzian.

— Jak Bóg da — potwierdziła i ruszyła dalej.

Zajęli miejsca; ona pod płomienistą czarną orlicą, Luksemburczyk pod swoim lwem, i wzięła wdech, by powitać zebranych, ale Jan był szybszy.

— Małżonko moja — powiedział tym swoim dworskim i eleganckim niemieckim. — Arcybiskupie, biskupi, baronowie Czech! Z radością witam was wszystkich zgromadzonych wokół prawowitych władców, zapewniając, że każde z waszych dotychczasowych praw zostanie utrzymane...

Gadał i gadał. Zezłościła się. Nie tak miało być. Chłopaczek ukradł jej wejście.

Już ja ci dam turniej koronacyjny — pomyślała mściwie. — Już ja ci dam turniej!

— ...wolą króla Niemiec, Henryka VII, który jako senior włada czeskim lennem, Henryk z Karyntii i jego żona Anna zostali zdetronizowani...

— I teraz będziemy ich sądzić — wdarła mu się w zdanie. — Jako buntowników przeciw prawowitej władzy. Wołajcie ich, natychmiast! — rozkazała.

Henryk i Anna weszli pod obstawą straży i pokłonili się, choć niezbyt głęboko.

Karyntczyk postarzał się przez te pół roku, gdy go nie widziała. Ramiona pochyliły mu się ku ziemi, broda posiwiała. Anna miała oczy podkrążone i ślady łez na twarzy. Włożyła skromną, szarą suknię, ale na ramionach miała płaszcz Przemyślidów.

Eliška od razu zwietrzyła podstęp. Chcą nas wziąć na litość i jej królewskie pochodzenie. Nic z tego, siostrzyczko! Twój czas minął — pomyślała mściwie.

Peter z Aspeltu powtórzył im decyzję o detronizacji, a Vilém Zajíc potwierdził, iż możni wyparli się ich. Wiedzieli o tym, ale i tak Anna zaczęła łkać.

— Nieszczęśliwym jest los władców, którym nie pozwala się władać dla dobra Królestwa — załkała — tylko obala się ich, jakby byli kukłami...

— Wszystko, cośmy czynili, było dla dobra Czech — sucho oznajmił Henryk i przełknął ślinę tak głośno, że Eliška skrzywiła się z niesmakiem.

— Za zamach na moje życie, za odzieranie mnie z praw królewskich, poniżenia i odebranie władzy skazuję was... — syknęła i w tej samej chwili jej mąż ścisnął ją za rękę. Wyrwała ją. — Na śmierć!

Anna zaniosła się spazmatycznym szlochem i padła do nóg Petera z Aspeltu.

— Arcybiskupie, ratuj! — wyła. — Nie pozwól na to, przez wzgląd na pamięć naszego ojca...

Eliška napawała się tą chwilą. Siostrą, która ją zdradziła, a teraz musiała na kolanach błagać o litość. Tak, z rozmysłem pozwoliła na to przedstawienie. Odczekała łzy Anny, odczekała lęk Henryka kręcącego głową na prawo i na lewo, w poszukiwaniu kogoś, kto się za nimi ujmie. I dopiero gdy Peter z Aspeltu, zniesmaczony chwytającą go za nogi zdrajczynią, spojrzał na Eliškę, unosząc brwi, dokończyła:

— Mogłabym was skazać na śmierć, ale okażę litość, bo prosił o nią dla was mój ukochany małżonek — odwróciła się do niego i uśmiechnęła. — Mój drogi, czy wygnanie to kara w sam raz dla tych uzurpatorów, którzy zamknęli przed nami Pragę i Kutną Horę?

— Tak, pani — powiedział i coś chciał jeszcze dodać, ale teraz głos miała ona.

— Nie chcę was znać! — krzyknęła. — Wynoście się sprzed naszych oczu! Wynoście się z kraju! Niech wasza noga więcej tu nie postanie! Jeśli kiedykolwiek dowiem się, że nadal spiskujecie przeciw mnie, nie będę już Elišką Łaskawą! Wytropię was choćby na końcu świata!...

Arcybiskup podał ramię Annie i ta podniosła się z kolan. Miała obrzękniętą od płaczu twarz i zaciśnięte usta.

— Ostatnie słowo? — lekko zapytała Eliška. — Jeśli nie, to żegnam. Opuśćcie zamek, zanim zmienię zdanie.

Karyntczyk wyciągnął rękę i podał Annie.

— Nie mam nic do powiedzenia — oświadczył i skłoniwszy sztywno głową, pociągnął żonę za sobą.

Kobieta odwróciła się i zrobiła dwa kroki za nim. Ale potem stanęła nagle i rzuciła przez ramię:

— Zawsze spodziewałam się po tobie najgorszego, Eliško.

Eliška miała ochotę wstać, podbiec do niej i uderzyć siostrę, ale Jan przytrzymał ją za rękę i szepnął:

— *Ma chérie*, pozwól im już odejść.

Byli przy drzwiach, gdy Eliška oznajmiła głośno i dobitnie:

— Każdy, kto udzieli im pomocy w opuszczeniu kraju, będzie przeze mnie traktowany jak zdrajca. Mają być zdani tylko na siebie.

Musieli to słyszeć, ale nie zatrzymali się, po prostu wyszli. Zniknęli jej z oczu.

— Zakazuję wydania im koni i wozów — dodała wyraźnie. — To rozkaz. A teraz, gdy obowiązki mamy już wypełnione, zajmijmy się piękną stroną sprawowania władzy! Arcybiskupie, czas zaplanować naszą koronację! Zacznijmy od daty, a potem przejdźmy do listy gości zaproszonych i, co równie ważne, niepożądanych!

DĘBINA zaszyła się w mateczniku; potrzebowała zebrać myśli. Ostatnimi czasy wszystko szło źle i mogłaby wyliczać na palcach swe chybione pomysły. Nie odzyskała żadnej z dziewczyn, które przeszły od macierzy do ojcowizny, a Ostrzyca była najboleśniejszym przykładem, cierniem wbitym w dłoń Dębiny. Nie dość, że poszła na służbę Starców, to jeszcze wykazała się w niej tak okrutną gorliwością. Serce Dębiny krwawiło na myśl o Jaćwieży. Co siedzi w głowie Jarogniewa, że dopuszcza się takich czynów? Jak to możliwe, by skazał na śmierć wielką Jaćwież tylko po to, by pobudzić lud do gniewu?

Jakby tego było mało, ciąg niedobrych zdarzeń i struga złej krwi sprawiły, że nawet wśród najwierniejszych coraz trudniej utrzymać jej spokój.

Woran wrze niczym rozgrzany kocioł. Nie może sobie wybaczyć, iż nie było go przy Jaćwieży w tamtej chwili. Czuje się winnym, że nie upilnował Matki Pszczół. A przecież to ona wysłała go z Jemiołą na południe, do Czech, więc chcąc nie chcąc, wina przenosi się na nią. W Jemiole, która rozmawiała z Jaćwieżą i dostała od niej przed laty prawo do własnej zemsty na Zarembach, budzi się chęć odwetu.

Ciąg pomyłek, źle podjętych decyzji — pomyślała ponuro Dębina i wróciła do tej, która teraz najbardziej leżała jej na sercu.

Kalina od dnia powrotu do matecznika właściwie nie przestawała spać. Dębina wyszła ze swej samotni, usiadła przy jej posłaniu i czekała.

— Obudzisz się, dziewczyno? — spytała cicho, dotykając kosmyka jej matowych włosów.

— Nie chcę — mruknęła Kalina przez sen i obróciła się, chowając twarz w zgiętym ramieniu.

— Opowiedz mi o nim — poprosiła Dębina. — O smoku.

Barki dziewczyny poruszyły się; westchnęła głęboko.

— Tęsknię za nim. Żałuję, że mnie porzucił — wyszeptała.

— On ciebie? — zdumiała się.

— Tak — burknęła Kalina. — Nie było go dwa lata, a gdy wrócił, nie chciał mnie. Unikał jak zarazy.

— To dziwne, co mówisz — powiedziała w zadumie Dębina. — Z tego, co wiem, stworzenia takie jak on z wielką siłą ciągną do ludzi Starej Krwi.

— Kiedyś tak — wyszeptała Kalina, wciąż chowając twarz. — Na początku. Każda burza, pełnia księżyca albo nów... to wszystko zbliżało nas do siebie... przyciągało tak mocno... ale potem, gdy powrócił, był odmieniony, inny. — Po chwili milczenia dodała: — Wiesz, jednej nocy, podczas ucieczki z Pragi, musiałam założyć welon mniszki. Pod jego czarną materią zestarzałam się, ale gdy zdjęłam tę szatę, byłam taka jak wcześniej. Wtedy po raz pierwszy doświadczyłam nagłej utraty siły. A potem, gdy po powrocie Michała doznałam goryczy odrzucenia, zaczęłam się starzeć dosłownie z dnia na dzień. Jego bliskość i jednoczesna niedostępność sprawiły, że niknęłam w oczach... rozpadałam się.

— Może podczas tego wyjazdu ktoś go odmienił? — ostrożnie zaczęła Dębina.

— Nie. Było inaczej — zaprzeczyła gwałtownie i wycofała się, dodając: — Choć ponoć spotkał się z Jemiołą, szukał lekarstwa, ale ona nie znalazła nic... jakąś maść, którą przykrywał je, nic więcej. Czekałam na niego... — załkała i podniosła się. Zmierzwione włosy zakrywały jej twarz. — Tęskniłam tak bardzo, jak nigdy za nikim, aż odkryłam, że nawet Rikissa nie jest już dla mnie tak ważna jak on. I gdybym była niesprawiedliwa, powiedziałabym: ona mi go odebrała, bo wiem, że to Rikissa zdjęła z niego łuski, ale to nie tak... Zrobiła to później, po tym, jak odrzucił mnie. On po prostu taki wrócił. Zbuntowany.

— Czekaj — zatrzymała jej opowieść Dębina. — Co to znaczy, że królowa zdjęła łuski?

— Pocałowała go — szepnęła Kalina. — Powiedziała, że dotyk królów kiedyś leczył ludzi z trądu i pocałowała go... i one odpadły. — Westchnęła ciężko i zaszlochała. — Podglądałam i podsłuchiwałam ich. Widzisz, Dębino, do czego byłam zdolna? Jego bliskość i nieosiągalność skłoniły mnie do podłości... Spójrz!

Obróciła się w stronę Dębiny i odgarnęła włosy. Jej twarz była wyprana z barw. Oczy bladoszare i takież usta. Przez matową, naciągniętą na kościach policzkowych skórę przebijały sine ślady żył.

— O Matki — jęknęła Dębina i przycisnęła Kalinę do piersi z całych sił. — Ileż kosztował cię, córko, ten smok.

Dziewczyna załkała w jej ramionach, a potem odpowiedziała cicho:

— Wierz mi, za jedną chwilę z nim jestem gotowa rzucić ciebie, siostry, Rikissę i pójść tam, gdzie naznaczy mi spotkanie. Wiem, że to mnie zabija, ale co z tego? Najgorsze jest to, iż wystarczy, że da mi jakiś znak, a stracę rozum i podepczę wszystkich ważnych dla mnie ludzi.

— Smok jest istotą starszą od ludzi Starej Krwi — powiedziała Dębina, głaszcząc jej sztywne włosy. — Gdy my zaczęliśmy zaludniać ziemię, one powoli odchodziły w mrok. Nikt nigdy nie zgłębił ich natury tak, by mieć jakąkolwiek pewność, co wyniknie ze związku ludzi i smoków. Ci, którzy mieli z nimi zbyt bliski kontakt, kończyli w szaleństwie, zmieniali się w okrutników i niszczycieli, aż wreszcie sami sobie zadawali śmierć. Są jakieś stare opowieści, legendy o związkach kobiet ze smokami — powiedziała wymijająco — ale każda z nich kończy się źle.

Kalina w jej ramionach zaczęła mięknąć. Położyła w końcu głowę na piersi Dębiny. Matka nie przestawała jej głaskać.

— W tym, co mówisz, są dwie zagadki. Rikissa i jej pocałunek, to jedno, bo wskazuje na moc królowej. Ale dużo ciekawsze jest dla mnie, dlaczego Zaremba wrócił do was odmieniony. Musiało się wydarzyć coś, co sprawiło, że on sam zechciał zapanować nad swą mocą, a dotyk Rikissy tylko odpowiedział na jego pragnienie.

— Michał spotkał się z Jakubem Świnką. Odwiedził go w Gnieźnie — przypomniała sobie Kalina.

— Ach tak. — Dębina przytuliła ją do siebie mocniej. — No to już wszystko rozumiem.

Ruchem głowy przywołała Klężę, która zajrzała do nich.

— Moja wnuczka się tobą zajmie, Kalino. Straciłaś wiele sił, ale znów jesteś w dobrych rękach — poklepała dziewczynę po plecach. — Nie bój się. A jak ci przyjdą głupstwa do głowy, to…

— Wiem, wiem — roześmiała się przez łzy Kalina. — Mam ją najpierw wsadzić do źródła wody żywej, a dopiero jak ochłonę, myśleć.

— Tak. — Dębina pocałowała ją w czoło i oddała w ręce Klęży.

Wyszła przed chatę i skierowała się w stronę Warty.

Nim zaczęła rozmowę z Kaliną, wszystkie jej myśli krążyły wokół Starców Siwobrodych. Czuła gniew, który tłumiła w sobie tak długo, wiedząc, że o to właśnie im chodzi, o wywołanie wściekłości, którą karmią swe lodowate serca, z której kują wojowników, co oddadzą dusze i krew.

A teraz zrozumiała, że jej własny gniew jest bezsilny. Przeciw komu go obróci? Przeciw Siwobrodym? To oznaczać będzie bratobójczą wojnę. Wytracenie sił. Pamiętała słowa, które Jaćwież przekazała jej przez Jemiołę — „Przyjdą przeciw Królestwu, nie przeciw Starej Krwi, więc w dniu próby zjednoczcie swe siły z ludem. Gdy nastanie czas pożogi stańcie ramię w ramię z całym ludem swej ziemi".

Opowieść Kaliny poruszyła ją i Dębina pojęła, że czas spotkania ze Starcami nadszedł, ale nim uda się do Siwobrodych, powinna porozmawiać z kimś, z kim dawno nie mówiła. Z Jakubem Świnką, człowiekiem obu krwi.

III

1311

RIKISSA na wieść o tym, że Henryk z Lipy kona w klasztorze cystersów pod Kutną Horą, nie zastanawiała się ani chwili.

— Michale! Wołaj Sowca i swoich Zarembów, weź też oddział hradecki. Zabieram Katrinę i ruszamy do Sedlca.

— Miśnieńskie wojska zaciężne Karyntczyka wciąż jeszcze mogą włóczyć się po kraju — próbował zaprotestować Michał, ale od pewnego czasu Rikissa potrafiła być nieugięta.

Różne sprawy stanęły przez ostatnie lata między nią a Henrykiem, ale wiedziała już, co dla niej zrobił. Tylko jemu zawdzięcza, że pierwszym wydanym na czeskiej ziemi dokumentem Luksemburczyka była gwarancja wypłacenia jej sum oprawnych. Katrina łkała i z nerwów nie potrafiła się spakować.

— Katka, Trinka! — zawołała Rikissa. — Pomóżcie jej. Katrino, czy twój brat zawiadomił waszą matkę?

— Matka jest w klasztorze — odpowiedziała pobladła dziewczyna. — U klarysek w Znojmie.

— Z wizytą? — dopytała Rikissa. — To trzeba…

— Nie, królowo. Moja matka przywdziała habit mniszki.

— Ach tak — powiedziała i zatrzymała się jak ogłuszona. — Ach tak.

— A Aneżka? — dopytała Marketa, wycierając z nerwów ręce w suknię. Ciągle zapominała, że już nie nosi fartucha.

Rikissa trawiła klasztor Scholastyki. Dlaczego nie wiedziała o tym? Matka siedmiorga dzieci wybierająca odosobnienie? Rodzina pana z Lipy zaczęła jej się w tej chwili jawić inną, niż sądziła wcześniej. A on sam?

— O co pytasz, Marketo?

— Czy Anežka zostaje w Hradcu, się pytałam.

— Agnieszka jedzie z nami — oświadczyła Rikissa.

— Ależ to... — Marketa zapewne chciała powiedzieć „głupie", ale zreflektowała się i dokończyła: — ...nierozsądne, pani.

— Rozsądniejsze, niż myślisz, droga moja — zaprzeczyła Rikissa. Wiedziała, co robi.

Ominęli łukiem Pragę, w trzy dni dotarli do Sedlca. Owszem, oddziały maruderów włóczyły się po traktach, ale za każdym razem Michał wysyłał Sowca z podjazdem i znikały, jakby pochłonęła je zimowa mgła. Ta wisiała nad ziemią siną, ponurą linią, jak granica między życiem a śmiercią. To napawało Rikissę złym przeczuciem. Na każdym postoju otaczała Katrinę opieką, a gdy łzy dwórki zdawały się nie do ukojenia, zastępowała ją Agnieszka. Jej pięcioletnia córka znała od Katki, Trinki i Markety wszystkie dziecięce piosenki czeskie i śpiewając je Katrinie do ucha, koiła jej lęk o ojca.

Furtian u cystersów na wezwanie Michała nie chciał otworzyć klasztornej bramy. Rikissa zsiadła z konia i podeszła do zakratowanego okienka.

— Twe imię, bracie? — spytała łagodnie.

— Bastian — odpowiedział i dodał niepewnie: — Od świętego męczennika.

— Eliška Rejčka, wdowa po Václavie II i Rudolfie I, podwójna królowa Polski i Czech — przedstawiła się sama. — Przywiozłam do Henryka z Lipy mą dwórkę, a jego córkę Katrinę. Chcesz, byśmy stały przed bramą i czekały, aż jego trumna opuści te mury, czy pozwolisz nam pożegnać się z umierającym?

Bastian zbladł, poruszył wargami i bez słowa otworzył furtę. A potem złożył przed nią pokłon, za który Trinka czy Gizela dostałyby burę. Ale nie czas na bzdury. Dobiegła do niej Agnieszka zsadzona z siodła przez Sowca, chwyciła ją za jedną rękę, a drugą złapała Katrinę i przekroczyły bramę.

— W jakim stanie jest ranny? — spytała ze ściśniętym gardłem.

— Od tygodni w takim samym — powiedział zakonnik. — Gorączka, zwidy i rana, która nie chce się zamknąć.

— Prowadź nas, bracie Bastianie — zażądała Rikissa.

Odwróciła się do Katriny i szepnęła jej:

— Nie daj ojcu poznać, że się boisz. Bądź dzielna i zachowuj się tak, jakbyś nigdy nie straciła wiary, że wyzdrowieje. Rozumiesz?

— Postaram się, pani — powiedziała niepewnie.

Przeszli przez zamarły w zimowej porze wirydarz, kierując się do izb dla klasztornych gości. Woń chłodnych kamieni i odgłos ich kroków w ciszy wywołał u niej dreszcz.

Jak w grobowcu — pomyślała. — Boże, ratuj.

W jej pamięci otworzyła się otchłań krypty w Poznaniu. Wtedy też była zima, a ona miała niewiele więcej lat, niż dzisiaj Agnieszka. Szła, bo kazano jej pożegnać się z zamordowanym ojcem, a w kaplicy zamiast niego zastała jego puste ciało. Zimny posąg, który mógł być wszystkim, ale nie Przemysłem. Otrząsnęła się i weszła do celi wskazanej przez mnicha.

Henryk z Lipy nie był jej ojcem i żył. Oddychał ciężko, leżał na drewnianym łóżku, przykryty kocami tylko do połowy piersi. Resztę zajmował opatrunek z czerwoną, przesączoną krwią plamą. Jego twarz była spocona i blada, usta sinawe, ciemne włosy w strąkach opadały na poduszkę.

— Ojcze! — szepnęła Katrina i rzuciła się ku niemu. Przyklękła przy łożu i chwyciła jego bezwładne dłonie. — Ojcze.

Rikissa z Agnieszką usunęła się na bok. To ich chwila, tych dwojga. Wpatrywała się w bladą twarz marszałka Czech. Pod zamkniętymi powiekami skrywał te oczy, niebieskie, jak szlachetne kamienie. Ponury żart losu, że on, który zasłynął jako bohater Kutnej Hory, został pod jej murami śmiertelnie raniony i to w chwili, gdy właśnie już było po wojnie. Zaskrzypiały drzwi celi i do wnętrza wsunął się maleńki, zgięty wpół mnich w białym habicie.

— *Bis regina* — skinął jej głową. — Jestem brat Anzelm, medyk. Przejdźcie, proszę, na chwilę do celi dla gości, a ja zmienię mu opatrunki.

— Jak widzisz jego szanse? — zapytała, a Katrina odwróciła ku nim głowę.

— Hmm — blade źrenice mnicha spojrzały na nią łagodnie. Powtórzył: — Hmm.

— Zatem wszystko zostawiasz woli Bożej?

— Jak w każdej sprawie — pokiwał głową.

Wyszła wraz z Agnieszką, Katrina za nimi. Usiadły na ławie pod oknem w celi obok. Milczały, patrząc na ścianę i drzwi z kratą. Po długiej chwili Anzelm pozwolił im wrócić do celi Henryka. Idąc tam, Rikissa zabrała z ławy dzban z wodą.

— Dziękujemy ci, bracie medyku — powiedziała. — Będziemy czuwały przy nim.

Agnieszka zamknęła drzwi za mnichem i spojrzała na matkę. Rikissa wzrokiem pokazała jej, co ma zrobić. Dziewczynka zdjęła z głowy kapturek i podsunęła stołek pod drzwi. Weszła na niego zwinnie i zawiesiła swój kapturek na kracie.

— Dobrze, kochanie — powiedziała Rikissa. — Katrino, ufasz mi?

— Tak, pani — powiedziała dziewczyna, nic jeszcze nie rozumiejąc.

— Musimy przyspieszyć leczenie. Cystersi słyną ze znajomości ziół, ale moja piastunka, Kalina, była od nich lepsza. Mam tu jej mieszankę na gojenie ran — wyjęła z sakiewki przy pasku pękate gliniane naczynko. — Odwar, więc nie potrzebujemy wrzątku. Tyle że trzeba nieco ogrzać te zimne opatrunki. — To mówiąc, zdjęła z piersi Henryka świeży, czysty okład założony przed chwilą przez brata Anzelma. — Weź go w dłonie i zagrzej — podała Katrinie i stanęła tak, by sobą zasłonić ranę Henryka. — Aneżka ci pomoże, no już. Grzejcie zimne płótna — dodała, siląc się na wesołość.

Rana wyglądała paskudnie. Otwarta ziejąca czeluść, której poszarpane brzegi były nie czerwone, lecz sine.

Lipski — pomyślała i wypełniła ją czułość. — Pierwszy raz widzę cię tak bezbronnego.

Jej dłoń mimowolnie powędrowała do jego twarzy. Wsunęła palce we włosy Henryka. Drgnęła i odwróciła się, sprawdzając, czy Katrina i Agnieszka są zajęte. Potem szybko otworzyła naczynie Kaliny, zanurzyła czubek palca w odwarze i posmarowała nim brzeg rany.

Boże! — pomodliła się w myślach. — Daj siłę ziołom, które są częścią stworzonej przez ciebie natury. Jeśli wolą Twą jest zatrzymać Henryka przy życiu, pozwól ziołom działać. A jeśli chcesz wezwać go do siebie, to...

Nie dokończyła. Henryk uniósł powieki. Zmarszczył brwi, jakby dziwił się, że ją widzi, i zamknął je natychmiast.

— Katrino, Agnieszko — szepnęła. — Dajcie opatrunki.

Pokropiła je obficie odwarem Kaliny i przyłożyła do rany.

— A teraz trzymajcie razem ze mną. Niech nasze ciepło obudzi zioła, a zioła niech zbudzą Henryka.

Gdy tylko sześć dłoni przycisnęło okład, Lipski znów otworzył oczy. Agnieszka zaśmiała się dziecinnie, Katrina krzyknęła z radością. Rikissa milczała, zostawiając dla siebie ogrom emocji, jakie budziła w niej tak bliska obecność Henryka. Walczył o życie, tak, ale ona w tej chwili widziała go żywym, w tych wszystkich chwilach, które ich kiedyś połączyły.

Gdy wyrwał ją ze szponów Waldemara, osłaniał przed Václavem, aż wreszcie, kiedy był przy narodzinach Agnieszki.

Czy zrozumie, dlaczego właśnie dzisiaj zabrałam ją ze sobą prócz jego rodzonej córki?

Na czoło Henryka wystąpiły nie zimne, ale gorące poty i przymknął powieki, zapadając w sen. Czuwały przy nim, aż zapadła noc. Agnieszka zasnęła, Katrinie głowa zaczęła opadać. Rikissa wzięła je obie i zaprowadziła do celi dla gości.

— Prześpij się — powiedziała do Katriny. — Ja posiedzę przy nim, a potem się zamienimy.

Gdy wróciła do Henryka z Lipy, ten rzucił się we śnie i okład zsunął mu się z rany. Pochyliła się, by go poprawić, i nagle, sama nie wiedząc dlaczego, pocałowała tę ranę. Zawstydziła się tego naiwnego odruchu. Usiadła przy Henryku i zaczęła czuwanie. Patrzyła na niego. Na nagie, posinione ciało pokryte perlącym się potem. Wyławiała ślady dawnych blizn, ran zagojonych przed laty, jakby czytała księgę jego życia, choć nie, odpędziła to skojarzenie, myśląc: ta księga nie została zapisana do końca.

Zaczął morzyć ją sen, w którym jawa mieszała się z wyobraźnią. Wrócił obraz jej ojca leżącego na marach. Jednak ona, stojąca przy nim, nie była dziewczynką, lecz kobietą. Dotknęła martwych skroni ojca i trumiennej korony na jego głowie. W palcach została jej perła i sen zawirował nagle, sprowadzając ją do innej krypty. Biskup praski Jan podawał jej koronę Piastów. Wiedziała, że to ważne, ale jakaś część jej pragnęła ją z tego snu wybudzić, krzycząc: „Wracaj do Henryka. On nie może dłużej czekać!". Biskup Jan był jednak silniejszy i ściągnął ją do katedralnej krypty, mówiąc to, czego nigdy nie powiedział: „Pożegnaj się z nią, Rikisso. Pożegnaj to stare, uświęcone przez kolejnych władców złoto. Pocałuj je po raz ostatni, bo nigdy więcej korona nie wróci na skronie Piastów ani na czoła Przemyślidów. Coś się skończyło, *bis regina*. Coś umarło na wieki". Pomyślała, że korona oddala ją od Lipskiego, a ona pragnęła do niego wrócić. Chciała więc szybko złożyć pocałunek na otoku korony i znów znaleźć się przy rannym, ale szponiaste dłonie utkane z żył czarnego dymu i włókien mroźnej mgły wyłoniły się z krypty, wyrywając ją biskupowi i chowając do worka zszytego z ludzkich skór. Jan krzyknął, robiąc w powietrzu znak krzyża, a Rikissa dostrzegła na worku ranę taką samą jak ta nad obojczykiem Henryka. Wstrząsnęło nią. Coś umarło na wieki? — powtórzyła i z całych sił chciała wyrwać się z trujących mar snu, by wrócić do wciąż żyjącego Henryka.

— Jesteś tu? — wołała, śniąc, że błądzi po omacku.

— Strzeż koron — wyszeptał do niej w mroku. — Nie pozwól ich porwać.

On nie wiedział — zrozumiała. — Nie wie, że korony przepadły.

— Biegnij, Rikisso, przenieś krew, przeprowadź Królestwo przez dni ciemne — szeptał do niej gorączkowo to, co kiedyś.

— Nie, Henryku. Już nie jestem zakładniczką koron — wyznała mu prawdę.

HENRYK Z LIPY wbiegł na praski zamek. Jasność, skwar lejący się z nieba, ludzka ciżba niemająca granic. Przedzierał się przez nią, słysząc z daleka wiwaty na cześć królewskiej pary:

— Alzbeta Richenza! Eliška Rejcka!

— Król Václav II!

Bał się, że on, królewski chorąży, nie zdąży na czas. Na chwilę, gdy jego zadaniem było otwarcie drzwi katedry Świętego Wita. Wpadł do niej w ostatniej chwili. Pchnął potężne wrota. Jasne światło letniego dnia wdarło się w mrok kościelnego wnętrza. Zobaczył Rikissę w złotej sukni z koroną na głowie i kroczącego przy niej Przemyślidę. Václav II spowity w złoty płaszcz był martwy. Straszył pustymi oczodołami czaszki. Jego opadającą żuchwę toczyły czerwie. W kościstych ramionach trzymał sześć maleńkich szkieletów swych zmarłych dzieci. „Premysl, Aneżka, Guta, Jan, Jan, Guta" — przedstawiał je, łaskocząc kością palca. „I Václav III" — zachichotał, a Henryk zobaczył, iż nieboszczyk ostatniego Przemyślidy niesie berło za ojcem. Spod sklepienia katedry leciały czarne pióra płomienistej orlicy, która skrzydło w skrzydło z białym orłem walczyła ze stadem drapieżnych kruków. Szlachetne herbowe ptaki były potężniejsze i silniejsze, ale kruków było zbyt wiele. Królewska para wchodziła już w przedsionek katedry, gdy nagle z dziedzińca wleciało do wnętrza stado biało-czarnych srok. Te, nie zważając na bijące się z krukami orły, otoczyły chmarą króla i królową i spadłszy na ich głowy, porwały z nich korony, i równie szybko odleciały z nimi na zachód, w stronę bramy.

Henryk z Lipy stał jak wmurowany, nie mógł się ruszyć, choć próbował, i dopiero po chwili zrozumiał, że trzyma go długa strzała wbita pod obojczyk. Rzucił się w przód, bo wielkie wrota zamykały się i mogły przytrzasnąć Rikissę. Wyrwał się z zardzewiałego grotu strzały i przytrzymał drzwi. Ona spojrzała na niego przelotnie. Václav złapał w palce kości czarne pióro płomienistej orlicy i wręczył mu jak kwiat. „To dla ciebie, Henryku z Lipy, bądź strażnikiem Królestwa" — powiedział, a zęby wysypały mu się z pękniętej żuchwy.

Korony — chciał krzyknąć. — Rikisso, wasze korony!

Ona jednak odwróciła się ku niemu, pocałowała w ranę po strzale i powiedziała:

— Nie jestem zakładniczką koron, Henryku. Nic się nie kończy, wszystko się zaczyna.

Zbudził się. Zamrugał ciężkimi powiekami. Najpierw zobaczył kamienny sufit. Przez chwilę pomyślał, że to sklepienie grobu, potem jednak dostrzegł krucyfiks na ścianie i wysoko umieszczone małe zakratowane okno celi. Klasztor, zrozumiał.

Przez grube, małe szybki do wnętrza wdzierał się świt. Misterium Henryka z Lipy, wschód.

Odkąd sięga pamięcią, każdego dnia obserwował wschód słońca. A czasami, gdy się zasiedział, wolał nie kłaść się spać, czekając na zachody przechodzące w zorze wschodów.

Kochał też tę czarną chwilę nocy bez cienia światła. Śmierć i zmartwychwstanie.

Poczuł kłujący ból w obojczyku. Sięgnął tam i wyczuł okład. Zrozumiał, wróciła mu pamięć. Obóz pod Kutną Horą, niedokończony wschód słońca. Bełt z kuszy, upadek z konia.

A jednak żyję? — zdziwił się.

Spróbował się unieść. Przy łóżku zobaczył kobiece, śpiące postacie. Scholastyka? Nie. Rikissa. I Katrina. I dziecko, jedyne, które nie śpi. Leży z głową wspartą na dłoniach i wpatruje się w niego.

— Witaj, Aneżko — wyszeptał.

— Witaj, Henryku — odpowiedziała mu z uśmiechem i nie poruszyła się. — Ale zmartwychwstanie, co? — mrugnęła. — Ja pierwsza to widzę, jak wiesz, kobiety przy grobie.

Ma poczucie humoru, mała królewna — pomyślał i odpowiedział jej, choć mówienie jeszcze sprawiało mu ból:

— Ja też zobaczyłem cię jako pierwszy, Agnieszko. Wcześniej niż twoja matka.

— Tak? A jak? — przekrzywiła głowę.

— Byłem przy twych narodzinach.

— Aha — kiwnęła głową, jakby to była najoczywistsza rzecz pod słońcem.

— Od dawna tu jesteście? — spytał.

— Uhm. Od stu lat — powiedziała poważnie i spytała, wskazując na jego córkę i swoją matkę: — Budzimy je? Niech też sobie na ciebie zerkną.

— Poczekaj chwilę — poprosił. — Najpierw ja chcę na nie bezkarnie popatrzeć.

ELIŠKA PREMYSLOVNA była tak wściekła, że serce chciało jej wyskoczyć z piersi.

— Jak to zabrali korony?! — krzyczała. — Powtórz, bo nie wierzę!

— Powiedzieli, że chcą się przed drogą pomodlić w katedrze — odpowiedział jej blady biskup Jan. — Nie miałem powodu, by ich podejrzewać, pani, takie coś nie zdarzyło się nigdy... A potem sługa wywołał mnie, co jak się okazało, było z góry zaplanowane, a kiedy wróciłem... Boże Jedyny! Święte korony Przemyślidów i Piastów! Boże Wszechmogący!...

— Pomsta musi przyjść z nieba, to pewne — oświadczył grobowym głosem Vilém Zajíc. — Obrabowali skarbiec Królestwa. Świętokradztwo.

— Z nieba?! Z nieba może spaść grom, Vilémie — krzyczała Eliška — ale pomsta musi wyjść od nas. Natychmiast puść za nimi zbrojnych. Muszą ich złapać i pojmać. Nie puszczę tego płazem. A w ogóle, kto im dał konie?!

— Nikt z naszych — powiedział zdecydowanie biskup.

— Kupili — wyraził przypuszczenie Vilém.

— Nie wiecie nawet tego — zrozumiała Eliška. — Natychmiast wyślij pogoń! Korony muszą wrócić do skarbca. Przecież koronacja za tydzień!

Odesłała ich do wszystkich diabłów. Miała okropne wrażenie, że otaczają ją sami nieudacznicy. Gdzie Henryk z Lipy? Mówią, że będzie żył, to dlaczego jeszcze się nie stawił na służbie u swej pani?!

Gredla weszła cicho do komnaty, anonsując mistrza krawieckiego z przymiarką sukni.

— Niech wejdzie — rzuciła Eliška gniewnie.

Zastęp sług wniósł podest do przymiarek, dziewczęta zaczęły zdejmować z niej ubranie i po chwili była w samej koszuli. Krawiec bez słów przykładał do niej kawałki materii haftowanej w płomieniste orlice i lwy na zmianę. Nie miała do tego głowy. Nie ciekawiło jej, gdzie zaszewka, gdzie fałda. Myślała tylko o koronacji bez koron.

Boże — modliła się gniewnie. — Jak to możliwe, że znów wystawiasz mnie na próbę? Najpierw macocha, co mi zabrała sprzed nosa Habsburga, potem moja siostra, która była zdolna do wszystkiego, do tego, by zamknąć mnie na wieki w klasztorze albo wydać za jakiegoś szlachetkę, byleby pozbyć się mnie z drogi. Zamach na moje życie. Mąż chłopiec. Upokarzające sprawdzanie, czy jestem dziewicą. A teraz kradzież koron ze skarbca?!

— *Ma chérie* — do komnaty wszedł Luksemburczyk. — Nie martw się tak koronami. Może to lepiej, że nasza dynastia zacznie panowanie pod nowymi znakami? Trzeba we wszystkim znaleźć dobre strony. Piękna suknia — dodał.

— Idź stąd — warknęła do niego. — Suknia miała być niespodzianką. No idź, Janie.

— Pamiętaj, co powiedziałem: w złej chwili są i dobre znaki.

Gdyby nie wrodzony takt, rzuciłaby w niego butem. To były korony dawnych królów! Ale co on może rozumieć, jak w rodzie Luksemburgów dopiero jego ojciec był koronowany?! Dzieciuch.

Ktoś znów zapukał do komnaty.

— Gredla, idź i zobacz, o co chodzi. Nie chcę tu widzieć nikogo — rozkazała.

Dwórka wyszła i wróciła po chwili z pergaminem.

— Jan z Vartemberka prosił, by ci to przekazać. Mówi, że znaleźli ten list w sakwie porzuconej koło zamkowej bramy.

— To skąd wiedzą, że jest do mnie? — spytała.

— Jest na nim pieczęć Anny — odrzekła Gredla, podając jej pergamin.

Eliška odepchnęła krawca i zeszła z podestu. Złamała pieczęć i przebiegła wzrokiem znane sobie koślawe litery siostry:

„...niech moja krzywda i poniżenie stanie ością w gardle twego szczęścia. Przeklinam cię, Alzbeto, z całej duszy, w imię Boga i pamięci naszych rodziców. Dzisiaj wydaje ci się, że możesz wszystko, bo zjednałaś sobie panów, ale pamiętaj, że i ja miałam ich kiedyś po swej stronie. Koło Fortuny nigdy nie przestaje się obracać, nadejdzie dzień, że i ty znajdziesz się pod nim, nie na nim.

Zabieram to, co do mnie, a nie do ciebie należy. Korony. Nie założysz na głowę złota Piastów i Przemyślidów i po wieki wieków ja będę ostatnią, która je nosiła. To ty jesteś uzurpatorką, amen".

Pod spodem wielkimi literami Anna dopisała w pośpiechu:

„Pamiętaj, co spotkało naszą matkę w dniu koronacji!"

Eliška złapała się za serce. Guta von Habsburg zmarła tego samego dnia, w którym włożono na jej skronie koronę. Wstrętna Anna, jak mogła to napisać?!

— Gredla! Podaj mi świecę! — zawołała Eliška.

I spaliła pergamin.

GUNTER VON SCHWARZBURG zbierał się do wyjazdu z Dzierzgonia. Rozmowa z Zyghardem uspokoiła go; brat, mimo iż został członkiem „wielkiej piątki", niczego przed nim nie krył. Streścił mu wszystkie rozmowy z mistrzem słowo w słowo, tak samo, jak je podsłuchał Konrad von Sack. To zasypało rów między nimi, o którego istnieniu Zyghard nawet nie wiedział; Gunter uważał, że najpierw musi sprawdzić młodszego brata, a potem może mu powiedzieć, że wielki mistrz próbował ich ze sobą skłócić. Upewnił się jeszcze tylko w jednej kwestii:

— Feuchtwangen nie naciskał na ciebie w sprawie Kunona?

— Nie — wzruszył ramionami Zyghard. — Od kapituły inauguracyjnej słowem się o nim nie zająknął.

— Dziwne, prawda? — zmrużył oczy Gunter. — Mógłby wywierać nacisk na ciebie, teraz, gdy jesteś wielkim szatnym.

— Przesadzacie! — zaśmiał się Zyghard. — Wmówiliście sobie, że Kuno coś wie, coś ma. A właśnie! — Uderzył się dłonią w kolano. — Kuno rzeczywiście coś ma, ale to nie skarb Zakonu Świątyni, tylko rodzaj świętego miasta Dzikich. Pamiętasz? Wspominaliśmy ci o tym. Skoro tak ważne teraz jest zebranie dowodów na zagrażających zakonowi pogan, to dobra okazja. Jesteś w Dzierzgoniu, przyjrzyj się warowni, w której Kuno widział Starców. Ja nie mogę wam towarzyszyć, bo na dzisiaj zaprosiłem zasadźców nowych wsi zakonnych, ale zaraz poproszę Kunona. Zabierze cię do leśnej warowni.

Gunter nie miał ochoty na wyprawę, ale podchwycił, bo chciał pomówić z Kunonem sam na sam.

— Nie zabierałbym ludzi z Roty Wolnych Prusów — szepnął Kuno, gdy zbierali się do drogi. — Nie ufam im.

— Nawet nie wiesz, jak daleko może paść jabłko od jabłoni — roześmiał się Gunter. Rota i jej dowódca, Symonius, to była jego duma.

— To powiem wprost — oczy Kunona zwęziły się jak u żbika. — Jeśli chcesz jechać z nimi, nic ci nie pokażę.

— Zyghard cię rozpuścił — udał, że żartuje. — Zapominasz o ślubie posłuszeństwa.

— Ale pamiętam, że mam strzec waszego bezpieczeństwa — odpowiedział Kuno i dodał bezwzględnie: — Twoja Rota zostaje w Dzierzgoniu.

— Symoniusie! — dał znak dowódcy. — Rozkulbacz konie. Poczekacie na mnie, ruszymy do Chełmna, gdy wrócę.

— Wedle rozkazu, komturze — odpowiedział młodzian.

Wyjechali tylko we dwóch; Kuno nie zgodził się nawet na giermka. Gdy zjechali z dzierzgońskiego wzgórza i ruszyli leśnym traktem na północ, Gunter próbował zagadnąć Kunona, ten jednak odpowiadał półgębkiem. Nagle przerwał Schwarzburgowi i wskazał mu coś na szarym horyzoncie.

— Pamiętasz malowidło w kaplicy dzierzgońskiej? — spytał.

— Tak. Scena sprzed ponad pół wieku, z pierwszego z powstań Dzikich — potwierdził Gunter. — Do czego zmierzasz?

— Spójrz na to niewielkie wzniesienie w oddali, zadrzewione. I odwróć się, patrząc jednocześnie na oba wzgórza dzierzgońskie. Widzisz?

— Nie — szczerze odpowiedział Gunter. — Nie wiem, o co ci chodzi.

— Trójkąt, komturze. Jeśli między wzgórzami dzierzgońskimi pociągniesz linię i połączysz ją po obu stronach z tym wzniesieniem, otrzymasz trójkąt. A idealnie w jego środku znajduje się kapliczka, którą ponoć postawiono w miejscu, gdzie modlił się święty Wojciech w noc przed męczeństwem.

— No i co? — nadal nie rozumiał Gunter.

— To, że drzewna warownia Dzikich, do której cię prowadzę, jest właśnie na tym wzniesieniu. Bardzo możliwe, że na miejscu wcześniejszego grodziska, które spalono podczas pierwszego powstania. — Kuno patrzył na niego wyczekująco, a że Gunter nie odpowiadał, wzruszył ramionami.

— To ta kapliczka — odezwał się po długiej chwili, gdy wyjechali na polanę.

— Mizerna — przyznał Gunter. — Wygląda jak szopa. Może powinniśmy ją odbudować? Postawić na kult świętego Wojciecha? Nie, to się nie opłaca, Wojciech jest patronem Królestwa Polskiego.

— Jesteś ślepy — prychnął Kuno.

— A ty głuchy — krzyknął na niego Gunter. — Ile razy można cię prosić, byś przekazał klucz i miecz?

— Nie było żadnego klucza — z uporem powtórzył renegat, ale Gunter von Schwarzburg postanowił, że tym razem nie da się zwieść.

— Przestań iść w zaparte — natarł na niego. — Słyszałem twoją rozmowę z Feuchtwangenem.

— To dziwne — wycedził Kuno. — Bo odbyła się, zanim napadli na nas zbójcy i zanim cię poznałem, jako swego wybawcę. A może nie? — Kuno nagle skręcił koniem tak, że jego ogier nastąpił na wierzchowca Guntera.

Koń spłoszył się i zrzucił komtura z siodła. Schwarzburg wylądował na suchej, zimowej trawie. Spadł na lewy bok i boleśnie potłukł biodro o pochwę miecza. Kuno zeskoczył z siodła i stanął nad nim.

— Powiedz prawdę — zażądał. — O napadzie na komandorię templariuszy w Opatowie.

Gunter już usiadł. Przez chwilę walczył z przenikliwym bólem. Kuno wyciągnął do niego rękę.

— Dobrze — podjął decyzję w jednej chwili. — Prawda za prawdę.

Renegat nie cofnął dłoni, Gunter chwycił go za rękę, a ten pomógł mu wstać. Pokuśtykał do konia, który stał kilka kroków dalej. Chwycił go za uzdę i przyprowadził. Poprawiał siodło i nie odwracając się znad niego, powiedział do Kunona:

— Mistrzowi Feuchtwangenowi bardzo na tobie zależało. Był gotów na wszystko, bylebyś wstąpił w szeregi zakonu. Wtajemniczył mnie i Konrada von Sack. Poprosił, byśmy zorganizowali napad na komandorię, w której zatrzymałeś się razem z bratem w drodze z Węgier.

— Chciał, żebym uwierzył, że u templariuszy nie będziemy bezpieczni — powiedział Kuno, do którego wreszcie dotarła prawda.

— Tak. Powiedział, że choć zwolniono cię ze ślubów zakonnych, w głębi duszy zostałeś templariuszem. I że ma to związek ze skarbami, które wieziesz.

Kuno milczał.

— Resztę znasz. Był napad, ja stałem się twym wybawcą, a ty...

— A ja dałem się złapać jak ryba na haczyk.

— Zabiegał o ciebie sam wielki mistrz — pospieszył z usprawiedliwieniem Gunter. — I co tu kryć. To było wiarygodnie zorganizowane. — Nie chciał, by w takiej chwili Kuno poczuł się głupio, zależało mu na jego części tajemnicy.

— Wiarygodnie — powtórzył głucho Kuno.

Gunter odwrócił się, oparł plecami o koński bok i spojrzał na Kunona z bliska, mówiąc:

— Twoja kolej. Gdzie jest klucz i miecz?

— Klucza nie było. Feuchtwangen go wymyślił — odpowiedział Kuno, patrząc mu w oczy. — A miecz ma książę Władysław.

Gunter przez chwilę sądził, iż się przesłyszał.

— Kto? — zapytał.

— Władysław Łokietek — bez mrugnięcia okiem odpowiedział Kuno. — Ten, którego chcecie zniszczyć.

Gunter zamarł. Kuno poklepał jego konia po szyi i nieoczekiwanie wybuchnął histerycznym śmiechem. Komtur chełmiński poczuł się, jakby dostał w twarz.

— To ja... ciebie... przez tyle lat... — wydukał.

Kuno nie zwracał na niego uwagi, wskoczył na siodło i stwierdził:

— W tej sytuacji uważam za bezcelowe, bym pokazywał ci warownię Dzikich. Wracamy do Dzierzgonia. Wystarczająco długo byłem przez ciebie okłamywany. Mam nadzieję, że moja tajemnica była dla ciebie chociaż w połowie tak samo nieprzyjemna.

Schwarzburg nie miał siły się ruszyć, ale renegat czekał na niego na skraju polany. Podciągnął się na siodło, sycząc z bólu, i powoli powlókł się za Kunonem. Nie odezwali się do siebie ani słowem, a gdy wrócili, Gunter nie zsiadł z konia, tylko dał znak Symoniusowi, że ruszają bez zwłoki.

— Mam życzenie jechać nocą — twardo oznajmił młodemu Prusowi. — Najwyżej rano dojedziemy do Sztumu.

— Znam skrót — krzepiąco powiedział Symonius, z szacunkiem dotykając rękojeści noża. — Leśny trakt, ale teraz drogi zmarznięte i póki śnieg nie spadnie, dobre.

— Ruszajmy — sztywno skinął głową Gunter, patrząc na szerokie plecy Kunona znikające w stajni.

Na krużganku pojawił się biały płaszcz Zygharda.

— Bracie? Kuno pokazał ci warownię Dzikich? Zostaniesz na wieczerzy? — zawołał brat.

— Nie. Zobaczymy się za dwa tygodnie w Elblągu. Bywaj! — Gunter uniósł dłoń w górę.

— *Gott mit uns!* — pogodnie odpowiedział Zyghard, a jego biały płaszcz zafalował na wietrze.

Gunter odwracając się w stronę wyjazdu, zobaczył Kunona, który jak oparzony wyskoczył ze stajni.

— Schwarzburg, zaczekaj! — wrzasnął za nim Kuno.

— Idź do diabła — odpowiedział mu i końskie kopyta zadudniły w podbramiu. Gunter jechał sztywno. Raz, że biodro sprawiało mu coraz większy ból, dwa, że paliła go wściekłość. Co to za miecz, że Kuno oddał go polskiemu księciu? I kiedy to zrobił? Po tym, jak Gunter uwolnił go z rzekomej zasadzki na komandorię templariuszy w Opatowie? A może spotkali się wcześniej? I wreszcie, czy dlatego Feuchtwangen nasłał karła zabójcę na Kunona, bo dowiedział się, iż ten pozbył się oręża, na którym tak mu zależało? Pytanie za pytaniem cisnęło mu się do głowy. Jechali szybko, Gunter był nieuważny, ale nagle przejrzał na oczy i mimo szarówki rozpoznał, że są na tej samej polanie, na której pokłócił się z Kunonem.

— Symoniusie! — zawołał młodego Prusa. — Pomyliłeś drogi. To północny wschód, a do Sztumu powinniśmy na zachód.

— Jedziemy skrótem — wyjaśnił młodzian.

— Nie gadaj głupot! — krzyknął na niego komtur. — Skrót nie może wieść w przeciwnym kierunku. Z powrotem na trakt! — Zatrzymał konia i chciał zawrócić, ale w tej samej chwili dwunastu Prusów otoczyło go konno. Oblał go zimny pot. Mierzyli do niego z łuków. Co jest, u diabła?

— Symonius, co tu się dzieje? — zapytał ostro.

— Brat Kuno pokazał ci warownię Dzikich? — z krzywym uśmiechem spytał Symonius.

— Nie — odpowiedział Gunter, blednąc.

— Łżesz, komturze! — syknął Prus.

— Hamuj się i każ im opuścić broń — ostrzegł go Gunter. — Jeszcze nie zdarzyło się nic, czego nie możemy cofnąć.

— Mam inne zdanie — powiedział Symonius. — Tu, w tym miejscu, pohańbiliście naszych dziadów…

— O czym ty… — Gunter zamilkł, bo dotarło do niego w jednej chwili. Zryw plemion pruskich pół wieku temu. Warownia na miejscu spalonego grodu, którego nie zdążył mu pokazać Kuno. I jego duma, Rota Wolnych Prusów, wnukowie pokonanych. Ochrzczeni, cywilizowani, wychowani na przybranych synów zakonu.

Najświętsza Mario Panno, miej mnie w opiece — pomodlił się szybko, patrząc na nieprzejednane twarze ludzi, których miał za własnych.

— Zsiadaj z konia — rozkazał Symonius, i Gunter posłuchał.

W biodrze zakłuło go i zamiast zeskoczyć z siodła, spadł jak kaleka.

— Rozbrójcie go — polecił dowódca.

— Symoniusie — próbował negocjować Gunter najłagodniejszym z tonów. — Zaniechaj tej prowokacji. To niepotrzebne. Kuno nie zdążył mi nic pokazać. Wracajmy do Dzierzgonia.

— Nie — odrzekł Symonius. — Skoro on ci nie pokazał, ja to zrobię. Idziemy!

Związali go jak barana i prowadzili na postronku otoczonego ścisłym kordonem. Nie miał szans na ucieczkę, choć zabierając mu broń, przeoczyli małe, wąskie ostrze sztyletu, które nosił w cholewie zimowego buta do konnej jazdy. Szli przez las i w pewnej chwili Gunter miał wrażenie, że od czasu do czasu widzi wysoko, w koronach bezlistnych drzew poruszające się niewielkie światełka, ale za każdym razem, gdy unosił głowę, Symonius uderzał go w bark.

— Traktują mnie jak zwierzę — pomyślał i zrozumiał, że to koniec. — Nie wyjdę z tego żywy.

Zaczął robić rachunek sumienia, ale zamiast najważniejszych win przed oczy nasuwały mu się sprawy, których nie doprowadził do końca. Wildenberg i Plötzkau rozpanoszyli się jak zielsko, nie zdążył ich opanować. Wielki mistrz kombinuje z nimi za jego i Konrada plecami. Grunhagen zapadł się pod ziemię po tym, jak spartolił robotę w Pradze, ale pewnie lada dzień zacznie go szukać, bo czas uśpienia, jaki opłacił Gunter, wyczerpał się już dawno. Dobrze, że podałem mu nazwisko Konrada — pomyślał Gunter i poczuł się, jakby opuszczał stanowisko przed przeniesieniem do kolejnej komturii. — Porządkuję sprawy — zaśmiał się z siebie z sarkazmem. — Tyle że nie będzie nowej placówki. Komtur prowincjonalny ziemi chełmińskiej zakończy swój ziemski żywot tu, na szczycie, jak to powiedział Kuno? „Trójkąta Dzikich". Mogli mnie zabić tam, przy tej szopie. Przynajmniej miejsce uświęcone krwią męczennika, może Zyghard wystawiłby kaplicę z moim imieniem? Żeby się chociaż dowiedział, Najświętsza Mario Panno — westchnął żarliwie Gunter. — Żeby nie rzucili mego ciała dzikim zwierzętom na pożarcie, albo co gorsza, nie spalili, bo wtedy po człowieku nie zostaje nic. Kompletnie nic. Żadnego śladu.

— Wciągnijcie go — powiedział nagle Symonius i zatrzymali się, a Gunter dostrzegł, iż z góry, z pnia niezwykle wysokiego drzewa, zrzucono linę z żelaznym zaczepem.

Prusowie z wprawą zamontowali zaczep do sznura, którym był obwiązany w pasie, i poczuł szarpnięcie, które zwaliło go z nóg. Zawisł w powietrzu, tuż nad ziemią i w tej samej chwili pociągnięto linę. Wciągali go jak świńską tuszę do spiżarni, aż wylądował, uderzając twarzą o drewniany pomost.

— Co to? — usłyszał kobiecy głos.

— Prezent dla Jarogniewa — odpowiedział Symonius. — Łysy komtur. Spytaj, czy mam go przyprowadzić.

W tej samej chwili Gunter zrozumiał, że zamiast próbować wydusić z Kunona tajemnice templariuszy, powinien był go słuchać. „Mówili o tobie" — powiedział mu dwa lata temu, sugerując, że ktoś z Roty Wolnych Prusów jest zdrajcą.

Boże! — jęknął ze zdumieniem. — W ilu sprawach się myliłem? Na co jeszcze byłem ślepy i głuchy?

— Masz szczęście, bracie! — odezwała się ta sama dziewczyna po chwili. — Nie tylko Jarogniew chce zobaczyć komtura, ale i sami Starcy. Dawaj go do jesionki!

Podnieśli go i popchnęli na drewnianą kładkę. Opanowało go przerażenie i śmiech jednocześnie. To on, który prosił Zygharda i Kunona, by złapali Starców, jako prezent dla papieża, będzie teraz oglądany przez nich, jako zdobycz Symoniusa! Dobre. To jakby trafił przed oblicze wielkich mistrzów zakonu? — pomyślał.

Znalazł się w sali zawieszonej pośrodku wydrążonego pnia olbrzymiego drzewa, do której z niewielkich, otwartych cel, zaglądali młodzi i starzy mężczyźni. Jeden z nich trzymał nawet na ręku niemowlę.

Jak opowiem Konradowi, nie uwierzy — przebiegło mu przez głowę i w tej samej chwili przypomniało mu się, że niczego nikomu nie opowie.

Symonius i dwaj z Roty, którzy wprowadzili go do wnętrza, zgięli się po pas w ukłonie. Gunter zmrużył oczy, by lepiej widzieć w słabym świetle.

— Na kolana — syknął Symonius i nie czekając, czy Gunter wypełni polecenie, kopnął go, podcinając mu nogi.

Biodro znów dało o sobie znać. Gunter klęczał z rękoma skrępowanymi za plecami i gdyby tylko udało mu się odrobinę rozciągnąć pęta, może zdołałby sięgnąć do sztyletu w cholewie buta. Spróbował.

— Wielki komtur ziemi chełmińskiej, Jarogniewie Półtoraoki — powiedział z szacunkiem Symonius.

Gunter uniósł głowę. Klęczał przed wysokim mężczyzną o długich włosach splątanych w dziesiątki drobnych warkoczy i spiętych razem na karku. Wystarczyło spojrzenie, by zrozumiał, dlaczego nazwano go Półtoraokim. Wiedział, że dzisiaj umrze, a mimo to znów poczuł przeraźliwy, zimny lęk.

— Ojcowie! — Jarogniew odwrócił się nagle i z szacunkiem pokłonił schodzącym z wąskich, spiralnych schodów mężczyznom. — Oto on.

Starcy Siwobrodzi — pomyślał Gunter, przełykając ślinę. — A więc oni istnieją naprawdę. To ludzie, nie żadne bożki. Starzy, wysocy, żylaści, ale ludzie. Mają nienormalnie jasne oczy, ale cała reszta? Bruzdy na twarzy, siwe, długie włosy i takież brody. To są ludzie — powtarzał w myślach, bo w chwili, która miała być jego ostatnią, za nic w świecie nie chciał stracić wiary. Rozumiał, że umrze bez spowiedzi, że nie wszystkim winom zdążył za życia zadośćuczynić i czeka go Czyściec, ale tak, wolał nieokreślony czas męki przed zapowiedzianym zbawieniem duszy niż wystawienie wszystkiego, w co wierzył, na próbę.

A jednak Starcy zrobili to, jakby usłyszeli jego trwożliwe myśli.

— Zechcecie wystawić jego marne życie na mękę? — spytał Półtoraoki.

Coś w Gunterze zawołało natychmiast, łapiąc się myśli o męczeństwie jako o przepustce do nieba: Tak, zróbcie to, niech moja śmierć zamieni się w chwałę wieczną!

I w tej samej chwili Starcy zrzucili z ramion płaszcze, a jego oczom ukazało się wykłute na ich ciałach piekło. Znał je z opowiadań Zygharda i Kunona, ale to, co zobaczył, było po stokroć straszliwsze niż każde ze słów, które słyszał. Na suchej skórze ich żylastych ramion i piersi toczyła się wojna diabelskich istot starszych niż świat, który znał Gunter. Okrutny bożek o trzech ruchomych obliczach przenikał wzrokiem wszystko. U jego stóp kłębiły się sine potwory o ciałach węży i żmij, o wielu głowach, z których każda budziła przerażenie i odrazę jednocześnie. Na ramionach Starców poruszały się pędy trujących roślin i rozwierały paszcze drapieżnych kwiatów. Pękały dziwaczne owoce, z których wyskakiwały niemowlęta rosnące na oczach Guntera i przeobrażające się to w wojowników, to w dzikie bestie. Widział dziecko, któremu wyrastały kły, uszy i szponiaste łapy, dziecko, które w mgnieniu oka stało się wilkiem i zawyło z piersi Starca, budząc watahę na ramionach drugiego. Trzeci z nich nie miał jednej ręki, a z zarośniętego skórą kikuta sterczał mu długi, zagięty pazur.

Gunter trząsł się na całym ciele, drżało w nim wszystko i myśl o bohaterskim męczeństwie wyparowała z jego głowy. Jęczał:

— Boże, oddal ode mnie ten kielich, bo nie mam ani siły, ani odwagi go wypić.

Półtoraoki Jarogniew, Symonius i dwaj chłopcy z Roty Wolnych Prusów napawali się jego przerażeniem. Patrzyli to na Starców, to na Guntera. Widział ich tryumfalne spojrzenia i miał to gdzieś. Bał się tak, jak nawet nie wiedział, że mężczyzna może się bać. Oko bożka na piersi stojącego w środku Starca zwróciło się na niego i przeszyło go wzrokiem, z którego sączyła się otchłań bez dna.

Piekło — pomyślał, a w tej samej chwili świetlista linia zapłonęła na piersi bezrękiego i rozwinęła się wzwyż. Widział, jak na ciele Starca sam z siebie rysuje się trójkąt z okiem w środku. Trójkąt Dzikich — przeszło mu przez myśl i przypomniał sobie, co mówił Kuno. Kaplica męczennika jest w centrum tego trójkąta. Uchwycił się myśli o świętym Wojciechu, nagle poczuł z nim jedność. Bałeś się? — zapytał go w duchu. — Powiedz, bałeś się?

Na piersi stojącego z lewej zamruczał niedźwiedź i powoli rozwarł paszczę. Gunter poczuł woń zgnilizny płynącą z jej wnętrza i w tej samej chwili po jego udach spłynęło coś ciepłego.

To mocz — zrozumiał i ta myśl, na równi z palącym wstydem, przyniosła mu przypomnienie. Cholewa buta, nóż. Szarpnął ręką i dosięgnął ostrza, złapał je czubkami palców.

Poczuł ukłucie. Jedno, drugie, trzecie i zobaczył, że strzelają do niego łucznicy prężący się na piersiach Starców.

To ułuda — zaprotestował w myślach. — To nie mogą być prawdziwe strzały. Ulegam zwidom.

A jednak ból, jaki mu sprawiały, był prawdziwszy niż ten, jaki płynął z obitego biodra. Pociągnął ostrze bliżej. Może zdoła nim przeciąć więzy i nim go dopadnie Symonius, rzuci w pierś choć jednego z wrażych Starców.

Strzały drobne jak gwoździe wpadały w jego ciało jedna za drugą. Nie przestawał pocierać ostrzem pęt. Dostał w oko, które natychmiast zalało się krwią. Zamazało mu się spojrzenie i przez ułamek chwili trójgłowy bożek na piersi stojącego pośrodku Starca zamienił się w Trójcę Świętą. Pękły więzy.

— Zgiń, bluźniercza maro! — jęknął, rzucając ostrzem w Starca.

Ale gdy podnosił rękę, Symonius wbił w jego serce długi nóż z figurą Najświętszej Marii Panny na rękojeści. Ten sam, który Gunter podarował mu, mianując dowódcą Roty Wolnych Prusów.

Gunter von Schwarzburg skonał, patrząc jedynym okiem na patronkę zakonu. Nie zdołał wezwać jej imienia przed śmiercią.

JAN MUSKATA przepchał się wśród tłumu zapełniającego katedrę Świętego Wita, by z bliska widzieć koronację. Wprawdzie nikt imiennie go nie zaprosił, czasy Václavów minęły, ale on nie z tych, którzy by się dali zepchnąć do kruchty. Wciąż był świetnie ustosunkowany, a wyrok legata sprzed pół roku sprawił, iż oczyszczono go z zarzutów. Potrzebował tylko wiatru w skrzydła i z upadłego anioła znów mógł być serafinem w chórze niebieskim!

O proszę! Jak raz, gdy tylko o tym pomyślał, chór katedralny zaczął tę słodką, choć przydługą litanię do wszystkich świętych.

Wyjrzał zza zwalistego jegomościa, by popatrzeć. Eliška i Luksemburczyk stali przed ołtarzem w strojach koronacyjnych.

Gdyby nie herby na plecach płaszczów, to z tyłu nie widziałbym, które to chłopiec, a które dziewczynka — zachichotał w duchu. — Ten Luksemburczyk ma włosy ładniejsze niż ona. A jakie utrefione, widać, szkoła francuska! Peter z Aspeltu! Ho, ho! Arcybiskupstwo każdemu służy, ja go pamiętam jako szeregowego biskupa, co doradzał naszemu Václavovi, a tu proszę! Persona się z niego zrobiła, że i dojść trudno.

Muskata nie przybył do Pragi zupełnie bez zapowiedzi, na takie wybryki szkoda by mu było czasu. Zaanonsował się u Bertholda von Hanneberg, osobistego doradcy młodego Luksemburczyka. Do samego Petera z Aspeltu dotrzeć nie mógł, co nie było mu miłym, bo w pamięci miał czasy, gdy to on przesiadywał z czeskim królem, a Peter warował w przedpokojach, czekając, czy go przyjmą i kiedy.

Dostrzegł, że arcybiskupowi podano poduszki, i wspiął się na palce, by zobaczyć korony. Tym żyły Czechy! Ileż to się nasłuchał w gospodach po drodze, każda nowa plotka była potężniejsza: że uciekający król ogołocił skarbiec, że zabrał z praskiego zamku wszystko, do ostatniego złotego kielicha. Że wywiózł dziewięć wozów praskich srebrnych groszy, a każdy był tak ciężki, że trzeba było do niego zaprzęgać po cztery woły, a srebro to należało do wdowy po poprzednikach, królowej Rejčki. I że Anna porwała wszystkie trzy królewskie płaszcze w tym dwa swych sióstr, Przemyślidówien. To, jak widział, prawdą nie było, bo Eliška miała rodowy strój na sobie. Wszystkie plotki łączyło jedno. Zdanie, którym się zaczynały i kończyły, jak pieśń rycerska refrenem: Karyntczyk ukradł korony Piastów i Przemyślidów. I to już było coś, co dla Jana Muskaty stanowiło punkt wyjścia.

Rzeczywiście! Peter z Aspeltu włożył na skronie Luksemburczyka, a potem Anny, nowiutkie, lśniące korony. Jan Muskata znał stare, był gościem obu koronacji Václava. Sam mu doradzał, by zaraz po wziął piastowskie insygnia do Pragi na koronację, małej wówczas, Rikissy. A teraz proszę, taka rzecz! Koło fortuny. Były stare korony, są nowe. Kto się wstecz ogląda, do przodu nie idzie.

— Niech żyje król! Niech żyje królowa!

— Król Czech i Polski Jan Luksemburczyk! Królowa Czech i Polski Eliška Premyslovna!

— Niech żyją! — krzyczał Muskata na całe gardło. — Niech żyją!

Przysiadł się do uczty weselnej, prawda, nie jak przed laty, przy głównym, królewskim stole, ale z daleka też dobrze widać, a i nawet biskup widzenie miał jakby ostrzejsze. Bo Jan Muskata zawsze był dalekowidzem.

Układ sił zrozumiał szybko. Król Jan, tak śliczny i rycerski, jak młody, ze wszystkim zwracał się najpierw do Petera z Aspeltu, potem do Bertholda, następnie do biskupa Filipa. Królowa Eliška zaś, tak szczęśliwa, że raz po raz, jak jej się zdawało, ukradkiem, dotykająca korony na swej głowie, otoczyła się własnymi doradcami, samymi znajomymi Muskaty: biskupem praskim Janem, ołomunieckim Konradem, opatami ze Zbrasławia i Sedlca, a dalej starym i obrzydliwie porządnym Vilémem Zajícem, Benešem, ojcem jej dwórki Gredli, i ich kumotrami. Baronowie Czech siedzieli dużo dalej. Blady Henryk z Lipy z opatrunkiem wystającym spod ozdobnej tuniki, Jan z Vartemberka i ich rodowcy.

Ho, ho — popił winem Muskata i mlasnął. — Markvartici i Ronovcy już w niełaskach? Mściwa Eliška wyczekała, aż dostanie koronę, i już wchodzi na ścieżkę zemsty wobec tych, co po śmierci Przemyślidów nie udzielili jej wsparcia? Jeśli naturę odziedziczyła po ojcu, to wyczeka na dobry moment, a potem dopiero wymierzy sprawiedliwość.

Jan napił się jeszcze, bo właśnie jeden z jego planów upadł. Miał nadzieję przebić się przez kordon doradców i stanąć przy małej Elišce, jak ongiś przy jej ojcu. Ale ona już od dawna nie była „małą Elišką", przeciwnie, kobieta z niej spora, a doradców sobie dobrała spośród jego dawnych znajomych i, niestety, nie byli to dobrzy znajomi.

Lecz Jan Muskata, swoim zwyczajem, plany miał zawsze trzy, jak trzy gałki muszkatu w herbie. Gdy padał jeden, dwa pozostawały.

Rozejrzał się po gościach. No proszę, kolejny stary znajomy! Książę opolski, Bolko! Złoty orzeł na błękicie. Czyżby wzorem przodków już wyczuł, skąd wieje wiatr? A siedzący wokół niego młodzi ze śląskimi orłami na piersiach, to kto? Jan łyknął wina, dla wyostrzenia wzroku, i zaraz zobaczył, że orlątka wokół Bolka też są złote na błękicie, więc to muszą być jego synowie i bratankowie. Oho! Pół książęcego, piastowskiego Górnego Śląska gości się tu, u pańskiego stołu, a to dobre!

Gdy uczta rozprężyła się i zaczęły pląsy, Jan wyczekał na dogodny moment i zbliżył do Bolka.

— Złoty orzeł w złotej Pradze — zagadnął księcia.

— Biskup Jan — powitał go ten głębokim ukłonem. — Dlaczego nie w Krakowie? Wciąż wielebnemu Wełtawa milsza od Wisły? A mówią, że wyrok legata nakazuje powrót do diecezji.

Ciemne, bystre oczy opolskiego Piasta świdrowały Muskatę. Uśmiechnął się do Opolczyka.

— Wrócę, wrócę, mój książę, ale, jak to mówią, z innym władcą. Tymczasowy mieszkaniec Wawelu bardzo mi nie leży, a jak wszystkim wiadomo, katedra blisko zamku.

— Uparty ten, jak raczyłeś powiedzieć, biskupie, mieszaniec — zaśmiał się tubalnie Opolczyk i Jan przez chwilę nie wiedział, czy się przejęzyczył, czy zrobił to specjalnie. — Półlew, półorzeł, ni pies, ni wydra...

— Nie to, co orzeł. — Muskata dotknął kielichem herbowego ptaka na piersi Opolczyka. Nikt nigdy nie wątpił, że z czarnego stał się złotym przez wyjątkową przyjaźń do Czechów. — Albo orlica! — Uniósł kielich w stronę właśnie wznoszących toast za królewskim stołem. — Wybacz, książę, ale hrabia Berthold prosi mnie o rozmowę — dodał z wyższością Muskata, widząc, iż Berthold von Hanneberg skinął ku niemu.

— Ciebie, Janie Muskato? — zmrużył oczy Opolczyk. — Czy mnie?

W Muskacie zagotowało się. Więc nie on jeden ma umówione spotkanie z zausznikiem młodego króla?

— Chcesz sprawdzić? — powiedział do księcia wyzywająco. — Proszę, chodźmy razem.

Bolko opolski, nieodrodny syn Władka opolskiego, lisa dyplomacji śląskiej, wycofał się z ujmującym, choć wieloznacznym uśmiechem, mówiąc:

— Ustąpić biskupowi Krakowa to zaszczyt. Proszę, idź pierwszy, wielebny Janie.

Jan nie oglądał się na niego i poszedł.

Berthold von Hanneberg wstał od królewskiego stołu i wraz ze sługą i kimś, kto wyglądał na sekretarza, poprosił Muskatę, by udali się w ustronne miejsce, do niewielkiej komnaty, która kiedyś, w czasach Václava, służyła królewskim skrybom.

Sługa podał im świeże kielichy i wino. Wystarczył łyk, by Jan poznał, iż jest o niebo lepsze niż to, które stało na jego stole podczas uczty.

— Piękne nowe korony najjaśniejszych państw — powiedział na dobry początek i przeszedł do sedna. — Lecz tytulatura króla polskiego dla Jana może zostać podważona w każdej chwili.

Orzechowe oczy hrabiego zalśniły, odpowiedział spokojnie:

— Václav II, którego byłeś najbliższym doradcą, koronował się w Gnieźnie. Królowa Eliška, jako jego córka, dziedziczy Królestwo Polskie.

— Dobrze zauważyłeś, mądry hrabio — odpowiedział Muskata. — „Koronował się w Gnieźnie", choć przyznam, że w tym względzie król Václav II nie posłuchał mojej rady.

— Co masz na myśli, biskupie?

— Jestem przywiązany do tradycji tylko o tyle, o ile ona służy wyższym celom. To jak z dzisiejszymi koronami, hrabio. Ktoś zachowawczy mógłby powiedzieć: koronacja nieważna, bo nie było prawdziwych koron Piastów i Przemyślidów. A czy to ważne? Nie. Liczy się intencja panowania. Tak było z Gnieznem. Namawiałem Václava, by zerwał z tradycją Starszej Polski i jako pierwszy dokonał koronacji w Krakowie.

Berthold był powściągliwy, ale jego oczy zdradzały Muskacie, iż doskonale wie, co Jan ma na myśli. Zwłaszcza gdy poprosił sługę, by uzupełnił im kielichy.

— Król Jan — ciągnął Muskata — prędzej czy później będzie musiał ruszyć do Polski, by potwierdzić swe panowanie i prawa do korony. A książę krakowski, Władysław Łokietek, to człowiek uparty i przewrażliwiony na swym punkcie, choć słaby.

— Słaby? — podchwycił Berthold. — Ten słaby książę przez pół roku trzymał swego biskupa w lochu?

— W wieży — twardo poprawił go Muskata. — W lochu nie śmiał. A teraz, gdy ciążą na nim klątwy, gdy wyrok legata usunął me domniemane winy…

— Powinieneś wrócić do pięknego Krakowa — podpowiedział Berthold.

Muskata zaśmiał się i uniósł kielich:

— Ja, biskup krakowski, powiedziałem im już lata temu: wrócę, ale z innym księciem!

Berthold położył mu dłoń na ramieniu i odpowiedział:

— Czas, byś dotrzymał słowa, właśnie nastał!

Stuknęli się kielichami radośnie. Piękne, reńskie szkło w ręku Muskaty pękło i wino polało mu się po palcach.

— To na szczęście — powiedział Berthold von Hanneberg.

— Zasłużenie zwą cię „mądrym hrabią" — odrzekł z promiennym uśmiechem Jan Muskata.

WŁADYSŁAW zastygł w czymś, co najprościej nazwać błogością. Patrzył na swoje dzieci. Pięcioletnia Elżbieta bawiła się z rocznym Kaziem. Właściwie dyrygowała nim, a on, posłuszny jak żadne z jego dzieci, unosił ręce, opuszczał, gdy kazała, klaskał i śmiał się.

— Kaziu, powstań! — powiedziała do niego i malec próbował wykonać i ten rozkaz. — Wstań i chodź do mnie.

Wstał, trzymając się ławy, zrobił krok i upadł na posadzkę, a przewidująca córka krzyknęła:

— Nie becz!

Chłopiec poczerwieniał, ale nie śmiał zapłakać.

Co z niego wyrośnie? — leniwie pomyślał Władek. — Jak on taki grzeczny?

Trzyletnia Jadwinia bawiła się lalką, tą, którą wspaniałomyślnie wyznaczyła jej do zabawy Elżunia. Na uboczu jedenastoletni junior popisywał się fechtunkiem. Drewniany mieczyk w jego dłoni aż furczał.

— Świetnie, synu — pochwalił go książę. — Doskonale.

Jadwiga spojrzała na niego, unosząc brwi i spytała:

— Dobrze słyszę? Chwalisz Władzia?

— Chwalę — przyznał. I dodał szeptem: — Wiesz, co odkryłem, żono? Jak go pochwalę, stara się jeszcze bardziej. Dziwne, co? Normalnie, mężczyzna stara się, gdy mu nie wychodzi, no wiesz, żeby udowodnić, że potrafi, a nasz Władek jest inny.

— Tak sądzisz? — w głosie żony usłyszał powątpiewanie.

— Zauważyłaś, że Kaziu ma jasne włosy? — spytał.

— Nie — odpowiedziała.

— No to spójrz — zachęcił ją. — Elżunia ma podobne do mnie, Władziu też, a Kaziu jakby... złote?

— Naprawdę? Pierwszy raz go widzę...

Zrozumiał, że Jadwiga zadrwiła z niego, i machnął ręką. Był szczęśliwy. Papież badał jego skargę na Krzyżaków przychylnie. Głośno mówiono o nieuchronnej kasacie zakonu templariuszy, więc na malborskiego mistrza padł strach i chwilowo zajął się wyprawami na Litwę, by dać dowód, że o niczym innym nie myśli, tylko o chrzczeniu pogan. Młodzi Głogowczycy tonęli w długach i walczyli na Śląsku z siostrzeńcem Jadwigi, księciem Bolesławem. Sam by go wsparł przeciw synom Henryka, gdyby nie to, że wyczekiwał wieści z Czech, a donoszono, iż widziano Muskatę na koronacji Luksemburczyka, co oznaczać mogło, iż biskup krakowski szuka nowych sojuszników. Władek nie zamierzał respektować wyroku, który kazał mu przywrócić Muskatę na biskupstwo. Był gotów do wielkich ustępstw, ale nie do przyjęcia zdrajcy. Usunął myśl o nim z głowy. Nie chciał się wściekać teraz, gdy chwila taka piękna. On, Jadwiga i dzieci.

— Książę. — Borutka zjawił się cicho za jego plecami.

— Idź do diabła — rozanielonym głosem powiedział mu Władek. Elżunia właśnie rozkazała Kaziowi unieść nogę, a ten dokonał cudu i uniósł.

— Nie mogę — odpowiedział chłopak.

— Postaraj się — mruknął Władysław.

— Książę — natarczywie powiedział Borutka. — Piekło w Krakowie.

Władek zerwał się na równe nogi, popychając giermka ku drzwiom.

— Jadwigo, wybacz na chwilę — powiedział i wybiegł z giermkiem. Cokolwiek się stało, nie chciał o tym mówić przy żonie.

Borutka biegł w stronę schodów, oglądając się, czy książę podąża za nim. Zbiegli do sali rady, a tam wrzało. Mikołaj Lis, wojewoda krakowski, i kasztelan Wierzbięta, Bogoriowie, Toporczycy, Lelewici, Rawicze.

— Co jest? — spytał zdumiony Władysław. — Kasztelanie, radę zwołałeś beze mnie?

— Tak, książę — pokłonił się Wierzbięta. — Złe wieści. Wezwałem wszystkich, których zdążyłem, chciałem tobie przekazać, jako pierwszemu, ale twój giermek nie pozwolił…

— No właśnie, gdzie Fryczko? — rozejrzał się Władek.

— Mówię o tym giermku — wskazał na Borutkę. — Czarnym.

— Borutka, gdzie Fryczko?

— Śpi, książę — usłużnie odpowiedział chłopak. — Budzić?

— Śpi w południe? Nicpoń. Żadnego poczucia obowiązku. No dobra, mów — odwrócił się gwałtownie do kasztelana, wiedząc, iż nie ma co przeciągać, musi usłyszeć, co za piekło rozpętało się w nieustannie szemrzącym przeciw swemu księciu Krakowie.

— Właśnie ogłoszono wyniki wyboru do rady miejskiej — powiedział Wierzbięta. — Usunięto z niej wszystkich, którzy w jakikolwiek sposób współpracowali z nami, i od tej chwili zasiedli w niej wyłącznie twoi zaprzysięgli wrogowie. To już nie rada miejska, to rada wojenna.

Zagotowało się w nim.

— Mogę ich nie przyjąć — powiedział.

— Rada miejska jest niezawisła — przypomniał ponuro kasztelan.

— Wiem — warknął Władysław. — Mówię, że mogę nie przyjąć ich na zwyczajowej pierwszej audiencji.

— Książę — poważnie powiedział Wojciech, najstarszy z trzech braci Bogoriów. — Ludzie z otoczenia wójta Alberta mówią, że nowi rajcy nie mają zamiaru przyjść, by pokłonić się tobie. Dlatego kasztelan Wierzbięta nazwał ich radą wojenną.

— Chcesz powiedzieć, że miasto zamierza się zbuntować? — grobowo spytał Władysław.

— Już to zrobiło, panie — potwierdził Bogoria.

— Obrazili mnie, prawda — próbował okiełznać nerwy Władek. Spojrzał w głąb sali rady, na stojący na podwyższeniu książęcy tron. Zrobił krok w jego kierunku, ale cofnął się. — Może jeszcze spróbujemy negocjować? Z Albertem i jego bratem?

W tej samej chwili do sali rady wbiegli Paweł Ogończyk i Nawój z Morawicy. Klęknęli przed nim, a gdy unieśli głowy, wszyscy wiedzieli, że mają złe wieści. Wolał najpierw usłyszeć je z ust Pawła.

— Zbuntował się Sandomierz. Usunięto siłą twoich wójtów, Marka i Ruprechta, a władzę przejął dawny stronnik Przemyślidów, Witko, którego obaliłeś, wracając z banicji.

Gwałtownie odwrócił się w stronę Nawoja.

— Mów — zażądał.

Przystojna i poważna twarz pana z Morawicy była blada, gdy meldował:

— Książę, Kraków zamyka bramy, przy każdej ustawiając załogę zbrojną. Fortyfikują się.

Z katedry krakowskiej odezwał się dzwon na nieszpory. Wyjątkowo cichy, albo tylko Władkowi tak się zdawało.

— A więc wojna — powiedział, gdy dzwony wybrzmiały. — Nowa wojna, jakiej jeszcze nie znałem — uniósł głowę, by patrzeć na swych ludzi, kolejno. — Do tej pory walczyłem o władzę z księciem Głogowa, który zawsze uważał, iż ma do niej większe prawa. I z wrogami silniejszymi, gorszymi, bo szli ku nam z zewnątrz. Czechami, Brandenburczykami, Krzyżakami. Teraz zaś przeciw mnie powstali mieszczanie.

Władek wolnym krokiem ruszył na podwyższenie. Wszedł na nie, usiadł na książęcym tronie.

— Miasto zbuntowało się przeciw swemu księciu — powiedział mocno. — Znamy ich argumenty, słyszeliśmy je wiele razy. Że za drogo kosztuje zbieranie ziem Królestwa z rozdarcia, z rozsypki. Że po co to komu. Że ważniejsze, by mieć szlaki handlowe otwarte, cła poznosić, ceny tu opuścić, tam podnieść. Oni myślą, że ja, mały książę z biednych Kujaw, nie rozumiem ducha handlu. To nieprawda. Ja go szanuję, ale nie mogę uczynić swym bogiem. Żal mi każdego statku, który nie zawinął do Gdańska. Czuję się winny za tamte przywileje dla Lubeczan. Boże, myśmy Gdańsk poświęcili za Kraków i okrutnym zrządzeniem losu ten Kraków dzisiaj się przeciw nam zbuntował.

— Prawda — potwierdzili jego możni.

Pewnie, że prawda — pomyślał. — Gdybyście wy, małopolscy panowie, nie powstrzymali mnie, ruszyłbym na pomoc Pomorzu, nie Rusi. Ale wyście widzieli zagrożenie swego kraju blisko, na wschodzie, u mych siostrzeńców. Gdańsk był wtedy dla was za daleko, a ja wiem, że dzisiaj, w Krakowie, mści się tamten zaniechany Gdańsk. I nieustanny brak sił, by obronić całe Królestwo. Wojska, zbyt szczupłe, by obsadzić nimi każdą z granic. Odkąd wezwano mnie na tron po raz pierwszy, nie robiłem nic innego, tylko gasiłem wybuchające pożary. Prawda, było i tak, że robiłem to w złej kolejności. Że więcej ognia wznieciłem, niż zdusiłem. I za to mnie przed laty wygnano. A po powrocie? Co się zmieniło, prócz tego, że rycerstwo Małej Polski przyjęło mnie z otwartymi ramionami? Wyrośli mi wrogowie potężniejsi niż każdy, których wcześniej miałem. Żelaźni bracia z niezwyciężoną siłą ich hufców. Straciłem Pomorze. Starsza Polska wciąż w rękach głogowskich. Jeśli teraz nie odzyskam Sandomierza i Krakowa, będzie po mnie. Będę księciem, którego pokonali mieszczanie.

— Nie byłoby buntu Alberta — powiedział mocno — gdyby nie wcześniejszy bunt biskupa krakowskiego.

— Jeszcze nie wiemy, książę, czy Muskata stoi za rebeliantami — ostrożnie powiedział wojewoda.

— Nawet jeśli nie ma go wśród nich w Krakowie, on ich ośmielił — rzekł twardo Władek. — Pokazał, że biskup może być przeciw księciu. Udowodnił swymi konszachtami z legatem Gentilisem, że potrafi cofnąć każdy mój wyrok. Nie widzicie tego? Był oskarżony o zdradę. Udowodniliśmy ją. Konszachty z bękartem Przemyślidów i jeszcze gorsze, z Głogowczykiem, wymierzone we mnie. On się z tym nie krył. Powiedział: „Wrócę z innym księciem". Henryk Głogowski nie żyje, jego synowie są zbyt słabi, by Muskata oparł się na nich, ale jestem pewien, że biskup krakowski już ma nowego kandydata na tron. Kogoś, kto za chwilę wesprze buntowników wojskiem.

— Książę ma rację — powiedział kasztelan. — To, że fortyfikują miasto, oznacza, że są gotowi na wszystko.

— Nie możemy okazać słabości — oświadczył zdecydowanie Władek. — Musimy zdobyć miasto. Zaczyna się moja kolejna batalia o Kraków. Kasztelanie — przywołał Wierzbiętę. — Umocnij załogami Wawel.

JADWIGA posłuchała męża i od pierwszych dni rebelii krakowskiej przeniosła się z dziećmi z obszernego palatium na trzecią, najwyższą kondygnację wawelskiej wieży.

— Najbezpieczniejsze miejsce na zamku — krótko stwierdził Władek i Jadwiga nawet z nim nie dyskutowała.

Wieża była wygodna, piękna, wyniosła. Oboje z Władkiem mówili, że najlepsze, co Václav zostawił po swych rządach na Wawelu, to właśnie ta wieża. Trzy kondygnacje, piwnica, porządne stropy, które w zeszłym roku poleciła pokryć malowidłami z wizerunkiem świętego Stefana w rogu. Właśnie, Stefana. To jedyne, co sprawiało, iż Jadwiga źle wspominała tę wieżę. Tu zmarł ich syn pierworodny, w noc przed tym, jak Kraków otworzył przed nimi bramy miasta. Nie potrafiła o tym zapomnieć i widok z każdego ze zbrojonych okien wieży przypominał jej śmierć Stefana. Gdy wstawała od łoża gorączkującego chłopca, wyglądała przez te okna.

Nigdy, przenigdy nie przyznała się mężowi, że ich zwycięski wjazd do Krakowa nawet po pięciu latach, jakie upłynęły, wciąż ma dla niej cień żałoby. Odzywa się wonią tamtych jesiennych róż, jakie położyła na trumnie Stefana u franciszkanów, i choć dwa razy w miesiącu odwiedzała grób syna i przynosiła wciąż świeże kwiaty, to w jej pamięci wciąż królowały tamte róże.

— No i pięknie — powiedziała Elżbietka, gdy dwórki przyniosły jej skrzynię z zabawkami. — Jadwinia może usiąść tu, Kaziu tam, Władzio... — Zobaczyła, że najstarszy brat zupełnie nie zwraca na nią uwagi, więc wykluczyła go. — Władzio za karę się z nami nie bawi.

Jest władcza — nie po raz pierwszy zauważyła Jadwiga. — Kunegunda była grzeczna i cicha, jak dzisiaj mała Jadwinia. A Elżbietę rozpuścił Władek, od chwili urodzenia w Smoczej Jamie, wmawiając wszystkim, że jest lepsza, wyjątkowa, mądrzejsza. Gdyby tyle samo serca okazał juniorowi, chłopak nie byłby taki zawzięty i skryty. A zresztą, może się mylę? Może każde z tych dzieci jest od chwili urodzenia inne? Takimi stworzył je Pan i może ma swój cel w tym, by Elżbietka nie była cichą i pokorną księżniczką? Tylko jak ona sobie poradzi jako żona? Przecież ktokolwiek to będzie, trudno przypuszczać, by był tak grzeczny i posłuszny jak Kaziu. Dwie córki w domu, dwóch synów. Ileż to szczęścia, gdyby nad wszystkim nie zawisł ponury cień zmarłego Stefana, tak obecny w każdym kącie wieży. I kolejne kłopoty księcia krakowskiego, jej męża. Jakby mało było utraty Pomorza, teraz zbuntowane miasto! Boże — myślała — czym jeszcze zechcesz nas doświadczać?

— Najjaśniejsza pani — w komnacie bezszelestnie zjawił się giermek jej męża, Borutka. — Wojska buntowników uderzyły na Wawel.

Podskoczyła ze strachu. Zaskoczył ją nagłym pojawieniem się. I wybuchła:

— Czy ty zawsze musisz przynosić złe wiadomości?! — krzyknęła na chłopca.

Pokłonił się pokornie.

— Wybacz — powiedziała. — To nie twoja wina.

— Książę prosi, byś nie opuszczała wieży — dodał. — I chciał, bym był na twe rozkazy, ale jeśli wolisz, przyślę Fryczka.

— Tak — odrzekła. — Ale nie dlatego, że cię nie lubię, Borutko. Chcę, byś był przy moim mężu.

— Wedle życzenia, pani. — Ukłonił się czarny giermek i zniknął.

Zaczęło się, i wieża, która chroniła ich wszystkich, stała się jej zmorą. Słyszała krzyki oblegających i obrońców, i najczęściej nie mogła ich rozróżnić. Nie miała pojęcia, czy przeraźliwy wrzask jest śmiertelnym głosem któregoś z ludzi Władka, czy przeciwnie, najemników mieszczan. Okropny, metaliczny dźwięk kołowrotków naciągających cięciwy kusz wałowych trwał od rana do zmierzchu i budził w niej skojarzenia z otwieraniem wrót piekła. Bała się. Tuliła Jadwigę i Kazia, a Elżbietka i junior skandowali:

— Trafiony! Trafiony! Padł! Padł! — Aż im tego zakazała.

— Pojęcia nie macie, czy padł trafiony wróg czy obrońca! Jak jeszcze raz usłyszę takie okrzyki, będzie kara. Zrozumiano?

— Tak — odpowiedzieli karnie i siedli w kącie, ale cisza, jaka teraz zapanowała w wieży, potęgowała straszliwość odgłosów spoza niej.

— Stanisławo, Anno! — poprosiła dwórki. — Czytajcie na głos psalmy.

— *Panie, ostojo moja i twierdzo, mój wybawicielu* — zaczęła drżącym głosem Anna z Bogoriów.

— *Boże mój, skało moja, na którą się chronię, tarczo moja, mocy zbawienia mego i moja obrono!* — mocno podjęła jej siostra, Stanisława.

Jadwiga powtórzyła za nimi:

— *Tarczo moja, mocy zbawienia mego i moja obrono!*
W tej samej chwili usłyszały okropne, tępe uderzenie.
— Taran! — wrzasnął Władek.
— *Zatrzęsła się i zadrżała ziemia* — wyrecytowała Anna. — *Posady gór się poruszyły...*
Tępe uderzenie powtórzyło się upiornym raz-dwa.
— Walą w Dolną Bramę — oznajmił jej syn.
— Taranem — dodała Elżbieta.
— Psalmy głośniej! — rozkazała Jadwiga, z całych sił zaciskając ramionami dwoje młodszych dzieci siedzących jej na kolanach.
— *Posady gór się poruszyły, zatrzęsły się, bo On zapłonął gniewem* — próbowała przekrzyczeć uderzenia w bramę rytmicznym wersem Anna.
— *Uniósł się dym z Jego nozdrzy* — wsparła ją mocnym głosem Stanisława — *a z Jego ust pochłaniający ogień: od niego zapaliły się węgle...*
Jadwiga przez wąskie okno wieży widziała kłęby czarnego i siwego dymu unoszące się gdzieś z dołu, z murów słupem tak wysokim, że przysłonił błękit nieba. Poczuli smród spalenizny.
— *Uniósł się dym z Jego nozdrzy* — powtórzyły równymi głosami jej starsze dzieci.

WŁADYSŁAW bez hełmu, w kolczudze jedynie, ale za to z małą tarczą przypiętą do przedramienia, stał na murze i dowodził obroną Dolnej Bramy.
— Strzelać raz za razem! Bez ustanku! — krzyknął do obsługujących sześć wielkich wałowych kusz. — Łucznicy! Celować w prowadzących taran! Raz-dwa!
Wiedział, że brama, choć doskonale wzmocniona żelazem, może nie przetrwać ciągłych uderzeń.
— Kasztelanie! — przyzwał starego Wierzbiętę. — Dolny mur jest twój. Strzeż go jak żony. — Borutka! Borutka, do diabła! — zawołał na giermka, ale ten już wyrósł przy nim. — U księżnej pani wszystko w porządku?
— Tak jest — zameldował chłopak. — Fryczko z nimi.
— Dobrze, idziemy do Smoczej Bramy. Tylko uważaj na strzały — to mówiąc, sam się uchylił, jednocześnie unosząc ramię z tarczą.
— I wołaj do mnie braci Bogoriów!

— Zrobione! — krzyknął Borutka i rzeczywiście, nim Władek uszedł kilka kroków, starszy, Jarosław, i młodszy, Mikołaj, byli przy nim.

— Jak liczycie siły oblegających? — spytał.

— Pięć setek ludzi, nie więcej — odpowiedział Jarosław.

— Tarcza w górę! — warknął na niego Władek, bo bełt z kuszy przeleciał tuż przed nosem Bogorii.

Obaj bracia posłusznie osłonili się tarczami, na których herb rodu, dwie strzały, kierowały groty jednocześnie w dół i górę.

— To nie tak wiele — ocenił. — Taran mają mocny, ale ani jednej wieży oblężniczej i ty, Mikołaju, jako że słyniesz ze świetnego wzroku, odpowiadasz za to, by ją w porę wypatrzyć. Zostajesz na Dolnej Bramie. Jarosławie — zwrócił się do starszego z braci. — Twój ojciec mówił, że znasz na pamięć psalmy. Huknij coś dla naszych, byle walecznie.

— *Boże mój, tarczo moja, mocy zbawienia mego i moja obrono!* — gromko zawołał Bogoria i zasłaniając się w porę przed nadlatującą strzałą, spytał: — Może być?

— Dobre — pochwalił Władek i dostrzegł, że Borutka skrzywił się niemiłosiernie. — Tylko żadnych tam „lękam się i płaczę" — przykazał Bogorii. — Zrozumiano?

— W lot, mój panie — wyprężył się Bogoria.

Władysław zagarnął Toporczyka i chwilę później był przy Smoczej Bramie, gdzie dwoił się i troił Pakosław Lis.

Różne rzeczy można mi zarzucić — pomyślał, wchodząc na stojącą nad nią cylindryczną wieżę. — Ale nie to, że zaniedbałem wawelskie mury.

Tu, gdzie przed laty wygrał oblężenie Wawelu tym, że przełamał linię obrony w miejscu, gdzie nie dokończono budowy murów i pozostawiono dawne wały, zaraz po zdobyciu zamku nakazał solidne dokończenie budowy. Nie kupował pięknych butów, oszczędzał na zdobionych tunikach i złotem wyszywanych płaszczach, mówiąc, że półlew i półorzeł wczepiły się pazurami w ten stary, i póki nie puszczą, jest dobry. Jadwiga żałowała na strojne suknie; wyprawę ślubną Kunegundzie kazała przerabiać ze swoich, ale oboje każdy odłożony grosz przeznaczali na ten kawał muru. Władek wiedział, że skoro on tędy wdarł się na Wawel, to jeśli go nie postawi i nie wzmocni, zrobić to może kiedyś kto inny.

I teraz stał na swoim, łokietkowym murze przy Smoczej Bramie i choć uderzał w nią taran, on w prowadzących go zbrojnych kazał wbijać serię za serią, krzycząc do ochrypnięcia:

— Łucznicy! Strzał!

— Książę! — pomiędzy huki uderzeń wdarł się głos Toporczyka. — Ciągną machinę!

W tej samej chwili i Władek ją dostrzegł. Przykryta zielonymi gałęziami brzozy, by jak najdłużej została niewidoczna dla obrońców, ciągniona z wysiłkiem pod górę przez dwa woły.

Nim zdążył wydać rozkaz, łucznicy ustrzelili zwierzęta.

Oblegający osłaniani przez tarczowników przed ostrzałem rycerstwa Władka podprowadzali nowe woły do machiny. Zapłonęło kilka sporych ognisk i po chwili w nozdrza księcia wdarła się ostra woń smoły.

— Co to za diabelski wynalazek? — spytał stojący obok Borutka.

— Arkbalista — odpowiedział Władek, rozpoznając złowrogi kształt pod przykryciem gałęzi. — Będą miotać garnce płonącej smoły.

— I co z tym zrobimy, książę? — spytał chłopak.

— Spalimy — splunął z muru Władek. — Dopilnuj naszych ognisk. Mają hajcować jak...

— Sam diabeł? — podpowiedział z błyskiem w oku Borutka.

— Tak, synku — potwierdził książę. — Jak sam diabeł. Toporczyk, daj więcej łuczników, ale już!

Ogień z żelaznych koszy na murach wystrzelił wysoko, aż gorąco ogarnęło ich falą.

— Ogniste strzały! — rozkazał Władek. — W arkbalistę, aż zapłonie! Za każdą celną nagrodzę. Za chybioną ze skóry obedrę, pal!

Borutka dorwał się do kuszy i szył bez opamiętania.

Kiedy naciąga cięciwę? — przebiegło przez myśl Władkowi, ale nie zdążył odpowiedzieć sobie, bo z arkbalisty skoczyły płomienie.

— Upiekła się machina pięknym lucyferiańskim ogniem! — wrzasnął jego giermek.

Z dołu, spod murów odpowiedziała mu lawina niemieckich przekleństw.

— *Zum Teufel!* — darli się poparzeni wrogowie, a Borutka skakał na murze zwycięski taniec, zanosząc się śmiechem:

— Tu jestem! Tu jestem!

— Schowaj się, bo mi cię ustrzelą! — skarcił go Władek i dorzucił kolejny rozkaz: — Lejcie smołę na osłonę tarana, już!

W tej samej chwili nadbiegł goniec z Dolnej Bramy, od kasztelana Wierzbięty.

— Rzucili dodatkowe siły, książę. Prowadzą wieżę oblężniczą! Kasztelan prosi wsparcia.

— Lis i Borutka ze mną! — zawołał. — Toporczyku, Smocza Brama jest twoja.

Przebiegając wzdłuż murów, dostrzegł, że oblężenie skoncentrowało się wyłącznie na obu bramach wawelskich; ale dla pewności nie ściągnął ludzi z murów, czuł, że to może być zwód oblegających, i chciał mu zapobiec.

— Borutka! — złapał za ramię biegnącego przy nim giermka. — A ty gdzie masz tarczę, nicponiu?

— *Pan moją tarczą* — syknął giermek z uśmiechem. — Czy jakoś tak, jak psalmował Bogoria.

— Nie kuś losu — przestrzegł go Władek i pokazał na ciało ustrzelonego z kuszy chłopaka w barwach Toporczyków. — Bierz jego tarczę, ale to już.

— Książę — młodszy z Bogoriów przejął ich kilkadziesiąt kroków przed bramą. — Wypatrzyłem machinę, jak kazałeś...

— Źle zrozumiałeś rozkaz — zaśmiał się Władek. — Wolałbym, byś nie miał czego wypatrzyć.

— Niektóre księcia rozkazy są niemożliwe — rozłożył ręce Mikołaj i szybko pokazał. — Tam, jak rozwieje się dym. Skończyli składać wieżę oblężniczą i już ją ciągną. I posiłki przyszły od strony miasta.

— Książę! — doskoczył do nich kasztelan Wierzbięta czarny od sadzy na twarzy. — Ze dwie setki świeżych, wypoczętych ludzi idą wesprzeć oblegających. Powinniśmy też wezwać posiłki z zewnątrz.

— Nie! — krzyknął Władek tak głośno, że na murze na chwilę umilkło.

Miotający kamienie, łucznicy, kusznicy i obsługujący machiny wałowe spojrzeli na niego.

— Nie wezwiemy żadnych posiłków — stanowczo oświadczył Władysław. — Ja, książę krakowski, i wy, rycerze Małej Polski, własnymi siłami obronimy Wawel. To rozkaz.

— Tak jest! — odpowiedzieli chórem i jeden za drugim wyskandowali dawne zawołanie Małej Polski. — Tron se-nio-ra! Tron seniora! Tron seniora!

Z najniższej części murów odpowiedzieli na to Doliwowie, chłopcy Kujaw:

— „Pod wiatr!" „Pod wiatr!"

— „Pod wiatr" — podjął Władek i wyrwał kuszę Borutce. Zanurzył grot w garncu z płonącą smołą, naciągnął, wystrzelił. Trafił.

— Wawel dla księcia! — wrzasnął kasztelan Wierzbięta i chcąc, by zapomniano mu pomysł przedwczesnego wzywania posiłków, błyskawicznie wymierzył z kuszy do ciągnącego wieżę oblężniczą wołu. Trafił i w tej samej chwili trafiono jego. — ...dla księcia! — krzyknął, zawisł bezwładnie na murze i skonał.

— Za kasztelana! Odwet! — zawołał Borutka. — Póki Wisła pod prąd nie płynie, nic nie jest stracone!

Kusze wałowe raz za razem wypuszczały ogniste pociski w oblegających. Katapulty miotały kamienie, które rozgniatały ich szeregi. Dwie setki świeżych wojsk, których tak się przestraszył martwy już kasztelan, szybko zamieniły się w setkę trupów usypanych w wał pod wawelskim murem. Taran porzucono, resztki oblegających uciekały w popłochu.

— Paweł Ogończyk do mnie! — wrzasnął Władek. — Do mnie!

— Jestem, mój książę, i zrobię, co zechcesz, tylko nie każ mi latać do księżnej pani — błysnęły zęby w osmolonej twarzy Władkowego ulubieńca.

— Nie dzisiaj, druhu! — zaśmiał się Władek. — Teraz Fryczko ma służbę u księżnej. Szykuj konie. Ty i ja jedziemy pod wiatr, pogonić tych nicponi pod Kraków! Rulka, rozruszasz kopytka!

— I ja! — wcisnął się Borutka. — Ja też, z wami!

Po chwili oddział Ogończyka i Doliwów był gotów. Władek wskoczył na grzbiet Rulki, był w ogniu, nie bawił się w ostrogi. Jego klacz zatańczyła na dziedzińcu, rżąc dziko, jakby tego jej było trzeba, walki.

— Na Kraków! — krzyknął i wyjął z pochwy na plecach miecz króla banity. Swój miecz. Jego ostrzem wskazał kierunek.

— Otwierać bramę! — zawołał Paweł.

Borutka na grzbiecie czarnego ogierka już był przy księciu. W dłoni trzymał wąski a długi proporzec rozdwojony na końcu jak smoczy język. Po jednej stronie łopotał półorzeł, po drugiej zrywał się do skoku półlew.

— Skądżeś to wytrzasnął?! — spytał Władek.

— Spod ziemi! — zaśmiał się dziko giermek i ruszyli otwartą bramą w stronę miasta.

— *Nagiął on niebiosa i zstąpił, a czarna chmura była pod Jego stopami* — usłyszeli stojącego nad bramą Bogorię.

— Na Kraków „Pod wiatr!" — wołał Władek i znów miał dwadzieścia, dobra, nawet trzydzieści lat.

Rulka gnała jak szalona, wyciągała piękną szyję, łopotała grzywą i toczyła kamienie spod kopyt. Przeskakiwała przez trupy, przez rannych, których piekielne jęki były jak refren Bogoriowego wojennego psalmu.

Przed nimi co koń wyskoczy uciekał oddział najemników wójta Alberta.

— Podejmijcie walkę! — krzyczał Władek. — Tchórze, podejmijcie walkę!

W tej samej chwili potężna błyskawica rozcięła niebo, a powietrze rozsadził grzmot. Konie najemników spłoszyły się, stanęły w miejscu i odwróciły nagle w stronę pędzącego ku nim księcia. Z nieba zaczęły padać pierwsze, grube jak kamienie, krople deszczu. Rulka przyspieszyła.

— Diablico, kochasz ulewę — zaśmiał się Władek, wznosząc w górę miecz.

Chciał obrócić się i sprawdzić, jak daleko Rulka odsadziła jego Doliwów, ale nie zdążył. Poczuł deszcz na twarzy i w tym samym momencie jego przeszyła błyskawica. Między ostrzem miecza a dłonią księcia przeszedł ognisty dreszcz. Wszystko działo się szybko, poza jego umysłem. Skierował ostrze ku jadącym teraz wprost na niego szeregom. Dzieliło ich jakieś dwadzieścia, trzydzieści końskich kroków. Wpadł między nich długim susem Rulki i ciął, a miecz sam prowadził jego dłonią, zrzucając ich z siodeł. To było jak uderzenie pioruna, które targnęło Władysławem. W uszach miał przenikliwy świst, czuł wrzenie, nie panował nad własnym ciałem, a mimo to miecz robił swoje.

— Książę! — zawył Ogończyk, dojeżdżając do niego. — Książę, co tu się stało?!

Z leżących na ziemi rannych tryskała krew, jakby miecz Władka pootwierał im tętnice.

— Władysław Krwawy! — zakrzyknął Borutka, wjeżdżając z proporcem między nich. — Zwycięski i Krwawy!

Półorzeł i półlew zerwały się z rozdwojonego wężowato proporca Borutki i otwierając pyski, z sykiem napiły się krwi.

Burza przeszła bokiem, zabierając pomruki i przetaczając grzmoty gdzieś na zachód, w stronę Wisły. Władysław oprzytomniał. Schował do pochwy miecz. Klepnął klacz w szyję.

— Co tu się zadziało, Rulka?

Zarżała w odpowiedzi, przestępując z nogi na nogę.

— Obroniliśmy Wawel — powiedział po chwili. — Wracamy do domu.

ELIŠKA PREMYSLOVNA była królową, ale zamek praski wciąż nie odzyskał urody z czasów jej ojca. Nadal straszyły puste ściany, pomieszczenia zamknięte na cztery spusty i odarte z malowideł sufity. I skarbiec, który świecił pustkami, odsuwając marzenie o skończeniu odbudowy i przywróceniu mu splendoru i blasku, należnego jej, nowej pani. Była wściekła na młodego męża, że mimo wszystko wywiązał się z obietnicy i wypłacił macosze obiecaną kwotę.

— Po coś to zrobił? — wypominała mu. — No po co? Czy ty nie widzisz, w jakim ubóstwie my tu żyjemy, podczas gdy ona, hradecka pani, opływa teraz w zbytki?!

— Masz rację, Elżbieto — odpowiadał jej, patrząc po sufitach i ścianach. — Ale tylko w jednym: ubóstwo twego zamku mnie rozczarowuje. Wilgoć, zimno, nawet kwiatów nie ma takich jak we Francji.

— Kwiatów! — fukała. — Nie chcę kwiatów, chcę pełnego skarbu. A ty bądź królem i go zdobądź.

I właśnie wtedy, jak na zawołanie, pojawił się ktoś, kogo dawno nie widziała, a kiedyś ciągle bywał przy jej tatku. Biskup krakowski Jan Muskata.

— Wielebny! — powitała go wylewnie, bo przywołał w niej skojarzenia z czasem świetności ojca, czasem, za którym tęskniła jeszcze bardziej od dnia, gdy sama została królową.

— Królowa Eliška! — rozpromienił się na jej widok. — Nieodrodna córa Václava wreszcie na czeskim tronie!

— I polskim — dodała. — Czyżbyś zapomniał?

— Oby moje imię wypadło z pamięci Najwyższego, gdybym ja, biskup Krakowa, sprzeniewierzył pamięć o Przemyślidach na polskim tronie — kornie powiedział Muskata, a Eliška nareszcie poczuła się docenioną.

— Nie wypominając, moja pani — dodał biskup. — Ja wprowadziłem twego wielkiego ojca na tron polski. Jestem w Pradze w tej sprawie.

— Mojego ojca? — zdziwiła się. — On nie żyje.

— Modlę się za niego co dzień — pokłonił się Muskata, a podnosząc głowę, spojrzał jej w oczy. — Przybyłem w sprawie polskiego tronu dla ciebie, pani. Najbogatsze polskie miasto, opływający w zbytki, słynny, kupiecki Kraków nie zapomniał dobrych rządów Przemyślidy.

Miasto wypowiedziało posłuszeństwo księciu Władysławowi i wzywa was na tron!

Eliška pomyślała, że marzenia jej, jako królowej, mogą spełnić się szybko, niemal w jednej chwili. Trzeba zająć ten Kraków, skoro sam prosi. I jego bogactwem posilić Pragę, jej Pragę. Zagarnęła biskupa

Muskatę i ruszyła do komnat Jana. Postanowiła dzisiaj być żoną dobrą, wspaniałomyślną, wyrozumiałą.

Znaleźli go w otoczeniu doradców, a jakże. Mądry hrabia, moguncki lis i kilku rycerzy z dworu niemieckiego króla ojca, a do kompletu paru giermków. Oczywiście, tylko hrabia i arcybiskup ślęczeli nad dokumentami, jej młody mąż zaś wraz z rycerzami Peregrinem, Vinandem de Buches i jakimś tam jeszcze, którego cudzoziemskie imię zawsze jej się myliło, przymierzał nowy napierśnik zbroi.

— Spójrz, *ma chérie* — zawołał na jej widok. — To stal, której nie przebije żadne ostrze.

— Myšáčku! — powiedziała do męża czule. — Zostaw te zabawki i posłuchaj, co ma do powiedzenia nasz gość.

— Myscha... Myscha... cku? — próbował powtórzyć Vinand de Buches. — *Qu'est-ce que cela signifie, majesté?* — zapytał bezradnie.

Jan zaczerwienił się po same uszy i odpowiedział gniewnie:

— To nie zabawki. To uzbrojenie.

— Ja w tej sprawie — uśmiechnęła się olśniewająco. — Uzbrojenie się przyda, jak najbardziej. Biskup krakowski Jan Muskata przywiózł nam wspaniałą wiadomość. Kraków wygnał księcia Władysława i czeka na nas!

Hrabia Berthold szybko podszedł do jej męża i wytłumaczył mu na ucho, czym jest dla Czechów Kraków, że to blisko, i potwierdził, iż bogactwo miasta jest legendarne.

— Władał nim mój ojciec — dodała, gdy twarz Jana zaczęła zdradzać zainteresowanie.

— Najjaśniejsza pani — wtrącił się Peter z Aspeltu. — Pracujemy nad tym tematem od dnia, gdy szanowny biskup Muskata zwierzył nam się ze swych planów.

Uniosła brwi. Więc to nie jej pierwszej powierzył sprawę odzyskania Krakowa? Więc wpadła tu jak grom z jasnego nieba, by wyjawić rzecz już im wiadomą?

— Nasze działania są zaawansowane — dodał hrabia Berthold. — Żaden z nas nie chciałby popełnić grzechu zaniechania wobec tak ważnego miasta.

— Muskato, wyjaśnisz? — zwróciła się do biskupa gniewnie.

— Już w dniu twej koronacji ośmieliłem się naprowadzić oczy doradców króla na Kraków — zagadkowo odpowiedział Muskata. — Wtedy był czas, lecz teraz sprawa wymaga pośpiechu. Kraków nie będzie czekał wiecznie.

— Wiecie o tym i nic nie robicie? — natarła na Petera i Bertholda. — Możemy odzyskać Kraków, a wy siedzicie w Pradze nad jakimiś pergaminami?! Co to ma znaczyć?

— Królowo — po arcybiskupie jej atak spłynął jak woda po kaczce. — Miast nie zdobywa się gołymi rękami. Nawet tych, które, jak mówi biskup, czekają.

— No to uzbrójcie te ręce! — tupnęła wściekle. — Powołać panów czeskich pod broń i dalej, na Małą Polskę. Co? Brakuje wam odwagi czy wizji? No, Myšáčku — zwróciła się do swego męża. — Masz już napierśnik z lwem, niech ci giermek go dopnie i pokaż, jaki z ciebie rycerski król. Jedź, zdobądź nasz Kraków!

RIKISSA wyszła z przestronnej komnaty w południowej, najbardziej słonecznej części hradeckiego zamku, gdzie wraz z mistrzem budowlanym zaczęła właśnie budowę skryptorium, gdy tylko pojawił się w drzwiach Michał Zaremba.

— Pracuj, mistrzu Pawle — powiedziała. — Wrócę do ciebie później.

— Królowo — Michał skłonił się i pokazał, by zeszli do ustronnego ogrodu.

Przyjrzała mu się w jasnym, słonecznym świetle. Twarz jej rycerza pokrywały tylko zmarszczki, pył drogi i cień kilkudniowego zarostu. Nic więcej. Dotknął policzka pod jej spojrzeniem i zarumienił się.

— Nic nie mów, bo czar pryśnie — postraszyła go żartem.

— Potwierdziłem każdą z wiadomości — przeszedł do rzeczy Michał. — Muskata podburzył mieszczan, obiecał im, że przyjdzie z nowym władcą. I mieszczanie Krakowa wypowiedzieli posłuszeństwo księciu Władysławowi. W ślad za nimi poszedł Sandomierz i Wieliczka.

— Najbogatsze miasta — w zamyśleniu powiedziała Rikissa. — To tak, jakby Władysławowi zamknięto skarbiec przed nosem.

— Ciężko mu będzie walczyć bez wpływów z miast — potwierdził Michał. — Nie utrzyma się długo bez pieniędzy, a tymczasem mieszczanie je mają i kupują kolejnych najemników, czekając, aż ziści się obietnica ich biskupa. Muskata zaś, niczym strateg, zaczął wojnę taktyczną o wielkie i zamożne klasztory leżące na drodze z Małej Polski do Czech. Pozyskuje kolejnych opatów i chce zamienić klasztory na wojenne twierdze.

— Niezmordowany i niezatapialny — powiedziała, myśląc o Muskacie. — Macki jego wpływów sięgają głęboko.

— Był w Pradze. Rozmawiał z Eliszką, Janem i ich niemieckimi doradcami.

Rikissa zatrzymała się na chwilę przy klombie, na którym zakwitły jaskrawoniebieskie ostróżki. Wysokie i wiotkie łodygi kołysały się pod ciężarem kwiatów. Pochyliła się i poprawiła wiązania, trzymające ostróżki przy wbitych w ziemię palikach.

— Znasz tę roślinę? — spytała Zarembę.

— Kwiat — odpowiedział, wzruszając ramionami.

— Wiele jest ładniejszych, bardziej zdobnych, a mimo to chciałam, by ogrodnik posadził go tutaj. Chciałam mieć go w zasięgu wzroku — powiedziała. — Wiesz, dlaczego? Bo jest trujący.

Michał spojrzał na nią zaskoczony.

— Ale nie cały — wyjaśniła. — Łodyga, korzeń, liście, umiejętnie przetworzone, mogą jeśli nie zabić, to silnie zatruć człowieka, ale kwiat jest pozbawiony trujących soków. Rozumiesz?

Nie rozumiał, więc wstała i musnąwszy na pożegnanie niebieskie kwiaty, pociągnęła Michała dalej.

— Mogą współistnieć ze sobą, nie wpływając na siebie. Zabójczy jad i piękno. Mów dalej.

Michał Zaremba zmarszczył brwi i potarł czoło, w tym miejscu, w którym kiedyś dokuczały mu łuski. Często tak robił, odruchowo.

— Było do przewidzenia, że Muskata znalazł posłuch u króla i Knedlicy — powiedział.

— Nie mów o niej Knedlica — przerwała mu Rikissa. — To już nie jest mała, gruba dziewczynka. To królowa, która ponosić będzie konsekwencje każdej swej decyzji. Co postanowili?

— Skorzystać z okazji — odpowiedział Michał. — Chcą wysłać wojsko, by wesprzeć bunt mieszczan i przejąć Kraków, tym samym okazując swe pretensje do polskiego tronu. Tyle tylko, że brak im pieniędzy.

— Które mam ja — uśmiechnęła się i otworzyła dłoń, pokazując Michałowi niebieski kwiat ostróżki.

Zatrzymał się w pół kroku, ale ponieważ ona szła dalej, ruszył.

— Chcą wezwać pod broń baronów czeskich — powiedział, doganiając ją.

— Rozumiem — skinęła głową. — W takim razie wyślij Sowca do Henryka z Lipy. Przekaż, że wzywam marszałka Czech do

Hradca. Najpierw ma się spotkać ze mną, a dopiero potem z Janem i Eliška.

— Pani — chwycił ją za łokieć Michał i spłoszył się tego nazbyt poufałego gestu, gdy tylko na niego spojrzała. — Co zamierzasz?

— Jak to co? Chcę wykonać polecenie arcybiskupa Jakuba Świnki — odpowiedziała, wpinając we włosy niebieski kwiat ostróżki.

WŁADYSŁAW ucałował czoła swych dzieci i białe dłonie Jadwigi. Pożegnał ich i zostawił na Wawelu, pod opieką Nawoja z Morawicy, a sam na czele rycerstwa Małej Polski pojechał tłumić bunty mieszczan. Była przy nim mała, osobista drużyna kujawska. Paweł Ogończyk, bo i tak ciągle siedział w Krakowie przy księciu. Gaduła Jałbrzyk z Pomianów, brat kasztelana brzeskiego Ubysława, bo wpadł do Krakowa krótko przed buntem wójta Alberta, by zreferować, jak się mają sprawy na Kujawach, i gdy zwęszył, że znowu wojna, to został. Od tej chwili każdemu z osobna opowiadał o Krzyżakach, Gdańsku, Tczewie, Świeciu i swojej niewoli, tak dokładnie, że po tygodniu wszyscy mogliby rozpoznać komturów, których nigdy nie widzieli na oczy. I dwóch Doliwów z synami. Chwał z Boleborem i Polubion, co syna, nie wiedzieć dlaczego, nazwał Nielubcem. Zabrali ze stajni Radosza, którego wcześniej, w każdej wolnej chwili ujeżdżał Paweł, i teraz to on dostąpił łaski jechania na jego grzbiecie.

Władysław po brawurowej obronie Wawelu, po rozgromieniu wojsk najemnych Alberta, zaniechał zdobywania samego Krakowa.

— Dlaczego, mój książę? — pytał Jałbrzyk, gdy tylko ruszyli na zbuntowaną Wieliczkę.

— Sam zobaczysz — zbył go Władysław.

— A kiedy? — nie dał za wygraną Pomian, a gdy książę nie odpowiedział, zadał kolejne pytanie. — A co będzie, jeśli nadciągną Czesi?

— Jak to co? — wyręczył Władka Chwał Doliwa. — Katastrofa. Zaciężne hufce ciężkozbrojnych, ci ich topornicy, co tną konie po pęcinach...

— Borutka! — gwizdnął Władek. — Przekaż Doliwom, że albo się zamkną, albo wracają na Kujawy.

— Od ręki, książę — zameldował się giermek. — Panowie Doliwowie słyszeli? Od siebie dodam, że nim odjadą, są mi winni po pięć groszy od konia.

— Piekielne chłopaczysko — ocenił Borutkę Bolebor.

— Jak sobie pan Doliwa nie życzy, mogę się jego klaczą nie zajmować, ale żeby nie było pretensji, jak się ochwaci.

— Tfu, na psa urok — splunął młody Bolebor.

— Ceną za pozostanie w orszaku wielkiego księcia Władysława jest dystyngowane milczenie — podpowiedział Borutka i nie oglądając się na nich, dołączył do księcia, mówiąc: — Będą cicho.

— A Jałbrzyka też mógłbyś trochę zamknąć? — spróbował Władek.

— To przerasta moje kompetencje — odpowiedział bez zająknięcia Borutka.

Władek popatrzył na chłopaka podejrzliwie. Giermek udał, że nie widzi, i dopiero gdy książę zmarszczył brwi, wytłumaczył się:

— Odprowadzałem księcia juniora na lekcje. Co ja poradzę, że się tak szybko uczę? Zwłaszcza te trudne słowa przyklejają się do mnie. Raz usłyszę i jakbym całe życie używał.

— A języki też ci wchodzą?

— Nie wiem, nie próbowałem jeszcze — zakolebał głową na boki chłopiec, aż rozsypały mu się po ramionach jasne włosy.

— Niedługo się przekonamy — mruknął Władek.

Wójta wielickiego, Gerlacha de Culpen, nie było w mieście, a rajcy, jak zobaczyli hufiec krakowski i księcia na czele, naradzali się bardzo krótko i otworzyli bramy. Wojewoda Lis wpuścił swych ludzi w zaułki i raz-dwa pozbierali ukrytych między domami najemników, wezwanych do obrony przed nimi.

— Pięćdziesięciu ludzi, książę — zameldował Mikołaj Lis. — Najęci w większości na Śląsku, kilku Czechów na dokładkę. Rozbroiliśmy i spętaliśmy.

— Do lochów — rozkazał Władek i zwrócił się ku pobladłym rajcom, nie zsiadając z Rulki. — Gdzie wasz wójt?

Zaczęli się tłumaczyć jeden przez drugiego:

— My nie wiemy...

— Nic nam nie powiedział...

— Od dawna go nie ma... Tylko gońca przysłał i oddział i rozkazał zawrzeć bramy...

— I bronić się do upadłego...

— No, toście rozkaz wykonali! — zaśmiał się.

— Gerlach siedzi w Lipowcu — doniósł Jarosław Bogoria. — Odkąd Muskata kazał mu bronić swej największej twierdzy, rządzi stamtąd, a łeb wystawia rzadko.

— Obsadzimy Wieliczkę swoimi ludźmi — zdecydował Władek.

— Będą patrzeć rajcom na ręce. Nie ma potrzeby karać nikogo śmiercią, skoro się nie stawiali.

Nazajutrz kazał wezwać wszystkich na rynek i ogłosił:

— Gerlach de Culpen był dożywotnim wójtem i teraz moim wyrokiem, księcia Władysława, zostaje za karę dożywotnio wójtostwa pozbawiony. Ku przestrodze tym, którym przyśni się buntować przeciw prawowitemu władcy! Zrozumiano? Skończył się czas buntów. W mieście zostaje moja załoga i wiedzcie, że jeśli jeszcze raz komuś z was zachce się innego władcy, dowiem się o tym, zanim zdążycie wypowiedzieć to na głos.

Skończył i odebrał od klęczących rajców przysięgę wierności, a potem objechał z mieczem w dłoni rynek i nie zatrzymując się, ruszył na Sandomierz.

Ujechali niedaleko i straż przednia, którą trzymali Bogoriowie z Toporczykami, przywiozła wiadomość.

— Książę! Miechów się zbuntował. Opat bożogrobców obwarował klasztor najemnikami czeskimi i kazał powtarzać we wszystkich kościołach, że on księciu ekskomunikowanemu podlegać nie będzie.

Władek zaklął w duchu. To się musiało stać prędzej czy później. Właściwie nawet się dziwił, że nikt jeszcze nie zamachał mu klątwą przed nosem. Miechów stał na drodze do Sandomierza, mógł ominąć klasztor i jechać dalej, ale wiedział, że rozgrywka, którą toczy z nim Muskata, wymaga od niego zbijania wszystkich pionów po kolei. Nawet jeśli w swej chytrości biskup krakowski podstawił mu pion klasztorny.

— Co wiemy o opacie? — spytał sucho wojewodę.

— Henryk z Nysy, Czech, przybył tu za czasów Václava — odpowiedział Mikołaj Lis. — Ma jakieś związki z wójtem Albertem, daleka rodzina, czy coś takiego.

— No to wszystko jasne — przetrawił wiadomości Władek. — Mamy buntowników w habitach.

— Mamy też sprzymierzeńców — dodał, podjeżdżając bliżej, Bogoria. — Nim dojedziemy do Miechowa, po drodze Tyniec, książę. I przeprawa przez Wisłę! A tam niepodzielnie włada opat benedyktynów, wielebny Michał z Toporów, zwany „opatem na stu wsiach". Opat nie przyjął do wiadomości twej ekskomuniki i zachował wierność wobec ciebie, panie. Nie zapominaj, książę, że wielebny Michał Topór już raz otworzył ci zamek w Bieczu, kiedyś potrzebował wolnej drogi z Węgier do Małej Polski.

— Prawda — przypomniał sobie Władek. — Opat dostał Biecz

w dzierżawę od Muskaty i nie wahał się, by mi go udostępnić, kiedym wracał z banicji. — Jedziemy do Tyńca! — rozkazał.

Potężne opactwo wznosiło się jak warowny zamek na wyniosłej białej skale nad brzegiem Wisły. Od czasów Kazimierza Odnowiciela, wzmacniane kolejnymi nadaniami władców, bogaciło się i, jak mawiał opat, zamieniało każdą włókę ziemi na chwałę Pana. Obszerne zabudowania gospodarcze, młyn, sady i ogród, piekarnie, chlewy, kurniki, obory i stajnie sprawiały wrażenie wsi zamkniętej za murem mniejszym, a przed właściwym klasztorem. Opat Michał, chudy, łysy o oczach głęboko schowanych w głębi czaszki, powitał go w otoczeniu dostojników zakonnych i poprowadził do domu dla klasztornych gości.

— U nas bogactwo ducha — powiedział, gdy weszli do surowej, drewnianej sali — ale ubóstwo ciała. Książę wybaczy. Dzisiaj środa. Ryba, chleb, woda. Jutro podamy wino.

— Nie trzeba — machnął ręką Władysław. — Przyjechałem po radę, nie w gości.

Usiedli. Książę przywołał wojewodę krakowskiego, starszego z Bogoriów, i Pawła Ogończyka. Wielebny Michał skrzyżował chude ramiona na piersi; czarny kaptur habitu osłonił jego głowę, tak iż widoczny był jedynie wystający podbródek i długi nos.

— Opat bożogrobców wypowiedział mi posłuszeństwo i jak donoszą moi ludzie, obwarował klasztor wojskiem najemnym — powiedział Władysław bez ogródek.

— Jest nam wiadomym — skinął głową Michał i zamilkł.

— Nakazał krzyczenie z ambon o ekskomunice, choć dotychczas żaden z polskich duchownych tego nie zrobił, a arcybiskup Jakub i biskup Gerward nawet nie ogłosili klątwy.

— Jest nam wiadomym — powtórzył opat spod kaptura.

— Odparłem atak na Wawel, ale nim stanę do bitwy o Kraków, muszę zaprowadzić spokój w księstwie — z narastającą irytacją mówił Władek. — Nie mogę sobie pozwolić na bunty wybuchające jak ogniska to tu, to tam.

— Jest nam wiadomym — znów powiedział Michał i książę poczuł, że zaczyna się w nim gotować złość. Nie odezwał się więc, by przy opacie nie wybuchnąć nieostrożnie.

Milczeli wspólnie, aż Paweł Ogończyk potajemnie dotknął jego kolana pod stołem.

— Zasnął czy się modli? — spytał najcichszym szeptem.

Władysław nie poruszył się. Jakaś mucha zaczęła krążyć między płomieniami świec stojących na ławie i w ciszy, jaka zaległa, jej bzyczenie wydało się głośne.

— Mówią — odezwał się w końcu wielebny spod kaptura — że masz książę miecz, który należał do dobrodzieja naszego zakonu, króla Bolesława, nieszczęsnego banity.

— Mam — odpowiedział zaskoczony Władysław. — Przekazał mi go Amadej Aba, wojewoda węgierski, bo ostatni z Arpadów nie zdążył. Zmarł, nim dotarłem na Węgry.

— Mówią — podjął opat — że Amadej wysłał na twe żądanie posiłki madziarskie.

Władek zmarszczył brwi.

— Gdzie tak mówią? — spytał.

Opat nie odpowiedział; po chwili milczenia odezwał się jednak.

— Mówią, że twoi wierni Madziarzy już jadą dolinami Dunajca i Popradu.

— Gdzie mówią? — powtórzył pytanie Władek.

O tym, że posłał po posiłki węgierskie, ale nie do króla Karola Roberta, tylko do wojującego z władcą, wiernego przyjaciela, Amadeja, wiedzieli nieliczni.

— Mówią, że jeśli sam obroniłeś Wawel i naprawdę masz miecz króla Bolesława, a nie użyłeś go przeciw Muskacie, i jeśli już zielonymi dolinami zmierzają ku tobie oddziały węgierskiej jazdy, to wojnę z buntownikami wygrałeś — powiedział opat.

— Ja ją dopiero zaczynam, opacie! — zdenerwował się Władek.

Wielebny Michał Topór zsunął czarny kaptur z głowy. Zamrugał schowanymi pod nawisem brwi powiekami, jakby się ocknął.

— Wobec tego potrzeba ci najpierw, mój książę, bezpiecznego przejścia dla Węgrów — powiedział rzeczowo. — Przełęcz dukielska wolna, a zaraz za nią Sącz i klaryski. W ich wierność nie musisz wątpić, bo siostry świętej Klary to duchowe córy twej ciotki, Kingi, a miasto Sącz to z kolei odwieczny rywal Krakowa. Ja zaś broni trzymać nie umiem i nie mogę, bo śluby, ale znów wydaję w twe ręce zamek w Bieczu, który mi przypadł podczas procesów Muskaty. Od dzisiaj jest twój, książę, więc masz wolne przejście dla posiłków węgierskich Amadeja Aby.

— Chwała Bogu — odetchnął Władek. — I tobie, opacie.

— Mówią... — zaczął Michał i książę wzdrygnął się, że ten znów zaczyna swoje. — Mówią o mnie złośliwcy, głównie przełożeni mniejszych zgromadzeń, a zwłaszcza zakonów żebraczych, że jestem

„opatem na stu wsiach". To wobec tego, mój książę, te sto wsi daję do dyspozycji twych wojsk. A także sto spichrzy, stajni i kurników. Sto kurników to pięć tysięcy jajek. Dziennie.

— Twoja wierność będzie wynagrodzona — powiedział Władysław.

— Nie wątpię — poważnie odrzekł opat i wzniósł żylaste dłonie ku niebu. — Pan Bóg widzi.

— Powiedz, wielebny Michale — szybko przeszedł do sedna Władek. — Skoro Pan, jak mówisz, widzi, to co sądzi o tym, co muszę zrobić?

— Mówisz, książę, o opacie Henryku? — wzruszył ramionami benedyktyn. — No cóż, ja cię nie mogę namawiać do ataku na klasztor, nawet jeśli to bożogrobcy, ale ty, jako książę krakowski, masz prawo karać buntowników i zdrajców.

— Mam prawo — powtórzył Władysław.

I wcześnie rano, po jutrzni, ruszył na Miechów. Jego wojsko otoczyło klasztor, rżenie koni i krzyki łuczników celujących do najemników czeskich na murach zagłuszyły psalm, jakim przestraszyć chcieli go bożogrobcy. Czarna chorągiew z czerwonym krzyżem jerozolimskim powiewała na małej baszcie nad klasztorną furtą.

— Borutka! — zawołał Władek, bo chciał, żeby giermek przeniósł rozkazy do jadącego na lewym skrzydle wojewody, i w tym samym momencie usłyszał świst strzały. Chorągiew bożogrobców zapłonęła na baszcie.

— Zrobione! — krzyknął Borutka, odwieszając łuk na plecy.

— Coś ty zrobił?! — wrzasnął na niego. — Spaliłeś chorągiew?!

— A książę przeciwny? — zdziwił się chłopak. — No, nie ugaszę...

— Rozkazy nieś do wojewody — machnął ręką Władek. — Żeby nie czekali z drabinami.

— Tak jest! — zawołał i zniknął mu z oczu.

Chorągiew dopaliła się czarnym dymem.

Skąd Borutka wziął ogień, skorośmy jeszcze nie rozniecili ognisk? — pomyślał Władysław, ale nie zdążył znaleźć odpowiedzi, bo podjechał do niego Pawełek na spienionym Radoszu.

— Książę — powiedział. — Byliśmy z Doliwami po drugiej stronie murów. Tam jest mała furta, przez którą mogą uciec. Obsadzić?

— Tak — powiedział i zmienił zdanie. — Nie! Uderzymy na nią. Skoro to tylko furta? Każ przygotować taran.

Mur nad ukrytą w zaroślach furtą był obsadzony. Kusznicy strzelali z niego raz za razem, ale Władek rozkazał, by celować do nich i zmęczyć ostrzałem. Mignął mu uśmiechnięty Jałbrzyk.

— Ja się bałem, że z mnichami będziemy walczyć, ale to normalni zbóje, więc wszystko dobrze, mój książę. Wąsatego ustrzeliłem, w lewe oko, nie, czekaj, to będzie jego prawe...

— Nie gadaj — przerwał mu Władek — bo ci kusza stygnie.

Nielubiec i Bolebor dozorowali ostrzenie tarana, gdy nagle wyrósł przy nim Borutka.

— Wojewoda drabiny dostawił, z góry leją na niego smołę, ale zapasów nie mieli, bo przeszli na kamienie — zameldował. — Wojewoda przekazuje, że Lisowie i Bogoriowie, jeśli z drabin spadną, to potrafią wejść z powrotem.

— Dobrze. Dopilnuj ognisk. Musimy trochę rozświetlić te mury.

— Jak na Wawelu? Już się robi, mój książę! — czarne oczy błysnęły w twarzy i Borutka już zeskoczył z siodła i krzesał.

— Ten to ma parcie na ogień — pokręcił głową Władek.

— Taran gotowy! — usłyszał z tyłu.

— Osłony i walić w furtę — rozkazał.

Miarowe uderzenia tarana głucho odbiły się od murów. Kusznicy na górze na chwilę przycichli, patrząc, czy furta wytrzyma.

— Raz-dwa-trzy! — wydawał rozkazy Chwał Doliwa.

— Do klasztoru wejdziesz ty — podśpiewywał głośno Borutka, zanurzając strzałę w ognisku.

— Cztery-pięć-sześć — nie słyszał go Chwał.

— Bożogrobców będziesz jeść — śpiewał sobie giermek, celując zapaloną strzałą.

Furta trzasnęła, przebita po raz pierwszy. Borutka ustrzelił głowę na murze.

— Raz-dwa — wzmocnił okrzyk Chwał.

— Zjem ja! — wrzasnął jego giermek i wyjąwszy puginał z pochwy, biegiem rzucił się do rozbitej właśnie klasztornej furty.

Ludzie Doliwów odrzucili taran i z krzykiem ruszyli za nim. Władek wjechał do klasztoru, dobywając miecza. Najemnicy jeszcze próbowali strzelać do nich z góry, ale piesi Władka ściągali ich z murów i dobijali. W blasku idącym od płonącej stodoły zobaczył uciekających w popłochu do kościoła mnichów. Rozkołysały się dzwony na trwogę.

— Nie zabijać zakonników! — krzyczał z grzbietu Rulki. — Oszczędzić braci!

W tej samej chwili zobaczył czeskiego najemnika biegnącego ku niemu w szale, z toporem w ręku. Ścisnął kolanami Rulkę i zmienił jej bieg, zajeżdżając go z lewego boku. I ciął przez bark. Ten zwalił się z wrzaskiem na ziemię, ale jego prawe ramię z toporem wciąż się poruszało konwulsyjnie.

— Co, ziemię rąbiesz?! — wrzasnął Borutka, wybiegając z mroku między zabudowaniami, i wąskim ostrzem puginału dobił najemnika.

Władek obrócił się na Rulce. Walka się kończyła. Z drugiej strony klasztoru nadjechał Jarosław Bogoria, skandując radośnie:

— *Pan odezwał się z nieba grzmotem, to głos swój dał słyszeć Najwyższy, wypuścił swe strzały i rozproszył wrogów...*

— Daj spokój z tym psalmem! — skarcił go Władysław. — Jesteśmy w klasztorze. Odnajdźcie opata i zwołajcie tu mnichów — rozkazał.

Doliwowie rozkazali służbie poznosić ciała najemnych i złożyć w jednym miejscu.

— Ranni są? — spytał Władek Chwała.

— Wśród tych? — wskazał ręką na nieszczęśników. — Kilku ledwie.

— A nasi?

— Draśnięcia, otarcia, ręki i głowy nikt nie stracił.

— Borutka! — zawołał Władek. — Przebiegnij się po zabudowaniach, mnichów szukaj. Albo nie — zmienił zdanie książę. — Ty lepiej zostań przy mnie.

— Ale ja chętnie — zaoferował się giermek.

— Powiedziałem. Zostań przy mnie. Pomóż ogień gasić.

— Gasić? — skrzywił się. — Ja nie umiem gasić.

— Opat Henryk uciekł — zameldował Bogoria.

— Niemożliwe. Którędy?!

— Przejście podziemne miał z celi gdzieś daleko, za mury. Posłałem za nim kilku ludzi, ale wątpliwe, by znaleźli opata. Już ciemno.

— Trudno — powiedział Władek. — Jak zbiorą pozostałych mnichów...

— Ja chętnie — przypomniał o sobie Borutka, ale Władek nie zwracał na niego uwagi.

— Jak zbiorą mnichów, niech im wojewoda Lis oznajmi moją wolę. Wygnanie z kraju za zdradę księcia.

— Poskarżą się do papieża — przestrzegł Jarosław Bogoria.

— Trudno — wzruszył ramionami Władek. — Jak ich wezmę w niewolę, będzie jeszcze gorzej. Wygnać co do jednej. Rano ruszamy dalej, na Sandomierz.

ZYGHARD VON SCHWARZBURG miotał się wściekle po krużgankach malborskiego zamku. Nigdzie nie mógł znaleźć starego Konrada von Sack. Sędziwy przyjaciel jego brata zapadł się pod ziemię.

— Przestań — syknął mu do ucha Kuno. — Zwracasz na siebie uwagę.

— Mam to gdzieś — natarł na niego Zyghard. — Straciłem brata, a gdy tylko zażądałem od wielkiego mistrza dochodzenia w sprawie śmierci Guntera, Feuchtwangen nagle zmarł. Nie wierzę w przypadki, Kunonie! — Zyghard chwycił przyjaciela za płaszcz i pchnął na ścianę. — Nie tutaj! Za chwilę kapituła, która wybrać ma nowego mistrza, a Konrad zniknął. Kolejny zbieg okoliczności?

Jak na potwierdzenie jego słów, po przeciwnej stronie krużganków pojawił się Henryk von Plötzkau i Fryderyk von Wildenberg. Obaj zmierzyli Zygharda nieufnym spojrzeniem, a rozdwojona broda wielkiego marszałka zakonu zadrżała. Plötzkau chciał iść w przeciwnym kierunku, ale Wildenberg szybkim krokiem ruszył ku Zyghardowi, i rzeźnik gdański zawrócił, by być przy Wildenburgu.

— Niech śmierć wielkiego mistrza Zygfryda von Feuchtwangena na wieki położy się cieniem na twym sumieniu — wysyczał przez zęby Fryderyk Wildenberg, gdy stanął przy nich.

— O czym ty mówisz? — warknął Zyghard.

— O zgonie najlepszego mistrza, jakiego mieliśmy od czasów legendarnego Hermana von Salz! — krzyknął Wildenberg.

— Dowiedziałem się o jego śmierci w Dzierzgoniu. Nie mam z nią nic wspólnego.

— Nie do ciebie mówię, Schwarzburg, ale do niego. — Wildenberg spojrzał na Kunona stojącego za plecami Zygharda. — Wszyscy wiedzieli, że postawił się wielkiemu mistrzowi. Miał swój powód, by się go pozbyć.

— Gówno prawda — powiedział Kuno i splunął pod nogi marszałka. — Nie znosiłem go, tak jak i jego brata, ale gdybym chciał zabijać wszystkich, których nie lubię, ziemia wyludniłaby się w ciągu roku. Szukajcie dalej. Skrytobójstwo to wasza specjalność.

Wildenberg zagotował się, ale Henryk von Plötzkau pociągnął go w tył i szepnął:

— Opanuj się, bracie.

Rzeźnik gdański jako anioł pokoju? — przemknęło przez głowę Zygharda.

— Pogódźcie się z tą myślą, że odkąd przenieśliście stolicę do Marienburga, tu właśnie umierać będą wasi mistrzowie — kpiąco dorzucił Kuno.

— Wasi? — zaczepnie odpowiedział Wildenberg. — A twoi nie? Tylko nie to. Nie teraz — pomyślał Zyghard i zaatakował:

— A może wyjaśnicie mi, jaki związek ma śmierć Feuchtwangena ze śmiercią mojego brata, co?

— Nie znamy go — polubownie odpowiedział Plötzkau. — I uwierz, Zyghardzie, że bardzo brakuje nam Guntera. Jego rady i wsparcie były dla mnie nieocenione.

— Nie wątpię — wyrwało się Zyghardowi.

— Zrobię, co w mojej mocy, by wyjaśnić śmierć Guntera. Mego nieodżałowanego przyjaciela — powiedział Plötzkau. — Do zobaczenia na kapitule — skinął im głową i odciągnął Wildenburga.

— Powierzyłem to Feuchtwangenowi i zginął — warknął Zyghard za ich plecami. — Gdzie u diabła jest Konrad von Sack?!

— Chodź — spokojnie powiedział Kuno. — Poszukajmy go w gospodzie przed bramą.

— Tam go nie znajdziecie — usłyszeli nagle znajomy głos i odwrócili się jak na komendę.

Z niewielkich drzwi w rogu muru wyszedł Luther z Brunszwiku, a za jego nieskazitelnie białym płaszczem niczym orszak szli znani im świetnie bracia poeci.

— Komtur golubski w asyście siedmiu cherubinów — prychnął Kuno. — A może siedmiu paziów?

— Gdzie Sack? — spytał Luthera Zyghard, nie zwracając uwagi na uszczypliwość Kunona i na wściekły wzrok towarzyszy komtura golubskiego.

— W infirmerii — wyniośle odpowiedział Luther. — Ponoć zaniemógł.

— Dziękuję za wiadomość — burknął Zyghard i chciał się odwrócić, ale Luther przytrzymał go, mówiąc:

— Nie pasowała ci polityka Feuchtwangena, co, Zyghardzie von Schwarzburg? Drażnił cię wielki mistrz, który zamiast na konszachty z księciem Władysławem postawił na sojusz z księciem Głogowa. Musiałeś wtrącić swoje trzy grosze do rozgrywki, której nie potrafiłeś zrozumieć.

— Masz rację — odpowiedział Zyghard. — Nie rozumiem waszych gier. Chodźmy stąd, Kuno.

Ruszyli w stronę schodów i tam dobiegł ich głos jednego z braci poetów, Hermana von Oetingen.

— Szukasz winnych śmierci brata daleko, Zyghardzie von Schwarzburg, a nie widzisz tropów, które masz blisko.

— Skurwiel — warknął Zyghard i powstrzymał Kunona. — Nie odpowiadaj mu. Zrobią wszystko, by nas ze sobą skłócić.

Od chwili, gdy pół roku temu przywieziono do dzierzgońskiej komturii zamarznięte na kość ciało Guntera, wielu wskazywało na Kunona jako winnego śmierci. Wszyscy zapamiętali, że kilka dni wcześniej Kuno zabrał Guntera do warowni Dzikich.

Zyghard jednak wiedział, że to nie jego przyjaciel stoi za tym ohydnym mordem, i wiedział także, że część winy za śmierć brata zawsze będzie musiał brać na siebie. Wciąż wracał myślami do tamtego popołudnia. Usłyszał głosy na dziedzińcu, wyszedł na krużganek i nie bacząc na to, że Kuno po wielekroć mówił, iż nie ufa ludziom z Roty Wolnych Prusów, jak głupek zawołał: „Bracie? Kuno pokazał ci warownię Dzikich?" I pamiętał, jak Kuno na dźwięk jego słów wyskoczył ze stajni, przykładając palec do ust, a do Guntera wrzasnął: „Schwarzburg, zaczekaj!" Jego brat odwrócił się i wyniośle, jak tylko on potrafił, skarcił Kunona, mówiąc: „Idź do diabła", i było za późno. Gunter w towarzystwie Symoniusa i swoich ochrzczonych Dzikich wyjeżdżał z Dzierzgonia. Uniósł dłoń i pozdrowił go, powiedział, że za dwa tygodnie spotkają się w Elblągu, ale nie. Już więcej nie spotkali się żywi. *„Gott mit uns!"* — tak brzmiało ostatnie, co powiedział do brata.

A potem, gdy słudzy znaleźli w lesie martwe i zamarznięte na kość zwłoki Guntera, gdy przywieźli je do Dzierzgonia, wystarczyło spojrzeć na rany w jego ciele, by nie mieć wątpliwości, że padł ofiarą wojowników Starców. Dziesiątki drobnych nakłuć od strzał cienkich jak igły. Ktoś inny wzruszyłby ramionami, ale Zyghard przed laty dostał taki postrzał, i gdyby Kuno nie wyssał jadu z jego rany, pewnie nie żyłby dzisiaj. Pamięta siłę tego ukłucia. Gunter jednak zginął nie tylko od strzał. W jego gardło ktoś wbił sztylet aż po rękojeść. Dokonano na nim egzekucji, a Rota Wolnych Prusów i jej dowódca, Symonius, rozwiali się jak dym. Przepadli bez wieści. On i Gunter lekceważyli uwagi Kunona o Prusach, ale to dawny templariusz miał rację, a oni się mylili.

Kuno zajeździł trzy konie, szukając ich śladów, i jedyne, czego się dowiedział, to, że widziano ich umykających na wschód, w stronę Żmudzi i Litwy. Warownia drzewna też sprawiała wrażenie opustoszałej i Zyghard wystąpił na tajnym spotkaniu z wielkim mistrzem z wnioskiem, że powinni zgromadzić wojsko, okrążyć przeklęty Święty Gaj i spalić ich, tym razem dokładnie, nie tak jak podczas pierwszego powstania. Symoniusa i jego dzikusów Zyghard kazał szukać wielkiemu mistrzowi, ale ten, choć wydawał się pomysłowi przychylny, w tydzień po ich rozmowie zmarł. Kto uwierzy w naturalną śmierć w tych okolicznościach? Nie on.

Gdy Kuno pchnął drzwi infirmerii, smród moczu i ropiejących ran wdarł się w nozdrza Zygharda. Skrajem płaszcza przysłonił nos i usta. Nienawidził takich woni.

Gdy będę stary, wbiję sobie nóż w tętnicę — pomyślał.

— Szukamy Konrada von Sack — natarł na szpitalnika Kuno.

— Brat Konrad niedomaga — usłyszeli.

— Gdyby było inaczej, szukalibyśmy go w gospodzie — nieprzyjemnie odpowiedział Kuno. — Prowadź do niego.

— Wedle rozkazu.

Malborski szpitalnik zaprowadził ich do osobnej, zamykanej celi dla ważniejszych chorych. Na szczęście tutaj nie cuchnęło jak w ogólnych salach infirmerii. Zamknęli za sobą drzwi.

— Konradzie, żyjesz? — spytał Zyghard, bo chory leżał z głową nakrytą prześcieradłem.

— Ach, to wy — odetchnął von Sack i zdjął z twarzy płótno. — Myślałem, że znów Wildenberg.

— Co się z tobą dzieje? — natarł na niego Schwarzburg, widząc, że staruszkowi nic nie jest. — Ukrywasz się? Dzisiaj kapituła generalna i wybór wielkiego mistrza.

— Wiem — pokręcił głową Sack. — Ale nie mam pewności, że chcę się pokazać. Wciąż ktoś mnie nachodzi — szepnął i usiadł na łóżku.

— Co się dziwisz? — spytał Zyghard, przysuwając sobie stołek do łoża Konrada. — Marienburg aż kipi. Każdy każdego podejrzewa. Nim doszliśmy do ciebie, o śmierć wielkiego mistrza oskarżył mnie Wildenberg.

— I Luther — dorzucił Kuno, opierając się wielkimi plecami o drzwi.

— Tak, i Luther — potwierdził Zyghard. — A o śmierć Guntera tradycyjnie został posądzony Kuno, więc nie dziw się, że i do ciebie przychodzą.

Konrad von Sack naciągnął prześcieradło pod brodę i małymi, ciemnymi oczami rozejrzał się wkoło.

— Kuno, sprawdź, czy na pewno nikt nie podsłuchuje — poprosił, a gdy ten wyszedł na chwilę, pokazał Zyghardowi cegłę, którą miał schowaną pod łóżkiem.

— Owiń ją tą szmatą i połóż tam — wskazał palcem na ujście otworu roznoszącego ciepło.

Zyghard zrobił, o co prosił Konrad. Kuno wrócił i powiedział:

— Czysto.

— Zamknij drzwi i przybliżcie się do mnie, synkowie — zażądał Konrad. — To ja go zabiłem — powiedział szeptem po chwili. — Nie miałem wyjścia. Feuchtwangen odkrył wynalazek Guntera, wiecie który.

— Kanał do podsłuchiwania rozmów wielkiego mistrza? — domyślił się Zyghard.

Konrad von Sack skinął głową. Wyglądał na zmartwionego.

— Nie chciałem — rozłożył pulchne dłonie. — Feuchtwangen był pożytecznym głupcem. Wprawdzie odkąd przeniósł się do Marienburga, zaczął się narowić i zwąchał się z Wildenburgiem, ale mimo wszystko mieliśmy nad tym kontrolę. Gunter i ja — wytarł nos Konrad. — A po śmierci twego brata wszystko się posypało, psiamać. Byłem tu sam jak palec. Nie nadążałem biegać po piętrach i stało się.

— Jak to zrobiłeś? — potarł czoło zdumiony Zyghard.

— Otrułem go — wzruszył ramionami Konrad. — Wezwał mnie na rozmowę, ale nie do swych komnat, tylko do naszej tajnej celi na górze. Odsłonił zasuwę i kazał słuchać, co gada jego służba. Przyznałem się i powiedziałem, że skoro tak, odejdę, a sekretna broń jest w jego ręku. I zaproponowałem łyk wina na zgodę.

— Skąd miałeś zatrute wino pod ręką? — zmarszczył czoło Kuno.

— Wino było w celi, a trutka w rękawie — obojętnie powiedział Konrad. — Ja się bez trutki nie ruszam. Tutaj też mam co trzeba — pokazał im wsunięty w wewnętrzną stronę rękawa wąziutki rogowy pojemnik. — Odwróciłem się, by nalać wino, i sypnąłem mu trochę. Cichutko zmarł w łożu i nie toczył piany z ust; to dobry środek, nie lubię partaczyć roboty. Tyle tylko, że kiedyśmy razem wychodzili z celi na górze, ktoś nas widział. Ktoś w Marienburgu wie, że byłem ostatnią osobą, poza służbą, która rozmawiała z mistrzem.

— Nie domyślasz się kto? — zapytał zniecierpliwiony Zyghard.

— Był w białym płaszczu z czarnym krzyżem — fuknął na niego Konrad, stukając się w czoło. — I teraz się boję, że przyjdzie tu i mnie oskarży.

— Bzdura — fuknął na Konrada Kuno. — Ktoś cię podejrzewa, ale tu, w Marienburgu, nikt nie ufa nikomu, więc jesteś jednym z wielu. Dopiero chowając się jak szczur, dajesz dowód winy.

— On ma rację — potwierdził Zyghard. — Wyłaź z łóżka i chodź na kapitułę. Ty, który od lat sterowałeś wyborami wielkich mistrzów, chcesz przespać okazję? Nie bądź głupi. Sama twoja obecność na konwencie wciąż ma wielką siłę.

Zabrało im trochę czasu przekonanie staruszka, ale wyszli z infirmerii, prowadząc go między sobą. Obrady kapituły wyboru wielkiego mistrza zaskoczyły wszystkich. Podczas gdy nieufni wobec siebie członkowie „wielkiej piątki" patrzyli po sobie, szukając winnych śmierci Feuchtwangena, przybyli na obrady dostojnicy Domu Niemieckiego nie wiedzieć kiedy, przeforsowali na prowadzącego obrady niejakiego Marquarda, a ten, nim Plötzkau jako wielki komtur Prus się otrząsnął, zgłosił kandydaturę komtura krajowego Lotaryngii, Karola z Trewiru. Karol zaś dobrał do kapituły brata z Niemiec, ten kolejnego ziomka, i dominantę obcych udało się przełamać, dopiero gdy niemieccy dostojnicy zaprosili Luthera z Brunszwiku. Luther wskazał na Zygharda.

Chcesz zatrzeć niemiłe wrażenie, że posądziłeś mnie o śmierć Feuchtwangena? — pomyślał Zyghard, przyjmując nominację na jednego z trzynastu braci, którzy dokona wyboru mistrza.

— Kogo zapraszasz do grona? — zapytał Marquard. — Przypominam, że zostało ostatnie miejsce.

— Henryka von Plötzkau — powiedział Zyghard, patrząc na Wildenburga. Marszałek odpowiedział wściekłym poruszeniem rozdwojonej brody.

Braci z Prus było jednak zbyt mało i przyjezdni z Niemiec zdecydowali, że Karol z Trewiru będzie kolejnym wielkim mistrzem.

— Karol skąd? — dopytywał jakiś starszy komtur z Litwy. — Skąd?

— Gdzie dwóch się bije, tam trzeci korzysta — podsumował to ponuro Konrad von Sack, gdy późno w nocy siedzieli przy piwie. — Gunter przewraca się w grobie. Tyle lat walczyliśmy o „nic o nas bez nas" i proszę. Lotaryński fircyk w naszym Marienburgu! To był zaufany Feuchtwangena, ale co on wie o Prusach?! Na darmo wyciągnęliście mnie z łóżka. Psiamać.

— Tyle dobrego, że Zyghard został tym razem wielkim szpitalnikiem — mruknął Kuno i stuknął się z nim kubkiem. — Pniesz się po szczeblach zawrotnej kariery.

— Przestań — syknął Zyghard. — Wiesz, gdzie mam ten urząd?

— Nie kłóćcie się — skarcił ich obu Konrad von Sack. — Przez dzisiejsze swary już dość złego się stało.

— Czeka nas wiele lat chudych — powiedział za ich plecami Henryk von Plötzkau i nie pytając, czy się zgodzą, przysiadł się. — Wyjeżdżam na Litwę skoro świt. Słyszeliście o moim zwycięstwie nad Witenesem? To było coś. Rzeź niewiernych, po kolana we krwi...

— Skoro wspomniałeś — przerwał mu szybko Zyghard. — Mam prośbę. Rozejrzyj się na Litwie za Symoniusem i dzikusami z Roty Wolnych Prusów. Zniknęli w dniu śmierci mego brata, a jestem pewien, że maczali w tym palce.

— Zrobi się — skinął głową Plötzkau i pociągnął łyk piwa. — Jeśli ich złapię, jaką sobie życzysz dla nich śmierć? Pal, krzyżowanie, stos? Wybieraj, dla Guntera zrobię, co zechcesz. Może szubieniczka na dwanaście nieboszczyków nad wolnym ogniem?

— Chciałbym sam wymierzyć sprawiedliwość — przerwał mu Zyghard i poczuł, jak szybko uderzyło jego serce.

— Rozumiem, bracie — skinął głową Plötzkau. — Gdy wpadnę na ich trop, obiecuję, że dostaniesz ich skrępowanych jak barany. Zrobisz sobie z nimi, co zechcesz — zarechotał i otarł usta. — A z tym nowym nie będę gadał. Słyszeliście jego przemowę? — skrzywił się i splunął. — „Duchowa odnowa zakonu", jebał go pies. „Księgi uczone czytać" — przedrzeźniał mowę inauguracyjną Karola — „i modlić się". Wolę mordować Litwinów, ich przedśmiertny krzyk jest moją modlitwą, przerażenie w każdym języku brzmi tak samo, a ja przynajmniej wiem, że robię dobrze.

— Czyżby? — nie opanował się Kuno. — A zdążysz im przekazać prawdy wiary, nim zginą?

— Nie mądrz się — łagodnie odpowiedział mu Plötzkau. — Jesteś przydatniejszy, gdy działasz, niż gdy gadasz. Niejedno razem przeżyliśmy. Pamiętasz Jaćwież? Dowód, że Dzicy nie wyginęli.

— Jedno pytanie — uniósł pulchną dłoń Konrad von Sack. — Gdzie jest jantarowy płód?

Spojrzeli po sobie wszyscy.

— Konrad von Feuchtwangen nie wysłał go papieżowi? — spytał Zyghard.

— Nie — odpowiedział Plötzkau przerażony. — Wciąż powtarzał, że czeka na lepszy moment...

— Ja słyszałem — powiedział wymijająco Konrad — że miał go

wysłać na dniach. Jako odpowiedź na list papieża Klemensa biorący w obronę księcia Władysława, a nas oskarżający o rzeź w Gdańsku.

— I co? — spytał gorączkowo Zyghard. — Wysłał?

— Tego nie wiem — odpowiedział przygnębiony Konrad. — Nie zdążyłem usłyszeć.

JAN MUSKATA biskup krakowski siedział w swym orlim gnieździe, Lipowcu. W swym zamku niedostępnym, niezdobytym i niepokonanym. Siedział i pił węgierskie wino z Gerlachem de Culpen, swym szwagrem.

— Pozbawił cię wójtostwa, a to mściwy Karzeł! — śmiał się w głos.

— Zdetronizował mnie! — bulgotał już mocno pijany Gerlach.

— Hamuj się, szwagrze! — pchnął go lekko Jan. — Ani ty król, ani ze mnie papież. Odbija ci jakaś mania wielkości, jak za długo się z lipowieckiej wieży gapisz.

— Gdyby nie ja... gdyby nie ja... — powtarzał się Gerlach i Muskata znudził się towarzystwem pijaka. Machnął ręką i sam wyszedł na mury.

Było na co patrzeć. Zamek stał na wapiennym wzgórzu, wynosząc się wysoko ponad prastare lasy, doliny i uskoki górskie. Widok z góry był imponujący.

Nic dziwnego, że ten pijaczyna poczuł się tu półbogiem — pomyślał Muskata, przeciągając się w rześkim, górskim powietrzu. Strącił czubkiem buta kamień z muru i słuchał, jak ten spada, obijając się o wykutą w skale fosę. — Może się na głowę rzucić. Jak spichrze pełne, to i niewielka załoga może się tu bronić latami, a Karzeł widziany z tego muru jest o taki. Malutki.

Przeszedł się po murach, zamienił słowo, dwa, ze strażnikami; wiadomo, że zaraz lepiej się poczuli, gdy pana na własne oczy było im dane zobaczyć. Błogosławił im, a jakże, dwa palce na pektorał i dłoń na czoło.

— Pracując dla biskupa krakowskiego, samemu Bogu służycie! — powtarzał z namaszczeniem przy każdym.

Schodząc z muru na dziedziniec, rozejrzał się i niezadowolony pokręcił głową. Kobiet szukał, ale to, co się kręciło przy kuchni i spichrzu, to były tylko baby. Nim Muskata zdążył wrócić z Bratysławy i Pragi, ojciec jego oblubienicy wywiózł Gerussę do Czech, tłumacząc, iż kochanka biskupa to najsłabsze ogniwo wojny. „Każdy będzie chciał ją porwać, Janie, by szalę zwycięstwa przeważyć". Dyskutowałby z nim, ale co by to dało, skoro słodka Gerussa odjechała? Pomyślał o Ludwinie, tej, od której przed laty wynajął gospodę, „Zieloną Grotę". Wtedy wydawała mu się za stara na miłosne igraszki, ale dzisiaj, czemu nie. Mogłaby być nawet ona. Piersi miała jak... jak... No, w sam raz, obfite. A kapustę jaką robiła, a żeberka! Musiał rękawem otrzeć brodę, bo ślina poleciała mu z ust. Przywołał takiego ciurę, co mu z oczu patrzyło dość bystro, i wyekspediował go po panią Ludwinę.

— Tylko wiesz! — zagroził palcem. — Żadnych gwałtów, grzecznie! No, leć, z Bogiem, bo mnie się spieszy. A! — zawrócił go. — I przypilnuj, żeby wałówkę ze sobą zabrała.

Ciura już był pod furtą, gdy Muskacie coś jeszcze się przypomniało; przywołał go.

— Weź no jakiego drugiego ze sobą, to jeszcze piwo mi przyniesiecie. Beczułkę lub dwie, ile tam Ludwina będzie miała. Babskie się nazywa. Żadne inne. No, dawaj, synuś, szybko!

Do Gerlacha nie chciało mu się wracać; przeszedł się po dziedzińcu, sprawdzając, jak szwagier gospodarzy. Musiał przyznać, że dobrze. Spichrze pełne, stodoły wypchane sianem, świniaki utuczone, aż brzuchy im zapadały się w błocie.

Jak tylko zmieciemy Karła — pomyślał — trzeba będzie Gerlacha nagrodzić. Wójtostwo wielickie przywróci mu się od ręki. Toż Luksemburczyk mnie powierzy awanse. A zarządcę Lipowca znajdę sobie nowego, trudno.

Usłyszał róg przy bramie i klepnął się po lędźwiach, myśląc w pierwszej chwili, iż to z Ludwiną i piwem wracają, ale uświadomił sobie, że na gospodynię „Zielonej Groty" róg by nie grał, to raz; a dwa, że wysłał ich po nią ledwie przed chwilą.

Skrzypnęły odrzwia bramy i na moście zwodzonym zadudniły kopyta. Pokancerowana twarz pod półhełmem należała do Dohny, herszta jego siepaczy.

— Wódz mej osobistej straży! — powitał go wylewnie.

Za Dohną wjechała trzydziestka raubritterów. Puginały, krótkie topory przy siodłach, kolczugi noszące ślady walki i kropierze końskie z chorągwi zdobytych na wrogach. Istni przebierańcy.

— I jego dzielni rycerze! — zawołał.

— Czołem, biskupie! — odkrzyknęli.

Z lipowieckiej psiarni uniosło się ujadanie.

— Nawet pieski się cieszą, żeście przybyli — powiedział oczywistą nieprawdę. Psy szczekały na nich jak na najeźdźców. — Uciszyć ten jazgot! — wrzasnął do psiarczyka. — Ale już!

Dohna zeskoczył z siodła, zdjął hełm i przywitał się. Żółte włosy rozsypały mu się po plecach. Przy pasie miał kawał nowego powroza.

— Co to? Znów kogoś udusiłeś? — skrzywił się Muskata.

Nim Dohna stał się jego człowiekiem, był powroźnikiem w Wieliczce, gdzie wymordował rodzinę żupników, wieszając ich na własnoręcznie skręconych konopnych powrozach.

— Nie, panie — dotknął powroza Dohna. — To tak, na szczęście. Przesądny jestem.

Jak każdy morderca — pomyślał Jan, ale zostawił tę wiedzę dla siebie. Spojrzał na rozłażących się po lipowieckim dziedzińcu siepaczy i zagadnął:

— No, zanim się rozgościcie, mów, jakie masz dla mnie wieści.

— Dobre, panie — uśmiechnął się Dohna, pocierając suchy zarost na policzkach. — Dobre. Karzeł jedzie na Sandomierz, co nam pasuje, bo trzeba przetrzymać go z dala od Krakowa przez jakiś czas. Nim posiłki nie przyjadą do Alberta. Wtedy może sobie wracać i pobawimy się w zapasy nad Wisłą.

— Luksemburczyk osobiście przybędzie? — rozgorączkował się Muskata.

— Tego nie wiem. — Dohna przebiegł brudnymi palcami po dziewięciu splotach na powrozie. — Trzeba posłać cichych ludzi Waltera, albo i posłów.

— No ale mówiłeś, że już idą posiłki!

— Bo idą, mój panie — uśmiechnął się jego siepacz. — Tylko nie wiem, czy król dowodzi osobiście!

— Ha, ha, ha! — Muskata rozłożył ramiona i okręcił się po dziedzińcu. — Idą, idą, idą!

— Idą goście, biskupie! — krzyknął w tej samej chwili strażnik na bramie.

— Ludwina, jedzenie i piwo babskie! — zaśmiał się Jan. — Wpuszczaj!

— Nie, biskupie! To nie gospodyni „Zielonej Groty". To Henryk, opat bożogrobców z Miechowa z konduktem mnichów. Trzydziestu najmniej. Piechotą.

— A ci tu czego? — wyrwało się Muskacie. — Pielgrzymek im się zachciało?

— Wpuszczać? — zapytał strażnik.

Jan Muskata pomyślał, że wysłał po Ludwinę, a dostał trzydzieści gęb bożogrobców do wykarmienia. Splunął, zaklął pod nosem i powiedział:

— Otwórz bramy.

Ugoszczę ich i spławię — pomyślał. — Mam ważniejsze sprawy. W końcu Czesi idą na Kraków!

WŁADYSŁAW wyskoczył na Rulce przed czoło swych wojsk, by powitać nadciągających Węgrów. Późnojesienna mżawka sprawiała, że z drogi nie unosił się pył i mógł ich dobrze widzieć. Jakieś pięć setek jeźdźców mknęło traktem od Biecza, którego bramy otworzył opat Michał. Furkotały barwne proporce, konie rżały do siebie, jakby pamiętały wszystkie wspólne bitwy i potyczki. Rulka wyciągała szyję radośnie, a z pierwszego węgierskiego szeregu już słychać było okrzyki:

— *Làszló fejedelem!*
— *Isten hozta, herceg úr!*
— *Isten hozott!*

Przez chwilę miał zwid, że jego stary druh, Amadej Aba, odmłodniał i wygląda jak dwadzieścia lat temu, gdy się poznali. Długie czarne włosy wznosiły się i opadały w rytm galopu.

— Amadej? — zawołał, przecierając oczy.

— Nie, książę! — zaśmiał się jeździec, zatrzymując konia. — Janos, jego pierworodny! I bracia moi, poznaj książę: Ulászló po tobie i Omode po ojcu. Bliźniaki, noszą imiona na cześć waszej przyjaźni.

Podjechali do siebie blisko, bok w bok. Rulka obwąchała wierzchowce synów Amadeja, a on uścisnął każdemu prawicę; dotknęli swych czół.

— Synowie druha są mymi synami — powitał ich. — Jedziemy do klasztoru!

— Grabić czy modlić? — spytał Janos.

— Mieszkać, synku — zganił go Władek. — Tu nieopodal opactwo cystersów w Jędrzejowie, wierni bracia goszczą me wojska. Musicie wypocząć, nim ruszymy odbijać rebeliantom Sandomierz.

— Szandomir?! — krzyknął radośnie znajomy głos zza pleców Amadejowych synów.

— Fehér Mohar? — poznał przyjaciela Władysław.

— Ja, książę, kto by inny! Stare skurczybyki nie wymierają same, trzeba ich dobić! — śmiał się Węgier. — Lubię z tobą zdobywać Szandomir.

— A Juhász Hunor też przyjechał? — obejrzał się w tył Władek.

— Ha, ha! Jechał, jechał, aż się ochwacił — śmiał się Mohar.

— I teraz jak baba siedzi na taborowym wozie. Pewnie jak ciebie, książę, zobaczy, zaraz zacznie skakać.

— Głupoty gadasz — zganił go Władek. — Jak Hunor mógł się ochwacić? Toż on nie koń.

— A, tego właśnie nikt nie wie — wyszczerzył zęby Mohar. — Bo on wciąż żony nie wziął, tylko zmienia klacze. A ty, książę, jak widzę, ciągle wierny jednej.

— No, księżna Jadwiga niedawno mi syna powiła — pochwalił się Władek.

— Prawda! *Magyar hercegnő!* Hedvig! — uderzył się dłonią w czoło Mohar. — No, ale ja myślałem o Rulce. Piękna klacz wciąż ci służy, książę! A gdzie jej źrebiec?

— Ogończyk jedzie na Radoszu — wskazał na swoje wojska Władek.

— O, to ojciec będzie zły — wtrącił się Janos. — Ojciec powtarza, że Radosz jest ogierem Erszébet, twojej córki.

— Ona ma sześć lat — Władysław spojrzał na Janosa i stuknął się w głowę. — Za mała na takiego ogiera.

— Ale ojciec mówił, że ona ma być naszą królową. Panią — z uporem powtórzył pierworodny Amadeja. — Tylko najpierw musimy Karola Roberta pokonać.

Wszyscy nie pomieścili się w jędrzejowskim klasztorze; część wojsk rozbiła się z obozem pod jego murami. Książę, nim zaprosił na wieczerzę, przeszedł obozowisko i osobiście witał się z Węgrami. Jego kujawscy i małopolscy rycerze też radośnie rozpoznawali druhów.

— Książę! — przybiegł do niego Jałbrzyk. — Tego z wąsiskami spotkałem! Tam siedzi!

— Pokaż, który tu nie ma wąsów! — fuknął na niego Władek.

— Mówię o tym z czarnymi włosami — podpowiedział równie głupio Pomian i wskazał: — No, o tym.

— Juhász Hunor! — Władysław uścisnął dawno niewidzianego przyjaciela. — Co z tobą?

— Nic mi nie jest! — oświadczył Hunor i na potwierdzenie zeskoczył z wozu. — Mogę tańczyć, mogę się bić, *herceg*!

— Ty kulejesz! — dostrzegł Władysław i klepnął go w ramię. — Bracia cystersi znają się na leczeniu. W mig cię postawią na nogi.

— Ja pomogę — zaoferował się zza jego pleców Borutka. — To znaczy nie cystersom, ale panu Hunorowi.

— *Az ördögbe*! A co to za istota? — przyjrzał się Borutce Juhász Hunor.

— Giermek mój, Borutka — przedstawił go Władek.
— A Fryczko co? Wymówił służbę? — dopytywał Węgier.
— Fryczko dostał poważne zadanie. Małżonce mojej służy i dzieciom.

Brat wyznaczony przez opata do obsługi księcia i jego gości dzwonkiem dał znać, że wieczerza gotowa. Władek zgarnął dowódców węgierskich, wśród których spotkał Kopasza, wodza lekkiej jazdy, i poszli się posilić.

— Wino od ojca, dla ciebie, książę. — Janos postawił na stole zalakowany dzban.
— Otwierać! — rozkazał Władysław. — Podarki są po to, by się nimi dzielić. Mówcie, co u Amadeja?
— Wojna z królem — powiedział pierworodny. — Karol Robert uważa, że nasz ród za bardzo urósł w siłę.
— Andegaweńczyk nie życzy sobie mocnych panów — rzekł Ulászló.
— A tak się składa, że po wojewodzie László Kanie my pierwsi — dodał Omode.
— Póki Karol Robert potrzebował ojca, by ten złamał potęgę László Kana, liczył się z nim i szanował. A gdy ojciec zmusił wojewodę do uległości wobec króla, sam stał się jego wrogiem.
— Amadej nigdy nie był zachwycony Karolem Robertem jako kandydatem do węgierskiej korony — przypomniał Władysław.
— Książę! — zapalczywie zawołał jego syn. — Toż twoje dzieci mają gęstszą krew Arpadów w żyłach niż ten chłystek!
— Prawda — potwierdzili chórem bracia bliźniacy. Ulászló i Omode. Władysław i Amadej. — Nie inaczej.
— Królowi Węgier chodzi o władzę, to prawda — powiedział Władek. — Ale i o miedź. Wasz ojciec trzyma łapę na jej złożach i wydobyciu, a ja od lat osłaniam jej transport z Węgier, przez Małą Polskę. Kraków dostał ode mnie prawo składu miedzi, kiedy otworzył mi swe bramy, jak wróciłem z banicji. Teraz Amadej strzeże w wojnie z królem jej złóż, a ja, w wojnie ze zbuntowanym miastem, transportu. Wszyscy potrzebujemy miedzi i bezpiecznej drogi dla niej.
— Dlatego ojciec nie mógł przybyć osobiście — dorzucił Janos. — Bo walczy z królem. A nas, synów, podzielił równo po połowie i trzech wysłał do ciebie, trzech zostawił przy swym boku. Każdy z nich ma hufiec pod sobą.

Jaki los jest przewrotny — pomyślał Władysław. — Amadej,

potężny węgierski baron, jest moim wsparciem od lat. Ale gdyby był moim wojewodą, miałbym z nim taki sam kłopot jak dzisiaj ma Karol Robert.

— A na Rusi? — zagadnął Janos. — Co u twych siostrzeńców?

— U Lwa i Andrija? Walczą. To z Litwą, to z Tatarami, na zmianę. Siostrę ich, Mariję Jurijiwną, za mąż dwa lata temu wydałem, za Trojdena, księcia czerskiego. To syn mego dawnego druha, Bolesława, co chadzał pod Madonną na purpurze. Wy nie pamiętacie, ale Mohar i Hunor go pamiętają. Pożeniłem ich, bo z dobrego mariażu zawsze będą pożytki, tylko trzeba trochę poczekać — zaśmiał się Władek. — Marija i Trojden już syna mają, Bolesława, a jakże! A Lwa i Andrija pożenić ciężko, bo ciągle w siodle i na wojnie.

— Ruski szwagier to rzecz ważna — powiedział Janos.

— Ruski szwagier i węgierski przyjaciel — stuknął się z nim kielichem Władek. — Na następną wspólną wyprawę wezmę swojego syna. Musi zacząć poznawać madziarskich druhów.

Przez kilka dni przygotowywali się. Władysław zdobytego wcześniej klasztoru bożogrobców w Miechowie nie zostawił samopas po wypędzeniu mnichów. Przeciwnie, obsadził swoją załogą, jak wcześniej Wieliczkę, i przygotował na wojnę. Chodziły słuchy, że ruszą na niego Czesi Jana Luksemburczyka. To było jedyne, czego się naprawdę obawiał. Najemników zdusi, choćby ich każde zbuntowane miasto najęło z osobna, ale jeśli nowy czeski król rzuci na Małą Polskę swą armię, to jego rycerstwo i pięć setek Amadeja Aby nie wystarczy. Wiedział, że nie wolno mu popełnić błędów poprzednich wojen, i robił wszystko, by im zapobiec. Był po powrocie z banicji czas zbierania ziem polskich, teraz nastał czas umacniania miast małopolskich. Biecz, Wieliczka, Sącz Nowy i Stary, Tyniec, Miechów, Jędrzejów i Lelów były jego. Buntownicy trzymali Sandomierz i miasto Kraków, ale nie zdobyli Wawelu.

Wysłał pod Sandomierz część swych sił, pod wodzą wojewody Lisa, by zawczasu wezwali rycerstwo ziemi sandomierskiej, założyli obóz warowny i zaczęli budowę machin oblężniczych. Od opata tynieckiego, Michała, szedł prowiant z obiecanych stu wsi, więc Władek nie martwił się, że wojsko zacznie rabunki po opłotkach.

Kazał Lisowi wycofać ludność ze wsi leżących pod Sandomierzem, tak by nie mieć rąk związanych do wojny. Owszem, dla buntowników chciał być Władysławem Mściwym, ale dla wieśniaków? Po co? Zła sława niesie się szybciej niż dobra i nikt nie wie, dlaczego tak jest.

Wreszcie zaczęli się zbierać z Jędrzejowa. Konie ściągane z pastwisk rżały pod murem klasztornym.

— Juhász Hunor! — zawołał Władek do Madziara. — Widzę, że ci mnisi pomogli, wyleczyli nogę.

— Po prawdzie to nie mnisi — szepnął Hunor. — Tylko twój giermek.

— To się chwali — niepewnie powiedział Władysław. — A dlaczego szepczesz?

— Bo mi zakazał mówić — tajemniczo odpowiedział Hunor i zbliżył się do ucha księcia. — Końską maścią mnie wyleczył i dlatego to sekret. Żeby się ze mnie nie śmiali, że jestem ogier, nie człowiek.

— Aha — uspokoił się Władysław, ale na wszelki wypadek spytał: — Ze skóry cię Borutka nie obdarł?

— Jak? Ze skóry?

— Czy za leczenie drogo nie wziął. Z niego ponoć kutwa.

— A, nie! — machnął ręką Hunor. — Grosza nie chciał, tylko nauki węgierskiego. Pojętna z niego bestia.

— No i dobrze. Niech się chłopak uczy — ucieszył się Władek. — Na koń! — rozkazał i wskoczył na siodło Rulki.

Obóz pod Sandomierzem był gotów. Wojewoda sandomierski, Wojciech Bogoria, najstarszy z trzech synów Piotra ze Żmigrodu, ściągnął dwie setki ludzi, z czego połowę stanowili konni. Dwa tarany okute żelazem, katapulty, solidny osioł do miotania garnców smoły, arkbalista i porządne osłony czekały.

— Książę — zameldował wojewoda Bogoria. — Jeśli użyjesz tego wszystkiego, z Sandomierza pozostaną wióry.

— A jeśli nie użyję, wióry zostaną z mojej sławy — bez uśmiechu odrzekł Władysław i rozkazał: — Jutro rano zaczynamy oblężenie.

Skoro świt podciągnęli machiny pod mury.

— Rozstawić poza zasięgiem strzałów! — powtarzali rozkaz księcia wojewodowie.

— Borutka, przypilnuj ognisk — powiedział Władysław. — Mają płonąć tak, by za murami czuli ich ciepło.

— Z rozkoszą! — pisnął giermek.

Po chwili, gdy płomienie strzeliły w górę, zawołał po węgiersku:

— *Az ördögbe*!

Bez pośpiechu, na oczach zamkniętych w Sandomierzu mieszczan, przygotowywali się do oblężenia. Chorążowie stali, pozwalając rozwinąć się na wietrze chorągwiom księcia. Dym z ognisk Borutki ulatywał wysoko, strasząc snopami niebieskich iskier. Synowie Amadeja Aby rozstawili konnych w równym szyku, a lekka jazda Kopasza napięła łuki. Rycerstwo krakowskie zajęło lewą flankę. Drużyna kujawska i sandomierska prawą. Władek przemieszczał się wzdłuż szeregów i wreszcie, widząc, że wszystko gotowe, dał rozkaz dowódcom machin:

— Naprzód!

Powolnym krokiem wołów ruszyli ku murom. Obrońcy próbowali ustrzelić zwierzęta, ale te osłaniane tarczami przez ciurów posuwały się naprzód nietknięte.

— Stać! — krzyknął Władek, mierząc wzrokiem odległość. — Załadować smołą!

Chciał, żeby najpierw poleciały ogniste pociski, by zaprószyły ogień na murze. Pierwszy i drugi garniec rozpadły się w powietrzu, lądując w fosie, ale kolejne celnie wpadły za obwarowania. Krzyki obrońców potwierdziły skuteczność.

— Miotać raz za razem! — zawołał. — Bez ustanku!

— *Làszló fejedelem* — podjechał do niego Janos. — A my?

— Wy stójcie, synu, i wyglądajcie groźnie — zaśmiał się Władysław. — Kopasz! — przywołał drugiego Węgra. — Twoi niech strzelają.

— *Az ördögbe*! Do diabła, nie przyjechałem stać! — zbuntował się Janos.

— Czasami ustanie w miejscu jest najtrudniejszą potyczką — poważnie powiedział Władek. — A jak wam się nudzi, zaśpiewajcie coś. Byleby brzmiało okrutnie.

— Tak jest — niechętnie przyjął rozkaz Janos.

— Taran! — zawołał książę. — Wojewodo, każ prowadzić pierwszy taran do bramy.

Siedział na grzbiecie Rulki i liczył. Powiedział sobie, że doliczy do stu i wystarczy. To była jego potyczka. Cierpliwość. Patrzył, jak raz po raz z arkbalisty wylatują płonące pociski. Druga dziesiątka. Patrzył, jak osioł pluje kamieniami. Czwarta dziesiątka. Jak taran wolno, ale bez ustanku posuwa się w stronę bramy. Szósta. Węgrzy synów Amadeja śpiewali. Ósma. Łucznicy Kopasza wypuszczali strzały. Jest! Zobaczył ją i usłyszał jednocześnie krzyk Mikołaja Lisa:

— Książę! Białe płótna z murów! Poddają się!

Dokończył liczenie i rozkazał:

— Zawiesić ostrzał!

Nim zmrok zapadł, miasto Sandomierz otworzyło przed nim swe bramy i wydało zbuntowanych wójtów i rajców w ręce księcia.

JADWIGA księżna krakowska, pani wawelskiego zamku, patrzyła z murów, jak pod Kraków zjeżdżają wojska opolskie. Przy tryumfalnym dęciu w rogi, przy dźwiękach piszczałek i bębnów, z łopotaniem chorągwi, książę Bolko z trzema setkami doskonale uzbrojonych rycerzy zajechał pod Wawel. Pod Bramę Dolną. Jadwiga zacisnęła palce na murze i patrzyła w dół. Złote orły na błękicie rozwarły dzioby, sycząc na nią. Ale Jadwiga była córką pogromcy Niemców, księcia Bolesława. Wychowawcy króla Przemysła. Księżniczką Starszej Polski i dzieckiem Arpadów. Krewną świętych węgierskich królewien, które od urodzenia przejawiały wolę silną jak stal. I nie bała się złoconych ptaków ani błękitu dalekich piastowskich kuzynów.

Książę uniósł się w strzemionach i zadarł głowę, a jego herold krzyknął:

— Otworzyć bramy przed księciem Bolkiem Opolskim namiestnikiem króla Polski i Czech, Jana Luksemburczyka!

— Nawoju! — szepnęła do pana z Morawicy. — Odpowiedz im w moim imieniu. Jadwiga, księżna...

— Jadwiga, księżna krakowska, sandomierska, kujawska i pomorska — zawołał gromko Nawój — odsyła namiestnika tam, skąd przyszedł, bo Kraków nie podlega...

— ...rządom Luksemburczyka. Tu jest władztwo Władysława, mojego księcia męża.

— ...Władysława, jej księcia męża!

Bolesław zaśmiał się gromko, a jego rycerze podchwycili.

— To gdzie ten Mały Książę? — zawołali. — W mysiej dziurze?

— Pod spódnicą żony się kryje?

— A może jak przed laty ucieka koszem spuszczonym z okna przez franciszkanów?

Zacisnęła drobne pięści. Nawój dotknął jej dłoni i powiedział krzepiąco:

— Pani...

Zabrała dłoń i powiedziała twardo:

— Mów im, co każę: Spuszcza lanie waszym pobratymcom. Buntownikom od siedmiu boleści pierze tyłki w Sandomierzu w akompaniamencie węgierskiego chóru z Bożą pomocą, amen.

Nawój powtórzył, na dole zapanowała cisza. I w tej ciszy Jadwiga, bez pomocy Nawoja, krzyknęła sama:

— Nie wstyd ci, Bolko? Tyś Piastowicz, jak ja i mój mąż. Wszyscyśmy z jednego dziada i jednej babki. Nie wstyd ci, że się obcym wysługujesz? Że poszedłeś na czeski żołd i czeskie służby? Bolko, opamiętaj się! Twoja matka, Eufemia, przewraca się w grobie, jeśli cię tu widzi! Przecież to moja ciotka! Siostra rodzona mego ojca, pogromcy Niemców! Co ty? Boga i honoru w sercu nie masz? Tyś kuzyn króla Polski. Prawdziwego króla, Przemysła II, a nie tego farbowanego ni to Luksemburczyka, ni to Francuza, co cię kupił za judaszowe srebrniki! Ile kosztuje twoja duma, co, Bolko? Zabieraj swoje złote orły i fru, do Opola!

Książę Bolesław poczerwieniał, odwrócił się, ubódł ostrogami konia i ruszył w stronę Krakowa. Ale któryś z jego ludzi nie wytrzymał i w stronę Jadwigi poleciały strzały.

Topór ją obronił. Tarcza Nawoja ze straszliwym herbowym toporzyskiem osłoniła Jadwigę, nim ta zdołała zobaczyć śmigające ku niej groty. Poczuła je wbijające się w dechy tarczy i aż skurczyła się cała z przydechem.

— Ach!

— Aleś mu powiedziała, pani. Jak to robisz, że w czas wojny zamieniasz się z pobożnej damy w wojowniczą księżną? — wyszeptał Nawój tuż przy jej twarzy, bo osłonił tarczą ich oboje. — „Fru, do Opola" i zniknął.

— Nie wiem — szepnęła szczerze.

Z bliska jego oczy były mniej niebieskie niż z daleka. Jasne włókna przecinały barwną tęczówkę. Uśmiechnęła się do niego, jak dziecko, Nawój odpowiedział jej uśmiechem, a potem jego wargi zadrgały. Spoważniał w jednej chwili. Groty strzał wciąż wbijały się w tarczę, którą ich osłaniał.

— Co? — spytała po chwili. — Przesadziłam? Teraz ruszą na nas? Oddychał szybko, nie odrywając od niej wzroku.

— Boisz się, Nawoju? Że mój mąż nie zdąży wrócić, by nas obronić? Zamknął powieki. Otworzył.

— Niczego się nie boję, pani. Wytrzymamy każde oblężenie — powiedział i wyjrzał zza tarczy.

Opuścił ją po chwili i Jadwiga zobaczyła, że wojska opolskie odjechały.

— Poślę zwiadowców — głucho powiedział Nawój — i dam znać, co ustalili.

— To ja pójdę do dzieci — odpowiedziała i ruszyła na dół.

Gdy schodziła, załoga zamkowa skandowała:

— Ja-dwi-ga Wa-wel-ska! Księż-na pa-ni!

Echo odbite od murów odpowiadało:
— ...ga ...ska... pani!

Zarumieniła się, bo nie lubiła, jak ktoś zwracał na nią uwagę, i skarciła ich:

— A wy co? Roboty nie macie? Kamienie do kuszy wałowej zbierać, a kto wolny, to na nieszpory, raz-dwa! Modlitwa tarczą broniących! Do katedry biegiem!

— A-men! A-men! A-men! — zawołali.

W wieży czekały maluchy i Władek junior. Syn powitał ją ukłonem i przyklęknięciem na jedno kolano.

— Pani matko — powiedział uroczyście. — Ojciec byłby z ciebie dumny. Obroniłaś Wawel.

— A gdzie tam — machnęła ręką i pocałowała go w czoło. — Tylko powiedziałam mu, co trzeba. Przypuszczam, że dopiero teraz, z zemsty zaczną nas oblegać.

— Zabieraj swoje złote orły i fru, do Opola! — zawołała Elżunia, wskakując jej prosto w ręce. — Jadwiniu, powtórz — rozkazała młodszej siostrze, oplatając ramionami matkę.

— ...fru, do Opola! — powiedziała mała.

— Bardzo ładnie, Kaziu, teraz ty! — wskazała paluszkiem na brata, którego nie wiadomo kiedy, nauczyła chodzić.

— Fru, do Pola! — wydukał.

— Musisz jeszcze popracować — orzekła — ale jak się postarasz, może coś z ciebie wyrośnie. Mamo, mamusiu, jesteś wielką księżną panią! — Pocałowała ją w oba policzki z taką gracją, że Jadwiga poczuła się kimś więcej. Przycisnęła Elżbietkę do piersi i odstawiła na posadzkę.

— No, czas do snu, moje dzieci! — powiedziała.

— Dzisiaj? — skrzywiła się Elżunia. — Ja dzisiaj nie zasnę. Oblężenia się doczekać nie mogę. Władziu pójdzie na mury, bo jest niezwykle dzielny. Może bronić bramy. Jadwinia będzie znosiła kamienie. A Kazio... Co zrobimy z Kaziem? Wiem! On będzie kamieni pilnował.

— A ty, skarbie? — zapytała, tłumiąc śmiech, Jadwiga.

— Ja? Będę dowodzić — odpowiedziała jej córka i przygładziła ciemnokasztanowe loki.

— Dobrze, dobrze — nieuważnie odrzekła Jadwiga. — Jak przyjdzie co do czego, i wy się przydacie. A teraz pod wodzą panny Stanisławy pójdziecie do łóżek. I nie chcę słyszeć żadnego „ale". Dobranoc, moje słodkie dziewczynki i moi mężni synowie. Dobranoc. Stasiu — zwróciła się do Bogoriówny. — Dopilnuj, by się pomodlili.

— Oczywiście, moja pani.

Gdy została sama, okrzepła. Zdjęła diadem i nałęczkę. Odruchowo wyjęła szpile przytrzymujące sploty warkoczy. Złote włosy opadły na jej plecy, a z niej opadły emocje i nerwy. Myślała trzeźwo. Złote orły na błękicie. Książęta opolscy zawsze wiedzieli, skąd zawieje wiatr. Bystrzy, ustosunkowani i szybcy. Dlaczego sam król Jan nie przybył? Dlaczego nie przysłał czeskich wojsk? Najemników, przed którymi drżą książęta, jak ongiś, przed setką lat drżeli przed węgierskimi wojskami? Jadwiga dobrze zapamiętała każdą lekcję daną jej przez matkę, księżną Jolentę, córę króla Beli IV.

Madziarscy wojownicy najmowali się za żywe srebro italskim książętom w wojnach miast, z których każde było odrębnym państwem. Czyżby italska lekcja miała się powtórzyć? Czyżby teraz w Małej Polsce miasta chciały wybić się na niezależność? To być nie może. Mieszczanie bogaci, możni. Bardziej związani duktem pieniądza płynącego handlowym traktem niż więzami przynależności do kraju, w którym otworzyli faktorię. To trzeba przerwać, nie naruszając ścięgien kupieckich udziałów. Nie w tym rzecz, by im zysk ukrócić, ale by te pieniądze pracowały dla kraju. Jej Władysław był człowiekiem wojny. Niezmordowanym. Zaślubionym mieczowi. Pięćdziesiątka na karku, a on wciąż wskakuje na Rulkę w biegu i lepiej się czuje w skórzanym kaftanie i kolczudze niż w jedwabnym płaszczu. Ale nie może być Władkiem przez całe życie. Tak nie zbuduje księstwa. Muszą odzyskać Kraków, to pewne. Ale co dalej? Jak budować to Królestwo?

Wzięła do ręki pergamin z przywilejami dla mieszczan sądeckich, który kazała przygotować notariuszowi. Przebiegła go wzrokiem. Nagroda, której mieszkańcy Sącza nie żądali, a na którą zasłużyli bezwzględną wiernością w czasie próby. Gdy wystąpił przeciw nim Kraków, Wieliczka, Sandomierz i nawet potężny opat miechowski, Sącz Stary i Nowy trwały przy swych władcach.

Sama rozgrzała wosk i sięgnęła po pieczęć. Gdzie ona? Wzięła świecę w rękę i rozejrzała się po pulpicie. Pochyliła się pod niego. Jest. Znów dzieci się nią bawiły — pokręciła głową. Trzonek pieczęci, wyrzeźbiony jak pion do gry, w postać księżnej, obwinięty był barwną szmatką z zawiązaną pod szyją kokardą. — Elżunia — westchnęła Jadwiga i zdjęła ubranie z pieczęci. A potem odcisnęła ją w czerwonym wosku pod przywilejem sądeckim.

Oto wierni dostaną prawo odebrane niewiernym. Zysk w ręce niewalczących pod jego sztandarem.

— Pani... — Nawój z Morawicy cicho wszedł przez niedomknięte drzwi komnaty.

— Tak? — spytała, odkładając pergamin.

— Wybacz — cofnął się.

— Chodź, pomówmy — odeszła od pulpitu, zapraszając go gestem.

— Ale... — spojrzał na nią i zarumienił się. — Chyba już późno...

— Kiedy mamy rozmawiać, jak nie w nocy? W dzień jestem matką, księżną. — Przywołała go ruchem dłoni i wskazała krzesło obok siebie.

Usiadł.

— Mów — ośmieliła go.

— Pani, Bolko opolski zamieszkał w domu wójta Alberta. Przyjęto go z honorami należnymi księciu. Jego zbrojni zaś rozbili obóz warowny wokół posiadłości wójta.

— I co dalej? — spytała.

— Wszędzie gadają, że wojsko Bolka to tylko straż przednia króla Czech — odpowiedział sztywno. — Buntownicy są bardzo pewni siebie. Przy ogniskach obozowych powtarzają, że przyjdzie król Jan i szturmem weźmie Wawel i...

— I co?

— ...on się czuje upokorzony — cicho powiedział Nawój.

— Trudno — wzruszyła ramionami. — Nie chciałam go poniżyć, tylko przypomnieć mu, że wszyscy jesteśmy z jednego rodu.

— Wiem, moja pani — odpowiedział. — Twoja odwaga nas poruszyła.

— To nie była odwaga. To prawda, Nawoju.

— Czasami trzeba być odważnym, by nazwać rzeczy po imieniu, pani — odwrócił twarz ku niej. Z jego niebieskich oczu bił blask.

— I czasami trzeba trzeźwo ocenić sytuację, Nawoju — odpowiedziała Jadwiga, kładąc mu dłoń na ramieniu. — Dlatego proszę, wyślij ludzi do mego męża. Książę Władysław musi wiedzieć, co się dzieje.

— Co masz na myśli, pani? — spytał, wpatrując się w nią.

Dopiero teraz zorientowała się, że nim przyszedł, zdjęła nałęczkę i rozpuściła warkocze. Zawstydziła się. Nie powinna przyjmować Nawoja tak odsłonięta.

— Oblężenie Wawelu — odpowiedziała, rumieniąc się. — Posłaniec to ma przekazać księciu.

— Wedle rozkazu, księżno — odpowiedział, wstając. — Jadwigo, Wawelska Pani.

GERWARD LESZCZYC biskup włocławski gnił w inowrocławskim lochu. Za jedyne towarzystwo miał swego brata, Stasia, prepozyta włocławskiego, choć chwilami, zwłaszcza w nocy, zdawało mu się, że w słomie przykrywającej posadzkę poruszają się szczury. Brzydził się ich chrobotu, na samą myśl, że przemkną obok niego i dotkną go obrzydliwie długim ogonem, miał dreszcze. Kolejne łapały go na poniżające wspomnienie, że oto uwięzili go kujawscy bracia, książęta Przemek i Kaziu, tak, ci, których miał za najgorsze piastowskie niemoty.

Pokonani przez Krzyżaków, zadłużeni u niego po uszy; srebro, co im dał przed laty na wykup cennej ziemi michałowskiej, zastawionej jeszcze przez ich najstarszego, księcia Leszka, stracili na wojny. Ziemi nie wykupili, zastaw przepadł, kaplica. Ale co najgorsze, jemu nie spłacali należnych długów. Przycisnął ich raz, drugi, trzeci. Nie pomogło. Raciążek mu wypominali, psubraty. Prawda, ongiś bronili Raciążka przed pijakiem i awanturnikiem, bratem księcia Władysława, Siemowitem, ale to lata temu było, a oni w kółko, by im tamtą obronę z długu ująć. Twardy był, nie zgodził się i co zrobili? Najechali jego kochany Raciążek. Jego skarb biskupi! Zadrżał na samo wspomnienie. Boże drogi, toż on każdy zarobiony grosz trzymał w skarbcu w Raciążku właśnie. Zaraz jak tylko wiadomość o zajęciu gródka i cennej wieży dotarła do uszu Gerwarda, obłożył upartych Piastowiczów ekskomuniką i dołożył interdykt na księstwo inowrocławskie. Chciał ich pognębić, upokorzyć i ukorzyć. Widzieć leżących krzyżem pod swymi stopami. Choć oczywiście wolałby, żeby najpierw spłacili swe długi, a potem padli. Nie było ani jednego, ani drugiego. Stało się coś, czego Gerward Leszczyc nie przewidział: kujawscy bracia wpadli do Włocławka i porwali go razem ze Stasiem.

— Nigdy nie podobał mi się Muskata — skłamał płaczliwie Gerward. — Dlaczego spotyka mnie jego los?

— Przesadzasz — mruknął Stanisław i okrył się płaszczem, naciągając kaptur na głowę. — Właściwie, już dawno temu przesadziłeś.

— Co masz na myśli? — pociągnął nosem Gerward.

— Myślisz tylko o sobie. Twoje srebro, twoje dziesięciny, twoje ukochane pieniądze. Gdybyś nie był taki uparty, wiele spraw inaczej by się potoczyło.

— Stasiu! — szepnął oburzony Gerward. — Nie wierzę, że ty takie coś mówisz! Przecież wszystko mnie zawdzięczasz!

— Jakbyś się nie zaparł na Piotra Święcę, jakbyś go nie pognębił odszkodowaniami i spłatami, to kto wie, czy namiestnik sprzedałby

Pomorze Brandenburgii. Tyś go przywiódł do ruiny, a on zrobił jedyne, co potrafił, poszedł po ratunek do margrabiów.

— Co ty gadasz? — wystraszył się Gerward. Brat nigdy nie był wobec niego tak surowy.

— Błąd za błędem — grobowo powiedział Stanisław, nie ruszając się spod płaszcza. — A każdy powodowany przez twą chciwość, Gerwardzie. Wepchnąłeś Władysławowi kujawskich braci na namiestnictwo pomorskie, boś liczył, że się na urzędzie odkują i oddadzą ci długi. A oni się na taką odpowiedzialność nie nadawali. Więcej. Ci gołodupcy dopłacili do swego namiestnikostwa. Utrzymanie grodów i załóg zbrojnych, co? Nie wiesz, ile to kosztuje? Nie pamiętasz? Cztery tysiące grzywien musieli wyłożyć na fortyfikacje. Przemko, by bronić Świecia, sprzedał najlepsze swe ziemie Krzyżakom. Skończyło się, jak skończyło, kujawscy bracia wylądowali znów w Inowrocławiu z tą ich szaloną matką, czarną wdową Salomeą, bez grosza przy duszy, a ty nic. Tylko słałeś do nich kancelistów po spłaty. I jakbyś zapomniał, że jedyne ziemie, z których mogli wydusić jakiś dochód, dawno wziąłeś od nich pod zastaw. Kasztelania słońska, Gniewków, wszystko to teraz w twoich rękach. Wpuściłeś ich w pułapkę długu, jak jakiś lichwiarz bezlitosny...

— Stasiu — wyszeptał Gerward. — Błagam cię, zamilknij.

— Pomnij na to, do czego doprowadziłeś Święcę — mówił twardo Stanisław. — Poczuj na barkach winę za to, że możnowładca pomorski wypowiedział posłuszeństwo prawowitemu księciu, Władysławowi. Zrób rachunek sumienia. Ile w utracie Pomorza przez Królestwo Polskie jest twej własnej, małej chciwości? A potem uderz się w pierś i pomyśl, do czego doprowadzi nas twój upór wobec kujawskich braci. Chcesz, by i oni wystąpili przeciw Łokietkowi? Przeciw temu księciu, który walczy teraz o Małą Polskę jak lew i orzeł, bo po połowie każdego ma w swym herbie. Jeśli oderwą się od Królestwa, to kto będzie winien? Ty, Gerwardzie Leszczycu! Ty i twoje umiłowanie bogactwa, amen!

— Jezu! — pisnął Gerward. — Stasiek, coś ty powiedział?

Jego brat milczał. Siedział nieruchomo pod płaszczem, z głową schowaną pod kapturem.

Gerward Leszczyc zadrżał. Nigdy, przenigdy nie usłyszał słów tak okrutnych, tak bolesnych. „Lichwiarz bezlitosny", jak Stanisław mógł tak o nim powiedzieć? Jak mógł tak ocenić lata starań Gerwarda o to, by ród Leszczyców wyprowadzić na szczyty? A przecież

Gerward na naukę Stasia nigdy nie skąpił. I Macieja, siostrzeńca, pchał na urzędy. I każdego z rodowców potrafił ustawić i za to teraz takie słowa podłe?

Stanisław zachrapał. Biskupem wstrząsnęło. Jak to, jego brat rodzony powiedział mu takie rzeczy i zasnął spokojnie? Gerward wstał. Nie mógł usiedzieć. Zaczął chodzić po celi. Prawda, forsował namiestnikostwo braci, bo chciał, by byli zdolni spłacić długi. Pomylił się. Do nędzy ich przywiódł. Ale czy mógł przypuszczać, iż Krzyżacy najadą Pomorze z taką siłą? Nikt tego nie wiedział. „Poczuj na barkach winę za to, co zrobił Święca". Tak, tu też poszło o długi. Gerward potarł spocone nagle czoło i cofnął dłoń, czując smród.

Ja śmierdzę? — powąchał dłoń. — Boże drogi... cuchnę. A przecież smród jest oznaką piekielnego zepsucia.

Stanisław zachrapał tak głośno, że Gerward przestraszony, krzyknął.

— O rety, rety! — zaszeptał Staś, prostując się.

Zsunął kaptur z głowy i otrząsnął się.

— Bracie, co mi się śniło — powiedział, przeciągając zesztywniałe ramiona. — Archanioł Michał z wagą w ręku, a my staliśmy w kolejce do ważenia dusz.

— Sąd pośmiertny — wyszeptał Gerward i spytał z przerażeniem:
— I co?

— Staliśmy w tłumie. Ci przed nami już byli zważeni i archanioł zapytał, kto pierwszy, ja czy ty. No i ja, jak zawsze, wskazałem na ciebie, po starszeństwie i po posłuszeństwie. I ty podszedłeś do archanioła, a on zatrzymał cię przed wagą i zaczął coś mówić.

— Co? — ledwie miał siłę spytać Gerward.

Stanisław ciężko wstał z wiązki słomy, na której siedział. Zaczął wyskubywać jej źdźbła z płaszcza.

— No mów! — ponaglił go biskup.

— Nie pamiętam — rozłożył dłonie Staś. — Coś o długach... ale naprawdę, nie umiem ci powtórzyć. Ta kolejka do wagi, obłok, na którym siedział, to pamiętam dokładnie, ale co mówił? Zostało we śnie.

Gerward przeżegnał się trzy razy, a potem podszedł do okutych niskich drzwi lochu i uderzył w nie.

— Tu biskup Gerward mówi! — zawołał. — Otwórzcie!

— Nie można, wielebny — odpowiedział strażnik po chwili.

— Otwórz okienko! — poprosił.

Szczęknęła żelazna zasuwa i przez małą kratownicę zobaczył wąsatą twarz stróża.

— Idź, człowieku, do swych panów — powiedział gorączkowo Gerward. — Przekaż księciu Przemkowi i księciu Kazimierzowi, że ja, biskup włocławski, jestem gotów spełnić ich prośby. Zdejmę z księstwa interdykt, zdejmę z nich ekskomunikę i umorzę im długi. Idź, synu, zanieś swym panom dobrą nowinę.

— Jak każesz, wielebny — powiedział strażnik i cicho zamknął okiennicę.

— Bracie! — zawołał Stanisław. — Jesteś gotów ukorzyć się, by nas wypuścili? Nie martw się tak, nie ustępuj, w końcu to tyle pieniędzy, twoich pieniędzy... Ja wytrzymam. Sianko nam zmieniają, kaszę dają jeść z omastą... ten loch nie jest taki zły...

— Ja byłem zły — oświadczył Gerward, opierając się plecami o drzwi celi. — Myślałem o sobie wtedy, gdy trzeba było myśleć o Królestwie. Gdy inni z bronią w ręku walczyli przeciw silniejszym od siebie, ja liczyłem należności, zastawy, dzierżawy, dziesięciny i długi. Ale przysięgam ci uroczyście, Stasiu, że postaram się zmienić. Tak, jak potrafię — położył pulchną dłoń na piersi. — W końcu dzień Sądu bliski, a duszę człowieka waży się tylko raz. Póki życie trwa, każdy grzesznik dostaje szansę, a po śmierci zostaje tylko bezlitosny osąd. Ale, jak mawiają: „Póki Wisła nie zawróciła biegu, nic nie jest stracone!".

— Amen — wyszeptał Stasiu i padł na kolana.

WŁADYSŁAW drugi miesiąc oblegał Kraków. Pomorze utracił, Małej Polski, choćby zębami miał zdobywać miasto, nie popuści. Tam, na Wawelu, była Jadwiga i dzieci, a tu, wokół murów, on i wojska małopolskie oraz węgierskie. Książę Bolko zamknął miejskie bramy, ufortyfikował Kraków i bronił się rozpaczliwie. Rozpaczliwie, bo Jan Luksemburczyk nie nadszedł. Małe zwiadowcze oddziały Władysława patrolowały drogi z Moraw i Czech, ale te, Bogu dzięki, były puste. Zamiast złej wiadomości o nadciąganiu posiłków, przyniosły równie złą, z Węgier.

— Książę! Amadej Aba nie żyje — zameldował zwiadowca. — Poległ w bitwie z wojskami króla, gdy chciał zdobyć Koszyce. Jego synowie chcieli pomścić śmierć ojca, sprzymierzyli się z Mateuszem Czakiem i zostali rozgromieni w bitwie pod Rozgoniem. Dawid i Dominik nie żyją, został tylko Mikołaj. Ponoć córka Amadeja, Katarzyna, w obawie przed zemstą Karola Roberta, wstąpiła do klasztoru. To samo zrobił jej mąż, szwagier Amadejowych synów.

— Jezu Chryste! — jęknął Władek. — Ogończyk, wołaj do mnie Węgrów. Nic im nie mów. Niech wojewoda sandomierski przejmie dowództwo na ich odcinku.

Jak ja mam im to powiedzieć? — rwał włosy z głowy. — Jak im przekazać, że ród rozgromiony?

— Borutka — rozejrzał się za giermkiem.

— Tak, mój panie.

— Rozpal mi ognisko.

— Jak stos pogrzebowy? — w mig domyślił się chłopak.

Władek skinął głową i poszedł do namiotu po wino.

Janos, Ulászló, Omode przyjechali po długiej chwili. A z nimi Fehér Mohar, Kopasz i Juhász Hunor. Patrzył na nich z oddali, stojąc przy ogniu. Jak zeskakują z siodeł, zgarniają długie, mokre od potu włosy z czoła. Trzech synów Amadeja Aby szło ku niemu.

— Książę, wzywałeś nas? — spytał najstarszy.

— Tak — powiedział. — Stańcie przy mnie. I wy, wodzowie węgierscy. Opowiem wam coś. Przed trzystu laty nasz pierwszy król, ten, którego nazwano Chrobrym…

— Miał żonę Węgierkę — przypomniał ze śmiechem Omode.

— Tak było. Ale miał też przyjaciół Czechów. Sławnikowiców, wielki ród, który jak wasz, konkurował z władcą.

— Szent Adalbert — powiedział Ulászló. — Mówią, że ochrzcił naszego króla Stefana. Świętego Stefana.

— Tak, synu. Losy naszych królestw są od setek lat ze sobą związane. Biskup Wojciech wyszedł z tego rodu. Pewnego razu nasz władca zaprosił do siebie czeskiego przyjaciela, Sobiesława Sławnikowica. Razem pojechali wojować z Wieletami. Bić pogan. I wtedy w Czechach stało się nieszczęście. Cały ród Sławnikowiców wycięto w pień. Ocalał tylko przyszły święty, bo był w Rzymie, i Sobiesław, bo towarzyszył naszemu Chrobremu na wojnie. — Władysław wyciągnął kubek i nalał do niego wina. Upił łyk i podał Janosowi.

Ten bez słowa zrobił to, co książę. Władek pokazał, że ma podać braciom. A potem wziął kubek z ręki Omode i całą resztę wina wylał w płomienie, mówiąc:

— Za pamięć wielkiego Aba Omode, waszego ojca, a mego przyjaciela!

Ogień strzelił, połykając wino, a Janos, Ulászló i Omode zgięli się wpół, jakby ktoś uderzył ich pięścią w brzuch. Władek nalał drugi kubek, upił i podał braciom:

— Za pamięć waszych braci. Dakó i Domokos nie żyją. Zginęli z bronią w ręku jak wasz ojciec. Sława ich imionom. Ich duszom wieczny odpoczynek!

Patrzył na Węgrów przez płomienie, a potem podszedł do nich, objął ramionami i powiedział:

— Biorę was pod swoje skrzydła. Królestwo Polskie jest odtąd waszym domem. Dostaniecie ode mnie ziemię, sprowadzicie tych krewnych, którzy wam zostali, i tu, z dala od Karola Roberta, będziecie mogli żyć bezpiecznie, jako moi synowie.

Janos zawył. Bracia bliźniacy, Omode i Ulászló, Amadej i Władysław, podchwycili głos starszego. Opletli się ramionami wraz z Władkiem i zaczęli pieśń, która brzmiała jak wezwanie plemion na stepie. Zaczęli wirować wokół ognia w tańcu na cześć zmarłych. W tańcu, który duszom ich zmarłych odchodzącym do Boga miał być ostatnim pożegnaniem.

W trwającej do późnej nocy żałobnej uczcie brali udział wszyscy. Wojska wymieszały się, Węgrzy, Małopolanie, Kujawianie. Bogoriowie ze swym rycerstwem wzięli straż nocną i z żalu nie pozwolili spać zamkniętym w mieście oddziałom opolskim. Walili do nich na zmianę smołą i kamieniami.

— Chcesz wracać, zrozumiem — powiedział Władysław Janosowi. — Tyś teraz głowa rodu, najstarszy syn.

— A oblężenie? — spytał Węgier.

— To tylko kwestia czasu. Opolczyk wie, że ma za małe siły. Odjedźcie nocą, by nie widzieli, poradzę sobie z nim.

— Nie dzisiaj — odpowiedział po namyśle Janos. — Musi wyparować ze mnie wściekłość, bo gdybym teraz wrócił do kraju, szukałbym pomsty na królu.

— Pamiętaj — przypomniał mu Władek. — U mnie zawsze jest dla was miejsce. A Karol Robert silniejszy. Będziesz chciał pomsty, znajdziesz śmierć.

Rankiem, gdy po ciężkiej od żałoby nocy obóz Władysława budził się ze snu, pierwsze, co zobaczyli, to zawieszane na bramie miejskiej białe płótno.

— Poddają się! — zawołał Jałbrzyk, obiegając obozowisko, jakby nikt przed nim tego nie dostrzegł. — Poddają się!

W południe trzej wysłannicy Bolka Opolskiego, każdy ze złotym orłem na piersi, wyjechali przez bramę i dwaj z nich pokłonili się przed Władkiem. Trzeci siedział sztywno w siodle.

— Nasz pan chce negocjować warunki poddania miasta — powiedział poseł.

— To nie poddanie, tylko oddanie — poprawił go Władysław z grzbietu Rulki. — Prawowitemu właścicielowi.

— Władysławie — odezwał się trzeci z posłów, ten, który mu się nie pokłonił. — Ja jestem Bolko, książę Opola. I to ja w imieniu króla Jana Luksemburczyka trzymałem miasto.

— Zatem zsiądź z konia — krótko powiedział Władek. — Będziemy rozmawiać.

Kazał im czekać w swoim namiocie, a sam przejechał się wokół obozu. Chciał ochłonąć. Był gotów na ich kapitulację; wiedział, że tylko szaleniec chciałby trwać w oblężeniu, gdy wie, że spodziewana pomoc nie nadciąga, a siły oblegających znaczne, a książęta Opola nie należeli do piastowskich szaleńców. Byli realistami tak twardo stąpającymi po ziemi, tak pozbawionymi złudzeń, jak Władek nigdy nie był.

Wrócił, oddał Borutce Rulkę i wszedł do namiotu. Bolko i jego dwaj posłowie powstali.

Usiadł. Miejsce po jego bokach zajęli wojewodowie, dalej możni.

— Gdzie król, któremu służycie? — spytał Bolka.

— Nie przybył — odpowiedział Opolczyk.

— Dlaczego? Czyżby zrezygnował z pięknego miasta Krakowa, którego wójt i rajcy wspaniałomyślnie chcieli jego, zamiast mnie na swego pana i księcia?

Ciemne, bystre oczy Bolka zwęziły się.

— Oddałbym ci miasto już wcześniej — odpowiedział Opolczyk. — Ale wójt Albert nie zgadzał się na kapitulację.

— A dzisiaj się zgodził? — kpiąco spytał Władysław.

— Nie. Nadal chce, byśmy się bronili.

— Zatem co się zmieniło? — drążył Władek, chcąc się dowiedzieć, dlaczego Luksemburczyk nie przybył.

— Nie zamierzam ginąć w nie swojej sprawie — twardo odpowiedział Opolczyk. — Wydam ci miasto, książę, za cenę okupu i możliwości wolnego odejścia mych wojsk.

— A jeśli nie przyjmę warunków? Co zrobisz, Bolko? Będziesz walczył? Wiesz, że mogę cię zmusić, byś jednak zginął w, jak powiedziałeś, nie swojej i niesłusznej sprawie.

— Każdy dzień oblężenia to koszty. Po co masz je ponosić?

— Po co mam tobie płacić?

— Za spokój — odpowiedział Bolko. — Za otwarcie bram miasta

dzisiaj, w tej chwili. Za możliwość spotkania z żoną. Harda z niej... — zawahał się, szukając słowa. — Dama. I prawdziwa wawelska księżna. Dopiero teraz rozumiem, że mogłeś być tyle lat na wygnaniu, że prowadzisz wojny z dala od domu, gdy zamku strzeże twa księżna pani.

— Zgoda — powiedział Władysław. — Ale wydasz mi wójta Alberta.

— Tego nie mogę obiecać — szczerze powiedział Opolczyk. — Bo nie wiem, co on i najtwardsi rajcy zrobią na wieść o tym, że opuszczam miasto. Wciąż mają wokół siebie siepaczy i są zdecydowani, by bronić się aż do końca.

— Do śmierci? To nie po kupiecku, nie po mieszczańsku — skrzywił się Władek.

— Moi ludzie musieli otoczyć dom Alberta, byśmy mogli wyjechać na rozmowy z tobą.

Jest zdesperowany — pomyślał o wójcie Władysław i dał znak wojewodzie krakowskiemu, by dokończył rozmów z Bolkiem.

— Chcę znać nazwiska wszystkich najzagorzalszych buntowników — rzucił na odchodnym.

Sam wyszedł przed namiot. Zadarł głowę. Spojrzał w letnie niebo. Stado wron z krakaniem uniosło się z drzew i wzleciało nad miastem. Z boku synowie Amadeja wciąż stali nad popiołami symbolicznego stosu.

Oni muszą pojechać na Węgry. Uklęknąć na grobie ojca i braci. Zobaczyć swoich — pomyślał — Czas kończyć.

O zmroku trzystu ludzi Bolesława Opolskiego opuściło Kraków, zostawiając otwarte bramy, a Władysław, z wojewodami po bokach, na czele wojsk małopolskich i węgierskich, wjechał do miasta. W świetle pochodni Kraków przedstawiał ponury widok. Władysław zajechał pod ratusz, tu, gdzie dwa lata wcześniej, na Trzech Króli, gościł go wójt Albert z rajcami. Wtedy trwało święto miasta, dzień, który miał zakopać rowy niezgody między nim a mieszczanami. Z rowów zrobiły się wąwozy, ci, którzy go gościli, posłuchali podżegań Muskaty, wezwali obcego króla i wypowiedzieli wojnę. Ratusz wyglądał jak twierdza.

— Byli gotowi bronić się do upadłego — ocenił Mikołaj Lis.

— Zwyciężyłeś, panie — powiedział do niego Jarosław Bogoria.

— Zwyciężyłem — odrzekł Władysław. — Ale już nic nigdy nie będzie takie samo. Nie pozwolę memu miastu mieć wójta, dziedzicznego pana, co jak udzielny książę opływa w zbytki i włada miastem. Wyślijcie ludzi po buntowników — rozkazał. — Tutaj będę ich sądził.

Pawle — skinął na Ogończyka. — Jak się rozwidni, każ budować szubienice pod miastem.

Władek wszedł do wnętrza ratusza. Borutka oświetlał mu drogę. Wolno przeszedł do sali rady. Na stole stał niedokończony posiłek. Zimny kapłon i pasztet.

— *Die Pastete mit Wachteln mit Huhnerleber...* Pastet z psepiórek i gensiej fontrópki — przypomniał Borutka, przedrzeźniając paradnego sługę wójta Alberta. — *Hecht in Sahne... mein Herzog, bitte!*

— Przestań! — syknął Władek. — Akurat niemieckiego nie musiałeś się uczyć!

— Nauczyłem się i węgierskiego — zmrużył oczy Borutka. — *Ördögfajzat...* diabelskie nasienie.

— Zamknij się, bo oszaleję! — rozkazał książę.

Borutka zamilkł i jednym ruchem zdarł ze stołu kosztowny obrus, strącając zastawę i resztki z uczty. Władysław usiadł za pustym stołem. Położył miecz na kolanach i czekał na świt.

Rano przyprowadzono mu dwudziestu mieszczan i pięciu rajców, ale nie było wśród nich wójta i jego brata.

— Ten tu — Chwał Doliwa wskazał na jednego z mężczyzn — powiedział, że Alberta i Heinricha porwał książę Bolko.

— Ktoś ty?

— Johannes, panie. Kupiec.

Dopiero teraz Władek go rozpoznał. Johannes schudł, brzuszysko ginęło w zbyt obszernym kaftanie. Nieogolona twarz była niepodobna do tamtego, butnego kupca, co Alberta nazwał królem, a jego piekielnym karłem.

— Ten Johannes to rajca miejski — dorzucił Lis. — Z wrogiej ci rady, wybranej w ostatnich wyborach.

— Wiem — bezbarwnie odpowiedział Władek. — Znam jego dom od podwórza. Widziałem jego matkę, teściową i żonę w domowym negliżu. Co z wójtami?

— Książę ich porwał. Wziął ze sobą gwałtem — po niemiecku odpowiedział Johannes.

— Do polskiego księcia mów po polsku — zganił go Chwał.

— Nie umiem — twardą, łamaną polszczyzną odpowiedział Johannes i skrzywił się wyniośle.

— Ale ja potrafię! — wyrwał się jeden z mieszczan. — Ja jestem Mikołaj, z Zawichostu.

Johannes spojrzał na niego mściwie.

— Mów — rozkazał Władysław.

— Wójtowie nie chcieli wydać miasta. Rajcy — wskazał na pojmanych — też się bali. Wiedzieli, że jak książę wejdzie, polecą głowy. Ale opolski książę powiedział, że koniec obrony, ani dnia dłużej. Albert i Heinrich się sprzeciwili, więc pojmał ich. Kazał związać i jak barany wrzucił na wozy.

Wyprowadził ich z Krakowa — pomyślał Władek. — Liczył na okup od rodzin?

— Albert się odgrażał, że czeski król za niego zapłaci — dodał Mikołaj. — Był pewien, że go wykupią.

— Kto wezwał czeskiego króla? Czyj to był pomysł?

— Alberta, książę — odpowiedział Mikołaj. — Ale cała rada miejska go wsparła. Co do jednego.

— A ty? — Władek uniósł się z krzesła i stanął przed klęczącym mieszczaninem.

— Ja nie byłem w radzie. Ja chciałem tylko normalnie żyć.

Normalnie żyć — powtórzył w myślach Władek.

— Szubienice gotowe — zameldował Paweł Ogończyk, wchodząc do sali rady.

Władysław wskazał na Johannesa i rozkazał Mikołajowi z Zawichostu:

— Przetłumacz mu to na niemiecki. — Potem zaś odwrócił się do Lisa: — A ty, wojewodo krakowski, wezwij sędziów. Nie będę zwlekał z ukaraniem buntowników. Za udział w rebelii przeciw prawowitemu księciu śmierć na szubienicy. Za podżeganie do zdrady rozwłóczenie końmi po mieście na hańbę i przestrogę dla potomnych.

— Przyjaciołom zdrady, skrytym i zakapturzonym wrogom pokoju śmierć — powiedział cicho za jego plecami Borutka i udał wronę. — Kra, kra, kra. Krakowska zemsta.

JADWIGA wiedziała już, że Władysław wziął miasto. Wiedziała, że Bolko Opolski wyjechał z wojskiem.

— Książę pan prosi, byś dołączyła do niego z dziećmi, gdy będzie uroczyście objeżdżał Kraków — przyniósł wieści Nawój.

— Ziściło się — powiedziała z ulgą i podziękowała Bogu za opiekę.

— Stasiu! — zawołała na dwórkę. — Ubieraj maluchy! Elżuniu?! Gdzie Elżbieta i Władek?

— Byli tu — bezradnie okręciła się Bogoriówna, rozkładając ręce. — Biegali, bawili się w oblężenie i we „fru, do Opola".

— Dobrze, że już po wszystkim — zaśmiała się Jadwiga. — Trzeba ich wziąć w karby. Władzio to jeszcze, ale Elżunia musi zaprzestać takich zabaw, to nie przystoi księżniczce. Anno! — zawołała siostrę Stanisławy. — Proszę, poszukaj starszych dzieci. Książę czeka na nas w Krakowie.

— Tak jest, pani — skłoniła się Anna i zagarniając służki do pomocy, ruszyła przeszukiwać zamek. Po chwili niosło się po każdym zakątku:

— Księżniczko Elżbieto! Książę Władku!

Jadwiga poszła do siebie. Dłonie jej drżały na myśl, że za chwilę połączą się z mężem, spotkają po rozłące, po wojnie, wreszcie szczęśliwie skończonej. Którą suknię nałożyć? Wybrała niebieską, czyli tę, którą miała na sobie. Nagle coś ją tknęło, że nim pojedzie do Władka, powinna uklęknąć w katedrze, pomodlić się, właśnie tam, nigdzie indziej. Zbiegła szybko, słysząc, że jeszcze ma czas, bo dwórki wciąż wołają dzieci.

— Księżniczko Elżbieto! Książę Władku!

Na dziedzińcu było pusto, więc nie musiała iść, mogła pobiec. Już miała pchnąć potężne drzwi katedry, gdy nagle usłyszała z boku, od strony rusztowań, głos córki:

— Władek, wstań! Rozkazuję, wstań!

Cofnęła się, pytając:

— Elżbieta? Gdzie jesteś?

— Rozkazuję, wstań! Mama tu idzie! No wstań, bo zaraz nas skarci!...

Coś w głosie córki sprawiło, że serce zaczęło jej bić szybciej. Jadwiga pochyliła się, przeszła pod rusztowaniem. I zamarła.

WŁADYSŁAW z grzbietu Rulki patrzył na miasto, które jak przyroda po zimie ożywało.

— Zakapturzonym wrogom pokoju śmierć! — wołali po ulicach heroldowie, a za nimi w pętach szli aresztowani mieszczanie. Umorusane dzieci biegały wokół nich, krzycząc:

— Kra, kra, kra. Krakowska zemsta!

Ratusz wciąż stał martwy i pusty, jak i murowany, wielki dom Alberta, wokół którego wciąż walały się pozostałości obozu wojsk opolskich. Drągi po namiotach, kamienie z ognisk, rozbite gliniane garnki, śmieci. Nad tym wszystkim krążyły wrony, z krakaniem walcząc o zdobycz.

W stronę cmentarza zmierzał skromny kondukt, uboga trumna, kilku żałobników.

Ale drobni kupcy znów otwierali kramy, przekupki z koszami ruszały w miasto. Rzeźnicy ćwiartowali woły i świnie, piekarze wydawali chleb, a na wozach mleczarzy kolebały się skopki z mlekiem. Za miejskim murem, wokół szubienic, wciąż gromadził się tłum ciekawskich. Nie pozwolił pochować ciał wisielców. Mają wisieć na pohańbienie wieczne, tak jak zdrada kala na zawsze. W ciżbie zobaczył Cunlę, żonę Johannesa z synem, co go widział kilkuletnim brzdącem, a teraz był podrostkiem. Rozpoznał ją, choć nie miała szat jedwabnych ani kosztownych futer.

— Książę krakowski, sandomierski, kujawski i pomorski, Władysław! — krzyczał Borutka, a ludzie rozstępowali się, robiąc mu przejście.

— Niech żyje nasz książę! — krzyczeli. — Niech żyje!

Słyszał strach w tym pozdrowieniu i wiedział, że tak być musi. Dawny Władek, ten sprzed lat, uciekłby z miasta, żeby nie patrzeć, jak kat będzie wymierzał sprawiedliwość, ale on nie mógł uciec. Musiał wziąć to na siebie i przyjąć, razem ze strachem ludzi spoglądających na niego. Z niemym wyrzutem Cunli i jej syna, teraz sieroty.

W uroczystym, a zarazem ponurym pochodzie minął szubienicę, nie zatrzymując się przy niej, i okrążywszy miasto, znów stanął pod ratuszem.

— Gdzie księżna pani? — spytał Pawła Ogończyka. — Powinna już być. Pchnij Jałbrzyka do mojej żony.

— Czekamy z rozpoczęciem? — zapytał wojewoda, patrząc na tłum.

Ciżba miejska stłoczyła się wokół, czekając, aż książę przemówi.

— Nie — odpowiedział Władysław. — Zaczynamy, a księżna do nas dołączy.

Uniósł ramię w górę i zawołał:

— Mieszkańcy Krakowa! Dwudziestu dwóch ludzi zapłaciło życiem za ciężkie grzechy. Pięciu rajców miejskich i siedemnastu mieszczan zostało przeze mnie skazanych na śmierć za zdradę i bunt. Ich majątki przechodzą na moją własność. Konfiskuję także dobra tych, których sędziowie zatrzymali w więzieniach, uwalniając jednak od najsroższych kar. Który z nich przez pięć lat po wyjściu z lochu wykaże się wiernością wobec mej osoby, odzyska majątek. Likwiduję urząd wójta na wieczną pamiątkę zdrady Alberta. Odtąd to ja będę wyznaczał rajców miejskich i żeby samowładztwo w Krakowie nie wróciło, każdy z nich, przez parę tygodni, przechodnio będzie sprawował urząd burmistrza, a potem oddawał go kolejnemu rajcy. Nad ładem w mieście zaś czuwać będzie straż z siedzibą w gródku, który kazałem wybudować na miejscu domu wrażego wójta Alberta. Tak, aby pamięć o jego zdradzie zamieniła się w umiłowanie porządku i ładu.

Patrzył na nich i widział, jak odetchnęli. Bali się, że pociągnie ich do odpowiedzialności zbiorowej. Nie, nie chciał tego. Nawet matki Heinricha i Alberta nie ukarał, bo cóż winna starowina, że synowie zdrajcy? Wybrał już nowych rajców i teraz kazał podać ich nazwiska do wiadomości.

— Henryk z Dornburga, Piotr Moritz, Wigand z Głubczyc... — wyczytywał herold, a gdy doszedł do dwóch, o których wiedziano, że byli współpracownikami Alberta przed buntem, tłum zafalował. — Henryk z Kietrza i Mikołaj z Zawichostu — dokończył herold.

— Niemieccy mieszczanie, którzy nie byli związani ze zdradą i wiernie służyli księciu, zostali przez niego wybrani do nowej rady — zawołał wojewoda. — Ale wolą księcia Władysława jest, by odtąd w księgach miejskich łacina zastąpiła język niemiecki.

Gdzie Jadwiga? — uniósł się w strzemionach Władek, ale jak okiem sięgnąć, rynek i wiodące do niego uliczki zapełniała ciżba.

Herold oznajmiał dalej:

— Podajemy też do wiadomości, że oprócz kar książę nagradza za wierność! I tak, benedyktyni z Tyńca otrzymają dochody z sołectw skonfiskowanych zbuntowanym mieszczanom. Cystersi z Jędrzejowa dostaną dwór w mieście Krakowie, który wcześniej był własnością sprzyjającego buntownikom proboszcza od Świętego Krzyża. Wierni mieszczanie z Nowego Sącza zostają zwolnieni z ceł w całej Małej Polsce, a siostry z klasztoru klarysek w Starym Sączu dostaną dochody z ceł od kupców krakowskich.

Władysław widział, że biedota miejska już znudziła się długą listą kar i przywilejów.

Nie odczują ani jednych, ani drugich — pomyślał. — Więc co ich to obchodzi? Miasto stoi jak stało, życie biegnie dalej, ot, historia.

A jednak coś się zmieniło. Poczuł to wyraźnie, gdy wreszcie ruszył z orszakiem drogą na Wawel. Dzieciarnia miejska ruszyła biegiem wzdłuż trasy przejazdu, pokrzykując:

— Książę Władysław Łokietek!

Przekupki ożyły, w ruch poszły kosze, z których radośnie raz po raz wyjmowały ciastka i chleby, zachwalając towar:

— Chlebek krakowski bez albertowego zakalca!

Potem zaś, jadąc dalej, zobaczył kukłę niesioną przez ulicznych grajków, którzy śpiewali:

— *Ja wierzyłem w szczęście zdradne, anim sądził, że upadnę!*

— To chyba ma być Albert, książę — powiedział Ogończyk, patrząc tam, gdzie on. — Łańcuch wójtowski ma na szyi.

— *By wykazać losów zdradę, ja mój przykład dla was kładę* — wykrzykiwali przyśpiewkę, a tłum podzielił się na tych, co odprowadzali księcia na zamek, i tych, co chcieli popatrzeć na psotę. Ulicznicy w mig podpalili kukłę, śpiewając:

Miałem skarby, miałem zdrowie,
byłem wójtem na Krakowie,
teraz żem skończony!
Bo nasz książę, wzrostem mały,
duchem wielki, doskonały!
Przybył, pobił i po kątach
wziął nasz książę i posprzątał,
aż trupy dyndały!

— Chwalą cię, mój panie — powiedział zadowolony Borutka. — Lud głupi nie jest. Może i nieuczony, ale swoje widział i swoje wie.

Kukła zadymiła, gawiedź skacząca wokół niej wśród radosnych pisków uformowała korowód i usiłowała przepchać się do księcia, śpiewając:

Przybył książę, wzrostem mały,
duchem wielki, doskonały!
Wójt był kłamca i oszczerca,
biskup zdrajca, przeniewierca,
książę ich poskromił!

Wreszcie z naprzeciwka, z nieprzerwanie rwącej we wszystkich kierunkach ciżby ludzkiej, wyłowił wzrokiem chorągwie swej żony i usłyszał granie rogów.

— Droga dla księżnej Jadwigi! Przejazd dla Wawelskiej Pani!

— Pan Jałbrzyk się do nas przeciska — szepnął Borutka, a Władkowi przypomniało się, że wysłał go sprzed ratusza.

— Co mi tam Jałbrzyk — uśmiechnął się i uniósł w strzemionach. — Rulka, jedziemy do mojej żony!

Mógłby ścisnąć klacz kolanami, ruszyć do Jadwigi, galopem, roztrącając ludzi. Porwać ją w ramiona, ucałować złote piegi na jej czole. Lato — pomyślał — pewnie ozdobiły jej nos i policzki. Czy Elżunia odziedziczy urodę po matce? Nagle, w jednej chwili zatęsknił za nimi wszystkimi. Małą Jadwinią, Kaziem, Władziem.

Tłum się rozstępował, robiąc przejazd jemu i jej, i ich zmierzającym ku sobie orszakom. Nie, nie mógł ruszyć galopem i porwać jej w ramiona. On był księciem, ona księżną, właśnie dawali podniesionemu z buntu miastu dowód swej władzy i majestatu.

Już ją widział, poprzedzaną małopolskim rycerstwem, które jej zostawił, z Nawojem z Morawicy za plecami. Włożyła tę niebieską suknię — zauważył. — Boże, ależ jej ładnie w niebieskim!

Jałbrzyk podjechał ku niemu, otworzył usta i zamknął. Władek machnął na niego ręką, Pomian powiedział tylko:

— Książę... — i zamilkł.

— Przejazd dla księżnej Jadwigi! — wołał herold.

— Przejazd dla księcia Władysława!

Nagle z ciżby poleciały kwiaty, pod kopyta ich koni. Rulka pociągnęła go, depcząc po barwnych płatkach. Rozstąpiły się straże przednie obu orszaków i Władysław znalazł się naprzeciw nadjeżdżającej ku niemu Jadwigi. Na siodle przed żoną siedział mały Kazimierz. Siedmioletnia Elżbieta jechała na źrebcu sama, choć za uzdę prowadził go sługa. Jadwinię trzymała w siodle Bogoriówna, dwórka.

— Księżno, żono! — zawołał. — Oto bunt stłumiony! Miasta Małej Polski wróciły pod nasze skrzydła.

— Książę, mężu! — odpowiedziała. — Zamek wawelski obroniony. Czeka na ciebie.

— Zatem weselmy się i radujmy! — krzyknął do niej, dla tłumu. — Na Wawel!

Jadwiga zawróciła konia, zrównali się i ujął jej dłoń, by pocałować.

— Gdzie Władek? — spytał, patrząc za jej plecy.

— W katedrze — odpowiedziała.

ANDRZEJ ZAREMBA zwołał rodowców do Jarocina. Kipiał gniewem:

— Przeklęci Nałęczowie! Piekielni dziedzice Szamotuł! Znaleźli się obrońcy jedności!

— To my byliśmy Strażnikami Królestwa! — wtórował mu zacietrzewiony Marcin, wojewoda gnieźnieńsko-kaliski.

— Sami jesteśmy sobie winni — zaskrzeczał starczym głosem Mikołaj Zaremba, ale szponiasty palec skierował tylko w stronę biskupa Andrzeja. — Bo my nie zrobiliśmy nic. Powiadam: nic. Knuliśmy tylko w Jarocinie, by poprzeć trzy wróble, czekając na orła. Tymczasem wróble dorosły, z trzech dziobów zrobiło się pięć i podzieliły Starszą Polskę, nie licząc się z nami. Hańba!

— Hańba — powtórzyli Zarembowie zebrani w Sercu Edmunda.

— Hańba i grzech zaniechania! — dokończył starzec. Zacharczał, zakaszlał i odpluł.

— Najpierw pomylił się biskup Andrzej — powiedział prawnuk Janka Zaremby, Olbracht. — Bo synowie Henryka okazali się nie tyle głogowskimi wróblami, co sprzedawczykami, którzy za brandenburskie srebrniki oddali prawa do Pomorza, a potem ty, wojewodo Marcinie — oskarżycielski palec Olbrachta skierował się w inną stronę. — Tyś powiedział, że co Zarembowie ustalą, podejmą inne rody. Myliłeś się, a twa pomyłka okryła wstydem wszystkie półlwy za murem. Trzeba było położyć ich rządom kres już po poniżającym akcie berlińskim. To był znak, jacy z nich będą panowie, i ten znak należało zauważyć.

Andrzej Zaremba na chwilę odetchnął. Niech teraz broni się wojewoda, a on może zdąży szybko zebrać myśli. Stało się źle. Więcej: paskudnie.

Młodsi książęta właśnie doszli do lat sprawnych i wymusili na księżnej wdowie kolejny podział ziem. Tym razem nie między trzech, ale pięciu synów. Starsza Polska pękła na pół i to po stokroć gorzej, niż ongiś podzielił ją stary Głogowczyk z Łokietkiem w Krzywiniu. Wtedy dwaj Piastowicze przecięli ziemię na poznańską i kaliską, ale każdy z nich chapnął po części. A teraz wróble głogowskie nie tylko, że poszły po tamtej linii podziału, to jeszcze przyłączyły Starszą Polskę do swoich księstewek śląskich. I tak, ziemię poznańską zszyto z żagańską i dano w rządy najstarszemu z nich Henrykowi do spółki z Janem i Przemkiem. A ziemię kaliską doczepiono do oleśnickiej i namysłowskiej, by rządzili nią Bolesław i Konrad.

Hańba. Jakby portki zszyć z połową kaftana. Zgroza. Żadne z książąt ani wdowa nie zapytali o zdanie rycerstwa Starszej Polski. Otoczyli się niemieckimi doradcami, notariuszami, mieszczanami i to nie jakąś elitą, siłą, nie! Synowie odsunęli doradców i towarzyszy ojca, wzięli sobie nowych, a ci nagadali im do uszu to, co zawsze szepczą ludzie pragnący dostać się do książęcego stołu: dzielić, rozdrabniać, mnożyć. Im mniejszy dwór książątka, tym łatwiej takim gołodupcom przysunąć się do władcy.

Andrzej Zaremba czuł gorzki smak porażki. Wypominają mu, że on stał murem za starym księciem Henrykiem, ale przy dzisiejszych wyczynach potomków Głogowczyka ojciec wydaje się opoką, skałą i potęgą. Marne pocieszenie. Głogowczyk w grobie, a władza w rękach jego synów. Gówniarze świętą Starszą Polskę podzielili, pokroili i rozszarpali, psiamać. Dlaczego jabłko musi padać tak daleko od jabłoni?!

I jeszcze ci Nałęczowie, co za broń chwycili na wieść o zdradzieckim podziale. Dobrogost z Szamotuł zwany Małym, krewny dzisiejszego wojewody poznańskiego, też Dobrogosta, tyle że z Dzwonowa i zwanego Dużym, syn kasztelana Nałęcza z czasów króla Przemysła. Zwołał rodowców i wiedzeni szałem za podział Starszej Polski ruszyli na Głogowczyków. Wróble pochowały się za plecami matki; wysłały przeciw Nałęczom wojska pod wodzą Bibersteina. Starli się pod Kłeckiem i co? I Nałęczowie rozgromili najemników głogowskich. Wojewoda Dobrogost Duży chodzi teraz po Poznaniu w chwale, choć pobił Bibersteina Dobrogost Mały, ale co tam! Nałęcz to Nałęcz.

— ...i tylko patrzeć, jak świat usłyszy, że Starsza Polska stoi nie Zarembami, a Nałęczami! — perorował stary Mikołaj. — Do czego to doszło? Strażnicy niepodzielności Królestwa spali, gdy Nałęczowie brali odwet na głogowskich.

— Poczekajcie! — przerwał gromkim głosem Andrzej Zaremba. — Jeszcze świat się nie zawalił. Pokonali ich? Prawda, pokonali. Ale co z tego wynikło? Nic. Bitwa była miesiąc temu i co, zmieniło się coś? Nie. Cisza.

— Jeszcze możemy wziąć sprawy w swoje ręce — wsparł go wojewoda kalisko-gnieźnieński. — Owszem, źle się stało, że nie my pierwsi zareagowaliśmy na ten poniżający podział naszego księstwa, ale z bitwy pod Kłeckiem, jak słusznie powiedział Andrzej, nic więcej nie wyniknęło. Młody Henryk wraz z braćmi ani dnia nie sprawował władzy w Poznaniu. Zaszył się w Żaganiu, nogi w Starszej Polsce nie postawił. Dlaczego? Wie, że jest tu źle widziany. Wie, że go nie kochamy. To samo u mnie, w Kaliszu. Ani Bolesława, ani Konrada nie uświadczy. W Oleśnicy siedzą. Przekujmy, co się da, na sukces.

Biskup Andrzej spojrzał po uciszonych nagle rodowcach i podjął po wojewodzie kucie żelaza, póki gorące.

— Tak, bracia Zarembowie! Marcin dobrze mówi! Książąt nie ma w Starszej Polsce, na ręce nikt nam nie patrzy. Ruszmy w księstwo, od miasta do miasteczka, od wsi do przysiółka, i szukajmy stronników dla naszej sprawy. Niech się po kraju rozniesie: Zarembowie prym wiodą w szukaniu zgody.

— Zgody? — skrzeknął Mikołaj. — Jakiej zgody?

— Oj, tak się mówi — machnął ręką Andrzej. — Żeby nie gadano „pierwsi do rządzenia". Cel mamy wiadomy: zrzucić władzę głogowską. Usunąć ich niemieckich popleczników z urzędów.

— Jeden już to zrobił — odezwał się poważnie Olbracht. — Co? Nie słyszeliście, że Łokietek rozgromił w Małej Polsce niemieckie mieszczaństwo? Bunt krwawo stłumił, wisielcy na szubienicach dyndają.

— Powiem wam, co w Małej Polsce śpiewają! — zawołał Wit, zarządca jarocińskiej twierdzy. — Słuchajcie!

Przybył książę, wzrostem mały,
duchem wielki, doskonały!
Wójt był kłamca i oszczerca,
biskup zdrajca, przeniewierca,
książę ich poskromił!

— Przestań — zganił go Andrzej Zaremba. Nienawidził słuchać o książętach, co poskramiają biskupów. — U nas nie z mieszczaństwem kłopot, a z pięcioma książętami, co niepodzielną ziemię pokroiły jak ciasto. I Karłem nam tu przed oczy jako przykładem nie wymachuj, bo wiesz, jak on się nam naraził.

— Owszem — zakaszlał Mikołaj. — Ale czy to nie były twoje słowa, Andrzeju, by stawiać na wróble, nim nie zjawi się orzeł?

Andrzej Zaremba dość się dzisiaj nasłuchał o swych błędach i winach; zamiast odpowiedzieć staruchowi, skinął na służbę i zawołał:

— Zjedzmy! Z pustym brzuchem ciężko radzić.

Pachołkowie zaczęli wnosić na stół dymiące misy z mięsiwem.

— Ach — westchnął Mikołaj. — Zjadłoby się bobrze ogony rudej Ochny!

— A tu trzeba się obejść smakiem — zaśmiał się Gotpold i spojrzał na Andrzeja przelotnie.

Biskup spąsowiał. Psiakrew, czyżby się rozniosło, że mu gospodyni kosza dała? Być nie może. Popatrzył po zebranych, ale wszyscy wzięli się do jedzenia, jakby nigdy nic.

Przysunął się do wojewody i szepnął:

— Z Ochną się widziałem.

— I co? — spytał Marcin, nie przerywając jedzenia. — Nająłeś ją do pracy?

Biskup na chwilę uniósł głowę, bo usłyszał szept z końca stołu:

— ...prawda, Sędziwój był tak samo na króla Przemysła zawzięty jak teraz Andrzej na Łokietka. Tyle że wtedy był z nami Michał Zaremba...

— Chorąży króla umiał honoru rodu obronić, gdy rozum opuścił starych Zarembów...

Psiakrew — zagotowało się w Andrzeju. — Przy moim stole wspominają tego wyrzutka?

— Nająłeś ją, pytam? — głośniej powtórzył Marcin Zaremba.

— Nie. — Andrzej w lekceważące machnięcie ręką włożył wiele wysiłku. — Na Brzostków to ona może i była zdatna, ale na siedzibę biskupa poznańskiego się nie nada. Ja o czym innym.

— Mów — z pełnymi ustami skinął wojewoda.

To ja jestem głową rodu — zagotowało się w Andrzeju na takie lekceważenie. Opamiętał się szybko i wytłumaczył rodowca — on wojewoda, nawykły do posłuchu. Zapomniał się i tyle.

Marcin otarł usta wierzchem dłoni, odrzucił ogryzioną kość i dodał:

— Mów, co chcesz, Andrzeju, ale ta ruda potrafiła mięso upiec jak nikt po niej. Co ci tam ciekawego powiedziała?

Biskup zbliżył usta do ucha Marcina i szepnął:

— Że po Sędziwoju został złoty smok.

Wojewoda poczerwieniał i zakrztusił się. Andrzej walnął go między łopatki.

— Dziękuję — odetchnął. — Złoty smok?! Co ona miała na myśli?

— Nie wiem — pokręcił głową biskup. — To wiejska baba, więc też zdumiały mnie jej słowa.

— Nie mogłeś Ochny przycisnąć?

Przycisnąłem, ale się odwinęła — kwaśno pomyślał Andrzej, a na głos powiedział:

— Ja myślę, że ty powinieneś do niej pojechać, Marcinie. Jako syn Sędziwoja szybciej skłonisz ją do gadania.

— Może — skinął głową Marcin i pokazał słudze, że obaj mają puste kielichy.

Nalano im i stuknęli się nimi na boku. Upili łyk i Marcin Zaremba spoważniał nagle.

— Wiem, jak ją namówić do wyjawienia, co wie. Ale nie wiem, czy po tym, co usłyszymy, nie będzie trzeba jej na wieki uciszyć.

WŁADYSŁAW klęczał przed marami z ciałem najstarszego syna i płakał. Władek junior wyglądał, jakby spał, a jego twarz wciąż miała ten naburmuszony wyraz, co zawsze. Tyle tylko, że jego syn nie spał. On nie żył.

— Uciekli z zamku. Bawili się z Elżunią w oblężenie Wawelu na rusztowaniach katedry. Wdrapał się na wyższy podest, potknął o kadź po zaprawie murarskiej i spadł na ziemię. Elżunia powiedziała, że tylko raz jęknął. Gdy ich znalazłam, już nie żył, ale był jeszcze ciepły, myślałam, że udaje, że chce mnie nabrać — Jadwiga stała za nim i mówiłam tonem bezbarwnym i cichym. — Mężu, Kraków zabiera nam synów. Za każde otwarcie bram zapłaciliśmy ich życiem. Najpierw Stefan, teraz Władek.

— Kraków nigdy już przeciw nam nie powstanie — powiedział i ciężko uniósł się z kolan.

— Został nam ostatni syn — wyszeptała. — Już nie mamy czym płacić za Kraków. Ta danina mnie przerosła, Władku.

Odwrócił się do niej i przycisnął Jadwigę do piersi. I płakał tak długo, aż i ona zaczęła szlochać. Przez głowę przechodziły mu straszne myśli, że śmierć Władka to sprawa Muskaty. Że biskup maczał w tym palce, bo katedra jest jego kościołem. Wiedział, że to bzdura, że to pułapka zrozpaczonego umysłu. To on, nie Muskata, odbudowywał katedrę wawelską po pożarze z czasów oblężenia. Z czasów śmierci Stefana. Tak, Jadwiga miała rację. Dwa razy Kraków poddawał się ich władzy i dwa razy stracili synów.

Na głos powiedział co innego:

— Bóg daje, Bóg odbiera. Pochowamy go przy bracie, u franciszkanów.

Jadwiga wciąż łkała, nim też wstrząsnęła kolejna fala rozpaczy. Trwali tak, sam nie wie jak długo. Wreszcie diakoni weszli do katedry i otoczywszy mary Władka, zaczęli śpiewać psalm.

— *Hedvige hercegnő* — usłyszeli i odwrócili się.

Za ich plecami stali trzej synowie Amadeja Aby. Ci, których też żałoba dotknęła ponad miarę.

— Na nas czas — powiedzieli bliźniacy, Omode i Ulászló.

— Przyszliśmy się pożegnać, książę, księżno — przyklęknął przed marami Janos.

Jadwiga ucałowała ich czoła, Władek uścisnął im prawice, mówiąc:

— Żegnajcie, moi synowie. I pamiętajcie: nasz dom jest już waszym domem. Z Bogiem!

— Z Bogiem — odpowiedzieli i wyszli z katedry.

Wieczorem na zamku wyprawiono ucztę, co miała być tryumfalną, a stała się żałobną.

— Co z Muskatą? — spytał Władek.

— Pawelec, mój cichy człowiek, mówi, że znów obwarował się w Lipowcu — powiedział Ogończyk.

— Na pomoc biskupa wrocławskiego nie ma co liczyć — powiedział Jarost, kustosz krakowski. — Henryk z Wierzbna został przez papieża dyscyplinarnie wezwany do Awinionu. Mówi się, że prędko nie wróci, więc biskup Muskata stracił najważniejszego sprzymierzeńca.

— Gdyby nie on stał za buntem mieszczan, wróciłby do miasta — dodał Klemens, wikariusz krakowski.

— Nie chcę go znać — twardo oświadczył Władek. — Niech siedzi w swoim zamku.

— Ale książę — zaprotestował wikariusz. — Ponoć tam można bronić się rok, dwa, a może i dłużej!

— Tyle że to nie Kraków — odpowiedział Władysław. — To tylko Lipowiec. Niedostępny, niezdobyty i co z tego? Równie dobrze mógłby wystawić sobie pałac w lesie i ogłosić się tam papieżem. W Lipowcu nie ma żadnej władzy i żadnych wpływów, a jak marne są te w Pradze, już się przekonał — dodał nieustępliwie. — Czesi mu z pomocą nie przyszli.

— Król Jan chciał — powiedziała Jadwiga. — Królowa Eliška jeszcze bardziej, bo traktuje polską koronę jak dziedziczną, po ojcu.

— To co się takiego stało, że się nie ruszyli? — spytał gniewnie.

— Baronowie Czech się zbuntowali — odpowiedziała jego żona.

— Przeciw królowi?

— Nie, mężu. Przeciw wyprawie na Królestwo Polskie. Kazali Janowi przysiąc, że nie będzie ich ciągał na wojny poza granice inne niż obronne.

— Bogu dzięki! — przeżegnał się Władek. — I panom czeskim!

— Nie tylko im — odpowiedziała jego żona.

RIKISSA i Henryk z Lipy jechali konno leśnym traktem wzdłuż rzeki Orlicy. Słońce prześwietlało przepyszny drzewostan, rozpraszając wśród gałęzi starych buków zielone promienie. Miękki mech kładł się kobiercem między korzeniami drzew, niczym aksamitne okrycie łoża. Letni upał powoli ustępował pierwszym podmuchom wieczornego chłodu. Od strony rzeki nawoływało się wodne ptactwo.

— Przed zachodem słońca dojedziemy na miejsce — powiedział Henryk.

— Dobrze mieć myśliwski dwór i nie musieć polować, by się w nim zatrzymać — odpowiedziała i znów jechali w milczeniu.

Lis przemknął przez drogę, przymierzając się do wieczornych łowów. Gdzieś w gałęziach drzew zakwiliło ptaszę.

— Dziękuję ci — powiedziała po długiej chwili.

— Nie ma za co — odrzekł.

Słońce zniżyło się i ostre promienie zachodu świeciły im prosto w oczy. Klacz Rikissy parsknęła i wstrząsnęła łbem. Ogier Henryka odpowiedział jej rżeniem.

— To było zgodne z naszą wolą — odezwał się po pewnym czasie. — Już dość wojen poza granicami. Ostatnie lata Václava, jego zabiegi o tron polski, potem węgierski, za dużo tego. Wojny z Habsburgami, z Karyntczykiem, wystarczy krwi czeskiej. Szukaliśmy króla nie dla wojen, ale dla pokoju, nie dla siebie, a dla Królestwa Czeskiego. — Roześmiał się. — Przepraszam, zabrzmiało górnolotnie.

— Jak go znajdujesz? — spytała, mając na myśli Jana.

Henryk z Lipy westchnął.

— Wciąż jest młody — wymijająco odpowiedział Henryk. — Choć szesnaście lat to dla władcy lepiej niż czternaście.

Nieznacznie zwróciła głowę w jego stronę. Patrzyła na profil pana z Lipy. Na ciemne włosy spadające puklami na ramiona, mocny zarys szczęki.

Król Jan jest młodszy od jego starszych dzieci — pomyślała.

— Henryk ma kłopot, by traktować go poważnie.

— Miałem nadzieję, że dużo chętniej będzie się uczył — ciągnął. — Król musi poznać i pokochać kraj, którym ma władać. Tymczasem Jana bardziej ciekawi, co dzieje się w świecie niż w Pradze. Języka nawet nie chce się uczyć, mówi, że wystarczy mu niemiecki.

— Nie dziw się — wzięła w obronę młodego króla. — Jego ojciec właśnie został cesarzem. Po stu latach sięgnął po godność niemal zapomnianą. Wkroczył do Rzymu i koronował się przy aprobacie papieża Klemensa.

— I wściekłości króla Francji, Filipa — zaśmiał się Henryk. — Rozumiem, że to wielka rzecz, odnowienie cesarstwa, ale to się dzieje hen, tam. A w Czechach jeden kłopot goni kolejny. W dodatku Jan otoczył się przywiezionymi doradcami...

— Dostał ich od ojca, jak żona posag — zaśmiała się Rikissa.

— Żona to inna sprawa — sposępniał Henryk. — Eliška kocha władzę. Pławi się w niej. Uważa, że wie najlepiej, co dobre dla kraju, i usiłuje sterować Janem.

— Powinieneś mu współczuć — powiedziała. — Doradcy ojca, doradcy żony, sama żona i szesnastoletni chłopak pomiędzy nimi. Jest zniewieściały? — spytała ciekawie.

— Nie — zaprzeczył Henryk. — Rycerski, ale inaczej niż Czesi. Elegancki, dworny, kocha poezję, pieśni, taniec, ale jeszcze bardziej lubuje się w walce. Ćwiczy codziennie; miecz, kopię, jazdę konną, walkę. Lubi dobrą broń, zagraniczne pancerze. O budowie napierśnika mógłby mówić godzinami i kłócić się na śmierć, życie i obrazę honoru o technikę jazdy turniejowej.

— Ucieka — powiedziała Rikissa. — Przed światem, który jest mu przeznaczony, umyka w świat rycerskiej przygody.

— Gdyby jeszcze rządy w Czechach zostawił nam! — zaśmiał się szczerze Henryk, a potem spoważniał w jednej chwili, dodając: — Rikisso, jeśli Luksemburczyk powtórzy błędy Habsburga, nie utrzyma się na naszym tronie.

— To jeden z powodów, dla których nie stanęłam do gry o koronę — odpowiedziała powoli, nie patrząc na niego, tylko na pasmo światła drżące na drodze.

— Są inne? — spytał, zatrzymując konia.

— Są i znasz je — odpowiedziała, jadąc dalej i nie odwracając się.

Ruszył i po chwili znów jechali bok w bok. Milczeli długo; Rikissa nie potrzebowała rozmowy, cieszyła się tym wyjazdem, letnim dniem, a teraz wieczorem. Wcześniej polowaniem, w którym łowcami nie byli ludzie, lecz sokoły; radował ją spokój, las przenicowany słońcem, wizja noclegu w myśliwskim dworze, który należał do jej dóbr hradeckich, a w którym jeszcze nie była.

— Dlaczego nie ma z tobą Michała Zaremby? — spytał Henryk po długiej chwili.

— Wyjechał.

— Na zawsze?

Uśmiechnęła się w duchu. Henryk z Lipy nie umiał ukryć niechęci wobec jej rycerza.

— Rodzina wezwała go na ważną naradę — odrzekła. — Wróci.

— Ach tak — odpowiedział Henryk z Lipy i nie odzywał się, aż dojechali na miejsce.

Dwór był malowniczo położony, na niewielkim wyniesieniu nad

Orlicą. Hradeccy ludzie Rikissy przygotowali go na pobyt królowej i jej gości, więc gdy Rikissa z Henrykiem i orszakiem zajechali na podwórzec, zaroiło się od służby gotowej przyjąć podróżnych i konie.

— Przejdźmy się przed wieczerzą — zaproponował Henryk i poprowadził ją przez zarośla w kierunku nadrzecznej skarpy.

Rikissę bawiło, iż odwiedza swoje własne dobra, a on odruchowo przejmuje rolę gospodarza.

— Byłeś już tutaj — stwierdziła, nie spytała, patrząc, jak wybiera ścieżki.

— Tak — odpowiedział, odchylając przed nią gałąź kolczastego krzewu.

— Kiedy?

— Przed laty.

— Powiedz — nacisnęła.

— Gdy Václav II był królem, kazał się raz tu przywieźć. Towarzyszyłem mu.

— Spotykał się tutaj ze swymi kochankami? — spytała, czując, czego Henryk z Lipy nie chce powiedzieć wprost.

— Nie, pani. Chciał zobaczyć, gdzie jego matka, królowa Kunegundis, spotykała się z Zawiszą z Falkenštejnu — zmieszał się, odpowiadając. — Tędy, proszę — osłonił ją przed krzewami, które chciały zahaczyć jej suknię.

Przeszła lekko i odwróciła do niego głowę.

— Nie zawstydzasz mnie. Wiedziałam o romansie królowej i jej rycerza. Zresztą, któż w Czechach nie wiedział.

— Wzięli ślub — burknął Henryk. — Zamienili romans w małżeństwo. Zawisza kochał królową na długo przed śmiercią króla.

— A ona jego? — spytała ciekawie.

— Mówią, że tak. Że byli ze sobą już za życia Premysla. Zawisza stracił dla niej głowę.

— Masz na myśli miłość czy to, że mój mściwy mąż kazał go ściąć?

Zatrzymał się przed krzakami zagradzającymi ścieżkę i warknął gniewnie:

— Zarosło wszystko. Dawno nikt tędy nie chodził.

— Kolejne królowe nie zdążyły skorzystać z uroków swych dóbr oprawnych — odpowiedziała, zręcznie omijając krzew. — Kunegundis zmarła szybko, Guta w dniu koronacji, a potem już nastał mój czas. Ach! — westchnęła, wychodząc na odkrytą skarpę. — Ależ widok!

Myślisz, Henryku, że warto było owdowieć, by zobaczyć taki zachód słońca nad Orlicą?

Milczał. Purpurowa kula słońca zachodziła szybko, jakby chciała po upalnym dniu skąpać się w wodach rzeki. Te zaczerwieniły się od promieni, ale gdy połknęły słońce, zaczęły blaknąć.

— Za chwilę będzie ciemno — powiedział za jej plecami Henryk.

— Wiem.

— Powinniśmy wracać — dodał cicho.

— Wiesz, dlaczego cieszę się, że nie jestem już żoną żadnego króla? — spytała, nie odwracając się do niego i odpowiedziała mu jednocześnie: — Bo słowo „powinność" przestało mnie dusić.

Gdzieś w zaroślach u stóp skarpy krzyknął ptak.

— Zaraz zapadnie noc — powiedział.

Usłyszała jego oddech za sobą.

— Boisz się, że nie znajdziemy powrotnej drogi? — spytała.

— Obawiam się, że wchodzimy na taką, która nie jest bezpieczną — szepnął z ustami tuż przy jej głowie. Poczuła ciepło jego oddechu.

— Nie zauważyłeś, że jesteśmy na niej od dawna? — spytała, robiąc krok w tył.

Przylgnęła do niego plecami. Zamarł.

— My? — spytał zaskoczony. — Myślałem, że tylko ja…

Wyciągnęła rękę do tyłu, szukając jego dłoni. Złapała go za palce.

— Pamiętasz, co ci powiedziałam, gdy przyjechałeś do Brandenburgii odebrać małą królewnę, narzeczoną Václava Przemyślidy?

— „Prowadź mnie drogą, którą wybrał Pan" — przypomniał co do słowa.

Puściła dłoń Henryka i odwróciła się do niego. Oczy Lipskiego lśniły w półmroku. Wyciągnęła ręce i ujęła jego twarz, mówiąc:

— Musiało minąć dwanaście lat, Henryku, żebyśmy znaleźli do siebie drogę. A jeśli Pan sprawi, iż ta, na którą wchodzimy, nie jest bezpieczna, to powiem tak: wolę odważną miłość niż bezpieczną samotność. Ja wybrałam.

— Doczekałem się ciebie? — spytał Henryk.

— Tak — odpowiedziała, całując go w usta.

JAKUB ŚWINKA arcybiskup Królestwa Polskiego w otoczeniu swych kanoników, Janisława i Gerliba, Mikuta, Adama, Andrzeja Starykonia i Jakuba de San Ginesio, wszedł do katedry gnieźnieńskiej. *Porta regia,* święte drzwi królewskie, otwarto przed nimi i za ich plecami zamknięto. Jakub uniósł pastorał i obwieścił zgromadzonym w trwodze wiernym:

— Jak ogień jest tłumiony przez wodę, tak światło ich niech zgaśnie na wieki!

Po czym Janisław i Gerlib ujęli go pod ramiona i poprowadzili przed ołtarz, przy którym w siedmioramiennym świeczniku płonęły czarne świece. Zatrzymali się przed konfesją Wojciechową. Jakub położył na ołtarzu swój pastorał i rozłożył szeroko ramiona, a Janisław i Gerlib założyli mu na plecy czarny płaszcz atłasowy.

— Niech Ojciec, Syn i Duch Święty przeklnie ich! — zawołał Jakub.

Wyciągnął dłonie ku kanonikom, a ci włożyli na nie czarne rękawice.

— Niech będą potępieni gdziekolwiek się znajdą: w domu lub na polu, na wzgórzu lub w dolinie, w wodzie lub w powietrzu. Niech Maria Panna, święty Michał, święty Jan, święci Piotr i Paweł przeklną ich! — krzyknął.

W żelaznych chwytakach świecznika zamocowanych było pięć niewielkich proporców, każdy z czarnym orłem.

San Ginesio wyjął świecę toczoną z czarnego wosku i podał arcybiskupowi. Kanonicy wzięli w dłonie mniejsze, choć równie czarne świece.

— Niech będą przeklęci jako żyjący i jako umierający, jako jedzący i jako pijący, jako łaknący i jako pragnący, jako śpiący i czuwający i jako broczący we krwi — obwieścił Jakub, unosząc świecę ponad głowę.

To samo uczynili kanonicy.

— Za zdradę Królestwa Polskiego! Za zdradę krwi piastowskiej! Za podział Starszej Polski Henryk, Bolesław, Konrad, Jan i Przemko, synowie Henryka Głogowskiego, niechaj będą przeklęci! Niech nie zostanie po nich nawet szelest w przestworzach.

W katedrze uświęconej koronacjami królów: Bolesławów, Mieszka, Przemysła. W świątyni męczennika Wojciecha panowała cisza niemal wiekuista.

Jakub cierpiał. Cała jego istota pragnęła błogosławić, nie przeklinać, bronić, nie karać, lecz brzemię niewidzialnej korony, od której Pan wciąż go nie uwolnił, nakazywało mu potępić w majestacie Boga tych, co zgrzeszyli przeciw świętemu Królestwu.

— Nie moja, ale Twoja wola, Panie — szeptał, wypowiadając ostatnie słowa ekskomuniki: — Niech Syn żyjącego Boga, ze wszystką chwałą majestatu swego przeklnie ich. Niech niebiosa, ze wszystką mocą, jaka się w nich porusza, powstaną przeciw nim. Tak niech się stanie. Amen.

Jako pierwszy skierował trzymaną świecę w dół. To samo zrobiło sześciu jego kanoników. Siedem knotów dotknęło się promieniście. Ogień z połączonych świec na chwilę wystrzelił słupem w górę, ale natychmiast zamarł i zgasł. Gryzący dym smużką wzniósł się pod sklepienie, a na posadzkę skapnęły grube krople czarnego wosku.

— Boże Święty! — pisnęła jakaś kobiecina z głębi świątyni. — Patrzajcie! Z głogowskich orłów zostały ino pióra!

Jakub odwrócił głowę. W chwytakach świecznika wisiały czarne, ale teraz puste chorągwie. Orły zniknęły, a kilka piór, wirując, spadało na katedralną posadzkę.

ANDRZEJ ZAREMBA wiedział, że to, czego się podjął, jest ryzykowną grą, ale właśnie nastały dni ryzyka. Zbyt wiele lat czekał, by stać się głową rodu, a gdy to nastąpiło, przespał swój czas i Zarembowie to wiedzą. Wypominają mu na każdym rodowym wiecu, nawet jeśli nie wprost, to między zdaniami. Wciąż porównują go do legendy rodu Janka Zaremby, do wojewody Beniamina, do Sędziwoja i nieustannie wypada na tle tych porównań źle. Ostatnio usłyszał, jak ktoś szepce o Michale, dawnym chorążym króla, zdrajcy rodu, o zgrozo! Tak, wpadło mu w ucho zdanie nie przeznaczone dla niego: „Lepiej by było, gdyby rodem rządził Michał". To był cios. Umieli chorążemu wybaczyć zdradę Zarembów i powierzyć los rodu, bo w ich oczach był rycerzem niezłomnym, który nigdy nie złamał przysiąg. Wreszcie jego jedyny sojusznik, wojewoda kalisko-gnieźnieński Marcin, też zaczął się zachowywać jak udzielny pan. Ośmielił się wydawać biskupowi polecenia! Nie, Andrzej za długo tkwił w tej grze, by nie zrozumiał, że na jego pozycję zaczyna czyhać zbyt wiele pionów.

Po ostatnim spotkaniu w Jarocinie zapomniał o dumie i ruszył w kraj. Od dworu, do dworu, jak pielgrzym. Tłumaczył, namawiał, przekonywał. I miesiące pracy przyniosły owoce, znów zaczęto mówić o nim „nasz biskup" i „pasterz poznański". Andrzej chciał więcej i wiedział, że teraz albo nigdy. Musi złapać tę chwilę i dać z siebie wszystko, ustąpić nawet, pokazać, że jest gotów do osobistych wyrzeczeń dla dobra Królestwa, bo takim ludzie pragnęli go widzieć. Nie da się wiecznie udawać, zrozumiał to. Nie może siedzieć w zbytku Ostrowa Tumskiego, wśród tablic z piaskowca, rytych w kamieniu imion biskupów Poznania.

Musi wyjść. Pokazać się ludziom w działaniu, tak jak latami robił to Jakub Świnka.

Starsza Polska fermentowała niczym młode piwo w kadzi; była gotowa do walki z synami Głogowa, a on był jej pasterzem i jako jedyny nadawał się, by stanąć na czele księstwa i poprowadzić je w bój.

I oto stało się. Dla dobra kraju wyrzekł się własnych korzyści. Wyrzekł się należnych mu dziesięcin na rzecz złowrogiego Waldemara Askańczyka, margrabiego Brandenburgii. Obiecał czerwonemu orłowi, że odda mu dochód z nadnoteckich części diecezji poznańskiej, które margrabia zajął po śmierci Przemysła. Ceną za te niebłahe dla nikogo srebro była bezczynność margrabiego. Tak, Andrzej Zaremba, z własnej kiesy, zapłacił Askańczykowi za to, by ten palcem nie kiwnął, gdy rycerstwo Starszej Polski ruszy, żeby zgnieść dziedziców Głogowa. By nie wsparł ich ani radą, ani pieniądzem, ani wojskiem. Niczym.

A po wszystkim biskup wrócił do Poznania, zapalił świece z czarnego wosku i tak jak Jakub Świnka, synów Henryka wyklął.

MICHAŁ ZAREMBA jechał na spotkanie z Marcinem Zarembą, wojewodą kalisko-gnieźnieńskim, pełen sprzecznych myśli. Gdyby zaprosił go biskup Andrzej, odmówiłby krótko i bez skrupułów. Jednak wobec Marcina odczuwał coś w rodzaju wyrzutów sumienia, w końcu Marcin był synem Sędziwoja, a Michał w głębi duszy wiedział, że przyczynił się do jego śmierci. Tak więc, gdy wojewoda przysłał do Hradca umyślnego z prośbą o spotkanie w Gnieźnie, Michał wściekał się chwilę, potem boczył, a na końcu, widząc, iż hradeckie wojsko jest wierne, sprawne i oddane Rikissie bez reszty, dostał zgodę swej pani na wyjazd i ruszył.

Lato sprzyjało podróży; on i jego Zarembowie jechali szybko, zatrzymując się tylko na konieczne popasy. Gospody przy trakcie były pełne kupców, którzy ruszyli na szlaki na wieść, że w Czechach już bezpiecznie. Droga, którą Michał podążał do Królestwa, była odnogą starego Bursztynowego Szlaku, ale jak powiedzieli kupcy:

— Odkąd Krzyżacy zajęli Pomorze, skończył się dochodowy handel jantarem. Żelaźni Bracia położyli łapę na bałtyckim złocie i kto chce go powąchać, musi dostać glejt od komtura. Nie opłaca się.

Spotykali i wędrowców z Królestwa Polskiego, którym znów interesy odżyły, odkąd w Małej Polsce zapanował spokój. Od nich usłyszeli „krakowską śpiewkę":

Mały Książę, wielki miecz,
siec nim będzie, gonić precz!
Każdego poskromi.
Książę Mały, sława wielka,
niestraszna mu poniewierka.
Bunt Alberta zdusił.

— A to sobie musi pluć w brodę biskup Andrzej Zaremba — powiedział Sowiec.

— Dlaczego? — udał, że nie wie, Michał.

— Bo biskup czuły na punkcie swej sławy, a on zawsze był pierwszym wrogiem Łokietka — odpowiedział jasnowłosy.

— On jest wrogiem każdego silnego władcy — wyrwało się Michałowi.

Sowiec usłyszał, ale nic nie powiedział. Zresztą zbierali się już z gospody.

— Uważajcie na przełęczy! — ostrzegł ich karczmarz. — Ponoć po południowej stronie Polskich Wrót można spotkać zbójeckie bandy.

— Z Bogiem! — odpowiedział Sowiec, a Michał pomyślał, że słyszy to za każdym razem, gdy przekracza Góry Orlickie. Przełęcz zwana Polskimi Wrotami była szeroka i rozległa, tam rzadko dochodziło do rozbojów. Za to uzbrojeni rabusie chętnie zaczajali się na podróżnych w lasach spory kawał przed przełęczą.

— Z Bogiem! — pożegnał ich karczmarz, a gdy już wskoczyli na siodła, dorzucił: — Mówią, że znów widziano bandę Dzikiej Gęby i Cherubinów Honzy. Uważajcie na siebie, panowie hradeckiej królowej! A jak będziecie wracali, złóżcie ukłony swej pani! Powiedzcie, że Morawy rozkwitły, odkąd tu zamieszkała!

— O ile nas Cherubini Honzy oszczędzą! — zaśmiał się Michał i wyjechali z podwórca karczmy. — Kto wymyśla im nazwy?

— Sami je sobie nadają — odpowiedział Sowiec.

— Chciałbym ich zobaczyć — mruknął Michał.

Sowiec wysforował się przed oddział, rozpędził klacz do galopu i po chwili został za nim tylko tuman kurzu przed zakrętem traktu. Trwało to ledwie chwilę, pył nie zdążył opaść, gdy Sowiec wypadł zza zakrętu z krzykiem:

— Powiedziałeś w złą godzinę, panie! — Podjechał do nich na spienionym koniu. — Sześciu ludzi oprawia jakichś podróżnych. Jak się pospieszymy, możemy komuś uratować życie!

— Na nich! — krzyknął Michał i Zarembowie ruszyli z kopyta, wyjmując broń.

Dla jego dwunastu ludzi osaczenie sześciu raubritterów nie było trudne. Sowiec ustrzelił dwóch z kuszy, a pozostali, widząc, iż jest ich połowę mniej, po prostu uciekli w las, zostawiając rannych na łasce Michała.

— Dzięki ci, panie! — krzyknął po polsku jeden z podróżnych.

— Kogo uratowaliśmy? — spytał Michał, przyglądając im się.

Dwóch mężczyzn w znoszonym odzieniu sprawiało dziwne wrażenie. Zbyt biedni na kupców, ale ich ubranie, nawet zniszczone, było zbyt dobre jak na prostych ludzi. Jeden wyglądał na mniej niż czterdzieści lat, choć zapewne postarzała go długa broda, drugi zaś, ogolony, ale długowłosy, wyglądał na trzydzieści, nie więcej.

— Pielgrzymów — odpowiedział ten starszy, brodaty.

— Ukradli wam konie? — spytał Michał, objeżdżając ich.

— Nie. Podróżujemy piechotą.

Dziwne — pomyślał. — Bo buty macie do konnej jazdy.

— Komu zawdzięczamy życie? — spytał brodacz.

— Michałowi Zarembie, rycerzowi hradeckiej królowej.

Twarz mężczyzny ściągnęła się, jakby zastanawiał się nad czymś. Jego powieki zadrgały.

— Zaremba? — powtórzył. — Michał Zaremba? Tak kiedyś zwał się chorąży króla.

— To ja.

— A kim jest hradecka królowa? — zapytał podróżny, marszcząc krzaczaste brwi.

— Coś ty, niedźwiedź, który zbudził się z zimowego snu? — zaśmiał się Sowiec obszukujący trupy zbójów.

— W jakimś sensie — potaknął głową podróżny. — Tak, zbudziłem się ze snu, który trwał niemal osiem lat.

— Pełne osiem — poprawił go ten młodszy i zwróciwszy twarz do Michała, powtórzył: — Osiem lat byliśmy w niewoli.

Brodacz syknął na towarzysza, najwyraźniej nie życzył sobie mówienia o niewoli.

— Hradecka królowa to Rikissa, córka króla Przemysła — powiedział Michał, wpatrując się w twarz mężczyzny.

Tak, drgnęła, więc brodacz musiał znać i królową. Jak go skłonić, by wyjawił, kim jest?

— Mamy dwa wolne konie — rzucił Michał. — Zdobyte na

waszych dręczycielach. I jedziemy do Starszej Polski. Możemy wziąć was pod swoje skrzydła, ale musimy wiedzieć, kogo przyjmujemy.

Młodszy z mężczyzn chwycił starszego za rękaw i pochylił się do jego ucha. Szeptał chwilę. Brodacz odsunął go od siebie.

— Jestem Leszek Kazimierzowic, książę inowrocławski. A to Patko, mój giermek.

Michała zatkało z wrażenia. Zeskoczył z konia i pokłonił się żebraczemu księciu.

— Co robisz, panie, sam z giermkiem na trakcie? — spytał.

— Wracam do domu — odpowiedział brodacz. — Z niewoli czeskiej.

— Kto cię więził? Dlaczego cię nie wykupiono?

— Nie znam odpowiedzi — powoli odrzekł książę Leszek. — Złapali nas ludzie Václava, trzymali w lochu i raz na jakiś czas przewozili z zamku do zamku, za każdym razem zawiązując nam oczy i zakazując komukolwiek odzywać się do nas. Wiem, że trzymali mnie w Pradze, a wywieźli tuż przed tym, jak królowa Rikissa urodziła dziecko. Tyle udało nam się podsłuchać z rozmów straży. Potem trzymano nas w Opawie, u księcia Mikołaja…

— Bękarta Przemyślidów — powiedział zdumiony Michał.

— Owszem — potwierdził książę. — Stamtąd przewieziono nas do Brna i zapomniano o nas. Gniliśmy w brneńskim lochu i tylko z dźwięku dzwonów dowiedzieliśmy się, że król Václav III nie żyje, a to znaczyło, że w międzyczasie umrzeć musiał i Václav II. Po śmierci ostatniego Przemyślidy nie wiedziano, co z nami zrobić, ale na moje prośby, by pozwolono mi wysłać Patka do moich braci i matki, odpowiadano odmownie. Byłem królewskim więźniem, choć król, który kazał mnie zniewolić, dawno nie żył, a nowy pewnie nie wiedział o moim istnieniu. W końcu przekazano nas morawskim templariuszom z zamku Tempelštejn z nakazem trzymania nas pod strażą, aż przyjdzie królewski rozkaz. Wiedziałem, że ten dzień nie nadejdzie, i z czasem udało mi się uprosić braci rycerzy o to, by loch zamienili na mnisią celę. Wreszcie któregoś dnia do komandorii dotarła wiadomość, że na soborze we francuskim Vienne papież ogłosił kasatę zakonu templariuszy i moi bracia zaczęli przygotowywać się do ucieczki. Mieli więcej serca niż ci, którzy więzili mnie przez lata, i kiedy opuszczali Tempelštejn, uwolnili mnie i Patka. Od tamtej pory wędrujemy na północ, w nadziei, że skoro wolą Boga było ocalić nas z czeskiej niewoli, to może Najwyższy pozwoli dotrzeć do domu.

— Co za historia — powiedział Michał. — Że też nie wypuszczono księcia za okupem.

— Zastanawiałem się nad tym codziennie, przez długie osiem lat — odpowiedział Leszek. — I nie znalazłem odpowiedzi.

— Powiedziano ci, panie, że Pomorze stracone? O krzyżackiej rzezi Gdańska słyszałeś? Że twoi bracia, których książę Władysław uczynił wcześniej namiestnikami pomorskimi, nie dali rady utrzymać powierzonych im grodów? O śmierci księcia Henryka, władcy Głogowa i Starszej Polski? O buncie niemieckich mieszczan przeciw twemu stryjowi w Małej Polsce i o zwycięstwie księcia Władysława nad buntownikami?

Książę Leszek nie nadążał z przyswajaniem nowin.

Wkrótce potem Michał pomógł mu wsiąść na konia i ruszyli traktem do przełęczy Polskie Wrota. Sowiec pojechał w straży przedniej, a Michał próbował opowiedzieć księciu, co się działo w obu królestwach podczas jego niewoli. Nie mógł pozbyć się wrażenia, jakby rozmawiał ze ślepcem, któremu chce się opowiedzieć kolory.

Przyglądał się księciu. Tak, broda na pewno dodawała mu lat, zwłaszcza że przetykały ją siwiejące pasma, ale poza brodą było w Leszku coś starczego. Wyblakłe oczy? Krzaczaste brwi? Bardzo delikatne dłonie? Wydawał się Michałowi kimś kruchym, choć wiedział, że książę bronił się wraz z giermkiem na trakcie wystarczająco długo, by pomoc zdążyła dotrzeć, więc nie był człowiekiem bezsilnym. Trzeciego czy czwartego dnia wspólnej podróży do Michała dotarło, że dziwność księcia tkwi w tym, iż osiem lat niewoli ukradło mu najważniejszy czas w życiu, i rację miał Sowiec, gdy nazwał go przy pierwszym spotkaniu niedźwiedziem, co budzi się ze snu. Tyle tylko, że Michał miał pewność, iż w księciu Leszku nie ma siły niedźwiedzia i być może człowiek, który zasnął młodzieńcem, choć spał ledwie osiem lat, obudził się starcem.

Jest dużo młodszy ode mnie, przynajmniej piętnaście lat — myślał Michał. — Mam pięćdziesiątkę z okładem na karku, a mimo to traktuję go jak starszego od siebie, wymagającego opieki. Czy odnajdzie się w swoim księstwie? A może jego bracia, książęta Przemko i Kazimierz, nie będą zachwyceni, że odnalazł się pierworodny? Czy szukali Leszka? Czy odetchnęli z ulgą, że jeden mniej do podziału księstwa?

Wobec tych pytań, które nasuwały się same, Michał dobrze rozumiał, gdy wjeżdżając w granice Królestwa Polskiego, książę Leszek poprosił ich:

— Zachowajmy moje imię w tajemnicy.

WALDEMAR margrabia brandenburski pędził na południe. Sytuacja wymusiła na nim zmianę planów, ale mówił sobie: to tylko na chwilę. Starsza Polska może poczekać, gdy mnie palą się południowe granice. Biskup poznański spadł mu jak podarek z nieba i choć Czerwona Pani zrzędziła, groziła i sprzeciwiała się przyjęciu tego układu, Waldemar nie posłuchał jej i obiecał Zarembie neutralność w zamian za spore wpływy z dziesięcin. Pieniądze, których potrzebował w wojnie o Landsberg i Łużyce z margrabią Miśni Friedrichem z Wettinów.

— Panie! — Do Waldemara podjechał pędem Fritz, dowódca jego straży przedniej. — Czas na zmianę koni i uzbrojenie się. Wojska Wettinów czekają w szyku za tamtym wzgórzem.

Zatrzymali się. Jona już był przy nim, pomagał zsiąść Waldemarowi z konia. Maść siarkowa uśmierzała ból w stopach, gdy jechał, ale miał kłopoty, by wyjąć je ze strzemion. Sztywniały mu.

— Ilu ich jest? — spytał Fritza, gdy Jona podawał mu kolczugę.
— Setka ciężkozbrojnych.

Waldemar roześmiał się pełną piersią.

— Zgnieciemy ich! Mamy dwakroć takie siły! — potrząsnął barkami, by kolczuga ułożyła się na plecach.

Jona podał mu czepiec, Waldemar zakładając go, obejrzał się w tył, na dojeżdżające do nich taborowe wozy. Szukał wzrokiem miodowych włosów Blute. Nie pozwalał jej jechać konno przy sobie, kazał, by podróżowała na wozie. Poprzedniej nocy, w namiocie po drodze, dała mu ognisty dowód miłości. Wciąż miał wrażenie, że jest w niej, że czuje woń skóry dziewczyny, ślinę jej pocałunków na brzuchu. Syknął. Pożądanie uderzyło go falą.

— Pas, mój panie — powiedział giermek i wstydliwie spuścił oczy, widząc oznakę podniecenia Waldemara.

Margrabia znów się odwrócił. Nie mógł jej dostrzec.

— Hans — krzyknął do przejeżdżającego. — Gdzie Blute?
— Tam — pokazał mu ręką.

Spała przykryta błamem futra, dlatego jej nie widział.

— Obudzić ją? — spytał Hans.
— Nie — zaśmiał się Waldemar. — Teraz zabawimy się z Friedrichem! Na dziewczynę przyjdzie czas po bitwie.

Jona podprowadził mu bojowego ogiera i pomógł wsiąść. Z siodła Waldemar raz jeszcze rzucił okiem na śpiącą. Przewróciła się przez sen na plecy odsłaniając pierś wyraźnie znaczącą się pod koszulą. Wystarczyło, by rozpalić Waldemara. Musiał się odwrócić.

— Formować szyk! — rozkazał. — Hans, zadbaj o wozy. Strzeżesz ich zawartości.

— Do usług, margrabio!

Waldemar ścisnął kolanami ogiera i wysforował się na czoło.

— Ławą! — zakrzyknął i zamknął przyłbicę.

Kochał bitwy w starym, niemieckim stylu. Ciężką konnicę idącą na siebie. Furkotanie chorągwi. Zgrzyt kopii uderzających w puklerze. Rżenie, a potem kwik koni. Jego ogier potrafił gryźć i kopać, ustawiał się tak, jakby od źrebaka nie robił nic innego, tylko chodził w młynie. Waldemar szukał wzrokiem Friedricha. Strącił z koni dwóch jeźdźców, widział, że Horst na prawym, a Fritz na lewym zaczynają oskrzydlanie Wettinów. Miał niemal dwukrotną przewagę i wielką ochotę, by pobić swego rywala. By pozbawić go przydomka „Freidige", „Dzielny". Dostrzegł go wreszcie, w samym środku bitewnego zgiełku.

— Naprzód! — popędził konia. — Naprzód!

Wyrzucił kopię niezdatną w takim tłoku i wyjął miecz.

— Friedrichu! — zawołał, zajeżdżając go z lewej. — Stań ze mną! Skoro chcesz być panem Łużyc, stań do walki o nie!

Friedrich, w pięknej płytowej zbroi z wspiętym lwem przeciętym pasami błękitu i bieli, ciężko odwrócił się w stronę nadjeżdżającego. Zatrzymał się na chwilę. Nie poznawał go? Uniósł przyłbicę, jakby chciał się Waldemarowi lepiej przyjrzeć. Przez ciało margrabiego przebiegł lodowaty dreszcz. Wyciągnął w górę miecz i nie zwalniając, wpadł na Friedricha i jednym uderzeniem przez bark zrzucił zaskoczonego Wettina z konia.

Po szeregach nieprzyjaciół przebiegł krzyk:

— Margrabia nie żyje!

— Friedrich pokonany!

Na ten widok będący najbliżej ludzie Wettina zaczęli rzucać miecze na ziemię. Zeskakiwali z siodeł, oddając się w niewolę. Horst już ich wyłapywał. Fritz, ze swoimi, walczył jeszcze na lewym skrzydle, ale miał tak wielką przewagę, że z oddali wydawało się, jakby czerwone orły rozdziobywały stado kurcząt. Raz po raz z siodeł spadali ranni, aż wreszcie i tam dobiegł goniec z okrzykiem: „Margrabia Friedrich pokonany!". Rycerstwo Wettina słysząc to, zaniechało walki.

— Jona! — zawołał giermka Waldemar. — Jonaaa!

Chłopak nadjechał, podniósł przyłbicę. Do twarzy przylgnęły mu spocone pasma włosów.

— Tak, panie? Czy coś ci jest?

— Nie — warknął Waldemar. — Zbliż się.

Nie chciał krzyczeć. Nie mógł pozwolić sobie na okazanie słabości, teraz, w chwili tak wielkiego zwycięstwa.

— Nie mogę rozewrzeć palców — szepnął do giermka, pokazując mu dłoń zaciśniętą na rękojeści miecza.

— Już pomagam — szybko odszepnął chłopak, zdejmując swoje rękawice. Rzucił je na ziemię.

Chwycił za palce Waldemara i syknął. Pociągnął je. Nie puszczały. Jeden po drugim odginał mu palce, aż miecz z brzękiem wypadł z dłoni margrabiego. Askańczyk odetchnął z ulgą.

— Podnieś mój miecz — powiedział, oddychając ciężko.

— Już, mój panie — odrzekł Jona.

Waldemar zobaczył w jego oczach łzy. W tej samej chwili Friedrich leżący na ziemi, między rannymi, jęknął.

— On żyje! — zdumiał się Waldemar. — Horst, postaw go na nogi — rozkazał.

Obrzucił wzrokiem pobojowisko. Jego ludzie kończyli chwytanie jeńców, ci zresztą nie bronili się, sami zdejmowali pasy z bronią. Dobra bitwa — pomyślał. — Za każdego z nich weźmiemy okup, a za Friedricha szczególnie.

Horst już pomógł rannemu margrabiemu wstać. Dumny Wettin zdjął hełm, jak przystało na pokonanego. Patrzył w oczy Waldemara.

— Czyje są Łużyce? — zapytał Askańczyk.

— Twoje — odpowiedział Friedrich. — Mów, ile żądasz za moją wolność.

— Powoli — zaśmiał się Waldemar. — Już się nigdzie nie spieszymy. Jona! — odwrócił się do giermka. — Podaj mój miecz.

Chłopak kucał i wyciągał przed siebie ręce. Poruszał palcami.

— Co jest? — zapytał zniecierpliwiony margrabia. — Miałeś mi podać miecz.

Jona uniósł głowę i spojrzał mu w oczy załzawionym spojrzeniem. A potem powoli odwrócił dłonie i pokazał ich wnętrze. Były poparzone, jakby dotknął rozpalonego żelaza. Waldemar z trwogą spojrzał na swoje dłonie. Z jego rękawic unosiła się para.

MICHAŁ ZAREMBA w drodze na spotkanie z wojewodą Marcinem postanowił zatrzymać się w Jarocinie, bo jedyna gospoda w okolicy okazała się zamknięta. Nie był tu od czasów tak dawnych, że na widok warownej wieży Sędziwoja wstrząsnęły nim wspomnienia.

— Kto idzie? — spytała straż.

— Michał Zaremba, syn Beniamina — zawołał sprzed wałów obronnych. — Z oddziałem brzostkowskich Zarembów i dwójką szlachetnych gości.

Bramy rozwarły się natychmiast i słudzy z półłwem za murem powitali go niemal jak zjawę.

— Pan Michał! — wołali, przyglądając się mu. — Pan Michał powrócił!

— To znaczy, że i dawna sława powróci!

— Znów zaczną się dni chwały!

Nie tłumaczył nikomu, że to żaden powrót, tylko spotkanie z wojewodą Marcinem przywiodło go w rodzinne strony. Zresztą cokolwiek by powiedział, byłoby na nic. Jarocińscy ludzie wiedzieli swoje.

— To dla nas dzień wyczekiwany — powiedział zarządca jarocińskiej wieży, Wit Zaremba. — Serce Edmunda się doczekało.

— Nie rozumiem — burknął Michał. — Wybacz, Wicie, dawno nie byłem w kraju.

— Nic nie szkodzi, panie Michale — odpowiedział i ściszając głos, dodał: — Czekaliśmy pana od tamtego dnia. My wiemy — mrugnął do niego. — I umiemy dochować tajemnicy. Biskup Andrzej i wojewoda Marcin od nas się niczego nie dowiedzieli. Może pan na nas polegać, jak na Sowcu i jego ludziach. Tutaj każdy im zazdrości. Tego, żeś pan ich wybrał na swych towarzyszy — dodał, widząc, iż Michał nie rozumie, o co mu chodzi. — Każden jeden z tych ludzi — wskazał na stojącą za nim jarocińską załogę i służbę — dałby się posiekać, aby panu służyć. To są wybrańcy, szczęśliwcy — popatrzył po Sowcu i jego oddziale. — Drużyna Złotego Smoka.

Jezu — dotarło do Michała. — Więc o to znów chodzi?! Ja już nie mam łusek. Od trzech lat żadna burza nie zamieniła mnie w bestię. Pocałunek królowej Rikissy zabił smoka we mnie. Jestem od tego paskudztwa wolny.

— Dobrze, Wicie — powiedział wymijająco. — Dziękuję ci za przyjęcie. Mam szlachetnego gościa ze sobą — wskazał na księcia Leszka. — Byłbyś tak dobry i znalazł dla niego godny nocleg?

— Tak, panie — powiedział Wit, nie mogąc oderwać oczu od Michała. — Czy życzysz sobie przenocować w izbie Sędziwoja?

Nie — pomyślał Michał. — To bałwochwalstwo mnie dobije. Ale na głos odpowiedział to, co pragnął usłyszeć Wit:

— Będę wdzięczny.

Rozglądał się po dziedzińcu. Wszędzie panował taki porządek, jakby pan Jarocina żył i opuścił swoją warownię tylko na chwilę.

— Chciałbym spytać o pannę Dorotę, córkę Sędziwoja — powiedział po chwili. — Nie widzę jej nigdzie.

— Panna wyjechała — odpowiedział Wit.

— Do brata? — spytał.

— Nie. Donikąd — opowiedział zarządca. — Tam, skąd się nie wraca.

— Nie rozumiem — nacisnął na niego Michał.

— Ja też — zamknął rozmowę zarządca. — Wieczerza w Sercu Edmunda za chwilę — dodał.

Dopiero gdy wszedł do tej sali, gdy zobaczył malowidło ścienne pyszniące się prawdziwym złotem, zrozumiał, że Jarocin wciąż żył legendą o złotym smoku. Starał się o tym nie myśleć i gdy książę Leszek pytał go przy posiłku, czym jest obraz na ścianie, odpowiedział wymijająco. A jednak w nocy, gdy spoczął na łożu Sędziwoja, śnił o smoku. O sobie. We śnie kroczył w gadziej postaci i lśniły na nim łuski. Znów poczuł siłę, jaką dawała bestia. Słyszał na odległość i widział to, co zakryte przed człowieczym okiem. I była z nim kochanka, której twarzy nie rozpoznał i ciała nie odgadnął. Kobieta gibka jak wąż, drapieżnica o miodowych włosach.

Obudził się. Ptaki za wąskim oknem darły się wniebogłosy, choć jeszcze nie dniało. Dotknął spoconego czoła i ze zgrozą odkrył, że znów wyrosły na nim łuski. Delikatne, wiotkie, ale wyczuwalne pod palcami. Serce zabiło mu szybkim, ogłupiałym rytmem. Przesunął dłonią po policzkach. Były szorstkie, ale wydawało się, że to dwudniowy zarost. Dopiero na piersi znalazł szczerozłote rogowe płytki.

— Boże — pomodlił się, zrywając z łóżka. — Nie chcę być bestią. Zabierz ode mnie to przekleństwo.

Odnalazł w kufrze podróżnym ręczne lusterko z polerowanego srebra. I resztkę mazidła od Jemioły. Maść nieużywana tak długo zwarzyła się i zamiast ukryć łuski na czole, uwypukliła je. Zmył ją i założył na czoło opaskę ze skóry.

Póki policzki mam czyste, nic więcej nie widać — odetchnął.

Te na piersi, wyglądające jak matowe złoto, ukryło ubranie.

To pewnie noc w Jarocinie, łoże Sędziwoja i bałwochwalstwo

Wita tak zadziałały — pocieszył się i po szybkim posiłku zarządził wymarsz.

— Dokąd dalej? — spytał Wit, wpatrując się w jego oczy.

— Do Gniezna, na spotkanie z Marcinem — odpowiedział zgodnie z prawdą.

— Będziemy czekali, aż pan Michał wróci — odrzekł Wit i gdy wyjeżdżali przez bramę, pokłonił mu się w pas wraz z całą załogą Jarocina.

— Darzą cię tu wielkim szacunkiem — powiedział książę Leszek, gdy oddalili się.

— Rodowa tradycja — uciął Michał. — Dzisiaj przeprawimy się przez Wartę — zmienił temat. — U braci joannitów. A potem jeszcze kawałek drogi mamy wspólny i dalej…

— Pamiętam, Michale, jak się jedzie do mego księstwa — grzecznie wszedł mu w zdanie książę.

Przeprawę obsługiwali nowi bracia, tacy, których Michał nie znał. Gapili się na zmianę, to na niego, to na brodatego księcia Leszka.

Dwóch dziwolągów — pomyślał. — Na jednej tratwie wiodącej do Starszej Polski.

Odwrócił głowę, by odsunąć się z zasięgu natrętnego wzroku młodych joannitów. Wciągnął powietrze znad wody i drgnął. Jego nozdrza wyłowiły pośród chmury woni ryb, mułu, trzcin i traw wodnych zapach rdzy, która wołała go, jak ktoś znajomy. Byli pośrodku rzeki i choć to było głupie, Michał nie oponował zewowi, jaki poczuł. Zrzucił kolczugę, kaftan, koszulę i mówiąc:

— Chcę się schłodzić — skoczył do wody.

Zanurkował i gdy skryła go toń, otworzył oczy. Jego źrenice widziały pod wodą lepiej niż na jej powierzchni. Dostrzegł węgorza ślizgającego się w stronę roślin dennych. Wężowa ryba łypnęła na niego okrągłym okiem i umknęła w strachu. Popłynął głębiej; woń żelaza wabiła go do siebie. Zobaczył nóż wbity w rzeczne dno i jednym potężnym ruchem ramion zbliżył się do niego, chwycił rzeźbioną rękojeść i wyjął z warciańskiego piachu. Chmura zwieszonego w wodzie pyłu na chwilę przesłoniła mu widoczność. Odbił się stopami od dna i wypłynął na powierzchnię. Wynurzył głowę.

— Panie Michale! — usłyszał krzyczących braci joannitów.

— Tutaj! — zawołał Sowiec.

— Niech pan płynie — pokazywał kierunek książę Leszek.

Kilkoma rzutami ramion był przy tratwie. Złapał jej niską burtę i bez trudu wskoczył na pokład.

— Co pan przyniósł?
— Coś pan złapał?
— Nóż — powiedział. — Zardzewiały, ale ładny.

Woda spływała z niego, gdy wpatrywał się w kościaną rękojeść noża. Glony i wodne żyjątka uczyniły na niej swe legowisko, ale dzięki nim wzór wyryty na rękojeści był jeszcze bardziej wyraźny. Półlew za murem. Nóż musiał należeć do któregoś z Zarembów.

— Pozwól, panie, że okryję cię płaszczem — usłyszał głos Sowca nad głową.

— Nie trzeba, jest mi ciepło — odpowiedział Michał, wpatrując się w znak na rękojeści.

— Trzeba — rzekł Sowiec i Michał Zaremba otrzeźwiał.

Łuski na piersi — przypomniał sobie. — Rano miałem tu łuski.

Schylił głowę, by spojrzeć, i zadrżał.

Nie tylko pierś, ale i nogi okrywały smocze łuski. Sowiec zarzucił na niego płaszcz i Michał pod jego materią błyskawicznie wciągnął spodnie i kaftan.

— Zielska wodnego tu pełno — powiedział, zerkając na księcia i joannitów.

Ci udawali, iż patrzą w wodę.

— Lato — odrzekł książę Leszek. — Rzeka kwitnie.

— Jak co roku — dorzucił Sowiec. — Nic nadzwyczajnego.

Dobijali do północnego brzegu. Tratwę odebrał ktoś, kogo zniekształconą twarz Michał natychmiast wyłowił z pamięci.

— Brat Gerard — pozdrowił go.

— Michał Zaremba — odpowiedział joannita, wpatrując się w niego. — Witaj, brzydalu — mrugnął.

— Tyś też nie wypiękniał — odpowiedział mu cicho Michał, rzucając cumę.

— Zatrzymacie się na noc w komandorii? — spytał Gerard. — Brat Wolfram się ucieszy.

— A Pecold? Oni zawsze razem — zdziwił się Michał, wyskakując na brzeg, bo nigdy nie widział joannitów osobno.

— Wyjechał — odrzekł Gerard i dodał po chwili: — Dużo się dzieje ostatnimi czasy.

— Mam gościa, który spragniony jest nowin — wskazał głową na księcia Leszka. — Zwłaszcza z Pomorza i Kujaw.

Książę schodził z tratwy, ostrożnie badając stopą grunt; stawiając i chwiejnie cofając nogę. Znów wydawał się Michałowi kruchy, stary i bezradny. Jego giermek, Patko, wyprowadził na brzeg darowane konie. Poczekali, aż wszystkie zwierzęta znajdą się na lądzie, i ruszyli w stronę komandorii.

Brat Wolfram powitał Michała może nie wylewnie, ale dość serdecznie i na długą chwilę zatrzymał spojrzenie na zarośniętej twarzy księcia Leszka.

— Joannici dają gościnę każdemu — powiedział powoli. — Nie pytając o imię.

— Wciąż jeszcze jestem pielgrzymem — odpowiedział mu książę. — Pozwól mi zachować pochodzenie w sekrecie.

— Skoro ręczy za ciebie Michał Zaremba, zapraszam — odrzekł Wolfram.

Michał poczuł się niezręcznie. Nie znosił odpowiadać za kogoś, ale przez niemal dwa tygodnie wspólnej podróży przyzwyczaił się do księcia, a jego krucha niezaradność budziła w nim współczucie. Skinął głową na znak, że podróżny jest pod jego opieką, i zaprowadzili konie do stajni.

Wieczór spędzili w izbie gościnnej; brat Gerard nie jadł z nimi, wziął nocną służbę. Leszek dyskretnie wypytywał joannitów o nowiny z Kujaw i Michał widział, jak stężała mu twarz na wieść, że książęta Kazimierz i Przemko, jego rodzeni bracia, więzili biskupa Gerwarda w Inowrocławiu.

— Księżna Salomea żyje jeszcze? — spytał drżącym głosem.

— Owszem — odpowiedział Wolfram. — Mieszka na zamku w Inowrocławiu.

— Chwała Bogu — powiedział książę.

— Zapewne — rzucił Wolfram. — Choć ludzie różnie gadają. Są tacy, co mówią, że nie Bogu, a diabłu zaprzedała duszę czarna księżna.

— Skąd takie pogłoski? — Michał wyręczył księcia Leszka pytaniem.

— Jej herbowy gryf zamienił się w jakąś potworną bestię — odrzekł Wolfram i machnął ręką. — A może tylko tak gadają? Pytacie, to powtarzam. Nasza przeprawa jest jak tygiel, w którym mieszają się najdziwniejsze nowiny. A Gerward na wolności, nie wiem, czy dodałem? Biskup zdjął klątwę z kujawskich braci i go puścili.

— Wyjdę na powietrze — podniósł się z ławy Michał. — Wieczór robi się parny.

— Na burzę idzie — pokiwał głową stary Wolfram. — Wiem, co mówię, rwie mnie w barku.

Sowiec i Michał skrzyżowali spojrzenia i wyszli z izby razem.

Gdy wyszli na podwórze, Sowiec pokazał czoło Michała i spytał szeptem:

— Zaczęło się?

— Tak — przyznał Zaremba.

— Widziałem twoje nogi, panie, gdy wyszedłeś z wody.

— Nie sądzę, by dzisiaj zagrzmiało. — Michał spojrzał w niebo. Ciemne chmury przetaczały się po nich, ale wiatr przeganiał je z impetem. — Przejdzie bokiem.

— A jeśli zabrzmią gromy? — z troską spytał Sowiec.

— Wtedy wybiegnę z komandorii. Po tej stronie Warty lasy głębokie. Mogę ziać ogniem i nikt nie zauważy — zaśmiał się.

— To nie jest zabawne — powiedział Sowiec. — Pozwól, że będę przy tobie.

— Nie. Przysięgałeś. Idź, napij się z joannitami. Chcę być sam. No idź, muszę sobie poszukać polany leśnej — postraszył go Michał.

Nie, nie wierzył, że dzień zakończy się burzą. Nawałnica najwyraźniej odsuwała się na wschód. Ale wyszedł przez bramę komandorii i odruchowo skierował się w stronę lasu. Zmrok zapadł dużo wcześniej, Michał znów dobrze widział w ciemności. Usłyszał kwilenie ptaków, szelest skrzydeł jakiegoś nocnego drapieżcy i męski głos.

— ...nikt się nie pojawił, rozumiesz? Sprawy przybrały zły obrót i myślę, że wszyscy o mnie zapomnieli.

— Albo gniją w więzieniach króla Filipa — odpowiedział mężczyźnie brat Gerard.

— Gerlandzie, nie wiem, co mam robić — gorączkowo mówił ten drugi i Michał w lot pojął, że poparzony joannita ma na imię inaczej, niż się wszystkim przedstawił. — Ilekroć próbuję dostać się do arcybiskupa Jakuba, ktoś staje mi na drodze. Najczęściej ten Janisław. Boję się, że wszyscy w kancelarii zapamiętali mój pysk!...

— Daj spokój, bracie — zaśmiał się cicho Gerland — Gerard.

— To mój pysk nie da o sobie zapomnieć. Twój jest przeciętną, krzyżacką gębą. Musisz poczekać, aż wróci Pecold. Prosiłem brata dowódcę, by zorganizował ci spotkanie z arcybiskupem. Bądź dobrej myśli.

— Ile lat mam czekać? — wybuchnął tamten. — U nas też jest niespokojnie. Po śmierci Guntera dzieją się dziwne rzeczy w zakonie. Nowy mistrz jest wielką niewiadomą, Plötzkau uciekł na wschód i morduje Litwinów bez opamiętania, a Wildenberg kopie dołki pod Zyghardem. Przejął po nim urząd wielkiego szpitalnika, nikt nie wie, jak i kiedy to zrobił. Zyghard zupełnie nie panuje nad nimi, a ja nie wiem, jak długo uda mi się ukrywać wiesz co.

— Powinieneś przewieźć to do mnie.

Michał bezszelestnie zbliżył się do rozmawiających. Był o pięćdziesiąt kroków od nich, stał za wielkim krzewem jałowca, więc w ciemności nie mogli go dostrzec. Wychylił się, spojrzał i zamarł. Mężczyźni byli tak podobni, jak krzyże odlane z jednej formy. Tyle że jeden nosił płaszcz krzyżacki, drugi joannicki.

— Koendercie — powiedział joannita. — Nie bądź uparty. Wjedź jak człowiek na noc do komandorii, prześpij się, a jutro, najdalej pojutrze, Pecold powinien wrócić. Mamy gości, ale nie sądzę, by byli tobą zainteresowani.

— Nie — burknął Krzyżak. — Nie lubię obcych. Przenocuję w lesie.

Jeśli nadciągnie burza, będzie nas dwóch — kwaśno pomyślał Michał i wycofał się, słysząc, iż Gerland żegna się z bratem.

Każdy z nas ma jakiś sekret — pomyślał. — Książę Leszek, po ośmiu latach więzienia, woli się nie przyznawać, kim jest. Ja znów pokrywam się łuskami, a poparzony joannita ma inne imię, niż wszystkim podaje, i na dodatek jego bliźniak jest Krzyżakiem. Wszyscy jesteśmy siebie warci — skwitował, a gdy upewnił się, że burza przeszła bokiem, wrócił na noc do komandorii.

Wyjeżdżali o świcie, brat Gerard właśnie oddawał służbę. Michał żegnając się z nim, przez chwilę chciał powiedzieć: „Do zobaczenia, Gerlandzie", ale zaniechał tego.

Czy ja chciałbym, by on pożegnał mnie słowami „Do widzenia, bestio"? — zapytał sam siebie i po prostu pozdrowił joannitę:

— Z Bogiem!

— Niech i was prowadzi Jego imię — odpowiedział Gerland i ruszyli.

Przed Gnieznem drogi Michała i księcia Leszka się rozchodziły.

— Zatrzymaj sobie konie, książę — powiedział Zaremba i zaśmiał się. — W końcu zdobyczne na Cherubinach Honzy.

— Dziękuję, rycerzu — poważnie odrzekł Leszek i po chwili wahania dodał: — Chciałbym pomówić z tobą na osobności.

Odjechali kawałek i książę odwrócił ku niemu brodatą twarz, mówiąc:

— Nie wiem, co spotka mnie w rodzinnym gnieździe. Nie wiem, czy na mnie czekają, czy wręcz przeciwnie. Osiem lat to szmat czasu.

Gdyby okazało się, że znów słuch po mnie zaginie, proszę, przekaż memu stryjowi, Władysławowi, wiadomość. Powiedz mu o mojej niewoli i powrocie. Chcę tylko, by wiedział, że wróciłem.

— Obawiasz się braci, panie? — spytał Michał.

— Tak — skinął głową książę. — Z jakiegoś powodu nikt mnie nie szukał, Michale Zarembo. — W oczach Leszka zalśniły łzy. — Dziękuję ci za pomoc, półlwie za murem. Przekonałem się na własnym przykładzie, że to, co mówią o waszym rodzie, nie jest prawdą. Jesteś prawym, honorowym człowiekiem. Niech ci Pan Bóg wynagrodzi, ja dzisiaj nie mam czym.

— Nie robiłem tego dla nagrody. Żegnaj, książę. Oby twój los się odmienił.

— Z wolą Bożą! — uniósł prawicę Leszek i rozjechali się w swoje strony.

Michał z oddziałem szybko ruszył do Gniezna. Zatrzymali się na pierwszy popas na leśnej polanie, choć poczuł wcześniej woń ogniska, czuł się pewnie, właściwie już jechali po ziemiach wojewody Marcina. Na polanie, przy ogniu siedziało kilku mężczyzn, ich konie skubały trawę.

— Z Bogiem! — zawołał Michał.

— Z Bogiem! My ludzie wojewody Zaremby — przedstawili się podróżni przy ogniu. — Gościa czekamy.

— To dobrze — uśmiechnął się Sowiec.

Jego ludzie zsiedli z koni, Michał ociągał się jeszcze, bo smoczy słuch podpowiadał mu, że w lesie jest więcej ludzi niż tych czterech, przy ogniu.

— Sam wojewoda lada chwila tu będzie — pochwalił się jeden z mężczyzn i wstał od ogniska.

Michał uspokoił się, że to, co słyszy, to nadchodzący orszak Marcina Zaremby. Zsiadł z konia i uwiązał go do drzewa. Klepnął w szyję.

— A wy kto? — ciekawie zapytali mężczyźni przy ogniu.

— Goście Marcina Zaremby — odpowiedział Michał.

— Naprawdę? — zerwali się tamci. — Tyś jest pan Michał Zaremba?

— Tak — odpowiedział i tej samej chwili usłyszał, że ktoś napina cięciwę łuku. Odwrócił się w tę stronę gwałtownie i uchylił. Z lasu wyleciała strzała, która zamiast w niego, trafiła Sowca w ramię, aż ten skręcił się i padł na jedno kolano.

— Co jest?! — zawołał, wyjmując nóż, jedyną broń, jaką miał pod ręką.

— Jesteście otoczeni — odpowiedział mężczyzna przy ogniu. — Rzućcie broń.

Michał rozejrzał się. Z lasu półkolem wychodzili zbrojni.

Psiakrew — pomyślał. — Wleźliśmy w zasadzkę jak dzieci.

Konno wyjechał naprzeciw niemu Marcin Zaremba.

— Zwiążcie wszystkich — rozkazał. — A jego podwójnym sznurem.

Spojrzeli sobie prosto w oczy i wojewoda powiedział zimno:

— Witaj, Michale, na rodzinnej ziemi.

IV

1313

WŁADYSŁAW jechał na przygotowane przez biskupa Gerwarda spotkanie z nowym wielkim mistrzem zakonu krzyżackiego. Po tym, jak po zajęciu Pomorza, zerwał rozmowy pokojowe w Grabiu, wojna wciąż wisiała na włosku, a on potrzebował pokoju. Musiał kupić czas. Był już pod Włocławkiem, gdy dostrzegł posła zbliżającego się pędem do orszaku.

— Chwał! — przywołał Doliwę. — Czy to nie Bolebor, twój syn?

Byli niedaleko od Żychlina, rodowej siedziby Chwała. Ten został z Władysławem od czasu walk o Małą Polskę, Bolebora odprawiając do domu.

— Masz, książę, wzrok jak myszołów — powiedział, podjeżdżając do Władka. — To mój, prawda.

Bolebor dojechał do orszaku i zatrzymał się dopiero przed księciem.

— Panie! — krzyknął. — Książę Bolesław mazowiecki nie żyje!

Władek zatrzymał Rulkę i zdjął rękawice.

— Zabili go? — spytał Doliwczyka.

— Nie, książę. Umarł dwa tygodnie temu w Wyszogrodzie. Ze starości — odpowiedział Bolebor.

— Co ty chrzanisz, chłopcze?! — fuknął na niego Władek. — Taki mąż jak Bolesław nie mógł skończyć w łożu.

— Waż słowa, synu — skarcił Bolebora Chwał. — Mazowiecki był w wieku naszego księcia.

— No to na młodość nie umarł — wypalił Bolebor, szczery jak każdy w ich rodzie.

— Wieczny odpoczynek — przeżegnał się Władysław.

— Racz mu dać, Panie — gromko odpowiedziało jego rycerstwo.

— Niech Madonna na purpurze prowadzi mego druha hufcem zbrojnym do nieba, a Pan niech będzie łaskaw jego duszy, amen! Kiedy pogrzeb i gdzie? — spytał Bolebora.

— W Płocku, za tydzień.

— Bóg da, zdążymy. Nie zdążymy, to ciebie poślę. I ty pojedziesz — wskazał na Chwała. — Bo ty byłeś ze mną i Bolesławem w chwilach najcięższych.

— Pojadę — skinął głową Chwał. — Z księcia był skurczybyk, ale wobec ciebie wierny. Na każde zawołanie. I śmierć księcia Kazimierza.

— Bóg osądzi, nie ty — krótko skwitował Władek. — Jedziemy!

Znów wrócił do tej nocy, gdy oni dwaj, niemal pod Krakowem, powiedzieli sobie wszystko. Za dużo. Bolesław przyznał, że to on przed laty przepuścił Litwinów przez swe ziemie, gdy szli na Kazika, jego brata. Psiakrew. Znów wspomnienia stanęły mu przed oczami. Płonąca kolegiata łęczycka, kobiety, dzieci i starcy szukający w jej murach schronienia. I Litwini, co odarli kolegiatę z dóbr, jak bezbronną kobietę przed gwałtem. A potem zniknęli, pozostawiając po sobie swąd spalonych ciał i ślad po jeńcach pędzonych na wschód. Kazik, jego brat, gonił ich, podjął bitwę, choć nie miał sił. Jezu, Kazik się pocił, gdy się bał! Dobili go w Bzurze, zginął.

Władek zacisnął dłonie z całych sił. Rulka potrząsnęła łbem, raz, drugi. Wzdrygnął się i klepnął ją w szyję.

— Tak, mała. Wybaczyłem mu — powiedział. — Ale co zrobić, jak to wraca?

Klacz przyspieszyła kroku, zaczęła wchodzić w ten równy rytm, jak wtedy, gdy jadą do walki.

— Wiem — syknął do niej. — Bolesław nigdy mnie nie zawiódł. Przyjeżdżał nawet, gdy nie miałem czym opłacić jego wojsk.

Rulka nie dawała mu spokoju, tak długo biegła, aż i on przestał myśleć o zdradzie.

— Będzie mi go brakowało — przyznał się w końcu klaczy i spytał bezradnie: — Dlaczego wszyscy umierają? Przecież nie na starość, co? Nie można się tak od razu zestarzeć.

— Ty się nie zestarzejesz, książę — wypalił tuż obok niego Chwał. — Póki nie osiągniesz swego.

— Podsłuchiwałeś? — warknął Władysław. — Z Rulką mówiłem, nie z tobą.

— Nie zacinaj się, książę — łagodnie powiedział Doliwa. — Prawdę mówię. Ty masz cel, chcesz zebrać ziemie polskie w garść i ukoronować się.

— Bolesław powiedział kiedyś, że ja się na króla nie nadaję — przypomniał Władysław. — Bo wszystko robię na opak.

— E tam — wzruszył ramionami Chwał. — To twoja droga biegnie na opak, a ty próbujesz za nią nadążyć. Gdy wielcy Piastowie walczyli o tron, nikt na ciebie nie stawiał, boś był zagonowy książę. Jako chłopak zakochałeś się w Krakowie, a zamiast niego dostałeś tron Starszej Polski. Tyle że zleciało się wrogów więcej niż wron i skończyć się musiało feralnie. Aleś z banicji wrócił i wszystkich przetrzymał. Obu Václavów, Muskatę, Głogowczyka, margrabiów brandenburskich, Ottona Długiego i Ottona ze Strzałą. Pomorze padło, a tyś nie poddał się. Wyparłeś z Małej Polski buntowników i teraz śpiewają: „Książę Mały, sława wielka, nie straszna mu poniewierka. Każdego poskromi". Co, nie słyszałeś?

— Słyszałem — skinął głową Władek.

— Książę — żachnął się Chwał. — Bolko Opolski wysługuje się Czechom. Synowie Głogowczyka Pomorze sprzedali Brandenburgii, jakby to była wieś pod lasem. Pomniejsi Piastowie śląscy patrzą, z kim im wygodniej, a ty? Nie. Tyś od dziecka przywykł do niewygód. Nie znam drugiego takiego, co by miał jak ty, pod wiatr. Ale ten wiatr połamał silniejszych, bogatszych, młodszych, piękniejszych, a ty stoisz. I jedziesz się z wielkim mistrzem układać.

— Dobry z ciebie druh — powiedział Władysław.

— Wzajemnie — kiwnął głową Chwał i dodał: — Nie umiałbym pod innym księciem służyć. Wolę z tobą „Pod wiatr" niż z drugim z wiatrem.

Gerward Leszczyc, biskup włocławski, jako gospodarz spotkania z mistrzem Karolem z Trewiru sprawił się dobrze. Włocławek ustroił chorągwiami Królestwa Polskiego. Białe orły łopotały na dumnej czerwieni, krzycząc: tu jest Polska.

I gdy nadjechały poczty wielkiego mistrza, chorągiew z czarnym krzyżem na bieli wciąż była poniżej orłów — Gerward bowiem królewskie znaki zawiesił na każdej wieży w mieście. I na swej katedrze.

W wielkiej sali jadalnej biskupiego dworu piastowskie orły zdobiły główną ścianę i Władysław pod ich potężnymi skrzydłami usiadł z wielkim mistrzem.

— Karol z Trewiru jest zadowolony, że może spotkać się z księciem Władysławem, sąsiadem, o którym wiele słyszał — powiedział Zyghard von Schwarzburg, który pełnił rolę tłumacza mistrza.

— Gratulujemy wyboru kapituły — odrzekł Władysław. — I cieszy nas, że w otoczeniu wielkiego mistrza nie widzimy okrytego złą sławą w Gdańsku komtura von Plötzkau.

Od cichych ludzi wiedział, iż Karol nie jest zwolennikiem zwarcia i że odsunął od siebie najbrutalniejszych komturów.

— Henryk von Plötzkau otrzymał od mistrza Karola z Trewiru zaszczytny urząd wielkiego marszałka — odpowiedział Zyghard w imieniu mistrza. — I obowiązek obrony ziem zakonu od strony Litwy.

Współczuję Litwinom — pomyślał w pierwszym odruchu Władysław, ale zaraz potem przyszła do niego myśl mściwa. — Jeśli żyje ktokolwiek z tych, którzy spalili Łęczycę i zabili mojego Kazika, to niech wpadną w łapy von Plötzkau.

— Doszły nas słuchy o bitwie pod Wopławkami — powiedział książę. — I o tym, że choć tryumf marszałka Plötzkau był spory, samego kniazia Witenesa nie pojmano.

— Cztery tysiące martwych wojowników Witenesa zostało na polu — odpowiedział przez Zygharda wielki mistrz, a potem Schwarzburg dodał od siebie:

— Martwi potrafią zabijać po śmierci.

— Co masz na myśli, hrabio?

Zyghard von Schwarzburg zmrużył jasne oczy, mówiąc:

— Tak wielkie porażki osłabiają sławę wodza.

Przypomina mi Gdańsk? — pomyślał Władysław. Nie miał czasu odpowiedzieć sobie, bo Karol z Trewiru zadał pytanie:

— Po niedawnej śmierci księcia mazowieckiego, Bolesława, władzę przejmą jego synowie. Jak uważasz, książę, czy będą współpracować z poganami, czy raczej staną się tarczą przed ich napływem?

— Mazowsze jest na wskroś chrześcijańskim księstwem — odpowiedział Władysław, a w głębi ducha pomyślał: przepuszczali litewskie rajdy na moje ziemie. Byli jak tarcza, którą można osłonić albo odsłonić. Zachował ponurą wiedzę dla siebie i dodał: — A synowie księcia Bolesława to prawi dziedzice swego ojca.

— Nie uszło naszej uwadze, iż związałeś Trojdena z księstwem halickim poprzez małżeństwo z twą siostrzenicą Marią Jurijiwną.

Spotkaliśmy się, by rozmawiać o tym, że znam się na swataniu? Jeśli tak, szkoda, że Jadwinia nie słyszy — pomyślał, mówiąc wymijająco:

— To stara tradycja, by książę mazowiecki miał ruskiego szwagra.

Wielki mistrz pozwolił Schwarzburgowi mówić od siebie, a ten natychmiast przypomniał o swych korzeniach:

— Czuję się osobiście zainteresowany tym mariażem, księżniczka Marija jest i moją krewną.

— Tym bardziej powinieneś rozumieć, komturze von Schwarzburg, zawiłe kwestie powiązań między Rusią, Mazowszem i Litwą — odpowiedział Władysław.

— Doceniam wagę tego związku, książę — odrzekł Zyghard. — Sojusz Mazowsza i Rusi przeciw Litwie, papież to pochwali, choć nie możemy zapominać, że książęta ruscy to jednak schizmatycy — dodał dyplomatycznie.

— Zatem masz ich w rodzie — zaśmiał się Władysław.

— Składając śluby, wyrzekamy się powiązań ze światem doczesnym, by służyć wyłącznie zakonowi — bez drgnienia powieki odpowiedział Schwarzburg. — Rolą zaś Zakonu Najświętszej Marii Panny jest usuwanie wrogów chrześcijaństwa. Tym samym nasze drogi, książę, krzyżują się nie tylko przez krew wspólnych przodków, po kądzieli, jak mi kiedyś wypomniałeś, ale i po mieczu, którym my i ty, panie, musimy pokonać Litwę. — Schwarzburg przybrał ton podniosły i za swoim zwierzchnikiem powtórzył: — Wielki mistrz Karol z Trewiru pragnął spotkać się z tobą nie tylko, by poznać wybitnego sąsiada, ale by zaprosić cię do udziału w krucjacie przeciw Litwinom, którą właśnie ogłasza.

— Wolałbym najpierw wyjaśnić inne sprawy, które położyły się cieniem między nami — twardo odpowiedział Władysław. — Gdańsk, Tczew, Świecie. Pomorze zagarnięte przez zakon siłą.

— Tę sprawę bada sąd papieski — wymijająco odpowiedział mistrz przez Schwarzburga. — Zostawmy Ojcu Świętemu osąd.

— Podporządkujecie się wyrokowi? — spytał Władysław.

— W pełnej rozciągłości — odpowiedział Karol z Trewiru.

A Zyghard Schwarzburg dodał szeptem, od siebie:

— Czy dotarła do księcia wiadomość o śmierci nieprzychylnego jego osobie legata Gentilisa?

— Owszem — powiedział Władek i pomyślał: chce powiedzieć, że tak się podporządkują papieżowi, jak ja legatowi. Głośno spytał: — Czy do czasu rozstrzygnięcia przez papieża naszego sporu o Pomorze zakon zaniecha dalszych wrogich działań wobec mego Królestwa?

— Rozumiemy, że książę ma na myśli księstwo? — spytał Schwarzburg.

— Nie, komturze. Mam na myśli Królestwo Polskie, którego jestem dziedzicem. I wszystkie jego granice, naruszone przez zakon podczas zaboru Pomorza — odrzekł Władysław.

— Wielki mistrz Karol z Trewiru oświadcza przy wszystkich tu zgromadzonych, że nie zamierza prowadzić wrogich działań wobec terenów nazwanych przez księcia Władysława „Królestwem Polskim" — oświadczył uroczyście Zyghard von Schwarzburg, a mistrz potwierdził to skinieniem głowy. — Aż do czasu wyroku papieskiego, który, jak mamy nadzieję, rozstrzygnie sprawę zgodnie z wolą Bożą. Jednocześnie warunkiem utrzymania pokoju przez mistrza jest nienaruszanie interesów Zakonu przez księcia Władysława.

— Interesy zakonu to zbyt ogólne sformułowanie — szepnął biskup Gerward. Zyghard Schwarzburg usłyszał jego głos i dodał:

— Czy możemy liczyć na obecność wojsk księcia przy boku wielkiego mistrza podczas krucjaty litewskiej?

— To, komturze, byłby już sojusz — uśmiechnął się tylko kącikiem ust Władysław. — A tak blisko ze sobą nie jesteśmy. Nawet ze względu na pokrewieństwo.

Zyghard odpowiedział mu równie dyskretnym uśmiechem i spytał:

— A czy obietnica niewiązania się sojuszem z Litwą i niewspierania jej przeciw zakonowi podczas krucjaty mieści się w ramach naszego odległego pokrewieństwa?

— Powiedzmy, że po kądzieli właśnie tyle byłbym gotów zrobić — odrzekł Władysław.

Wielki mistrz był usatysfakcjonowany, choć Zyghard nie przetłumaczył mu niuansów krewniaczej potyczki. Ustalili rozejm na równe dwa lata i przeszli do rozsądzania drobnych spraw sąsiedzkich. Władek przesunął ciężar rozmów na Gerwarda, wszak to jego diecezja na skutek zaboru Pomorza znalazła się częściowo pod panowaniem krzyżackim. Potrzebował chwili skupienia.

Mam przyrzeczenie mistrza, że nie wejdzie mi w paradę w Starszej Polsce — myślał. — A czas wyczekiwania, jaki wyznaczył mi Jakub Świnka, minął, arcybiskup obłożył młodych Głogowczyków klątwą, dając mi sygnał. Muszę stanąć do walki o tron poznański. Jestem już tak blisko. Ale co z Brandenburgią? Tego nie obejmuje układ, choć jest wiadomym, że Krzyżacy i Brandenburczycy dogadują się bez trudu. Jak zabezpieczyć zachodnią granicę, by historia się nie powtórzyła? — Przesuwał wzrokiem po twarzach obecnych. Jego uwagę przykuła przystojna i delikatna twarz Luthera z Brunszwiku. — Wciąż wygląda jak książę, nie jak Krzyżak — pomyślał. — Czy jego obecność tutaj to sygnał, że zakon będzie z ukrycia wspierał siostrzeńców Luthera, synów Głogowczyka? Być może. Bracia są mistrzami dyplomatycznej gry. Dzisiaj potrzebują wzniesienia sztandaru litewskiej krucjaty tak, by papież i świat znów zobaczyli w nich gorliwych obrońców wiary, ale to wszystko pozór. Pracują na korzystny dla nich wyrok papieża. Zwłaszcza teraz, gdy Klemens V ogłosił kasatę zakonu templariuszy, a na wpływowych dworach mówi się o upadku idei zakonów rycerskich. Dlatego Karol z Trewiru chce pokazać, że ma dobre stosunki z chrześcijańskim sąsiadem, mimo sporu o Pomorze, i że jego główną działalnością jest likwidacja pogaństwa na Litwie. Wysłanie tam rzeźnika gdańskiego, Plötzkau, to mistrzowskie posunięcie.

— Żeglarz chwyta wiatr wiejący w żagiel, póki ten nie zmieni kierunku — usłyszał szept Władysław.

Drgnął. Był tak zamyślony, że nie zorientował się, kto szepnął.

— Wina, książę? — zapytał niewinnie Borutka, a nalewając je, dopowiedział cichutko: — Wszystko zaczyna ci sprzyjać, mój wielki książę. Kto ma pod wiatr, ten czasem łapie go w skrzydła. *Elöre!*

Szelma — zaśmiał się w duchu Władek. — Naprawdę nauczył się węgierskiego.

— Za dobrą współpracę między zakonem a księciem Władysławem — wzniósł toast Zyghard von Schwarzburg.

— Między zakonem a Królestwem Polskim — poprawił biskup włocławski, Gerward.

— *Elöre!* — uniósł kielich Władek, a Doliwowie, Bogoriowie i Lisowie zrozumieli, co mówi. „Naprzód".

Gerward dał znać służbie, że czas na ucztę. Zaczęto wnosić półmiski mięsiwa i pieczonych ryb, miski z soczewicą i tłuczonym grochem, kosze chleba.

— Zadowolony mój książę z rozmów? — spytał Gerward, przysuwając się do niego.

— Owszem. Dobry z ciebie gospodarz, biskupie. Czy to prawda, że mój bratanek, Leszek, powrócił?

— Prawda — skinął głową Leszczyc. — Ale się z nim nie widziałem. Tajemnicza sprawa.

— Żałuję, że go tu nie było. Może sprawa ziemi michałowskiej dałaby się jakoś wyjaśnić?

— Nie przypuszczam — pokręcił głową Leszczyc. — Jego młodsi bracia zaniedbali tę kwestię. Zmieńmy temat, książę — poprosił.

— Aleś klątwę z nich zdjął? — zapytał surowo.

— I nowej nie rzuciłem — odpowiedział Gerward.

— Zajmij się Krzyżakami. Pouśmiechaj się do nich, wymień grzeczności — polecił książę i skinął na Borutkę: — A ty Chwała Doliwę poproś do mnie.

— W okamgnieniu — uśmiechnął się giermek i już jego czarna zwinna sylwetka niczym jaszczurka śmignęła między białymi płaszczami braci. Władysław zauważył wielkiego, szarowłosego Krzyżaka, który wpatrywał się w niego. Kuno — przypomniał sobie jego imię. — Nie pierwszy raz go widzę. Był w Grabiu na rokowaniach, gdzie zażądali ode mnie stu tysięcy za pomoc wojskową. Czego chce ten Krzyżak, że nie spuszcza ze mnie wzroku? — pomyślał.

Gerward zgodnie z poleceniem zabawiał wielkiego mistrza i Zygharda von Schwarzburg. Chwał zjawił się szybko.

— Sprawdź bez zwłoki, kto wśród kujawskich ludzi najlepiej nadaje się, by pojechać na Litwę — polecił mu szeptem Władek.

— Chcesz przestrzec kniazia Witenesa? — spytał równie cicho Doliwa.

— Nie. Chcę nawiązać kontakt z jego następcą, Giedyminem — mrugnął do Chwała Władysław.

RIKISSA dwudziestą piątą wiosnę swego życia gotowa była uznać za pierwszą. Czuła woń budzącego się życia. Wilgotnej i nagrzanej ziemi. Pęczniejących w niej kwiatowych cebul. Gałązek krzewów, które wypuszczały liście z taką siłą, że zieleń każdego dnia coraz mocniej okrywała jej ogród. Tego ranka obudziła się wcześniej. Chciała zobaczyć swego ukochanego we śnie. Dotknąć jego zamkniętych powiek. Wsunąć palce we włosy, usłyszeć senny oddech, mieć go przez chwilę bezbronnego, nieświadomego, że jest oglądanym. Otworzyła oczy i pierwszym, co zobaczyła, było puste miejsce. Odchylona kołdra, poduszka wgnieciona tam, gdzie powinna być jego głowa. Jeden długi włos zagubiony w pościeli. Zamrugała. To nie sen. Jego nie ma. Zostało po nim puste, ciepłe miejsce. Wyciągnęła rękę i dotknęła wgłębienia w pościeli. Stygło.

Jest ode mnie starszy o dwadzieścia lat — pomyślała. — Taki poranek naprawdę kiedyś nastąpi.

— Budzisz się jak słońce — usłyszała głos Henryka z głębi komnaty.

Ale to jeszcze nie dziś — zrozumiała i wyskoczyła z łoża, biegnąc do niego.

— Dlaczego wstajesz tak wcześnie? — spytała, całując szorstki policzek Henryka.

— Bo jestem bogaczem — odpowiedział, zagarniając ją nagim ramieniem. — Poławiam wschody słońca. Spójrz, ten jest piękniejszy od wczorajszego. Dostaliśmy dzisiaj purpurę i złoto. Podoba ci się?

— Nie — skłamała. — Oczekuję trzech wschodów pod rząd, nie licząc dzisiejszego.

— Wiedziałem, że prędzej czy później nie będzie mnie stać na królową! — zaśmiał się Henryk z Lipy i pocałował ją. — Jutro muszę wyjechać do Pragi.

— Praga? To jakieś królestwo na zachodzie? — Rikissa dotknęła jego piersi. Odnalazła bliznę po ranie spod Kutnej Hory.

— Chcesz, bym zdobył je dla ciebie, pani? — spytał, wsuwając jej dłoń we włosy.

— Jestem pokojową władczynią — odpowiedziała, całując siny ślad po bełcie. — Nie życzę sobie przelewu krwi, śmierci i zniszczeń. Jeśli możesz wziąć tę Pragę po dobroci, to bierz — zaśmiała się i pociągnęła go z powrotem do łoża.

— To będzie trudne — mruknął, kładąc ją. — W Pradze włada okrutna bestia. Zła smoczyca.

— Przestań — uderzyła go lekko i zmierzwiła mu włosy. — Życie jest zbyt krótkie i właśnie stało się piękne. Nie chcę go tracić na spory z Eliszką Premyslovną. Daj jej spokój, królowa Czech właśnie spodziewa się dziecka. Król Jan ma wrócić na czas rozwiązania do Pragi.

— Dlatego muszę być tam przed nim — pocałował ją mocno i dokończył: — Wykradnę smoczycy następcę tronu i wychowam na przyzwoitego władcę.

— Dla ciebie przyzwoity i posłuszny oznacza to samo, prawda? Bogu dzięki, że jestem tylko tytularną królową, inaczej zacząłbyś mnie wychowywać.

— Nieprawda — zanurzył twarz w jej włosach. — Jesteś najlepiej wychowaną damą na świecie. Ja przy tobie to prostak. Pojęcia nie mam, co ze mną robisz, jak zasłużyłem na to szczęście.

Zastygli tak na długą chwilę.

— Kochankowie są najdziwniejszymi istotami na świecie — powiedziała dużo później. — Naiwni do przesady. Przeczuleni na swym punkcie. Wrażliwi, jakby ktoś zdarł z nich skórę. Nie miałam o tym pojęcia. Myślałam, że tak mocno można kochać tylko dziecko, nikogo więcej.

Nie odpowiedział. Leżała z głową na jego ramieniu. Odezwał się po długiej chwili.

— Nie wierzyłem, że to kiedykolwiek się stanie, Rikisso. Wciąż nie wierzę. Nawet przy tobie myślę, że to sen, że zaraz przyjdzie Jan z Vartemberka i mnie obudzi. Powie: „Lipski, otrząśnij się".

— Tak będzie — powiedziała cicho. — Pojedziesz do Pragi, wdasz się w kolejną awanturę i kto wie, kiedy znów się spotkamy.

— Nie mogę tak tego zostawić — żachnął się Henryk i usiadł, przecierając twarz dłońmi. — Młody król wyjechał do Niemiec, na pomoc ojcu, wielkiemu cesarzowi, a rządy zostawił hrabiemu Bertholdowi! Wiesz, co to znaczy? Że Luksemburgowie gardzą Czechami! Traktują Królestwo jak folwark, który ma zarabiać na ich italskie awantury. Jak skarbiec, szkatułę bez dna. Nie godzę się na to! W dodatku Eliška żyje wspomnieniami. Jej się zdaje, że złote czasy Przemyślidów wciąż trwają, a król ma władzę absolutną i może rządzić sam! Arcybiskup Moguncji, Peter z Aspeltu, utwierdza ją w tym przekonaniu, bo on też zatrzymał się na najlepszym czasie Václava, a potem wyjechał z Czech i, jak Eliška, żyje przeszłością.

— Nie mają pojęcia, że Czechy się zmieniły, że wyrósł im Henryk z Lipy — powiedziała w zadumie.

— Nie o mnie chodzi — mruknął. — O nas wszystkich. Chcemy brać udział w rządach, bo znamy kraj od podszewki, od dołu, a nie tylko od góry. Myślisz, że jestem żądny władzy? Pyszny?

— Sądzę, że masz wszystko to, czego brak wielu władcom — odpowiedziała szczerze. — Działasz szybko, wiesz, czego chcesz, jesteś zdecydowany i masz charyzmę. Ludzie cię szanują, idą za tobą.

— Nie chcę zmieniać kolejnego króla — powiedział w zadumie Henryk z Lipy. — Wolę wychować Jana.

— Królowie nie znoszą mądrzejszych od siebie. Zrób to tak, by nie poczuł się skarconym chłopcem.

— Łatwo ci mówić — westchnął Henryk z Lipy.

— Niełatwo — zaprzeczyła i wstała z łoża. — Mam prośbę. Gdy będziesz w Pradze, zajedź do Zbrasławia. Spytaj opata, czy nie mają wolnego kopisty. Wciąż nie mogę znaleźć kogoś, kto będzie dość dobry, by powierzyć mu pracę.

— Dlaczego nie ściągniesz mistrzów z Niemiec? — spytał Henryk, ubierając się.

— Nie chcę starego mistrza, Henryku. Chcę młodego, zdolnego iluminatora i zręcznego kopisty, którzy są otwarci na zmiany i nauczą swej sztuki tutejszych. Ciebie denerwuje, że obcy doradcy sterują rządami kraju, a mnie, że wszystko sprowadzamy. Czesi są zdolni, chcę, by w mojej pracowni uczyli się miejscowi.

— Nie chcę starego mistrza — powtórzył po niej i zaśmiał się, ale wyczuła w jego głosie napięcie. — Przez chwilę myślałem, że mówisz o mnie. Że jestem za stary dla ciebie.

— Przestań — skarciła go łagodnie. — Spotkaliśmy się dokładnie wtedy, gdy dojrzeliśmy do siebie. Chociaż — przez chwilę zawahała się, czy mu to powiedzieć — ciebie wciąż jeszcze bardziej pasjonuje walka niż cieszenie się życiem. Więc być może jesteś dla mnie zbyt młody.

Henryk rzucił pas, którego nie zdążył założyć, i podszedł do niej.

— Rikisso, przysięgam ci, że gdy tylko w kraju zapanuje spokój, ustatkuję się. Zacząłem czynić pewne przygotowania — intensywnie niebieskie oczy Henryka wpatrywały się w nią niepewnie. — Badam teren, szukam odpowiednich ziem...

— Nie rozumiem — powiedziała, marszcząc czoło. Pogładził je kciukiem.

— Chcę sprzedać wszystkie swoje włości w północnych Czechach i zamienić je na dobra tutaj, na Morawach. Chcę utworzyć zwarte...

— ...udzielne księstwo Henryka z Lipy — zrozumiała.

— Nie, kochana — zaprzeczył, całując ją. — Nasze księstwo. Miejsce, w którym nikt nie będzie nam mówił, jak mamy żyć, w którym będziemy wolni tak jak dzisiaj, gdy chronimy się za murami twej komnaty. Powiedziałaś, że wolisz odważną miłość niż bezpieczną samotność. Moim zadaniem jest sprawić, by i ta miłość była bezpieczna. Dopnę swego.

Patrzyła na niego. Dotykała jego ust, policzków, wgłębienia, które znaczyło jego brodę. Wiedziała swoje — nie wybaczą im tej miłości.

I zupełnie się tym nie przejmowała.

LESZEK książę inowrocławski nie poznawał zamku, murów, dziedzińca, klasztoru franciszkanów przylegającego do zabudowań książęcych. Wszystko w Inowrocławiu wydawało mu się obce. Nawet stara, wielka lipa na zamkowym dziedzińcu.

Patko lepiej zniósł powrót z niewoli, szybko wpadł między giermków, młodszych rycerzy, służbę, odnalazł starych przyjaciół i witał się ze wszystkimi wylewnie.

Leszek nie. Spotkanie z braćmi, Przemkiem i Kaziem, przebiegło sztywno, jakby byli sobie obcy. Po zdawkowych powitaniach wybuchły w nim wszystkie, tłumione latami, pretensje:

— Nie szukaliście mnie! Pozwoliliście, bym gnił w czeskiej niewoli!

— Nie było czasu — wyniośle odpowiedział najmłodszy, Kazimierz. — Mieliśmy Krzyżaków na karku.

— A nie na kolanach? — żachnął się Leszek. — Odkąd przekroczyłem granicę, o niczym częściej nie słyszałem, niż o tobie, bracie, klęczącym przed mistrzem!

Kazimierz poczerwieniał, a potem zaczął trząść się spazmatycznie.

— Nic nie wiesz, nic nie rozumiesz, nie było cię! — wykrzykiwał, a jego dłonie poruszały się niezależnie od siebie, każda w inną stronę. — To mnie przystawiono nóż do szyi! To mnie grożono!

— Nóż? — złośliwie podchwycił Leszek. — Czyli potraktowano cię jak prostaka, że mistrz nawet miecza dla ciebie nie raczył wyjąć?

— Milcz! Nie odzywaj się. — Kazimierz potrząsnął głową, jakby woda wpłynęła mu do ucha i chciał się jej pozbyć. — Nikt z was nie wie, co przeszedłem. Byłem tam sam, sam jak palec...

W kącikach jego warg pojawiła się najpierw ślina, potem białe ślady piany spływającej na kozią bródkę.

— Anzelmie! — zawołał Przemko. — Anzelmie, księciu znów się pogorszyło!

Do komnaty wszedł mnich, który otoczył Kazia ramieniem i łagodnie, jakby prowadził chore dziecko, wyszedł z nim na zewnątrz. Przemko opuścił ramiona i usiadł zmęczony. Leszek pokręcił głową, omiótł wzrokiem komnatę i zatrzymał go na chwilę na chorągwi. Półorzeł i półlew na dawno wypłowiałym błękicie zwisały tak smętnie, jakby pierwszy miał przetrącone skrzydła, a drugi nogi.

— Często miewa takie ataki? — spytał, odrywając wzrok od chorągwi.

— Powiedziałbym, że na zawołanie, gdybym chciał urazić naszego brata — z ciężkim westchnieniem odpowiedział Przemko.

— Co przez to rozumiesz?

— Za każdym razem, gdy ktoś wspomni, że klęknął przed mistrzem, dostaje napadu. Nie wiem, czy to skutek urazu, czy tylko obrona przed oskarżeniami — wzruszył ramionami Przemko.

— Nie był sam, z tego, co słyszałem. Byli z nim rycerze kujawscy. Rozmawiałeś z nimi, co naprawdę stało się w namiocie Henryka von Plötzkau? — spytał Leszek.

760

— Nie — pokręcił głową brat. — Po tym, jak stryj Władysław nie przysłał mi pomocy i kazał opuścić Świecie, żadnego z nich nie spotkałem. Wtedy zresztą nie wiedziałem, że Kaziu tak będzie reagował na każde wspomnienie.

— Może oszukuje? Chce ukryć tchórzostwo pod osłoną choroby?

Przemko wstał, zrobił krok ku niemu, ale cofnął się i stanął pod wiszącą bezradnie chorągwią. Powiedział z wyrzutem:

— Nie było cię przy nas. Nie oceniaj pochopnie. Ja, choć broniłem się w Świeciu tak długo, choć stawiłem czoła Krzyżakom, póki zdrajca nie przeciął nam cięciw w kuszach wałowych, nie mam śmiałości, by potępiać naszego brata. Wierz mi, Henryk von Plötzkau jest straszny i budzi trwogę.

— Wybacz — chłodno powiedział Leszek — ale nie poznaję tu niczego. Zaprzepaściliście terminy wykupu ziem od Krzyżaków, weszliście w spór z Gerwardem, uszczupliliście księstwo i znajduję je w opłakanym stanie, a wy obaj żyjecie jak w jakimś sennym widziadle.

— Nie oceniaj, proszę — powtórzył Przemko.

Milczeli długą chwilę, aż młodszy brat uniósł rękę, strzepnął poły dawnej, namiestniczej chorągwi i odezwał się:

— Skoro wróciłeś, trzeba podzielić księstwo.

— Co ty chcesz dzielić? — krzyknął Leszek, bo nie wytrzymał. I wyszedł.

Narastał w nim gniew, więcej, wścieklość. To, co widział, było gorsze od tego, co słyszał po drodze. Ich maleńkie księstwo stało się jeszcze mniejsze, a zaniedbania i zaniechania widać na każdym kroku. Dobrze, podziwiał Przemka, że się nie ugiął, że bronił Świecia. Wybaczał mu sprzedaż najlepszych ziem, bo zrobił to, by zabezpieczyć obronę. Ale wszystko inne? Na dziedzińcu dziury, w których stoi woda, tylko patrzeć, jak zaczną taplać się w nich kaczki. Brud po kątach, ławy i stoły lepkie, pajęczyny w każdym oknie, tóż w lochach, w których go przetrzymywano, było czyściej.

Gdzie ja jestem? Dokąd trafiłem? Może to sen, z którego się zbudzę i znów będę w domu?

— Książę Leszku — usłyszał wołanie dwórki ze schodów. — Księżna Salomea się obudziła i chce cię widzieć.

Dopadł do beczki na deszczówkę i przemył twarz. Przeciągnął mokrą dłonią po długiej brodzie. Prawda, powinien ją zgolić.

Pewnie wyglądam jak dziad — pomyślał posępnie. — Dziadowski książę wrócił do dziadowskiego księstwa. Może po spotkaniu z matką pójdę do łaźni — westchnął. — Może ona sprawi, że poczuję, iż wróciłem do domu?

Zmierzchało. Księżna Salomea wciąż wiodła żywot nocny. Budziła się, gdy zachodziło słońce, kładła, gdy dniało. Pchnął okute drzwi jej komnaty i aż zadrżał. Skrzypnęły głucho, jak wieko trumny. Okiennice u matki były zamknięte. Przed laty pozwalała je otwierać, dopiero gdy zaśnił na niebie księżyc.

Chociaż tutaj nic się nie zmieniło — pomyślał, wchodząc do mrocznego wnętrza.

— Pani matko? — spytał, bo nie mógł dostrzec jej w ciemności.

— Kiedyś dobrze widziałeś bez światła — odezwała się smutno z głębi komnaty. — Tu jestem, podejdź do mnie, synku.

Wątły płomień świecy oświetlał bladą plamę jej twarzy. Srebrne włosy spięte z tyłu głowy. Dwórki stały za nią z czarnym welonem, ale odegnała je niecierpliwym ruchem dłoni.

— Chodź, niech się napatrzę na mego pierworodnego!

Przyklęknął przy niej, pochylił głowę i poczuł chudą dłoń Salomei na włosach.

— Leszek, mój Leszek — powiedziała tkliwie. — Wiedziałam, że wrócisz.

Podniósł na matkę oczy i poczuł, że wypełniają się łzami, jakby czas cofnął się, a on znów był dzieckiem. Małym chłopcem. Otarł je wierzchem dłoni i zmrużył powieki, bo nie był pewien, czy dobrze widzi. Twarz matki była tak chuda, jak czaszka obciągnięta skórą. Lśniły w niej tylko dwa węgle czarnych oczu, które teraz wpatrywały się w niego uważnie, jakby go nie poznawały. Kościste palce Salomei z jego włosów przesunęły się na brodę. Złapała go za nią i uniosła w górę.

— Tyś jest jakiś podmieniec — szepnęła. — Tyś nie mój Leszek!

— To ja, pani matko — kiwnął głową, próbując uwolnić się z jej uścisku. — Tylko brody nie zdążyłem zgolić. Wybacz, osiem lat niewoli...

Odepchnęła go z siłą, o jaką nie podejrzewałby staruszki, pochyliła się szybko i chwyciwszy go tym razem za kaftan na piersi, znów przyciągnęła do siebie.

— Podmieńcu! — zasyczała. — Co zrobiłeś z gryfem? — przebiegła palcami po pustym miejscu herbowym. — Myślałeś, że zwiedziesz starą kobietę? Nie... mój syn, mój książę, chadzał z czarnym gryfem....

— Matko — zaprotestował Leszek. — Wysłałem gryfa, by sprowadził pomoc, gdy wzięto mnie do niewoli. Kazałem mu lecieć...

— W głębi duszy miał nadzieję, że zastanie gryfa w Inowrocławiu. Tak się nie stało i gorycz Leszka pogłębiała się.

— Ach tak... — Puściła go i jej szponiaste dłonie powędrowały do warg, jakby chciała possać palec. — Ach tak, tak... Musisz go odnaleźć, synku, bo książę, który rozłączył się z herbową bestią, jest nikim, niczym... nikim, niczym... nikim, niczym... — powtarzała jak echo, a potem nagle ściszyła głos do szeptu. — Ja odebrałam im ich gryfy, Leszku. Zaraz po tym, jak wyjechałeś, nie chciałam, żeby nosili nasze znaki. Nie byli godni, rozumiesz? Tylko tyś jest prawowitym dziedzicem czarnego gryfa...

Matka mówiła coraz ciszej, coraz czulej, a jej palce z ust przeniosły się na piersi. Poruszała nimi, jak pająk odnóżami. Spojrzał w ślad za nimi i zamarł przerażony. Czarny drapieżny gryf matki wyglądał koszmarnie. Był nienaturalnie duży. Z jego orlego dzioba sterczał drugi dziób, a przez szyję przebić się próbował trzeci.

— Matko — wyszeptał struchlały Leszek. — Twój gryf pożarł gryfy mych braci?

— Cicho, ciiii... — pogroziła mu palcem. — Pozbawiłam ich herbowych, bo nie byli ich godni. Ledwieś wyjechał, a oni już na służbę do stryja poszli. Hołd złożyli, głowy zniżyli, kłaniali się jemu, a nie morzu, nie soli ukrytej w naszych żyłach, szemrzącej we krwi...

— Matko, coś ty uczyniła! — jęknął Leszek, bo dotarło do niego, że odbierając gryfy braciom, mogła pozbawić ich siły. To wszystko przez nią, te nieszczęścia — przebiegło mu przez głowę.

— Leszku, mój synu, wróciłeś — mówiła coraz wolniej, a na jej usta zaczynała wypływać ślina.

Jak u Kazia — pomyślał ze zgrozą.

Nagle potworny gryf na jej piersi zaczął rzęzić, krztusić się i rozpaczliwie bić skrzydłami.

— Mogę umrzeć, bo wiem, żeś wrócił. Tylko pamiętaj, musisz odnaleźć gryfa, bo inaczej nasz ród, ród dziedziców Bałtyku zginie...

Ostatnich jej słów domyślał się, nie słyszał. Potok śliny wypłynął z ust matki, a jej gryf wypluł na wpół strawione zwłoki dwóch braterskich bestii.

Zrobiło mu się niedobrze. Smród sfermentowanych gryfów wbił się w jego nozdrza. Matka wyzionęła ducha, a ostatnią wolą jej szponiastych dłoni było dotknąć gryfa. Złapała go za szyję konwulsyjnym ruchem i zadusiła.

— Boże, bądź miłościw jej duszy, jeśli potrafisz — przeżegnał się Leszek. — Bo ja czuję, że zaraz oszaleję.

Wyszedł na dziedziniec. Była noc, jak zawsze gdy opuszczał jej komnaty. Przez chwilę poczuł się, jakby czas się jednak cofnął. Potknął się o kamień i omal nie upadł. Zrobiło mu się gorąco. Dotarło do niego, że już nie widzi w ciemnościach, choć zawsze miał wzrok jak nocny drapieżnik.

Coś się skończyło — zrozumiał. — Muszę zacząć zupełnie inne życie.

ANDRZEJ ZAREMBA spełnił swe marzenie: stanął na czele wojny o Starszą Polskę. Pielgrzymia, ba, niemal pokutnicza droga od dworu do dworu przyniosła owoc: rycerstwo i głowy rodów jego uczyniły przywódcą zrywu. Starsza Polska zrobiła to samo, co za Przemyślidów. Sama zrzucała jarzmo obcego panowania.

Tak, Andrzej wyciągnął naukę z krwawej, krakowskiej lekcji. Karzeł pokonał buntowników mieczem w polu, w oblężeniu i obronie, ale po Królestwie rozniosło się, że bił obcych. Zbuntowane, niemieckie mieszczaństwo. I biskup Andrzej zrobił to samo. Głosił:

— W Starszej Polsce bije serce Królestwa. Najpierw pokalali je Przemyślidzi, a teraz książęta Głogowa sprowadzili niemieckich starostów, urzędników uzurpatorów i jakby tego było mało, sprzedali prawa do Pomorza Brandenburgii. Hańba! — krzyczał natchniony. — Hańba, rodacy! Nie możemy patrzeć bezczynnie, jak oddają serce Królestwa obcym! Wykląłem ich i teraz, zgodnie z wolą Boga, każdy może wypowiedzieć im posłuszeństwo! Zróbmy to razem, w jednej chwili!

Jeździł od miasta do miasta, nie pominął nawet małych kasztelanii i dzięki temu ludność Starszej Polski szybko zapomniała, że to Dobrogost Nałęcz pierwszy stanął do bitwy z wojskami głogowskimi. Andrzej Zaremba był wszędzie i ogarnięta rebelią Starsza Polska powtarzała jego imię. Usłyszał nawet, jak gdzieś krzyknięto:

— Wojenny biskup Zaremba!

I zaraz polecił swoim kancelistom, by tak go wszędzie tytułowano.

— Czy to wypada? — spytał go Domarat z Grzymalitów. — Wielebny miecza w dłoni nie miał.

— Głupiś — skarcił go wyniośle Andrzej. — „Królestwo moje nie jest z tego świata", przypomnij sobie, chłopcze. Ja władam bronią straszliwszą niż miecz. — Pogroził mu palcem.

— Prawda — przytaknął jego osobisty kanclerz, Filip z Doliwów. — Gdyby nie biskup, Starsza Polska wciąż by spała. Choć porównanie z Chrystusem uważam za niestosowne.

— Doliwa, Doliwa — roześmiał się Andrzej. — Ty to lubisz prawdą między oczy jak kamieniem! Dla Domarata tak powiedziałem, żeby zrozumiał, że jest siła duchowa i siła ludzka. Nie śmiałbym się do naszego Pana porównywać, skądże!

I na krzyż też mi nie spieszno — dodał w duchu.

— Zrozumiałem — pokajał się Grzymalita. — Jak biskup sądzi, kiedy wrócimy do Poznania?

— A co, źle ci w Czerminie? — spytał wyzywająco Andrzej. — Tu bije teraz serce Starszej Polski.

Po prawdzie, to Andrzej też wolałby siedzieć w Poznaniu, mimo walk o miasto. Ostrów Tumski i jego wystawny dom biskupi wydawał mu się najlepszym miejscem do kierowania buntem, ale niestety! Zrobiło się niebezpiecznie i Marcin Zaremba skłonił go do przenosin.

„Wyjedź do siebie, do Czermina — powiedział — przeczekaj największy tumult, potem wrócisz".

— Biskup co powie, to się ziści — jęknął Domarat i wyjrzawszy oknem, zaanonsował: — Wojewoda przyjechał!

— Mój Zaremba kaliski? — spytał Andrzej.

— Nie! Wojewoda poznański, Dobrogost Nałęcz. Tak zwany Duży.

— Ach tak — wzruszył ramionami Andrzej i szybko upomniał współpracowników: — Tylko pamiętajcie, jak mnie macie tytułować.

— Wojenny biskup Zaremba! — powtórzyli kanceliści, gdy w drzwi wchodził wojewoda.

Twarz Dobrogosta drgnęła, jakby nie zrozumiał, co słyszy. Potężna sylwetka wojewody, której zawdzięczał przydomek, zdradzała zmęczenie. Na kilkudniowym zaroście osiadł mu kurz drogi, poły płaszcza wojewody były uwalane zaschłym błotem, rękawice brudne. Andrzej przeciwnie; starannie wygolone policzki lśniły zdrowym rumieńcem, pektorał na piersi złotem, a szata podbita futrem popielic dodawała mu godności.

— Witaj, wojewodo — wyciągnął ku wchodzącemu dłoń z pierścieniem do ucałowania.

Dobrogost Nałęcz ukłonił mu się z szacunkiem, ale zamiast pierścienia pocałował powietrze nad jego dłonią.

— Co w Poznaniu? — spytał Andrzej.

— Katedra zajęta — krótko odpowiedział wojewoda. — Wójt

Przemek obsadził ją swoim wojskiem, przed świątynią ułożył worki z piaskiem, ustawił zasieki z zaostrzonych pali i zabarykadowali się w środku.

— Filipie, wina! — jęknął Andrzej. — Daj też panu wojewodzie. Boże drogi! Katedrę pohańbili!

— Wójt oznajmił, że będzie się bronił do krwi ostatniej — wojewoda usiadł, choć Andrzej go o to nie prosił i zdjąwszy brudne rękawice, wyciągnął dłoń po kielich. — Boi się losu wójta Alberta.

— I słusznie — buńczucznie odpowiedział Andrzej. — Ja mu nie popuszczę.

Dobrogost Duży spojrzał na niego spode łba, ale nic nie powiedział.

— A jak książęta? Któryś pofatygował się do walki na czele wojsk? — spytał biskup, poprawiając pierścień na palcu. — Czy siedzą sobie bezpiecznie w Głogowie i komenderują obroną?

Usłyszał mało subtelne chrząknięcie swego kanclerza, Filipa, i opamiętał się natychmiast.

Z wojewodą lepiej nie zadzierać.

— Tak jak mówisz, biskupie — powoli odpowiedział Dobrogost. — Siedzą w Głogowie i komenderują. Puścili zagony zbrojne pod wodzą Bibersteina, tego, którego mój imiennik i rodowiec, Dobrogost Mały, pokonał pod Kłeckiem.

— Nasza wielka bitwa! — rozpromienił się natychmiast Andrzej i mrugnął do Filipa. — Nieprawdopodobny tryumf oręża Starszej Polski nad siłami Śląska! Wspaniała, pierwsza jaskółeczka wolności! Jak dobrze, że w siłach niepodzielnego księstwa stoją odważni Nałęczowie. — Podszedł do wojewody, wyjął mu kielich z ręki, udając, iż nie widzi jego zaskoczenia, i uścisnął mu prawicę. — Liczę na ciebie, Dobrogoście Duży, że sprawisz się z Bibersteinem jak Dobrogost Mały. Tak samo szybko, skutecznie i walecznie. Och, zrymowałem! Napijmy się. Wznoszę toast za nasze zwycięstwa!

Andrzej Zaremba wsadził z powrotem kielich w rękę wojewody i pokazał mu, że może się napić.

— Ugościć cię wieczerzą czy od razu jedziesz na Bibersteina? — spytał, gdy wypili.

— Jadę — odpowiedział wojewoda. — Ale najpierw muszę cię ostrzec, biskupie.

— Mnie? Ja się niczego nie boję! — wzruszył ramionami Andrzej.

— Katedra może ucierpieć podczas walk.

— Grzech świętokradztwa spadnie na głowę wójta.

— Dom biskupi stoi blisko — zmrużył oczy wojewoda.

Niech to szlag — zaklął w duchu Andrzej, ale zachował zimną krew, odpowiadając:

— Ja to zrozumiałem, gdyś tylko powiedział, że zajęli dom Boży. Cóż, wypowiadając wojnę, liczyłem się ze stratami, taki los wodzów.

Dobrogost zacisnął szczęki, odstawił kielich i wstał.

— Żegnam, biskupie — powiedział oschle.

— Błogosławię ci, synu. Zwyciężaj w imię Starszej Polski, amen — zrobił znak krzyża w powietrzu Andrzej.

Gdy Dobrogost Duży wyszedł, skinął na sługę i rozkazał:

— Wina mi dolej. Do pełna. Filipie — zawołał kanclerza — czyśmy na pewno zabrali wszystko, co się dało z mojej siedziby?

— Tak, wielebny — odpowiedział Doliwa. — Tylko płyty kamienne z imionami biskupów zostały.

— Szkoda — powiedział Andrzej. — Moja była bardzo ładna.

— Ogień kamienia nie pożre — uspokoił go Filip. — A jakby chcieli coś niszczyć, to łatwiej porąbać ławy.

— To ławy zostały? — zafrasował się Andrzej. — Te rzeźbione też?

— Tak, wielebny. Ale tron biskupi zabraliśmy. Osobiście go pilnowałem.

— Jakoś to będzie — pocieszył się Zaremba.

— W Bogu ufność — beznadziejnie pocieszył go Doliwa.

— Jeden wojewoda wyjechał, drugi zajechał — zameldował Domarat, zerkając przez pozbawione błony okno. — Wielebny miał rację, że serce Starszej Polski bije teraz w Czerminie.

— Mój? — dopytał Andrzej.

— Tak, wojewoda Marcin Zaremba z małym orszakiem. Przed nim też wielebnego tytułować?

— Przed nim najbardziej — wyprostował się biskup i poprawił włosy.

— Wojenny biskup Zaremba — powiedzieli chórem kancelaryści, gdy Marcin przestąpił próg.

Stanął jak wryty.

— Wojewoda kaliski i gnieźnieński pan Marcin Zaremba do wojennego biskupa — powtórzył jego kanclerz.

— Witaj, bracie — otworzył ramiona Andrzej, ale nie wstał. Wyciągnął dłoń z pierścieniem do ucałowania.

Marcin zrobił kilka kroków i skłonił mu lekko głową, ale nie pochylił się do całowania pierścienia.

— No, nie trzeba — machnął dłonią Andrzej i zwrócił do swoich. — Nie trzeba tak oficjalnie, przy moim krewniaku. Jesteście wolni — dodał szybko, widząc, iż Filip otwiera usta, by zaprzeczyć. — Zawołam później. Zostawcie nas samych, my tu sobie jak bracia pomówimy.

Gdy wyszli, pokazał Marcinowi krzesło, na którym wcześniej siedział Dobrogost.

— Duży Nałęcz tu był — powiedział. — Przyjechał powiedzieć, że walki o Poznań przybrały na sile. Wójt się w katedrze zabarykadował.

— Wiem — wzruszył ramionami Marcin. — Minąłem go w drodze. Gnieźnieńskie i kaliskie już pod moją kontrolą...

— ...naszą — poprawił go Andrzej.

— Tak. Jakub Świnka w katedrze odprawił nabożeństwo dziękczynne. Stałem w pierwszym szeregu.

— No, to się chwali — skinął głową biskup. — Teraz niech się Dobrogost wykaże w Poznaniu i zrobione. Choć powiem ci, tak się zastanawiam, czy nie powinieneś rzucić oddziału z półwem za murem. Zawsze to lepiej, gdy Zarembowie pokażą się w pierwszym szeregu, co?

— Może i tak — powiedział Marcin.

— No to dobrze, że się zgadzamy. — Zajrzał do wnętrza kielicha i zakołysał winem. — I przykaż im, żeby mi tam siedziby przy okazji upilnowali. Wiesz, przypadkowy ogień przy oblężeniu normalna niby rzecz, ale ja już takie nakłady poniosłem, że nie chciałbym więcej dokładać do zwycięstwa.

— Dbasz o swoje — zmrużył oczy Marcin.

— Bo póki co ja ponoszę największe koszty! — uniósł głos Andrzej. — Margrabia Waldemar palcem nie kiwnął, by pomóc Głogowczykom, ale ja za to płacę! Ze swoich dziesięcin!

— Dobrze, dobrze — machnął ręką wojewoda. — Nie wypominaj.

— Przypominam — poprawił go Andrzej. — Przy okazji: przywiozłeś mi go?

Marcin wstał i przeciągnął się, aż nieprzyjemnie chrupnęły mu kości.

— Uważam, że to zły pomysł. Lepiej byłoby trzymać Michała w Jarocinie — powiedział.

— Gówno wiesz — warknął Andrzej.

Nie pierwszy raz kłócili się o chorążego. Marcin go pojmał i wciąż wykręcał się, wynajdując coraz to inne powody, by nie przekazać jeńca Andrzejowi.

— Gówno wiesz — powtórzył dobitnie. — Nie słyszałeś, jak Wit Zaremba, zarządca jarocińskiej wieży, mówi o Michale. Czyste bałwochwalstwo! Gotów jest złamać rozkaz i uwolnić go za naszymi plecami.

— Może tak, może nie — wzruszył ramionami Marcin i zaczął przechadzać się po komnacie. — Nieźle się tu urządziłeś, Andrzeju.

— Nie zmieniaj tematu — twardo zaoponował biskup. — Taka była umowa: Michał jest mój w zamian za to, że poświęciłem swoje dochody na tę wojnę.

— Jesteś pazerny — powiedział Marcin, biorąc do ręki kolejno srebrne kielichy stojące na kufrze i badając ich wagę.

— Licz się ze słowami! — pogroził mu biskup.

— Powiedz mi, co z nim zrobisz? — Wojewoda zatrzymał w dłoni wyjątkowo piękny kielich i przejechał palcem po zdobieniu.

— Jak wrócę do Poznania, postawię go na honorowym miejscu. To kielich, który nasz Janek Zaremba dostał od księcia Bolesława. Pamiątka.

— Nie pytam o kielich — wojewoda odstawił naczynie i odwrócił się do Andrzeja. — Pytam, co zrobisz z Michałem. Dlaczego tak ci na nim zależy?

— Moja sprawa — wyniośle odpowiedział Andrzej. — Smok Zarembów ma jedną głowę i dzisiaj jestem nią ja. Oddawaj Michała.

— Jest tam. — Marcin głową wskazał na podwórze. — Przywiozłem ci go.

MICHAŁ ZAREMBA siedział w czermińskim więzieniu. To nie był loch w wieży, jak przed laty, w Poznaniu. Zamknięto go w jakiejś izbie biskupiego dworu, niedużej, ale za to uzbrojonej w drzwi z trzema żelaznymi sztabami. Na ścianie było wąskie, zakratowane okno, położone tak wysoko, że słyszał przez nie, co się dzieje na podwórcu, ale nic nie mógł zobaczyć. W izbie, poza wiązką słomy, żelazną obręczą w ścianie i wiadrem na nieczystości nie było żadnego sprzętu. Przez pierwszą dobę nie dano mu ani jedzenia, ani wody. Słyszał, jak odjeżdża wojewoda Marcin; jak do Czermina przybywają jacyś zbrojni, których głosów nie znał. Najpierw pomyślał, że biskup zapomniał o nim, potem, że zabawia gości, a gdy zapadła kolejna noc, przyszło mu do głowy, że chce go zamorzyć głodem. Z pragnienia nie mógł spać. Piekły go oczy. Dotykał ich raz po raz, myśląc, czy nie rosną mu na powiekach łuski. Nie. Policzki, szyję, piersi i nogi pokrywały rogowe płytki, reszta ciała wciąż była od nich wolna.

Jak długo? — myślał, gdy jego obudzone smocze zmysły penetrowały stajnie, oborę i pokoje biskupie. Wyczuł kobietę i nadwrażliwym uchem usłyszał, że biskup dogadza sobie. Zadrżała w nim wściekłość i pogarda. Znalazł się sługa Boży!

Gdy Marcin Zaremba wiózł go do Czermina, spotkali na drodze dziewczyny w zielonych sukniach. Wydało mu się, że jedną z nich pamięta z czasów, gdy Przemysł z Henrykiem odwiedzał „Zieloną Grotę", wtedy miała na imię Trzmielina. Pozostałe były mu obce, choć ich woń wyczuł na długo przed tym, nim wyszły z lasu z koszami na ramionach. Kobieta, z którą gził się teraz biskup, pachniała inaczej. Słabiej. W tamtej chwili, gdy zobaczył leśne siostry na trakcie, zadrżało w nim wszystko i zrozumiał, że smok w nim budzi się w bliskości takich kobiet. I zatęsknił za Kaliną. Tak, to przygnębiające, że moc uzdrawiającego pocałunku Rikissy trwała, póki był przy niej, a wystarczyło, by się oddalił, spędził noc w Jarocinie, pod wymalowanym wizerunkiem złotego smoka, i już po nim. Bestia zwycięża pogromcę.

Wreszcie, tuż po świcie, usłyszał, że biskup idzie do niego. Wszystkie trzy zasuwy otwarto, jedną po drugiej, a szczęk żelaza niemal rozsadził mu uszy. Do izby weszli słudzy i od razu rozpoznał, że nie ma wśród nich ani jednego Zaremby.

— Przykujcie go do ściany — rozkazał biskup Andrzej i stanął w drzwiach.

Zbrojni nałożyli mu ciężkie obręcze na nadgarstki, przeciągnęli przez nie łańcuchy i zamocowali do grubego żelaznego ogniwa w ścianie. Przez cały ten czas Michał stał ze spuszczoną głową.

— Jeszcze nogi — pokazał Andrzej, a gdy słudzy skończyli, odesłał ich, mówiąc: — Zamknijcie drzwi. Sam będę badał więźnia.

Zostali sami, choć Michał wyczuwał, że pod drzwiami czuwało kilku ludzi. Andrzej Zaremba przyglądał mu się bez skrępowania.

— No, no — powiedział wreszcie — a więc to prawda, co mówili. — Podszedł bliżej i obejrzał go bezceremonialnie. — Skończyłeś pięćdziesiąt pięć lat, a nie wyglądasz nawet na czterdzieści. Nie zdziadziałeś.

— W przeciwieństwie do ciebie — odwarknął Michał.

— Nie bądź uszczypliwy — prychnął wyniośle Andrzej. — Od machania mieczem nikt jeszcze nie został biskupem. Do tego trzeba mocy duchowych i ja je mam, osiłku.

— Zamierzasz mnie morzyć głodem? — spytał Michał. — Nie podasz mi nawet wody?

— Zobaczy się — wymijająco odpowiedział biskup. — Mów, po coś przyjechał?

— Na wezwanie wojewody Marcina — odpowiedział Michał, wciąż nie unosząc głowy.

— Nie teraz, wcześniej — ostro odezwał się Andrzej. — Wtedy, gdy spotkałeś się ze Świnką.

Michał milczał.

Przez kilka tygodni, gdy był więźniem wojewody, ten wypytywał go o śmierć Sędziwoja, powtarzając: „Coś mu zrobił?" na zmianę z „Zabiłeś mego ojca?". Po kilku godzinach przesłuchań Michał zorientował się, że wojewoda musiał rozmawiać z którąś z kobiet z brzostkowskiej służby, może i samą Ochną. Tamten wiedział o smoku, ale nie wierzył, że to prawda, więc drążył i drążył. Pytał o burzę i Michałowi zdawało się, że jest bliski przyjąć prawdę, że Sędziwoja zabił piorun. Owszem, przyglądał się podejrzliwie łuskom na jego czole, ale uznał je chyba za chorobę i odpuścił. Łatwiej uwierzyć w śmierć od pioruna niż w człowieka przemienionego w bestię.

Zobaczył w dłoni biskupa nóż. Ten sam zardzewiały nóż, który wyłowił z Warty.

— Po co ci był ten nóż? — spytał Andrzej.

— Po nic. Znalazłem go w rzece — wzruszył ramionami Michał i poczuł ciężar łańcuchów.

Andrzej Zaremba skierował ostrze ku jego pochylonej twarzy.

— Chcesz mnie zabić? To miej śmiałość spojrzeć mi w oczy — powiedział Michał i uniósł głowę.

Popatrzyli na siebie z bardzo bliska.

— Okropnie wyglądasz — powiedział z odrazą biskup, wyciągnął ku niemu rękę z nożem i przez moment zawahał się, jakby się go brzydził, a potem zdecydowanym ruchem chwycił Michała za ubranie na piersi i rozciął je. Michał szarpnął się, zadzwoniły łańcuchy i bezradnie zatrzymał się na ich uwięzi. — Nie szamocz się — syknął Andrzej, rozbierając go z koszuli i nogawic.

Michał czuł się upokorzony. Stał zakuty, odarty z ubrania i siły.

— A więc i to jest prawdą — wyszeptał ze pogardą biskup poznański. — Jesteś potworem.

Cofnął się o kilka kroków i oglądał Michała ze wszystkich stron.

— Obrzydliwość — powiedział i głośno przełknął ślinę. — Coś wstrętnego. Ohyda.

— Skończyłeś? — wyszeptał ze ściśniętym gardłem Michał.

— Dopiero zacząłem — ostro odpowiedział Andrzej. — Wyglądasz jak diabelski pomiot. Bękart szatański. Płód Lucyfera. Coś strasznego — pokręcił głową. — Powinienem cię wydać inkwizycji.

— Inkwizycja szuka heretyków, a nie potworów — powiedział cicho Michał.

— To się okaże — odpowiedział biskup. — Albo i nie. Nie. Nie wydam cię inkwizytorowi, bo dzielimy ze sobą pochodzenie, zaraz zaczęliby przesłuchiwać cały ród Zarembów, a mnie nie stać na to, by teraz, gdy jestem głową powstania, padł choćby cień podejrzenia na rodzinę. Nie dajesz mi wyboru, potworze. Muszę cię zabić.

— Zrób to — żachnął się Michał, aż zadźwięczały łańcuchy.

Patrzył w oczy Andrzeja wyzywająco. Tak, może to najlepsze rozwiązanie? Skończy się jego ziemska męka, przestanie dźwigać ten krzyż.

— Zrób to — powtórzył z pasją. — Ale najpierw pozwól mi wyspowiadać się u arcybiskupa Jakuba.

— Jeszcze czego — pokręcił głową Andrzej i nie opanował grymasu obrzydzenia. — Hańbisz nasz ród. Kalasz nas wszystkich. Zresztą nie jestem jak ty, co z zimną krwią zabiłeś Wawrzyńca Zarembę. Ja nie przeleję krwi rodowca, choć biorę Boga na świadka, że trudno mi czuć więź pokrewieństwa z kimś takim.

Andrzej splunął mu pod nogi.

— Nie miałem na to wpływu — wyszeptał Michał.

— Królowa Rikissa wie o twojej odrażającej naturze?

— Nie — skłamał. — Nie miała o tym pojęcia.

— Tak sądziłem — wyniośle odpowiedział Andrzej Zaremba. — Natura potwora jest skryta, pokrętna i kłamliwa. Brzydzę się tobą.

— Będziesz mnie trzymał obnażonego w łańcuchach? — krzyknął rozpaczliwie Michał. — Zabij mnie, skończ z tym, no już, czego się boisz?

— Ja niczego się nie lękam — przeżegnał się Andrzej. — Nie myl strachu z obrzydzeniem.

Biskup odwrócił się i krzyknął w stronę drzwi:

— Otwierać!

Zgrzytnęły zasuwy i do środka wdarły się ciekawskie spojrzenia zbrojnych.

— Zgasić pochodnie! — rozkazał Andrzej. — Od tej chwili będziecie więźnia obsługiwać w ciemności. Przynieście mu odzienie, ubierzcie go i zostawcie skute tylko ręce. Raz dziennie posiłek z kuchni dla służby i woda. Słomę zmieniać co tydzień. Światła w celi nie zostawiać. Mrok jest właściwy dla kogoś tak potwornego jak on.

— Zostaw mi wolną jedną rękę — krzyknął do jego pleców Michał. — Jak mam jeść przykuty?

— Pyskiem — odpowiedział Andrzej Zaremba. — A robić możesz pod siebie, jak każdy ohydny potwór.

ELIŠKA PREMYSLOVNA chodziła w ciąży wedle swej oceny o wiele za długo, a na końcu, po okropnie bolesnym porodzie urodziła córkę. Była zła. Pierwszy powinien być syn!

— To jego wina! — wrzasnęła, gdy położna powiedziała jej, że powiła dziewczynkę. — Jana! On zrobił dziewczynkę!

— Królowo, nie wypada — upomniał ją biskup praski Jan, który wraz z duchownymi otaczał łoże rodzącej pani.

— Co nie wypada? — złościła się Eliška.

— Obarczać króla winą za płeć dziecka — podpowiedział biskup. — Zgodnie z nauką to kobieta...

— No to może nauka się myli?! — krzyknęła. — Dość, że kobieta musi chodzić w ciąży i urodzić. Byłeś świadkiem, biskupie, że to nie takie łatwe, co?

Jan IV przeżegnał się i otarł pot z czoła.

Dobre sobie, jakby to on miał rodzić — pomyślała Eliška i już miała to biskupowi powiedzieć, ale ugryzła się w język. Co to zmieni? Jest córka i trzeba się z tym pogodzić. Opadła na poduszki. Była potwornie zmęczona i rozczarowana. Miała nadzieję, że urodzi syna, dadzą mu na imię Václav i nie będzie musiała znów zachodzić w ciążę. To było okropne. Co za poeta nazwał ten stan błogosławionym? Jedno jest pewne: kobieta takiej bzdury nie wymyśliła.

— Królowa urodziła — jęknęła, unosząc się nad poduszki. — I musi odpocząć. Zabierzcie dziecko, dajcie mamce i idźcie sobie.

— Czy życzy sobie najjaśniejsza pani przyjąć króla? — spytała Gredla.

— Nie — szczerze odpowiedziała Eliška.

Przyjęła Jana trzy dni później. Musiała odespać cud narodzin. I przekonać się, że sama go przeżyła. Była rozdrażniona; miała nadzieję, że suknię, w której chodziła przez ostatnie tygodnie ciąży, każe wyrzucić i spalić, ale okazało się, że tylko ona pasuje na jej wciąż nieforemną figurę.

— To minie, moja pani — powiedziała Cecylia, siostra Viléma Zajíca, jej dama dworu.

— Tobie ufam — sapnęła Eliška i otarła łzy wierzchem dłoni.
— Urodziłaś troje dzieci i wyglądasz dobrze.

— Minie, nim się obejrzysz. Nie martw się, królowo. Ciesz się, że córka zdrowa i ty szczęśliwie przeżyłaś poród...

— Jeszcze wczoraj myślałam, że umrę — wyznała jej Eliška.
— Albo nigdy więcej nie będę chodzić...

Cecylia pomogła jej upiąć płaszcz na ramieniu.

— Widzisz, pani — uśmiechnęła się pocieszająco — a dzisiaj już mogłaś wstać, umyć się, ubrać. Pięknie wyglądasz.

— Tak sądzisz? — spytała Eliška, bo nie czuła się piękną. Sama sobie wydawała się ociężałą olbrzymką przystrojoną w brokaty.

— Tak, królowo — skłoniła się Cecylia z krzepiącym uśmiechem.
— Jesteś władczynią Czech i musisz podjąć obowiązki. Spotkać się z mężem, który specjalnie na czas rozwiązania przyjechał z Rzeszy. Doceń to.

Postaram się — pomyślała Eliška i wyszła do Jana.

Ale gdy go zobaczyła, zezłościła się. Jej młody, siedemnastoletni mąż wyglądał kwitnąco. Miał loki piękniej lśniące niż jej włosy. Promienną cerę i trzybarwny płaszcz. W dodatku rozmawiał z jakąś wiotką młódką w sukni odsłaniającej całe ramiona.

— Królowa Czech i Polski Eliška Premyslovna — zawołał Vilém Zajíc, gdy wchodziła, i na jego głos Jan od razu nie skończył rozmów z dziewczyną, tylko coś tam jeszcze do niej szepnął i zaśmiał się, nim wyszedł po nią.

— Moja pani! — skłonił się przed Eliszką i szepnął poufale: — Królowa i mateczka...

Dam ci mateczkę — zacisnęła zęby.

— Muszę usiąść — powiedziała wyniośle. — Jak wiesz, miałam ciężki poród.

— Jestem dumny z córki — z uśmiechem odpowiedział Jan i podał jej dłoń, odprowadzając do królewskiego tronu. Gdy usiadła, zajął miejsce obok. — Chciałbym nadać dziewczynce imię. Małgorzata, po mojej drogiej matce.

— Ona nie żyje — zaprotestowała Eliška. Teściowa zmarła, gdy wraz z mężem ruszyła do Italii. Dobił ją włoski klimat.

— Właśnie — smutno powiedział Jan. — Dlatego pragnę ją uczcić. Królewna Małgorzata, pięknie brzmi, *ma chérie*.

Może być — pomyślała.

— Długo zostaniesz? — spytała.

— Dlaczego pytasz? Przecież to moje Królestwo — odpowiedział niemile zaskoczony. — Henryk z Lipy wraz z możnymi Czech czekają na mnie. Wiesz, o czym chcą rozmawiać?

— Może zechce się pochwalić romansem? — powiedziała Eliška głośno. — Całe Królestwo już wie, że odważył się sięgnąć za wysoko.

— Co masz na myśli, *ma chérie*? — zapytał Jan zaniepokojony.

Poczuła odrobinę mściwej radości, widząc rumieniec na jego twarzy.

— To, że marszałek Czech i królowa wdowa pohańbili pamięć mego ojca — odpowiedziała zimno i wysoko uniosła głowę.

— Sugerujesz, że Henryk z Lipy związał się z królową wdową? — z niedowierzaniem powiedział Jan i aż opadł na brokatowe obicie tronu. Poderwał się z niego szybko. — Przecież ona jest stara!

— Ma dwadzieścia pięć lat — wypaliła Eliška i pożałowała tego szybko.

— Mówiliście, że...

— Musiałeś źle usłyszeć — wzruszyła ramionami i poprawiła płaszcz, który się z nich osunął. — Ja nic takiego nie mówiłam. A zresztą, jakie to ma znaczenie, młoda czy stara? Rzecz w tym, że to skandal. Ona była żoną mego ojca! Powinna po kres dni gnić w jakimś klasztorze i modlić się za jego duszę, a nie gzić z pierwszym marszałkiem królestwa. To jest skandal, Janie, a ty musisz go ukrócić. Poza tym oni się goszczą w Hradcu za nasze srebro! — Rozjuszyła się. — Musieli to wszystko mieć zaplanowane dużo wcześniej, pamiętasz, jak Henryk z Lipy wymusił na tobie oddanie jej pieniędzy? Już wtedy był jej kochasiem, to pewne! W Pradze brakuje na wszystko, skarb pusty, a winny temu Henryk z Lipy! I ona!

— Henryk od dawna nie jest podkomorzym — z namysłem powiedział Jan. — Nie mogę go oskarżyć za pusty skarb. Poza tym on stoi na czele możnych, *ma chérie*...

— Zrób coś z tym. Utrąć go — rozkazała Eliška. — Król musi władać silną ręką, Myšáčku. A jak nie...

Jan poczerwieniał, gdy powiedziała „Myšáčku". Aż po czubki uszu. Zobaczyła wystraszone oblicze Viléma Zajíca, biskupa Pragi i innych dworzan. Wszyscy obecni zamarli, wpatrując się w króla.

— Zapomniałaś się, pani — powiedział zimno. — Nie jestem dzieckiem, by tak mnie nazywać. To niewybaczalne.

— Co? — żachnęła się, bo nie znosiła, gdy ktoś tak do niej mówił.

— Bez przesady. Nic takiego nie zrobiłam. Zamiast obrażać się o moje słowa, powinieneś obrazić się na nich. Na Lipskiego i królową wdowę. Spytaj hrabiego Bertholda, co się działo, gdy ty bawiłeś w Rzeszy. Marszałek podburza możnych przeciw tobie. Tylko patrzeć, jak wystąpią z żądaniami.

— Królowa ma rację — ośmielił się wziąć jej stronę Vilém Zajíc. — Choć być może nazywa sprawy dość... ostro. Tyle tylko, że zaszły nowe okoliczności, o których dzisiaj miałem powiedzieć najjaśniejszym państwu. Nowe i nie... nie... niekorzystne...

— To nie jąkaj się, tylko mów — ośmieliła go Eliška zadowolona, że zaczął od „królowa ma rację".

— Pozwól, moja pani — wciąż zimno odezwał się jej mąż — że ja będę decydował, kto ma mówić i o czym. Nie podoba mi się, że próbujesz zająć miejsce króla.

Ktoś musi — chciała odpowiedzieć, ale ugryzła się w język.

— Bo nie dość, że ja jestem królem Czech — ciągnął Jan — a ty jedynie moją żoną, to jestem też synem cesarza, co mam nadzieję, nie umknęło twej uwadze, pani! — zakończył dobitnie.

Póki co tron cesarski nie jest dziedziczny — chciała odparować, ale znów poskromiła się, dyplomatycznie czekając, aż Jan skończy listę swych pretensji.

— Vilémie, mów — rozkazał Luksemburczyk i Eliška omal nie parsknęła śmiechem.

Cały ten wywód tylko po to, by powtórzyć po mnie „mów". Oj, Myšáčku, Myšáčku, cesarzątko ty moje, wiele do powiedzenia to ty nie masz, chłopcze.

— Jego królewska mość, jej królewska mość — zaczął stary Vilém Zajíc. — Mamy niepokoje przy wschodniej granicy. Odkąd król Węgier, Karol Robert, zdusił bunt potężnego rodu Aba, baron Mateusz Czak zaczął poczynać sobie coraz śmielej. Jego wojska robią wypady na Morawy. Jak tak dalej pójdzie, nasze interesy będą zagrożone.

— Nie może tak być — odezwał się młody król — by sąsiedzi bezkarnie najeżdżali nasze ziemie.

Ot, powiedział — pomyślała złośliwie. — Mądrość nad mądrościami.

— W tej sytuacji uważam, iż należy spór z marszałkiem Henrykiem z Lipy odłożyć na później — ciągnął jej mąż. — I wysłać go, by zatrzymał Mateusza Czaka.

— Zgadzam się z królem — odezwała się słodko Eliška. — Najpierw niech marszałek dowiedzie, że wciąż jest godzien nosić tytuł, a potem zajmiemy się jego gorszącą postawą w życiu osobistym.

O ile zdążymy — zaśmiała się w duchu. — Ponoć ludzie tego Czaka to zbóje. Skoro pod wodzą Karła pobili kiedyś wojska mego ojca, to znaczy, że i Henryk z Lipy nie wyjdzie z ich rąk żywy.

ANDRZEJ ZAREMBA jechał na czele orszaku do odzyskanego Poznania. Ślady zaciętych walk o miasto widać było już kawał przed grodem. Końskie ścierwa, na których żerowały stada wron walczące z watahami zdziczałych psów; porzucone szkielety połamanych wozów taborowych, ślady po ogniskach, kilka bezimiennych krzyży skleconych pospiesznie z dwóch krzywych gałęzi.

Zatrzymał się przed murami tylko raz, przy drewnianej przydrożnej kapliczce, którą miejscowi zwali „Matką Boską z Poznaniątkiem" albo „Matką Boską Poznańską". Uniósł prawicę, wstrzymał swój orszak i sam, z kanclerzem Filipem Doliwą, podjechał ku kapliczce. Pod porośniętym trawą i mchem daszkiem stała stara figura Maryi, smutnej panny, dziewuszki niemalże, która z trudem trzymała w ramionach wielkie, przerastające jej siły, dzieciątko. Matka była od wieków smutna, a jej syn, zwany tu Poznaniątkiem, od zawsze rumiany i radosny. Andrzej przeżegnał się zamaszyście, ogarniając wzrokiem kapliczkę. U jej stóp leżał wiecheć wyschniętych kwiatów i dziurawa rycerska rękawica. Sztywna od potu, brudu i krwi, zastygła w rozwarciu palców, zdawała się trzymać dawno zwiędłe kwiaty. Na kępie trawy przed kapliczką stała samotna wrona. Syta po uczcie na końskich truchłach, a może wcale nią niezaciekawiona? Zadzierała głowę i wpatrywała się w Matkę Boską Poznańską tak samo jak Filip i Andrzej.

— Pobożna — powiedział kanclerz, przyglądając się wronie.

— Skąd wnosisz? — spytał Andrzej.

— Bo robi to samo co my — odpowiedział Doliwa.

— To dziwne, powierzać los miasta tak młodej pannie, nawet jeśli to Matka Boska — wyrwało się zadumanemu Andrzejowi.

— Niby tak. Nawet Dzieciątko dla niej za ciężkie. A jednak, dźwiga je od tylu lat i jak widzisz, wielebny, nigdy nie upuściła. Pan daje nam na barki tyle, ile możemy unieść.

Wrona przekrzywiła łeb, jakby słuchała, co mówią.

— Albo raczej tyle, ile od nas oczekuje — odpowiedział biskup poznański. — A potem patrzy, czy damy radę.

Ptaszysko uniosło skrzydła i poruszyło nimi bezgłośnie. A potem odwróciło się od kapliczki i znów zadarłszy łeb, uważnie popatrzyło na biskupa i jego kanclerza. Zalśniły czarne jak paciorki oczy.

— Czego się gapisz? — otrząsnął się z zadumy Andrzej. — No, zmiataj stąd!

Ruszył w stronę wrony. Ta wzbiła się w powietrze i zamiast odlecieć, usiadła na dachu kapliczki.

Kra! — krzyknęła do nich. — Kra! Kra!

— Weź ją przepędź — zdenerwował się biskup Andrzej.

— Sio — spokojnie odpowiedział Filip. — No, sio stąd.

Ptak nie miał zamiaru opuścić kapliczki Matki Boskiej Poznańskiej; Filip niechętnie podjechał bliżej i zaczął przeganiać go ręką. Wrona uniosła się wreszcie, zatoczyła koło nad kapliczką, a gdy odjeżdżali, wróciła. Usiadła na omszonym daszku i rozłożywszy szeroko skrzydła, trwała tam jak jakiś czarny anioł.

— W drogę! — zarządził Andrzej. — Poznań czeka!

Najpierw minęli kościół Świętego Jana Jerozolimskiego, zwany przez mieszkańców „świątynią za murami", bo pobudowano go z dala od obwarowań Poznania. Jego ceglana fasada przyciągała wzrok, pyszniąc się między drewnianymi domami. Gdy tylko wjechali na Śródkę, zewsząd nadbiegli ludzie i zaczęło się tworzyć zbiegowisko. Ktoś z jego straży przedniej krzyknął: „Przejście! Jedzie wojenny biskup Zaremba!" Ciżba ludzka rozstępowała się przed chorągwią Andrzeja i ktoś z gromady podchwycił:

— Zaremba! Zaremba!

— Biskup wojenny niech żyje!

— Wojewoda Dobrogost Nałęcz niech żyje!

Nasz powinien być wojewoda poznański — pomyślał Andrzej nie po raz pierwszy. — Jak za czasów Beniamina.

A potem otrząsnął się na to wspomnienie. Beniamin pewnie w grobie się przewraca, jeśli widzi, co stało się z jego synem. Potwór. Pomiot szatański. Wyrodzony Zaremba. Wnętrzności przewracały się w nim na myśl, że takie coś pomniejsi Zarembowie widzieliby na czele rodu. Przepadnij, szatanie! — przeżegnał się z odrazą.

Przejechali przez mostek na Cybinie i tłum podprowadził go do drzwi katedry. Na dziedzińcu przed świątynią ślady walk wyryły się czarnymi plamami pożarów, osmoloną cegłą, rozerwanymi taranem wrotami.

— W imię Ojca i Syna — przeżegnał się zamaszyście Andrzej, oddając cześć zniszczonej katedrze.

Dwa razy i to tylko bokiem zerknął w stronę siedziby biskupów poznańskich. Widział wyrwane okiennice, nic nie powiedział. Zsiadł z konia i pobłogosławił lud:

— Kto mieczem dom Boży pokalał, od miecza katowskiego zginie! — zakrzyknął. — Ale powtarzam, co rzekłem, nim pobito wójta: książęta głogowscy zostali przeze mnie tu, w tej świątyni, wyklęci i Boża niełaska spada na tych, co szli za nimi. My, nazwani „buntownikami", byliśmy w istocie obrońcami Starszej Polski, amen!

Skinął na Domarata i kanoników, a oni weszli w tłum, wołając:

— Odpust zupełny dla każdego, co walczył z wójtem! Win odpuszczenie, męki czyśćcowej skrócenie! Pan Bóg bojownikom zapłaci według zasług!

Po ciżbie przeszedł jęk zachwytu. Ludzie klękali, jakby już doświadczyli rozwarcia bram niebieskich. Andrzej patrzył na nich z dobrotliwym uśmiechem patriarchy, który tyle razy podpatrywał u Jakuba Świnki.

Filip Doliwa podjechał do niego i szepnął:

— Wojewoda Dobrogost Duży zajął zamek królewski. Trzeba nam jak najszybciej się z nim spotkać. Co się stało? — spytał nagle, wpatrując się w twarz Andrzeja. — Wielebnego rozbolały zęby?

Uśmiech zniknął z twarzy biskupa. Machnął ręką na mało spostrzegawczego kanclerza i warknął, wskazując kanoników:

— Zgarnij ich, wystarczy tych odpustów. Jedziemy na zamek.

Przeciskając się między ciżbą przejechali most na Warcie, kierując się ku Bramie Wielkiej i dalej, w stronę królewskiego wzgórza. Andrzej darował sobie uśmiech patriarchy i tylko od czasu do czasu wznosił w górę prawicę. Po drodze zatrzymali się na poznańskim rynku. Ratusz, siedziba wójta i rady miejskiej, straszył wypalonymi oknami. Zwolennicy książąt głogowskich musieli toczyć tu zażarte walki, choć skala zniszczeń sugerowała, że ratusz podpalono drugi raz, już po zdobyciu.

— Spójrz, wielebny — Filip wskazał na kunę mieszczącą się obok wejścia.

Żelazna obręcz narzędzia sprawiedliwości była nie tylko rozgięta, ale i rozklepana młotem, łańcuchy rozerwane, a obok, w miejscu, gdzie zwykle stał skazaniec, krążył rój much.

— Nasrali na katowskie obręcze — zaśmiał się Doliwa. — Oj, widać, że w Poznaniu wiele się działo.

— Coś mi mówi, że szubienicę na grobli też rozebrali. Trzeba to szybko wziąć w karby — mruknął Andrzej, mijając ratusz. — Żeby ze zrywu przeciw Głogowczykom i ich niemieckim pomagierom nie zrobił się bunt ludowy i za przeproszeniem anarchia.

Uniósł głowę, gdy podjechali pod wjazd na wzgórze, i krew się w nim zagotowała. Na wieży Przemysła powiewała chorągiew z herbem Nałęczów.

— Filip! — wstrzymał konia i krzyknął na kanclerza. — Widzisz to? Ślij przodem pocztowych, grajków i dwóch moich chorążych. Gorze! Domarat! Tiarę mi podaj, ale już!

Poczekał, aż Doliwa zręcznie uformował orszak, a Domarat założył na jego głowę majestatyczną i dumną biskupią tiarę, lśniącą rubinami, jak krwią Chrystusa.

Zadęto melodyjnie w rogi. Chorążowie zakołysali ciężką materią. Na jednej z chorągwi był półlew za murem, herb Zarembów. Na drugiej *crux decussata*, krzyż świętego apostoła Andrzeja, jego patrona. Bezwzględny w swej surowej, skrzyżowanej formie. Czerwony na złotym.

— Filipie — przywołał kanclerza. — Jak szła ta piosenka z Krakowa?

— O buncie wójta Alberta?

Wziął nasz książę i posprzątał,
aż trupy dyndały!…
Przybył książę, wzrostem mały,
duchem wielki…

— Cicho! — skarcił go Andrzej. — Nie o to mi chodzi.
— Dalej było tak:

Wójt był kłamca i oszczerca,
biskup zdrajca, przeniewierca,
książę ich poskromił!

— Dobrze. Zamień biskupa i księcia miejscami i śpiewaj. Kanonicy za tobą. No, z Bogiem, ruszamy!

Gdy tryumfalny dźwięk rogów przycichł, odezwał się mocnym głosem Filip z Doliwów:

Wójt był kłamca i oszczerca,
książę zdrajca, przeniewierca,
biskup ich poskromił!

A kanonicy, niczym responsorium, chórem dośpiewali:

Biskup wojenny Andrzej Zaremba zdrajców poskromił!
Czarne orły do Głogowa pogonił, amen!

Andrzej poprawił tiarę, wyprostował plecy i ścisnął udami klaczkę. Ta z godnością wspinała się na wzgórze. Bramy zamku króla Przemysła stanęły przed nimi otworem, a na dziedzińcu czekał wojewoda Dobrogost Duży w otoczeniu Nałęczów.

— Witam biskupa! — powiedział kwaśno. — Dobrze widzieć cię, wielebny, w Poznaniu! Miasto, jak już wiesz, oczyszczone ze zwolenników głogowskich książąt. Przywódcy w lochu. Wójt w łańcuchach...

— A wojewoda na zamku! — ostro przerwał mu Andrzej.

Zmierzyli się wzrokiem.

— Zdobyłem go na głogowskich — powiedział dobitnie Dobrogost.

Nie pozwolę, by byle Nałęcz odebrał chwałę Zarembie — pomyślał Andrzej i mocno wszedł mu w słowo:

— Ale on nie twój. To siedziba władcy. Tu mieszkał król! A tyś, z całym szacunkiem, nie jest rządcą Starszej Polski, tylko jej sługą. Nie uchodzi, byś zajmował zamek — zagrzmiał z taką mocą, o jaką jeszcze przed chwilą się nie podejrzewał.

Wojewoda aż zgiął się w sobie od siły jego słów. Nałęczowie za jego plecami skurczyli się. Na dziedziniec zaczęli napływać możni z innych rodów. Grzymalici, Łodzie, Doliwczycy, Leszczyce, a nawet Poraje.

Andrzej popłynął na fali, którą sam wywołał, i wzniósł rozłożone ramiona:

— Nie dla siebie przegnaliśmy głogowskich książąt, ale dla wolności umiłowanej ojcowizny naszej! Starsza Polska niepodzielna była gwiazdą, ku której szliśmy, a nie władza dla tego czy innego rodu! Na Boga, baronowie! Toż my wszyscy słudzy dawnego Królestwa! Jakże to tak, wojewodo? Jakżeś śmiał własną chorągiew zawiesić na zamkowej wieży? Nie wstyd ci, Dobrogoście?

I stało się coś, czego nikt nie przewidział, nawet Andrzej. Dobrogost Duży, Nałęcz, wojewoda poznański, załkał jak dziecko. Rozmazał brudne smugi łez po zarośniętych, nieogolonych policzkach i rozkazał swemu synowi:

— Zdejmij ją, natychmiast. Pycha mną kierowała i, Boże Wszechmogący, racz mi wybaczyć miłość własną.

Jasnowłosy wojewodowic skoczył ku wejściu do wieży i po chwili, zwinny jak młody żbik, zdjął chorągiew z jej szczytu i zwiniętą zniósł ojcu na dół.

Przed Andrzeja wystąpiły głowy rodów. Siwy Marcin Grzymała. Łysy jak kolano Tomasz Nałęcz. Stary Łodzia prowadzony pod ramiona przez wnuków. Piotr Szymonowic Doliwa z Dębna nad Wartą i inni. A wśród nich spokorniały Dobrogost Duży, Nałęcz.

— Co dalej, wielebny? — zapytali. — Starszą Polskę z jarzma obcych wyzwoliliśmy sami. Rękami naszych synów, wnuków, bratanków i stryjecznych, ale co dalej?

— Co mamy zrobić, by wróciła dawna chwała?

— By na naszym zamku zasiadł król?

— Jak znów sprawić, by Poznań stał się sercem Królestwa, któreśmy utracili?

Utracone Królestwo — zrozumiał Andrzej i aż nim zatrzęsło. — Matko Boska Poznańska! Toż od siedemnastu lat, od śmierci Przemysła, nie mamy tu, w Poznaniu, swego króla. Václav Přemyślida był Czechem, który nigdy tu nie dojechał. Ukoronował się w Gnieźnie i wrócił do swej Pragi. Boże! — dotarło do niego. — To nasza wina. My, Zarembowie, zniszczyliśmy Przemysła, bo nie był nam posłuszny, ale wysyłając na niego Wawrzyńca, podcięliśmy gałąź, na której siedzieliśmy sami. Jezu, prowadź! W końcu tyś wybaczył nawet swym katom, to co dopiero nam, Zarembom? A zresztą oni wszyscy są po trosze winni. Tak! W Rogoźnie z królem byli jego druhowie. Nałęcz, Grzymalita i Łodzia. Dlatego pytają, bo czują się odpowiedzialni za jego śmierć, tak jak ja i każdy żywy Zaremba. Nawet ten potwór, pomiot szatański, Michał.

— Toż w Poznaniu rządził wielki książę Mieszko — powiedział poważnie sędziwy Marcin Grzymała. — Tu narodził się pierwszy król. Bolesław, co stał się Chrobrym.

— I córka jego, królowa Północy, Harda Pani — dodał Tomasz Nałęcz, a wycierając łzę, wyprostował plecy. — Tu kiedyś biło serce Piastowskiego Królestwa.

— Kto jest godzien objąć tron? — zawołał Andrzej Zaremba, a jego donośny głos odbił się od kamiennych murów zamku.

Zapanowała cisza, w której słychać było tylko parskanie koni. I nagle w tę ciszę wdarło się krótkie krakanie wron. Wszyscy, jak na komendę, unieśli głowy. Czarne ptaki krążyły wokół osieroconej wieży poznańskiego zamku. Niebo, wściekle niebieskie, przewleczone białym pasmem chmur i czarne skrzydła, jak złowrogie wspomnienie władzy płomienistej, czarnej orlicy Przemyślidów i czarnego orła Głogowa. I gdzieś od strony stajni, albo spichrza, czysty dziewczęcy głos, co zaśpiewał gromko:

Mały Książę, wielki miecz,
siec nim będzie, gonić precz!
Każdego poskromi.
Książę Mały, sława wielka,
nie straszna mu poniewierka.

Wrony, jakby rozumiały słowa prostej śpiewki, wzbiły się wyżej, a potem, uformowawszy kształt strzały, odleciały. W jednej chwili.

— Kto jest godzien objąć tron? — zadziornie powtórzył pytanie Andrzeja wojewoda Dobrogost Nałęcz i sam na nie odpowiedział: — W całym Królestwie Polskim, z wielu rozrodzonych Piastów, został jeden tylko, który na to zasłużył. Wezwijmy go ponownie!

I nim biskup zdążył otworzyć usta, głowy wszystkich rodów zwróciły się, patrząc na niego i zagrzmiały:

— Władysław! Władysław! Władysław!

Klacz biskupa uniosła ogon, łajno głośno plasnęło o bruk.

Nie bój się — klepnął ją w gniadą szyję. — Coś wymyślę.

— Władysław! — skandowali najważniejsi ludzie Starszej Polski. I jego kanclerz Filip Doliwa.

— ...sław... — słabo dołączył się do mocarnego głosu baronów Andrzej.

DĘBINA tak długo czekała na spotkanie z Jakubem Świnką. Przez dziewczęta przekazywała mu wiadomość, że muszą spotkać się i pomówić. Stary kapłan chorował często i wciąż zapraszał ją do siebie, ale ona wiedziała, że jej noga nie może stanąć w Gnieźnie.

Nie wystarczyłoby twej władzy, Jakubie, by uchronić mnie przed agresją twych ludzi — przekazywała mu.

Będąc zdaną na jego zdrowie i siły, musiała czekać, aż je odzyska. Przybył wreszcie do matecznika pod Dębnem, ale nie sam. Towarzyszył mu postawny, szarowłosy mężczyzna.

— To Janisław — przedstawił go Jakub. — Syn mego umysłu i podpora dla starych nóg. Nie dowlókłbym się do ciebie, przyjaciółko, bez jego pomocy. Janisławie, poznaj panią Dębinę.

— Czy twój syn wie, kim jestem? — spytała.

— Na tyle, na ile potrafiłem mu to wytłumaczyć — uśmiechnął się Jakub. — Pewne rzeczy jednak wymykają się rozumowi. Nie mogłem sobie poradzić z wyjaśnieniem mu twego wieku.

— U nas się mówi, że ten kobietom służy — odpowiedziała, mrugając do niego.

— W twoim wypadku jest to prawdą, Dębino.

Patrzyła na niego. Białowłosy i białobrody, dobrotliwy starzec.

— Zapraszam was obu do pałacu natury — powiedziała i podała Jakubowi ramię.

Ruszyli kolumnadą olbrzymich strzelistych dębów, które splatały się koronami, tworząc majestatyczną drogę. Późna jesień zdobiła nadwarciański las krasą barw już nie tak żywych, już przysłoniętych szarą poświatą nadchodzącej pory zamierania. Czuła słabość Jakuba i dodała mu sił. Po kilkunastu krokach wyprostował się i przestał powłóczyć nogami.

— Dębino — skarcił ją łagodnie. — Jesteś wspaniałą gospodynią, częstujesz gościa tym, czego mu brakuje, ale pozwól, że zostanę przy swej słabości.

— Jak sobie życzysz, Jakubie — odpuściła.

Gdyby nie trzymał go pod drugie ramię Janisław, zachwiałby się.

— Trzpiotka — zachichotał Jakub.

— Jesteśmy na miejscu — oznajmiła, wprowadzając gości między stare graby rosnące w dwóch przeciwległych szeregach, tworzących ściany leśnego pałacu, którego największą zaletą było to, iż otwierał się koronami drzew na niebo.

Gdy stanęli pośród nich, Jakub wyprostował się bez jej pomocy.

— Pan Bóg jest wielki — rozłożył ramiona. — I piękne są dzieła Jego.

— I Matki Natury — dodała.

— Masz rację, Dębino — kiwnął głową, a wiatr łagodnie rozwiał jego siwe włosy. — Bez matki nie byłoby życia. U nas to Matka Boska, u ciebie Matka Natura. Dobrze, że umiemy się dogadać.

Żal ścisnął jej serce. Siwobrody starzec tak niepodobny do Starców z jej krwi. Dlaczego z nimi nie może rozmawiać tak samo?

Wiedząc, że Jakub jest osłabiony, kazała swym córkom ustawić pośrodku grabowego pałacu krzesła dla niego i siebie. O Janisławie nie wiedziała, zawołała więc teraz Jemiołę.

— Nie trzeba — zaprzeczył ruchem głowy szarooki kanonik. — Usiądę u stóp ojca Jakuba.

Dobry syn — pomyślała.

— Pozwólcie podjąć się zielonym miodem — powiedziała. — Jemioło, podaj nam dzban i kubki.

— Ale nie ma w nim nic takiego, czego nie powinniśmy spożyć? — ostrożnie zapytał Jakub.

— Nie — zaśmiała się. — Sycimy go z miodów sosnowych i spadziowych, doprawiamy ziołami, stąd nazwa. Ale gdybyś chciał czegoś więcej, służę.

— Nie, nie! — pogroził jej palcem Jakub. — Ty służ Matkom, przyjaciółko, ja Panu.

— Napijmy się, za spotkanie — powiedziała, wznosząc kubek.

— Wspaniały miód — rozpromienił się Jakub, gdy upił łyk. — Mówisz, że to od zwykłych pszczół? Nie jakichś zielonych?

— Najzwyklejszych — odrzekła. — Choć musisz wiedzieć, że i wśród pszczół panuje żałoba, odkąd Żelaźni Bracia zabili Jaćwież.

— Słyszałem o tym — potwierdził. — Przerażające.

— Po nich spodziewałam się najgorszego, ale stało się coś więcej, Jakubie. Chcę, byś wiedział, że Jaćwież wieszczyła Jemiole kilka lat temu. Powiedziała jej, że wszystkie dzieci Starej Krwi powinny się zjednoczyć z ludem twego Królestwa, by walczyć z nimi. Niestety, my, tak jak i wy, nie jesteśmy jednią. Moje córki i ja dążymy do pokoju, ale wojownicy Trzygłowa zebrani wokół Starców Siwobrodych prą do wojny.

— Z Krzyżakami? — spytał Jakub.

— Tak mi się zdawało — przyznała się do błędu Dębina. — Ale przejrzałam na oczy, gdy dowiedziałam się, że to oni wydali Jaćwież Krzyżakom. Zrozumiałam, iż to manewr, który ma podburzyć wszystkie dzieci Starej Krwi do wojny.

— Przeciw nam także?

— Tak. Trzygłów żywi się krwią. Jego wyznawcy potrzebują ofiar, by podtrzymać kult. To nie są źli ludzie, Jakubie. Są tylko źle dowodzeni, bo ich przywódcy płoną gniewem.

— Siła sama w sobie nie jest naganna — powiedział z namysłem. — Wszystko zależy od tego, kto i do czego jej używa. Czy ja mogę ci jakoś pomóc, Dębino?

— Chcę, byś o tym wiedział, Jakubie. W każdej chwili może nastać dla nas dzień próby. Chcę, byś nigdy nie sądził po pozorach, byś umiał wczuć się w złożoność tej sytuacji.

Jakub Świnka położył dłoń na ramieniu siedzącego u jego stóp Janisława.

— Słyszałeś, synu? — spytał.

— Tak, ojcze.

— Jest coś jeszcze, Jakubie. Ponoć odwiedził cię Michał Zaremba.

— Owszem, ale to było dawno.

— Sześć lat temu — uściślił Janisław.

— Czy Michał powiedział ci o sobie? — spytała.

Jakub spojrzał na nią uważnie siwymi oczami i widziała, że zrozumiał, o co jej chodzi.

— Wspomniał tylko. Że obudziła się w nim bestia.

— Czy wyjaśnił ci, na czym polega istota tej bestii? — przeszła do sedna Dębina.

Jakub zaprzeczył. Westchnęła.

— Trudno, muszę ci o tym powiedzieć. W Michale Zarembie obudził się złoty smok.

Świnka przeczesał palcami długie pasma brody.

— Mam to rozumieć dosłownie? — spytał.

— Tak, Jakubie. Przez wiele lat wiedziała o tym tylko jedna z mych córek, piastunka Rikissy, Kalina. To zaczęło się, gdy Michał siedział w lochu po śmierci króla...

— Od przelania krwi rodowca — wszedł jej w zdanie Jakub Świnka.

— Tak sądzisz? — zdziwiła się Dębina.

— O ile stare traktaty o smokach mówią prawdę — rozłożył ręce. — Nigdy się tym nie interesowałem, bo wybacz, nie bardzo wierzę w takie sprawy, ale mój dawny współpracownik, kanonik Filip, świeć, Panie, nad jego duszą, uwielbiał czytać o potworach.

— To by wiele tłumaczyło — potarła skroń Dębina. — Potem smok budził się w Michale w niektórych chwilach. Burza, grzmot, błyskawica... Na dworze praskim problemem zaczął być jego wygląd, ale znalazł żydowskiego medyka, który umiał sprawić, że łuski znikały na jakiś czas.

— Gdy nas odwiedził, był nimi pokryty — odezwał się nagle Janisław. — Ale posmarował je bielidłem, którego używają damy, i wyglądały jak blizny po ospie.

— Widziałeś je? — zdziwił się Świnka. — To czemuś nic nie mówił.

— Patrzyłem i nie rozumiałem, co widzę — spokojnie wyjaśnił Janisław. — Dopiero teraz to pojmuję.

— Pytam o wizytę Michała u ciebie, bo gdy wrócił do Rikissy, był odmieniony. Nie, łuski miał nadal, ale była w nim wielka wola, by walczyć ze smokiem w sobie. Opierał się przed wszystkim, co wcześniej budziło w nim bestię. — Nie miała zamiaru ujawniać sekretu Kaliny. Tragedia jej córki potrzebuje ciszy.

— Sądzisz, że to ja? — zdumiał się Jakub.

— To byłeś ty, ojcze — znów odezwał się Janisław. — Gdy Michał wyznał ci, że obudziła się w nim bestia, powiedziałeś mu, że diabeł to tylko nasze własne myśli. On musiał zrozumieć to i zawalczyć ze smokiem w sobie.

— Mocne zaklęcie — oceniła Dębina. — Skuteczne, jak słyszę.

— O, gdybyś pozwoliła sobie wysłuchać litanii do wszystkich świętych, to byś się dopiero zdziwiła, moja przyjaciółko! — szybko zaczął werbunek Jakub Świnka.

— Dziękuję — odmówiła.

— Warto próbować — pogładził swą brodę. — Co z Michałem?

— Pocałunek Rikissy sprawił, iż opadły z niego łuski, ale śmiem sądzić, że mocy królowej nie wystarczy na długo. Co dzieje się z Zarembą dzisiaj, nie mam pojęcia. Rozmawiamy o nim, bo muszę powierzyć ci kolejny sekret. Starcy Siwobrodzi jeszcze o nim nie wiedzą, lecz dzień, w którym dotrze do nich, że złoty smok istnieje, będzie dniem klęski nas wszystkich. Zrobią co w ich mocy, by dotrzeć do Zaremby i wyzwolić w nim najgorsze instynkty. Mówisz, że on walczy z bestią w sobie, to krzepiące, ale wierz mi, Starcy będą potrafili zaprzepaścić jego walkę. Gdy ich spotka, obudzą jego moc i nic nie powstrzyma smoka w nim i potworów z ich ognistych snów. Bestii, które przywołają na świat. — Powiedziała to. Wyjawiła prawdę, którą kryła nawet przed Jemiołą i Kaliną.

— Nasi ludzie — odezwał się w zadumie Jakub Świnka — zobaczą w tych potworach wcielenie diabła i zamiast oddać się dobru, jakie daje Bóg, mogą pójść w złą stronę. A wtedy i litania nie pomoże — przyznał z rozbrajającą szczerością.

— To samo będzie po naszej stronie. Nawet moich córek nie będę mogła być pewna — odpowiedziała wyznaniem na wyznanie. — Smoki ciągną do kobiet Starej Krwi, a one nie potrafią się im oprzeć. Gdy Jemioła była u Jaćwieży, jantarowy płód kazał jej zabijać czarne smoki. Wtedy nie rozumiałyśmy tego przesłania i Jemioła potraktowała je dosłownie. Weszła na ścieżkę zemsty za śmierć Przemysła i wybiła co do jednej czarnych Zarembów. Teraz wiem, że dziecku Jaćwieży nie chodziło o współwinnych zabójstwa, ale o prawdziwego smoka. Czuję się winna, że tak późno zrozumiałam to przesłanie.

— Każdy z nas czyta znaki, jak potrafi — pocieszył ją Jakub. — Ja też siebie obwiniałem o śmierć króla. O to, że nie rozpoznałem siły tamtego, przeklętego miecza. Cóż począć, przyjaciółko. Oboje jesteśmy omylni, choć ciebie Matki, a mnie Pan, postawili na czele wspólnoty.

— Moja zmierza w kierunku, którego nie chcę. Walka przeciwności.

Macierz przeciw ojcowiźnie. A przecież wszyscy jesteśmy jednej, Starej Krwi — żachnęła się.

Jakub położył dłoń na jej dłoni i zacisnął.

— A co u nas? — powiedział. — Zobacz, jak nasi Piastowie walczą między sobą, a to wszystko krewni. — Poklepał ją pocieszająco. — Jakoś z tego wybrniemy, z Bożą pomocą.

— Co zrobić z Michałem? — przytomnie zapytał Janisław. — Nosi imię archanioła, smokobójcy, wodza wojsk niebieskich. Może jest dość silny, by zwalczyć bestię w sobie?

— Wśród archaniołów był taki, co upadł — smutno pokiwał głową Świnka. — Strzeż, Boże. Dębino, nie możemy go zwabić tu i aresztować. Nie możemy go unicestwić tylko dlatego, że...

— Mylisz się, Jakubie — powiedziała twardo. — Właśnie to powinniśmy zrobić. Skoro nas postawiono na czele wspólnoty, dla jej dobra musimy uczynić co konieczne.

— Odciąć chory pęd, by ocalić krzew winny — odezwał się Janisław. — Pozwól, ojcze, że zacznę od odszukania Michała Zaremby.

— Pozwalam — ciężko odpowiedział Jakub Świnka i podniósł się z miejsca. — Szkoda, iż spotykamy się w sprawach tak trudnych.

— Dobrze, że umiemy o nich mówić, Jakubie. — Położyła mu dłoń na ramieniu i uścisnęła jego drobne plecy. — Brzemię odpowiedzialności łatwiej nieść we dwoje.

WŁADYSŁAW jechał z Kujaw do Starszej Polski na spotkanie z biskupem poznańskim, Andrzejem Zarembą. Tak, baronowie wezwali go i ofiarowali tron, ale Władek już raz ten tron od nich dostał i już raz nie kto inny, ale oni mu go zabrali. Był nieufny, jak powiedziała Jadwiga. Uczył się na własnych błędach, jak sam wolał o sobie mówić. Nie wjedzie do Poznania wcześniej, nim podadzą szczegóły elekcji. Nie był mściwy, ale pamięć miał dobrą. W otoczeniu wiernego, kujawskiego rycerstwa podążał teraz z Brześcia, od kasztelana Ubysława, z jego bratem Jałbrzykiem przy boku i Doliwami. W pogranicznej starej Słupcy wyznaczył spotkanie biskupowi Zarembie.

— Starosto! — Władek przywołał do siebie Piotra Szymonowica, Doliwę z Dębna. — Jak się czujesz na urzędzie? Doliwa starostą kujawskim, ha! To dopiero awans dla rodu.

— Dawno się należało — powiedział z uśmiechem Piotr. — No co? Książę pyta, Doliwa odpowiada.

— Robisz się pazerny na urzędy? — zapytał podejrzliwie Władek i dodał: — To może niedługo zechcesz mnie zdradzić, co?

— A gdzie tam — machnął ręką Piotr z Dębna. — Zawołanie rodowe „Doliwowie nie zdradzają!". Mówię tylko, że rodowi należało się wywyższenie za tych wszystkich, co nie patrząc na korzyść własną, poszli z księciem na banicję. I za tych, co zostali, ale nie uznali władzy Przemyślidów i musieli uciekać ze Starszej Polski na Kujawy. Za mężczyzn i chłopców, których posłaliśmy do Gdańska i na Pomorze, na służbę tobie, którą zakończyła dopiero śmierć. Tacy jesteśmy, mój książę. Nieprzekupni, wierni i szczerzy.

— Wasza prawdomówność czasami zaboli — uśmiechnął się Władek. — Ale prawda, wolę was, niż tych, co dają, a potem odbierają.

— Mój książę — dołączył do nich Paweł Ogończyk nagrodzony przez Władysława urzędem starosty łęczyckiego. — Zawsze ci powtarzałem, nie mów przy rycerstwie małopolskim, że najbardziej kochasz nas, rycerstwo z Kujaw. A przy pomorskim, że kochasz Węgrów nad życie i tak dalej. Ale teraz, gdy jedziemy na spotkanie z Zarembą, sam nie wiem, co ci radzić.

— Dobre! — roześmiał się Władek, aż Rulka parsknęła i rzuciła łbem. — To dzisiaj, kiedy akurat chętnie wysłuchałbym rady, ty mówisz, że nie masz jej dla mnie?

— Po prawdzie — odezwał się zamiast skarconego starosty Ogończyka starosta Doliwa — to nie Zaremba Poznań spod głogowskich wyzwolił, a Nałęcz. Wojewoda Dobrogost Duży wziął miasto, a wcześniej, jego krewny, Dobrogost Mały pokonał Bibersteina w polu. I to Dobrogost pierwszy wywołał twe imię na poznańskim zamku. Byłem świadkiem. Ale prawdą jest, że biskup Zaremba został uznany głową buntu przeciw Głogowczykom i jeśli z nim swego nie dopniesz, masz nową rebelię w Starszej Polsce na głowie. Twój świętej pamięci teść, wielki książę Bolesław, zaczął panowanie od ustaleń z Zarembami.

— Wiem — kwaśno potwierdził Władek.

— I powiem dalej — ciągnął Piotr. — Wolałbym, żebyś wiece elekcyjne zwoływał z nami, Doliwami, a nie z półlwem za murem, ale co z tego? My nie zdradzamy i możesz być nas pewien, a oni wciąż w sercu noszą dumę jak jakieś udzielne książęta.

— Powoli, Piotrek, powoli — uspokoił go Władek. — Przyjdzie czas na zmiany. Jeszcze ród Doliwów przerośnie Zarembów, ale to nie od razu. Nie mogę na wejściu do odzyskanej po tylu latach Starszej Polski zaczynać od wycinania starych rodów.

— Cierpliwość będzie nagrodzona książęcą łaską i wiernością — dźwięcznie skwitował Borutka zza pleców Władysława.

Piotr z Dębna odwrócił się i zmierzył jego giermka uważnym spojrzeniem.

— A Fryczko gdzie? — zapytał Władka.

— Bo ja wiem? Borutka, gdzie znów podział się Fryczko?

— Na wozie jedzie, mój książę. Guz mu się na nodze zrobił — grzecznie odpowiedział giermek i odgarnął jasne włosy z czoła.

— Zrób coś z tymi włosami — skarcił go Władek. — Do oczu ci włażą i czasami nie wiem, czy z tobą, czy z wiechciem siana rozmawiam.

— Wedle rozkazu — powiedział Borutka, błysnąwszy wesoło czarnymi oczami, jakby uwaga księcia mu się podobała.

— Fryczko ma swoje lata — powiedział Doliwa. — Ze trzydzieści albo i więcej. Toż ja go od zawsze przy księciu pamiętam. Nie za stary na giermka?

— Co wy wszyscy z tą starością? — wzruszył ramionami Władek. — A Fryczkiem nie możesz się zająć? Uleczyć go jak Mohara? — znów odwrócił się do Borutki i jęknął. — Do diabła! Co ty masz na głowie?!

— *Crinale*. Siatka na włosy — giermek wyszczerzył lśniące zęby w uśmiechu. — Książę życzył sobie, bym coś zrobił z tym sianem.

— Zdurniałeś?! Toż dziewuchy noszą takie coś! — zdenerwował się Władek.

— Nie, mój książę. Dziewuchy noszą chusty, a *crinale* panny i damy. To bardzo wygodne i ładne.

— Oj, Borutka, Borutka — wtrącił się Ogończyk. — A może ty znów chcesz nam coś powiedzieć o sobie, co?

— A w ogóle to skąd to wytrzasnąłeś? — drążył rozzłoszczony Władysław.

— Dostałem. Od jednej damy, ale dyskrecja nie pozwala mi wymienić jej imienia — dumnie odpowiedział Borutka. — Mogę tylko panów uspokoić, iż nie jest to żadna wasza krewniaczka.

— A kysz! — otrząsnął się Piotr z Dębna. — Co też ci przyszło do głowy?

— Zdejmij to — rozkazał Władek. — Głupkowato wyglądasz. Młodzieniec w babskiej siatce na włosy.

— Chcę tylko zaznaczyć, że rycerze i giermkowie we Francji już takie coś noszą — powiedział obrażony Borutka, a ciszej dodał: — Albo niedługo będą nosili. Ale wedle życzenia.

Zdjął siateczkę z włosów i te natychmiast rozsypały mu się po twarzy i ramionach, białe, napuszone, jak wełniaste kłębuszki topoli.

— Jak owca przed strzyżeniem — parsknął na jego widok Piotr Doliwa.

— Zwiąż to choćby sznurkiem — rozkazał zdegustowany Władysław. — A potem masz coś z tymi włosami zrobić, bo wstyd swemu księciu przynosisz.

— Zrozumiałem — smutno odpowiedział Borutka.

Doliwa zapytał szeptem:

— Jak to możliwe, że taki smarkacz dostaje kosztowne prezenty od dam? Ja w życiu od żadnej nic nie dostałem. A może on nie dostał, tylko smyknął, co?

— Gdzie tam! — obłudnie zaprzeczył Ogończyk. — Taki wzór uczciwości, książęcy giermek i miałby kraść damom siatki z włosów? A zresztą to by oznaczało, że przypuszczają go owe damy na bardzo bliską odległość.

— Hmm — zastanowił się Władek. — Jest miły, uczynny…

— …a także urodziwy i dobrze ubrany — dodał Ogończyk i ściszył głos: — Ten nowy czarny płaszczyk to kosztowna sprawa, co? Buty jeszcze droższe, widzieliście?

Władek zignorował ich dociekliwość. Nie odwracając się do Borutki, krzyknął:

— Zajmij się Fryczkiem. Węgra uleczyłeś.

— Ja nie medyk, tylko giermek — odkrzyknął urażonym tonem. — Ale zobaczę, co z tym guzem, jeśli książę prosi.

— Prosić go trzeba — pokręcił głową Władek.

Zbliżali się do Słupcy. Legendarne słupy, od których wzięła swą nazwę, pyszniły się zaostrzonymi końcami.

— Mówią, że przed wieloma setkami lat mieszkał tu najbardziej leniwy lud w całej Starszej Polsce — odezwał się Paweł. — Tak umiłowali spokój i tak bardzo nie chcieli z nikim walczyć, że wycięli w lasach najstarsze dęby, zaostrzyli je straszliwie, by samymi ostrzami wzbudzały lęk w najeźdźcach, i otoczyli swój gród tą najeżoną palisadą. Żyli sobie wewnątrz tak, jak lubili, z garncem miodu i dobrego piwa, powolnie, niespiesznie i w pokoju, bo każdy, kto to zobaczył, omijał Słupcę z daleka.

— Skoro wycięli stare dęby i zbudowali palisadę, która przetrwała setki lat, to nie mogli być aż tak leniwi — zaprotestował Władek, podjeżdżając bliżej.

Stare pale były gdzieniegdzie spróchniałe i połamane, ale niektóre z nich odświeżano i ostrzono. Trakt prowadzący do bramy grodowej wiódł między nimi, jakby jechali przez martwy las. Wrota otwarto na widok książęcego orszaku.

— Słupca wita księcia Władysława! — zawołał herold z drewnianej wieży bramnej.

Biskup poznański Andrzej Zaremba wyjechał naprzeciw Władysława konno.

— Chce pokazać, że równy księciu — syknął gdzieś z tyłu Borutka.

Władysław pamiętał Andrzeja nazbyt dobrze. To on przed laty rzucił na niego klątwę, która przypieczętowała ciąg porażek i wygnanie z kraju. Coś w nim drgnęło, gdy zobaczył półwa za murem. Przyczajony drapieżnik bezpiecznie schowany za osłoną, jak ten biskup chroniony infułą i złotym pektorałem na piersi.

Czy miał je na sobie w dniu, gdy wymówił przed Bogiem moje imię, a potem zdmuchnął świecę z czarnego wosku, bym stał się niewidzialnym dla Stwórcy? Gdy wyłączył mnie z grona dzieci Bożych? Pozbawił imienia? — oczy Władysława prześlizgiwały się po twarzy i sylwetce Andrzeja Zaremby.

Dlaczego ja, wychowany przez świątobliwego wuja Bolesława i jego żonę, świętą Kingę z Arpadów — myślał Władysław. — Ja, który wierzę w Boga bardziej niż w siebie, wciąż muszę walczyć z biskupami, narażając swą duszę na potępienie?

Nie przesadzaj — usłyszał w głowie głos świętej Kingi. — Co dwie klątwy, to nie jedna! — zachichotała jak psotna dziewczynka. — Kiedyś będziesz się szczycił, że wyklęli cię dwaj najważniejsi biskupi Królestwa, a mimo to sięgnąłeś po cel.

Jaki cel? — spytał w duchu, a serce zabiło mu mocniej, bo zrozumiał, że święta widzi przyszłość, która przed nim wciąż jest zakryta.

Tylko bądź rozsądny, Władziu, i nie kieruj się mściwością — szepnęła mu jakby wprost do ucha, tak samo jak w czasach, gdy go wychowywała. — Nie przeszarżuj, a już dzisiaj otworzysz sobie drogę do tronu.

— Ale zapachniało! — usłyszał szept Borutki. — Kwiaty w zimie?

— Biskup się wypachnił — odpowiedział giermkowi szeptem Ogończyk.

Ta chwila wystarczyła Władkowi, by zebrał myśli.

— Biskupie poznański, Andrzeju Zarembo — książę odezwał się pierwszy. — Dobrze jest spotkać się po latach. Nie żyje Henryk

Głogowski, którego wspierałeś. Nie żyje Václav Przemyślida, król czeski i polski, a ty i ja zostaliśmy na polu bitewnym.

— Prawda, książę — odpowiedział biskup i coś w jego głosie drgnęło. — Skoro Bóg w swej nieskończonej mądrości znów postawił nas naprzeciw siebie, powinniśmy dać się mu poprowadzić.

— Co będzie na końcu tej drogi? — spytał Władysław, unosząc podbródek.

Andrzej Zaremba popatrzył mu w oczy tak hardo, aż księcia przeszły dreszcze.

— Tron poznański — odpowiedział wyniośle. — O ile...

— Nie stawiaj mi warunków, biskupie — wszedł mu w zdanie Władysław. — Pozwól, że sam docenię możnych Starszej Polski, którzy znów go ofiarowują.

Przez twarz dumnego biskupa przeszedł skurcz, ale Władek dokończył:

— Jako chrześcijański książę zacznę od wybaczenia wszystkim, którzy przed laty wymówili mi posłuszeństwo — zatrzymał się i wyzywająco spojrzał w twarz Andrzeja. — Każdy z nas popełnił błędy. Moje doprowadziły mnie do wygnania. Wasze do tego, że w Starszej Polsce rządzić zaczęli obcy. Ale doceniam, żeście zrzucili ich panowanie i własnymi siłami uwolnili kraj od tych, którzy mu szkodzili. Mieliście więcej szczęścia niż ja, przed laty. Brandenburgia nie wystąpiła przeciw wam.

— To nie było szczęście — poważnie odrzekł Andrzej Zaremba. — Kupiłem pokój z Brandenburgią i zapłaciłem ze swoich.

Władek zmarszczył brwi.

— Co mówisz? — spytał.

— To, co słyszysz, książę Władysławie — odpowiedział biskup poznański. — Zawarłem układ z margrabią Waldemarem, który obiecał, że nawet jednym zbrojnym nie wesprze książąt Głogowa w wojnie z nami. W zamian za to oddałem mu swoje dziesięciny z ziem nadnoteckich.

— Nie taki Zaremba chytry, jak go malują — szepnął cichutko Borutka.

— O tym nie wiedziałem — przyznał Władysław. — Doniesiono mi jednak o stratach katedry i domu biskupiego.

— Są prawdą — potwierdził biskup i wbił spojrzenie w oczy Władka.

Psiakrew — zagryzł wargi. — Co mam mu dać za to? Same dziesięciny warte fortunę, a do tego zniszczenie dóbr biskupich. Wycenię za nisko jego straty, poczuje się obrażony.

Książę myślał gorączkowo. Wyznanie Zaremby zaskoczyło go. Nawet Gerward, biskup włocławski, tak mu oddany, nigdy nie ustąpił z własnych dochodów. Przeciwnie, zagarniał pod siebie, jakby gromadzenie bogactw było wyznaniem wiary. Nie miał pojęcia, jak wynagrodzić biskupa, i w tej samej chwili Borutka podjechał do niego, przeciskając się obok Piotra Doliwy. Tym razem na włosach miał czarny czepiec. Kiedy go zdobył?

— Mój książę — powiedział uroczyście i wyciągnął ku niemu dłoń, na której leżała srebrna moneta. — Podaję symbol nagrody dla wielebnego, jak sobie życzyłeś.

O co mu chodzi? — zmarszczył brwi Władysław. — Co sugeruje? Trzydzieści srebrników?!

Borutka pokazał mu coś wzrokiem. Władek spojrzał za nim i w lot zrozumiał. Stara mennica z czasów króla Przemysła. Wziął monetę z ręki giermka.

— Biskupie Andrzeju Zarembo — powiedział, unosząc dukata tak, by wszyscy widzieli. — Za twój wkład w wyzwolenie Starszej Polski przyznaję ci wielki przywilej bicia własnej monety.

Oczy Zaremby zalśniły. Kupiłem go? — zapytał sam siebie Władysław.

— Aby podkreślić, że to przywilej dla ciebie, uznanie twych osobistych zasług, oznajmiam, iż przysługuje wyłącznie tobie, Andrzeju Zarembo, i nie jest przywilejem rodu Zarembów ani biskupstwa poznańskiego. Tylko twoim.

Twarz Andrzeja była nieruchoma, jak odlana z brązu, i tylko błysk w jego oku świadczył, iż dobrze zrozumiał, czym go obdarzono. Wreszcie uniósł ramię z pastorałem wysoko i zawołał:

— Ja, Andrzej, biskup poznański, witam księcia Władysława, dziedzica Królestwa Polskiego, amen!

JAN MUSKATA biskup krakowski gryzł palce z bezsilnej złości. Wszystko, ale to wszystko idzie źle. Wójt Albert gnije w lochu opolskim, bo nie ma nikogo, kto by za niego wpłacił okup. Owszem, obiecywał mu to i owo, ale w razie wygranej, a nie na okoliczność sromotnej klęski, psiakrew! Najpierw, jak po złości, zmarł Henryk, książę Głogowa, z którym Muskata już był po słowie. Potem Luksemburczyk nie przysłał wojsk, choć obiecał, bo mu tam baronowie czescy pogrozili, że nie pójdą na Kraków, i na placu boju został ino Opolczyk, ale wystarczyło, że zobaczył Władysława, i zwiał. Do diabła! Karzeł ma się dobrze. Karłowa mu Wawel obroniła, on przy pomocy diabelskich wojsk węgierskich stłumił rebelię we wszystkich miastach i proszę, z kurdupla zrobiło się panisko! A jeszcze te pogłoski, że w Starszej Polsce Zaremby zrzuciły panowanie głogowskie! Jezu Chryste, czy Ty na pewno jesteś miłosierny?

— No przecież Karlisko wykląłem jak trzeba! Czemu mu sprzyjasz, Panie, a mnie, słudze Twemu, kłody pod nogi? Że ja tułać się po świecie muszę jak jakiś bezdomny?

Biskup wrocławski, Henryk z Wierzbna, wciąż w niewoli awiniońskiej u Klemensa i głosy z kurii dochodzą, że papież tak przeorał duszę jego druha, iż nie wiadomo, czy do Wrocławia wróci. Tamtejszy patrycjat pisma słał do Awinionu, by Ojciec Święty raczył im biskupa zwrócić i nic, cisza.

Nawet na moje listy nie odpisuje — ponuro myślał Jan. — A co mu szkodzi oddać mnie swój dom we Wrocławiu, jak ja bezdomny, a tam taki pałac stoi pusty?!

Czarę goryczy przelała wiadomość, że jego ulubiony legat papieski na Węgry i Polskę, Gentilis, nie żyje.

— Wziął i zmarł! — wył Jan Muskata, a Gerlach, jego głupi szwagier, myślał, że on płacze z żalu po Gentilisie.

Nie, Jan płakał z żalu nad sobą. Śmierć legata była ostatnią kłodą pod jego biedne nogi. Jedyna przychylna mu dusza zniknęła z tego świata. A przecież Muskata tyle w Gentilisa zainwestował! I co teraz z jego pieniędzmi? Zdarzało się w kurii, że nowy legat podważał wyroki poprzednika. Jeśli Karzeł znajdzie do niego dojście, a dzięki Śwince jest to możliwe, to koniec.

— Ciemny grób albo mogiła zbiorowa — z przerażeniem myślał Jan. — Wymieszają me prochy z setką bezimiennych żebraków.

Muskata po raz pierwszy w życiu nie wiedział, co robić. Do Krakowa powrotu nie ma, choć wyrok Gentilisa nakazuje Władysławowi przywrócić Jana na biskupstwo, to się nie uda. Karzeł uparty i on uparty. Zbyt wiele złej krwi przelało się między nimi. Nie pogodzą się.

Jan najchętniej zamieniłby biskupstwo krakowskie na wrocławskie, to się już w przeszłości zdarzało, ale miał związane ręce, wszak wrocławskim był jego przyjaciel, Henryk z Wierzbna, i nawet jeśli ten u papieża teraz na postronku, to Muskata zrobić mu takiego czegoś nie może, choćby chciał.

Siedział w Lipowcu, Ludwina była kapryśna i piwo raz dawała, raz nie. Częściej to drugie. Gotować dla niego nie chciała, o innych świadczeniach nie wspominając. Tak, miał wielką, niezdobytą lipowiecką twierdzę i tkwił w niej jak kamień w murze. Nikomu niepotrzebny.

— Ty za dużo kombinujesz, Janie — powiedział mu pewnego wieczora Gerlach. — Dwoje ludzi stoi na drodze twego szczęścia. Arcybiskup Świnka i książę Władysław. No, pomyśl? — zakręcił w powietrzu kuflem piwa.

Jan Muskata aż przysiadł i otrzeźwiał.

— Sugerujesz, Gerlachu?... — spytał, oblizując spierzchnięte usta.

— Dawno powinieneś to zrobić — wzruszył ramionami szwagier. — Najprostsze rozwiązania zawsze są skuteczne. Zacznij od starego, mniej podpadające. A potem pozbądź się kurdupla i szlus. Sekretny człowiek bierze od głowy, ale jak zlecenie podwójne, to może policzy ci ze zniżką.

— Gdzie takiego szukać? — gorączkowo zatarł dłonie Jan.

— Spytaj Dohny — podpowiedział Gerlach. — Siedział za dusicielstwo. Mordercy są jak cech kupiecki. Wiedzą o konkurentach wszystko. Znajdzie ci kogoś z renomą, sprawdzonego, nierzucającego się w oczy. Płacisz i załatwione.

Klęski mi rozum odjęły, ale Bogu dzięki, wrócił — z ulgą pomyślał Jan Muskata. — Ja, syn kupca korzennego, zapomniałem, że wszystko można kupić. Nawet śmierć.

GERWARD biskup włocławski nie posiadał się z radości, gdy spotkał się z księciem Władysławem wracającym ze Słupcy.

— Mój książę! To najlepsze nowiny od czasu twego powrotu z wygnania! — rozejrzał się za bratem. — Stasiu, masz tu klucz od mojej piwniczki i miodu przynieś, wiesz którego. Tylko potem dobrze zamknij.

Objął ramieniem niską sylwetkę Władysława i przeprosił:

— Wybacz, książę, ale od czasu powrotu z niewoli inowrocławskiej wszystkiego muszę pilnować. Bardzo ucierpiałem.

Książę Władysław spojrzał na niego z dołu jakoś tak dwuznacznie i Gerward zabrał ramię. Psiamać — pomyślał — przez to, że mój pan taki niski, gdy się chce go objąć, to wygląda, jakby się na nim trzymało ramię.

— Leszczycu — pogroził mu Władysław palcem. — Ty się w swych żądaniach hamuj. Zaremba z własnej kiesy na wojnę wyłożył.

— No aleś mu książę wynagrodził! Mennica własna, moneta własna, królewski dar — pokłonił się Gerward i nie dodał, że chętnie przyjąłby podobny. Od czasu więziennego snu Stanisława starał się zmienić ze wszystkich sił. — I co dalej? — spytał, zmieniając temat.

— Będę wspierał książęta wrocławskie przeciw Głogowczykom, jak wcześniej. Księżna Jadwiga też za nimi stoi, to w końcu jej siostrzeńcy i walczą o ziemie wymuszone na ich ojcu, Henryku Grubym, przez księcia Głogowa — odrzekł książę i zajął swoje miejsce w sali przyjęć.

— Chwila! — zawołał Leszczyc. — Raczy książę wstać na momencik? Bo książę usiadł, jakby to było pierwsze lepsze krzesło, a ja kazałem dla księcia tapiserię specjalną zrobić. No proszę choć zerknąć, nie ranić serca Gerwarda Wiernego.

Władysław wstał i dotknął tkanego zieloną, purpurową i złoconą nicią oparcia. Biskup wpatrywał się w jego twarz z wyczekiwaniem.

— Gerward! — ton księcia był karcący. — Na wyrost to krzesło.

Na tle pięknych zielonych liści widniał wzór złotej korony na purpurowej chorągwi.

— A właśnie że nie! — zaśmiał się filuternie biskup włocławski. — Zrobione dokładnie na wzrost księcia pana.

— Wiesz, co mam na myśli — surowo powiedział Władysław, ale odwrócił się i usiadł. Zmienił temat. — Masz wieści z Rzeszy? Co dalej po śmierci cesarza?

— Nie pochodził w glorii długo Henryk Luksemburski, a zdolny był z niego władca — uśmiechnął się Gerward promienie i umościł na biskupim krześle, tuż obok książęcego. Pogłaskał tapiserię, żeby podkreślić, jaka gładka. — Może gdyby nie wdał się w awanturę italską, może gdyby poskromił ambicje, żyłby jeszcze? Kto wie. Chciał zostać pierwszym cesarzem po stu latach i zabiła go, jak Ottona III, malaria. A mógł panować w Rzeszy, królować Niemcom i mieć święty spokój. Ale świeć, Panie, nad jego duszą, a mnie wybacz, co teraz powiem, dobrze się stało.

— Wiem — skinął głową Władysław i zapatrzył się w przestrzeń, marszcząc brwi.

Gerward spojrzał za jego wzrokiem i zobaczył, jak czarno ubrany giermek księcia zabawia rozmową Maćka, jego siostrzeńca.

Dziwny młodzian — pomyślał Gerward, wracając do rozmowy.

— Luksemburczyk jest za młody, by elektorzy zagłosowali na niego w wyborach na króla Niemiec. Mówi się, że szanse ma Wittelsbach…

— Ten, za którego wydano siostrę mego zięcia Bernarda? — przerwał zaciekawiony książę.

— Tak, panie — skinął głową biskup. — Chyba że zagłosują na Fryderyka Habsburga, brata nieżyjącego króla Czech.

Stasiu wrócił z antałkiem miodu. Chciał go podać sługom, by otworzyli; Gerward zamachał do niego nerwowo, że sam ma to zrobić, ale już wyrósł przy nim giermek księcia Władysława, błysnął w uśmiechu zębami i Stanisław, zamiast patrzeć, co mu brat pokazuje, oddał antałek czarnemu chłopakowi. Poirytowany Gerward wezwał go ruchem dłoni.

— Jan Luksemburczyk mając ojca cesarza, był o wiele bardziej wpływowy. Ciągle podnosi pretensje do polskiej korony — powiedział Władysław.

— Trzeba to przerwać — powiedział giermek, stając przed nimi i kłaniając się swemu panu.

— Co, Borutka? — nieuważnie spytał go książę.

— Te pretensje — rezolutnie odrzekł chłopak.

Gerward się wściekł. To miały być jego słowa, a nie zwykłego giermka, do diabła!

Wstał szybko i wydarł antałek z rąk chłopaka.

— Kielichy podaj, jakeś taki szybki — warknął do niego i odwrócił się do Władysława z uroczystą miną. — Książę, ten miód czekał na wyjątkową okazję. Nabyłem go, jak jeszcze Gdańsk był częścią Królestwa, za czasów świętej pamięci księcia Mściwoja, tłustego czarnego gryfa z Pomorza. Tego samego księcia, którego dar stał się dla Przemysła...

— ...przyczynkiem do zdobycia królewskiej korony! — wyrecytował giermek Borutka i podał dwa kielichy.

Niech cię licho! — wciągnął powietrze Gerward i opanował się szybko, mówiąc do księcia z namaszczeniem:

— Kujawy, Mała Polska, Starsza Polska, wszystko to poddało się twej władzy. Czas sięgnąć po koronę, Dziedzicu Królestwa!

Nalał miód do kielichów. Gęsty bursztynowy strumień zaśnił w blasku świec. Podał kielich Władysławowi. Książę wpatrywał się w ornament naczynia. Nie odpowiadał. Uniósł głowę i upił łyk.

— Słodkie i mocne — powiedział cicho. — Kuszące jak wizja odrodzonego Królestwa. Obawiam się jednak, że droga do korony nie będzie tak prosta, jak twe życzenie, Gerwardzie. Korony Piastów wywieziono do Pragi. Stamtąd wykradł je Karyntczyk. Owszem, można zrobić nowe insygnia, ale na skutek błędów, które popełniłem w przeszłości, dwóch władców używa tytułu polskiego króla, uznając, iż nabyli prawa do naszego tronu wraz z koronacją czeską. Trzeba to przeciąć, bo inaczej nikt na świecie nie uzna mego tytułu.

— „Czy z utraty można uczynić siłę? Można, a dowodem na to tyś, książę" — odezwał się wtedy słowami Jakuba Świnki giermek Borutka i w Gerwardzie znów się zagotowało.

Czy ten czarny chłystek czyta w moich myślach? Mały złodziej. Kolejny raz podebrał mi to, co ja miałem powiedzieć.

— „Jeśli wyczekasz, Władysławie" — błyskawicznie przejął inicjatywę biskup. — „Wykażesz się cierpliwością i wyrozumiałością, to jest wielka szansa, że Starsza Polska sama przyjdzie do ciebie". Tak powiedział arcybiskup tu, we Włocławku. Cztery lata minęły i to była cierpliwość, mój panie. Czas, by oddać inicjatywę w dłonie Jakuba II, bo jestem pewien, że nasz patriarcha znajdzie na twe rozterki rozwiązanie.

KUNO czekał na posłuchanie u arcybiskupa Jakuba od rana, a dochodził wieczór. Siedział w przedsionku ze spuszczoną głową i na przemian zaciskał i otwierał dłonie. Pociły się. Umówieni wcześniej interesanci wchodzili i wychodzili. Od dawna został tylko on. Serce biło mu gwałtownie. I wreszcie drzwi kancelarii arcybiskupiej otworzyły się po raz kolejny i stanął w nich wysoki szarooki kanonik Janisław.

— Zapraszam — powiedział krótko, nie dając odczuć Kunonowi, że zrobiło się późno.

Zerwał się i nagle w panice pomyślał, że nie wie, od czego zacząć.

— Do środka — cierpliwie powtórzył kanonik.

Kuno przekroczył próg i stanął w obszernym pomieszczeniu. Na wprost wejścia, pod chorągwią przedstawiającą świętego Wojciecha nauczającego Prusów oraz drugą, z białym orłem na purpurze, siedział sędziwy, długowłosy i długobrody starzec w skromnej wełnianej szacie.

— Koendert de Bast — przedstawił go kanonik.

Kuno pokłonił się, a starzec przenicował go spojrzeniem.

— Zostaw nas samych, synu — powiedział do Janisława.

— Wedle rozkazu — ten ukłonił się sprężyście i wyszedł.

— Jak naprawdę się nazywasz? — spytał arcybiskup, gdy tylko zamknęły się drzwi za Janisławem.

— Koendert de Bast — powiedział prawdę. — Choć wśród Krzyżaków znany jestem jako brat Kuno.

— Podejdź — przywołał go łagodnym ruchem dłoni arcybiskup. — I spocznij. Jak każdy niewysoki mężczyzna źle się czuję w obecności takich dryblasów — uśmiechnął się. — Gdy siedzicie, nie jesteście aż tak straszni. Zatem jesteś bękartem, tak? — spytał ciepło. — Jak wskazuje twe nazwisko?

— Nie, wielebny — zaprzeczył. — Ale mój ród bierze początek od bękarta.

— Coś nas łączy — zamrugał starzec. — Opowiesz mi o swym przodku? Lubię słuchać o bękartach. Niektórzy z nich, gdzieś na początku rodowego drzewa mają słynnych ojców. Jak było z twoimi?

— Hugh de Lacy był baronem Wilhelma Zdobywcy i walczył ze swym królem pod Hastings — odgrzebał w pamięci dawne relacje Kuno. — Gdy jego pan zdobył tron, de Lacy dał się wciągnąć w walki potomków Wilhelma o sukcesję i stanął po przegranej stronie, za co wraz z synami został skazany na wygnanie. Nie wiem, czy to słynny przodek, rzadko wspominano jego historię. Synowie barona rozpierzchli się po świecie, a jeden z nich, Gotfryd, został w Normandii i założył rodzinę. To od niego zaczęła się cała historia — ponuro westchnął Kuno.

Arcybiskup wyjął spod stołu koszyk i wyciągnął ku niemu. Kuno zapatrzył się na pokrytą starczymi plamami skórę jego dłoni.

— Poczęstujesz się? — spytał. — To suchy chleb. W moim wieku nie potrzeba wiele.

— Dziękuję — odmówił Kuno. — Nie jestem głodny.

— Dlaczego wzdychasz, wspominając Gotfryda? — spytał uważnie starzec. — Dzieli was dwieście lat, jeśli dobrze liczę.

— Ruszył na wyprawę krzyżową pod wodzą Baldwina, przechodzili przez Węgry i skorzystali z gościny króla Kolomana — jednym tchem powiedział Kuno. — W zamian za co monarcha poprosił ich tylko o jedną przysługę. Dał im oręż, zwany mieczem króla banity, i poprosił o…

— Przekucie i poświęcenie żelaza u Grobu Pańskiego, by zmyć z jego ostrza klątwę — powiedział poważnie arcybiskup.

— Skąd wiesz, wielebny?! — niemal zerwał się Kuno.

— To tylko cząstka wiedzy — uśmiechnął się starzec. — Bo nie mam pojęcia, co działo się z mieczem aż do dnia, gdy trafił w ręce, którym był przeznaczony.

Ach tak — pomyślał Kuno. — Pewnie rozmawiał z księciem Władysławem, a ten, jak widać, nie zdaje sobie sprawy z tajemnic miecza. Dlaczego nie wyjawił mu ich jednooki strażnik w świątyni Stefana w Rzymie? Staruch wiedział o wszystkim.

— Opowiem ci wszystko, arcybiskupie — powiedział Kuno i zaczął: — Baldwin zrobił, co przyrzekł. A gdy Gotfryd dostał wiadomość, że cała jego rodzina zginęła w zarazie, pragnął wrócić do domu i opłakać zmarłych. Baldwin dał mu oręż i nakazał zwrócić go Kolomanowi. Niestety, hrabia Gotfryd okazał się człowiekiem słabego ducha.

— Wciąż nim pogardzasz? — zapytał Jakub Świnka i sięgnął do koszyka z chlebem. — Nie wybaczyłeś mu?

— Dla mnie przysięga jest święta — żarliwie odpowiedział Kuno. — Słowa raz danego nie wolno rzucić na wiatr, a Gotfryd to zrobił. W czasie podróży spotkał jakąś dziewczynę. W rodzinie mówiło się o niej „leśna znajda", kto wie, czy w ogóle była chrześcijanką!

— To ci przeszkadza? — znów przerwał mu Świnka i przeczesał palcami brodę. — Jak się domyślam, mówisz o swej praprapraBabce. Trochę szacunku, synu.

Kuno poczuł się jak szczeniak. Bąknął:

— Przepraszam, poniosło mnie. Ale nie pogardzam nią, moja złość wciąż sięga Gotfryda. Bo zostawił w łonie tej kobiety nasienie i porzucił ją. Nagle mu się przypomniało, że jest wysoko urodzony, a ona nie. Wcześniej mu to nie przeszkadzało — burknął gniewnie.

— Widzisz, ty i ja złożyliśmy śluby czystości, ale mężczyźni, którzy ich nie wypowiedzą, są czuli na urok kobiet. Zwłaszcza takich, które masz na myśli. Zdradzę ci sekret, Koendercie — ściszył głos Jakub Świnka. — Moja praprababka też była kobietą lasu. Wyznawczynią dawnych, matczynych kultów.

Kuno spojrzał na arcybiskupa zaskoczony. Do tej chwili, prócz pogardy dla Gotfryda, czuł wstyd, że przodek uległ takiej kobiecie. Teraz, w jednej chwili, przypomniał sobie, jakie wrażenie na nim samym wywołała spotkana w lesie kobieta. Jak jej było na imię? Blute. Jakub Świnka swoim wyznaniem połączył dawną przeszłość z całkiem bliską i uwolnił go od skrępowania.

— Gotfryd nie tylko stracił głowę dla kobiety, ale i dla sprawy, jaką powierzył mu Baldwin — podjął Kuno. — Nie oddał miecza. Ruszył do Normandii i zobaczywszy ruiny dawnej posiadłości, sprzedał ją, ale nie zaznał ukojenia. U nas mówiło się, że kto raz zobaczy Jeruzalem, ten nosić będzie tęsknotę w sercu. Gotfryd wrócił do Ziemi Świętej.

— Powinieneś go rozumieć — powiedział Jakub. — Ty też nosisz w sobie tę tęsknotę.

— To widać? — zdziwił się Kuno.

— Widać — przytaknął Jakub. — Janisławowi przedstawiłeś się jako pielgrzym i zachowujesz się jak on. Nie jesteś u siebie. Jesteś w drodze, ale nie wiesz, dokąd ona wiedzie, co?

— Tam, gdzie chciałbym pójść, są Saraceni — wyznał Kuno. — Zajęli dom, w którym się urodziłem, i zabili wszystkich, którzy byli mi bliscy.

— Dojdziemy do tego — obiecał mu Jakub i przykazał: — Mów, co było dalej.

— Gotfryd osiadł w Krak des Chevaliers, na wybrzeżu. Nie założył po raz drugi rodziny. Po latach odnalazł go syn, bo leśna matka podała chłopcu imię i ród ojca i nie pominęła wiadomości, że był krzyżowcem. Młodzian przyjął imię Peregryn, ale, jak powiadają, nie uciekał przed przydomkiem Bastard.

— Och! — przerwał mu Świnka. — Niewielu z nas ma tyle sił, by przyznać się do swego stanu. Powiem ci, synu, że ten Peregryn Bastard musiał mieć wspaniałą matkę, skoro wychowała go na tak dzielnego człowieka.

— Nie pomyślałem o tym — przyznał Kuno, myśląc jednocześnie: dlaczego w obecności tego starca staję się kimś lepszym? Kimś więcej?

— Mów mi o nim. Zająłeś mnie jego losem tak, że Janisław dzisiaj za mnie odprawi nieszpory. Czuję, że Pan Bóg obu nam wybaczy — mrugnął do niego porozumiewawczo Jakub.

— Gotfryd przyjął i usynowił Peregryna, ale ten był tak twardy, że nie przyjął nazwiska ojca, de Lacy. Kazał zwać się de Bast na pamiątkę tego, że wychował się jako bękart...

— Mówiłem! — zatarł dłonie Świnka. — Miał dobrą matkę!

— Peregryn de Bast założył rodzinę. Był jednym z wielu krzyżowców, którzy osiedli w Ziemi Świętej i pełnili służbę u pierwszego króla Jerozolimy, Baldwina. Został w Krak des Chevaliers. I w roku, w którym zmarł jego ojciec, Gotfryd, powierzając mu przed śmiercią tajemnicę miecza, doznał niezwykłego spotkania. Do Krak des Chevaliers przybyli krzyżowcy z trzech królestw: Polski, Czech i Węgier. Peregryn przyjął jako gościa księcia polskiego, Henryka, który zwał się Sandomierskim.

— Panie, jesteś wielki! — wzniósł ramiona Jakub Świnka.

Spojrzał na niego. Starzec zmrużył oczy i przekrzywił głowę, jakby się w coś wsłuchiwał. Kuno odwrócił się za wzrokiem Jakuba i zobaczył prosty krucyfiks na ścianie. Arcybiskup skinął głową i odpowiedział coś samymi ustami. Bezgłośnie.

Rozmawia z Bogiem? — zdumiał się Kuno.

— To spotkanie wstrząsnęło Peregrynem — powiedział, gdy siwe oczy Jakuba znów spoczęły na nim. — Potem, z pokolenia na pokolenie, mówiło się u nas, że Peregryn spotkał świętego na ziemi. Ponoć ów książę miał w sobie coś mistycznego, opowiadano nawet, że jego źrenice nosiły znak krzyża. Peregryn przekazał, że miał ciemnoniebieskie oczy, w których niemal czarne włókna układały się w krzyż. No nie wiem — rozłożył dłonie Kuno — przekazuję, co mówiło się w domu.

— Nie wstydź się znaków pańskich — powiedział Jakub. — Bądź dumny, że Wszechmocny postawił je na drodze twego rodu.

— Książę Henryk uświadomił Peregrynowi, czym jest miecz powierzony jego ojcu. Opowiedział o królu banicie i o tym, że od jego czasu na wasze Królestwo spadł grzech, który pozbawił kolejnych władców praw do królewskiej korony. Peregryn chciał mu oddać miecz, ale książę Henryk powiedział, że taki miecz jest jak krzyż. Każdy musi sam donieść go na wzgórze. I dodał, że gdy czas się dopełni, klątwa Wielkiego Rozbicia zostanie zmyta.

— Boże — wyszeptał czule Jakub Świnka — jesteś łaskawy.

— W tamtym czasie Krak de Chevaliers było pod komendą Zakonu Świętego Jana. Książę Henryk był ich honorowym gościem, Peregryn zaś znał dobrze wielkiego mistrza Ubogich Rycerzy. Na pamiątkę ich spotkania oddali miecz obu mistrzom, a ci polecili swym rzemieślnikom wykucie jego inskrypcji. To były czasy, gdy joannici i templariusze żyli w braterskiej przyjaźni. Ponownie poświęcono żelazo w dniu, w którym odsłonięto inskrypcję będącą mottem twierdzy. *Sit tibi copia, sit sapiencia, formaque detur, inquinat omnia sola, superbia si comitetur.* „Możesz mieć bogactwo, mądrość i urodę. Jeśli dotknie ich duma, rozpadną się w pył!"

Jakub Świnka spojrzał w oczy Kunona tak, że ten poczuł się przeszyty na wylot. Znał słowa inskrypcji. Dlaczego usłyszał je prawdziwie dopiero dziś?

— Potem Henryk Sandomierski wyruszył w drogę powrotną do swego kraju, ale przed wyjazdem podarował Peregrynowi pewien klejnot. Nazywano go w rodzinie „krzyżowym orłem".

Kuno sięgnął do sakwy i wyjął krzyż, który zerwał z szyi martwego brata przed upadkiem Akki. Srebrne skrzydła, złoty krzyż i tarcza z czarnego dębu na piersi orła. Światło świecy odbiło się od bieli palców Jakuba Świnki i Kuno uległ złudzeniu, iż te zalśniły w powietrzu jak promienie, gdy arcybiskup dotykał tego artefaktu.

— Peregryn miał trzech synów i od niego zaczęła się tradycja rodu.

Najstarszy dostawał imię Henry, na pamiątkę księcia Sandomierza, i nosił ten krzyż na szyi. Kolejni szli do zakonów rycerskich. Po jednym do joannitów i templariuszy. To rozpoczęło się wtedy, od dnia, gdy Peregryn spotkał się ze świątobliwym księciem. Krzyżowym okiem.

— Dlaczego jego synowie nie oddali miecza? — spytał z wypiekami na twarzy Jakub Świnka.

— To dziwne — pokręcił głową Kuno. — W *Krótkiej kronice Bastów* zapisano, że każdy, który był przez nestora przeznaczony do podróży na Węgry, z jakiegoś powodu nie mógł tego uczynić. A to zapadał na zdrowiu, a to Saraceni blokowali szlaki górskie lub dla odmiany morskie. Potem, jeden z nich, stał się mistrzem joannitów i oddał miecz do skarbca zakonu. Z kolei po latach inny Bast został wielkim skarbnikiem templariuszy i zabrał miecz do swego zgromadzenia. To żelazo, na skutek zabiegów, jakim było poddane, ma w sobie specjalną moc. Wiem o tym, ojcze, bo dane było mi z nim przejechać pół świata u boku. Trudno się od niego oderwać. Wabi siłą, która umyka rozumowi.

— Mieliśmy już w swej historii miecz przeklęty — zupełnie poważnie powiedział Jakub.

— Nie, na tym nie ciąży żadna klątwa — szybko zaprzeczył Kuno. — Przez prawie sto lat był przechowywany w skarbcu templariuszy jako „miecz siły". Aż do upadku Akki.

Przed oczyma Kunona stanęły jak żywe obrazy tamtych dni. Płonące miasto. Huk wybuchów. Tryumfalny dźwięk cymbałów, bębnów i trąb. Poczuł woń pożarów. Odór niepochowanych zwłok psujących się w upale. I zapach kadzideł ze świątyni na wzgórzu, w której odprawiano msze do ostatniego tchnienia Akki.

— Przeznaczono mnie do eskorty rannych i skarbu templariuszy wywiezionego potajemnie — wyznał Kuno. — I wtedy zrozumiałem, że jeśli nie wydobędę tego miecza z okutej skrzyni, dusze mych przodków nigdy nie zaznają ukojenia. Wykradłem go i po wielu trudnościach odwiozłem do królestwa Arpadów. Panował wówczas król Andrzej, a jego żonę Fenenę niezwykle poruszyła ta historia.

— To była Piastówna — przeżegnał się struchlały Jakub Świnka.

— Tak — przyznał Kuno. Pobladła twarz królowej Feneny stanęła mu przed oczami. Często widywał ją w snach i zawsze taką: białą jak kreda, unoszącą dłoń do ust, by stłumić krzyk grozy.

— Król Andrzej zaprosił nas do świątecznego stołu. Było Boże Narodzenie — przypomniał sobie. — I wtedy Fenena zalała się łzami, mówiąc, że pół roku wcześniej jej krewniak, król Przemysł, ukoronował się, używając innego miecza.

— Przeklętego żelaza, które sprowadziło na niego śmierć — szepnął grobowo arcybiskup.

— Król Andrzej dziękował nam za wypełnienie przysięgi, ale jego piastowska żona zmarła z żałości i przestrachu, że pierwsza, po ponad dwustu latach, koronacja odbyła się niewłaściwym mieczem. Poczułem się winny — wyznał Kuno. — Dopełniliśmy ślubu, którego zaniechali dziadowie, a mimo to spóźniliśmy się! — krzyknął. — Jakby to na nas, Bastach, ciążyła nieustanna klątwa.

Jakub uniósł białą dłoń i dotknął jego czoła.

— Nie szafuj klątwami, synu — szepnął. — Byłeś tylko narzędziem w ręku Pana. Mów.

Kuno miał ściśnięte gardło, ale powiedział:

— Zaraz po śmierci królowej Feneny doszła nas wiadomość o mordzie na królu Przemyśle. Wtedy zrozumieliśmy, że naprawdę stało się źle. Liczyliśmy wstecz, każdy dzień swej podróży, szukając tych, które zmarnowaliśmy, które mogłyby sprawić, iż szybciej…

— Mówisz „my"? Kto był z tobą? — przerwał mu arcybiskup.

— Mój brat bliźniak, Gerland. Wybacz, sądziłem, że powiedziałem, iż wywiozłem rannego brata z Akki. Był joannitą.

— Gerland? Tak go nazwano? — przeczesał siwe włosy starzec.

— Tak. Na pamiątkę tego świętego z waszego Królestwa.

— Co z nim? — dopytał Jakub.

— Jest w Pogorzelicy, w komandorii swych braci.

— A ty, Koendercie? Dlaczego zmieniłeś zakon?

— No właśnie — doszedł do sedna Kuno. — Brat Tybald na pokładzie „Słonego Serca" zdjął ze mnie śluby, mówiąc, że los templariuszy jest teraz niepewny. Ale to nie było naprawdę. — Spojrzał w oczy Jakuba II, szukając w nich zrozumienia. — Rytuał zaparcia jest znany wszystkim naszym braciom. Tyle że Tybald polecił mi ukrycie się i oczekiwanie, aż wrócą po mnie. A gdybym miał kłopoty, kazał się zwrócić do najwyższego rangą duchownego. Dlatego jestem, arcybiskupie Jakubie II.

— Pomogę ci, Koendercie — powiedział siwobrody, a Kuno przez ułamek chwili zobaczył w nim wodza asasynów, zwanego Starcem z Gór. Otrząsnął się.

— Zanim ty pomożesz mnie — odpowiedział Kuno — ja wyjawię ci tajemnicę, która jest sekretem miecza. I może stać się podwaliną waszej korony.

JAKUB ŚWINKA wpatrywał się w twarz Koenderta, a ta była mu bliską, jakby patrzył na syna. Poznał tak wiele tego wieczoru. Gdy tylko dawny templariusz zaczął opowieść o swym rodzie, Jakub chciał wezwać Janisława, bo dobrze znał dzieje rodzinne swego kanonika. Korab w jego herbie wziął się od statku, jakim przed laty przypłynął do Królestwa pierwszy z nich, Fulko. Baron Wilhelma Zdobywcy, Hugh de Lacy, o którym opowiedział Koendert, miał kilku synów. Godfryd, przodek templariusza był jednym, drugim Fulko, protoplasta Korabitów. Ci zaś tak szybko zadomowili się w Królestwie, że wnuk Fulka, Robert, został biskupem wrocławski, a potem krakowskim. Janisław jest ich potomkiem.

Są nawet do siebie podobni — pomyślał czule Świnka. — Postawni jak młode dęby, szarowłosi i szaroocy.

Chciał zawołać Janisława, ale zaniechał. Koendert mógłby się spłoszyć. Przybył tu z sercem ciężkim jak głaz i zadaniem Jakuba jest zdjęcie z niego tego ciężaru.

— Zanim ty pomożesz mnie — powiedział Koendert — ja wyjawię ci tajemnicę, która jest sekretem miecza. I może stać się podwaliną waszej korony.

— Zatrzymaj się, synu — uniósł dłoń Jakub. — Ten sekret czekał tak długo, że chwila więcej nie zbawi ani mnie, ani ciebie. Wyznanie grzechów zaś może zdjąć z ciebie brzemię.

Szare spojrzenie Koenderta przebiegło przez twarz Jakuba. Utkwił wzrok gdzieś z boku i szepnął wymijająco:

— Mam ich tak wiele…

— Jak każdy uczciwy grzesznik — skinął głową Jakub i dodał: — Pewnie w stosownej chwili wyspowiadasz się kapłanom w zakonie, ale coś mi mówi, że jest grzech, którego nie możesz im powierzyć.

Gość zakrył twarz dłońmi. Jakub patrzył na ich szorstką skórę i myślał, że to właśnie te ręce przyniosły z daleka miecz królewski.

— Mów — zachęcił go.

— Zabiłem wielkiego mistrza — wyszeptał chropowato Koendert i odsłonił twarz. — Najpierw uratowałem z płonącej Akki Konrada von Feuchtwangena, mistrza Zakonu Szpitala Najświętszej Marii Panny, by po dwudziestu latach zabić w Malborku jego rodzonego brata, mistrza Zygfryda.

Jakub Świnka westchnął ciężko. Tak, to ostatnia rzecz, jaką jego gość mógłby wyznać na spowiedzi w zakonie.

— Dlaczego odebrałeś mu życie? — spytał Koenderta.

— Bo stary Konrad von Sack dał mu za mało trucizny. Feuchtwangen przeżył i musiałem...

— Ale dlaczego? — powtórzył pytanie Jakub.

— Nastawał na mnie. — Wzruszył ramionami gość. — Brat powiedział mu o mieczu, który wyniosłem ze statku. Wiedział, że w ładowniach były najważniejsze skrzynie templariuszy. Zygfryd wyobrażał sobie, że wiem, co się z nimi stało, i chciał, bym oddał Krzyżakom pewne artefakty.

Koendert zacisnął dłonie; nabrzmiały mu żyły.

— Ojcze — szepnął niespokojnie. — Nie mogę się oprzeć myśli, że za aresztowaniami templariuszy stali Krzyżacy. Feuchtwangen zaczął mnie werbować już na pokładzie statku na Sycylię. Ledwie opuściliśmy bohaterską Akkę, ostatni bastion krzyżowców w Ziemi Świętej, miasto, które nie chciało kapitulować, które było symbolem braterskiej walki templariuszy i joannitów, jak mówił do mnie, że ich już nie ma. Za nich będą mówić ci, którzy przetrwali. Wielkie sumy poszły na wyprawy krzyżowe i przepadły. Ktoś zacznie pytać, co stało się z tymi skarbami. — Koendert uderzył pięścią we własną pierś. — Rozumiesz? „Za nich będą mówić ci, którzy przetrwali". Krzyżacy. Jedyni, co wciąż walczą z niewiernymi. Umościli sobie bezpieczne gniazdko tam, w Prusach, i kto wie! Może to Feuchtwangen szepnął królowi Francji o dwa słowa za dużo? Dla Krzyżaków pozbycie się konkurentów było bardzo wygodne. Niestety, nic im nie skapnęło z ich skarbca, a na dodatek papież Klemens, po waszych doniesieniach o Gdańsku, zaczął się zastanawiać nad sensem istnienia zakonu.

— Poczekaj — Jakub przerwał gorączkowy potok słów Koenderta. — Zabiłeś Feuchtwangena, bo nastawał na ciebie, czy dlatego, że podejrzewałeś jego brata o podszepty przeciw templariuszom?

Koendert przejechał szeroką dłonią po włosach. Skrzywił się.

— Wszystko razem... nazbierało się tego... — odpowiedział nieporadnie. — Obraził pamięć moich mistrzów. Wilhelma z Beaujeu, Fra' Tybalda, Jakuba de Molay... — Koendert uniósł oczy na arcybiskupa. Lśniły w nich łzy. — Śmiał się z nich, ojcze... Jak można siedzieć na wyłożonej błamami futra ławie w pięknym Marienburgu i mówić takie bzdury? Że najważniejsze dla Wilhelma było wywieźć skarby na Cypr? Jak on mógł?... Fra' Wilhelm był prawy i odważny; nie dbał o siebie, gdy dał nam rozkaz „na koń" i pod ostrzałem mangoneli w dwunastu braci jechaliśmy na odsiecz joannitom uwięzionym u stóp Wieży Przeklętej... Nie wytrzymałem, ojcze. Wiedziałem, że chce mnie sprowokować... ale zrozum, on siedział rozparty z kielichem wina, z nogami ułożonymi wysoko, na stołku i po prostu się śmiał... Oni tacy są... butni, pewni siebie, pyszni...

— Uratowałeś jednego Feuchtwangena, zabiłeś drugiego — powtórzył w zamyśleniu Jakub. — Nie wiem, jak oceni to Pan, gdy położy na wadze grzechów. Kto odbiera człowiekowi życie, skazuje się na potępienie. Czy możesz zadośćuczynić?

Koendert patrzył na niego szeroko rozwartymi oczami.

— Możesz — odpowiedział Jakub. — To największy klejnot naszej wiary, że Pan wybacza każdemu, kto prawdziwie żałuje za grzechy.

— W tym rzecz — twardo odpowiedział Koendert. — Ja nie żałuję.

Tak sądziłem — westchnął w duchu Jakub i spróbował:

— Masz żałować grzechu...

— ...Feuchtwangena nie muszę? — z ulgą zapytał Koendert.

Jakub przymknął powieki, mówiąc:

— Ratuj swą duszę. Nie przywrócisz życia umarłemu, ale możesz sprawić, że unikniesz wiecznego mroku. Twój przodek nazwał się Peregrynem, a ty, Koendercie, jesteś pielgrzymem, co wyrównał rachunki przodków. Nie będziesz miał syna, który mógłby spłacać twoje, rozważ to. Pielgrzymujesz między zakonami i coś mi mówi, że kres twej wędrówki wciąż nie nadszedł, że ciągle masz przed sobą drogę.

— Ale dokąd? — żachnął się Koendert. — Ojcze! Miałem czekać na znak od swoich, a oni gniją w lochach Klemensa i Filipa!

— Papież uwolnił templariuszy od zarzutu herezji — otworzył oczy Jakub. — Ale bullą *Vox in excelso* skasował zakon. Dostaliśmy stosowne instrukcje z awiniońskiej kurii — Jakub przesunął dłonią między rulonami pergaminów.

— Instrukcje? — zdziwił się Koendert.

— Tak. Papież pisze w nich, że kasata zakonu nie zwalnia was od ślubów. Czekaj, gdzie to było? Bulla *Considerantes dudum*. Jest — trafił wreszcie na właściwy pergamin. Rozwinął i przypomniał sobie. — Klemens nakazuje nam zwołanie synodów prowincjonalnych i wezwanie krajowych templariuszy przed ich obrady. Bracia, których uznamy niewinnymi, mogą wybrać sobie dowolny klasztor i zamieszkać w nim do kresu życia. Dobra miejscowych komandorii mamy przekazać joannitom. No, we Francji to rozwiązanie się nie sprawdziło. — Świnka odłożył papieską bullę. — Pazerny król Filip kazał bowiem szpitalnikom wykupić dobra templariuszy, które, jak oświadczył, zajął z powodu ich długów. Wszyscy wiemy, że było odwrotnie, to król winien był braciom wielkie sumy. Nie zwoływałem jeszcze synodu w tej sprawie, dałem jedynie znać do naszych komandorii, że będę musiał to zrobić. — Jakub mrugnął do swego gościa. — Choć nie sądzę, bym uznał któregoś z mnichów rycerzy winnym. Tyle że w twojej sytuacji nic to nie zmienia. Złożyłeś nowe śluby w Zakonie Najświętszej Marii Panny. Jeśli teraz chcesz się z nich uwolnić, będziesz musiał przejść proces przed waszym mistrzem, Karolem z Trewiru.

Koendert pokręcił głową i zwiesił ją ciężko. Jakub położył mu dłoń na ramieniu i powiedział:

— Chyba że staniesz na moim synodzie i powiesz, jak było. Żeś nigdy prawdziwie nie przestał być rycerzem świątyni. I wtedy ja uniewinnię cię jako templariusza.

— To prawda — uniósł głowę Kuno. — Zdjęcie ze mnie tamtych ślubów było pozorem, jak i lata spędzone wśród Krzyżaków.

— Doskonale — kamień spadł tym razem z serca Jakuba Świnki. — Zaraz znajdę listę pytań… czekaj, gdzie to było?…

— Chcesz mnie od razu postawić przed sądem? — spytał niespokojnie Koendert.

— Nie — zaśmiał się Jakub, wertując pergaminy — muszę najpierw zwołać synod. Janisław robił odpis… dam ci go, żebyś potem, przed zgromadzeniem moich kanoników nie był niespokojny. O! — ucieszył się, trafiając na właściwy pergamin. — Mam. Herezja, znieważanie krzyża — przeżegnał się. — Bałwochwalstwo, sodomia… czego to Filip nie wymyślił. Proszę, weź to.

— Nie trzeba — poważnie odpowiedział Koendert. — Zapamiętałem wszystko.

— No, jak tam chcesz. Powiadomimy cię, jak tylko znany będzie termin synodu. Oczywiście, poufnie. Niedobrze by się stało, gdyby twoi bracia Krzyżacy się dowiedzieli wcześniej.

— To nie są moi bracia — twardo zaprotestował Koendert.

— Nie lękaj się, synu — rozpromienił się Jakub. — Już niedługo będziesz to mógł wszystkim obwieścić. I zacznij się rozglądać za jakimś klasztorem! Chyba że joannici, jak twój brat?

— Pomyślę — uciął gość. — Teraz chciałbym ofiarować ci, Jakubie, sekret…

W tej samej chwili drzwi komnaty skrzypnęły. Jakub uniósł wzrok, pytając:

— To ty, Janisławie?

— Nie, wielebny. To ja, Hugo.

W krąg światła wszedł szczupły kopista, nowy w jego kancelarii, ale nieprawdopodobnie zdolny. Nadzwyczaj bystry i szybki, radził sobie z przepisywaniem dokumentów lepiej niż każdy dotychczasowy.

— Jestem zajęty, Hugonie — powiedział Jakub.

— To zabiorę tylko formatki, które obiecał zostawić Janisław — grzecznie skłonił się młodzian.

— Gdzieś tam — niepewnie poruszył dłonią Świnka, wskazując jedynie stronę pulpitu Janisława. — I zabierz jeszcze dokumenty Andrzeja.

— Wiem, gdzie szukać — pogodnie odpowiedział Hugo i zręcznie pozbierał dokumenty. — Proszę się nie trudzić. Czy w czymś mogę pomóc?

— Nie, nie trzeba. My tu sobie z gościem radzimy.

— Może poprosić, by sługa wino podał? Albo przyciął knoty? — spytał Hugo, poprawiając płaskie arkusze.

Jakub Świnka dopiero teraz zauważył, że świece kopcą. Był tak zajęty rozmową z gościem, że nie przeszkadzało mu to. Zerknął na Koenderta. Siedział skupiony, czekał, więc Jakub machnął ręką.

— Daruj sobie — powiedział do kopisty. — Nam nic nie przeszkadza. Dziękuję.

— Z Bogiem, ojcze.

— Z Bogiem, synu.

Hugo zamknął drzwi. Tym razem nie skrzypnęły.

— Wracajmy do tajemnic, Koendercie — uśmiechnął się Jakub. — Skoro twój los mamy omówiony i zabezpieczony, pragnę poznać sekret miecza banity.

Templariusz uniósł wzrok, pytając:

— Widziałeś go, ojcze?

— Tak i nie — rozłożył dłonie Świnka. — Książę opowiedział mi o nim podczas uczty, mieliśmy obejrzeć miecz nazajutrz, ale zaszły nieprzewidziane okoliczności i widziałem go tylko z daleka, na plecach księcia. — Uśmiechnął się, tłumacząc. — Pan Bóg poskąpił Władysławowi wzrostu, w to miejsce dając upór. Wiesz pewnie, że nie jest wysokim mężczyzną i nosi miecz przewieszony przez plecy. Tak więc, owszem, widziałem oręż, ale nie przyjrzałem mu się z bliska.

— Cała rzecz w rękojeści miecza — powiedział Koendert. — Jedną jego stronę wykuli templariusze, drugą joannici, tę rozpoznasz, wielebny, po orle świętego Jana. Na jelcu przeczytasz inskrypcje. Joannici odwołali się do najstarszych, tajemnych imion Boga, które odczytano na starych zwojach w Ziemi Świętej. Wyryli ich brzmienie na złotych płytkach. Templariusze zaś napisali, że kto będzie te imiona nosił przy sobie, temu żadne niebezpieczeństwo nigdy nie zagrozi.

Jakub Świnka poczuł, jak serce zaczyna zrywać się w jego piersi. Biło niczym oszalałe, zapamiętując i pojmując każde ze słów Koenderta. Boże! — pomyślał. — On zabrał ten miecz ze skarbca templariuszy i jego zakon poszedł w rozsypkę! A może to przypadek? Tak czy siak, Panie, spraw, by ten dobry człowiek nie wziął tego do siebie! Nie poczytał sobie za kolejną winę... no, proszę, mój Boże...

— Tam wszystko ma znaczenie, ojcze — szeptał gorączkowo Koendert. — Wyobrażenia apostołów na rękojeści wzmacniać mają ewangeliczną siłę miecza, ale najważniejsze znajduje się na głowicy. I wcale nie jest ukryte... jest widoczne, tyle że kto nie wie, nie będzie umiał użyć...

Serce Jakuba biło niczym dzwon. Przytrzymał je dłońmi. Powinien popić wody, albo tych ziół na uspokojenie, ale bał się przerwać, uronić choć słowo.

— ...joannici na swej stronie ozdobili głowicę winoroślą, by wszystko, co tym mieczem będzie zdobyte, owocowało jak krzew winny. Ale templariusze poszli dalej i wyryli Alfę i Omegę w znaku zwanym monogramem Boga. U jego dołu znajduje się dwunastolistny kwiat z krzyżem w środku. To symbol Róży Jerycha, którego tajemne znaczenie...

Boże drogi! — krzyknął w duchu Jakub. — A może oskarżenie ich o praktyki magiczne nie było bezpodstawne? Panie, jeśli mam przestać słuchać, błagam, daj mi jakiś znak. Inaczej nie powstrzymam się z ciekawości...

Jakub uniósł oczu do krucyfiksu nad wejściem. Pan, oświetlony łuną księżyca idącą z wysoko umieszczonego okna, milczał przyzwalająco.

— ...związane jest z tajemnicą Zmartwychwstania Pańskiego — dokończył Koendert. — My, w Ziemi Świętej, nazywaliśmy tę niezwykłą roślinę „zmartwychwstanką", bo pokazywała, jak żywy dowód, tajemnicę przezwyciężenia śmierci. Widziałeś ją kiedyś?

— Śmierć? — Jakub zamrugał.

— Nie, ojcze. Różę Jerycha.

Pokręcił głową.

— Wygląda jak zwój suchych gałązek. W czasie suszy zwija się w kłębek. Czasami wiatr pustynny pędził całe zwoje zmartwychstanek. Ale gdy zacznie padać deszcz i jego krople dotkną suchych łodyżek, roślina rozwija się niczym kwiat. Potrafi przetrwać bez wody miesiącami, wyglądając jak nędzny strzęp, śmieć, paproch, by potem pod wpływem życiodajnej wody wybuchnąć, rozwinąć się w kwiat.

Władysław też przetrwał lata chude. Zniósł wszystko. Wygnanie, poniżenie, poniewierkę. Potem piędź po piędzi zbierał ziemie Królestwa. Za ukochany Kraków zapłacił życiem synów. Ten symbol jest odzwierciedleniem jego losów — pomyślał w uniesieniu Jakub Świnka.

— Templariusze używali symbolu Róży Jerycha oszczędnie — powiedział po chwili Koendert. — Dzielili jego tajemnicę z braćmi joannitami. Posłuchaj, proszę: gdy kropla wody spadnie na głowicę miecza i dotknie symbolu, miecz ożyje.

Jakub poczuł, jakby i on ożył; jakby jego stare członki wypełniła niezwykła siła. Krew zaczęła w nim krążyć szybciej, mocniej. Skronie mu pulsowały, na policzki wyszły rumieńce.

— W tego, który trzyma miecz w dłoni, wstąpi moc każdej ze świętych inskrypcji. Książę Władysław musi o tym wiedzieć. Musi poznać klucz do tego oręża, by stało się czymś więcej niż tylko żelazem z ozdobną rękojeścią. Bo siła w nim zamknięta może stać się koronnym skarbem Królestwa.

— Koendercie! — zawołał Jakub Świnka i wstał dziarsko. Ani w krzyżu go nie zakłuło. — Narażając własne życie, przyniosłeś nam coś niezwykłego, twoje imię powinno być wśród pierwszych rycerzy Królestwa. Może po synodzie, jak uwolnię cię z zarzutów? Pomyślimy, jak to zrobić. Moi kanceliści znają prawo jak łucznik cięciwę. Wiedzą, ile można naciągnąć — mrugnął do templariusza — gdy cel szczytny, a człowiek tak zasłużony, jak ty. Czy mogę cię uścisnąć?

Koendert wstał i Jakub biorąc go w ramiona, objął ledwie powyżej pasa. A co tam, przecież nie musi się wstydzić, że jest niski!

— Jak mogę ci się odwdzięczyć, synu? — spytał, puszczając templariusza.

— Nie robiłem tego dla nagród — odpowiedział Koendert.

— Dobrze. — Jakub stanął na palcach i wysoko wyciągnął ramię, by klepnąć go w plecy. — Pomyślimy po synodzie, jak będziesz wolny. No, spodziewam się protestów ze strony Karola z Trewiru, Krzyżacy nie lubią tracić rycerzy, ale i na to Janisław znajdzie sposób. Masz jakichś przyjaciół w zakonie?

— Jednego — cicho odpowiedział Koendert.

— To nim wyjedziesz na synod, pożegnaj się z nim i postaraj się, by po przyjaźni wybaczył ci odejście. To ważne, by nie ranić tych, których kochamy.

— Ja go nie kocham — gwałtownie zaprzeczył Koendert. — Łączy nas tylko... męska przyjaźń.

— To miałem na myśli — uściślił Jakub. — Spodziewaj się wiadomości w ciągu dwóch, może trzech miesięcy. I zostań na noc w Gnieźnie, moi słudzy dadzą ci izbę gościnną.

— Muszę wracać — pokręcił głową Koendert. — Dłuższa nieobecność w zgromadzeniu jest karana.

— Ano tak, wybacz — pokiwał głową Jakub. — Zatem do zobaczenia, synu!

— Do zobaczenia, ojcze. — Koendert przyklęknął i pocałował jego dłoń.

Jakub, choć od trzydziestu z górą lat był arcybiskupem, nigdy nie przyzwyczaił się do całowania w rękę. Cofnął dłoń, zawstydzony, i położył na głowie templariusza, szepcząc:

— Pan cię do nas przyprowadził. Nawet jeśli po drodze musiałeś dokonać czynów strasznych, w swej istocie złych, to czyniłeś to w imię wyższej racji. Są rzeczy boskie i ludzkie, te drugie też bywają nam zlecone przez Boga. Idź dalej drogą, która ci przez Niego wytyczona. Ja, w imię Wszechmocnego, wybaczam ci grzechy, które dziś wyznałeś. Jako pokutę nakazuję ci więcej nie przelewać krwi człowieczej. Zamień przemoc na miłosierdzie, weź przykład z Chrystusa, który przebaczał swym katom. Wiem, to dla ciebie trudna lekcja, ale czuję, że dojrzałeś do niej, rycerzu Świątyni. Bogu niech będą dzięki, żeś wypełnił swą misję wobec naszego Królestwa i że wreszcie skrzyżowały się nasze ścieżki. Idź z Bogiem, Koendercie!

— Pójdę — odpowiedział templariusz, nisko schylając głowę.

Jakub Świnka został sam. Rozpierała go siła. Znalazł nożyce do przycinania knotów i rozprawił się z nimi. Nie mógł usiedzieć. Chodził po komnacie rześkim, dziarskim krokiem. Wspiął się nawet na stojącą pod wąskim okienkiem skrzynię i uchylił okno. Wdychał strumień chłodnego, nocnego powietrza. Woń wczesnej wiosny. Roślin budzących się do życia jak Róża Jerycha w kropli deszczu.

Mój Boże! Jakżeś wielki, że pozwoliłeś mi dotrwać tej chwili! Ja, który ukoronowałem Przemysła, teraz będę mógł zdjąć brzemię niewidzialnej korony, by jej moc przeszła na Władysława. A on, książę banita, dostał miecz uświęcony tak wielką mocą. Miecz, który stanie się opoką naszego Królestwa. Po latach ciemnych, po dniach Przemyślidów i dniach bezkrólewia nadchodzi czas, który łączy ostatniego króla banitę z nowym. Bolesława Śmiałego z Władysławem Łokietkiem. Obaj wygnani, obaj skłóceni z biskupem Krakowa. Tyle że pierwszy zapłacił za to poniewierką, a Królestwo klątwą Wielkiego Rozbicia, drugi zaś tę klątwę zaraz zdejmie. Panie! Moje serce śpiewa hymn radosny! I jeszcze książę Henryk krzyżowiec. Syn Krzywoustego. Dziedzic Rozbicia, który już wtedy, w Ziemi Świętej przed stu sześćdziesięciu laty wiedział, że kres klątwy nadejdzie wraz z tym mieczem świętym! Przecież Henryk jako jedyny wypełnił testament ojca. On nie pragnął niczego dla siebie. Życie oddał za wiarę, wiedząc, że jego przeznaczeniem nie jest władza, lecz służba.

Jakub krążąc po komnacie, zatrzymał się przy stole i dostrzegł, że krzyżowy orzeł wciąż leży na jego blacie, między pergaminami.

Koendert zapomniał go zabrać czy zostawił? — zastanowił się, chwytając go w palce. — Złoty jest krzyż, bo on był dla księcia sandomierskiego najważniejszy — pomyślał, przyglądając się klejnotowi. — Skrzydła orła srebrne. A tarcza z czarnego dębu. Oto pętla czasu — zrozumiał Jakub II. — Henryk Sandomierski, syn Krzywoustego. Pierwsze pokolenie Wielkiego Rozbicia. I Władysław, który je zakończy z mieczem Bolesława Śmiałego w dłoni.

Nie usłyszał otwierania drzwi, ale zobaczył cień na ścianie.

— Janisław? — spytał.

— Nie, wielebny. To ja, Hugo. Przygotowałem wszystkie dokumenty i przyniosłem, by o świcie czekały na kanclerza i Janisława.

— Ach tak, dokumenty. — Jakub na chwilę wrócił na ziemię.

Owszem, właśnie rozstrzygają się losy Królestwa, ale przecież przyziemne życie biec musi dalej. Był tak szczęśliwy i wzruszony jak w dniu koronacji Przemysła. Czuł w ciele tę samą siłę, a jego duch znów był gotów, by przenosić góry. Serce biło mu jak dzwon.

— Czy ci usłużyć, wielebny? — zapytał Hugo. — Słudzy posnęli, ale jeśli chcesz, podam ci kielich wina lub wody.

— Tak, daj mi wina — zaśmiał się pełną piersią Jakub.

Hugo zniknął w cieniu, arcybiskup słyszał, jak bierze dzban i kielich.

Boże! — pomyślał. — Znów na moich oczach odradza się Królestwo! Powstaje z kolan wzmocnione siłą, która bierze swój początek w zmartwychwstaniu pańskim.

Jakub poczuł wyraźnie ten moment. Jego serce zabiło po trzykroć, mocno i gwałtownie, a potem się zatrzymało. To trwało chwilę i zobaczył jasność, która go spowiła. Miękką, gładką i lśniącą. Usłyszał szum skrzydeł, pomyślał: anioł. Lecz to był śnieżnobiały piastowski, królewski orzeł. Przyleciał po niego i Jakub wsiadł na jego grzbiet. Poczuł niebiańską miękkość piór. Chwycił skrzydła u nasady, a orzeł odbił się złoconymi łapami od podłoża i wzbił w górę. Jakub zobaczył, że poryw powietrza poruszył pergaminami. Rozrzucił je tak, że na wielkim arcybiskupim stole został tylko krzyż Henryka Sandomierskiego. Orzeł krzyknął, unosząc duszę Jakuba wzwyż.

— Nie rób więcej bałaganu — upomniał go Świnka. — Rano kancelistów nic nie znajdą.

Dostrzegł też koszyk z kawałkami suchego chleba, ale nie był głodny. I Hugona, który chował coś do rękawa i odwracał się z kielichem wina.

— Nie wypiję go, synu — pomachał do niego z góry. — A ty nie weźmiesz na swe sumienie śmiertelnego grzechu. Wylej tę truciznę, klęknij i przeproś.

Hugo musiał usłyszeć jego napomnienie, bo zrobił dokładnie to, co Jakub przykazał. A potem podszedł do jego ciała, spoczywającego na arcybiskupim krześle, ukląkł i pocałował stygnącą dłoń. I poprawił spadające na twarz długie białe włosy. Wsunął w dłoń umarłego Jakuba krzyżowego orła i jeszcze posprzątał dokumenty. Ułożył je z pietyzmem, od najważniejszych, do najmniej istotnych. Rozejrzał się po komnacie i zdmuchnął świecę. A potem przeżegnał się pobożnie i wyszedł. Drzwi nie skrzypnęły.

Jakub II był pełen sił i leciał wraz z orłem nad krainami Królestwa. Widział jasne Kujawy, Starszą Polskę i Małą Polskę. I pogrążone w mroku Pomorze. W przestworzach wyleciał naprzeciw nim czerwony orzeł. Skrzeknął zadziornie. Ale lśniąco biały drapieżnik, na którym siedział Jakub, syknął, i czerwonopióry ptak cofnął się. I widział czarną, płomienistą orlicę, która złowieszczo prężyła skrzydła, ale nie mogła odbić się od ziemi. A potem zobaczył sceny, które zatrzymały mu oddech, i udało mu się go wziąć dopiero przy hymnie tryumfalnym. Orzeł, na którym leciał, wylądował w sinych wodach Bałtyku. Biegł, wielkimi szponami rozpryskując słone fale. Krzyczał, mocząc pióra w słonej wodzie. Arcybiskup w Jakubie Śwince dostrzegł tryumf Odrodzonego Królestwa.

— Możesz mieć bogactwo, mądrość i urodę — zawołał do niego głos. — Jeśli dotknie ich duma, rozpadną się w pył!

JADWIGA opatka wrocławskich klarysek klęczała przed ołtarzem jako pierwsza wśród swych podopiecznych, a za jej plecami dwanaście sióstr w ciemnych habitach i welonach tak jak ona pogrążyło się w modlitwie, zaciskając dłonie na ciepłym wosku świec. Po sklepieniu kaplicy pełgało trzynaście wydłużonych cieni.

— Wszechmocny Boże — intonowała półgłosem. — Przyjmij duszę sługi twego, Jakuba, by dostąpił łaski obcowania z Twym majestatem.

— Pokornie prosimy — zaszeptały siostry.

Uniosła głowę. Jej cień był dłuższy niż dwanaście cieni sióstr Świętej Klary.

— Za dobre, Tobie poświęcone życie obdarz, Panie, Jakuba II życiem wiecznym.

— Pokornie prosimy — zaszemrały cienie.

— A ojcom katedry gnieźnieńskiej pobłogosław w dniu, w którym wskażą imię jego następcy.

— Dopomóż im, Panie.

Czuły słuch Jadwigi wyłowił szmer otwieranych drzwi od kaplicy, a w ślad za nimi ciche kroki. Na sklepieniu pojawił się długi cień Jutty. Jej podopieczna, która dzisiaj pełniła służbę pomocy przy coraz starszej siostrze furtiance, pochyliła się nad uchem klęczącej opatki i szepnęła:

— Już, matko przełożona. Stało się.

— Bogu niech będą dzięki! — przeżegnała się Jadwiga i wstała z kolan.

Stęknęła. Zakłuło ją w biodrze od długiego klęczenia na kamiennej posadzce. Jutta czule podała jej ramię i pomogła wstać. Gdy szły do wyjścia, uwadze opatki nie umknęło, że ciemne welony sióstr poruszają się, odwracając za nimi.

— Kontynuujcie modlitwę — powiedziała tonem przełożonej.

— O dobry wybór też? — sarkastycznie spytała Jadwiga Pierwsza, która z racji na sędziwy wiek miała przywilej modlitwy na siedząco i zajmowała ostatnie miejsce w kaplicy. Tuż przy drzwiach.

Opatka wzniosła oczy ku niebu.

— Żadnych rozmów w kaplicy — szepnęła karcąco. — Reguła obowiązuje wszystkie siostry.

Staruszka zrobiła minę niewiniątka i pokazała Jutcie, że jej też ma pomóc wstać.

Jadwiga westchnęła, ale nie chciała awantur w miejscu modlitwy, więc zrobiła to, co zwykle — ustąpiła despotce.

Gdy wyszły z kaplicy, puściła ramię Jutty.

— Poprowadź starszą siostrę — powiedziała z rezygnacją.

— Chodźmy do ciebie — zarządziła staruszka. — Cela opatki wygodniejsza. Lubię to szerokie krzesło z oparciem i podnóżek masz taki zgrabny.

— Odstąpić ci? — spytała Jadwiga z przekąsem.

— Celę? Mogłabyś. — Zaszurała nogami Najstarsza. — Ale urzędu nie chcę. Już się swoje napracowałam w życiu. Właściwe bycie opatką jest nudne.

— Myślałam o podnóżku — poprawiła ją Jadwiga.

— Ty chcesz być moim podnóżkiem? Daj spokój, kochana! Rodem jestem wyższa od ciebie, wiekiem starsza, ale żeby tam zaraz podnóżek...

Słuch jej się pogarsza — pomyślała ze smutkiem Jadwiga.

— ...kłuje mnie — poskarżyła się Najstarsza. — No coś wyraźnie mnie kłuje!

— Przepraszam, siostro — zaszemrała Jutta i poprawiła habit od strony prowadzonej przez siebie starowiny.

— Teraz lepiej. A co ty tam w rękawie nosisz, że mnie tak żgało?

— Umartwiam się, siostro — szepnęła Jutta, pochylając głowę tak nisko, że welon całkowicie zasłonił jej twarz.

— Chwalebne — burknęła Najstarsza — ale umartwiaj się na własny rachunek. Ja mam bardzo wrażliwe ciało i zgodnie z regułą od dawna jestem zwolniona z umartwień. Dość się na... tego... No i jesteśmy! Otwieraj, Jadwigo!

Z wiekiem robi się coraz bardziej władcza — pomyślała opatka, przekręcając klucz w zamku. Pchnęła drzwi celi i odwróciła się.

— Poczekajcie, świecę zapalę.

— Ja widzę w ciemnościach jak młoda sówka — pochwaliła się Najstarsza i nim Jadwiga odpaliła świecę od kaganka, przepchała się do środka celi i zajęła ulubione krzesło, podsiadając opatkę. Jutta podsunęła jej pod stopy podnóżek.

— No, to mów! — zażądała staruszka.

— Mam list do matki przełożonej — powiedziała Jutta, patrząc na opatkę — i wiadomość o wyborze nowego arcybiskupa.

— Pergamin jest cierpliwy jak wół, list może poczekać — znów przejęła władzę Najstarsza. — Mów, kto naszym pasterzem!

Jutta lojalnie spojrzała na opatkę. Ta dała jej znać, że ma odpowiedzieć.

— Borzysław, dawny kanonik gnieźnieński, współpracownik świętej pamięci Jakuba II — powiedziała na jednym tchu. — Wraz z Janisławem już pojechał do Awinionu po paliusz. Wyruszyli natychmiast po wyborze, bo książę Władysław powierzył im nie jedną misję.

— Coraz bardziej podoba mi się ten Mały Książę! Ani dnia nie chce stracić! — klasnęła w dłonie Najstarsza i rozparła się wygodnie, jakby zajęła najlepsze miejsce na podwyższeniu podczas rycerskiego turnieju.

Jadwiga skarciła się natychmiast za to skojarzenie. Nie powinna pamiętać tak świeckich rozrywek jak turnieje.

— A co do misji u papieża, sprawa jasna — perorowała starowina. — Odzyskał Starszą Polskę i pewnie chce się koronować, dlatego lecą do papieża jak na skrzydłach. Żyjemy w ciekawych czasach!

— Najpierw ktoś musi zdjąć z niego ekskomunikę — surowo odpowiedziała Jadwiga. — Papież nie da korony księciu, na którym ciąży klątwa kościelna, nawet jeśli nikt w Królestwie jej nie respektuje.

Zacisnęła drobne dłonie, by powstrzymać ukłucie w głębi serca. Kto zdejmie klątwę z jej bratanków, skoro arcybiskup nie żyje? Biedni, zagubieni synowie Henryka Głogowczyka. Pobłądzili po jego śmierci, prawda, ale to wciąż młodzi, nieopierzeni książęta. Dlaczego świętej pamięci Jakub II nie miał dla nich ojcowskiej wyrozumiałości? Dlaczego od razu najsroższe klątwy? Potem dołożył swoją Andrzej Zaremba i Starsza Polska odwróciła się do nich plecami.

— Nie martw się, Jadwigo — powiedziała pocieszająco Najstarsza, wyczuwając powód jej niepokoju. — Borzysław wróci z paliuszem, zrobią uroczysty ingres w Gnieźnie, a przy takiej okazji zwyczajem jest ułaskawić kilku skazańców. Wstawisz się za bratankami, arcybiskup świątobliwej opatce nie odmówi. Można wcześniej napisać do przełożonej klarysek w Gnieźnie, żeby cię wsparła. A najlepiej, jakbyś miała list od ksieni klarysek z Sącza, Katarzyny Odolani. Ta ma teraz największe poważanie, mówił mi ktoś, że matka Odolani nosi na szyi ten kryształowy relikwiarzyk po świętej Kindze. No wiesz, ten, w którym jest tajemniczy zwitek czerwonej tkaniny, za moich czasów się plotkowało, że to prawdziwa krew Chrystusa. Ach, cuda! Klasztor sądecki wyrósł na najważniejszy w Królestwie. Księżna Jadwiga rozmiłowana w klaryskach...

— Owszem — z westchnieniem powiedziała opatka. — Ale sądeckie siostry zawdzięczają swą pozycję wsparciu księcia Władysława, gnieźnieńskie to samo, a ja chcę prosić o łaskę dla jego wrogów.

— Kłopotliwie, ale po chrześcijańsku — wzruszyła ramionami Najstarsza. — Nie martw się, tylko zaufaj świętej Klarze. I otwieraj list, bo umieram z ciekawości.

— Ach, prawda — sięgnęła po pergamin Jadwiga, ale nim zdążyła otworzyć, staruszka już pytała:

— Od kogo? Czyja to pieczęć?

— Podobna do dawnej biskupa Henryka — przyjrzała się Jadwiga. — Ale znacznie skromniejsza… — przełamała ją i otworzyła pergamin. Zmrużyła oczy i przysunęła go bliżej. Litery rozmazywały się. Odsunęła dalej, nic nie pomogło. — Jutto, ty przeczytaj. Dla mnie za mało światła.

— Ja widzę jak młoda sówka — niemal przymilnie przypomniała o sobie Najstarsza.

— Siostra Jutta nam przeczyta — kategorycznie przejęła władzę opatka.

Jutta poprawiła rękaw habitu i przebiegła wzrokiem pismo. Pobladła wyraźnie i unosząc oczy, wyszeptała:

— Papież Klemens V nie żyje…

— No wiesz ty co?! — krzyknęła Najstarsza. — Nasz arcybiskup jak umiera, to z fasonem! Ojca Świętego pociągnął za sobą do grobu, żeby przed świętym obliczem Pana pokazać się w towarzystwie…

— Jadwigo Pierwsza, zamilknij na chwilę w obliczu spraw ostatecznych — stanowczo zgromiła ją opatka. — Siostro Jutto, czytaj dalej.

— Biskup wrocławski Henryk pisze, że na Francję padł strach, bo umierający na stosie mistrz templariuszy Jakub de Molay przeklął papieża Klemensa i króla Filipa. Krzyknął, że nim rok minie, spotkają się na Sądzie Bożym, i już się ziściło…

— To Filip też nie żyje?! — nie opanowała się Najstarsza.

— Nie, siostro. Biskup pisze tylko o śmierci papieża — uniosła oczy znad pergaminu Jutta.

— O święta Klaro, co za czasy — dotknęła szkaplerza Jadwiga. — By mistrz templariuszy wyklinał papieża…

— Bez powodu tego nie zrobił. — Najstarsza pośliniła palec i przejechała nim po brwiach. — Proces Rycerzy Świątyni ciągnął się tyle lat, tortury, wymuszone zeznania. Ciekawe, co miał z tym wspólnego nasz Jakub Świnka, że klątwa wielkiego mistrza też go dosięgła?

— Nie, siostro. Arcybiskup zmarł dokładnie dwa tygodnie przed wielkim mistrzem — sprawdziła daty w piśmie Jutta. — Można powiedzieć, że jego śmierć była pierwsza.

— A, to dobrze — uspokoiła się starowina i wytarła palce w habit. — To nie będą plotkować.

— Mój Boże — dotarło do opatki. — A Borzysław już ruszył do Awinionu, o śmierci papieża nie wiedział... Nim wybiorą nowego, nikt nie wyświęci Borzysława...

— Wakans ciągnie wakans — wyciągnęła chusteczkę z rękawa Jadwiga Pierwsza. — No, to pośpiech księcia Władysława na nic się nie zda. Trzeba czekać, co za nuda! — wysmarkała nos z miną zmanierowanej panny.

— Siostro — skarciła ją opatka. — Chwilę wcześniej mówiłaś, że żyjemy w ciekawych czasach!

— A teraz się martwię — odcięła się Najstarsza. — Jestem taka stara, czy ja doczekam nowego papieża?

— Przestań. Ty umierasz albo z ciekawości, albo z nudów. Nic cię nie zmoże. Jutto, co jeszcze pisze biskup?

— Wraca do Wrocławia z inkwizytorem — ze zgrozą wyszeptała Jutta. — Chce zacząć urzędowanie od procesów o herezję.

— Bogu dzięki! — ucieszyła się Najstarsza. — To jednak znów się będzie działo.

— O herezję? — z niesmakiem skrzywiła się opatka. — U nas nie ma heretyków.

— Biskup pisze, iż doszły go słuchy, że są, i chce to zbadać. Prosi, byśmy wsparły jego dzieło modlitwą.

Pergamin wypadł z ręki Jutty, a wraz z nim coś jeszcze wyskoczyło z jej rękawa. Zakonnica przykucnęła szybko, szepcząc:

— Najmocniej przepraszam...

— Co tam masz? — wyciągnęła chudą szyję Najstarsza.

Jadwiga usłyszała dziwny odgłos. Stukanie, chrobot i szelest.

— Jutto? Co się stało?

— Proszę o wybaczenie... — młoda siostra na kolanach przebiegła celę, jakby coś goniła.

— Diabeł ci wypadł z rękawa? — zachichotała Najstarsza. — O, to może Henryk na ciebie, dziecko, z inkwizytorem jedzie? Nie bój się, nie takie skandale się tuszowało.

— To nie diabeł. To jeż — wyszeptała Jutta i złapała w kącie celi zwierzątko.

Uniosła dłonie, by im pokazać.

— Na Boga, jeż w moim klasztorze?! — podskoczyła przerażona Jadwiga. — Czy możesz to jakoś wytłumaczyć?

— Przecież mówiła, że się umartwia — przypomniała starowina. — No, różne rzeczy siostry robią, ale włosiennica najczęściej.

O noszeniu żywych jeży nie słyszałam. Na pasku go trzymałaś czy przywiązałaś do ramienia? Taka żywa kolczatka.

— Jeż musi stąd zniknąć! — krzyknęła Jadwiga.

Czuła, jakby uciekały jej resztki autorytetu. Najpierw wścibska starowina, która przy każdej okazji zachowuje się jak opatka, komenderuje, wymądrza się i łamie regułę, a teraz Jutta, jej osobista podopieczna. Boże, arcybiskup umarł, papież umarł, Henryk z inkwizytorem wraca, do czego to wiedzie?

— Ależ matko przełożona — wstawiła się za zwierzątkiem Jutta. — Jeż miał przetrąconą łapkę. Leczyłam go, bo nie mógł chodzić.

— Najwyraźniej ci się udało — Jadwiga była nieprzejednana. — Widziałam, jak uciekał. Klasztor to nie miejsce dla zwierząt.

— Do wirydarza go wynieś — poradziła Najstarsza. — Liści na niego sypnij, to ona go nie znajdzie.

— On się do mnie bardzo przywiązał — próbowała bronić jeża Jutta.

— Przywiązanie jest grzechem sióstr. Mamy być wolne od ziemskich…

— Poczekaj! — uniosła sękaty palec Najstarsza. — Święty Franciszek też rozmawiał ze zwierzętami. Czy ten jeż potrafi jakieś sztuczki?

— Owszem, siostro — ucieszyła się Jutta. — Umie…

— Siostro — Jadwiga była stanowcza. Nie pozwoli, by starowina podebrała jej Juttę. — W tej chwili pozbądź się jeża. Moja decyzja jest ostateczna i nie podlega podważaniu. Także przez inne siostry — zimno spojrzała na Najstarszą.

Jutta ze łzami w oczach ucałowała jeża. Skłoniła się i wyszła, niosąc go troskliwie na złożonych dłoniach.

— Coś takiego — skwitowała Jadwiga, otrząsając się. — Za chwilę będziemy miały inkwizytora we Wrocławiu, nie potrzeba nam skandali. Jeż w klasztorze!

Starowina nic nie mówiła długą chwilę. Odezwała się dopiero, gdy przestały słyszeć kroki Jutty w klasztornym korytarzu.

— Arcybiskup nie żyje, nowy pojechał do Awinionu po paliusz, a papież zmarł, to są prawdziwe problemy, moja droga. A ty tu sobie jeżem głowę zawracasz. Wiem, czemu się tak wściekasz. Twoi bratankowie pokpili Starszą Polskę, baronowie rozgromili ich z wojennym biskupem Zarembą na czele i czujesz, że dla chłopaków nie ma powrotu do Poznania. Już tam pewnie Mały Książę ucztuje w Okrągłej Sali. I wiesz, co ci powiem? Im prędzej się z tym pogodzisz, tym lepiej. Jesteś przełożoną wielkiego, słynnego klasztoru! Musisz naprawdę pozbyć się więzów rodzinnych tak, jak przysięgałaś w dzień swych ślubów. Nie pamiętasz, jak to było? To ci przypomnę, młódka. Ja ci podałam czarny welon i ja odebrałam od ciebie słowa przysięgi! Myślisz, że mnie było łatwo, gdy Václav II wygrywał i przegrywał? Gdy zamordowali Václava III? Przecież ja jestem półkrwi Przemyślidka, dzieciaku! Ale już wtedy uczciwie mówiłam, że nic z tych chłopców nie będzie. Że tacy z nich królowie jak z... daruję sobie. Więc wytrzyj nos, Jadwigo Głogowska, i nigdy więcej nie pozwól, by wyszła z ciebie dzielnicowa Piastówna. Wesprzyj modlitwą Borzysława, bo to nasz nowy arcybiskup. A jeśli Bóg Małemu Księciu pobłogosławi koroną, to módl się, dziewczyno, o Odrodzenie Królestwa. Bo wiesz, co ci powiem? Mój ojciec, Henryk Pobożny, zjednoczyłby Królestwo, gdyby mu Dzicy tej szlachetnej głowy nie obcięli pod Legnicą. To było jego marzeniem. Ideą całego jego życia. Pan jednak inaczej widział rolę mego ojca, kazał mu stanąć do nierównej walki i on to zrobił. Przegrał, ale ocalił Królestwo. A potem, pamiętasz? Ilu ich było, tych naszych Piastów, co chcieli czegoś więcej niż ozłocenia siebie? Na palcach zliczyć. Leszek Czarny, nasz Henryk, książę wrocławski, udało się Przemysłowi. I co? Tak jak mój ojciec, zapłacił głową. Twój brat, ponury Głogowczyk, miał coś w sobie, ale był tak piekielnie zasadniczy jak ty, Jadwigo. Odtąd dotąd — jadowicie rozdziawiła dwa palce Jadwiga. — Okazało się, że tak się nie da odbudować Królestwa. Że nie tędy droga. A uparty Władysław ma w sobie to coś. Jest w nim ogień, który pociąga ludzi. Popełniał błąd za błędem i za każdy zapłacił. Ale odbija się od dna coraz silniejszy. Synowie mu umierają, płodzi kolejnych. Bitwy przegrywa, to staje do nowych. Traci sprzymierzeńców, znajduje następnych. Nie ma prezencji dębu, ale jest jak trawa, nie do zadeptania. Pogódź się z tym, dziewczyno, że twoi bratankowie byli młodym lasem, który wiatr położył przy pierwszej wichurze. I pomódl się, by wesprzeć tę trawę, która wściekle zielonymi źdźbłami porasta Królestwo. Nas rodzice wyznaczyli do służby dynastii. Nasze siostry poszły za mąż. Za książęta, margrabiów, grafów i baronów. A my, ciche, blade pędy, mamy codzienną służbą oplatać korzeń starego drzewa Piastów i sprawiać, by jeśli taka jest wola Pana, zakwitła choćby trawa.

Jadwiga Głogowska, opatka wrocławskich klarysek, padła na kolana po wysłuchaniu żarliwej mowy siostry, o której myślała, że jest tylko wścibską, żądną plotek staruchą. Długo opłakiwała złudzenia, nadzieje i życzenia przez Boga nigdy nie wysłuchane. A potem zaszeptała pokornie, zakrywając twarz dłońmi:

— Bo Twoje jest Królestwo, potęga i chwała na wieki.
— Amen — gromko odpowiedziała Najstarsza i zdmuchnęła świecę.
W ciemności celi przełożonej zapanowała cisza. Nie na długo. Siedemdziesięcioletnia siostra odezwała się zadziornie:
— To co z tym jeżem? Szkoda, żeby mu ta złamana łapka w wirydarzu obumarła.

RIKISSA miała przed sobą dwóch mężczyzn. I nie mogła się opędzić od nieznośnego wrażenia, że któregoś z nich już kiedyś widziała. Młodszego czy starszego? Nawet tego nie była pewna.
— Czy spotkaliśmy się już? — zapytała, przyglądając się obu uważnie.
— Tak, pani — powiedział nieśmiało starszy i z zawstydzeniem rozłożył ręce. — Ale właściwie to my spotkaliśmy ciebie.
— Nie rozumiem — powiedziała.
— Byliśmy w tłumie, który witał młodziutką królewnę przybywającą po raz pierwszy do Pragi — wyjaśnił mężczyzna, czerwieniąc się. — Ja stałem najbliżej przejazdu i syna uniosłem wysoko, a ty popatrzyłaś na nas. Właśnie na nas — pokraśniał jeszcze bardziej.
— Ach, tak — odpowiedziała. — Oczywiście.
Przydarzało się to często. Szereg twarzy, który przewijał się przed jej oczami; oblicza, które coś mówiły, a mimo to były dla niej jedną ludzką smugą.
— Który z was jest kopistą, a który iluminatorem? — spytała przybyszów, by pokryć własne zmieszanie.
— Ja pani — bezbarwnym głosem z wyraźnym niemieckim akcentem odpowiedział młodszy.
— Nie rozumiem — powtórzyła, uśmiechając się do nich.
— Mój syn — odezwał się starszy z mężczyzn — posiadł obie sztuki. Jest niesłychanie zdolny i bardzo skromny. Ja pomagam mu przygotować pergamin. Docinam strony, zszywam.
— Jak się nazywacie?
— Jestem Jakub, a chłopak ma na imię Hugo. Wracamy z Trewiru, gdzie syn terminował. Chcieliśmy iść do Wrocławia, bo mówią, że tam bogaty biskup, więc robota dla takiego mistrza jak mój Hugo by się znalazła. W gospodzie spotkaliśmy ludzi wójta Rudlina, powiedzieli nam, że hradecka królowa szuka iluminatorów, więc postanowiliśmy zajść i spróbować.

Byli zdrożeni. Ich ubranie nosiło ślady dalekiej wędrówki. Podobni do siebie jak dwie krople wody. Starszy miał siwą, krótką, równo przyciętą brodę, a jego jasne oczy nieco ginęły pod krzaczastymi brwiami. Broda młodszego była rudawa, co nadawało mu kociego wyglądu.

— Chciałabym zobaczyć próbki pracy Hugona, zanim podejmę decyzję — powiedziała.

— Oczywiście, pani — odpowiedział jego ojciec i z płaskiej sakwy ze sztywnej skóry z pietyzmem wyjął pergaminy.

Rozłożyli je obaj, w kolejności, którą musieli mieć z góry ustaloną. Chłopak, rumieniąc się, podsunął pierwszą kartę.

— Inicjały, pani — powiedział, a głos mu nieco zachrypł. — Tu próbka prostych, takich, co robię piórem, oczywiście dwa kolory, czerwony i niebieski, naprzemiennie.

Rikissa przyjrzała się zgrabnej, jakby opartej na obserwacji pędów roślinnych, linii.

— A tutaj, pani… — głos Hugona zadrżał.

— Denerwujesz się? — spytała.

— Trochę — odpowiedział, czerwieniąc się aż po uszy.

— Niepotrzebnie. Twoja praca robi na mnie dobre wrażenie, Hugo.

— Dziękuję — skłonił się i nieco pewniej przysunął kolejną kartę. — Inicjał z ornamentem, pani. Ten już jest obrazem, więc robię go pędzelkiem.

— Prawdziwym sprawdzianem dla iluminatora jest bordiura — odezwał się jego ojciec i wyłożył następny pergamin.

— Semibordiura — powiedział Hugo, rozpromieniając się. Jego szczupłe, niemal dziewczęce palce prześlizgiwały się po ilustracjach pieszczotliwym gestem. — Tu zrobiłem francuską, z liśćmi akantu, lekko pociągniętą złotem. Nie dawałem więcej, bo to drogo, ale też i dlatego, że uważam…

— Synu — skarcił go ojciec. — Jaśnie pani nie obchodzą twoje poglądy. Pokazuj pracę.

— Ja też uważam, że kapiąca złotem bordiura odciąga uwagę od tekstu — powiedziała Rikissa, przyglądając się iluminacji Hugona. — Dałeś go tyle, ile trzeba. Światło, a nie olśnienie. Masz przy sobie farby, Hugonie?

— Niewiele — chłopak spuścił głowę.

— Farby są drogie, pani — wytłumaczył go ojciec.

— Zapłacę za nie — uśmiechnęła się.

— A jeśli nie przyjmie mnie pani do siebie? — spytał nerwowo.

— Zapłacę tak czy inaczej. Żeby wystarczyło tego, co masz, przygotuj dla mnie miniaturę.

— Do inicjału czy bordiury? — oczy chłopaka zalśniły.

— Proszę o inicjał. Sam wybierz literę — uśmiechnęła się do niego i jeszcze raz spojrzała na ledwie maźnięte złotem liście akantu. — Zacznij natychmiast. Ta pracownia bardzo długo czekała na mistrzów.

— Wedle życzenia, pani.

Patrzyła, jak bierze się do pracy. Z trzech pustych pulpitów wybrał najniższy. Zdjął kaptur i płaszcz, wyjął czystą płócienną szmatkę i otarł nią rękawy kaftana. Ojciec podał mu pióra, cienkie pędzelki i słoiki z barwnikami, a potem wycofał się bez słowa i stanął z boku, podobnie jak Rikissa patrząc na pracę Hugona. Gdy ten nabrał pierwszą porcję farby, stary Jakub przeżegnał się z powagą, a potem sięgnął do wiszącego u pasa różańca i nabożnie zaczął przesuwać jego paciorki.

Bursztynowy różaniec — nie umknęło uwagi Rikissy. — Cenna rzecz. Ale i wykształcenie tego chłopca musiało kosztować wiele. Najwyraźniej są ze sobą bardzo związani, ojciec i syn.

Skinęła na Katrinę i szepnęła do niej:

— Zostań z nimi. Nie podchodź, nie zaglądaj Hugonowi przez ramię. Chcę tylko mieć pewność, że naprawdę potrafi samodzielnie iluminować. Muszę już iść. Twój brat czeka na mnie.

Jasnoniebieskie oczy dwórki uśmiechnęły się do niej. Ukłoniła się, szepcząc:

— Zrobię, co zechcesz, pani.

Rikissa pocałowała ją w czoło i wyszła. Spod drzwi obejrzała się jeszcze. Lubiła patrzeć na Katrinę. Dziewczyna z miesiąca na miesiąc rozkwitała. Lekcje tańca i ogłady dworskiej, jakie pobierała przy Rikissie, przynosiły korzyść. Już od dawna nie garbiła się, nie kuliła ramion i nie chowała twarzy. Chodziła lekko i zgrabnie, głowę nosiła wysoko, a jej proste, smukłe plecy nieustannie przyciągały oko Rikissy. Moja najlepsza uczennica — pomyślała, uśmiechając się do Katriny spod drzwi.

Henryk Młodszy, brat Katriny, czekał na nią w komnacie.

— Królowo — pokłonił się nisko. — Mam wieści od ojca.

Wolałabym, żeby on tu był; by nie przysłał mi wiadomości, ale podsunął ramię pod moją głowę wieczorem, a rano znów chciałabym go znaleźć patrzącego na wschód — pomyślała z kamienną twarzą Rikissa.

— Mów, Henryku — uśmiechnęła się do jego syna.

— Obydwa stronnictwa szlacheckie jednogłośnie wybrały mego ojca na swego wodza — z dumą odpowiedział młody Henryk. — Nawet

Vilém Zajíc i jego stronnicy postawili wszystko na Henryka z Lipy, powierzając mu pertraktacje z królem Janem.

Luksemburczyk i Eliška rozkazali Henrykowi z Lipy, by zebrał wojska czeskie i ruszył na Mateusza Czaka, ale Henryk nie posłuchał rozkazu i buńczucznie odpowiedział królewskiej parze, że skoro Jan otacza się luksemburskimi doradcami, niech im każe bronić kraju. Jan uniósł się honorem — w styczniu, w środku zimy, poprowadził wojska na węgierskiego palatyna i przegrał z kretesem. Musiał wycofać się do Pragi jak niepyszny. Mówiono, że Knedlica zgotowała mu tam zimne przyjęcie. Henryk z Lipy był jednak nieugięty. Powiedział, że stanie na czele czeskich wojsk, gdy Jan oddali doradców. Rikissa obawiała się, że całe rycerstwo nie stanie przy nim, ale jak widać, to jej ukochany miał rację.

— Co dalej, Henryku? — spytała jego syna.

— Królowa Eliška wycofała się do swych komnat, bo zbliża się termin rozwiązania. Jej otoczenie już ogłasza, że tym razem narodzi się syn.

To niedobrze dla niej — pomyślała Rikissa. — W razie urodzenia drugiej córki rozczarowanie Jana może jej zaszkodzić.

— Odkąd Eliška nie bierze udziału w rozmowach między Janem a moim ojcem i możnymi, te zaczynają się układać coraz lepiej. Pan ojciec prosi, by ci przekazać, że widzi szanse na porozumienie. Luksemburczyk chce czekać w Pradze na narodziny syna, a gdy tylko to nastąpi, wraz z moim ojcem ruszy na Morawy.

— O ile się dogadają — przerwała mu Rikissa.

— Jak mówiłem, widzą taką szansę. Peter z Aspeltu wyjechał do Moguncji, to dobry znak.

Niekoniecznie — pomyślała. — Co z tego, że dogadają się pod nieobecność najbardziej wpływowego z doradców, skoro po jego powrocie ustalenia mogą runąć?

Jan, mimo iż po śmierci ojca nie wybrano go na króla Niemiec, szybko nawiązywał sojusze. Przegraną w królewskim wyborze potrafił obrócić na swoją korzyść, bo jego głos przesądził o kolejnej elekcji. W Rzeszy zapanowało zamieszanie, wojna domowa wynikła z konfliktu dwóch wielkich rodów. Habsburgów, na czele których stał szwagier Rikissy, Fryderyk wciąż zwany Pięknym, i Wittelsbachów, których głową był Ludwik Bawarski. Ten sam Ludwik, za którego wydano księżniczkę świdnicką, Beatrycze. Córka Bolke Surowego w zeszłym roku została pierwszą Piastówną królową Niemiec. Rikissa biła jej wówczas brawo i polecała w modlitwach jej imię, choć sama, w głębi duszy, sprzyjała nie Wittelsbachom, lecz Habsburgom. Nie przez pamięć Rudolfa, Albrechta i pięknego Fryderyka, nie przez pamięć syna, którego urodziła i pochowała, ale przez trzeźwą ocenę sytuacji. Jan Luksemburski wspierając Wittelsbachów, wymógł na Ludwiku, iż ten, w stosownej chwili, pomoże mu odzyskać polską koronę. Habsburscy przyjaciele Rikissy donieśli jej o tym, przysięgając, iż obaj władcy sporządzili to zobowiązanie na piśmie. Pozostawało jej mieć nadzieję, że niemiecka wojna domowa jak najdłużej odciągnie uwagę Jana od starań o tron polski, choć wiedziała również, że najzagorzalszą rzeczniczką tej sprawy jest Eliška Premyslovna.

— Mój ojciec pragnie ci przekazać, królowo, iż chciałby doprowadzić do twojego spotkania z królem Janem. Jego zdaniem najlepszą okazją będzie właśnie wyprawa na Morawy.

To dobry pomysł — pomyślała. — Nie ja pojadę do króla, lecz on będzie moim gościem w Hradcu.

— Zatem mamy niewiele czasu, Henryku. Termin narodzin dziecka królowej przewidziano na maj.

— Tak, pani — ucieszył się młody Henryk. — Dlatego ojciec przysłał mnie, bym pomógł ci wszystko urządzić.

— Wszystko? — uniosła brwi.

— Turniej rycerski, zabawy dworskie i uczty. Jan uważa Pragę za miasto ponure, pozbawione wyrazu i rozrywek, do których przywykł we Francji. Ojciec sugeruje, by…

— Wiem, co ma na myśli Henryk z Lipy — mrugnęła do jego syna. — Postaramy się, juniorze?

— Ze wszystkich sił, królowo! — zaśmiał się młody Lipski. — Jestem tu, by ci służyć.

— No to zaczynaj — zachęciła go. — Stawiaj trybuny turniejowe, wytycz plac, wiesz, co robić. Tylko pamiętaj, że jeśli ucierpi choć jedna róża z mojego ogrodu, nasza przyjaźń zostanie wystawiona na próbę.

— Nie śmiałbym tknąć kwiatów. Wiem od siostry, że są najważniejsze na twoim dworze.

— Chyba że je zdetronizuje pracownia — roześmiała się Rikissa. — Idę do Katriny.

Była przy wyjściu, gdy sługa przyniósł jej list z Polski. Zamarła, bo pergamin był z pieczęcią Jakuba Świnki, a przecież wiedziała o śmierci arcybiskupa. Cofnęła się do komnaty i złamała pieczęć. Przebiegła wzrokiem list.

Szukają Michała Zaremby? — zdziwiła się. — Jak to możliwe, przecież on wyjechał do Starszej Polski. Co się z nim stało, że arcybiskup niemal tuż przed swą śmiercią prosi mnie o pomoc w odnalezieniu Michała? A Sowiec i jego ludzie? Nie mogli rozpłynąć się w powietrzu.

Dotarło do niej, że straciła ich oboje. Kalinę i Michała. I dzisiaj nie miała wśród swej służby nikogo, kto mógłby ruszyć do Starszej Polski i ich znaleźć. Odkąd Michał wyjechał, otoczona była wyłącznie Czechami.

Komu mam odpisać, skoro ojculek Świnka nie żyje? — myślała, zaciskając dłonie na pergaminie.

Ruszyła do pracowni; po drodze usłyszała Henryka juniora, komenderował służbą na zamkowym dziedzińcu, wciąż się śmiejąc. Najwyraźniej bawił go pomysł ojca, by Hradec na czas wizyty króla uczynić prawdziwą stolicą Królestwa.

— Młody Lipski się rządzi — napatoczyła się z skargą Marketa. — Mówi, że trybunały będzie stawiał. Ja już wolę, jak jego ojciec jest z wizytą. Cisza, spokój, mało światła…

— Nie opowiadaj ciszy — pocałowała ją w policzek Rikissa. — Bo zburzysz spokój. Nie musisz juniorowi pomagać, wystarczy, że mu nie będziesz przeszkadzać.

— Ale te trybunały — skrzywiła się Marketa.

— Trybuny dla gości. Urządzamy turniej rycerski. Niedługo w Hradcu będzie mnóstwo ludzi.

— Spodoba mi się? — spytała nieufnie.

— Na pewno — pogłaskała ją po głowie Rikissa. — A gdyby ci się nie spodobało, to zobaczysz, jak będzie wspaniale, gdy wszyscy wyjadą po uroczystościach. Cisza, spokój…

— Moja pani i słodki Lipski. Pasuje — mrugnęła porozumiewawczo Marketa.

Rikissa nie wyprowadzała jej z błędu. Co to zmieni? Jeśli Henryk wesprze króla, to razem ruszą na wojnę z węgierskim palatynem.

Gdy weszła do pracowni, Hugo i jego ojciec siedzieli z identycznie założonymi na piersi rękami. Unieśli się na jej widok z szacunkiem. Katrina skłoniła się z takim wdziękiem, że Rikissie przebiegło przez głowę: Będzie księżniczką turnieju. Młodzi rycerze nie będą mogli oderwać od niej oczu.

— Zrobione — powiedział Hugo. — Farby jeszcze schną.

Podeszła do pulpitu, odkładając list Świnki obok. Miniatura wielkości dziecięcej dłoni lśniła wilgotną farbą. O literę „R" opierała się dama spowita w niebieską suknię, wdzięcznym gestem przytrzymywała złoty płaszcz. Przechylała głowę, patrząc na nią jej własnymi oczami.

— Sportretowałeś mnie — powiedziała do Hugona.

— Starałem się — odpowiedział.

Jego miniatura odznaczała się miękką kreską, łagodnie zarysowanym konturem i dyskretnym zdobieniem.

— Jesteś bardzo zdolny, Hugonie. Chcę, byś dla mnie pracował.

— Czy pozwoli mi pani także kopiować teksty? — zapytał, schylając głowę.

— Zwykle iluminator i kopista pracują osobno — powiedziała. — Później pokażesz mi próbki swego pisma i zdecyduję. Dam wam izbę na zamku, pomówimy także o wynagrodzeniu, gdy już ustalę zakres prac, jakie będziesz wykonywał. Rozumiem, że ojciec będzie twym pomocnikiem, tak?

— Nie, pani — odezwał się Jakub. — Muszę ruszyć w sprawach rodzinnych do Starszej Polski. Zostawię syna w twych rękach.

— Do Starszej Polski? — powtórzyła.

— Tak, pani. Zastawiłem wieś, by zebrać pieniądze na naukę syna. Muszę uregulować sprawy własności.

— Dobrze znasz tamte ziemie? — spytała.

— Nie najgorzej — powiedział.

Czy mogę powierzyć mu odszukanie Michała? To obcy człowiek.

— Pomówimy jeszcze, Jakubie. Być może zlecę ci pewne zadanie w Starszej Polsce.

— Do usług, królowo — odpowiedział ojciec iluminatora i jego dłoń odruchowo powędrowała do bursztynowego różańca.

KUNO czuł się jak zmartwychwstanka. Róża Jerycha, kłębek ciernia w porze suchej rzucony wiatrem na pustynię. Wiadomość o śmierci arcybiskupa Jakuba Świnki wstrząsnęła nim. Ponoć był ostatnim człowiekiem, który z nim rozmawiał. Ponoć Janisław szuka go po traktach Królestwa, po gospodach, kaplicach przydrożnych i karczmach.

Psiakrew. Nie wie, kim jestem. Nie wie, że noszę biały płaszcz z czarnym krzyżem. Czy po śmierci siwobrodego Jakuba zwołają synod dla templariuszy? A jeśli tak, to jakie mam szanse, gdy bez jego protekcji przed nim stanę? Jestem naznaczony jakąś klątwą — myślał w panice. — Dzień, gdy wyznałem Jakubowi swe imię i dzieje, stał się jego dniem ostatnim. Co dalej? I kto przekaże księciu tajemnicę miecza? A co z grzechami, których nie odpuścił mi Jakub, bo mu ich nie wyznałem?

One płynęły w jego żyłach jak skrzepy krwi. Sprawiały, że przestawał oddychać na chwilę. Że bladł i był bliski omdlenia.

Zyghard von Schwarzburg z niewymuszonym wdziękiem księcia krwi zarządzał Grudziądzem od niechcenia. Kuno sechł, ale tylko on sam o tym wiedział. Śmierć Jakuba II, a potem niemal jednoczesna śmierć mistrza Jakuba de Molay, ostatniego z templariuszy, przyprawiła go o skurcz serca. Rozumiał to jak równoczesną śmierć wtajemniczonych. Został sam. Ze swymi sekretami, grzechami niewyjawionymi i z przyszłością, która stała się jak Róża Jerycha, igraszką suchego wiatru pustyni.

Zabrał to, co chował tyle lat. I to, co zdobył przed sześciu laty. Nie, nie zdobył. Odebrał z niegodnych rąk.

— Wyjeżdżam na tydzień — powiedział do Zygharda. — Kryj mnie.

I nie oglądając się na dawnego kochanka, przekroczył most zwodzony. Kopyta końskie zadudniły pod murowanym przesmykiem. Wyrwanie się z komandorii było jak uderzenie wiatru w skrzydła.

Galopem ruszył ku Starszej Polsce. Ku tej rzece, która była jej żywym krwiobiegiem, Warcie. Wiosna stała w pełnym rozkwicie, a jej ciepłe noce przynosiły wspomnienia Królestwa Jerozolimskiego. Księżyc był w pełni, niebo pogodne, mógł pozwolić sobie na nocną jazdę, którą tak lubił. Gdy milkły słowiki, leśny trakt robił się cichy; słyszał dyszenie konia, odgłos jego kopyt. Długą chwilę przed świtem świergot ptasi budził las i życie wybuchało w nim od nowa.

Szkoda, że ja nie mogę być jak ten las — pomyślał, dojeżdżając do komandorii.

Posłał sługę joannitów z prośbą, by wywołał jego brata. Wolał się spotkać w zagajniku nad Wartą, jak robili po wielekroć. Gdy Gerland dojechał, Kuno oddał mu pakunek.

— Zatrzymaj go, bracie — powiedział. — Muszę uwolnić się od wszystkiego, co mnie trzyma.

— Gadasz głupoty, Koendercie — przerwał mu Gerland.

— Nie, naiwniaku. Mówię prawdę.

— Jest sto prawd — odpowiedział jego bliźniak. — Którą z nich wybierasz?

Podjechał do niego bliżej. Wierzchowce dotknęły się bokami.

— Będziesz gotów mnie kiedyś zastąpić? — spytał Kuno. — Zrobiłem to, czego chciał ode mnie Tybald. Przekazałem ci całą swą wiedzę. Każdą z tajemnic, jakie znałem.

— Tu nie ma Starców z Gór — roześmiał się Gerland, aż rozciągnęły się blizny po poparzeniach.

— Ale są Starcy Siwobrodzi — powiedział Kuno. — I ich wraże oddziały. Posłuchaj, bracie... — zaczął do niego mówić.

Twarz Gerlanda tężała z każdym usłyszanym zdaniem.

JAN LUKSEMBURSKI wyjechał z Pragi bez pożegnania i bez odwiedzin u żony. Był rozżalony, zdruzgotany i wściekły. Królowa Eliška najpierw trzymała go w Pradze, nie pozwalając, by ruszył na wojnę z Mateuszem Czakiem, bo, jak obwieściła, ma być obecny przy narodzinach następcy, a potem urodziła córkę. Drugą córkę. Gdy on niepotrzebnie tkwił na zamku praskim, Mateusz Czak uciekł ze swymi siłami w głąb Węgier.

— Nie mogę pozwolić na to, by wciągnął mnie na swoje tereny, jak w pułapkę. Mówią, że tam same góry! — wściekał się Jan, jadąc przy boku marszałka, Henryka z Lipy, na Morawy. — Zmarnowałem czas, siedząc w Pradze!

— Czasami najtrudniej odmówić kobiecie — wymijająco odpowiedział Henryk. — Zwłaszcza tak wybuchowej jak królowa. Turniej w Hradcu poprawi ci humor, panie.

Jan miał ochotę spytać o to, o czym szeptano w Pradze, o romans Henryka i królowej wdowy, ale gdy spojrzał na niego, darował sobie. Henryk z Lipy, wysoki i postawny, jakby sam był drzewem; znaczony ranami z bitew i oblężeń, a nie turniejowych zabaw, był mu potrzebny. To on dawał wojsko na wojnę z Czakiem. Hufiec, który wystawił Jan, był niczym wobec osobistej drużyny potężnego Ronovca. Rycerze, giermkowie i zaciężni w barwach pana z Lipy zaczynali się długo przed nimi i ciągnęli daleko za nimi. Zjednoczone przez Ronovca obozy skłóconych wcześniej panów czeskich słuchały wyłącznie rozkazów marszałka Czech, Henryka z Lipy.

Gdy wjechali do Hradca, Jan zapomniał o rozczarowaniu i złości. Miasto ustrojone girlandami kwiatów i łukami z zielonych gałęzi sprawiło, że zapomniał o ponurej Pradze i wydało mu się, że znów jest w ukochanej Francji. Na podwyższeniach w rogach ulic grali muzykanci, wesoło i skocznie. Na placu przy ratuszu popisy dawał linoskoczek, a lud bawił się występami barwnie przebranych mimów. Witały go tłumy, roześmiane dziewczęta, wystrojeni młodzieńcy, matrony ciekawie zerkające spod welonów. Odetchnął pełną piersią. Naprzeciw nim wyjechał syn Henryka z Lipy i Rudlin, wójt Hradca.

— *Bis regina* czeka na swych najważniejszych gości na zamku — oznajmił młody Lipski, a Jan dostrzegł, że staremu zalśniło oko.

A więc to prawda z ich romansem — pomyślał Jan. — Ciekawe, czy syn wie o tym?

— Na turniej zjechało niemal trzydziestu rycerzy — powiedział młody Lipski. — Nie mogą się doczekać, aż wystąpią przed swym królem i dla niego.

Jan poczuł, że wraca do niego życie. Gdy wjechali na zamkowy dziedziniec, powitały ich dźwięki trąb i płatki kwiatów spadające z góry. Uniósł głowę, by złapać na twarz wonne płatki. Przytrzymał jeden zębami, zaśmiał się i wyjął go. Niebieski kwiat ostróżki. Z murów zamku zwieszały się chorągwie wszystkich czeskich rodów, ale dwa skrzyżowane pnie lipy były wyraźnie większe od innych, a jakże.

— Król Jan I! — zawołali jego heroldowie.

— Rikissa, dwukrotna królowa Czech i Polski! — odpowiedzieli heroldowie gospodyni.

Jan spojrzał na damę, która wyszła ich powitać, i aż jęknął w duchu: Wolałbym być dzisiaj marszałkiem Czech, niż ich królem.

Dwudziestosiedmioletnia królowa była olśniewająca. Ubrana w odsłaniającą ramiona francuską suknię, szmaragdową, ramowaną złotymi pasami, w płaszcz purpurowy, kaskadami spływający z jej pleców. Na jasnych włosach damy lśnił złoty diadem, którego czoło zdobił orzeł tak misternej roboty, że rozróżnić można było złote pióra w ptasich skrzydłach oplatających skronie królowej. Od spojrzenia Rikissy dziewiętnastoletni Jan zadrżał. Zeskoczył z siodła, jak szczeniak. *Bis regina* złożyła mu ukłon. On jej jeszcze głębszy. Zrewanżowała się wyciągnięciem dłoni. Pocałował ją i wciągnął w nozdrza różany zapach jej skóry.

— Królu — powiedziała. — Jestem zaszczycona, mogąc cię gościć w Hradcu.

— Pani — nie puścił jej dłoni. — Gdybym wiedział, że czeka mnie tu takie powitanie, sprawowanie rządów zacząłbym od wizyty u ciebie.

— Pozwolisz się zaprosić na ucztę? — spytała i nie czekając odpowiedzi, wysunęła dłoń z jego palców i podała mu ramię. — Zatem chodźmy.

Za tobą choćby do piekła — pomyślał i spróbował przycisnąć jej ramię do siebie. Przesadził, królowa delikatnie, ale stanowczo, utrzymała dystans.

— Jak się udała podróż? — spytała, a gdy odpowiedział, padło kłopotliwe pytanie o następcę.

— Moja żona urodziła córkę — odpowiedział krótko.

— Zatem którymś z kolejnych potomków będzie syn — odpowiedziała z uśmiechem. — A ty, wraz z narodzinami córki, zyskałeś zięcia i sojusz, który sam wybierzesz. Wszystko, co najlepsze, jeszcze przed wami. Habsburska matka królowej Eliški była... urodziła Václavowi wiele dzieci. Mam nadzieję, że moja pasierbica czuje się dobrze.

Jan zapatrzył się w jej profil. Długa szyja, zgrabny podbródek, usta lekko wypukłe i maleńkie złote znamię na policzku, muskane przez niesforny kosmyk włosów.

Znał tyle plotek na jej temat. Że żadne z jej małżeństw nie przetrwało roku, że sprowadzała śmierć na królów małżonków, że umierał każdy, kto się z nią związał, nawet małoletni narzeczony. Że przynosi pecha, jest pełna pogardy i pychy, że otacza się brzydkimi kobietami, by na ich tle wyglądać korzystniej. W tej krótkiej chwili, odkąd zobaczył ją na dziedzińcu, zrozumiał, kto wymyślił te potwarze i po co.

— Słyszałem, że czescy poddani nazywają cię Rejčką — powiedział, gdy usiedli na honorowych miejscach. — To pieszczotliwe imię.

— Wolę to, którym wołała mnie matka i ojciec — odpowiedziała królowa. — Ale, jak wiesz, władcy nie mają wpływu na to, co mówią o nich poddani. Możemy się tylko starać, by przydomki, jakie nam nadadzą, nie były poniżające. Nikt nie chce pozostać w pamięci Królem Gnuśnym albo Uległym. Wolimy władców dzielnych, choć przyznasz, Janie, że między Dzielnym a Srogim różnica bywa trudna do uchwycenia. Czasami władca zwany w jednym królestwie Chrobrym, u sąsiadów ma przydomek Okrutny. Henryku z Lipy — odwróciła się do marszałka i Jan przez chwilę mógł podziwiać łabędzią linię jej szyi. — Zajmij miejsce przy mnie, zapraszam.

Jan pochłonięty kontemplacją królowej dopiero teraz zauważył, że na podwyższeniu były trzy, a nie dwa miejsca.

— Pozwól, królu, że przedstawię ci swoją córkę, Agnieszkę Przemyślidkę. Jest siostrą twej żony, więc masz w niej malutką szwagierkę.

Dziesięcioletnia królewna nie była podobna do matki, choć miała jej wdzięk i maniery.

— Królu Janie — złożyła przed nim ukłon. — Jestem zaszczycona, że możemy gościć cię w Hradcu.

— Królewno Agnieszko, jesteś najładniejszą Przemyślidką

— odpowiedział jej szczerze i dopiero dyskretne chrząknięcie dławiącego śmiech Henryka z Lipy sprawiło, iż zorientował się, jaką gafę popełnił.

— Dama towarzysząca Agnieszce — szybko wybawiła go z kłopotu Rikissa — to córka marszałka Henryka z Lipy, Katrina. Jak widzisz, królu, nie brak w Hradcu urodziwych panien. Gdy rozpoczniemy turniej Trzech Lwów, na trybunach zakwitną córy panów czeskich.

— Trzech Lwów? — zdziwił się. — Ja mam w herbie jednego.

— Ale ja przyjęłam trzy. Po matce, szwedzkiej królewnie.

— Szwedzkiej? — spytał, bo znalazł kolejny powód, by zachwycić się damą.

— To za zimnym morzem — powiedziała. — Daleko na północy. Wracając do turnieju Trzech Lwów, mam nadzieję, że rycerze stający w szranki będą walczyć po równo, dla ciebie, królu Janie, i dla blasku w oczach dam. To będzie piękne ukoronowanie sojuszy.

— Ja też stanę — obiecał Jan. — Jeśli tylko dasz mi swą wstążkę.

Dostrzegł zmarszczone brwi Henryka z Lipy.

— Królu — próbował zaprotestować marszałek.

— Proszę twą panią tylko o wstążkę — odpowiedział, patrząc mu w oczy wyzywająco.

Mierzyli się chwilę wzrokiem.

Mógłby być moim ojcem — pomyślał Jan i poczuł, że budzi się w nim drapieżnik.

— Mogę ci ją podarować bez turnieju — powiedziała Rikissa. — Jako gospodyni czuję się odpowiedzialna za bezpieczeństwo gości. Ty jesteś najważniejszym.

— Rycerze walczą za króla — mruknął Henryk.

— Kocham turnieje — odpowiedział — i musiałabyś mi dać, pani, coś znacznie cenniejszego niż wstążkę, bym w nim nie wziął udziału.

Na policzki Henryka z Lipy wystąpiły rumieńce.

— Na początek dam ci dobre wino i wieczerzę — obróciła wszystko w żart Rikissa i klasnęła na służbę.

Przy dźwiękach muzyki słudzy zaczęli wnosić pieczone, dzikie ptactwo przybrane piórami, ułożone na zielonej, duszonej cebuli niczym na wodnej trawie.

Sięgnął po kielich i zawołał:

— Zdrowie gospodyni, hradeckiej pani, królowej Rikissy!

Właśnie, że wystąpię — myślał z każdym łykiem wina coraz pewniej. — Pokażę ci jutro, moja piękna pani, co Jan Luksemburski potrafi zrobić z kopią! Pokażę ci, jak panuję nad mieczem!

A jednak nie panował nawet nad sobą. Obecność królowej działała na niego jak mocne wino. Gdy minezingerzy zaczęli pieśni, był gotów wyzwać na jutrzejszy pojedynek marszałka. Ten go uprzedził, wstając.

— Królu Janie! — wzniósł kielich Henryk. — Czy teraz, w obecności wszystkich panów czeskich, potwierdzasz nasze ustalenia? Spójrz na zgromadzonych, gotowych ci służyć ku chwale Królestwa.

— Wszystko, co obiecałem, pozostaje w mocy — odpowiedział Jan. — Ale dzisiaj się bawimy, a jutro zaczynamy turniej! Potwierdzę przywileje po turnieju Trzech Lwów!

Widział pobladłą twarz marszałka, zmarszczone brwi panów z Vartemberka, Rožmberka, ale i ludzi Viléma Zajíca, tych, co wcześniej byli z Eliŝką, przeciw panu z Lipy.

Poczekają — pomyślał i pochylił się ku królowej. Wciągnął w nozdrza jej kwietną woń.

— Słyszałem w Pradze o „hradeckiej królowej" i o „hradeckim królestwie", a dzisiaj widzę, że nie było w tym krztyny przesady — wyszeptał.

— Hradec i pozostałe cztery miasta to zwyczajowa oprawa dla królowej wdowy — odpowiedziała.

— Nie wyglądasz na wdowę — uśmiechnął się zaczepnie. — Wyglądasz jak panująca…

— Dobrze, że czas leczy rany — odrzekła, patrząc na niego poważnie. — Inaczej śmierć bliskich odbierałaby nam życie. A tak pozostaje jedynie cieniem. Nie znika, ale czasami potrafi być mniej wyraźna. Ty też straciłeś w krótkim czasie rodziców, Janie. Wiele słyszałam o królowej Małgorzacie i o cesarzu Henryku. Musieli być ze sobą blisko, skoro królowa towarzyszyła mężowi w niebezpiecznej wyprawie italskiej.

— Moja pani matka była tak samo piękna, jak odważna — odpowiedział, patrząc na linię jej ust.

— Każda z nas przyjmując na skronie koronę, wie, że robi to na dobre i na złe, panie. Chwil jasnych w życiu władcy nie ma aż tak dużo, jak sądzą nasi poddani. Czy myślałeś już o narzeczonym dla córki? — zmieniła temat w jednej chwili.

— Nie zdążyłem się jeszcze pogodzić z tym, że nie narodził mi się syn, pani.

— Doczekasz się go, królu Janie — powiedziała niczym czarodziejka obiecująca spełnienie marzeń. — Książę Władysław ma pięcioletniego syna, Kazimierza. Jedynego, jaki mu pozostał. Jak dałeś na imię córce?

— Bonna, choć moja żona ponoć życzy sobie „Gutta".

— Jakkolwiek nie nazwiecie dziewczynki, z pewnością wyrośnie na wspaniałą damę. Mariaż Bonny Gutty z Kazimierzem pokojowo zakończyłby sprawę sporu o tytuł polskiego króla.

— Nie zamierzam się go pozbywać — odpowiedział, patrząc królowej wdowie w oczy.

— Ani ja, królu Janie — uśmiechnęła się. — Ale być może pewne sprawy należy powierzyć miłości, nie wojnie?

Oglądał grę świateł i cieni na jej twarzy i tak, chciał być tej nocy swym poddanym. Marszałkiem, nie królem.

— Wina! — krzyknął, by stłumić to pragnienie, ale ilekroć spojrzał na nią, chciał kruszyć kopię na piersi Lipskiego.

Otrzeźwiał dopiero nad ranem. Jadę na wojnę z Mateuszem Czakiem — przypomniał sobie. — A wojsko póki co jest pod rozkazami Henryka z Lipy. Mogę wygrać turniej Trzech Lwów i przegrać wojnę. Okazać się zręcznym rycerzykiem i bezdennie głupim królem.

HENRYK Z LIPY nie po raz pierwszy rozkazywał swojemu synowi, ale po raz pierwszy kosztowało go to aż tyle. Krążyli wokół siebie niczym dwa drapieżniki.

— Jeśli Jan uprze się, by walczyć w turnieju, staniesz do pojedynku z nim i się podłożysz. Król musi wygrać, rozumiesz?!

— Dlaczego ja? — wściekle odpowiadał mu młody.

— Bo jesteś moim synem. Będzie czuł podwójną satysfakcję.

— Sam z nim stań, jak chcesz mu zrobić przyjemność — syknął syn.

— Zrobiłbym to, gdybym tylko mógł — odwarknął Henryk. — Wiesz, jak wiele jest powodów, dla których nie mogę. Byłeś na wczorajszej uczcie, słyszałeś... — Henryk okrążył syna i stanął na wprost okna. — Luksemburczyk poszedł na wszystkie ustępstwa.

— Widziałem też, jak patrzył na twoją panią — wyzywająco odpowiedział mu syn.

Henryk gwałtownie odwrócił się i stanął z nim twarzą w twarz. Mierzyli się wzrokiem.

— Wybacz — żachnął się młody i skapitulował.

Henryk z Lipy wiedział, że podjął ryzykowną grę. Odkąd związał się z Rikissą, nic nie było prostsze. Knedlica poczuła się dotknięta do żywego i wiedział, skąd jej zawziętość. Ale i on nie miał zamiaru ustąpić.

Tak, przywiózł Jana do Hradca i Rikissy, by go olśnić. By pokazać mu, że Czechy są piękne i nie muszą być nudne, bo właśnie tak młody król zaczynał mówić swym poplecznikom o Królestwie. A skoro nie znajdował w nim nic ciekawego, z ulgą oddawał rządy doradcom. Nie było prawdą to, co plotkowano. Henryk nie chciał obalać następnego króla. Chciał go raczej wychować do sprawowania władzy w Królestwie. Ale młody był nieustannie podburzany albo przez Knedlicę, albo przez luksemburskich zauszników. Ta wspólna, wojenna wyprawa i otwierający ją turniej mogły być początkiem dobrej drogi dla nich obu. Trzeba tylko wyjść z twarzą z rycerskiej potyczki.

Heroldowie odtrąbili rozpoczęcie turnieju. Trzy herbowe lwy Rikissy długimi susami przebiegły plac walki i wskoczyły na trybunę, by przysiąść przy stopach swej pani.

Żałował, że nie jest jednym z nich. Siedział na trybunie naprzeciw Rikissy, a wolałby leżeć przy jej zgrabnych kostkach, niż wysyłać młodego do walki z królem. Czuł się podle, ale nie pierwszy raz w życiu robił dobrą minę do złej gry. Herold wywoływał do pierwszych walk. Dwunastu rycerzy z rodu Rudolticów na dwunastu Venkoviców. Przed trybuną królowej zagęściło się od tych, co przyszli po wstążki.

Zbliżył dłoń do oczu, by zobaczyć, komu jego pani da swój znak. Rikissa, dyplomatycznie, wyjęła z zanadrza bukiet kwiatów i rzuciła je wszystkim proszącym. Ktoś jednak podał wstążkę. Katrina?! Tak, jego córka wdzięcznym ruchem dłoni wyróżniła jednego z Venkoviców. Henryk zmarszczył brwi.

To młody Beneš. Dam mu popalić, jak pójdziemy do prawdziwej bitwy — pomyślał.

Gdy zatrąbiono na pierwsze starcie, niepostrzeżenie obok Rikissy pojawił się dziewiętnastoletni król. Henryk już unosił dłoń do oczu, ale poczuł, że ktoś szturcha go w bok. Jan z Vartemberka, a jakże!

— Nie wypada, byś podglądał króla i królową — szepnął niezawodny druh. — Jeśli wzrok ci szwankuje, będę ci mówił, co robią. Otóż rozmawiają, mój Lipski. Nic więcej.

— Zamknij się — podziękował mu Henryk. — Przecież widzę, że chłystek ma turniejowy napierśnik. Będzie walczył jak nic. Czeka z ogłoszeniem swego majestatycznego udziału, aż przetrą się turniejowe plewy.

— Napij się wina — poradził Jan. — Powachluj, weź głęboki wdech. Nie ufasz dyplomacji Rikissy? To po co sprowadzałeś młodego króla do Hradca?

— Daj wina — zgodził się z druhem Henryk.

Pomogło mu, ale nie na długo. Gdy po każdym pojedynku słudzy grabili plac, a minezinger wyśpiewywał pieśni o dworskiej miłości, Henryk gryzł palce.

— Beneš Venkovic wygrał i zobacz, jak dumnie nosi wstążkę Katriny. Piękna dziewczyna z twojej córki. Rozkwitła przy królowej.

— No właśnie — burknął Henryk. — Przeoczyłem chwilę, w której dorosła. Muszę znaleźć jej męża i na pewno nie będzie nim Venkovic.

— Przeczołgasz go później. Teraz uśmiechaj się — poradził niezawodny Jan. — Lipski, to tylko zabawa. Turniej! Nie zachowuj się jak zazdrosny dziad!

— Myślisz, że jestem już stary? — Henryk poczuł gwałtowny skurcz w trzewiach.

Może to go tak wścieka? Młody król Jan i jego syn, który musi go zastąpić na turnieju.

— Nie. Nie myślę — poważnie odpowiedział druh. — Gdybyś stanął z królem w szranki, to przestałaby być zabawa. Dobrze zrobiłeś, wystawiając syna. — Jan klepnął go w plecy i dodał z uśmiechem: — Tylko przestań zrzędzić.

Stało się. Ostatnia walka Venkoviców i Rudolticów zakończyła się. Henryk nawet nie zauważył, kto wygrał. Król Jan dał znak i wstał z trybuny. Herold zakrzyknął:

— Przed nami korona turnieju Trzech Lwów! Ostatnia walka! Kto do niej stanie? Król Jan szuka przeciwnika!

Luksemburczyk stał na trybunie obok Rikissy i wpatrywał się wprost w Henryka z Lipy.

— Licz do trzech — powiedział Jan z Vartemberka, przytrzymując go za ramię.

Na plac turniejowy wyszedł Henryk junior w pełnej zbroi, z hełmem pod pachą. Pokłonił się Rikissie i Janowi i zawołał:

— Czy król wyświadczy mi ten zaszczyt?

Na obu trybunach zawrzało. Damy zafalowały, jak łan kwiatów.

Luksemburczyk krzyknął, patrząc nie na syna, lecz na ojca:

— Miecze czy kopie?

Kopie — pomyślał Henryk.

— Kopie — krzyknął jego syn i spytał: — Sześć starć czy do pierwszej porażki?

Sześć starć — pomyślał Henryk.

— Do pierwszej porażki — odważnie wybrał Jan i zapytał Rikissę:
— Królowo, kogo obdarzysz wstążką?

— Swoją obiecałam ci wczoraj, królu — odpowiedziała. — Ale dzisiaj się waham. Chętnie dałabym wstążki wam obu.

— Nie możesz wspierać przeciwnych stron — zaśmiał się Luksemburczyk i znów spojrzał przez plac na Henryka.

— Ale mogę stanąć po stronie Królestwa — odpowiedziała i podała mu wstążkę.

Katrina natychmiast wyjęła z włosów swoją i podała bratu, a włosy, niegotowe na taką okoliczność, rozsypały jej się po plecach.

— No i bardzo ładnie to wyszło — półgębkiem skomentował Jan z Vartemberka. — Naturalnie. Jakby nikt z nikim się wcześniej nie umówił. Ale do pierwszej porażki to ryzykowne. Jeśli młodemu nie uda się zręcznie podłożyć, jeśli poniosą go emocje, niechcący może przegrać król.

Jan schodził z trybun, jego giermek biegł z hełmem, drugi prowadził królewskiego konia. W czasie gdy obaj zawodnicy szykowali się do walki, na placu turniejowym fikał koziołki akrobata. Henrykowi pociły się dłonie. Spojrzał na Rikissę i zobaczył, że i ona ukradkiem ociera czoło.

Jestem durniem — pomyślał. — Naraziłem ją na umizgi dziewiętnastoletniego rycerzyka, który jest naszym królem. Wciągnąłem ją w grę, a powinienem ją chronić. Wpakowałem w to i Henryka juniora. Boże, gdybym mógł ich oboje teraz zastąpić!

Jan, mimo iż nieco młodszy od jego syna, był tego samego wzrostu, ale koń królewski był zdecydowanie masywniejszy od konia młodego Henryka.

Mogłem mu dać swojego ogiera — pożałował Lipski i dopiero przypomniało mu się, że syn ma tę walkę przegrać, więc żal niepotrzebny. — Żeby tylko nie podłożył się nazbyt widocznie — pomyślał po chwili.

— Pij wino, bo robisz się nerwowy — wetknął mu kielich w rękę Jan.

Odtrąbiono pierwszą gonitwę, obaj zawodnicy zamknęli przyłbice i ruszyli na siebie. Henryk mocno trzymał kopię, Luksemburczyk przeprowadził swoją nad końskim grzbietem jako pierwszy i gdy dojeżdżali do siebie, błyskawicznie podbił lancę Henryka i wyrzucił ją w powietrze, nie uderzając w jego tarczę. Trybuny zawrzały.

— Król rozbroił twego syna! — wrzasnął Jan.
— Walka nierozstrzygnięta! — zawołał herold.

Henryk oddychał szybko. Aż do tej chwili bał się, że młody nie wykona ojcowskiego rozkazu i zrobi krzywdę królowi. Wystarczyło pierwsze starcie, by zrozumiał, że bez żadnych forów wygranym w pojedynku będzie Jan. Luksemburczyk walczył lepiej niż jego syn.

— Lej mi wina — szepnął, gdy trąbiono na drugą potyczkę.

Henryk popełnił błąd, gdy tylko ruszyli, bo powtórzył manewr Luksemburczyka z pierwszego starcia. Młody król był na to przygotowany. Zmienił pozycję własnej kopii w ostatniej chwili i dojeżdżając do Henryka, odbił koronę jego lancy i błyskawicznie uderzył w tarczę z pniami lipy. Siła kopii była tak duża, że skruszyła oręż i rozbiła na pół tarczę młodego. W powietrze poleciały drzazgi i liście herbowej lipy.

— Wygrał król Jan Luksemburski! — krzyknął herold.

— Sprawiedliwie wygrał — szepnął Henryk.

— I po kłopocie — napił się Jan z Vartemberka.

Jeźdźcy zdjęli hełmy. Jego syn zeskoczył z konia i sztywno pokłonił się królowi. Coś do niego powiedział, ale krzyki z trybun zagłuszyły słowa. Na plac już weszli grajkowie. Skoczna muzyka, wiwaty i śmiechy zagłuszyły sumienie Henryka.

Po uczcie, która ciągnęła się w nieskończoność; uczcie, na której lśnił król Jan, nastał poranek i trąbiono na odjazd. Sam na sam spędził z Rikissą tylko tę krótką chwilę przed świtem. Zdążył pocałować jej dłonie i włosy. Powiedziała do niego: „Wróć po wojnie. Będzie cisza, spokój i niewiele światła. Żadnych uczt, turniejów i królów. Tylko ty i ja".

Jako marszałek przy boku króla wyruszał na wschód, na Mateusza Czaka. I znów był podkomorzym Królestwa, bo uniesiony zwycięstwem turniejowym Jan dotrzymał słowa. Odsunął swych niemieckich doradców, a każde z ich stanowisk oddał panom Czech. Jego druh z Vartemberka został mianowany podkomorzym Moraw, we dwóch byli teraz pierwszą siłą Królestwa, trzymając wojsko i skarb. Jechali pod wspólnym sztandarem i skoro Luksemburczyk spełnił ich żądania, oni musieli wypełnić swe obowiązki. Pokonać wroga. Mateusz Czak okazał się trudnym przeciwnikiem. Palatyn, który ośmielał się wojować z własnym królem; przyjaciel i stronnik Habsburgów, pan na Trenczynie stawił im gwałtowny opór w swych górskich zamkach.

— Dobrze, że mam przy sobie marszałka — powiedział Jan, patrząc mu w oczy, gdy po trzecim dniu oblężenia twierdzy Veselí, paskudnie poharatani, cofnęli się na noc do obozu. — A obok niego podkomorzego Moraw. — Zdjął rękawice i podał Janowi z Vartemberka, dając znać pozostałym panom, by wyszli z jego namiotu.

Gdy zostali we trzech, nie licząc królewskiej służby, Jan stanął na wprost Henryka i uniósł ramiona, mówiąc:

— Gdyby nie to, że nie śmiem podejrzewać pięknej królowej wdowy o spiski przeciw Królestwu, powiedziałbym, że to ona stoi za działaniem poprzez habsburskich stronników.

— Nigdy w życiu — odpowiedział Henryk z Lipy i zacisnął szczęki. — Nawet nie wiemy, czy Czak walczy dla Habsburgów, czy po konfliktach z Karolem Robertem usiłuje dla siebie podbić Morawy.

— Może i tak — odrzekł Luksemburczyk, pozwalając, by giermek zdjął mu napierśnik. — Namnożyło się panów, którzy stawiają się swym władcom, prawda, Henryku, prawda, Janie? Dobrze, że jak powiedziałeś, moi rycerze walczą za króla.

— Spokojnej nocy, panie — odpowiedział Lipski i poszli do swych namiotów.

— Młode lwiątko nam grozi? — spytał Jan z Vartemberka, gdy szykowali się do snu.

— Na groźby jest za słaby — odrzekł Lipski, kładąc się. — Sprawdza nas.

Ranne natarcie poszło im źle. Wojska czeskie były bliskie rozsypki. Król Jan w lśniącej zbroi patrzył na to ze wzgórza, i Henryk czuł jego wzrok na karku.

— Do ataku! — rozkazał i ruszył po raz kolejny, prowadząc zbrojnych.

Ze wzgórza zjechali ludzie w niebiesko-złotych barwach Mateusza Czaka. Na wojska Henryka poleciał czarny grad strzał.

— Naprzód — krzyknął, osłaniając się tarczą.

Usłyszał bełt prześlizgujący się z końskiego napierśnika. Jego ogier zarżał, ale nie zgubił kroku. Henryk odwrócił się i zobaczył, że część czeskich wojsk ucieka, rozpierzchając się przed niebiesko-złotymi.

— Wracać! — wrzasnął i uniósł się w strzemionach. — Wracać natychmiast! Tchórze, król na was patrzy! To mają być czeskie zbóje? Młody król rwał się do bitwy, powstrzymaliśmy go, by pokazać władcy, na co nas stać! I teraz uciekacie?! — Osłonił się tarczą przed strzałą, która świsnęła mu obok ucha.

Uciekinierzy zatrzymali się na chwilę. Henryk wściekle złamał strzałę wystającą spomiędzy pni lipy na tarczy.

— Beneš! — krzyknął na młodego Venkovica. — Brać wstążkę od mojej córki umiałeś! Mizdrzyć się na turnieju potrafiłeś, a teraz zwiewasz z bitwy? Hańba!

Wywołany Venkovic zawrócił, za nim jego rodowcy.

— Kogo nie zobaczę przy swym boku, tego z imienia nazwę tchórzem! — zawołał Henryk po raz ostatni i wyjął miecz z pochwy. — Naprzód! Marszałek Czech się nie cofa, póki nie wygra bitwy.

I nie oglądając się za siebie, ruszył. Po chwili usłyszał tętent końskich kopyt. Nie myślał, kogo ma za plecami. Ilu wystraszyło się jego pogróżek. Wiedział, że tam, na wzgórzu, stoi młody król i patrzy. I wiedział, że ma do spłacenia rachunek z turnieju w Hradcu. Szarżował z mieczem w dłoni, by go spłacić i wygrać.

WŁADYSŁAW książę Starszej i Małej Polski, dziedzic Królestwa Polskiego, z godnością przyjął wiadomość o śmierci sędziwego Jakuba II w chwili, w której mógłby za jego pośrednictwem wystąpić z supliką koronacyjną do papieża.

— „Pod wiatr" — westchnął. — I wieczny odpoczynek.

Dzwony we wszystkich kościołach Królestwa biły trzy dni, przeprowadzając lud od śmierci do sekretu zmartwychwstania. Borzysława, następcę Jakuba II, wybrano szybko i zgodnie. Gdy jakiś czas po ich wyjeździe do kurii awiniońskiej przyszła wiadomość o śmierci papieża, Władek przełknął i to.

— „Pod wiatr" — powtórzył. — I wieczny odpoczynek.

Borzysław przysłał mu list zaczynający się od słów: „W Awinionie czas stanął".

Andrzej Starykoń, kanclerz świętej pamięci Jakuba, powiedział wprost:

— Póki nie będzie następcy Ojca Świętego, żadna ze spraw nie drgnie z miejsca, ale bądź spokojny, książę. Borzysław nie wróci, zanim nie załatwi wszystkiego. Najpierw uznanie jego wyboru, paliusz, a potem za jednym zamachem suplika koronacyjna.

— Jak długo potrwa wakans? — spytał Władek.

— Bóg wie — rozłożył ręce Andrzej.

Bóg wie — powtórzył w myśli Władek — ilu mam wrogów. Papieża nie ma, arcybiskupa nie ma, klątwa jest. Ale nawet Jadwiga się do niej przyzwyczaiła, nie ma co przesadzać.

Rozejm z Krzyżakami dobiegł końca i ani żelaźni bracia nie słali posłów pokoju, ani on swoich do nich nie kierował. Póki co zakon łapczywym okiem penetrował Litwę, a Władek dobrze widział, kto pazerne spojrzenia kieruje na Starszą Polskę. Waldemar, margrabia brandenburski.

— Luksemburczyka na razie mamy z głowy — powiedział do żony przed wyjazdem do Tyńca. — I nie zaprzeczaj, moja pani, ja się na swataniu znam!

— Przecież nic nie powiedziałam — zastrzegła się Jadwiga, poprawiając nałęczkę, którą poruszył wiatr.

Spacerowali po ogrodzie. Dzieci bawiły się pod okiem dwórek jego żony.

— Hołd dla królowej Elżbiety I — wołał Kaziu, a mała Jadwinia kłaniała się starszej siostrze.

— Dla Elżbiety I Wspaniałej — poprawiła Kazia Elżunia. — Nie dłub w nosie, jak się kłaniasz. To bardzo nieładnie.

— Swędzi mnie — wzruszył ramionami Kaziu.

— Nazywają tę zabawę „dworem Elżbiety" — powiedziała Jadwiga, kręcąc głową.

— Bardzo ładnie — pochwalił Władek i dodał na jednym tchu: — Być może narzeczeństwo Kazimierza i małej czeskiej Luksemburki nie przetrwa długo.

— To po coś ich swatał? — zdziwiła się.

— Z tego samego powodu, z jakiego zawarłem przed dwoma laty rozejm z Krzyżakami. Kupowałem czas. Dzisiaj Luksemburczyk jest słaby, ma niepokoje w kraju, wojnę z moim druhem, Mateuszem Czakiem, pusty skarb i dwie córki. Nie targował się, jedno poselstwo i jesteśmy po słowie. Kaziu! — Władysław krzyknął, widząc, że syn włazi na drzewo. — Wybierz tę grubszą gałąź!

— Dobrze, ojcze — odpowiedział chłopiec.

— On jest duży, jak na swój wiek, prawda, żono? — dopytał.

— Tak, Władku — potwierdziła. — A Elżunia?

Westchnął.

— Nim się narodziła, Amadej Aba wieszczył, że będzie królową Węgier, ale sprawy się komplikują, moja pani — powiedział, przygryzając wargę. — Karol Robert nie ma dzieci. Chciał Piastównę, żeby okrążać Czechów sojuszami. Ja nie miałem nikogo pod ręką, poza tą księżniczką bytomską. Ładna dziewczyna, Maria, ale pech. Bezpłodna.

— Władku — Jadwiga dotknęła jego ramienia. — Ja nie mówię, że się nie znasz na swataniu, chcę tylko zaznaczyć, iż nie wszystko da się przewidzieć. Mariaż króla Węgier z Marią był ze wszech miar dobrze skrojony, ale do powiedzenia ma i coś Pan Bóg. Widać, taka jego wola.

— Wola, wola — żachnął się. — Sojusz z Węgrami to moja osobista sprawa. Psiakrew — zaklął. — Wiesz, moja droga, że póki żył Amadej Aba, miałem z nim układ. On wydobywał miedź, ja osłaniałem jej drogę na kupieckim szlaku. Najpierw Krzyżacy zajęli mi Gdańsk, zabierając zyski. Znalazłem inną. Ale gdy Karol Robert pokonał Amadeja i przejął kopalnie miedzi… — westchnął ciężko. — Musiałem się z tym pogodzić. Kochałem Madziara jak brata, a jego synów, sama wiesz… — zacisnął pięści. — Węgry stoją miedzią, a bogactwo Małej Polski płynie z zysków z jej sprzedaży i ochrony kupców przewożących ją dalej. To wielkie wpływy…

— Władku — przerwała mu żona. — Nie musisz mi się tłumaczyć z tego, że teraz potrzebujemy sojuszu z Karolem Robertem.

— To dobrze — odetchnął. — Dlatego rozumiesz, Jadwigo, że czas zaczyna grać przeciw nam. Elżunia ma prawie dziesięć lat, toż to…

— Stara baba? — rozbroiła go żona.

— Nie, ale… nawet gdyby teraz Maria urodziła Karlowi Robertowi syna, to różnica wieku będzie za duża.

— Mężczyznom to jakoś nie przeszkadza. — Jadwiga była w nastroju zaczepnym.

— Spójrz na Luksemburczyka i Przemyślidównę — odpowiedział. — Król tylko cztery lata młodszy od żony, a wieści z Pragi huczą od plotek, jak im się źle układa.

— Mój ojciec, książę Bolesław, gdy wydawał za mąż Elżbietę za Henryka Grubego, powiedział, że czasami oka dynastycznej sieci są za wąskie, a kiedy indziej za szerokie — odezwała się smutno. — Chciał dla mojej starszej siostry najlepszego męża, ale gdy przyszedł jej czas, został tylko Henryk Gruby. Dlatego nie ganię cię, żeś zaręczył Kazia z córką Luksemburczyka. Chciałam powiedzieć nawet, że chwalę.

— Naprawdę? — jakoś nie uwierzył.

— Naprawdę. A o Elżuni myśl, ale nie martw się o nią.

— Zrobię, jak radzisz, żono — pocałował dłonie swej księżnej i pojechał do Tyńca zająć się Waldemarem Brandenburskim.

Michał z Toporów, potężny opat na stu wsiach, udostępnił mu klasztor na rokowania z gośćmi. Stawili się wysłannicy wszystkich, których zaprosił: posłowie króla Danii, Eryka IV. Notariusze jego szwagra, króla Szwecji, Birgera I. I książęta Zachodniego Pomorza: Warcisław, Gryfita, książę wołogoski, Wisław II, książę rugijski, i kanclerz Ottona, księcia szczecińskiego.

— Same wilki morskie — mruknął Borutka za plecami księcia.
— Choć niektórzy wyglądają, jakby im żagle mocno sztorm wytargał.
— Łatwo oceniasz, młokosie — szepnął Władek. — Były czasy, gdy i za mnie nikt grosza nie dawał.
— Ja bym dał — przymilnie zachichotał giermek. — Nawet dukata.

Władysław powitał gości, mówiąc:
— Gdy każdy z nas walczył o należne mu prawa, między naszymi królestwami wyrósł drapieżnik, margrabia Waldemar. Król Danii, Eryk, sam go nie pokona, ale jak widzę, są z nim ludzie jego szwagra, króla Szwecji. Dwóch to więcej niż jeden. Wisławie, jesteś księciem rugijskim i Waldemar bezpośrednio zagraża twym ziemiom, sam nie dasz mu rady. Ale moje zaproszenie przyjął książę wołogoski, Warcisław. I Otto szczeciński przysłał kanclerza. Trzech książąt to prawie sojusz. Wy jesteście jego północną i zachodnią flanką. Ja i moi sprzymierzeńcy domkniemy go od wschodu i południa.

— Jakie siły ma książę na myśli? — spytał poseł króla Danii, Eryka, który dla Władka był głównym partnerem w sojuszu.
— Moich bratanków, kujawskich braci — odpowiedział Władysław.
— Książęta mazowieckie, raciborskie, bytomskie, oświęcimskie...

Brzmi licznie — myślał, wymieniając stronników.
— ...oraz siostrzeńcy moi Lew i Andriej, książęta Halicza...
— A król węgierski? — szybko wtrącił się poseł Birgera ze Szwecji.

Chwilowo niezainteresowany — kwaśno pomyślał Władysław, a na głos uspokoił obecnych:
— Włączy się z pewnością.
— Margrabia Waldemar może ściągnąć siły króla Niemiec — ostrożnie wysunął poseł duński.

Gdybym o tym nie wiedział, nie wołałbym po was — skwitował w duchu Władysław.

Jego cisi ludzie pracowali nad tym sojuszem miesiącami, wyłuskując wśród wrogów Waldemara tych, którzy są gotowi do walki, takich, którym czerwony orzeł wystarczająco dopiekł. Dzisiaj Askańczyk był silny. Tracąc wujów i stryjów, został jedynym elektorem z Brandenburgii i król Niemiec liczył się z jego głosem, dlatego koalicja, jaką Władek chciał zawiązać, była naprawdę szeroka.

— Ludwik Wittelsbach pomoże swemu wasalowi, to pewne — powiedział książę rugijski Wisław. — Ale jeśli zgramy nasze uderzenia co do dnia, Ludwik może nie zdążyć. W tym upatruję siły naszej połączonej floty.

— Widać, żeś minezinger — pochwalił go z ulgą Władek. — Ujmujesz krótko to, o czym inni mówią godzinami.

— Jego pieśni są długie i nudne — podpowiedział mu do ucha Borutka o chwilę za późno.

— Zgramy się co do dnia — powtórzył Władek po Wisławie, nie pozwalając się wytrącić Borutce z równowagi. — Zrymujemy nasze uderzenia jak w wierszu — „duża — róża".

— „Pała — mała" — podszepnął złośliwy giermek i książę musiał go szturchnąć.

— Nie błaznuj. To poważne rozmowy — skarcił szeptem.

— Nie zauważyłem, przepraszam — niewinnie odszepnął Borutka.

— Czy każdy z obecnych ze szczerym sercem chce przystąpić do sojuszu przeciw Waldemarowi? — spytał Władysław.

— Jeśli dołączą do nas Węgrzy — zastrzegł poseł szwedzki.

Uparł się — pokręcił głową Władysław.

— *Ördögfajzat, herceg* — szepnął po węgiersku Borutka.

— Możemy to zapisać w układzie — dodał po chwili Władek. — Jestem pewien, że Karol Robert...

— ...nie wie, gdzie leży Szwecja — pisnął cichutko Borutka za jego plecami.

Dobrze, że po polsku.

— ...król Węgier włączy się w nasze przymierze antybrandenburskie — oświadczył Władek.

Kanceliści zasiedli do spisywania aktu porozumienia. Władysław ustalał z gośćmi szczegóły uderzeń oskrzydlających Waldemara. Tak, nie był naiwny, widział trudność, jaką jest zgranie tylu stron, zwłaszcza że najbardziej zainteresowanych było tylko dwóch — on i król Danii. Spoglądał na pozostałych. Wisław, choć minezinger, wydawał się pewnym sojusznikiem. Otto szczeciński był synem słynnej księżnej Mechtyldy, ale od dawna odciął się od polityki matki. Czy wytrzyma w chwili próby? A Warcisław, wnuk wielkiego Barnima? Czy będzie miał dość siły, by stawić czoła Waldemarowi?

— Nie martw się, książę — powiedział cicho giermek, podając mu kielich z winem. — I tak musisz rozprawić się z Waldemarem. Najwyżej zrobisz to bez tej ławicy płotek o poszarpanych płetwach.

— Borutka! — skarcił go Władek przez zęby. — Co cię dzisiaj opętało?

— No właśnie nie wiem — bezradnie rozłożył ręce chłopak i zniknął, by nie dostać w ucho.

Książę wzniósł toast za przymierze. Goście wypili. Opat Michał pobłogosławił.

— Czerwone pióro — powiedział Władysław, gdy się rozjeżdżali. — Będzie dla każdego z nas znakiem do rozpoczęcia wojny.

— „W której poleje się krew czerwona" — zaintonował pieśń książę Wisław.

Władek złowił krztuszącego się ze śmiechu Borutkę w głębi sali.

ELIŠKA PREMYSLOVNA zupełnie inaczej wyobrażała sobie życie w królewskiej sypialni. Dwór praski za czasów jej dzieciństwa był niczym jeden wielki fraucymer ojca. Václav miał swoje Aneżki, Markety i inne panny, a te, walcząc o względy królewskich córek, opowiadały to i owo. Do tego siostra jej matki, księżna Gryfina, polująca na młodych kochanków, i jej babka, piękna Kunegundis, która słynęła z nieposkromionego temperamentu. Wszystkie te damy dawały jej do zrozumienia, że to, co dzieje się za zamkniętymi drzwiami alkowy, jest pasmem nieustającej rozkoszy. No niestety. U Eliški i Jana było odwrotnie.

Na początku, nim zaszła w pierwszą ciążę, jej mąż miał doprawdy chłopięce pomysły. Znosił do łoża różne zabawki. A to pióro, którym chciał ją łaskotać, aż musiała na niego tupnąć, że brzydzi się piór, a najbardziej kurzych. On na to, że to pióro sowy o delikatnym puchu, ale kazała mu się wypchać jego sową i piórami. Jak nie pióra, to przynosił kwiaty i obsypywał ją ich płatkami, to jeszcze było znośne, ale miotełka z pachnącej trawy wydała jej się zupełnie niepoważna. No to przywlókł do łoża jedwabną szarfę i chciał nią przewiązać jej oczy. Ofuknęła go, że po ciemku to zrobią ślepego dziedzica, i się obraził, ale wywalił szarfę. Kładł się na niej i robił swoje, jaka w tym była przyjemność? Dlaczego damy chichotały, rumieniły się i gadały, że żyć bez tego nie mogą? Wzięła Gredlę na spytki, a dwórka wśród rumieńców i pąsów powiedziała, że niektórzy to nazywają miłosnym turniejem kochanków i że może królowa spróbowałaby z mężem stanąć w łożu w szranki. Eliška postawiła wszystko na jedną kartę i spróbowała. Kazała sługom zdjąć ze ściany dawną tarczę Václava i przynieść sobie ze zbrojowni napierśnik. Gredla jak na złość zachorowała i nie mogła jej pomóc w przygotowaniach do turnieju. Nikogo innego nie chciała wtajemniczać, w końcu to miała być dla króla niespodzianka.

Jaką broń wybrać? — myślała. — Przecież wielkiej kopii nie wniosę do sypialni.

Wybrała długi nóż, ale po namyśle owinęła jego ostrze wstążką, by Jan nie zląkł się, że coś mu grozi. Czekała na niego w alkowie naga, ubrana tylko w napierśnik, przysłonięta tarczą, z tym nożem w dłoni. Wydała się sobie jakąś dawną boginią wojny. Zapadł zmierzch, Jan powinien już przyjść, a nie przychodził. Tarcza była ciężka. Napierśnik zimny i niewygodny, ćwiczenie pchnięć i sztychów znudziło jej się dawno. Zrezygnowana usiadła na łożu. Bolały ją ramiona i zgłodniała. Sięgnęła po gruszkę i zatopiła zęby w słodkim miąższu. Sok spłynął jej po brodzie. Otarła go wierzchem dłoni i właśnie wtedy wszedł Jan.

— Gdzie byłeś tak długo, Myšáčku?! — spytała rozczarowana.

Dokończyła gruszkę, wyrzuciła ogryzek i wstała, podnosząc tarczę.

— Ja tu czekam na miłosny turniej, a ty się gdzieś włóczysz po zamku! — pogroziła mu długim nożem. — No chodź do swej bogini wojny!

Jan stał jak wmurowany. Patrzył na nią, wzroku nie mógł oderwać.

— Co ty robisz? — wyjąkał wreszcie.

— Staję z tobą w miłosne szranki — uśmiechnęła się. — Chodź, zawalczymy o dziedzica!

Jan podszedł do niej niepewnie i najpierw wyjął jej nóż z dłoni, potem odebrał tarczę, a na końcu zdjął z niej napierśnik.

— Rozbroiłeś mnie — mruknęła przymilnie. — Wielki rycerz z ciebie. A teraz wskakuj do łoża, mój drogi.

Rozebrał się, ale robił to wolno i odwrócony do niej tyłem. Zaskoczyłam go — pomyślała, patrząc, jak zrzuca z siebie ubranie. Jej młody mąż szybko dorósł. Już był wyższy od niej, a nieustanne ćwiczenia fechtunku pięknie wyrzeźbiły jego ramiona, piersi i plecy. Osłonił przyrodzenie koszulą i wszedł do łoża.

— Nie bądź taki wstydliwy, królu — szepnęła zalotnie, wyrywając mu tę koszulę z dłoni. — O! — zauważyła. — Wciąż nie jesteś gotowy do pojedynku ze swą królową! Zrób coś z tym — pokazała palcem, by wiedział, o co jej chodzi.

Jan zacisnął szczęki i pchnął ją lekko. Przewrócił na bok. I dobrał się do niej z tyłu.

Świntuch — pomyślała z niesmakiem, a na głos powiedziała:

— Rycerze walczą od przodu.

— Nic więcej nie mów — sapnął. — Wypnij się.

No to się wypięła.

Gdy było po wszystkim, powiedziała do niego:

— Mam nadzieję, że tym razem zrobiłeś mi syna.

Jan wyskoczył z łoża jak oparzony.

— Mam nadzieję, że jesteś zdolna wydać na świat następcę tronu — syknął, szukając swojej koszuli.

Eliška naciągnęła na siebie kołdrę i czekała, aż wyjdzie. Z całej siły zaciskała uda, jak za poprzednimi razami, gdy zaszła w ciążę. Niezawodny sposób. Tym razem skrzyżowała nogi, bo powiedziano jej, że to zwiększa szansę na chłopca.

Boże, daj mi syna — pomodliła się pokornie. — Bo nie chcę więcej z nim tego robić.

Jan poszedł sobie. A Eliška chciała zasnąć, obudzić się i być w ciąży.

Pan wysłuchał jej modlitw.

Przekonała się o tym dwa miesiące później, w rozkwicie jesieni. Jej brzuch znów się zaokrąglił, krwawienie nie nadchodziło i medyk nie miał wątpliwości:

— Najjaśniejsza pani znów jest w stanie błogosławionym.

Wiedziała, że to stało się wtedy, z tarczą i napierśnikiem, więc tym razem musi być syn.

— Sama powiem mężowi.

— Król Jan jest na polowaniu — szepnął medyk i dodał usłużnie: — Może jeśli wyślemy mu wiadomość, wróci do Pragi szybciej?

— Nie ma pośpiechu — usadziła go w miejscu. — To dopiero początek. Król ma się dowiedzieć ode mnie — rozkazała.

— Oczywiście, pani — skłonił się medyk. — Tyle że musisz uważać na siebie...

— Wiem — ucięła. — To nie pierwszy raz. Idź sobie.

Cieszyła się, więcej, była dumna. Umiem wypełnić swe królewskie obowiązki i jestem płodna jak moja habsburska matka — pomyślała. Z animuszem zabrała się do pracy; nieobecność Jana była jej na rękę.

— Vilémie! — powitała swego wypróbowanego stronnika. — Mów, co w kraju.

— Złe gadanie, królowo — powiedział zafrasowany Zajíc. — Że skarb pusty, mówiłem?

— Mówiłeś — zacisnęła usta. — Podkomorzy Henryk z Lipy żyje jak król, w Hradcu turnieje wyprawia, a skarb okradany...

— Nie, nie powiedziałem, że okradany — zaprzeczył Zajíc. — Henryk jako podkomorzy spłaca z dochodów kopalnianych powoli długi Korony wobec wierzycieli...

— Ach, przestań! Nie chcę tego słuchać! — machnęła ręką. — Gdyby miał dobrą wolę, wypłacałby im mniejsze kwoty, a większe kierował na wydatki dworu.

— Tego nie wiem — zastrzegł Vilém. — Henryk z Lipy sam się w imieniu korony z wierzycielami układał.

— Prawdą jest, że skarb pusty — podsumowała Eliška. — Ale tylko nasz, bo moja macocha żyje jak wielka pani!

— Mówi się — ostrożnie zaczął Vilém Zajíc — że coraz więcej panów czeskich krytycznie patrzy na Lipskiego. Jedni by za nim w ogień poszli, inni zaś mówią, że on wyrósł na większego od króla.

Eliška wiedziała, że Zajíc jest przesadnie ostrożny. Jak Vilém mówi „deszczyk pada", znaczy, że rozpętała się ulewa.

— Którzy panowie są przeciw niemu, powiedz śmiało — zachęciła go łagodnie.

— No, na przykład Beneš z Michalovic...

Stryj Gredli i zausznik Viléma — pomyślała. — Nic nowego.

— Biskup Ołomuńca, Konrad...

— A to ważne! — ucieszyła się Eliška.

— Petr z Rožmberka, który niedawno zaręczył syna z Markwetą, córką Lipskiego, też wydaje się do przeciągnięcia — słabo uśmiechnął się Vilém. — No i są zawsze ci panowie, co stoją za silniejszym. Dzisiaj za Henrykiem, ale jakby mu się noga powinęła...

— Rozumiem — w lot chwyciła Eliška. — Co panów zraża do Lipskiego najbardziej?

— Oni nie są zrażeni, królowo, oni są zazdrośni — rozbrajająco przyznał Vilém. — O jego siłę.

— A ty, Vilémie?

— Ja? Ja za stary na romanse, gdzie mnie do *bis reginy* w konkury... — wyrwało się Zajícowi.

Ach tak — zacisnęła pięści Eliška. — To jej wina. Znów kradnie splendor mnie należny.

Wzięła się w garść.

— Czy wiesz, Vilémie, czym to się może skończyć? Odśwież pamięć, przypomnij sobie, co zrobiła moja babka, królowa Kunegundis!

— Pamiętam ją — rozmarzył się Vilém. — To była piękna kobieta. Olśniewająca!

— Ta, jak mówisz, olśniewająca kobieta przyprawiła rogi królowi Premyslowi! Gziła się z Zawiszą z Falkenštejnu jeszcze za jego życia, a po śmierci miała czelność wyjść za niego za mąż! Gdyby mój ojciec w porę nie ściął Zawiszy, mógłby mieć przewrót pałacowy! Nie widzisz podobieństw, Zajíc? Lipski zmierza do tego samego! Żona w klasztorze, rozwiedzie się z nią bez kłopotu, poślubi królową wdowę i...?

Zajíc patrzył na Eliškę wytrzeszczonymi oczami. Nie rozumiał.

— I zrobi zamach! Zabije Jana, mnie i moje dzieci i sam z nią zasiądzie na tronie. A potem razem sięgną po koronę polską! I będziecie mieli zamiast dynastii luksemburskiej dynastię lipską. Ach, czemuż mi przyszło żyć wśród tchórzy?!

— Pani — wyprężył się Zajíc. — Nie przymawiaj mi.

— Ja ci nie dokuczam — otarła łzę. — Stwierdzam fakty.

— No... — zająknął się Vilém — ale fakty są i takie, że Lipski nie raz za kraj głowę nadstawiał. Że zawsze jedzie w pierwszym szeregu do walki, nie uchyla się, a rycerstwo widzi w nim swego bohatera i idzie za nim...

— Nie bądź naiwny, Vilémie. Lipski robi to specjalnie, by wszyscy tak gadali, jak ty teraz. Dlaczego zwraca pieniądze wierzycielom korony?

— Skarb królewski od dawna miał długi u panów czeskich — cicho przypomniał Vilém.

— Lipski kupuje sobie stronników! — pokazała mu jasno. — Kupuje sobie wasze milczenie, waszą zgodę na morderstwo mnie i moich dzieci, na zrzucenie Jana z tronu!...

— Pani — nieśmiało zaoponował Vilém. — To tylko domysły. Nie mamy dowodów...

— To je znajdź! — rozkazała i zakończyła spotkanie. — Puść szpiegów, niech szukają.

JAN LUKSEMBURSKI nie oparł się zaproszeniu Rikissy i Henryka z Lipy. Polowanie z sokołami było ożywczą rozrywką po turnieju sypialnianym, jaki zgotowała mu małżonka, a wieczory z winem, muzyką i tańcami dawały dowód, że życie nie musi być ponure i pełne wzajemnych pretensji.

— Może wrócisz z nami do Pragi, królowo? — zapytał, gdy spotkanie dobiegało końca. — Wnosisz tyle świeżości.

Rikissa pogłaskała sokoła po szyi i zaczęła zakładać mu skórzany kapturek.

— Nawet jeśli w Czechach są dwie królowe, mój panie — roześmiała się — to w Pradze jest miejsce wyłącznie dla jednej. Twej żony. — Sprawnie zawiązała kaptur na głowie ptaka.

— Zapraszamy do Hradca — dołączył do nich Henryk z Lipy i wyciągnął ramię. Rikissa odruchowo podała mu sokoła, zdejmując go z ramienia razem z karwaszem. — W każdej wolnej od dworskich obowiązków chwili.

— Nie pojedziesz ze mną do Pragi? — zdziwił się Jan. — Sądziłem, że to ustalone, marszałku.

— Miałem zamiar dołączyć do ciebie za kilka dni. — Henryk przeciągle spojrzał na Rikissę.

Nie — zawziął się w duchu król. — Popsuję ci miłosną schadzkę. Nie możesz mieć lepiej ode mnie.

— Przybyli posłowie od króla Niemiec, Ludwika — odpowiedział, mrużąc oczy. — Mam im powiedzieć, że powinni poczekać kilka dni, aż marszałek Królestwa wróci z Hradca?

— Skoro tak — z kamienną twarzą odrzekł Lipski — pojadę. Wybaczysz mi, pani?

— I mnie? — zaczepnie wszedł między nich Jan.

— Wybaczam wam obu — uśmiechnęła się — dla dobra Królestwa.

Lipski sięgnął po dłoń królowej, chcąc ją pocałować, ale sokół na jego ramieniu krzyknął niespokojnie. Skinął na giermka, by oddać mu ptaka. Jan wykorzystał chwilę, gdy marszałek się odwrócił, i sam pocałował dłoń Rikissy. Spojrzenie Henryka, gdy to zobaczył, było jak wyzwanie na pojedynek. Bezcenne.

— Dziękuję za potwierdzenie przywilejów — pogodnie powiedziała Rikissa. — Ten dokument był dla mnie ważny. Stałeś się opiekunem królowej wdowy, królu Janie.

Żałuję, że sam na to nie wpadłem, ale podpowiedział mi to twój kochanek — pomyślał Jan, wpatrując się w grę świateł na jej twarzy.

Ruszyli. Bawiło go, że przed odjazdem nieustannie wchodził pomiędzy kochanków, nie pozwalając Henrykowi na nazbyt czułe pożegnanie. Podczas drogi do Pragi raz po raz odwracał głowę i gdy Lipski nie patrzył, przyglądał mu się, zastanawiając, czy miałby szanse u królowej, gdyby usunął marszałka. Czy poparcie dla Henryka jest naprawdę tak duże? Czy to tylko iluzja? A może Lipski jest jednym z tych wojennych wodzów, którym ludzie oddają dusze i serca w czas zawieruchy, a zapominają o nich w dni pokoju?

Podziwiał go, prawda. Na własne oczy widział, jak pod zamkiem Veselí, gdy szeregi czeskie załamały się i chciały uciekać w panice, Lipski wyskoczył na wielkim bojowym ogierze, z mieczem w dłoni i zrugał tchórzy, dając im przykład do walki. „Marszałek Czech się nie cofa, póki nie wygra bitwy". Zapamiętał dobrze. To było porywające. Zazdrościł mu posłuchu wśród ludzi. Ale odkąd poznał Rikissę, mimowolnie zaczął z nim konkurować. Królowa usidliła jego wyobraźnię. Pokazała mu w Hradcu pracownię iluminacji ksiąg. Wielkie przedsięwzięcie! Przecież przy jej urodzie mogłaby kolekcjonować klejnoty lub suknie! Znała poemat Baldrica z Bourgueil i bawili się, przerzucając fragmentami wierszy. On mówił po francusku, ona po niemiecku, szukali wspólnych, śpiewnych rymów. Gdy tańczyła *carole* ze swą córką i damami dworu, nie mógł oderwać od niej oczu. Tak, przypominała mu Francję i tamte damy, ale była i od nich różna. Mniej frywolna, bardziej naturalna; otwarta i powściągliwa zarazem. Nawet jej trzy herbowe lwy wydawały się zachwycające; jego lew luksemburski przy nich nieustannie mruczał. Był jeden szkopuł: jego królową była nie Eliška Rejčka, ale Eliška Premyslovna. A bez Henryka z Lipy nie mógł skutecznie sprawować władzy.

Gdy wjeżdżali do Pragi, niebo zaciągnęło się i lunął deszcz.

— Wracajmy do Hradca — zaśmiał się pełną piersią pan z Lipy. — Tam zawsze wschodzi słońce!

— Wracajmy! — odpowiedział mu Jan ze śmiechem. — Niech posłowie Ludwika zaczekają! A co, jeśli moja małżonka zapragnie jechać z nami?

— Będziemy Elišce radzi — odpowiedział Henryk z Lipy i naciągnął kaptur.

Przed oczami Jana mignęła Rikissa zakładająca kapturek sokołowi. Rogi na bramie zamkowej zagrały na powitanie.

— Od jak dawna znasz królową wdowę? — zapytał Henryka, gdy kopyta zadudniły na bruku.

— Była młodsza niż dzisiaj Anežka, jej córka, gdy król Václav rozkazał mi wyrwać ją z rąk brandenburskich i sprowadzić do Pragi.

— Mój teść poślubił dziecko? — Jan nie znał tej historii, ale z łatwością wyobraził sobie królową jako dziewczynkę.

— Poniekąd — wymijająco odpowiedział Lipski. — Twój teść, z całym szacunkiem dla dynastii, był specyficznym mężczyzną.

— Mam nie żałować, że go nie poznałem? — Jan musiał przekrzyczeć hałas deszczu uderzającego z impetem o dachówki klasztoru benedyktynek.

— Nie ująłbym tego zgrabniej!

— A królowa? Jakim była dzieckiem?

— Poważnym — krzyknął Henryk.

— Naznaczonym śmiercią? — dopytał Jan, gdy dojechali do stajni.

— Kierującym się przeznaczeniem — zagadkowo odpowiedział Lipski i zeskoczył z konia.

Błoto z dziedzińca obryzgało ich obu.

— Wybacz, królu — przeprosił.

— Nie ma czego — odgarnął mokre włosy z twarzy Jan. — Do zobaczenia wieczorem, na uczcie.

Eliška Premyslovna nic mu nie powiedziała wcześniej. Rozważał to później po wielekroć i jeśli o cokolwiek ma żal do żony, to o to, że go zaskoczyła.

Uczta zaczęła się niewinnie. Jego żona w bladoróżowej sukni nie wyglądała aż tak źle jak zwykle. Pochwalił jej niebieski płaszcz i uczesanie. Ucałował palce. Wydały mu się lekko spuchnięte, ale udawał, że tego nie widzi.

— Gdzie posłowie Ludwika, o których mówiłaś? — spytał, przebiegając wzrokiem salę.

Biskup Pragi Jan, biskup Konrad z Ołomuńca, Vilém Zajíc i jego poplecznicy: Beneš, Bavor, Tobias, Petr z Rožmberka. Gdzieś u końca stołu siedział nawet brat Michał, medyk. Nie było starosty Moraw, Jana z Vartemberka ani żadnego z Ronovców, prócz Henryka z Lipy. Ten, na zaproszenie króla, siedział po jego prawicy.

— Ja mówiłam? — zdziwiła się Eliška.

— Posłałaś do mnie gońca — powiedział Jan. — Że prosisz o powrót mój i Henryka, bo przybyli posłowie od Ludwika.

— Źle ci przekazano — powiedziała chłodno. — Nie chodziło o posłów królewskich, tylko o pewne wieści, które natychmiast powinny trafić do twych uszu, królu.

Minezinger zaczął smętną pieśń. Spojrzeli na siebie z Henrykiem i Lipski mrugając, szepnął:

— Gdzieś zawsze wschodzi słońce.

Tak, Jan był zazdrosny, gdy patrzył na ich miłość. Ukradkową, niejawną, ale przecież widoczną w każdym spojrzeniu i oddechu. Nie raz stawiał się na miejscu Lipskiego, narzekając w duchu, że wolałby być swym marszałkiem. A mimo to pożałował, że wyjechali. Jego królowa miała zaciętą twarz, niezdrową cerę i ani krzty wdzięku. Minezinger zawodził i nawet pieczeń była twarda.

— Zacznijmy od dobrych wieści — uroczystym tonem oznajmiła Eliška. — Michale, podejdź do nas — skinęła na medyka. — Nic nie mów — szepnęła do niego głośno. — Ja powiem. Wielebni biskupi, królu mój mężu i inni szlachetni panowie, którym na sercu leży dobro Czech. Wasza królowa znów jest w stanie błogosławionym!

— Bogu niech będą dzięki! — zawołał Jan IV.

— I tobie, pani — powiedział zaskoczony i ucałował jej dłoń. Dlatego ma spuchnięte palce — zrozumiał.

Medyk poważnie pokiwał głową, potwierdzając prawdziwość słów Eliški.

— Możesz odejść — odesłała go skinieniem dłoni.

— Zdrowie najjaśniejszej pani! — zawołał Vilém Zajíc i wszyscy wznieśli kielichy.

— Na tym dobre wiadomości się kończą — oznajmiła jego małżonka. — Ale złe musimy znieść mężnie. Otóż w ręce ludzi króla Niemiec, Ludwika, wpadł list do Fryderyka Pięknego, Habsburga. To normalne, że król śledzi ruchy swego konkurenta do tronu, nieustannego wichrzyciela, który i nam, Czechom, dał się we znaki nie tak dawno. Nasz nieoceniony Ludwik Wittelsbach, mając w pamięci twój głos elektorski, Janie, głos, który przesądził o jego wyborze, odesłał nam kopię tego listu, wiedząc, że jego treść boleśnie uderza w nasz tron i władzę.

Jan zmarszczył brwi. Co, u licha? — pomyślał. — Czyżby odsunięci na rzecz czeskich panów luksemburscy doradcy zaczęli knuć przeciw mnie?

— Oto list — zamachała pergaminem Eliška.

— List czy kopia? — trzeźwo spytał Henryk z Lipy.

— Nikt nie oddaje oryginałów — wyniośle odpowiedziała królowa. — To wierna kopia. Mój kanclerz nam ją przeczyta.

Od kiedy Eliška ma osobnego kanclerza? — przeszło przez myśl Jana.

Suchy mężczyzna wziął od królowej pergamin w dwa palce i zaczął czytać:

— „Fryderyku, mój drogi szwagrze! Bracie nieodżałowanego męża i króla, Rudolfa..."

Jan zesztywniał i spojrzał na Henryka z Lipy. Ten uniósł brwi, a między nimi pojawiła się głęboka zmarszczka.

— „...pragnę, byś wiedział, iż każdego dnia wspominam naszego umiłowanego, nieżyjącego króla i żałuję, iż ty po bracie nie zająłeś miejsca na zamku praskim. Wobec faktów pozostaję bezradną, lecz proszę cię, w imię łączącej nas miłości, byś pomógł mi odzyskać to, co należy tylko do mnie, a co porwał, wyjeżdżając z Czech Henryk z Karyntii. On teraz jest twym wasalem, masz nad nim władzę..."

— Zdrada! — krzyknął ktoś z głębi sali.

— To nieprawda — mocno szepnął Henryk z Lipy.

— Czytaj dalej! — rozkazała dźwięcznie jego żona.

— „...rozkaż mu, proszę, by na moje ręce oddał korony Piastów i Przemyślidów, które bezprawnie po detronizacji zagarnął. Ja jestem podwójną królową i mnie, nikomu innemu, należą się obie. Pozostańmy w rozmiłowanym uścisku. Twoja Eliška Rejčka".

— Bzdura! — wrzasnął Lipski, wstając tak gwałtownie, że przewrócił krzesło.

— Zdrada! — powtórzył się okrzyk z sali.

— Królowa wdowa knuje przeciw nam! — zawołała Eliška i rumieniec wystąpił na jej twarz. — A Henryk z Lipy jest jej wspólnikiem.

— Jaką datę nosi list? — ze ściśniętym sercem spytał Jan.

— Początek września — odpowiedział suchy mężczyzna, którego Eliška tytułowała kanclerzem.

„Stałeś się opiekunem królowej wdowy, królu Janie" — powiedziała mu ledwie parę dni temu, patrząc w oczy i ściskając dokument będący potwierdzeniem jej praw do władzy i zysków z miast oprawnych. „Wybaczam wam obu. Dla dobra Królestwa" — mówiła, uśmiechając się. Jak mogła tak go okłamać?! Jak mogła być tak zdradliwą?

— Mówisz „bzdura", a jesteś jej wspólnikiem, Henryku z Lipy — zimno krzyknęła jego żona. — Ba, żeby tylko wspólnikiem! Nie ma z nami dzieci, prócz tego zalążka w mym łonie — to mówiąc, położyła dłoń na brzuchu. — Powiem wprost to, o czym wszyscy wiedzą: jesteś jej kochankiem. Donoszono mi wcześniej, jaki jest twój plan, Henryku. Że chcesz, jak Zawisza z Falkenštejnu, poślubić królową wdowę i obalić nas, Jana i mnie. I nasze dzieci! Także to nienarodzone! Ale nie dawałam temu wiary. Mówiłam: to plotki dworskie. Jakżeby marszałek, pierwszy pan Królestwa, spiskował przeciw swemu prawowitemu władcy! I mam za swoje! Moja naiwność została pogwałcona. Wiara w dobre intencje zbrukana. Nie dość, że tym wulgarnym romansem rzucacie błoto na dobre imię Václava, to jeszcze planujecie zamach! Obalenie dynastii! Chcecie sięgnąć po korony!... Boże, ratuj, ja mdleję...

Eliška z hukiem opadła na krzesło. Jan rzucił się ku żonie, by ją ratować. Henryk stał nieporuszony.

— Oni chcą nas zabić, Myšáčku — szepnęła jego mdlejąca żona. — Odkryłam spisek tronowy!

Przez głowę Jana przemknął obraz kaptura, który Rikissa zakładała na głowę sokoła. I kaptura w strugach deszczu, który naciągnął pan z Lipy. Oboje wymawiali wtedy jej imię.

Czy to może być prawdą? — pomyślał, pragnąc by nie było. Wolał, żeby zdradziła go ona, brzydka królowa Eliška, niż tych dwoje ludzi, których podziwiał. I którym zazdrościł.

— Zostawisz to tak? — jęknęła królowa w jego ramionach. — Przecież noszę w łonie następcę tronu...

— Aresztować Henryka z Lipy do czasu wyjaśnienia sprawy — zawołał.

Nikt nie ruszył się z miejsca. Wszyscy skamienieli.

— Aresztować go! — wrzasnął. — Uwięzić zdrajcę!

Królowa mdlała mu w dłoniach. Nie powinna nosić jasnoróżowych sukni.

— Henryku z Lipy, jesteś więźniem z rozkazu króla — powiedział Vilém Zajíc, który stanął przy nich. — Na swój ród i honor przysięgam zachować cię przy życiu. Nie pozwolę, byś zginął. Chyba że królewski sąd postanowi inaczej.

Lipski rozwiązał pas i bez słowa oddał w ręce Viléma. Eliška otworzyła oczy i uśmiechnęła się do niego.

— Mamy tych pięknisiów w garści — szepnęła tryumfalnie.

Miał ochotę upuścić ją na posadzkę, ale nosiła w łonie dziecko. Być może następcę tronu.

WŁADYSŁAW jechał do Poznania, by objąć władzę w starym sercu Królestwa Polskiego. Z wielu powodów nie zrobił tego wcześniej. Śmierć arcybiskupa, zamieszki w Czechach, które mogły rozlać się na Małą Polskę, knowania Luksemburczyka przeciw niemu z królem niemieckim, wreszcie konstruowanie przymierza przeciw Waldemarowi. Lista się wydłużała, ale najważniejszym z powodów była chęć przekonania się o prawdziwych intencjach baronów. Z uwagą zbierał wszystkie wieści ze Starszej Polski i jedno pozostawało niezmienne: Andrzej Zaremba wciąż czuł się niekoronowanym władcą poznańskim.

Po drodze przyjął zaproszenie do Dębna, rodowej siedziby Doliwów. W orszaku miał Chwała i Polubiona, a nawet Szyrzyka z synami: Boleborem, Nielubcem i Zdzieradem. Gdy Doliwowie byli w kupie, czy, jak sami woleli o sobie mówić „w gromadzie", jeden na drugiego wołali zawsze „bracie" lub „stryju", żeby im się splątane rodowe gałęzie nie myliły.

— Czy u Doliwów są też samice? — spytał z najniewinniejszą na świecie miną Borutka, gdy dojeżdżali do Dębna.

Władek najpierw chciał go palnąć w ucho, ale się zastanowił i po chwili odpowiedział szczerze:

— Nie widziałem.

Kiedyś w Dębnie władał stary Mikołaj Doliwa, ale zmarło mu się i teraz głową rodu był Piotr Szymonowic, starosta kujawski.

— Stryj Mikołaj dobrze gospodarzył — oznajmił Piotr, gdy wjeżdżali do obwałowanego grodziska na nadwarciańskiej, niedostępnej skarpie. — Ale niedowidział. Ostatnie lata życia, powiadam, ślepy jak kret. Mówiłem mu, że po lasach coraz więcej się widuje zielonych kobiet, a on oczy wytrzeszcza, gapiąc się w palenisko i mówi na to: ja nie widzę. Tyś chyba jest podmieniec, Piotrku, bo łżesz.

— Świeć, Panie, nad jego duszą — przeżegnali się Doliwowie jak jeden mąż. — I odpoczynek racz mu dać na wieki w pokoju.

— A jaśnie pan starosta też widział te zielone niewiasty? — zaciekawił się Borutka.

— To nie są niewiasty, ancymonie — pobłażliwie parsknął Piotr. — To zielarki, znachorki, guślarki i, wszelki duch Pana Boga chwali, może wiedźmy. A pfe! — splunął i przeżegnał się starosta. — Bez chłopów żyją.

— A to ciekawe — dostał rumieńców Borutka. — Czy mój książę pozwoli...

— Nie — zgasił jego zapędy Władek. — Na służbie jesteś.

Gdy wieczorem zasiedli w świetlicy Doliwowego dworu i słudzy roznieśli grzany miód, Borutka zadarł głowę i rozejrzał się po wielkiej, iście rycerskiej izbie. Pod powałą jedna obok drugiej wisiały tarcze Doliwów, na każdej herbowe trzy róże na skos.

— Jaśnie pan starosta na te kobiety wygaduje, a herb też ma taki jakby zielarski. Roślinny w każdym razie.

— Nie przygaduj się, Borutka — skarcił go książę — bo i tak cię nigdzie nie puścimy. Rankiem do Poznania ruszamy.

— Warto próbować — mruknął osowiały nagle giermek.

— Ja też w tej sprawie — odezwał się Piotr.

— Poszaleliście? Za dziewuchami w zielonych kieckach chcesz po lesie latać? — zdenerwował się Władek.
— Nie, nie — zaprzeczył. — Chcę spróbować przypomnieć się księciu w wiadomej sprawie.
— Jakiej?
— Obiecał książę, że nie będę musiał być długo starostą kujawskim. Że mnie tu gdzieś bliżej da na kasztelanię.
— Starosta większy splendor — mruknął Paweł Ogończyk, starosta łęczycki.
— Niby tak — przeciągnął się Doliwa. — Ale ja nie lubię kujawskich braci, choć to bratankowie najjaśniejszego księcia. Ten Kaziu mnie mierzi jakoś, oczywiście, jak mam być szczery.
— Nie musiałbyś za każdym razem — mruknął ciężko Władek.
— A gdzie mamy wakat na kasztelanii?
— W Lądzie, mój książę — uśmiechnął się szeroko Piotr Szymonowic, pokazując zdrowe, mocne zęby.
— Co za zbieg okoliczności — westchnął ironicznie Władysław. — W dzień obrócisz z Dębna i z powrotem.
— Jak raz, mój książę. Dla mnie stworzone.
— Niech będzie — machnął ręką książę. — Ale jedziesz ze mną jutro do Poznania i wesprzesz Stefana Pękawkę.
— Zrobię to — obiecał uradowany Doliwa. — Choć wiesz, książę, że lekko nie będzie. Zarembę rozwścieczysz.
— A jak sądzisz? Po co z Krakowa ciągnę tak wielki orszak, mój mędrcu znad Warty? Miodu każ polać więcej. Kto wie, co nas czeka w Poznaniu.
Sługa natychmiast dolał grzanego trunku do kubków. Borutka zabrał się za czyszczenie książęcego miecza.
— Żeby lśnił na jutro — uśmiechnął się do niego Władek.
— Może olśni Zarembę — pocieszająco dodał Ogończyk.
— Szkoda, że nie można zmieniać biskupów — odezwał się po chwili Piotr Doliwa.
— Ha! Przyjacielu, ileż to razy ja o tym myślałem — rozmarzył się Władysław. — Dwóch mam do wymiany, ale trzeba Zarembie przyznać, że jak szło o wyzwalanie spod władzy głogowskich, to stanął na wysokości zadania.
— Nie martwmy się o jutro — wstał z ławy Paweł i przeciągnął, aż mu strzeliły kości. — Jakoś to będzie. A co ty, Borutka, tak się na miecz księcia gapisz?

Oczy wszystkich skierowały się na giermka. Ten zastygł w bezruchu, jak kamień, z palcem przyłożonym do okrągłego zwieńczenia rękojeści miecza.

— Borutka, mówię do ciebie — zawołał Ogończyk.

Giermek nie reagował. Paweł podszedł do niego, położył mu rękę na ramieniu i wrzasnął jak oparzony, odskakując do Borutki. Chłopak zbudził się.

— Jezus Maria! — wyszeptał Ogończyk, łapiąc się za serce. — Jakby mnie piorun przeszył. Coś ty robił, Borutka?

— Miecz czyściłem — powiedział młodzian z wciąż nieprzytomnym wzrokiem. — Taki brudek tu był, chciałem odczyścić, posliniłem palec i jakżem przyłożył, tak mnie zamroziło.

— Niektóre miecze mają w sobie niezwykłą moc — powiedział Bolebor. — Niemal tajemną.

— Bzdury — wzruszył ramionami Władek. — Miecz to miecz. Żelazo do walki. Ten jest szczególny, bo należał przed laty do króla banity, a potem w Ziemi Świętej go przekuto i poświęcono, ale nie ma co dorabiać mu tajemnych mocy. Zabobony to są. A ty, Borutka, masz nauczkę, żeby nie ślinić paluchów, jak się za mój oręż bierzesz, huncwocie.

— No — skwitował wszystko Piotr Doliwa.

— Ale mnie piorun przeszył — przypomniał przejęty Ogończyk.

— Tajemna moc Borutki — zarechotał Władek. — Chodźmy spać, bo widzę, żeście przemęczeni.

Nazajutrz ruszyli w rześkim jesiennym powietrzu. Rulka raz po raz parskała raźno, a Władek cieszył się, że jest w formie. Jego klacz ostatnio niedomagała i gdyby nie zabiegi Borutki, który miał dobrą rękę do koni, kto wie, czyby jej już w stajni, w Krakowie, nie zostawił. Ale poprawiło się Rulce i Borutka poradził: „Jedź na niej, książę, do Poznania. To jej dobrze zrobi".

— Matka Boska z Poznaniątkiem! — zawołał Piotr Doliwa, gdy tuż przed miastem mijali kapliczkę przydrożną.

Władek zatrzymał orszak.

— Wielkie i tłuste to Poznaniątko — krytycznie powiedział giermek to, co i Władek widział, ale czego przez szacunek dla wizerunku nie śmiał wyrazić na głos.

— Zawsze takie było — zaśmiał się Doliwa. — A Matka Boska śliczna jak marzenie.

— Niczego sobie — ocenił Borutka. — Tyle że bardzo młoda.

Władek dostrzegł wśród zeschłych jesiennych liści pod kapliczką coś, co wyglądało jak ludzka dłoń.

— Borutka, weź to sprawdź — rozkazał mu.

Giermek zręcznie zeskoczył z konia i odsunął liście.

— Zardzewiała kolcza rękawica, mój książę. Bez kości w środku. I zeschłe kwiatki trzyma.

Władysław odetchnął.

— To kopnij się tam, na pole i zerwij tych fioletowych kwiatów. Nie wypada, żeby pod kapliczką suche badyle leżały.

— Ja? — zdziwił się Borutka, jakby rozkaz przerastał jego możliwości.

— Tak, ty — uciął książę.

Giermek wrócił po chwili z całym krzakiem jesiennych, drobnych kwiatków. Wyrwał go z korzeniami i niósł, jakby to była pokrzywa.

— To oderwij i wywal, a tamto zostaw — zaordynował Ogończyk.
— Kolorowe zostaw! — poprawił.

— I Matce Boskiej połóż — dołożył swoje Doliwa. — Do tej rękawicy tak wsadź, jakby bukiet trzymała. Nie tak, chłopcze! Kwiatkami do góry, nie do dołu! On jest jakiś dziwny — fuknął Piotr, zwracając się do Bolebora i Chwała.

— Chcę zaznaczyć, że do takich spraw przydałaby nam się kobieca służba — powiedział Borutka, wskakując na siodło. — Ja mogę kogoś nająć, jak książę pozwoli.

— Nie pozwalam — zakończył Władysław i ruszyli przez Ostrów Tumski do otwartych przed nimi wrót Poznania.

Lud wyległ daleko przed bramy, by witać księcia pana. Władek zacisnął szczęki i wyprostował plecy. Aż nazbyt dobrze pamiętał poznańskie powitania. To jednak było inne.

— Nasz ksią-żę! Wła-dy-sław! Ło-kie-tek! Wła-dy-sław!

Powitały go najpierw pojedyncze okrzyki, a potem chóralne skandowania. Dziewczęta i matrony, małe i duże dzieci. Mężczyźni, starcy, wszyscy wylegli na ulice miasta. Uliczni grajkowie śpiewali:

Mały Książę, wielki miecz,
siec nim będzie, gonić precz!
Każdego poskromi.
Książę Mały, sława wielka,
nie straszna mu poniewierka.

Miasto nosiło ślady walk, ale żyło pełną piersią. Kuźnie na przedmieściach dźwięczały brzękiem młotów, z rusztów ustawionych na rogach uliczek szedł dym, woń pieczonego mięsa i krwawych kiszek. Maleńkie wędzarnie nad Wartą kusiły zapachem ryb rzecznych uwędzonych w jałowcu. Na rynku miejskim kramy pęczniały od koszy czerwonych i złotych jabłek, pękatych gruszek, orzechów, lśniących zielenią głów kapusty i purpurowych buraków. Kramy i jatki gromadziły wokół siebie zwykłe, jędrne życie, a w głębi, w podcieniach domów, kiwały się na wietrze szyldy rzemieślników. Na jednym but z cholewą, na drugim wysoki czepiec, na trzecim pstrokata suknia. Gdzieniegdzie szyldy lśniły bezwstydną barwą złota lub srebra, pokazując, że tu robi się prawdziwe pieniądze. Pomiędzy tym wszystkim winiarnie kusiły zielonym wieńcem nad drzwiami, miodosytnie znakiem krzyża, a piwiarnie, których było najwięcej, wiechą słomy pokazywały kierunek spragnionym. Na jednym z szyldów zauważył wymalowane apetycznie dwie pieczenie.

— Zgłodniałem — uśmiechnął się na ten widok do Piotra Doliwy.

— Tu nie uchodzi księciu, to karczma dla giermków.

— A tam? — ciekawie zapytał Borutka, wskazując na dwa całujące się nad wejściem do kamieniczki gołąbki.

— Dom uciech — powiedział Doliwa takim tonem, jakby mówił „sala tortur".

— Nierządnice powinny być skromniejsze — ocenił Władek, który też dał się nabrać na gołąbki. — Żeby tak w sercu miasta? To bezwstydne.

— Na obrzeżach też są — objaśnił Piotr. — Tyle że te tutaj droższe.

— Skąd pan starosta wie? — zaciekawił się Borutka.

— Ze słyszenie, chłopcze — nie dał się przyłapać Doliwa.

— Nasz ksią-żę! Wła-dy-sław!

— Ło-kie-tek! Wła-dy-sław!

Poznaniacy witali go, jakby nigdy wcześniej nie było ponurego wjazdu do miasta i klątwy. Jakby zapomnieli, albo umieli nie pamiętać. On, niestety, pamięć miał dobrą. Wybaczył, ale wspomnienia goniły go. Otrząsnął się. Jestem tu, by zapomnieć. By zacząć od nowa.

Wjechali pod zamkowe wzgórze, a tam, u wrót dawnej siedziby króla Przemysła, przywitały ich chorągwie baronów Starszej Polski i dęcie w rogi

— Dziedzic Królestwa, książę Władysław! — zawołał wojewoda Dobrogost Duży, Nałęcz.

— Chwała naszemu księciu! — odkrzyknął Ogończyk.

— Chwa-ła na-sze-mu księ-ciu! — podchwycili Doliwowie.
— Chwała! Chwała! Chwała! — odpowiedzieli im rycerze Starszej Polski zgromadzeni na zamkowym dziedzińcu.

Rulka majestatycznie zwolniła kroku. Władysław sięgnął za lewy bark i wyciągnął miecz banity z pochwy. Wzniósł go, okrążając dziedziniec zamku, a potem symbolicznie uderzył nim w bramę.

— Poznań należy do ciebie, książę! — zawołał wojewoda Nałęcz.
— Ku chwale Boga i Królestwa — dodał gromko biskup Andrzej Zaremba, wyjeżdżając z tyłu.

Mała Polska jest jak kochanka, której pragnę. Starsza Polska jest żoną, której winienem wierność — pomyślał Władysław i zrobił mieczem znak krzyża, biorąc tę małżonkę znów w posiadanie.

— Zapraszamy na ucztę, nasz panie! — zawołał Andrzej i zsiedli z koni.

Dobrogost poprowadził go po purpurowym suknie ułożonym na schodach wieży do położonej na jej szczycie Okrągłej Sali.

— Mam prezent dla mojego Poznania — powiedział Władysław i skinął na Pawła Ogończyka.

Służba wniosła zwoje tkanin.

— Kiedyś w tej sali wisiały arrasy z opowieścią o królu Arturze — rzekł, gdy rozwijano przywiezione materie. — Teraz chcę przywołać pamięć pierwszego króla. Bolesława Chrobrego, od którego początek wzięło Królestwo.

Nielubiec, Bolebor i Zdzierad, synowie Chwała, Polubiona i Szyrzyka, zręcznie zawieszali na żelaznej okalającej komnatę poręczy zasłony z obrazem przedstawiającym Chrobrego w chwili koronacji. Potężny król klęczał, a arcybiskup zakładał na jego skronie koronę.

Patrzyli długą chwilę na scenę, która tak wyraźnie ukazała się ich oczom.

— Tu, w Starszej Polsce, była i jest kolebka Królestwa Polskiego — powiedział po długiej chwili wojewoda Dobrogost. — Kto włada Starszą Polską, jest godzin być królem.

— Prawda — odezwał się biskup Zaremba. — My zawsze służyliśmy Królestwu. Strzegliśmy go.

Bo dla was księstwo to za mało — pomyślał Władysław. — I jeśli trzeba głowy schylać, to tylko przed królem.

— Do tego zmierzamy — powiedział Władysław i dał znak, że mogą usiąść przy zastawionych do wieczerzy stołach. Już miał włożyć miecz do pochwy na plecach, ale Borutka przytrzymał jego dłoń i położył potężny oręż na stole.

— Rad jestem — powiedział książę. — I jak sądzę, biskup Andrzej wszystkim wam powtórzył, co mu powiedziałem w Słupcy: dawnym buntownikom wybaczam. Od darowania win zaczynam swe panowanie w Starszej Polsce. Zgrzeszyliśmy wszyscy. Ja nadmierną ufnością w łaskę Bożą. Myślałem, że skoro daliście mi władzę, Pan pomoże mi ją utrzymać. Tak się nie stało. Wrogów wtedy było zbyt wielu. Moją winą było też podzielenie Starszej Polski w Krzywiniu i zapłaciłem za to krwią.

— My zaś zgrzeszyliśmy pychą — powiedział Wincenty z Szamotuł, krewny wojewody Dobrogosta. — I zawiedliśmy cię, panie.

— Darowaliśmy sobie winy, nie wypominajmy ich — zakończył Władek, choć zapamiętał natychmiast twarz Wincentego. — Oto wspólnym wysiłkiem, na naszych oczach, odradza się Królestwo. Jeszcze do niego droga daleka. Przed nami wojna z Brandenburgią, której drapieżne zapędy musimy poskromić. Dziedzictwo Chrobrego było wielkie. Kraj od Pomorza po Kijów. Ja jestem Małym Księciem, życia mi nie starczy, bym sięgnął tak daleko. Poza tym — Władek uśmiechnął się i mrugnął — Chrobry był szczęśliwcem. Nie miał pod bokiem Krzyżaków — sięgnął po miecz, który leżał przed nim, i wyciągnął go w górę. — Ale odradzamy się z popiołów Wielkiego Rozbicia. Z władzy obcego króla. I za każdym razem powstajemy z ruin silniejsi, bo płynie w nas krew tych, co polegli za Królestwo. A my, ich synowie, uczymy się szanować krew przodków. Lękacie się, baronowie Starszej Polski? — zawołał gromko.

— Nie! — odpowiedzieli.

— Ja, książę wygnany, też się nie lękam! — krzyknął z mieczem w dłoni. — Raduję się wami. Waszym powrotem, waszym zwycięstwem nad Głogowczykami. Może tu, w Poznaniu, nie czujecie tego, ale największe zagrożenie dla Królestwa płynie z południa. Luksemburczyk uparcie trzyma się tytułu króla Polski. Dlatego muszę kierować krajem nie z Poznania, ale z Krakowa. Nigdy nie poczytajcie mi tego za zdradę. Jam jest rycerz z Kujaw, tęsknię za swym krajem, ale wiem, gdzie dzisiaj bije serce Królestwa. Dlatego, na ten czas trudny, zostawię wam, przyjaciele, starostę z Małej Polski...

Słyszał, jak zaszemrali. Udawał, że wziął to za poparcie.

— Stefan Pękawka — skinął na niego. — Będzie moim głosem przed wami i waszym przede mną.

— Doskonale! — zawołał Piotr Doliwa z Dębna. — Lepiej być nie mogło!

Andrzej Zaremba milczał. Dobrogost Nałęcz przycichł. Ale Wincenty, ten, co powiedział, że zgrzeszyli pychą, krzyknął:

— Książę wybrał, my uznamy!

JAN LUKSEMBURSKI miał w kraju wojnę. Wywołała ją jego żona, oskarżając Rikissę i Lipskiego o spisek i próbę zamachu. Musiał aresztować Henryka; powierzył go Vilémowi Zajícowi, a ten osadził w swym zamku, w niedostępnym, kamiennym Týřov.

Jan czuł się zdradzony przez tych dwoje ludzi, których podziwiał i którym tak zazdrościł, wystawiony do wiatru jak chłopiec. Ale jeszcze bardziej niż zdrada paliła go wściekłość na żonę. Aresztowaniem Lipskiego wpakowała kraj w wojnę domową. Wieść rozniosła się lotem błyskawicy i natychmiast zaczęły zbierać się oddziały zbrojne. Nie, nie królewskie, lecz broniące honoru Henryka. Ronovcy powstali jak jeden mąż i to nie tylko ci z Lipy, ale i z Lichtenburka, Dube i innych rozsianych po kraju odgałęzień rodu. Dorośli synowie Lipskiego oddali dowodzenie pięciuset ciężkozbrojnymi w ręce Jana z Vartemberka, przyjaciela Henryka, podkomorzego Moraw. Za królem stanął tylko Vilém Zajíc i jego powinowaci, a także Petr z Rožmberka, który był obecny na uczcie i tak jak Eliška ocenił, że czas Lipskiego się skończył. Wystawił za to królewskiej parze słony rachunek: za zerwanie zaręczyn swego syna z córką Lipskiego musieli oddać mu rękę księżniczki Violi, wdowy po królu Vašku. Żenienie poddanych z królewską wdową to zły znak, Jan to wiedział, ale Eliška była nieprzejednana. Chciała za wszelką cenę kupić stronników. Mieli ich zbyt mało.

Miasta Rikissy wsparły buntowników, a ona sama nie wahała się ani chwili, by nająć i uzbroić wojska, które, jak synowie Lipskiego, oddała pod dowództwo Jana z Vartemberka.

Jan nie miał wyjścia, musiał prosić sojuszników o posiłki. Pierwszy stanął u jego boku książę Bolesław, wcześniej pan na Wrocławiu, teraz i na Brzegu. Mąż Małgorzaty, młodszej siostry jego żony. Ojciec Bolesława, książę Henryk, miał za życia przydomek „Gruby", on sam przez wszystkich wokół zwany był „Rozrzutnym". Wojska, jakie ze sobą przyprowadził, były zbyt małe i nie zatrzymały impetu buntowników. Każdy dzień przynosił coraz gorsze dla króla wieści. Ronovcy zajęli i obsadzili Český Brod.

— Zagrożą Pradze! — krzyknęła na wieść o tym Eliška.

— Najpierw Kutnej Horze, która jest skarbcem Królestwa — ponuro powiedział Jan. — Potrzebujemy sojuszników. Wywołałaś wojnę, na którą nie byliśmy gotowi.

— Ja? — zdziwiła się jego żona. — Ja tylko ujawniłam spisek.

— Nie znasz pojęcia „dyplomacja"? — natarł na nią. — Mogłaś powiedzieć mi wcześniej, zastanowilibyśmy się, co zrobić, a nie od razu urządzać widowisko na uczcie!

— Mogłeś nie jeździć z nimi na polowania — odgryzła się. — Sam jesteś sobie winny. Ja nigdy jej nie ufałam, ale wy, mężczyźni, z łatwością tracicie głowę dla pięknych dam. No i masz za swoje. Ty jej przywileje potwierdzasz, a ona...

— Zamilcz — syknął. Ciągłe jątrzenie Eliški doprowadzało go do szału. — Musisz opuścić Pragę — powiedział po chwili. — I to jak najszybciej.

— A to czemu?

— Bo zostaliśmy sami, żono — powiedział jej bezwzględnie. — Posiłki śląskie okazały się niczym wobec wojsk, które wciąż gromadzą Ronovcy. Król, któremu postawili się możnowładcy, może stracić koronę. Dociera to do ciebie?

Zrobiła zakłopotaną minę, ale trzepotanie rzęsami jej nie wyszło.

— Pojedziesz do Ludwika, króla Niemiec, prosić o posiłki. Skoro jesteście w takiej komitywie, że przesłał ci list Rikissy... — Jan opanował emocje. — Ludwik musiał mieć świadomość, że wywoła wojnę, niech teraz weźmie w niej udział i da nam wojsko.

— Nie możesz napisać do niego? — żachnęła się Eliška. — Jest zima, a ja jestem brzemienna.

— Również dlatego powinnaś opuścić stolicę. Być może nosisz w łonie następcę tronu, a skoro Ronovcy już mają Český Brod, mogą targnąć się i na Pragę. Nawarzyłaś piwa, Eliško, i musisz je teraz wypić.

— Ja nie lubię piwa — odpowiedziała, przygryzając wargę.

— Nie obchodzi mnie to — odrzekł.

— Czyż nie lepiej byłoby po prostu skazać Henryka? — spytała.

— Po raz kolejny odpowiem ci to, co już mówiłem: nie zrobię tego bez sądu! Musisz przywieźć od króla Ludwika oryginalny list Rikissy. Z jej pieczęcią. Coś, co nie pozostawi wątpliwości.

Eliška umknęła wzrokiem i zaczęła skubać rękaw sukni. Jan nie po raz pierwszy pomyślał, że list był jej sprawką. Prowokacją, która miała pogrążyć Rikissę. Źle się stało, ale miał w ręku Henryka z Lipy i choć nie był gotów do tak zdradliwego czynu jak zabicie go, to myśl, że usunie rywala, nie była mu niemiłą.

— A co ty będziesz robił, gdy ja wyruszę w niebezpieczną podróż? — podejrzliwie spytała go Eliška.

— Pojadę na wojnę, którą wywołałaś, żono — odpowiedział jej Jan i wstał, kierując się do wyjścia. — Nie mogę siedzieć w Pradze i wysyłać ludzi, by walczyli za króla, którego nie widzą.

OSTRZYCA drżała w ramionach Półtoraokiego. Brał ją chciwie, szarpiąc jej włosy szorstką niczym kora dłonią.

— Staram się — wyszeptała. — Ale on ma podwójny krwiobieg. Gdy zabijam w nim Brandenburczyka, Piast ożywa. Jest lodem i ogniem jednocześnie... ach!

Jęknęła, bo Jarogniew szczytował w niej, jakby wbijał miecz w odsłonięte łono. Nazywał ją bratanicą, ale to znaczyło „kochanka" i Ostrzyca oddałaby każdą noc z Waldemarem za jedną chwilę z Półtoraokim. Przenikał jej ciało niczym zachłanny korzeń wrastający w ziemię.

— To zabij Piasta w Waldemarze — szepnął wprost w rozwarte usta Ostrzycy. — A Brandenburczyk uschnie...

— Nie!... — krzyknęła, przytrzymując jego biodra. — Zostań jeszcze!

— Ile razy umierał? — wycharczał Jarogniew.

— Osiemdziesiąt trzy — odpowiedziała posłusznie i wyprężyła się pod naporem jego brzucha.

Jedna i pół zielonej źrenicy zalśniły nad nią, a potem kochanek i wódz uniósł się i przewrócił ją na bok tak lekko, jakby była snopkiem siana. Uderzył ją w pośladek.

— Nie wypełniłaś zadania — syknął jej do ucha.

— Mogę nie zdążyć — odpowiedziała, przyjmując uderzenie jak pieszczotę. — Pozwól mi go już dobić.

— Dlaczego? — Wsunął chropowatą dłoń w jej rozczochrane włosy.

— Mechtylda przejrzała mnie — sapnęła Ostrzyca. — Usiłuje odsunąć mnie od Waldemara. Askańska wiedźma wciąż jest silna... zabiła wielu naszych...

Półtoraoki pociągnął ją za włosy. Zabolało. Zbliżył twarz do jej ucha i przygryzł je lekko. Zadrżała.

— Zakazuję ci przyspieszać z Waldemarem. Ma umrzeć po setnym razie, zapłacić za śmierć każdego spalonego w kościele. Rozumiesz? — Jego słowa szeptane wprost do ucha Ostrzycy odbijały się w niej dreszczem. — Skoro na drodze do dokonania zemsty stoi ci Mechtylda, usuń ją, by porządnie wykończyć Waldemara. Jego śmierć ma przejść do legendy.

— Tak jest — jęknęła posłusznie.

— Skontaktuj się ze swą matką, niech ci pomoże — powiedział Jarogniew i puścił jej włosy.

Padła na posłanie. Półtoraoki usiadł i palcami przeczesał swoje włosy. Sięgnął po koszulę, jakby nie chciał być przy niej nagi.

Chciała jeszcze, ale nie zostawił jej złudzeń. Tak było za każdym razem, kochali się tylko tak długo, jak długo chciał tego Jarogniew. Przeciągnęła się, wstając. Udawał, że nie patrzy na nią, ale była pewna, że zerkał spod rozpuszczonych, spadających mu na twarz włosów. Przeszła się, napinając pośladki, wyciągając ramiona i rozciągając szyję.

— Ubieraj się — warknął. — Czas na nas.

Sięgnęła po suknię.

— Chcesz zobaczyć syna? — spytał, naciągając spodnie.

— Nie — wzruszyła ramionami. — Oddałam go i nic mnie z tym dzieciakiem nie łączy.

— Ma pięć lat — przypomniał jej Jarogniew — a rośnie podwójnie.

— Nie ciekawi mnie to — przerwała mu zdecydowanie.

— Wygląda na dziesięć — ciągnął swoje Jarogniew — i jeśli tak dalej pójdzie...

— Należy do Starców — ucięła. — I nie chcę o nim słyszeć.

Wzruszył ramionami i sięgnął po dzban z wodą. Przechylił go i pił, aż strugi wody płynęły mu po brodzie. Zdążyła zarzucić suknię; Jarogniew odstawił wodę, otarł usta i powiedział:

— Pamiętasz tę małą? Jemiołę? Jej gadki o czarnych i białych smokach.

— Owszem — wzruszyła ramionami. — I co z tego?

— Starcy ostatnio dwa razy widzieli smoka.

— W warownym jesionie? — zadrwiła. — Ho, ho, musisz zwolnić straże, skoro przepuściły ci bestię...

— Przestań — błysnął ciemną połówką oka i poczuła to jak ukłucie szpikulcem. — Starcy mieli widzenie. Smok jest gdzieś blisko, zamknięty w jaskini, pieczarze albo klatce z kamienia i drewna, tak mówili.

— Niech powiedzą dokładniej, to wezmę chłopaków i pójdę po

niego — odpowiedziała wyzywająco. Od jakiegoś czasu Starcy budzili w niej niechęć. Bunt.

— Nie stawiaj się — powiedział Jarogniew niespodziewanie miękko. — Bratanico moja. — Wstał i podszedł do niej, uśmiechając się. Była zaskoczona. Jarogniew pogłaskał ją po zmierzwionych włosach i pocałował w podbródek.

— Starcy mówią, że ty odnajdziesz smoka. Wiesz, co to znaczy?

— Nie — odpowiedziała, podając mu usta. — Ale chętnie się dowiem.

RIKISSA obawiała się o Henryka. Wprawdzie stary Vilém Zajíc, w którego zamku jej miły był więziony, miał nieposzlakowaną opinię i nigdy nie splamił jej czynem tak niegodnym, jak zamordowanie kogoś bez sądu, ale brała pod uwagę, iż do Týřov może przedostać się ktoś z ludzi Eliški i zrobić to, na co nie stać Viléma. Skoro królowa zhańbiła się czymś tak podłym jak podrabianie jej listu, zdolna była i do gorszych czynów.

— Wystawili nam rachunek, Janie — powiedziała do Jana z Vartemberka, gdy przekazywała mu uzbrojone przez siebie oddziały. — Rachunek za tę miłość.

— Może i tak, może inaczej, królowo — odpowiedział jej. — Eliška nie tylko wobec ciebie ma złe uczucia. Nie wybaczyła Lipskiemu tego, że dziesięć lat temu klęczała przed nim, prosząc, by poparł jej dążenia do tronu. Już wtedy przysięgła zemstę, a teraz jej po prostu dopełniła.

— Nie myśleliśmy z Henrykiem o przejęciu tronu — wyznała Janowi.

— Wiem, pani.

— I nie chciałam go poślubić — powiedziała, patrząc mu w oczy. — I nigdy nie pozwoliłabym, by z mego powodu chciał się rozwieść ze Scholastyką.

— Pani, nie musisz mi nic tłumaczyć — powiedział Jan.

— Muszę — zaprzeczyła. — Chcę, byś to wiedział.

— Ale ja mam oczy i widzę — roześmiał się. — Wiem, od jak dawna Lipski… to było silniejsze od niego, ale sam nie śmiałby ci nawet o tym powiedzieć. A zresztą masz dowód, królowo! Jego dzieci stoją za tobą i za nim murem. Katrina, Henryk junior, a teraz i młodsi synowie, Pertold, Jan, Cenek, przecież żadne z nich nie wyparło się matki, a jednak... Pani, to się zdarza rzadko, bardzo rzadko, ale tobie i Henrykowi się właśnie przydarzyło. Pokochaliście się i każdy, kto was poznał, ulega sile tego uczucia, jakby sam był pod jego wpływem. Słyszysz? — zaśmiał się Jan. — Teraz ja gadam jak zakochany! Oto dowód. W to, że chcieliście zamachu na Jana i Eliškę, wierzy tylko ona, bo nie potrafi sobie inaczej wytłumaczyć wielkości waszych wpływów. Dla Eliški bycie królową to cel życia, a ty nią po prostu jesteś i nic więcej nie musisz robić, by ludzie cię kochali... No i znowu wyszedł ze mnie poeta! Lipski to stary lis, wybacz „starego", pani, znam go od dziecka...

— Ja też — wreszcie się uśmiechnęła.

— Ale ja dłużej, bo jestem starszy! — zripostował Jan. — On tyle razy był w opałach i z każdych wyjdzie cało, nie bój się o niego. Powiem ci więcej, gdy tylko go uwolnią, będzie potrafił bez chowania urazy zawiązać sojusze z tymi, którzy dzisiaj stoją przy Elišce. Na tym polega jego siła, że on zawsze mówi: „To nic osobistego, to tylko gra". Jedyną sprawą osobistą w jego życiu byłaś ty.

— Byłaś? — uniosła brwi.

— Tak, bo wraz z atakiem Eliški wasza miłość, niestety, stała się częścią gry o władzę. Dziękuję za wojsko — pocałował jej dłonie i westchnął. — Zabieram oddziały do Czeskiego Brodu, ale tam zostawię jako wodza jednookiego i kulawego Fridusa, ulubionego zbója Lipskiego, a sam uderzę na królewski Kolin. Musimy zdobywać kolejne przyczółki, moja pani. Czy mogę jeszcze raz? — spojrzał na nią prosząco.

— Co? — spytała go.

— Pocałować twoje dłonie — poprosił.

Podała mu je, a Jan klęknął przed nią i długo trzymał.

Dzisiaj, po dwóch miesiącach od tamtej chwili, przypominała sobie każde słowo ich rozmowy. I cieszyła się, że zdążyła z nim pomówić, bo Jan z Vartemberka zginął podczas oblężenia Kolina. Poległ za nią i Henryka.

— Pani — Katrina podeszła do niej z szalem. — Mogę cię okryć?

Rikissa przytrzymała jej dłoń na swoim ramieniu.

— Opłakuję Jana — powiedziała cicho do córki Henryka.

— Jak my wszyscy, królowo — przylgnęła do jej pleców Katrina.

— Wciąż go tu widzę, jak klęczy i żegna się ze mną.

— Pamiętam go od dziecka — wyznała Katrina. — Zawsze, gdy widywałam ojca, był z nim Jan. Jaśniejsza strona mego rodziciela — powiedziała, uśmiechając się przez łzy. — Mój brat pisze, że dowództwo przejął jednooki Fridus i że śmierć Jana nie zachwieje ich postawy.

— Ich nie — sucho odpowiedziała Rikissa. — Ale trzy moje miasta poddały się królowi.

— Które, pani? — Katrina pobladła.

— Jaroměř, Myto i Polička — odpowiedziała Rikissa. — Posłaniec był przed chwilą. Przy królu są Vilém Zajic, Tobias z Bechyne i Petr z Rožmberka.

— Zdrajca — szepnęła Katrina. — Który porzucił narzeczoną, moją siostrę Markwetę…

— Wiesz, co by na to powiedział twój ojciec? — Rikissa łagodnie uniosła brodę Katriny, by patrzyły sobie w oczy.

— Wiem, pani. To tylko gra o władzę.

— Król Jan czeka na posiłki z Niemiec, po które pojechała Eliška. Luksemburczyk uważa, że moje miasta to główny punkt oporu, dlatego uderzył na nie — wyjaśniła dziewczynie. — Bogu dzięki, że mieszczanie poddali się sami…

— Dlaczego tak mówisz? — zachmurzyła się Katrina. — To zdrada.

— To tylko gra — powtórzyła smutno Rikissa. — Gdyby nie otworzyli bram, Jan zacząłby je oblegać, a potem, prawem zwycięzcy, zniszczył. Zajął trzy miasta, ale pozostałe stoją przy nas, Hradec jest ufortyfikowany, zresztą nie przypuszczam, by król Jan chciał uderzyć na mnie osobiście. Wciąż mamy przewagę, Katrino — uśmiechnęła się smutno. — Choć nadal nie mamy Henryka.

— Wolałabyś?… — nieśmiało zapytała Katrina.

— Tak — odpowiedziała. — Wolałabym przegrywać z twoim ojcem przy boku, niż wygrywać bez niego.

WALDEMAR prowadził swe wojska na Starszą Polskę. Dwaj jego najwięksi sprzymierzeńcy, król Niemiec Ludwik Wittelsbach i król Czech Jan Luksemburski, nie wsparli go. Luksemburczyk miał wojnę w Czechach, baronowie wypowiedzieli mu posłuszeństwo i szeptano po dworach, że może stracić koronę. A Wittelsbach, w obliczu protestów Habsburga przeciw swemu wyborowi, musiał ubezpieczyć własną koronację w Akwizgranie. W tej nieprzewidzianej jeszcze pół roku temu sytuacji przymierze, jakie zawarł książę Władysław z królem Danii i książętami Zachodniego Pomorza, spadło na Waldemara jak grom z nieba. Dowiedział się o nim od Czerwonej Księżnej późno, jesienią, gdy już nie był w stanie zebrać wojsk. Mechtylda wytropiła sprzymierzeńców, wszak wśród nich był jej nieudany syn Otto, o którym mówiła pogardliwie, że stara się być świętszy od swego ojca Barnima, choć w jego żyłach nie płynęła nawet kropla gryfickiej krwi. Był dzieckiem Mechtyldy i stryja Ottona ze Strzałą, Waldemar znał ich tajemnicę. Czy tylko on? Możliwe. Mechtylda miała wiele sekretów i sporo wad.

— Odsuń od siebie tę dziewczynę — powiedziała mu kolejny raz, gdy spotkali się przed jego wyprawą zbrojną.

Udawał, że nie wie, o kim mowa.

— Zajmij się żoną. Musisz spłodzić potomka — syknęła na niego gniewnie.

— Agnieszka jest bezpłodna — powiedział wyniośle.

— A może ty nie potrafisz przekazać nasienia, co? — Wczepiła w jego ramię palce jak orlica szpony. — Wszystko, co masz, zostawiasz w tej dziwce i nic nie zostaje dla żony!

Odepchnął ją. Czerwona Księżna potrafiła być nieznośna. Powiedzieć jej? Nie. Lepiej, by nie wiedziała, że z Blute spłodził dziecko, dając dowód, że to nie w nim leży wina bezpłodności. Może nie powinien pozwolić Blute usunąć tej ciąży? Może należało... Bzdura. Bękart nie będzie margrabią.

— Waldemarze — podjęła po chwili i w jej głosie zadrżał ból. — Zrozum, jest źle. Wymieramy...

— O czym ty mówisz? — otrząsnął się.

Odwróciła się do niego i przejął go dreszcz. Twarz Mechtyldy wyglądała, jakby pokryła ją gęsta pajęczyna, sieć zakurzonych włókien, zmarszczek, które nagle dodały jej lat.

— Mam coraz mniej sił — wyszeptała do niego sinymi ustami. — Zostałeś tylko ty... jest jeszcze Henryk, ale taki z niego margrabia jak z wróbla jastrząb. Ma syna, a ten przypomina kalekie kurze pisklę... Ty, Waldemarze, masz w sobie to, czego potrzebuje Brandenburgia, ale jeśli nie dasz jej potomka, wszystko, co zdobędziesz, wpadnie w łapy obcych... Król Niemiec, twój senior, zabierze nasze ziemie... Oszaleję...

— Weź się w garść — potrząsnął nią i choć budziła w nim wstręt, otarł dłonią jej twarz z tych pajęczyn. Zniknęły niczym złudzenie.

Co jest prawdą? — przebiegło mu przez myśl. — Jej starość czy jej młodość?

Nie czekał na wiosnę, zebrał wojska. Wiedział, że książę rugijski Wisław i wołogoski Warcisław są uwięzieni przez okowy lodu trzymające Meklemburgię. Na wschodzie marchii nie było lodu, nie było nawet śniegu. Ruszył po zamarzniętej Noteci i przekroczył ją jak tamtej zimy, gdy zapolowali na Przemysła. Zimowy chłód studził go. Tak, widział przerażony wzrok swego giermka. Jona nie spuszczał oka z rękawic Waldemara, bojąc się, że znów będą parzyć jak wtedy, gdy pokonał Friedricha Wettina. Ale nic takiego się nie działo. Waldemar pędził na Starszą Polskę, rzucając Władysławowi wyzwanie prosto w twarz.

— Zobacz, że nic nie znaczą twe sojusze! Mnie nie pomogli moi sprzymierzeńcy, twoi zostawią ciebie. Będziesz sam i zmierzysz się ze mną, książę!

Potrzebował tej wyprawy, by zmyć z siebie wstrząsające wyznanie Mechtyldy. „Wymieramy". Nie przyznał jej się, ale i on od jakiegoś czasu śnił, że kona. Za każdym razem umierał od ognia. Płonął związany niczym zwierzę ofiarne. Rano budził się i w nozdrzach miał swąd. Potrzebował czasu, by otrzeźwieć po każdej z takich nocy. I potrzebował jej. Blute pomagała mu dojść do siebie. Jej zawsze wilgotne łono, pocałunki, które gasiły senne pożogi, dotknięcia, które goiły rany poparzeń. Miał gdzieś, że Mechtylda nazywa ją dziwką, za nic w świecie nie pozbędzie się jej. Dzisiaj Blute jest jego częścią bardziej niż przed laty Mechtylda. I tylko jego czerwony drapieżnik miał się coraz gorzej. Szpony sczeszły i nie odzyskały złotej barwy. Pióra straciły połysk, a gdy dowiedział się o sojuszu przeciw sobie, czarnym nalotem zaczął się pokrywać orli dziób.

Waldemar nie histeryzował; skoro Mechtyldzie kazał wziąć się w garść, musiał zrobić to samo. Jona siarkową maścią wysmarował mu stopy. Blute pocałunkami złagodziła pękające pęcherze. Na pancerz zarzucił wilcze futro i gnał, by w wojennej pożodze odzyskać moc.

— Waldemar Wielki! — wołali jego ludzie, jadąc za nim.

Rozdarł granice Starszej Polski i nim jej obrońcy zdołali się przebudzić z zimowego snu, palił wieś za wsią. Uprowadzał jeńców, grabił bydło i dobytek. Oblegał grody.

A potem, nieoczekiwanie dla najechanych i swoich, dał rozkaz do odwrotu. Cofnął się jak nocny drapieżnik.

— Margrabio? Dlaczego? — krzyczał Horst wciąż rozgrzany i gotowy.

— Bo tak chcę — odpowiedział krótko. — Wracamy.

Co miał im powiedzieć? Przyznać, że kończyły mu się siły? Że stopy odmawiały mu posłuszeństwa? Że pęcherze od sennych poparzeń naprawdę otwierają mu się na piersi? Tego nie da się wytłumaczyć, lepiej wydać rozkaz, póki jeszcze go słuchają.

Wymieramy — jęknęła w jego głowie Mechtylda Askańska.

— Zamknij się — syknął na nią i tęsknie popatrzył na zachód. Gdzieś tam czeka na niego uzdrowicielka. Blute. Jego pulsująca krew.

ELIŠKA PREMYSLOVNA wiedziała, że nigdy nie wybaczy Henrykowi z Lipy i macosze tego, że przez nich musiała w środku zimy jechać do króla Ludwika. I to w ciąży! Gdy sześć lat temu uciekała z Pragi w przebraniu biedaczki, na końcu tej drogi czekała na nią nagroda w postaci męża i korony. Dzisiaj poniosła klęskę. Ludwik nie dał jej swych wojsk, bo wybierał się do Akwizgranu na własną koronację i bał się, że Habsburgowie staną mu na drodze. Co za poniżenie!

— Odmówił kobiecie w ciąży — powiedziała Gredla z pogardą.

— Nie kobiecie, a królowej — poprawiła ją Eliška. — Jeśli stracę dziecko, to będzie wina ich wszystkich. Macochy, Lipskiego, króla Ludwika i mego męża.

Wracały do Pragi. Śniegi stopniały, jechały na wozie wyścielonym poduszkami, ale i tak kolebanie było nieznośne.

— Matko Boska, ratuj! — jęczała Eliška, obejmując ramionami brzuch. — To jeszcze nie czas na poród!

— Żeby dziecka nie wytrzęsło z najjaśniejszej pani — pociągnęła nosem Gredla.

— Nie dziecka — skarciła dwórkę. — Ale następcy tronu!

Przez całą drogę zastanawiała się, jak przekuć tę porażkę na sukces, i nie znajdowała sposobu. Jedyne, co sprawi, iż nie pogrąży się w oczach Jana doszczętnie, to narodziny syna, ale podróż naprawdę może zagrozić jej dziecku.

— Czy nie byłoby lepiej zatrzymać się w którymś z nadgranicznych zamków i tam spokojnie urodzić? — pytała po trzy razy na dzień Gredla.

Byłoby, Eliška wiedziała o tym. Ale zamki po tej stronie należały do Henryka z Lipy, to jedno. A drugie, że za nic w świecie nie pozwoli na narodziny poza Pragą. Prawdziwy następca tronu musi przyjść na świat na Hradczanach.

Były już o trzy dni przed Pragą, gdy do kolebiącego się powoli wozu dojechała straż przednia jakichś wojsk.

— Chronić najjaśniejszą panią! — zawołał Oldrzych, dowódca jej osobistej straży, i w okamgnieniu wóz został otoczony przez zbrojnych.

Eliška poczuła, jak tchórzliwa Gredla się trzęsie.

— Czekaj! — zawołała do Oldrzycha, wskazując na chorągwie nadjeżdżających. — To luksemburskie lwy!

— Coście za jedni? — zatrzymał ich Oldrzych.

— Straż przednia wojsk arcybiskupa Trewiru Baldwina — zawołał zbrojny. — Jedziemy z odsieczą dla króla Jana.

— Bogu dzięki! — zawołała Eliška. — Ile macie wojsk?

— A kto pyta? — zuchwale odpowiedział zbrojny.

— Królowa Eliška Premyslovna — zaanonsował Oldrzych.

— Wybacz, pani, nie poznałem — przeprosił jeździec. — Dwie setki ciężkiej jazdy.

— Tylko tyle?! — zdenerwowała się Eliška. — Nie stać było stryja mego męża na więcej? Skandal.

Zbrojny zmieszał się.

— Za wybaczeniem jaśnie pani, musimy jechać. Za nami ciągnie kolumna wojsk... wasz wóz jedzie powoli i tarasuje drogę, a mamy rozkaz jak najszybciej dotrzeć pod rozkazy króla.

— Jeśli chcesz powiedzieć, że mam ci ustąpić drogi, to jesteś bezczelny — powiedziała mu Eliška.

— Nie śmiałbym prosić, pani, gdyby nie to, że król Jan rozpaczliwie potrzebuje pomocy...

— Sam jesteś rozpaczliwy — wrzasnęła na niego. — Czy arcybiskup Baldwin jest z wami?

— Tak i arcybiskup Moguncji, Peter z Aspeltu. Jadą w środku kolumny.

— Dobrze — zdobyła się na dyplomację. — Zatem poczekam na nich, przepuszczając te pierwsze oddziały. Przesuńcie wóz z drogi — rozkazała.

Zbrojni i Oldrzych spojrzeli po sobie niepewnie.

— No, już! W końcu panom rycerzom się spieszy — zaśmiała się.

— Królowo — niepewnie odezwał się Oldrzych. — Pozwól, że pomogę ci wysiąść. Musimy wyprzęgnąć konie i...

Zrobiła to, choć uważała, że wystarczyło, by zsiadła Gredla. Zrobiła to, bo wciąż była zdolna do poświęceń. I uchwyciła się myśli, że jeśli wjedzie do Pragi wraz z arcybiskupami i ich wojskiem, to część chwały spadnie na nią, przyćmiewając niepowodzenie z Ludwikiem.

JAN LUKSEMBURSKI przywitał żonę chłodno. Owszem, spytał o zdrowie, o samopoczucie, ale już wiedział, że nie przywozi dla niego nic.

— Kto ci powiedział? — spytała.

— Dowódca straży przedniej stryja Baldwina.

— Mogłam go nie przepuszczać — powiedziała — dobre uczynki mszczą się okrutnie.

— Przebierz się po podróży, pani — odrzekł obojętnie. — Nie wypada, byś w takim stroju wzięła udział w uczcie. Chyba że nie chcesz być obecna przy moich rozmowach z luksemburskimi gośćmi?

— Będę na czas — odpowiedziała, odwracając się wyniośle.

Zależało mu na tym, by była. Jan z natury nie bywał mściwy, ale ta kobieta wyzwalała w nim gorsze strony natury.

Nie uchybił jej w niczym. Gdy weszła do sali, wstał, wyszedł naprzeciw, podał ramię i poprowadził na miejsce. Obok nich usiedli Peter z Aspeltu i jego stryj, Baldwin. Po ich zmartwionych minach domyślił się, że już zrobili rozeznanie w prawdziwej sytuacji w Czechach. Ta, mimo iż zajął trzy miasta Rikissy, a Jan z Vartemberka poległ, wciąż wyglądała źle. Buntownicy nadal mieli przewagę nad wojskami królewskimi.

— Wino dla mych gości! — dał znać słudze.

Gdy ich kielichy były pełne, spytał żonę:

— Skoro nie przywiozłaś wojska od króla Ludwika, to może chociaż dał ci list?

— Jaki list? — niewinnie spytała Eliška.

— Ten, który stał się zarzewiem wojny — głośno odpowiedział Jan.

— List? — zaciekawił się Baldwin. — Z tego, co nam wiadomo, powodem wojny była chęć przejęcia władzy przez Henryka z Lipy. Czy możesz przybliżyć sprawę, bratanku?

— Owszem — powiedział i niemal słowo w słowo, z pamięci, wyrecytował to, co kanclerz Eliški odczytał na uczcie.

— To dziwne — skomentował arcybiskup Trewiru.

— I dość niesmaczne — skrzywił się arcybiskup Moguncji.

— A nie mówiłam — ucieszyła się Eliška i spojrzała na Jana wyzywająco.

— Ktoś was wprowadził w błąd — wyjaśnił Baldwin. — Bo owszem, jest nam wiadomym, iż królowa wdowa zwracała się do Fryderyka Habsburga z prośbą o wsparcie jej starań o odzyskanie korony u Henryka z Karyntii. Ale nie miała na myśli przejęcia tronu, lecz wyłącznie wykup koron.

— Uściślając — dodał Peter — proponowała Karyntczykowi sporą sumę za to, by sprzedał jej insygnia Piastów. W prawdziwym liście królowej do Fryderyka słowem nie wspomniano o insygniach Przemyślidów i charakter tej transakcji był wyłącznie sentymentalny. Rikissa uznała, że skoro Karyntczyk i tak nie ma żadnego pożytku z przetrzymywania koron, bo królem Czech jesteś ty, a w dodatku boryka się z problemami finansowymi, to jej oferta powinna go zainteresować.

Jan musiał upić spory łyk wina, by przełknąć te wiadomości. Jego żona nie próżnowała.

— A skąd wy znacie ten list? — zaatakowała arcybiskupów. — Skąd wiadomo, że ten, który ja miałam, nie był prawdziwy?!

— Twój był odpisem — syknął Jan. — Bez pieczęci...

— A ich?! — wrzasnęła Eliška.

Baldwin i Peter wymienili się spojrzeniami i stryj odpowiedział:

— No cóż, królu. Gdy jest się tyle lat w dyplomacji, trzeba korzystać z różnych metod. Mogę cię jedynie zapewnić, iż mój zaufany człowiek widział list i pieczęć majestatyczną Rikissy, tę z napisem BIS REGINA, na stole Fryderyka Habsburga.

— A ja mogę cię zapewnić, Janie — dodał moguncki lis — iż Fryderyk podjął się mediacji w tej sprawie, lecz nic dla dawnej szwagierki nie wskórał.

— Karyntczyk jest zawzięty — wyniośle powiedziała Eliška.

— Raczej przesądny, pani — wydął usta arcybiskup moguncki. — Wycofał się z transakcji, mówiąc, iż jego nieżyjąca żona, a twa siostra Anna, nawiedza go we śnie i straszy.

— W to nie wątpię — zimno odpowiedział Jan. — Wszystkie Przemyślidki są kłótliwe i jak widać, to nie kończy się wraz z ich śmiercią.

— Życzysz mi jej? — natychmiast przeszła do kontrataku Eliška. — Przecież noszę w łonie następcę tronu.

— To się okaże — odrzekł i spojrzał w jej oczy. — Tymczasem mamy wojnę domową wywołaną listem, którego nie było. Co na to powiesz?

— Ktoś mnie wprowadził w błąd — wzruszyła ramionami. — Co nie zmienia faktu, że potęga Henryka z Lipy zagroziła Królestwu i coś z tym trzeba było zrobić...

— I nadal zagraża! — krzyknął na nią rozjuszony tym wiecznym jątrzeniem.

Dałem się podpuścić żonie intrygantce, wdepnąłem w wojnę, która może kosztować mnie utratę korony — pomyślał z wściekłością.

— Królu — odezwał się jego stryj, Baldwin. — Wiesz, że wiele lat służyłem radą twemu ojcu, Henrykowi. Byłem przy nim, gdy zręczną polityką i elastycznymi sojuszami z niewiele znaczącego księcia stał się królem Niemiec, a potem, na krótko niestety, cesarzem. Powiem ci to, co mówiliśmy z twym ojcem w trudnych chwilach: by zdobyć, trzeba przeć naprzód, ale aby utrzymać, czasami trzeba się głęboko cofnąć. To jest właśnie ta chwila.

— Zbyt wielu masz przeciw sobie — dodał niechętnie moguncki lis. — Wiesz, że nie jestem zwolennikiem dopuszczania baronów do władzy, ale w Czechach sprawy zaszły za daleko, Janie.

— Dwustu ciężkozbrojnych, których mam dla ciebie, to zbyt mało — uczciwie ocenił stryj. — To ledwie wyrównuje wojskowe siły twoje i buntowników, a przy poparciu ludu, jakim cieszy się sprawa Henryka i Rikissy, łatwo może przerodzić się w wojnę, którą i tak przegrasz. Wtedy nie wyjdziesz ani z koroną, ani z twarzą.

— A tak, gdy pierwszy wyciągniesz rękę, możesz stawiać żądania. Zamki pana z Lipy, zakładnicy, okup.

— O czym wy mówicie? — z paniką spytała Eliška.

Zadrżała jej dłoń, w której trzymała kielich, i ulała wino, plamiąc sobie suknię.

— O powrocie do rozmów — odpowiedział Baldwin. — I uwolnieniu Henryka z Lipy.

— Ja nie będę z nim paktować! — wrzasnęła.

— Zgadłaś — ironicznie odrzekł Jan. — Bo nikt cię do tych rozmów nie dopuści. Dość już zepsułaś, Eliško Premyslovna. Czas, byś udała się kobiecych komnat i skupiła na tym, co jest twoją rolą. Na rodzeniu dzieci.

Eliška gwałtownie uniosła dłoń z kielichem. Jan przewidział, co zrobi, i zablokował jej rękę. Wyjął z niej kielich i odstawił.

— Żegnam, pani — powiedział. — Zobaczymy się w dniu, w którym pokażesz mi następcę tronu.

ZYGHARD VON SCHWARZBURG po wyborze na mistrza Karola z Trewiru tylko rok cieszył się przynależnością do „wielkiej piątki". Potem jego zapiekły wróg, Fryderyk Wildenberg, przez sieć knowań przejął urząd wielkiego szpitalnika po Zyghardzie, a wielki mistrz powierzył mu komturstwo grudziądzkie. Kuno klął, ale Zyghard się śmiał, i dopiero gdy wjechali na swój nowy zamek w Grudziądzu, jego przyjaciel zrozumiał, skąd doskonały nastrój Zygharda.

— Toż to niemal Marienburg — jęknął Kuno.

Prawda. Siedziba komtura była majestatyczna. Zamek zbudowano na niemożliwym do zdobycia, wysokim urwisku nad Wisłą. Pysznił się ponad położonym niżej miastem, pokazując mu reprezentacyjną fasadę z dwunastoma potężnymi blendami wznoszącymi się ku niebu. Z głębi dziedzińca wyglądała zaś potężna murowana wieża, zwana Klimkiem.

— Przypomina warowny jesion Dzikich — powiedział Kuno w dniu, w którym wjeżdżali na zamek.

— To dziwne, że nigdy mnie tam nie zabrałeś — przypomniał mu wtedy Zyghard. — Zawsze coś stawało nam na przeszkodzie.

— Prawda, to dziwne — potwierdził Kuno i więcej do tego nie wracali.

Dzierzgoń już miał nowych komturów, a wielki mistrz Karol z Trewiru wolał szukać pogan na Litwie, a nie we własnym kraju. „O pewnych rzeczach należy mówić wyłącznie szeptem" — powtarzał, ilekroć Zyghard przypominał mu, że i w państwie zakonnym czają się wrogowie. Polityka mistrza wymagała spektakularnych działań i olśniewających sukcesów, zwłaszcza teraz, gdy templariuszy skasowano, a ich mistrz spłonął na stosie. Karol postawił sobie za punkt honoru, że przekona świat o niezbędności zakonu. „Jesteśmy ostatnim murem, który broni chrześcijaństwo przed zalewem Dzikich" — powtarzał.

I powierzył Zyghardowi sekretną misję dyplomatyczną.

— Po co właściwie tam jedziemy? — spytał Kuno, gdy ruszyli w podróż.

Płaszcze i znaki zakonne zdjęli, gdy tylko przekroczyli granice państwa krzyżackiego. Odtąd byli jedynie „kupcami w drodze do Włodzimierza". Bardzo bogatymi kupcami, bo ich wozy z rzekomym towarem otaczało trzydziestu zbrojnych.

— Przestań się krzywić — skarcił go Zyghard i zaśmiał się. — Do twarzy ci w zielonej czapce! Dotąd widziałem cię albo nago, albo w bieli.

— Długo byłem szarym bratem — przypomniał mu Kuno. — Więc po co jedziemy na Ruś?

Od pewnego czasu Kuno zrobił się piekielnie nerwowy. Gdy byli sami, próbował zacząć jakąś rozmowę, ale wycofywał się i nigdy jej nie kończył. Sprawiał wrażenie kogoś, kto nieustannie na coś czeka. Zyghard kładł to na karb jego przywiązania do templariuszy i żałoby po brutalnie rozwiązanym zakonie rycerzy świątyni. Gdy Karol z Trewiru powierzył mu misję ruską, pomyślał, że wyjazd będzie dla Kunona odskocznią od ponurych myśli.

— Podróż będzie długa, więc ci dokładnie opowiem — zaśmiał się, patrząc w zdziwione, szare oczy Kunona. — No, naprawdę świetnie ci w zielonym.

— Powtórz to jeszcze raz, a wyrzucę tę gównianą czapkę — warknął Kuno.

— Tylko nie gównianą! Była diabelnie droga, ale co tam! Wielki mistrz płaci! Pomyśl o naszej podróży jak o apostolstwie dyplomatycznym. Bo widzisz, Kunonie! W związku z ugrzęźnięciem sprawy pomorskiej u papieża wstrzymujemy się na razie z zakładaniem komturii w Gdańsku. Wojowniczy Władysław tylko wygląda niepozornie. W istocie ten Mały Książę chwilowo zatrzymał impet wielkiego Zakonu Szpitalników...

— Szpitalnikami są joannici — wciął mu się jak zawsze Kuno.

— Mario Panno, jakiś ty zasadniczy. Mój daleki krewny, książę Władysław Łokietek, zatrzymał nas, choć z pozoru wygląda, że przegrał. Karol z Trewiru uważa, że póki nowy papież, oby wybrali go jak najszybciej, nie rozstrzygnie procesu z księciem na naszą korzyść, nie ma co inwestować w Pomorze. Ale nie możemy czekać z pozostałą częścią naszego wielkiego planu.

— Jakiego?

— Jeśli będziesz mi ciągle przerywał, zniechęcę się — fuknął na niego Zyghard.

— Ty? — zakpił Kuno. — Ty kochasz dyplomatyczną grę. Im bardziej dalekosiężna, tym lepsza.

— Masz rację — przyznał Schwarzburg. — Nudzą mnie obowiązki komtura. Wolę większe sprawy i odległe perspektywy. Nasza misja jest ich częścią. Widzisz, zakon potrzebuje połączyć swe ziemie w Liwonii z Prusami i Pomorzem, na które, jak mniemam, prędzej czy później dostaniemy zgodę od papieża. Dlatego musimy opanować Litwę i Żmudź, by mieć swój wielki, bezpieczny korytarz do baz wypadowych ku Skandynawii. Od zachodu oprzemy się o marchię brandenburską. Siła margrabiów słabnie, a my, pod pozorem pomocnej dłoni i wspólnego wroga, jakim jest Władysław, załatwiamy z nimi, co nam potrzebne. Do tego odkąd mój brat przewidująco opłótł kujawskich braci i przez niewykupione zastawy przejął ziemię michałowską, mamy z niej doskonałą bazę wypadową w razie przyszłej wojny z Królestwem...

— Po co jedziemy na Ruś, pytam się ciebie po raz setny — uparcie drążył Kuno.

Zyghard roześmiał się i poprawił płaszcz. Sobie wybrał piękny odcień mchów, tak dawno nie miał świeckich ubrań, że nie mógł się nimi nacieszyć.

— Książę Władysław ma oparcie w swych siostrzeńcach, Lwie i Andrzeju, książętach Włodzimierza i Halicza. Wydał ich siostrę, Marię, za księcia płockiego, Trojdena, tworząc jakby pomost między Mazowszem a Rusią i ten ruch nie uszedł mej uwadze...

— Ale ty się lubisz chwalić — przerwał mu Kuno.

Zyghard był w doskonałym nastroju i żadna uwaga nie mogła go popsuć.

— Musimy zachwiać układami księcia Władysława — powiedział.

— On ma coś, czego wy nigdy mieć nie będziecie — odpowiedział Kuno.

Zyghard od dawna nie reagował, gdy druh mówił „wy" o zakonie. Pilnował go tylko, by nie odezwał się tak przy innych. Teraz z ciekawością spojrzał na Kunona.

— Co masz na myśli? — spytał.

— Wiem, ale nie powiem — z bezczelną miną zaśmiał się Kuno. A potem dodał poważnie: — Władysław broni Królestwa, którego dziedzicem się czuje, wy zaś budujecie imperium, z którym nie macie emocjonalnego związku. Nie macie gorącego serca, tylko chłodne umysły. To was różni.

— I sprawia, że jesteśmy od niego silniejsi — odpowiedział Zyghard. — Nie popełniamy błędów wynikających z porywów serca.

Po trwającej cztery tygodnie podróży dotarli do Halicza i Zyghard von Schwarzburg zobaczył, jak twarz Kunona rozjaśnia się, gdy ten zobaczył złocone kopuły cerkwi i wysokie, strzeliste wieże.

— Jak Jerozolima? — zapytał go.

— Nie — pokręcił głową Kuno, ale przymknął oczy i wciągnął w nozdrza woń kadzideł idącą od świątyń. — Miasta w Ziemi Świętej są z kamienia, to tutaj drewniane i stoi na żyznej łące, nie w piaskach pustyni.

Na ostatnim postoju przed Haliczem, gdy wyjechały naprzeciw nich oddziały Lwa i Andrzeja, przebrali się w zakonne stroje. Zyghard przywołał swego chorążego, młodego, przystojnego Detlefa, który zastąpił mu w łożu Kunona, odkąd ten obraził się na pokusy ciała. Kazał mu rozwinąć chorągiew zakonną.

— Wyglądasz jak młody archanioł Gabriel — mruknął do Detlefa i uszczypnął go.

— Panie — zaczerwienił się chłopak. — Ktoś może zobaczyć.

— No i co? — zaczepnie odpowiedział Zyghard. — Jesteśmy na przedpolach Bizancjum, które nie takie rzeczy widziało. Nic się nie bój, jesteś pod moją opieką.

— Koniec czułości — przerwał im Kuno.

Zyghard zaśmiał się; świadomość, że dawny kochanek, a dzisiaj tylko przyjaciel, wie o jego nowym chłopcu, bawiła go. Detlef przeciwnie. Z przerażenia o mało nie upuścił chorągwi.

— Orszak gotowy do wyjazdu — zameldował Kuno. — Chodź, komturze, i pokaż się na jego czele, bo wojownicy haliccy bardzo się denerwują.

Bracia podjęli ich z przepychem. Zyghard chłonął wszystko. Myśl, że tu, w tak egzotycznym miejscu wychowała się jego matka, budziła w nim ekscytację, która nie uszła uwadze Kunona.

— Nie popełniamy błędów wynikających z porywów serca — szepnął do niego Kuno, przypominając jego własne słowa.

— Komturze Zyghardzie von Schwarzburg — odezwał się kniaź Andrzej. — Jesteśmy zaszczyceni, ale jeszcze bardziej zaskoczeni twoją wizytą.

— Mógłbym powiedzieć, że chciałem zobaczyć dom rodzinny mej matki, kniaziówny Zofii — odrzekł z uśmiechem Zyghard. — I osobiście poznać najbliższych krewnych. Wasz ojciec, Jerzy, był bratankiem mej rodzicielki. Tak, to prawda. Zawsze ciekawiły mnie wschodnie korzenie rodziny.

Książęta nosili się z zachodnia, ale ich bojarzy wzbudziliby ciekawość na każdym z europejskich dworów. Na kolczugach mieli długie, wielobarwne jedwabne tuniki, a ich podbijane futrem płaszcze przywodziły na myśl wschodnie opowieści. Służbę ubrano w stroje, które Zyghardowi wydawały się iście tatarskie. Pomyślał, że śmiertelnie zagrożeni od Tatarów książęta podnoszą morale dworu, każąc służbie przebierać się w szaty wrogów.

— Jasnym jest jednak, iż jako dygnitarz zakonu przybyłem do was nie z wizytą rodzinną, ale z posłaniem od wielkiego mistrza Zakonu Szpitala Najświętszej Marii Panny Domu Niemieckiego — powiedział wreszcie Zyghard i uniósł kielich, który podał mu na kolanach skośnooki sługa. Wzniósł toast. — Za współpracę między księstwem włodzimiersko-halickim a zakonem!

— Zdrowie! — odpowiedzieli mu książęta.

— Mamy wspólnych wrogów — kontynuował Zyghard — to skłania nas do rozmów. Kniaź litewski Witenes nie żyje.

— Wiemy, wiemy — odpowiedział Lew. — Mówi się, że zabił go sam Perkun.

Zyghard uśmiechnął się szeroko.

— Nikt z tu obecnych nie wierzy w Perkuna. Witenesa zabił piorun. Jego brat, kniaź Giedymin, sięgnął po władzę. A Giedymin nienawidzi Rusi i was, moi kuzynowie.

Bracia siedzieli z kamiennymi twarzami. Nie drgnęła im nawet powieka.

— Zatem, jak widzę, macie pełną świadomość, iż nad wasze księstwo nadciągają czarne chmury. Giedymin wam nie popuści, a tu jeszcze Złota Orda, chan Ozbeg prze na Ruś. Trudna sytuacja — powiedział Zyghard i upił łyk wina. — Doskonały trunek — pochwalił. — Z północy będzie was cisnął Giedymin, z południa i wschodu Orda, podsumowując.

— Do czego zmierzasz, komturze? — zimno spytał kniaź Lew.

— Zawarliście niepotrzebne porozumienia. Sojusze, które być może w przeszłości miały swą wagę, ale dzisiaj są dla was wyłącznie ciężarem — powiedział, patrząc im w oczy spokojnie.

— Jaki sojusz masz na myśli? — wreszcie zapulsowały emocje w Andrzeju.

— Z księciem Władysławem — przeszedł do sedna Zyghard.

— To nasz krewny — postawili się jednym głosem.

Zyghard dostrzegł kpiąco uniesioną brew Kunona.

— Mój też — powiedział lekceważąco. — Wszyscy jesteśmy z kimś powiązani krwią. Gęstszą lub rzadszą, mniejsza z tym. Czasami najmocniejsze sojusze tworzy się z obcymi.

— Jesteśmy mu winni wierność — twardo powiedział Lew.

— A on wam? — lekko spytał Zyghard.

Książęta spojrzeli po sobie.

— Ach, więc nie wiedzieliście! — udał zaskoczenie. — No cóż, my mamy z nim otwarty proces w kurii awiniońskiej i z racji na to nasi legiści dostają wgląd we wszystkie dokumenty, które papieżowi przedkłada książę Władysław, wasz wuj — dodał słodko i mściwie. — Zatem nie uszło naszej uwadze, iż apelując u Ojca Świętego o wsparcie swych spraw, pisze, iż zmuszony będzie podjąć walkę ze schizmatykami. Jesteście jedynymi prawosławnymi książętami, z którymi mógłby walczyć, więc?

— To niemożliwe — poczerwieniał Lew.
— To kłamstwo — wstawił się za Łokietkiem Andrzej.
— Niestety, ale to prawda — potwierdził Zyghard. — Nazwał was schizmatykami przed papieżem, a to może oznaczać tylko jedno: będzie się starał o uznanie wojny z wami za krucjatę.

Kuno zamknął oczy. Zawsze mógł nimi wymownie przewrócić — z ulgą pomyślał Zyghard.

— Nie uwierzymy, jeśli sami nie pomówimy z księciem Władysławem.

— Oczywiście — skinął głową. — Macie na to mnóstwo czasu. Chyba że ruszy na was Giedymin, z którym Władysław prowadzi rozmowy od trzech lat.

Spojrzenie, jakim wzajemnie obdarzyli się bracia, powiedziało Zyghardowi, że już wygrał. Reszta była tylko kwestią zmiękczania obu książąt. Późnym wieczorem notariusz spisywał przymierze, w którym książę włodzimierski Andrzej i książę halicki Lew jako sojusznicy zobowiązywali się strzec ziem zakonnych przeciw Tatarom i innym nieprzyjaciołom. Przymierze, które zakon będzie mógł wyciągnąć, by żaden z nich palcem nie kiwnął na wezwanie Władysława. Które skutecznie podkopie wiarę upartego księcia we wsparcie ruskich krewniaków. Zniweczy mariaż ich siostry Marii z Trojdenem, a z czasem jego samego przeciągnie w orbitę wpływów zachodnich. Na dodatek mocą tego sojuszu zakon może żądać od obu braci wsparcia przeciw Giedyminowi.

Zyghard był rad. Pił wino z umiarem, widział, iż Kuno szeptem rozmawia ze sługą w turbanie, i zdziwił się, słysząc język tak obcy.

— Co to za mowa? — zapytał go, gdy czekali na wieczerzę.
— Arabski — odpowiedział Kuno.
— Nie wiedziałem, że znasz język Saracenów — zdziwił się.
— A jakże inaczej mógłbym służyć przed laty swemu zakonowi w Ziemi Świętej? — odpowiedział mu Kuno z wyższością.
— Czego jeszcze o tobie nie wiem? — spytał, uśmiechając się do Kunona.
— Niczego — odpowiedział dawny templariusz.

HENRYK Z LIPY wiedział, że król Jan się ugnie, i obstawiał, że stanie się to w chwili, w której Eliška urodzi mu trzecią córkę. Niechęć Luksemburczyka do żony osiągnęłaby wówczas swój szczyt i Jan z łatwością oderwałby się od wpływów Przemyślidki. Lipski siedząc w Týřov, nie tracił niczego z oczu. Gdy tylko osadzono go w zamku, Zajíc, chcąc dowieść, że Henryk aż do procesu jest więźniem honorowym, pozwolił mu mieć przy sobie sługę. Ten zaś na polecenie Lipskiego znalazł miejscowy browar i dla swego pana zaczął zamawiać piwo w beczułkach. Vilém Zajíc nie miał nic przeciw temu.

Listy między Henrykiem a jego synem i Rikissą zaczęły krążyć, dostarczane w wydrążonym szpuncie beczki na piwo. Pisali do siebie szyfrem, który dostarczyła Rikissa. Napisanie i odczytanie każdego listu trwało, ale poza tym i tak nie miał w Týřov żadnej rozrywki. Wiedział więc o wszystkim, co się działo w Królestwie. O zajęciu miast królowej, o podróży Knedlicy do Niemiec. O śmierci przyjaciela też. Nawet o tym, że pertraktacje z nim samym będzie prowadził arcybiskup Baldwin, dowiedział się, nim orszak królewskiego stryja zawitał do Týřov.

Targi nie były zbyt zacięte. Król nie żądał wiele, Baldwin był elastyczny. Kilka zamków Henryka pod królewski zastaw i siedmiu zakładników do czasu ukończenia procesu i uniewinnienia. Nawet nie musiał się specjalnie napinać i Baldwin przystał, aby wśród zakładników nie było Henryka juniora. Arcybiskupowi wystarczył Cenek, najmłodszy z Lipskich.

— Rozmowy z tobą, Baldwinie, to przyjemność — uścisnął mu dłoń Henryk, gdy skończyli.

— Oby przywiodły do chwały Królestwo — odpowiedział arcybiskup.

— Działam wyłącznie dla niej — uśmiechnął się Henryk.

— Dla Rikissy? — chciał go złapać za słowo Baldwin.

— Dla chwały Królestwa — powiedział Lipski i wyszedł na wolność.

Był kwiecień, rozkwitała wiosna, pachniało Rikissą. Żal mu było stawać na noc, ale wszędzie po drodze czekali na niego ludzie, którzy przez pół roku walczyli dla nich; nie mógł im odmówić. Mijał Pragę od południa i tam czekały na niego wojska pod wodzą juniora i jednookiego Fridusa. Między sobą prowadzili osiodłanego konia bez jeźdźca. Znał tego karego ogiera. Na ich widok zawołał:

— Janie, druhu mój, uczyniłbym dla ciebie to, coś ty zrobił dla mnie!

A potem zsiadł z konia i przywitał każdego z dowódców i żołnierzy. Długo szedł między nimi, ściskając prawice, biorąc w ramiona, pytając o tych, co zginęli.

— To była piękna wojna, Lipski — powiedział mu Fridus, gdy usiedli przy winie. — Jan nie mógłby sobie wymyślić lepszej śmierci.

— Mógłby — upił łyk Henryk. — Za dwadzieścia lat, w domu, z kochającą żoną…

— Przestań — strzyknął śliną Fridus. — Za dziesięć będziemy starymi dziadami. Jak umierać, to młodo, w boju. Sam żałuję, że mnie kostucha ominęła — zaśmiał się paskudnie jednooki. — No, chyba że szybko dasz mi jakąś porządną wojnę?

— To zależy od króla — odpowiedział Henryk. — Rozpuścimy wojska, bo Luksemburczyk będzie mi patrzył na ręce, ale utrzymamy gotowość, gdyby chciał mataczyć z procesem. Nie chcę, by zakładnicy siedzieli w Týřov długo.

— I nie chcesz na długo oddać królowi zamków, co, Lipski? — zarechotał Fridus.

— Mam kilka nowych planów — wymijająco odpowiedział Henryk. — Napijmy się!

Do Hradca dotarł po tygodniu, wcześniej odprawiając zbrojnych i juniora z misją na Śląsk. Wjechał sam, boczną bramą, by nie wzbudzać sensacji w mieście. Gdy zjawił się na dziedzińcu, pulchna Marketa, która szła z koszem chleba, rozdarła się:

— O Jezulatko! Ciszaaa!

— Dlaczego krzyczysz „cisza"? — spytał, zeskakując z siodła.

— Bo spokój — dziwacznie dokończyła z westchnieniem służąca.

Nagle zjawiły się pozostałe dziewczęta: Trinka, Katka, Gizela i bez słowa rzuciły mu się na szyję, wszystkie naraz. Przez podwórzec przemknęły trzy lwy i wpadły do ogrodu, wyprowadzając stamtąd Rikissę, Agnieszkę i Katrinę.

Jego pani i jego córka były w szarych habitach i kapturach, jak mniszki. Oniemiał. Stanął i nie wierzył własnym oczom.

— Henryk! — krzyknęła Aneżka i podbiegła do niego.

Wziął małą w ramiona, ale wciąż patrzył na mniszki. One zaś takim samym ruchem, niczym siostry, powoli zdjęły z głów kaptury. Odetchnął. Nie obcięły włosów. Złapały się za ręce i ruszyły ku niemu, a on ku nim. Uściskali się we troje. We czworo, bo Aneżka znów przylgnęła do nich.

— Wystraszyłem się, Rikisso — wyszeptał do niej w nocy, gdy zostali sami. — Przez całe więzienie myślałem tylko o tym, by wziąć cię w ramiona, a gdy zobaczyłem was w habitach, serce mi stanęło.

— Przywdziałyśmy je w żałobie po śmierci Jana — odpowiedziała jego królowa. — I na znak pokuty. Chciałam pokazać światu, że jestem przeciw tej wojnie. Złożyłyśmy z Katriną ślubowanie, że nie zdejmiemy ich, póki nie będziesz wolny.

— Nie wątpiłem ani przez chwilę, że wyjdę — powiedział, wdychając woń jej włosów.

— Tym się różnimy, miły. Ja wierzę w Boga, ty w siebie — jasnymi palcami ujęła jego brodę.

— Ale nas to nie poróżni? — spytał, całując jej czoło.

— Nie przypuszczam — uśmiechnęła się. — Przynajmniej nie tak długo, póki i Bóg wierzy w ciebie.

— Rikisso, przemyślałem wszystko. To nie koniec wojny z Eliską. Jan odpuściłby, ona nie daruje.

— Wiem — odpowiedziała, zdejmując z niego koszulę. — Jeśli urodzi syna, jej pozycja wzrośnie.

— Musimy wzmocnić naszą — powiedział, zrzucając buty i nogawice.

— Twoja w tej chwili wydaje mi się nadzwyczajna — oceniła, patrząc na jego nagość.

— Rikisso, ty wciąż stoisz przede mną w habicie — dotarło do niego.

— Przeszkadza ci to? — spytała niewinnie. — Mogę rozpuścić włosy. Chcesz?

— A może zdjęłabyś to? — poprosił.

— Za chwilę. Powiedz mi o wzmacnianiu pozycji.

— Ta jest słaba. Ja nagi, ty w stroju mniszki.

— Nie bądź taki zasadniczy — zaśmiała się, rozwiązując sznur przytrzymujący habit. Odłożyła go z szacunkiem na skrzynię i błyskawicznie zdjęła szarą suknię, zostając w koszuli.

— O! — zauważył. — To idzie szybciej niż zwykle. Nie ma tych sznurowań i wstążek i tych takich, co nie mam pojęcia, co z nimi zrobić...

— Zakonnice są bliżej natury niż damy — powiedziała, pociągając za sznurek przy dekolcie koszuli. Ta zsunęła się przez jej ramiona na posadzkę i jego pani stała przed nim naga, piękna jak Pan ją stworzył.

— Ta chwila jest dla mnie święta — wyszeptał, patrząc na nią.

— Słyszysz? A jeszcze chwilę temu niezręcznie czułeś się wobec mniszki.

— Bo byłem przerażony, że ktoś chce mi ciebie odebrać.

— Nie ktoś, ale Bóg. Oparłbyś się woli Najwyższego?
— Nie pytaj mnie o to teraz — poprosił, podchodząc do niej.

Przez chwilę zawahał się. Wyciągnął ramiona, ona w nie weszła, zamknął je na jej drobnym ciele, ale uroczysta nabożność tego uścisku sprawiła, iż nie śmiał wziąć więcej. Trwało to jednak krótko. Ciepło jej ciała obudziło w nim łowcę.

— Wybacz, Panie, świętokradztwo — wyszeptał, wchodząc w nią.
— Wybacz mu pychę — podpowiedziała.

Łączył się z Rikissą już wielekroć od tamtego wieczoru w dworze myśliwskim i za każdym razem to było po raz pierwszy. Wciąż doświadczał tego, że ją zdobywa, a jej nie ma. Ona mu się oddaje, a on nie może jej posiąść. Doświadcza spełnienia bez sytości.

— Jesteś nieskończona — wyszeptał do niej, gdy polegli oboje.
— Nie mów tak, bałwochwalco — odpowiedziała mu do ucha i pozwoliła, by jej długie jasne włosy rozsypały się po poduszce.

Drżał długo, jej ciało nie stygło, emanując poświatą w przyćmionych światłach sypialni.

Potem wstała, włosy spowiły ją płaszczem, trzy lwy z przeciągłym mruknięciem otarły się o jej łydki. Poszła po wino i przyniosła do łoża dwa pełne kielichy.

— Mogłabym się z tobą, miły, krwią wymienić — powiedziała, dając mu jeden.
— Ja za ciebie oddałbym własną — odpowiedział. — A najchętniej zmieszałbym naszą, Rikisso.
— Nie — pocałowała go nad kielichem wina. — Już mamy dzieci i każde z nich jest piękne. Nie spotkaliśmy się dla budzenia nowego życia. Musimy pielęgnować te, które dał nam Pan Bóg.
— Aneżka jest zagrożona — powiedział wreszcie Henryk o tym, o czym myślał w Týřov. — Zgodnie z prawem król i królowa mają nad nią władzę, bo twoja córka jest Przemyślidką. Mogą ją wydać za mąż, jak zechcą.
— Jest jeszcze dziewczynką — odpowiedziała Rikissa, upijając łyk wina. Na jej wardze została krwista kropla.
— Ty byłaś tylko o rok starsza od niej, gdy zaręczono cię z Václavem.

Podciągnęła kolana pod brodę.
— Nie pomyślałam o tym — przyznała.
— Ale ja tak. Miałem zbyt dużo czasu w Týřov. Mogą ją wydać za jakieś większe książątko niemieckie w zamian za wpływy, albo za

całkiem nieistotnego gracza, tylko po to, by się jej pozbyć. Twoja córka jest ostatnią niezamężną potomkinią Przemyślidów. To nic nie znaczy, ale brzmi dumnie.

— Nie chcę, by ktokolwiek szafował jej losem — odpowiedziała Rikissa.

— Nie będziesz miała na to wpływu, kochana — uświadomił ją. — Chyba że Aneżka wybierze klasztor.

— Raczej nie ma powołania — z namysłem odpowiedziała Rikissa.

— Znalazłem dla niej męża — powiedział Henryk. — Kogoś, kto jest wart twej córki, doceni jej niezwykłość i jednocześnie jest dobrym politycznym trafieniem.

— Nie chcę jej stracić — bezbronnie odpowiedziała Rikissa. — To jeszcze dziecko.

— Zaręczyny, moja miła — powiedział. — Kupimy nimi czas na jej dojrzałość i odbierzemy Elišce wpływ na jej los, zostawiając go w naszych rękach.

— O kim myślisz? — spytała, odgarniając spadające na twarz włosy.

— O Piaście — odpowiedział, biorąc w jasyr jej serce. — Szwagrze króla Niemiec, szwagrze księcia Władysława, szwagrze Wittelsbachów i moim sąsiedzie śląskim…

— Syn Bolke Surowego, Henryk książę jaworski — wyłuskała pokrewieństwo. — Będzie potrzebna dyspensa.

— Zgadzasz się? — dotknął jej palców.

— Kocham drzewa — odpowiedziała. — Można się na nich oprzeć. Ja wybrałam lipę, ale jeśli mojej córce spodoba się jawor? Żeby rzecz się udała, musisz nauczyć drzewa kroczyć.

— Gubię się w poezji — przyznał szczerze.

— Zaproś go — pocałowała Henryka w czoło. — Jeśli Aneżka go nie polubi, nie zmuszę jej do małżeństwa.

— A jeśli spodoba jej się książę?

— To uprzedzimy Eliškę — odpowiedziała, wypijając wino.

WŁADYSŁAW gnał na grzebiecie Rulki na północ. Z Krakowa i Sandomierza zabrał dwie setki zbrojnych i ograniczone do minimum tabory. Reszta wojsk miała dołączać do niego po drodze i gdzieś w głębi ducha czuł niepokój, czy jego młody, ledwie zjednoczony kraj sprosta potrzebie chwili. Sojusznicy nie stanęli na wysokości zadania. Karol Robert nie przyłożył się do porozumienia antybrandenburskiego, siostrzeńcy kniazie, Lew i Andriej, wycofali się, jakby pokąsał ich jadowity wąż, i król Danii, Eryk IV, wraz ze swym szwagrem, królem Szwecji, zarzucili sojusz. Książęta Zachodniego Pomorza sami byli zbyt słabi, bez osłony z Danii mogli tylko zapewniać, że „spróbują powstrzymać Waldemara w Marchii". A niech ich szlag!

— No i czerwone pióro możemy sobie wsadzić w... — skwitował Borutka rozbicie sojuszu w dniu próby.

— Wsadź sobie choćby w ogon — warknął na niego Władek i na końcu języka miał, że to przez niego, przez giermka, który kpił z przymierza w dniu, w którym Władysław je zawierał.

— Ogon? — zaciekawił się Borutka, błyskając oczami.

Nielubiec i Bolebor Doliwowie, oddani przez ojców na służbę księciu, ci sami, co byli z nim na banicji, uśmiechnęli się równo, jak bliźnięta.

— Jakoś to będzie, książę! Damy sobie radę sami.

I tak, pod chorągwią z półorłem półlwem, gnali na północ, by w odpowiedzi na zimowy najazd Waldemara uderzyć na marchię. Miał przy sobie Mikołaja Bogorię, żałował, że nie ma Jarosława, tego, który płomienne psalmy śpiewał niczym wojenne pieśni. Wysłano go do Bolonii na studia, choć Władek mruczał, że prawdziwą szkołę średni z Bogoriów miał przy jego boku. Brakowało mu Pawła Ogończyka, w takich chwilach klął, że uczynił go starostą łęczyckim i oddalił od siebie. Ale ledwie przekroczyli południową granicę Starszej Polski, dołączać do niego zaczęli Doliwowie, Korabici, Leszczyce, Rolice, Awdańcy, Godziębowie, Powały i Pomianowie.

— Mój książę! — zawołał radośnie wiodący Pomianów rycerz. — Jedziemy co koń wyskoczy, patrzymy: tuman na drodze, to ja mówię „nic, ino wojsko naszego pana", no i tuman opadł, chorągiew się z niego wyłoniła z półorłem półlwem...

— Ta chorągiew? — Bolebor wskazał na trzymane przez siebie drzewce.

— Ta — rozanielonym głosem potwierdził Jałbrzyk — a pod chorągwią widzę chorążego trzy róże z Doliwów i mego pana, księcia Władysława!

Władek zamrugał, patrząc wprost na Jałbrzyka, i pomyślał, że niektórzy mężczyźni nigdy nie dorastają.

— Dobrze, synu, że jesteś — powitał go. — Nikt nam tak dokładnie nie opowie tego, co widzimy, niż ty. Dalej, na północ!

Pod Pyzdrami dołączyły do nich wojska wysłane przez wojewodę kaliskiego Marcina Zarembę, a w kolejnych dniach przez wojewodę poznańskiego Dobrogosta Nałęcza. Władysław odetchnął. Grzymalici i Łodzie stawili się solidarnie. Starsza Polska tym razem nie zostawiła go samego z obroną swych granic. Ostatni na jej ziemiach obóz rozbili nad Notecią. Tam dołączył do nich wojewoda Dobrogost.

— Mówią, że przybył osobiście, gdy sprawdził, że nie będzie tu Andrzeja ani Marcina Zarembów — podpowiedział Władkowi Stefan Pękawka, małopolski starosta Starszej Polski. — Wciąż nie zasypali między sobą wilczych dołów.

— Dobra — machnął ręką Władysław. Okropnie nudziły go tutejsze spory między baronami. — Podoba mi się ten Wincenty z Szamotuł — pokazał na Nałęcza sprawdzającego w głębi obozu gotowość swych ludzi. — Mało gada.

Stefan zrozumiał przytyk i się zamknął. Przechadzając się po obozie, natknęli się na Borutkę rozmawiającego z rycerstwem Zarembów. Książę przywołał giermka i skarcił:

— Co się włóczysz? Moja broń gotowa na jutro?

— Lśni jak srebro, książę. Miecz ostry, że mógłbyś się nim golić, ale jeszcze go wieczorem przetrę. Tak, dla przyjemności — zameldował chłopak. — Ci Zarembowie ciekawe rzeczy gadają — dodał szeptem i oko mu zalśniło. — O jakimś smoku, co niektórym z nich się ukazywał.

— Borutka, Borutka! — skarcił go Bolebor. — Po dwóch dzbanach miodu to różne rzeczy mogą się ludziom ukazywać, a ty słuchasz tych głupot i we wszystko wierzysz, jak baba.

— Proszę mnie nie wyzywać — obraził się giermek i zadarł głowę. — Widzieliście?!

— Smoka? My jeszcze nic nie piliśmy, chłopcze — zmierzwił mu tę nieznośną czuprynę Władysław.

— Nie, czerwonego ptaka — giermek pokazał palcem na korony drzew. — Schował się.

— Ja cię dzisiaj od siebie nie puszczę — orzekł Władek. — Ty dziwny jakiś jesteś.

— Naprawdę widziałem! — żachnął się Borutka. — Wielki czerwony ptak krążył nad obozem, ale jak go spostrzegłem, wystraszył się i poleciał tam.

— Ty idź jeszcze Rulki dopilnuj i wracaj mi do namiotu — zagroził mu Władek. — Bo za karę z taborami zostaniesz, zamiast iść ze mną na bitwę.

— Robi się, książę — odpowiedział giermek, ale idąc w stronę koni, odwracał się i gapił w korony drzew.

— Książę! — dobiegł do nich Nielubiec. — Borwin przybył. Czeka w twym namiocie.

— Dowódców zawołać na naradę, szybko! — rozkazał Władysław i przeskakując między ogniskami, ruszył do namiotu pod chorągwią z półorłem półlwem.

Płowowłosy wódz pomorskich cichych ludzi skłonił się przed nim głęboko.

— Dawnośmy się nie widzieli, synu — powitał go Władek.

— Kto raz cię ujrzy, nie zapomni — cicho powiedział zwiadowca.

— Zręcznie powiedziane — uśmiechnął się Bolebor.

— Ucz się, Doliwo — pogroził mu palcem Władysław — jak mówić prawdę, nie waląc między oczy.

— Panie — odezwał się, wpatrując się w niego uważnie, Borwin. — Jest pewien człowiek, rycerz, choć podejrzanej reputacji, niezwykle do ciebie podobny. Zwą go „Zielonookim".

— Grunhagen — uśmiechnął się Władysław. — Znamy się, choć dawno go nie widziałem. Przepadł jak kamień w wodę.

— I wypłynął — powiedział Borwin. — Moi ludzie widzieli go w pobliżu. To niebezpieczne, gdy ktoś taki, po długiej nieobecności, pojawia się dokładnie tam, gdzie ty, książę.

— Nie widzę w tym zagrożenia — wzruszył ramionami Władysław. — Powiem więcej, chętnie bym się z nim piwa napił.

Borwin zmarszczył brwi, ale powiedział tylko:

— Przestrzegam przed nim.

— Dobrze, synu — machnął ręką Władek. — Mów, co z margrabią.

— Dziwna sprawa, różnie mówią. Jedni, że poważnie chory, inni, że wyjechał, choć na żadnym z dworów nie odnotowano jego obecności. Jakieś nieduże wojska zbierają się za Santokiem.

— Wyjdziemy im naprzeciw — skinął głową Władysław. — Rano przeprawimy się przez Noteć. No, to po naradzie, rozejść się!

Złowił zdumiony wzrok Dobrogosta, ale już mu Nielubiec, co trzeba, wyjaśnił. Przecież wszyscy wiedzą, gdzie jest bród.

Został z nim Jałbrzyk, bracia Doliwowie, Mikołaj Bogoria, Pakosław Lis. Borutka w kącie pucował miecz.

— Szkoda, że Pawełka Ogończyka nie ma z nami — wyciągnął

się na ławie Władysław. — Wszystkich was kocham, jak braci, ale jak wojna, to jednak najbardziej lubię mieć koło siebie Pawła...

Borutka błyskawicznie odłożył miecz i wcisnął Władkowi w rękę kielich z winem, choć Władek nie prosił. I chrząknął.

— Szkoda też, że nie ma z nami Jarosława Bogorii. Ten to potrafił psalmem...

Borutka znów chrząknął.

— Co? — spytał go Władek.

Giermek niemal przewiercił go wzrokiem.

— Ale jak to cudownie, że wy jesteście, moi drodzy — powiedział Władysław, jakby mu dyktował Borutka.

— Zdrowie naszego księcia! — rozpromienili się.

— I chwała w boju, którą przyniesie jutro!

— Dzisiaj książę, wkrótce król! — zawołał Bogoria. — Niech no tam tylko papieża wybiorą!

— No właśnie — westchnął Władek. — Gdy się człowiek spieszy, to się diabeł cieszy.

— No skądże! — oburzył się Borutka. — Jakież głupie potrafią być te przysłowia!

— Pucuj miecz — odesłał go książę i zwrócił się do możnych: — Borzysław w ostatnim liście z Awinionu pisze, że choć Luksemburczykowi korona się chwieje na głowie, bo mu ją chcą utrącić baronowie Czech, to jego legiści nie zaprzestaną działań przeciw nam. Wciąż rozpowiadają w kurii, że on, po małżonce Przemyślidce, ma wyłączne prawa do polskiej korony.

— Póki jego własna niepewna, nie zagrozi nam — odpowiedział Mikołaj Bogoria. — Niech sobie gada, co chce. Wspiera go król Niemiec, ale i pozycja Ludwika Wittelsbacha niepewna, bo Fryderyk Habsburg jeszcze nie powiedział ostatniego słowa. Komu będzie sprzyjał nowy papież, to też największa zagadka.

— Papieża nie ma, a lista spraw do załatwienia rośnie — dodał Pakosław Lis. — Jak wreszcie wybiorą, to się ten nowy spod petycji, próśb i dekretów przez pięć lat nie wygrzebie.

— Obyś się mylił — pogroził mu palcem Władek. — Toż ja nie będę żył wiecznie, a mój Kaziu ciągle smyk.

— Nasz pan to ma dobry humor, jak zawsze przed bitwą — zaśmiał się Bolebor. — Może i Kaziu smyk, ale książę wiecznie młody.

Doliwa to powiedział? — uniósł brew Władek.

— Kto będzie te imiona nosił przy sobie, temu żadne niebezpieczeństwo nigdy nie zagrozi — powiedział uroczystym głosem Borutka, wpatrując się w wypolerowany miecz.

Wszyscy zamilkli i wpatrzyli się w niego.

— No co? — uśmiechnął się. — Tu jest tak napisane, na głowicy.

— Jakie imiona? — spytał Władek i zaschło mu w gardle. Że też nigdy wcześniej nie zadał sobie tego pytania. Widział ryty i inskrypcje na mieczu, ale wystarczyło mu zapewnienie Amadeja Aby, że są pobożne, a żelazo było wyświęcone. Nie dopytał o więcej.

— Imiona?... — powtórzył bezradnie Borutka. — No właśnie nie wiem, książę. Ja nieuczony...

— Pokaż mój miecz — zażądał książę. — Bolebor, światło przystaw.

Na złotych płytkach, którymi obłożona była rękojeść, widniały symbole ewangelistów. Napisy były na jelcu, ale najmocniej lśnił szczyt głowicy.

— Czego on się tak błyszczy? — podejrzliwie zapytał Władysław.

— Bo najbardziej lubię go pucować — wyznał zawstydzony Borutka. — Wprost oderwać się nie mogę.

— A te imiona? — dopytał Władek.

— Bo ja wiem? Przez gardło mi nie chcą przejść — szepnął cichutko.

— Trzeba kogoś mądrego zapytać — orzekł książę i nikt się na niego nie obraził, bo w końcu patrzyli wszyscy, a nie umiał odpowiedzieć nikt.

Ranek wstał jasny i czysty. W letnim powietrzu skrzyły się ważki. Przekraczali rzekę po cichu, sprawnie i szybko, obóz i większość taborów zostawiając na południowej stronie Noteci. Gdy tylko jego wojska przeszły na drugi brzeg, Władysław krzyknął:

— W drogę! — i ruszył bez oglądania się w tył.

Pędzili leśnym traktem. Wojewoda Dobrogost dopadł go i spytał zaskoczony:

— Książę! Ale zwiadowca mówił, że czekają koło Santoka! To na zachód!

— Wiem — odpowiedział Władek. — Dlatego jedziemy na północ, tam gdzie nas się nie spodziewają. Musimy spustoszyć Brandenburgię, by wystraszyć Waldemara.

— „Z lasu, znienacka, z zasadzki i zaskoczenia" — wyrecytował jadący u jego boku Nielubiec.

— „W kleszcze i z dwóch stron" — dokończył ulubioną wojenną maksymę Władka Bolebor.

— To dlaczego nic nie mówiłeś, książę, na naradzie?! — zawołał zdziwiony Dobrogost.

— Bo nasz książę nie lubi rad — wyszczerzył zęby jeden z Doliwów.

— Lubi, lubi — poprawił go drugi. — Ale nie słucha.

— Trakt za chwilę rozdzieli się — powiedział Władek. — Ja z tobą, wojewodo poznański, i rycerstwem kujawskim ruszę pod Santok, okrążając czekające tam wojska margrabiego. Zaś Bogoria z ludźmi wojewody Zaremby pojedzie na północ.

— Pustoszyć, palić, straszyć? — domyślił się rozkazu Bogoria.

— Właśnie tak. I brać jeńców. Wymienimy ich za ludność, którą porwał Waldemar zimą. Możecie brać więcej, będzie na zapas. No, z Bogiem, Mikołaju!

— Książę — spytał Borutka, gdy rozdzielili się. — A my też będziemy palić?

Władysław nie odpowiedział mu. Przedzierali się na Santok. Ludzie Borwina prowadzili wojsko leśnym, pewnym szlakiem. Nie głównym traktem, by nazbyt szybko nie zdradzać swej obecności. Władek liczył na to, że pożoga, jaką zrobi Bogoria, odciągnie uwagę od jego wojsk. Nagle Rulka zarżała ostrzegawczo, a Borutka niemal w tej samej chwili wrzasnął cienko:

— Panie! Patrz w górę! To znów ten ptak!

Władek zadarł głowę i zobaczył, że leci nad nimi orzeł, lśniący czerwienią skrzydeł.

— Co, do diabła?! — rzucił zdumiony.

I w tej samej chwili na końcu leśnej drogi otworzyła się polana, a straż przednia wojsk Władysława wjechała do niespodziewającego się ataku obozu brandenburskiego. Czerwony orzeł krzyknął przenikliwie jak drapieżnik ostrzegający gniazdo i rozłożywszy skrzydła, ostro zapikował w dół. Z obozu nieprzyjaciół podniósł się sygnał do obrony, rycerstwo kujawskie już wjeżdżało na polanę.

Władysław wyjął zza pleców miecz. Głownia zalśniła w słońcu.

— Kto będzie te imiona nosił — przypomniał sobie sentencję — temu nie grozi żadne niebezpieczeństwo!

I z obnażonym mieczem wjechał między wskakujących w pośpiechu na koń Brandenburczyków. Szukał margrabiego wzrokiem. W obozie panował chaos. Konie przeskakiwały przez płonące ogniska.

Zaskoczeni ludzie zadeptywali ogień, szukając broni. Rycerze nawoływali swych giermków, nie mogąc znaleźć hełmów.

Władysław ciął raz za razem, krzycząc:

— Gdzie wasz wódz? Gdzie margrabia Waldemar?!

Zamierzył się na niego pieszy giermek z kopią, której nie zdążył podać swemu panu. Władysław odsunął ją potężnym ciosem miecza. Giermek poleciał za odrzuconą uderzeniem kopią, wsparł się na niej i w tej samej chwili w jego plecy wbiła się z impetem płonąca strzała. Upadł z przeraźliwym krzykiem. Władysław odwrócił się. Borutka, tak. Czarny giermek zeskoczył z konia i dopadł ogniska. Szył z łuku raz po raz, podpalając, co się dało.

— Zuch — pomyślał Władek, jadąc dalej.

Zmierzył się z rycerzem o twarzy raubrittera, który jechał na niego z obnażonym mieczem.

— Gdzie margrabia Waldemar? — krzyknął Władek, gdy głownie ich mieczy zagrały i odskoczyły od siebie. — Mów! — Ciął go pod obojczyk, aż tamten zachwiał się w siodle. — No, mów!

— Nie — wypluł tamten wraz z krwią idącą mu z ust.

Nielubiec naprzeciw Władysława zrzucał z konia wysokiego rycerza z czerwonym orłem na piersi. Jałbrzyk darł się gdzieś w kłębowisku z boku:

— Gruby jest mój i tamten z czerwonym orłem jest mój! Móóój!

— Wszyscy jego! — złośliwe odkrzyknął Nielubiec. — A ten dla mnie! — upatrzył sobie przysadzistego dobrze zakrytego zbroją olbrzyma.

— Gdzie Waldemar?! — krzyknął Władek, unosząc się w siodle i rozglądając w zgiełku bitwy. Mieli przewagę. Zaskoczenia i liczebności. Skrupulatni giermkowie Doliwów dorzynali brandenburskich giermków. Borutka nadal miotał ogniem. Za chwilę mogło być po bitwie.

— Gdzie wasz margrabia?! — zawołał, okręcając się na Rulce, Władek.

W tej samej chwili czerwony orzeł nieustannie latający nad zamieniającą się w pobojowisko polaną wrzasnął tak głośno, że na jedno uderzenie serca wszyscy zamarli i unieśli głowy, patrząc na niego.

— Książę, jadą! — krzyknął Borutka i Władek odwrócił się za jego krzykiem.

Z lasu wypadły brandenburskie posiłki. Rulka rzuciła się ku nim. Bolebor z chorągwią nie odstępował księcia.

— Nielubiec, tyły! — wrzasnął Władysław, wiedząc, że nie wszyscy wrogowie na polanie byli martwi.

Zwarli się. Korabici tym razem nie dali się odstawić i obstąpili Władysława, walcząc wokół swego księcia, aż musiał ich ofuknąć, by zrobili mu trochę miejsca.

— Gdzie Waldemar?! — zawołał.

— Tam! — krzyknął Bolebor, wskazując wysokiego mężczyznę w płaszczu z czerwonym orłem na plecach. Twarz margrabiego zasłaniała przyłbica. Władek ruszył ku niemu z wyciągniętym mieczem.

— Margrabio Waldemarze! — krzyknął wściekle. — Przyjmij walkę!

— Przyjmuję — głucho odezwał się przeciwnik, wyjmując miecz, i otaczający go rycerze rozstąpili się.

— Korabici na bok — syknął Władysław. — Na bok, bo Rulka stratuje! Kto będzie te imiona nosił… — zawołał gromko i szybko ucałował głowicę miecza.

Poczuł, jak przeszedł go dreszcz. Rulka skoczyła, pochylił się w siodle i wyprostował w chwili, w której klacz wylądowała na ziemi. Miecz sam prowadził jego dłoń, ciągnął ramię do uderzeń; Władysław zamachnął się i ciął margrabiego, trafiając w bark ramienia uniesionego do ataku. Przed oczami zobaczył krwawą mgłę, uszy prześwidrował mu świst. Czuł siłę cięcia, czuł, że ostrze przebiło ramię margrabiego, wchodząc równo między płyty naramiennika, ale potrzebował chwili, by zrozumieć, że obciął mu rękę i obalił z konia. Rulka wykonała długi skok i zakręciła, wracając do ofiary. W tej samej chwili mgła odeszła z oczu Władysława i zobaczył, jak czerwony orzeł pikuje. Odruchowo osłonił głowę mieczem, bo drapieżnik leciał wprost na niego. Rulka znów zakręciła. Zawirowali, jeździec i koń. Czerwony orzeł z rozwartym dziobem wpadł prosto na chorągiew Władysława i rozdarł ją równo na pół, oddzielając herbowego półorła od półlwa. Książę poczuł ukłucie w trzewiach, jakby jego samego rozdarto na pół, i w tej samej chwili drapieżny ptak krzyknął przeraźliwie. W jego czerwonym cielsku utkwiła płonąca strzała Borutki. Skrzydła zajęły się w jednej chwili. Swąd palących się piór otoczył poddających się księciu rycerzy Brandenburgii.

Wracali z wygraną, z tryumfem, z jeńcami, ale bez radości pokonania samego Waldemara.

Ten, co podał się za margrabiego i któremu Władysław odrąbał ramię, miał na imię Horst i okazał się jednym z brandenburskich wodzów. Mieli rannych, więc następnego dnia na postój zatrzymali się u cystersów w Bierzwniku. Opat pozwolił rozbić obóz pod murami klasztoru, wziął rannych do infirmerii i podzielił się z nimi dobrą nowiną:

— Wybrano papieża. Kościół znów ma pasterza na ziemi.

— Kto taki? — zapytał z wypiekami Mikołaj Bogoria.

— No, jeszcze nie twój brat — zaśmiał się z niego Nielubiec. — Jarosław ledwie co na studia pojechał i to do Bolonii, a teraz Kościołem włada się z Awinionu!

— Francuz — oświecił ich opat bierzwnicki. — Jacques Armand Duèse, który przyjął imię Jana XXII.

— Coś o nim wiadomo? — zaciekawił się z wiadomych powodów Władysław. — Komu sprzyja? Wittelsbachom czy Habsburgom?

— Pierwsze wypowiedzi nowego papieża są zaskakujące — oględnie odpowiedział opat. — Sugeruje bowiem, iż żadna z dwóch elekcji nie jest ważna i zgodnie z doktryną teokratyczną to papież włada Rzeszą w czasie bezkrólewia.

— Fiu — gwizdnął z podziwem Borutka, aż trzeba go było skarcić wzrokiem.

— Nowo wybrany Ojciec Święty jest w słusznym wieku — dodał opat znacząco, patrząc na Władysława. — Mówi się, iż z pewnymi sprawami trzeba się pospieszyć.

— No to napijmy się! — zaproponował Mikołaj Bogoria. — Za zdrowie Jana XXII i rychłą koronę dla naszego księcia!

— To może ja już pójdę — przepraszająco uśmiechnął się opat. — Jako opat zakonu podlegam wprawdzie najpierw papieżowi, ale tu ziemie brandenburskie. Nie wypada mi słuchać o pewnych sprawach.

— Och, ojcze — zaprosił go Władysław. — Za papieża się ojciec nie napije? A co do naszej obecności, powiecie, żeśmy gwałtem gościnę wymogli.

— O, pewne... sukcesy księcia są szeroko znane... — skromnie rozłożył dłonie opat. — Na przykład bożogrobcy z Michowa i wypędzenie opata Henryka. Słyszało się to i owo...

— Sami widzicie — klepnął opata w ramię Władysław. — Dorobiono mi złą sławę gwałciciela zakonu, powołasz się na nią, wielebny. Miodu?

— Tak odrobinkę, bo nieszpory mam — powiedział opat i oblizując usta, wyciągnął rękę po kielich.

— No to zdrowie! Oby papież nam sprzyjał! — wzniósł toast Władysław.

— Za rychłą zgodę na koronację! — dodał opat i wypił.

— I za paliusz dla arcybiskupa na szybko! — dodał Bogoria. — Borzysławie, fru, do Krakowa!

— Chyba do Gniezna — poprawił go któryś z kaliskich rycerzy.

Bogoria i Władysław wymienili się spojrzeniami.

— To taki nasz żart wawelski — wytłumaczył Bogoria. — Wiadomo, że arcybiskup rezyduje w Gnieźnie.

Odpoczywali po ciężkim dniu. Smakowali dobrze zadane rany, jak powiedział Borutka.

— Chcesz, książę, zobaczyć miejsce, w którym spadł z nieba ognisty kamień? — spytał go wieczorem Borwin.

— Daj ty księciu spokój — jęknął Bolebor, który nie mógł przeboleć, że w jego ramionach orzeł chorągwi rozdarł. — Najjaśniejszy pan jest zmęczony.

— Nie aż tak — powiedział szczerze Władysław. — Właściwie czuję, jakbym miał więcej sił niż przed bitwą. Jadę.

— Ja z księciem — zgłosił się natychmiast Borutka.

Bracia cystersi chcieli poprowadzić, ale Bolebor mówił, że wiele razy był w tym miejscu. Ruszyli wąską ścieżką w młodym, rzadkim lesie.

— Byłem niedaleko, gdy to się stało — opowiadał. — Zerwał się wiatr, jakby szło na burzę, ale z nieba nie spadła kropla deszczu.

— Suchy wicher — ze znawstwem rzucił Borutka.

— Tak, wicher — skinął głową płowowłosy. — Gorący i suchy. I nagle zrobiło się jasno jak w dzień. Zobaczyłem kulę ognia pędząca ku ziemi i pomyślałem: Chrystus powraca! Rachunek sumienia sam się zrobił, w jednej chwili. No, okropna sprawa, gdy człowiek sobie przypomina rzeczy, o których dawno zapomniał. I zaraz po tym nastąpił huk. Ognista kula uderzyła w ziemię. Po chwili las zapłonął i wtedy zrozumiałem...

— ...że to nie Chrystus? — wesoło podpowiedział Borutka.

— W każdym razie nie dosłownie. Wskoczyłem na koń i jechałem w stronę łuny.

Las rozrzedził się. Porastały go już tylko zupełnie młode drzewa. Borwin pokazał, by zjechali ze ścieżki.

— To zagłębienie — wskazał zwiadowca na lej w ziemi. — W czas ulew tworzy się tu bajorko, dzisiaj niby jest sucho i widać całe zagłębienie, ale doradzam zsiąść z koni. Na dnie bywa grząsko.

Władek zeskoczył z siodła, ale kiedy ruszył w dół, Rulka wciąż szła za nim.

— Jesteś ciekawska — skarcił ją i rozkazał: — Zostań tutaj.

— Spodziewałem się czegoś więcej — mruknął rozczarowany Borutka.

— Czego? Dziury w ziemi i zejścia do piekieł? — zaśmiał się z jego naiwności Władek.

— Teraz już nic tu nie ma, ale krótko po upadku ognistej kuli znajdowano w ziemi kawałki stopionego żelaza. Mówiono na nie „płomienne żelazo", bo gdy kowale je kuli, potrafiło lśnić dziwnym blaskiem.

— Mogę poszukać? — zapytał nagle zaciekawiony giermek.

— Spróbuj — pozwolił Władysław. — Rulka?! Co ty tu robisz? Klacz miała zostać u góry.

Wstrząsnęła łbem i szła za nim. Chciał powiedzieć „uważaj, bo tu ponoć grząsko", ale powstrzymał się. A bo to raz wybawiała go z kłopotów? Ona wiedziała lepiej, gdzie może stąpnąć, gdzie nie.

— Dziwne miejsce — powiedział, patrząc na niemożliwie zielony mech pokrywający dno krateru.

— Cystersi widzieli płomienny deszcz, który spadł zaraz po uderzeniu — odezwał się po chwili Borwin. — Możesz ich spytać, książę, wciąż żyje wielu braci, którzy go pamiętają.

— Kiedy to było?

— Dziesięć lat temu. Dlatego drzewa takie młode. Tamten las spłonął od uderzenia.

— Dziesięć lat — powtórzył. — Słyszysz, Rulka? Myśmy wtedy wrócili z banicji i zdobyli Kraków. A dzisiaj pokazaliśmy drapieżnej Brandenburgii, że nie zostawimy żadnego ataku bezkarnie. — Rozmarzył się. Nagle poczuł upływ czasu. Dziesięć lat minęło, odkąd po powrocie objął wawelski zamek. Może to dobry znak, że dzisiaj, gdy dał odpór Brandenburczykom, wybrano papieża? Może to pragnienie, które napędza każdy jego dzień, ziści się teraz?

— Nic nie znalazłem — rozłożył ramiona rozczarowany Borutka i zaczął z powrotem wspinać się do nich.

Rulka wyprzedziła Władka i wolnym, ostrożnym krokiem zeszła na dno krateru.

— Wracaj — poprosił ją. — Zaraz będzie ciemno.

Jego klacz nie usłuchała. Położyła się na mchu pośrodku wgłębienia w ziemi.

— Rulka, no proszę — jęknął.

— Książę — szepnął Borutka — zejdź do niej.

W tej samej chwili dotarło do niego. Zrozumiał. Zszedł i przyklęknął przy boku klaczy.

— Rozsiodłać cię? — spytał.

Wstrząsnęła łbem, przecząc i wyciągnęła szyję. Wystawił dłoń, pytając, czy może ją pogłaskać. Zwykle nie znosiła pieszczot. Musnęła go nosem. Zobaczył, że drży jej cała skóra.

— Och, Rulka — rozczulił się i jak szczeniak rzucił jej na szyję. Objął ją z całych sił, poczuł jej ciepło, woń sierści. Pozwoliła na tę poufałość, ale tylko przez chwilę. Potem zrzuciła jego ramiona i skonała, rżąc.

ELIŠKA PREMYSLOVNA rozkwitła po urodzeniu syna. Poród był wyczerpujący, duszność w komnacie sypialnej nie do zniesienia, ale dała radę, bo ani przez chwilę nie zwątpiła, że tym razem wyda na świat następcę tronu. I usłyszała:

— Syn!

Znalazła w sobie dość sił, by krzyknąć:

— A nie mówiłam!

I natychmiast zażądała, by pokazano jej dziecko. Musiała na własne oczy zobaczyć to, co nosiła w sobie tak długo. To, co było gwarancją jej powrotu do władzy.

— Mój chłopiec — rozpłakała się z emocji. — Mój mały Václav!

— Królowo — łagodnie zaoponował biskup. — To król nadaje imię potomkowi.

— Będzie Václav — oświadczyła. — Święte imię Przemyślidów.

— Chłopiec jest Luksemburczykiem — przypomniał jej wielebny.

— No i co z tego? — zaśmiała się. — Jan nie nada mu imienia po swym ojcu, bo „Henryk" to dzisiaj w Czechach podejrzane imię. Lud pomyśli, że król chce uczcić pana z Lipy, a nie cesarza. O, byłoby używanie! Mój mały Václav — czule pochyliła się nad dzieckiem. — Jesteś brzydki, ale wyrośnie z ciebie wielki król!

Jan nie protestował. Chodził dumny niczym paw i Eliška raz po raz musiała mu przypominać, że to nie on Václava urodził. Po dwóch miesiącach od przyjścia na świat następcy tronu Jan był wyraźnie zmęczony Pragą. W kraju panował ład i spokój. Sąd uniewinnił Lipskiego od zarzutów, zwolniono zakładników i jej młody, nierozsądny mąż gotów był puścić całą wojnę domową w niepamięć. Mówiła mu, ostrzegała:

— Ktoś, kto raz pokazał, że stać go na wojnę z własnym królem, nigdy nie złoży broni. Powinieneś go zaatakować, gdy się nie spodziewa, gdy oddaje się nieprzystojnym amorom ze swą kochanicą.

Ale Jan pozostał na jej rady głuchy, a gdy tylko dostał wezwanie od Ludwika, króla Niemiec, który zbierał siły na wojnę z Habsburgiem, w jednej chwili był gotów do wymarszu.

— Co?! — zdziwiła się, gdy jej o tym powiedział. — Nam Ludwik wojsk poskąpił.

— Nie nam, ale tobie — odpowiedział bezczelnie. — Przypomnę, że dla Czech silny Habsburg zawsze będzie niewygodny. Mamy swój interes we wsparciu Ludwika.

— Habsburg nie byłby groźny, gdyby przed laty moja macocha go nie poślubiła — wypomniała mu Eliška to, czego Jan wolał nie pamiętać.

— Żono — syknął na nią. — Czy ty pod każdym kamieniem widzisz Rikissę?

— Nie. Czasami widzę ją z Lipskim — wypaliła. — Któreś z nas musi być bardziej przewidujące. Skoro ty im ufasz, przywróciłeś do łask, to ja, jako królowa, muszę być bardziej ostrożną.

Rozmowa zakończyła się źle i Jan wyjechał do Niemiec, powierzając władzę nie jej, ale mogunckiemu lisowi, Peterowi z Aspeltu.

— Źle zrobił — oceniła Eliška, rozmawiając z Vilémem Zajícem.

— Bardzo niedobrze — wsparł ją Zajíc. — Każdy, byle nie Aspelt. Czesi go tolerują wyłącznie przez wzgląd na króla...

— I już raz Petera wygnali — przypomniała.

— Właśnie — potwierdził Vilém. — Gdy Jan opuszcza kraj, może się okazać, że Aspelt stanie się solą w oku. Zrobienie z niego królewskiego namiestnika nie spodoba się baronom.

— Nawet mnie się nie podoba — wyjawiła mu. — Jan powinien zostawić władzę w rękach królowej, czyż nie?

Vilém Zajíc zrobił zakłopotaną minę, ale potwierdził.

— Tak, byłoby to lepsze, niż mianować mogunckiego lisa.

— I co to jest za wiadomość przekazana tym wszystkim Lipskim i innym dawnym buntownikom. Że król nie ufa królowej.

— O, tak daleko bym nie szedł, moja pani. — Vilém najwyraźniej też był z tych, co wszystko widzą lepszym, niż jest.

— A ja tak to rozumiem — postawiła na swoim Eliška. — Nie inaczej. Obiecywał, że wrócę do władzy, gdy urodzę syna. Urodziłam, a Jan słowa nie dotrzymał. Aspelta mianował. Im dłużej na to patrzę, tym wyraźniej widzę, że postąpił wobec mnie mściwie i podle. Okrutnie nawet.

— Najjaśniejsza pani, nie trzeba aż tak ostro — zaczął łagodzić Vilém.

Rozjuszył ją tym. Jak można być tak ślepym?! Została w Pradze sama, otoczona armią nianiek i mamek, piastunek i dwórek, ale nie armią zbrojną! Jan zabrał ze sobą to nieliczne wojsko, jakie posiadali, i w dodatku nie jej, a Peterowi z Aspeltu zostawił władzę. Przy wiecznie pustym skarbie kim była? Królową, matką następcy tronu i nikim.

— Potrzeba ci sojuszników, pani — nieśmiało zaczął Vilém, ale przerwał, bo wszedł kanclerz Eliški z dość niewyraźną miną.

— Królowo — dołączył do nich — mam list do ciebie.

— Od kogo? — ucieszyła się, licząc na odmianę losu.

— Od królowej wdowy — powiedział cicho kanclerz.

Wzięła od niego pergamin i dotknięta do żywego spojrzała na majestatyczną pieczęć Rikissy. BIS REGINA. A niech ją! Otworzyła i przebiegła wzrokiem wysokie litery.

— Eleganckie pismo — zajrzał jej przez ramię Vilém.

— Raczej wypowiedzenie wojny — ponuro odpowiedziała Eliška i wepchnęła list z powrotem w rękę kanclerzowi. Wzbierała w niej furia, nie mogła dalej czytać.

— *Bis regina* zawiadamia ciebie, jako królową i siostrę swej córki, królewny Aneżki, że zaręczyła ją z księciem śląskim, Henrykiem — najostrożniej, jak potrafił, powiedział kanclerz.

— Nie jestem ślepa! — ryknęła na niego. — Tyle zdążyłam przeczytać!

— Ośmielę się powiedzieć — cicho odrzekł kanclerz — że królowa wdowa nie miała prawa bez zgody króla Jana wydać córki za mąż. Aneżka jest...

— Jezu! — złapała się za głowę Eliška. — Czy ty nie potrafisz powiedzieć czegoś więcej? Czegoś, co nie jest oczywiste? Przecież to jasne, że wyczekali na wyjazd Jana, by wydać małą! Kim jest ten książę jaworski?

— Szwagrem Ludwika Wittelsbacha, szwagrem księcia Władysława i...

— I jego dobra graniczą z ziemiami Lipskiego — dodał Vilém.

— Pani — drżącym głosem spytał kanclerz. — Czy doczytałaś o Hradcu?

— Nie — burknęła. — Krew mnie zalała od samego początku.

— Proszę, królowo, tylko się nie denerwuj — zastrzegł kanclerz. — *Bis regina* za...

— Jak jeszcze raz powiesz o niej „bis regina", to cię uduszę — przestrzegła go.

— Tak jest. Ona — poprawił się — ona zawiadamia cię, że ponieważ król Jan zajął trzy z jej miast i nie ma czym zastawić posagu córki, oddaje... — kanclerz zerknął na Eliškę, przełknął ślinę, przeżegnał się i dokończył: — ...oddaje zięciowi Hradec jako zastaw.

Eliška Premyslovna poczuła, jak krew uderza jej do twarzy. Jak zrobić zamach w jedwabnych rękawiczkach? Właśnie tak. Za tym wszystkim musiał stać Lipski.

— Za tym musi stać Lipski — powiedział Vilém Zajíc.

Uderzyłaby go, gdyby nie to, że dramatycznie potrzebowała sojuszników. Pohamowała się, choć kosztowało ją to wiele.

— Słusznie mówisz, Vilémie — powiedziała po chwili. — Za tym stoi Lipski. Ostrzegałam Jana przed wyjazdem, że powinien się go pozbyć, i proszę! Długo nie było trzeba czekać na dowód.

— Najjaśniejsza pani — włączył się kanclerz. — Nie będę mówił, że ona nie miała do tego prawa, bo ty to wiesz.

— Co?

— Hradec nie jest jej własnością. To dobra oprawne, może z nich korzystać, czerpać zyski, zarządzać nimi, ale nie ma prawa oddawać ich w zastaw posagu córki.

Nareszcie powiedział coś nowego — odetchnęła i oznajmiła:

— Tak, wiedziałam o tym.

— *Bis...* ona zaznacza, iż napisała w tej sprawie także do króla — dodał kanclerz. — Bo chce wyjednać u niego zgodę na oddanie Jaroměřa, który trzyma król, i jeszcze jednego miasteczka w ramach sum posagowych zięciowi.

— To znaczy — usiłowała zapanować nad sobą Eliška — iż ona nie czuje wobec mnie najmniejszego szacunku i wie doskonale, że nie mam żadnej władzy. Mnie informuje, co zrobiła, a do Jana pisze, by oddał jej miasta.

Jawnogrzesznica — oceniła Eliška krótko.

— Tak można to czytać — powiedział kanclerz i dodał szybko: — Ona informuje, iż wojska jej zięcia w najbliższym czasie przejdą...

— Praga zagrożona! — wrzasnęła Eliška.

— Nie, nie, pani — pospieszył z wyjaśnieniami kanclerz. — Przejdą przez Bolków, Kamienną Górę, Trutnov, Jaroměř do Hradca. Podała całą trasę, ona.

— Przemarsz zbrojny przez Królestwo — zafrasował się Vilém Zajíc. — Manifestacja ich siły.

— I wypowiedzenie wojny — oceniła krótko Eliška. — Vilémie! Pozbieraj nasze siły. Musimy być gotowi do obrony.

— Trzeba powiadomić Petera z Aspeltu — ostrożnie podpowiedział kanclerz. — Jakby nie było, jest namiestnikiem.

— Sama mu powiem — z satysfakcją oznajmiła Eliška.

MECHTYLDA ASKAŃSKA w bezsilnym gniewie odbijała się od ścian swej komnaty. Tłukła, co wpadło jej w ręce. Klęła i złorzeczyła. Płakała. Jej pierś była pusta. Orzeł wyhaftowany purpurą na staniku sukni nie zastąpi prawdziwego. A ten zginął. Spłonął w bitwie leśnej pod Santokiem. Niemal czuła woń jego płonących piór. Smród.

— Gdybym sama go zabiła i spaliła na ofiarnym stosie... gdybym sama go zabiła i spaliła... — powtarzała w kółko jak psalm.

Beznadzieja wypełniała ją jak trująca zgorzel. Wszystko, czego się tknęła, więdło. Każde z jej marzeń rozpadło się w pył. Wychowała tyle bratanic, tyle czerwonych orliczek, ale żadna nie spełniła jej wielkich ambicji, a mężczyźni przynosili chłód upokorzeń. Otto ze Strzałą zmarł przez jurną dziwkę. Z tą samą zdradził ją Waldemar. Woldemar...

Był ucieleśnieniem jej marzeń. Nie! Był od nich straszliwszy. Jedyny mężczyzna, przy którym czasami czuła paraliżujące przerażenie. Prawdziwy zimnokrwisty. Półbóg i potwór zamknięty w jednym, budzącym pożądanie ciele. Razem mogli wszystko, trzymali w rękach nitki wiodące do każdego z celów i dzisiaj nie zostało z tego nic. Tamtego letniego popołudnia nad brzegiem Modły do nich należał świat. Gdzie dzisiaj jest ten świat?

Gruzowisko — splunęła pogardliwie na posadzkę ze szkliwionych płytek.

Byli jak troje woźniców rydwanu, zaprzężonego w ogiery z najlepszej stajni. Trzymali w rękach wodze i ruszali w wielki wyścig.

— Co się stało? — jęknęła. — Każdy z koni odbiegł w inną stronę? Zerwała się nazbyt naprężona uprzęż?

— Pani — zaszemrała cicho Dagmar, jej stara służka. — Widzę, że księżna niedomaga. Jak mogę pomóc? — w głosie staruchy zabrzmiał ból i to drugie, to, co zwykle czują ludzie.

— Skąd wiesz, że potrzebna mi pomoc? — spytała obcesowo.

— Współczucie, moja pani — łagodnie powiedziała Dagmar i odsłoniła siwy kosmyk włosów spadający jej na czoło.

— Wspó-czucie — powtórzyła po niej Mechtylda. Dziwne słowo. — Pomóż mi ułożyć włosy — zażądała.

— Wedle życzenia — ucieszyła się stara i natychmiast chwyciła za grzebień.

Palce Dagmar drżały lekko, ale były delikatne i czułe. Przynosiły Mechtyldzie ulgę. Służka rozczesywała zmierzwione włosy swej pani niezwykle wolno, pasmo po paśmie.

— Mamy czas — szeptała kojąco. — Mamy dużo czasu.

Mechtylda przymknęła powieki i oddychała nierówno. Nie ma czasu, Dagmar jest w błędzie. Waldemar nie spłodził dziedzica, dynastii askańskiej zaczyna śmierć zaglądać w oczy. Musi oderwać go od tej dziwki, która wysysa z niego życiodajne siły. Nie jest ślepa, to przez nią nie pojechał naprzeciw Władysława i pozwolił, by zginął Horst, by spłonął od strzały giermka jej orzeł. Serce zakłuło ją nagle nierównym, ostrym rytmem.

— Przestań — syknęła do Dagmar.

— Źle się czujesz — blade oczy służki były przestraszone. — Może pomogę ci się położyć, pani?

— Nie. Zaprowadź mnie do pracowni.

— Ale… — Dagmar zawstydziła się. — Nie pozwalałaś mi nigdy tam wchodzić… może niech tak zostanie…

— Ja rozkazuję — powiedziała Mechtylda i ledwie złapała kolejny oddech. — Pomożesz mi przygotować lekarstwo.

— Lekarstwo — odetchnęła z ulgą stara. — Z radością, moja pani.

Podała jej ramię i pomogła wstać z krzesła. Podtrzymała ją z wyczuciem, gdy Mechtylda zachwiała się.

— To serce — podpowiedziała kojącym głosem — na serce najlepszy wypoczynek. Napar z lipy z miodem i sen.

— Napar z lipy! — prychnęła Mechtylda i wyjęła z rękawa sukni klucz do tajemnych drzwi. — Otwórz — zażądała, bo nie miała siły włożyć żelaza w zamek.

Dagmar najpierw oparła ją na swej piersi, a dopiero potem otworzyła drzwi. Pchnęła je łokciem i weszły. Pomogła Mechtyldzie usiąść na krześle, którego oparcie zdobiła tapiseria z czerwonym orłem. Wróciła do sypialni po świecę, zapaliła kaganki.

— Co dalej, pani?

— Trzecia półka od lewej — wskazała Mechtylda. — Flakon z fioletowego szkła.

— Widzę tylko czarny — bezradnie odpowiedziała Dagmar i podsunęła jej pod nos naczynie.

— To ten — skinęła głową Mechtylda. — Otwórz i postaw tu. A teraz przynieś czerwone wino. Nie! Weź stąd. Dzbany stoją w skrzyni.

Dagmar zakrzątnęła się. Odruchowo otarła stół z okruchów ostatniej wieczerzy. Kiedy tu jadłam? — zastanowiła się Mechtylda. — Nie pamiętam...

Gdy służka podała jej kielich z winem, Mechtylda wzięła flakon i odmierzyła do niego trzy krople. Rozlały się po powierzchni wina jak granatowa oliwa. Ciemne, gęste i niezawodne.

Mechtylda uniosła flakon i spojrzała pod światło. Serce niemal stanęło jej w piersi. W naczyniu została ostatnia porcja. Nic więcej.

— Podaj mi zwierciadło — powiedziała, czekając, aż krople eliksiru rozpuszczą się w winie.

Dagmar znalazła je bez podpowiedzi. Mechtylda położyła dłoń na polerowanym srebrze i czekała, aż jej gardło przestanie ściskać strach. Trzy krople dzielą ją od zmartwychwstania, ale to już przedostatni raz. Wychyliła kielich jednym haustem i przymknęła powieki.

Wino zmieszane z najmocniejszym z naparów zaczęło krążyć w jej żyłach. Od razu poczuła przypływ odwagi. Nawet jeśli już widzę dno — pomyślała hardo — wolę żyć krócej, a mocno.

Serce zaczynało bić normalnym rytmem. Policzyła do dziesięciu i wzięła głęboki wdech. A potem uniosła lustro z polerowanego srebra. I otworzyła oczy. Zobaczyła odbicie pięknej Czerwonej Księżnej. Siebie zatrzymanej w czasie.

— Tak, to ja — mruknęła, czując przypływ sił.

I w tej samej chwili stało się coś, czego nie umiała wytłumaczyć. Jej ciało zastygło jak skamieniałe. Nie mogła się ruszyć, nawet mrugnąć. Z migotliwej powierzchni zwierciadła patrzyła ona, Mechtylda Askańska, a za jej plecami pojawiło się oblicze Dagmar. I kogoś jeszcze. Zielonookiego karła. Chciała krzyknąć, ale nie mogła.

— Musimy się pospieszyć — powiedział karzeł do Dagmar. — Trucizna jest piekielnie mocna i nigdy mnie nie zawiodła, ale działa krótko. Gdzie masz sznur?

— Proszę — podała mu linę Dagmar, a jej głos zabrzmiał tak samo ciepło jak chwilę wcześniej, gdy radziła jej napar z lipy.

Współczucie — pomyślała Mechtylda, nie mogąc drgnąć. — A więc to jest twoje współczucie.

Związali ją jak owcę, ale nie czuła pęt. Jej ciało było odrętwiałe i pracował wyłącznie jej umysł. Karzeł wciąż gadał do Dagmar.

— No i zakochałem się, rozumiesz? Cierpię katusze, bo moja miłość jest daleko, w Pradze, zamknięta w klasztorze...

— To jedź i ją uwolnij — Dagmar, przeciągając linę między jej dłońmi, powiedziała tak, jakby Mechtyldy tu nie było.

— Niby tak — westchnął karzeł, pętając jej stopy. Mechtylda chciała mu powiedzieć, by uważał, bo jej trzewiki z czerwonej tłoczonej złotym wzorem skóry były warte fortunę, ale karzeł związywał ją obojętnie, jakby była owcą. — Ale wszyscy widzieli karła w klasztorze. Rozniosło się i widzisz, mam obawy, że gdy tylko pojawię się w Pradze, ktoś zaalarmuje straże...

— To albo ją kochasz, albo się boisz — wstrząsnęła ramionami Dagmar i zawiązała supeł na dłoniach Mechtyldy. — A gdybym posądzała cię o tchórzostwo, nie prosiłabym o pomoc przy wiedźmie.

Mechtylda zrozumiała, że mówią o niej, i nie mogła nic zrobić. Zielonooki karzeł skończył wiązać jej nogi i odciął sznur. Wytarł ręce w portki i powiedział:

— Jak dobrze porozmawiać ze starą przyjaciółką. Nawet jeśli mi nie współczujesz, powiesz prawdę. Ale odmiana, co? — Głową wskazał na skrępowaną Mechtyldę. — Dasz mi jakieś szmaty? Muszę ją zatkać.

Dagmar zaczęła drzeć na pasma lniane ścierki, których Mechtylda używała do odcedzania ziół. Zręczność, z jaką wszystko odnajdowała w pracowni, podpowiedziała jej, że stara służąca jest tu nie pierwszy raz.

A ja jej tak ufałam — pomyślała Mechtylda. — Zostawiłam ją przy sobie, choć zwalniałam wszystkie inne. Ta jedna Dagmar była ze mną od dnia ślubu z Barnimem. Mogłam patrzeć, jak ona się starzeje, i cieszyć się tym, nad czym zdobyłam władzę. Ona pomagała mi nawet odebrać poród Konstancji, wyciągnąć na świat małego Waldemara. Tak, jedna Dagmar słyszała zaklęcie, które wymówiłam nad jego głową. Woldemar.

— Jak siedziała tam w komnacie — ciągnął karzeł — to wyglądała jak starucha. A teraz niemal młódka. Gdyby nie te szpony, dałbym się nabrać — zaśmiał się.

Mechtylda wiedziała, że eliksir nie działa na jej dłonie, ale gdy go potrzebowała, zakładała rękawiczki. Teraz obleśny karzeł zobaczył jej tajemnicę i naśmiewał się z niej. Stanął z nią twarzą w twarz, mogła zobaczyć jego wściekle zielone oczy. Nie patrzył na nią jak na kobietę i to wprawiło ją w furię. Wziął paski lnu, które udarła dla niego Dagmar, i wcisnął jej w usta. Czuła, jak na siłę rozwiera jej szczęki, i nic nie mogła zrobić.

— No — powiedział zadowolony. — Wiedźma już nie piśnie. Jak chcesz ją zabić, Dagmar?

Do Mechtyldy dotarło to, co powinna zrozumieć wcześniej. Nie wyjdzie z tego żywa. Zielonooki karzeł i najwierniejsza z jej sług zapolowali na nią i chcą ją uśmiercić. Nagle wszystko uleciało. Ambicje, pragnienia, pożądania. Pomorze, Starsza Polska, Brandenburgia w królewskiej koronie, wszystko to, czemu poświęciła życie, stało się bezwartościowe i miałkie wobec śmierci, którą chciano ją ukarać przedwcześnie i bez jej woli. Dobrze, nawet jeśli tego wieczoru ze sto razy wykrzyczała, że nie ma już po co żyć, to była bzdura. Nieprawda. W obliczu utraty życia jedynym jej pragnieniem było zachowanie go. Wezwałaby czerwonego orła, gdyby żył. Ale jej drapieżnik spłonął, jak ofiara na ołtarzu źle wydanej bitwy. Była sama. Bezbronna. I, co gorsza, nie miała pojęcia, dlaczego zabija ją właśnie Dagmar. Jej najwierniejsza ze sług.

— Jak? — powtórzyła po karle zmęczonym głosem Dagmar. — Grunhagen, wszystko mi jedno. Zabij ją byle jak, nie chcę, by cierpiała. Robię to, by pomóc córce. Wiedźma uwzięła się na moją Ostrzycę, a ta ma robotę do wykonania. "Misję", jak sama mówi, wiesz, jak to młodzi. Wszystko jest takie ważne. No, po prawdzie, to sprzyjam tym ich pomysłom. Ja jestem stara, ale oni niech skorzystają — otarła dłonie w fartuch i uśmiechnęła się do karła. — Ostrzyca mówi, że kiedyś zapanuje powszechna wolność. No, pewnie, chciałoby się tak, ale kto tam wie, co będzie kiedyś?

— Dagmar, Dagmar — karzeł pocałował ją po obwisły policzek tak czule, jakby dla niego była kobietą. — Słodka jesteś, przyjaciółko. Mówiłem ci to kiedyś? Pewnie nie. Ważne rzeczy zawsze zostawiamy dla siebie — poklepał ją po pośladku, a ona odepchnęła jego dłoń. — Ty akurat powinnaś wierzyć Starcom. Kazali ci przyjść na służbę do Mechtyldy, jak byłaś ledwie rozkwitłym kwiatkiem. Pamiętam cię w tamtych czasach, mleko i miód — cmoknął i jego zielone oczy zalśniły. — Ten, co dzisiaj nie ma ramienia, mówił wtedy, że idziesz na misję, która przyniesie owoc największy. I widzisz, Dagmar? Dzisiaj spełniło się. Zabijesz Mechtyldę.

— Ja? — zlękła się. — Nie, przyjacielu. Prosiłam cię na pomoc. Ty to zrób. Ja jakoś nie mam ręki.

— Dobrze, słodka — uśmiechnął się do niej znów. — Zrobię, co zechcesz.

— Ach, Grunhagen — westchnęła Dagmar, ciężko siadając na stołku. Łokieć oparła o stół. — Nawet nie wiesz, przez co przeszłam. Najgorzej było, gdy nie pozwolili mi pomóc cudnej księżniczce Lukardis. A potem cierpienia Olchy, a ja musiałam tu tkwić i udawać wierną służkę Mechtyldy.

— Ale widzisz, opłaciło się. One nie żyją, a to ty zadecydowałaś o śmierci Czerwonej Pani — karzeł patrzył na Dagmar z uwielbieniem.

Mechtylda poczuła wściekłość. Jak to możliwe?! Odurzyli ją trucizną, spętali jak owcę i teraz zajmują się tylko sobą, jakby jej śmierć była niczym?

— Dobrze, stary przyjacielu. — Dagmar klepnęła karła w ramię. — Zostawmy słodkie słowa na jakiś lepszy czas. Skończmy z mą panią. Niezręcznie się czuję jak ona tu, taka związana.

— No to jak ma umrzeć? — karzeł wyprężył się przed Dagmar.
— Rozkazuj, piękna.

Gdyby Mechtylda miała władzę nad swym ciałem, wybuchłaby śmiechem. Jej pogarda wobec tych dwojga zmiotłaby ich z powierzchni ziemi.

— Zabij ją szybko — zdecydowała o jej śmierci służąca. — Współczuję księżnej, że żyła tak źle. Nikt się za nią nie pomodli po zgonie. Nikt nie zapłacze. To straszne. Pustka wiekuista.

Ty głupia dziwko — pomyślała Mechtylda. — Nawet nie wiesz, co...

W tej samej chwili zielonooki karzeł wbił sztylet w jej pierś. Mechtylda zrozumiała, że gdy jej łowczy Jakub de Guntersberg zdradził ją i odmówił przyjęcia zlecenia na rzecz konkurenta, to miał na myśli tę poczwarę.

I to była jej ostatnia myśl. Świadomość, że śmierć ma swój początek wiele lat temu, tu, w tej pracowni, gdy otworzyła serce przed Jakubem de Guntersberg. Albo i wcześniej, ale ciągle wiąże się z nim. Sekretny człowiek bez twarzy, któremu płaciła tyle razy, swą odmową spowodował lawinę, która przyniosła jej śmierć. To dziwne. Zawsze pragnęła życia, zaprzeczyła śmierci, a ta dopadła ją tak podle. Tak upokarzająco.

— Współczuję księżnej — w kółko powtarzała durna Dagmar.

Mechtylda chciała przyzwać czerwonego orła. Herb, któremu służyła całe życie. Ale nie było go. Swąd piór unosił się w powietrzu, gdy spadała w otchłań. W mrok.

RIKISSA patrzyła na Agnieszkę i Henryka. Na swą córkę i zięcia. Miała na to całą jesień i zimę, bo Henryk Jaworski wraz z wojskiem, jak zaplanowali, przybył do Hradca, nim opadły liście. Zima tego roku była nadzwyczaj sroga i choć Lipski przewidywał, że na obecność jej zięcia Eliška odpowie uderzeniem zbrojnym, pani zima pokrzyżowała plany wszystkim. Mrozy ścięły ziemię, spadły ogromne śniegi i królestwo niemal zapadło się pod nimi. Miała wiele czasu, by przyjrzeć się przyszłemu mężowi swej córki.

— Jest bardzo przystojny — fachowo oceniła go Trinka. — Wysoki, oczy ma takie, zielonoszare jak kocur. I te włosy! Sama chciałabym mieć takie włosy!

— I ma apetyt — pochwaliła go Marketa. — Ładnie je, choć szczupły.

— A jaki pobożny — dołożyła swoje Gizela. — Podglądałam go w kościele.

— Nie masz się czym chwalić — łagodnie skarciła ją Rikissa. — W kościele powinnaś się modlić.

— Toż się modliłam i to długo! A on dłużej ode mnie. Stąd wiem.

— Ciekawe, o co się modlił? — rozmarzyła się Katka. — Może o to, by nasza słodka Aneżka szybciej dojrzała, co? Jak przyjdzie ten czas, to sama jej uszyję czerwoną suknię.

— Nie będzie żadnych czerwonych sukni — powiedziała Rikissa. — To upokarzający obyczaj.

— Zgadzam się z kralovną — kiwnęła głową Marketa. — Równie dobrze można by było wieszać wiadomo co przed drzwiami sypialni.

— Przestań! — oburzyły się dziewczęta. — Jesteś paskudna. Obrzydlistwo.

— No co, prawdę mówię — przeciągnęła się Marketa.

— Jest trzynaście lat od Aneżki starszy. To więcej niż jej życie. Nasza malutka... — do oczu Gizeli napłynęły łzy.

— Różnica wieku nie jest taka straszna — mrugnęła do Rikissy Katrina.

— O nic się nie bójcie — odezwała się wreszcie Rikissa. — Aneżka zostanie z nami tak długo, jak będzie trzeba. Henryk zgodził się czekać.

Chciałam, by przyjechał, żeby mogli się poznać, aby Aneżka nie czuła się później przy nim obco.

A także po to, by się przekonać, jakim jest człowiekiem. Czy będę mogła na nim polegać?

Z każdym dniem przekonywała się, że Lipski dobrze wybrał. Henryk był jak na Piastowicza zaskakująco skromny, choć pewny siebie. Dobrze wychowany, opiekuńczy, na razie traktował Agnieszkę czule, niczym młodszą siostrę.

— Nie nudzisz się z jedenastoletnią dziewczynką? — zagadnęła go, gdy byli sami.

— Miałem siostry, królowo. Jestem za duży na dziewczęce zabawy, ale lubię opowieści o rycerzach Okrągłego Stołu, o królu Arturze i Ginewrze, sir Lancelocie i świętym Graalu. Moja żona zna ich wiele.

Uśmiechała się za każdym razem, gdy Jaworski mówił o Aneżce „moja żona". W dniu ślubu pocałował ją w czoło, teraz w Hradcu, gdy spędzali razem wiele czasu, nawet nie chwytał jej za rękę. Tak było lepiej, czuła to. Dobrze budował więź z dzieckiem, które kiedyś stanie się kobietą i prawdziwą żoną.

— Słyszałeś o śmierci księżnej Mechtyldy? — spytała go.

— Owszem. Była moją krewną, po matce mam krew askańską.

— Poznałeś kiedyś margrabiego Waldemara?

— Najdziwniejszy człowiek, jakiego spotkałem, pani. Widziałem go raz, a nie zapomnę.

— Wiem — wspomnienie Waldemara paliło ją nawet po latach. — Bałam się go — wyznała. — Ze złotych szponów brandenburskiego orła wybawił mnie przed wieloma laty Henryk z Lipy. Mechtyldę też pamiętam. Pastwiła się nad moją macochą, królową Małgorzatą. Okropna kobieta.

— Ale zamówiłaś mszę za jej duszę — zauważył Jaworski.

— Tak — potwierdziła Rikissa. — Bo obawiam się, że jej pośmiertna droga nie będzie łatwą.

— Masz dużo wyrozumiałości dla dawnych wrogów.

— Raczej czułej uwagi wobec dusz zmarłych — uśmiechnęła się. — Wciąż je czuję, rozmawiam z nimi, jeśli potrafię. A jak nie mogę, to tylko się modlę. Twój ojciec — zmieniła temat — Bolke Surowy, prowadził imponującą politykę jak na tak nieduże księstwo.

— Prawda — przyjrzał jej się zięć. — Starał się nie popaść w zależność od Czechów.

— Ale nie ciągnęło go do Polski — zauważyła.

— Nie. Pan ojciec uważał, że Piast Śląski ma we krwi niezależność. Mówił, że każdy potężny sąsiad chce nas posiąść, a nie uszanować. Dlatego musimy szanować się sami.

— Rozsądne. Tak jak i polityka twego starszego brata, a teraz i twoja, Henryku Jaworski. Nie chcę cię wciągać w wojnę z Luksemburczykiem, ale musisz mieć świadomość, że ręka Aneżki to nie tylko splendor, ale i obowiązki.

— Jestem gotów — powiedział. — Inaczej by mnie tu nie było.

— Będąc z nami, stawiasz się królowi Czech. Twój brat, Bernard, to pochwala?

— Jest zięciem księcia Władysława — uśmiechnął się Henryk.

— A ten pracuje ostatnio nad duszami książąt śląskich.

— Co masz na myśli? — spytała.

— Próbuje oderwać ich od zwyczajowej zależności wobec Czech.

— Nie uwierzysz, ale ja ledwie go pamiętam — wyznała, myśląc o Władku. — Widzieliśmy się na uczcie koronacyjnej mego ojca, Przemysła. Potem już nigdy. Przypominam sobie jego żonę, księżnę Jadwigę, mą ciotkę. Była krucha i drobna. Wyglądali razem jak para dorastających dzieci, ale pasowali do siebie nadzwyczajnie.

— Dzień, w którym twój ojciec został królem — odezwał się Jaworski po chwili — rzucił cię, pani, w wir zdarzeń, na które długo nie miałaś wpływu.

— Wolałabym, byście z Aneżką mieli spokojniejsze życie — uśmiechnęła się do zięcia, młodszego od siebie o ledwie cztery lata.

— Nikt nam tego nie obiecał — poważnie odpowiedział Henryk.

HENRYK Z LIPY nie przejmował się zimą.

— To zły czas na prowadzenie wojen — mówił synowi — ale dobry na dyplomację.

— Czy ty nigdy nie powiesz „dość"? — spytał junior.

— Kiedyś powiem — uśmiechnął się Lipski — ale nie dziś!

Krążył po kraju, liczył stronników, pisał listy. Wojna między królem Ludwikiem a Habsburgiem przycichła, ale Luksemburczyk nie wracał do Pragi. Za to Eliška szukała za granicą najemników. Jej poplecznicy zaczęli werbunek na obcych dworach. Lipski zacierał ręce. Jego plan, by Hradec obsadzić ludźmi Henryka Jaworskiego, był trafiony.

— Kocham być szybszy — mówił i śmiał się pełną piersią.

Peter z Aspeltu zdążył przez zimę zniechęcić ku sobie wszystkich. Wszystkich, bo Lipski rozmawiał także z tymi, którzy jeszcze niedawno walczyli przeciw niemu. Po wyjściu z twierdzy Týřov Henryk wprowadził w czyn zasadę, której uczył, i podjął rozmowy z wrogami. Nawet z Petrem z Rožmberka, który w dniu próby przeszedł na stronę Knedlicy i zerwał narzeczeństwo z córką Henryka, Markwetą. Lipski nie chował urazy. To tylko gra — mówił i tak właśnie robił. Spotkał się kilka razy nawet z Vilémem Zajícem, dziękując mu za przyzwoite warunki w Týřov i dotrzymanie rycerskiego słowa. Oczywiście, o szpuntach w beczkach nie wspomniał. Kto wie, co jeszcze wydarzy się w życiu.

Pochłaniał je. Czerpał z niego garściami. Miłość spełniona tak późno dawała mu siły, jakich nie miał, gdy był w wieku juniora. Śniegi, zaspy, mróz, wszystko było niczym. Przemierzał kraj, rozmawiał, negocjował i wracał do Hradca, do Rikissy.

— Do czego zmierzasz? — zapytała go pewnego razu, gdy po wspólnej nocy siedział przykryty futrem popielic i czekał na wschód.

— Do ciebie, do słońca — odpowiedział, przyciągając ją do siebie.

— Gdyby tak było, nie wyjeżdżałbyś z Hradca, oszuście — zaśmiała się, chowając pod futrem. Noc była tak zimna, że zamarzła woda w dzbanie.

— Chciałabyś? — spytał.

— Nie — odpowiedziała. — Kiedyś będziemy razem dzień w dzień, noc w noc, ale wiem, że to jeszcze nie dziś. Nie jestem dzieckiem, które trzeba zabawiać, zresztą mam dość zajęć.

— I Jaworski dotrzymuje ci towarzystwa, gdy nie ma Lipskiego.

— Zazdrosny?

— Nie. Uważny.

— Nie wyślę z nim wiosną Aneżki na Śląsk. Jest za mała, zostanie ze mną.

— Nie ufasz mu?

— Ufam, ale nie ustąpię. Moja córka jeszcze potrzebuje matczynej opieki.

— Jeśli przeczucia mnie nie mylą, latem wróci król Jan. Knedlica werbuje wojska za granicą.

— Jesteśmy na to gotowi, jak przypuszczam.

— Uhm — mruknął, przyciskając ją do siebie. — Jan musi zrozumieć, co winien jest król swemu królestwu — powiedział po chwili.

— Musi dorosnąć do korony, którą włożył. Za każdym razem, gdy go przycisnę, obiecuje odesłać doradców. A potem wyciąga rękę po mogunckiego lisa. To się musi skończyć, Rikisso.

— Pół roku temu byłeś zadowolony, że nie zostawił kraju pod rządami Eliški — przypomniała mu.

— Prawda, ale umiem zmieniać zdanie — pocałował ją w policzek. — Knedlica...

— Nie mów o niej Knedlica. To dorosła kobieta, matka następcy tronu.

— Królowa Eliška — poprawił się jak uczniak — jest zawzięta i nienawidzi nas obojga, ale arcybiskup Moguncji nie rozumie Czech i nie może nami rządzić. Do diabła, ślubowaliśmy Janowi, a nie Peterowi z Aspeltu.

— Dziwisz się, że Jan ucieka z kraju? Nie jest mu łatwo, wychował się w innej kulturze, na dworze francuskim, jego ojciec był cesarzem. Jan marzy o wielkiej polityce, a tu, w Pradze, czeka na niego żona, cała w pretensjach. To nie świat, o jakim marzył.

— Nikt nie mówił, że życie królów jest łatwe — twardo powiedział Lipski. — Wziął na skronie koronę, musi podjąć obowiązki.

— Zamilknij — szepnęła, całując go w usta.

Dwa słoneczne promienie wschodu przebiły się przez ołowiane chmury.

V

1317

JANISŁAW archidiakon gnieźnieński był człowiekiem, który rzadko ulegał emocjom. Uważał, iż opanowanie i praca nad sobą są obowiązkiem człowieka, a nie jedynie możliwością. Przy boku świętej pamięci Jakuba II nauczył się wszystkiego, arcybiskup był jego duchowym ojcem, ale po jego śmierci Janisław nie zatrzymał się. Szedł dalej, wiedząc, iż świat także nie stanął w miejscu. Wyjazd do Awinionu z nominatem Borzysławem potraktował jak szansę na kolejną naukę. Z pokorą przyjął wiadomość, iż papież zmarł, nim przybyli, i zgodnie z wolą Borzysława postanowili zostać w Awinionie, póki kardynałowie nie wybiorą kolejnego. Nie przypuszczali wówczas, że wakans potrwa dwa lata, i wykorzystali ten czas pracowicie, tak jakby wybór Ojca Świętego mógł nastąpić w każdej chwili.

Kuria we Francji była odcięta od majątków papieskich w Rzymie i zrozumienie tej oczywistej sprawy ułatwiało im pojęcie zasad, jakimi kierować będzie się nowy papież.

Po epoce Klemensa V i dwuletnim chaosie, od dnia wyboru Jacques'a Armanda Duèse w Awinionie zapanowała gorączkowa era Jana XXII.

Poprzedzały ją miesiące nieustannych plotek o tym, jak naprawdę zmarł Klemens, o klątwie wielkiego mistrza templariuszy i żalu Klemensa na łożu śmierci, o ograbionych nagich zwłokach papieża i jego ciele, które w ferworze rabowania zostawiono samo i spłonęło od świec. A właściwie nadpaliło się jedynie, czego makabryczne świadectwo dawał pewien papieski sługa, któremu wystarczyło postawić dzban wina, by szczegółowo opowiadał, co nieboszczykowi się spaliło, a co zostało. Sam wybór kardynała Duèse'a też nie należał do wydarzeń podnoszących na duchu. Na ulicach Carpentras, gdzie zwołano konklawe, walczyli kondotierzy italskich kardynałów i zwolenników kardynałów francuskich. Były dramatyczne ucieczki przez wyłom w murze i zbieranie wystraszonych hierarchów. Wreszcie wybór starego, ponadsiedemdziesięcioletniego Duèse'a, wydawał się wszystkim kompromisem. Szeptano, że jest tak schorowany, iż nie przeżyje ogromu piętrzących się przed nim obowiązków.

Borzysław i Janisław, po dwóch latach wydeptywania ścieżek dobrze wsparci w kurii, uzyskali zatwierdzenie wyboru arcybiskupiego Borzysława, jeszcze zanim papież przyjął ich na pierwszym posłuchaniu. Potem przyszło im odczekać ofensywę niemal wojenną, jaką Jan XXII wytoczył przeciw franciszkańskim spirytuałom, waldensom i beginkom, i w pierwszej połowie roku dostali zaproszenie na audiencję papieską.

Borzysław wygłosił płomienną mowę, w której, dzięki wcześniejszemu rozeznaniu w priorytetach papieża, zręcznie rozłożył akcenty. Zaczął od najdalej na wschód wysuniętego chrześcijańskiego państwa, stale zagrożonego przez pogańską Litwę i skażoną schizmą Ruś; od księcia, Władysława Łokietka, przedmurza i obrońcy prawdziwej wiary. Potem zręcznie przeszedł do Krzyżaków, mocno zaznaczając podstępne wyrwanie przez zakon Pomorza i puentując tym, że podlegli papieżowi mnisi — zakonnicy krzywdzą Królestwo i papiestwo po równo. Królestwo kradzieżą ziem, a Ojca Świętego kradzieżą należnego mu świętopietrza. Potem Borzysław przelotnie wspomniał o sporze księcia z Muskatą, nie wybijając ekskomuniki księcia jakoś szczególnie, by zakończyć swą przemowę prośbą o zgodę na koronację. Janisław, stojący z tyłu, widział, jak kardynałowie szepczą. Rozpoznawał tych, których opłacił Luksemburczyk. Narada trwała chwilę, po czym Jan XXII posegregował prośby arcybiskupa po swojemu: zainteresowali go oczywiście schizmatycy i poganie. I świętopietrze, te dziesiątki grzywien srebra przepadające mu rok w rok z ziem zajętych przez zakon. To był doskonały znak, sygnał, iż ścieżka prawna, którą wymyślili wspólnie, może się okazać drogą do odzyskania Pomorza. Sprawę koronacji, na wyraźną prośbę kilku kardynałów, odsunął. A załatwienie sporu z Muskatą powierzył Borzysławowi.

Usiedli tamtego dnia, po wyjściu od papieża, w wirydarzu klasztoru dominikanów, gdzie mieszkali.

— Wszystko kwitnie — powiedział posępnie Borzysław, patrząc na drzewko brzoskwiniowe.

— Czym się martwisz? — spytał go Janisław. — Konsekrował cię sam biskup Ostii, a czterech kardynałów uroczyście nałożyło ci paliusz.

To była piękna chwila. A że trzeba zapłacić dwieście florenów w złocie? Borzysławie, tyle to teraz kosztuje i nie przypuszczam, by w czasach rzymskich było dużo mniej. Arcybiskup Świnka opowiadał, jak ciężko było rozpoznać drogę, komu zapłacić, gdzie i ile. Jan XXII reorganizuje kurię jak wódz wojsko. Drogo, ale przynajmniej z góry wiadomo, że wpłacasz do Kamery Apostolskiej i jasnym jest ile.

— Nie — powiedział Borzysław bardzo zmęczonym głosem. — Nie martwię się dwustoma florenami opłaty. Martwię się, że tak dobrze przygotowana przemowa zakończyła się fiaskiem. Papież sprawę koronacji księcia odsunął.

— Nie spodziewałem się, by ją podjął na pierwszej audiencji — wzruszył ramionami Janisław. — Ale widziałeś? Haczyk świętopietrza połknął. I Gerwarda, oprócz ciebie, arcybiskupie, zamianował kolektorem. To świetnie, bo Gerward w zbieraniu i liczeniu pieniądza jest mocny. Krzyżacy łudzili się, że umknie naszej uwadze, iż z zajętych ziem papieżowi nie płacą.

— Raczej nie spodziewali się, że to poruszymy — ponuro rzekł i oparł ramiona na kolanach Borzysław. — Sprawa może obrócić się przeciw nam.

— Nie sądzę — zaprzeczył Janisław i krytycznie spojrzał na przyjaciela. — Jak ty siedzisz? Jak dziad, a nie jak arcybiskup. Wyprostuj się.

Borzysław uniósł się z trudem.

— Najważniejsze, że spór z Muskatą oddał w twoje ręce — kontynuował Janisław.

— Ale koronacji nie załatwiłem — mruknął arcybiskup i znów się pochylił. — A przyrzekłem księciu, że nie wrócę bez zgody dla niego. Spójrz — uniósł głowę i powiedział bardzo powoli: — Opadają kwiaty z drzewka brzoskwini...

— Załatwimy — Janisław klepnął przyjaciela pocieszająco w plecy. — „Schizmatycy i poganie" nam pomogą.

Borzysław ugiął się pod jego ręką i przewrócił na kamienną ławę. Janisław zerwał się i przyklęknął przy nim.

— Co ci jest? — spytał, odchylając głowę Borzysława.

Ledwie co konsekrowany arcybiskup gnieźnieński nie odpowiedział mu. Już nie żył.

ELIŠKA PREMYSLOVNA z trudem dotrwała do końca tej długiej zimy. Takiej nawet Vilém Zajíc nie pamiętał. Coś okropnego. Na szczęście, opłaciło się: wiosną namiestnik Peter z Aspeltu tak miał dość Pragi i Czechów, że spakował się, zostawił wielką pieczęć i wyjechał do Moguncji, aż się za nim kurzyło.

— Musimy dać znać królowi — powiedział jej osobisty kanclerz.

— Damy, damy — zbyła go. — Ale dopiero, gdy będzie nam tu potrzebny. Teraz ja przejmuję władzę i nie mam zamiaru oddać jej byle komu.

— Ja mówiłem o królu — wyjaśnił kanclerz.

Zrozumiałam, gamoniu — pomyślała. Odetchnęła pełną piersią.

— Królowo — oznajmił jej Vilém Zajíc. — Ludzie głodują. Po tak długiej i srogiej zimie zapasy wyjedzone...

— No przecież nie ja im wyjadłam — fuknęła. — Nie moja wina, że były mrozy. Zaczynam urzędowanie! — oznajmiła. — Powołam radę królewską.

— To chwalebne, pani — przymilił się kanclerz. — Do kogo wystosować zaproszenia?

— Do każdego, kto ma na pieńku z Henrykiem z Lipy — zaśmiała się pogodnie. — Vilémie, przyjmiesz zaszczytną rolę pierwszego radcy królowej?

— Z radością, pani — pokraśniał stary rycerz. — Chciałbym tylko zasugerować, że eliminowanie Lipskiego i jego ludzi może stać się zarzewiem wojny. Henryk został przez sąd oczyszczony ze wszystkich zarzutów.

— Sąd był ślepy — powiedziała. — Nie po to tworzę swoją radę, by wpuszczać do niej wrogów.

Miała rację, jak zawsze. Pierwsze tygodnie lata potwierdziły, że Eliška nie może się mylić. Lipski, obrażony tym, że odsunęła go od władzy, zaczął wojnę. Jego ludzie i wojska jaworskie atakowały jej miasta.

— Gdzie nasze posiłki, Vilémie? — zawrzała gniewem.

— Udało nam się zwerbować dwustu zbrojnych — powiedział jej radca.

— Tylko tylu? — zmartwiła się. — Toż więcej ma sam Jaworski, nie licząc Lipskiego. Boże, zginę z dziećmi, a mąż mnie opuścił!

— Królowo, powinnaś się gdzieś schronić — doradził brat Viléma, Oldrich, którego mianowała burgrabią praskiego zamku.

— Do diabła! — tupnęła Eliška. — To mają być rady? Wolałabym usłyszeć, że pójdziecie w pole i wybijecie wojska Henryka z Lipy! Na pniu!

— Najjaśniejsza pani — kręcił głową Vilém Zajíc i na chwilę

zatrzymała na nim wzrok, bo bała się, że sobie tę głowę urwie. Szyję miał chudą jak badyl. — Gdyby wybicie Lipskiego, jak barwnie mówisz, „na pniu", było możliwe, zrobiłby to dwa lata temu król Jan. A przypomnę ci, że nawet Baldwin z Trewiru, który był z cesarzem na wyprawie italskiej, nie chciał zmierzyć swych wojsk z ludźmi Henryka z Lipy. Wsparty przez *bis*...

— Przez nią — podpowiedział bratu Oldrich.

— Tak, przez wiadomo kogo, a teraz i księcia śląskiego, ma siłę większą niż wcześniej. I przypomnę ci, królowo, że nikt z nas nie doradzał ci wojny z Lipskim.

— Od waszego przypominania nie będę silniejsza — upomniała ich.

— To, za wybaczeniem najjaśniejszej pani, powiem tak: powinnaś wraz z dziećmi w trosce o swe i następcy tronu bezpieczeństwo wyjechać z Pragi. Na zachód, tak aby król Jan, wracając z Niemiec, miał do was blisko. Wrócicie, jak sprawa przycichnie.

Nie zgodziła się. Nie za pierwszym razem, ale gdy kolejne dni przynosiły wiadomości o postępach Lipskiego, kazała spakować kufry i ruszyła w drogę.

Zamek Loket, wielka kamienna twierdza graniczna, pamiętał czasy króla Premysla Ottokara I. Położony na szczycie góry, w zakolu rzeki Ohre, był naprawdę niedostępną warownią.

Kazała mamkom mocno trzymać małego Václava, gdy wóz z mozołem piął się pod górę.

— Nie wierć się, Vašku, bo spadniesz z góry, potoczysz się do rzeki i utoniesz — przestrzegła malca.

Córki, Małgorzata i Bonna, którą nazywała Guttą, były dużo rozumniejsze od chłopca. Małgorzata spytała:

— Gdy on umrze, ja będę królową, mamo?

— Ach te dzieci! — zaśmiała się Eliška. — Słyszysz, Gredlo?

Gredla blada jak płótno nie odpowiedziała.

— No co ci? — szturchnęła ją Eliška.

— Wystraszyłam się tego zamku, pani — wyszeptała jej dwórka.
— Na pewno jest bezpieczny, ale wydaje się taki ponury. Może tu straszy? — przeżegnała się z trwogą.

Elišce też nie podobał się zamek. Ani to, że musiała opuścić Pragę. Nic jej się nie podobało, szczerze mówiąc, ale zachowała to dla siebie. Nie zawsze musi być aż tak szczera.

Wieści między Pragą a Loket krążyły nieustannie. Wiedziała, że jej wojska ponoszą klęski. Zagrzewała je do walki płomiennymi słowami, kończąc każdy z listów: „Z bożej łaski królowa Czech i Polski, Eliška Premyslovna, Wasza Pani".

U zmierzchu lata do Loket przybył Vilém Zajíc i Jan IV, biskup praski.

— Praga wzięta! — zawołała na jego widok i złapała się za serce.

— Bogu dzięki nie, najjaśniejsza pani — odpowiedział, witając się z nią. — Ale wiele nie brakuje.

Po co przyjechał? — zastanowiła się, prowadząc ich do największej i najmniej ponurej sali zamku.

— Królowo — powiedział biskup, gdy tylko spoczęli — przybyłem prosić cię o pokój.

— Ale ja z tobą nie wojuję — uśmiechnęła się Eliška. — Niech po pokój przyjdzie wróg, nie przyjaciel.

— Przyjmiesz go? — z nadzieją spytał Vilém.

— Nie — odpowiedziała pogodnie. — Ale chętnie zobaczę, jak stoi pod bramą. Pieszo, z gołą głową i w worku pokutnym.

— Żarty się skończyły, królowo — surowo odpowiedział biskup Jan. — Przyjechałem, bo kraj stoi nad przepaścią wojny domowej, a Lipski jest gotów do kompromisu.

— Ja nie — równie surowo odrzekła biskupowi. — Nie wybaczę jemu i jej, choćby błagali.

— Pani — jęknął Vilém Zajíc — opamiętaj się. Czesi się wykrwawiają. Musisz ustąpić.

— Nie wolno ci mówić do królowej „musisz"! — krzyknęła na niego. — Mój mąż ustąpił, wypuścił go z więzienia i co? Jak się Lipski z nią odwdzięczyli? Wydali tę małą za Piasta śląskiego. Samowolnie! I wpuścili wojska jaworskie do Hradca. I niszczą kraj!

— Eliško Premyslovna — ostro odezwał się biskup Jan. — Od śmierci ostatniego z Przemyślidów byłem zwolennikiem, by władza przeszła na jego córki. Stałem za tobą murem. I dzisiaj, jak sędziwy ojciec do dziecka, mówię, że czuję się zawiedziony. Pragniesz władzy, królowo, a nie potrafisz ustąpić. Nieustannie pchasz wszystkich do wojny. Co ci powiedział opat Konrad, gdy pytaliśmy o twą zgodę na ślub z Janem?

— Że mąż będzie młody — odburknęła.

— I że teraz twoja kolej poświęcić się dla Królestwa — oznajmił.

— Nieustannie się poświęcam — wybuchła Eliška. — Mąż mnie rozczarowuje, woli ucieczki do Niemiec niż Czechy, pewnie ma tam kochankę...

— Kochankę ma i w Królestwie — zimno przerwał jej biskup.
— Wiedziałam — wyszeptała Eliška, chwytając się za serce. — To ona! Co za hańba... ha! tyle dobrego, że Lipskiemu przyprawił rogi.
— Mylisz się, królowo, jeśli sądzisz, że Jan zdradza cię z Rikissą — wyprowadził ją z błędu biskup praski. — Nie poznasz imienia tej kobiety, bo już mamy jedną wojnę, a nie trzeba nam drugiej. Król nie ma z nią dzieci, jeśli cię to ciekawi, a powinno — uniósł palec, jakby jej groził.
— Czy ja dobrze rozumiem? — przeszła szybko do ataku Eliška. — Biskup broni romansu króla? No tak, w kraju, gdzie królowa wdowa szarga powagę korony, obnosząc się z miłością do marszałka, który też jest żonaty, wszystko jest możliwe. Skoczę z wieży.
— Nie skoczysz i nie strasz, pani. Nie pochwalam romansu króla, ale trzeba być ślepym i głuchym, by nie widzieć, że jest w tym i twoja wina. Jesteś przesadnie zawzięta i czas to zmienić. Powtarzam: Lipski jest gotów do ugody z tobą, nie chce zaognić sytuacji w kraju. Przyjmiesz go i zawrzesz pokój?
— Tak — odpowiedziała, zaciskając usta.
Ale gdy Jan IV i Vilém Zajíc wyjechali, gdy pod bramą zamku Loket stanął Henryk z Lipy, weszła na wieżę bramną i patrzyła na niego z góry, napawając się tą krótką, dobrą chwilą. A potem rozkazała:
— Nie otwierać bram. Odprawić intruza. Powiedzieć, że nie zasłużył na pokój królowej.

JANISŁAW wszedł do katedry Notre Dame des Doms jako archidiakon gnieźnieński, a wyszedł z niej jako arcybiskup Królestwa Polskiego. Było z nim dwóch przyjaciół z „drużyny Jakuba": Gerlib, kanonik uniejowski, i magister Mikut — Mikołaj, kustosz gnieźnieński. Nikt więcej nie zdołał przybyć na uroczystość, tak nieoczekiwaną, po nagłej śmierci Borzysława.

Najpierw leżał krzyżem na zimnej kamiennej posadzce katedry razem z chórem, powtarzając wersety litanii do wszystkich świętych, przyzywając ich błogosławione duchy, by wspomogły go w drodze, na którą wchodził. Dwaj konsekrujący święcenia kapłani trzymali nad jego głową otwarty Ewangeliarz, a trzeci wyciągając ramiona, przywoływał Ducha Świętego. Po chóralnym „amen" Janisław wstał z kamieni i wciąż nie składając ramion, stał przez chwilę jak krzyż wysoki i jak on samotny, aż kardynał Berengariusz namaścił go olejem świętym. Włożono mu na głowę mitrę arcybiskupią i kardynał Arnold podał mu pastorał. Jedno było symbolem władzy, drugie — posługi.

Janisław wyprężył się i powiedział głośno:

— Zgodnie z Twą wolą i przeznaczeniem, jakie mi wskazałeś.

Zacisnął prawicę na pastorale i ruszył do tronu papieskiego po paliusz. Klęknął, a Jan XXII wręczył mu białe opaski, tkane z wełny dwóch owiec i oznaczone sześcioma czarnymi krzyżami, mówiąc:

— Pan w niebiosach ustanowił zwierzchników i kapłanów, by nie pozostawiać swej świątyni na ziemi bez posługi. Od tej chwili ty będziesz wyświęcał biskupów, Janisławie z rodu Korabitów. Nieś chwałę Słowa Bożego, amen.

— Amen — pokornie odpowiedział Janisław, przyciskając do serca paliusz.

Założę go dopiero, gdy przekroczę granice swej metropolii — pomyślał, wstając z kolan. Odwrócił się ku zgromadzonym i unosząc wysoko pastorał, zszedł z podwyższenia. Poczuł pod stopą każdą nierówność kamiennej posadzki, jakby nagle ziemia, po której szedł, pokazała mu swe wyraziście prawdziwe, a nie przymglone oblicze.

— Nasz ojciec, Jakub II, patrzy z góry i białą brodę głaszcze — powiedział Gerlib, gdy uwolnili się od towarzystwa kardynałów i zaszyli we trzech w wirydarzu klasztoru dominikanów, gdzie wcześniej mieszkali Borzysław z Janisławem przez dwa lata i gdzie Janisław pochował druha i poprzednika.

— Żal Borzysława — dodał Mikut — ale duma mnie rozpiera, że na ciebie padło.

— Mam wino od opata na tę okazję — powiedział Janisław i wyjął dzban schowany pod kamienną ławą. Tą samą, na której skonał Borzysław. — Tylko kielichów nie zabrałem.

— Przejdę się do refektarza — zaofiarował się Gerlib i pobiegł.

— Jeszcze raz mi powiedz, Janisławie, jak to się stało, że za darmo papież dał ci arcybiskupstwo. Nie mogę tego pojąć — pokręcił głową z podziwem Mikut.

— Nie za darmo — zaśmiał się Janisław. — Po prostu zwolnił mnie z opłaty serwicjum.

— Ale wiesz, mówią, że Jan XXII — Mikut ściszył głos — kutwa straszna. Kasę zagarnia, jakby się modlił…

— To jest trochę inaczej — Janisław wyprostował plecy i położył dłonie na kolanach. — Widzisz, oni tu, w Awinionie, nie mają dostępu do majątków papieskich, jakie mieli w Rzymie i całej Italii, i żeby zdobyć się na jakąkolwiek niezależność od króla Francji, postawili na ściąganie, czego się da i skąd się da. Jan XXII zarezerwował sobie dochody ze wszystkich wakujących prebend, a także ustalił solidne opłaty za rozdzielane beneficja.

— Już jestem — dobiegł do nich Gerlib. — Musiałem się wyślizgnąć z objęć brata Roberta. Tak bardzo chciał się dołączyć i uczcić twój sukces z nami.

— Co mu powiedziałeś?

— Że będziemy się modlić — mrugnął Gerlib. — No co? Nie skłamałem. Szkoła ojczulka Świnki: najpierw porządna, szczera modlitwa, a potem cała reszta. Na kolana, drużyno Jakuba!

— Zapominasz się — upomniał go Mikut. — Nie ty rozkazujesz, tylko arcybiskup. I od tej pory jesteśmy jego drużyną.

— Ciężko przywyknąć — pokręcił głową Gerlib i rozłożył szeroko ramiona — Boże, jak ja się cieszę!

— Zostańmy drużyną Jakuba — powiedział Janisław. — Uznajmy, że zostałem chwilowo mianowany jej dowódcą.

— Rozkaz! — powiedzieli Mikut i Gerlib.

— No to na kolana — zarządził Janisław, jako arcybiskup. — Panie, za każdą z twych łask dziękujemy pokornie. Także za te, których dziś nie potrafimy rozpoznać i mylnie bierzemy je za zgryzoty. Twoje jest Królestwo, amen.

— Amen! — zawołali Gerlib i Mikut i wyczekali, aż Janisław wstanie z kolan.

— Zawsze to w tobie podziwiał Świnka, że szybko się modlisz — powiedział Mikut.

— Szybko, a skutecznie — dodał Gerlib.

— Nie rozumiem, o co wam chodzi. — Janisław usiadł prosto jak struna.

— Ważne, że Pan rozumie — zaśmiał się Mikut i wziął kielichy.

— Polej — powiedział Janisław.

— Wedle rozkazu!

— To jak to było z tym zwolnieniem z opłaty? — wrócił do zaczętej rozmowy kustosz gnieźnieński.

— Normalnie — odpowiedział Janisław. — Ponieważ Borzysław zmarł na terenie kurii papieskiej, zgodnie z prawem...

— Mianowanie następcy było w gestii papieża, a nie kanoników gnieźnieńskich — wyrecytował przepis Gerlib.

— Choć Ojciec Święty mógł się zrzec swych uprawnień na rzecz kapituły — włączył się w cytowanie przepisów prawa kanonicznego Mikut.

Robili to odruchowo. Szkoła Jakuba II.

— Ale się nie zrzekł — wychylił łyk wina Janisław. — Stanąłem przed nim i powiedziałem, że Borzysław dwa lata czekał w Awinionie na jego wybór. Cierpliwie i w pokorze.

— Tak było! — potwierdzili chórem. — A książę Władysław w tym czasie lał Brandenburczyków. Złośliwi mówią, że z nudów.

— Naprawdę złośliwi — skarcił go Janisław. — Gdy to powiedziałem, stanęło za mną kilku wysokich urzędników kurii, powiedzieli parę pochlebnych zdań i Jan XXII podjął decyzję.

— Ty nie mów, jak cię wybrał — przechylił kielich Mikut. — Bo ja go rozumiem. Kto na ciebie spojrzy, widzi, żeś stworzony nosić albo chorągiew, albo paliusz.

— Albo papieską tiarę — dodał szybko Gerlib. — Nie, wycofuję. Szkoda cię na papieża. Królestwa szkoda, by go ominął taki arcybiskup.

— Pochlebstwo jest do niczego — uciął to Janisław. — Pan Bóg jest na nie głuchy.

— Ulubieniec Jakuba II — szturchnął Gerlib Mikuta.

— Powiedziałem Ojcu Świętemu, że Borzysław nie zdążył ani dnia spędzić w archidiecezji — kontynuował Janisław. — I że teraz, gdy kuria papieska jest tak uporządkowana, można by w Kamerze Apostolskiej zgłosić postulat, że serwicja za jego nominację powinny być proporcjonalnie pomniejszone. I że im szybciej obejmę archidiecezję, tym szybciej przejdziemy do omawiania spraw zasadniczych. O nic nie prosiłem. Papież sam zaproponował, bym opłacił tylko za Borzysława. Nie zaprotestowałem.

— Doskonały początek! — rozanielił się Mikut. — Jakub II jest z ciebie dumny.

— Jeszcze nie ma z czego — zaprzeczył Janisław. — Posłuchajcie, sprawy mają się tak: papież zachowuje niezwykłą ostrożność w kwestii króla Niemiec. Nie chce, by ten, wzorem Henryka VII Luksemburskiego, zaczął dążyć do godności cesarza, dlatego oficjalnie nie uznał ważności wyboru Ludwika Wittelsbacha.

— A więc to prawda?! — z zachwytem zawołał Mikut.

— Prawda. Wykorzystał precedens podwójnej elekcji i w listach do Wittelsbacha i Fryderyka Habsburga zrównuje ich, obu tytułując „władcą wybranym na króla niemieckiego". To dla nas bardzo cenne. Nasz książę, będąc siłą rzeczy w obozie prohabsburskim, nie musi tego nigdzie artykułować i podkreślać. Najważniejsze, że nie jest w stronnictwie króla niemieckiego. Jeden z was jutro wyruszy do księcia Władysława. Ja zostanę w Awinionie i zacznę urabiać sprawę od nowa, ale nie pchniemy koronacji bez supliki. Jan XXII musi zobaczyć wielki, długi, złocony i ozdobiony setką pieczęci dokument, który będzie wyrazem woli rycerstwa i duchowieństwa obdarzenia Władysława koroną królewską. Uderzamy w ton niezależności Królestwa od cesarstwa i króla niemieckiego. To podstawa. Powołujemy się na ciągnącą się od czasów Mieszka podległość kraju wyłącznie pod władzę Ojca Świętego, a nie żadnego świeckiego mocarza. To pierwszy akord. Drugim musi być odpowiedź na gorącą potrzebę Jana XXII.

— Jaką?

— Krzewienia chrześcijaństwa. Gdy Borzysław w mowie inauguracyjnej wspomniał o Litwinach i schizmatykach, papieżowi oczy zalśniły. Ze schizmatykami to przesada, ale można zręcznie wyprowadzić sprawę. „Książę Władysław przedmurze chrześcijaństwa" brzmi doskonale i nie mija się z prawdą...

— Zasada Jakuba II — kiwnął głową Mikut.

— Tak jest. Ciągle obowiązuje i zawsze się sprawdza, jak dziesięć przykazań. Akord trzeci będzie najtrudniejszy. Musimy wyskoczyć do przodu, by oskrzydlić przeciwnika na przyszłość.

— O Boże — jęknął Gerlib i domyślił się — świętopietrze?

— Tak — krótko potwierdził Janisław.

Napili się w ponurym milczeniu, a potem wyjaśnił:

— Jan XXII życzy sobie nowego sposobu liczenia dziesięcin. Nie od domu, a od głowy. Płacimy trzy denary od rodziny, teraz chce po denarze od mieszkańca.

— Rozbój w biały dzień — ocenił sprawę Mikut. — Książę się na to nie zgodzi.

— Tak i nie — beznamiętnie odrzekł Janisław. — Minusy: odpływ pieniądza z kraju. Plusy: kuria papieska nie chcąc stracić ani denara, dokładnie określi granice Królestwa i przy powodzeniu całego planu wyruguje wpływy obcych władców. Już Borzysław zasiał papieżowi myśl, że Krzyżacy po zajęciu Pomorza nie płacą z niego świętopietrza. Czyli to papież stracił. Wojsk nie ma, by odzyskać, zakon tytułami prawnymi szasta na prawo i lewo, ale papież już wie, że mógł stamtąd mieć daninę, a nie dostał.

— Teraz Luksemburczyk zajęty kłopotami w Czechach — sięgnął po dzban Gerlib i polał wszystkim. — Nie będzie lepszego momentu.

— Ale Krzyżacy atakują. Wczoraj natknęliśmy się z Gerlibem na ich posłów — przypomniał Mikut. — Spojrzeli na nas jak na zwierzynę łowną, która śmiała wyskoczyć z lasu i przebiec przed myśliwym, nim zdążył łuk zdjąć z pleców.

— Dlatego jeden z was musi wyjechać natychmiast. A ja zostanę jako straż przednia i będę kuł żelazo, póki gorące. Póki Jan XXII pamięta mą twarz i imię.

— I że jak słusznie zauważył świętej pamięci Borzysław, nie płacą z Pomorza! — wzniósł kielich Gerlib.

— Muszę jeszcze popracować nad linią „Luksemburczyk — poddany króla Niemiec" — powiedział Janisław. — I sprawić, by to, co jest siłą króla Czech, stało się jego słabością. To wymaga czasu, a papież ma go mało.

— Bo stary?

— Nie, on jak nasz Jakub II, sobie lat nie liczy. Otworzył wojny na tak wielu frontach, że chcąc każdą doprowadzić do końca, skrócił czas na sen. Petentów dużo, a wiadomo, że sprawa naszego Królestwa nie jest najważniejszą.

— Co z Muskatą? — dopytał Mikut.

— Biorę go na siebie — odpowiedział Janisław. — Jak tylko wrócę, załatwię.

— Który z nas jedzie do księcia?

— Ty, kustoszu gnieźnieński — bez wahania wyznaczył Janisław. — Wytłumacz księciu, że w jego rękach decyzja. Bez zgody na nowy sposób liczenia świętopietrza korony nie będzie.

— Czy to nie podłe, że wszystko uzależnione jest od pieniądza? — dopił swój kielich Gerlib.

— Przypomnij sobie nauki ojca Jakuba II — odpowiedział mu Janisław. — Najważniejszym zadaniem dla kraju jest złamanie klątwy Wielkiego Rozbicia. Odrodzenie Królestwa. Po stracie Przemysła II doświadczyliśmy czasów obcych władców. Jakub mawiał, że klątwa wróciła ze zdwojoną siłą. Jeśli Luksemburczyk dowiedzie przed papieżem praw do naszej korony, to chociaż nigdy nie panował w ani jednej z ziem Królestwa, przepadniemy. Akt z Klęki jest mocny i wciąż zgodny z prawem. Obejmuje „Václava i jego dziedziców". Nie piśniemy. Luksemburczyk ma dwa dokumenty dające mu wsparcie do starań o polską koronę, jeden dali mu Habsburgowie, ustępując z Czech, drugi — Ludwik Wittelsbach, w zmian za głos króla Jana w staraniach o niemiecką koronę. Dołóżcie do tego dokument, jaki mają Krzyżacy.

Wywiedzenie praw do Pomorza od Święcy, przez Brandenburczyków i książęta głogowskie. Nieprzerwana linia prawna. Stąpamy po krze na rzece, która rozmarza. Jeśli będziemy się guzdrać, lód pęknie i zatoniemy wszyscy. Nie chcę być jakimś mistykiem, ale widzę łączność między koroną śniegu, którą zdobył Przemysł, i płomienną koroną, jaką może mieć Władysław.

— Naprawdę chcesz, by w jego koronie znalazło się tamto żelazo? — spytał Gerlib, przypominając chwilę, gdy Janisław i Jakub II brodzili w płonącym lesie.

— Spadło na ziemię z nieba w chwili, gdy on zdobywał Kraków — trzeźwo powiedział Janisław. — Wydaje mi się, że łączność znaków jest oczywista.

— Nigdy nie wiem, czy ty jesteś prawnik czy mistyk — powiedział Mikut i odstawił pusty kielich.

— Przesadzasz, przyjacielu. Jestem chorążym Jakuba II i choć dzisiaj Pan kazał mi go zastąpić, nigdy nie oddałem sztandaru, który to on kazał mi nieść.

— Wciąż nie pogodziłem się z jego śmiercią — nagle zaszlochał Mikut. — Ja chyba byłem małym chłopcem, który wierzył, że nasz Jakub pokona śmierć i będzie żyć wiecznie.

— A ja nie rozgryzłem zagadki jego ostatniego spotkania — powiedział szczerze Janisław. — Ten pielgrzym, Koendert. Tajemnicza sprawa. On tyle lat starał się o spotkanie z Jakubem Świnką i zawsze przybywał nie w porę. Aż mi głupio było, że wciąż mu odmawiam widzenia...

— Tobie? — zdziwił się Gerlib. — Nie wierzę...

— Boś małej wiary — syknął Janisław.

— Nasz kochany ojciec — Mikut ze szlochu przeszedł w łkanie. — Jezu, jak ja za nim tęsknię... Za siwą brodą i tymi oczami, które rozgrzeszały nas, nim zaczęliśmy spowiedź...

— Jakub miał swoje tajemnice — powiedział Janisław, wspominając spotkanie z Dębiną. — Trudne do pojęcia jak tajemnice wiary. Będę szedł jego drogą i dlatego wiem, że teraz albo nigdy. Mikucie, idź spać, bo rano ruszasz do księcia Władysława z posłaniem.

— Tak jest, ojcze dowódco! — Wyprężył się kustosz gnieźnieński. — I wrócę bez zbędnej zwłoki.

Gerlib też natychmiast stanął na baczność.

— Nie — przełknął ostatni łyk wina Janisław. — Z suplika ma wrócić Gerward, biskup włocławski.

— Dlaczego on? — zachwiał się Gerlib.

— Bo są podobni z papieżem jak dwie krople wody — powiedział Janisław. — Spocznij.

— Wedle rozkazu, ojcze dowódco! — zameldował gotowość Mikut Mikołaj, kustosz gnieźnieński.

JAN LUKSEMBURSKI wracał z Niemiec z niechęcią. Rozpaczliwy, wzywający jego pomocy list Eliški nie przejął go współczuciem, ale raczej rozwścieczył. Król wiedział, że żona znów wpakowała ich w kłopoty. Znów wystawiła na szwank jego królewski honor. Pierwsze, co usłyszał od Zajíca, biskupa Jana i innych czeskich doradców, to: „Pertraktuj z Lipskim". Zawrzała w nim krew. Miał dwadzieścia jeden lat, a oni wciąż mówią mu, co ma robić!

Nie posłuchał ani starego Viléma, ani złośliwej żony. Zrobił to, co powinien uczynić król, którego skarb wiecznie jest pusty. Postanowił rozliczyć baronów. Złamać potęgę majętnego niczym królewięta rycerstwa. Kazał zwrócić zastawione miasta i ziemie królewskie, bez zwłoki, natychmiast. I nie tylko Ronovcom Lipskiego, ale po równo, wszystkim! Dość koterii i układów dworskich. Król ma rozkazywać i wymagać!

— Po dobroci nic ci nie dadzą — wydęła wargi Eliška, słysząc o jego rozkazach. — Musisz…

— Nie mów do mnie „musisz" — syknął i zwołał swoje wojsko.

Nieliczne, ale niemieckie i niezależne od widzimisię panów. Najpierw ruszył na południe Czech, pokonali go pod Budziejowicami, to zaatakował Morawy. Walczył wściekle, bo grała w nim urażona godność i gorąca krew. Nie stać było Królestwa na wielkie rycerskie turnieje? To zrobi jej turniej na polu bitwy!

Przegrał. A ten lis, Lipski, doprowadził do tego, że opuścili Jana ostatni stronnicy i nawet Vilém Zajíc, wierny Elišce jak stary, wysłużony pies, stanął po stronie Henryka z Lipy. Jan miał teraz przeciw sobie wszystkich, a Lipski zdołał pogodzić wrogów, by walczyli dla niego, przeciw prawowitemu królowi.

— Co jeszcze? — zaśmiał się gorzko Jan do pustego kielicha i z całej siły rzucił go w nurt Wełtawy.

HENRYK Z LIPY w otoczeniu swych synów i panów czeskich uroczyście wjechał do Wiednia. Książę Austrii i Styrii, antykról niemiecki,

Fryderyk Habsburg, przyjął ich zaraz po świętach Bożego Narodzenia. Z otwartymi ramionami.

— Oblegałem cię pod Kutną Horą — zaśmiał się Habsburg. — Dziesięć lat temu.

— Nie poddałem ci jej — wzniósł toast Henryk z Lipy. — Dobrze jest móc się napić wina z dawnym wrogiem. Smakuje lepiej.

— Tak mówią, że im starsze, tym lepsze. W przeciwieństwie do kobiet. Jak się miewa moja szwagierka?

W mych ramionach? Świetnie — pomyślał Henryk, odpowiadając Habsburgowi:

— *Bis regina* kwitnie w Hradcu. Przesyła ci przeze mnie prezent. — Lipski skinął na najmłodszego ze swych synów, Cenka. Ten przyniósł księgę i podał ojcu.

Na kurdybanowej oprawie pyszniły się trzy lwy Rikissy. Henryk musiał opanować odruch pogłaskania ich palcem. Odpiął zapinkę i otworzył księgę. Złoto, błękit, zieleń i czerwień bordiury niemal wyskoczyły z karty, jak soczysta roślinność ogrodu w środku zimy. Otwartą podał Habsburgowi.

Rycerz bez skazy, rycerz czysty
Nadejdzie w słońca blasku
Gdy weźmie miecz, zło cofnie się
Nie będzie dlań poklasku…

Fryderyk przeczytał to i oczy mu zalśniły.

— Opowieści o rycerzach Okrągłego Stołu — powiedział, przeglądając kolejne karty. — Królowa ma niezawodny gust.

Owszem — poczuł się połechtany Henryk z Lipy.

— Cenny podarunek. Nadzwyczaj kosztowny i kunsztowny — dodał Habsburg.

— *Bis regina* otworzyła w Hradcu pracownię iluminacji ksiąg — powiedział Henryk. — To jedna z pierwszych, jakie w niej powstały.

Habsburg zbliżył oczy do kart księgi i mruknął:

— Oryginalna. Zastanawiałem się przed chwilą, czy to szkoła francuska, czy nadreńska, ale styl pisma jest południowy, a miniatury inne niż italskie.

— Rikissa nie chce kopiować wzorów ze słynnych pracowni — powiedział Henryk. — Zatrudniła Czechów, każąc mistrzom nauczyć ich techniki, po to, by zaczęli tworzyć coś własnego, coś, co w przyszłości będzie „szkołą hradecką".

— Hradec Králové — uśmiechnął się Fryderyk. — Żyjemy w ciekawych czasach. Czechy mają dwie królowe, przy czym ta podwójna i dwukrotna włada nie z Pragi, a z Hradca.

— A Niemcy mają dwóch królów — wszedł mu szybko w zdanie Lipski. — Przy czym jeden z nich nas gości.

— Jako baronowie Czech, które są lennem niemieckim, ślubowaliście wierność Ludwikowi Wittelsbachowi — odpowiedział Habsburg.

— Uznaliśmy go za króla Niemiec, gdy nasz król Jan postawił na Ludwika swój głos elektorski — poprawił Henryk z Lipy. — Do tej pory było zwyczajem, iż baronowie respektują wybór, którego dokonywał ich król.

— A jak będzie od tej chwili? — spytał Habsburg, wpatrując się w oczy Lipskiego.

— To zależy — odrzekł lekko Henryk. — Od tego, co jesteś skłonny nam zaproponować.

— Czego pragniecie?

— Dobrego króla — odrzekł Lipski i wychylił kielich wina.

— Zatem jest prawdą, co o tobie mówią na dworach — powiedział Habsburg, okręcając swój rodowy pierścień na palcu. — Że to ty, nie arcybiskup Moguncji, jesteś prawdziwym koronatorem czeskich królów.

Sługa uzupełnił kielich Henryka, ale ten odstawił naczynie, mówiąc:

— To plotka. Jestem tu, jak widzisz, z głowami czeskich rodów. Wszystkich rodów, a nie tylko jednego ze stronnictw. Nie szukamy dzisiaj nowego króla, ale ratunku dla swego Królestwa. Naszym pragnieniem jest, by władca szanował nasze zdanie i nie sprowadzał obcych, którym oddaje rządy nad krajem. Jeśli Jan Luksemburczyk będzie gotów spełnić to oczekiwanie, a nie tylko rzucać słowa na wiatr, utrzymamy go.

— A jeśli nie? — spytał Habsburg.

— Wtedy zmusi nas do znalezienia sobie innego króla.

— Czego oczekujecie ode mnie?

— Że zaakceptujesz nasz wybór. I dasz nam wojsko potrzebne na jego przeprowadzenie.

— Ile?

— Tysiąc ciężkozbrojnych.

— Dwustu — zbił wygórowaną ilość Habsburg.

— Ośmiuset — szarżował Lipski.

— Pięciuset.

Wystarczyłoby trzystu — ucieszył się Henryk i z powagą przystał na ofertę.

— Co dacie mi w zamian? — spytał Fryderyk.
— A czego pragniesz, królu?
— Możemy zacząć licytację od cesarskiej korony? — zażartował Habsburg.
— Jak sobie życzysz — z kamienną twarzą odpowiedział Lipski.
— Habsburgowie są realistami — powiedział. — Przy obecnym podziale głosów elektorskich nie mam szans na wybór, co nie oznacza, że przestanę walczyć z Ludwikiem, zwłaszcza że nowy papież, Jan XXII, obu nas traktuje jak równych. Jednak przeciągnięcie głosu Jana na moją korzyść i powtórne wybory na króla Niemiec mogłyby to zmienić. Jan nie traciłby wiele, a zyskiwał jeszcze więcej. Ja, z jego poparciem, sięgnąłbym po tron niemiecki, a on miałby we mnie dobrego seniora i spokój w Czechach.

Lipski myślał szybko. Tak, pochlebiało mu, że Habsburg widzi w nim gracza, który mógłby mu pomóc w skoku na niemiecki tron, ale inaczej oceniał sytuację. Nie sądził, by udało mu się skłonić Luksemburczyka do zmiany poparcia. Habsburg na tronie niemieckim zawsze mógłby wyciągnąć rękę i po czeską koronę. Wittelsbach tego nie zrobi. A papież jest daleko i jego dążeniem wydaje się osłabienie obu władców.

— Nazwijmy nasz układ porozumieniem o wzajemnej pomocy — powiedział z namysłem — zawartym przeciw wszystkim, którzy chcą nas zniszczyć. Wojenne koło fortuny obraca się szybko i czasami trudno jest z góry zaplanować, kto stanie po której stronie.

— A pięciuset zbrojnych potrafi zmienić bieg wojny, nawet zanim wyciągną broń — dodał Habsburg.

— Pod warunkiem, że stawią się w określonym miejscu dokładnie na czas — zamknął negocjacje Lipski.

Patrzył nie na Fryderyka Habsburga, ale na swoich synów i na baronów czeskich. I wreszcie widział ludzi, którzy uwierzyli, że mogą wygrać z Luksemburczykiem.

Janie z Vartemberka! — przywołał w duchu przyjaciela. — Bez ciebie nie byłoby mnie dzisiaj w Wiedniu. Spoglądasz z góry i mówisz: „Lipski, zrobiliśmy to".

WŁADYSŁAW ujeżdżał Radosza. Kary ogier, spłodzony w madziarskich lasach, źrebię Rulki i Regősa, od dawna był najpiękniejszym koniem w jego stadach, ale póki żyła Rulka, Władkowi do głowy nie przyszło, by się na niego przesiadać.

Mój syn tak bardzo pragnął go dosiąść i nie zdążył — pomyślał gorzko i wyjął stopy ze strzemion. Na Rulce tak jeździł. Ta klacz była przy nim całe jego dorosłe życie, a on był przy niej. Razem stanowili coś więcej.

— Psiakrew! — zaklął głośno i zmusił Radosza do galopu. — Psiakrew, Rulka! Na twoim grzbiecie chciałem pojechać po koronę, a teraz nawet nie wiem, czy jej pragnę. Wszystko się sypie.

Pochylił się nad karkiem ogiera i wczuł w jego bieg. Grudy śniegu pryskały spod kopyt. Zamiast się zapomnieć w galopie, uciec przed tęsknotą za klaczą, która wybrała śmierć, przypomniał sobie polowanie. Zimę, mróz, starego żubra, którego szukał po kniejach. Burzę śnieżną i drzewo, które nagle upadło na trakt, i Rulkę, która przesadziła je bez zastanowienia. Przyszło mu do głowy, że jest zmęczony i niemłody. Że od tylu lat z uporem zbiera ten kraj do kupy. Godzi, łączy, przekonuje, namawia, łaje.

Po co to wszystko? — pomyślał gorzko. — Świnka zmarł, Borzysław zmarł, mój druh, książę mazowiecki, nie żyje. Ruscy siostrzeńcy ulegli namowom Krzyżaków i przytulili się do białych płaszczy. Kujawscy bratankowie, bida z nędzą, Leszek po powrocie z niewoli zdurniał do reszty, nic tylko archiwa przeszukuje, chce dowieść, że ma prawa do ziemi, której nie wykupił. Książąt śląskich cały zagon, pogodzić ich, nawrócić z czeskiej drogi, przekonać, że lepsze dla nich polskie zwierzchnictwo, jak ja mam to zrobić? Synowie Grubego podzielili księstwo, walczyli z Głogowczykami, ale teraz już mają dosyć. Nie mam im do zaproponowania nic, czego już nie dałby im Luksemburczyk. Na moich oczach oddalają się od Polski, a ja nie wiem, jak ich zatrzymać. Nawet jeśli Janisław zdobędzie przychylność papieża, to co? Przejdę do historii jako ten niski król, co stracił Pomorze? Do diabła z tym wszystkim. Jestem zmęczony.

— Książę! Książę! — gonił go krzyk Borutki.

Władysław nie odwracał się. Przeciwnie, zmusił Radosza do cwału.

Ucieknę — pomyślał, pochylając się w siodle, zrastając z szyją Radosza. Wciągnął ostrą woń jego potu.

— Książę! Nie uciekaj! — darł się Borutka i choć Radosz gnał jak strzała wypuszczona z łuku, głos giermka był coraz bliżej.

Goni mnie — pomyślał Władek. — Szelma, ma rękę do koni.

— Radosz, szybciej — ścisnął kolanami boki ogiera. — Pokaż, ile możesz!

— Mam dobre wieści! — wrzeszczał za nim Borutka.

— Nie wierzę! — odkrzyknął Władek, obracając głowę.

Zobaczył czarny płaszcz giermka furkoczący na wietrze i jego samego jadącego niemal na stojąco.

— Radosz, stój! — rozkazał ogierowi natychmiast. — No takiej rzeczy to ja jeszcze nie widziałem!

Jego wierzchowiec zatrzymywał się powoli, wytracając prędkość. Władek już go zawracał. Borutka miękko opadł na siodło, udając, że tak właśnie jechał.

— Co to było?! — wrzasnął do niego książę.

— Pogoń, mój książę. Księżna pani wysłała mnie z wieściami — odpowiedział Borutka.

— Ale jak ty jechałeś?!

— Co koń wyskoczy — niewinnie odrzekł giermek.

Władek pokręcił głową i poklepał Radosza po spoconej szyi.

— No, mów. Co to za dobre wieści?

— Zmarła żona Karola Roberta, Maria.

— Wieczny odpoczynek — powiedział odruchowo i ofuknął chłopca. — To ma być dobra wiadomość? Mieliśmy Piastównę na węgierskim tronie i nie mamy.

— Księżna Jadwiga kazała to przekazać. Pewnie myślała, że książę pomyśli o nowym swataniu. Wiadomo, że nikt tak jak ty, mój książę...

— Elżunia za mała — potarł czoło.

— Bo ja wiem? Dwanaście lat skończyła. I bardzo ładna dziewuszka.

— Opanuj się — warknął na niego Władysław. — Jak będziesz miał swoją córkę, to ją wydawaj! Karol Robert ma trzydzieści lat, a moja Elżunia to małe dziecko! A przestań! — Z oburzenia aż nim zatrzęsło. Ścisnął kolanami Radosza. — Na Wawel!

Borutka przyspieszył, dotrzymując kroku księciu, i odezwał się po chwili:

— Kunegunda była młodsza, gdy książę zaczął ją swatać.

— Zamknij się.

— No właśnie — westchnął giermek. — Tak powiedziała księżna Jadwiga. Że jeśli chodzi o Elżunię, to książę pan nie będzie taki prędki.

Zaciął się. A niby skąd Jadwiga wiedziała? Kochał żonę, ale bywała nieznośna. Specjalnie to przekazała Borutce, żeby go zdenerwować i z góry ustawić. Niedoczekanie.

Na dziedzińcu wawelskim czekała na niego spora grupa.

— A co to? — mruknął gniewnie. — Delegacja?

— Wszyscy mają do księcia sprawy i bali się, żeby nie... — w porę przymknął się Borutka.

Pakosław Lis, kasztelan krakowski, wybiegł do niego jako pierwszy.

— Nareszcie jesteś, książę! Kustosz gnieźnieński przyjechał z Awinionu! Są wieści od arcybiskupa Janisława. I to dobre! — szybko dorzucił Pakosław.

— No to zsiadam — powiedział Władek i nim Borutka zdążył do niego podbiec, zeskoczył z siodła. — Radoszem się zajmij, nie swataniem — rzucił giermkowi z pogardą. — Do koni masz rękę, ale do dzieci żadną.

— Jak sobie książę życzy — powiedział obrażony Borutka.

— Gdzie ten kustosz?

— Czeka w komnacie. Gnał prosto z Francji, zdrożony.

— Co ma dla mnie?

— Janisław kazał wiec koronacyjny zwoływać i suplikę przez Gerwarda przywieźć do Awinionu. Jak najszybciej!

Władek poczuł, jak krew przyspiesza mu bicie serca. Już nie był niemłody i zmęczony. Szybkim krokiem szedł przez dziedziniec, Pakosław biegł za nim.

— Książę, zaczekaj! To nie wszystko.

— Mów! — krzyknął Władek i obejrzał się. — No co tak wolno idziesz? Zdaje się, że znów nie mamy czasu.

— Ale nie musimy biec — zadyszał się kasztelan.

— O, Bogoria! — Władek wyłowił idącego ku nim Mikołaja. — A ty co masz dla mnie? — spytał wesoło.

— Zamieszki na granicy z Węgrami — ponuro rzucił Bogoria. — Karol Robert znów walczy z Mateuszem Czakiem, król zajął Wyszehrad i pan z Trenczyna obiecał mu się podporządkować, ale póki co ich wojna zaczyna rozlewać się po naszej stronie.

— Karol Robert owdowiał, niech zostawi Mateusza w spokoju — wzruszył ramionami Władek.

— Dobrze ci mówić, książę, ale jakbyś był na miejscu węgierskiego króla, nie przyszłoby ci to tak łatwo. To tak, jakby ci Zarembowie wywołali wojnę i Starsza Polska poszła za nimi.

— Wypluj to — rozkazał Władek. — I więcej nie porównuj Zarembów do Czaka.

— Dziwne rzeczy się dzieją — wysapał Pakosław, doganiając ich. — W Czechach Henryk z Lipy zagroził swemu królowi, Mateusz to samo na Węgrzech, dobrze, że u nas...

— Bądź cicho — odwrócił się ku niemu Władysław. — Nie jestem przesądny, ale nie ma co się przechwalać. Uznajmy, że u nas to już było.

— No to jeszcze Giedymin, książę — dorzucił Bogoria. — Wieści idą, że chrzcić się chce.

— Nie pierwszy raz — zaśmiał się Władek. — Giedymin jest mistrzem w domaganiu się chrztu, gdy mu to potrzebne, a potem nagle oznajmia, że „chrzest się nie przyjął". Taki z niego chrześcijanin jak ze mnie poganin! Jeńców niech Mazowszu odda. Póki żył Bolesław i powiewała tam Madonna na purpurze, to jakoś sobie z Litwinami radził, a teraz wjeżdżają w księstwo jego synów jak na polowanie.

— Chodzi o to, że jeśli Giedymin się naprawdę ochrzci, nie będziesz mógł się przedstawiać papieżowi jako „przedmurze chrześcijaństwa" — powiedział Bogoria.

— No przecież zrozumiałem — wzruszył ramionami Władek. — Elżunia!

Córka wybiegła mu naprzeciw, Kaziu z małą Jadwinią za rękę ledwie nadążali za nią.

— Tatko! — pisnęła i rzuciła mu się na szyję. — Mama chce mnie żenić, ratuj! — szepnęła mu do ucha.

— A ty nie chcesz? — spytał równie cicho.

— Nie. Gdzie mi będzie lepiej niż przy tobie, tatku? Poza tym miałam sen — powiedziała cichutko.

Władek zapomniał o Bogorii i Pakosławie. O Giedyminie, Śląsku, Mateuszu Czaku i Karolu Robercie. O wszystkim.

— Sen? Opowiadaj, szybko.

— No więc to było tak: ty i ja jechaliśmy konno. Ty na czarnym, ja na białym koniu.

— Ja mam Radosza, ale ty? Muszę ci białą klacz w stadach znaleźć.

— Musisz, tatku, bo posłuchaj: jechaliśmy obok siebie, strzemię w strzemię. Na plecach mieliśmy purpurowe płaszcze, bardzo dostojne. I wjechaliśmy razem do wielkiej, przepięknej katedry, olbrzymiej. Było cicho, cichutko, tatku, tylko stukot kopyt naszych koni...

— Czarnego i białego.

— Tak, tatku. One były takie mądre, że same zatrzymały się pod ołtarzem. I wtedy na nasze głowy spłynęły królewskie korony. W jednej chwili, na ciebie i na mnie.

Popatrzył na jej jasną twarz, na kosmyki niepokornych włosów, na te oczy uparte, bursztynowe. I pocałował córkę w czoło.

— Piękny sen miałaś, moja dziewczynko.

Po co to wszystko? — przypomniał sobie swoje pytanie. — No właśnie po to.

ZYGHARD VON SCHWARZBURG nie miał pojęcia, dlaczego zwołano nadzwyczajne posiedzenie kapituły w Malborku, ale pojechał na nie, choćby po to, by się dowiedzieć, co naprawdę wewnątrz konwentu piszczy.

— Zdziadziałeś w Grudziądzu — kpił z niego Kuno, gdy przejeżdżali mostem nad zamarzniętym Nogatem. — Od śmierci Guntera stałeś się pionkiem, zamiast graczem.

— Mędrzec z Akki — odgryzł się Zyghard. Kuno ostatnimi czasy zrobił się naprawdę nieznośny.

— Mówię, jak jest. Odkąd Wildenberg wygryzł cię z „wielkiej piątki", przyjąłeś zlecenie wielkiego mistrza na kontakty z Rusią, a to tak, jakby kazali ci się zajmować pertraktacjami z Bizancjum. Brzmi dobrze, a gówno znaczy.

— Zamknij się, Kuno — wściekle odpowiedział Zyghard i nie odzywali się do siebie.

Most bramny był otwarty; jeden za drugim zjeżdżali komturowie z całej prowincji pruskiej. Zamek był w nieustannej rozbudowie. Dawne podzamcze przebudowywano na reprezentacyjną siedzibę wielkiego mistrza, panował rozgardiasz, zabrakło miejsc w starej stajni i część niższych rangą braci odsyłano do nowej, prowizorycznej stajni na dawnym podzamczu. Na dziedzińcu roiło się od koni, giermków, szarych braci i białych płaszczy. Musieli czekać w kolejce do stajni. Pech chciał, że przed nimi stał Herman von Oetingen.

— Jaśnie pan Schwarzburg jak zawsze z osobistą obstawą — prychnął na ich widok. — „Krew brata twego głośno woła ku mnie z ziemi" — zacytował, przenosząc wzrok z Zygharda na Kunona.

Zyghard poczuł, że Kuno napręża się i że zaraz dojdzie do rękoczynów. Odwrócił się, by go uspokoić, i w tej samej chwili napotkał za plecami Kunona kwadratową brodę Henryka von Plötzkau.

— Zyghard! Jak dobrze cię widzieć! — rozpromienił się Plötzkau, jakby naprawdę byli przyjaciółmi. — O, i wielkie jak góra plecy Kunona! — bezceremonialnie walnął go między łopatki. — Nareszcie jakieś prawdziwe zakonne pyski, a nie te uczone panienki w białych płaszczach.

Herman von Oetingen zacisnął szczęki i wepchnął konia stajennemu, a potem oddalił się szybkim krokiem.

— Bez Konrada von Sack ten zamek jest nudny — poskarżył się Plötzkau. — Żal starego, to była jednak dusza zakonu, co nie?

— To prawda — przyznał Zyghard. — Miał swoje lata, ale łudziłem się, że tacy jak Sack nie umierają. Ciężko chorował, ale miał dobrą opiekę tu, w infirmerii.

— Ano tak. Raz go odwiedziłem, pogadaliśmy sobie, no cóż, na każdego przyjdzie czas. Gnałem z Litwy jak głupek — zmienił temat. — Nie wiecie, co się stało? Dlaczego nas wezwali?

— Myślałem, że ty będziesz wtajemniczony — odpowiedział Zyghard.

Pozbyli się koni i ruszyli w stronę konwentu. Kuno szedł przed nimi, torując im drogę swą zwalistą sylwetką.

— Wściekły jestem — splunął Henryk von Plötzkau, a Zyghard odwrócił głowę, by nie patrzeć, jak ociera usta ze śliny. — Robotę mam na Litwie rozgrzebaną, od Bożego Ciała zamek Giedymina oblegam. Mógłbym wziąć tego lucyfera głodem. Na szubienice jest za twardy. Stawiałem mu pod murami, jak kiedyś pod Święciem, pamiętasz? A nie, ciebie z nami nie było, Boże, jak mi brakuje twego brata Guntera!

— Nie wątpię — westchnął Zyghard, co Henryk wziął za dobrą monetę.

— Cieśle wybudowali mi urządzonko na pięćdziesięciu wisielców — zachichotał Henryk i dźgnął Zygharda łokciem w bok. — Rozumiesz? Wielkie dyndanie. Ale Giedymin ma nerwy ze stali. Nie ruszyło go. Kujawscy bracia byli mięksi, ha, ha! W rok wysłałem do piekła tysiąc Litwinów i nie mówię tu o babach wiejskich, ale o jeńcach wojennych. Szybciej Giedyminowi dokuczę, podrzynając gardła jego wojownikom niż dziewuchom po chutorach. No, a co u ciebie? Grudziądz wielki zamek, piękny jak nasz Marienburg.

— Dziękuję, wszystko dobrze — chłodno odpowiedział Zyghard.

— Wstąpimy na piwo, pogadamy o starych dobrych czasach? — zaproponował Henryk von Pltzkau.

— Wybacz, jestem umówiony — wymówił się Zyghard. Na myśl, że ma z tym mordercą usiąść przy jednej ławie, zrobiło mu się niedobrze.

Zatrzymali się w podcieniu krużganków, Kuno odszedł spory kawał dalej; komtur królewiecki przytrzymał Zygharda za łokieć.

— Słuchaj — świńskie oczka Henryka von Plötzkau zalśniły — pamiętasz nasz jantarowy płód?

— Feuchtwangen miał go wysłać papieżowi, ale nie zdążył. Płód zniknął — przypomniał Zyghard.

Plötzkau ściszył głos:

— Konrad von Sack, jak odwiedziłem go w infirmerii, na pół roku przed śmiercią, powiedział mi coś dziwnego. Nachyl się — skinął ręką na Zygharda.

Schwarzburg schylił się, zaciskając szczęki. Nienawidził poufałości.

— Nie obraź, się Zyghard, muszę ci to powiedzieć, bo staruszek Sack dużo wiedział. Otóż on podejrzewał twojego Kunona. Cicho, nie mów nic. Wiem, że będziesz go bronił.

— Miał dowody? — zimno zapytał Zyghard.

— Nie — smutno powiedział Plötzkau. — Miał tylko przeczucia starego mistrza krajowego. Nie chcę nic sugerować, no wiesz. Ale twój Kuno to dziwny człowiek. Nic mu nie mów, przeszukaj jego rzeczy albo coś. No co ja ci będę tłumaczył. Sprawdź to, przez pamięć Guntera. Twemu bratu tak zależało, żebyśmy to zdobyli. Należy mu się. Jakby się okazało, że Sack miał rację, możemy sprawę załatwić po cichu. Ja nic nie powiem, on nie piśnie, a jantarowy płód się znajdzie. To co? Mogę liczyć na ciebie?

Zyghard miał ochotę dać Henrykowi von Plötzkau w pysk. Ale zamiast tego powiedział:

— Sprawdzę to, gdy wrócimy do Grudziądza.

— No i dobrze — westchnął komtur królewiecki. Wyraźnie mu ulżyło. — Idę na piwo, chłopaki z ziemi pruskiej są złaknieni opowieści o Litwinach. „Znaj swój cel", jak to mówią, he, he. Kto im lepiej opowie o czcicielach Perkuna niż ja, ich pogromca?

— Do zobaczenia na kapitule — skinął mu głową Zyghard i ruszył w stronę Kunona.

— Czego chciał rzeźnik gdański? — spytał ten.

Żebym cię sprawdził, przyjacielu — gorzko pomyślał Zyghard.

— Nic takiego, co by cię interesowało — powiedział na głos.

W tej samej chwili niemal zderzyli się z Lutherem z Brunszwiku. Za jego plecami, niczym białe skrzydła, szło siedmiu braci. Oetingen, z którym zetknęli się pod stajnią, też był z nimi.

— Książę von Schwarzburg — skinął mu głową Luther.

— Książę von Braunscheig — odpowiedział tym samym tonem Zyghard. — Gratuluję kariery. Błyskawiczna i zaskakująca. Od komtura golubskiego, przez komtura domowego Malborka, a teraz Dzierzgoń i wielki szatny. Robi wrażenie.

Ciemne oczy Luthera były nieruchome. Ani jeden mięsień na jego przystojnej twarzy nie drgnął.

— Dzierzgoń to intrygujące miejsce — odpowiedział. — Wiele się można tam dowiedzieć.

— Polecam Święty Gaj — odparował Zyghard. — Kunonie, czy dawałeś nowemu komturowi dzierzgońskiemu wskazówki, jak trafić do grodziska Dzikich? Skoro zarządza tym, jak powiedział, intrygującym miejscem, może powinien zaciekawić się niewiernymi na terenie swej komturii?

— Daremne żarty — odrzekł bez uśmiechu Luther. — Zajmuję się czytaniem Pisma Świętego, statutów zakonu, a także kolonizacją i lokowaniem wsi, bo zaniedbał to mój poprzednik. Nie interesują mnie bajki o Dzikich. W granicach państwa zakonnego ich nie ma.

— Zdziwiłbyś się — warknął na niego Kuno.

Herman Oetingen natychmiast wyskoczył zza pleców Luthera i stanął twarzą w twarz z Kunonem. Sięgał mu ledwie do ramienia, jak większość braci.

— Masz coś do powiedzenia, bracie Kuno von co? Kuno Niewiadomo Skąd — natarł Oetingen.

— Jestem Kuno de Bast z Akki — odpowiedział jego przyjaciel, patrząc na Oetingena z góry. — I możesz mi skoczyć, świętoszku ze Szwabii.

— Spokój — powiedział Zyghard i zwrócił się do Luthera: — Masz coś do mnie? Zgłoś na kapitule. Żegnam.

Nie czekając na Kunona, wyminął Luthera i jego siedem białych płaszczy. Odszedł kilkadziesiąt kroków i odwrócił się nagle, niemal zderzając z idącym za nim Kunonem.

— Jestem wściekły — powiedział do niego przez zaciśnięte zęby. — Po raz pierwszy, odkąd się znamy, jestem na ciebie naprawdę wściekły. Tyle razy pytałem cię o to, kim jesteś, nigdy nic nie powiedziałeś. I trzeba było, żeby cię wyprowadził z równowagi Oetingen, byś się przedstawił?!

— Nie powiedziałem niczego, czego byś nie wiedział, Zyghardzie — miękko odrzekł Kuno. — De Bast, moje nazwisko rodowe, oznacza, że wielki pan spłodził bękarta, od którego początek wzięła moja gałąź rodu. Opowiadałem ci tę historię kilka razy, ale prawda, obaj piliśmy wtedy wino, więc może nie zapamiętałeś.

Zyghard patrzył w jego szare oczy i oddychał głośno. Gdyby Kuno skończył o zdanie wcześniej, wybaczyłby mu w jednej chwili. Ale po co to wypominanie, że po pijaku? Że nie zapamiętał? To nie było potrzebne. Pomyślał, że on broni Kunona przez tyle lat, przed wszystkimi, a ten w zamian ma dla niego tylko wyniosłą pogardę i zagadki. Przecież kiedyś byli sobie bliscy. Łączyło ich coś specjalnego, coś, co nie przydarza się wszystkim.

Odwrócił się od niego i ruszył do kapitularza.

W czasie obrad był nieuważny. Odwracał się raz po raz, na tyle, na ile było to dyskretne, szukając wzrokiem Kunona. Nie mógł go dostrzec. Gdy wreszcie spróbował się skupić na tym, co się dzieje na sali, zobaczył, że przewodniczenie obradom przejął Fryderyk Wildenberg, a obok niego, jak filar świątyni, stoi Henryk von Plötzkau i Otto von Lautenburg. Zyghard nie wierzył własnym oczom i uszom.

— ...w tej sytuacji — perorował Wildenberg — uważamy, że dla dobra zakonu należy odwołać Karola z Trewiru z urzędu wielkiego mistrza.

— Sercem zakonu jest zabijanie — dodał Plötzkau niezdarnie — ...pogan, a nie wydumane reformy i dyplomacja.

— Komtur Plötzkau miał na myśli chrzczenie pogan — szybko poprawił go Lautenburg. — Nasz główny cel.

— Źle się stało, że wielkim mistrzem został brat z niemieckiej gałęzi zakonu — wypalił wprost Wildenberg, a na sali odezwały się głosy poparcia. — Taką godność może piastować wyłącznie brat, który rozumie istotne problemy zgromadzenia. Walkę z Litwinami, dalszą kolonizację Prus i czekającą nas wojnę z Królestwem Polskim. W Niemczech, za przeproszeniem, siedzi się w komturiach i uprawia ziemię...

— ...i liczy kury nioski! — zawołał Plötzkau. — A my tu liczymy obcięte głowy wrogów Chrystusa!

Co za lis — pomyślał o rzeźniku gdańskim. — Mnie pytał, po co zwołano kapitułę nadzwyczajną, a teraz jest jej drugim głosem. I proszę, Luther wystawił jednego ze swych siedmiu świętoszków, Lautenburga. W przewrocie zakonnym udział wzięły jednocześnie te siły, których bym w życiu w jedno nie połączył.

Zatkało go, prawda. Tego się nie spodziewał. Podkopywania Karola z Trewiru przez Henryka von Plötzkau i Wildenburga, owszem. Ale tego, że wciągnęli w grę grupę Luthera, nigdy.

Przy boku zaskoczonego wielkiego mistrza siedział Werner von Olsen, piastujący godność wielkiego komtura Malborka. Prywatnie przyjaciel Karola. Co zrobi? — pomyślał Zyghard. — Czyżby dzisiaj był dzień pękniętych przyjaźni?

— Protestuję — powiedział Olsen, wstając. — To niezgodne z prawem zakonnym.

Uff — odetchnął Schwarzburg — chociaż ty nie zawiodłeś druha.

— Ale zgodne z duchem czasu — zimno powiedział Fryderyk von Wildenberg, a jego rozwidlona broda uniosła się w górę niczym dwa ostrza sztyletu. — Gdy prawo nie nadąża za czasem, czas je zmienić.

— Zmienić prawo! — podniosły się okrzyki z sali.

Zyghard rozejrzał się, patrząc, kto skanduje. Luther z Brunszwiku siedział nieruchomo, z ramionami skrzyżowanymi na piersi. Nie mówił tak ani nie. Ale jego świętoszkowie krzyczeli:

— Odsunąć mistrza!

— Głosujmy! — zażądał Wildenberg.

Jest pół na pół — pomyślał Zyghard obserwujący salę.

I znów się pomylił, bo kiedy zliczono głosy, za odwołaniem Karola była zdecydowana większość. Nie ujawnili się, spiskowcy — pomyślał z pogardą. — Siedzieli cicho, jak Luther.

Karol z Trewiru wyglądał na zdruzgotanego. Jego komtur domowy, Werner von Olsen, także. Karol wstał i powiedział:

— Uszanuję wasz wybór. Proszę o pozwolenie na opuszczenie Prus.

— Dokąd? — krzyknął zwycięzca Fryderyk von Wildenberg.

— Do Trewiru. Wrócę do domu.

— Zgadzamy się — odpowiedział Wildenberg, nie naradzając się ze stojącymi za nim Plötzkau i Lautenburgiem. — Zamykam obrady kapituły.

Zyghard von Schwarzburg wstał i opuścił kapitularz. Był zniesmaczony. Dokąd zmierza zakon? Czy teraz kierować nim będzie banda buntowników?

— Gratuluję sojusznikom — rzucił Lutherowi, przechodząc obok jego miejsca.

Nie obejrzał się i nie słuchał odpowiedzi. Chwilę po tym wyminął Henryka von Plötzkau, który szedł ku niemu z tryumfalnym uśmiechem. Nie chciał z nim rozmawiać. Nie teraz. Zbiegł schodami na dziedziniec. Wszędzie było pełno ludzi. Rozejrzał się. Może wsiąść na koń i nocą wracać do Grudziądza?

Nie — pomyślał trzeźwo. — Jest zima, śniegi. Po lasach krążą watahy wilków.

Za nic w świecie nie chciał spędzić nocy we wspólnej sali w warownym klasztorze. Tylko nie to. Nogi same poniosły go do infirmerii. Za kilka gładkich zdań dostał pustą po śmierci Konrada von Sack izbę dla braci seniorów. Naciągnął na głowę koc i zasnął.

Zbudził go chłód i czyjś zimny dotyk. Zerwał się z nożem w dłoni.

— To ja — usłyszał głos Kunona. — Szukałem cię.

— Ach, ty — opuścił nóż Zyghard.

— Nie musisz mówić, dlaczego opuściłeś zgromadzenie — szepnął Kuno, klękając przy jego łóżku. — Rozumiem każdy twój gest, każde wzburzenie.

Szare oczy Kunona lśniły w mizernym blasku kaganka. Zyghard przez jedną senną chwilę poczuł, że czas się cofnął i wciąż są parą szorstkich kochanków.

— Zyghardzie. Karol z Trewiru i Werner von Olsen przed chwilą wyjechali z Marienburga. — Kuno zbliżył usta do jego ucha i wyszeptał najciszej, jak potrafił: — Słyszałem ich rozmowę. Karol jest pewien, że wpływy, jakie ma u papieża i na dworach niemieckich, wystarczą, by głos dzisiejszych rebeliantów nie został uznany w świecie...

Zyghard chłonął każde słowo Kunona. Pojmował ich znaczenie natychmiast, a jednocześnie nie mógł się oprzeć podnieceniu, jakie wywoływał jego ciepły oddech, przypadkowe dotknięcie wargą ucha.

— ...Karol dzisiaj powiedział, że poddaje się woli kapituły — szeptał dalej Kuno — ale zabrał z Marienburga pieczęć wielkiego mistrza i nie oddał pierścienia. Wildenberg i spółka będą musieli podrobić insygnia mistrza i tym samym staną się w oczach świata niewiarygodnymi uzurpatorami.

Zyghard wyciągnął rękę i złapał Kunona za palce. Były chłodne.

— Kuno — szepnął i zastygł w oczekiwaniu.

— Zyghardzie von Schwarzburg — powiedział Kuno de Bast — czy chcesz dalej w tym tkwić? Czy chcesz razem ze mną opuścić to żmijowe gniazdo?

Serce Zygharda stanęło na krótką chwilę. Nigdy o czymś takim nie pomyślał.

— Jesteś zachłanny — odpowiedział. — Żądasz wiele.

— Jestem szczery i znam cię, książę Schwarzburg — zacisnął palce na jego dłoni tak mocno, że Zyghard poczuł każdą z kości. — Teraz albo nigdy.

— Co w zamian? — spytał zachowawczo.

— Wolność.

— Czyli nic — odpowiedział Zyghard. Poczuł, że Kuno rozluźnia uścisk. Nie pozwolił na to. Spytał: — Masz jantarowy płód? Zabiłeś Feuchtwangena?

— Konrad von Sack się przyznał, nie pamiętasz? — odpowiedział Kuno.

— Masz płód? — ponowił pytanie Zyghard.

Kuno puścił jego dłoń i szepnął:

— Opuszczę zakon. Nie mogę dłużej w tym tkwić. Wybaczysz mi, przyjacielu?

JAN LUKSEMBURSKI patrzył z murów Brna na wojska, które okrążały miasto. Nadciągały z każdej strony, z furkotem chorągwi, ze szczękiem mieczy, toporów i kopii. Ronovcy i Markvartici. Ale nie tylko oni. Dawni sprzymierzeńcy Eliški, ludzie Viléma Zajíca, Bavor, Tobias, Petr z Rožmberka, wszyscy, całe rycerstwo Czech, jak jeden mąż, otaczało Brno, w którym był on, ich król, z Eliška Premyslovną, ich królową.

Stanęli wreszcie, ale nie zamknęli pierścienia okrążenia; wciąż zostawało w nim spore, wolne ogniwo. Usłyszał daleki dźwięk rogów i dojrzał kurzawę.

Przełknął ślinę, myśląc: Czy jestem gotów na to, co zobaczę?

Z tumanu kurzu wyjechały chorągwie z czerwonym lwem.

— Habsburgowie! — krzyknął strażnik bramny.

Na ciężkich, bojowych ogierach, równym rytmem kopyt, wynurzali się z kurzawy niczym z burzowej chmury i ustawiali w pierścieniu, w miejscu, które zostawił dla nich Henryk z Lipy.

Jan zacisnął pięści. Nienawidził czuć się bezradnym.

— Najjaśniejsza pani, Eliška Premyslovna — zawołał sługa za jego plecami.

Nie odwrócił się. Nie miał siły spojrzeć na żonę.

— Królu Janie — powitała go oficjalnie. — Przyszłam na mury, by dodać ci odwagi przed starciem z wrogami Królestwa. Spełniło się to, co przewidywałam dawno. Chcą obalić króla.

— Podejdź do mnie — powiedział zimno. — I spójrz.

Eliška wyjrzała zza muru. Widział jej plecy, fałdy purpurowego płaszcza. I widział, że zadrżała.

— Obronisz nas, prawda? — spytała, odwracając ku niemu pełną przerażenia twarz.

— Nie — odpowiedział szczerze i było to najgorsze wyznanie, przed jakim stanął w życiu. — Nie obronilibyśmy się nawet przed połową tej armii, żono. Mamy przed sobą całe rycerstwo Czech i pięć setek Habsburgów.

— Ale to my jesteśmy za murami. Zawsze się mówi, że...

— Jesteś ślepa?! — syknął na nią wściekle. — Jeśli dopuszczę do tego, by przypuścili szturm na miasto, przegram. A gdy nas pojmą, szanse przetargowe w negocjacjach spadną.

— Nas? — zapytała drżącym głosem. — Przecież nie wolno pojmać króla i królowej...

Przez krótką chwilę miał ochotę zrzucić ją z brneńskich murów. Powstrzymał ten szczeniacki odruch. Nie ułatwiała mu niczego.

— Najjaśniejszy panie! — zawołał z bramy wódz jego wojsk. — Lipski chce negocjować! Jadą do nas posłowie!

— Janie! — Eliška rzuciła się ku niemu i chwyciła jego łokieć.

Zdjął jej dłoń z ramienia. Zacisnął szczęki i zszedł z murów, by rozmawiać o zawieszeniu broni.

ELIŠKA PREMYSLOVNA za nic w świecie nie odważyła się zostać sama z dziećmi w Pradze. Gdzie Jan, tam i ona.

Gdy zamykała powieki, wciąż widziała pierścień wojsk otaczający Brno i ten pierścień, niczym sznur na szyi skazańca, zaciskał się wokół jej serca. Jan kupił miesiąc pokoju. Tylko miesiąc, Boże, jak mało! Lipski nie zgodził się na ani dzień dłużej. Rebelianci pozwolili im opuścić Brno. Jezu, co to była za straszna chwila, gdy wyjeżdżali. Powiedziała Janowi: Nie pojadę na wozie, jak owca. Na wóz kazała wsadzić dzieci, pod strażą. Sama wyjechała konno. Z siodła czuła się królową. Poniżoną, zagrożoną, ale królową. Gdy otwierano bramy, ten zgrzyt żelaznych łańcuchów, tak wyobrażała sobie zejście do piekieł i teraz ona, królowa Czech i Polski, Eliška Premyslovna, tę bramę piekieł musiała przestąpić. Jan jechał u jej boku. Chciała założyć koronę, nie pozwolił jej na to. Bał się, że kruchy rozejm, który wynegocjował z Lipskim, może pęknąć w każdej chwili. A przecież była królową, korona należała się jej. Trudno, nie założyła. Końskie kopyta zadudniły na moście bramnym i wjechali między szeregi wojska piekielnego. Tak, buntownicy to słudzy szatana, którzy podeptali przysięgę składaną swemu królowi. Widziała ich wszystkich. Straszliwe, czerwone lwy Habsburgów i kłujące ją w oczy skrzyżowane pnie lipy. Herb zdrajcy. Widziała i jego. Potężna sylweta Lipskiego, z płaszczem podbitym futrem zarzuconym na zbroję, pyszniła się w ostrym marcowym słońcu. Zobaczyła nawet tę skandaliczną zapinkę do płaszcza, o której plotkują wszyscy. Trzy złote lwy na jego ramieniu, gorszący prezent od niej. Dostrzegła, iż skinął jej głową, ale spojrzała na niego tak samo wyniośle jak w Loket, gdy stała na wieży, a on błagał o wejście do zamku. Och, Janie — pomyślała żałośnie. — Szkoda, żeś nie wziął przykładu ze swojej odważnej, mężnej, bohaterskiej żony! Gdybyś zrobił to, co ja w Loket…

Słyszała skrzypienie wozu, na którym jechały jej dzieci. Słyszała płacz małego Václava. Nie jest tchórzem, wystraszył się tylko tych diabłów patrzących na niego z góry. Nie mogła się jednak odwrócić, bo teraz, opuszczając Brno, była królową, nie matką. Nie zobaczą w niej słabości. Pociły jej się dłonie pod rękawiczkami. Jeszcze tylko kilka kroków. Może kilkadziesiąt, bo szeregi wojsk drugie, trzecie i czwarte zdają się nie mieć końca. I ta koszmarna cisza, która towarzyszy ich wyjazdowi z miasta. Gdy jedzie królowa i król, powinny być wiwaty i okrzyki. Piekło jest ciche — pomyślała z trwogą. Zaschło jej w ustach. Czy tak czuł się mój ojciec, gdy wraz z Vaśkiem uciekali z Budy? Gdy tracili koronę Węgier? Boże, widzisz to i nie grzmisz?! — załkała w duchu.

I w tej samej chwili usłyszeli grom pierwszej wiosennej burzy.

Pan mnie słyszy — pomyślała wtedy z nadzieją Eliška. — No to niech wysłucha całej mej skargi!

Bóg nie wysłuchał, ale król Niemiec, Ludwik Wittelsbach, owszem. Tak się wystraszył tych pięciuset Habsburgów, że rzucił ważne sprawy i we własnej osobie przyjechał do Czech, stanął przy granicy. To wtedy Eliška powiedziała Janowi, że za nic w świecie nie zostanie sama w Pradze, że gdzie on, tam i ona, i Jan się zgodził, pojechali razem.

Gdyby nie uczestniczyła w rozmowach Jana z Ludwikiem, nigdy nie uwierzyłaby w to, co tam zaszło. Nie przyjęłaby do wiadomości, że ktoś, kogo poparło pięciu z siedmiu elektorów, może być tak zachowawczy i tchórzliwy. Ludwik Wittelsbach, król Niemiec, powiedział do jej męża:

— Musisz pogodzić się z panami Czech, Janie.

To było dla niej jak policzek. Odezwała się przed mężem, bo nie mogła ścierpieć zniewagi:

— Królu, zwróć uwagę, że oni znieważyli i ciebie. Poszli do Habsburga.

Jan spojrzał na nią gniewnie, a przecież powiedziała prawdę. Czyżby tylko ona jedna wśród tych wszystkich mężczyzn zachowała odwagę?

— Właśnie dlatego doradzam twemu mężowi zgodę, pani — odpowiedział jej Ludwik. — Bo wasza prywatna, domowa wojna zaczęła zagrażać wielkiemu królestwu niemieckiemu.

— Ale poddani, którzy wypowiedzieli posłuszeństwo nam, wypowiedzieli je i tobie, królu Ludwiku — powiedziała mocno Eliška. — Jak możesz sugerować, że mamy się z nimi układać? To policzek wymierzony w...

— Żono — przerwał jej Jan. — Proszę, byś zamilkła.

— W dyplomacji nie obowiązuje dogmat o nieomylności, pani — wyniosłym, pouczającym tonem odezwał się Ludwik. — Liczy się wyłącznie skuteczność.

— A honor?! — zawołała Eliška.

— Mówimy o groźbie utraty przez was oboje korony — wypowiedział te okrutne, zimne słowa Wittelsbach. — Ale jeśli wolisz, pani, zachować honor bez korony, to proszę bardzo, nie zawracaj z drogi, na którą weszłaś już dawno.

ANDRZEJ ZAREMBA zaszył się w Czerminie, zostawiając w Poznaniu Filipa Doliwę, swego osobistego kanclerza, i Domarata z Grzymałów. Nie chciał ich widzieć. Pragnął być sam, schować się w głuszy jak zranione zwierzę i wyć. Czuł się skrzywdzony aż do trzewi. A najgorsze, że nad jego upadkiem zdawał się czuwać sam Bóg.

— Zmieniłem się — syknął w pełnej pretensji modlitwie. — Ze swego oddałem, z dziesięcin ustąpiłem, by wygrać dla Starszej Polski. Karła przyjąłem jak księcia, ach! — To wciąż go truło, bolało jak otwierający się wrzód, ropień, którego nie sposób zagoić. — Boże! — wrzasnął. — Dałeś znak, że życzysz sobie widzieć go na tronie, i ja mu pomogłem! Z własnych ambicji ustąpiłem i tylko jednego pragnąłem, jednego, co mi się należało jak nikomu innemu!...

— Wielebny wzywał? — Do izby wszedł sługa i pokłonił się.

— Nie ciebie, a Boga — mruknął Andrzej. — Wina daj, jakżeś przylazł.

— Wedle życzenia — zgiął się w ukłonie sługa i zniknął.

Serce biło Andrzejowi nierówno, po złości. Duszno mu było.

— Na burzę idzie, czy jak? — powiedział, rozwiązując koszulę pod szyją.

Sługa wrócił z dzbanem i kielichem, wziął się do otwierania.

— Konie w stajni dzisiaj niespokojne — powiedział i wytarł parę kropli wina, które spadły z wysmukłej szyjki dzbana. — Tłuką się, jakby je co opętało. Może burza będzie, bo to już czas. Jak to mówią chłopi, przed pierwszą orką piorun musi matkę ziemię rozgrzać.

— Zabobony — wzruszył ramionami Andrzej. — Możesz odejść. Każ stajennemu zabezpieczyć wrota, żeby nam konie nie pouciekały jak przy jesiennych grzmotach. Kto dzisiaj ma wartę przy więźniu?

— Peszko, panie.

— Nie znam — powiedział Andrzej.

— To ten, co ma taką gulę na szyi. Taką narośl.

— Zawołaj go do mnie.

— Wedle rozkazu.

Andrzej zdał sobie sprawę, że przez wypadki, które w ostatnim czasie toczyły się wartko, zapomniał o Michale. Marcin Zaremba pytał go parę razy, co z nim zrobią, ale Andrzej odsunął wojewodę kaliskiego od tej sprawy. Nie miał pomysłu na Michała; brzydził się zabójstwem więźnia, choć ten sam był obrzydliwy. Potwór. Bestia. Coś ohydnego.

— Wielebny wzywał — odezwał się niemłody mężczyzna, stając w drzwiach niepewnie.

— Wejdź — rozkazał Andrzej. — Tylko niczego nie dotykaj.

Poczuł smród bijący od strażnika. Dziwną woń stęchlizny i starych ubrań. Rzeczywiście, na lewej stronie szyi Peszka rozrosła się sinawa narośl. Andrzej przysłonił usta i nos chustką. Brzydził się czymś takim.

— Jak więzień? — spytał. — Sprawia jakieś kłopoty?

— Nigdy, panie — odpowiedział strażnik. — Nie odzywa się, my też do niego nie mówimy, jak kazałeś.

— I nic podejrzanego się nie dzieje?

— Nie, panie. Jak zmieniamy słomę, to siedzi skulony, nie chce nam się pokazać. Zresztą światła nie wnosimy do izby, bo wielebny zakazał.

— Dobrze — machnął ręką Andrzej. — Wracaj na służbę.

Paszko wyszedł, ale smród stęchlizny pozostał w izbie. Zaremba powachlował chusteczką, lecz nie przeszło. Łyknął wina i wraz z jego rubinowym strumieniem znów zapiekły żal wrócił do niego. Zacisnął palce na oparciu krzesła, wbił paznokcie, tak go bolało.

Gdy stanął na czele buntu, sam Jakub II docenił jego wysiłek i powiedział: „Andrzeju, przemiana w męża stanu ci służy". Słyszało to wielu, a Jakub był stary i już wtedy słaby jak pisklę. Andrzej widział w oczach kancelistów arcybiskupa ten podziw i pomyślał, że zapamiętali słowa swego mentora. Że gdy dzień wyboru nowego arcybiskupa nadejdzie, ktoś z tu obecnych poda jego imię. „Kto jest najlepszym kandydatem na pasterza Kościoła polskiego?" — padnie pytanie, a oni, jako kanonicy gnieźnieńscy, odpowiedzą: „Andrzej Zaremba, wojenny biskup".

— No i co, Boże? — żachnął się na głos. — Tak się nie stało! Wybrali Borzysława, a moje imię ani razu nie padło!

Przechylił kielich, wypił wino duszkiem. Polało mu się po brodzie, rozmazał je rękawem i poczuł, że z oczu cieką mu łzy, jak ropa z rany.

— Wyzbyłem się wszelkich ambicji prócz tej jednej, Panie! — powiedział to wreszcie Bogu. — Tak, ja chciałem być arcybiskupem Królestwa!

Nagły, głęboki grzmot przeoczył się po niebie. Za nim trzasnął piorun, jeden, drugi, trzeci. Andrzej zaśmiał się ciężko i rzucił o ziemię kielichem. Szkło rozprysło się jak iskry w świetle błyskawicy.

— Pragnąłem tego i zasłużyłem swą ciężką pracą, ale nie! — wyciągnął pięść w górę. — Nie dałeś mi. I po złości pozwoliłeś Borzysławowi umrzeć na papieskim podwórku, by Jan XXII sam mógł wybrać następcę. Boże, jak ja się na Tobie zawiodłem!...

Drzwi komnaty Andrzeja rozwarły się z hukiem. To, co zobaczył w świetle błyskawicy, sprawiło, że zamarł.

MICHAŁ ZAREMBA nie liczył dni i nocy w więzieniu. Miał świadomość, że zamieniały się w miesiące, w lata, ale od dawna było mu to obojętne. Andrzej Zaremba jasno oświadczył, że nie chce się splamić krwią rodowca, więc Michał wiedział, że do końca życia będzie gnił w łańcuchach. To nie biskup uczynił go smokiem, ale jego pogarda i uwięzienie bez nadziei na wyjście sprawiły, że Michał nim pozostał. Miał tu tylko siebie. Takiego, jakim był. Z dnia na dzień zapadał się i zagłębiał w swej naturze. Wiedział, że jest jakimś dziwnym bytem. Ni to człowiekiem, ni bestią. Czuł, myślał, analizował, a jednocześnie widział, jak jego stopy wykrzywiają się w łapy pokryte zrogowaciałą skórą; jak paznokcie grubieją i przeobrażają się w szpony. Słyszał rozmowy służby, czasami biskupa i jego gości. Wiedział, że władzę objął książę Władysław, że zmarł Jakub II, wszystko to docierało do niego i było mu coraz bardziej obojętne, bo należało do świata, w którym nie było miejsca dla kogoś takiego jak on.

Tego wieczoru jego nozdrza znów spośród wielu woni wyłowiły zapach Kaliny. Czuł ją nie pierwszy raz; przychodziła tu wcześniej i krążyła gdzieś wokół zabudowań. Kiedyś miał nadzieję, że Kalina ściągnie pomoc, która go uwolni, ale pozbył się złudzeń. Zapach Kaliny pojawiał się raz po raz, a wybawienie nie nadchodziło. Potem pomyślał, że sam mógł wyobrażać sobie jej woń, pamięć po tamtych czasach, gdy łączył się z nią w miłosnych uściskach i gdy dzięki niej krew w jego żyłach płynęła jak górski strumień. Zdarzyło się parę razy, że zatęsknił nawet za tą zniszczoną, postarzałą Kaliną, bo wiedział, że jej schnięcie było jego winą. Prostym następstwem tego, że ją odtrącił.

Krótko po tym, jak poczuł jej woń, usłyszał grzmot, a zaraz po nim tumult w stajni i w tej samej chwili poczuł ogień.

Pożar — zrozumiał — zajął się dach. Ktoś wypuszcza konie.

Potem słyszał przerażone krzyki służby: „Pali się!", „Wszyscy zginiemy". Strażnik sprzed jego drzwi uciekł w panice i nagle do Michała dotarło, że tkwi zamknięty w łańcuchach. Jeśli ogień będzie się rozprzestrzeniał szybko, spłonie wraz z domem biskupim. Szarpnął się raz i drugi. Dym jeszcze nie dostał się do celi, Michał wyczuwał go z daleka, z podwórza, wciąż jeszcze miał trochę czasu, ale sam nie rozerwie żelaznych ogniw. Spróbował znów. Bezskutecznie. Gdyby łańcuch był do zerwania, smok w nim skruszyłby to żelazo dawno. Targnął ostatni raz, w bezsilnym akcie wściekłości.

W tej samej chwili ktoś wbił topór w drzwi celi i zaczął je rąbać. To mógł być wybawca lub kat, wszystko jedno. Drzwi puściły od topora i potężnego kopnięcia. Do wnętrza izby wdarło się światło pochodni. Kalina. A obok niej wysoka, ubrana w skórzany pancerz kobieta.

— Michał? — zawołała Kalina, nie widząc go.

— Tu jestem — powiedział zachrypniętym, odwykłym od mówienia głosem. — Przykuty do ściany.

— To on? — krytycznie spytała kobieta.

— Tak. To jest on — z ulgą odpowiedziała Kalina, dopadając do niego.

Była zgarbioną, posiwiałą staruszką, ale rozpoznałby ją na końcu świata.

— Jak ty wyglądasz — szepnęła Kalina i zaczęła płakać. — Co oni z tobą zrobili, Michale...

— Odsuń się — twardo powiedziała dziewczyna. — Nie mamy czasu na czułości. Trzeba go rozkuć.

Kalina posłuchała jej bez słowa. Uklękła z boku i nie spuszczała zapłakanych oczu z Michała.

— Jak to zrobisz, Ostrzyco? — spytała.

Ta przełożyła z ręki do ręki topór.

— Mam nadzieję, że ostrze z płomiennego żelaza jest tak dobre, jak obiecywał Półtoraoki — powiedziała i zamierzyła się na łańcuch. Uderzyła. Stal odbiła się od potężnych ogniw.

— Poczekaj — powiedział Michał tchnięty nagłą myślą. — Uderz równo z błyskawicą.

— Mądry jesteś — syknęła pogardliwie. — Skąd mam wiedzieć, kiedy błyśnie?

— Dam ci znać — odpowiedział, przymykając powieki.

Nie potrzebował wyczekiwać błyskawicy, wyczuwał jej nadejście.

— Teraz! — syknął.

Ostrzyca uderzyła i aż poczuł gorąco, które rozeszło się od topora przez ogniwa łańcucha do żelaznych opasek na jego rękach.

— Pękło! — radośnie zawołała Kalina. — Pękło!

— Przygotuj się — powiedział do dziewczyny. — Zaraz będzie kolejna. Uderz!

Drugi łańcuch prysnął pod jej ostrzem. Spojrzał na nią z podziwem i po raz pierwszy od lat szeroko uniósł ramiona i zrobił kilka kroków, odchodząc od ściany, do której był przykuty.

— Ma żelazne opaski na rękach — powiedziała Kalina.

— Tutaj ich nie rozkuję — odpowiedziała jego wyzwolicielka. — Uciekajmy.

Michał poruszył ramionami jak pływak. Czuł cudowny ból rozprostowanych barków.

— Dziękuję ci — powiedział do dziewczyny. — Uwolniłaś mnie.

Była jego wzrostu. Patrzyli sobie w oczy, ale nie potrafił nic z nich wyczytać.

— Mam nadzieję, że było warto — burknęła, odsłaniając włosy. — Zabierajmy się stąd.

— Daj mi jakąś broń — powiedział.

— Znajdziesz coś na podwórzu — obojętnie wzruszyła ramionami. — Zabiłam kilku strażników i nie oskubałam ich. No, dalej, chodźmy.

— Wyjdźcie stąd — powiedział nagle. — Potrzebuję na chwilę zostać sam.

Ostrzyca zmierzyła go gniewnym wzrokiem, ale Kalina pociągnęła ją za rękę. Gdy wyszły z celi, Michał odwrócił się i oddał mocz na walające się po podłodze rozbite ogniwa łańcuchów. Potem kolebiąc się na boki, wybiegł za nimi.

Na podwórzu szalał pożar. Ogień nie tknął jeszcze mieszkalnej części domu. Stajnia stała w ogniu, a płomienie przenosiły się na biskupie spichrze, chlewy, kurniki.

— Uwolniłyśmy najpierw wszystkie zwierzęta — powiedziała do niego Kalina, jakby to dla Michała miało w tej chwili jakąś wartość.

— A biskup? — spytał.
— U siebie. Służba nie żyje, nawet nie wiem, czy...
Nie słuchał dalej. Rzucił się w stronę domu.
— Stój! — rozkazująco zawołała za nim Ostrzyca.
Nie obejrzał się nawet. Wpadł do sieni i między dochodzącym z podwórza smrodem pożogi szukał zapachu Andrzeja Zaremby. Złowił go i już miał pchnąć drzwi właściwej komnaty, gdy jego wzrok zatrzymał się na wbitym w belkę stropową nożu. Rozpoznał go po rękojeści. To ten sam nóż, który wyłowił z Warty, nóż, który odebrał mu Andrzej. Wyciągnął go z belki. Ostrze było brudne. Odchodziły z niego płaty rdzy. Otarł je o ścianę i kopnął drzwi.

Andrzej siedział rozparty w swym biskupim krześle, w rozchełstanej koszuli, z pięścią uniesioną, jakby wygrażał jakiemuś niewidzialnemu wrogowi. Na posadzce perliło się rozbite szkło. W powietrzu czuć było woń rozlanego wina. Michał skoczył ku Andrzejowi. Biskup pobladł jak ściana i wytrzeszczył oczy.

— To... ty?... — wydukał.

Michał stanął za nim, chwycił za włosy i odciągnął jego głowę do tyłu.

— To ja — powiedział.

Widział śmiertelnie przerażone spojrzenie Andrzeja i czuł wyłącznie pragnienie zemsty. Nie czekał, dłoń mu nie zadrżała. Wbił ostrze w jego gardło. Chlusnęła krew, obryzgując twarz Michała. Odruchowo wyciągnął język i zlizał jej ciepłe krople. Wstrząsnął nim spazm tak potężny, że trzymając rękojeść noża, wbijał ją dalej. Andrzej Zaremba skonał, a Michał Zaremba zawył jak zwierzę. Rozłożył ramiona, wyciągając zardzewiałe ostrze jak zęby z ciała ofiary. Przenikała go tak imponująca siła, że poddał jej się.

— Coś ty zrobił?! — wrzasnęła Kalina, stając w otwartych drzwiach.
— Michale, opanuj się! Coś ty zrobił?!

— Dokonał zemsty — powiedziała Ostrzyca za jej plecami.

Michał otrzeźwiał. Spojrzał na stygnące ciało biskupa. Wyminął je i ruszył do drzwi.

— Dokąd teraz? — spytał, patrząc nie na Kalinę, ale na wysoką kobietę o miodowych włosach, która go wyzwoliła.

— Chodź za mną — szepnęła, nie odrywając od niego wzroku.
— Poprowadzę.

Zabrał ze sobą nóż. Jedyną broń, jaką miał. Zardzewiałe ostrze z półłwem za murem na rękojeści, które wyłowił z Warty.

Zostawili płonący majątek, ruszając szybkim marszem w stronę lasów. Szli długo, a on z każdym krokiem był silniejszy. Łowił w nozdrza oddalającą się woń pożogi i zapachy budzącego się po śnie zimowym lasu. Mokrej od soków ziemi. Pąków drzew, które były jedynie zgrubieniami na gałęziach. I dziewczyny w skórzanym pancerzu. Wojowniczki, która go uwolniła. Kalina słabła. Nie nadążała za nimi.

— Zostawcie mnie, uciekajcie — powiedziała, siadając pod drzewem. — Odpocznę i dołączę do was.

— Jak chcesz — powiedziała Ostrzyca.

Michał nie zareagował.

— Wiesz, gdzie się zatrzymamy — dorzuciła dziewczyna. — Przyjdź, jak złapiesz oddech. Powiem czujkom, by cię puściły.

— Dobrze — wysapała Kalina, patrząc na Michała z czułością. — Dojdę.

Nie obejrzał się za nią. Ruszył za Ostrzycą. Uszli może pięć setek kroków, gdy ta odwróciła się do niego i rzuciła przez ramię:

— Mamy tu chatę. Bazę dla zwiadowców. Nad ranem dotrzemy.

Patrzył na nią i widział, jak pod jej skórzanym pancerzem napinają się mięśnie.

— Stój — powiedział.

Posłuchała go.

— Chcesz czekać do rana? — spytał.

— Nie — odpowiedziała. — Nie chcę stracić ani chwili.

Rzucili się na siebie jak dwoje spragnionych drapieżców. Wgryźli się sobie w usta i odskoczyli. Sama rozsznurowała rzemienie pancerza, zrzucając go na poszycie. On zdarł z siebie strzęp ohydnej, brudnej koszuli i spodnie. W jednej chwili przylgnęli do siebie. Nad ich głowami zahuczał puszczyk. W pamięci Michała otworzył się sen z pobytu w Jarocinie. O kochance, miodowowłosej dziewczynie, gibkiej jak wąż. To była ona. Jego wyzwolicielka. Silna, namiętna i ostra. Pocałunki piekły jak liźnięcia ogniem. Dotyk rozżarzał niczym rozpalone żelazo. Po każdym spełnieniu brali głęboki oddech i znów wpadali w siebie, jak w ogień.

— Przepowiedzieli mi ciebie Starcy — powiedziała, gdy wreszcie brakło im siły.

— Przyśniłaś mi się przed laty — odpowiedział.

Leżeli nago w mchach. Patrzyli w bezlistne korony drzew i jaśniejące niebo nad nimi.

— Nie obchodzi mnie, co będzie dalej — szepnęła. — Mogłabym teraz umrzeć.

— Ja nie — odpowiedział. — W tej chwili odżyłem.

— Michale? Ostrzyco? — szept nadchodzącej Kaliny wyrwał ich oboje z odrętwienia. — Co robicie?... — spytała, bezradnie stając nad nimi.

— Wykuliśmy się — odpowiedzieli jednocześnie.

I pocałowali się na jej oczach bezwstydnie.

JAN LUSKEMBURSKI przebył długą drogę. Od Spiry przez Pragę do Domažlic. I nie chodziło tym razem o galop. Tak, był niekwestionowanym mistrzem jazdy. Do niego należał rekord szybkości, dwanaście dni konno z Paryża do Pragi. Ileż by dał, by za jeździecką zręczność nagrodzono go panowaniem bez panów! Ale Czechy nie Francja, tu władzą musiał się podzielić, Ludwik Wittelsbach uświadomił mu to bez ogródek. Resztę Jan zrozumiał sam, dostał dość lekcji, by pojąć.

Na zamku w Domažlicach spotkali się wszyscy. Ludwik Wittelsbach, król Niemiec. On, Eliška i Henryk z Lipy na czele baronów, biskupi. Nie zaproszono Fryderyka Habsburga, by nie dawać mu pretekstu do wejścia w grę. I nie zważając na protesty jego żony, zaproszono królową wdowę. Rikissa przybyła na uroczyste zakończenie negocjacji. Gdy weszła, na jej widok Ludwik Wittelsbach, żonaty z Beatrycze, księżniczką śląską, szepnął:

— Myślałem, że moja żona jest najpiękniejszą Piastówną.

— Królu, ona jest teściową twego szwagra — wypomniała Ludwikowi Eliška. — Księcia Jaworskiego, Henryka.

Rikissa nie słysząc tych szeptów, szła ku nim z trzema lwami na złotej smyczy. W olśniewająco białej sukni i czerwonym płaszczu.

— Ta suknia jest niestosowna — zdołała wydukać jego żona. — Biała jak co?

— Jak niewinność — szepnął rozanielony Ludwik.

Jasne włosy królowej otaczał ten sam diadem z orłem oplatającym głowę skrzydłami, który miała, gdy Jan w Hradcu zobaczył ją po raz pierwszy. Turniej Trzech Lwów — przypomniał sobie. — A teraz prowadzi je grzecznie poskromione na smyczy. W lot pojął symbolikę jej gestu.

— Witam zwycięzcę turnieju — powiedziała, stając przed nimi i patrząc mu w oczy.

I czarodziejka z Hradca sprawiła, że naprawdę się nim poczuł. Dzisiaj, w dzień jego wielkiej klęski, przez chwilę poczuł się tryumfatorem.

— I my ciebie witamy, *bis regina* — powiedział, wstając i robiąc krok ku niej.

Podał jej rękę, a ona jemu. Nie umawiając się, zrobili taneczny obrót i stanęli przed Ludwikiem.

— Królu Niemiec, poznaj królową wdowę Rikissę — przedstawił ją władcy.

Złożyła Ludwikowi ukłon.

— Hradecka królowa — powitał ją Wittelsbach.

— Wystarczy *bis regina* — odpowiedziała lekko. — Czy negocjacje już zakończone?

— Czekaliśmy na ciebie, pani, by domówić kwestie przyszłości Hradca — powiedział.

— Zatem jestem w porę — odrzekła z uśmiechem i odwróciła się ku możnym. — Henryku, chcę cię prosić, byś mi towarzyszył.

Eliška poczerwieniała, dla jego żony to był pierwszy raz, gdy zobaczyła razem Henryka i Rikissę. Jan zaśmiał się w duchu — pewnie się spodziewała, że będą udawali, iż się nawet nie znają. Zasiedli do ostatniej z trudnych rozmów. Zaczął Lipski, zwracając się do Rikissy.

— Królowo, w obliczu zgody, jaka zapanuje, gdy zaprzysięgniemy wszystko to, cośmy przed twym przybyciem ustalili, król Jan uważa za pewną niedogodność utrzymywanie, nazwijmy to, legendy hradeckiego królestwa. Niezależnego bastionu królowej.

— Jestem tylko tytularną królową, Janie — odpowiedziała. — Nie sprawuję żadnej władzy.

Oczy jego żony zalśniły, sam nie wiedział, czy ze złości, czy z tryumfu.

— W dodatku zająłeś trzy z moich pięciu miast, królu — dokończyła.

— Ale w Hradcu stacjonują wojska jaworskie — zaoponował.

— Odwiedziny zięcia u teściowej — uśmiechnęła się niewinnie.

— To małżeństwo było policzkiem wymierzonym nam osobiście! — odezwała się Eliška.

— Nikt nie miał takiego zamiaru, królowo — odpowiedziała jej Rikissa. — Jak każda matka, chciałam dobrze wydać córkę za mąż.

I ubiegłaś nas — zaśmiał się w duchu Jan.

— Zacznijmy od tego, że byłoby znakiem dobrej woli, gdyby twój zięć, książę jaworski, zabrał swą wojenną świtę i wrócił do swego księstwa.

— Czułabym się osamotniona w Hradcu — powiedziała.

— Dlatego chciałbym zaproponować zamianę — przeszedł do sedna. — Co powiesz, pani, na opuszczenie Hradca?

— Wciąż jestem jedyną królową wdową i oby ten stan pozostał jak najdłużej — odpowiedziała. — Życzę ci długiego życia, Janie.

— Ja tobie również, dlatego chcę zaproponować zamianę. Zagwarantuję ci dożywotnie wypłaty ze skarbca królewskiego, a ty osiedlisz się w dowolnym innym mieście...

— Byle nie w Pradze! — wyrwała się Eliška.

— ...Moraw — dokończył Jan, nie zwracając uwagi na żonę.

— Dobra oferta — włączył się Lipski. — Pod warunkiem, że gwarancja wypłat dla królowej będzie zapisana na dochodach z kopalń w Kutnej Horze.

Którymi rozporządzasz ty, jako podkomorzy Królestwa — dopowiedział w myśli Jan.

— Zamiarem tej zamiany nie jest uszczuplenie stanu posiadania królowej — powiedział na głos — ale puszczenie w niepamięć hradeckiego buntu.

— A jeśli wybiorę Brno? — spytała Rikissa.

— Zgodzę się — przystał.

— Dziesięć tysięcy grzywien — postawił warunki finansowe Lipski. Eliška pobladła. Jan nie, bo wstępnie ustalili z Henrykiem sumy.

— Zabezpieczone nie tylko na dochodzie z kopalń srebra — wtrąciła się Rikissa — ale i na mennicy.

— Zgadzam się — potwierdził.

— Jeszcze jedno. Przystanę na zamianę, jeśli obiecasz, że nie będziesz mścił się na moich hradeckich mieszczanach — powiedziała Rikissa.

— W imię pokoju — odpowiedział.

— I potwierdzisz to, królu, na piśmie — nie ustąpiła. — Że nikomu włos z głowy nie spadnie, że zaopiekujesz się nimi tak, jak ja się opiekowałam.

— Po królewsku — obiecał.

— A zatem mamy już wszystko ustalone, by pokój zapanował w Królestwie — oznajmił Ludwik, wstając pospiesznie i dając znak zakończenia rozmów.

Król Niemiec pogania — pomyślał Jan — boi się, że moja żona za chwilę się wtrąci i rozmowy wrócą do punktu wyjścia. Obrazi Lipskiego, Rikissę i panów, wszystko będzie trzeba zaczynać od nowa.

I choć sam wolałby poczekać jeszcze chwilę, nim padnie ostatnie słowo, wstał i zrobił krok w stronę oczekujących.

RIKISSA patrzyła na Henryka z Lipy. Na ciemne sploty jego włosów, na oczy, które lśniły w twarzy jak cenne kamienie. Podbródek przecięty głęboką bruzdą. Ona, *bis regina*, żona dwóch królów, z których żaden nigdy nie miał takiej siły, jak on dzisiaj.

Pokój zawarty właśnie w Domažlicach był bezwarunkową kapitulacją Jana Luksemburczyka. Król przysiągł, że nigdy więcej nie powierzy urzędu cudzoziemcom, że odeśle z Czech obce wojska i że bez rady baronów, na czele której stoi Henryk, nie podejmie żadnej decyzji w sprawach dotyczących Królestwa. Obdarowywał swych zbuntowanych panów wybaczeniem wszelkich win, odstępował od odbierania im majątków i oddawał urzędy. Henryk znów był podkomorzym Czech.

W majestacie króla Niemiec, Ludwika Wittelsbacha, Jan Luksemburski dzielił się władzą w zamian za zachowanie korony. Jan i Eliška obejmowali z powrotem splendorem królewskiej łaski swych baronów, choć wszyscy z tu obecnych wiedzieli, że w istocie to Henryk z Lipy przyjmuje w swą łaskę króla.

Rikissa patrzyła na niego, na dwudziestodwuletniego króla. Przyciągał oko rycerską sylwetką, jego jasne włosy lśniły złoto, twarz była nieodgadniona.

Oto przeszedłeś najtrudniejszą z lekcji, Janie — pomyślała. — Patrzyłeś, jak twój ojciec robi oszałamiającą karierę, zaczynając jako książę niewielkich ziem, przez koronę Niemiec sięgając po cesarstwo. Henryk VII obudził w tobie ambicje lwa, a ty byłeś chłopcem, gdy obdarzono cię tronem, jak kosztownym prezentem. Dzisiaj, gdy wydaje ci się, że przegrałeś wszystko po to, by tego tronu nie stracić, jeszcze nie wiesz, że jesteś zwycięzcą. Lękasz się mego miłego, bo pokazał ci, że o dwa skrzyżowane pnie lipy rozbić może się luksemburski lew. Henryk dał ci bolesną nauczkę, ale jeśli tylko wyciągniesz z niej wnioski i zachowasz dzisiejszy pokój w poszanowaniu, wygrasz. Bądź wierny temu, co przysięgliście, a Lipski cię więcej nie zdradzi. Zerwałeś zaręczyny Bonny Gutty z Kazimierzem. Wiemy, że pertraktujesz z królem Węgier, chcąc mu ofiarować rękę siostry. Dobrze, Luksemburczyku, żeń te piękne dziewczęta, ale nie myśl o prowadzeniu wojen poza granicami. Uważasz, że wraz z Eliška zyskałeś prawo do polskiej korony. Jedni legiści powiedzą, że tak, inni, że nie. Ja mówię: zostaw w spokoju

Królestwo Polskie. Mały, pulchny Vašek zginął, gdy na nie ruszył. Nie, nie straszę cię. Przypominam: czeskie wojsko nie pójdzie z tobą na obce kraje. I patrzę ci na ręce, Janie. Obserwuję każdy twój ruch. Mam nadzieję, że właśnie nauczyłeś się być królem.

Słuchała, jak baronowie Czech ogłaszają radośnie koniec wojny, okrzykiem:

— Niech żyje król Jan!

I w tej samej chwili jej wzrok spotkał się ze wzrokiem Eliški. Trzy lwy na złotej smyczy wyprężyły się do skoku. Powstrzymała je mocnym chwytem.

— Macie być posłuszne swej pani — rozkazała szeptem.

Posłuchały.

WŁADYSŁAW na wiec całego rycerstwa polskiego wybrał Sulejów. Chciał, by to było miejsce leżące pośrodku kraju, pośrodku tego Królestwa, które zdobył, odzyskał i pragnął połączyć w jedną całość. Obradować mieli w tutejszym opactwie cystersów, cieszącym się łaskami i przywilejami, bogato uposażanym przez kolejnych władców. Opaci wsławili się tym, że od dnia gdy Władysław wracając z banicji, przestąpił górskie granice, stanęli przy boku księcia.

Obozy rycerskie ciągnęły się od przeprawy na Pilicy i rozkładały barwnymi plamami namiotów i chorągwi na rozległych błoniach nadrzecznych. W letnim słońcu wyglądały z daleka niczym ukwiecona łąka. Chorągiew krakowska, obok niej sandomierska. Dumne poczty sieradzkie i łęczyckie. Gdy na grzbiecie Radosza wjechał między cztery starannie wytyczone obozy, zobaczył piąty. Pusty.

— Gdzie rycerstwo Starszej Polski? — zapytał zduszonym głosem.

Miał wrażenie, że krew uderza mu falą do głowy. Oto najważniejszy dzień w staraniach o koronę. Ostatni szczebel drabiny, po której wspina się od tylu lat. Wiec rycerstwa polskiego, który ma uchwalić suplikę koronacyjną. I nagle, na tym wiecu, nie ma możnych z kolebki Królestwa. Poznań znów go opuścił, jak niegdyś, przed laty.

— Gdzie rycerstwo Starszej Polski? — powtórzył, zaciskając szczęki.

Radosz zarżał bojowo.

— Przesłali list, książę — odpowiedział opat sulejowski, który wyjechał mu na spotkanie. Uniósł rękę z pergaminem.

— Czytaj, ojcze — rozkazał Władysław, próbując nad sobą zapanować.

— „My, rycerstwo Starszej Polski, ziemi, która od wieków była jądrem Królestwa, zebraliśmy się w Pyzdrach i tam czekamy na swego księcia" — odczytał opat i uniósł ciemne oczy na Władka.

— Z wojną czy pokojem? — spytał Władysław.

— Nie wiem, książę — odpowiedział opat. — Twój starosta poznański, Stefan Pękawka, do ostatniej chwili nie dał znaku, że ich tu nie będzie.

— Mógł zdradzić? — zapytał na głos Władysław.

— Jeszcze nie wypowiedzieli ci posłuszeństwa — ostrożnie odpowiedział opat. — Tym listem powiadamiają, że czekają na ciebie w Pyzdrach. To niespodziewane, owszem, ale weź pod uwagę, książę, że po śmierci biskupa Andrzeja Zaremby w Starszej Polsce zapanowało pewne zamieszanie. Mieli niewiele czasu, by uporządkować swe sprawy, ale nowym biskupem został Domarat z Grzymałów, rodu, który jest ci wierny. Teoretycznie nie ma żadnych powodów do obaw, ale…

— Ale na wiec nie przyjechali — twardo odpowiedział Władysław. — Zwołali własny, odrębny.

— Tak to należy czytać, panie — potwierdził opat. — Spójrz jednak na te obozy rycerskie. Kraków, Sandomierz, Łęczyca i Sieradz. Nie możesz zlekceważyć siły, która przybyła. Przeprowadźmy wiec, jakby nic się nie stało. Co zrobi Starsza Polska, gdy zobaczy uchwały z Sulejowa? Obali je? Postawi się im? Książę, to policzek, nie przeczę. Ale układ sił jest jasny.

— Tyle że ci, których dzisiaj zabrakło, to serce Królestwa — powiedział Władysław.

— Dawnego Królestwa — odpowiedział opat sulejowski. — A my dzisiaj będziemy głosować za nowym.

Weszli do kapitularza. Mroczne na co dzień, kamienne wnętrze rozświetlały dziesiątki świec zawieszone w kołach żelaznych świeczników. Potężne łukowe sklepienie podtrzymywała jedna majestatyczna kolumna. Władysław zatrzymał się w drzwiach. Stał i patrzył w ciszy.

Dlaczego nigdy nie zastanawiałem się, jak to jest zrobione? Jak to możliwe, że ogromna budowla wspiera się na jednej kolumnie?

Świeczniki poruszyły się ledwie dostrzegalnym kołysaniem.

Płomienne korony — pomyślał.

Opuścił wzrok, cisza ustąpiła, jakby nagle odzyskał słuch. W kapitularzu czekali na niego najważniejsi ludzie Królestwa. Wojewodowie czterech ziem. Czterej kasztelani i kanclerze. Sędziowie, podkomorzowie, łowczy, miecznicy, skarbnicy i wojscy. Ich okrzyk:

— Niech żyje książę Władysław! — wdarł się do jego uszu falą odbitą od kamiennych ścian i wysoko sklepionych sufitów.

Uniósł ramię i pozdrowił ich:

— Witajcie, pierwsi panowie Królestwa.

A potem zasiadł na przygotowanym dla niego miejscu, pod tą podtrzymującą wszystko kolumną i zaczęli obrady. Biskup włocławski Gerward przedstawił tezy przesłane mu z Awinionu przez arcybiskupa Janisława. Określił związek świętopietrza z koronacją jasno i bez ogródek.

— Denar od głowy zamiast trzech od rodziny. Zapłacimy? — spytał na koniec mowy Gerwarda sam Władysław.

— Jeśli to ma ocalić koronę — powiedział Gerward. — Jeśli ta danina może sprawić, że utrzymując zależność wyłącznie papieską, odcinamy się od zależności cesarskiej, zróbmy to.

— Idziemy drogą wybraną przed trzema setkami lat przez Mieszka i Bolesława — oświadczył Władysław. — Drogą, która zamieniła księstwo w królestwo i dała nam pierwszego króla.

— Niech przyniesie nam piątego! — krzyknął kasztelan łęczycki, Paweł Ogończyk. — Władysława!

— Szóstego — poprawił go ponuro książę. — Piątym był Václav Przemyślida.

Zapanowała chwila ciszy, jakby wspomnienie Václava było cieniem, który położył się na zgromadzeniu. Opat sulejowski wstał z miejsca i wspierając się na lasce, zrobił kilka kroków, mówiąc:

— Od dnia śmierci króla Przemysła osierocony przez pomazańca kraj otwierał wrota obcym. Do najazdów i łupiestwa. Samowoli i grabieży. Dopiero książę Władysław, nie bacząc na to, ilu ma wrogów, postawił im się i dzielną ręką zaczął mozolne zbieranie ziem polskich z Wielkiego Rozbicia. Powstrzymał nieuchronną ruinę. Wszyscy potrzebujemy powrotu korony Królestwa! — Uniósł laskę opacką w górę i obrócił się tak, aby widział go każdy ze zgromadzonych.

— I z tym do papieża wystąpimy! — podjął biskup Gerward. — Ja głosuję za koroną dla księcia!

— I ja! — zawołał kasztelan krakowski Pakosław Lis.

— I ja! — ponowił swoje kasztelan Paweł Ogończyk.

— Głosuję za królem Władysławem — oświadczył Nawój z Morawicy, za zasługi podniesiony przez Władka do godności wojewody sandomierskiego.

Wszyscy jak jeden mąż włączali się w okrzyk. Władysław czuł wzruszenie, łzy nagle napływające mu do oczu. Otarł je wierzchem dłoni.

Kanceliści Gerwarda usiedli nad spisaniem supliki koronacyjnej do papieża, a on z opatem wyszedł z kapitularza. Ruszyli do kościoła, będącego skrzydłem klasztoru. Władek, wciąż wzruszony, zatrzymał się przed wejściem. Chciał jeszcze wziąć oddech, uniósł głowę i jego wzrok spoczął na kamiennym tympanonie. Jakiś dawny mistrz wykuł na nim krzyż, u stóp którego stał kruk. Po drugiej stronie krzyża słońce i księżyc, zmartwychwstanie. Zapatrzył się na ten wizerunek, myśląc: Czy dzisiaj ponownie zmartwychwstaje Królestwo?

— Nasz kościół jest pod wezwaniem świętego Tomasza — poważnie powiedział opat.

— Tego niedowiarka? — spytał Władek, już śmiejąc się ze swych wątpliwości.

— Nie — prześwidrował go wzrokiem opat. — Świętego Tomasza Becketa. Biskupa męczennika zabitego z rozkazu króla.

Boże — jęknął w duchu Władek. — A jednak doświadczasz mnie nieustannie.

— Tak, panie — dodał opat, otwierając drzwi kościoła. — Sprawa pojednania z biskupem Muskatą cię nie ominie. Bez tego nie będzie koronacji.

Władek cofnął się o krok, jakby mroczne wnętrze świątyni pod wezwaniem Becketa odepchnęło go. Oparł się plecami o kamienny portal i zobaczył biegnącego ku nim Borutkę.

— Książę! — zawołał giermek z oddali.

Czarna sylwetka młodzieńca zdawała się poruszać nadzwyczaj szybko.

— Cokolwiek masz dla mnie, poczekaj — krzyknął do niego Władysław, nie reagując na wyraźnie rozczarowaną minę chłopaka. — Wejdźmy, opacie.

Przestąpił próg kościoła i za plecami usłyszał stuknięcie laski w posadzkę. Przeżegnał się i cichym, sprężystym krokiem szedł ku ołtarzowi. Opat za nim.

— Przebyłeś długą drogę, książę. Pokonałeś wrogów wewnątrz kraju. Czas Głogowczyka przeminął. Stłumiłeś bunty mieszczan. Nie dałeś się Brandenburczykom. Krzyżacy zatrzymali się, a ucieczka wielkiego mistrza z Malborka ich osłabiła. Tak jak Luksemburczyka osłabił bunt panów czeskich. To jest ta chwila. Władysławie. Teraz albo wcale. Pozwolisz, by uraza wobec biskupa Muskaty zatrzymała twe plany? Zatrzymała koronę królewską?

Władysław nie przyklęknął przed ołtarzem. Okrążał pusty kościół w zadumie, słuchając słów opata i stukania jego laski.

— Bolesławowi Śmiałemu konflikt z biskupem ją odebrał i ponad dwieście lat czekaliśmy, aż pojawił się Przemysł. Dwieście lat rozbitego kraju! Zapomnij o urazie, bo inaczej na wieki zostaniesz Małym Księciem bez Królestwa.

Usłyszał każde ze słów opata sulejowskiego i wyszedł. Borutka siedział w kucki przy kościelnym murze. Ze złością zrywał kłosy traw.

— Co chciałeś? — spytał Władysław.

— Już nic — powiedział, unosząc zaciętą twarz. — Już nic.

Władysław wzruszył ramionami i wciągnął ciepłe powietrze. Uniósł głowę. Na słonecznym, letnim niebie przesuwały się chmury, jakby czas przyspieszył.

Tydzień później z Gerwardem i czterema wojewodami u boku, z kasztelanami czterech ziem i z silnym oddziałem pięciuset ludzi wjechał do Starszej Polski. Nie rozpuścił rycerstwa, które przybyło na zjazd sulejowski; nie był pewien, co czeka go w Pyzdrach.

— Kościół Ścięcia Głowy Jana Chrzciciela — powiedział biskup Gerward i przeżegnał się, gdy mijali świątynię z szarego kamienia.

— Coś strasznego — wzdrygnął się Borutka jadący za księciem. — W życiu bym tam nie wszedł. Wielebny, a czy templariusze za czczenie jakiejś głowy na stos nie poszli?

— Zamilknij, chłopcze. Papież nam przysłał inkwizytora w prezencie, źle by było, gdyby usłyszał, co mówisz — skarcił go Gerward.

Starosta Stefan Pękawka wyjechał im na spotkanie. Za jego plecami Władysław poznał wysoką sylwetkę wojewody poznańskiego, Dobrogosta z Nałęczów. I Marcina Zaremby, wojewody kalisko-gnieźnieńskiego. Nowego biskupa, Domarada z Grzymalitów. I Filipa Doliwy, którego po śmierci Andrzeja Zaremby uczynił swym poznańskim kanclerzem. Starosta jechał jako pierwszy, tamci ustawieni w czworokąt za nim. Zatrzymali konie. Władysław dał znak swoim, by też stanęli. I wtedy na sygnał Stefana Pękawki czterech giermków wniosło zwiniętą purpurową materię. Podali wojewodzie, biskupowi, kasztelanowi i kanclerzowi po jednym rogu, a ci chwyciwszy za końce, rozwinęli chorągiew z białym orłem w koronie.

— Książę Władysławie! — krzyknął Pękawka. — Na znak swej woli, zgody i pragnienia twej koronacji baronowie Starszej Polski przywożą ci w darze chorągiew króla Przemysła II.

— Przyjmij nasze poparcie do supliki koronacyjnej!

Władysław skłonił im głową. A potem zawołał:

— Wojewodo krakowski i kasztelanie krakowski! Wojewodo sandomierski i kasztelanie łęczycki! Przejmijcie chorągiew Królestwa od panów Starszej Polski.

JADWIGA GŁOGOWSKA opatka wrocławskich klarysek klęczała w klasztornej kaplicy przy marach z ciałem siostry. Jadwiga Starsza była martwa od dwóch miesięcy.

— Przeżyła osiemdziesiąt lat... — wyszeptała Jadwiga do towarzyszącej jej w nocnym czuwaniu Jutty. — To niezwykłe.

— Powinnyśmy ją już pochować, matko — szepnęła Jutta.

— Nie! — zaprotestowała Jadwiga. — Zażądała na łożu śmierci osiemdziesięciu dni modłów przed złożeniem do grobu. Chciała, byśmy za każdy rok jej życia przemodliły dzień.

— Siostry są niespokojne, matko przełożona — łagodnie ponowiła swoje Jutta. — Życie zgromadzenia kręci się wokół ciała wielebnej Jadwigi, a nie wokół posługi, jaką winnyśmy wykonywać.

— Jutto — szepnęła Jadwiga ze łzami w oczach. — Ona była dla mnie jak matka, rozumiesz? Abdykowała na moją rzecz tak dawno... — zaszlochała, bo tamten dzień stanął jej przed oczami, jakby to było dzisiaj. — Wszystko jej zawdzięczam... wychowała mnie na kobietę, na zakonnicę, na przełożoną... Boże! Bądź miłościw jej duszy w niebiosach! Przeprowadź ją przez ciemne wrota do jasności raju... a jeśli nawet grzeszyła, wścibstwem, niemożnością uwolnienia się od spraw świeckich, apodyktycznością, to były skromne przewiny w porównaniu z jej cnotami...

— Matko — podjęła Jutta kategoryczniej. — Nasmarowałyśmy ciało Najstarszej olejkami, ale nawet one nie wytrzymają letniej pory. Wybacz, że to powiem, ale ona się rozkłada.

— Przestań — syknęła Jadwiga — ta słodka woń to kwiaty. To narcyzy...

— Narcyzy ledwie kryją zapach nieuchronnego gnicia, matko. Nawet mój jeż nie chce czuwać ze mną przy zwłokach, ucieka stąd wiedziony instynktem, jak zwierzę. Gwardian franciszkanów kolejny dzień pyta, kiedy pogrzeb.

— Ale jej ostatnia wola... — zaprotestowała Jadwiga Głogowska.

— Ojciec Krystyn powiedział, że ostatnia wola zmarłej nie powinna stać ponad wolą Bożą.

Jadwiga wbiła palce w drewniany blat ławy, na której spoczywała Najstarsza. Odwróciła się do Jutty i powiedziała gniewnie:

— Jestem opatką i odczekam osiemdziesiąt dni od śmierci do pochówku. Taką podjęłam decyzję i jej nie zmienię. A jak którejś przeszkadza zapach, to niech przychodzi na czuwanie z chustką. Tego nie zabraniam. Wyjdź i przyślij do mnie nowicjuszki.

Jutta skłoniła się i wyszła z kaplicy. Cicho zamknęła za sobą drzwi. Tam, przed nimi, musiały na nią czekać zakonnice, bo Jadwiga usłyszała gorączkowe szepty:

— I co?

— Będzie pogrzeb?

— Nie, siostry — chicho odpowiedziała Jutta. — Opatka Jadwiga nie zgadza się na pochówek przed osiemdziesiątym dniem. Mamy wykonać wolę zmarłej.

— O święta Klaro! — jęknęła dziewczyna i Jadwiga rozpoznała w niej Betkę. — Ja nie dam rady. Dwa razy zemdlałam na czuwaniu. Staram się, ale już nie mogę.

— Matko Najświętsza, ratuj — zaszemrała jej rodzona siostra, zwana Jolentą. — Poczerniała twarz Najstarszej jest demoniczna... i te zęby, które szczerzy w śmiertelnym uśmiechu... Czy opatka tego nie widzi?

— Nie, siostry — współczująco powiedziała Jutta. — Wielebna Jadwiga od dawna ma kłopoty ze wzrokiem. Chodźmy, muszę przyprowadzić nowicjuszki, ale nie mam serca skazywać młodych dziewcząt na takie męki. Chyba skłamię, że źle się czują, i wezmę czuwanie zamiast nich.

— Jutto — zajęczała płaczliwie Betka. — Ja ci nie pomogę, choćbym chciała. Wyślij mnie do mycia podłóg, do noszenia popiołu, czyszczenia palenisk w kuchni, co zechcesz, ale nie dam rady...

— Ciii... — szepnęła Jutta — chodźmy stąd, siostry. Coś wymyślę, nie bójcie się.

Ona wie, że ślepnę — z paniką pomyślała Jadwiga. — Ale nie ma pojęcia, że słuch mam dobry.

Rozejrzała się po kaplicy.

— Jest tu kto? — spytała cicho.

Nikt nie odpowiedział. Z wysiłkiem wstała z kolan i trzymając się deski, ruszyła ku głowie nieboszczki. Nogi miała sztywne od długiego klęczenia. Poruszyła głową na prawo i lewo. Tak, widziała światło bijące od płomieni świec. Ciemny zarys ciała Najstarszej. Czuła woń narcyzów, słodki, omdlewający zapach. Jutta bredzi. Nic tu nie śmierdzi.

Szurając, zrobiła jeszcze parę kroków i zatrzymała się niepewnie. Ta ciemna plama. To welon? Czy habit na piersi siostry?

Nie była pewna. Póki nie usłyszała z ust Jolenty o czarnej twarzy nieboszczki, nie czuła powodu do niepokoju. Teraz młodsza z sióstr zasiała w niej zwątpienie. Prawda, gdy wchodziła na czuwanie, patrzyła na stopy leżącej na marach Najstarszej, a potem klękała i modliła się kornie. Nie pomyślała, że...

— A może to bzdura? — szepnęła. — Bajanie leniwych zakonnic?

Wzrok oszukiwał ją. Widziała tylko ciemny zarys.

Muszę wziąć świecę i spojrzeć z bliska. Gdy światło dobre, nieźle widzę — pomyślała.

Ruszyła w stronę świeczników. Wyciągnęła ramiona przed siebie, bo nie była pewna, jak daleko stoją. Ach! Potknęła się o coś twardego. Poczuła wodę na stopie.

Wazon — zrozumiała. — Wdepnęłam w wazon z kwiatami.

Bezradnie wyminęła to miejsce. Jasność, którą widziała, wciąż była przed nią, Jadwiga nie mogła jej złapać, więcej, nie czuła ciepła, jakie wydzielają świece. Szła i szła, wiedząc, że ich kaplica nie powinna być aż tak długa. Zrobiła więcej niż sto kroków i wtedy poczuła, że przestała powłóczyć nogami. Sztywność kolan i bioder gdzieś zniknęła, a jej chód stał się lekki i zwiewny. Poczuła powiew świeżego powietrza na twarzy, w załomie welonu, na szyi. I przestała być ślepa. Jasność, w którą wstępowała, była otwarta na oścież. Pełna nieznanych woni i nasyconych barw. I nagle, ze śmiechem na ustach, wyszła naprzeciw niej Najstarsza. Rozłożyła ramiona i krzyknęła mocnym głosem:

— Jadwigo! Przyjaciółko moja! Ależ się guzdrałaś, dziewczyno. Chodź, przedstawię cię Klarze, a potem mojej matce, fundatorce naszej i babce, no wiesz, Jadwidze. Tej Jadwidze. Nie uwierzysz, ile tutaj się dzieje! Co chwila można spotkać kogoś znajomego! Albo tych, których za życia znałyśmy tylko z opowiadań. I wiesz? Poznałam Jakuba Świnkę. Będziesz olśniona, gdy go zobaczysz. A ta biała broda...

JUTTA stała przed kapitułą wrocławskich klarysek. Zwołały ją po śmierci opatki, Jadwigi Głogowskiej.

— Siostry miłe — powiedziała. — Zgodnie z regułą zakonu Świętej Klary my wszystkie w głosowaniu spośród siebie wybrać musimy nową matkę przełożoną. Pozwólcie, że przypomnę wam, co święta Klara napisała o przymiotach wyróżniających opatkę.

Sięgając po pergamin z regułą, spojrzała na zgromadzone siostry. Z dawnego klasztoru Piastówien wśród obecnych zakonnic zostały po śmierci obu Jadwig trzy księżniczki wrocławskie: Anna, Jadwiga, zwana Jolentą, i Elżbieta, pieszczotliwie nazywana Betką. Pozostałe dziewczęta były córami rycerskimi. Owszem, w nowicjacie miały kilka młodziutkich cór Piastów śląskich, ale wyboru opatki dokonywać mogły tylko wyświęcone siostry. Uśmiechnęła się do nich i rozwinęła zwój. Delikatnie, by nie naruszyć kruchej struktury starego pergaminu.

— „Przełożona winna odznaczać się szeregiem cnót, które pomogą jej w trudach kierowania zgromadzeniem — przeczytała. — Wśród nich ważnym jest brak przywiązania do ludzkich przyjaźni. Dar rozumienia strapionych. Sprawiedliwość i zamiłowanie do życia wspólnotowego".

Odłożyła regułę i patrząc po klaryskach, powiedziała:

— Każda z tu obecnych posiada te dary. Czeka nas trudny wybór.

Trzy księżniczki wrocławskie wymieniły się spojrzeniami, pochyliły ku sobie głowy i szeptały chwilę.

Ustalają między sobą, którą podać — pomyślała Jutta i spokojnie czekała na ich wskazanie. — Ja bym sugerowała Annę.

Betka dała znać, że chce mówić. Wstała i rzekła:

— Regułą niepisaną a zwyczajową jest, by godność opatki sprawowała księżniczka krwi piastowskiej. Zostałyśmy we trzy, w dodatku rodzone siostry. I nie potrafimy wybrać spośród siebie, bo żadnej z nas nie został dany brak przywiązania do ziemskich przyjaźni. Czujemy więzy rodowe i nie potrafimy ich pokonać. Pomóżcie nam, siostry.

Anna pokazała, że i ona pragnie coś dodać. Odezwała się z powagą:

— Pomóżcie nam, siostry, w przezwyciężeniu tej rodzinnej słabości. A póki jej nie pokonamy, żadna z nas trzech nie jest godna sprawować najwyższej funkcji. Dlatego sugerujemy, by zerwać z tradycją, a zachować zgodę z regułą.

Teraz wstała Jolenta, najstarsza z nich, ta, która nim przywdziała welon, była żoną, a potem wdową.

— My, siostry wrocławskie, zgodnie proponujemy, by na stanowisko przełożonej powołać Juttę ze Starszej Polski.

Jutta zamarła. To była ostatnia rzecz, jakiej się spodziewała tego wieczoru. Zamrugała i zrobiła krok w tył, mimowolnie.

— Posiada każdą z cech, które nam przypomniała — oświadczyła Jolenta.

— I więcej — dodała Betka — ma dar świętego Franciszka. Rozmawia ze zwierzętami. Naszymi mniejszymi braćmi.

— Kto jest za Juttą? — spytała głośno Anna.

I wszystkie siostry uniosły ręce w górę.

— No to mamy jednomyślny wybór! — radośnie zaklaskała Betka. — Chwała ci, święta Klaro! Boska z ciebie patronka! Rach-ciach!

— Jutto, przyjmujesz? — spytała Jolenta uroczyście.

— Tak, siostry — odpowiedziała. — Ale nim go potwierdzicie, musicie poznać historię mego powołania. Tajemnicę, którą znała tylko opatka Jadwiga, nikt więcej.

— No, i święta Klara — przypomniała Betka.

— Tak, tak. I święta Klara.

— Mów, kochana — zachęciła ją Jolenta. — Żadne z twych słów nie wyjdzie poza klauzurę.

Jutta zebrała się w sobie. Dotknęła spoconymi palcami czoła. Poprawiła welon i wyprostowawszy się, powiedziała:

— Kiedyś byłam córką wojewody poznańskiego, Sędziwoja z rodu Zarembów. Na chrzcie dano mi imię Dorota. Nigdy mnie nie swatano, bo od dziecka byłam tak inna, że ojciec zostawił mnie w spokoju. Tak, rozumiem, co mówią do mnie zwierzęta i ptaki. Tak, potrafię im odpowiedzieć. Nie czułam powołania aż do dnia śmierci mego ojca. To, co wówczas zobaczyłam, przerosło ziemskie wyobrażenia. W chwili gdy mój rodziciel kończył ziemski żywot, pojęłam, że Pan dał życie także istotom, których nie rozumiemy, które wymykają się rozumowi. Ale ci, którym je ukazano, winni są żyjącym dar nieustannej modlitwy, która wesprze ich w usłanej cierniami drodze między światem teraźniejszym a wiekuistym. A umarłym muszą pomóc nieustanną pokutą... — uniosła oczy na siostry. Zobaczyła pobladłe, zasłuchane twarze. Powiedziała to wreszcie. — Bo są rody, na których ciążą grzechy większe niż na innych. Rody, które podniosły ręce na pomazańców Bożych. W chwili, w której to pojęłam, oddałam się Bogu na służbę i zamknęłam przed światem, by nic nie zakłóciło mego zadośćuczynienia. Czy nadal uważacie, że jestem godna być waszą opatką? — spytała.

— Tak — odpowiedziały trzy Piastówny.

OSTRZYCA całą ciążę przechodziła radośnie. To nie było to samo, co z Waldemarem. Nosiła w sobie dziecko Michała. A on, złotołuski smok, był przy niej. Waldemar skamlał, błagał, słał ludzi, by wróciła.

— Nie — mówiła każdemu.

Ani jednego dnia z potomkiem Michała w łonie nie oddałaby komu innemu. Jarogniew powiedział:

— Urodzisz i wrócisz do sprawy margrabiego. Teraz jesteś wolna. Najważniejsze jest to dziecko.

Czuła się jak królowa. Kalina opiekowała się nią czule, jak córką. Pogodziła się pokornie z tym, że choć zdradziła Dębinę, by uwolnić Michała, ten wybrał ją. Ostrzycę.

Kwitła. Jego pionowe źrenice sprawiały, że krew krążyła w niej szybciej. Uwielbiała każdą z łusek na ciele Michała. Znała ich barwę, wiedziała, że ta zmienia się w zależności od słońca, chłodu lub deszczu. Gdy znikał na całe dnie, co się zdarzało, była osowiała i niespokojna. Kiedy wracał, przywierała do niego i szorstki dotyk rogowych płytek sprawiał, że uspokajała się. Czasami, gdy się kochali, dziecko w jej łonie obracało się twardo, jakby chciało ją przebić. Bolało, ale śmiała się, mówiła:

— Mały smok budzi się we mnie.

Zamieszkali w warownym jesionie. Dostali dla siebie dwie zamykane izby. Starcy co kilka dni przychodzili i oglądali jej brzuch, mrucząc:

— Żmij się wykluje... żmij się wykluje... żmij się wykluje...

Oni wieszczyli, że to dziecko odmieni bieg zdarzeń; ona pragnęła tylko bliskości Michała, czując podwójnie: za siebie i za potomka w łonie.

Zaremba nie dawał się omotać Starcom. Cenił ich, słuchał, ale co myślał? Nawet ona nie miała do jego myśli dostępu. Półtoraoki czuł przed nim lęk i to jej imponowało. Gdy widziała to pół ciemnej, butwiejącej jak stary las źrenicy, kornie zapatrzonej w Michała, czuła się lepszą od Jarogniewa. Bo to ją wybrał smok. I ona uwolniła go z oków.

— Wasze zbliżenia szkodzą dziecku — powiedziała jej Kalina, gdy Michał znów przepadł na kilka dni.

— Bzdura — wzruszyła ramionami. — Jesteś zazdrosna, co?

— Nie — odpowiedziała Kalina. — Przecież widzę, że nie mógł wybrać mnie. Dostałam od niego kiedyś tak dużo, że wystarczą mi już wspomnienia i świadomość, że jest wolny.

Ostrzyca zastanowiła się nad czymś, a potem spytała:

— Czy będąc z nim, też czułaś to?

— Tak — blade oczy Kaliny rozjarzyły się. — Pragnęłam i pożądałam. Spełniałam się z nim i... wybacz. — Zawstydziła się i skuliła ramiona. Przez chwilę skubała zieloną nitkę wypruwającą się z rękawa sukni, potem szepnęła, nie unosząc głowy: — Ale gdy byłam z nim, nigdy nie przemienił się aż tak bardzo... dzisiaj wiem, że to obecność Rikissy hamowała wzrastanie smoka w nim. A teraz — westchnęła — królowa jest tak daleko... przy tobie zapomniał o niej... już nie wiem, co lepsze...

— Nigdy o niej nie wspomniał — roześmiała się Ostrzyca. — Ani razu.

W tej samej chwili poczuła ukłucie w łonie. Tak ostre, jakby dziecko wbiło w nią kolczasty palec. Kalinie wystarczyło jedno spojrzenie, by orzekła:

— Zaczyna się.

Ostrzyca nagle się zlękła. Złapała dłońmi bolący brzuch i spytała:

— Pomożesz mi?

— Tak — odpowiedziała Kalina, a w jej oku błysnęło coś, czego nigdy wcześniej nie okazała. — Pomogę ci jak każdej innej rodzącej kobiecie.

— Ale ja nie jestem jak każda — oburzyła się Ostrzyca i zwinęła z bólu. Gdy przeszedł, powiedziała: — Ja jako pierwsza urodzę jego dziecko!

— Urodzisz — sucho odrzekła Kalina — ale nie wiemy, czy to będzie dziecko. Nikt nie wie, co się z ciebie wykluje.

Ciałem Ostrzycy wstrząsnęły dreszcze. Ból rozłożył ją na łopatki. Zawyła, przyzywając Michała. Nie pojawił się, a jej łono zaczęło płonąć, jakby włożono w nie rozżarzone żelazo.

— Pomóż — wyjęczała. — Pomóż mi...

Poród trwał trzy albo cztery dni. Michał nie usłyszał jej wezwań, nie przybył. Została jej tylko Kalina i napary, które podawała, maść, jaką smarowała jej łono. Ciałem Ostrzycy targały skurcze tak silne, że przy każdym z nich była pewna, że kona. Wzywała pomocy, ratunku, litości, ale ani razu nie przeklęła Michała.

— Przypomnij sobie najpiękniejsze chwile z nim — szeptała Kalina, gdy Ostrzyca traciła siły i zmysły. — Uczep się wspomnienia, przytrzymaj nim wolę walki.

Pionowe źrenice — przywoływała Ostrzyca. — Złote płytki na piersi. Rubinowe na grzbiecie. Pośladki.

— Aaa! — wyła, jakby wspomnień było za mało.

Kalina raz po raz zraszała jej czoło, potem ocierała czystym, pachnącym ziołami ręcznikiem. W którejś chwili Ostrzyca poczuła, że brakuje jej sił. Odpływała, a życie uchodziło z niej jasnym, ciepłym obłokiem pary.

— Przypomnij sobie, jak kłują jego łuski, gdy wychodzi z ciebie! — krzyknęła Kalina. — No, już!

Ostrzyca zadrżała. Myślała, że tylko ona o tym wie, że to jej i Michała tajemnica. Wrzasnęła wściekle i jej łono rozwarło się.

— Kłują, gdy wychodzi z ciebie — powtórzyła Kalina. — Drapie cię, spływasz krwią i jego nasieniem, a pionowe źrenice płoną czerwonym ogniem!

Otworzyła się na ten obraz. Poczuła dreszcz rozkoszy i urodziła.

— Jaszczurka — wyszeptała Kalina. — Wygląda na martwą.

ELIŠKA PREMYSLOVNA nie pragnęła dziecka, które rosło w jej łonie. Znała czas jego poczęcia i już samo wspomnienie napawało ją grozą: oblężone Brno. Tam, w noc przed tym, jak miasto zostało okrążone, zbliżyli się z Janem do siebie po raz ostatni. Jedyne, co pamięta z tamtej nocy, to strach. Lęk, co przyniesie przyszłość. Wzburzenie, że Jan bierze od niej małżeńską powinność, a przecież ma kochanicę. Może nawet niejedną? Kazała służbie pogasić wszystkie świece w sypialni; nie chciała na niego patrzeć i nie chciała, aby on widział ją.

Gdy wiosną medyk powiedział: „Bóg znów pobłogosławił najjaśniejszej pani", rozpłakała się.

Nie było gorszego momentu na kolejną ciążę i dziecko. Właśnie wyjechali z Domažlic, po zdradzieckiej interwencji Ludwika, króla Niemiec, pokonani przez Henryka z Lipy. Baronowie Czech, judasze, złożyli im obłudną przysięgę na wierność koronie, ale ona nie była tak naiwna jak Jan. Wiedziała, że to się skończy źle.

Wrócili do Pragi, wjeżdżali na zamek witani przez podstępny tłum, który krzyczał:

— Niech żyje królowa! Niech żyje król!

A ona, ogłuszona żalem, słyszała złowrogo zniekształcone słowa „nie żyje królowa, żyje król".

Tak, pomyślała, że śmierć byłaby honorowym wyjściem z sytuacji. Władca ograbiony z władzy, co za hańba. Najdziwniejsze, że Jan zupełnie się tym nie martwił. Ilekroć zaczynała rozmowę o „domažlickiej hańbie", wzdrygał się. Podzielił urzędy, pokornie, tak jak obiecał. Sami Czesi. To nie było jeszcze takie złe, dobrze, że odesłał Aspelta, Bertholda i innych. Nie do zniesienia była wszechwładza Lipskiego. Ilekroć na niego patrzyła, widziała ten dzień, gdy one trzy, jeszcze nieskłócone siostry, sieroty po wielkim Václavie II, klęczą przed panami i proszą, by zostawili tron w dynastii. By oddali go córkom, skoro brakło synów. Wolałaby nago przejść przez praski rynek w dzień targowy, gdyby mogła wymazać to zdarzenie. Tak, klęczała przed Lipskim, szepcząc do niego, by stał się Premyslem Oraczem, a ona będzie jego Libuszą. Ona, królewska córa, wskaże na niego, prostego człowieka, widząc w nim nasienie, z którego wyrosnąć może nowa gałąź dynastii. Upokorzył ją swoją wzgardą. „On nie może, on ma żonę" — tłumaczył go Jan z Vartemberka, a pewnie już wtedy Lipski gził się z macochą. Tamto poniżenie sprzed lat nie zbladło i odżywało raz po raz. Jakże triumfować musiał Henryk z Lipy w Domažlicach! Pewnie patrzył na nią i śmiał się w duchu.

Najpierw nie powiedziała mężowi, że jest brzemienna. I tak nie odwiedzał jej w alkowie. Potem zaś, gdy nie dało się tego ukryć, Jan potraktował jej stan jako przyzwolenie, by tam wcale nie zaglądać. I dobrze. Po Domažlicach pogardzała nim.

Rozwiązanie nastąpiło jesienią, w czas ulewnych deszczy i chłodu. Drzew odartych z liści. Upiornych konarów dźganych porywem wiatru znad Wełtawy. Gdy wypychała to dziecko z łona, gdy jej ciało odmawiało posłuszeństwa, skamląc, że ma już dość cierpienia i służby, nagle między jednym a drugim skurczem nawiedziła ją myśl: Dlaczego słyszała: „Nie żyje królowa"? Czyż nie lepiej byłoby, gdyby tłum skandował: „Nie żyje król"? To ona jest krwią Przemyślidów, nie on. Luksemburczyk jest tu obcy. Skoro przysiągł nie dawać urzędów cudzoziemcom, niech odbierze i sobie!

Ta myśli sprawiła, iż nagle zaczęła się śmiać. Skręcało ją z bólu i ze śmiechu jednocześnie. Tak! Doskonale! Przecież ma małego Václava, następcę tronu. Może być jego regentką, mądrą i szanowaną królową matką! Ma już syna, teraz może urodzić choćby i trzecią córkę.

— Najjaśniejsza pani powiła chłopca — oznajmił medyk z taką dumą, jakby to on wypchnął na świat.

Gdy to usłyszała, znów parsknęła śmiechem.

— Proszę się uspokoić, królowo — powtarzał zastrachany medyk. — Błagam...

Podali jej dziecko owinięte w powijaki, wymazane śluzem i krwią. Ścisnęła je w ramionach, chichocząc:

— Mój drugi mały król! Václav zastąpi ojca, a ty? I dla ciebie coś dobrego znajdzie matka...

Usłyszała, jak medyk wzywa księdza, mówiąc do jednej z jej dwórek:

— Niedobrze... królowej pomieszało zmysły... jest źle...
— Może zawołajmy po króla? — powiedział kapłan, gdy pochylił się nad nią.
— Nie żyje król! — zaszeptała i parsknęła im w twarz. Nie mogła się pohamować, tak ją bawił ich lęk.
— Najjaśniejszy pan jest zajęty — powiedział trwożliwie ktoś spod drzwi. — Mieszczan obłaskawia, przyszli z pretensjami, bo nałożył na nich podatki.
— Módlmy się — śpiewnie rozkazał ksiądz.
Zasnęła w rytm refrenu psalmu. Było jej zimno, dreszcze wstrząsały raz po raz jej ciałem, a gdy zapadła w sen, wydawało jej się, że to porodowe skurcze, i czuła niepokój.
Urodziłam czy nie? Urodziłam czy nie?
— Urodziłam?! — krzyknęła, rzucając się w łożu.
— Tak, pani. Wydałaś na świat syna — usłyszała szept Cecylii, swej damy dworu.
— Zdrowy?
— Zdrowy, pani. Czy weźmiesz go do piersi?
— Nie jestem krową, bym karmiła swe cielę. Jestem królową — wymamrotała przez sen.
— Zawołam mamkę — powiedziała Cecylia. — Czeka w przedpokojach od wczoraj.
— Rób, co do ciebie należy — powiedziała zmęczona. — Ja już swoje zrobiłam.
Śniło jej się, że mały, dwuletni Václav, kroczy ku niej w koronie Przemyślidów, piękny jak jej ojciec. Nagle zatęskniła za tą staroświecką koroną i zrozumiała we śnie, że wszystkie klęski jej i Jana właśnie przez to, że koronowano ich nie tą, co trzeba. W jej śnie przewijała się i korona Piastów, choć widziała ją tylko raz, gdy ojciec i macocha brali ślub, a potem nawet słynna korona świętego Stefana, choć tej nigdy jej nie pokazano i znała ją jedynie z opowieści. Senny rozum podpowiedział jej, że Węgrzy mądrzejsi od Czechów, bo nie uznają koronacji za ważną, gdy na skroniach władcy nie spocznie właśnie to, Stefanowe insygnium. I pojęła, że musi zrobić to samo co macocha. Napisać do Karyntczyka, by oddał koronę.
— ...by oddał koronę dla mojego małego Václava...
Budziła się raz po raz, ale jesienne szarugi sprawiały, że myliła jej się noc z dniem i tylko po zmieniających się ubraniach dwórek rozpoznawała upływ czasu. Otaczały ją szepty:

— Z panią jest bardzo źle...
— ...bredzi w gorączce...
— ...dziecka nie szuka...
— ...król?
— ...nie. Jeszcze nie wrócił...
— Nie było go tu.

To jedno rozróżniała wyraźnie. Cecylia w niebieskim: „Nie było go tu". Cecylia w szafranowym: „Król nie odwiedził pani". Cecylia w zieleni: „Najjaśniejszy pan nie przybył do żony". Bolało ją to tak samo dotkliwie, jak gojące się łono. Od dawna nie miała gorączki, była trzeźwa i wiedziała, gdzie jest. Wolała jednak udawać chorobę, uciekać w sen, bo to, co czekało na nią, jeśli wstanie z łoża, było przygnębiające. Gdy Cecylia i Gredla zasypiały, otwierała oczy, siadała i jadła zimny posiłek, który stał przy łożu. Napęczniała wodą owsianka. Kasza na mleku. Pieczony kurczak. Chleb. Groch. Wszystko smakowało tak samo. Czasami, w środku nocy, podchodziła do okna. Nasłuchiwała. Wydawało jej się, że słyszy słodki dźwięk fideli, lutni, dzwonków i jasny dziewczęcy śpiew. I śmiech Jana, swego męża. Króla, który oddał władzę Lipskiemu. Zaciskała dłońmi uszy i po cichu wracała do łoża, naciągała kołdrę na głowę. Świat, który ją otaczał, był wrogi i obcy.

Któregoś dnia z ciepłej i bezpiecznej otchłani snu wyrwał ją głos syna. Václava.

— Mamo — powiedział z oddali. — Mamo — powtórzył z bliska. — Mamo, gdzie jesteś? — spytał z ustami tuż przy jej policzku.

— Tu, królu — odpowiedziała i otworzyła zaropiałe oczy.

Wyciągnęła ramiona, a on niezdarnie wgramolił się do jej łóżka. Przylgnęli do siebie i pojęła, że jednak musi żyć. Musi zabić senność, by pomóc temu chłopcu wejść na tron.

— Pani się obudziła! — zawołała Cecylia w granatowej sukni.
— Nareszcie! — jęknęła Gredla.
— Czy życzysz sobie, królowo, zobaczyć syna? — spytał jej kanclerz.

On też tu był? Przez cały czas? — zdziwiła się.
— To jest mój syn — wyszeptała, całując Václava.
— Prawda — powiedział kanclerz. — To twój starszy syn. Czy życzysz sobie zobaczyć młodszego?

— Tę słodką, piękną istotę, którą urodziłaś — podpowiedziała Gredla.

— Jak ma na imię?

— Jeszcze nikt mu nie nadał imienia — wstydliwie odpowiedziała Cecylia. — Ty spałaś, pani, a król...

„Król nie odwiedził żony" — dopowiedziała w myśli.

— Tak, przynieście dziecko — zażądała. — Masz brata, Václavie — pogłaskała synka po głowie.

— Wiem. On beczy — doniósł jej syn.

Różne rzeczy słyszałam przez sen, ale jego płaczu nie — zdała sobie sprawę. I skarciła Václava.

— Kłamiesz, synku. Twój brat jest bardzo grzeczny.

— Nieee — odpowiedział mały po namyśle. — On nie. Ja jestem.

— Ty też, mój śliczny chłopcze — pocałowała go. — Ty najbardziej.

Po chwili do komnaty weszła mamka, ta sama, która karmiła Václava. W ramionach niosła niemowlę w powijakach, owinięte złotą kapą. Złożyła pokłon i podała jej dziecko.

Eliška spojrzała w twarz nowo narodzonego. Była czerwonawa, napuchnięta i nieładna.

— To mój syn? — spytała Cecylię nieufnie.

— Tak, pani. To on — pokrzepiająco uśmiechnęła się dwórka.

Położyła go na łożu i zdjęła kapę. Rozwinęła powijaki.

Drzwi jej sypialni otworzyły się z hukiem. Sługa krzyknął, prężąc się na baczność:

— Najjaśniejszy pan, król Jan!

Uniosła głowę, a Václav przylgnął do niej całym ciałem, łapiąc Elišku za szyję.

— Królowo — powitał ją mąż. — Dobrze cię widzieć w zdrowiu.

— Szkoda, że cię nie było w chorobie — odpowiedziała, odgarniając włosy i patrząc mu w twarz.

— Czy to nasz syn? — umknął przed jej spojrzeniem, przenosząc wzrok na niemowlę.

Nie. To podrzutek, spłodził go we mnie kochanek — pomyślała złośliwie.

— Tak. To dziecko, które w bólach wydałam na świat — powiedziała głośno.

Podszedł bliżej i odsunął ostatni rąbek, ten, który przysłaniał przyrodzenie.

— Rzeczywiście syn — rzekł chłodno. — Jestem dumny i szczęśliwy.

— Musimy nadać mu imię — przypomniała.

— Czesi kochają dawnych królów — powiedział, przygładzając dłonią pukle. — Mamy Václava, to może Premysl?

Od Domažlic zrobiłeś się bardziej czeski niż Henryk z Lipy — pomyślała z pogardą. Ale powiedziała co innego:

— Doskonały pomysł, mężu. Premysl Ottokar III. Drugim był mój dziad.

Skinął głową, nie siląc się nawet na pocałowanie jej dłoni. Spojrzał tylko krytycznie na Václava przytulonego do niej, kurczowo trzymającego się jej szyi, kryjącego przed nim swą twarz.

— Życzę powrotu do sił, żono — powiedział, wychodząc z jej komnaty.

Idź do diabła — pomyślała.

Václav oderwał się od niej, a niemowlę zaczęło płakać. Jego drobnym ciałem wstrząsnął konwulsyjny szloch.

— Beczy — powiedział dwulatek. — Mówiłem.

— Zabierz dziecko — rozkazała mamce i objęła dłońmi głowę Václava. — A ty idź z piastunką. Zobaczymy się później.

— Tak? — spytał niepewnie.

— Obiecuję — powiedziała.

Gdy mały wyszedł, przywołała Cecylię.

— Gdzie twój brat, Vilém? — spytała.

— Czeka na twe wezwanie, królowo.

— Czeka?

— Tak, pani. Nie chciałam cię niepokoić, ale źle się dzieje w kraju.

— Mów, Cecylio — zażądała.

— Najjaśniejszy pan nałożył wielkie podatki na mieszczan, by zaspokoić możnych i uzupełnić skarb. Król pragnie żyć po pańsku, rozgłasza, że Praga ponura i nudna. Mieszczanie płaczą, że to za wiele, że czeka ich ruina.

— Zawsze płaczą — machnęła ręką zniecierpliwiona Eliška. — Żadna nowość.

— Pomów z Vilémem, pani — pokornie skłoniła się dwórka. I szepnęła obiecująco: — Mieszczanie nienawidzą Lipskiego.

Wyszła z łoża, powstała jak Chrystus z martwych. Wzięła kąpiel, kazała sobie ułożyć włosy i przygotować suknię. Przyjęła starego przyjaciela, choć ten, w Domažlicach, stanął ramię w ramię z Henrykiem z Lipy, a to znaczy, że przeciw niej. Ona jednak była władczynią, więc obdarzyła go wybaczeniem win.

— Mów — zażądała, gdy skłonił się przed nią sztywny jak badyl.

— Chodzą straszne pogłoski, pani — powiedział i jego obwisłe policzki zadrżały.

— Mieszczanie, wiem — odrzekła wyniośle.

— To też, ale mówię o gorszym obrocie sprawy.

— Na razie nie mówisz, tylko straszysz — wyprostowała go.

— Królowo... — szepnął, podchodząc do niej tak blisko, iż poczuła woń ropy z jego ust. — Ponoć król Jan pertraktuje z królem Ludwikiem zamianę. Zaaamiaaanę...

— Co?! — krzyknęła, odsuwając się od zapachu zgnilizny.

— Zamianę nadań. Jezulatko, zmiłuj się! — wzniósł oczy do nieba Zajíc. — Mówi się, że Ludwik jest gotów nadać Janowi Palatynat Reński, a sobie zabrać Czechy...

— Nie! — zwołała Eliška.

— Tak — grobowo powiedział Vilém. — Tak mówią nasi cisi ludzie na dworze niemieckim. Jan ponoć nie ceni Pragi, opowiada, że mierzi go nasz kraj, i chce być bliżej Luksemburga. A Ludwik, po Domažlicach, zrozumiał, w jak ciężkiej potrzebie jest nasz król, i chce go wybawić z kłopotu.

— Vilémie... — jęknęła Eliška. — Ale Palatynat to nie królestwo...

— No właśnie, pani. To byłaby zdrada korony...

— Przemyślidów! — dokończyła za niego i natychmiast stanął jej przed oczyma sen. — Vilémie — przyciągnęła starego rycerza do siebie, nie bacząc na brzydką woń z jego ust. — Czy wciąż jesteś sługą Królestwa, a nie króla?

— Tak, pani — wyszeptał starzec.

— Jeśli prawdą jest, że Jan chce nas zdradzić, usuńmy go z tronu. Mamy królewicza Václava, który go zastąpi. Będzie Václavem IV. Królem, nie zdrajcą.

— Najjaśniejsza pani... — Wargi starego rycerza pobladły. — Toż mówisz o zamachu...

— Być może — odpowiedziała, prostując się. — Być może tylko taki czyn może ocalić honor i tron.

GERWARD biskup włocławski od pierwszych dni w Awinionie zrozumiał, że jego misja będzie trudna. Arcybiskup Janisław powiedział mu: „Stąpamy po krze na rzece, która rozmarza. Jeśli będziemy się guzdrać, lód pęknie i zatoniemy wszyscy". A Gerward przybywszy do papieskiej kurii, zobaczył, że lód na ich rzece już stał się niezwykle cienki i kruchy.

Najpierw zderzył się z Karolem z Trewiru. Tym samym, którego gościł we Włocławku podczas rokowań z księciem Władysławem.

— Przejście dla wielkiego mistrza Zakonu Szpitala Najświętszej Marii Panny! — zawołał pokojowiec papieski, a straż przesuwała wszystkich czekających w kolejce do audiencji.

Karol zatrzymał się na pół kroku, tylko po to, by zmierzyć Gerwarda chłodnym wzrokiem i szepnąć:

— Niepotrzebnie przyjechałeś, wielebny. Spóźniłeś się o pół roku.

— Nie nam o tym sądzić — odpowiedział Gerward i poczuł, że na łysinę wyszły mu krople potu.

Idący przy boku mistrza jego zastępca, Werner von Olsen, pochylił się do ucha Gerwarda i powiedział zjadliwie:

— Nie darujemy wam tej sprawy ze świętopietrzem, zapamiętaj sobie. Nie takich biskupów jak ty potrafiliśmy pozbawić władzy.

Zaczynają ostro — przełknął ślinę Gerward i spojrzał na plecy ich obu, wchodzących już na papieskie pokoje. Białe płaszcze zalśniły jak skrzydła.

— Wszyscy mówili, że zakon padnie po tym, jak tam w Prusach komturowie zmusili Karola do zrzeczenia się urzędu — powiedział stojący obok Gerwarda kardynał Arnold, który jako konsekrator Janisława był dziś jego protektorem wprowadzającym na pierwszą audiencję. — Nie docenili siły jego powiązań i kontaktów. To ciekawy człowiek, Gerwardzie. Mógłby mścić się na braciach z Prus, doprowadzić do zrzucenia ich z urzędów, ale on zrobił coś zgoła innego — w głosie Arnolda zabrzmiał podziw. — On nadal działa jako wielki mistrz i pracując na rzecz zakonu, zdobył sobie wielki podziw.

— W kurii też? — spytał Gerward.

— Zwłaszcza w kurii — odpowiedział Arnold. — Ciekawe, dlaczego odbudowując wpływy, nie uderzył w komturów pruskich?

— Dziwi cię to, wielebny, tylko dlatego, że znasz zakon z gładkich pism, jakie ślą do was, z eleganckich białych płaszczy i wytwornej dyplomacji — odrzekł Gerward. — Ja zaś znam ich z własnego doświadczenia, bo tereny Pomorza, jakie nam zagarnęli, leżą częściowo w mojej diecezji.

— Przestań, przestań — zaśmiał się kardynał. — Jeszcze czekamy w kolejce, zostaw swoje argumenty dla papieża.

— Mam ich tak dużo, że starczy dla was obu — odpowiedział Gerward. — Chcesz posłuchać o psach pijących krew chrześcijańskich kobiet i dzieci w Gdańsku? Za tym wielekroć przypominanym w kurii mordem stoi ten sam człowiek, który w Prusach odwołał Karola z Trewiru. Masz odpowiedź, dlaczego Karol się nie mści. Nie ma ku temu siły. Taki jest zakon: w Prusach brutalny jak rzeźnik z Gdańska, a na papieskich pokojach elegancki jak Karol z Trewiru.

— Każdy walczy o swoje — wymijająco powiedział Arnold. — Do Ojca Świętego kolejka petentów długa.

Zwłaszcza teraz, gdy Jan XXII postanowił umniejszyć rolę Niemiec i zablokować cesarskie aspiracje Ludwika Wittelsbacha — pomyślał Gerward. — Tak ciekawie dawno jeszcze nie było. Znał nową bullę papieską, która zabraniała sprawowania godności cesarskiej każdemu, kogo nie upoważni Jan XXII, i wiedział, że uderzyć miała najpierw w Wittelsbacha, ale po trosze i we Fryderyka Habsburga, który sprowokowany papieską niechęcią do Ludwika mógł próbować sięgnąć po władzę. Papież Jan miał swego kandydata na tę najwyższą godność świecką i był nim Andegaweńczyk z Neapolu, krewny króla Węgier, Karola Roberta. I Gerward zdążył już wywęszyć, że to wcale nie było po myśli węgierskiego monarchy, który sam rościł pretensje do neapolitańskich tytułów.

Psiakrew — pomyślał biskup włocławski. — Lód topnieje, kra pęka, a ja muszę lawirować między dziesiątkami krzyżujących się wpływów.

Przy schodach wiodących do długiego korytarza, w którym czekali, zrobił się jakiś szum. Straż papieska witała nowego dostojnika w pokłonach.

— Arcybiskup Moguncji — mruknął Arnold. — Peter z Aspeltu. Mogą go witać nawet w tanecznych dygnięciach, ale i tak wejdziemy przed nim — uśmiechnął się złośliwie. — I to zaraz.

— Karol z Trewiru jeszcze nie wyszedł — zauważył Gerward.

— Wyszedł, wyszedł — powiedział kardynał. — Tak to jest zorganizowane, że czekający przyglądają się sobie nawzajem, ale wychodzi się innymi drzwiami.

By nikt nie widział miny gościa po audiencji — kwaśno zauważył Gerward i wziął głęboki wdech.

Drzwi komnaty papieskiej otworzyły się i zaproszono ich do wnętrza. Biskup włocławski zobaczył to, czego się spodziewał: splendor następcy świętego Piotra na ziemi.

Jan XXII siedział na tronie w tiarze na głowie i purpurowym płaszczu, który ostro odbijał się od bieli szaty i złoceń ornatu. Na podnóżku spoczywała jego prawa stopa obuta w trzewik z czerwonej, tłoczonej skóry.

— *Vicarius Christi* — zaśpiewał kanonik stojący z boku papieskiego tronu. — *Successor principis apostolorum. Summus Pontifex Ecclesiae Universalis!*

Gerward trwał w ukłonie, aż usłyszał od papieża:

— Zbliż się, synu.

Wchodzący z nim kardynał Arnold przedstawił go uroczyście:

— Gerward z rodu Lescici, biskup włocławski, wysłannik arcybiskupa Janisława, z supliką koronacyjną wystosowaną do Ojca Świętego przez rycerstwo ziem Królestwa Polskiego w sprawie koronacji księcia Władysława.

Leszczyc wyjął z futerału wielki zwój supliki, ostrożnie rozkładając przywieszone do niego pieczęcie.

— Na twe ręce, Ojcze Święty, składam — podał dokument, ale odebrał go kancelista papieski i sam rozwinął przed Janem.

Papież zerknął i skinął ręką, by odłożyć.

— Był tu u mnie mistrz Karol z Trewiru — powiedział — więc zacznijmy od spraw z waszym potężnym północnym sąsiadem. Jak się ma kwestia świętopietrza i dziesięcin?

Gerward mimowolnie zatarł dłonie. Tak, to był jego wielki dzień.

— Ojcze Święty — odpowiedział szybko — ustanowiłeś mnie kolektorem świętopietrza, kazałeś zbierać należną ci daninę i mam dla ciebie wspaniałe wieści, jeśli chodzi o teren Królestwa Polskiego. Nie dość, iż przyjęliśmy proponowaną przez ciebie zamianę sposobu liczenia świętopietrza, to i mamy ją zebraną z Królestwa. Wozy srebra gotowe do wysyłania do Awinionu. Ale! — uniósł pulchny palec. — Ale… — i ze smutkiem rozłożył ręce. — Krzyżacy nie pozwalają mi na zbieranie świętopietrza z tych terenów diecezji włocławskiej, które zajęli. Znacznych, podpowiem więcej: mocno zaludnionych terenów. Serce pęka, gdy pomyślę o wozach, jakie naszykowałem. Wozach, które stoją puste, bo bracia przepędzają moje biedne sługi z ziem spornych, niesłusznie przez nich zagarniętych. Stamtąd ani świętopietrza, ani dziesięcin…

— Och — westchnął Jan i spytał ze współczuciem: — To jak ty teraz żyjesz, bracie?

— Ciężko — przyznał Gerward. — Ale radzę sobie sposobem, jakiego ty nas uczysz, Ojcze. Z prebend, z kanonii. Ledwo, ledwo ciągnę, lecz co tobie należne, zbieram.

— Dużo tych wozów stoi pustych? — pokręcił się niespokojnie Jan XXII.

— Tak, Ojcze Święty. Pomorze, które zajęli Krzyżacy, to nie dzicz litewska, to nie puszcze i lasy. To miasta kupieckie, porty — wyraźnie powiedział biskup włocławski. — W dodatku wkraczają mi w kompetencje biskupie. Chcą decydować o obsadzie probostw bez porozumienia ze mną. W mojej diecezji proboszczów narzucać! A co za tym idzie, przejmują mi prebendy. A, jak raczy Ojciec Święty pamiętać, sami do papieskiej kasy nie płacą.

— Widzisz, synu — rozłożył dłonie Jan. — W czasach, gdy walka z pogaństwem i schizmatykami znów wysunęła się na plan pierwszy, nie mogę nadmiernie ograniczać zakonu. Oni jedyni naprawdę walczą za wiarę.

Akurat — przygryzł wargi Gerward, ale poczuł, jak kardynał Arnold szturcha go delikatnie w bok.

— Jedną ręką walczą z poganami, drugą z chrześcijanami — powiedział szybko biskup włocławski. — Ojciec Święty doskonale zna sprawę rzezi wielkiego miasta portowego Gdańska. Tam poległy tysiące ludzi! Mieszczan, kupców, rzemieślników, to łatwo przeliczyć, zwłaszcza jeśli zastosować dzisiejszy kurs, denar od głowy, a nie trzy od domu. Wasz poprzednik, papież Klemens w liście sprzed dziewięciu lat nakazującym zbadanie sprawy tej rzezi, pisał o dziesięciu tysiącach ofiar, toż rachunek jest prosty. Tyle Ojciec Święty stracił, przemnożyć przez lata…

— Zatrzymaj się, synu — pogroził mu palcem Jan XXII. — I nie licz mi, czego nie zarobiłem, bo zrobię się niespokojny.

Na tym mi zależy — zatarł ręce w duchu Gerward. — Nic tak nie boli, jak srebro wyliczone, a nie zainkasowane.

— Mistrzowie krzyżaccy mówią o kilkudziesięciu ledwie ofiarach, które zginęły bez ich winy — przypomniał kancelista papieski. — Mamy ich zaświadczenia o mieszczanach, co sami, własnymi rękami rozebrali miasto. Mamy wspierające je pisma biskupów kamieńskich.

— Ojcze — klęknął Gerward — spójrz na mnie. Co widzisz?

Jan przyjrzał mu się i powiedział:

— Duszę pokrewną czuję.

— Nie śmiałbym sam tego powiedzieć, choć od dnia twego wyboru modliłem się: „Ożłoć go, Panie" — szepnął Gerward. — Zatem ja, dusza ci pokrewna, mówię: bracia zakonni kłamią. Papież Klemens miał niemal skończone przygotowanie do postępowania procesowego przeciw nim, gdy śmierć zabrała go nagle. Rozumiem, że zgodnie z prawem kanonicznym proces zawieszono, ale Janie XXII, ty możesz go wznowić, a ja, dusza twa pokrewna, biskup, który na własne oczy widział, co się stało w Gdańsku, biskup, któremu oni na dziesięciny wleźli po tym, jak mordowali…

— No dobrze — powiedział zmieszany Jan. — Wstań z kolan, synu. Nim wypuszczę cię z kurii, omówimy sprawę. Cenię Karola z Trewiru, przyznaję...

— ...on nie wszystko wie — wyrwał się Gerward. — Nie było go wtedy we władzach zakonu. To były czasy mistrza Feuchtwangena i czasy wszechwładzy komtura von Plötzkau...

— Zwanego rzeźnikiem gdańskim — błysnął kardynał Arnold. — I jakbyś chciał wiedzieć, wielebny, co nieco o kulisach przewrotu w malborskiej kapitule, to nasz drogi Gerward ma sporo nowin.

— Które nie obciążają twego przyjaciela, Karola z Trewiru — dodał niezwłocznie Gerward — ale ukazują siły, jakimi od środka rządzi się zakon. Siły, których dążeniem jest wyrwanie się z wpływów Stolicy Piotrowej.

— Spotkamy się na osobności w tej sprawie — zapewnił go papież.

— Będę zaszczycony. Tymczasem chciałbym przypomnieć o suplice, z którą przybyłem.

— Ja pamiętam — skarcił go Jan i w jednej chwili przestał być tak przyjazny. — Widzisz, Gerwardzie — dodał z wyższością. — Sprawa twego księcia jest skomplikowana. Analizowałem ją z Janisławem. Tytuł króla polskiego jest przy Janie Luksemburskim zgodnie z prawem wywodzonym przez prawników czeskiego króla od pewnego aktu, pod którym widnieje niepodważalna pieczęć księcia Władysława. A Peter z Aspeltu nieustannie sprawdza, czy nie mamy zamiaru złamać praw króla Jana.

— Który nigdy nie władał ani piędzią ziemi w Królestwie Polskim, ani razu nie był w nim i jest dla nas, poddanych Władysława, uzurpatorem — mocno odpowiedział Gerward. — Królowie polscy nie byli nigdy w żadnej zależności od cesarstwa i królów niemieckich. Luksemburczyk, ich wierny poddany, ma być ci bliższy, Ojcze Święty? Toż przyznając jemu prawa do naszej korony, wyrywasz sam sobie ziemie!

Jan XXII miał minę jak ktoś, kto nieopatrznie wypije skwaśniałe wino, a sięgał po najpiękniejszy ze stojących na stole kielichów.

— Luksemburczyk połączył małżeństwem swą siostrę z królem Węgier, Karolem Robertem — dodał Gerward to, czego jeszcze nie podnosił. — Znak, że skutecznie wyrywa władców z obozu twych sojuszników, Ojcze Święty. Czy to nie dowód, że coś większego knuje z Węgrami? Węgrami, które wcześniej zawsze były ci wierne jak Królestwo Polskie? Rośnie w siłę...

— Dość — przerwał mu papież. — Spotkamy się za parę dni, Gerwardzie.

— Suplika — biskup włocławski wskazał palcem na zdobny zwój odłożony przez kancelistę na stół, niestety, pełen innych dokumentów.

— Pamiętam! — zganił go Jan XXII.

— Świętopietrze — przypomniał jeszcze Gerward, choć kardynał Arnold już prowadził go do wyjścia. — Krzyżacy. Wozy puste, które mogłyby być pełne...

— Chodź już — syknął do niego Arnold i wyszli na mały, wewnętrzny dziedziniec pałacu.

Gerward poczuł na twarzy chłodne, rześkie powietrze.

— Narobiłeś papieżowi kłopotów. Namieszałeś mu w głowie — skarcił go Arnold, gdy minęli straż papieską. — Wam wszystkim się wydaje, że to takie proste. Każdy chce załatwić swoją sprawę, każdy chce osiągnąć swoje, a wasze interesy są sprzeczne i krzyżują się po wielekroć. Postaw się na miejscu Ojca Świętego! I co? Uważasz, że to łatwe?

Gerward Leszczyc przeciągnął się jak kocur w promieniach słońca i odpowiedział kardynałowi:

— A myślisz, wielebny, że nowe, droższe świętopietrze jest dla nas wygodne?

JAN LUKSEMBURSKI odetchnął, gdy jego żona, Eliška Premyslovna, wyjechała z Pragi do zamku Loket. Zabrała ze sobą dzieci, i dobrze. Ich nieustanny płacz zlewał mu się w jedno z lamentem mieszczan, którzy nie chcieli zapłacić podatków, jakie na nich nałożył. Ktoś musi ponieść koszty odnawiania Królestwa. Dlaczego nie ci, którzy co dzień czerpią zyski z kramów, jatek i składów?

Jan potrzebował wolnej głowy, by pomyśleć i stworzyć nowy plan. We Francji mieszczanie płacili i kraj kwitnął. Dlaczego prascy kupcy mają być wolni od danin?

— Henryku z Lipy! — powitał podkomorzego radośnie. — Dobrze, że jesteś. Siadaj ze mną i pomóż mi wymyślić, jak pozbyć się pretensji mieszczan.

— Pretensji się nie pozbędziesz — uśmiechnął się Lipski, zdejmując rękawice. — Możesz jedynie usunąć buntowników. Słyszałeś, co w Krakowie przed ośmiu laty zrobił książę Władysław?

— Władysław jest moim konkurentem — ostro zaoponował Jan. — Jego ludzie w kurii awiniońskiej znajdują coraz większy posłuch u papieża. Stara się o polską koronę!

— Cóż dziwnego, to Piast i ma w ręku większość Królestwa — uśmiechnął się Henryk z Lipy.

— Zablokowałem jego odwieczny sojusz z Węgrami — powiedział Jan. — Wydałem swą siostrę za Karola Roberta.

— Doskonale — pochwalił go Lipski. — Żeń, królu, te piękne dziewczęta. Małżeństwa są lepsze od wojen.

— Nie było łatwo — wrócił do sprawy małżeńskiej Jan. — Pierwsza żona Karola Roberta była śląską Piastówną, to znaczy, że wyswatał ją węgierskiemu królowi Władysław. Zmarło się pannie i przyszedł czas na moją drogą siostrę. To dziwne, ale książę Władysław cieszy się u Węgrów jakimś trudnym do wyjaśnienia szacunkiem. Sprzyjał królewskim buntownikom, dał na swej ziemi schronienie synom Amadeja Aby, przyjaźnił się z Mateuszem Czakiem w czasie, gdy ten wojował z Karolem Robertem.

— Przyjaźnił się z nimi dużo wcześniej, królu — wyjawił mu Lipski. — Amadej kontrolował kopalnie miedzi, a Władysław jej transport z Węgier na północ.

— Nawet jeśli, to spójrz: Karol Robert też nieustannie trzymał stronę księcia Władysława, nawet jeśli ten sprzyja jego wrogom.

— Książę Władysław mówi po węgiersku, szanuje ich obyczaje — delikatnie powiedział Lipski.

— Ja też szanuję czeskie prawa — uśmiechnął się Jan, wiedząc, do czego zmierza Henryk. — Tylko języka nie mogę się nauczyć.

I tak zawsze dogadam się z wami po niemiecku — pomyślał, nie mówiąc tego na głos.

— Najważniejsze, że wydałeś siostrę za Karola Roberta — zawrócił z niewygodnego tematu Lipski. — To da ci gwarancję pokoju z Węgrami.

— I wsparcie moich pretensji do korony polskiej — przypomniał Jan.

— To na razie nie jest naszym problemem — powiedział Lipski. Bo nie ty jesteś królem — pomyślał chłodno Jan. — Nawet jako kochanek podwójnej królowej nie zrozumiesz nigdy, czym dla nas, panujących, jest włożenie na skronie korony. Z tytułu, do którego mam pełne prawo, nie zrezygnuję nigdy, mój podkomorzy. Ja, syn cesarski, nie pozwolę się okraść Małemu Księciu.

Henryk na szczęście nie słyszał toku jego myśli i mówił dalej:

— Musimy rozwiązać kłopoty naszego Królestwa i dlatego przypominam ci o tym, co zrobił w Krakowie Władysław. Warto się uczyć nawet od konkurentów — mrugnął do niego.

Jan zaczął się śmiać; był nieodporny na urok Lipskiego. Jego podkomorzy nie był w stanie zrozumieć królewskich ambicji, ale w sprawach krajowych był nie do prześcignięcia. Równie skuteczny na polu bitwy, jak i w dworskich rozgrywkach.

— Juniorze — Lipski przywołał syna siedzącego dalej od nich. — Ty znasz pieśń o wójcie Albercie.

Młodszy z Henryków podszedł bliżej, skłonił się i wyrecytował:

Przybył, pobił i po kątach,
wziął nasz książę i posprzątał,
aż trupy dyndały!

— Fe! — zaśmiał się Jan. — Nienawidzę szubienic.

— Władysław ukarał tylko przywódców buntu, ale zrobił to tak, by wszyscy na wieki zapamiętali. Potem pozbawił mieszczan władzy, ograniczył ich pazerność prawem. Zapobiegł dorwaniu się do rządów ludziom, których materialna potęga przerasta skarb książęcy. Jeśli mieszczanie rządzą się własnymi prawami i są w stanie kupić wojska, to stanowią zagrożenie dla każdej władzy, królu Janie.

— Przyjąłem — skinął głową. — Na razie, dzięki Bogu, nie mamy zamieszek na ulicach, jak oni w Krakowie.

— Mamy inny kłopot — powiedział Lipski. — Królowa Eliška szuka stronników. Rozpuszcza plotkę, że chcesz zamienić lenna.

— Co? — nie zrozumiał Jan.

— Ponoć negocjujesz z Ludwikiem Wittelsbachem zgodę na zamianę ziem. Ludzie królowej sugerują, iż król Niemiec ma ci przekazać Palatynat Reński, a ty oddasz mu Czechy i Morawy.

— Większej bzdury nie słyszałem — zaśmiał się Jan.

— Zaraz usłyszysz — poważnie powiedział Lipski. — Ponoć Eliška bada szanse na koronację małego Václava i odsunięcie cię od tronu.

— To niemożliwe. Taki plan mógł urodzić się tylko w chorej głowie — zaoponował.

— Nawet Vilém Zajíc jest przerażony pomysłami twej żony. Rozmawiałem z nim. To stary i prawy rycerz. Jest rozdarty. Nie opuści Eliški, bo ona nie ma już nikogo, kto chciałby dla niej walczyć, Vilém czuje się w obowiązku być „ostatnim rycerzem królowej", a ona nie kryje się ze swym protestem wobec postanowień z Domažlic.

— Racja — przypomniał sobie Jan i aż przysiadł z wrażenia. — Wyjeżdżając, oznajmiła to wszystkim tak dobitnie... — uniósł oczy na Henryka — ...ale sądziłem, że to tylko czcze złośliwości, do których nas przyzwyczaiła... wiesz przecież, do czego zdolna jest Eliška...

— Nie umiem przeniknąć umysłu twej żony — odpowiedział Lipski. — A nawet jeśli bym potrafił, to chyba nie chcę. Powiem ci jak dyplomata: ewentualne skargi Eliški u papieża czy na obcych dworach będą nieskuteczne tak długo, póki dobrze żyjesz z Wittelsbachem i nie masz innych wrogów. Ale jeśli któryś z ościennych władców życzyłby ci źle i chciał odebrać ci tron, Eliška i mały następca tronu mogą znaleźć posłuch.

ELIŠKA PREMYSLOVNA była zaskoczona odwiedzinami męża. Król Jan z orszakiem wjechał do zamku Loket bez zapowiedzi.

— Gredlo! Szybciej! — zawołała na dwórkę. — Podaj mi nałęczkę i diadem. Nie mogę tak wyjść na spotkanie z mężem.

— Pan przybył się pogodzić z najjaśniejszą panią — szepnęła Gredla, upinając jej welon. — Nareszcie! Wrócimy do Pragi i wszystko będzie jak dawniej.

— Jak dawniej? — skrzywiła się Eliška. — Dawniej było źle. Jan musi się naprawdę postarać, bym chciała znów wejść z nim do łoża. Zresztą po co? Już mamy dwóch synów, wystarczy — powstrzymała dwórkę, która chciała jeszcze poprawić jej włosy. — Idziemy.

— Piastunki! — zawołała Gredla. — Proszę poprowadzić dzieci za najjaśniejszą panią. Dziewczęta, parami.

— Płaszcz, królowo — przypomniała Cecylia. — Żebyś się nie zaziębiła. Śnieg prószy.

Wyszła na dziedziniec. Część ludzi króla zsiadła już z koni, ale Jan wciąż siedział w siodle, a jego sylwetka była zamazana przez wirujące w powietrzu śnieżne płatki. Poprawiła płaszcz i zrobiła kilka kroków ku niemu. Uniosła głowę.

— Witaj, mężu — powiedziała.

Twarz Jana wydała jej się obca. Zapuścił brodę. Śnieg roztapiał się na niej.

— Mężu? — powtórzył chłodno. — Dlaczego nie królu?

— Witaj, królu — powiedziała, wzruszając ramionami. — Skoro to dla ciebie tak ważne.

— Cecylio, podaj mi syna — odrzekł twardo i wskazał na starszego z chłopców. — Václava.

Cecylia z małym Václavem zrobiła krok do przodu, ale Eliška chwyciła ją za ramię.

— Po co ci syn? — spytała podejrzliwie. Było coś nienormalnego w zachowaniu Jana.

W tej samej chwili jego ludzie zaczęli iść w ich kierunku. Piastunki trzymające za ręce dziewczynki nie drgnęły, ale mamka z małym Premyslem Ottokarem zrobiła krok i schowała się za plecami Eliški.

— To mój następca — powoli powiedział Jan. — Oddaj mi go.

— Nie — oznajmiła.

Przejrzała jego grę w jednej chwili. Zbrojni podeszli do Cecylii, Eliška zasłoniła Václava sobą. Spojrzała w górę na obronną basztę zamku. Kusznicy byli gotowi do strzału. Czekali na jej sygnał.

— To także mój syn — dodała. — Nie pozwolę go sobie odebrać.

— Sprawy zaszły za daleko — głośno odpowiedział Jan. — Żona nie powinna spiskować przeciw mężowi, a królowa przeciw królowi.

— Ja nie spiskuję — krzyknęła. — Mówię głośno, co myślę, nie szepczę po kątach!

Zbrojni Jana zrobili krok do przodu i wyciągnęli ku niej ręce.

— Nie ważcie się mnie tknąć! — wrzasnęła. — Jestem waszą królową!

Zatrzymali się na znak Jana.

— Nie zrobię ci krzywdy, pani, choć po tym, co planowałaś, powinnaś stanąć przed sądem. Nawoływanie do obalenia króla jest najgorszą zdradą.

Powinna się wyprzeć. Powiedzieć, że nigdy o tym nie myślała, albo cokolwiek, by zyskać na czasie. Ale Jan właśnie obiecał, że jej nie tknie. Nie było przy nim Lipskiego. Znów był słaby.

— Ja jestem królową — oznajmiła, dumnie unosząc podbródek. — A ty tron zawdzięczasz wyłącznie małżeństwu ze mną, niczemu więcej, więc to ty zważaj na słowa. Dziedzic Królestwa należy do matki! W nim płynie królewska krew Przemyślidów, jedyna, która coś znaczy w Czechach!

W tej samej chwili obaj zbrojni wyminęli ją i wyjęli małego Václava z rąk Cecylii. Chłopiec rozpłakał się. Rzuciła się za nimi. Chwyciła syna za kraj płaszcza. Pociągnęła do siebie, lecz mężczyźni byli silniejsi.

Wydarli małego i podali dziecko królowi, a ten nie zważając na płacz, posadził go na siodle i mocno przycisnął do siebie. Eliška przywarła do strzemion Jana.

— Oddawaj mi syna! — zawołała rozpaczliwie. — Oddawaj!

Koń Jana zrobił kilka kroków w bok, Eliška zachwiała się i upadłaby na bruk zamkowego dziedzińca, gdyby nie podskoczyła ku niej Cecylia i nie podtrzymała swej pani.

— Daruję ci życie, Eliško Premyslovna — zawołał Jan, przekrzykując płacz przerażonego Václava. — Choć spiskowałaś przeciw mnie, swemu mężowi i królowi! Ale karę musi ponieść także królewicz Václav, bo on był częścią twego zdradliwego planu!

— To dziecko! — jęknęła.

— To dziecko, którym chciałaś mnie zastąpić — zimno powiedział Jan.

— Nie możesz go zabić, to twój syn! — zawołała z desperacją.

— Znów źle mnie oceniłaś. Nie zabijam kobiet i dzieci — powiedział i Eliška natychmiast przytrzymała się jego słów. — Václav zostanie pod strażą. Będzie moim więźniem tak długo, jak długo ty będziesz jątrzyć przeciw mnie.

— To niemożliwe — krzyknęła, wyrywając się z objęć Cecylii i biegnąc ku Janowi.

— Słyszeliście? Królowa nie zaniecha spiskowania — oznajmił Jan, gdy dopadła do niego.

Václav przestał płakać. Jan patrzył na nią z góry z taką wyższością, że puściła jego strzemię.

— To będę królem, mamo? — spytał syn, ocierając nos i niechcący przypieczętował ich wyrok.

— Masz w tej chwili wyjechać — powiedział Jan. — Zabierzesz ze sobą tylko służbę i dwórki. Rzeczy wyślemy ci jutro.

— A pozostałe dzieci? — spytała i głos jej zadrżał.

— Zostają ze mną, razem z piastunkami — oznajmił. — Nie bój się, nikomu nie stanie się krzywda.

— Chyba sam nie wierzysz w to, co mówisz — żachnęła się. — Oddaj mi choć Premysla. Ma ledwie cztery miesiące.

— Żebyś już zaczęła mącić mu w głowie? Nigdy.

— Jesteś potworem, Janie! Odbierasz dzieci matce! Nie daruję ci tego.

— Zaprowadźcie królową do stajni — rozkazał swoim ludziom.

Zrobili ku niej krok, jakiś wysoki wojak położył jej rękę na ramieniu. Wyszarpnęła się, krzycząc:

— Nie pozwolę się tknąć! Łapy precz od królowej. — Odwróciła się od Jana szybko, zadarła głowę w stronę baszty i do stojących tam kuszników zawołała: — Straże! Brońcie swej pani!

Dwa bełty poleciały w stronę oddziału króla, ale strzelcy wypuścili je bez przekonania, tak, by nie trafić.

Dowódca wojsk Jana dał znać, by i jego ludzie naciągnęli kusze. Jan uniósł ramię, wstrzymując ich.

— Liczę do dziesięciu — zawołał. — Tylko tyle masz czasu, by opuścić zamek.

Václav znów zaczął płakać.

— Raz — zaczął liczenie Jan.

Eliška podeszła do jego konia i wyciągnęła rękę, by uścisnąć dłoń syna.

— Dwa...

Ruszyła ku dziewczynkom.

— Trzy, cztery...

Ucałowała ich głowy.

— ...pięć...

Zrobiła znak krzyża na czole małego Premysla Ottokara.

— Cecylio, Gredlo, proszę za mną. Wyjeżdżamy z Loket — oznajmiła i zwróciła się w stronę stajni.

— ...sześć, siedem...

Stajenni już czekali z osiodłanymi końmi.

— ...osiem...

Sługa pomógł jej wsiąść. Wyprostowała plecy i poprawiła płaszcz.

— ...dziewięć...

Ruszyła konno w stronę bramy. Na dziedzińcu panowała cisza, słychać było tylko stukot kopyt jej konia. Wjechała w podcień bramy i obróciła się, unosząc dłoń.

— Ja, Eliška Premyslovna, z Bożej woli królowa Czech i Polski, błogosławię wam, moje dzieci! — Zrobiła znak krzyża. — A ciebie, Janie, przeklinam z całych sił.

Po czym z godnością wyjechała z zamku.

— Dziesięć! Wojsko, na basztę! Odebrać broń sługom królowej!

Krzyk Jana nie zagłuszył płaczu Václava. Lament dziecka świdrował jej w uszach całą drogę.

GERWARD biskup włocławski został zaproszony przez papieża nie na oficjalną audiencję, lecz na prywatne spotkanie. Jan XXII przyjął go w swych komnatach, w towarzystwie ledwie kilku pokojowców. Ubrany w luźną szatę ze zwykłego, miękkiego sukna, w pantofle domowe z cielęcej skóry, z gołą głową, wydawał się o połowę mniejszy niż w czasie audiencji.

— Chodź, Gerwardzie — powiedział — zjedzmy razem wieczerzę.

— Oby nie ostatnią — uśmiechnął się Gerward i poczekał, aż pokojowiec odsunie dla niego krzesło.

— Jagnięcina, oliwki, chleb, wino — pokazał Jan na stół. — Prosty, apostolski posiłek.

— Nic więcej nam nie trzeba — dodał Gerward — gdy serce czyste, choć bywa ciężkie od zmartwień.

— Musisz zaczynać? — jęknął papież. — Nie możesz poczekać do deseru?

— Ach, wybacz, Ojcze Święty! Taki mój chleb powszedni. Jak suplika?

— Dobrze skrojona — powiedział Jan, sięgając po nóż. Sługa podał mu pieczeń. — Opowiedz mi o tych poganach, przed którymi broni świat książę Władysław.

— Naprawdę życzysz sobie słuchać takich rzeczy przy jedzeniu? — upewnił się Gerward. — Doskonała jagnięcina! A te zioła!

— Mam w wirydarzu swoją grządkę — powiedział Jan. — Jak idę na spacer, to ich doglądam. Karol z Trewiru mówi, że to Krzyżacy bronią mnie przed poganami. Na dowód tego, jak bardzo są światu potrzebni, opowiadał o jakiejś kapłance pogańskiej i jantarowym płodzie. Dziwne rzeczy.

— Chlebek dobrze wypieczony — pochwalił Gerward. — A jeśli chodzi o rewelacje krzyżackie, no cóż. Tyle powiem, że Dzikich to oni mają w obrębie własnego państwa. Tak, tak. Kryją się poganie po lasach, bo Krzyżacy ich nie szukają. Bracia skupiają się na zdobywaniu nowych terenów, w końcu mają swoją złotą bullę, która daje im prawo do wzięcia w posiadanie ziem zdobytych na poganach.

— Chcesz powiedzieć, że oni nie nawracają, a zdobywają? — Zastygł z kawałkiem mięsa w dłoni papież.

— Oczywiście — wzruszył ramionami Gerward. — Prusy zdobyli jako pierwsze. Miasta lokowali, ściągali osadników z Niemiec. I wszędzie biorą cła, podatki i dodatkowe świadczenia dla zakonu. Czysty zysk, koszty żadne. Na Żmudź ruszyli, to dalej, na wschód — wyjaśnił, sięgając po kolejny kawałek jagnięciny, skoro sługa mu podsunął półmisek. — Ale chrzczenie pogan? Nie, to ich nie interesuje. Lasy są bogactwem Żmudzi. Miód, wosk pszczeli, drewno, smoła, futra, wszystko w obfitości i tanio, bo rabują. A zysk? Do skarbca w Malborku. Wystarczy policzyć kościoły, jakie pobudowali, w stosunku do obiektów świeckich. Jakby Ojciec Święty chciał, mam różne zestawienia. Jak kościół budują, to wyłącznie dla braci zakonnych, na terenie komturii. No to jakie to jest szerzenie wiary, ja się pytam.

— Wina spróbuj — zachęcił go Jan XXII. — Tutejsze, francuskie.

— Nie tęskni się za Lateranem i winem italskim? — zagadnął Gerward.

— Ja nie jestem pazerny — wzruszył ramionami Jan XXII — wystarczy mi to, co mam.

— To tak jak ja — rozpromienił się biskup włocławski. — Zawsze mówię: to, co mam, byle dobrze wykorzystane. Pan Bóg nie znosi marnotrawstwa. Wino niebiańskie — pochwalił. — Wracając do Krzyżaków, z misji na pogan zrobili czysty interes. To się w Prusach nazywa „gospodarka rejzy". Rycerze z Europy płacą ciężkie pieniądze do kasy zakonu za udział w czymś, co wydaje im się nową wyprawą krzyżową. A sprytni Krzyżacy inkasują, widowisko robią, na Żmudzinów i Litwinów prowadzą. W czasie wyprawy palenie wiosek i chwytanie jeńców, tyle że ochrzczonych już dawno. Rozbój, mówię, w biały dzień.

— Dajmy z tym spokój — skinął głową papież. — Wznowię proces i będziesz moim doradcą.

— Cudowna wiadomość — uśmiechnął się Gerward. — Doskonała jak to wino, którym mnie raczysz, Ojcze Święty. Pozwolę sobie tylko zawczasu powiedzieć, zanim Karol z Trewiru ukaże to w innym świetle: oni owszem, jakieś dochody do kasy papieskiej przekazują, ale ja, jako człowiek, który widzi ich działalność na własne oczy i potrafi liczyć, mówię ci, Ojcze Święty, przekazują kroplę, a sami wypiją kielich pełen po brzegi. Bóg mi świadkiem. Po brzegi.

— Dobrze, dobrze — chciał odejść od tematu papież, ale Gerward był szybszy.

— I racz pamiętać, Ojcze Święty, że sprzymierzyli się ze schizmatykami! Czy to przystoi, aby z książętami halickimi zawierali oficjalne przymierze?

— Doprowadzili mnie tym do pasji — potwierdził Jan XXII i pokazał słudze, by ponownie napełnił im kielichy. — I dlatego odrzuciłem ich protest wobec koronacji twego księcia.

Gerward złapał się za serce i krzyknął radośnie:

— Bóg zapłać, Ojcze Święty! To znaczy, że suplikę naszą przyjąłeś!

— Nie — pokręcił głową papież. — Na razie odsunąłem tylko pretensje wielkiego mistrza przeciw uznaniu Władysława królem. A przypomnę ci, że ostre *veto* zgłasza Luksemburczyk. Po audiencji, na której cię przyjąłem, w mojej kancelarii rozpętała się burza. Protest za protestem! Istna kolejka do tej waszej korony — żachnął się Jan.

Serce Leszczyca zabiło jak bęben wojenny. Lód pęka mi pod stopami — pomyślał w panice i rozłożył szeroko ramiona jak człowiek trafiony strzałą w trzewia.

— No ale Ojciec Święty nie może stanąć przeciw własnemu poddanemu dla dobra poddanego króla niemieckiego — zawołał. — Nie uwierzę w taką niesprawiedliwość. Przecież na świętopietrze się zgodziliśmy, cóż więcej dać ci może Luksemburczyk? On skarbiec w Pradze ma pusty...

— Ale wpływy wśród panujących olbrzymie. Wiesz, że wychował się na francuskim dworze! Kapetyngowie mu sprzyjają! — uderzył otwartą dłonią w stół Jan XXII.

Psiakrew — przygryzł wargi Gerward. — A papież zależny od francuskich królów. Niedobrze, psiakrew.

— I widzisz, przyjacielu? Duszo moja pokrewna — smutno, ale dobitnie powiedział Jan. — Nieba bym ci przychylił, Janisława pokochałem jak syna, podoba mi się ten wasz książę uparty, co ma zawołanie „Pod wiatr", ale co ja mogę? Jeśli na końcu mówi do mnie mój dobrodziej, król francuski: „Nasz drogi, umiłowany Jan Luksemburski". Jestem w matni — żachnął się i sięgnął po chleb.

— Nie, nie! — zawołał Gerward. — Ojciec Święty nie może być w matni, to nie uchodzi, by go władcy świeccy pętali. U nas w Polsce jest takie przysłowie, że trzeba tak działać, aby wilk był syty i owca cała. A przecież tyś jest pasterz, ojciec owczarni! No, Ojcze...

— Gerwardzie... — jęknął papież i wychylił kielich na raz. — Oj, Gerwardzie...

— Na wilku mi nie zależy, ale owcę ocalić musimy — szedł na całego biskup włocławski.

— Będzie ostoją wiary? — poważnie spytał Jan XXII.

— Dopóki mu tchu starczy.

— Z poganami się nie zbrata?

— Nigdy!

— Ze schizmatykami?

— Z nimi zbratali się Krzyżacy — przypomniał Gerward błyskawicznie.

— Świętopietrze?

— Masz to na piśmie, w suplice.

— Dobrze, znajdę jakiś sposób — skapitulował Jan. — Moi legiści zajmą się tym od rana. Napij się ze mną wina z francuskiej winnicy.

— Każda, z której zbierasz, jest winnicą Pana — pochlebił mu Gerward i napili się. Serce biskupa włocławskiego powoli zaczynało normalnie bić.

Może nie zatoniemy, pomyślał. Może zdążymy przed odwilżą.

Przeszedł do sprawy, mówiąc:

— Jest jeszcze taki drobiazg, mała rzecz, warto od niej zacząć, żeby później nie wracała...

— Co takiego? — uniósł brwi Jan.

— Jest ekskomunikowany — odchrząknął Gerward. — Janisław wspominał pewnie? Mówię o naszym przyszłym królu...

— Ach tak, pamiętam — przewrócił oczami papież. — Musi się z biskupem krakowskim pogodzić, wtedy zdejmę klątwę.

— No to już się pogodził — na wyrost obiecał Gerward z promiennym uśmiechem. — A, czy w imię specjalnej miłości pasterza do owczarni nie dałoby się specjalnych darów duchowych dla księcia?...

— Gerward — pogroził mu palcem papież. — Nie zdejmuję klątwy na wyrost. Będzie dokument od Muskaty, że wrócił do diecezji, będzie oczyszczenie księcia. Ta sprawa ciągnie się długo.

— I bez złej woli Władysława — zastrzegł biskup włocławski. — Wracając do darów...

— Duchowych — uściślił Jan XXII.

— Innych nam nie trzeba, Ojcze Święty — błysnął zębami w uśmiechu Gerward. — Cóż złoto znaczy wobec łaski?

Papież pił wino w milczeniu i wpatrywał się w krucyfiks wiszący na ścianie. Po dłuższej chwili odezwał się:

— Jest taki stary zwyczaj, stosowany czasem wobec nielicznych władców, najukochańszych synów Kościoła...

— To nasz książę — podpowiedział Gerward. — Właśnie on.

— ...że papież może obdarzyć go całkowitym odpuszczeniem wszystkich win...

— Indulgencja grzechów *in articulo mortis* — podchwycił rozpromieniony Gerward. — Cudowne, aż tak wiele się nie spodziewałem, odpuszczenie grzechów w obliczu śmierci, książę będzie zaszczycony.

A muszę wspomnieć, że małżonka książęca, świątobliwa pani Jadwiga, krewna wyniesionych na ołtarze...

— No to dla obojga — zgodził się Jan XXII i wypił wino, a sługa znów napełnił mu kielich.

— Jestem taki szczęśliwy — zapewnił Gerward. — Nasza księżna kocha klaryski. Obdarza je swymi względami i wspominała mi czasem, że tak jej brakuje możliwości wejścia do zamkniętej części klasztoru. Jej pobożność świeci przykładem, to siostrzenica świętej Kingi z Arpadów — podpowiedział.

— O! — zaciekawił się Jan. — Szlachetne pokrewieństwo.

— Coś dla niej? — przekrzywił głowę Gerward. — Coś specjalnego?

— Zgoda na wchodzenie za klauzurę ucieszy twą panią? — spytał papież. — Świeckim normalnie jej nie dajemy, ale skoro już jestem dzisiaj tak hojny...

— Księżna Jadwiga będzie zachwycona! Czy mogę prosić, by zgoda dotyczyła nie jednego, ale trzech klasztorów?

— Trzech? — jęknął Jan. — Zgodę dajemy rzadko i zawsze na jeden klasztor.

— Ale nasza pani obdarza miłością klaryski krakowskie, sądeckie i gnieźnieńskie, gdzie życie zakończyła jej matka, księżna Jolenta, siostra rodzona — podkreślił z naciskiem — świętej Kingi.

— No dobrze. Zapomniałem na chwilę o świętej Kindze. Niech będzie.

— Mój Boże, jakiż Ojciec Święty łaskawy! — ucieszył się Gerward. — To jeszcze spytam, skoro dzisiaj płynie ten strumień dobrodziejstw, czuję się jakiś ośmielony. Spytam o łaski dla poddanych. Z okazji koronacji królewskiej warto pokazać szczodrość następcy świętego Piotra. Niech lud Królestwa odczuje świętość tej wielkiej chwili...

— Gerwardzie — Jan oparł na stole łokieć z kielichem — jeszcze koronacji nie było.

— Ale będzie. Ojciec obiecał.

— Obiecałem — zaśmiał się Jan — że wilk będzie syty i owca cała.

— No to proszę jeszcze o specjalne błogosławieństwo dla poddanych. Coś spektakularnego, coś, na co pozwolić może sobie tylko następca świętego Piotra — złożył palce w piramidkę Gerward.

— Odpust — z namaszczeniem powiedział papież. — Dwudziestodniowy dla tych, którzy będą się modlić za pokój dla Królestwa i zbawienie dusz panujących.

W duszy Gerwarda rozbrzmiały fanfary.

— I czterdziestodniowy dla wiernych, którzy w obecności księcia będą uczestniczyć we mszy — dołożył Jan.

Gerward, mistrz pieniądza w gotówce i asygnacie, wypił duszkiem kielich francuskiego wina, bo bał się, że puszczą mu nerwy, a z oczu popłyną łzy. Pamiętał sen swego brata, Stasia, gdy obaj gnili w lochu kujawskich braci. Pamiętał archanioła z tego snu i słowa gniewne o jego, Gerwarda, winie. O tym, że jego chciwość mogła przywieść księcia do zguby. Teraz czuł się jak pokutnik po długiej pielgrzymce dochodzący do Ziemi Świętej, klękający przed Chrystusowym grobem, który po latach spędzonych w drodze nie czuje bólu w nogach i krzyżu, tylko rozpływającą się po ciele i duszy rozkosz spełnienia celu. I modląc się dziękczynnie, zapomina o własnych intencjach i prosi dla innych. I dostaje.

Groźny archaniele Michale ze Stasiowego snu — zaszeptał w duszy Gerward. — Widzisz? Przysięgałem, że się zmienię, i zobacz, dokąd dotarłem.

— Wina? — spytał Jan XXII. — Coś tak zmarkotniał, bracie biskupie?

— Błogość czuję — odpowiedział Gerward.

— Polej biskupowi — skinął papież na sługę. — A ty dla siebie nic nie chcesz?

— Nie! — zerwał się Gerward jak oparzony i przeżegnał się. — Broń Boże!

— Siadaj, jeszcze będzie deser. Armand, przynieś nam krem migdałowy i słodkie wino — skinął na pokojowca Jan. — Wiesz, muszę ci się z czegoś zwierzyć, Gerwardzie.

Papież przysunął się do niego i przyłożył wypielęgnowaną dłoń do ust.

— Mam słabość do tajemnych darowizn — powiedział niezbyt głośno. — Zbieram ten pieniądz z całego świata i zbieram, a przecież nie dla siebie, dzieci nie mam, do grobu nie zabiorę. Wszystko dla Kościoła. I czasem nachodzi mnie potrzeba, by coś uszczknąć i podarować bezimiennie jakiemuś…

— …podupadającemu klasztorowi? — podpowiedział Gerward. — Znam to. To jak nagłe burczenie w żołądku — zmrużył oczy, opisując. — No nie można uciszyć. Brzęczy i brzęczy i wtedy wiem, że muszę coś komuś dać, podarować, ale skrycie…

— No właśnie! — klepnął go poufale w ramię Jan. — Skrycie. Dominikanom często daję przez podstawionych ludzi.

— Ojcze — szepnął Gerward — ja swoim też dawałem. Z dziesięcin z Pomorza Gdańskiego, wiesz, tego, co nam Krzyżacy zagarnęli... U nas franciszkanie mocni, bracia z Zakonu Kaznodziejskiego nie mieli przebicia, a wolałem, by nauczali, a nie chodzili na żebry, to im tego...

— Ale po cichu? — upewnił się Jan.

— Po cichu — szczerze potwierdził Gerward. — Niech nie wie prawica, co czyni lewica. Bo jak raz dasz w majestacie...

— W tym rzecz. Dasz palec, chwycą rękę. I wtedy już nie możesz dawać kierowany tą wewnętrzną potrzebą, tym, jak powiedziałeś, burczeniem w brzuchu, tylko musisz dawać, bo stoją w kolejce — pokiwał głową Jan. — O! Jest nasze słodkie wino i krem. Spróbuj.

Sługa ustawił przed nimi srebrne miseczki i nieduże, czyste kielichy. Polał wina o barwie miodu.

— Doskonałe — rozpłynął się Gerward.

— No to co chcesz dla siebie? — spytał papież, gdy upili po łyczku.

— Nic — trzymał się Gerward. — Dostałem odpusty dla wiernych z okazji powrotu korony na skronie piastowskie, mogę umierać.

— To dam ci prawo do testamentu — powiedział Jan między jedną a drugą łyżeczką kremu. — Będziesz mógł część majątku ruchomego jakiemuś świeckiemu krewnemu zapisać.

— Ja większość najbystrzejszych krewniaków zabrałem do stanu duchownego — powiedział Gerward, rozkoszując się słodyczą. — Szkoda ich na rozmnażanie.

— Słusznie — skinął głową Jan. — To trzeba o nich zadbać. Wybierz jakieś kanonie z dobrym dochodem i niech ci w mojej kancelarii zapiszą.

— Bóg zapłać — odpowiedział zdumiony Gerward. — Ale ja naprawdę już dostałem od Waszej Świątobliwości tak wiele, zwłaszcza dla mego Królestwa, że umrę szczęśliwy...

— Ty się nie spiesz — oblizał łyżkę kremu Jan. — Ale jakbyś chciał umierać, przyznam ci także odpuszczenie win w godzinie śmierci. I następcom twoim.

— Strumień łask — wyszeptał Gerward, bo przecież o nic dla siebie nie prosił.

— Spotkamy się w sprawie procesu krzyżackiego, to mi jeszcze podpowiesz.

— Sam będę zeznawał — wyprężył się biskup włocławski.

— Wiesz, żal mi cię z Awinionu odsyłać — odsunął pustą czarkę po kremie Jan. — Dobrze się rozumiemy. Wiele nas łączy.

Przed oczami Gerwarda zalśnił kardynalski kapelusz, a chór papieski zaśpiewał w jego głowie radosny psalm. Przez chwilę był w niebie. Słodycz wina i kremu migdałowego, hojność papieża i jego szczera przyjaźń zawróciły mu w głowie radosnym szumem. I wtedy na rondzie wyobrażonego czerwonego kapelusza przysiadł mały, potworny czarny stwór. Próżność. Gerward otrząsnął się. Nie, nie. Nigdy więcej snów Stanisława o ważeniu grzechów przez archanioła Michała.

Ukłonił się gospodarzowi i powiedział:

— Z rozkoszą bym został, Ojcze Święty, ale przyjechałem tu jako sługa i jako on wyjadę. Oczywiście z bullą koronacyjną dla mego pana.

— W takim razie spotkamy się jeszcze nie raz — ucieszył się Jan XXII. — Przygotowanie bulli w tak drażliwej sprawie zajmie mej kancelarii sporo czasu. Módl się, Gerwardzie, żeby Luksemburczyk nie wytoczył dział.

— I lód na rzece nie stopniał do reszty — przeżegnał się Gerward.

KUNO przekroczył granice państwa zakonnego na południe od Torunia jako Krzyżak, ale gdy tylko znalazł się na terenie Królestwa Polskiego, zjechał z traktu. Zeskoczył z siodła i poprowadził konia w las. Chwilę stał i nadsłuchiwał, czy nie dochodzą żadne odgłosy z traktu. Nic, zwykła leśna cisza. Ptaki, szelest koron drzew. Zdjął biały płaszcz i rzucił na ziemię. Nazbierał chrustu, potem większych gałęzi. Bez trudu skrzesał ogień. Czekając, aż ognisko porządnie zapłonie, zdjął zakonną tunikę. Z sakwy przy siodle wyjął przygotowany wcześniej bukłak i nasączył ubrania. Odczekał, aż dobrze wchłoną olej.

Będzie smród — pomyślał i zwinął płaszcz, wkładając w płomienie. Zajmowały go opornie, ale Kuno nigdzie się już nie spieszył. Grzebał kijem w ognisku, dokładał suchych gałęzi i czuł ulgę, patrząc, jak biała materia krzyżackiego płaszcza brązowieje, czernieje, a wreszcie zamienia się w popiół. Po długiej chwili dorzucił tunikę. Z nią poszło łatwiej.

— Z prochu powstałeś i w proch się obrócisz — powiedział, gdy było po wszystkim. Chciał splunąć w dopalający się ogień, ale coś go powstrzymało. To niegodne — pomyślał. — Niegodne.

Na kolczugę zarzucił zwykłą, ciemną tunikę, z sakwy wyjął kaptur i szary płaszcz. Ubrał się, poprawił pas i dogasił ogień. Wrócił na trakt i ruszył na południe, do komandorii joannitów. Obracał się raz po raz. Samotny jeździec rzadko jest bezpieczny. Przez pierwszy tydzień zastanawiał się, czy Zyghard wyśle za nim pościg; obstawiał, że nie. Książę von Schwarzburg był na to zbyt dumny.

Przeleje swą złość na Detlefa — pomyślał Kuno. — Będzie ćwiczył z nim fechtunek, aż Grudziądz zahuczy od plotek, a potem przeniesie młodego chorążego do innej komturii, by uciszyć sprawę. Robił tak już wcześniej i za każdym razem wściekał się, że Kuno nie był zazdrosny. No, nie był.

Po południu Kuno minął łukiem Inowrocław i wybrał mniej uczęszczany trakt na Strzelno. Zaczął zapadać zmierzch, szkoda mu było grosza na gospody, poza tym w księstwie kujawskich braci nie czuł się bezpiecznie. Sporo tutejszych było na rokowaniach z zakonem, ktoś mógłby skojarzyć jego twarz. Jechał dalej, bo skoro na nocleg i tak wybrał las, było mu wszystko jedno, kiedy stanie. Pełnia księżyca zaczęła wschodzić krwawą kulą nad traktem. Czerwony księżyc — pomyślał i zatęsknił za Akką.

Koń szedł coraz wolniej. Muszę się zatrzymać — pomyślał, ale przez chwilę las po obu stronach traktu był zbyt rzadki. Młodniak. Raz i drugi drogę przecięły mu idące na żerowisko sarny. Koń parsknął i stanął.

— Nie dasz rady, mały? — spytał go Kuno.
— Chyba nie — zrozumiał i zsiadł.

Klepnął wałacha w zad i pociągnął w las. Koń zarżał i zrobił dwa kroki do tyłu.

— Jesteś uparty jak osioł — powiedział Kuno i oparł się ramieniem o siodło. — Mój brat Henry miał takiego osła, zwał go Monsieur i musiał błagać, by bydlę…

W tej samej chwil na trakt wypadła grupa jeźdźców na swejkach, małych pruskich koniach.

— Mamy go! — krzyknął smukły mężczyzna jadący na czele.

Kuno zdążył wyjąć miecz, gdy zobaczył wycelowane w siebie strzały. Jeźdźcy mierzyli do niego w biegu, jak Dzicy.

To Symonius — poznał dowódcę — i dawna Rota Wolnych Prusów.

— Trzymać go na celu — rozkazał Symonius i zawołał do niego: — Jesteś otoczony.

— Widzę — powiedział Kuno, patrząc, jak okrążają go ze wszystkich stron.

— Rzuć miecz — zażądał Symonius.

— Widzę — powtórzył i dokończył: — zabójcę Guntera von Schwarzburg. Teraz ja jestem waszą zwierzyną łowną?

— Za pojmanie i uwięzienie Starca należałoby się — rzucił Symonius.

— Dawne dzieje. Ciebie pewnie na świecie nie było, pruski synku! — zakpił Kuno. — Pruski chłopiec dwóm panom służy? Masz jeszcze ten nóż?

— Jaki nóż? — zmieszał się Symonius.

— Ten, który podarował ci Schwarzburg. No wiesz, kościana rękojeść z Najświętszą Marią Panną — rzucił Kuno, sprawdzając wzrokiem, jakie ma szanse.

Mogę dać susa pod koński brzuch — myślał. — Ale czy zdążę uciec do lasu?

— Nie twoja sprawa. Rzuć miecz, mówię — powtórzył nerwowo Symonius.

— Słyszę, co mówisz — grał na zwłokę Kuno, wciąż trzymając lewą rękę na siodle. Płaszcz przysłaniał mu dłoń, resztę powinna zrobić ciemność wieczoru. Na pewniaka wsunął palce do sakwy. Namacał sztylet. I w tej samej chwili usłyszał tętent koni. Z mrocznego zakrętu wyjechało siedmiu jeźdźców. Policzył ich jednym spojrzeniem.

— Złowiliśmy ptaszka — krzyknął do nadjeżdżających Symonius. — Jest wasz, szlachetni komturowie.

Kuno zaklął w duchu. Tak jak on, mieli na sobie szare płaszcze, ale poznał ich w bezlitośnie zimnym księżycowym blasku.

Otto Lautenburg, ten który był głosem Luthera na nadzwyczajnej kapitule w Malborku, gdy odwołano ze stanowiska wielkiego mistrza, Karola z Trewiru. Herman von Oetingen, który zaatakował go na malborskim dziedzińcu. Dietrich Altenburg, Henryk Raus von Plauen i Markward. Otto Bondorf, podsłuchiwacz i donosiciel. I Herman von Anhalt.

— Badacze Pisma Świętego — parsknął śmiechem, wysuwając opuszkami palców sztylet z sakwy. — Przyjaciele Luthera z Brunszwiku. Czy w końcu dowiem się, dlaczego jest was siedmiu?

— Twarda sztuka — powiedział Dietrich Altenburg, podjeżdżając blisko. — Szkoda cię tracić, Kuno, z szeregów braci.

— Wy nigdy nie byliście dla mnie braćmi — rzucił wyzywająco. Nie miał szans i to go ośmielało.

— Oddawaj klucz — przepchnął się obok Dietricha Oetingen.

— Najpierw powiedz, dlaczego was jest siedmiu? — zaśmiał się Kuno, przesuwając pod osłoną płaszcza ostrze sztyletu tak, by móc je ująć. — Spać przez to nie mogłem. Rozumiem, gdybyście bawili się w dwunastu apostołów, ale siedmiu? Co? Siedem grzechów głównych?

— Jesteś nieukiem, templariuszu — prychnął Oetingen.
— Gdybyś czytał Pismo, dotarłbyś do Objawienia świętego Jana — dodał Lautenburg.
— I siedmiu pieczęci — wyniośle skończył Altenburg.
— Ach tak! Bracia poeci — roześmiał się Kuno.

Miał już rękojeść w dłoni. Dawno nie rzucał lewą ręką, ale trudno, kiedyś był w tym dobry.

— Miłośnicy tajemnic — dodał i w tej samej chwili wypchnął nadgarstkiem sztylet, nadając mu wirujący bieg. Usłyszał słodki dźwięk tnącego powietrze ostrza i krzyk Oetingena.

— Trafił mnieee!

To była ta chwila. Kuno zwinął się, by przeskakując pod końskim brzuchem rzucić się między Prusów i dać susa w las. Ale Symonius był szybszy. Rota Wolnych Prusów wypuściła strzały, a te musiały być wyjątkowo wąskie i ostre, bo przebiły kolczugę i niemal przyszpiliły go do końskiego boku. Jęknął mimowolnie, choć uczono go umierać w milczeniu. Koń kwiknął i obalił się na ziemię. Kuno zrobił to samo, jednocześnie, by nie rozerwać ciała. Był grotami strzał zszyty z końskim bokiem.

— Przepatrzeć jego sakwy! — usłyszał. — Szukać klucza!

Roześmiałby się, gdyby tylko mógł. Klucz. Nieistniejący klucz opanował wyobraźnię wszystkich braci. Niech ich piekło…

Koń pod nim konał. Kuno czuł, jak drży potężne ciało wałacha. Rozluźnił mięśnie, by dopasować się do wstrząsów umierającego zwierzęcia.

Ja będę następny — wiedział, ale nie chciał oddać życia przedwcześnie. Chłopcy z Roty Wolnych Prusów dopadli do niego, gdy powietrze rozdarł krzyk Symoniusa:

— Ktoś jedzie!…

Prusowie zatrzymali się, czujni jak zwierzęta leśne.

— Duży oddział, pięć dziesiątek ludzi — rozległ się zdyszany krzyk zwiadowcy.

— W las! — rozkazał Lautenburg. — Wszyscy. Trupa zostawić na drodze.

— A klucz? — zawołał Oetingen.

— Nie przyda nam się, jeśli za chwilę będziemy martwi — odkrzyknął Lautenburg i w okamgnieniu wszyscy pomknęli w zarośla.

Kuno oddychał coraz wolniej, oczy zachodziły mu mgłą.

— Martwy koń i zastrzelony jeździec — usłyszał krzyk. Po polsku.

— Sprawdź, czy żyje — rozkazał ktoś. — A ty powiadom księcia.

Ktoś doskoczył do niego i pochylił ucho nad piersią Kunona.

— Żyje — powiedział. — Dostał dwanaście strzał, ale żyje.

Ocknął się, gdy kładli go na wozie wyścielonym futrem. Pierś, barki, ramiona, brzuch, wszystko mu pulsowało.

— Wyjęliście strzały? — spytał cicho.

— Nie — odpowiedział jakiś stary, długobrody mężczyzna. — Zabilibyśmy cię, wyciągając groty. Moim ludziom udało się odczepić cię od martwego konia. Kim jesteś?

— Brat Koendert, templariusz — odpowiedział mimowolnie.

— Templariusz — powtórzył brodacz. — Zatem zrobię dla ciebie, o co poprosisz.

— Kim ty jesteś? — wyszeptał z trudem Kuno.

— Książę inowrocławski Leszek — odpowiedział. — Jadę do Sandomierza.

— Sandomierza... — cicho powtórzył Kuno. — Odwieź mnie, książę, do komandorii joannitów koło Pogorzelicy. Przeprawa przez Wartę...

— Wiem, gdzie to jest — potwierdził książę. — Ale ty nie przeżyjesz podróży, templariuszu.

— Przeżyję — zaprzeczył Kuno. — Podajcie mi sakwę, którą miałem przy siodle.

Przyniesiono mu ją. Kazał wyjąć z niej płaski, kamienny pojemnik. I otworzyć. Podsunięto mu go. Kuno wsunął palce i wymacał opuszkami suche liście. Książę wyjął je z jego palców i włożył mu do ust.

— Wina? — nie wiadomo dlaczego, słusznie domyślił się książę.

Przymknął powieki, na potwierdzenie. Ktoś uniósł mu głowę i podtrzymał. Kuno wziął trzy małe łyki i zmieszał w ustach z ziołami. Przeżuł. Po jego ciele rozniósł się ciepły obłok. Przymknął powieki i ręką dał znak, że jest gotów.

— W drogę! — krzyknął brodaty książę. — Dowieźmy strażnika Świątyni żywego do celu!

Kuno zapadł w letarg. Znów był w Księżycowym Oddziale. Przemierzał pieszo piaski pustyni, zarzucał haki na mury z wypalanej gliny i wskakiwał do wonnych ogrodów. Wspinał się boso po nagrzanej słońcem skale, a potem siedział w namiocie i rozmawiał ze Starcem z Gór, i palił z nim czarny haszysz, przegryzając go nabrzmiałą sokiem brzoskwinią. A potem pił *bhang* z kryształowego kielicha wraz z braćmi z Wieży Przeklętej. Śmiali się i biegli na mury Akki, by sikać z nich w spienione morskie fale. Piekielnie tęsknił za starym życiem. Znów przeklinał Fra`Wilhelma, że nie pozwolił mu zostać. Tak-tak-tak wołał zginąć w Akce, niż być zmuszonym do życia w Prusach. Ej, ej — postukał go długim, jasnym palcem ktoś o szarych oczach — wypełniłeś nasze przyrzeczenie. Nie żałuj, Koendercie. Uwolniłeś dusze wielu Bastów z czyśćcowego ognia.

Czarny, dziwaczny ptak raz po raz przecinał mu obraz z przeszłości. Czarny niezdarny — szepnął do niego Kuno.

— Szpitalnicy od świętego Jana Chrzciciela witają gości — przebił się do jego jaźni głos.

— Książę inowrocławski Leszek przywiózł wam rannego — odkrzyknął ktoś.

Usłyszał gorączkowe nawoływania i wśród nich wyłowił głos Gerlanda.

— Koendert — szepnął bliźniak — żyjesz?
— Uhm — potwierdził.
— Znaleźliśmy go na trakcie za Inowrocławiem. Nie wyjmowaliśmy strzał. Był przytomny, kazał się przywieźć tutaj.
— Jestem twym dłużnikiem, książę — szepnął jego brat.
— Nie — odpowiedział brodacz. — To ja spłacałem dług wobec braci templariuszy. Zawdzięczam im życie.
— Zostańcie na noc w gościnie.
— Spieszę się do Sandomierza.
— Sandomierza? — spytał Gerland.

Dobrze słyszysz, bracie — pomyślał Koendert.
— Tak. Podjąłem ślub — powiedział książę Leszek. — Idę w ślady księcia Henryka.
— Henry — szepnął jego brat bliźniak. — Krzyżowy książę.
— Tak, joannito — odpowiedział brodacz.

Koendert leżał z szeroko rozwartymi oczami, nie mogąc się ruszyć. Wciąż widział czarnego ptaka przecinającego powietrze. To nie ptak — zrozumiał powód niezdarnego lotu. — To gryf.

Chciał pokazać go księciu, ale nie dał rady unieść dłoni. Bezwolny jak cielę — pomyślał o sobie ze wzgardą.

— Z Bogiem! — pożegnał się jego wybawca. Czarny gryf ruszył przed jego orszakiem, ale książę ani jego ludzie nie dostrzegali go.

— Koendercie — jęknął Gerland, dotykając jego twarzy. — Co się stało? Kto?...

— Posłuchaj — szepnął. — Po mojej śmierci zniszcz to plugastwo... wiesz które...

— Wiem. Co z formą, którą dał ci komandor Tybald? Co mam z nią zrobić, bracie?

— Sam zdecyduj... — z trudem przełknął ślinę Koendert.

— Kto cię tak okrutnie?... — spytał Gerland, dotykając strzał.

— Siedem pieczęci z Apokalipsy — odpowiedział z wysiłkiem.

— Nazwiska, błagam — zaskomlał jego brat bliźniak. — Zyghard?

— Nie — jęknął. — Zyghard nic nie wie... Zapamiętaj ich, bracie. Oni przejmą władzę w zakonie, choć są dzisiaj niewidzialni dla drapieżnych jastrzębi. Oetingen. Lautenburg. Altenburg. — Każde słowo sprawiało mu trudność, ale spieszył się, by powiedzieć wszystko. — Bondorf. Plauen. Markward. Anhalt. Ich głową jest Luther... Są straszni, bo niewidoczni... — oddychał ciężko przez chwilę, odpoczywając. — Alfa i Omega, pamiętasz?... Staliśmy z Henrym na skale Krak de Chevaliers i... czytaliśmy... wykute w kamieniu...

— *Sit tibi copia, sit sapiencia, formaque detur, inquinat omnia sola, superbia si comitetur.* „Możesz mieć bogactwo, mądrość i urodę. Jeśli dotknie ich duma, rozpadną się w pył!"

— Tak, Gerlandzie... Rozpadam się w pył.

— Nie, nie! — krzyknął jego brat, aż blizny po poparzeniach posiniały mu na twarzy. — Nie ty!

— Oddaj resztę naszej... należnej... winy. A potem... — Koendert zastygł w pół słowa.

— Odbiorę zemstę — powiedział jego bliźniak. — Siedem razy.

Duch Koenderta stanął przy Fra' Wilhelmie w szeregu templariuszy utkanych ze śmiertelnej mgły. Obnażył miecz i równym krokiem ruszył, mówiąc:

— Tyś jest Alfa i Omega. Po-czątek i Ko-niec.

— Koendercie! — potrząsał jego martwą głową brat. — Nie zostawiaj mnie!...

— ...i Omega. Po-czątek i Ko-niec.

Fra' Wilhelm otworzył przed nim bramę. Koendert wszedł do Świątyni jako jej rycerz. Nigdy nie przestał nim być.

ELIŠKA PREMYSLOVNA czekała na tę chwilę cztery miesiące. Długo, ale przecież nie wieczność. Od dnia, gdy Jan zabrał jej dzieci i kazał wynosić się z twierdzy, nigdy nie zwątpiła, że wróci do gry. I nie myliła się.

Mieszczanie przybyli do niej, do zamku w Mělník, gdzie się

schroniła. Padli na kolana i powiedzieli, że są gotowi oddać jej swe najemne wojska pod rozkazy.

— Najjaśniejsza królowo — powiedział Wolfram, ich przywódca. — Nie wytrzymamy ani dnia dłużej. Król zadusił nas podatkami. Ostatnio narzucił nowy, na kramy praskie. Wiesz, pani, jak go nazywamy? „Jedwabne nogawiczki Eliški Rejčki".

— Co?! — nie zrozumiała.

— Tak, pani — ponuro przytaknął Wolfram. — Ponoć wpływy z nowego podatku twój mąż przekazał królowej wdowie.

— To już nie jest mój mąż — oznajmiła to, co powtarzała ciągle. — Odebrał mi dzieci i pozbawił wszelkich splendorów królowej.

— Ale nią jesteś, pani — przymilnie zaprotestował Wolfram. — My damy ci nasze wojska pod rozkazy, ty wróć w chwale królowej do Pragi i razem stawmy opór Luksemburczykowi. Trzeba działać szybko, króla nie ma, wyjechał na Morawy.

— Vilémie — odwróciła się do starego rycerza z błyskiem w oku. — Co sądzisz?

Potarł starczą dłonią siwy zarost na brodzie. Nie znosiła tego suchego chrzęstu, ale teraz była podekscytowana.

— No cóż — zaczął Zajíc. — To będzie jawny bunt przeciw monarsze.

— A odebranie mi dzieci i uwięzienie małego Václava to było co? Taniec dworski?! Słyszysz? Gnębi mieszczan, by dogodzić jej. Tej…

— Elišce Rejčce — usłużnie podpowiedział Wolfram.

— …jawnogrzesznicy — powiedziała wprost.

Vilém Zajíc rozkaszlał się i odpluł obrzydliwie. Potem odchrząknął cztery razy i wymamrotał:

— Ale za wystąpienie przeciw królowi może czekać nas sąd i śmierć…

— Wiesz co — zwróciła się wyłącznie do Viléma. — Odkąd odebrał mi dzieci, ja nie mam nic do stracenia. A ty jesteś tak stary, że i tak niedługo umrzesz. Zróbmy to razem i albo nam się powiedzie, albo odejdziemy w wiecznej chwale.

Zajíca zatkało, ale zgodził się.

Ten czas, gdy pędzili do Pragi, był najpiękniejszą chwilą w jej życiu. Wreszcie to ona kierowała swym życiem, a nie nią kierowano. I to ją mieszczanie prascy witali jak Jezusa wjeżdżającego do Jeruzalem.

— Nasza królowa!

— Nasza pani wybawicielka!

Rozdawała im uśmiechy i skinienia głową. Patrzyła na umorusane buzie dzieci i wydawały jej się aniołkami. Na brzuchatych, biednych mieszczan, którzy bez jej pomocy nie przeżyją.

— Niech żyje Eliška! — wołali.

— Widzisz, Vilémie? — tryumfowała. — Warto było. Czekali na mnie.

— Niech żyje Eliška Rejčka! — wyrwało się jakiemuś parobkowi, ale natychmiast został skarcony przez ciżbę.

— To nie ta, głupku! Nie poznałeś? Rejčka jest ładniejsza i siedzi w Hradcu.

— I podatek bez nią mamy — dorzucił ktoś drugi.

— Bez tą czy bez tamtą? — spytał ogłupiony parobek.

— Mnie tam za jedno — zaskrzeczała z boku jakaś starucha. — Byłam biedna, jestem biedna i zdechnę biedna.

Eliška nie powinna była tego usłyszeć, ale niestety, jej czujne ucho wyłowiło rozmowę z gąszczu okrzyków powitalnych. Wściekłaby się i kazała obić, ale zwyciężyła w niej wyrozumiała władczyni. Tak, nią właśnie była w tej radosnej chwili, gdy znów wjeżdżała na zamek praski.

Nie przeszkadzało jej, że Wełtawa śmierdzi od letnich upałów. Że wojska mieszczan musiały stoczyć walkę ze strażą Jana pozostawioną na zamku. Ani że znalazła w jego sypialni ślady bytności kobiet. Jedwabną wstążkę od nogawiczki wciśniętą pod poduszkę. Była dorosła i ponad tym wszystkim. Poszła na Białą Wieżę, wdrapała się po schodach i patrzyła z góry na miasto, napawając się swym sukcesem. Oto ona jedna była panią praskiego zamku. Tego, w którym od stuleci władali Przemyślidzi. Teraz nastał czas Eliški Premyslovnej, zbuntowanej królowej Czech.

JAN LUKSEMBURSKI bawił w Hradcu, w którym wciąż jeszcze mieszkała Rikissa.

— Ja jestem twym gościem, pani, czy ty moim? — przekomarzał się z królową wdową.

Był wieczór, siedzieli w namiocie rozbitym nad brzegiem rzeki Orlicy, chroniąc się tam przed nieznośnym upałem. Trzy lwy królowej leżały leniwie jak koty. Królewna Aneżka, jej córka, z Katriną, córką Lipskiego, zaczytywały się w opowieściach o królu Arturze.

— Sir Lancelot ma rysy twego ojca — zauważyła Aneżka, śledząc miniatury.

— A król Artur naszego króla Jana — szeptem dodała Katrina.

— Trinko, podaj nam wino — poprosiła Rikissa swą służkę.
Mała szelma podając mu kielich, patrzyła na niego zalotnie.
— Wracając do twego pytania, pani. Po co ci ta ziemia pod Brnem, którą chcesz kupić?
— Zamierzam wybudować klasztor — odpowiedziała, zaskakując go znowu.
— Sądziłem, że chcesz sobie postawić zamek godny królowej.
Miała na sobie lekką, jedwabną suknię, a na włosach wieniec z kwiatów. Na jej szyi lśniła mlecznym blaskiem jedna perła ujęta w prosty, złoty splot.
— Po co mi zamek? — uśmiechnęła się. — Moja córka niedługo dorośnie i dołączy do swego księcia męża. Miałabym chodzić po komnatach i widzieć pustkę? Sprzedasz mi, królu, wsie pod budowę?
— Coś ci sprzedam, coś ci podaruję — odpowiedział, patrząc w jej oczy. — Czy wtedy mnisi będą się modlić i o moją duszę?
— Mnisi? Nie, królu. Ale mniszki owszem. Chcę założyć kobiece zgromadzenie.
— Zakon królowej Rikissy — powiedział przeciągle.
— Bluźnierca — odpowiedziała mu z uśmiechem — choć król.
A potem wyciągnęła dłoń ozdobioną jednym jedynym pierścieniem, położyła na jego ramieniu i dodała:
— Cysterki, Janie. Siostra mego ojca, króla Przemysła, była cysterką w Owińskach. Od niej dostałam swoją pierwszą książkę, modlitewnik.
Przyjrzał się pierścieniowi na jej palcu.
— Wciąż nosisz piastowskiego orła w koronie — powiedział.
— Bo jestem polską królową — odrzekła. — Ostatnią, którą ukoronowano dawną koroną. I jednocześnie byłam pierwszą Piastówną na polskim tronie.
Ujął jej dłoń i pogłaskał. Nie cofnęła palców.
— Ja też jestem polskim królem — powiedział, patrząc jej w oczy.
— I tak, i nie — odpowiedziała łagodnie. — Przyjąłeś tytuł, jakbyś go odziedziczył...
— Zapis z Klęki — wszedł jej w słowo, ale nie pozwoliła mu dokończyć.
— Znam zapis z Klęki. Czytałam dokumenty z kancelarii Václava — zmarszczyła brwi. Wyglądały jak pociągnięte złotem. — Możesz się na niego powoływać, Janie, twoje prawo. Ale nie zmienisz faktów: książę Władysław opanował Królestwo. To niezwykły człowiek. Wszyscy mówiąc o nim, skupiają się najpierw na jego wzroście. Oponenci

powiedzą pogardliwie „Karzeł". Miłośnicy nazwą go „Mały Książę". Wygnany i nieugięty, Janie. Ja zostałam królową prawem krwi i małżeństwa z Václavem, o którym w Polsce mówią „złoty uzurpator". Ty wywodzisz swe prawa od poślubienia jego córki. A w Królestwie Polskim kochają Władysława, bo jest taki jak tamtejszy lud: uparty i niezniszczalny, pełen wad, ale i wzlotów. Jest ludzki.

— A ja?

— Ty dla Polaków zawsze będziesz obcy — powiedziała szczerze.

— Dlatego odpuść, Janie. Radzę ci jako przyjaciółka. Odpuść, bo niczego nie zyskasz.

— Jego legiści w Awinionie walczą o prawa do koronacji, wiem, śledzę ich ruchy, a moi prawnicy naciskają na papieża równie mocno.

— Z tego, co donoszą z Awinionu, twoi prawnicy stosują wyłącznie retorykę negatywną — powiedziała, mrużąc oczy. — Zaprzeczając prawom Władysława do korony.

— Każda droga jest dobra, bylebym doszedł swego — wzruszył ramionami.

— Słyszysz, co mówisz? — zacisnęła palce na jego dłoni. — Jeśli tak, odpuść.

— Nie mogę ci tego obiecać — odpowiedział szczerze. — Żaden władca nie zrezygnuje z czegoś, co mu się należy.

Puściła jego dłoń i zabrała rękę. Uniosła ją. W pierwszej chwili naiwnie pomyślał, że chce pocałować palce, których dotykał przed chwilą. Rozczarował się szybko. Rikissa uniosła dłoń do oczu i przysłoniła je przed ostrymi promieniami zachodzącego słońca. Wypatrywała czegoś. Na jej policzki wystąpiły mocne rumieńce. Przygryzła wargę i nim powiedziała, wiedział, kto jedzie.

Lipski zeskoczył z siodła niemal w biegu. Nie bawił się w pokłony i uprzejmości.

— Janie — zawołał. — W Pradze bunt mieszczan! Najemne wojska wkroczyły do miasta i wyparto twą załogę z zamku. Na czele powstania stoi królowa Eliška, która wezwana przez rajców tryumfalnie wjechała do miasta.

— Skąd to wiesz?! — zerwał się z krzesła.

— Wszędzie mam swoich ludzi — odpowiedział. — Bierzmy wojsko i jedźmy do Pragi.

— Wojsko? — wycofał się Jan. — Nie mam swoich wojsk.

— Masz moje — odpowiedział Lipski. — I całe rycerstwo czeskie. Przysięgaliśmy ci w Domažlicach i żaden z nas nie cofnie słowa.

— A Vilém? — spytał.

Henryk przetarł spocone czoło dłonią.

— Jest z nią — odpowiedział. — Ale robi to tylko z litości. Ma przy sobie garstkę zwolenników.

— Bronisz go? — zdziwił się Jan.

— Umiem zrozumieć wierność starego rycerza — hardo odpowiedział Lipski.

Rikissa nie krępując się jego obecnością, podeszła do Henryka i ujęła jego twarz w dłonie. Pochylił głowę ku niej i wsparli się o siebie czołami. Lipski otoczył ramionami jej talię i Jan dopiero teraz dostrzegł, jak jest szczupła pod szeroką suknią.

— Uważaj na siebie, kochany — powiedziała. — I wróć do mnie.

— Przysięgam — obiecał jej szeptem.

Pocałowali się przy nim, aż Jana przeszedł dreszcz. Potem Rikissa odwróciła się i zobaczył jej wilgotne usta. Nie spuścił wzroku.

— Janie, pamiętaj, że jest matką twych dzieci — powiedziała. — Zbłądziła, ale powstrzymaj złość i nie zrób jej krzywdy. Lud nie wybaczy ci krwi Przemyślidów, nawet jeśli ma tę samą barwę co krew tkaczki.

Nie mógł oderwać od niej wzroku. Od światła zachodzącego słońca, które prześwietliło jej rzęsy i osiadło na podbródku.

Lśniąca Pani — pomyślał, patrząc — Czarodziejka z Jeziora.

Ruszyli. Henryk z Lipy był przy nim i jego ogier dotrzymywał kroku galopowi ogiera Jana, a dwa skrzyżowane pnie na chorągwiach furkotały gniewnie. Weszli w Pragę jak nóż w masło, tnąc do pnia najemników mieszczan.

— Na zamek! — krzyczał Lipski z obnażonym mieczem w dłoni.

Był jak taran, przed którym pękały bramy. Jan nie ustępował swemu podkomorzemu, ale był świadom, że to Henryk wyrąbuje im drogę do zamku.

— Wyciąć! — rozkazał. — Nie brać jeńców!

Jego kusznicy odstrzelili obrońców bramy i wpadli na Hradczany. Usłyszeli dzwony od Świętego Jerzego i zobaczyli mniszki ze świecami w dłoni idące korowodem do klasztoru.

— Eliška opuściła zamek — zawołał Lipski.

Zakonnice udawały, że nie słyszą i nie widzą wojsk. Opatka spokojnie intonowała psalm, aż zniknęły w klasztornej bramie.

— Skąd wiesz? — krzyknął do niego Jan.

— Wyszła z mniszkami — odpowiedział Henryk, gdy ostatnia,

maleńka jak dziecko zakonnica, zniknęła za furtą. — Jak kiedyś moja pani. Nie słyszałeś, że kobiety pomagają sobie niezależnie od tego, po której stoją stronie?

— Nie sądziłem, że dotyczy to i mojej żony — powiedział.

Zamek znów należał do niego, a z bram i baszt spuszczono luksemburskie lwy na chorągwiach.

Przez tydzień walczyli o miasto. Ludzie królowej, czy też raczej najemnicy mieszczan, trzymali się mocno w jednej z dzielnic. Po ósmym dniu szturmów Lipski poradził:

— Negocjuj, Janie.

I król przystąpił do rozmów. Wolfram, który zwał się przywódcą powstania, żądał zdjęcia z kramów miejskich podatku i przywrócenia swobód z czasów Premysla Ottokara II. Jan z uwagą wysłuchał każdego roszczenia i zrobił to, co Lipski przed laty — obiecał wszystko, czego chcieli. Zaskoczeni łaską króla mieszczanie oddali mu Pragę. Jan zwyciężył.

A po dwóch tygodniach, gdy życie wróciło do normy, kazał wyłapać przywódców buntu i wygnał ich z kraju. Nie postawił szubienic jak Władysław w Krakowie, ale bez mrugnięcia okiem złamał wszystkie postanowienia, jakie z nimi zawarł. I obłożył mieszczan karami, które złamały ich potęgę. Król był jeden i od dzisiaj wyłącznie zwycięski. A pamięć o królowej połączyła się na zawsze ze wspomnieniem porażki.

GERWARD LESZCZYC biskup włocławski szedł z kardynałem Arnoldem przy boku przez długi korytarz wiodący od schodów wejściowych do drzwi komnaty audiencyjnej w Awinionie. Mówiło się kiedyś, że młyny watykańskie mieły wolno; awiniońskie pracowały szybko, ale to i tak oznaczało pół roku.

Kapelusz kardynała Arnolda lśnił purpurą, a chwosty po obu jego bokach kołysały się majestatycznie. Oko Gerwarda raz po raz biegło do nich kuszone ruchem wytwornego tańca.

Nie, nie i nie — powtarzał w duchu rytmicznie, a gdy przez moment jego dusza wołała „tak, tak, tak", natychmiast chwosty kardynalskie zamieniały się w wizerunek dwóch szalek wagi.

Wyobraźnię to ty masz, Leszczycu — pochwalił się w duchu i skarcił jednocześnie.

Mijali Petera z Aspeltu, który wraz z hrabią Bertholdem siedział na końcu poczekalni. Widząc Gerwarda, Berthold zerwał się gniewnie, arcybiskup moguncki przytrzymał go za ramię, pociągnął. Leszczyc skinął im głową, nie zatrzymując się. Na policzki mogunckiego lisa wyszły czerwone rumieńce.

Nie każdemu do twarzy w purpurze — przeszło przez myśl Gerwarda.

Kilka kroków dalej czekał Werner von Olsen, zastępca wielkiego mistrza krzyżackiego. Gerward zatrzymał się przy nim na chwilę.

— Gdzie szanowny Karol z Trewiru? — zapytał z troską, składając palce w piramidkę.

— Chory — odpowiedział Werner z wściekłością.

— Zdrowia życzę — współczująco skinął głową Leszczyc i ruszył dalej. Odwrócił się do kardynała i powiedział z westchnieniem: — Nasz drogi Awinion! Jeszcze nie odebrałem bulli, a po minach petentów widzę, że są zmartwieni tym, co zawiera.

Arnold rozłożył ręce w geście bezradności.

— Cóż chcesz, drogi Gerwardzie! W końcu gdzie, jak nie tutaj, krzyżują się drogi najwybitniejszych dyplomatów naszego świata!

Chwosty kardynalskiego kapelusza Arnolda zadyndały i Gerward pokornie przyjął komplement, nie myśląc o niczym więcej.

Straż papieska otworzyła im drzwi szeroko i weszli.

Jan XXII siedział na tronie w tiarze na głowie i purpurowym płaszczu, a stopa w trzewiku z czerwonej tłoczonej skóry spoczywała na podnóżku.

Wolę go prywatnie — pomyślał Gerward. — To w gruncie rzeczy taki skromny człowiek.

— *Vicarius Christi* — śpiewnie zawołał kanonik z boku papieskiego tronu. — *Successor principis apostolorum. Summus Pontifex Ecclesiae Universalis!*

Gerward pochylił się w ceremonialnym ukłonie i czekał.

— Zbliż się, przyjacielu — powiedział Jan XXII. — Peter z Aspeltu czeka na audiencję.

— Wiem — odpowiedział zaniepokojony Gerward. — Mijałem go.

— Są najświeższe wieści z Pragi. Król Jan Luksemburski pokonał bunt mieszczan. Panowie czescy dali mu dowód pełnej wierności, dochowali postanowień z Domažlic.

Psiakrew — przełknął ślinę Gerward — to znaczy, że pozycja Jana wzrosła nadzwyczajnie.

— Ale dałem ci słowo — powiedział papież — i mam dla ciebie owcę całą.

Skinął na kancelistę, a ten pokazał trzy zwoje.

— Dwa tajne, jeden dla księcia twego, drugi dla arcybiskupa Janisława, w których wyjawiamy swą pełną przychylność dla sprawy koronacji. I oficjalną bullę, która zapewnia Władysławowi to, czego potrzebuje. Robercie, odczytaj memu przyjacielowi stosowny fragment.

Kancelista odwinął pergamin i zaczął czytać. Najpierw w całości przytoczono suplikę koronacyjną z Sulejowa, potem słowami papieża potwierdzano koncepcję Królestwa Polskiego w granicach, jakie podał Gerward, daleko przekraczających to, co dzisiaj miał w swym ręku książę. Z Pomorzem, a jakże. W kolejnym zdaniu bulla uznawała doniosłość aktu koronacji dla Polski i papiestwa. Gerward wstrzymał oddech.

— Ponieważ znane nam są jednak — czytał kancelista dalej — prawa króla Jana z Luksemburga, które w jakimś sensie mu przysługują, pragnąc każdemu zachować jego prawa i nie zamierzając o ważności żadnych przesądzać, zgadzamy się, byście waszych użyli, nie naruszając innych...

— Janie — skwitował Gerward. — Dałeś im wilka sytego!

— Nie, przyjacielu — uśmiechnął się szeroko Jan XXII — dałem ci najpierw owcę całą. Luksemburczyk wobec tej bulli nie będzie mógł złożyć żadnego protestu! W końcu uznaję, że ma jakieś prawa, bliżej nieokreślone. Nic się nie martw, sztab awinioński pracował nad tą perełką. W listach prywatnych masz moją pełną zgodę, wobec księcia i arcybiskupa. Jakby mi się szybko zmarło, przedstawicie listy z pieczęcią papieską.

— Masz dla siebie indulgencję grzechów *in articulo mortis?* — zmartwił się Gerward. — Mnie i księciu dałeś.

— Jeszcze nie — pokręcił głową Jan — ale się i za to wezmę. Wracając do bulli, bo tylko ona jest ogłoszona do wiadomości ogółu. Legiści króla luksemburskiego nie będą mieli na czym się zaczepić.

Purpurowe rumieńce Petera z Aspeltu — z rozkoszą przypomniał sobie Gerward.

— ...więc mogą składać protesty, które będą brzmiały jak lament, a nie jak wywód prawny. Przypomną akt z Klęki, moi kanceliści odpowiedzą, że wiemy, znamy, rozumiemy, ale cóż zrobić, król Władysław już koronowany, a namaszczenia cofnąć się nie da, skoro było zgodne z papieską wolą. Proponuję jednak, byście znaleźli precedens, coś, co odróżni koronację Władysława od poprzednich, by Jan nie dowodził, iż ten wszedł w jego prawa. Janisław jest dobry w te symboliczne sprawy, omów to z nim. W listach prywatnych, jeszcze raz podkreślam, masz wyraz mej miłości do twego Królestwa i pełną zgodę. No, nie bez znaczenia będzie teraz szybkość — mrugnął do niego Jan.

— Dobrze, że o tym wspominasz, Ojcze Święty — powiedział Gerward. — Bo przyniosłem spisaną zgodnie z wymogami kurii skargę na Zakon Szpitala Najświętszej Marii Panny. — Teraz on mrugnął do Jana XXII. — Skoro z dzisiejszą datą uznałeś Władysława za króla niepodległego od cesarstwa i Niemiec. Za władcę Królestwa, które podlega wyłącznie stolicy apostolskiej, to ja od razu, w imieniu tegoż króla, składam oficjalną skargę twego poddanego na bezprawne i brutalne odebranie Królestwu Pomorza Gdańskiego. Pomorza, o którym bulla dzisiejsza mówi jako o integralnej części tegoż kraju.

— Na pewno przemyślałeś me propozycje? — Jan pokazał na kardynalski kapelusz.

Gerward z całych sił zacisnął palce.

— Każda z nich jest nieodżałowana — powiedział. — Jedyna i niepowtarzalna. Ale ja, Ojcze Święty, wciąż jestem na służbie. Wrócę z wynikami procesu — obiecał.

— Kogo zamianujemy sędziami? — spytał papież.

— Ja muszę zeznawać — jęknął Gerward. — Jako świadek, to moja diecezja.

— To tak: mój ukochany syn, Janisław… — powiedział papież i dał mu znak, podpowiadając: — Jeden biskup i jeden opat.

— Domarad, nowy biskup poznański — szybko wymienił Gerward — i opat z Mogilna. To u mnie, na Kujawach.

— Zgadzam się — ceremonialnie dał znać Jan. — Proces życzę sobie skrócony, byś, przyjacielu, przyjechał tu szybko. Robercie, notuj tezy do bulli — skinął na kancelistę. — Sędziowie mają zbadać sprawę i gdy orzekną prawdziwość zarzutów, od razu mają wydać wyrok i zmusić zakon do zwrotu Pomorza księciu, przepraszam, królowi, Władysławowi. Następnie zwrot ma objąć także stracone dochody z Pomorza, zarówno dla Władysława, jak i dla stolicy apostolskiej. Zaznacz, iż majestatem swego urzędu pozbawiamy zakon wnoszenia apelacji. Wyznaczeni przez nas sędziowie mają prawo stać się od razu wykonawcami wyroku. Wozy nie mogą stać puste — mrugnął do Gerwarda.

— Mam to zapisać? — spytał Robert.

— Nie musisz — zaśmiał się Jan XXII. — Kto ma uszy, niechaj słucha!

— Bracie Robercie — spytał troskliwie Gerward. — Nie wiem,

czy słyszałeś chwilę wcześniej, jak Ojciec Święty mówił, że nie bez znaczenia jest teraz szybkość?

— Mam uszy — zarumienił się Robert.

— Doskonale — pochwalił to wyznanie Gerward. — Skoro tak, poczekam i wrócę do kraju, wioząc obie bulle.

— Kolacja dzisiaj? — zaproponował Jan.

— Wyłącznie apostolska — skromnie odpowiedział biskup włocławski.

WALDEMAR ledwie dał radę przyjechać do Bernwaldu. Czuł się fatalnie.

Jestem żywym trupem — pomyślał — a mój giermek, Jona, już o tym wie. Któregoś razu zawołam go, by pomógł mi posmarować stopy siarkową maścią, a on ucieknie z wrzaskiem i nigdy nie wróci.

Opłacał Jonę. Wciskał mu w garść srebrną monetę raz na tydzień, ponad przysługujący żołd. Jona brał wstydliwie, spuszczał głowę, bąkał „dziękuję, panie" i chował srebro.

W jego interesie jest, bym pożył jak najdłużej — trzeźwo myślał Waldemar — nim wykituję, Jona zbierze fortunę.

Margrabianka Agnieszka, żona Waldemara, skończyła już dwadzieścia lat. Przeoczył chwilę, w której przeobraziła się z chudej, bladej i wiecznie zastrachanej dziewczyny w kobietę. Teraz miała gęste włosy, promienną cerę i piersi wyraźnie odbijające się pod suknią. To się musiało stać, gdy on, jak pies, ganiał za Blute i świata poza miodowowłosą nie widział. Pewnie jeszcze przed śmiercią Mechtyldy. Tak, wrócił z wyprawy na Starszą Polskę ledwie żywy, poszarpany, z niegojącymi się ranami na całym ciele; tymi dziwnymi pamiątkami po snach, w których płonął. Wrócił i szukał swej dziewczyny, ale Blute rozwiała się jak dym. Przepadła niczym kamień w wodę. Wysłał łowczych, by przeczesywali lasy; nie znaleźli jej. Puścił cichych ludzi, ani śladu. Cierpiał, tak, rozkładał się żywcem jak trup, od którego różnił się tylko tym, że wciąż biło w nim serce. Na pogrzebie Mechtyldy ledwie ustał w kościele, na ucztę żałobną nie poszedł, nie miał sił. Żona była przy nim, troskliwie podawała mu ramię, by się na niej wsparł. Tak, widział ciekawskie spojrzenia. Dostrzegł także te, które mężczyźni wlepiali nie w niego, a w Agnieszkę. Wypiękniała, zrozumiał, podoba się. Co z tego, kiedy on już nie miał sił? Trzewia rwała mu tęsknota za Blute, a do łoża małżonki musiałby pomóc mu wejść Jona. To na nic. Mechtylda ten ostatni raz miała rację — wymieramy.

Złapał się jeszcze jakiejś straceńczej myśli, że pobożne darowizny kupią mu życie, a może i dadzą potomka? W końcu wystarczyłoby choć trochę ozdrowieć i spróbować z żoną. Henryk, biskup Havelbergu, podpowiedział mu, że fundacja kościoła może sprawić cuda, że niejeden władca tak ocalił przedłużenie dynastii. Waldemar nie wierzył w takie rzeczy. Dynastie przedłuża się w łonie płodnej żony, ale już nie miał nic do stracenia, więc dobre i to. Skoro biskup uważa, że płacąc za kamień, zaprawę, żelazo, drewno i pracę mistrzów budowlanych, można kupić łaskę, niech i tak będzie. Dorzuci coś na cystersów z Chorina, dwie dziesiątki mnichów modlących się dzień w dzień? Może.

Po to przyjechał do Bernwaldu, do zamku, który w dawnych czasach należał do margrabiego Albrechta, ojca ich brandenburskiej siostry, królowej Małgorzaty. Żony Przemysła II. No, no, koło fortuny lubi przekręcić się ze zgrzytem. To on przed laty zapłacił za głowę Przemysła, chcąc zająć jego miejsce. W niego, Waldemara Wielkiego, syna margrabiów i siostry króla, Konstancji Piastówny, wszyscy wierzyli. I dzisiaj upadł tak nisko, że w tym właśnie zamku umawia się z biskupem, by zapłacić za mglistą nadzieję na przedłużenie dynastii.

Albrecht nie żyje, królowa Małgorzata nie żyje, Mechtylda też i został tylko on.

Gdzie się podziałaś, wielka Brandenburgio? — pomyślał, wjeżdżając przez zamkową bramę.

Uniósł głowę i spojrzał na trzepoczącą na wietrze chorągiew z czerwonym orłem. Jego własny herbowy już nie latał; jechał na taborowym wozie.

Waldemar poczuł kwaśny, niedobry smak w ustach. Strzyknął śliną wprost pod nogi mijającego ich sługi. Ten, choć wysoki i rosły, skulił się momentalnie, chowając twarz w poszarpanym kapturze. Targał spory kosz jajek.

— Z drogi! — krzyknął Fritz. — Margrabia Waldemar Wielki jedzie!

Sługa chciał odsunąć się na bok, ale ogier Waldemara zrobił nieprzewidziany krok, jakby chciał go kopnąć. Chłopak wystraszył się, zatoczył, kosz wypadł mu z rąk i jaja posypały się pod kopyta.

— Obrzydlistwo — powiedział Waldemar, patrząc na żółtą maź. — Sprzątnijcie to, nim przybędzie biskup.

Zatrzymał się pod stajnią i czekał, aż Jona pomoże mu zsiąść. Nie przyjmował pomocy od nikogo innego; giermek umiał tak go podtrzymać, by niewprawne oko nie widziało, że z Waldemarem naprawdę jest źle.

— Zaprowadź mnie do komnaty — powiedział. — I weź ze sobą tę piekielną maść.

Podszedł do nich Jorge, jego notariusz, i spytał:

— Chcesz, panie, spojrzeć na dokumenty fundacyjne, zanim przybędzie biskup?

— Może później. Poślę po ciebie — wymijająco odpowiedział Waldemar.

— Coś ci jest, margrabio? Nie czujesz się dobrze? — Jorge przyjrzał mu się uważnie.

— Zaszkodziła mi wczorajsza wieczerza — skłamał Waldemar. — Położę się i jutro będę zdrów. Idziemy, Jona.

Był wyczerpany, gdy wreszcie doszli do komnaty. Padł na świeżo przygotowane przez służbę łoże.

— Zimno tu — powiedział. — Każ rozpalić.

— Jak każesz, panie, choć mnie się zdaje, że duszno.

Jona zdjął mu buty, w komnacie uniósł się paskudny smród psującej się stopy. Giermek ukrył wstręt, odwracając głowę, a potem ostrożnie rozwinął płócienne opaski i nasmarował nogi maścią. Przez chwilę Waldemar poczuł ulgę.

— Podaj mi kielich mocnego wina i wróć po orła. Jest w koszu na wozie.

Waldemar wysupłał monetę i wcisnął giermkowi w dłoń.

— Dziękuję, panie — wymamrotał Jona i zniknął.

Wino było słodkie i mocne, tylko takie koiło ból. Wychylił duszkiem kielich i zasnął. Słyszał, jak Jona wraca z orłem, jak służba wnosi kufry podróżne, ale nie unosił się z łoża. A jednak giermek nie kazał rozpalić, nakrył go tylko błamem wilczego futra. Waldemar zacisnął powieki, udając, że śpi. Chciał być sam i odetchnął z ulgą, gdy usłyszał, że wszyscy poszli sobie precz. Zapadł w krótki sen, a gdy się zbudził, była noc. Słyszał dalekie nawoływania straży na zamkowych murach. Poczuł się lepiej i usiadł na łożu. Sięgnął po kielich i wtedy ktoś złapał go za rękę. Krzyknął.

— Cicho. To ja — szepnęła do niego Blute.

— Ty? — serce podskoczyło mu w piersi.

— Tak, panie. Ja. — Dziewczyna zwinnie wślizgnęła się za kotarę łoża i usiadła przy nim.

— Skąd tu się wzięłaś? — spytał, nie wierząc, że ją widzi. — Szukałem cię, wysyłałem ludzi. Gdzie byłaś?

— Za dużo pytań, nie wiem, na które odpowiedzieć — roześmiała się dźwięcznie.

— Dlaczego nie przychodziłaś na wezwanie? — zadał najważniejsze.

Wzięła jego dłoń i położyła na swoim brzuchu.

— Musiałam znów pozbyć się czegoś — odpowiedziała zalotnie. — Wiem, że mój orzeł nie znosi piskląt.

— Nic nie wiesz — wyrwało mu się gniewnie. Zacisnął palce na płaskim i pustym brzuchu dziewczyny, a potem złapał go szyderczy śmiech. — To ja spotykam się z biskupem, chcę ufundować kościół i zrobić darowiznę klasztorowi, żeby mnisi modlili się w intencji poczęcia mego dziedzica, a ty usuwasz go ze swego łona?!

— To nie dziedzic, a bękart — wzruszyła ramionami. — Poprzednio tak sobie życzyłeś.

— Mogłaś zapytać — uszczypnął ją wściekle.

— Usynowiłbyś go? — spytała obojętnie.

— Nie. Podsunąłbym mojej żonie i kazał ogłosić, że ona go urodziła — warknął.

— Aha — zrozumiała i przeciągnęła się jak kotka. — To zróbmy szybko nowego.

Zwinna i silna przetoczyła się z przewrotem przez niego i nim się obrócił, już leżała, wyciągając ramiona.

— No chodź, mój brandenburski drapieżniku — kusiła. — Chodź do swej leśnej znajdy.

— Pomóż mi — burknął, przełykając ślinę. — Pomóż mi się obudzić...

— Nie pragniesz swej Blute? — zaśmiała się nisko i obróciła na brzuch.

— Przestań kpić. Nie jestem w formie — powiedział, walcząc ze wstydem.

Pociągnęła nosem i szepnęła:

— Czuję.

Zmieszał się. Zacisnął zęby.

— Blute — wyszeptał. — Ja nie żartuję. Pomóż mi.

— Poproś — zażądała. — Chcę usłyszeć, jak prosi Woldemar...

Zawsze gdy tak wymawiała jego imię, budziła w nim bestię. Teraz też. Zaklęcie słodkiej Blute podziałało natychmiast. Nogi wciąż miał ciężkie, z trudnością przesuwał się na łożu, ale był gotów do połączenia się z nią w jednej chwili.

— Chodź, chodź, moja piękna — mruczał, a ona rozbierała go wprawniej niż sługa czy giermek.

— Idę, idę, mój panie — szeptała, oplatając go ramionami.

— Au! — syknął. Dotknęła otwartej rany na jego piersi. — Uważaj, to się nie goi.

— Nie szkodzi — odszepnęła i pozwoliła, by wtargnął w jej łono.

Wziął wdech. Boże! — pomyślał. — Dlaczego musiałem tak długo czekać?

Rozkosz, jaką dawała mu ta kobieta, była warta wszystkiego.

— Umrę ze szczęścia — jęknął, wypełniając ją.

— Nie raz, mój panie, ale siedemnaście razy — wyszeptała, wyprężając się.

Odzyskiwał przy niej siłę i pragnienie życia. Pożądanie budziło w nim chęć podbojów. Odzyskam, co straciłem — myślał, poruszając się w jej łonie rytmicznie. — I ruszę na Starszą Polskę. Obiecałem Mechtyldzie czerwonego orła na wieży poznańskiego zamku i nie spocznę, póki mój drapieżnik nie ozdobi jej rozpostartymi skrzydłami.

— Ach! — jęknął odurzony miłością. — Zamordujesz mnie...

— To właśnie zrobię — powiedziała chrapliwie i oplotła jego plecy nogami.

Błogość rozpłynęła się po lędźwiach Waldemara.

— Już starczy — szepnął. — Blute, przestań.

— Nie — odpowiedziała zaczepnie. — Musisz umrzeć jeszcze parę razy.

Chwyciła go za ramiona z taką siłą, że przez chwilę miał wrażenie, iż skruszyła mu kości. Coś trzasnęło, ale w głębi komnaty.

— Jest tam kto? — zawołał, a Blute w tym samym czasie nie wypuszczając go z uścisku, przewróciła ich oboje, tak że leżeli na boku.

Usłyszał żałosny krzyk swego orła.

— Poczekaj chwilę — powiedział do kochanki. Wciąż trzymała go w żelaznym uścisku. — No puść mnie! — wrzasnął na nią.

W tej samej chwili poczuł sztych w plecy. Ostre, jakby rozpalone żelazo, wbijające mu się w bok.

— Co jest? — syknął z przeraźliwym bólem.

— Co jest? — powtórzyła po nim Blute.

— Nie trafiłem w płuco — odezwał się za jego plecami młody męski głos. — Za nisko wbiłem nóż.

— Czego oni was uczą? — fuknęła Blute.

Oczy Waldemara zaszły łzami i mgłą. Pojął, że kochanka jest wspólniczką zabójcy, którego nie widzi. Napiął mięśnie i pokonując ból, spróbował wyszarpnąć się z jej uścisku. Była silniejsza. Przytrzymała go. Zbliżyła twarz do jego twarzy i wyszeptała, patrząc mu w oczy:

— Musisz umrzeć jeszcze kilka razy, Waldemarze. Za każdego ze stu więźniów. Ze stu ludzi Starej Krwi, których złowiłeś niczym myśliwy, a potem zamknąłeś w swym zwierzyńcu, by spalić ich żywcem jako ofiarę dla twego Boga.

Tak, pamiętał. To było dawno, dawno temu. Był młody i wydawało mu się, że gdy złoży Panu ofiarę całopalną, odzyska wiarę. Boże, naprawdę to zrobiłem — przypomniał sobie w jednej chwili smród płonących ciał w ruinach kościoła Wniebowstąpienia.

— Blute — wycharczał z trudem. — Wybacz mi.

— Ja nie jestem od wybaczania — powiedziała zimno i wbiła mu paznokcie w ranę na piersi.

Zawył jak zwierzę, przed oczami zamajaczyła mu własna krew.

Płaczę krwią — zrozumiał. — Mechtylda miała rację. Wiedziała, że Blute mnie zniszczy.

— Jestem od dokonania zemsty — dokończyła ta, która jeszcze przed chwilą była jego kochanką.

Stracił oddech i na chwilę pogrążył się w ciemności.

— Pisklaku — usłyszał jej pogardliwy głos i wybudził się. Całe jego ciało było jedną wielką raną. — Albo szczeniaku, jak wolisz.

Blute nie leżała z nim. Stała nad łożem i mówiła do kogoś, kogo wciąż nie widział.

— Podejdź i wbij mu nóż w serce — rozkazała.

Waldemar chciał się zerwać, ale nie miał ani trochę sił. Pochylił się nad nim wysoki, barczysty młodzieniec w poszarpanym kapturze zrzuconym na plecy. Rozpoznał w nim sługę, który upuścił kosz jaj.

— No już — ponagliła chłopaka Blute. — Pokaż, co potrafisz.

Margrabia próbował zasłonić się i zrozumiał, że coś zrobili z jego rękami. Próba najmniejszego ruchu wywoływała potworny ból. Przebili je? — przyszło mu do głowy.

Twarz chłopaka coś mu mówiła. Była dużo młodsza, niż jego wyrośnięte ciało. Zamachnął się i wbił nóż w jego pierś. Waldemar poczuł zimno, ale nie ból.

— Teraz wyjmij ostrze i wbij dwa palce dalej — poinstruowała Blute. — Margrabia jest dziwolągiem. Ma dwa osobne krwiobiegi.

Piastowski i brandenburski. Brandenburczyka zabiłam w nim dawno, ale Piasta nie mogłam dobić. Spróbuj ty. No, dalej.

Chłopak wyjął ostrze z jego piersi. Waldemar czuł, jak z rany wypływa chłodna krew. Stygł, ale wciąż odczuwał, wciąż żył. Czy ona mówi prawdę?

Młodzian wbił ostrze drugi raz. Nie zabolało. Zamrugał z trudem. Powieki kleiły mu się od krwi.

— Po co Półtoraoki kazał mi cię wziąć?! — wściekła się Blute i brutalnie wyszarpnęła ostrze. — Może i rośniesz nadnaturalnie szybko, ale rozumu ci od tego nie przybywa. Tylko przeszkadzasz.

— Powiedział, że mam to zrobić — odezwał się chłopak najczystszym niemieckim. — Że będę lepszym wojownikiem.

— Bzdura — żachnęła się. — Te ich głupkowate wtajemniczenia. Patrz i ucz się.

Wbiła ostrze lekko, a mimo to dotknęła jego serca. Ciałem Waldemara wstrząsnęło. Usłyszał:

— Nie dociskam do końca, bo nie chcę, by skonał od razu. Rozumiesz? Chcę, by umarł jeszcze raz lub dwa.

Zobaczył światło, które przesłoniło mu Blute i chłopaka. Było kojące, drżało kolorami. Chciał do niego iść, ale zatrzymała go, tamując upływ krwi.

— No dobra, pisklaku — powiedziała do młodziana i jasność zniknęła.

Margrabia znów był w swej komnacie, w łożu pełnym krwi i znęcała się nad nim dziewczyna, której dziecko jeszcze dzisiaj chciał usynowić.

— Jesteś gotów? — spytała.

— Tak — samymi ustami odpowiedział Waldemar.

— Jego pytam, nie ciebie — zaśmiała się.

— Tak — odpowiedział chłopak. — Jestem gotów zabić swego ojca.

Oczy Waldemara rozszerzyły się. Ojca?!

— Dobrze, że nie matkę — zażartowała Blute. — No, rób, co do ciebie należy, a ja ocenię, czy stałeś się od tego lepszym wojownikiem.

— To mój syn? — zdołał wycharczeć Askańczyk.

— Tak — lekko odpowiedziała Blute. — To twój syn. I mój, ale na tym dziecku mi nie zależy. Mam inne.

Zawirowało mu przed oczami. Nie, nie chciał prosić o łaskę, ale wbił spojrzenie w chłopca, walcząc jednocześnie z krwistą mgłą, która odbierała mu wzrok. Chciał zobaczyć swojego syna. Poznać go.

Dostał cios, który sprawił, że zabrakło mu tchu. Tak, to ten — zrozumiał. — Teraz umrę.

Usłyszał głos Blute:

— Zdejmij mu pierścień rodowy, póki całkiem nie zesztywnieją palce.

— To dla mnie? — spytał jego syn.

Zaśmiała się metalicznie.

— Zobaczy się. Na razie Jarogniew kazał go sobie przynieść.

Waldemar całą resztką sił wypchnął swą jaźń z ciała i skierował do jeszcze żyjącego czerwonego orła. Poddał mu się i to, co ocalało z duszy margrabiego, wypełniło ciało ptaka. Z wysiłkiem rozpostarł skrzydła i odbił się od wyściółki kosza. Rozumiał, że ma tylko chwilę. Jeśli zabójcy zauważą go, nie wyleci stąd żywy. Pazury, niegdyś złote, teraz czarne i obłażące, ledwie udźwignęły siłę odbicia. Rozłożył skrzydła i wzleciał ku małemu, otwartemu oknu na szczycie komnaty. Nie oglądał się za siebie. To była jego ostatnia szansa. Wylądował w kamiennej wnęce okiennej i ostrożnie przeszedł na zewnętrzną stronę. Odbił się ponownie i poleciał nad pogrążonym w mroku zamkowym dziedzińcem. Poruszał skrzydłami z trudem, z wysiłkiem, ale leciał i czuł wiatr ślizgający się po piórach. Jeszcze kilka uderzeń skrzydłami i będzie daleko stąd. Znajdzie jakąś leśną głuszę i tam wyliże rany albo skona. Przeleciał nad bramą zamku Bernwald. Chorągiew z brandenburskim orłem była opuszczona do połowy i przewiązana czarną opaską.

— Już wiedzą — pomyślał. — Ale nie wszystko.

Rozłożył szeroko czerwone skrzydła i poleciał w ciemność.

WŁADYSŁAW jeszcze nie miał żadnej wiadomości z Awinionu od Gerwarda prócz tych ogólnych, że sprawy są na dobrej drodze, choć Leszczyc zderza się na papieskich przedpokojach z Krzyżakami i dyplomatami Luksemburczyka. Wtedy właśnie poseł czeski dostarczył na Wawel list z kancelarii króla Jana.

— Co to może być? — zmartwiła się księżna.

— Kanclerzu, czytaj — rozkazał Władysław, by nie przeciągać.

— *Jan Luksemburski, z Bożej łaski król Czech i Polski...* — zaczął kanclerz i spojrzał na Władka.

— Tytulaturę pomiń — zacisnął zęby książę.

— Wedle rozkazu — skinął głową kanclerz. — Czytam dalej:

z uwagi na nieustannie wrogie wystąpienia księcia Władysława i kwestionowanie na arenie międzynarodowej praw króla Jana do korony...
— kanclerz uniósł wzrok i spytał: — To pominąć?

— Nie — zaprzeczył Władek, licząc, że z tego listu dowiedzą się pośrednio o wyniku rozgrywki awiniońskiej.

— ...*do korony polskiej należnej mu zgodnie z prawem dziedziczenia, król Jan Luksemburski uważa wcześniejsze zaręczyny jego córki Bonny Gutty z synem pomienionego księcia Władysława, Kazimierzem, za nieważne. Akt narzeczeństwa zawarty między dziećmi, który miał służyć pojednaniu między władcami, nie spełnił bowiem pokładanych w nim nadziei.* — Kanclerz przebiegł wzrokiem resztę dokumentu i powiedział: — Dalej są poświadczenia biskupa praskiego i arcybiskupa moguńckiego rozwiązujące zaręczyny.

— Moguncki przystawił własną pieczęć? — szybko zainteresował się Władek.

— Nie — sprawdził kanclerz. — Jego prawny reprezentant.

— To znaczy, że Peter z Aspeltu siedzi w Awinionie — zrozumiał Władysław i potarł czoło.

— Czy to wypowiedzenie wojny? — spytała zduszonym głosem Jadwiga.

— Może tak, może nie — odpowiedział. — Jedno pewne, Kaziu jest wolny. Możemy znów go...

— Władek! — krzyknęła jego żona. — Czesi być może wypowiadają nam wojnę, a ty myślisz tylko o swataniu?! Jak możesz!

— Nawoju! — zawołał towarzyszącego im Topora z Morawicy.
— Przypomnij mi, siostra Luksemburczyka, wydana w zeszłym roku za Karola Roberta...

— Królowa Węgier, Beatrycze — pokłonił się Nawój.

— Tak, tak — machnął ręką Władek. — Brzemienna, dobrze pamiętam?

— Doskonale, książę. Posłowie węgierscy mówią, że jeszcze tej jesieni spodziewają się rozwiązania.

— Lada dzień — klepnął się w kolano. — Tym razem się nie spóźnimy. Wyślemy poselstwo do Budy wcześniej, właściwie już teraz. Jeśli Beatrycze powije córkę, poprosimy o jej rękę dla Kazia.

Jadwiga uniosła brwi tak wysoko, że Władek zdumiał się, iż można coś takiego zrobić.

— Nie spóźnimy się? — powtórzyła po nim, rozciągając słowa.
— Czy ja dobrze słyszę?

— Dobrze — powiedział jakoś nagle niespokojny. — Zależy mi na czasie. Chcę być pierwszy w kolejce do tego małżeństwa.

— Nie mogę wyjść z podziwu — powiedziała Jadwiga.

— No coś ty, moja piękna — uśmiechnął się skromnie i wyciągnął rękę, bo chciał pocałować czubki jej palców. Zabrała dłoń.

— Gdy rok temu mogliśmy wydać Elżbietę za Karola Roberta, nie spieszyło ci się — powiedziała zimno. — Uznałeś, że Elżunia niegotowa, a król Węgier za stary dla niej. Ale gdy nie chodzi o twą ukochaną córeczkę, to jesteś nieprawdopodobnie szybki. Beatrycze w ciąży, a ty już Kazimierza chcesz swatać z niemowlęciem, które się urodzi?! Jaki jest sens swatania jedynego syna z niemowlęciem, które może nie przeżyć trudów dzieciństwa?!

— Już ci tłumaczę, moja droga — uśmiechnął się Władek. — Zaręczyny można odwołać, zerwać w zależności od tego, jak zmienia się sytuacja, ale zawiązane szybko są zalążkiem sojuszu, a mnie zależy na tym, by w niekorzystny dla nas układ węgiersko-czeski jak najszybciej...

— Mogłeś to zrobić, wydając Elżbietę — przerwała mu zimno.

— Przesadzasz — powiedział. — Z Elżunią inna była sprawa...

— Nie — odpowiedziała bez ogródek. — Rok temu straciliśmy szansę na sojusz z Węgrami. Prawdziwy, mocny sojusz. Elżunia młoda, ale nikt nie jest tak gotowy jak ona. Ty zawsze widzisz swoje dzieci innymi, niż są, Władysławie. Widzisz je wyłącznie takimi, jak ci pasuje.

— Może i rok temu źle się zachowałem — przeszedł do obrony. — Dlatego teraz chcę wykorzystać szansę. Naprawić błąd. — Wyprostował się i ruszył do ataku. — Z tego powodu wyprawimy poselstwo do Budy. Będzie siedzieć nad Dunajem i czekać na rozwiązanie. Akceptujesz, księżno?

Jadwiga siedziała sztywno, nie patrzyła na niego. Spojrzał za jej wzrokiem. Wpatrywała się w krzyż wiszący na ścianie tuż ponad głową Nawoja z Morawicy.

— Tak — odpowiedziała po chwili. — Zgadzam się.

— Doskonale! — ożywił się Władysław. — Nawoju, idź do wojewody krakowskiego, poproś go do mnie. Musimy się szybko naradzić, wzmocnić straż na granicach z Czechami. Kto wie, do czego zmierza Luksemburczyk.

— Książę — powiedział kanclerz. — Pozwól, że ci przypomnę...

Nie — zaprotestował w duchu Władek. — Jeszcze nie jestem gotów.

— Władysławie — wtrąciła się stanowczo Jadwiga. — Nasz wojewoda sandomierski, Nawój — uśmiechnęła się do pana z Morawicy ufnie — z pewnością może rozmawiać z wojewodą krakowskim bez twego udziału. Natomiast spotkanie, które wyznaczyłeś na dzisiaj, bez ciebie się nie odbędzie. Jan Muskata przybył do Krakowa i wraz arcybiskupem Janisławem właśnie oczekują na swego księcia.

JANISŁAW arcybiskup gnieźnieński stał przed najtrudniejszą misją od dnia, w którym przyjął paliusz. Musiał doprowadzić do zgody księcia z biskupem. Władysław wił się jak piskorz. Upór, duma i niechęć wobec Muskaty zapiekły się w nim. Próbował lawirować, mówił: „Pogodzę się z biskupem, gdy Gerward przywiezie bullę koronacyjną". Janisław nie zgodził się. „To nie jest kara i nagroda" — powiedział krótko. „To twój obowiązek, książę. Papież nie zamieni Muskaty w nikogo innego. Zmierz się z tym".

Władysław odcinał się, wymieniał przewiny i zdrady biskupa krakowskiego. Tak, miał rację. Tylko piekielny prokurator może usprawiedliwiać czyny Muskaty, Janisław nim nie był.

Siedział wyprostowany w bocznej ławie wawelskiej katedry. Dłonie wsparł na kolanach. Spod zmrużonych powiek obserwował Jana Muskatę, który zajął miejsce bliżej ołtarza świętego Stanisława. Biskup krakowski nie przypominał butnego mocarza, jakim był parę lat wcześniej. Posiwiał, wyłysiał, zdziadział. Zgarbione plecy, pochylone barki.

Obraz nędzy i rozpaczy — pomyślał Janisław. — Ale czy skruchy?

Uniósł wzrok i przesunął nim po ścianach katedry. Wciąż nosiły ślady pożaru, który wybuchł, gdy powracający z banicji Władysław odbijał z rąk czeskich Wawel. Czy gdyby Muskata, lata wcześniej, nie stał jak wąż kusiciel przy uchu Václava II, ten ruszyłby na Polskę i zagarnął koronę?

Dzisiaj tego nikt nie wie — trzeźwo ocenił Janisław. — Może tak, może nie.

— Widzisz ślady zniszczeń, biskupie krakowski? — odezwał się arcybiskup Janisław, nie drgnąwszy.

Plecy Muskaty poruszyły się.

— Widzę. Serce mi pęka — odpowiedział, odwracając się od ołtarza.

— Słusznie — powiedział Janisław. — Bo jesteś współwinny za to, że płonęła.

— Ja?! — krzyknął do niego oburzony Muskata. — To książę podpalił.

— Hamuj się, Janie Muskato. Chcesz, bym powtórzył proces?

— Nie — szepnął biskup i przycupnął na ławie.

Milczeli długo. Janisław wodził wzrokiem po przydymionych freskach. Król Bolesław Śmiały i biskup Stanisław. Klucz do zrozumienia dzisiejszego Królestwa. Śmierć, która była kamieniem, co wywołał lawinę zakończoną Wielkim Rozbiciem. Dwoje bliskich sobie niegdyś ludzi. Dwoje przyjaciół, którzy stanęli naprzeciw siebie w słusznym zapewne gniewie. Tylko jeden z nich miał miecz. I go użył. Czy Stanisław zdradził? Wszystko na to wskazuje. A jednak to król poniósł karę za podniesienie ręki na biskupa. Banicja, poniewierka, śmierć i rozpad wielkiego Królestwa.

— Jesteś gotów do pojednania? — zapytał Janisław, unosząc wzrok.

— Ja? — spytał niepewnie Muskata. — A książę?... Czy przyjdzie?...

— Ciebie pytam — powtórzył tonem nieznoszącym sprzeciwu Janisław.

— ...em — mruknął Muskata.

— Spójrz w górę — nakazał mu Janisław. — Na osmolone płomieniami sklepienie. Co widzisz?

— Czarne plamy — zadarł głowę Jan Muskata. — I szare.

— Są jak chmury — powiedział arcybiskup. — Sklepienie jest niebem, które trwa nieporuszone w czasie niepogody. Zawieruchy, nawałnicy, burzy.

— No — przekrzywił głowę Muskata. — Jakby się przyjrzeć... tylko tego niebieskiego nie widać.

— Boś małej wiary — odpowiedział Janisław. — Chcę, byś to zobaczył.

— Wzrok mi się pogorszył, wybacz. Stary już jestem — w głosie biskupa krakowskiego wreszcie zabrzmiała szczerość.

— Starość niczego nie usprawiedliwia. Od życia zwalnia nas dopiero śmierć — powiedział Janisław. — Chcesz być biskupem krakowskim?

— Jestem nim — żachnął się urażony Muskata.

— To zachowaj się jak biskup.

W tej samej chwili potężne wrota katedry otworzono i do wnętrza wdarło się światło dnia.

— Książę Władysław — zaanonsował młody, męski głos.

— Zostaw nas samych, Borutka — odpowiedział książę. — I zamknij drzwi.

Janisław uniósł się i patrzył na idącego w smudze światła księcia. Sześćdziesiąt lat i wciąż sprężysty krok. Władysław przyklęknął pośrodku kościoła na jedno kolano i wstał.

— Arcybiskupie? — spytał, szukając go wzrokiem.

Janisław ruszył do niego. Skinął głową na powitanie i powiedział:

— Jestem tu tylko, aby być świadkiem. Biskup Jan Muskata jest gotów. Biskupie — przywołał go.

Muskata podszedł do nich, powłócząc nogami. Stanęli naprzeciw siebie z księciem. Twarzą w twarz.

— Niech Bóg Wszechmogący rozpozna wasze intencje i myśli — powiedział Janisław. — Spotkaliście się nie po to, by się oskarżać czy usprawiedliwiać, lecz aby się pojednać. Tu, pod ołtarzem biskupa, który zginął z ręki króla, wy dwaj, obdarzeni pamięcią dziejów i odpowiedzialnością za przyszłość, wybaczcie sobie to, co było.

Władysław Łokietek i Jan Muskata mierzyli się wzrokiem. Milczeli.

— Człowiek jest prawdziwy wtedy, gdy czyni dobro — podpowiedział im Janisław.

— Wybaczam ci, Janie Muskato, i przyjmuję do książęcej łaski — pierwszy wyciągnął rękę Władysław.

— I ja tobie, książę — biskup wyciągnął swoją. — Jestem gotów wrócić do swej diecezji.

— Witaj w niej — uścisnął jego rękę książę.

— Dobrze, że pojednanie nastąpiło — powiedział Janisław. — Pod wszystko widzącym okiem Boga.

Książę uniósł na niego oczy. A Jan Muskata pobladł i zachwiał się. Władysław szybko wyciągnął rękę i podtrzymał upadającego biskupa.

— Wody... — wyszeptał Muskata. — Źle się czuję.

Pomogli mu wyjść z kościoła. Chłodne powietrze owionęło ich. Janisław zmrużył oczy przed światłem. Nie był pewien, czy dobrze widzi. Przed katedrą stał tłum z księżną Jadwigą na czele.

— Borutka — powiedział książę do giermka. — Odprowadź biskupa do jego siedziby. Żono? — zapytał. — Co się stało?

W jasnych, przejrzystych oczach księżnej lśniły łzy.

— Gerward Leszczyc — wyszeptała i nie mogła mówić dalej.

Janisław zobaczył, że tłum za plecami księżnej klęka.

— ...biskup Gerward przywiózł z Awinionu koronacyjną bullę — powiedziała księżna Jadwiga i popłakała się.

ELIŠKA PREMYSLOVNA tresowała kruka. Był pojętny, ale leniwy, jakby nie zależało mu na tym, czy dostanie od niej ziarno, czy nie.

— Durny ptak — oceniła go, zadeptując wściekle przeznaczoną dla niego nagrodę.

Była sama. Przeraźliwie sama. Vilém Zajíc umarł, nie pytając jej o zgodę. Opuścił ją ostatni z jej rycerzy. Stary, nudny, przewidywalny i wierny. Nawet jego śmierć była oczywista. Od dawna kaszlał jak umarlak.

Z tych, którzy cokolwiek jeszcze znaczyli, został jej brat bękart. Jan Volek, przeznaczony jak wszystkie nieślubne dzieci Przemyślidów, do stanu duchownego. Był proboszczem wyszehradzkim. On jeden wyciągnął do niej rękę w najgorszej chwili.

W duchu śmiała się rozpaczliwie, że pogardzany i wyszydzany przez nią w dzieciństwie chłopiec okazał się mężem opatrznościowym w dniu śmiertelnej próby. Dał jej swój dom, gdy nie było nikogo, kto chciałby widzieć zbuntowaną królową. Woził listy między nią a dziećmi, choć mówił, że narażają się tym oboje. Właściwie to były tylko jej listy do dzieci. Odpowiedzi nie dostawała, piastunki były niepiśmienne.

Cecylia odeszła po śmierci swego brata, Viléma.

— Mam rodzinę, proszę zrozum to, pani — tłumaczyła się w pąsach.

— A ja swoją straciłam — wrzasnęła do niej Eliška, ale to nie powstrzymało wrednej damy dworu.

Została jej tylko Gredla, która więdła i brzydła na oczach Eliški.

— Jesteś ze mną, bo nikt cię nie chce — powiedziała jej kiedyś, a dwórka odpłaciła się szlochem.

Czasami nie miała ochoty wstać z łóżka, bo i po co? Jej świat zawalił się jak gliniany domek. Kto jest temu winny? Jej naiwny mąż, Jan Luksemburczyk. Henryk z Lipy. I ona. Jej macocha. Królowa wdowa, bezwstydnica. Śniła o koronie Przemyślidów. O złotych insygniach, które ukradła jej siostra, Anna. Dobrze, że nie żyje, ale wieczny odpoczynek, bo wyszły z tego samego łona. Boże! To było habsburskie łono, można oszaleć! Świat był pełen jej wrogów. Dlaczego zabrakło w nim stronników, przyjaciół i sojuszników? Winni są oni. Jej zdradliwy mąż Jan, Henryk z Lipy, który ją upokorzył. I ona. Ta, co pohańbiła świętą pamięć jej ojca.

— Chcesz wina, Eliško? — pytał wieczorami Jan Volek, przypominając jej, że i ojciec ją zdradził, płodząc Volka z jakąś kobietą, której imię skrzętnie ukryto.

— Kim była twoja matka? — zagadywała go czasami.

— Nie wiem, Eliško — odpowiadał, siadając przy niej na ławie. — Pamiętam tylko, że płakała, gdy wydzierano mnie z jej ramion.

— Ja nie płakałam, jak zabrał mi Václava — mówiła mu to setny raz. — Ja byłam dumna i twarda. Ale to dlatego, Janku, że moja matka była prawdziwą królową.

— Uhm — zawsze mruczał w odpowiedzi to samo. — Uhm.

A potem przysuwał się i pytał:

— Chcesz wina, Eliško?

— Pozwalam ci nalać sobie, Janie — odpowiadała. — I zawołaj służbę, by dorzuciła do ognia. Ciemno tu i zimno u ciebie.

— Dobrze — mówił, a potem sam ciężko wstawał z ławy i dokładał dwa polana, nie więcej.

Wystarczyło na tę krótką chwilę, gdy oboje byli nieco pijani, ale budził ją przeraźliwy chłód izby. Wołała dworzan i sługi. Nikt nie przychodził na wezwanie.

MICHAŁ ZAREMBA od dnia uwolnienia przez Ostrzycę narodził się na nowo. Patrzył na siebie bez cienia dawnego wstrętu. Już nie był poczwarą, jaka przed laty, po śmierci Sędziwoja, obudziła się w Brzostkowie. Był piękny i sam to widział. Jego nogi, ramiona i brzuch stały się sprężyste i silne. Z wierzchu pokryte lśniącą, wielobarwną łuską, po wewnętrznych stronach miał zwykłą ludzką skórę. Nie szpony, jak niegdyś, ale metaliczne, twarde paznokcie. Wypadły mu włosy na głowie i jego czaszkę też pokryły łuski, jakby miał na sobie lekki, kolczy kaptur. Nosił koszule i nogawice z miękkiej koźlej skóry, które dawał mu Jarogniew, ale gdy był sam, zrzucał je i chodził nago.

— Nareszcie we własnej skórze! — śmiał się pełną piersią.

Tak, to prawda. Wreszcie, po latach, naprawdę był sobą. Otworzył się na swą drugą naturę, która teraz mogła być pierwszą. Nie mieszkał w warownym jesionie. Dostał swoje własne drzewo, dąb oddalony o jedną kładkę od jesionu. Pozwalał tu przychodzić Ostrzycy, kochał się z nią w jego konarach, ale nie chciał, by zamieszkała z nim. Potrzebował samotności.

Ostrzyca. Jego miodowowłosa kochanka. Piękna, drapieżna i silna. Ale nie jedyna. Mógł mieć każdą i miewał, choć Starcy przepowiedzieli, że potomstwo wyda mu na świat tylko ona. Czuł się jak książę z czasów przedmieszkowych. Władca, który ma żonę i wiele nałożnic.

Niektóre były tylko przelotnym kaprysem, ciekawością. Inne darzył uwagą, albo nawet czułością. Ostrzyca była wojowniczką i to pociągało Michała, trzymając jego uczucia przy niej. Po Jaszczurce, która urodziła się skamieniała, Ostrzyca zapadła się w sobie. Michał gryzł jej wargi i mówił:

— Nikt nie wiedział, co pocznie smok i kobieta. Jesteśmy pierwsi, dziewczyno. Uczymy się nierozpoznanego.

Jaszczurkę złożono w wysokich, zamkniętych komnatach warownego jesionu, a on otworzył Ostrzycę szybko. Starcy, patrząc na nich, wołali:

— Następny będzie Żmij!

Śmiali się do siebie z Ostrzycą.

— Na żadnym z dworów królewskie dziecko nie było tak oczekiwane jak nasze kolejne!

I rzucali się w swoje objęcia jak płomień przeskakujący z polana na polano. Każda miłość z nią miała smak pierwszej. Ostry, drapieżny, nieokiełznany i nieznajomy. Nigdy nie wiedzieli, jak się skończy. Zdarzało im się podpalić suchą gałąź. Nie, nie gasili jej wtedy, kończyli miłosne zmagania dopiero, gdy się dopaliła z sykiem. Jego dąb zaczął straszyć zwęglonymi konarami. Nazywali je szczeblami wtajemniczeń, bo prawda, każde zbliżenie było zagadką.

W jego objęciach zapominała o dziwnym, skamieniałym stworze, którego wydało jej łono. Szybko zasiał w niej drugie nasienie, ale zrobili z tego sekret. Ich tajemnicę. Nie chcieli, by Starcy znów zaczęli przetrzymywać ją na swych dziwacznych obrzędach. Wyruszyła do Bernwaldu na misję. On z radością oddał się odkrywaniu siebie.

Nocą opuszczał dąb i wymykał się na moczary. Gdzieś z tyłu głowy kołatała mu myśl, że smok może latać. Dotykał swych barków i łopatek. Nigdzie nie mógł wyczuć nawet zalążków skrzydeł. Szukał ich i myślał, co powinien zrobić, by wyrosły. Wabiły go dzierzgońskie wzgórza. Obserwował z daleka dwa wyniosłe szczyty. Na większym piętrzyła się krzyżacka komturia. Na mniejszym kościół i cmentarz. Wyprawił się tam, gdy Ostrzyca pojechała do Brandenburgii.

Nie był szaleńcem; ominął komturię, choć to wzgórze było większe i przyciągało go nieznośnie frapującą siłą. Wybrał noc w czasie nowiu. Ciemną jak smoła. Wdrapał się na szczyt z kościołem. Stanął na nim, zrzucił miękki skórzany kaftan i rozłożył ramiona. Chciał pofrunąć. Mrok wilgotnej nocy oplótł go miękkim płaszczem. Otworzył usta, by zaczerpnąć tchu, i wydobył się z nich ryk. Nie uniósł się od niego w powietrze, nie wyrosły mu skrzydła u ramion. Stało się coś, czego nie przewidział. Płyty nagrobne poruszyły się i cienie siną mgłą wzlatywały z mogił. Czyżby umarli powstali? — wzdrygnął się. — Obudzili na wezwanie, które źle zrozumieli?

Umknął stamtąd szybciej, niż wdrapywał się na wzgórze. Słyszał gdzieś z tyłu żałosny szept:

— Święty Michale Archaniele...

Chciało mu się śmiać z pomyłki zmarłych, ale coś w nim zatrzymało kpinę. Tak, był Michałem. Ale nigdy świętym.

Gdy wrócił do nadrzewnego grodziska, zderzył się z Kaliną.

Moja staruszka — pomyślał o niej tkliwie i pocałował ją w czoło.

— Ostrzyca wróciła. Rodzi — powiedziała Kalina wymijająco.

Starcy wieszczyli Żmija. Wojownika z ich snów i legend. Był ciekaw, więc zaszedł do jesionki. Półtoraoki porwał go w objęcia.

— Będzie smoczy syn! — zawołał radośnie.

— Albo smocza córka — chuchnął na niego dymem Michał.

Nie przywiązywał żadnej wagi do tych wyczekiwanych potomków.

— Gdzie ona? — spytał Kalinę, która znów przewinęła się, niosąc ceber pełen wody.

— Tam — odpowiedziała staruszka, co była kiedyś jego dziewczyną.

Ruszył za nią. Weszli do komnaty Starców. Ci trzej, w tym jeden bez ramienia, otaczali krzesło, na którym siedziała Ostrzyca. Była czerwona, nabrzmiała krwią, która z jakąś niezwykłą siłą tłoczyła się jej żyłami. Miodowe włosy mokre, zlepione w długie strąki, spadały jej na lśniące od potu piersi. Michał poczuł, że jej pożąda. Właśnie takiej, zamkniętej w doświadczeniu jemu niedostępnym. Przyskoczył do niej i odbił się o nieobecny wzrok Ostrzycy. Wyła z bólu tak samo, jak krzyczała w chwilach rozkoszy. Przyklęknął między jej rozwartymi kolanami, zacisnął na nich pokryte łuskami dłonie i pochylił się ku kochance, jak w miłosnym zbliżeniu.

— Wyprzyj to z łona — syknął do niej czule. — By zrobić miejsce dla mnie.

Wrzasnęła ostro, patrząc mu prosto w oczy. Tak, wiedział, że ma pionowe źrenice. Kalina odsunęła go od łona Ostrzycy.

— Odejdź — poprosiła. — Teraz moja kolej.

Z delikatną wprawą przyłożyła dłonie do łona jego kochanki, wsuwając czubki palców do wnętrza.

— Przyj — powiedziała do niej. — Teraz z całych sił.

Popłynęły strugi krwi, a spomiędzy nich wysunęło się pokryte łuskami jajo.

Kalina złapała je w ręce i ucałowała z szacunkiem. A potem podała Starcom.

— Oto wasz Żmij — powiedziała ze ściśniętym gardłem.

Michał zerwał się z kolan. Wyrwał jajo Starcom. Zacisnął na nim palce ze wszystkich sił i pękło. W jego rękach ze strzaskanych skorup wykluło się żmijowe pisklę. Krzyknęło.

Starcy padli na kolana, unosząc w górę ramiona. Także ten, co miał tylko jedno.

— Żmij się narodził! — krzyknęli dziękczynnie. — Bestia, która zwycięży! Z nią w swych szeregach możemy zaczynać wojnę!

— Wojna! Wojna! — rozniosło się po jesionie.

— Trzygłów pokona Umarłego.

— Pokona! Pokona!

Ostrzyca podniosła się, odsuwając z twarzy mokre pasma włosów.

— Michale — powiedziała — urodziłam Żmija.

Na wszystkich piętrach jesionu zabrzmiały kościane piszczałki i bębny. Muzyka i tryumfalny łoskot wypełniły ich uszy. Od wypalonych korzeni po suche gałęzie zatętniła pieśń zwycięstwa.

— Wiem — odrzekł i wyciągnął po nią ramiona. Pożądanie zatętniło w nim. — Tylko ty mnie obchodzisz — skłamał, chwytając ją.

Szalona muzyka pulsująca w rytmie uderzeń serca zalała jego pokrytą łuskami głowę.

Diabeł to nasze własne myśli — powtórzył w jego pamięci Jakub Świnka po raz wtóry, ale Michał odciął się od starego patriarchy.

— Tak! — wrzasnął, całując łeb Żmija. — Pokonałem jego ciemne pęta. Stanąłem ponad nim!

WŁADYSŁAW przyjechał do Kalisza na spotkanie z arcybiskupem Janisławem i biskupem Gerwardem. Miał nadzieję, że księżna żona z nim pojedzie, w końcu to jej Kalisz, ale nie. Jadwiga wybrała klaryski. Zgoda na wchodzenie za klauzurę, którą przywiózł z Awinionu Gerward, miała dla Jadwigi powab tak wielki, że zabrała obie córki i ruszyła do Starego Sącza, do, jak powiedziała, „świątobliwej mateczki Katarzyny Odolani, modlić się wspólnie o błogosławieństwo Boże nad koronacją". Tak. Władysław wiedział, że potrzebują wiele Bożej łaski, by rzecz całą doprowadzić do szczęśliwego końca.

— Wielebni! — powiedział do nich. — Mamy mało czasu.

— Prawda — potwierdził Janisław. — A spraw dużo.

— Pierwsza — uniósł dłoń książę — czy już?

— Nie rozumiem — zmarszczył brwi Janisław.

— Czy już zdjęto ze mnie klątwę? — spytał o to, co ciążyło na nim niczym brzemię.

— Ach tak — uśmiechnął się półgębkiem arcybiskup i spojrzał na Gerwarda. — Jan Muskata potwierdził papieżowi powrót do diecezji. Stosowne pismo zostało wysłane do Awinionu, do Penitencjarii Apostolskiej.

— A nie do Kamery Apostolskiej? — zdziwił się Władek.

— Nie, nie, książę. — Gerward nadął pulchne policzki i poruszył palcami. — Kamera to sprawy dyplomatyczne i finansowe, Penitencjaria to dyspensy, kary i nagany. Zdejmę z ciebie klątwę jeszcze dzisiaj, jak tylko skończymy omawiać nasze, jak mówiłeś, niecierpiące zwłoki sprawy.

— Ty?! — Władek spojrzał na Gerwarda i pomyślał, że tłusty kocur, który siedział w biskupie, przesadził.

Leszczyc i Janisław znów wymienili się spojrzeniami. Gerward odchrząknął i zamrugał.

— Papież Jan, w strumieniu łask, jakimi obdarzył ciebie, panie, i księżną małżonkę, nie pominął i mojej skromnej osoby.

— Ty też za klauzurę?! — nie mógł uwierzyć Władek.

— Nie, nie — zarumienił się Gerward. — Ja... ja... nie prosiłem, papież był po prostu bardzo hojny...

Arcybiskup Janisław stał wyprostowany, z ramionami założonymi na piersi i w niczym nie pomagał tłumaczącemu się Gerwardowi.

— ...dziesięcinki takie, o które walczyłem dla diecezji... hmm... hmm... ale to już w związku z procesem na Krzyżaków, bo to oni mi je capnęli. Razem z innymi dobrami, zaznaczę. Biskupstwo straciło na Pomorzu...

— Co jeszcze dostałeś?

— Troszkę urzędów kościelnych — uniósł oczy Gerward. — Żebym mógł przed procesem obsadzić pewnymi ludźmi, wiadomo, Krzyżacy też mają swoich duchownych, trzeba się jakoś zabezpieczyć.

Janisław uniósł jedną brew, co nie uszło uwagi Władka.

— No, ale to akurat na później, to nie ma związku z koronacją, to na proces się przyda — tłumaczył się poczerwieniały nagle Gerward jak kot nakryty w spiżarni. — Najważniejsze, że Ojciec Święty, wiedząc, jak nam zależy na czasie, przyznał mi prawo do zdjęcia ekskomuniki.

— Ze mnie? — z napięciem spytał Władek.

Gerward przesunął białą dłonią po łysinie i uśmiechnął się.

— Z dziesięciu osób. Papież dał na wyrost, jak to mówią. Z dziesięciu ekskomunikowanych za przemoc wobec duchownych, o ile nie przyczyniły się do ich kalectwa lub śmierci, ale w przypadku księcia to wystarczy.

To po co ja się z Muskatą jednałem? — błyskawicznie przebiegło Władkowi przez głowę, ale surowe i przejrzyste niczym sopel lodu spojrzenie Janisława natychmiast go otrzeźwiło. — Dla czystego sumienia — odpowiedział sobie natychmiast.

— Skoro wypełniliśmy papieskie warunki i Muskata wrócił do diecezji, Gerward może nie czekając, aż pisma obrócą, uwolnić cię, książę, z ekskomuniki — powiedział dobitnie Janisław.

— Z największą ochotą — zatarł pulchne dłonie Gerward.

— Pochylmy się nad sprawami zasadniczymi — orzekł arcybiskup.

— Nie mamy koron, Czesi je wywieźli — powiedział Władek.

— Czesi też ich nie mają. Dla Luksemburczyka i Eliški Premyslovnej robiono nowe insygnia. Korony Piastów i Przemyślidów wywiózł z Pragi Henryk Karyncki i żadna z dyplomatycznych prób ich odzyskania nie przyniosła efektu. Ale do sprawy koron wrócimy za chwilę, bo przed nami dużo ważniejsza decyzja. Gerwardzie, powiedz — nakazał Janisław.

On jest jak dowódca na wojnie — zrozumiał Władek, patrząc na arcybiskupa. — Oddziela sprawy ważniejsze od mniej ważnych, wydaje rozkazy. Arcybiskup na ciężkie czasy.

— Papież Jan, wydając nam bullę ze zgodą na koronację bez pogwałcenia praw, na które powołuje się Luksemburczyk, zasugerował, byśmy znaleźli precedens, coś, co odróżni twą koronację od poprzednich, by odebrać czeskiemu władcy argumenty, na które mógłby się powołać, dowodząc, iż jednak wszedłeś w jego prawa — wyłożył Gerward.

— I mamy z arcybiskupem Janisławem pewną propozycję, pomysł, który wydaje się...

— Wiem, co trzeba zrobić — przerwał mu Władysław stanowczo. — Będę pierwszym królem, który ukoronuje się w Krakowie.

Janisław skinął głową, Gerward otworzył usta.

— To samo chcieliśmy powiedzieć — rozpromienił się. — Choć obawiam się, że baronowie Starszej Polski, kolebki, jak nam ciągle przypominają, Królestwa...

— Sami przesądzili — twardo powiedział książę. — Gdy nie przybyli ze wszystkimi do Sulejowa, gdy uznali, że im jednym należy się osobny wiec koronacyjny.

— Książę! — uderzył się pulchną dłonią w czoło Gerward. — Tyś o tym myślał już wtedy? Dlatego powiedziałeś wojewodom Małej Polski „przejmijcie chorągiew Królestwa"?

— Tak — przyznał Władysław.

— Gdyby nie dramatyczne okoliczności — odezwał się Janisław — byłbym przeciwny przenoszeniu koronacji z Gniezna. Ale Kraków, który zdobywałeś tyle razy, i Wawel, odzyskiwany przez ciebie, książę, z takim wysiłkiem, zasłużył na koronację. Od czasów Bolesława Śmiałego tam była główna siedziba króla. Tam doszło do dramatycznych zdarzeń, za które zapłaciliśmy Wielkim Rozbiciem. I tam właśnie pojednałeś się z Muskatą, tworząc pomost między tym, co było, a tym, co nadejdzie.

Gdy Janisław mówił, po ciele Władysława przebiegał dreszcz. Odezwał się, gdy tylko arcybiskup skończył:

— Jak wiecie, mam miecz Śmiałego. Chcę, by stał się mieczem koronacyjnym.

— A jeśli to ten sam oręż, którym ścięto biskupa Stanisława? — zapytał prowokacyjnie Janisław.

— Tego nie wiemy — odpowiedział Władysław. — Ale wolą króla banity było, by miecz wrócił do jego następców.

— Ty nim jesteś — szepnął Leszczyc.

— Żelazo przekuto i poświęcono w Ziemi Świętej. To ma być ten miecz — stanowczo oświadczył Władysław.

Arcybiskup skinął głową, co w jego przypadku oznaczało zamykanie dyskusji. Powiedział krótko:

— Korona.

Władek westchnął i rozłożył bezradnie ręce, mówiąc:

— Tu nie wiem.

Janisław przejął inicjatywę.

— Przemysł II miał koronę Bolesława Śmiałego. Wcześniej była korona Chrobrego, w czasach Przemysła już nieistniejąca. Ale dzięki wieloletniej pracy Jakuba Świnki wiemy, jak wyglądała ta pierwsza.

— Skąd? — spytał Władek.

— Mój poprzednik, nim został arcybiskupem, przebadał archiwa gnieźnieńskie. Znalazł szkice sporządzone przy koronacji Chrobrego. Każdy z nas, jego kancelistów, zaczynał praktykę od studiowania początków Królestwa — wyjaśnił Janisław. — Mamy w wawelskim skarbcu włócznię świętego Maurycego z relikwią Krzyża, którą cesarz Otto przywiózł do Gniezna. Ona wprost nawiązuje do pierwszej koronacji. Mamy miecz króla banity, czyli związek z koronacją przedostatnią. I chorągiew Przemysła. Znaki trzech poprzedników. Odtwórzmy koronę Chrobrego, nawiązując do początku Królestwa.

— Skoro tak — powiedział Władek. — Zgoda.

— Jest coś jeszcze, książę. — Janisław wyjął z niedużej skrzynki jakiś przedmiot i położył przed nim.

W pierwszej chwili pomyślał, że to odłamek skały. Potem, że bryła rudy żelaza. Uniósł wzrok na arcybiskupa.

— Gdy po powrocie z banicji zdobywałeś Wawel w Starszej Polsce, spadł z nieba deszcz ognisty. Oglądaliśmy go z Jakubem II z Orlego Gniazda, na katedralnej wieży. Sprawowaliśmy mszę, by być blisko Boga w chwili, która wydała nam się otwarciem Janowej Apokalipsy. Rankiem okazało się, że zagłada stworzenia nie nadeszła. Jakub rozkazał, byśmy ruszyli śladem ognistego deszczu, i trafiliśmy...

— Bierzwnik — powiedział Władysław. Krater, w którym jego klacz zakończyła życie.

— Tak — potwierdził Janisław. — Chodziliśmy po wypalonym lesie. Jakub kazał mi szukać znaków. Kamieni rzuconych z nieba na ziemię. Było ich wiele, ale większość to skały. Zaś ten, wciąż gorący, pulsował wewnątrz kamiennej tkanki płomiennym blaskiem żelaza kutego w nieziemskim ogniu. Jakub kazał go zabrać i przechować.

— Żelazo z nieba — powiedział Władysław, dotykając jednym palcem rudy.

— Niech kowal wykuje z niego obręcz, na której osadzi złoto twej królewskiej korony — oznajmił Janisław.

Władek zakrył twarz dłońmi. Nieczęsto doświadczał tak silnych wzruszeń. Oddychał chwilę, czując szorstką i twardą skórę swych palców. Blizny, zgrubienia, zadrapania, jedne narośnięte na drugich. Odsłonił twarz i uścisnął dłoń Janisława.

— Jestem gotów, by Gerward zdjął ze mnie klątwę — powiedział.

DĘBINA trzymała w ramionach Kalinę. A raczej to, co z niej zostało. Jej córka była strzępem kobiety, właściwie cud, że o własnych siłach dotarła do matecznika. Przed laty, gdy wróciła z Pragi, była w okropnym stanie, ale teraz przypominała zasuszoną, popękaną gałązkę. Nie musiała nic mówić, dziewczyny od wielu tygodni przynosiły wieści do Dębna, wiedziała, co się stało. Jakub Świnka i Janisław szukali Michała Zaremby w Czechach, a on przez cały czas był w więzieniu biskupa Andrzeja. Dębina już dawno skojarzyła fakty: zniknięcie Kaliny, potem śmierć biskupa Zaremby w burzową noc i pożar Czermina. Zrozumiała, że jej córka zdradziła. Nie zapanowała nad stęsknionymi za smokiem zmysłami. Gdy jednak dziewczęta z północy, z pruskich puszcz, zaczęły przynosić wieści o poruszeniu, jakie zapanowało wśród wojowników Trzygłowa, o święcie ogłaszanym nieustannie przez Starców, Dębina poczuła grozę.

— Dokonało się — powiedziała wówczas do swych córek. — Zło się dokonało. Smok stanął po stronie Trzygłowa.

Właśnie wtedy poczuła brzemię lat, które nosiła na sobie. Śmierć Jakuba Świnki też jej nie pomogła. Odszedł prawdziwy kapłan, ten, który nosił obie krwi w żyłach, starą i nową. Kto zajmie jego miejsce? Pewnie jakiś ważniak, co wie, że czarne jest czarne, białe musi być białe i nic nie ma pośrodku. Nadzieja odpłynęła od Dębiny i matka z dnia na dzień zaczęła słabnąć, jak pień, który zasycha od środka.

— Obie jesteśmy bez sił — powiedziała cicho do śpiącej na jej kolanach Kaliny. Pogłaskała ją po rzadkich włosach i suchej, niemal przejrzystej skórze twarzy. Serce ścisnęło się jej z bólu. — Byłaś tak pełna życia, tak piękna…

Nie rozebrały jej, gdy przypełzła do matecznika nocą. Była tak krucha, że Dębina bała się, iż kości jej pękną. Zostawiły ją w skórzanym pancerzu, za dużym na wychudzone ciało Kaliny. Pancerz. Dowód zdrady.

Tak, tak — pogładziła jej ramię Dębina. — Ale wróciłaś. A ja zawsze przyjmę każdą z mych córek, nawet tę, która zbłądzi tak strasznie, jak ty zbłądziłaś.

Kalina spała niespokojnym snem. Obejmowała się ramionami i raz po raz drżała, jakby śnił jej się koszmar.

Przez co ty przeszłaś, dziewczyno? — pomyślała Dębina.

— Matko. — Do chaty weszła Macierzanka. Zatrzymała się w pół kroku i badawczo spojrzała na Kalinę. — Obudziła się?

— Nie. — Dębina przeczesała palcami swoje siwe gęste włosy. — Wejdź, tylko mówmy cicho. Chcę, by odpoczęła.

— Arcybiskup Janisław wciąż podróżuje. Ciężko zastać go w Gnieźnie, zostawiłam jednak wyraźną wiadomość dla niego. Zrozumie…

— Kto? Powtórz.

— Arcybiskup Janisław, następca ojczulka Świnki.

— To ten, którego Jakub nazywał synem? — zdziwiła się. — On został nowym kapłanem?

Macierzanka przyjrzała jej się dziwnie.

— Mówiłam ci o tym kilka razy. Wysłałaś mnie do niego z posłaniem.

Dębina wzięła głęboki wdech. Jak to możliwe, by zapomniała o czymś tak ważnym? Przymknęła powieki, przeszukiwała pamięć. Nie odnajdowała w niej takiej rozmowy.

— Powiedz mi, córko, kiedy cię o to prosiłam? — spytała, nie otwierając oczu.

— Poprzedniej jesieni. Gdy dowiedziałyśmy się, że to Janisław, gdy Kalina uciekła, gdy siostry z północy… — głos Macierzanki był coraz bardziej wystraszony. Oddychała głośno, aż krzyknęła: — Stałyśmy nad Wartą! Zaplatałaś mi warkocze, wiał wiatr i śmiałam się, że czy ty mnie czeszesz czy…

— Czy podmuchy — zobaczyła ten obraz pod powiekami Dębina. — Tak, przypomniałam sobie.

Otworzyła oczy. Po twarzy Macierzanki płynęły łzy.

— Próchnieję, córko, jak stare drzewo — powiedziała jej prawdę. — Powinnyśmy zwołać wszystkie siostry. Musicie sobie wybrać nową przewodniczkę.

— Nie — zaszlochała Macierzanka. — Nie zostawiaj nas.

— Dziewczyno — przerwała jej Dębina. — Nie możecie słuchać matki, która traci pamięć w tak zasadniczych sprawach.

Macierzanka rzuciła się ku niej. Przylgnęła do boku Dębiny, objęła ją ramionami i zaczęła ściskać z całych sił. Wciąż łkała, Dębina czuła spazmatyczny, zrozpaczony dygot jej ciała.

— Cicho, cicho — pogłaskała Macierzankę po włosach. — Poradzicie sobie…

— Nie! — zaprzeczyła histerycznie i wczepiła się w nią. — Nie!…

Kalina na kolanach Dębiny drgnęła i zatrzepotała powiekami. Macierzanka odsunęła się. Spojrzały na siebie. Kalina jęknęła i otworzyła oczy.

— Wiedziałam, że cię zobaczę, gdy ten koszmar się skończy — wyszeptała. — Tylko to pchało mnie, gdy padałam po drodze. Mamo — uśmiechnęła się i poruszyła dłońmi na brzuchu.

Wzruszenie złapało Dębinę za gardło.

— Słyszysz? — spytała Macierzanka, tłumiąc łzy. — Wszystkie cię potrzebujemy. Mamo.

To słowo, czułe zdrobnienie, zadziałało na nią jak zaklęcie.

— Zdradziłam — powiedziała bezbronnie Kalina — ale...

Spróbowała się podnieść z kolan Dębiny, wciąż nie puszczając brzucha. Macierzanka pomogła jej usiąść. Dębinie serce stanęło na krótką chwilę. Kalina trzymająca dłonie na brzuchu.

— Jesteś brzemienna? — zapytała cicho.

— Nie — pokręciła głową Kalina i delikatnie odchyliła spód skórzanego pancerza.

Trzymała tam zawiniątko.

— Wykradłam ją Starcom. Michałowi, Ostrzycy, Półtoraokiemu. Wszystkim.

— Kogo? — szepnęła Dębina.

— Jaszczurkę — powiedziała Kalina, odwijając szare zawoje. — Oni myślą, że jest martwa, ale to nieprawda. Ona żyje.

GERLAND był tego dnia przełożonym przeprawy. Warta w pierwszych dniach grudnia potrafiła być leniwa i cicha, oleiście chłodna, ale nie w tym roku. Silne wiatry i brak mrozu u progu zimy sprawiały, że rzeka zachowywała się nieprzewidywalnie. Burzyła się, nieustannie zaskakując i trzeba było mocno pilnować tratwy.

Gdy na południowym brzegu stanął orszak arcybiskupa Janisława wracającego z Kalisza do Gniezna, Gerland znów się zawahał. „Sam zdecyduj" — powiedział mu Koendert przed śmiercią.

Muszę być pewien — pomyślał.

Obserwował Janisława, gdy ten płynął do Kalisza; tak, słyszał rozmowy i znał nowinę, którą żyło Królestwo. Dzień koronacji blisko. Ale wtedy nie zdecydował się. I dzisiaj, gdy wracający Janisław wszedł na tratwę, której strzegł Gerland, wszystkie pytania wróciły ze zdwojoną siłą.

— Niech będzie pochwalony Jezus Chrystus — przywitał się Janisław.

— Na wieki wieków — odpowiedział mu Gerland.

Ich spojrzenia spotkały się na dłuższą chwilę. Joannita umknął wzrokiem.

— Bracie? — nie pozwolił mu na ucieczkę Janisław. — Wydajesz mi się znajomy. Czy spotkaliśmy się poza przeprawą?

— Nie — odpowiedział zgodnie z prawdą.

— To dawne poparzenia? — spytał arcybiskup.

Gerland mimowolnie dotknął twarzy.

— Niedługo będzie trzydzieści lat — powiedział.

— Więc większą część życia spędziłeś pod maską blizny — z uwagą odrzekł arcybiskup. — To tak, jakbyś zmienił twarz.

— Dostałem drugie życie — Gerland wypowiedział to po raz pierwszy. — Wyrwano mnie z objęć śmierci, ale obudziłem się w tej, jak powiedziałeś, wielebny, masce, której zdjąć nie można.

— Nie jesteś tutejszy — powiedział arcybiskup. — Skąd do nas przybyłeś?

— Z Ziemi Świętej. Byłem przy agonii Akki.

— Królestwo Jerozolimskie upadło, a nam pozostaje czekać, aż przyjdzie nowe Jeruzalem — z zadumą odpowiedział Janisław.

Gerland podjął decyzję.

— Przywiozłem z Akki coś cennego — powiedział, biorąc oddech. — Pamiątkę po czasach świetności. W Jerozolimie był skarbiec koronny, gdzie chowano insygnia od czasów króla Baldwina I. Do skarbca zrobiono trzy klucze. Jeden przechowywał patriarcha Jerozolimy, drugi wielki mistrz templariuszy, a trzeci mistrz szpitalników Świętego Jana. W tamtych czasach Krzyżacy się dopiero wykluwali — zaśmiał się nagle. — Nic nie znaczyli. Klucze w rękach mistrzów dwóch zakonów rycerskich symbolizowały ich braterstwo.

Głos mu się załamał. Koendert przebity dwunastoma strzałami znów konał na wozie. Gerland przełknął łzy, które cisnęły mu się do gardła.

— Miałem brata bliźniaka — powiedział do duszy Koenderta unoszącej się gdzieś nad nimi. — Ja byłem u szpitalników, a on był rycerzem Świątyni. Gdy opuszczaliśmy Akkę, przekazano nam formę do odlewania klucza od skarbca Królestwa Jerozolimy i dzisiaj... — znów głos mu zadrżał. — Dzisiaj, gdy przed Królestwem Polskim otwiera się nowy rozdział... — Gerland spojrzał na Janisława. — Chciałbym, żeby część spuścizny została, rozumiesz, wielebny?

— Chcesz podarować memu Królestwu tę formę, bym odlał w niej złoty klucz? — spytał Janisław.

— Tak — powiedział Gerland przez łzy. — Tego chcę.

— A twój brat? Nie będzie przeciwny?

— Nie. On nie żyje.

Warta poruszała się rytmicznie pod tratwą, raz po raz drobną falą wpadając na pokład. Janisław, nie bacząc na kołysanie, podszedł do niego i położył mu dłonie na ramionach.

— To wielki dar, bracie joannito. Jak mam zapamiętać darczyńcę?
— Gerland z Akki, ojcze — odpowiedział.
— Gerland. Zapomniane imię.
— Święty z Polski, który miał dar scalania rozbitych przyjaźni — podpowiedział.
— Wiem. Czytałem o nim, ale nie sądziłem, że dany mi będzie zaszczyt poznania Gerlanda.

Pokład zachybotał i joannita szybko chwycił drąg do odpychania.
— Wybacz, wielebny. Muszę wracać do pracy.
— Pomogę ci — odpowiedział arcybiskup, zakasując rękawy.

Rozstali się następnego dnia. Orszak Janisława spędził noc w komandorii. Gdy odjeżdżał, wioząc w sakwie zawiniętą w zetlały, purpurowy jedwab formę, Gerland podjął decyzję.

Została mi ostatnia rzecz do oddania — pomyślał. — Koendert chciał, bym to zniszczył, ale ja nie jestem od niszczenia. Jestem od scalania.

Spakował sakwę i poprosił brata Pecolda o dwa dni przepustki. Wiedział, gdzie szukać kobiet Starej Krwi. Pracując na przeprawie, wie się o wszystkim. Zatrzymał się w „Zielonej Grocie" i powiedział gospodyni co trzeba. Pod wieczór do gospody przyszło dwoje ludzi. Kobieta i mężczyzna, podobni jak dwie krople wody.

Bliźnięta — pomyślał. — To znak, że słusznie czynię.
— Gerland, joannita — przywitał się.
— Jemioła.
— Woran — przedstawili się oni.
— Przed dziesięcioma laty — zaczął — Krzyżacy zabili waszą kapłankę na jeziorze Perty.
— Pohańbili — powiedziała Jemioła.
— Wydarli jej płód — dodał z kamienną twarzą Woran.
— W tym przedsięwzięciu wzięli udział zwiadowcy z szeregów wojowników Trzygłowa — powiedział Gerland to, co przekazał mu brat. Nie był pewien, czy oni o tym wiedzą.
— Tak — potwierdziła Jemioła. — Otworzyli wojnę macierzy z ojcowizną. Do czego zmierzasz?

Wyłożył na stół sakwę. Wyjął z niej to, co przyniósł mu Koendert. Skórzany, szczelnie zasznurowany worek. Przesunął go w stronę Worana i Jemioły.

— Mój brat wykradł go Krzyżakom — powiedział. — Zwracam go wam.

Wstał i wyszedł. Chłodne powietrze uderzyło go w zabliźnioną twarz.

Wykonał powierzone mu zadania. Teraz mógł pomścić brata. Jantarowy płód wrócił do tych, którzy na niego czekali.

JAKUB DE GUNTERSBERG jeszcze zanim doszedł do Hradec Králové, dowiedział się, że nie zastanie w nim dworu królowej.

— Dziadku! — opowiadała mu rozemocjonowana przekupka. — Co tu się działo, jak kralovna Rejčka wyjeżdżała! Ludzie płakali, wójt płakał i pleban płakał, i ja też, jakby mi córkę zabierali. Kto żyw, leciał odprowadzić jaśnie panią do Brna. No, albo chociaż kawałek, do lasku. Mówią, że Hradec się skończył z wyjazdem pani i jej dworu. Co myśmy tu mieli przez te lata za używanie, ho, ho, dużo by gadać. Króle zjeżdżały, Lipski ze swym dworem, turnieje były, tańce, maskarady i procesje kościelne, bo ona bardzo pobożna kobieta, nadzwyczajnie!

— Mówią, że rozpustna — powiedział Jakub, udając, że swędzi go ucho.

— Chcesz w łeb, dziadu? — natarła na niego przekupka.

— Powtarzam — wzruszył ramionami. — Co słyszałem.

— To głupot nie słuchaj, a tym bardziej nie powtarzaj, bo cię zdzielę szmatą i nie uszanuję wieku. Pobożna. Kościół Świętego Ducha nam odbudowała. Książki święte kazała pisać i do klasztorów rozdawała. Ja nie widziałam, ale pleban mówił z ambony. Tytuły takie miały dziwne, bardzo pobożne, bo długie i po łacinie.

— Ale ja żem słyszał, że ona... tego — mrugnął do przekupki Jakub, nie zapominając, że udaje, iż mu lewa powieka opada.

— Czego? — wzięła się pod boki kobieta. — Tak konkretnie, to czego?

— No... tego... — zrobił nieokreślony gest dłonią.

Machnęła na niego szmatą, nie żartowała. Pokuśtykał w swoją stronę.

— Tak to jest z tymi dziadami — wygrażała za nim pięścią. — Jak chłop ma jaką na boku, to mówią, że jurny, a jak kobieta, to wiadomo. Poszedł won i niech nie wraca! — pożegnała go. — A jak co złego na hradecką kralovną powie, to niech mu język sczernieje i ropień w pysku zakwitnie! Paluchy niech mu się wykręcą! I niech szcza boleśnie! — rzuciła za nim grudą zmarzniętego śniegu.

No i już wszystko wiem — zaśmiał się w duchu Jakub i poszedł do Brna. Po drodze rozpytał się jeszcze o to i owo, bo ciekawiło go, jakim sposobem, choć romans Rikissy i Lipskiego był powszechnie znany, udało jej się uniknąć złych języków. Po trzeciej czy czwartej przygodnej rozmowie, uznał, iż to, co brał za wyłącznie własną słabość wobec Rikissy, jest słabością większości mieszkańców Moraw.

W Brnie nie było zamku, jak w Hradcu. Był dom królewski i w nim rezydowała królowa.

— Jakub, ojciec Hugona kopisty i iluminatora ksiąg najjaśniejszej pani. Z odwiedzinami do syna — przedstawił się straży, która przechadzała się po dziedzińcu przed rezydencją.

Kazali mu odczekać chwilę, a potem zjawiła się Hunia i powitawszy go pocałowaniem w dłoń i słowami:

— Witaj, stary ojcze — poprowadziła do pracowni.

Mieściła się w południowej, najlepiej nasłonecznionej części budynku.

— Nade mną komnata prywatna najjaśniejszej pani — powiedziała. — Poznaj, ojcze, cały nasz zespół. Oldrzych — przedstawiła wątłego młodziana o podkrążonych oczach, który czyścił pędzle. — Tutejszy, z Moraw. Królowa bardzo lubi jego bordiury. A to Peszek, mój najmłodszy uczeń. Krewniak świętej pamięci Jana z Vartemberka.

— Miło mi poznać ojca naszego mistrza, Hugona — skłonił się przed Jakubem wysoki i przystojny chłopak.

— Najjaśniejsza pani docenia miniatury Peszka — powiedziała Hunia. — Mawia, że ma dowcip ukryty w ostatnim pociągnięciu pędzla. Oczywiście, ten talent zaczyna się od pierwszej linii — zaśmiała się Hunia tonem pewnego siebie Hugona — ale rzeczywiście, Peszek przyzwyczaił nas do tego, że lubi na sam koniec zrobić coś zaskakującego.

— Frywolny wierszyk na ostatniej stronie? — domyślił się Jakub.

— Panie ojcze — wyrozumiałym, pełnym szacunku tonem skarciła go Hunia. — Wierszyk zostawiają kopiści. Iluminator ma dużo większe pole do popisu. Peszek w niedawno skończonym śpiewniku... — Hunia zaśmiała się, przysłaniając usta — przedstawił siebie w prawym dolnym rogu ostatniej z bordiur. Nie uwierzysz, ojcze, namalował swą twarz z podkrążonymi oczami i wywalonym na bok językiem...

— Bardzo mnie utrudził ten śpiewnik — poważnie powiedział Peszek. — Byłem skonany.

— Całość nie większa niż paznokieć niemowlęcia — pochwaliła go Hunia.

— W imię Ojca i Syna — przeżegnał się bursztynowym różańcem Jakub. — Czy wasza dobrodziejka to widziała? Przecież pracę możecie stracić!

— Widziała, panie ojcze! Śmiała się razem z nami. Powiedziała, że gdy mniszki dojdą do ostatniej pieśni, pomodlą się za Peszka. Dobre, prawda?

— No nie wiem — pokręcił głową Jakub. — Trochę to nowomodne. Powiedz lepiej, synu, coście przygotowali na zlecenie swej pani.

— *Liber choralis ordi cisteriensis, Capitulare et orationarium chori, Martyrologium a regula S. Benedicti* to z tych ostatnich. Razem osiem ksiąg liturgicznych, w tym modlitewniki i śpiewniki. Wcześniej były opowieści o królu Arturze i rycerzach Okrągłego Stołu w wartej fortunę kurdybanowej oprawie, ale właściwie królowa zleca nam wyłącznie księgi pobożne. Czasami ma życzenie, byśmy ozdobili któryś z jej listów, ale to sporadycznie.

Piękna pani planuje fundację cysterską — skojarzył księgi Jakub. — Wydaje fortunę na zbożny cel. A mogłaby suknie i klejnoty zamawiać.

— Dziewięć ksiąg w tak krótkim czasie? — zdziwił się na głos. — Robota wam się w rękach pali.

— Dziękujemy — chórem odpowiedzieli dwaj iluminatorzy.

— No, moi drodzy — Hunia zaklaskała w ręce. — To był dzień dobrej pracy. Powinniśmy teraz się wspólnie pomodlić, ale może zrobicie to sami? Chciałbym pomówić z ukochanym ojcem.

Oldrzych i Peszek pokłonili się Huni, swemu pryncypałowi, i pożegnawszy Jakuba, wyszli.

— Jesteśmy sami? — szeptem spytał de Guntersberg.

— Tak, panie — skinęła głową Hunia.

— Królowa obecna w Brnie?

— Nie, panie. Pojechała z Lipskim. Mówią, że wróci jutro, pojutrze najdalej.

— Nie podoba mi się ten obiekt. Jest słabo strzeżony. To nie zamek i każdy może tu wejść.

— Złudzenie, panie. Królowa nie lubi widoku zbrojnych. Lipski rozmieścił ich tak, by jak najmniej kłuli ją w oczy. Gdy wyjeżdża, jest spokojniej, ale wierz mi, dzień przed jej powrotem dowódca straży brneńskiej sprawdza cały dom królewski, od piwnic po strychy, nie pomijając kuchni czy spiżarni. Potem zagęszcza straże. Królowa mieszka tu jak pisklę w gniazdku. Nic jej nie grozi.

— Nie wierzę w takie rzeczy — odpowiedział zirytowany Jakub. — Spójrz.

Odsłonił płaszcz, którego nie zdjął od wejścia do pracowni. Na plecach miał powieszoną poziomo pochwę z długim nożem, przypiętą do prostego, pielgrzymiego sznura. Nie wspominając o sztyletach w rękawach i długim ostrzu zaszytym w plecy kaftana.

— Nikt mnie nie sprawdzał — powiedział z pretensją, jakby winą Huni była kiepska ochrona rezydencji pani.

— Bo przedstawiłeś się jako mój ojciec — powiedziała z rumieńcem. — Rikissa nieustannie mnie nagradza. Parę razy zabrała mnie na konną przejażdżkę.

— Jesteś pewna, że cię nie rozpoznała?

— Nie jestem — szczerze odrzekła Hunia. — Bo raz wspomniała w mej obecności o Wielkiej Hance, tej olbrzymce wyłowionej z Wełtawy. Ale to jedyna osoba, której nie potrafię rozgryźć. Nigdy niczym nie dała mi odczuć, iż pamięta mnie jako Hunkę, ale tamto wspomnienie obudziło we mnie wzmożoną czujność. Jej służki, które znałam z tamtego czasu, Marketa, Trinka i inne, myślą, że jestem ukrytym sodomitą. Chichoczą w moim towarzystwie i zaczepiają mnie dla zabawy.

— Sodomitą? — zmartwił się Jakub. — To paskudna przykrywka.

— Bo ja wiem? Taka sama dobra, jak każda inna. Nikt mnie na niczym nie przyłapie, a Rikissa ostatnio ukryła na swym dworze przed inkwizytorem trzy heretyczki. Dała im pieniądze i ubranie na drogę, jak tylko udało jej się odwrócić uwagę inkwizytora. Wysłała je do włości Lipskiego. Nawet on sam o tym nie wie. Co ci się stało, panie? — Hunia zmrużyła oczy, wpatrując się w jego twarz.

Dotknął policzka. Miał jakieś wybrzuszenie po prawej stronie.

— Nie wiem — wzruszył ramionami Jakub. — Pewnie zimno złapałem po drodze.

— Czy udało ci się coś ustalić w związku z Michałem Zarembą? Rikissa nie ustaje w poszukiwaniach swego rycerza.

Jakub usiadł ciężko na ławie i przeciągnął dłonią po włosach.

— Okropna sprawa — powiedział oględnie.

— Albo znikniesz, nim wróci, albo musisz przed nią stanąć i powiedzieć. To jej spędza sen z powiek — z przyganą dodała Hunia.

Jakub de Guntersberg opowiedział jej, co odkrył. Teraz przysiadła i ona.

— Nie — oznajmiła. — Nie możesz tego powiedzieć królowej. Serce jej pęknie.

— Muszę za potrzebą — powiedział Jakub.

— Poprowadzę — skinęła głową Hunia i wyszli z pracowni.

Gdy oddawał mocz, naszedł go śmiech tak nagły jak letnia burza. Wyklęła mnie przekupka w Hradcu i się spełniło!

Zagryzł zęby, z bólu oddając mocz. Palce miał wykręcone, jakby mu je ktoś wyłamał. A wrzód na policzku pęczniał.

Co za bzdura — pomyślał, wracając za Hunią do jej pracowni.

— Wiem, co zrobię — powiedziała dziewczyna, gdy zamknęli za sobą drzwi. — Namaluję mej pani smoka, który pokonał archanioła Michała. Ona zrozumie.

— Tak sądzisz? — spytał Jakub, czując, jak mu puchnie język.

— Powiem, że przyśnił mi się mój ojciec, któremu powierzyła misję. Że przyśnił mi się i kazał namalować właśnie to.

Jakub de Guntersberg podjął decyzję w jednej chwili. Ostateczną. Położył dłoń na ramieniu Huni. Dłoń z wykręconymi palcami.

— Powiesz swej pani, że przyśnił ci się twój zmarły ojciec — oznajmił.

Bure oczy Huni wejrzały w jego oczy. Pojęła w lot.

— Przysięgasz, że będziesz jej strzegła? — spytał.

— Tak, ojcze. — W jej źrenicach zalśniło coś, co mogło być łzą. — Powiedz, jak chcesz umrzeć? — zapytała czule.

— Jak nikt — odpowiedział Jakub de Guntersberg. — Zostawię ci coś dla niej — dodał. — Ale musisz sama wyjąć z sakwy. Palce właśnie odmówiły mi posłuszeństwa.

Hunia otworzyła jego bagaż.

— Ten rogowy pojemnik — poinstruował ją. — Możesz zerknąć.

— Czyje to włosy? — spytała, zaglądając do wnętrza.

— Jej ojca, króla Przemysła.

RIKISSA zapakowała podarunek. Ostatni raz spojrzała na perłę króla z korony Piastów. Perły królowej nie zdejmowała z szyi od lat. Wzięła do ręki pergamin, który wcześniej kazała ozdobić w pracowni. Bordiura z zielonych liści akantu, a pośrodku niej tarcza herbowa. Piastowski orzeł na purpurze na górnej belce. Na dolnej płomienista orlica. Na prawej i lewej trzy lwy. Hugo sprawił się świetnie. Lubiła jego odważną, prostą linię. Wyśmienity szczegół i złocenie ledwie maźnięte, jak złoty cień. Jej uwagę przykuł jeden nieco większy liść w prawym dolnym rogu. Przysunęła pergamin do oczu i zbliżyła świecę. Zobaczyła miniaturową twarz damy unoszącej dłoń. Obrazek był tak mały, że dopiero po chwili rozpoznała, co dama trzyma w dłoni. Lipowy liść. Roześmiała się serdecznie. Hugo!

Przez chwilę patrzyła na pustą przestrzeń pergaminu, aż zanurzyła pióro w inkauście i napisała:

„Jadwigo, królowo Polski, przyjmij ode mnie dar królewskiej sieroty. Perłę wydartą z korony mego ojca, króla Przemysła. Insygnia stracone dla Królestwa, ale może choć ta morska łza, która zdobiła koronę od czasów Śmiałego, sprawi, iż doświadczycie przeniesienia świętej mocy Królestwa Polskiego do czasów przyszłych. Moja daleka krewno, Jadwigo! W dzień Waszej koronacji każę odprawić mszę uroczystą za pomyślność Waszą i Królestwa. Wiedz, że wypełniłam i wypełnię…"

— Pani moja — usłyszała za plecami głos Lipskiego.

— Już jesteś? — odwróciła się ku ukochanemu.

— Hetman pada do stóp królowej! — rozłożył ramiona i uśmiechając się szeroko, objął jej plecy. — Gratuluję pomysłu — pocałował ją w szyję. — Wyśmienite. Twój zięć, Henryk, książę jaworski, występujący zbrojnie o spadek po dynastii brandenburskiej należny mu po matce. Wyborne. Pośmiertna zemsta na Waldemarze?

— Nie — odpowiedziała, odsuwając od siebie pergamin. — Mąż mojej córki naprawdę może wysunąć roszczenia do Brandenburgii.

— Dlatego chwalę pomysł — szepnął.

— Przestań, pochlebco. Jak cię znam, sam na niego wpadłeś, nim podpowiedziałeś Jaworskiego jako męża dla Anieżki.

— Przenosiny niemal ukończone — zmienił temat, wstając i całując ją w czoło. — Król Jan zgodził się na zamianę dóbr i wraz z tytułem hetmana…

— Jesteś okropny — uderzyła go pieszczotliwie w dłoń, którą zostawił na jej ramieniu. — Nie odpuściłeś swemu królowi.

— Nie — przeciągnął się Lipski. — Uwielbiam doprowadzać rzeczy do celu. Obiecałem ci przed laty, że Morawy będą nasze?

— Coś mówiłeś — powiedziała lekko. — Ale jeśli dobrze pamiętam, zwracałeś uwagę, że są piękne.

— Wszystko, co piękne, musi należeć do ciebie — ugryzł ją w opuszek palca i wyjął z jej dłoni pióro.

— Daj mi dwie wsie — zażądała. — Pod klasztor.

— Dam ci, co zechcesz — obiecał, oblizując jej paznokcie. Zatrzymał się nagle i wyprostował. — Rikisso, twoje cysterki będą bogate jak księżne!

— Mylisz się, poganinie — zaśmiała się. — Mniszki nie gromadzą dla siebie. Potrzebują majątku, by całe swe życie wypełnić służbą Bożą.

— Dam ci cztery — powiedział, patrząc jej w oczy. — Pięć, sześć, trudno, najwyżej umrzemy w ubóstwie.

— Podkomorzy, marszałek, a od teraz i hetman — zadrwiła z niego. — Najbogatszy i największy baron Królestwa Czeskiego. Opoka króla Jana Luksemburskiego. Wstydziłbyś się, Lipski, wypominać moim mniszkom.

— Żyję, by ci służyć — jego oczy zalśniły jak klejnoty.

— Tak? — spytała lekko. — To chcę pomówić o przyszłości Katriny, twej córki.

— Znalazłem jej męża — wyprężył się. — Będzie zachwycona.

— Czyżby? — zapytała. — Mówiłeś z nią o tym?

— Nie. — Henryk był zaskoczony. — Przecież mówię, że dopiero dobiłem...

— Targu? — spytała złośliwie.

Wzruszył ramionami i odszedł nalać sobie wina. Wrócił z kielichem.

— Dopiero zakończyłem rozmowy — wyjaśnił. — Zaszedłem tak daleko, że w Czechach trudno znaleźć męża godnego Katriny.

— On tu jest, Henryku — powiedziała, wstając. — Nie szukałbyś, gdybyś zapytał córkę.

Oczy Lipskiego pociemniały.

— Zakochała się w jakimś dworaku?! — spytał szybko i z wyraźną pogardą.

— Nie, kochany. Zakochała się w królu — odpowiedziała Rikissa poważnie.

— Jan?! — żachnął się, odstawiając kielich. — Ja...

Chwyciła jego twarz w dłonie. Pocałowała wilgotne od wina usta.

— Zakochała się w królu wiecznym, Henryku. Twoja córka pragnie wstąpić do klasztoru. Być oblubienicą Chrystusa.

— Żartujesz! — wyrwał się z jej pocałunku.

— Nie, mój miły — przyciągnęła go z powrotem. — Jej miłość jest prawdziwa, a powołanie sprawdzone.

— Ale... — próbował się wyszarpnąć. — Ale to moja córka!...

— Hamuj się — okiełznała go jednym zdaniem. — Ona wybrała zaślubiny boskie. Chcesz postawić się ponad Chrystusem?

Dyszał ciężko, aż uległ jej sile.

— Nie — powiedział i wiedziała, że słowa nie cofnie.

Jej Henryk Prawy ciężko usiadł na ławie. Kochała go takim.

Prawdziwym w uporze, pysze i pokorze. Wszystko to było w nim równoczesne. Lipski, król życia. Pazerny na nie i kochający każdy świt i zachód. Uniżenie przyjmujący zachmurzone słońce.

— Katrina potrzebuje, byś z nią pomówił — przemówiła w imieniu swej ukochanej dwórki. — Nie zostawiaj tej sprawy w niedopowiedzeniu.

— Jest taka śliczna — powiedział nieobecnym głosem. — Pewna siebie, dworska, wytworna.

— No i co? — uniosła głowę wyzywająco. — To znaczy, że nie może być mniszką? Katrina całe życie, które poznała i posiadła, chce położyć w darze przed swym Oblubieńcem. Ona wybrała, a ty uszanuj jej wybór.

— Myślałem, że takie damy, na jaką wyrosła Katrina...

Rikissa zaśmiała się i podeszła do niego. Zmierzwiła mu włosy i pocałowała w głowę.

— Myślisz jak prostak, mój miły. Wydaje ci się, że do zakonu idą tylko niechciane i brzydkie dziewczyny? Wstydź się, Lipski. Dar, który Katrina ofiaruje boskiemu Oblubieńcowi, wart jest wiele. Zaczynam wątpić, czy zasłużyłeś na taką córkę.

Złapał ją w pasie, gwałtownie, mocno.

— A na ciebie, *bis regina*? — spytał, unosząc głowę. — Jak na ciebie zasłużyłem?

— Wyrosłeś na drzewo, na którym mogłam się oprzeć — odpowiedziała, pochylając się i całując go w usta. — Gdyby nie ty, Henryku z Lipy, nigdy nie dałabym rady spełnić przesłania Jakuba Świnki.

— Rosłem przy tobie i dzięki tobie — powiedział, rozsznurowując jej suknię. — Miłość jest siłą zdolną przenosić góry.

— Powtórz to samo, gdy będziesz udzielał zgody Katrinie na wstąpienie w szeregi mniszek.

— Rikisso — jęknął. — Mówiłem o nas...

— Wiem — odpowiedziała. — I chcę, byś uczciwie stosował naszą miarę do innych. My nie patrzyliśmy na prawa, zwyczaje, nie słuchaliśmy, co o nas szepczą. Postawiliśmy na miłość wbrew wszystkiemu. Daj prawo wyboru swojej córce — powiedziała miękko, rozplatając włosy.

— Czy *bis regina* raczy zdjąć dla mnie suknię? — zapytał, zrzucając tunikę.

— Czy hetman Królestwa przysięgnie, że wojska czeskie nigdy nie ruszą na Królestwo Polskie? — spytała, trzymając w palcach jej wiązanie.

— Póki żyję, to się nie stanie — przysiągł, całując jej dłoń. — Po mnie przysięgi dochowa mój syn. Henryk z Lipy junior. Czy to wystarczy, pani, bym mógł zanieść cię do łoża? — spytał, chwytając ją w pasie.

— Nie — odpowiedziała. — Te sprawy nie mają związku. Po prostu miałeś szczęście, Henryku z Lipy, że moja miłość i polecenie ojczulka Świnki złączyły się ze sobą.

— A gdyby było inaczej? — spytał wyzywająco i przylgnął do niej nagą piersią.

— Nie chcesz znać odpowiedzi — powiedziała. — Więc nie pytaj. Na kolana, hetmanie! Dziękuj Bogu, że wślizgnąłeś się w Jego plany.

Lipski upadł na kolana i pociągnął ją za sobą.

— Spójrz, Rikisso — szepnął do wnętrza jej ucha. — Świt. Słońce znów oparło się nocy.

Prawda — pomyślała, patrząc na mroźną kulę. — Światło zwyciężyło. *Lumen Christi!* — zawołała w duszy. I zdjęła z siebie pancerz sukni.

JEMIOŁA przylgnęła do pnia świerku i spojrzała na innych. Mróz dawał się we znaki wszystkim. Litewska zima. Tylko jej brat nie narzekał. Zdjął kaptur, by lepiej widzieć i słyszeć. Drugi dzień czaili się w zasadzce przygotowanej wokół zamarzniętego jeziora Biržulis. Mokradła otaczające je od wschodu i sławne, złowieszcze bagna Peršežeris zimą stawały się przejezdne, choć pokryte śniegiem. Tkwili tu, bez ognia, bez snu. Wtopieni w pnie świerków i brzóz. Nawet zwierzęta przestały zwracać na nich uwagę. Majestatyczne łosie brnęły obok nich w poszukiwaniu pędów i gałązek. Stada saren przebiegały cicho i nawet białe zające o słuchu tak czułym przemykały między drzewami, nie obawiając się czekających w milczeniu ludzi.

To musi być dzisiaj, inaczej zasadzka zamarznie, a ja razem z nią — pomyślała, chuchając w dłonie.

Woran pochylił się i w dwóch susach dopadł do niej. Podał jej rękawice.

Podsłuchujesz! — skarciła go w myślach.

Tylko ciebie — odpowiedział. — Nie śmiałbym podsłuchiwać wielkiego kniazia Giedymina.

Jego tu nie ma — pomyślała.

Ale jest główny wódz i kapłani. Pojęcia nie masz, jak silni.

Litwini nie są wściekli? — spytała go. — Tkwimy tu o dzień za długo.

Nie — pomyślał. — Mróz poprzedniej nocy nie był aż tak silny, by zniweczyć nasze plany. A Litwini to twardzi ludzie, nie przepłoszy ich byle zima. Henryk von Plötzkau ma na rękach krew tysiąca wojowników Giedymina. Dla nich i kniazia ujęcie go to sprawa życia, honoru i pomsty.

Jak dla ciebie, bracie — pomyślała czule.

Jak dla mnie — odpowiedział twardo i dał jej znak ręką. — Zaczyna się.

Najpierw zobaczyli straż przednią. Kilku Prusów w czapkach z szarych bobrów i takich samych, lekkich futrach. Ostrożnie jechali dobrze sobie znaną leśną ścieżką. Tędy przebiegał szlak z Rygi do Królewca, w niedalekich Miednikach Żmudzini mieli swój gród obronny, tyle razy palony przez Krzyżaków. Sekretni ludzie Giedymina w dniu, w którym Jemioła i Woran zostali przyjęci przez kniazia, przekazali wiadomość, że tą drogą będzie jechał Henryk von Plötzkau. W dniu, w którym przynieśli mu jantarowy płód i prośbę: pomóż nam pomścić Jaćwież. Giedymin, wojowniczy książę, prowadzący nieustanną wojnę z Krzyżakami, powiedział: pomogę. Skrzyknął swych wodzów i wymyślili zasadzkę na jeziorze Birżulis.

Prusowie przejechali gładko, nie wietrząc niebezpieczeństwa. Ich wytrzymałe, nieduże koniki weszły na zmarznięte wody jeziora. Woran naśladując krzyk ptaka, dał znać Litwinom siedzącym w suchych badylach zamarzniętych trzcin. Głosem dzięcioła odpowiedział mu Butygeidis, wódz wojsk Giedymina.

Za pruskim zwiadem pojawiły się wojska zakonne. Pyszne czarne krzyże na białych płaszczach. Henryk von Plötzkau jechał z odsłoniętą przyłbicą.

Czterdziestu rycerzy — policzyła Jemioła.

I sześćdziesięciu szarych braci — dodał Woran. — Nic się nie bój, siostro — dodał. — To dzisiaj. Celuj na mój znak. Żelazne pancerze są odporne na strzały, ale nie lekkie półpancerze szarych braci. To oni będą twą zwierzyną łowną. Zobaczymy się później — pocałował ją w policzek i skacząc od pnia do pnia, wrócił na swoje miejsce.

Woran kwitnie — pomyślała — jakby zemsta była jego żywiołem. A przecież on jest łagodnej krwi.

Nie pomyślała, jak bardzo boi się o niego. Ten lęk zatrzymała dla siebie.

To dzisiaj — powtórzył w myślach jej brat.

Gdy Woran dał znać Butygeidisowi, że na zamarzniętym jeziorze znalazł się cały oddział krzyżacki, z okalających Birżulis trzcin i lasów wybiegły dwie setki Litwinów. Jemioła też. Nim żelaźni bracia zdążyli się zorientować, byli okrążeni. Jemioła wypuszczała strzałę za strzałą, kalecząc zgrabiałe palce. Nie czuła bólu, czuła gniew. Widziała, jak białe płaszcze przemieszczają się, tworząc krąg osłoniętych tarczami wojowników. Szarzy bracia zostali przed nim, jak straż przednia, naciągnęli kusze i zaczęli strzelać.

Krzyżacy pozwolą ich wybić — pomyślała i starała się być celna.

Litwini mieli przewagę liczebną, raz po raz któryś z szarych braci spadał z konia. Wystraszone oszalałe rumaki instynktem pchane na ląd z rżeniem uciekały z pobojowiska.

Jęki konających i krzyki Litwinów odbijały się od tafli lodu na jeziorze.

Żeby się udało — powtarzała w myślach. — Żeby się udało.

Mieli rozkaz trzymać się o sto kroków od żelaznych braci, ale widziała, jak kilku wojowników poniosły nerwy. Dobiegli bliżej, zamieniając łuki na lekkie, skuteczne oszczepy.

Uważaj na nich — przestrzegła się w myślach i celowała między Litwinami.

Wybijanie szarych braci trwało długo. Kilku Litwinom udało się trafić w zakonnych rycerzy. Krąg białych płaszczy natychmiast domykał się, wypychając martwego przed szereg.

Wypluwają trupy — pomyślała, sięgając po kolejną strzałę. — Są jak żywa, ukryta pod blachą i tarczami forteca. Żelazna warownia na koniach.

Ostatni kusznicy padali pod litewskimi strzałami, gdy Butygeidis wyjechał konno na brzeg jeziora prowadząc pieszych oszczepników.

Jemioła zrozumiała znak i odwiesiła łuk na plecy. Teraz ich kolej — pomyślała i spróbowała złapać biegnącego ku niej konia bez jeźdźca.

— Uratuję cię — obiecała. — Chodź tu, swejku — wabiła go spokojnym głosem.

Zwolnił. Patrzył na nią z ukosa. Widziała wielkie, wilgotne oczy konia, rozdęte chrapy wypuszczające kłęby pary. Słyszała jego kopyta na lodzie, wyciągała ramiona. W tej samej chwili pierwszy szereg oszczepników Butygeidisa rzucił drzewcami w żelaznych braci. Świst lecącej broni spłoszył konia. Potrząsnął łbem, zarżał i zamiast w stronę Jemioły i brzegu, ruszył ku walczącym. Ona za nim.

Stój — pomyślała o koniu i rzuciła się za nim. — Biegniesz na śmierć.

Ty też — usłyszała w głowie głos Worana. — Nie zbliżaj się na mniej niż sto kroków.

Nie mogę go zostawić — pomyślała ze złością.

Musisz — gdzieś z oddali rozkazał jej brat.

Zrobiła jeszcze dwa susy. Spanikowany koń uciekał ku największej matni. Oszczepnicy Butygeidisa miotali raz za razem. Szereg pierwszy cofał się, dając miejsce drugiemu i tak na zmianę. Krzyżacy padali na końskie szyje, krzycząc:

— *Gott mit uns!*

Henryk von Plötzkau nie zamknął przyłbicy. Wciąż trzymał ją otwartą.

Oni nie walczą — pomyślała o Krzyżakach. — Oni liczą na cud. Mają tylko miecze, ale by ich użyć, muszą rozbić swą konną warownię. Oby plan Butygeidisa powiódł się.

Oszczepnicy zachowywali odległość, słudzy raz po raz podawali im nowe drzewce. Oszalały rumak, którego tak bardzo chciała ocalić, biegał z przeraźliwym rżeniem między lecącymi zewsząd oszczepami.

Do mnie, do mnie, koniku! — pomyślała z całych sił.

W tej samej chwili usłyszała trzask pękającego lodu. Lewa flanka Henryka von Plötzkau w okamgnieniu zapadła się pod wodę. On sam stał na prawej. Przeraźliwe rżenie topiących się koni i milczenie ginących razem z nimi jeźdźców.

Woran — zaklęła brata w myślach. — Teraz ty.

To dzisiaj — odpowiedział jej.

Zobaczyła go. Wysoką, smukłą sylwetkę biegnącą ku Krzyżakom. Tak. To była jego chwila. W czasie narady z Giedyminem wziął to na siebie. „Kto, jeśli nie ja, kniaziu?" powiedział wówczas. „Wiem o nim wszystko. Byłem jego giermkiem". Wtedy wymyślili zasadzkę na jeziorze. Nakłucie lodu pośrodku. Zmuszenie Krzyżaków, by długą chwilę bronili się tam, gdzie będzie słaby. Okrążenie ich tak, aby musieli trzymać się blisko siebie, napierając ciężarem koni i jeźdźców, póki lód nie zacznie pękać. Uciekających miały wybijać czekające na brzegach litewskie wojska. Zadaniem Worana było wzięcie Henryka von Plötzkau żywcem. Takie było życzenie kapłanów Perkuna i samego kniazia Giedymina.

Pilnowała swych myśli, by nie rozpraszać Worana, jednocześnie obserwując wszystko, co się dzieje. Lód pękał coraz bardziej, wciągając następnych rycerzy. Trzech nie wytrzymało napięcia i porzucili szereg, próbując uciekać do brzegu.

— Stać! — krzyknął za nimi Henryk von Plötzkau. — Rycerz zakonny nie ucieka! Wracać!

Nawet się nie obrócili. Koń jednego z nich wpadł w szczelinę, zachwiał się i runął, ciągnąc za sobą jeźdźca. Pozostałych dwóch oszczepami zabili Litwini. Woran zbliżył się na pięćdziesiąt kroków do Plötzkau, zabiegając go z tyłu. W tym samym momencie Plötzkau uniósł wysoko miecz i dał swym rycerzom rozkaz, którego nie zrozumiała, pojęła go po chwili. Dziesięciu żelaznych braci z mieczami gotowymi do walki ruszyło do brzegu.

Będą się chcieli wydostać. Wolą walczyć, niż zginąć pod lodem. Tak, widziała, że Woran ma mało czasu, ale nie chciała o tym myśleć. Jej brat przyspieszył, kilkoma susami odsunął się w bok, by zejść z pola widzenia jadącym, wziął zamach i zarzucił pętlę na Henryka von Plötzkau. Trafił i w jednej chwili ściągnął wielkiego marszałka zakonu z konia. Usłyszała metaliczne uderzenie okutego w blachy rycerza o lód. Miecz Krzyżaka potoczył się z brzękiem i wpadł wprost do przerębli, którą zostawiali za sobą.

Masz go, Woran — pomyślała z ulgą.

Na dziewięciu jeźdźców bez wodza czekali Litwini. Z bojowym okrzykiem rzucili się na nich.

Woran ciągnął Henryka von Plötzkau po lodzie.

Uważaj — pomyślała gwałtownie — on wyjął nóż i chce przeciąć linę!

Plötzkau zamachną się ostrzem, uderzył i w tej samej chwili lód pod nim pękł. Ciężki, okuty w żelazo Krzyżak zaczął zanurzać się w wodzie. Jemioła rzuciła się na ratunek Woranowi. Jej brat pociągnięty ciężarem trzymanego na linie Plötzkau przewrócił się. Teraz to Krzyżak ciągnął go za sobą pod lód.

Skokiem dopadła Worana. Chwyciła go za nogi i przytrzymała w miejscu. Przerębel był coraz większy, kolejne kawały lodu odrywały się, tworząc kołyszące się na wodzie wyspy. Trzymała brata z całych sił. Plötzkau rzucał się w wodzie, żelazo zbroi ciągnęło go w odmęt jeziora Birżulis.

Puść linę — pomyślała do Worana — słyszę skrzyp lodu pod nami. Wszyscy zginiemy.

Ty puść mnie — odpowiedział. — Przysięgałem Giedyminowi, że wezmę komtura żywcem, albo zginę.

Durna przysięga! — sklęła go w duchu i nagle poczuła, że nie są sami. Ktoś złapał ją za stopy i pociągnął ku brzegowi.

Matkom dzięki — pomyślała, odwracając głowę.

Zobaczyła napiętą z wysiłku twarz oszczepnika Butygeidisa. A za nim łańcuch leżących na lodzie kolejnych.

Wyciągają nas, trzymaj go — przekazała Woranowi.

Ani przez chwilę nie miałem zamiaru go puścić — odpowiedział.

Po ich prawej stronie lód pękał szybko. Przesuwali się wzdłuż linii przerębla. Usłyszała parskanie i po chwili znalazła się oko w oko z tonącym koniem.

Mój mały swejku — pomyślała, patrząc w jego przerażone wielkie źrenice.

Wyszczerzył zęby i już nie zdołał utrzymać się na powierzchni. Zacisnęła jeszcze mocniej palce na nogach Worana.

Pomyśl, co czuła Jaćwież, gdy ten rzeźnik ją palił — pomyślał do niej, jakby to miało rozproszyć jej rozpacz na widok śmierci zwierzęcia.

Usłyszała okrzyk:

— Uratowani!

Odwróciła się. Tak, już byli przy brzegu. Litwin puścił jej nogi i krzyknął radośnie:

— Możesz wstawać, siostro!

Zamiast wstać, padła z wyczerpania. Do Worana podbiegli wojownicy, wzięli od niego linę z Henrykiem von Plötzkau.

Ostatnim wysiłkiem podczołgała się do brata i objęła go ramieniem. Dyszeli ciężko.

— Martwy!

— Plötzkau nie żyje! — zawołali Litwini pochylający się nad komturem królewieckim.

— Żyje — wyspał Woran. — Tylko trochę zamarzł.

Wieczorem na brzegu jeziora Birżulis rozpalono mnóstwo ognisk. Wielki książę litewski Giedymin przybył z całą swą świtą. Litwini świętowali głośno, ich święty las, zwany tak jak zamarznięte teraz mokradła, Paršežeris, rozbrzmiewał setkami pieśni. Zwycięstwo nad Krzyżakami miało dla nich smak miodu. Przytoczyli dziesiątki beczek.

— To tylko czterdziestu rycerzy zakonnych, ale dla ich wojny pokonanie Henryka von Plötzkau może oznaczać zatrzymanie Krzyżaków na długie lata — powiedział do Jemioły Woran, gdy oboje raczyli się miodem, patrząc na to z oddali.

Kapłani Giedymina zdecydowali, że Henryk von Plötzkau zostanie złożony w ofierze Perkunowi.

— Nie chcę na to patrzeć — powiedziała. — Nie uznaję ofiar z ludzi.

— To nie był człowiek, Jemioło. To potwór, który zamordował *Bišu Māte*, Matkę Pszczół.

— Niech go zabiją i po sprawie — wzruszyła ramionami.

W tej samej chwili podszedł do nich Butygeidis.

— Szukałem was — zawołał radośnie wódz. — Wielki kniaź chce was widzieć.

Nie możesz się wymówić — pomyślał do niej brat. — On to źle zrozumie.

Ruszyła za Woranem niechętnie.

Gdzie twoja łagodna krew? — zapytała go w myślach ze złością.

Dzisiaj przeszła na ciebie, siostro — odpowiedział jej.

Giedymin w otoczeniu kapłanów stał przed samotnym niedużym drzewem rosnącym pośrodku polany. Jego wojownicy układali naręcza suchego drewna w kręgu wokół drzewa.

Nie podoba mi się to, co widzę — pomyślała.

Woran nic jej nie odpowiedział.

— *Vyresnio Kraujo dvyniai!* Bliźnięta Starszej Krwi! — powitał ich, szeroko otwierając ramiona. — Dotrzymałeś słowa, Woranie. Byłeś gotów poświęć życie, by go dotrzymać. Twoja siostra też!

Wyłącznie by ratować brata — pomyślała.

Giedymin przeczesał sterczącą brodę palcami i unosząc ręce, zawołał do zebranych:

— Dziecko *Bišu Māte* przyniosło nam zwycięstwo nad zakonem!

Kapłan wyciągnął ramiona i pokazał wszystkim jantarowy płód. Był zupełnie inny niż przed laty, gdy Jemioła zobaczyła go zawieszonego między piersiami Jaćwieży. Wtedy w jasnym, przejrzystym bursztynie pływało żywe dziecko. Dzisiaj jantar przybrał ciemną, niemal czarną barwę, w której nieruchomo tkwił zastygły, martwy płód. Jego kontury znaczyła brunatna linia.

Jak dawno zaschnięta krew — pomyślała.

— W podzięce Perkunowi za odniesione zwycięstwo na stos ofiarny pójdzie Henryk von Plötzkau — zawołał Giedymin. — Ten, który splamił swe ręce krwią tysięcy naszych braci!

Wśród okrzyków szaleńczej radości wprowadzono konia z jeźdźcem. Plötzkau leżał na jego szyi, jak martwy. Biały, wciąż wilgotny od wody płaszcz ciężko zwisał mu z ramion.

Chyba nie spalą go razem z koniem?! — pomyślała w panice.

— To jest krzyżacki koń — odpowiedział jej brat.

Zatkało ją. Naprawdę to pomyślał?

Zrozumiała, dlaczego stos ustawiono wokół drzewa, gdy zaczęto do pnia przywiązywać zwierzę. Jęknęła. Nie uszło to uwadze Giedymina.

— Taka dzielna wojowniczka płacze? — zapytał i wyczuła w jego głosie drwinę.

— Za koniem — odpowiedziała. — Szanuję każde zwierzę.

— Ja też — uśmiechnął się zimno. — Dlatego oddaję je na ofiarę. Perkun nie chce od nas rzeczy nieważnych.

Czterech kapłanów podpaliło okrąg jednocześnie. Piąty okrążał stos z jantarowym płodem w dłoni. Zabrzmiały kościane piszczałki, bębny naciągnięte końską skórą i długie, drewniane flety. Hałaśliwa muzyka wypełniła Peršežeris. Okrąg zapłonął. Koń zarżał przeraźliwie. Woran złapał ją za rękę.

Wybacz im — pomyślał do niej szybko. — Świętują tak, jak każe im tradycja. Zrozum, Plötzkau naprawdę był rzeźnikiem Litwinów.

Rozumiem — odpowiedziała, zagryzając wargi. — Choć się z tym nie zgadzam.

Płomienie sięgały rumakowi do brzucha, gdy z krzykiem ocknął się Henryk von Plötzkau. Uniósł się i wyprostował. Miał spętane ręce i był przywiązany do konia, więc nie mógł zrobić nic więcej. Wojownicy Giedymina zawyli radośnie. Zaszamotał się chaotycznie. Pewnie dopiero teraz dotarło do niego, co się dzieje, ale nie krzyknął więcej.

— *Vyresnio Kraujo dvyniai* — zwrócił się do nich wielki kniaź.

— Komtur rozmarza. Ogień i lód idą ze sobą w braterskiej parze.

— Czy i wy, bracia Litwini, staniecie przy nas w dniu próby? — spytał Woran.

— Ta ofiara już stała się początkiem wspólnej sprawy — odpowiedział Giedymin.

Piąty kapłan wirujący w szaleńczym tańcu wokół stosu z jantarowym płodem w obu dłoniach zaczął śpiewać jakąś przenikającą duszę pieśń. Jemioła, choć nie zapomniała o płonącym żywcem koniu, poddała się jej. W tej samej niemal chwili koń padł, ciągnąc za sobą Henryka von Plötzkau.

Dobrze — pomyślała — skończyła się ich męka.

Sypnęło iskrami, płomienie wystrzeliły w górę. Litwini zakrzyknęli radośnie. I właśnie wtedy ponad ognisty krąg uniósł się Henryk von Plötzkau. Wielki marszałek zakonu jakimś cudem zdołał unieść się po upadku konia. Znad jęzorów ognia wystawała tylko jego głowa. Broda komtura płonęła. Plötzkau zawołał:

— Bóg jest z nami, nie z wami!

A potem zaśmiał się szaleńczo i zaczął śpiewać:

— *Salve Regina, mater misericordiae... vita, dulcedo, et spes nostra, salve...*

Zamilkł. Pewnie udusił się trującym dymem, który trawił jego własne trzewia. Upadł na kark martwego konia. Kapłan z jantarowym płodem nie przestał ani śpiewać, ani wirować. Jeszcze po trzykroć okrążył stos, aż stanął nagle i zawył przenikliwym głosem, wysoko nad głową unosząc płód. Ogień prześwietlił jantarową macicę. Zapłonęła barwą ciemnej krwi.

Widzisz? — złapał ją za palce Woran.

To sztuczka — odpowiedziała mu — gra światła i rozgrzanego od stosu powietrza.

Wydawało mi się, że otworzyło dłoń.

Wydawało ci się — potwierdziła.

— Jesteście moimi gośćmi na uroczystej uczcie — powiedział Giedymin, gdy stos się dopalił, a śpiewy nieco przycichły.

— Z radością przyjdziemy — odpowiedział za nich dwoje Woran.

Książę i jego orszak opuścili polanę. Jemioła przytrzymała brata. Miała nadzieję, że nie pójdą jednak na tę ucztę.

— Czujesz ulgę? — spytała go, gdy zostali sami.

— A ty nie? — zdumiał się. — Przecież ty, siostro, rozumiesz słuszną zemstę. Sama ruszyłaś w wojenny taniec po śmierci Przemysła.

— Tak — odpowiedziała wymijająco. — Rozumiem.

Śnieg na polanie stopniał od gorąca bijącego ze stosu Henryka von Plötzkau. Zamyśliła się.

— Jeśli śmierć marszałka zatrzyma Krzyżaków i żelaźni bracia przestaną walczyć z Litwą, to przeciw komu się zwrócą? — spytała Worana.

— Przecież wiesz — odpowiedział i milczeli długą chwilę.

EPILOG
Wawel 1320

JADWIGA nie spała w noc poprzedzającą koronację.

Była zmęczona wyczerpującymi uroczystościami, które trwały od wczoraj. Cały dzień pościła, potem arcybiskup Janisław wysłuchał jej spowiedzi. Po rozgrzeszeniu przebrała się w prostą, mnisią suknię i wraz z córkami pieszo poszły z Wawelu do klasztoru klarysek krakowskich. Dziewczęta zostały, by modlić się w kościele; ona, mocą przywileju papieskiego wpuszczona za furtę, cały dzień przeleżała krzyżem. Jej drogie klaryski leżały razem z nią i godzina po godzinie modliły się o łaskę na czas koronacji. Potem, gdy wracały wieczorem do zamku, rozdawały jałmużnę. Ubodzy stali wzdłuż drogi i w milczeniu wyciągali ręce. Tak, usłyszała, jak pewna zasuszona starowina porównała ją do księżnej Kingi. Przeżegnała się i nie zatrzymywała na tej myśli. Nie śmiała.

Teraz siedziała sama, w wielkim łożu, z nogami podciągniętymi pod brodę. Patrzyła w chybotliwy blask świecy oświetlającej wiszący na ścianie krucyfiks. W palcach trzymała perłę przesłaną jej przez Rikissę. Perłę z dawnej korony Piastów. Ostatni łącznik między tamtym światem a nowym.

Wszystko działo się tak szybko; od powrotu Gerwarda z bullą z Awinionu do dzisiaj minęły niespełna trzy miesiące. Datę koronacji trzymano w tajemnicy przed wywiadowcami Jana Luksemburczyka i Krzyżaków. Nikt nie miał złudzeń, że wiadomość się przedostanie, ale arcybiskupowi zależało, by stało się to jak najpóźniej. A jednak *bis regina* zdążyła przesłać jej prezent. Prezent to mało. Koronną relikwię. Jednak korony dla nich obojga były już ukończone i Jadwiga podjęła decyzję: po świętej uroczystości nie zatrzyma tej perły dla siebie. Zrobi z niej klejnot dla córki. Dar polskich królowych.

Piętnastoletnia Elżbieta za pół roku zostanie żoną Karola Roberta Andegawena. Królową Węgier. Niech poniesie perłę w ślubnym pierścieniu do Budy.

Wciąż jeszcze nie mogła w to uwierzyć, sprawy potoczyły się błyskawicznie. Jej mąż wysłał poselstwo do Budy, by czekało na szczęśliwe rozwiązanie królowej Beatrycze. Gdyby na świat przyszła córka, posłowie mieli natychmiast złożyć królowi ofertę narzeczeńską w imieniu ich syna, Kazimierza. Niestety, dziewczynka, którą powiła Beatrycze, zmarła podczas porodu, a jej śmierć pociągnęła zgon matki. Na Węgrzech zapanowała żałoba. Karol Robert wciąż nie miał dziedzica. Władek pchnął do poselstwa w Budzie gońca i wbrew temu, co o nim skrycie myślała, znów okazał się mistrzem swatów. Karol Robert, trzydziestodwuletni król Węgier, poprosił o rękę ich córki Elżbiety, a ślub ma się odbyć niezwłocznie po zakończeniu przez niego żałoby.

To za pół roku — westchnęła, obracając perłę w palcach. — Za pół roku spełni się sen Elżuni o tym, że ona i ojciec mają na głowach korony. Pan Bóg czuwa nad nami — pomyślała. — Czuwa.

Tę noc, ostatnią przed koronacją, spędzali osobno. W dwóch różnych komnatach, jak nakazywał rytuał.

Czy Władziu też nie śpi? — pomyślała. — Czy tak jak ja przypomina sobie całe nasze życie? Rok po roku, dzień po dniu?

Jadwiga wspomnieniami była w Radziejowie. On na wygnaniu, żadnych wieści, nic, tylko ciągłe plotki, że pewnie go Czesi zabili, albo że Brandenburczycy. Ona z dziećmi u wójta Gerka, udająca prostą mieszczkę, by nikt nie wytropił, że to księżna. Nosiła wełniany pasiak, fartuch i włosy kryła pod chustką. Noc w noc prześladował ją sen o wronie żerującej na trupie jej męża. Budziła się z krzykiem, a spali przecież w jednym łóżku. Kunegunda, Stefan, mały Władek i ona. Kunegunda, dzisiaj szczęśliwa księżna świdnicka, czworo dzieci ma z Bernardem, w tym dwoje synów. Ale jej synków nie ma. Stefan i Władek, Boże! Zapłacili ich życiem za Kraków, tak sobie mówią z Władkiem, żeby nie zwariować, ale kto to wie? I ten Kaziu, kochany chłopiec, co przydarzył im się tak późno.

— Przecież ja byłam grubo po czterdziestce — wyszeptała do perły. — Babcią zostałam, a potem znów matką.

Jej świątobliwa przyjaciółka, ksieni sądeckich klarysek, Katarzyna Odolani, powiedziała kiedyś:

— Pan Bóg obdarzył twego męża uporem, a ciebie cierpliwością, razem jesteście w dwójnasób silni.

Wszystko to prawda — pomyślała. — Ale czy jutro, gdy włożę na skronie królewską koronę, uwierzę, że osiągnęliśmy tak wiele?

Wstrząsnęły nią dreszcze. Mocniej objęła kolana ramionami. Po twarzy popłynęły jej łzy. Zatęskniła za Władkiem, który był na ostatnim, sakralnym wygnaniu, gdzieś, w tym wielkim zamku. Pewnie tak samo samotny jak ona.

WŁADYSŁAW stał na skrzyni i patrzył przez wąskie wykute w kamieniu okno na lśniący sierp księżyca rodzącego się po nowiu. Mróz skrzył się na drzewach.

— Mam nadzieję, że Jadwinia śpi dobrze — powiedział, a z jego ust uniósł się obłok pary.

Tylko gdy był sam, wymawiał zdrobniale jej imię. Nigdy przy niej, jak obiecał.

On nie spał. Żal mu było czasu na sen. Teraz, gdy wszystko się zaczęło, każda chwila była cenna. Od rana pościł. Potem arcybiskup wysłuchał jego spowiedzi. To trwało naprawdę długo. Gdy w imieniu Boga jego ziemski sługa, Janisław, odpuścił mu winy, ramię w ramię ruszyli na Skałkę. Za nimi Gerward, Domarat i Muskata. Ten ostatni chciał się wymówić od pokutnej pielgrzymki, ale wystarczyło, że Janisław spojrzał na niego, i poszedł.

— To ostatni akt naszego pojednania, Janie, biskupie krakowski — powiedział do Muskaty Władek, gdy przekraczali wrota kościoła na Skałce.

Biskup, jak pozostali, był w stroju pontyfikalnym. On, książę w dniu pokuty, w prostej, niemal mnisiej sukni i płaszczu z kapturem.

— Tym aktem skruchy, pielgrzymką do miejsca kaźni świętego Stanisława, niech każdy przyszły król zaczyna panowanie. By nigdy więcej pycha nie zwyciężyła nad Królestwem! — zawołał Janisław przed ołtarzem. Potem zaś wyciągnął ręce w stronę Władysława, jakby go błogosławił, i powiedział uroczyście: — Możesz mieć bogactwo, mądrość i urodę. Jeśli dotknie ich duma, rozpadną się w pył.

— Przyjmuję — odpowiedział Władysław.

Wracali pieszo, tak jak przyszli. Zapadł szybki styczniowy zmrok. Rozpraszały go pochodnie niesione przez możnych. Władysław wziął od Bogorii jedną i szedł, sam sobie oświetlając drogę. Sypnął śnieg. Orszak odprowadził go aż pod drzwi komnaty i Janisław powiedział:

— To twa ostatnia noc, książę. Następna będzie królewska.

No to jak on mógł spać?

Sześćdziesiąt lat byłem księciem — pomyślał, patrząc na zimny księżycowy sierp. — Sześćdziesiąt lat. Tylu mych druhów umarło, tylu wrogów i nawet tych dwóch synków, których dobrze nie zdążyłem poznać, bo ciągle mnie nie było, bo ciągle „Pod wiatr".

Tej nocy wspomnienia Władka znów poszybowały na Węgry. Amadej Aba, jego niezawodny, a nieżyjący już druh. Ich spotkanie na drodze i słowa, które dzisiaj brzmią jak proroctwo: „Przybędzie król na karym koniu, a z nim wielki Turul zwróci nadzieję na potężne królestwo". Dwoje starców, do których poszli po miecz. Starowina prosta jak strzała, o białych włosach splecionych w warkocze, powiedziała: „Da nam potęgę z kobiety łona" i oddała mu żelazo króla banity. Boże, to było prawie dwadzieścia lat temu! — pomyślał. Jutro zostanę królem, Elżbieta za pół roku będzie królową Węgier. Amadeju, druhu, jak żałuję, że nie dożyłeś tej chwili.

Władysław przełknął łzę, która zakręciła mu się pod powieką.

To od gapienia się na księżyc — pomyślał.

Madziarka kazała mu wtedy nazwać siebie od nowa. „Daj sobie imię inne niż to, które nosiłeś w dniu, gdy cię wyklęto i wyzuto z ziemi. Zrzuć skórę jak wąż". „Mam na imię Małość" — powiedział tam, w zielonej dolinie Torysy. — „Jestem Każdy i Nikt. Niech zwą mnie od mego mizernego wzrostu. Łokietek, nic ponad".

Ostry sierp księżyca zbladł. Władysław wciąż stał i zaciskał palce na kamiennej wnęce. Tyle lat walczył, choć nikt nie dawał mu żadnych szans. Tyle lat przeczekiwał ze ściśniętym sercem tę najtrudniejszą z wart, szarą przed świtem.

Zszedł ze skrzyni. Noc powoli dobiegała końca. Księżyc zniknął jak książę w nim.

JANISŁAW w niedzielny, koronacyjny poranek wiódł procesję z katedry do wieży, w której ostatnią noc spędził Władysław. Przed nimi szła *schola cantorum*, intonując psalm. Mroźne, styczniowe słońce wschodziło nad Krakowem. Gdzieś nisko, nad Wisłą, wisiał jeszcze blady sierp księżyca roztapiany przez blask jutrzenki.

Janisław na szyi pod strojem pontyfikalnym miał ukryty złoty klucz. Odlany z formy jerozolimskiej. Klucz do skarbca koronnego nowego Królestwa. Szli z nim Gerward, Domarat i Muskata. I opaci potężnych klasztorów. Michał z Tyńca, opat na stu wsiach, co nie opuścił swego księcia w dniu próby. Ale i inni. Surowi ojcowie, stukiem opackich lasek budzący Wawel do tego najważniejszego w historii zamku dnia. Pierwszej królewskiej koronacji.

Wspięli się po stopniach wieży i stanęli pod drzwiami komnaty. Janisław uderzył w nią otwartą dłonią:

— Czy jesteś gotów, Władysławie, przebudzić się do nowego życia?

— Tak. Jestem gotów — usłyszeli głos z wnętrza.

Giermek księcia otworzył im drzwi, kłaniając się ceremonialnie.

Po raz pierwszy widzę go ubranego na biało — zauważył Janisław. — Nawet ten czarny chłopiec zna dzisiaj swoje miejsce.

Opaci zostali na zewnątrz, a on i trzej biskupi wkroczyli do komnaty. Władysław, jak było ustalone, czekał na nich, spoczywając w łożu. Giermek w okamgnieniu zapalił wszystkie świece w sypialni. Janisław wziął od Gerwarda naczynie i podszedł do księcia. Zanurzył palce w święconej wodzie i mokrą od niej ręką chwycił go za dłoń.

— Wstań zatem — powiedział uroczyście i pociągnął Władysława.

Bose stopy księcia dotknęły kamiennej posadzki. Biskupi pobłogosławili strój koronacyjny, który czekał na niego. Każdą kolejną część podawali giermkowi, a ten odziewał swego pana. Spojrzenia Władysława i Janisława spotkały się.

Tak — pomyślał arcybiskup — na naszych oczach odradza się Królestwo.

Na śnieżnobiały kaftan założono mu srebrzystą, lekką kolczugę rozciętą na plecach i piersi. Na nią złocony kirys, który miał na napierśniku orła, a na napleczniku lwa. Giermek zręcznie zapiął sprzączki łączące obie części zbroi. Potem otoczył biodra swego pana pasem rycerskim. Biskupi podali mu białe rękawice ze splotem ze złotego drutu i pomogli założyć na ramiona płaszcz śnieżnobiały, podbity futrem takich samych popielic.

Wreszcie giermek wziął ze stojaka miecz i klękając, podał go księciu. Byli gotowi do wyjścia. Władysław skinieniem przyzwolił giermkowi, by wstał; pocałował go w czoło jak syna i powiedział:

— Ty, Borutka, nie idziesz dzisiaj ze mną. Czekasz na zamku.

WŁADYSŁAW wyszedł na wawelski dziedziniec. Czekała na niego Jadwiga i dzieci. Wzruszenie chwyciło go za gardło na widok rozpuszczonych, lśniących w mroźnym powietrzu włosów żony. Wiedział, że królowa musi przyjąć koronę na rozpuszczone pukle, ale do tej pory taka była tylko przy nim, tylko gdy byli sami i prosił: „Rozbierz włosy", a teraz zobaczą ją wszyscy najważniejsi ludzie Królestwa. To nim wstrząsnęło. Za plecami żony stały ich dzieci.

Jeszcze dzisiaj będą rodziną królewską — pomyślał.

Dwunastoletnia Jadwinia, dziesięcioletni Kazimierz i piętnastoletnia Elżbieta, uśmiechnął się do nich i podszedł bliżej. Popatrzył w oczy Jadwidze.

Jakaż ona piękna — pomyślał z dumą. — Dostojna w złotej sukni i niewinna przez te rozpuszczone sploty. Jej złote niegdyś włosy dzisiaj przecinają srebrzyste pasma. Na piersi zawiesiła sobie skromnie, jak dziewczynka, tylko jedną perłę.

Skinęli do siebie głowami i ruszył na swoje miejsce, za arcybiskupem Janisławem. Odezwał się dzwon z wieży wawelskiej katedry i orszak ruszył. Poprzedzał ich chór śpiewający psalm. Potem kroczyli trzej biskupi w szatach pontyfikalnych. W purpurowych kapach i mitrach na głowach. Za nim szedł kasztelan krakowski Nawój z Morawicy i na poduszce niósł królewską koronę. Wojewoda krakowski, Tomisław z Mokrska, z berłem. Wojewoda poznański, Dobrogost Nałęcz, ze złotym jabłkiem królewskim. Potem Piotr Doliwa prowadził za uzdę Radosza, na którego grzbiecie wieziono złożony płaszcz królewski.

A byłeś źrebakiem — pomyślał Władek. — Poczętym z Regősa i Rulki tam, na węgierskiej ziemi. Biała korona na końskim czole doczekała się swej wielkiej chwili. Gdybyż cię Rulka mogła zobaczyć — westchnął tęsknie.

Za Radoszem szedł Paweł Ogończyk, kasztelan łęczycki, powołany przez Władysława na ten wielki dzień do niesienia królewskiej chorągwi. Biały orzeł rozpościerał skrzydła na purpurze i Władysław kroczył pod nim jak pod baldachimem. Zaś za nim bracia Bogoriowie szli ze skrzynią, którą Władysław chciał złożyć przed ołtarzem.

Na przyprószonym śniegiem dziedzińcu wawelskim, wzdłuż drogi z zamku do katedry, stał tłum. Jego rycerze ze wszystkich czterech ziem, kasztelanowie, sędziowie, miecznicy, podkomorzowie. Przesuwał wzrokiem po ich twarzach i myślał: Ileż ja przeszedłem z waszymi nieżyjącymi ojcami i ile już zdążyłem doświadczyć z wami.

Dzwon uderzał raz po raz. Chór śpiewał psalm za psalmem. Tłum włączał się w ten śpiew radosny, w ten zgiełk uroczysty. Zatrzymali się u wrót wawelskiej katedry. Janisław i trzej biskupi weszli do wnętrza. Chór, wojewodowie i kasztelanowie. Insygnia. Jadwiga i dzieci. Wszyscy zniknęli w środku. On stał przed drzwiami i czekał. Widział migoczące światła świec, purpurę zawieszanej przez Pawła nad ołtarzem chorągwi. Już czuł dym unoszący się z kadzielnic. I nagle pociemniało mu przed oczami. Musiał wesprzeć się na swoim mieczu. Oddychał ciężko, słysząc wołanie:

— Przybądź, Władysławie. Przestąp próg świątyni!

Ruszył w ciszy. Usłyszał odgłos własnych, ciężkich kroków. Nie widział nikogo i niczego. Tylko ledwie migoczący płomień przed ołtarzem.

Jeśli to iluzja — przeszło mu przez głowę — trudno. Niejednej ulegałem w życiu i pokonałem każdą. Tej też dam radę.

Poczuł mroźny podmuch wiatru za plecami. Szedł, wspierając się na mieczu banity niczym na pasterskiej lasce. W katedrze było pusto. Był sam. Uniósł głowę. Zobaczył okopcony pożarem sufit. Chmury szare i czarne. Opuszczał powoli głowę. Pajęczyna w oknie zafalowała pchnięta podmuchem wiatru. Spojrzał pod nogi. Kamienne płyty posadzki były niczym stare płyty nagrobne, z niemal zatartymi napisami. Przyjrzał się im bliżej i zamarł. To nie imiona zmarłych, lecz nazwy ziem i stare herby Królestwa Polskiego. Pod jego stopami, od wejścia aż do ołtarza, ciągnęła się mapa Królestwa, gdzie każde z księstw było osobną kamienną płytą.

Nastąpił na pierwszą i usłyszał szum morza. Sinych fal Bałtyku. Płyta zachybotała mu pod stopami niczym pokład łodzi. Szedł równym krokiem. Ta urywała się nagle, a między nią i kolejną była niewielka rozpadlina. Przeskoczył ją i stanął na Starszej Polsce. *Polonia Maior* z wykutym na wpół zatartym orłem. Twardy granit. Wiatr szarpnął płaszczem na jego ramionach. Zrobił kolejny krok. Poluzowana płyta Starszej Polski wiodła na kamień Kujaw. Gdy przeskakiwał, obie płyty poruszyły się w posadach i zachwiały. Ledwie złapał równowagę. Mała płaszczyzna ziemi łęczyckiej. Skok i stanął na sieradzkiej. Przed nim rozpościerała się wielka płaszczyzna Małej Polski, jakby wykuta w szarym piaskowcu. By na niej stanąć, musiał przeskoczyć odrębną, obluzowaną płytę z nazwą *Silesia*. Zabolało go serce, ale nie zatrzymał się. Skoczył. Miecz głucho uderzył o posadzkę, podtrzymując swego księcia. Władysław twardo stanął na ziemi. Uniósł głowę. Przed nim czekał kamienny ołtarz, na którym złożono płomienną koronę. Zaczął oddychać szybko i w tej chwili katedrę rozjarzył blask setek świec, a do jego uszu dotarła uroczysta litania do wszystkich świętych śpiewana przez kantora i chór.

— *Sancta Maria...*
— *...ora pro nobis...*
— *Sancta Dei Genetrix...*
— *...ora pro nobis...*

Dym kadzideł wdarł się w jego nozdrza. Zamrugał i spojrzał pod stopy. Iluzja zatartych nagrobków Królestwa Polskiego minęła. Janisław w purpurze celebrujący mszę do Ducha Świętego zawołał sprzed ołtarza:

— Zebrani w tej świątyni pierwsi panowie Królestwa! Pytam was, czy będziecie służyć nowemu królowi?

— Radzi! — przetoczyło się po katedrze. — Radzi! Radzi!

— Władysławie — przywołał go arcybiskup. — Klęknij do przysięgi.

Upadł na kolana i wsparł się na swym mieczu, jak na krzyżu.

— Czy chcesz wiarę świętą zachować? — spytał Janisław. — Czy będziesz otaczał troską Kościół? Czy powierzonym sobie Królestwem będziesz rządził sprawiedliwie?

— *Sic me Deus adiuvat et haec Sancta Dei Evangelia* — głośno odpowiedział Władysław. — Niech mi Bóg pomoże i Jego Święta Ewangelia.

Ojcowie opaci przynieśli z kaplicy oleje święte, a arcybiskup złożył pocałunek powitalny na złotym naczyniu, w którym były schowane. Do Władysława podeszli wojewoda poznański i wojewoda krakowski. Zdjęli z niego płaszcz biały. Rękawice. Poluźnili zapięcie kirysu i odsłonili pierś i plecy. Uniósł prawicę, dając znak braciom Bogoriom. Ci otworzyli wieko skrzyni ustawionej pod ołtarzem i wyjęli z niej dwie części chorągwi.

— To moja osobista chorągiew — powiedział uroczyście, na klęczkach. — Rozdarta w czasie walk o Brandenburgię. Składam ją w darze katedrze wawelskiej, tak jak siebie ofiaruję Królestwu.

Jarosław Bogoria wysoko uniósł półlwa. Mikołaj Bogoria półorła. Między nimi rozerwane, wyprute nici, jak żyły.

Tyle ze mnie dawnego zostało — pomyślał, patrząc czule na te dwa strzępy.

— Jako włodarz katedry i biskup Krakowa przyjmuję — powiedział Jan Muskata i Bogoriowie złożyli dwie połówki chorągwi z powrotem do skrzyni.

Chór zaczął śpiewać antyfonę „Namaścił Salomona na króla kapłan Sadoch i prorok Natan". Janisław podszedł do niego i zanurzywszy kciuk w oleju świętym, dotknął jego barku, piersi i dłoni. Jeszcze raz nabrał krzyżma na palce i namaścił mu skronie.

— Oto niewidzialna korona — szepnął. — Tajemny znak między tobą, Władysławie, i Wszechmogącym Bogiem. Stając się pomazańcem Bożym, jesteś wikariuszem Chrystusa na ziemi. Ten olej święty przeprowadził cię. Uklękłeś księciem. — Arcybiskup wyciągnął do niego rękę. — Wstań, królu!

Władysław powstał. Wojewodowie zasłonili mu pierś i plecy. W tej samej chwili ozdobiony wizerunkiem lwa naplecznik kirysu z brzękiem spadł na posadzkę.

— Byłeś półorłem półlwem! — zawołał gromko Janisław. — Oto zamieniasz się w orła!

Jak to możliwe? — zdumiał się Władysław — że napierśnik trzyma się nadal?

Ledwie o tym pomyślał, gdy zrozumiał. Orzeł wykuty w złoconej blasze napierśnika wbił się pazurami w jego pas rycerski.

— Drodzy! — krzyknął Janisław jak wódz na polu bitwy i wyciągnął ramię rozkazująco. — Klęknijcie, świadkowie cudu. Oto na naszych oczach korona wraca na skronie księcia z rodu Piastów. Biskupi trzech ziem, poznańskiej, włocławskiej, krakowskiej, stańcie przy mnie, gdy włożę ją na królewskie skronie.

Wziął nową koronę z purpurowej poduszki na ołtarzu i wojskowym, sprężystym krokiem podszedł do Władysława. Złoto i szlachetny blask drogocennych kamieni zalśniły w świetle świec. Gerward Leszczyc, Domarat Grzymała i Jan Muskata wyciągnęli ramiona w stronę jego głowy w geście błogosławieństwa. Janisław przytrzymał przez chwilę koronę nad Władysławem i szepnął:

— Twoje jest Królestwo. Potęga i chwała na wieki.

A potem powiedział głośno formułę:

— *Accipe coronam Regni.* Weź koronę Królestwa.

I włożył ją na jego skronie. Władysław wziął głęboki wdech. Pierścień wykuty z niebiańskiego, płomiennego żelaza był ciepły.

Biskup włocławski Gerward podał Janisławowi kropidło.

— Wyciągnij ku mnie miecz, który jest symbolem sprawiedliwej siły — rozkazał arcybiskup królowi. — I nigdy nie użyj go w złej woli.

Zanurzył kropidło w święconej wodzie i skropił oręż króla banity. Władysław zobaczył krople lecące ku niemu i głowni. Zobaczył, jak lśnią prześwietlone blaskiem świec. I jak błyszczy wypolerowane ostrze. Złotymi płytkami obłożona rękojeść. Święcona woda świetlistym strumieniem kropli spadła na miecz i w tej samej chwili przez ciało Władysława przeszedł dreszcz tak silny, jak fala ognia. Poczuł gorąco przechodzące od rękojeści przez jego dłoń, ramię, barki, aż do lędźwi i mocno stojących na posadzce stóp. Obrócił się błyskawicznie do zgromadzonego tłumu. Uniósł miecz wysoko jednym ruchem. W powietrzu zawisł powidok purpurowej łuny. Zrobił znak krzyża mieczem, błogosławiąc zebranych.

— Chwała Ojcu i Synowi — zawołał za jego plecami Janisław.

Władysław drugi raz zrobił znak krzyża. Smuga w powietrzu tym razem była ciemnogranatowa.

— I Duchowi Świętemu! — kontynuował arcybiskup.

Po raz trzeci pobłogosławił znakiem krzyża. Złoty ślad ciągnął się za ostrzem.

— Jak było na początku, teraz i zawsze i na wieki wieków amen — dokończył Janisław i na drugim oddechu zawołał: — Oto stoi przed wami ukoronowany król! Władysław, pierwszy tego imienia!

Dopiero teraz do niego dotarło. Właśnie przeobraził się w króla. Do tego miejsca biegła droga, na którą wszedł tak dawno. Miecz drżał w jego dłoni, dając mu swą siłę. Był przedłużeniem Władysława, jakby przez jego głownię i ramię króla przebiegał wspólny krwiobieg.

— Niech żyje król! — zawołał tłum.

— *Rex noster tenet coronam et gladium a Deo* — krzyknął Janisław, a wojewodowie podeszli, by założyć mu na ramiona płaszcz królewski.

— Król nasz dzierży koronę i miecz od Boga!

Poczuł uskrzydlający ciężar purpurowego płaszcza na plecach.

— Dzisiaj, świadkowie cudu! — zawołał Janisław. — Władca znów objął swe Królestwo, ale nie jak pan biorący własność w posiadanie, lecz jako jego sługa. *Servus Servorum*. Sługa sług...

Władysław poczuł troistą łączność między koroną na skroniach, płaszczem i mieczem w dłoni.

— Po dniach chmurnych i czarnych. Po sieroctwie opuszczonego kraju i wygnaniu książę wraca do nas królem i na naszych oczach staje się częścią Królestwa! Królestwa, które rozumiemy jako całość ziem polskich. Które widzimy w dawnych jego granicach, bo nie spoczniemy w walce o odzyskanie tego, co nam wydarto na północy! Bo pragniemy połączyć się z odrębnym dzisiaj, a bratnim Mazowszem i Śląskiem...

Władysław mimowolnie spojrzał na posadzkę katedry. Gdy wchodził do niej, widział iluzję płyt nagrobnych z nazwami ziem. Teraz były jednym, zwartym kamieniem.

Zrosło się — pomyślał, zaciskając dłoń na rękojeści miecza. — Zrosło się, chociaż widzę blizny.

— Odrodziło się Królestwo Polskie dzisiaj w ten dzień święty! — zawołał Janisław. — Tylko Stwórca jest szafarzem korony. Tylko on może prawdziwie dać ją władcy i my, świadkowie cudu, jesteśmy wdzięczni, że stał się na naszych oczach. *Corona Regni Poloniae*. Korona Królestwa Polskiego wróciła do nas i spoczęła na skroniach Władysława Pierwszego! Na jego barkach zaś odpowiedzialność za los Królestwa, ale wy, świadkowie cudu, przysięgnijcie, że pomożecie mu nieść jej ciężar! — głos arcybiskupa Janisława zawisł w powietrzu jak bicz Boży.

— Tak będzie! — równym rytmem odpowiedzieli panowie.

— *Te Deum laudamus* — zaintonował chór.

Zgromadzeni podnieśli się z kolan. W powietrzu zawirował pył. Władysław w sakralnej bieli wciąż stał twarzą do poddanych. Za jego plecami arcybiskup i biskupi w purpurze.

Jesteś orłem białym na purpurowym tle — szepnęła do jego ucha ciotka, święta Kinga.

Usłyszał to i rozłożył ramiona.

— *Vivat Rex*! Niech żyje król! — zawołał w zwieńczeniu hymnu Janisław.

— Niech żyje! Niech żyje! Niech żyje! — po trzykroć zaklęło go jego rycerstwo.

Jadwiga w rozpuszczonych dziewiczo złoto-srebrnych włosach została wezwana pod ołtarz.

Odwrócił się, chcąc być pierwszym świadkiem koronacji swej ukochanej małej księżnej.

Więcej życia spędziłem z nią niż bez niej — pomyślał. — Choć gdyby liczyć na dni, to kto wie? Urodziła sześcioro moich dzieci, z których przeżyło czworo, a wciąż wygląda jak dziewczynka. Gdy wstanie od ołtarza, będzie królową Jadwigą. Zawsze nią była.

— Niech żyje królowa! — krzyknął tłum i Władysław włączył się w jego głos. — Niech żyje królowa Jadwiga Pierwsza!

Boże — zrozumiał. — Władysław Pierwszy i Jadwiga Pierwsza. To znaczy, że po nas będą następni.

— Niech żyje! — zawołał i podszedł, by wsparła się na jego ramieniu, wstając z kolan.

Jej jasne rzęsy prześwietlał blask świec. Nieziemsko niebieskie oczy spoczęły na nim. Uniosła dłoń i chwyciła w dwa palce perłę na swej piersi.

— Oni są z nas dumni, Władku — szepnęła do niego jak żona, nie jak królowa, i uniosła oczy.

Przesłonięte wcześniej czarnymi chmurami zgorzeli sklepienie katedry wawelskiej teraz lśniło czystym niebiańskim blaskiem. Wydało mu się przez chwilę, że widzi cień ciotki Kingi i białowłosego wuja, Bolesława. I ojca Jadwini, pogromcy Niemców, księcia Starszej Polski. I złotowłosą głowę króla Przemysła.

Jezu — pomyślał. — Naprawdę otworzyłeś dla nas bramy raju na tę chwilę?

Katedrę wawelską wypełnił słodki zapach lilii. Król Władysław I Łokietek odwrócił się od ołtarza, trzymając za czubki palców swą żonę, królową Jadwigę.

— Niech żyją król i królowa! — krzyczał tłum.

Paweł Ogończyk płakał jak dziecko, niosąc przed nimi chorągiew Królestwa Polskiego.

Z boku dobiegł ich głos:

— Jezu drogi! Król Władysław i królowa Jadwiga kroczą wawelską katedrą. Mają na głowach takie piękne korony, złoto, kamienie szlachetne, później policzę ile, a król dzierży miecz ten sam, cośmy odebrali od madziarskich starców. Idą na wprost mnie, Jałbrzyka z rodu Pomianów, i chyba patrzą tylko na mnie, a blask od miecza, co król go niesie w dłoni, bije taki, że chyba oślepnę, ale nawet jeśli, to przecież głosu, daj Boże, nie stracę, co? Płaszcz na ramionach króla unosi się. Z napierśnika pyszni się orzeł, a przodem sunie Pawełek z chorągwią. Który pytasz? No wiadomo, Ogończyk. Jezu?! Co ty na to, że z chorągwi urwał się orzeł? Mogę widzieć i mówić coś, czego nie rozumiem?! Na mnie leci! Nie. Minął mnie. Zakołował nad ołtarzem i wrócił. Paweł łapie go w jedwab chorągwi jak w sidła. No dobra. To mówię, jak jest: biały orzeł wylądował. Szponami się trzyma purpurowej chorągwi, ale skrzydła biją jakby na zewnątrz... — głos Jałbrzyka spowolniał, gdy go mijali. Zza pleców usłyszeli jeszcze: — Nie ja jeden patrzę i nie rozumiem. Arcybiskup ze trzy razy powiedział, że jesteśmy świadkami cudu, no to co? To chyba ten cud.

Władek spojrzał w oczy żony. Pochylił się ku niej i szepnął wprost do jej ucha, na które spadały rozpuszczone włosy.

— Jadwiniu, kocham cię.

— Kocham cię, królu Władysławie — odszepnęła mu bez obrazy za zdrobnienie.

Szli ku wyjściu. Zapragnął, by ta chwila trwała, i zatrzymał się nagle pośrodku katedry. Spojrzał na posadzkę. Zobaczył, jak długi rzuca cień. On, Mały Książę, jako król stał się wielki.

Otworzono przed nimi wrota. Tłum krzyczał:

— Niech żyje król i królowa!
— Niech żyje Władysław I!
— Jadwiga I!

Miecz w jego dłoni znów zatańczył swój natchniony taniec. Król Władysław I Łokietek pobłogosławił klękający przed majestatem lud.

Słowo stało się Ciałem — przemknęło mu przez myśl.

JAN MUSKATA biskup krakowski siedział pośród najważniejszych dostojników w czasie koronacyjnej uczty. Tak, zaproszono go do głównego stołu, tam, gdzie królewska rodzina, arcybiskup, wojewodowie, kasztelan krakowski i biskupi. Korowód służby wnosił na lśniących tacach najwymyślniejsze potrawy. Dziczyznę pieczoną w całości, obłożoną orzechami i jagodami w miodzie. Ryby duszone z cebulą, faszerowane, zapiekane w śmietanie i maśle. Pasztety z tuczonych gęsi. Piramidy z gotowanych jaj.

On nie mógł jeść. Gardło miał ściśnięte. Siedział sztywno i drżały mu dłonie. Co chwila lekko wychylał się, by znów spojrzeć na niego. Na Władysława. Tak, zdążył przed koronacją wysłać list do Petera z Aspeltu i hrabiego Bertholda z Hannebergu. Ostrzegł ich i podsunął luksemburskim doradcom linię przyszłego ataku. „Nazwijcie go królem krakowskim" — napisał swym dawnym przyjaciołom. — „Nie królem polskim, a krakowskim, przecież nie koronował się w Gnieźnie. To go poniży. Tak zróbcie".

— Wina, biskupie Janie? — spytał podczaszy.

Muskata aż podskoczył, jakby go nakryli na mówieniu na głos.

— Nie, dziękuję, dziękuję — odmówił.

Nic mi nie przejdzie przez gardło. Stało się — pomyślał.

— Wybacz, Domaracie — zwrócił się do siedzącego obok biskupa poznańskiego. — Muszę wyjść na chwilę, tchu zaczerpnąć.

— Tyle przeżyć! — pokiwał głową uśmiechnięty Domarat. — Chcesz kogoś, by ci towarzyszył?

— Nie, nie. Nie trzeba. Sam wyjdę, po cichutku.

Sługa odstawił mu krzesło. Muskata usłyszał śmiech przetaczający się po sali tronowej.

Ze mnie się śmieją? — pomyślał i skulił ramiona.

Nie. Akurat zaczął się występ akrobaty, którego przywieźli Węgrzy z poselstwa o rękę królewny Elżbiety. Nieduży, z włosami zaplecionymi w sterczące warkocze, fikał kozły tak, że przeskakiwał ponad zastawionym stołem i lądował na ławach, za plecami gości, budząc nieokiełznaną wesołość. Oczy wszystkich były utkwione w sztukmistrzu, nikt nie zauważył, że Jan Muskata opuścił salę.

Wyszedł na krużganek, poszurał w ciemniejsze miejsce i oparł się o balustradę. Chłodne powietrze owionęło go.

Co ja narobiłem? — pomyślał, oplatając głowę palcami. — Ja nie wiedziałem, że to tak...

Wysłał listy tuż przed koronacją, pojęcia nie miał, jak się sprawy potoczą. Wczorajsza procesja na Skałkę. Myślał, że to tylko tak, widowisko dla ludu pod tytułem „książę pokutny". A oni to robili naprawdę. Arcybiskup i Władysław. Oni naprawdę chcieli Boga przebłagać za grzechy tamtego króla. Jezu Chryste! I ta koronacja. Jan Muskata widział światło, którym zapłonęła korona na głowie Władysława. Czuł drżenie powietrza, gdy ten robił znak krzyża mieczem. Był świadkiem koronnego cudu, sacrum i splendoru, jaki spłynął na obecnych w chwili, gdy król Władysław I wziął insygnia w dłonie.

Boże. On jest prawdziwym królem. Prawdziwym pomazańcem. Walczyłem i przegrałem — dotarło do niego. — Ja wyklinałem, a Bóg go wywyższył.

Pociemniało mu przed oczami.

Co ja mogę? — pomyślał i nagle poczuł się całkowicie bezradny, zawieszony w niebycie. Wciąż jeszcze trzymany na uwięzi dawnych win, ale już pragnący przejścia na stronę jasności. Tak bardzo chciał się stać poddanym tego króla, Władysława I. Tak potrzebował tej mocy bijącej z korony, ale wiedział, że nie jest godzien. Nie on się kajał na Skałce.

— Co ci, wielebny? — usłyszał za plecami melodyjny głos.

Odwrócił się z trudem. W pierwszej chwili nie poznał Borutki, królewskiego giermka. W bieli chłopak wyglądał inaczej. Chciał zaprzeczyć, że nic mu nie jest. Odegnać go. Ale usta powiedziały co innego:

— Zasłabłem.

— Na każdego przychodzi jego czas — poważnie odpowiedział giermek. — Twój właśnie się dokonał, Janie Muskato.

— Co? — cofnął się wystraszony biskup. — Co ty mówisz?

Czarne oczy giermka zalśniły jak dwa paciorki. Gdzieś z oddali dobiegała radosna muzyka koronacyjnej uczty.

— Nic się nie kończy — usłyszał śpiew. — Wszystko się zaczyna.

Muskata z całych sił zapragnął wrócić na ucztę. Znów zobaczyć światło płomiennej korony. Paść na kolana przed królem i wyznać wszystkie, najcięższe winy. Błagać o przebaczenie. Przecież nie można żyć bez nadziei.

Giermek wyciągnął ku niemu rękę.

Serce Jana Muskaty pękło. Ze skruchy.

Od autorki

W czasie, który minął od ukazania się *Niewidzialnej korony*, Czytelnicy tak intensywnie dali mi odczuć swe oczekiwanie na ciąg dalszy, że zrozumiałam, iż świat wykreowany w dwóch pierwszych tomach stał się bliski naprawdę wielu ludziom. Dla autorki to wspaniałe uczucie, niezwykłe!

I chociaż w międzyczasie powstały trzy ważne dla mnie powieści, epicki *Turniej cieni* i dwutomowa opowieść o Świętosławie, *Harda* oraz *Królowa*, wiedziałam, że trzecia część *Odrodzonego Królestwa* jest długiem zaciągniętym w cierpliwości Czytelników. Dlatego spłacam go dzisiaj z odsetkami i mam nadzieję, że trzysta stron więcej wynagrodzi trzy lata czekania.

Gdy po tych latach przerwy w pisaniu *Odrodzonego Królestwa* usiadłam do finałowej części, pomyślałam: Nareszcie! Znów mogę spotkać bohaterów, za którymi tęskniłam. Władek i jego druhowie, Jakub Świnka z nową drużyną, Muskata, Henryk Głogowski, Zarembowie i Michał, Rikissa, Dębina, klaryski, Mechtylda, Waldemar, Krzyżacy, Guntersberg z Hunią. Miałam wrażenie, że oni wszyscy źle znieśli trzy lata milczenia i teraz chcą szybko przypomnieć Wam o swoim istnieniu.

Można opowiedzieć historię Władysława Łokietka i odradzania się Królestwa tylko z jednego punktu widzenia, ale to przesłania nam całą złożoność procesu zjednoczeniowego. Dlatego, tak jak w poprzednich tomach, znów postawiłam na wielogłos, choć i tak dużo skromniejszy, niżbym chciała. Ta część historii po raz kolejny uświadamia nam, że nic nie dzieje się w próżni, że procesy rozgrywające się w ościennych królestwach mocno wpływają na polskie dzieje. A „punkt historyczny" znów jest arcyciekawy. W Czechach wymarła dynastia Przemyślidów i na naszych, powieściowych oczach, powstaje dynastia Luksemburgów. Na Węgrzech, po śmierci ostatniego z Arpadów, Karol Robert z dynastii Andegawenów walczy o władzę i ostatecznie ją zdobywa. Tymczasem w Polsce Piastów wciąż mamy wielu i po najwyższą władzę sięga ten, któremu przed laty nikt nie dawał szans. Władysław. W dodatku niezwykle ważne z mojego punktu widzenia jest to, że Królestwo Polskie, które odbudowuje Władysław Łokietek, zapisuje się pod innymi znaczeniami symbolicznymi. Oto pierwsza koronacja królewska nie w Gnieźnie, a w Krakowie. Tracimy stare insygnia, dla Władysława musi powstać nowa korona, która świadomie nawiązuje do mitu pierwszego króla, Bolesława Chrobrego. I po raz pierwszy w obrzędzie koronacji użyty zostanie Szczerbiec, którego legenda wiąże z Chrobrym, choć nie mamy pewności, czy ta opowieść powstała za czasów Łokietka czy później. Współczesna nauka podsuwa sugestię, że ów miecz pochodził z czasów późniejszych niż Chrobry, a ja korzystając ze swej autorskiej wolności, piszę mu własną historię.

Można snuć akademickie rozważania, co by było, gdyby Władkowi nie dopisał upór. Albo zdrowie. Czy trzej wielcy sąsiedzi — Krzyżacy, na których wówczas nie było silnych, Brandenburczycy i Czesi — zagarnęliby po kawałku Królestwa? A może po prostu Jan Luksemburski zrealizowałby swoje prawa do polskiej korony i stalibyśmy się częścią czeskiego władztwa? Jeśli tak, to na jak długo?

Jednak mnie w przeszłości fascynuje to, że potoczyła się właśnie tak, choć mogła na wiele sposobów. Oto przydarzył nam się książę Władysław, któremu nie zabrakło sił i uporu, który podnosił się po każdej klęsce, nawet jeśli nie silniejszy, to niezmordowany. Miał sześćdziesiąt lat, gdy na jego skroniach spoczęła upragniona korona, i co więcej, to jeszcze nie było jego ostatnie słowo. Wszak dziesięć lat później powiedzie swe wojska pod Płowce.

Mówi się, że historia oceni. Niech ocenia. Na szczęście ja, jako pisarka, zupełnie inaczej widzę swą rolę. Nie jest nią recenzja przeszłości, ale szacunek wobec niej i tamtych ludzi. Przeszłość już się dokonała, przed wiekami. Przywracam ją, poprzez losy bohaterów, bo chcę, by spełniły się ich marzenia o życiu w pamięci pokoleń.

Wraz z *Płomienną koroną* kończę trylogię *Odrodzone Królestwo*, co nie znaczy, że porzucę bohaterów. Chcę zobaczyć, jak Elżunia staje się królową Węgier, a Kaziu wyrasta na króla. I marzy mi się, by towarzyszyć Rikissie w Brnie, przy okazji spoglądając, jak Jan Luksemburski z młodzieńca zamienia się w arcymistrza europejskiej polityki. Ciekawi mnie, jak Władek zawiąże sojusz z Giedyminem i co na to Jadwiga („Toż to poganie, bój się Boga, mężu!"). Żal porzucać Krzyżaków, wszak to pierwsza na naszych ziemiach korporacja z prawdziwego zdarzenia. Czy to zapowiedź kontynuacji? Oczywiście!

Pragnę gorąco podziękować wszystkim tym, którzy służyli mi radą, pomocą i wsparciem. Wśród nich byli: profesor Tomasz Jurek, wybitny znawca rozbicia dzielnicowego i nieskończenie cierpliwy człowiek. Profesor Tomasz Jasiński, inspirujący mediewista. Profesor Błażej Śliwiński, któremu kłaniam się za Gdańsk. Profesor Agnieszka Teterycz-Puzio i Jej „Piastowskie księżne regentki", ach, to dopiero materiał na kilka powieści! Profesor Rafał T. Prinke, który kiedyś, dawno, dawno temu, napisał frapujący artykuł o Szczerbcu, a ja go niestety przeczytałam i powieściowo połknęłam tę odważną teorię. Pani doktor Marzena Matla, wybitna bohemistka. Profesor Stanisław A. Sroka, któremu serdecznie dziękuję za udostępnienie artykułów.

Dziękuję doktorowi Tomaszowi Ratajczakowi za wiele inspirujących podpowiedzi i doktorowi Remigiuszowi Gogoszowi, z którym łączę pasję do księcia krzyżowca, Henryka Sandomierskiego. Nieocenioną i ciągłą pomocą służyli mi o. Paweł Zysko CSsR i s. Beatrycza OCD. Dziękuję także o. Grzegorzowi Bieleckiemu OP za wskazanie wielu świetnych artykułów i s. Salomei OSC za dostęp do materiałów o klaryskach ze Starego Sącza.

Jednocześnie muszę podkreślić, iż żaden z szacownych konsultantów nie ponosi odpowiedzialności za fabularną wizję autorki. Dopytuję ich w sprawie faktów i szczegółów historycznych, by móc stworzyć jak najbliższą historii opowieść, ale na końcu i tak to ona zwycięża.

Specjalnie pragnę podziękować pani Katarzynie Ogrodnik, która przełożyła dla mnie prace czeskich historyków, dzięki czemu Eliška, Rikissa, Lipski i Jan z Vartemberka mogli ożyć na wiele sposobów. Mateuszowi Kasprzak-Łabudzińskiemu za inspirujące dyskusje o Korabitach, zamorskich przodkach arcybiskupa Janisława. Katarzynie Lewandowskiej za tajniki średniowiecznej kosmetologii, a Marcinowi Bąkowi za szybkie odpowiedzi w sprawie militariów.

Dziękuję też Czytelnikom podsyłającym mi najróżniejsze niszowe prace naukowe, opracowania i książki, dzięki którym znajduję nowe tropy. Wybaczcie, że nie wszystko mogę wykorzystać!

„Ojcem założycielem" cyklu *Odrodzone Królestwo* jest mój wydawca, Tadeusz Zysk, od którego celnej uwagi przed sześcioma laty zaczęła się ta przygoda. To prawda, że pracując razem, zachowujemy się jak dwa reaktory atomowe, którym ktoś zapomniał podłączyć system chłodzenia, bo wciąż, od tylu lat, wspólna praca daje nam siłę i radość.

Gratuluję grafikom pod okiem Tobiasza Zyska, którzy tak trafnie uchwycili nerw w twarzy Władka. Dziękuję całemu zespołowi wydawnictwa Zysk i S-ka, za trwającą latami świetną współpracę. Panu Przemkowi Kidzie, Jarosławowi Szumskiemu i innym.

Szczególnie zaś Magdzie Wójcik i Patrycji Poczcie, które posiadają rzadki dar opanowywania żywiołów. To moja kolejna książka z Magdą Wójcik i niech Bóg da, nie ostatnia!

Osobno dziękuję mojej redaktorce, Elżbiecie Żukowskiej, za to, że weszła ze mną do tej wielkiej rzeki i pomogła dopłynąć do brzegu.

Spis treści

Prolog – Akka 1291 • *5*

I – 1306 • *27*

II – 1308 • *227*

III – 1311 • *633*

IV – 1313 • *747*

V – 1317 • *917*

Epilog – Wawel 1320 • *1059*

Od autorki • *1077*

Elżbieta Cherezińska
KORONA
ŚNIEGU I KRWI

WRAZ Z RYKIEM LWA
DO LOTU BUDZI SIĘ ORZEŁ...

ZYSK I S-KA
WYDAWNICTWO

ELŻBIETA CHEREZIŃSKA

NIEWIDZIALNA
KORONA

KRÓLESTWO
TO WIĘCEJ NIŻ KRÓL

ZYSK I S-KA
WYDAWNICTWO